台語 KK 音標(通用拼音) ．台語六調(注音符號七聲調)

台灣精神詞典

台語 KK 音標、台語羅馬字拼音對照版

吳崑松 編著

iJiden, the Formosan Dictionary
of the Taiwan Spirit

Taiwanese KK Phonics &
Taiwanese Roma Spelling System

By Brian K. Qo

台灣語文出版館 出版

Taiwan Management Authority Co.

台灣精神詞典　目錄：

台灣精神詞典 本文：

領導時代潮流的字典

　　吳崑松先生以一個工程背景的人來編寫台語字典，有工程人的準確、好捌 (hor bat 易懂) 跟 (gah 及) 實用，伊用六年的時間來編寫"通用台語字典"，得着 (dit diorh 得到) 真濟 (zin ze 很多) 人的愛用跟稱讚，這個重大的成就，值得咱來稱呼伊為崑松仙。 以我來看，這本字典重要的特色有：

1. 拼音採用跟英語 **KK** 音標較接近的**通用拼音**，乎真濟對台羅拼音無真熟手 (sek ciu 熟悉) 的人，也會當 (e dang 可以) 來使用，台語通用拼音標是根据台北市政府教育局佇 1998 年 2 月 12 日所制定之 "國台客語通用音標方案"來標注台語。這個方案，也會當 (e dang 可以) 用來標注客語跟華語。

2. 聲調採用**台語六調**，這種符號系統的編號跟華語注音符號共款 (gang kuan 相同)，完全利用注音符號的五個聲調 (第五聲是輕聲)，只增加一個台語專用的第六調，來代表台語傳統第七調 (陽去聲)，就會使 (dor e sai 即可)。另外，台語傳統第八調 (入聲或促聲) 跟第一調的之聲值共款, 只不過有短音 (半拍) 跟長音 (1 拍) 的差別而已，所以將傳統第八調跟傳統第一調同列為第一調，只是入聲或促聲為短音 (半拍) 而已。台語六調的編號，是將**台語的聲調比照注音符號的 1、2、3、4、5、6、1 聲來標注**，編號相同，會使講是真準確簡單，容易學習。

3. 創設台語字，做為台語文的書寫文字，來代替台語聲調數字，跟白話字並存。

4. 變調的詞以**變調**的聲調來標注，看着 (kuann diorh) 的聲調，就是讀出來的聲調，按呢 (an ni 這樣) 編字典較厚工 (gau gang 費事)，但是讀者用起來會較輕鬆。

5. 用字採用有登錄於**萬國碼 (Unicode)** 中的字，所以台語文會當佇 (e dang di 可在) 電腦及網路間自由輸入跟流通，毋免擱來 (m ven gorh lai 不必再來) 造新字。

　　這本"通用台語字典"有真濟現代的特點，會使講 (e sai gong) 是領導時代潮流的一本台語字典，好的字典不驚 (giann 怕) 比較，好的設計嘛會擋得 (dong dit 經得起) 考驗。台語文應該按怎 (an zuann 怎樣) 書寫，這是大家愛關心的問題，我真期待大家盡量勿 (mai) 爭議，每一個人將家己 (gai di 自己) 的想法，用台語文來寫作、發表、出冊，乎社會人士去評論、選擇。只要較濟人佮意 (gah i 喜歡) 的台語文作品，自然着會被接受，而且留落來 (lau loh lai 流傳下來)，這種乎市場來做公平的選擇，就是上好的 (dor si siong hor e) 市場機制。 為著編寫這本字典，崑松仙逐工透 (dak gang ui 每天從) 透早無閒 (vor eng 忙) 到透晚，伊的骨力 (gut lat 勤奮)，乎人真欽佩。 最近伊欲佇 (veh di 要在) 字典内底 (lai de 裡面)，增加通用、台羅拼音的對照版，擱欲發表手機仔版的通用台語字典，咱崑松仙會使講是又一擺咧創造流行，乎足濟的人，攏會曉 (long e hiau 都會) 使用這本字典。 最後，咱大家做伙 (zor hue 一齊) 來鼓勵崑松仙的用心，跟映望 (gah ng vang) 咱的台語文，佇台灣這塊島嶼 (zit de dor su) 面頂 (vin deng 上)，會當生湠大漢 (e dang senn tuann dua han)。

余明興　資訊工程博士

國立中興大學資訊科學與工程學系

2011 年 6 月 2 日　寫佇台灣台中

建議官版台語音標，宜採「通用拼音」和「台語羅馬拼音」雙案並列

黃元興

台語寫作學會理事長

2015/04/14

　　長期以來，本地有兩種台語音標同時存在，一個是**通用音標系統**，一個是**教會羅馬音標系統**。這兩個系統，各有死忠誠摯的支持者，期間鬥爭慘烈，理當公平競爭，來良性發展。但非常不幸，政府官方卻一味的偏袒教羅系統 (今台語羅馬音標)，全力打壓通用系統。目前由台羅音標獨家壟斷，以政治力強行壓制，排斥異己，此不僅違反學術自由原則，也架空教師教學的選擇權，造成學術之不幸。我們在此誠懇的呼籲，政府官方的台語音標，宜採用通用和台羅，雙案並列，公平競爭，才是學術之福。

　　這十幾年以來，教育部音標偏袒教羅系統，與民間較喜歡的通用系統，產生嚴重的衝突，而其中兩派的鬥爭史，血跡斑斑，更令人酸鼻痛心。先是民國 87 年元月，教育部在某些教授的建議下，強行通過 TLPA 台語客語音標 (屬教羅系統)。此舉引起敵對派系通用系極端不滿。於是台北市政府教育局也不甘示弱在民 87 年 2 月 12 日，在中研院余伯泉領軍下，也制定「通用國台客音標」與官方 TLPA 對抗，大唱反調。這樣子教育局對上教育部的雙頭馬車「一國兩制」，而大鬧笑話。經過兩年試用，客語教 TLPA 系統不良而崩潰，事實勝於雄辯，眾叛親離，教育部不得已，在 89 年 3 月底忍痛廢除 TLPA，「投降」敵營，改成「通用音標系統」，官方灰頭土臉，顏面盡失，而客語系統 TLPA 的失敗，唇亡齒寒，也嚴厲的刺傷台語 TLPA(屬教羅系統) 的要害，接下幾年，台語 TLPA 同樣眾叛親離，反對者眾多。面對這種嚴酷的事實，教育部不得已在民 95 年 9 月又一次廢除台語 TLPA，同樣背黑鍋，不在話下。

　　民國 95 年 9 月 29 日，教育部忍痛廢除 TLPA，改用「台羅音標」，但很可惜，台羅音標仍屬教羅系統，仍然將「通用系統」排斥在外，而導致獨家壟斷，也就是依然換湯不換藥。從不記取歷史的教訓，將來可能也難逃再失敗的命運，因為若會成功的話，早先 TLPA 就已經成功了，何必顏面盡失自行廢除呢？不管怎樣，民間比較多用「通用系統」乃是事實，實不宜強力排斥。另有一點更嚴重的是，此因民 95.9.29 的「台羅官版音標」，並不標出設計人，只含糊地說明由「中研院」設計，這件事令人高度懷疑，是否有心人幕後操盤，一方面利用公權力排除異己 (獨家壟斷)，一方面又因不具名，可以逃避立法院的責任追查，確實令人痛心至極，何況中研院本身並

無台語研究的編制，因此我們在此嚴正的呼籲，教育部的官版台語音標，應採用「通用系統」與「台羅系統」雙案並陳，可以預防官方再次背黑鍋，而備受批判。

在這裡稍微說明兩大系統的差異，通用音標採取一音一字母，系統比較簡化，教羅 (台羅) 音標採取一音 1 至 3 字母，如 ts，tsh，系統複雜。以「豬頭皮，肉卡厚，真好食」為例 (音調暫缺)：

(通用) ditaupue　vakagau　zinhorziah

(台羅) tithaophoe　bakhakao　tsinhotsiah

以上兩系統，何者較優，由自己判斷，但以筆者私下統計，顯然贊成通用系統者占絕對優勢，可見官版音標與民間版相差甚遠。

兩大音標系統，各有其死忠的「粉絲」，以下是通用系統的優點，是有目共睹的事實：

（一）通用系統，與國內的華語音標，客語音標，接軌良好學習容易，如 p,t,k,b,d,g 期間系統一致。

（二）通用系統與國際性英語系統同樣，接軌良好，學習容易，如 p,t,k,b,d,g 非常接近。

（三）他一音一字母，比較簡化；他的聲調採六調，也比較簡化易學。

（四）他的電腦輸入教簡單，容易資訊化。其他系統則怪符號較多，不易輸入。

（五）系統較簡單，容易編成台語拼音文字 (如筆者自行研發之 TTSS)。

（六）一般民間人士較能接受，有其社會性。

最後不厭其煩再重複一次，官版的台語音標，宜採用「通用」與「台羅」兩大系統同時並存，公平競爭，千萬不要獨自壟斷，架空學子的選擇權，如果能做到這樣的話，可謂三方皆贏。其一在官方來講，已經失敗一次，不宜再失敗，以防批判，落實學術自由的中立立場，其二在通用系統來講，能得到公平的待遇，提供較佳的方案來造福社會，這是好事，其三在台羅系統來講，只要對自己有信心，何必害怕公平競爭，要多多努力，以求得最佳的市場認同，來達到光榮的學術地位。

談台語文爭議

◎ 翁聖峰

近日因蔣爲文教授嗆作家黃春明的演講、質疑陳芳明教授的說法，使得台語文爭議再起。這些爭議所涉及的問題頗多，本文焦點集中在HoLo台語的拼音。

去年上映的電影《艋舺》，所使用的英文拼音爲Monga，與二○○六年教育部公告的台羅拼音爲Bâng-kah差異甚大，電影海報僅出現Monga，完全看不到Bâng-kah。同樣地，去年王彩樺大紅的台語歌曲〈保庇〉，官方MV使用的拼音是較接近英文的BoBee，而非台羅拼音pó-pì。

這不禁令人質疑，HoLo台語拼音官方已公佈多年，爲何在社會上仍然不普遍？並且成爲推展的反對原因。二○○六年強勢主導通過的台羅拼音，作家宋澤萊時任教育部國語推行委員也曾予以支持，會後他將結果告訴國中的學生說：「有人認爲p這個聲母不唸成ㄅ，而要唸成ㄅ，你們認爲如何？」學生回答說：「那個人一定是瘋子！」說完，他們哄堂大笑，並追問：「那麼，這個聲母唸成ㄅ你們同意嗎？」他們又大聲糾正宋澤萊的錯誤說：「不同意，應該要唸ㄅ！」這時，宋澤萊才若有所悟，他在教育部做錯了一個表決。通過的「台羅音標」是這麼違背學生的認知來規定的，它又將ㄎ這個聲母唸成ㄍ，ㄊ唸成ㄉ，完全背離當前學生的認知。

筆者二○○五年曾任教育部國語推行委員，當時台灣通用拼音與台羅拼音的委員不相上下，支持台灣通用拼音的委員強調國小HoLo台語的教學應考量與英語拼音習慣的接軌，並斟酌與客家台語、台灣華語、原住民語拼音的相通，如此才能減低學生的負擔，特別在國小每週僅有一節的母語課，學習成效是要事半功倍？還是要事倍功半？只可惜二○○六年的強勢主導，排除了支持與英語拼音接軌的台灣通用拼音，這或許是今日台語文爭議不可不重新檢討的重要課題。

（作者爲國立台北教育大學台灣文化研究所教授）

從艋舺談台語文爭議　翁聖峰

台灣精神詞典

序 吳崑松

　　台灣精神對台灣人有多重要？我對這個議題，提出以下四點分析說明，為的是不甘心台灣在被國民黨政府操縱下，被中國統一，所以主張台灣居民應該經過公平的公民投票，才有法源可以建立台灣國或加入美國，以避免台灣被中國統一。這是主流台灣精神，台灣人要充分了解及追求，才能走出近 70 年的被外來政權殖民統治，再出頭天。

　　1・**認同台灣**：熱愛台灣遠超過熱愛中國或中華民國。台灣有自己的歷史地理，文化語言，但均不同於中國，台灣人不是中國人。清王朝統治台灣時，禁止福建省及廣東省女性移民入台，男性移民只能娶原住民婦女成家及養育子女，所以台灣人不是中國人。譬如包括美國人、加拿大人、澳洲人、紐西蘭人等，他們都是來自英國，大部份屬於同種同族，但是、他們的認同是以他們落腳的那塊土地為榮為傲，這也證明同種同族，不一定要同一個國家。台灣這塊土地孕育了 2300 萬人的成長，有什麼理由不認同台灣？　況且全世界所有國家的人，大都知道 Taiwan，台灣人不管走到哪裡，都受到相當程度的歡迎，而中國人不管走到哪裡，大都給人極負面的印象，非常不受歡迎，為什麼還會有人自稱是中國人，我實在無法理解。

　　2・日本人統治及建設台灣 50 年，讓台灣人正直、善良、勤奮、誠信、進取跟包容守法，為人正直，不會貪污，守信用，一諾千金，誠信待人，追求民主自由，人權法治，公平正義。　但中華民國政府流亡到台灣近 70 年後，沒想到今天的社會，**卻看不到這些台灣人固有的美德，台灣日漸沈淪，也看不到陽光及遠景的到來。**

　　3・台灣人執政 8 年後，又失去政權，所以要再執政已經不可能了。兩年內，**中國將會可能因釣魚台島與南海的主權爭議，與日本及美國發生局部性的戰爭，戰敗國一定是中國，**甲午年也許這正是台灣地位未定的問題可能解套的良機。　國際情勢及馬英九賣台，加速中國侵蝕台灣的經濟，真的是中國買台灣，比打台灣更便宜。為什麼國民黨買票時，自作賤的台灣人，竟然又把選票投給殖民台灣的外來的統治者而不覺醒？要等到何時，台灣人才會覺醒？

　　4・**去中國化**：永遠不可以相信中國人、國民黨政府及馬英九權貴政客，他們在騙選票，以便執政，及推動台灣與中國統一而已。　中國人說他們有 5,000

年文化，不同的國家，本就應該有各屬於自己的文化，有非常多的台灣人都只會講北京話，反而不會講自己母語的台灣話，客家話，原住民話，哪有所謂的去中國化問題，全世界只有台灣的父母親會請台語老師教育台灣的孩子講台語，你有聽過日本的父母親聘請日語老師教育日本孩子講日語嗎？你有聽過美國的父母親聘請英語老師教育美國孩子講英語嗎？這是全世界最大、也是最諷刺的笑話，台灣人卻不自知。中國自吹領有台灣的主權，可是都拿不出來證明文件或有法律效力的證據，只是空口說白話而已。

　　我把十年前已經出版的通用台語字典，選出大約為四分之一的篇幅，編輯成為台灣精神詞典一書，將分成上下二冊，先後出版，作為美國加州台灣 e 新聞的文宣，推動台灣人講台語，及了解台灣的歷史，地理，文化的參考資料，也將部分詞句製作成 YouTube 短片，業已上網公開。只希望有一天，在我們的國家，或許能聽到台語及客語取代了北京語，成為台灣人大家的語言，甚至英語也經過立法，制定為台灣的教學語言。為了促進台語發音電腦化，我承國立中興大學資訊科學與工程學系余明興教授 (國立台灣大學資訊工程學博士) 之指導，及兒子吳剛志之日夜協助，二年前完成開發通用拼音、台羅拼音對照的軟體，才能將拙著通用台語字典的通用拼音、台羅拼音對照的 Android 智慧型手機 App(簡易型) 免費上市，也因此台灣精神詞典上冊一書，才能有通用拼音、台羅拼音對照版，呈獻給讀者，也經過他的國立中興大學資訊科學與工程學系，語音語言實驗室，主持了台語六調音值基頻分析比較 (共 26 頁)，將台語傳統八調 7 個台語聲調逐一分析比較，確定了第一調 (高平音、一拍長) 及第八調 (高入音、半拍長) 的平均音程高低 (即音值高低) 均在 140Hz 上下，明確地界定兩音調同為第一調 (高音調)，但有第一調高音一拍長及第八調入音半拍長之分，以台灣人的聰明才智及敏感性良好，對長音及入音，能辯才無礙，正是台語六調在科學界成立所在，在此先感謝余教授的指導。

　　以作者個人的看法，400 年前，西洋傳教士創立了教會羅馬拼音，這是一個法語式的羅馬字拼音平台，是當時殖民地統治者的拼音平台；現在 21 世紀英語稱王稱霸，KK 音標 (通用拼音) 的平台，橫掃全世界。要敵對英語嗎？台語只有力不從心地，順應潮流去接受她。台語面對數位化的改革方案，我們是提出台語 KK 音標 (通用拼音) 的平台及台語六調，這可在科學界已經驗證成立；又準備台語字 (用 4 個字母 fwxy--f，做為台語六調的台語字的調號)，來迎頭趕上，類似日語 (漢字，加上英文字母) 的台語字之挑戰。現在，應該

是由台灣人從現有的 KK 與台羅拼音的平台，依據公平競爭的市場機制，由台灣人以市場調查，公平競爭，選擇通用或台羅系統。

回想起我編著台語字典的過程，總是景仰倡導美式英語的字典編纂家 Noah Webster（諾亞‧韋伯斯特，1758 年 10 月 16 日 − 1843 年 5 月 28 日，美國辭典編纂者，課本編寫作者，拼寫改革倡導者，政論家和編輯，被譽為美國學術和教育之父）。他的藍皮拼字書（The Blue-backed Speller）教會了當代美國兒童怎樣拼寫，在美國，他的名字等同於字典，尤其是首版於 1828 年的現代韋氏詞典。他的努力編寫，才促成了美語在美國生生不息。為了保留及尊崇他對美國英語的貢獻，以下這二段原文，我不用中文翻譯，寄望這篇短文所述之觀念，正也是我吳某人編著台語字典的心路歷程的翻版：

In 1806, Webster published his first dictionary, A Compendious Dictionary of the English Language. The following year, at the age of 43, Webster began writing an expanded and comprehensive dictionary, An American Dictionary of the English Language, which would take twenty-seven years to complete. He did this because Americans in different parts of the country spelled, pronounced and used words differently. He thought that all Americans should speak the same way. He also thought that Americans should not speak and spell just like the English.

Though it now has an honored place in the history of American English, Webster's first dictionary only sold 2,500 copies. He was forced to mortgage his home to bring out a second edition, and his life from then on was plagued with debt。

吳崑松

台灣語文出版館

寫於 2017 甲寅年 中秋夜

台灣精神詞典　編著後記

吳崑松
20181111

　　這本台灣精神詞典上冊的本文，早在四年前，就大致編寫完成，但是一直不敢出版上市。原因是 1. 市場調查告訴我，沒人買書這一類用通用拼音的台語詞典。市場上，寫書的作者竟然比買書的人還多，這是一家資深出版社老闆告訴我的。2. 另外一個原因，前教育部長杜正勝為陳水扁在民進黨執政的期間內，2008 年宣佈採用台灣閩南語羅馬字拼音系統，為唯一的台語教學系統，把台北市政府教育局頒佈實施的通用拼音否決。主要原因是教育局頒佈實施的通用拼音沒有一本周全的通用拼音字典，又他也聽說通用拼音派主張，台語只要六調就夠了，不必第八調，就可以正確地發音。他就大筆一揮，台語羅馬字拼音就上路了。其實，我的通用台語字典上下冊，1,200 頁，在 2003 年及 2006 年就已經出版了，我把傳統台語第八調的入聲字，界定為第一調，但發短音，並合併到同為高音程、但不發第一調的長音，改發半拍短音，這一平台，叫作台語六調。很遺憾地，這位部長會傷害台灣小學生的家長，他們不熟悉台語羅馬字拼音，無法在家中教孩子學台語，因為家長不知道我編著了台灣精神詞典，設計了**台語 KK 音標、台語六調二平台**，可以讓家長在家裡指導孩子學會台語。

對於當今推動台語教學，我個人認為：

1. 母語本來就是不必教，只要母親堅持向五歲以內的幼兒講媽媽的語言，寶寶就會永遠記得，並且累積下來，而會講出媽媽的話來。此問題在於母親不肯與孩子說母語，或母親根本就不會講母語。

2. 爸爸媽媽有多少人懂得台語羅馬字拼音？在今天當下，絕對不到一成；所以，如何叫爸爸媽媽教孩子學會台語羅馬字拼音？但是爸爸媽媽他們都會音語 kk 音標。為什麼教育部長不下令，在小學台語教學，改教台語 kk 音標？這都因為國民黨中國洗腦教育遺毒不散。

3. 在小學教台語，只要口試，只要秀出成績及格，不必要筆試，會用台語演講就及格。

台 灣 自 治 聯 盟

台北市忠孝東路 3 段 241 號 2 樓
Tel: 02-2777-1789， Cell: 09-55555-600
Email: brianqo@gmail.com

陳 情 函
台語、英語，做伙教

2018/10/24

行政院賴清德院長閣下，

　　上個月，行政院公開聲明，明年將在幼稚園、國民中小學施行英語教學。五年前，台南市政府也公開聲明，要在國民中小學施行英語教學；現在，我們建議，應該多增加台語，**使英語與台語成為唯二的官方語言，同稱為國語**；台灣要去中國化，只能將英語、台語、北京語、客語、與原住民語界定為教學語言. 看看新加坡的以英語為國語，國家小，但是比台灣強大，國民所得為台灣的三倍. 台灣由中國人執政 62 年，尊稱北京語為國語，造成人民不知道我是那一國的人民？

　　今天，台灣人站出來，要將英語與台語正名，成為唯二的官方語言，同稱為國語。台灣人不再是中國人，我們要從台語 KK 音標，或台灣閩南語羅馬拼音，依據公開市場調查的選擇，決定一種教學系統。台語 KK 音標是依據英語的發音，全盤移植過來，有 95% 相容度；又為國際最通行、數位化、電腦化。若不將台語 KK 音標公告為唯一的教材，將會使教育部會重蹈覆轍，當年 TALP 拼音系統失敗下架，又要再下架台語羅馬字拼音一次？

　　本人認為台語文字化，將面臨選擇：

(1) 拼音選擇： a) 台語 KK 音標 (通用拼音)，或

　　　　　　　 b) 台語羅馬字拼音。

這二個選擇，是必然之方向，只是時間遲早，及政治力之介入程度深淺而已，社會大眾宜有接受之心理準備罷了。

(2) 聲調選擇： a) 台語六調，或

　　　　　　　 b) 傳統八調。

二者第一調均為高音程，無差異。傳統八調之第八調為入聲，短音半拍；台語六調之第一調為平聲，長音一拍，所以傳統的第八調與台語六調的第一調，可合列為第一調，無混淆疑慮。

(3) 台語字聲調符號選擇：將面臨選擇拼音字母 (台語六調堅持 fwxy--f，直接以標準化鍵盤打字輸入)，或符號 (傳統八調堅持的聲調符號，須重新造字型，無法以鍵盤輸入)。

(4) 漢羅選擇： a) 漢羅系統 (漢字加拼音字母 abcd 混合使用，像日文一般)，或
　　　　　　　 b) 全漢系統 (只使用漢字，不用拼音字母 abcd，像中文一般)，或
　　　　　　　 c) 全拼音化 (不使用漢字，只使用拼音字母 abcd，像英文一般)。

(5) 電子書、印刷紙本之選擇：將影響到台語的興衰存亡，任何人都無法改變。

吳崑松
祕書長
台灣自治聯盟

台語 KK 音標（通用拼音）說明　　2018/9/9

　　本字典所採用的台語 KK 音標（通用拼音）係根据台北市政府教育局於 1998 年 2 月 12 日所制定之 "國台客語通用音標方案" 而標注，目前大約有十種音標系統標注台語，可以依照使用情況概略分成五大類，如下：

　　a. 台語 KK 音標（通用拼音），

　　b. 教會羅馬拼音，

　　c. 教育部台灣閩南語羅馬字拼音（即台語羅馬拼音），

　　d. ㄅㄆㄇ注音符號，

　　e. 其他（如現代台語拼音系統，十五音等）。

　　要整合統一這些拼音系統相當困難，現在已經由教育部重新制定一套台語羅馬拼音系統，頒佈全國使用，但是社會各界及教育界反應極差，電視臺報導常有所聞。但是拼音系統要用來標注台語的發音及聲調，應該要合乎世界強勢語言之拼音習慣、簡單、精確、易學、能相互接軌變換，不必另外購置軟體造新字或符號，又可以用電腦輸入經網路傳輸，故本字典使用台語 KK 音標（通用拼音）。

　　三種較通行的拼音系統及英語 KK 音標的比較：

　　1. 母音（韻母）

例字	台語 KK 音標（通用拼音）	教會羅馬拼音	台語羅馬字拼音	英語 KK 音標
阿	a	a	a	a
鞋	e	e	ia,e,i	e
英	eng	eng	ing	eng
迫	bek	pek	piak	bek
衣	i	i	i	i
烏	o	o·	oo	o
蚵	or	o	o	ɚ
有	u	u	u	u
倚	ua	oa	ua	ua
畫	ue	oe	ue	ue
毋	m	m	m	m
黃	ng	ng	ng	ng

　　2. 子音（聲母）

白	beh	peh	peh	b
鼠	ci	chhi	tshi	tʃ
豬	di	ti	ti	d
狗	gau	kau	kau	g

魚	hi	hi	hi	h
瑜	ju	ju	ju/lu	j
腳	ka	kha	kha	k
里	li	li	li	l
毛	mo	mo·	moo	m
尼	ni	ni	ni	n
翁	ong	ong	ong	ng
皮	pe	phe	phe	p
牛	qu	gu	gu	—
四	si	si	si	s
土	to	tho·	thoo	t
馬	ve	be	be	v
注	zu	chu	tsu	z

3. 入音

-p	-p	-p	-p	-p
-t	-t	-t	-t	-t
-k	-k	-k	-k	-k
-h	-h	-h	-h	-h

4. 半鼻音

-nn	-nn	-N	-nn	—

5. 相異字比較

變	ben	pen	pian	ben
灣	uan	oan	uan	uan
話	ue	oe	ue	ue
聯	len	len	lian	len
迫	bek	pek	piak	—
英	eng	eng	ing	ing
惡	ok	ok/o·k	ok/ook	—
碗	uann	oann	uann	uann
翁	ong	o·ng	ong/oong	ong
娥	qonn	ngo·	ngoo/goonn	—

　　以上均沒標注聲調，以免混淆不清。相異字是教會羅馬拼音、台語羅馬字拼音可以有數種拼音字母來標注，較有爭議，例如：迫 pek，piak；英 eng，ing；聯 len，lian.

台語六調 (注音符號七聲調) 說明

　　本出版館出版之字典及台語書籍，發音採用台語 **KK** 音標 (通用拼音)，係根据台北市政府教育局於 1998 年 2 月 12 日所制定之 "國台客語通用音標方案" 標注；但台語聲調係套用北京注音符號五聲調，修正及調整為**台語六調 (注音符號七聲調)**。

　　傳統的台語聲調均採用台語八調 (即教會羅馬音的八調，簡稱為羅 1 調…，羅 8 調)，初學者無法很快並正確地學會這 8 個聲調，因為他們早已被北京語ㄅㄆㄇ的注音符號五聲調 (簡稱為注 1 調，注 2 調，注 3 調，注 4 調及輕聲注 5 調，例如**山 . 明 . 水 . 秀 . 的 .**) 所鎖定，須費長時間才能學會及記住教會羅馬音的 8 調。以目前的情勢，北京語注音符號ㄅㄆㄇ還是會在台灣繼續教下去。編者一直懷疑及被問及，為何要再教另外一套複雜的台語八調？傳統台語 8 調 (即羅 8 調 , 發入音 k,p,t 的半拍短音，或促音 h 半拍短音)，但音值與發長音羅 1 調同為高音，只不過台語 8 調是發入音 (p,t,k) 或促音 (h) 半拍短音，而自然產生的，二者應可合稱為台語第 1 調。再加入另一個台語特有的台 6 調 (中長音值)，因此就界定此六調為台語六調，並簡稱為台 1 調，…，台 6 調，台語 1 調短音。承蒙國立中興大學資訊科學與工程學系語音語言實驗室，測試台語六調音值基頻分析指出，**傳統台語第 1 聲調與第 8 聲調頻率高低是差不多的，差別主要在第 1 聲調音程是的長音，第 8 聲調是短音**。前五調之唸法及符號依照北京語注音符號之五調，再加一個台語特有的台 6 調即可。倒不如借用注北京語音符號ㄅㄆㄇ的五聲調，及將其中台 3 調與注 3 調雖有絲微差異，台 3 調只取注 3 調之前半段，在學習上不會有困難。雖然各界會有所排斥，終究受害的是台語的發展，深受阻力，若台語無法在年青這一代生根，學界及民間台語研究者，應深思及檢討。謹將台語六調，北京語ㄅㄆㄇ注音五調及傳統台語八調比較及對照如下：

	高長音 3-3	低升中音 1-2	中降低音 2-1	高降中音 3-2	中入短音 2-0	中長音 2-2	高入短音 3-0
台 語 六 調 調 號 及 例 字	台 1 調 獅	台 2 調 牛	台 3 調 豹	台 4 調 虎	台 5 調 (入音,促音) k,p,t,h 鴨	台 6 調 象	台 1 調 (入音,促音) k,p,t,h 鹿
注 音 五 調	注 1	注 2	注 3	注 4	注 5	(無)	(無)
台 羅 八 調 調 型	(空)	＾	＼	／	(空)(k,p,t,h)	(無)	｜
台 語 字 六 調	f	w	x	y	-	-	f
對 應 的 台 羅 八 調	羅 1	羅 5	羅 3	羅 2	羅 4	羅 7	羅 8
台 羅 八 調 及 例 字	1 東	5 堂	3 擋	2 黨	5 督 k,p,t,h	6 動	8 獨 k,p,t,h
台 語 六 調 音 程							

　　台語六調分別以 f,w,x,y,-,-,f 等五個字母與二個空白符號，做為書寫字母的調號，可以代替 1,2,3,4,5,6,1 等六個數字調號，形成新的台語字 (Daiqiji)，等同於教會羅馬音的白話字 (Peueji, 羅馬字)。

台 1 調	台 2 調	台 3 調	台 4 調	台 5 調	台 6 調	台 1 調
注 1	注 2	注 3	注 4	注 5	（無）	（無）
羅 1/ 羅 8	羅 5	羅 3	羅 2	羅 4	羅 7	羅 8
f	w	x	y	(p,t,k,h)（空白）	（空白）	(p,t,k,h)f
福	隆	五	股	烈	嶼	八德
hok1	liong2	qo3	go4	let5	su6	bat1 dek5
hokf	liongw	qox	goy	let	su	bat1 dek5
獅	牛	豹	虎	鴨	象	鹿
sai1	qu2	ba3	ho4	ah5	ciunn6	lok1
saif	quw	bax	hoy	ah	ciunn	lokf
豬	池	智	抵	得/滴	治	直
di1	di2	di3	di4	dit5/dih5	di6	dit1
dif	diw	dix	diy	dit/dih	di	ditf
左	營	淡	水	直	通	竹南
zo1	iann2	dam3	zui4	dit5	tong6	dek1 lam2
zof	iannw	damx	zuiy	dit	tong	dekf lamw

台語六調：

1 調	2 調	3 調	4 調	5 調	6 調	1 調
獅	牛	豹	虎	鴨	象	鹿
≡	≋	≍	≍	≡	≡	≡
羅 1	羅 5	羅 3	羅 2	羅 4	羅 7	羅 8
（空白）	＾	＼	／	（空白）	―	｜
陰平	陽平	陰去	陰上	陰入	陽去	陽入

教羅傳統八調：　　　　　　　　　　台羅傳統八調：

聲調符號：

	1	2	3	4	5	6	7	8
	a	á	à	ah	â	á	ā	åh

高
中
低

例字　東　黨　擋　督　堂　　　　動　獨

台語在說話及書寫中，聲調會升高或降低，這是變調，其規則如下：

台 1 調	變為台 6 調
台 1 調（入音 p1,t1,k1）	變為台 5 調（入音 p5,t5,k5）
台 1 調（促音 h1）	變為台 3 調（促音 h3）
台 2 調	變為台 6 調（南部腔）
台 2 調	變為台 3 調（北部腔）
台 3 調	變為台 4 調
台 4 調	變為台 1 調
台 5 調（入音 p5,t5,k5）	變為台 1 調（入音 p1,t1,k1）
台 5 調（促音 h5）	變為台 4 調（促音 h4）
台 6 調	變為台 3 調

台語變調偶爾有例外，只能靠學習及口耳相傳，亦依地域而異，不在上述規則之中。台灣南北腔調有別，這是事實，南北二地的通行腔分別代表當地的母語腔調，可能足以包含八成的台語人口的腔調。字典採用的台語六調，與其他台語拼音系統聲調之比較，如下：

調號	例字	台語 KK 音標（通用拼音）	台語字	注音符號七調	八調調型	傳統八調調號	調值	調變	變調後台語字
1 調	獅	sai1	saif	1 空白	空白	1	3-3	sai6	sai
2 調	牛	qu2	quw	2 ／ 台語比較平緩	＾	5	1-2	qu6 南部腔 qu3 北部腔	qu qux
3 調	豹	ba3	bax	3 ∨ 台語取前半段	＼	3	2-1	ba4	bay
4 調	虎	ho4	hoy	4 ＼	／	2	3-2	ho1	hof
5 調	鴨	ah5	ah	5 ・	空白	4	2-0	ah4	ahy
6 調	象	ciunn6	ciunn	6 —	—	7	2-2	ciunn3	ciunnx
1 調	鹿	lok1	lokf	7 空白	∣	8	3-0	lok5	lok

一位台語教師的見證

2015/03/22

新北市國小現職教師

李素慧

自 2006 年 10 月 14 日教育部宣布閩南語拼音系統採「台羅」後，使得一向用慣通用拼音的基層教師備感困惑。

在教學現場上，「台羅」第三聲的調號與注音符號的第四聲標法相同，是我們難以克服的教學困境，如此標法極易造成學生認讀上的混淆，學生很難與舊經驗結合，如：「比較」二字，通用為「bi-gau」；「台羅」為「pí-kàu」；學生不只要強記第三聲的念法，又要記「í」的調號—第二聲的念法，非但如此，語詞的首字還須變成第一聲，才是正確的讀音，連大人都覺得複雜難學的拼音，在一週只有一節母語課的情況下，要讓學生學會「台羅」拼音，似緣木求魚！

台語的聲調與變調是初學者感到較難的部分，若採「通用拼音」，學生看到拼音即能迅速讀出正確的讀音，不必再變調，好認好學；反之，「台羅拼音」每一個字均標本調，字母方面，除了要把 p 讀成「ㄅ」、t 讀成「ㄉ」、k 讀成「ㄍ」外，還要學變調規則，才能讀出正確的讀音，真是一個頭比兩個大！

台語的音除了單獨一個字讀本調外，語詞前面的字通常要變調。如：「胃酸」的「胃」，本調是第七聲，變調後應讀第三聲；但「胃疼」的「胃」，因是強調的字，故字首不變調，仍讀第七聲。「通用」標注自然調，看什麼讀什麼就對了，如：「胃酸」寫成「ui-sng」，「胃疼」寫成「ūi-tian」，清楚明瞭；但「台羅」「胃酸」寫成「uī-sng」，「胃疼」寫成「uī-thiànn」，學生如何從字面上分辨同一個「胃」字，卻有不同的讀法，這種難度未免太高了吧！

拼音系統是學習語言的工具，也是學習語言最佳的利器。基此，我選擇好教好學的通用拼音教小朋友。從小一開始，除了一週一節台語課外，我還撥空教孩子學拼音。教字母時，以遊戲方式融入；教聲調時，則以手勢辨認，學生很容易掌握要領，故學起來輕鬆又有效。

到了二年級，學生已能運用拼音學念謠、台灣俗語、繞口令 ..... 等。今年過年前，我教他們用台語講「新年的好話」，小朋友竟也能朗朗上口，且字正腔圓。三月親師懇談會時，有家長分享孩子學台灣俗語及用台語講新年好話的經驗，不但贏得長輩們的讚賞，還因此多拿了許多紅包呢！ 我覺得這些應歸功於好教好學的拼音系統。

目前閩南語認證考試只有台羅拼音版，明顯剝奪本土語言師資自由選擇的權利，在此誠摯呼籲教育當局能重視此事，並傾聽基層教師的聲音！

國立中興大學資訊科學與工程學系語音語言實驗室
台語六調音值基頻分析比較 (簡文)

壹 分析基頻方法

【欲分析的音檔】

　　本次分析基頻是用國立中興大學資訊科學與工程學系，語音語言實驗室室紀旺松學長的抓基週程式來抓取，因為若是使用現成軟體（如：wave surfer）雖然方便，但是卻容易造成分析為兩倍或一半基頻，且無法手動修正，但使用此軟體可以手動修正，讓正確率大幅的提升。

【About Pitch finding tool】

　　原文共計 26 頁，經吳崑松刪、增部分文字圖說，如有錯誤，由吳崑松負責。

貳 分析結果

　　a. 獅 第一個音(第一調，一拍)　　　　　　　【聲音】

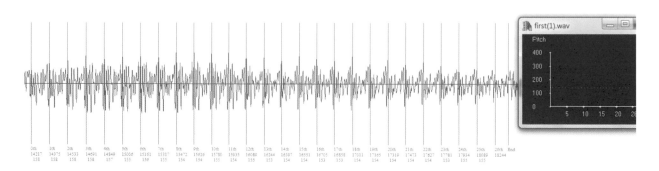

台語六調音值比較

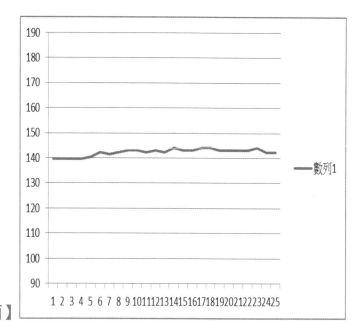

【分析結果數值】　　　　　　　　　　　　　　　　　　　　　　　　【分析結果趨勢圖】

g. 鹿　第七個音(第一調，入音、促音，均為半拍)　這個音調(高)軌跡較為雜亂，不過仍可看出其趨勢是上升的，大約從 120Hz，上升到到 160Hz。

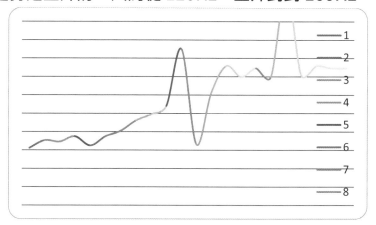

現在回到您關心的問題，即　獅 & 鹿　音調是否相似？我把獅的音調軌跡比較，得其平均音高，差不多(都是 140 多 Hz)，傳統台語 1 聲與 8 聲頻率高低是差不多的，差別主要在音程的長短(長音一拍，或短音半拍)。但是　獅　是平的，而　鹿　是升的。最後，要提醒您的是：我(Wang-song Ji)認為做這種分析，應該要用有代表性(或較被公認)的音。　連結：
https://mail.google.com/mail/u/0/#sent/15e8ebc5518e78af?projector=1

國立中興大學資訊科學與工程學系語音語言實驗室

(一) 余明興教授來函 2017/09/20

台語 1 聲 & 8 聲頻率高低是差不多的，差別主要在音程的長短。
我個人最喜歡的聲調編號如下表，提供做為參考。 華台客語皆適用。

表 3.4. 整合後的聲調編號和符號。

台語六聲調編號 & 符號	1, ¯	2, ╱	3, ∨	4, ╲	5, •	6, ⏐	7, +	8, °
原華語五聲調編號	1, ¯	2, ╱	3, ∨	4, ╲	5, •			
原台語八聲調編號	1, ¯	5, ╱	3, ∨	2, ╲	4, •	三連音高調	7, +	8, °
原客語四縣聲調編號	3, ¯	1, ╱	5, ∨	2, ╲	4, •			8, °
原客語海陸聲調編號	4, ¯	2, ╱	3, ∨	1, ╲	8, •		7, +	5, °

教羅傳統八調：

聲調符號：

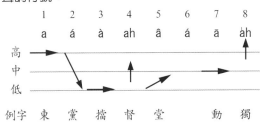

例字　東　黨　擋　督　堂　　動　獨

(二) 余明興教授，台語音調建議案，提供參考 2010.10.20.

依照我之前所描述的：台語平聲字和入聲字各有六調。其中有五個聲調的調職是很接近的，可以用同一個符號，全部列述如下。

聲調編號：　1　　　2　　　3　　　4　　　5　　　6　　　8

平聲例字：均 (gun1)　群 (gun2)　圓棍棍 (gun4 gun3)　滾 (gun4)　　　郡 (gun7)

入聲例字：骨 (gut1，骨仔湯)　滑 (gut3，滑倒)　　　骨 (gut5)　滑 (gut6)　滑 (gut7，很滑)

(第 1 聲是傳統第八聲南部讀法)；(第 7 聲是傳統第八聲北部讀法)

上述的第 7 聲是原來傳統台語聲調的第 7 聲，如果要和原有字典 [通用台語字典] 一致，那麼把第 6 & 7 聲互換也是好選擇，第 7 聲就是聲調最高那個聲調。

國立中興大學資訊科學與工程學系語音語言實驗室
余明興 敬上

推動台語詞典在便利商店中銷售，及在家中推動講母語

2019. 9. 17.
吳崑松

十多年來，國民黨及民進黨輪流執政，教育部對於台語教學，只推動**台灣閩南語羅馬字拼音、傳統八調**；但是小學生仍然拒絕，也不使用台語或客語，互相交談。教育部叫小學生去學奇奇怪怪的漢字(例如：人用**喙**來吃飯？人用**跤**來走路？)，難道這才表示**台語有學問**嗎？作者勇敢地提出，**使用台語 KK 音標(Taiwanese KK Phonics，即通用拼音)、台語六調(Formosan 6 Tones，即類似注音符號 7 聲調)，與台語羅馬字拼音、傳統八調對照**，來標注台語，必定會引起家長的關心、接受，及學生的參預、贊同。

如果全台灣近萬家的便利商店，能有一千家將本書**台灣精神詞典上架銷售**，大力推展本書到每一個家庭，人人在家中只講母語，讓小學生跟著父母學、用母語，則這是最自然、最有效果、最標準的台語推動利器。假如爸爸、媽媽不懂得政府推動的台語羅馬字拼音發音及傳統台語八聲調，那就到至便利商店，買一本**台灣精神詞典**(上冊或下冊)，至少爸爸、媽媽看得懂英語 KK 音標，及注音符號五聲調吧，**他們即刻會用台語 KK 音標及台語六調，向孩子講出發音正確的、聲調順口的，媽媽教的台語**。此一時日，正在來臨中。作者幸運地，有機會與萊爾富便利商店台中區約 200 家便利商店洽談，上架銷售其**台灣精神詞典**，此乃試放風向球之舉，能否帶領風潮，有待市場的反應，才能得知市場能不能接受此種推銷方式。

去年，台灣精神詞典上冊，承蒙台北市政府文化局審核通過 107 年度第 2 期專業藝文類，文學補助出版在案；今年有幸，台灣精神詞典下冊，也通過 108 年度第 2 期專業藝文類，文學補助出版在案。**此二項榮譽，得之不易，正好將來可以讓台灣精神詞典上、下二冊合併出版，借著此機會推廣台語的教學，能數位化、國際化及簡單化。**

宜蘭乃歌仔戲原鄉，本著發揚、保存本土文化，宜蘭縣政府文化局自 2013 年啟辦宜蘭戲曲節至今，使台語教學日漸入佳境，成果表現亮麗；讓研究台語、台語教學、台語交談得以逐漸形成風氣，是好現象。教育單位及公司企業，如果有資金及人力資源配合，將來必有成果。**有一天，在官方培植、民間傳承下，台語一定會恢復活力，不至於消失無蹤。**

日語的羅馬化
有二派分別存在及使用中

吳崑松　　20190520

1.

赫本羅馬字（Modified Hepburn-shiki）是由一個國際委員會在 19 世紀後期發展起來的，該委員會的目的是建立一個統一的羅馬字系統。 該委員會的羅馬字計劃由委員會成員和美國傳教士詹姆斯.柯蒂斯.赫本（James Curtis Hepburn，日本名：ヘボン，是日本江戶時代被美國長老會派到日本作醫療及傳道的宣教師），在 1886 年出版的日英詞典的廣泛傳播推廣。改良的赫本系統也被稱為**標準系統**（Hyojun-shiki）於 1908 年出版。赫本羅馬字（ヘボン式ローマ字 Hebon-shiki Romaji ）是日語的羅馬字系統，使用拉丁字母書寫日語。大多數外國人習慣用拉丁字母拼寫日語和羅馬字個人姓名、地理位置、以及其他信息，如路標和與外國的官方通信。

2.

在第二次世界大戰之前，赫本羅馬字的支持者和日本式 (Nihon-shiki) 羅馬字的支持者之間發生了政治衝突。1930 年，在教育部長的支持下成立了一個調查委員會，以確定適當的羅馬字系統。 日本政府按照內閣命令（訓令 kunrei），於 1937 年 9 月 21 日宣布正式採用為**訓令式羅馬字(Kunrei-shiki)**。 最初，該系統被稱為 Kokutei（國定，政府授權）系統。日本政府逐步推出了出現在中學教育中的訓令式羅馬字 Kunrei-shiki，用於火車站，招牌，航海圖和 1/1,000,000 比例的世界國際地圖。雖然中央政府有強大的控制權。從 1937 年到 1945 年，日本政府在其旅遊手冊中使用了 Kunrei-shiki，然而，在日本仍然有人使用 Nihon-shiki 和 Modified Hepburn-shiki，因為有些人支持使用這些系統。Kunrei-shiki Romaji（訓令式ローマ字）是一個由內閣制訂的羅馬化系統，將日語翻譯成拉丁字母，它縮寫為 Kunrei-shiki。它有時被稱為 Monbusho(文部省系統) ，因為它是由文部省 Monbusho 批准的小學課程中教學課程標準化網授的。

3.

雖然，今天日本政府正式公告及支持訓令式 Kunrei-shiki 羅馬字，但赫本羅馬字仍在使用，仍然是全球標準。 赫本風格被認為是為西方人提供日語發音的最佳方式，由於它是基於英語和意大利語的發音，與 Nihon-shiki 羅馬字相比，使用英語或羅馬語（例如，意大利語，法語，葡萄牙語和西班牙語）的人通常會更準確地說出在赫本羅馬字的的日語單詞。訓令式羅馬字與較老的赫本羅馬字競爭，在戰後時期，一些教育工作者和學者試圖引入羅馬字母作為教學設備，在以後取代漢字。1954 年 12 月 9 日，日本政府重新確認了 Kunrei-shiki 作為其官方系統，但略有修改，但外交部，國際貿易和工業部，以及許多其他官方組織仍然使用赫本，日本時報，JTB 公司(日本旅游局)和許多其他私人組織，也仍然使用赫本羅馬字。

4.

台語教學發音系統，何去何從？日語拼音系統的演變，值得我們台灣當局深思。

台語拼音系統對照表　台語 KK 音標・台語聲調 摺口

台語拼音系統對照表

	例字	台語KK音標（通用拼音）	台語羅馬字拼音	英語KK音標	現代台語拼音系統（吳國安 K.A. 音標）
母音	阿	a	a	a	a
	鞋	e	e ,ia,i	e	e
	衣	i	i	i	i
	烏	o	oo	o	o
	蚵	or	o	ə	ur
	有	u	u	u	u
	碗	uann	uann	(uann)	W
	影	-iann	-iann	(-iann)	Y
半母音	毋	m	m	m	m
	黃	ng	ng	ŋ	ng
子音	白	b	p	b	v
	鼠	c	tsh	tʃ	c
	豬	d	t	d	d
	狗	g	k	g	k
	魚	h	h	h	f/h
	瑜	j	j	j	j
	腳	k	kh	k	q
	里	l	l	l	l
	毛	m	m	m	m
	尼	n	n	n	n
	皮	p	ph	p	p
	牛	q	g	( )	g
	四	s	s	s	s
	土	t	th	t	t
	馬	v	b	v	b
	注	z	ts	z	z
入音	-p	-p	-p	(-p)	-b4, -p8
	-t	-t	-t	(-t)	-d4, -t8
	-k	-k	-k	(-k)	-k4, -q8
促音	-h	-h	-h	(-h)	-h4, -f8
半鼻音	-nn	-nn	-nn	(-nn)	-nn

著作者 吳崑松 台灣雲林縣人，1941 年出生。
台中一中，1960 年畢業。
國立成功大學工商管理學系，1964 年畢業。
國立成功大學工業管理研究所碩士班（第一屆），1971 年畢業。
著作：通用台語字典 上冊，2003 年、100 萬字；
　　　通用台語字典 下冊，2006 年、100 萬字；
　　　台灣自治白皮書　　2017 年；
　　　台灣精神詞典 上冊　2017 年；
　　　原音重現　　　　　2018 年，古早台語七字仔歌謠；
　　　台灣精神詞典 下冊　2020 年。

台灣精神詞典　台語 KK 音標・台語聲調

作者套用英語 KK 音標平台及注音符號聲調系統，設計台語 KK 音標、台語六調及台語字平台，與通行世界各地的英語 KK 音標，二者字母約有 95% 相容。

a. 在今天的數位化時代，台語六聲調（台語六調），係該套用小學生都十分熟悉的北京語注音符號第 1、2、3、4 聲（均發一拍長音）、及輕聲第 5 聲（發音半拍短音）的現有平台，重新依照注音符號聲調順序，來界定台語的數位化調號，分別稱為：

1. 台語高長音 1 調一拍 ♩，例字獅 sai1；
2. 台語低升中 2 調一拍 ♩，例字牛 qu2；
3. 台語中降低 3 調一拍 ♩，例字豹 ba3；
4. 台語高降中 4 調一拍 ♩，例字虎 ho4；
5. 台語中入音 5 調半拍 ♪，促音例字鴨 ah5；
　　　　　　　　　　等同注音符號輕聲
6. 台語中長音 6 調一拍 ♩，例字象 ciunn6，即傳統第 7 調，台語特有聲調；
7. 台語高入音 8 調半拍 ♪，入聲短音，其頻率高低為 140Hz，等同高長音台語 1 調，但有短音與長音之差別，例字鹿 lok1。音程經科學分析、驗證、認定，台語 1 調發四分音符 ♩，一拍長音；與傳統 p，k，t，h，8 調之音值均為高音 140 hz，但後者是發半拍 ♪ 短音入聲。我個人及多位台語學者及作家均認定，傳統 8 調等同台語 1 調，音值均為高音 140 hz，這已足以由發入聲或長音，分辯其差異。經作者將台語 7 個例字（獅 sai1；牛 qu2；豹 ba3；虎 ho4；鴨 ah5；象 ciunn6；鹿 lok1) 提交學術研究單位分析音程，已有書面驗證認定文書，供參考。

b. 將來，台語一定會演化到推行漢字和字母混合使用的境界潮流，今事先設計台語字平台（取名為台語字）、台語 KK 音標及台語六調平台如下：

台語字：	永	和	淡	水	直	通	竹	南
台語六調調號：	1 調	2 調	3 調	4 調	5 調	6 調	1 調	
傳統八調調號：	1 調	5 調	3 調	2 調	4 調	7 調	8 調	
台語字：	engf	horw	damx	zuiy	dit	tong	dekf	lamw
台語 KK 音標：	eng1	hor2	dam3	zui4	dit	tong	dek1	lam2
五線譜音符：	一拍	一拍	一拍	一拍	半拍	一拍	半拍	
	♩	♩	♩	♩	♪	♩	♪	
	四分音符	四分音符	四分音符	四分音符	八分音符	四分音符	八分音符	

其他的台語拼音平台，有誰能比得上台語 KK 音標、台語字的明確、精準、電腦化、世界通行、簡單、有說服力？

臺北市政府文化局贊助表

臺北市政府文化局 108 年度第 2 期藝文補助申請案「文學類」補助結果一覽表

評審委員：王盛弘、李進文・姚榮松、許俊雅、陳幸蕙、陳俊榮、蔡素芬《依姓氏筆畫順序》

序號	申請者	計畫名稱	申請項目	補助金額	輔助附帶條件
1	財團法人耕莘文教基金會	創作的宇宙—108 年耕莘文學推廣研習系列	研習推廣	90,000	
2	幼獅文化事業股份有限公司	幼獅文藝第十八屆寫作班秋季班	研習推廣	90,000	
3	中華民國筆會	中華民國筆會百年文學視野暨外國文學大講堂系列講座	研討會	80,000	指定輔助：講師費、文宣費、場地費
4	社團法人臺北市紅樓詩社	現代詩歌朗誦工作坊	研習推廣	60,000	
5	社團法人台灣文學發展基金會	2019 文藝雅集	其他	240,000	
6	張桂哖	『傾斜觀看—影像詩集』創作計畫	創作	60,000	
7	吳崑松	Jiden, 台灣精神詞典下冊出版	出版	50,000	
8	二魚文化事業有限公司	2018 臺灣詩選出版計室	出版	80,000	

台灣精神詞典

iJiden, the Formosan Dictionary
of the Taiwan Spirit

台語 KK 音標(通用拼音) 台語六調(注音符號聲調)
台語 KK 音標、台羅拼音對照版

部首 a;a

a

阿 **[a1; a1]** Unicode: 963F, 台語字: af
  [a1, a3; a1, a3] 稱呼親戚,表示親近,字前詞
阿緱[a6 gau2; a7 kau5] 古地名, 有作阿緱林 a6 gau6/3 lann2, 原意為蔦榕的叢林地, 今屏東縣屏東市, 但常誤作阿猴 a6 gau2。
阿片[a6 pen3; a7 phian3] 鴉片, 相關詞北京語鴉片 ia1 pen4, 日本在 1895 年起, 取得台灣的主權後, 在户籍資料中, 用阿片來註明此人有無吸食鴉片.例詞阿片花 a6 pen4 hue1 罌粟花;阿片薰 a6 pen4 hun1 鴉片煙;阿片忼 a6 pen4 qen3 吸食鴉片的煙癮;阿片仙 a6 pen4 sen1 吸食鴉片煙的人;阿片煙吹 a6 pen4 hun6 cue1/ce1 用來吸食鴉片的煙斗;阿片戰爭 a6 pen4 zen4 zeng1 鴉片戰爭, 清帝國與英國間, 為鴉片進口而發生之戰爭。
阿蓮鄉[a6 len6 hiang1; a7 lian7 hiang1] 在高雄縣。
阿里山[a6 li1 san1; a7 li1 san1] 山名, 在嘉義縣阿里山鄉, 舊名松羅仔山 siong6 lor6 a1 suann1。
阿山仔[a6 san6 a4; a7 san7 a2] 小猴子, 有作猴山仔 gau6/3 san6 a4。
阿山仔[a6 suann6 a4; a7 suann7 a2] 由唐山來的中國人, 尤其是指第二次世界大戰後, 由中國逃難來台灣的中國人, 統稱外省人 qua3 seng1 lang2。
阿里山鄉[a6 li1 san6 hiang1; a7 li1 san7 hiang1] 在嘉義縣, 舊作吳鳳鄉 qo6 hong3 hiang1。

仔 **[a4; a2]** Unicode: 4ED4, 台語字: ay
  [a3, a4, ann4; a3, a2, ann2] 字尾詞,表示...的,...的人, 親近的,小的
囝仔[qin1 a4; gin1 a2] 小孩子, 幼兒, 小孩子, 統稱子女, 不分男兒及女兒, 相關詞囝仔囝 qin1 a1 giann4 小孩子。
歌仔戲[gua6 a1 hi3; kua7 a1 hi3] 台灣的民間戲劇。
囝仔囝[qin1 a1 giann4; gin1 a1 kiann2] 小孩子, 相關詞囝仔 qin1 a4 幼兒, 小孩子。

ah

鴨 **[ah5; ah4]** Unicode: 9D28, 台語字: ah
  [ah5; ah4] 鴨子,家禽名
鴨仔聽雷[ah1 a1 tiann6 lui2; ah8 a1 thiann7 lui5] 聽了, 仍然聽不懂。
鴨母嘴 罔叨[ah1 vor1/vu1 cui3 vong1 lor1; ah8 bo1/bu1 tshui3 bong1 lo1] 隨口說說, 不計較成效的多寡, 只要有一點點的成效, 那就好了。
七月半鴨仔[cit1 queh5/qeh5 buann4 ah1 a4; tshit8 gueh4/geh4 puann2 ah8 a2] 七月半鴨子是等待宰殺的, 比喻不知死活。
去土州 賣鴨卵[ki4 to6/to3 ziu1 ve3 ah1 nng6; khi2 thoo7/thoo3 tsiu1 be3 ah8 nng7] 依民俗, 往生者下葬完成後, 要以鴨蛋及紅蝦祭拜, 表示送鴨蛋給往生者, 讓他有鴨蛋能在地底下販售, 才能生活無缺, 今比喻人亡故, 常誤作有作去蘇州, 賣鴨蛋 ki4 so6 ziu1 ve3 ah1 nng6。
死鴨仔 硬嘴巴[si1 ah1 a4 qenn3 cui4 bue1/si1 ah1 a4 qinn3 cui4 be1; si1 ah8 a2 nge3 tshui2 pue1/si1 ah8 a2 ginn3 tshui2 pe1] 鴨子死了, 嘴巴還是硬繃繃, 比喻死不認錯, 或不肯嘴軟說好話。
鴨卵較密 嚒有縫[ah1 nng6 kah1 vat1 ma3 u3 pang6; ah8 nng7 khah8 bat8 ma3 u3 phang7] 鴨卵再細密, 也是會有小小的細縫, 引申走漏了風聲。

ai

愛 **[ai3; ai3]** Unicode: 611B, 台語字: aix
  [ai3; ai3] 相愛,想要,容易,常常, 相關字嚒 ai3 必須, 應該
意愛[i4 ai3; i2 ai3] 相愛, 相關詞愛意 ai4 i3 表示愛情之意。
相愛[siong6 ai3; siong7 ai3] 相親相愛, 互相在愛著對方, 有作肖愛 sior6 ai3。
愛迌迌[ai4 cit1 tor2; ai2 tshit8 tho5] 喜愛到外面遊玩作樂。
愛拍拼[ai4 pah1 biann3; ai2 phah8 piann3] 要打拼奮發, 才會贏得成功。
愛拼 才會贏[ai4 biann3 ziah1 e3 iann2; ai2 piann3 tsiah8 e3 iann5] 要打拼奮發, 才會贏得成功。
人人着嚒 愛台灣[lang6/lang3 lang2 diorh5 ai4 ai3 dai3 uan2; lang7/lang3 lang5 tioh4 ai2 ai3 tai3 uan5] 我們每一個人都要愛台灣。

嚒 **[ai3; ai3]** Unicode: 566F, 台語字: aix
  [ai3; ai3] 必須,應該,感嘆詞.相關字愛 ai3 相愛,愛情
著嚒[diorh5 ai3; tioh4 ai3] 要, 必要, 必需。
打虎 着嚒親兄弟[pah1 ho4 diorh5 ai4 cin6 hiann6 di6; phah8 hoo2 tioh4 ai2 tshin7 hiann7 ti7] 親兄弟要團結一致, 才能發展成功;如果要能做事成功, 一定要由親兄弟或自己人來幫助。

台語 KK 音標、台語六調:	獅 sai1	牛 qu2	豹 ba3	虎 ho4	鴨 ah5	象 ciunn6	鹿 lok1
	左 zo1	營 iann2	淡 dam3	水 zui4	直 dit5	通 tong6	竹 dek1 南 lam2
台語字:	獅 saif	牛 quw	豹 bax	虎 hoy	鴨 ah	象 ciunn	鹿 lokf
北京語:		山 san1	明 meng2 水 sue3	秀 sior4	的 dorh5	中 diong6	壢 lek1

an

安 **[an1; an1]** Unicode: 5B89, 台語字: anf
[an1, uann1; an1, uann1] 平安,安置,姓,地名
安定鄉[an6 deng3 hiang1; an7 ting3 hiang1] 在台南縣。
安太歲[an6 tai4 sue3; an7 thai2 sue3] 在太歲年, 安奉太歲
星君, 以祈求平安, 避邪去災。
安平古堡[an6 beng2 go1 bor4; an7 ping5 koo1 po2] 古蹟,
在台南市安平區。
安金匡銀[an6 gim1 kong3 qin2/qun2; an7 kim1 khong3
gin5/gun5] 包金包銀, 表示有身價的富人或高官。

ang

尪 **[ang1; ang1]** Unicode: 5C2A, 台語字: angf
[ang1; ang1] 人偶,佛像,神佛,相關字翁 ang1 丈夫,老
公;翁 ong1 姓,老公公
尪仔頭[ang6 a1 tau2; ang7 a1 thau5] 外表相貌, 布袋戲偶的
人頭, 瞳孔, 例詞尪仔頭 無明 ang6 a1 tau2 vor6/3
veng2 相貌不揚, 人長得不漂亮。
布袋戲尪仔[bo4 de3 hi4 ang6 a4; poo2 te3 hi2 ang7 a2] 布袋
戲的人偶。

翁 **[ang1; ang1]** Unicode: 7FC1, 台語字: angf
[ang1, ong1; ang1, ong1] 丈夫, 鯨魚, 相關字尪 ang1
人偶,佛像
翁婿[ang6 sai3; ang7 sai3] 丈夫, 夫婿, 女人稱自己的丈
夫。
翁行某遒[ang1 giann2 vo4 due3; ang1 kiann5 boo2 tue3] 夫
唱婦隨。
翁某相欠債[ang6 vo4 sior6 kiam4 ze3; ang7 boo2 sio7
khiam2 tse3] 夫妻本在前一輩子相互欠債沒償還, 所
以這輩子才結成夫妻而償還。

紅 **[ang2; ang5]** Unicode: 7D05, 台語字: angw
[ang2, hong2; ang5, hong5] 紅色
紅猴[ang6/ang3 gau2; ang7/ang3 kau5] 淺紅色, 淺咖啡色,
泛紅的樣子, 例詞紅猴紅猴 ang6 gau6 ang6 gau2/ang3
gau3 ang3 gau2 淺紅色的, 淺咖啡色。
紅蟳膏[ang6 zim6 gor1/ang3 zim3 gor1; ang7 tsim7 ko1/ang3
tsim3 ko1] 台灣紅蟳的膏狀蟹黃, 蟹卵, 有作蟳仁
zim6/3 jin2, 例詞台灣蟳無膏 dai6 uan6 zim2 vor6
gor1/dai3 uan3 zim2 vor3 gor1 台灣的螃蟹沒有蟹黃,
激勵台灣人不可沒有學問或沒有魄力。
紅柿好食 佗位起蒂[ang6/ang3 ki6 hor1 ziah5 dor1 ui6 ki1
di3; ang7/ang3 khi7 ho1 tsiah4 to1 ui7 khi1 ti3] 吃了美
味的柿子, 要想到源頭地方, 同飲水思源 im1 sui4 su6
quan2。

au

鏖 **[au1; au1]** Unicode: 93D6, 台語字: auf
[au1; au1] 苦戰,殺盡,逗留
鏖大注[au6 dua3 du3; au7 tua3 tu3] 連續投下大賭注。
規注 鏖落去[gui6 du3 au1 lorh5 ki3; kui7 tu3 au1 loh4
khi3] 豪賭, 全部的賭注都押下去了, 孤注一擲。

漚 **[au3; au3]** Unicode: 8192, 台語字: aux
[au3; au3] 腐爛,發臭,相關字軀 ku1 身體
漚步[au4 bo6; au2 poo7] 卑鄙的手段, 耍詐。
面漚面臭[vin3 au4 vin3 cau3; bin3 au2 bin3 tshau3] 懊惱時,
臉色很難看。
漚戲拖棚[au4 hi3 tua6 benn2/binn2; au2 hi3 thua7
piann5/pinn5] 不叫座的戲碼, 常拖拖拉拉, 不肯提早
下戲, 喻收拾不了, 有作歹戲拖棚 pai1 hi3 tua6
benn2/binn2。
漚柴不可雕[au4 ca2 but1 kor1 diau1; au2 tsha5 put8 kho1
tiau1] 朽木不可雕塑成形, 有作漚柴, 雕朸曲 au4 ca2
diau6 ve3/vue3 kiau1 朽木不能拉彎。
漚魚漚人買[au4 hi2 au4 lang6 ve4/au4 hu2 au4 lang3 vue4;
au2 hi5 au2 lang7 be2/au2 hu5 au2 lang3 bue2] 壞人來
買腐壞的魚, 各取所需, 喻臭味相投。

後 **[au6; au7]** Unicode: 5F8C, 台語字: au
[au6, hau6, hior6, ho6; au7, hau7, hio7, hoo7] 以後的,
後面的
後日[au3 jit1/lit1; au3 jit8/lit8] 以後的一天, 但不一定是後
天, 相關詞後日 au6 jit5/lit5 後天;後日仔 au3 jit5/lit5
a4 以後的一天, 但不一定是後天。
後日[au6 jit5/lit5; au7 jit4/lit4] 後天, 相關詞後日 au3
jit1/lit1 以後的一天, 但不一定是後天;後日仔 au3
jit5/lit5 a4 以後的一天, 但不一定是後天。
後山[au3 suann1; au3 suann1] 背景, 台灣的東部, 即花蓮
縣及台東縣地區, 相關詞前山 zeng6/3 suann1 台灣的
西部。
後壁鄉[au3 biah1 hiong1; au3 piah8 hiong1] 在台南縣。
後出世[au3 cut1 si3; au3 tshut8 si3] 下一輩子。
後日仔[au3 jit5/lit5 a4; au3 jit4/lit4 a2] 以後的一天, 但不一
定是後天, 相關詞後日 au3 jit1/lit1 以後的一天, 但不
一定是後天;後日 au6 jit5/lit5 後天。
後龍鎮[au3 lang6 din3; au3 lang7 tin3] 在苗栗縣, 舊名為後
壠 au3 lang2。
後世人[au3 si4 lang2; au3 si2 lang5] 下輩子。
後頭厝[au3 tau6/tau3 cu3; au3 thau7/thau3 tshu3] 娘家。
十日前 八日後[zap5 jit5 zeng2 beh1 jit5 au6/zap5 lit5
zeng2 beh1 lit5 au6; tsap4 jit4 tsing5 peh8 jit4 au7/tsap4
lit4 tsing5 peh8 lit4 au7] 前前後後, 漁民所期待冬至的
前十天到後八天的這段時間, 是捕烏魚的最佳季節,
引申期待, 旺季, 前前後後。

台語 KK 音標、台語六調：獅 sai1　牛 qu2　豹 ba3　虎 ho4　鴨 ah5　象 ciunn6　鹿 lok1
　　　　　　　　　　　　左 zo1　營 iann2　淡 dam3　水 zui4　直 dit5　通 tong6　竹 dek1 南 lam2
台語字：　　　　　　　獅 saif　牛 quw　豹 bax　虎 hoy　鴨 ah　象 ciunn　鹿 lokf
北京語：　　　　　　　山 san1　明 meng2　水 sue3　秀 sior4　的 dorh5　中 diong6　壢 lek1

台灣精神詞典

iJiden, the Formosan Dictionary
of the Taiwan Spirit

台語 KK 音標(通用拼音) 台語六調(注音符號聲調)

台語 KK 音標、台羅拼音對照版

部首 **b;p**

ba

豹 **[ba3; pa3]** Unicode: 8C79, 台語字: bax
[ba3;[ba3] 一種貓科動物名
獅牛豹虎鴨象鹿[sai1 qu2 ba3 ho4 ah5 ciunn6 lok1; sai1 gu5 pa3 hoo2 ah4 tshiunn7 lok8] 台語六調的例詞, 均以本調發音, 寫成台語字為 saif quw bax hoy ah ciunn lokf。

bah

百 **[bah5; pah4]** Unicode: 767E, 台語字: bah
[bah5, beh5, bek5; pah4, peh4, pik4] 一百,種種,許多
百日[bah1 jit1/lit1; pah8 jit8/lit8] 一百天, 指逝世了一百天, 例詞做百日 zor4 bah1 jit5/lit5 百日忌。
食百二[ziah5 bah1 ji6/li6; tsiah4 pah8 ji7/li7] 高壽一百二十歲的人瑞, 引申長壽, 活到一百二十歲, 例詞無禁無忌, 食百二 vor6 gim4 vor6 ki6 ziah5 bah1 ji6/vor3 gim4 vor3 ki6 ziah5 bah1 li6 不要有禁忌, 願你長壽。
百歲年老[bah1 hue3 ni6 lau6/bah1 he3 ni3 lau6; pah8 hue3 ni7 lau7/pah8 he3 ni3 lau7] 逝世了。

bak

賻 **[bak1; pak8]** Unicode: 8D0C, 台語字: bakf
[bak1; pak8] 承租,承包
賻作[bak5 zorh5; pak4 tsoh4] 向地主承租土地來耕作。
賻田園[bak5 can6/can3 hng2; pak4 tshan7/tshan3 hng5] 向地主承租土地來耕作。
賻月仔[bak5 queh5/qeh5 a4; pak4 gueh4/geh4 a2] 按月承租。
賻身予老娼[bak5 sin1 hor3 lau3 cang1; pak4 sin1 ho3 lau3 tshang1] 出賣身體予老鴇, 賣身。

縛 **[bak1; pak8]** Unicode: 7E1B, 台語字: bakf
[bak1; pak8] 捆,束縛
捆縛[kun1 bak5; khun1 pak4] 。
束縛[sok1 bak1; sok8 pak8] 。
縛腳[bak5 ka1; pak4 kha1] 婦女纏足, 有作纏足 ten6/3 ziok5, 例詞縛腳縛手 bak5 ka6 bak5 ciu4 礙手礙腳。
縛粽[bak5 zang3; pak4 tsang3] 包粽子。
縛笭箐[bak5 lang6/lang3 sng2; pak4 lang7/lang3 sng5] 編製竹蒸籠。
縛肉粽[bak5 vah1 zang3; pak4 bah8 tsang3] 包粽子, 喻上吊自殺。

北 **[bak5; pak4]** Unicode: 5317, 台語字: bak
[bak5, bok5, bor4; pak4, pok4, po2] 北方
台北市[dai3 bak1 ci6; tai3 pak8 tshi7] 台灣的首都。
北埔鄉[bak1 bo6 hiong1; pak8 poo7 hiong1] 在新竹縣。
北港鎮[bak1 gang1 din3; pak8 kang1 tin3] 在雲林縣。
北門鄉[bak1 vng6 hiong1; pak8 bng7 hiang1] 在台南縣。
北港媽祖 興外鄉[bak1 gang1 ma1 zo4 heng6 qua3 hiang1; pak8 kang1 ma1 tsoo2 hing7 gua3 hiang1] 北港媽祖更能保佑外地興旺, 喻貴遠賤近。

ban

扮 **[ban6; pan7]** Unicode: 626E, 台語字: ban
[ban6; pan7] 打扮,忖度,有作範 ban6
忖扮[cun6/cun3 ban6; tshun7/tshun3 pan7] 忖度, 下了決心, 看情況而定, 孤注一擲, 例詞忖扮死 cun3 ban3 si4 冒死以赴;忖扮摔破面 cun3 ban3 liah1 pua4 vin6 下了決心要撕破臉。
無錢假大扮[vor6/vor3 zinn2 ge1 dua3 ban6; bo7/bo3 tsinn5 ke1 tua3 pan7] 自知沒有錢, 卻要假裝成有錢人家般的傲氣。

bang

枋 **[bang1; pang1]** Unicode: 678B, 台語字: bangf
[bang1; pang1] 木板,板狀物
枋寮鄉[bang6 liau6 hiong1; pang7 liau7 hiang1] 在屏東縣。
枋山鄉[bang6 suann6 hiong1; pang7 suann7 hiang1] 在屏東縣。

邦 **[bang1; pang1]** Unicode: 90A6, 台語字: bangf
[bang1; pang1] 國家
邦聯[bang6 len2; pang7 lian5] 由數個國家組成的聯盟, 唯一可能由台灣接受的主權國家的聯盟, 只有中華邦聯 diong6 hua2 bang6 len2, 但中國人不一定會接受. 相關詞聯邦 len6/3 bang1 由數個州或省所組成的一個獨立國家。

台語 KK 音標、台語六調:	獅 sai1	牛 qu2	豹 ba3	虎 ho4	鴨 ah5	象 ciunn6	鹿 lok1
	左 zo1	營 iann2	淡 dam3	水 zui4	直 dit5	通 tong6	竹 dek1 南 lam2
台語字:	獅 saif	牛 quw	豹 bax	虎 hoy	鴨 ah	象 ciunn	鹿 lokf
北京語:	山 san1	明 meng2	水 sue3	秀 sior4	的 dorh5	中 diong6	壢 lek1

bat

菝 **[bat1; pat8]** Unicode: 83DD, 台語字: batf
[bat1, buat1; pat8, puat8] 番石榴
目睭霧霧　菝仔看做蓮霧[vak5 ziu1 vu3 vu6 bat5 a4 kuann4 zor4 len1 vu6; bak4 tsiu1 bu3 bu7 pat4 a2 khuann2 tso2 lian1 bu7] 眼睛老花了，把巴樂看作蓮霧。

捌 **[bat5; pat4]** Unicode: 634C, 台語字: bat
[bat5, beh5, bueh5, vat5; pat4, peh4, pueh4, bat4] 數目字 8 之大寫,認識,已經,曾經,代用字.有作仈 bat5 原義為姓氏,亦為代用字
相捌[sior6/sann6 bat5; sio7/sann7 pat4] 互相認識，熟人，有作肖捌 sior6 bat5。
捌貨[bat1 hue3/he3; pat8 hue3/he3] 識貨。
捌人[bat1/vat1 lang2; pat8/bat8 lang5] 會看清人的內心或意圖。
捌人[bat5/vat5 lang3; pat4/bat4 lang3] 已經認識那個人了。
捌無透[bat1 vor6/vor3 tau3; pat8 bo7/bo3 thau3] 認識得還不清楚。
捌佮有偆[bat1 gah1 u3 cun1; pat8 kah8 u3 tshun1] 認識很深入，而綽綽有餘。
捌日本話[bat1 jit5/lit5 bun1 ue6; pat8 jit4/lit4 pun1 ue7] 懂得日本語。
騙人不捌的[pen4 lang6/lang3 m3 bat5 e3; phian2 lang7/lang3 m3 pat4 e3] 騙那些不懂的人。
捌人情世事[bat1 jin6 zeng6 se4 su6/bat1 lin3 zeng3 se4 su6; pat8 jin7 tsing7 se2 su7/pat8 lin3 tsing3 se2 su7] 懂得人情事故。

bau

包 **[bau1; pau1]** Unicode: 5305, 台語字: bauf
[bau1; pau1] 姓,包裹,包攬,承包,保證
包飼[bau6 ci6; pau7 tshi7] 在外包養情婦，包二奶。
包入房　無包一世人[bau6 jip5/lip5 bang2 vor6 bau6 zit5 si4 lang2; pau7 jip4/lip4 pang5 bo7 pau7 tsit4 si2 lang5] 媒婆包送夫妻入洞房，但不保證二人能夠白頭偕老。

苞 **[bau2; pau5]** Unicode: 82DE, 台語字: bauw
[bau2, bo2; pau5, poo5] 花片,假的
假苞[ge1 bau2; ke1 pau5] 假的，冒牌，仿冒，偽造，例詞假苞的，俆開花 ge1 bau2 e6 ve3/vue3 kui6 hue1 人造花是不會開花結果的，喻假的騙不了真的。
花苞[hue6 bau2; hue7 pau5] 花片。

be

扒 **[be2; pe5]** Unicode: 6252, 台語字: bew
[be2; pe5] 以手搜刮,撕抓,划,相關字爬 be2 人在地上爬行;趴 beh5 往高處攀爬;擘 beh5 剝開;跁 pa1 匍匐前進,翻滾
抓扒仔[jiau4 be6 a4/liau4 be3 a4; jiau2 pe7 a2/liau2 pe3 a2] 線民。
憤佮　俆扒癢[qong3 gah1 ve3 be6/be3 ziunn6; gong3 kah8 be3 pe7/pe3 tsiunn7] 笨得不知道如何去抓癢，搔癢，喻大笨蛋。
癢的不扒　痛的硞硞抓[ziunn6 e6 m3 be2 tiann3 e3 kok1 kok1 jiau3/liau3; tsiunn7 e7 m3 pe5 thiann3 e3 khok8 khok8 jiau3/liau3] 值得去照顧的，你不去照顧;不必去照顧的，你卻要去照顧，喻顛倒是非。

父 **[be6; pe7]** Unicode: 7236, 台語字: be
[be6, hu6; pe7, hu7] 父親,同爸 ba1
哭父[kau4 be6; khau2 pe7] 兒子哭父喪，父親罵小孩子不要哭的粗話。
父囝[be3 giann4; pe3 kiann2] 父子的關係，有作父子 hu3 zu4，相關詞父仔囝 be3 a1 giann4 父親與兒子。
父仔囝[be3 a1 giann4; pe3 a1 kiann2] 父親與兒子，相關詞父囝 be3 giann4 父子的關係。
飼囝　才知父母恩[ci3 giann4 ziah1 zai6 be3 vu1/vor1 un1; tshi3 kiann2 tsiah8 tsai7 pe3 bu1/bo1 un1] 當自己養育兒女之時，方知父母養育我們之恩。
父母疼細囝　公媽疼大孫[be3 vu4/vor4 tiann4 se4 giann4 gong6 ma4 tiann4 dua3 sun1; pe3 bu2/bo2 thiann2 se2 kiann2 kong7 ma2 thiann2 tua3 sun1] 父母疼愛小兒子，祖父母則疼愛長孫。
父母疼囝長流水　囝想父母樹尾風[be6 vu4 tiann4 giann4 dng6 lau6 zui4 giann4 siunn3 be3 vu4 ciu3 vue1 hong1/be6 vor4 tiann4 giann4 dng3 lau3 zui4 giann4 siunn3 be3 vor4 ciu3 ve1 hong1; pe7 bu2 thiann2 kiann2 tng7 lau7 tsui2 kiann2 siunn3 pe3 bu2 tshiu3 bue1 hong1/pe7 bo2 thiann2 kiann2 tng3 lau3 tsui2 kiann2 siunn3 pe3 bo2 tshiu3 be1 hong1] 父母疼愛兒子，像溪水長流;兒子想念父母，則像樹頂端的微風，時有時無。

beh

白 **[beh1; peh8]** Unicode: 767D, 台語字: behf
[beh1, bek1; peh8, pik8] 姓,白色,台詞,淺顯,明白,無用的,真正的,空的
白目[beh5 vak1; peh4 bak8] 調皮的，不識相，分不清事情的輕重緩急，不知道自己的立場。
白河鎮[beh5 hor6 din3; peh4 ho7 tin3] 在台南縣。
白令絲[beh5 leng3 si1; peh4 ling3 si1] 白鷺鷥，有作白翎鷥 beh5 leng3 si1。
白沙鄉[beh5 sua6 hiang1; peh4 sua7 hiang1] 在澎湖縣。
白話字[beh5 ue3 ji6; peh4 ue3 ji7] 用羅馬字母標音的台

台語 KK 音標、台語六調：	獅 sai1	牛 qu2	豹 ba3	虎 ho4	鴨 ah5	象 ciunn6	鹿 lok1
	左 zo1	營 iann2	淡 dam3	水 zui4	直 dit5	通 tong6	竹 dek1 南 lam2
台語字：	獅 saif	牛 quw	豹 bax	虎 hoy	鴨 ah	象 ciunn	鹿 lokf
北京語：	山 san1	明 meng2	水 sue3	秀 sior4	的 dorh5	中 diong6	壢 lek1

語文字, 簡稱 POJ。

白賊七仔[beh5 cat5 cit5 a3; peh4 tshat4 tshit4 a3] 說謊的人。

白色恐怖[beh5 sek5 kiong1 bo3; peh4 sik4 khiong1 poo3] 從二二八事件到解除戒嚴之期間, 國民黨政府捕殺台籍異議人士達十一萬人, 是為白色恐怖時期。

趴 [beh5; peh4] Unicode: 8DB4, 台語字: beh
[beh5; peh4] 往高處攀爬,代用字,相關字趴 pa1 到處匍匐前進,翻滾;扒 be2 用手抓;爬 be2 人在地上或在平面上爬行;擘 beh5 剝開.相關字華語趴 pa1 趴下

趴崎[beh1 gia6; peh8 kia7] 爬坡。

跸山趴嶺[buann6/buann3 suann1 beh1 nia4; puann7/puann3 suann1 peh8 nia2] 翻山越嶺。

ben

鞭 [ben1; pian1] Unicode: 97AD, 台語字: benf
[ben1; pian1] 雄性動物的生殖器,以皮鞭打

朘鞭[lan3 ben1; lan3 pian1] 男性的生殖器, 陽器。

鹿鞭[lok5 ben1; lok4 pian1] 公鹿的生殖器, 例詞休仙假仙, 牛朘假鹿鞭 ve3 sen1 ge1 sen1, qu6/3 lan6 ge1 lok5 ben1 某些騙徒, 用劣質低價的牛鞭, 來冒充為高價的鹿鞭, 而詐騙他人錢財, 也有人沒有能力辦事, 卻自己吹噓誇大, 可以通天換日, 喻濫竽充數, 魚目混珠。

半 [ben3; pian3] Unicode: 534A, 台語字: benx
[ben3, buan3, buann3; pian3, puan3, puann3] 肢體殘廢

半遂[ben4 sui6; pian2 sui7] 殘廢, 半身不遂。

瘸腳半遂[ke6/ke3 ka1 ben4 sui6; khe7/khe3 kha1 pian2 sui7] 殘障者, 腳殘缺者, 肢體殘障而無法走路者。

徧 [ben3; pian3] Unicode: 5FA7, 台語字: benx
[ben3; pian3] 次,回,周,盡,相關字遍 pen3 視線所能及的一大片地方,到處;偏 pen1 偏斜,歪去,就是

逐徧[dak5 ben3; tak4 pian3] 每一回, 每一次。

一徧[zit5 ben3; tsit4 pian3] 一回, 一次, 例詞一徧佫一徧 zit5 ben3 gorh1 zit5 ben3 事情發生一次又再發生了第二次, 一再...。

變 [ben3; pian3] Unicode: 8B8A, 台語字: benx
[ben3; pian3] 改變,變化,相關字抦 binn3 玩把戲, 做事情,要詐術,搞勾當

事變[su3 ben3; su3 pian3] 事故, 事件, 例詞二二八事變 ji3 ji3 bat5 su3 ben3 二二八事件, 台灣在 1947 年 2 月 28 日發生的大屠殺事件。

變竅[ben4 kiau3; pian2 khiau3] 應變的技巧, 相關詞變巧 ben4 kiau4 變成聰明伶俐。

變巧[ben4 kiau4; pian2 khiau2] 變成聰明伶俐, 相關詞變竅 ben4 kiau3 應變的技巧。

冤家 變親家[uan6 ge1 ben4/binn4 cin6 ge1; uan7 ke1 pian2/pinn2 tshin7 ke1] 仇家和解後, 反而變成了親

家。

查某囡仔 十八變[za6 vo1 qin1 a4 zap5 beh1/bueh1 ben3; tsa7 boo1 gin1 a2 tsap4 peh8/pueh8 pian3] 小女孩到十八歲時, 都會變得很漂亮美麗。

諞 [ben4; pian2] Unicode: 8ADE, 台語字: beny
[ben4; pian2] 巧言,以言詞詐騙他人,相關字騙 pen3 以詐術騙人;偪 biah5 欺騙, 侵逼

諞人[ben1 lang2/ben4 lang3; pian1 lang5/pian2 lang3] 以言詞詐騙別人, 相關詞騙人 pen3 lang3 以詐術騙人。

諞仙[ben1 sen1; pian1 sian1] 騙子, 以詐騙別人為職業的人, 有作騙鼠 pen4 ci4;諞仙仔 ben1 sen6 a4。

諞過手[ben1 gue4/ge4 ciu4; pian1 kue2/ke2 tshiu2] 騙到手, 騙得了, 同騙過手 pen4 gue4/ge4 ciu4。

便 [ben6; pian7] Unicode: 4FBF, 台語字: ben
[ban1, ben6, pan1, pian7] 方便,便利,簡便餐盒,排泄物

郵便[iu6/iu3 ben6; iu7/iu3 pian7] 郵政, 係日語詞郵便 yubin。

便便[ben3 ben6; pian3 pian7] 已經準備好了, 例詞算便便 sng4 ben3 ben6 領別人算好的薪水;食便便 ziah5 ben3 ben6 吃現成的飯菜, 撿現成的吃。

便當[ben3 dong1; pian3 tong1] 飯盒, 便餐, 簡便餐盒, 係日語詞弁當 bento 飯盒。

便藥仔[ben3 iorh5 a4; pian3 ioh4 a2] 成藥。

粗菜便飯[co6 cai3 ben3 bng6; tshoo7 tshai3 pian3 png7] 便菜便飯。

食便領現[ziah5 ben6 nia1 hen6; tsiah4 pian7 nia1 hian7] 不用工作, 就有薪水可領, 還有現成的飯可以吃。

做便的衫[zor4 ben3 e6 sann1; tso2 pian3 e7 sann1] 成衣, 縫製好了的衣服。

beng

兵 [beng1; ping1] Unicode: 5175, 台語字: bengf
[beng1; ping1] 軍人

支那兵 會食休刣揰[zi6 na1 beng1 e3 ziah1 ve3 sior6 zeng1; tsi7 na1 ping1 e3 tsiah8 be3 sio7 tsing1] 譏笑中國軍人, 只會吃飯, 不會作戰。

旁 [beng2; ping5] Unicode: 65C1, 台語字: bengw
[beng2, bong2; ping5, pong5] 旁邊,一半,一邊,有作邊 beng2

北旁[bak1 beng2; pak8 ping5] 北方, 北邊。

倒旁[dor4 beng2; to2 ping5] 左邊。

大旁[dua3 beng2; tua3 ping5] 較大較重的一邊, 例詞西瓜倚大旁 si6 gue1 ua1 dua3 beng2 看那一邊對自己有利, 就靠過去那邊, 投機分子, 牆頭草。

雙旁邊[siang6 beng6 binn1; siang7 ping7 pinn1] 二旁。

邊 [beng2; ping5] Unicode: 908A, 台語字: bengw
[ben1, beng2, binn1; pian1, ping5, pinn1] 旁邊,同旁 beng2

一邊一國[zit5 beng2 zit5 gok5; tsit4 ping5 tsit4 kok4] 在 2002 年, 台灣陳水扁總統指出, 台灣與中國, 各在海峽的兩岸, 每一邊都是一個國家, 互不相干, 即是台灣中國, 一邊一國。

柄

柄 [beng4; ping2] Unicode: 62A6, 台語字: bengy
[beng4, binn3; ping2, pinn3] 做事情,搞,鑽營求進,相關字變 ben3 改變,變化

柄途[beng1 do2; ping1 too5] 更改職業。

柄起柄落[beng1 ki1 beng1 lorh1; ping1 khi1 ping1 loh8] 翻來覆去, 變化無常。

柄食柄穿[beng1 ziah5 beng1 ceng6; ping1 tsiah4 ping1 tshing7] 努力去找求工作機會, 以求能混口飯吃, 有衣保暖, 生存下去。

無柄　那有捆食[vor6/vor3 beng4 na1 u3 tang6 ziah1; bo7/bo3 ping2 na1 u3 thang7 tsiah8] 不去尋找工作來做, 哪有飯可吃?

benn

媲 [benn1; piann1] Unicode: 5AB2, 台語字: bennf
[benn1, binn1; piann1, pinn1] 比較,媲美

勾媲[gau6 binn1/benn1; kau7 pinn1/piann1] 凡事都要吹毛求疵, 挑三揀四, 挑別, 例詞真敖勾媲人 zin6 qau6 gau6 binn1/benn1 lang3 太會挑剔別人;勾媲佫烏白嫌 gau6 benn1 gorh1 o6 beh5 hiam6 凡事都要吹毛求疵, 全部都嫌。

有媲[u3 benn1; u3 piann1] 可相比美, 相媲美, 例詞二个人, 有媲 nng3 e6/3 lang2 u3 benn1 二人不相上下。

無媲[vor6 benn1/vor3 benn1; bo7 piann1/bo3 piann1] 比不上, 沒得比, 例詞中國佮台灣無媲 diong6 gok1 gah1 dai6 uan6 vor6 benn1/binn1 中國比不上台灣。

棚 [benn2; piann5] Unicode: 68DA, 台語字: bennw
[benn2, binn2; piann5, pinn5] 野台戲的戲台,棚架

搭棚[dah1 benn2/binn2; tah8 piann5/pinn5] 搭戲棚, 搭棚架。

棚頂[benn6/benn3 deng4; piann7/piann3 ting2] 戲台上。

棚腳[benn6/benn3 ka1; piann7/piann3 kha1] 野台戲的廣場, 同戲棚腳 hi4 benn6/3 ka1, 例詞戲棚腳, 跦久人的 hi4 benn6 ka1 kia3 gu4 lang6 e2/hi4 benn3 ka1 kia3 gu4 lang3 e2 在一個地方站住了腳, 久而久之, 就可把持了地盤。

柄 [benn3; piann3] Unicode: 67C4, 台語字: bennx
[beng4, benn3, binn3; ping2, piann3, pinn3] 把柄,話題

刀柄[dor6 benn3; to7 piann3] 。

話柄[ue3 benn3; ue3 piann3] 話骨, 話題, 例詞掠伊的話柄 liah5 i6 e3 ue3 benn3 挑出他所說的話的把柄。

腳倉逗柄[ka6 cng1 dau4 benn3; kha7 tshng1 tau2 piann3] 在屁股裝上一支把柄, 表示可以隱當地拿著, 引申為好攑 hor1 qiah1, 喻好額 hor1 qiah5 有錢人, 有作尻川湊柄 ka6 cng1 dau4 benn3。

講佮有一枝柄[gong1 gah1 u3 zit5 gi6 benn3/binn3; kong1

kah8 u3 tsit4 ki7 piann3/pinn3] 蓋得像真的有這麼一回事似的, 例詞無影無迹, 講佮有一枝柄 vor6 iann1 vor6 ziah1 gong1 gah1 u3 zit5 gi6 benn3/vor3 iann1 vor3 ziah1 gong1 gah1 u3 zit5 gi6 binn3 捕風捉影的事, 卻講成如假包換的正經事。

bi

卑 [bi1; pi1] Unicode: 5351, 台語字: bif
[bi1; pi1] 卑微

瘦卑耙[san1 bi6 ba1; san1 pi7 pa1] 人瘦得變為人乾。

卑南鄉[bi6 lam6 hiang1; pi7 lam7 hiang1] 在台東縣。

埤 [bi1; pi1] Unicode: 57E4, 台語字: bif
[bi1; pi1] 地名,深水池,池塘

紅毛埤[ang6 mo6 bi1; ang7 moo7 pi1] 蘭潭, 在嘉義市。

大埤鄉[dua3 bi6 hiang1; tua3 pi7 hiang1] 在雲林縣。

大埤湖[dua3 bi6 o2; tua3 pi7 oo5] 澄清湖舊名, 意為大湖, 在高雄縣, 先後改名為大貝湖 dua3 bue4 o2, 大悲湖 dua3 bi6 o2, 澄清湖 deng6 ceng6 o2。

埤頭鄉[bi6 tau6 hiang1; pi7 thau7 hiang1] 在彰化縣, 舊名埤頭 bi6 tau2。

芘 [bi2; pi5] Unicode: 8298, 台語字: biw
[bi2; pi5] 一小串的水果,代用字,原義花,蔭.相關字芎 geng1 一大串;貫 guann6 串;芋 ji4/li4 隻,只

一芘[zit5 bi2; tsit4 pi5] 一串, 相關詞一芋 zit5 ji4/li4 一隻, 一只;一芎 zit5 geng1 一大串;一貫 zit5 guann6 一串。

一芘斤蕉[zit5 bi6/bi3 gin6 zior1; tsit4 pi7/pi3 kin7 tsio1] 一串香蕉。

二芘烏魚子[nng3 bi6 o hi6 zi4/nng3 bi3 o6 hi3 zi4; nng3 pi7 oo7 hi7 tsi2/nng3 pi3 oo7 hi3 tsi2] 二串烏魚子。

閉 [bi3; pi3] Unicode: 9589, 台語字: bix
[bi3; pi3] 關閉,收斂

閉肆[bi4 su3; pi2 su3] 害羞, 收斂, 客氣, 代用詞, 例詞汝, 著較閉肆咧 li4 diorh5 kah1 bi4 su3 le3 你要懂得客氣一點!

biah

壁 [biah5; piah4] Unicode: 58C1, 台語字: biah
[biah5; piah4] 牆壁,相關字璧 pek5 壁玉

隔壁[geh1 biah5; keh8 piah4] 鄰居。

龜趴壁[gu1 beh1 biah5; ku1 peh8 piah4] 烏龜爬山壁, 又難又慢。

抹壁 雙面光[vuah1 biah5 siang6 vin3 gng1; buah8 piah4 siang7 bin3 kng1] 做一件事, 使雙方都沾光彩或滿意, 喻一石雙鳥, 兩面手法。

台語 KK 音標、台語六調:	獅 sai1	牛 qu2	豹 ba3		虎 ho4	鴨 ah5	象 ciunn6	鹿 lok1
	左 zo1	營 iann2	淡 dam3		水 zui4	直 dit5	通 tong6	竹 dek1 南 lam2
台語字:	獅 saif	牛 quw	豹 bax		虎 hoy	鴨 ah	象 ciunn	鹿 lokf
北京語:	山 san1	明 meng2	水 sue3		秀 sior4	的 dorh5	中 diong6	壢 lek1

biann

拚　[biann3; piann3] Unicode: 62DA, 台語字: biannx
[biann3; piann3] 打拚,努力,採收, 有作拼 biann3.
相關字併 beng3 合併;拼 peng1 拼湊,拼音

打拚[pah1 biann3; phah8 piann3] 努力, 打拚, 原意指台
灣人在過年前, 要舉家打掃, 彈打棉被, 拼掃灶腳,
以保持居家衛生, 係日本人治台政績之一, 有作打
拼 pa4 biann3.

仙拚仙　害死猴齊天[sen1 biann4 sen1 hai3 si1 gau6 ze6
ten1/sen1 biann4 sen1 hai3 si1 gau3 ze3 ten1; sian1
piann2 sian1 hai3 si1 kau7 tse7 thian1/sian1 piann2
sian1 hai3 si1 kau3 tse3 thian1] 仙人相拚, 害死孫悟
空, 引申高手相較量, 卻損害到旁人。

bih

鱉　[bih5; pih4] Unicode: 9C49, 台語字: bih
[bih5; pih4] 甲魚

龜鱉竈[gu6 bih1 zau3; ku7 pih8 tsau3] 唸遍四書五經, 卻
不認得龜鱉竈三個字, 喻學得不深入, 有作四書五
經讀透透, 不捌電鼊龜鱉竈 su4 su1 qonn1 geng1
tak5 tau4 tau3, m3 bat1 quan6/3 gonn2 gu6 bih1 zau3
唸遍四書五經, 卻不認得鼊鼊龜鱉竈五個字, 喻學
得不深入。

抔龜抔鱉[binn4 gu6 binn4 bih5; pinn2 ku7 pinn2 pih4] 變
化萬千, 變東變西, 作鬼作怪, 耍陰謀, 做害人的動
作。

龜笑鱉無尾[gu1 ciorh1 bih5 vor6 vue4/gu1 ciorh1 bih5
vor3 ve4; ku1 tshioh8 pih4 bo7 bue2/ku1 tshioh8 pih4
bo3 be2] 無尾龜笑鱉長不出尾巴, 喻五十步笑百步,
半斤八兩。

bin

屏　[bin2; pin5] Unicode: 5C4F, 台語字: binw
[bin2; pin5] 隔開,屏風

隔屏[geh1 bin2; keh8 pin5] 。

截屏[zah5 bin2; tsah4 pin5] 屏風。

屏東市[bin6 dong6 ci6; pin7 tong7 tshi7] 在屏東縣, 古名
阿緱林 a6 gau6 lan2。

屏東縣[bin6 dong6 guan6; pin7 tong7 kuan7] 在台灣南
部。

濱　[bin1; pin1] Unicode: 6FF1, 台語字: binf
[bin1; pin1] 海邊,有作浜 bin1

濱線[bin6 suann3; pin7 suann3] 日本治台時期, 台灣鐵路
之高雄港區支線名, 為現在高雄市鼓山及鹽埕區靠
近港口一帶, 係日語詞濱線 hamasen, 今稱哈瑪星
ha1 ma1 seng1。

長濱鄉[diong6 bin6 hiang1; tiong7 pin7 hiang1] 在台東
縣。

長濱文化[diong6 bin1 vun6/vun3 hua3; tiong7 pin7
bun7/bun3 hua3] 台東縣長濱鄉的八仙洞史前文化遺
蹟的文化。

檳　[bin1; pin1] Unicode: 6AB3, 台語字: binf
[bin1, bun1; pin1, pun1] 檳榔,同梹 bin1

檳榔[bin6/bun6 nng2; pin7/pun7 nng5] 檳榔, 又稱菁仔
cenn6 a4/cinn6 ann4。

喰檳榔[ziah5 bin6 nng2; tsiah4 pin7 nng5] 嚼食檳榔。

檳榔西施[bin6 nng6 se6 si1/bun6 nng3 se6 si1; pin7 nng7
se7 si1/pun7 nng3 se7 si1] 賣檳榔的年青女性, 以穿
著清涼聞名, 為台灣特有的公路景觀。

binn

邊　[binn1; pinn1] Unicode: 908A, 台語字: binnf
[ben1, beng2, binn1; pian1, ping5, pinn1] 周圍,旁邊

厝邊[cu4 binn1; tshu2 pinn1] 鄰居。

四邊無一倚[si4 binn1 vor6/vor3 zit5 ua4; si2 pinn1
bo7/bo3 tsit4 ua2] 孤立無依靠, 四旁都沒有友人, 四
處無人來支援。

千金買厝宅　萬金買厝邊[cen6 gim1 ve1 cu4 teh1 van3
gim1 ve1 cu4 binn1/cen6 gim1 vue1 cu4 teh1 van3
gim1 vue1 cu4 binn1; tshian7 kim1 be1 tshu2 theh8
ban3 kim1 be1 tshu2 pinn1/tshian7 kim1 bue1 tshu2
theh8 ban3 kim1 bue1 tshu2 pinn1] 千金只能買到住
宅房屋, 但要用萬金才能買到好鄰居, 引申選擇好
鄰居比選擇好房子, 來得重要。

抔　[binn3; pinn3] Unicode: 62A6, 台語字: binnx
[beng4, binn3; ping2, pinn3] 玩把戲,做事情,耍詐術,
搞勾當,相關字變 ben3 改變,變化

抔憬[binn4 geng4; pinn2 king2] 耍花招。

抔鬼[binn4 gui4; pinn2 kui2] 做手腳騙人, 作怪, 耍詐
術。

抔孔[binn4 kang1; pinn2 khang1] 作怪, 作假, 例詞敖抔
孔 qau6/3 binn4 kang1 善於作怪, 作假。

抔弄[binn4 lang6; pinn2 lang7] 調弄。

抔魍[binn4 vang4; pinn2 bang2] 搗鬼, 搞鬼。

烏白抔[o6 beh5 binn3; oo7 peh4 pinn3] 亂來, 亂作一氣。

抔把戲[binn1 ba1 hi3; pinn1 pa1 hi3] 玩把戲, 有作變把
戲 ben4 ba1 hi3。

抔步驟[binn4 bo3 so3; pinn2 poo3 soo3] 搞出新花樣。

抔齣頭[binn4 cut1 tau2; pinn2 tshut8 thau5] 變把戲, 耍花
樣, 搞名堂, 不宜作變齣頭 binn4 cut1 tau2。

抔電腦[binn4 den3 nau4; pinn2 tian3 nau2] 玩電腦, 打電
腦。

抔猴弄[binn4 gau6/gau3 lang6; pinn2 kau7/kau3 lang7] 耍
弄他人, 作無聊的事, 耍弄, 戲弄。

抔啥物[binn4 siann1 mih1; pinn2 siann1 mih8] 做什麼事?,
搞什麼把戲?。

抔啥魍[binn4 siann1 vang4; pinn2 siann1 bang2] 搞什麼
鬼?, 有作抔啥物魍 binn4 sia1 mih1 vang4。

柄無謀[binn4 vor6/vor3 gi2; pinn2 bo7/bo3 ki5] 搞不出謀略, 做不出勾當。

柄無輦[binn4 vor6/vor3 len4; pinn2 bo7/bo3 lian2] 變不出新戲法, 搞不出新點子。

柄無魍[binn4 vor6/vor3 vang4; pinn2 bo7/bo3 bang2] 變不出花樣, 例詞十二月車蛆, 柄無魍 zap5 ji3 queh5 cia6 ci1 binn4 vor6 vang4/zap5 li3 qeh5 cia6 ci1 binn4 vor3 vang4 十二月的子子, 變不成了蚊子, 喻變不出花樣。

柄東柄西[binn4 dang6 binn4 sai1; pinn2 tang7 pinn2 sai1] 弄東弄西, 胡搞。

柄恰真媠[binn4 gah1 zin6 sui4; pinn2 kah8 tsin7 sui2] 變得真漂亮。

柄龜柄鱉[binn4 gu6 binn4 bih5; pinn2 ku7 pinn2 pih4] 變化萬千, 變東變西, 作鬼作怪, 耍陰謀, 做害人的動作。

柄無觓頭[binn4 vor6/vor3 cut1 tau2; pinn2 bo7/bo3 tshut8 thau5] 搞不出名堂。

柄無路來[binn4 vor6/vor3 lo3 lai2; pinn2 bo7/bo3 loo3 lai5] 變不出新花樣, 事情辦不來。

恗 [binn3; pinn3] Unicode: 6032, 台語字: binnx
[binn3; pinn3] 怒色,改變,相關字變 ben3 改變

反恗[beng1 binn3; ping1 pinn3] 動腦筋, 想計謀, 因時制宜。

改恗[gai1 binn3; kai1 pinn3] 改變性格, 悔改, 相關詞改變 gai1 ben3 改變。

恗面[binn4 vin6; pinn2 bin7] 翻臉, 滿臉怒色, 例詞面仔恗恗 vin3 a4 binn4 binn3 面色大變, 變成怒色。

俙改俙恗[ve3 gai1 ve3 binn3/vue3 gai1 vue3 binn3; be3 kai1 be3 pinn3/bue3 kai1 bue3 pinn3] 不知悔改, 原性不改。

扁 [binn4; pinn2] Unicode: 6241, 台語字: binny
[ben4, binn4, bun1; pian2, pinn2, pun1] 壓扁,扁的

陳水扁[dan6 zui1 binn4; tan7 tsui1 pinn2] 台灣總統, 2000 年當選, 實現政黨輪替, 再於 2004 年連任。

bit

伯 [bit5; pit4] Unicode: 4F2F, 台語字: bit
[beh5, bek5, bit5, pek5; peh4, pik4, pit4, phik4] 鳥名,有作鴄 bit5

飼雞 變成伯勞仔[ci3 ge1 bin4 ziann6 bit1 lor6 a4/ci3 gue1 bin4 ziann3 bit1 lor3 a4; tshi3 ke1 pin2 tsiann7 pit8 lo7 a2/tshi3 kue1 pin2 tsiann3 pit8 lo3 a2] 飼養雞隻, 長大了卻變成伯勞鳥, 一下子就飛走, 不回頭, 喻枉費心血。

bo

埔 [bo1; poo1] Unicode: 57D4, 台語字: bof
[bo1; poo1] 平地,溪邊沙地,墓地,原作浦 bo1

平埔[benn6/benn3 bo1; piann7/piann3 poo1] 平地, 墾平, 平地原住民的族名, 例詞刣佮平埔 tai6 gah1 benn6 bo1/tai3 gah1 binn3 bo1 殺得寸草不留, 全部剷平。

平埔族[benn6 bo6 zok1; piann7 poo7 tsok8] 台灣平地原住民族, 計有凱達格蘭 Ketangalan, 噶巴蘭 Kovalan, 虎尾壟 Favorlangh, 西拉亞 Siraya, 曹族 Zou 等族。

埔鹽鄉[bo6 iam6 hiang1; poo7 iam7 hiang1] 在彰化縣, 相關詞鹽埔鄉 iam6/3 bo6 hiang1 在屏東縣。

埔里鎮[bo6 li1 din3; poo7 li1 tin3] 在南投縣。

埔心鄉[bo6 sim6 hiang1; poo7 sim7 hiang1] 在彰化縣。

埠 [bo1; poo1] Unicode: 57E0, 台語字: bof
[bo1, bo3; poo1, poo3] 碼頭,商埠,鄉鎮村莊

外埠[qua3 bo1; gua3 poo1] 外地。

埠頭[bo6 tau2; poo7 thau5] 碼頭, 商埠, 例詞大埠頭 dua3 bo6 tau2 大市鎮;小埠頭 sior1 bo6 tau2 小市鎮。

大港埠[dua3 gang1 bo1; tua3 kang1 poo1] 大商港, 地名, 今高雄市新興區。

外埠頭[qua3 bo6 tau2; gua3 poo7 thau5] 外地商埠, 外地。

晡 [bo1; poo1] Unicode: 6661, 台語字: bof
[bo1; poo1] 下午,黃昏

下晡[e6/e3 bo1; e7/e3 poo1] 下午,。

規晡[gui6 bo1; kui7 poo1] 整個下午的時間。

一晡[zit5 bo1; tsit4 poo1] 從下午到黃昏的半天時間。

布 [bo3; poo3] Unicode: 5E03, 台語字: box
[bo3; poo3] 布匹

布市仔[bo4 ci6/ci3 a4; poo2 tshi7/tshi3 a2] 布市場。

布袋嘴[bo4 de3 cui3; poo2 te3 tshui3] 今嘉義縣布袋鎮之舊名, 嘴 cui3 意為港口。

布袋戲[bo4 de3 hi3; poo2 te3 hi3] 掌中戲, 由演出者搬弄布偶並解說劇情, 因將布偶及道具裝在麻布袋中, 四處搬運而得名, 例詞布袋戲尪仔 bo4 de3 hi4 ang6 a4 布袋戲的人偶。

飼鳥鼠 咬布袋[ci3 niau1 ci4 ga3 bo4 de6; tshi3 niau1 tshi2 ka3 poo2 te7] 養了老鼠, 竟然咬破家中的麻布袋, 喻不知飲水思源, 反而思將仇報。

脯 [bo4; poo2] Unicode: 812F, 台語字: boy
[bo4, hu4; poo2, hu2] 菜乾,魚乾,肉干,相關詞鯆 hu4 製成鬆質的細條狀魚鬆,肉鬆;痡 bo4 因脫水或老化而枯萎

菜脯[cai4 bo4; tshai2 poo2] 蘿蔔乾, 相關詞菜鯆 cai4 hu4 菜鬆。

死囡仔脯[si1 qinn1 a1 bo4; si1 ginn1 a1 poo2] 對小孩子之暱稱。

步 [bo6; poo7] Unicode: 6B65, 台語字: bo
[bo6; poo7] 姓,行,計謀,相關字伐 huah1 步行,跨出;踖 huah1 半步.舉出双足為二踖, 稱為一步 bo6

暗步[am4 bo6; am2 poo7] 陰謀, 偷襲的方法。

腐步[au4 bo6; au2 poo7] 卑鄙的手段, 要詐。

台語 KK 音標、台語六調:
		獅 sai1	牛 qu2	豹 ba3
		左 zo1	鶯 iann2	淡 dam3
台語字:		獅 saif	牛 quw	豹 bax
北京語:		山 san1	明 meng2	水 sue3

虎 ho4	鴨 ah5	象 ciunn6	鹿 lok1
水 zui4	直 dit5	通 tong6	竹 dek1 南 lam2
虎 hoy	鴨 ah	象 ciunn	鹿 lokf
秀 sior4	的 dorh5	中 diong6	壢 lek1

留步[lau6/lau3 bo6; lau7/lau3 poo7] 保留一部份的祕密或訣竅，手藝留一手，不傳授給別人，留個下台階，同扰步 kam4 bo6，例詞留一步 lau6/3 zit5 bo6 技藝保留一手，不傳授給別人:留暗步 lau6/3 am4 bo6 技藝保留一手:留後步 lau6/3 au3 bo6 留個下台階，留個退步。

有一步取[u3 zit5 bo3 cu4; u3 tsit4 poo3 tshu2] 有可取之處，有作有一路取 u3 zit5 lo3 cu4。

步罡踏斗[bo3 gong6 dah5 dau4; poo3 kong7 tah4 tau2] 道士作法為人改運時，須舞劍及揮動北斗星旗，引申為命運不順，週轉困難。

會的一二步 休的千里路[e6 e6 zit5 nng3 bo6 ve3/vue3 e6 ceng6 li1 lo6; e7 e7 tsit4 nng3 poo7 be3/bue3 e7 tshing7 li1 loo7] 同樣的一件事，會做的人，只要做一二次，就可以做成了，但不會做的人，做了一千次，還是做不成的。

bong

嗙 [bong3; pong3] Unicode: 55D9, 台語字: bongx

[bong3; pong3] 吹噓誇大,浮報價款,有作甮 bong3,相關字捧 bong3 擴大,加大;謗 bong3 罵人

亂嗙[luan3 bong3; luan3 pong3] 言過其實。

烏白嗙[o6 beh5 bong3; oo7 peh4 pong3] 亂吹噓誇大，同烏白詢 o6 beh5 hong1。

細隻蚊仔 嗙佮水牛大[se4 ziah1 vang1 a4 bong4 gah1 zui1 qu6/qu3 dua6; se2 tsiah8 bang1 a2 pong2 kah8 tsui1 gu7/gu3 tua7] 吹牛吹得太過份了，小蚊子都誇張成了大水牛。

峒 [bong6; pong7] Unicode: 5CD2, 台語字: bong

[bong6; pong7] 山洞,燧道,相關字洞 dong6 洞穴

峒孔[bong3 kang1; pong3 khang1] 山洞，燧道，tunnel。

大龍峒[dua3 liong3 bong6; tua3 liong3 pong7] 今台北市大同區，原住民社名大琅峒社。

企峒孔[nng4 bong3 kang1; nng2 pong3 khang1] 過山洞，通過燧道，相關詞坋峒孔 vun4 bong3 kang1 穿過山洞，穿過燧道，例詞火車企峒孔 hue1/he1 cia1 nng4 bong3 kang1 火車穿過山洞。

bor

褒 [bor1; po1] Unicode: 8912, 台語字: borf

[bo1, bor1; poo1, po1] 稱讚,讚美

食褒[ziah5 bor1; tsiah4 po1] 喜歡受到別人的美言褒賞，例詞食褒豬仔 ziah5 bor6 di6 a4 愛受到別人美言褒賞的人;食褒 做佮死 ziah5 bor1 zorh1 gah1 si4 愛受到別人美言褒賞的人，會拚命地去做完成受委託的事。

噯人褒[ai4 lang6/lang3 bor1; ai2 lang7/lang3 po1] 喜歡聽別人的恭維及褒揚。

婆 [bor2; po5] Unicode: 5A46, 台語字: borw

[bor2; po5] 婦女,老婦人

阿婆[a6 bor2; a7 po5] 稱呼老太太。

家婆[ge6 bor2; ke7 po5] 管家婆或好管閒事的女人，不宜作雞婆 ge6 bor2。

蜜婆[vit5 bor2; bit4 po5] 蝙蝠。

嬸婆[zim1 bor2; tsim1 po5] 內外孫稱呼父母的嬸嬸。

阿婆仔[a6 bor6/bor3 a4; a7 po7/po3 a2] 老太婆。

虎姑婆[ho1 go6 bor2; hoo1 koo7 po5] 民間傳說中，專吃小孩的妖怪。

媽祖婆[ma1 zo1 bor2; ma1 tsoo1 po5] 尊稱媽祖，本大娘。

媒人婆[muai6 lang6 bor2/hm3 lang3 bor2; muai7 lang7 po5/hm3 lang3 po5] 媒婆，媒人。

阿婆桸港[a6 bor2 lang4 gang4; a7 po5 lang2 kang2] 先溜之大吉，原意指 1895 年，台灣割讓給日本，台灣人宣佈獨立建國，成立台灣民主國以抗日，但總統唐景崧先捲款而逃，總兵劉永福也假扮老太婆而棄甲，偷渡離台，故笑人溜之大吉或捲款而逃，為阿婆桸港 a6 bor2 lang4 gang4。

日本婆仔[jit5 bun1 bor6/bor3 a4; jit4 pun1 po7/po3 a2] 日本婦女，台灣光復後，滯留在台灣的日本婦女。

報 [bor3; po3] Unicode: 5831, 台語字: borx

[bor3; po3] 通知,消息,効力

現報[hen3 bor3; hian3 po3] 馬上受到報應，例詞十二月南風，現報 zap5 ji3 queh5 lam6 hong1 hen3 bor3/zap5 li3 qeh5 lam3 hong1 hen3 bor3 在十二月的冬天，如果忽然吹起南風，則天氣馬上會轉變成大風大雨。

報路[bor4 lo6; po2 loo7] 指導路途的走法或告訴方向。

報賬[bor4 siau3; po2 siau3] 報帳，有作報數 bor4 siau3。

報頭[bor4 tau2; po2 thau5] 秋末冬初，台灣海峽東北季風的先頭陣風，例詞起報頭 ki1 bor4 tau2 吹起東北季風的先頭大風。

報冤[bor4 uan1; po2 uan1] 復仇，例詞報田螺仔冤 bor4 can6 le6 a1 uan1/bor4 can3 le3 a1 uan1 報宿仇;報鳥鼠仔冤 bor4 niau1 ci1/cu1 a1 uan1 報一箭之仇。

報馬仔[bor4 vue1/ve1 a4; po2 bue1/be1 a2] 通風報信者，大官或神明出巡時之前導人員，相關詞布馬仔 bo4 ve1 a4 傳統地方戲劇，用布縫製馬匹，由公婆合演，常與車鼓陣同台演出。

好孔 逗相報[hor1 kang1 dauh1 sior6/sann6 bor3; ho1 khang1 tauh8 sio7/sann7 po3] 好消息大家爭相傳報，不宜作好空鬥尚報 hor1 kang1 dauh1 sior6 bor3 意不達。

不是無報 時辰未到[m3 si3 vor6 bor3 si6 sin2 vi3 dor3/m3 si3 vor3 bor3 si3 sin2 vi3 dor3; m3 si3 bo7 po3 si7 sin5 bi3 to3/m3 si3 bo3 po3 si3 sin5 bi3 to3] 做惡不是不會報應，只是時間還未到而已。

北 [bor4; po2] Unicode: 5317, 台語字: bory

[bak5, bok5, bor4; pak4, pok4, po2] 地名

北斗鎮[bor1 dau1 din3; po1 tau1 tin3] 在彰化縣，原名寶斗 bor1 dau4。

保 [bor4; po2] Unicode: 4FDD, 台語字: bory

[bor4; po2] 守,養,護

台語 KK 音標、台語六調:	獅 sai1	牛 qu2	豹 ba3
	左 zo1	營 iann2	淡 dam3
台語字:	獅 saif	牛 quw	豹 bax
北京語:	山 san1	明 meng2	水 sue3

虎 ho4	鴨 ah5	象 ciunn6	鹿 lok1
水 zui4	直 dit5	通 tong6	竹 dek1 南 lam2
虎 hoy	鴨 ah	象 ciunn	鹿 lokf
秀 sior4	的 dorh5	中 diong6	壢 lek1

三保[sann6 bor4; sann7 po2] 差勁的, 昔日皇室之最優秀
　　教師叫作太保, 少保則為次等之教師, 最差的則不
　　入列, 才稱為三保。
保認[bor1 jin6/lin6; po1 jin7/lin7] 作連帶保證人。
保領[bor1 nia4; po1 nia2] 照顧, 保證。
保正[bor1 zeng3/ziann3; po1 tsing3/tsiann3] 保甲制度的
　　保長, 略等於現今里長或村長。
三保六認[sann6 bor1 lak5 jin6/lin6; sann7 po1 lak4
　　jin7/lin7] 要許多人作保及擔保。
有食藥有行氣　有燒香有保庇[u3 ziah5 iorh1 u3 giann3
　　ki3 u3 sior6 hiunn1/hionn1 u3 bor1 bi3; u3 tsiah4 ioh8
　　u3 kiann3 khi3 u3 sio7 hiunn1/hionn1 u3 po1 pi3] 吃
　　了藥, 病就會好轉;向神明燒香, 就會得到保庇。

堡 **[bor4; po2]** Unicode: 5821, 台語字: bory
　　　[bor4; po2] 城堡
安平古堡[an6 beng2 go1 bor4; an7 ping5 koo1 po2] 古蹟
　　名, 原稱熱蘭遮城 Zeelandia, 在台南市。

寶 **[bor4; po2]** Unicode: 5BF6, 台語字: bory
　　　[bor4; po2] 寶貝,地名,珍物
展寶[den1 bor4; tian1 po2] 炫耀, 展現出寶物。
珍寶[din6 bor4; tin7 po2] 珍惜, 珍愛。
好寶[hor1 bor4; ho1 po2] 珍惜, 珍愛。
惜寶[siorh1 bor4; sioh8 po2] 珍惜, 相關詞寶惜 bor1
　　siorh5 愛惜。
珠寶[zu6 bor4; tsu7 po2] 。
寶貝[bor1 bue3; po1 pue3] 。
寶斗[bor1 dau4; po1 tau2] 地名, 今彰化縣北斗鎮。
寶重[bor1 diong6; po1 tiong7] 。
寶貴[bor1 gui3; po1 kui3] 。
寶塔[bor1 tah5; po1 thah4] 。
寶玉[bor1 qiok1/qek1; po1 giok8/gik8] 女人名。
寶惜[bor1 siorh5; po1 sioh4] 女人名, 愛惜, 相關詞惜寶
　　siorh1 bor4 珍惜。
寶物[bor1 vut1; po1 but8] 。
寶石[bor1 ziorh1; po1 tsioh8] 。
紅寶石[ang6/ang3 bor1 ziorh1; ang7/ang3 po1 tsioh8] 。
八寶飯[bat1 bor1 bng6; pat8 po1 png7] 。
藍寶石[lann6/lann3 bor1 ziorh1; na7/na3 po1 tsioh8] 。
隨身寶[sui6/sui3 sin6 bor4; sui7/sui3 sin7 po2] 。
寶山鄉[bor1 san6 hiong1; po1 san7 hiong1] 在新竹縣。
金銀財寶[gim6 qin2 zai6/zai3 bor4; kim7 gin5 tsai7/tsai3
　　po2] 。
寶山寶水[bor1 san1 bor1 sui4; po1 san1 po1 sui2] 值得珍
　　惜的好山好水。

borh

箔 **[borh1; poh8]** Unicode: 7B94, 台語字: borhf
　　　[borh1; poh8] 薄膜,片,地名
金箔仔[gim6 borh5 a4; kim7 poh4 a2] 金箔箔片。
箔仔寮[borh5 a1 liau2; poh4 a1 liau5] 漁港名, 在雲林縣
　　口湖鄉箔子寮村。

薄 **[borh1; poh8]** Unicode: 8584, 台語字: borhf
　　　[bok1, borh1; pok8, poh8] 淺,小,淡薄
淡薄[dam3 borh1; tam3 poh8] 稍微, 一點點。
薄板[borh5 ban4; poh4 pan2] 瘦弱, 不結實, 相關詞薄板
　　仔 borh5 ban1 a4 輕薄的棺材。
薄嘴[borh5 cui3; poh4 tshui3] 口味淡薄, 不讚美別人的
　　優點。
薄茶[borh5 de2; poh4 te5] 。
薄荷[borh5/bok5 hor2; poh4/pok4 ho5] 薄荷草。
薄皮[borh5 pue2/pe2; poh4 phue5/phe5] 臉皮薄, 經不
　　起別人批評取笑。
薄酒[borh5 ziu4; poh4 tsiu2] 。
薄泏[borh5 ziann4; poh4 tsiann2] 酒薄, 菜又淡。
薄紙[borh5 zua4; poh4 tsua2] 。
利真薄[li6 zin6 borh1; li7 tsin7 poh8] 賺得不多。
薄板仔[borh5 ban1 a4; poh4 pan1 a2] 輕薄的棺材, 相關
　　詞薄板 borh5 ban4 瘦弱, 不結實。
薄荷油[borh5 hor6 iu2/bok5 hor3 iu2; poh4 ho7 iu5/pok4
　　ho3 iu5] 薄荷油。
薄厘絲[borh5 li6 si1; poh4 li7 si1] 很薄, 像絲一樣薄。
薄厘禂[borh5 li6/li3 ti1; poh4 li7/li3 thi1] 薄薄的。
薄禂禂[borh5 ti6 ti1; poh4 thi7 thi1] 薄薄的。
厚此薄彼[ho3 cu4 borh5 bi4; hoo3 tshu2 poh4 pi2] 沒有公
　　平對待雙方, 大小心眼。
瘦佫薄板[san4 gorh1 borh5 ban4; san2 koh8 poh4 pan2]
　　人長得瘦小又單薄。
薄利多銷[borh5/bok5 li6 dor6 siau1; poh4/pok4 li7 to7
　　siau1] 。
人情薄若紙[jin6/lin3 zeng2 borh5 na1 zua4; jin7/lin3 tsing5
　　poh4 na1 tsua2] 人情薄似紙。

卜 **[borh5; poh4]** Unicode: 535C, 台語字: borh
　　　[bok5, borh5; pok4, poh4] 嘗試,可能,同回 borh5
拍卜[pah1 borh5; phah8 poh4] 可能是, 猜想。
罔卜[vong1 borh5; bong1 poh4] 姑且試試看, 例詞罔卜罔
　　卜 vong1 borh1 vong1 borh5 試試看吧!。
無卜[vor6/vor3 borh5; bo7/bo3 poh4] 不妥當, 例詞放重
　　利, 真無卜 bang4 dang3 li6 zin6 vor6 borh5/bang4
　　dang3 lai6 zin6 vor3 borh5 錢借給別人, 賺利息, 太
　　風險了, 總是血本無歸。
真卜[zin6 borh5; tsin7 poh4] 未必然, 希望不大。
卜欲[borh1 veh5/vueh5; poh8 beh4/bueh4] 也許要...。
卜定是[borh1 diann3 si6; poh8 tiann3 si7] 也許, 說不定。
卜字運[borh1 ji3/li3 un6; poh8 ji3/li3 un7] 嘗試, 等候好
　　運氣。
卜看覓[borh1 kuann4 mai6; poh8 khuann2 mai7] 賭賭看,
　　嘗試看看, 姑且存一點希望, 例詞罔卜看覓 vong1
　　borh1 kuann4 mainn6 姑且試試看, 寄望。
卜一斗[borh1 zit5 dau4; poh8 tsit4 tau2] 再賭一次, 同賻
　　一斗 buah5 zit5 dau3 賭一次吧。
罔卜看覓[vong1 borh1 kuann4 mainn6; bong1 poh8
　　khuann2 -] 姑且試試看, 寄望。
卜是不來[borh1 si3 m3 lai2; poh8 si3 m3 lai5] 我猜想, 他
　　是肯定不來了。

坡 **[borh5; poh4]** Unicode: 5761, 台語字: borh
　　　[borh5, por1; poh4, pho1] 堤岸
坡岸[borh1 huann6; poh8 huann7] 堤岸。

台語KK音標、台語六調:	獅 sai1	牛 qu2	豹 ba3	虎 ho4	鴨 ah5	象 ciunn6	鹿 lok1
		左 zo1	營 iann2	淡 dam3	水 zui4	直 dit5	通 tong6	竹 dek1 南 lam2
台語字:	獅 saif	牛 quw	豹 bax	虎 hoy	鴨 ah	象 ciunn	鹿 lokf
北京語:	山 san1	明 meng2	水 sue3	秀 sior4	的 dorh5	中 diong6	堰 lek1

le2] 耕田之前, 要先選肥沃的田地;要娶一門媳婦, 也要先查看她的母親的品德好壞。

bu

炰 **[bu2; pu5]** Unicode: 70B0, 台語字: buw
　　[bu2; pu5] 用文火烤,炊煮,將食物埋在熱砂中燜烤
炰蕃薯[bu6 han6 zi2/bu3 han6 zu2; pu7 han7 tsi5/pu3 han7 tsu5] 燜烤蕃薯。
炰三頓[bu6/bu3 sann6 dng3; pu7/pu3 sann7 tng3] 料理三餐的餐食炊事, 煮三頓飯。

匏 **[bu2; pu5]** Unicode: 530F, 台語字: buw
　　[bu2; pu5] 葫蘆瓜,菜名
挽匏[van1 bu2; ban1 pu5] 摘採葫蘆瓜, 例詞細漢偷挽匏, 大漢偷牽牛 se4 han3 tau6 van1 bu2, dua3 han3 tau6 kan3 qu2 小孩子若偷摘採別人家的葫蘆瓜, 父母不加以教訓阻止, 長大了, 就會變成偷牛大盜了。
人若衰　種匏仔生菜瓜[lang2 na3 sue1 zeng4 bu6/bu3 a4 senn6 cai4 gue1; lang5 na3 sue1 tsing2 pu7/pu3 a2 senn7 tshai2 kue1] 人的命運若是陷入絕境, 雖然種了葫蘆瓜, 卻會長成了絲瓜, 引申霉運當頭。
目睭花花　匏仔看做菜瓜[vak5 ziu1 hue6 hue1 bu6/bu3 a4 kuann4 zor4 cai4 gue1; bak4 tsiu1 hue7 hue1 pu7/pu3 a2 khuann2 tso2 tshai2 kue1] 眼睛老花了, 把匏瓜當作絲瓜。

富 **[bu3; pu3]** Unicode: 5BCC, 台語字: bux
　　[bu3, hu3; pu3, hu3] 姓,有錢人
富死[bu4 si4/bu3 si3; pu2 si2/pu3 si3] 賺翻天, 成大富。
踸踸仔富起來[dauh5 dauh5 a1 bu3 ki3 lai3; tauh4 tauh4 a1 pu3 khi3 lai3] 慢慢地致富, 逐漸地有錢起來。
貓來富　狗來起大厝[niau1 lai6/lai3 bu3 gau4 lai2 ki1 dua3 cu3; niau1 lai7/lai3 pu3 kau2 lai5 khi1 tua3 tshu3] 貓來投靠, 則帶來財富;狗來投靠, 則會有機會蓋新房子。

婦 **[bu6; pu7]** Unicode: 5A66, 台語字: bu
　　[bu6, hu6; pu7, hu7] 媳婦
姻婦[sim1/sin6 bu6; sim1/sin7 pu7] 媳婦, 係代用詞, 有作新婦 sin6 bu6.姻 sin1/sim1 女人, 係代用字。
姻婦仔[sim6 bu6/bu3 a4; sim7 pu7/pu3 a2] 童養媳, 例詞育姻婦仔 ior6 sim6 bu3 a4 抱一個別人生的小女孩來養育, 長大後, 可以與自己的兒子圓房, 結為夫妻。
姻婦仔命[sim6 bu6/bu3 a1 mia6; sim7 pu7/pu3 a1 mia7] 童養媳的命運多舛。
姻婦仔體[sim6 bu6/bu3 a1 te4; sim7 pu7/pu3 a1 the2] 童養媳的脾氣, 個性孤癖。
姻婦仔嘴[sin6 bu6/bu3 a1 cui3; sin7 pu7/pu3 a1 tshui3] 童養媳的嘴巴不怕燙, 可試菜湯的溫度, 喻別人的兒女死不完, 不必體恤他人所生的兒女。
做人的姻婦　著愛知道理[zorh1 lang6/lang3 e3 sim6 bu6 diorh5 ai4 zai6 dor3 li4; tsoh8 lang7/lang3 e3 sim7 pu7 tioh4 ai2 tsai7 to3 li2] 當了別人的媳婦, 須知道做媳婦之道理。
做田看田底　娶姻婦揀娘奶[zor4 can2 kuann4 can6/can3 de4 cua3 sim6 bu6 geng1 niu6 le4; tso2 tshan5 khuann2 tshan7/tshan3 te2 tshua3 sim7 pu7 king1 niu7

buan

半 **[buan3; puan3]** Unicode: 534A, 台語字: buanx
　　[ben3, buan3, buann3; pian3, puan3, puann3] 一半
半島[buan4 dor4; puan2 to2] 。
半仙[buan4 sen1; puan2 sian1] 道行高深的人, 算命師。
半子[buan4 zu4; puan2 tsu2] 女婿。

buann

搬 **[buann1; puann1]** Unicode: 642C, 台語字: buannf
　　[buan1, buann1; puan1, puann1] 演戲,遷移,移轉,搬動.相關字拌 buann2 攪動
搬請[buann6 ciann4; puann7 tshiann2] 邀請出來。
搬戲[buann6 hi3; puann7 hi3] 演戲劇, 賣弄, 誇示, 同做戲 zor4 hi3。
搬徙[buann6 sua4; puann7 sua2] 搬移, 移動, 例詞搬徙位 buann6 sua1 ui6 搬移, 移動。
搬電影[buann6 den3 iann4; puann7 tian3 iann2] 放映電影, 扮演電影的角色, 同做電影 zor4 den3 iann4。
搬巢雞母　生無卵[buann6 siu3 ge6 vor4 senn6 vor6 nng6 ;puann7 siu3 ke7 bu2 sinn6 vor3 nng6] 母雞如常搬遷巢窩, 則不會生下雞蛋, 喻見異思遷, 將一無所成。
搬石頭　砥家己腳盤[buann6 ziorh5 tau2 deh1 gai6 di3/gi3 ka6 buann2; puann7 tsioh4 thau5 teh8 kai7 ti3/ki3 kha7 puann5] 搬石頭砸自己的腳, 喻自討苦吃。

拌 **[buann2; puann5]** Unicode: 62CC, 台語字: buannw
　　[buan6, buann2, buann6; puan7, puann5, puann7] 攪動,搬動,轉動,換,代用字.相關字搬 buann1 遷移
拌車[buann6/buann3 cia1; puann7/puann3 tshia1] 轉車, 換到另一線路的班車, 相關詞車盤 cia6 buann2 折騰, 爭論不休。
拌過[buann6 gue3/buann3 ge3; puann7 kue3/puann3 ke3] 從這裡轉移到另一處。
拌數[buann6/buann3 siau3; puann7/puann3 siau3] 轉帳。
拌話[buann6/buann3 ue6; puann7/puann3 ue7] 傳話, 搬弄是非。
拌栽[buann6/buann3 zai1; puann7/puann3 tsai1] 盆栽移植到另一個花盆。
拌生理[buann6/buann3 seng6 li4; puann7/puann3 sing7 li2] 轉讓事業給別人經營。
拌情理[buann6 zeng6 li4/buann3 zeng3 li4; puann7 tsing7 li2/puann3 tsing3 li2] 爭辯, 辯論。

踗 **[buann2; puann5]** Unicode: 8DD8, 台語字: buannw
　　[buann2, puann2; puann5, phuann5] 翻越
踗牆[buann6/puann3 ciunn2; puann7/phuann3 tshiunn5] 翻

台語 KK 音標、台語六調 : 獅 sai1　牛 qu2　豹 ba3
　　　　　　　　　　　　左 zo1　營 iann2　淡 dam3
台語字 : 　　　　　　　獅 saif　牛 quw　豹 bax
北京語 : 　　　　　　　山 san1　明 meng2　水 sue3

虎 ho4　鴨 ah5　象 ciunn6　鹿 lok1
水 zui4　直 dit5　通 tong6　竹 dek1 南 lam2
虎 hoy　鴨 ah　象 ciunn　鹿 lokf
秀 sior4　的 dorh5　中 diong6　壢 lek1

牆, 越牆而過。

跁山過嶺[buann6 suann1 gue4 nia4/puann3 suann1 ge4 nia4; puann7 suann1 kue2 nia2/phuann3 suann1 ke2 nia2] 翻過山嶺, 翻山越嶺。

盤 [buann2; puann5] Unicode: 76E4, 台語字: buannw
[buan2, buann2, puan2; puan5, puann5, phuan5] 買賣.盤子

按盤[an4 buann2; an2 puann5] 預測價格。

車盤[cia6 buann2; tshia7 puann5] 折騰, 爭論不休, 相關詞拌車 buann6/3 cia1 轉車, 換到另一線路的班車。

手盤[ciu1 buann2; tshiu1 puann5] 手背。

唱盤[ciunn4 buann2; tshiunn7 puann5] CD 唱機。

地盤[de3 buann2; te3 puann5] 勢力範圍。

茶盤[de6/de3 buann2; te7/te3 puann5] 盛放茶杯的盤子。

和盤[hor6 buann2; ho7 puann5] 買進與賣出之價格相同, 沒有價差利潤, 故言和。

腳盤[ka6 buann2; kha7 puann5] 腳, 指腳背與腳掌, 例詞搬石頭, 砸家己腳盤 buann6 ziorh5 tau2, deh1 ga6 di3 ka6 buann2 搬石頭砸自己的腳, 喻自討苦吃。

曲盤[kek1 buann2; khik8 puann5] 往日的唱片及留聲機, 合稱為曲盤。

冷盤[leng1 buann2; ling1 puann5] 拼盤菜肴。

成盤[seng6/seng3 buann2; sing7/sing3 puann5] 買賣成交。

通盤[tong6 buann2; thong7 puann5] 整體性, 全盤。

墨盤[vak5 buann2; bak4 puann5] 硯台。

bun

半 [buann3; puann3] Unicode: 534A, 台語字: buannx
[ben3, buan3, buann3; pian3, puan3, puann3] 1/2,一半

半晡[buann4 bo1; puann2 poo1] 半天的時間, 亦指下午的時段。

半冬[buann4 dang1; puann2 tang1] 半年。

半工[buann4 gang1; puann2 kang1] 半天的時間。

半線[buann4 suann3; puann2 suann3] 彰化市之古名, 為平埔族語 Poansoa 社, 音 buannsuann。

對半說[dui4 buann4 seh5; tui2 puann2 seh4] 說話不算話, 只能相信一半.例詞唐山客, 對半說 dng6/3 suann6 keh5 dui4 buann4 seh5 從中國來的人, 說話不算話, 喻統派的台灣人, 心中沒有台灣, 只認同中國。

半旁山[buann4 beng6 suann1; puann2 ping7 suann1] 山名, 半屏山, 在高雄市左營區及楠梓區, 意為被開挖得只剩半邊的山。

半月日[buann4 queh5 jit1; puann2 gueh4 jit8] 半個月的時光。

半世人[buann4 si4 lang2; puann2 si2 lang5] 半輩子。

半相送[buann4 sior6 sang3; puann2 sio7 sang3] 貨品大特價, 買一送一。

半山仔[buann4 suann6 a4; puann2 suann7 a2] 日治時代, 逃亡在中國的台灣人, 於第二次世界大戰後, 隨中國人回台灣, 被稱為半山仔。

半桶師[buann4 tang1 sai1; puann2 thang1 sai1] 技藝只學會一半的人, 尚不能成為師父。

半生爛熟[buann4 cinn6 nua3 sek1; puann2 tshinn7 nua3 sik8] 半生不熟。

---

bun

分 [bun1; pun1] Unicode: 5206, 台語字: bunf
[bun1, hun1; pun1, hun1] 分開,分配,分散

平分[benn6/binn3 bun1; piann7/pinn3 pun1] 公平分配, 例詞春分秋分, 日夜平分 cun6 hun1 ciu6 hun1 jit5 ia6 benn6/binn3 bun1 在春分與秋分這二個節令, 日夜都是各半, 都是十二小時。

分人[bun1 lang1/lang3; pun1 lang1/lang3] 將兒女送給別人收養, 有作分予人 bun6 hor6 lang6。

分伴[bun6 penn1; pun7 phenn1] 平分, 分攤自己的財物或名望給他人, 相關詞賊人 pinn1 lang1/pinn6 lang2 佔他人的便宜, 例詞阿兄分伴財產予小弟 a6 hiann1 bun6 penn6 zai6/3 san4 ho3 sior1 di6 大哥多給弟弟一份財產。

分食[bun6 ziah1; pun7 tsiah8] 兄弟分家, 各自立門戶, 相關詞弇食 bun6 ziah1 乞丐向人討乞食物。

分油飯[bun6 iu6/iu3 bng6; pun7 iu7/iu3 png7] 嬰兒滿月, 父母親要分送油飯給親友。

呠 [bun2; pun5] Unicode: 6B55, 台語字: bunw
[bun2; pun5] 吹氣,講大話,有作呠 bun2,均為代用字.相關字翻 pun4 翻滾,飛奔出去

呠烌[bun6/bun3 hua1; pun7/pun3 hua1] 用口向火堆吹氣, 以滅火, 烌係代用字, 例詞給火呠予烌 ga3 hue4 bun6/3 ho3 hua1 把火吹熄。

呠蛙胿[bun6 ge6 gui1/bun3 gue6 gui1; pun7 ke7 kui1/pun3 kue7 kui1] 吹牛皮, 吹氣球。

本 [bun4; pun2] Unicode: 672C, 台語字: buny
[bun4; pun2] 原本,資本,本錢,國名,書冊

某本[bo1 bun4; poo1 pun2] 準備用來娶妻的結婚費用。

食本[ziah5 bun4; tsiah4 pun2] 投資虧損, 賠了本錢, 例詞食夠本 ziah5 gau4 bun4 猛吃, 只為撈本。

自本[zu3 bun4; tsu3 pun2] 從開始之初, 原本就這樣的。

本島人[bun1 do1 lang2; pun1 too1 lang5] 日本治台時, 稱台灣人為本島人,以別於稱日本人的內地人 lue3 de3 lang2。

本島話[bun1 do1 ue6; pun1 too1 ue7] 日本治台時, 稱台灣人所講的各種台灣話為本島話。

本土文化[bun1 to4 vun6/vun3 hua3; pun1 thoo2 bun7/bun3 hua3] 台灣本地文化。

本土政權[bun1 to1 zeng4 kuan2/guan2; pun1 thoo1 tsing2 khuan5/kuan5] 由本地的人士執政的政府, 相關詞外來政權 qua3 lai3 zeng4 kuan2/guan2 由外國人或外省人執政的政府。

不 [but5; put4] Unicode: 4E0D, 台語字: but
[but5; put4] 否,無法,不能

不管時[but1 guan1 si2; put8 kuan1 si5] 隨時。

不接一[but1 jiap1 it5; put8 jiap8 it4] 不能持續, 不銜接。

不死鬼[but1 su1 gui4; put8 su1 kui2] 色狼, 老而不死的色鬼, 不三不四的男人, 好色之徒。

不而過[but1 ji3/li3 gor3; put8 ji3/li3 ko3] 不過。

三不五時[sam6 but1 qo3 si2; sam7 put8 goo3 si5] 偶爾, 時常。

台語KK音標、台語六調:	獅 sai1	牛 qu2	豹 ba3
	左 zo1	營 iann2	淡 dam3
台語字:	獅 saif	牛 quw	豹 bax
北京語:	山 san1	明 meng2	水 sue3

虎 ho4	鴨 ah5	象 ciunn6	鹿 lok1
水 zui4	直 dit5	通 tong6	竹 dek1 南 lam2
虎 hoy	鴨 ah	象 ciunn	鹿 lokf
秀 sior4	的 dorh5	中 diong6	壢 lek1

台灣精神詞典

iJiden, the Formosan Dictionary
of the Taiwan Spirit

台語 KK 音標(通用拼音) 台語六調(注音符號聲調)

通用拼音、台羅拼音對照版

部首 c;tsh

ca

瘥 **[ca1; tsha1]** Unicode: 7625, 台語字: caf
[ca1, ze1; tsha1, tse1] 疾病痊癒,說文,瘥也;玉篇,疾瘥也.瘥之另一義為疫病,正韻:瘥,才何切,音坐,平聲;廣韻:瘥,病也;左傳,昭帝十七年:札瘥夭昏,註:小疫曰瘥.瘥 ze1,今作災 ze1,瘟疫.相關字差 ca1 差錯,低劣,惡化

有較瘥[u3 kah1 ca1; u3 khah8 tsha1] 病情好轉, 病痊癒了, 此為醫生問病人的病情時, 病人的回答。

cai

菜 **[cai3; tshai3]** Unicode: 83DC, 台語字: caix
[cai3; tshai3] 蔬菜名,青菜,佐食,料理

食菜[ziah5 cai3; tsiah4 tshai3] 吃素食, 茹素, 引申為出家當和尚或尼姑。

菜店[cai4 diam3; tshai2 tiam3] 酒家, 兼營色情行業的餐廳, 酒店, 例詞菜店查某 cai4 diam4 za6 vo4 在酒家陪酒的女人, 酒店的公關小姐。

手路菜[cui1 lo3 cai3; tshui1 loo3 tshai3] 拿手菜, 招牌菜。

菜金菜土[cai4 gim1 cai4 to2; tshai2 kim1 tshai2 thoo5] 農作物的價錢常因氣候或供應失調而有高低價格變動, 相差達數倍或數十倍, 有如黃金與沙土之別。

祀 **[cai6; tshai7]** Unicode: 7940, 台語字: cai
[cai6, sai6, su6; tshai7, sai7, su7] 供奉,代用字

祀公媽[cai3 gong6 ma4; tshai3 kong7 ma2] 奉祀祖先靈位, 例詞一人一家代, 公媽隨人祀 zit5 lang2 zit5 ge6 dai6, gong6 ma4 sui6 lang6 cai6/zit5 lang2 zit5 ge6 dai6, gong6 ma4 sui3 lang3 cai6 兄弟分家產後, 各自把公媽牌各自奉祀, 互不相干了。

祀 神主牌[cai3 sin6/sin3 zu1 bai2; tshai3 sin7/sin3 tsu1 pai5] 奉祀祖先神主牌, 引申奉為中心思想。

can

田 **[can2; tshan5]** Unicode: 7530, 台語字: canw
[can2, den2; tshan5, tian5] 田地

田底[can6/can3 de4; tshan7/tshan3 te2] 田地是否肥饒, 田地的情況, 媳婦的娘家, 例詞好田底 hor1 can6/3 de4 好田地, 肥饒之地;做田看田底, 娶新婦揀娘奶 zor4 can2 kuann4 can6/3 de4 cua3 sin6 bu6 geng1 niu6 le4 耕田之前, 要先選肥沃的田地, 要娶一門媳婦, 也要先查看她的母親的品德好壞, 引申媳婦的娘家。

田僑仔[can6 giau6 a4/can3 giau3 a4; tshan7 kiau7 a2/tshan3 kiau3 a2] 在大都市的近郊, 擁有田地之農夫, 因土地價格高漲而致富, 一般人以為他們都像僑居外國的台灣人, 同樣都是有錢人, 而稱為田僑 can6/3 giau2。

田寮鄉[can6 liau6 hiang1; tshan7 liau7 hiang1] 在高雄縣。

田尾鄉[can6 vue1 hiang1; tshan7 bue1 hiang1] 在彰化縣。

田螺 哈水過冬[can6 le2 gam6 zui4 gue4 dang1/can3 le2 gam3 zui4 ge4 dang1; tshan7 le5 kam7 tsui2 kue2 tang1/tshan3 le5 kam3 tsui2 ke2 tang1] 為度過寒冬, 田裡的野生貝類會在含有水份的外殼中, 存活下來, 引申度過難關, 忍辱求生, 苟延殘喘。

cat

賊 **[cat1; tshat8]** Unicode: 8CCA, 台語字: catf
[cat1, zat1, zek1; tshat8, tsat8, tsik8] 竊賊,小偷,謊言

賊仔[cat5 a4; tshat4 a2] 竊賊, 小偷, 例詞賊仔白 cat5 a1 beh1 盜賊之間, 約定使用的術語或語言;賊仔市 cat5 a1 ci6 贓貨市場;賊仔貨 cat5 a1 hue3/he3 贓物; 賊仔岫 cat5 a1 siu6 賊窩;賊仔目 cat5 a1 vak1 賊眼, 東張西望。

查某囝賊[za6 vo1 giann1/gann1 cat1; tsa7 boo1 kiann1/kann1 tshat8] 女兒嫁出之後, 仍然回娘家拿東西到夫家, 像小偷似的。

賊計狀元才[cat5 ge3 ziong3 guan6/guan3 zai2; tshat4 ke3 tsiong3 kuan7/kuan3 tsai5] 小偷的偷竊才能及智慧, 是比能夠考上狀元的人, 更高一等。

嚴官府 出厚賊[qiam6/qiam3 guann6 hu4 cut1 gau6 cat1; giam7/giam3 kuann7 hu2 tshut8 kau7 tshat8] 就算政府的治安單位有最嚴密的防盜措施, 盜賊仍然橫行, 引申為防不勝防。

cau

慅 **[cau1; tshau1]** Unicode: 61C6, 台語字: cauf
[cau1; tshau1] 勞心

慅煩[cau6 huan2; tshau7 huan5] 操心, 憂慮, 同悄煩 ciau6 huan2。

慅勞[cau6 lor2; tshau7 lo5] 操勞。

慅心擘腹[cau6 sim1 beh1 bak5; tshau7 sim1 peh8 pak4] 憂

台語 KK 音標、台語六調:	獅 sai1	牛 qu2	豹 ba3
	左 zo1	鶯 iann2	淡 dam3
台語字:	獅 saif	牛 quw	豹 bax
北京語:	山 san1	明 meng2	水 sue3

虎 ho4	鴨 ah5	象 ciunn6	鹿 lok1
水 zui4	直 dit5	通 tong6	竹 dek1 南 lam2
虎 hoy	鴨 ah	象 ciunn	鹿 lokf
秀 sior4	的 dorh5	中 diong6	壢 lek1

心掛慮。

臭 [cau3; tshau3] Unicode: 81ED, 台語字: caux
[cau3; tshau3] 魚肉腐爛的味道

挖臭[tuh1 cau3; thuh8 tshau3] 挖人瘡疤, 揭發真相, 相關詞趄棰 tut5 cue2 出差錯, 現醜, 出洋相;詆臭 duh5 cau3 反駁, 掀底牌, 洩露機密。

臭青[cau4 cinn3; tshau2 tshinn3] 草類的青澀氣味, 有作臭腥 cau4 cinn1。

臭臊[cau4 cor1; tshau2 tsho1] 魚腥味。

臭胘[cau4 hen3; tshau2 hian3] 人身上的令人作嘔的氣味。

臭奶呆[cau4 leng6/ni6 dai1; tshau2 ling6/ni7 tai1] 小孩子說話, 口音不清楚。

臭尿破味[cau4 zior3 pua4 vi6; tshau2 tsio3 phua2 bi7] 尿腥臭味。

草 [cau4; tshau2] Unicode: 8349, 台語字: cauy
[cau4, cor4; tshau2, tsho2] 青草

漢草[han4 cau4; han2 tshau2] 身材, 體格。

路草[lo3 cau4; loo3 tshau2] 路況。

草茨[cau1 cu3; tshau1 tshu3] 茅屋, 謙稱自己的房屋, 同草厝 cau1 cu3。

草地[cau1 de6; tshau1 te7] 有草皮的地方, 鄉村地區。

草山[cau1 suann1; tshau1 suann1] 地名, 台北市士林區陽明山的舊名, 蔣介石以落草為寇, 忌諱他被笑敗退台灣, 淪落為賊, 而改草山名為陽明山。

草屯鎮[cau1 dun4 din3; tshau1 tun2 tin3] 在南投縣, 舊名草鞋墩 cau1 e6 dun1。

一枝草 一點露[zit5 gi6 cau4 zit5 diam1 lo6; tsit4 ki7 tshau2 tsit4 tiam1 loo7] 上天施下恩澤於萬物, 連一枝小草, 上天也會給它一滴露水, 養育它, 喻天無絕人之路。

ce

差 [ce1; tshe1] Unicode: 5DEE, 台語字: cef
[ca1, cai1, ce1, ci1; tsha1, tshai1, tshe1, tshi1] 差遣

出差[cut1 cai1/ce1; tshut8 tshai1/tshe1] 外出工作, 出差, 有作出張 cut1 diunn1 外出工作, 出差, 此係日語詞出張 shutcho 外出工作, 出差。

膳 [ce1; tshe1] Unicode: 81B3, 台語字: cef
[ce1, sen6; tshe1, sian7] 美食,代用字

膳饈[ce6 cau1; tshe7 tshau1] 美食佳餚。

拴膳饈[cuan6/cuan3 ce6 cau1; tshuan7/tshuan3 tshe7 tshau1] 準備美味大餐。

坐 [ce6; tshe7] Unicode: 5750, 台語字: ce
[ce6, ze6, zor6; tshe7, tse7, tso7] 承擔,下降,賠罪,相關字挫 ceh1 下沈,滑落,下跌

坐底[ce3 de4; tshe3 te2] 承擔一切後果, 沈澱在底下, 例詞船破海坐底 zun6/3 pua3 hai4 ce3 de4 船破了, 沈到海底, 由大海承擔一切後果。

坐賬[ce3 siau3; tshe3 siau3] 承擔帳款, 承擔後果, 有作坐數 ce3 siau3, 例詞講欲予您坐賬 gong1 veh1 ho3

---

in6 ce3 siau3 卻要叫他們承受全部的責任;烏白食, 才予腳倉坐賬 o6 beh5 ziah1, ziah1 hor3 ka6 cng1 ce3 siau3 亂吃東西, 卻要叫肛門承擔一切後果, 只好拉了。

尋 [ce6; tshe7] Unicode: 5C0B, 台語字: ce
[ce6, cue6, sim2; tshe7, tshue7, sim5] 尋找

搜尋[ciau6 cue6/ce6; tshiau7 tshue7/tshe7] 搜尋, 相關詞撟尋 hiau6 cue6 翻尋, 找出來;搜尋 so6 sim2 尋找。

尋人[ce3 lang2; tshe3 lang5] 尋找失蹤人口。

尋頭路[ce3 tau6/tau3 lo6; tshe3 thau7/thau3 loo7] 找尋工作, 到處求職, 同忙頭路 vong6 tau6/3 lo6。

尋孔尋縫[cue3 kang6 cue3 pang6/ce3 kang6 ce3 pang6; tshue3 khang7 tshue3 phang7/tshe3 khang7 tshe3 phang7] 找麻煩, 找機會以便加害他人。

ceh

嗟 [ceh5; tsheh4] Unicode: 55DF, 台語字: ceh
[ceh5; tsheh4] 怨恨,生氣,恨

怨嗟[uan4 ceh5; uan2 tsheh4] 怨恨, 氣憤。

嗟怲[ceh1 binn3; tsheh8 pinn3] 死了心, 改變心意, 例詞侜嗟侜怲 ve3 ceh1 ve3 binn3/vue3 ceh1 vue3 binn3 死不了心, 也改變不了心意。

嗟囝 嗟無影[ceh1 giann4 ceh1 vor6/vor3 iann4; tsheh8 kiann2 tsheh8 bo7/bo3 iann2] 雖然對孩子生氣, 但仍然改變不了疼愛孩子的心,引申為生不了兒女的氣。

cek

摵 [cek1; tshik8] Unicode: 6475, 台語字: cekf
[cek1; tshik8] 晃搖,聚集,協調,振動

摵仔麵[cek5 a1 mi6; tshik4 a1 mi7] 台灣小吃, 同擔仔麵 dann4 a1 mi6, 但不宜作切仔麵 cet1 a1 mi6, 其音義俱誤, 也不同於華語詞担担麵 dan1 dan1 men4。

摵仔性[cek5 a1 seng3; tshik4 a1 sing3] 好動,外向的個性。

粟 [cek5; tshik4] Unicode: 7C9F, 台語字: cek
[cek5, sek5, siok5; tshik4, sik4, siok4] 穀粒,含外殼的稻粒,相關字稻 diu6;米 vi4 脫了殼的稻米;栗 lat1 栗子果;票 pior3 券,鈔

糴粟[diah5 cek5; tiah4 tshik4] 買入稻米。

糶粟[tior4 cek5; thio2 tshik4] 賣出稻米。

粟仔[cek1 a4; tshik8 a2] 稻粒,米,例詞播粟仔 bo4 cek1 a4 插秧。

磑粟仔[e6/ue6 cek1 a4; e7/ue7 tshik8 a2] 碾米, 古時沒有碾米機, 只得使用土礱 to6/3 lang2 來碾米。

割粟仔[guah1 cek1 a4; kuah8 tshik8 a2] 收割稻子。

---

cen

千　**[cen1; tshian1]** Unicode: 5343, 台語字: cenf
　　[cen1, ceng1; tshian1, tshing1] 百十
千金買厝宅　萬金買厝邊[cen6 gim1 ve1 cu4 teh1 van3
　　gim1 ve1 cu4 binn1/cen6 gim1 vue1 cu4 teh1 van3
　　gim1 vue1 cu4 binn1; tshian7 kim1 be1 tshu2 theh8
　　ban3 kim1 be1 tshu2 pinn1/tshian7 kim1 bue1 tshu2
　　theh8 ban3 kim1 bue1 tshu2 pinn1] 千金只能買到豪
　　華的住宅房屋, 但要用萬金才能買到好相處, 會相
　　互照顧到的好鄰居。

ceng

千　**[ceng1; tshing1]** Unicode: 5343, 台語字: cengf
　　[cen1, ceng1; tshian1, tshing1] 十百
千外[ceng6 qua6; tshing7 gua7] 一千多一點, 超過一千。
千人罵　衆人喔[ceng6 lang6 le4 zeng4 lang6 kut1/ceng6
　　lang3 le4 zeng4 lang3 kut1; tshing7 lang7 le2 tsing2
　　lang7 khut8/tshing7 lang3 le2 tsing2 lang3 khut8] 被
　　千萬人所詛咒, 為衆人所辱罵不齒, 馬英九無能親
　　中, 正是明確的例子。

青　**[ceng1; tshing1]** Unicode: 9752, 台語字: cengf
　　[ceng1, cenn1, cinn1, cinn3; tshing1, tshenn1,
　　tshinn1, tshinn3] 年青,青天
青采[ceng6 cai4; tshing7 tshai2] 神清氣爽。
青春嶺[ceng6 cun6 nia4; tshing7 tshun7 nia2] 台語名歌,
　　陳達儒作詞, 蘇桐作曲, 發表於一九三六年, 青春嶺
　　在陽明山。

清　**[ceng1; tshing1]** Unicode: 6E05, 台語字: cengf
　　[ceng1; tshing1]
清閒[ceng6 eng2; tshing7 ing5] 清閒, 沒事可做, 例詞清
　　閒命 ceng6 eng6/3 miann6 生來清閒, 不必做事即能
　　過好日子。
清廉[ceng6 liam2; tshing7 liam5] 好官員, 不貪污, 例詞
　　做官若清廉, 食飯著攪鹽 zor4 guann1 na3 ceng6
　　liam2, ziah5 bng6 diorh5 giau1 iam2 如果當官清廉不
　　貪, 則會三餐不繼, 生活清苦。
清水鎮[ceng6 zui1 din3; tshing7 tsui1 tin3] 在台中縣。

松　**[ceng2; tshing5]** Unicode: 677E, 台語字: cengw
　　[ceng2, siong2, zeng2; tshing5, siong5, tsing5] 喬木
　　名,台灣黑松,相關字松 siong2 台灣檜木,係日語詞
　　檜之木 hinoki
鳥松鄉[ziau1 ceng6 hiang1; tsiau1 tshing7 hiang1] 在高雄
　　縣。
松柏坑[ceng6 beh1 kenn1; tshing7 peh8 khenn1] 地名, 松
　　柏嶺, 在南投縣名間鄉。

忺　**[ceng3; tshing3]** Unicode: 5FCF, 台語字: cengx
　　[ceng3; tshing3] 好,高興,眩耀,代用字,同衝 ceng3,
　　相關字俕 ceng4 心悸

臭忺[cau4 ceng3; tshau2 tshing3] 臭美, 自誇。
當忺[dng6 ceng3; tng7 tshing3] 正在神氣得意之時, 有作
　　當衝 dng6 ceng3。
做人不捅相忺[zor4 lang2 m3 tang6 siunn6 ceng3; tso2
　　lang5 m3 thang7 siunn7 tshing3] 做人不可太沖, 有
　　作做人不捅相衝 zor4 lang2 m3 tang6 ceng3。

銃　**[ceng3; tshing3]** Unicode: 9283, 台語字: cengx
　　[ceng3; tshing3] 槍,手槍,相關字槍 ciunn1 標槍;槍
　　ciang1 槍,係華語
手銃[ciu1 ceng3; tshiu1 tshing3] 手槍, 好動, 愛惹事, 手
　　淫, 例詞拍手銃 pah1 ciu1 ceng3 遺精, 男人手淫;
　　手銃因仔 ciu1 ceng4 qin1 a4 愛惹事的小孩子。
銃子[ceng4 zi4; tshing2 tsi2] 子彈。

cenn

親　**[cenn1; tshenn1]** Unicode: 89AA, 台語字: cennf
　　[can1, cenn1, cin1, cinn1; tshan1, tshenn1, tshin1,
　　tshinn1] 親家母
親姆[cenn6/cinn6 m4; tshenn7/tshinn7 m2] 親家母。
親家　親姆[cin6 ge6 cenn6/cinn6 m4; tshin7 ke7
　　tshenn7/tshinn7 m2] 親家及親家母。

ci

荊　**[ci3; tshi3]** Unicode: 83BF, 台語字: cix
　　[ci3; tshi3] 地名
莿桐鄉[ci4 dong6 hiang1; tshi2 tong7 hiang1] 在雲林縣。

飼　**[ci6; tshi7]** Unicode: 98FC, 台語字: ci
　　[ci6; tshi7] 養
育飼[ior6 ci6; io7 tshi7] 養育。
飼細姨[ci3 se4 i2; tshi3 se2 i5] 包二奶, 相關詞飼查某
　　ci3 za6 vo4 在外頭另有妻兒家室。
飼囝無論飯　飼父母著算頓[ci3 giann4 vor6/vor3 lun3
　　bng6 ci3 be3 vu4 diorh5 sng4 dng3; tshi3 kiann2
　　bo7/bo3 lun3 png7 tshi3 pe3 bu2 tioh4 sng2 tng3] 父
　　母養育孩子, 不計較時間與成本;但孩子奉養年邁父
　　母, 則要計較已經吃了幾頓飯了, 不肯讓父母親多
　　吃一頓飯。

cia

車　**[cia1; tshia1]** Unicode: 8ECA, 台語字: ciaf
　　[cia1, gi1, gu1; tshia1, ki1, ku1] 車子,車輛,搬運,搾
　　油廠,相關字廍 po6 小糖廠
油車[iu6/iu3 cia1; iu7/iu3 tshia1] 搾油廠, 有作油車間
　　iu6/3 cia6 geng1。
窒車[tat1 cia1; that8 tshia1] 交通阻塞。

火車頭[hue1/he1 cia6 tau2; hue1/he1 tshia7 thau5] 車站。

車城鄉[cia6 siann6 hiang1; tshia7 siann7 hiang1] 在屏東縣。

五分仔車[qo3 hun6 a1 cia1; goo3 hun7 a1 tshia1] 台糖公司的小火車, 以其軌道之軌距為標準軌距之半而命名為五分仔 qo3 hun6 a4。

捙 [cia1; tshia1] Unicode: 6359, 台語字: ciaf
[cia1; tshia1] 推倒,推擠,代用字

捙倒[cia6 dor4/cia1 dor3; tshia7 to2/tshia1 to3] 推倒, 例詞捙倒茶 cia6 dor1 de2 推倒萬茶水。

捙夯[cia6 qia2; tshia7 gia5] 齟齬, 言詞辯論, 個性不合, 不來電, 有作差夯 ce6 qia2。

捙倒擔[cia6 dor1 dann3; tshia7 to1 tann3] 推倒了攤子, 例詞豆花捙倒擔 dau3 hue1 cia6 dor1 dann3 推倒了賣豆花的攤子, 引申慘了。

ciah

赤 [ciah5; tshiah4] Unicode: 8D64, 台語字: ciah
[cek5, ciah5, tshik4, tshiah4] 姓,紅色的,脊,裸裎

散赤[san4 ciah5/ziah5; san2 tshiah4/tsiah4] 赤貧, 例詞散赤人 san4 ciah1 lang2 貧窮者, 窮人。

赤牛[cia4 qu2; tshia2 gu5] 黃牛, 台灣黃牛, 有作赤牛仔 cia4 qu6/3 a4 台灣黃牛。

赤肉[ciah1 vah5; tshiah8 bah4] 瘦肉, 有作精肉 ziann6 vah5; 瘦肉 san1 vah5。

赤崁樓[ciah1 kam4 lau2; tshiah8 kham2 lau5] 在台南市, 為開台古蹟, 荷蘭人於 1625 年所建, Fort Providentia, 有作赤嵌樓 ciah1 kam4 lau2。

赤腳仙仔[ciah1 ka6 sen6 a4; tshiah8 kha7 sian7 a2] 密醫。

熾 [ciah5; tshiah4] Unicode: 71BE, 台語字: ciah
[ciah5, cih5, zit5; tshiah4, tshih4, tsit4] 燒,熱,旺盛

熾熾[ciah1 ciah5; tshiah8 tshiah4] 熾熱, 乾乾巴巴, 例詞魚仔煎佮熾熾 hi6/3 a4 zen6 gah1 ciah1 ciah5 魚煎得乾乾巴巴, 恰到好處。

目熾[vak5 ciah5; bak4 tshiah4] 眼紅, 嫉妒, 例詞目孔熾 vak5 kang1 ciah5 眼紅, 酸葡萄的心理, 嫉妒心。

日頭熾焱焱　隨人顧性命[jit5 tau2 ciah1 iann3 iann6 sui6 lang2 go4 senn4 miann6/lit5 tau2 ciah1 iann3 iann6 sui3 lang2 go4 sinn4 miann6; jit4 thau5 tshiah8 iann3 iann7 sui7 lang5 koo2 senn2 miann7/lit4 thau5 tshiah8 iann3 iann7 sui3 lang5 koo2 sinn2 miann7] 大熱天, 各人各自照顧自己。

ciam

籤 [ciam1; tshiam1] Unicode: 7C64, 台語字: ciamf
[ciam1; tshiam1]

籤王[ciam6 ong2; tshiam7 ong5] 上上籤, 幸運之籤。

抽籤卜卦[tiu6 ciam1 bok1 gua3; thiu7 tshiam1 pok8 kua3]

抽竹籤, 以求神問卜。

攕 [ciam4; tshiam2] Unicode: 6515, 台語字: ciamy
[ciam4; tshiam2] 剺,插,刀叉,同又 ciam4,相關字阠 ceng6 關門

刀仔 攕仔[dor6 a4 ciam1 a4; to7 a2 tshiam1 a2] 吃西餐用的刀叉。

用齒托 攕王梨[iong3 ki1 tok5 ciam1 ong6/ong3 lai2; iong3 khi1 thok4 tshiam1 ong7/ong3 lai5] 用牙籤叉取鳳梨片。

ciang

常 [ciang2; tshiang5] Unicode: 5E38, 台語字: ciangw
[ciang2, siong2, tshiang5, siong5] 常常,不變

常在[ciang6/ciang3 zai6; tshiang7/tshiang3 tsai7] 時常, 如故, 不變。

常在按呢[ciang6/ciang3 zai6 an1 ni1; tshiang7/tshiang3 tsai7 an1 ni1] 還是不變。

腸 [ciang2; tshiang5] Unicode: 8178, 台語字: ciangw
[cen2, ciang2, diong2, dng2; tshian5, tshiang5, tiong5, tng5] 香腸

煙腸[en6 ciang2/cen2; ian7 tshiang5/tshian5] 香腸。

粉腸[hun1 ciang2; hun1 tshiang5] 加了粉料的香腸。

攕煙腸[ciam1 en6 ciang2; tshiam1 ian7 tshiang5] 叉取香腸。

唱 [ciang3; tshiang3] Unicode: 5531, 台語字: ciangx
[ciang3, ciong3, cionn3, ciunn3; tshiang3, tshiong3, tshionn3, tshiunn3] 聲明,發出聲音

明唱[veng6/veng3 ciang3; bing7/bing3 tshiang3] 事先先聲明。

唱聲[ciang4 siann1; tshiang2 siann1] 放話, 大聲反對, 有作嗆聲 ciang4 siann1。

淌 [ciang6; tshiang7] Unicode: 6DCC, 台語字: ciang
[ciang2, ciang6; tshiang5, tshiang7] 水流下,有作洘 ciang6

淌淌滾[ciang3 ciang3 gun4; tshiang3 tshiang3 kun2] 水煮沸了, 人氣沸騰, 精力旺盛, 氣氛熱烈, 沸騰, 有作洘洘滾 ciang3 ciang3 gun4。

蹌 [ciang6; tshiang7] Unicode: 8E4C, 台語字: ciang
[ciang6, som6, song6; tshiang7, som7, song7] 單腳跳行,支撐住

拄蹌[du1 ciang6; tu1 tshiang7] 偶然地, 例詞蹌拄蹌, 予我拄著 ciang3 du1 ciang6, ho3 qua1 du1 diorh1 偶然地, 被我遇到了。

緩緩仔蹌[un6 un6 a1 ciang6; un7 un7 a1 tshiang7] 慢慢以單腳跳過來。

台語 KK 音標、台語六調:	獅 sai1	牛 qu2	豹 ba3	虎 ho4	鴨 ah5	象 ciunn6	鹿 lok1
	左 zo1	營 iann2	淡 dam3	水 zui4	直 dit5	通 tong6	竹 dek1 南 lam2
台語字:	獅 saif	牛 quw	豹 bax	虎 hoy	鴨 ah	象 ciunn	鹿 lokf
北京語:	山 san1	明 meng2	水 sue3	秀 sior4	的 dorh5	中 diong6	壢 lek1

ciann

成 **[ciann2; tshiann5]** Unicode: 6210, 台語字: ciannw
[ciann2, seng2, siann2, ziann2; tshiann5, sing5,
siann5, tsiann5] 姓,撫養,陪嫁的嫁妝
成家[ciann6/ciann3 ge1; tshiann7/tshiann3 ke1] 扶持家
庭。
成囝[ciann6/ciann3 giann4; tshiann7/tshiann3 kiann2] 養育
兒女, 例詞成囝大漢 ciann6/3 giann4 dua3 han3　養
育成人。
成成人[ciann6 ziann6 lang2/ciann3 ziann3 lang2; tshiann7
tsiann7 lang5/tshiann3 tsiann3 lang5] 扶養到成年。

請 **[ciann3; tshiann3]** Unicode: 8ACB, 台語字: ciannx
[ceng4, ciann3, ciann4; tshing2, tshiann3, tshiann2]
延聘,有作倩　ciann3
僫請[orh1 ciann3; oh8 tshiann3] 架子大, 條件高, 難聘請
到。
請人[ciann4 lang2/ciann3 lang3; tshiann2 lang5/tshiann3
lang3] 聘請工人, 相關詞請人 ciann4 lang3　請客,
請客人吃飯。
請人工[ciann4 lang6/lang3 gang1; tshiann2 lang7/lang3
kang1] 聘請工人來做事。
請拍手[ciann4 pah1 ciu4; tshiann2 phah8 tshiu2] 聘請保
鏢, 殺手或代考生。
請鬼 開藥單[ciann4 gui4 kui6 iorh5 duann1; tshiann2 kui2
khui7 ioh4 tuann1] 請屬鬼開處方單, 必死無疑, 喻
適得其反。
請人哭 無目屎[ciann4 lang6 kau3 vor6 vak5 sai4/ciann4
lang3 kau3 vor3 vak5 sai4; tshiann2 lang7 khau3 bo7
bak4 sai2/tshiann2 lang3 khau3 bo3 bak4 sai2] 花錢請
假孝男孝女來哭喪, 他們只有哭號聲, 但不會流眼
淚, 喻求人不如求已。

且 **[ciann4; tshiann2]** Unicode: 4E14, 台語字: cianny
[ciann4; tshiann2] 暫且,一再
慢且[van3 ciann4; ban3 tshiann2] 且慢, 等一下, 有作且
慢　ciann1 van6。
暫且[ziam3 ciann4; tsiam3 tshiann2] 暫時等一下。
且慢[ciann1 van6; tshiann1 ban7] 且慢, 同慢且　van3
ciann4;慢且是　van3 ciann1 si6。
慢且是[van3 ciann4 si6; ban3 tshiann1 si7] 等一下。
且等咧[ciann1 dan4 le3; tshiann1 tan2 le3] 請等一下。
且一邊[ciann1 zit5 binn1; tshiann1 tsit4 pinn1] 姑且不論,
暫時不管, 例詞養的較大天, 生的且一邊　iang4 e3
kah1 dua3 tinn1, sinn1 e1 ciann1 zit5 binn1　養育小孩
子的恩情, 大於生母的親情。

拵 **[ciann4; tshiann2]** Unicode: 6385, 台語字: cianny
[ciann4; tshiann2] 掌持,捧持
拵佛仔[ciann1 but5 a4; tshiann1 put4 a2] 捧奉神像。
雙手拵一仙神明[siang6 ciu4 ciann1 zit5 sen6 sin6/sin3
veng2; siang7 tshiu2 tshiann1 tsit4 sian7 sin7/sin3
bing5] 双手捧奉一尊神像。

請 **[ciann4; tshiann2]** Unicode: 8ACB, 台語字: cianny
[ceng4, ciann3, ciann4; tshing2, tshiann3, tshiann2]
乞求,邀約,請客
搬請[buann6 ciann4; puann7 tshiann2] 迎拜神佛。
央請[iang6 ciann4; iang7 tshiann2] 請求。
汝請[li1 ciann4; li1 tshiann2] 請, 客套話。侶請[sior6
ciann4; sio7 tshiann2] 宴客, 回請, 例詞買賣算分,
侶請無論 ve1 ve6 sng4 hun1 sior6 ciann4 vor6
lun6/vue1 ve3 sng4 hun1 sior6 ciann4 vor3 lun6　買賣
物品時, 會斤斤計較成本及價格;但是講到朋友請客,
則為了面子而出手大方, 很少計較。
請客[ciann1 keh5; tshiann1 kheh4] 請客人吃飯, 結婚喜慶
的喜宴請客, 例詞請人客 ciann1 lang6/3 keh5　請客
人吃飯。
請人[ciann4 lang3/ciann1 lang2; tshiann2 lang3/tshiann1
lang5] 請客, 請吃飯, 結婚喜慶的喜宴請客, 相關詞
請人 ciann3 lang3/ciann4 lang2　聘請工人。

ciau

抄 **[ciau1; tshiau1]** Unicode: 6284, 台語字: ciauf
[cau1, ciau1; tshau1, tshiau1] 攪拌,捏合,代用字
抄槭[ciau6 cek1; tshiau7 tshik8] 安排, 攤牌, 例詞抄槭好
勢 ciau6 cek5 hor1 se3　安排妥當了;抄槭規日 ciau6
cek5 gui6 jit1/lit1　忙了一整天。
抄沙[ciau6 sua1; tshiau7 sua1] 將沙土攪動混合, 例詞台
灣人, 放屎抄沙, 侎做伙 dai6 uan6 lang2 bang4 jior6
ciau6 sua1 ve3 zor4 hue4/dai3 uan3 lang2 bang4 lior6
ciau6 sua1 vue3 zor4 hue4　台灣人不團結, 泡了尿也
無法把沙土攪合, 凝結成為硬團, 引申無法團結。

搜 **[ciau1; tshiau1]** Unicode: 641C, 台語字: ciauf
[ciau1, so1; tshiau1, soo1] 搜找
搜尋[ciau6 cue6; tshiau7 tshue7] 搜尋, 相關詞撈尋 hiau6
cue6 翻尋, 找出來;搜尋 so6 sim2　尋找。
搜身軀[ciau6 seng6 ku1; tshiau7 sing7 khu1] 搜身。

撨 **[ciau2; tshiau5]** Unicode: 64A8, 台語字: ciauw
[cau2, ciau2; tshau5, tshiau5] 推移,挪動,調整,推拿
或接骨治療,調整,代用字
推撨[cui1 ciau2; tshui1 tshiau5] 協調, 折中, 斡旋。
撨槭[ciau6/ciau3 cek1; tshiau7/tshiau3 tshik8] 協商, 協調,
搬動, 例詞公司職務大撨槭 gong6 si1 zit1 vu6 dua3
ciau6/3 cek1　公司人事職位大調動。
撨骨[ciau6/ciau3 gut5; tshiau7/tshiau3 kut4] 中醫接骨師
門診的推拿或接骨治療。
撨價數[ciau6/ciau3 ge4 siau3; tshiau7/tshiau3 ke2 siau3]
討價還價。
撨日子[ciau6 jit5 zi4/ciau3 lit5 zi4; tshiau7 jit4 tsi2/tshiau3
lit4 tsi2] 選擇喜喪的日子, 安排日子。
撨徙位[ciau6/cau3 sua1 ui6; tshiau7/tshau3 sua1 ui7] 遷移
到他處。
撨筋接骨[ciau6 gin1 ziap1 gut5/cau3 gun1 ziap1 gut5;
tshiau7 kin1 tsiap8 kut4/tshau3 kun1 tsiap8 kut4] 推
拿, 接骨。

台語 KK 音標、台語六調：獅 sai1　牛 qu2　豹 ba3
　　　　　　　　　　　　　左 zo1　鶯 iann2　淡 dam3
台語字：　　　　　　　　獅 saif　牛 quw　豹 bax
北京語：　　　　　　　　山 san1　明 meng2　水 sue3

虎 ho4　鴨 ah5　象 ciunn6　鹿 lok1
水 zui4　直 dit5　通 tong6　竹 dek1 南 lam2
虎 hoy　鴨 ah　象 ciunn　鹿 lokf
秀 sior4　的 dorh5　中 diong6　壢 lek1

cih

揤 [cih1; tshih8] Unicode: 63E4, 台語字: cihf
[cih1, jih1, lih1; tshih8, jih8, lih8] 以手按壓,代用字.
相關字揌 nih1 大力握著

揤牢[cih5 diau2; tshih4 tiau5] 壓抑, 壓制, 壓住, 同揤稠
cih5/jih5 diau2。

揤電鈴[cih5 den3 leng2; tshih4 tian3 ling5] 按電鈴。

歪哥揤舛[uai6 gor6 cih5 cuah1; uai7 ko7 tshih4 tshuah8]
亂七八糟, 錯誤離譜, 東倒西歪, 有作歪喎揤舛
uai6 gor6 cih5 cuah1。

揤佮淀淀[cih5 gah1 dinn3 dinn6; tshih4 kah8 tinn3 tinn7]
用手把箱子或袋子塞得滿滿的。

揤予扁去[cih5/jih5 ho6 binn4 ki3; tshih4/jih4 hoo7 pinn2
khi3] 壓扁。

垂 [cih5; tshih4] Unicode: 5782, 台語字: cih
[cih5, se2, sue2, sui2, tui6; tshih4, se5, sue5, sui5,
thui7] 低垂,代用字

宓垂[vih1 cih5; bih8 tshih4] 低矮的樣子, 例詞宓垂老人
vih1 cih5 lau3 lang2 一個矮小的老人。

頭垂垂[tau2 cih1 cih5; thau5 tshih8 tshih4] 頭低垂的樣
子。

熾 [cih5; tshih4] Unicode: 71BE, 台語字: cih
[ciah5, cih5, zit5; tshiah4, tshih4, tsit4] 興致勃勃,代
用字

興熾熾[heng4 cih1 cih5; hing2 tshih8 tshih4] 興致高昂,
興致勃勃。

鬧熱熾熾[lau3 jet5/let5 cih1 cih5; lau3 jiat4/liat4 tshih8
tshih4] 很熱鬧。

cim

深 [cim1; tshim1] Unicode: 6DF1, 台語字: cimf
[cim1; tshim1] 高深,微妙,長久

深坑鄉[ciam6 kinn6 hiong1; tshiam7 khinn7 hiong1] 在台
北縣。

無底深坑[vor6/vor3 de1 cim6 kenn1; bo7/bo3 te1 tshim7
khenn1] 無底深淵, 無底洞。

軟土深掘[nng1 to2 cim6 gut1; nng1 thoo5 tshim7 kut8] 喻
善良的人容易被欺負。

深山林內[cim6 suan6 na6/na3 lai6; tshim7 suan7 na7/na3
lai7] 高山密林之中。

cin

親 [cin1; tshin1] Unicode: 89AA, 台語字: cinf
[can1, cenn1, cin1, cinn1; tshan1, tshenn1, tshin1,
tshinn1] 親戚,親事

娶親[cua3 cin1; tshua3 tshin1] 。

定親[diann3/deng3 cin1; tiann3/ting3 tshin1] 訂婚, 訂親。

公親[gong6 cin1; kong7 tshin1] 和事佬, 和解人, 調解人,
例詞公親變事主 gong6 cin1 ben4 su6 zu4 作案件的
調解人, 卻捲入糾紛, 成了當事人。

親像[cin6/can6 ciunn6; tshin7/tshan7 tshiunn7] 類似, 相
似, 例詞好親像 hor1 cin6/can6 ciunn6 很類似, 很
相似。

親嘴[cin6 cui3; tshin7 tshui3] 親口說的, 相關詞華語親嘴
cin1 zue2 接吻。

親堂[cin6 dong2; tshin7 tong5] 各房的宗親, 有作房頭仔
bang6 tau6 a4/bang3 tau3 a4。

親家[cin6 ge1; tshin7 ke1] 夫妻雙方的父母及親人之間的
互稱, 例詞親家門方 cin6 ge1 vng6/3 hong1 姻親關
係, 家世, 家教;親家親姆 cin6 ge1 cenn6/cinn6 m4
親家及親家母。

親生[cin6 senn1/sinn1; tshin7 senn1/sinn1] 親生兒女, 例
詞布著親經, 团著親生 bo3 diorh5 cin6 genn1,
giann4 diorh5 cin6 senn1/bo3 diorh5 cin6 ginn1,
giann4 diorh5 cin6 sinn1 布要親手織的, 才可靠實
用;孩子要親生的, 才會孝敬父母。

親生团[cin6 senn6/sinn6 giann4; tshin7 senn7/sinn7 kiann2]
親生兒女, 相關詞抱的 por6 e6 領養的兒女;養的
iunn4/iann4 e3 領養的兒女。

姻親外戚[in6 cin1 qua3 cek5; in7 tshin1 gua3 tshik4] 因婚
姻關係而形成的親戚關係, 同姻親 in6 cin1。

牽親引戚[kang6 cin1 in1 cek5; khang7 tshin1 in1 tshik4]
招來親友, 樹立周邊之人力資源。

親朋好友[cin6 beng2 hor1 iu4; tshin7 ping5 ho1 iu2] 。

親家親姆[cin6 ge1 cenn6/cinn6 m4; tshin7 ke1
tshenn7/tshinn7 m2] 親家及親家母。

清 [cin3; tshin3] Unicode: 51CA, 台語字: cinx
[ceng3, cin3; tshing3, tshin3] 溫度的陰冷

秋清[ciu6 cin3; tshiu7 tshin3] 涼爽, 有寒意, 有作湫清
ciu6 cin3。

清心[cin4 sim1; tshin2 sim1] 寒心, 灰心, 有作沮心 cin4
sim1 灰心。

清清彩彩[cin4 cin3 cai1 cai4; tshin2 tshin3 tshai1 tshai2]
隨隨便便, 馬馬虎虎。

清頭清面[cin4 tau6/tau3 cin4 vin6; tshin2 thau7/thau3
tshin2 bin7] 表情冷漠, 臉色凶惡。

cinn

生 [cinn1; tshinn1] Unicode: 751F, 台語字: cinnf
[cenn1, cinn1, seng1, senn1, sinn1; tshenn1, tshinn1,
sing1, senn1, sinn1] 生的,沒煮熟的,新鮮的

生菜[cenn6/cinn6 cai3; tshenn7/tshinn7 tshai3] 青菜。

生手[cinn6 ciu4; tshinn7 tshiu2] 新人, 新手。

生的[cinn1 e1; tshinn1 e1] 生的, 沒煮過的, 水果還沒全
熟的。

生狂[cinn6 gong2; tshinn7 kong5] 慌張。

生份[cinn6 hun6; tshinn7 hun7] 陌生, 怕生, 例詞生份人
cinn6 hun3 lang2 陌生人。

生怘[cinn6/cenn6 kui3; tshinn7/tshenn7 khui3] 新鮮原味,
相關詞腥氣 cinn4/cenn4 kui3 蔬果的野生味道, 青

台語 KK 音標、台語六調：	獅 sai1	牛 qu2	豹 ba3		
	左 zo1	營 iann2	淡 dam3		
台語字：	獅 saif	牛 quw	豹 bax		
北京語：	山 san1	明 meng2	水 sue3		

虎 ho4	鴨 ah5	象 ciunn6	鹿 lok1
水 zui4	直 dit5	通 tong6	竹 dek1 南 lam2
虎 hoy	鴨 ah	象 ciunn	鹿 lokf
秀 sior4	的 dorh5	中 diong6	壢 lek1

澀味。

生疏[cinn6 so1; tshinn7 soo1] 不熟練, 不熟悉。

生食[cinn6 ziah1; tshinn7 tsiah8] 生吃, 現吃, 現用。

著生驚[diorh5 cenn6/cinn6 giann1; tioh4 tshenn7/tshinn7 kiann1] 受了突然的驚嚇, 有作著生惊 diorh5 cinn6 giann1。

生魚仔[cinn6 hi6/hi3 a4; tshinn7 hi7/hi3 a2] 沒經烹調煮熟的生魚。

生牛仔[cinn6 qu6/qu3 a4; tshinn7 gu7/gu3 a2] 初生之犢。

生生仔食[cinn6 cinn6 a1 ziah1; tshinn7 tshinn7 a1 tsiah8] 趁著新鮮時, 趕快吃, 相關詞胜胜仔食 cenn6 cenn6 a1 ziah1 吃生的, 生著吃。

生份所在[senn6 hun3 so1 zai6; senn7 hun3 soo1 tsai7] 陌生的地方。

生頭清面[cinn6 tau6/tau3 cin4 vin6; tshinn7 thau7/thau3 tshin2 bin7] 表情冷漠, 臉色凶惡。

生米煮成飯[cenn6 vi4 zu1 ziann6 bng6/cinn6 vi4 zi1 ziann3 bng6; tshenn7 bi2 tsu1 tsiann7 png7/tshinn7 bi2 tsi1 tsiann3 png7] 生米已經煮成了米飯, 無法再改變, 喻木已成舟。

青 **[cinn1; tshinn1]** Unicode: 9752, 台語字: cinnf [ceng1, cenn1, cinn1, cinn3; tshing1, tshenn1, tshinn1, tshinn3] 草綠色, 味道, 未成熟的

青慘[cinn6 cam4; tshinn7 tsham2] 使力地, 凶猛地, 例句青慘開 cinn6 cam1 kai1 一有了錢, 就使力地去亂花錢, 惊食無夠, 青慘仔買 giann6 ziah5 vor6 gau3, cinn6 cam1 a1 ve4/giann6 ziah5 vor3 gau3, cinn6 cam1 a1 vue4 怕沒東西可吃, 所以凶猛大採購各種物品。

青洛[cinn6 ti2/cenn6 di2; tshinn7 thi5/tshenn7 ti5] 青苔, 水垢, 例詞上青洛 ciunn3 cinn6 ti2/cionn3 cenn6 di2 長青苔, 長水垢。

青紅燈[cinn6 ang6/ang3 deng1; tshinn7 ang7/ang3 ting1] 紅綠燈號誌。

目青目黃[vak5 cinn6 vak5 ng2; bak4 tshinn7 bak4 ng5] 十分焦急。

青眯青眯[cinn6 lai6 cinn6 lai1; tshinn7 lai7 tshinn7 lai1] 有一點淺綠色的樣子。

青面獠牙[cenn6/cinn6 vin3 niau6 qe2; tshenn7/tshinn7 bin3 niau7 ge5] 貌相凶惡可怕, 面目可憎。

親 **[cinn1; tshinn1]** Unicode: 89AA, 台語字: cinnf [can1, cenn1, cin1, cinn1; tshan1, tshenn1, tshinn1, tshinn1] 親家母

親姆[cenn6/cinn6 m4; tshenn7/tshinn7 m2] 親家母。

親家親姆[cin6 ge6 cenn6/cinn6 m4; tshin7 ke7 tshenn7/tshinn7 m2] 親家及親家母。

睛 **[cinn1; tshinn1]** Unicode: 775B, 台語字: cinnf [cenn1, cinn1, zeng1; tshenn1, tshinn1, tsing1] 眼睛

睛瞑[cinn6 mi2/cenn6 me2; tshinn7 mi5/tshenn7 me5] 失明, 瞎子。

睛瞑牛[cinn6 mi3 qu2/cenn6 me6 qu2; tshinn7 mi3 gu5/tshenn7 me7 gu5] 瞎了眼的牛隻, 喻文盲。

睛瞑的　不惊銃[cinn6 menn2 e6 m3 giann6 ceng3/cenn6 menn2 e6 m3 giann6 ceng3; tshinn7 menn5 e7 m3 giann7 tshing3/tshenn7 menn5 e7 m3 kiann7 tshing3] 瞎子看不見, 就不知道槍的厲害, 所以不怕它, 有作憤膽 qong3 dann4, 喻天不怕, 地不怕。

cionn

匠 **[cionn6; tshionn7]** Unicode: 5320, 台語字: cionn [cionn6, ciunn6, ziang3; tshionn7, tshiunn7, tsiang3] 工匠

木匠[vak5 cionn6/ciunn6; bak4 tshionn7/tshiunn7] 木工工匠, 有作木司 vak5 sai1。

cior

俏 **[cior1; tshio1]** Unicode: 4FCF, 台語字: ciorf [ciau4, cior1; tshiau2, tshio1] 華麗鮮艷, 雄性發情, 男人性慾旺盛, 係代用字, 有作嫐 cior1, 相關字嬈 hiau2 女人性慾旺盛

嘴俏[cui4 cior1; tshui2 tshio1] 滿嘴黃腔。

趕俏[gua1 cior1; kua1 tshio1] 性慾旺盛, 催促交配。

起俏[ki1 cior1; khi1 tshio1] 男人性慾旺盛, 雄性動物的發情。

俏哥[cior6 gor1; tshio7 ko1] 好色的男人, 性侵害女人的好色者, 有作痴哥 ci6 gor1。

穿佮俏俏[ceng3 gah1 cior6 cior1; tshing3 kah8 tshio7 tshio1] 穿著華麗鮮艷。

笑 **[cior3; tshio3]** Unicode: 7B11, 台語字: ciorx [ciau3, cior3, siau3; tshiau3, tshio3, siau3] 笑容

滾笑[gun1 cior3; kun1 tshio3] 開玩笑。

耍笑[sng1 cior3; sng1 tshio3] 開玩笑。

坦笑[tan1 cior3; than1 tshio3] 面朝上的, 有作坦仕 tan1 cior3。

笑詼[cior4 kue1/ke1; tshio2 khue1/khe1] 笑話, 滑稽, 不宜作笑科 cior4 kue1。

笑神[cior4 sin2; tshio2 sin5] 笑容, 笑臉常開, 例詞好笑神 hor1 cior4 sin2 笑臉常開。

滾耍笑[gun1 sng1 cior3; kun1 sng1 tshio3] 開開玩笑。

肉吻笑[vah1 vun1 cior3; bah8 bun1 tshio3] 笑得很含蓄。

cit

七 **[cit5; tshit4]** Unicode: 4E03, 台語字: cit [cit5; tshit4] 數目字的第七位, 柒的小寫

七仔[cit1 a4; tshit8 a2] 稱呼女朋友。

七股鄉[cit1 go1 hiang1; tshit8 koo1 hiang1] 在台南縣。

七字仔[cit1 ji6/li3 a4; tshit8 ji7/li3 a2] 台語七字調的民歌, 係歌仔戲的唱調。

七月半[cit1 queh5/qeh5 buann3; tshit8 gueh4/geh4 puann3] 農曆七月十五日, 中元節, 例詞七月半鴨仔 cit1 queh5/qeh5 buann4 ah1 a4 農曆七月半, 要牢殺鴨拜祭鬼神, 但鴨子卻不知道死期到了, 喻不知死活。

七美鄉[cit1 vi1 hiang1; tshit8 bi1 hiang1] 在澎湖縣。

七仔笑八仔[cit5 a3 ciorh1 beh5/bueh5 a3; tshit4 a3 tshioh8 peh4/pueh4 a3] 七仔與八仔二個人相差不多, 喻五

台語 KK 音標、台語六調:	獅 sai1	牛 qu2	豹 ba3	虎 ho4	鴨 ah5	象 ciunn6	鹿 lok1
	左 zo1	營 iann2	淡 dam3	水 zui4	直 dit5	通 tong6	竹 dek1 南 lam2
台語字:	獅 saif	牛 quw	豹 bax	虎 hoy	鴨 ah	象 ciunn	鹿 lokf
北京語:	山 san1	明 meng2	水 sue3	秀 sior4	的 dorh5	中 diong6	壢 lek1

十步笑百步。

七少年 八少年[cit1 siau4 len2 beh1/bueh1 siau4 len2; tshit8 siau2 lian5 peh8/pueh8 siau2 lian5] 都還很年輕。

迌 [cit5; tshit4] Unicode: EC4B, 台語字: cit
[cit5, tit5; tshit4, thit4] 遊玩,停留

迌迌[cit1/tit1 tor2; tshit8/thit8 tho5] 漫步, 遊玩, 不務正業, 涉足黑道。

瘋迌迌[hong6 cit1 tor2; hong7 tshit8 tho5] 沈迷於遊玩, 不務正業。

迌迌仔[cit1 tor6/tor3 a4; tshit8 tho7/tho3 a2] 不良份子, 黑道份子。

迌迌人[cit1 tor6/tor3 lang2; tshit8 tho7/tho3 lang5] 不務正業的人, 不良份子, 黑道份子, 例詞迌迌囝仔 cit1 tor6/3 qinn1 a4 不務正業的少年人。

四界迌迌[si4 gue4/ge4 cit1 tor2; si2 kue2/ke2 tshit8 tho5] 到處遊玩, 到處停留。

ciu

手 [ciu4; tshiu2] Unicode: 624B, 台語字: ciuy
[ciu4; tshiu2] 上肢,手臂

過手[gue4/ge4 ciu4; kue2/ke2 tshiu2] 得逞, 辦成功。

腳手[ka6 ciu4; kha7 tshiu2] 人的上下肢, 動作, 助手, 可供差遣的人員, 例詞腳手猛 ka6 ciu4 me4 動作敏捷。

黑手[o6 ciu4; oo7 tshiu2] 操作或修理機械的工作人員。

手路[ciu1 lo6; tshiu1 loo7] 功夫, 技藝, 例詞手路菜 ciu1 lo3 cai3 拿手的好菜。

手勢[ciu1 se3; tshiu1 se3] 動作, 手勢, 辦事的節奏, 相關詞手勢 ciu1 si3 手氣, 養育的過程。

手勢[ciu1 si3; tshiu1 si3] 手氣, 養育的過程, 相關詞手勢 ciu1 se3 動作, 手勢。

手頭[ciu1 tau2; tshiu1 thau5] 手上, 金錢, 例詞手頭絚 ciu1 tau6/3 an2 沒錢可花用;手頭冗 ciu1 tau6 leng6 有錢可花用;手頭粃 ciu1 tau6/3 pann3 隨便花錢, 不節制。

一腳一手[zit5 ka6 zit5 ciu4; tsit4 kha7 tsit4 tshiu2] 殘障者, 半身不遂。

打斷手骨 顛倒勇[pah1 dng3 ciu1 gut5 den1 dor4 iong4; phah8 tng3 tshiu1 kut4 tian1 to2 iong2] 手胳臂被打斷了, 痊癒了反而更強壯, 喻人生愈戰愈勇。

樹 [ciu6; tshiu7] Unicode: 6A39, 台語字: ciu
[ciu6, su6; tshiu7, su7] 姓,樹木

樹仔[ciu3 a4; tshiu3 a2] 樹木。

樹林仔[ciu3 na6 a4; tshiu3 na7 a2] 地名, 今台北縣樹林市。

樹大 翳著大[ciu6 dua6 ng4 diorh5 dua6; tshiu7 tua7 ng2 tioh4 tua7] 樹大, 它的陰影也大, 引申收入大, 支出也隨著多, 喻樹大招風。

樹頭若蹺予正 樹尾著不惊做風颱[ciu3 tau2 na3 kia3 ho6 ziann3 ciu3 vue4/ve4 diorh5 m3 giann6 zor4 hong6 tai1; tshiu3 thau5 na3 khia3 hoo7 tsiann3 tshiu3 bue2/be2 tioh4 m3 kiann7 tso2 hong7 thai1] 自己做得正, 站得穩, 就不怕閒言閒語來污衊, 引申清者自清。

cng

穿 [cng1; tshng1] Unicode: 7A7F, 台語字: cngf
[ceng6, cng1, cuan1; tshing7, tshng1, tshuan1] 穿過

蛀穿[ziu4 cng1; tsiu2 tshng1] 牙齒蛀成一個洞。

穿針[cng6 ziam1/zam1; tshng7 tsiam1/tsam1] 穿線過針孔, 例詞穿針引線 cng6 ziam1/zam1 in1 suann3 牽針引線, 做仲介的工作。

堅心打石 石成穿[gen6 sim1 pah1 ziorh1 ziorh5 seng6 cng1; kian7 sim1 phah8 tsioh8 tsioh4 sing7 tshng1] 有恆心打石塊, 終能打穿石頭, 成了一個洞。

倉 [cng1; tshng1] Unicode: 5009, 台語字: cngf
[cng1, cong1, zng1; tshng1, tshong1, tsng1] 倉庫,屁股

腳倉[ka6 cng1; kha7 tshng1] 屁股, 有作尻川 ka6 cng1。

倉庫[cng6 ko3; tshng7 khoo3] 。

腳倉臀[ka6 cng6 pue4; kha7 tshng7 phue2] 屁股, 有作尻川臀 ka6 cng6 pue4。

串 [cng3; tshng3] Unicode: 4E32, 台語字: cngx
[cng3, cuan3; tshng3, tshuan3] 鮪魚

串仔[cng1 a4; tshng1 a2] 鮪魚, 肉白, 有作串仔魚 cng1 a1 hi2, 但異於烏暗串 o6 am4 cng3 黑鮪魚。

烏暗串[o6 am4 cng3; oo7 am2 tshng3] 黑鮪魚, 高級魚獲, 肉暗黑色, 又叫作正串 ziann4 cng3。

鉎 [cng4; tshng2] Unicode: 92DB, 台語字: cngy
[cng4; tshng2] 用嘴分別骨頭與可食的部份,代用字

鉎食[cng1 ziah1; tshng1 tsiah8] 剔食, 營鑽求利, 例詞敖鉎食 gau6/3 cng1 ziah1 善於剔食, 鑽營求利, 代用詞。

鉎骨頭[cng1 gut1 tau2; tshng1 kut8 thau5] 在嘴中分挑骨頭, 再吃肉。

鉎魚刺[cng1 hi6/hi3 ci3; tshng1 hi7/hi3 tshi3] 在嘴中分挑魚骨頭, 再吃魚肉。

鉎孔縫[cng1 kang6 pang6; tshng1 khang7 phang7] 善於剔食, 鑽營求利, 同鉎孔鉎縫 cng1 kang6 cng1 pang6。

cong

創 [cong3; tshong3] Unicode: 5275, 台語字: congx
[cong3; tshong3] 玩弄,修理

創治[cong4 di6; tshong2 ti7] 玩弄, 欺負小孩。

創憬[cong4 geng4; tshong2 king2] 耍花招, 愚弄, 例詞予人創憬 cong4 geng4 被別人耍花招, 被愚弄。

創啥物代誌[cong4 siann1 mih1 dai3 ci3; tshong2 siann1 mih8 tai3 tshi3] 幹什麼事情?

台語KK音標、台語六調:	獅 sai1	牛 qu2	豹 ba3	虎 ho4	鴨 ah5	象 ciunn6	鹿 lok1
	左 zo1	營 iann2	淡 dam3	水 zui4	直 dit5	通 tong6	竹 dek1 南 lam2
台語字:	獅 saif	牛 quw	豹 bax	虎 hoy	鴨 ah	象 ciunn	鹿 lokf
北京語:	山 san1	明 meng2	水 sue3	秀 sior4	的 dorh5	中 diong6	壢 lek1

cor

楚 **[cor4; tsho2]** Unicode: 695A, 台語字: cory
　　[cor4; tsho2] 姓,多,痛苦,鮮明,明瞭,數目萬億,有作兆 diau6
一楚[zit5 cor4; tsit4 tsho2] 數字一萬億, 同一兆 zit5 diau6。
楚千楚萬[cor1 ceng1 cor1 van6; tsho1 tshing1 tsho1 ban7] 千千萬萬, 多得無可計數。

corh

誶 **[corh5; tshoh4]** Unicode: 8AB6, 台語字: corh
　　[corh5; tshoh4] 用粗話罵人,玉篇:誶,罵也;增韻:誚也,詬也.相關字訕 suan6 罵人;訐 ket5 以言詞相攻
誶人[corh1 lang2/corh5 lang3; tshoh8 lang5/tshoh4 lang3] 以粗話罵人。
誶訐譙[corh1 gan4 giau6; tshoh8 kan2 kiau7] 罵人的惡話, 罵粗話, 三字經。
誶訐吢譙[corh1 gan4 lak5 giau6; tshoh8 kan2 lak4 kiau7] 三字經罵人的話。

cu

茨 **[cu3; tshu3]** Unicode: 8328, 台語字: cux
　　[cu3; tshu3] 茅屋,鋪茅草為屋,同厝 cu3.正韻:才資切,說文:以茅蓋屋
草茨[cau1 cu3; tshau1 tshu3] 鋪茅草為屋頂之房子, 謙稱自己的家, 同草厝 cau1 cu3。
媄茨[sui1 cu3; sui1 tshu3] 美屋華廈, 文士之居。

厝 **[cu3; tshu3]** Unicode: 539D, 台語字: cux
　　[cu3; tshu3] 房屋,家庭,石砌之墓室陰宅,有作茨 cu3.正韻:七彼切,音錯.說文:厲石也,詩曰,他山之石,可以攻厝.徐曰,今詩借作"錯"字
起厝[ki1 cu3; khi1 tshu3] 建新房屋, 例詞起厝按半料 ki1 cu3 an4 buann4 liau6 建新房屋, 事先預計的造價常常只是實際支出費用的一半, 喻難以估計或預算。
厝邊[cu4 binn1; tshu2 pinn1] 鄰居的人家。
厝腳[cu4 ka1; tshu2 kha1] 房客。
豆干厝[dau3 guann6 cu3; tau3 kuann7 tshu3] 妓女戶, 私娼寮。
稅厝踦[se4/sue4 cu4 kia6; se2/sue2 tshu2 khia7] 向他人承租房屋來居住, 有作稅厝 se4/sue4 cu3。
土坉厝[to6/to3 gat1 cu3; thoo7/thoo3 kat8 tshu3] 用黏土土塊砌建的房屋。
厝邊兜[cu1 binn6 dau1; tshu1 pinn7 tau1] 鄰居。
厝頭家[cu4 tau6/tau3 ge1; tshu2 thau7/thau3 ke1] 房東。
厝邊頭尾[cu4 binn6 tau6 vue4/cu4 binn6 tau3 ve4; tshu2 pinn7 thau7 bue2/tshu2 pinn7 thau3 be2] 左鄰右舍。

取 **[cu4; tshu2]** Unicode: 53D6, 台語字: cuy
　　[ci4, cu4; tshi2, tshu2]
取俗[cu1 siok1; tshu1 siok8] 取其價格便宜, 以價格便宜取勝。
取囝婿[cu1 giann1 sai3; tshu1 kiann1 sai3] 挑選女婿。
有一步取[u3 zit5 bo3 cu4; u3 tsit4 poo3 tshu2] 有一個優點。
取一步儉[cu1 zit5 bo3 kiam6; tshu1 tsit4 poo3 khiam7] 以節儉為重。

cua

疕 **[cua6; tshua7]** Unicode: 75B6, 台語字: cua
　　[cua6; tshua7] 小便慢慢流出來,代用字,相關字胐 cuah5 大小便失禁
疕尿[cua3 zior6; tshua3 tsio7] 晚上睡覺時尿床, 相關詞胐尿 cuah1 zior6 在無法控制的情況下而尿失禁;滲尿 siam4 zior6 在有意識下而流滲出少量尿液, 尿失禁。
偷疕尿[tau6 cua3 zior6; thau7 tshua3 tsio7] 睡覺時尿失禁, 尿床。

娶 **[cua6; tshua7]** Unicode: 5A36, 台語字: cua
　　[cu6, cua6; tshu7, tshua7] 迎娶,代用字
嫁娶[ge4 cua6; ke2 tshua7] 辦婚事。
娶家後[cua3 ge6 au6; tshua3 ke7 au7] 娶妻。
娶新娘[cua3 sin6 niu2; tshua3 sin7 niu5] 家中有男人娶妻, 辦喜事。
娶入門[cua3 zip5 mng2; tshua3 tsip4 mng5] 娶媳婦, 娶了進門。

帶 **[cua6; tshua7]** Unicode: 5E36, 台語字: cua
　　[cua6, dai3, dua3; tshua7, tai3, tua3] 引導,照顧,代用字,有作跮 cua6
帶路[cua3 lo6; tshua3 loo7] 帶引走路。
帶囝[cua3 giann4; tshua3 kiann2] 撫養孩子。
帶頭[cua3 tau2; tshua3 thau5] 帶領, 率領一群人, 做榜樣。
帶出帶入[cua3 cut1 cua3 jip1/lip1; tshua3 tshut8 tshua3 jip8/lip8] 熱戀中的男女帶進帶出, 同進同出。

cuah

舛 **[cuah1; tshuah8]** Unicode: 821B, 台語字: cuahf
　　[cuah1, cuan3, cun4; tshuah8, tshuan3, tshun2] 錯誤,偏斜,有作斜 cuah1
歪舛[uai6 cuah1; uai7 tshuah8] 歪斜。
氣舛舛[ki4 cuah5 cuah1; khi2 tshuah4 tshuah8] 氣呼呼, 氣歪了。
歪哥捫舛[uai6 gor6 cih5 cuah1; uai7 ko7 tshih4 tshuah8] 亂七八糟, 錯誤離譜, 東倒西歪, 有作歪喎捫舛 uai6 gor6 cih5 cuah1;歪哥捫六舛 uai6 gor6 cih5 lak5 cuah1。

台語KK音標、台語六調： 獅 sai1　牛 qu2　豹 ba3
　　　　　　　　　　　　　　左 zo1　營 iann2　淡 dam3
台語字：　　　　　　　　獅 saif　牛 quw　豹 bax
北京語：　　　　　　　　山 san1　明 meng2　水 sue3

虎 ho4　鴨 ah5　象 ciunn6　鹿 lok1
水 zui4　直 dit5　通 tong6　竹 dek1 南 lam2
虎 hoy　鴨 ah　象 ciunn　鹿 lokf
秀 sior4　的 dorh5　中 diong6　壢 lek1

胐 **[cuah5; tshuah4]** Unicode: 80D0, 台語字: cuah
[cuah5; tshuah4] 大小便失禁,代用字,相關字疶
cua6 小便慢慢流出來

胐屎[cuah1 sai4; tshuah8 sai2] 在無法控制的情況下而大
便失禁, 有作偷胐屎 tau6 cuah1 sai4。

胐尿[cuah1 zior6; tshuah8 tsio7] 在無法控制的情況下而
尿失禁, 相關詞疶尿 cua3 zior6 晚上睡覺時尿床;偷
胐尿 tau6 cuah1 zior6 在無法控制的情況下而小便
失禁。

疶尿的 換著胐屎的[cua3 zior6 e6 uann3 diorh5 cuah1 sai4
e3; tshua3 tsio7 e7 uann3 tioh4 tshuah8 sai2 e3] 把尿
床的人換成了大便失禁的人, 一個比一個差, 喻越
換越差。

湍 **[cuah5; tshuah4]** Unicode: 6E4D, 台語字: cuah
[cuah5; tuan1; tshuah4; thuan1] 湍急,相關字喘
cuan4 呼吸;惴 cuah5 顫抖,驚怕

湍流[cuah1 lau2; tshuah8 lau5] 湍急的溪河或流水, 例詞
溪水湍流 ke6 zui4 cuah1 lau2 溪水很湍急。

cuan

村 **[cuan1; tshuan1]** Unicode: 6751, 台語字: cuanf
[cuan1, cun1; tshuan1, tshun1] 鄉村,農村

大村鄉[dai3 cuan6 hiang1; tai3 tshuan7 hiang1] 在彰化
縣。

拴 **[cuan2; tshuan5]** Unicode: 62F4, 台語字: cuanw
[cuan2; tshuan5] 準備,湊合

拴嫁粧[cuan6/cuan3 ge4 zng1; tshuan7/tshuan3 ke2 tsng1]
準備嫁粧。

拴起來囥[cuan6 ki1 lai6 kng3/cuan3 ki1 lai3 kng3; tshuan7
khi1 lai7 khng3/tshuan3 khi1 lai3 khng3] 準備得妥當
了。

串 **[cuan3; tshuan3]** Unicode: 4E32, 台語字: cuanx
[cng3, cuan3; tshng3, tshuan3] 聯串,總是

客串[keh1 cuan3; kheh8 tshuan3] 臨時演出, 不擅長於揣
摹。

串行險路[cuan4 giann6/giann3 hiam1 lo6; tshuan2
kiann7/kiann3 hiam1 loo7] 總是愛走危險的路程。

喘 **[cuan4; tshuan2]** Unicode: 5598, 台語字: cuany
[cuan4; tshuan2] 呼吸,相關字湍 cuah5 湍急;惴
cuah5 顫抖,驚怕

喘氣[cuan1 kui3; tshuan1 khui3] 呼吸, 相關詞瘼呴 he6
gu1 氣喘;喘大氣 cuan1 dua3 kui3 吐怨氣。

歇喘[hiorh1/henn4 cuan4; hioh8/henn2 tshuan2] 休息一
會。

瘼呴喘[he6 gu6 cuan4; he7 ku7 tshuan2] 喘息。

大氣喘倲離[dua3 kui3 cuan1 ve3/vue3 li6; tua3 khui3
tshuan1 be3/bue3 li7] 喘個不停。

cui

嘴 **[cui3; tshui3]** Unicode: 5634, 台語字: cuix
[cui3; tshui3] 口,人或動物的嘴,港口,相關字喙
tong4 鳥類的嘴,鳥類喙食食物;啄 dok5 鳥以嘴尖啄
食

拄嘴[du1 cui3; tu1 tshui3] 交談, 打招呼, 頂嘴, 頂撞, 有
作抵嘴 du1 cui3。

合嘴[hah5 cui3; hah4 tshui3] 合口味, 對胃口。

合嘴[hap5 cui3; hap4 tshui3] 閉嘴, 不許說話。

缺嘴[kih1 cui3; khih8 tshui3] 兔唇, 缺陷, 例詞缺嘴, 流
目油 kih1 cui3 lau6/3 vak5 iu2 指生來就有兔唇及患
了無故流眼淚的醜女, 引申為有缺陷的人, 事或
物。

嘴水[cui4 sui4; tshui2 sui2] 口才, 稱讚長輩, 例詞好嘴水
hor1 cui4 sui4 好口才, 很有禮貌地稱呼長輩;有嘴水
u3 cui4 sui4 有口才, 會稱讚長輩。

布袋嘴[bo4 de3 cui3; poo2 te3 tshui3] 今嘉義縣布袋鎮之
舊名, 原為港口之名。

璇石嘴[suan3 ziorh5 cui3; suan3 tsioh4 tshui3] 鑽石級的
上等口才。

応嘴応舌[in4 cui4 in4 zih1; in2 tshui2 in2 tsih8] 爭辯, 針
峰相對。

空嘴哺舌[kang6 cui3 bo3 zih1; khang7 tshui3 poo3 tsih8]
嘴巴空空, 卻用舌頭講空話, 引申其承諾, 均無法兌
現, 一派胡言。

嘴吻一下[cui3 vun4 zit5 e3; tshui3 bun2 tsit4 e3] 動一動
嘴角, 笑一笑, 相關詞嘴唚一下 cui3 zim1 zit5 e3
二人擁吻。

嘴唚一下[cui3 zim1 zit5 e3; tshui3 tsim1 tsit4 e3] 二人擁
吻, 相關詞嘴吻一下 cui3 vun4 zit5 e3 動一動嘴角,
笑一笑。

十嘴 九腳倉[zap5 cui3 gau1 ka6 cng1; tsap4 tshui3 kau1
kha7 tshng1] 人多嘴雜, 有作十嘴, 九尻川 zap5
cui4 gau1 ka6 cng1。

眾人嘴上毒[zeng4 lang6/lang3 cui3 siong3 dok1; tsing2
lang7/lang3 tshui3 siong3 tok8] 眾人的意見最有効
力, 眾人的意見最有毒。

唐山食風水 台灣食嘴水[dng6 suann1 ziah5 hong6 sui4
dai6 uan2 ziah5 cui4 sui4/dng3 suann1 ziah5 hong6
sui4 dai3 uan2 ziah5 cui4 sui4; tng7 suann1 tsiah4
hong7 sui2 tai7 uan5 tsiah4 tshui2 sui2/tng3 suann1
tsiah4 hong7 sui2 tai3 uan5 tsiah4 tshui2 sui2] 在中國
的福建須依靠看風水地理而維生, 但在台灣必須靠
好的口才, 才能生存。

cun

春 **[cun1; tshun1]** Unicode: 6625, 台語字: cunf
[cun1; tshun1] 春天

行春[giann6/giann3 cun1; kiann7/kiann3 tshun1] 新春年
節, 拜訪親友。

立春[lip5 cun1; lip4 tshun1] 節氣名, 在陽曆二月四日。

春風[cun6 hong1; tshun7 hong1] 春天的風, 引申為得意,

台語 KK 音標、台語六調: 獅 sai1 牛 qu2 豹 ba3 虎 ho4 鴨 ah5 象 ciunn6 鹿 lok1
左 zo1 營 iann2 淡 dam3 水 zui4 直 dit5 通 tong6 竹 dek1 南 lam2
台語字: 獅 saif 牛 quw 豹 bax 虎 hoy 鴨 ah 象 ciunn 鹿 lokf
北京語: 山 san1 明 meng2 水 sue3 秀 sior4 的 dorh5 中 diong6 壢 lek1

例詞滿面春風 mua1 vin6 cun6 hong1 春風滿面。

春日鄉[cun6 jit5 hiang1; tshun7 jit4 hiang1] 在屏東縣。

河邊春夢[hor6/hor3 binn1 cun6 vang6; ho7/ho3 pinn1 tshun7 bang7] 台灣名歌, 周添旺作詞, 黎明作曲, 在 1935 年發表。

春天後母面[cun6 tinn1 au3 vu1 vin6; tshun7 thinn1 au3 bu1 bin7] 春天的天氣, 像後母一樣, 說變就變, 喻善變。

偆 [cun1; tshun1] Unicode: 5046, 台語字: cunf
[cun1; tshun1] 剩下,剩餘,代用字,原義富有

有偆[u3 cun1; u3 tshun1] 還有剩餘, 例詞
食佮有偆 ziah5 gah1 u6 cun1 飯菜吃得還有剩餘; 捌佮有偆 bat1/vat1 gah1 u3 cun1 認識得很;熟似佮有偆 sek5 sai3 gah1 u3 cun1 相識得很深入;頇顢佮有偆 han6 van3 gah1 u3 cun1 笨得很;三八佮有偆 sam6 bat1 gah1 u3 cun1 女人很不正經;相忖抨有偆 sior6 cun2 binn4 u3 cun1 大家肯相互退讓, 則會有剩餘。

偆長[cun6 dng2; tshun7 tng5] 從長預備, 留後步, 留餘地, 相關詞伸長 cun6 dng2 延長。

偆錢[cun6 zinn2; tshun7 tsinn5] 存蓄了金錢。

忖 [cun2; tshun5] Unicode: 5FD6, 台語字: cunw
[cun2, cun6, zun2; tshun5, tshun7, tsun5] 禮讓,保留,同存 cun2

佋忖[sior6 cun2/zun2; sio7 tshun5/tsun5] 互相謙讓, 例詞佋忖變有偆 sior6 cun2 binn4 u3 cun1 如果大家肯相互退讓, 則會有剩餘, 同佋忍變有偆 sior6 lun4 binn4 u3 cun1。

尊忖[zun6 cun2; tsun7 tshun5] 禮讓, 尊敬。

忖扮[cun3 ban6; tshun3 pan7] 下了決心, 存心, 孤注一擲, 看情況而定, 例詞忖扮死 cun3 ban3 si4 冒死以赴;忖扮挓破面 cun3 ban3 liah1 pua4 vin6 下了決心要撕破臉。

忖死[cun3 si4; tshun3 si2] 拚命, 不惜一死。

忖心[cun3 sim1; tshun3 sim1] 積心才可怕。

忖後步[cun6/cun3 au3 bo6; tshun7/tshun3 au3 poo7] 保留後退餘地, 暗藏或保留技巧, 不傳授他人。

忖序大[cun6/cun3 si3 dua6; tshun7/tshun3 si3 tua7] 禮敬長輩。

cut

出 [cut5; tshut4] Unicode: 51FA, 台語字: cut
[cut5; tshut4] 姓,出去,家世,發跡,出產,聞名天下

出氣[cut1 ki3; tshut8 khi3] 發洩怨恨或怒氣。

出悥[cut1 kui3; tshut8 khui3] 出一口氣。

出破[cut1 pua3; tshut8 phua3] 事跡敗露, 揭露出弊案。

出業[cut1 qiap1; tshut8 giap8] 畢業。

出外[cut1 qua6; tshut8 gua7] 到他鄉謀職或求學。

出師[cut1 sai1; tshut8 sai1] 經過三年四個月的訓練, 學得了技藝, 可獨立擔任工作。

出世[cut1 si3; tshut8 si3] 誕生, 去轉世, 物品用壞了, 出生, 解放, 例句做佮侾得出世 zor4 gah1 ve3/vue3 dit1 cut1 si3 工作繁多而做不完, 無法解脫。

出山[cut1 suann1; tshut8 suann1] 出殯, 去下葬了。

出運[cut1 un6; tshut8 un7] 走過了惡運, 好運將來臨。

出水[cut1 zui4; tshut8 tsui2] 出氣洩恨, 地下泅出泉水, 例詞對某人出水 dui4 vo1 lang2 cut1 zui4 向某人洩恨。

出社會[cut1 sia3 hue6; tshut8 sia3 hue7] 踏入社會, 謀生活, 求職。

出頭天[cut1 tau6 tinn1; tshut8 thau7 thinn1] 入獄服刑, 期滿而釋放出獄, 重見天日, 即出頭見天, 現在引申為脫離苦難, 成功, 走出困境, 出人頭地, 例詞台灣人出頭天 dai6 uan6 lang2 cut1 tau6 tinn1/dai3 uan3 lang2 cut1 tau3 tinn1 政權輪替, 台灣人終於出頭天。

齵 [cut5; tshut4] Unicode: 9F63, 台語字: cut
[cut5; tshut4] 戲碼

菜齵[cai4 cut5; tshai2 tshut4] 一道一道的菜餚。

戲齵[hi4 cut5; hi2 tshut4] 戲劇, 戲碼, 例詞一齵戲 zit5 cut1 hi3 一齵戲碼。

苦齵[ko1 cut5; khoo1 tshut4] 悲情劇。

齵頭[cut1 tau2; tshut8 thau5] 節目, 花樣, 花招, 例詞抨齵頭 binn4 cut1 tau2 變把戲, 耍花樣, 搞名堂, 不宜作變齵頭 binn4 cut1 tau2。

笑詼齵[cior4 kue6/ke6 cut5; tshio2 khue7/khe7 tshut4] 笑料劇。

啥物齵頭[sia1 mih1 cut1 tau2; sia1 mih8 tshut8 thau5] 什麼花樣?, 什麼花招?。

齵頭相多[cut1 tau2 sionn3 ze6; tshut8 thau5 sionn3 tse7] 把戲節目最多, 花樣最多, 花招最多。

台語 KK 音標、台語六調: 獅 sai1　牛 qu2　豹 ba3　虎 ho4　鴨 ah5　象 ciunn6　鹿 lok1
左 zo1　營 iann2　淡 dam3　水 zui4　直 dit5　通 tong6　竹 dek1 南 lam2
台語字:　獅 saif　牛 quw　豹 bax　虎 hoy　鴨 ah　象 ciunn　鹿 lokf
北京語:　山 san1　明 meng2　水 sue3　秀 sior4　的 dorh5　中 diong6　壢 lek1

台灣精神詞典

iJiden, the Formosan Dictionary
of the Taiwan Spirit

台語 KK 音標(通用拼音) 台語六調(注音符號聲調)
台語 KK 音標、台羅拼音對照版

部首 **d;t**

dai

台 **[dai2; tai5]** Unicode: 53F0, 台語字: daiw
[dai2; tai5] 地名,舞台,簡寫為台 dai2

台獨[dai6/dai3 dok1; tai7/tai3 to k8] 台灣人民要求獨立,建立一個國家的意識,自立於中國之外,例詞台獨,佮位不著 dai6/3 dok1 dor1 ui6 m3 diorh1? 台灣人民要求獨立,這個要求,那有錯呢?

台灣[dai6/dai3 uan2; tai7/tai3 uan5] 地名,Taiwan, 亦稱 Formosa, 鄰國為日本, 中國及菲律賓。 1945 年, 太平洋戰爭日本戰敗, 而向以美國為首的盟軍無條件投降, 盟軍指定由蔣介石接受在台灣及澎湖之日本軍隊的投降。 蔣介石於 1949 年 10 月在與中國共產黨內戰失敗後, 將中華民國政府遷離南京轉進台灣, 而流亡到台北市, 並持續佔領台灣, 澎湖, 宣佈擁有其主權, 美國至今仍不承認台灣或中華民國是個國家, 只承認台灣或中華民國是個是一個台灣的管理當局而已。 1950 年 6 月 25 日發生在朝鮮半島的戰爭, 扭轉了台灣的命運, 盟軍與中國的交戰, 使美國認為台灣地位未定, 主權不可以交給中國。 日本在 1952 年 4 月 28 日生效的舊金山對日本和平條約, 及在 1952 年 8 月 5 日生效的日本與中華民國政府在台北於簽訂之對日本和平條約中, 日本均只放棄了台灣, 澎湖的管轄權(all right), 領土所有權(title), 及投降與佔領請求權(claim), 但均沒有指定收受國家。 在 1952 年 4 月 28 日生效的舊金山對日本和平條約以前的開羅宣言及波茨坦宣言, 均是參戰國之間的意向書而已, 沒經各國的參議院及眾議院通過, 又無總統簽署生效, 所以無法超越過條約的法定効力, 只有失效一途。 流亡在台北的中華民國政府曾為聯合國的常任理事國, 但在 1971 年被中華人民共和國取代而被逐出聯合國。 美國擁有主要佔領國及戰勝國的身分, 也只有美國才可以處置台灣, 澎湖的領土所有權(title)及財產請求權(claim), 所以才能在其與中國建交後, 經美國的參議院, 眾議院通過台灣關係法, 並經美國總統簽署立法, 成為美國之國內法。 目前台灣的國際地位是, 在美國軍事佔領中之土地, 美國委託中華民國政府管轄中, 台灣的總統新當選人都要收到美國總統的賀函, 才能上任為台灣的總統。

台北市[dai3 bak1 ci6; tai3 pak8 tshi7] 台灣的首都。

台北縣[dai3 bak1 guinn6/guan6; tai3 pak8 kuinn7/kuan7] 在台灣的北部。

台東縣[dai6 dang6 guan6; tai7 tang7 kuan7] 。

台東市[dai6 dang6 ci6; tai7 tang7 tshi7] 。

台中市[dai6 diong6 ci6; tai7 tiong7 tshi7] 。

台中縣[dai6 diong6 guan6; tai7 tiong7 kuan7] 。

台南市[dai6 lam6 ci6; tai7 lam7 tshi7] 。

台南縣[dai6 lam6 guan6; tai7 lam7 kuan7] 。

台西鄉[dai3 se6 hiong1; tai3 se7 hiong1] 在雲林縣。

台灣人[dai6 uan6 lang2/dai3 uan3 lang2; tai7 uan7 lang5/tai3 uan3 lang5] 生活在台灣, 認同台灣的任何人, 相關詞中國人 diong6 gok1 lang2 認同一國兩制的台灣居民, 自認非台灣人。

台灣省[dai6 uan6 seng4/dai3 uan3 seng4; tai7 uan7 sing2/tai3 uan3 sing2] 台灣省的法人地位, 於 1999 年廢除。

台灣話[dai6 uan6 ue6/dai3 uan3 ue6; tai7 uan7 ue7/tai3 uan3 ue7] 在台灣通行的語言, 有華語, 台灣話, 客家話及原住民話, 但實際上, 只指賀佬話 hor3 lor1 ue6;福佬話 hok1 lor1 ue6;河洛話 hor6/3 lok5 ue6;鶴佬話 horh5 lor1 ue6。

一中一台[it1 diong1 it1 dai2; it8 tiong1 it8 tai5] 台灣與中國, 互不相屬。

台語六調[dai6/dai3 qi4 liok5 diau6; tai7/tai3 gi2 liok4 tiau7] 台語發音之聲調, 套用華語注音符號之四聲及輕聲, 定義為台 1 調(含促音), 台 2 調, 台 3 調, 台 4 調, 台 5 調, 再加入台語專有之台 6 調, 成為台語六調。

台灣共和國[dai6 uan2 giong3 ho6 gok5/dai3 uan2 giong3 ho3 gok5; tai7 uan5 kiong3 hoo7 kok4/tai3 uan5 kiong3 hoo3 kok4] 台灣人民要求獨立, 建立一個共和國, 簡稱為台灣國。

台灣蟳 無膏[dai6 uan6 zim2 vor6 gor1/dai3 uan3 zim2 vor3 gor1; tai7 uan7 tsim5 bo7 ko1/tai3 uan3 tsim5 bo3 ko1] 台灣螃蟹, 大多沒有蟹黃膏, 取笑台灣人都沒有學問或魄力, 無膏是沒有才能, 沒錢, 沒有學問的意思。

台灣中國 一邊一國[dai6/dai3 uan2 diong6 gok5 zit5 beng2 zit5 gok5; tai7/tai3 uan5 tiong7 kok4 tsit4 ping5 tsit4 kok4] 台灣海峽二岸, 一邊是台灣, 另一邊是中國, 都是獨立的國家, 互不相屬。

大 **[dai6; tai7]** Unicode: 5927, 台語字: dai
[da1, dai6, dak1, dua6; ta1, tai7, tak8, tua7]

大家[dai3 ge6; tai3 ke7] 大家, 每一個人, 同逐家 dak5 ge1, 相關詞大家 da6 ge1 婆婆。

大員[dai3 uan2; tai3 uan5] 地名, 荷蘭人據台時之一島名, 今為台南市安平區一帶, 後稱台灣。

大食[dai3 ziah1; tai3 tsiah8] 國名, 今伊朗高原一帶, 包含伊朗, 伊拉克及巴基斯坦等伊斯蘭教國家, 波斯文 Taziah 原義係大客人, 大食客之意。

大安鄉[dai3 an6 hiang1; tai3 an7 hiang1] 在台中縣。

大村鄉[dai3 cuan6 hiang1; tai3 tshuan7 hiang1] 在彰化縣。

大同鄉[dai3 dong6 hiang1; tai3 tong7 hiang1] 在宜蘭縣。

大甲鎮[dai3 gah1 din3; tai3 kah8 tin3] 在台中縣。

大溪鎮[dai3 ke6 din3; tai3 khe7 tin3] 在桃園縣。

大里市[dai3 li1 ci6; tai3 li1 tshi7] 在台中縣。

大雅鄉[dai3 qenn1 hiang1; tai3 nge1 hiang1] 在台中縣。

大武鄉[dai3 vu1 hiang1; tai3 bu1 hiang1] 在台東縣。

代 **[dai6; tai7]** Unicode: 4EE3, 台語字: dai
[dai6, de6; tai7, te7] 年代,輩份,事情,交替

台語 KK 音標、台語六調:	獅 sai1	牛 qu2	豹 ba3	虎 ho4	鴨 ah5	象 ciunn6	鹿 lok1
	左 zo1	營 iann2	淡 dam3	水 zui4	直 dit5	通 tong6	竹 dek1 南 lam2
台語字:	獅 saif	牛 quw	豹 bax	虎 hoy	鴨 ah	象 ciunn	鹿 lokf
北京語:	山 san1	明 meng2	水 sue3	秀 sior4	的 dorh5	中 diong6	壢 lek1

底代[di3 dai6; ti3 tai7] 相關, 例詞跟汝無底代 gah1 li1 vor6/3 di3 dai6 與你無關。

代誌[dai3 zi3; tai3 tsi3] 事情, 有作事志 dai3 zi3; 代志 dai3 zi3, 例詞啥物代誌 siann1 mi1 dai3 zi3 何事;代誌 宕了二年 dai3 zi3 dong3 liau1 nng3 ni2 事情拖延了二年。

第 [dai6; tai7] Unicode: 7B2C, 台語字: dai
[dai6, de6; tai7, te7] 次第

第先[dai3 seng1; tai3 sing1] 先, 首先, 第一, 先前, 事先, 在前面, 第一個先去做…。

走第先[zau1 dai3 seng1; tsau1 tai3 sing1] 先走出, 走在最前面, 第一個先跑走, 例詞撫台走第先 vu1 dai2 zau1 dai3 seng1 1895 年, 台灣割予日本, 台灣人宣告獨立建國, 推原任撫台唐景崧為台灣民主國總統, 但在日本人在澳底登陸後, 唐景崧卻首先逃亡到中國。

dam

淡 [dam6; tam7] Unicode: 6DE1, 台語字: dam
[dam6; tam7] 淡淡的,地名

暗淡[am4 dam6; am2 tam7] 陰森森的, 黑暗的, 昏暗的, 例詞暗淡的月暝 am4 dam3 e6 queh5/qeh5 mi2 昏暗的夜。

淡水河[dam3 zui1 hor2; tam3 tsui1 ho5] 大漢溪及新店溪在板橋市及台北市萬華區的交接處相交會, 成為淡水河, 又於台北市北投區納入基隆河, 在淡水鎮出海。

淡水鎮[dam3 zui1 din3; tam3 tsui1 tin3] 在台北縣。

淡水暮色[dam3 zui4 vo3 sek5; tam3 tsui2 boo3 sik4] 台灣名歌, 葉俊麟作詞, 洪一峰作曲。

dan

彈 [dan2; tan5] Unicode: 5F48, 台語字: danw
[dan2, duann2, duann6; tan5, tuann5, tuann7] 傳統戲劇名

亂彈[lan3 dan2; lan3 tan5] 台灣傳統戲劇, 相關詞亂彈 luan3 duann6 亂蓋, 吹牛皮, 胡說八道。

嘽 [dan2; tan5] Unicode: 563D, 台語字: danw
[dan2; tan5] 鳴,代用字,有作霆 dan2

嘽雷公[dan6 lui6 gong1/dan3 lui3 gong1; tan7 lui7 kong1/tan3 lui3 kong1] 閃電大作, 打雷。

錢無兩圓 拍休嘽[zinn2 vor3 nng3 inn2 pah1 ve3/vue3 dan2; tsinn5 bo3 nng3 inn5 phah8 be3/bue3 tan5] 二枚銅板才打得響。

dang

冬 [dang1; tang1] Unicode: 51AC, 台語字: dangf
[dang1, dong1; tang1, tong1] 冬天,年,收成

年冬[ni6/ni3 dang1; ni7/ni3 tang1] 一年的農產品收成量。

雙冬[siang6 dang1; siang7 tang1] 一年雙穫。

收冬[siu6 dang1; siu7 tang1] 收成, 收穫期。

冬節[dang6 zeh5/zueh5; tang7 tseh4/tsueh4] 節令名, 12 月 22 日冬至, 常誤作冬至 dang6 zeh5/zueh5/zi3。

冬瓜山[dang6 gue6 suann1; tang7 kue7 suann1] 山名, 在宜蘭縣冬山鄉 dang6 suann6 hiang1。

冬山鄉[dang6 suann6 hiang1; tang7 suann7 hiang1] 在宜蘭縣, 以冬瓜山 dang6 gue6 suann1 得名。

冬山河[dang6 suann6 hor2; tang7 suann7 ho5] 河名, 在宜蘭縣冬山鄉 dang6 suann6 hiang1。

不是冬節 叨欲搓圓[m3 si3 dang6 zeh5 dor3 veh1/vueh1 sor6 inn2; m3 si3 tang7 tseh4 to3 beh8/bueh8 so7 inn5] 非冬至, 都要搓湯圓, 何況冬至已到?。

東 [dang1; tang1] Unicode: 6771, 台語字: dangf
[dang1, dong1; tang1, tong1] 姓,東方

東港鎮[dang6 gang1 din3; tang7 kang1 tin3] 在屏東縣。

東河鄉[dang6 hor3 hiang1; tang7 ho3 hiang1] 在台東縣。

東勢鎮[dang6 si4 din3; tang7 si2 tin3] 在台中縣, 原名東勢角。

東勢鄉[dang6 si4 hiang1; tang7 si2 hiang1] 在雲林縣, 原名東勢厝。

東石鄉[dang6 ziorh5 hiang1; tang7 tsioh4 hiang1] 在嘉義縣。

苳 [dang1; tang1] Unicode: 82F3, 台語字: dangf
[dang1; tang1] 樹名,草名

茄苳[ga6 dang1; ka7 tang1] 茄苳樹, 本土最著名的樹種, 是台灣四大象徵性的代名詞之一, 即蕃薯, 茄苳, 媽祖, 烏魚。

芒苳[vang3 dang1; bang3 tang1] 芒草, 菅芒草。

僮 [dang2; tang5] Unicode: 50EE, 台語字: dangw
[dang2; tang5] 乩童

對僮[dui4 dang2; tui2 tang5] 相同, 符合, 原義是配對乩童的說詞。

僮乩桌頭[dang6/dang3 gi1 dorh1 tau2; tang7/tang3 ki1 toh8 thau5] 乩童與傳話人的合稱, 搭擋, 引申為狼狽為奸之徒。

凍 [dang3; tang3] Unicode: 51CD, 台語字: dangx
[dang3, dong3; tang3, tong3] 冷凍

堅凍[gen6 dang3; kian7 tang3] 結凍, 遇冷凝結成冰狀。

凍露[dang4 lo6; tang2 loo7] 夜間露水凍結在人身上或花木的表層, 例詞凍露水 dang4 lo3 zui4 花草夜間曝露在外, 情人夜遊於野外, 不介意露水侵襲。

凍酸[dang4 sng1; tang2 sng1] 寒酸又小氣, 例詞做人足凍酸 zor4 lang2 ziok1 dang4 sng1 為人小氣吝嗇。

倲 [dang3; tang3] Unicode: 5032, 台語字: dangx
[dang3; tang3] 能夠,可以, 代用字,原義為愚劣,集韻: 音凍,弄倲愚貌,相關字凍 dang3 結凍;當 dong1 應該

會倲[e3 dang3; e3 tang3] 肯, 一定可以, 相關詞袂倲 ve3/vue3 dang3 不能夠, 例詞會倲來開會 e3 dang4 lai6/3 kui6 hue6 一定可以來開會。

袂倲[ve3/vue3 dang3; be3/bue3 tang3] 不能夠, 係代用詞,

台語 KK 音標、台語六調：

	獅 sai1	牛 qu2	豹 ba3	虎 ho4	鴨 ah5	象 ciunn6	鹿 lok1
	左 zo1	營 iann2	淡 dam3	水 zui4	直 dit5	通 tong6	竹 dek1 南 lam2
台語字：	獅 saif	牛 quw	豹 bax	虎 hoy	鴨 ah	象 ciunn	鹿 lokf
北京語：	山 san1	明 meng2	水 sue3	秀 sior4	的 dorh5	中 diong6	壢 lek1

相關詞會悚 e3 dang3 肯, 一定可以;無捅 vor6/3 tang1 沒得, 沒法子, 例詞汝侎悚無愛台灣 li1 ve3 dang4 vor6/3 ai4 dai6/3 uan2 你不能不愛台灣。

佇佟時　台灣才會悚獨立[di6 dang6 si2 dai6/dai3 uan2 ziah1 e3 dang4 dok5 lip1; ti7 tang7 si5 tai7/tai3 uan5 tsiah8 e3 tang2 tok4 lip8] 在何時, 台灣才可能獨立?。

動　[dang6; tang7] Unicode: 52D5, 台語字: dang
　　[dang6, dong6; tang7, tong7] 震動

地動[de6 dang6; te7 tang7] 地震。

抁動[din1 dang6; tin1 tang7] 動, 活動, 工作, 搖動, 例詞不抁動 m3 din1 dang6 不肯活動或做事;嘩侎抁動 huah1 ve3/vue3 din1 dang6 差使不動, 不聽使喚;侎抁侎動 ve3 din1 ve3 dang6/vue3 din1 vue3 dang6 一動也不動, 不肯工作;食飽不抁動 ziah5 ba4 m3 din1 dang6 只會吃飯, 不肯做事。

行動[giann6/giann3 dang6; kiann7/kiann3 tang7] 走動走動, 原意是走出室外, 去大小便, 上廁所的婉轉語詞, 相關詞行動 heng6/3 dong6 開始動作, 有所活動。

活動[uah5 dang6; uah4 tang7] 做事, 活潑。

dann

擔　[dann1; tann1] Unicode: 64D4, 台語字: dannf
　　[dam1, dann1, dann3; tam1, tann1, tann3] 承擔,一個人挑擔,簡寫為担 dann1,用做動詞,相關詞擔 dann3 擔子,重擔;儋 dann1 伸出去,抬頭

擔蔥賣菜[dann6 cang1 ve3/vue3 cai3; tann7 tshang1 be3/bue3 tshai3] 做賣菜的小生意, 喻人各有本份。

擔山坉海[dann6 suann1 tun3 hai4; tann7 suann1 thun3 hai2] 移山填海。

耽　[dann2; tann5] Unicode: 803D, 台語字: dannw
　　[dam1, dann2; tam1, tann5] 差錯,錯誤,相關字耽 dang3 眼睛低視

重耽[deng6/deng3 dann2; ting7/ting3 tann5] 差錯, 例詞算重耽 sng4 deng6/3 dann2 算錯了;聽重耽 tiann6 deng6/3 dann2 聽錯了。

聽耽[tiann6 dann2; thiann7 tann5] 聽錯。

擔　[dann3; tann3] Unicode: 64D4, 台語字: dannx
　　[dam1, dann1, dann3; tam1, tann1, tann3] 擔子,重擔,伏覆,籠罩過來,同担 dann3,相關詞擔 dann1 承擔;儋 dann1 伸出去,抬頭

擔擔[dann6 dann3; tann7 tann3] 肩膀挑了擔子, 例詞擔重擔 dann6 dang3 dann3 挑了重擔。

麵擔仔[mi3 dann4 a4; mi3 tann2 a2] 麵攤仔, 例詞二擔麵擔仔 nng3 dann4 mi3 dann4 a4 二擔麵攤子。

擔仔麵[dann1 a1 mi6; tann1 a1 mi7] 小吃麵食, 有作撖仔麵 cek5 a1 mi6, 不同於華語詞担担麵 dan1 dan1 men4。

打　[dann4; tann2] Unicode: 6253, 台語字: danny
　　[dah5, dann4, pah5; tah4, tann2, phah4] 打擊,十二個,折合計算

打狗[dann1 gau4; tann1 kau2] 今高雄市之舊地名, 係平埔族 Tancoia 社地名。

打貓[dann1 va2; tann1 ba5] 嘉義縣民雄鄉之舊地名, 平埔族 Davaha 社社名。

dap

答　[dap5; tap4] Unicode: 7B54, 台語字: dap
　　[dah5, dap5; tah4, tap4] 回答,答應

答嘴鼓[dap1 cui4 go4; tap8 tshui2 koo2] 民間一唱一答的相聲, 聊天, 爭辯。

不答不七[but1 dap1 but1 cit5; put8 tap8 put8 tshit4] 亂拼亂湊, 四不相。

dau

兜　[dau1; tau1] Unicode: 515C, 台語字: dauf
　　[dau1; tau1] 家庭,左右

腳兜[ka6 dau1; kha7 tau1] 附近, 左右, 例詞此腳兜 zit1 ka6 dau1 此地附近;父母腳兜 be3 vu1 ka6 dau1 父母的身邊;六十歲腳兜 lak5 zap5 hue3/he3 ka6 dau1 六十歲左右。

年兜[ni6/ni3 dau1; ni7/ni3 tau1] 除夕, 靠近年關的時刻, 例詞年兜暗 ni6/3 dau6 am3 除夕夜;年兜暝 ni6 dau6 me2/ni3 dau6 mi2 除夕夜。

阮兜[quan1/qun1 dau1; guan1/gun1 tau1] 我們的家, 我家。

到　[dau2; tau5] Unicode: 5230, 台語字: dauw
　　[dau2, dau3, dor3, gau3; tau5, tau3, to3, kau3] 老到

老到[lau1 dau2; lau1 tau5] 老到, 老練, 例詞伊對查某真老到 i6 dui4 za6 vo4 zin6 lau1 dau2 他對追求或應付女人都很在行, 很有一套。

骰　[dau2; tau5] Unicode: 9AB0, 台語字: dauw
　　[dau2; tau5] 賭具

撚骰仔[len1 dau6/dau3 a4; lian1 tau7/tau3 a2] 賭博用之賭具, 賭具為立方體, 其點數為一到六點, 押賭時須旋轉而丟出。

逗　[dau3; tau3] Unicode: 9017, 台語字: daux
　　[dau1, dau3, dau6; tau1, tau3, tau7] 合,加入,有作湊 dau3

逗柄[dau4 benn3; tau2 piann3] 裝上把柄, 有作湊柄 dau4 benn3 裝上把柄, 例詞腳倉逗柄 ka6 cng1 dau4 benn3 在肛門裝上一個把柄, 可以方便持拿, 引申為好撆 hor1 qiah1, 喻好額 hor1 qiah1 有錢人, 有作尻川湊柄 ka6 cng1 dau4 benn3。

逗陣[dau4 din6; tau2 tin7] 湊合成群, 同伙。

逗夥計[dau4 hue1 gi3; tau2 hue1 ki3] 男主人與女店員發生婚外情關係而同居, 在外養小老婆, 包二奶。

逗腳手[dau4 ka6 ciu4; tau2 kha7 tshiu2] 相互幫忙, 有作湊腳手 dau4 ka6 ciu4。

逗老熱[dau4 lau3 jet1/let1; tau2 lau3 jiat8/liat8] 湊熱鬧, 有作逗鬧熱 dau4 lau3 jet1/let1, 例詞紅目有仔, 逗老熱

ang6/3 vak5 u6 a6, dau4 lau3 jet1　一位名叫紅目有仔的女人，生性喜歡湊熱鬧。

食好　逗相報[ziah5 hor4 dau4 sior6/sann6 bor3; tsiah4 ho2 tau2 sio7/sann7 po3]　品嚐到美食佳肴，應該要互相告知。

湊　**[dau3; tau3]** Unicode: 6E4A, 台語字: daux
　　[dau3; tau3]　合,加入,同逗　dau3,係代用字

竹篙湊菜刀[dek1 gor1 dau4 cai4 dor1; tik8 ko1 tau2 tshai2 to1]　一項再接另一項，引申努力不懈。

斗　**[dau4; tau2]** Unicode: 6597, 台語字: dauy
　　[dau4, do4; tau2, too2]　量具,十升

北斗鎮[bor1 dau1 din3; po1 tau1 tin3]　在彰化縣，原名寶斗bor1 dau4。

斗六市[dau1 lak5 ci6; tau1 lak4 tshi7]　在雲林縣。

斗南鎮[dau1 lam6 din3; tau1 lam7 tin3]　在雲林縣。

步罡踏斗[bo3 gong6 dah5 dau4; poo3 kong7 tah4 tau2]　道士作法為人改運時，須舞劍及揮動北斗星旗，引申為命運不順，週轉困難。

黃金斗仔[hong3 gim6 dau1 a4; hong3 kim7 tau1 a2]　骨灰甕。

脰　**[dau6; tau7]** Unicode: 8130, 台語字: dau
　　[dau6; tau7]　頸子

吊脰[diau4 dau6; tiau2 tau7]　上吊自殺。

讀　**[dau6; tau7]** Unicode: 8B80, 台語字: dau
　　[dau6, dok1, tak1, tok1; tau7, tok8, thak8, thok8]

破讀[por4 dau6; pho2 tau7]　聊天，吹牛皮，開懷逗趣，代用詞，原義為說明破音字及句讀的規則。

de

茶　**[de2; te5]** Unicode: 8336, 台語字: dew
　　[de2; te5]　茶葉

食茶[ziah5 de2; tsiah4 te5]　喝茶，飲茶，新娘子嫁到夫家，要向親人奉茶的禮俗。

煎茶[zuann6 de2; tsuann7 te5]　燒開水，以便泡茶，有作燃茶 hiann6/3 de2　燒開水。

茶甌[de6/de3 au1; te7/te3 au1]　茶杯，瓷器的茶杯。

茶箍[de6/de3 ko1; te7/te3 khoo1]　茶子搾油後的渣餅，可做清洗衣服的肥皂代用品，引申為肥皂。

茶心[de6/de3 sim1; te7/te3 sim1]　茶葉，例詞茶心茶　de6/3 sim6 de2　冲泡過茶葉的茶，同茶米茶　de6/3 vi1 de2。

茶米[de6/de3 vi4; te7/te3 bi2]　茶葉，例詞茶米茶　de6/3 vi1 de2　以茶葉泡的茶。

茶店仔[de6/de3 diam4 a1; te7/te3 tiam2 a1]　茶室，也兼營色情行業，類似色情咖啡廳。

泡一鼓茶[pau4 zit5 go1 de2; phau2 tsit4 koo1 te5]　沏了一壺茶。

底　**[de4; te2]** Unicode: 5E95, 台語字: dey
　　[de4, di6, due4; te2, ti7, tue2]　底部,根基

本底[bun1 de4; pun1 te2]　原本。

坐底[ce3 de4; tshe3 te2]　沈澱在底部，承受後果，例詞船破,

海坐底　zun6/3 pua3 hai4 ce3 de4　船沈到海底，就由大海承受一切後果。

底蒂[de1 di3; te1 ti3]　個人的家世及底細，根基，基礎，例詞歹底蒂　painn1 de1 di3　根基不好，基礎不好;有底蒂 u3 de1 di3　有根基，基礎好。

底系[de1 he6; te1 he7]　底細，家世。

代　**[de6; te7]** Unicode: 4EE3, 台語字: de
　　[dai6, de6, tai7, te7]　世代

一代[zit5 de6; tsit4 te7]　父傳子為一代，例詞一代傳過一代 zit5 de6 tuan6 gue4 zit5 de6/zit5 de6 duan3 ge4 zit5 de6　代代相傳。

過代[gue4/ge4 de6; kue2/ke2 te7]　傳到下一代，例詞僥倖趁錢無過代 hiau6 heng6 tan4 zinn2 vor6 gue4 de6/hiau6 heng6 tan4 zinn2 vor3 ge4 de6　以貪污或不正當手段而累積的財富，很快會賠失，傳不到下一代，喻因果報應。

一代人[zit5 de3 lang2; tsit4 te3 lang5]　從父到子的一代的人，一輩子的時間。

地　**[de6; te7]** Unicode: 5730, 台語字: de
　　[de6, di6, due6; te7, ti7, tue7]　天地,土地

性地[seng4 de6; sing2 te7]　脾氣，個性，例詞好性地　hor1 seng4 de6　好脾氣;發性地　huat1 seng4 de6　發脾氣;起性地　ki1 seng4 de6　發脾氣;歹性地　painn1 seng4 de6　壞脾氣;使性地　sai1 seng4 de6　使性子，發脾氣;有性地 u3 seng4 de6　有個性，壞脾氣;無性地　vor6/3 seng4 de6　無個性，好脾氣。

內地人[lue3 de3 lang2; lue3 te3 lang5]　日本治台時，稱日本人為內地人以別於稱台灣人為本島人　bun1 do1 lang2。

地祇主[de3 gi6/gi3 zu4; te3 ki7/ki3 tsu2]　地神，家宅的守護神，自宅的地神，祭拜地祇主，請其照顧護祐，常誤作地基主　de3 gi6 zu4。

指天挃地[gi1 tinn1 duh5 de6; ki1 thinn1 tuh4 te7]　指著天地發誓。

dek

竹　**[dek5; tik4]** Unicode: 7AF9, 台語字: dek
　　[dek5, diok5; tik4, tiok4]　竹子

竹塹[dek1 zan3; tik8 tsan3]　新竹市的舊名，平埔族社名。

竹北市[dek1 bak1 ci6; tik8 pak8 tshi7]　在新竹縣。

竹東鎮[dek1 dang6 din3; tik8 tang7 tin3]　在新竹縣。

竹田鄉[dek1 den6 hiang1; tik8 tian7 hiang1]　在屏東縣。

竹塘鄉[dek1 dng6 hiong1; tik8 tng7 hiong1]　在彰化縣。

竹雞仔[dek1 ge6/gue6 a4; tik8 ke7/kue7 a2]　一種野雞，屬於鶉鷀類，生長在竹叢間，性好鬥，引申為小流氓。

竹崎鄉[dek1 gia3 hiang1; tik8 kia3 hiang1]　在嘉義縣。

竹南鎮[dek1 lam6 din3; tik8 lam7 tin3]　在苗栗縣。

竹山鎮[dek1 san6 din3; tik8 san7 tin3]　在南投縣。

歹竹出好筍[painn1 dek5 cut1 hor1 sun4; phainn1 tik4 tshut8 ho1 sun2]　不出色的竹子，也會生出好的竹筍，貧窮的家庭，也會教育出優秀的後代，喻寒門出秀才。

台語 KK 音標、台語六調：	獅 sai1	牛 qu2	豹 ba3	虎 ho4	鴨 ah5	象 ciunn6	鹿 lok1
	左 zo1	營 iann2	淡 dam3	水 zui4	直 dit5	通 tong6	竹 dek1 南 lam2
台語字：	獅 saif	牛 quw	豹 bax	虎 hoy	鴨 ah	象 ciunn	鹿 lokf
北京語：	山 san1	明 meng2	水 sue3	秀 sior4	的 dorh5	中 diong6	壢 lek1

den

田　[den2; tian5] Unicode: 7530, 台語字: denw
　　[can2, den2; tshan5, tian5] 姓,田地,地名
隆田[liong6 den2; liong7 tian5] 地名, 在台南縣官田鄉。
官田鄉[guann6 den6 hiang1; kuann7 tian7 hiang1] 在台南
　　縣, 原意為官佃 guann6 den6 官方之租地。
田中鎮[den6 diong6 din3; tian7 tiong7 tin3] 在彰化縣。

deng

町　[deng1; ting1] Unicode: 753A, 台語字: dengf
　　[deng1; ting1] 市區名,係日語詞町 machi 街道
新町[sin6 deng1; sin7 ting1] 台南市之區域名,係沿用日治
　　時期之原名。
西門町[se6 vng6/vng3 deng1; se7 bng7/bng3 ting1] 台北市
　　之商業區名,係沿用日治時期之原名。

重　[deng2; ting5] Unicode: 91CD, 台語字: dengw
　　[dang6, deng2, diong2, diong6; tang7, ting5, tiong5,
　　tiong7] 再次,層
重倍[deng6 bue6/deng3 be6; ting7 pue7/ting3 pe7] 雙倍, 更
　　加。
重耽[deng6/deng3 dann2; ting7/ting3 tann5] 差錯, 例詞聽重
　　耽 tiann6 deng6/3 dann2 聽錯了。
重頭[deng6/deng3 tau2; ting7/ting3 thau5] 重新再來一次,
　　例詞重頭生 deng6 tau6 senn1/deng3 tau3 sinn1 再出生
　　一次, 同重出世 deng6/3 cut1 si3;重頭打起 deng6/3
　　tau2 pah1 ki4 重新打基礎, 重新再來一次。
三重埔[sann6 deng3 bo1; sann7 ting3 poo1] 台北縣三重市
　　之原名。

中　[deng3; ting3] Unicode: 4E2D, 台語字: dengx
　　[deng3, diong1, diong3; ting3, tiong1, tiong3] 中人心
　　意,滿意
中意[deng4 i3; ting2 i3] 看中意, 滿意, 例詞中眾人意
　　deng4 ziong4 lang6 i3/deng4 zeng4 lang3 i3 令眾人滿
　　意;不中人意 m3 deng4 lang6/3 i3 不令眾人滿意。
中人聽[deng4 lang6/lang3 tiann1; ting2 lang7/lang3 thiann1]
　　令眾人中意聽, 例詞不中人聽 m3 deng4 lang6/3
　　tiann1 不令眾人中意聽。

頂　[deng4; ting2] Unicode: 9802, 台語字: dengy
　　[deng4; ting2] 上面,讓,稱心如意
頭頂[tau6/tau3 deng4; thau7/thau3 ting2] 上頭, 頭頂, 頂頭
　　上司。
面頂[vin3 deng4; bin3 ting2] 在上面。
頂下[deng1 e6; ting1 e7] 上上下下, 相關詞華語頂下
　　deng3 sia4 買下來, 頂過來。
頂港[deng1 gang4; ting1 kang2] 以自己的所在地為分界點,
　　以北的地方叫頂港 deng1 gang4, 以南的地方叫下港
　　e3 gang4, 例詞頂港有名聲, 下港有出名 deng1 gang4
　　u3 mia6/3 siann1 e3 gang4 u3 cut1 mia2 天下皆知, 名
　　聲響遍台灣南北。

頂勻[deng1 un2; ting1 un5] 上一輩的親友。
頂真[deng1 zin1; ting1 tsin1] 做事認真又仔細, 細緻, 例詞
　　做代志真頂真 zor4 dai3 zi3 zin6 deng1 zin1 辦事賣力,
　　周到又仔細。
一个頂十个[zit5 e2 deng1 zap5 e2; tsit4 e5 ting1 tsap4 e5] 一
　　個人可抵上十個人的效果, 喻一人把關, 千夫莫敵。

等　[deng4; ting2] Unicode: 7B49, 台語字: dengy
　　[dan4, deng4, dorh5; tan2, ting2, toh4]
本等[bun1 deng4; pun1 ting2] 有本事, 有能力, 例詞有本
　　等, 才敢來 u3 bun1 deng4 zia1 gann1 lai2 有本事的
　　人, 才敢前來, 喻來者不善。
一等一[it1 deng1 it5; it8 ting1 it4] 第一等的, 最高級的。
三不等[sam6 but1 deng4; sam7 put8 ting2] 混雜的, 不能相
　　比的, 分不清楚, 例詞好孬三不等 hor1 vai4 sam6 but1
　　deng4 好的壞的都有, 分別不清楚;三不等腳數 sam6
　　but1 deng1 ka6 siau3 不入流的角色。

碇　[deng6; ting7] Unicode: 7887, 台語字: deng
　　[deng6; ting7] 地名,石製的門檻,相關字椗 deng6 木
　　製的船錨
戶碇[ho3 deng6; hoo3 ting7] 石製的門檻, 例詞跨過戶碇
　　hannh5 gue4/ge4 ho3 deng6 跨過門檻, 越過最低限
　　制。
石碇鄉[ziorh5 deng3 hiong1; tsioh4 ting3 hiong1] 在台北
　　縣。

denn

捻　[denn6; tenn7] Unicode: 639F, 台語字: denn
　　[denn6, dinn6; tenn7, tinn7] 握在手中,擠壓,相關字捏
　　liap1 用手指夾,養育孩子
捻驚死　放驚飛[denn6 giann6 si4 bann3 giann6 bue1/be1;
　　tenn7 kiann7 si2 pann3 kiann7 pue1/pe1] 握住鳥兒在手
　　中不放, 怕把手中的鳥壓死, 但放手, 又怕鳥飛掉了,
　　喻拿捏失據。

di

豬　[di1; ti1] Unicode: 8C6C, 台語字: dif
　　[di1, du1; ti1, tu1] 豬
飼豬[ci3 di1; tshi3 ti1] 養豬。
豬公[di6 gong1; ti7 kong1] 祭拜神明的大豬公。
豬哥[di6 gor1; ti7 ko1] 好色之徒, 配種的雄種豬。
豬灶[di6 zau3; ti7 tsau3] 屠宰場。
豬哥神[di6 gor6 sin2; ti7 ko7 sin5] 風流好色者的好色神
　　態。
豬狗諍生[di6 gau1 zeng6 senn1/sinn1; ti7 kau1 tsing7
　　senn1/sinn1] 罵人不如豬犬, 簡直是衣冠禽獸。
倖豬夯灶　倖囝不孝[seng3 di1 qia6/qia3 zau3 seng3 giann4
　　but1 hau3; sing3 ti1 gia7/gia3 tsau3 sing3 kiann2 put8
　　hau3] 縱容豬隻, 則豬隻會亂翻鍋灶;太過份溺愛子女,

台語KK音標、台語六調：獅 sai1　牛 qu2　豹 ba3　虎 ho4　鴨 ah5　象 ciunn6　鹿 lok1
　　　　　　　　　　　　左 zo1　營 iann2　淡 dam3　水 zui4　直 dit5　通 tong6　竹 dek1 南 lam2
台語字：　　　　　　　獅 saif　牛 quw　豹 bax　虎 hoy　鴨 ah　象 ciunn　鹿 lokf
北京語：　　　　　　　山 san1　明 meng2　水 sue3　秀 sior4　的 dorh5　中 diong6　壢 lek1

則子女會不孝敬也不奉養父母。

持　[di2; ti5] Unicode: 6301, 台語字: diw
[ci2, di2; tshi5, ti5] 提防,警戒

張持[dionn6/diunn6 di2; tionn7/tiunn7 ti5] 小心, 提防, 警戒, 注意看, 相關詞躊躇 diunn6 du2 猶豫, 遲疑, 拿不定主意, 例詞張持石頭仔 dionn6 di6 zior3 tau6 a4/dionn6 di3 zior3 tau3 a4 小心石頭。

記持[gi4 di2; ki2 ti5] 記憶力, 例詞好記持 hor1 gi4 di2 記憶力佳;歹記持 pai1/painn1 gi4 di2 記憶力差, 健忘。

持防[di6/di3 hong2; ti7/ti3 hong5] 提防, 警戒。

鋤　[di2; ti5] Unicode: 92E4, 台語字: diw
[di2, du2; ti5, tu5] 除草,鬆土

鋤頭不顧　顧畚箕[di6 tau2 m3 go3 go4 bun4 gi1; ti7 thau5 m3 koo3 koo2 pun2 ki1] 不把重要的鋤頭看守好, 卻去看守不值錢的畚箕, 喻迷失了重點。

致　[di3; ti3] Unicode: 81F4, 台語字: dix
[di3; ti3] 導致,所致

刁致[diau6/tiau6 di3; tiau7/thiau7 ti3] 故意, 執意, 同刁致故 diau6 di4 go3;刁意故 diau6 i4 go3。

致著[di4 diorh1; ti2 tioh8] 染上疾病, 迷上..., 例詞致著大頭病 di4 diorh5 dua3 tau6 benn6/binn6 夢想要當大官, 做大事業或選民意代表的幻想症。

致蔭[di4 im3; ti2 im3] 庇蔭, 例詞予祖公致蔭著 ho3 zo1 gong1 di4 im3 diorh5 蒙受祖先庇蔭。

蒂　[di3; ti3] Unicode: 8482, 台語字: dix
[di3; ti3] 根源,花與梗之相接處

起蒂[ki1 di3; khi1 ti3] 發跡, 源頭, 例詞紅柿好食, 佗位起蒂 ang6/3 ki6 hor1 ziah1, dor1 ui6 ki1 di3? 吃了柿子, 要想想, 源頭在何處?。

有底蒂[u3 de1 di3; u3 te1 ti3] 有根基, 基礎好。

智　[di3; ti3] Unicode: 667A, 台語字: dix
[di3; ti3] 姓,知,有作知 di3

計智[ge4 di3; ke2 ti3] 智慧, 計謀, 相關詞記持 gi4 di2 記憶力。

腦智[nau1/no1 di3; nau1/noo1 ti3] 腦力, IQ。

佇　[di6; ti7] Unicode: 4F47, 台語字: di
[di6; ti7] 在...,正在做...,久立,代用字,說文:久立也.有作 di6;跙 di6;伫 di6,同屋 zi6

佇咧[di3 le1; ti3 le1] 正在做..., 相關詞佇啲 di3 de1 正在做..., 例詞阿志佇公司咧打電腦 a6 zi3 di gong6 si1 leh1 pah1 den3 nau4 阿志正在公司打電腦。

佇茲[di3 zia1; ti3 tsia1] 在這裡, 例詞錢园佇茲 zinn2 kng4 di3 zia1 錢在這裡。

佇厝內[di3 cu4 lai3; ti3 tshu2 lai3] 在家裡。

佇佗位[di3 dor1 ui6; ti3 to1 ui7] 在哪裡?。

治　[di6; ti7] Unicode: 6CBB, 台語字: di
[di6; ti7] 打人,作弄,治療

取治[ci1 di6; tshi1 ti7] 拉扯而凌辱。

創治[cong4 di2; tshong2 ti5] 作弄。

diam

惦　[diam1; tiam1] Unicode: 60E6, 台語字: diamf
[diam1; tiam1] 有刺痛的感覺,相關字恬 diam6 安靜;踮 diam3 在,住;華語惦 den4 思念

惦惦[diam6 diam1; tiam7 tiam1] 刺痛的感覺, 例詞心肝頭惦惦 sim6 guann6 tau2 diam6 diam1 內心有刺痛的感覺。

惦著目睭[diam6 diorh5 vak5 ziu1; tiam7 tioh4 bak4 tsiu1] 沙子跑進眼睛, 引起疼痛。

砧　[diam1; tiam1] Unicode: 7827, 台語字: diamf
[diam1; tiam1] 砧板

肉砧[vah1 diam1; bah8 tiam1] 切肉的砧板, 被欺負的對象, 例詞夆做肉砧 hong2 zor4 vah1 diam1 被欺負的對象, 喻人為刀俎, 我為魚肉。

死豬鎮砧[si1 di1 din4 diam1; si1 ti1 tin2 tiam1] 卡位, 死豬佔在賣豬肉的豬肉攤的砧板上, 喻佔著毛坑, 不拉屎。

店　[diam3; tiam3] Unicode: 5E97, 台語字: diamx
[diam3; tiam3] 店舖

菜店[cai4 diam3; tshai2 tiam3] 酒店, 兼營色情業務的餐廳, 例詞菜店查某 cai4 diam4 za6 vo4 酒女。

咁仔店[gam1 a1 diam3; kam1 a1 tiam3] 小雜貨店, 以其貨品均用咁仔 gam1 a4 來承裝而得名, 有作雜貨仔店 zap5 hue4/he4 a1 diam3。

新店市[sin6 diam4 ci6; sin7 tiam2 tshi7] 在台北縣。

雜貨仔店[zap5 hue4/he4 a1 diam3; tsap4 hue2/he2 a1 tiam3] 小雜貨店, 有作咁仔店 gam1 a1 diam3。

踮　[diam3; tiam3] Unicode: 8E2E, 台語字: diamx
[diam3; tiam3] 在,住,相關字恬 diam6 安靜;惦 diam1 有刺痛的感覺

踮行[diam4 di6; tiam2 ti7] 住在...地方, 例詞踮行庄腳 diam4 di3 zng6 ka1 住在鄉村;踮行高雄過暝 diam4 di3 gor6 iong2 gue4/ge4 me2 在高雄過夜。

且踮一日[ciann1 diam3 zit5 jit1/lit1; tshiann1 tiam3 tsit4 jit8/lit8] 暫住一天。

點　[diam4; tiam2] Unicode: 9EDE, 台語字: diamy
[diam4; tiam2] 斑點,時刻

釘點[deng4 diam4; ting2 tiam2] 水果熟透, 表皮長黑點。

翻點[huan6 diam4; huan7 tiam2] 深夜一點鐘的時刻。

點油作記號[diam1 iu2 zor4 gi4 hor6; tiam1 iu5 tso2 ki2 ho7] 古時買賣豬隻, 談妥價格並付清款項後, 用油在豬背點上記號, 做為成交的記號及憑証, 今引申在名單上, 打註記號, 以便特別注意或秋後算帳。

恬　[diam6; tiam7] Unicode: 606C, 台語字: diam
[diam6; tiam7] 安靜,相關字惦 diam1 有刺痛的感覺;踮 diam3 在,住

恬恬[diam3 diam6; tiam3 tiam7] 不要吵了, 靜靜無聲。

恬雨[diam3 ho6; tiam3 hoo7] 雨散雲收。

恬風[diam3 hong1; tiam3 hong1] 風勢平靜了。

恬靜[diam3 zeng6; tiam3 tsing7] 安靜, 沈默。

恬恬　較無蚊[diam3 diam6 kah1 vor6/vor3 vang4; tiam3

台語KK音標、台語六調：獅 sai1　牛 qu2　豹 ba3　虎 ho4　鴨 ah5　象 ciunn6　鹿 lok1
　　　　　　　　　　　　左 zo1　營 iann2　淡 dam3　水 zui4　直 dit5　通 tong6　竹 dek1 南 lam2
台語字：　　　　　　　獅 saif　牛 quw　豹 bax　虎 hoy　鴨 ah　象 ciunn　鹿 lokf
北京語：　　　　　　　山 san1　明 meng2　水 sue3　秀 sior4　的 dorh5　中 diong6　壢 lek1

tiam7 khah8 bo7/bo3 bang2] 不說話, 就沒事。

恬恬　食三碗公半[diam3 diam6 ziah5 sann6 uann1 gong6 buann3; tiam3 tiam7 tsiah4 sann7 uann1 kong7 puann3] 不說話的人, 也很有實力;默默工作的人, 最厲害。

diann

埕　**[diann2; tiann5]** Unicode: 57D5, 台語字: diannw
[diann2; tiann5] 曬物場,廣場,同庭　diann2
車埕[cia6 diann2; tshia7 tiann5] 地名, 南投縣水里鄉車埕村, 原義為車輛之調度場。
大埕[dua3 diann2; tua3 tiann5] 大的曬物場, 廣場或空地。
鹽埕[iam6/iam3 diann2; iam7/iam3 tiann5] 曬鹽場, 例詞鹽埕埔　iam6 diann6 bo1 地名, 今高雄市塩埕區。
廟埕[vior3 diann2; bio3 tiann5] 廟前廣場。
大稻埕[dua3 diu3 diann2; tua3 tiu3 tiann5] 今台北市延平北路, 迪化街一帶, 原義為大曬稻場, 前台北市商業區。
運動埕[un3 dong3 diann2; un3 tong3 tiann5] 學校運動場。
門口埕[vng6/vng3 kau1 diann2; bng7/bng3 khau1 tiann5] 家門前的廣場或空地。

儋　**[diann4; tiann2]** Unicode: 5105, 台語字: dianny
[diann4; tiann2] 嚇唬人,供不應求,窮途末路
咧儋人[le1 diann4 lang3; le1 tiann2 lang3] 故意在嚇唬人。
予汝休儋得[ho3 li1 ve3/vue3 diann4 dit5; hoo3 li1 be3/bue3 tiann2 tit4] 我不是會被你嚇唬得過的。

定　**[diann6; tiann7]** Unicode: 5B9A, 台語字: diann
[deng6, diann6; ting7, tiann7] 約定,信物,決定
送定[sang4 diann6; sang2 tiann7] 下聘訂婚, 付訂金。
定性[diann3 seng3; tiann3 sing3] 性格或個性隱定, 例詞有定性　u3 deng3/diann3 seng3 性格或個性隱定;無定性　vor6 deng3 seng3/vor3 diann3 seng3 性格或個性不隱定, 男朋友交過一個又一個。
老步定[lau3 bo3 diann6; lau3 poo3 tiann7] 老到, 老成, 沈著。

啶　**[diann6; tiann7]** Unicode: 5576, 台語字: diann
[diann6; tiann7] 止,屢次,有作蒂　diann6
啶啶[diann3 diann6; tiann3 tiann7] 常常, 屢次有作常常　siong6/3 siong2, 相關詞定定　diann3 diann6 靜止, 停止, 死去了。
啶啶有捅買得[diann3 diann3 u3 tang6 ve4/vue4 diorh5; tiann3 tiann3 u3 thang7 be2/bue2 tioh4] 常常可以買得到。

椗　**[diann6; tiann7]** Unicode: 6917, 台語字: diann
[deng6, diann6; ting7, tiann7] 船錨,古以木材製船錨, 相關字碇　deng6 石製的門檻
起椗[ki1 diann6; khi1 tiann7] 收起船錨, 出海航行。
拋椗[pa6 diann6; pha7 tiann7] 拋下船錨入海, 以固定船身。
船椗[zun6/zun3 diann6; tsun7/tsun3 tiann7] 船錨。

莛　**[diann6; tiann7]** Unicode: 8423, 台語字: diann
[diann6; tiann7] 深咖啡色,地名
茄莛鄉[ga6 diann3 hiang1; ka7 tiann3 hiang1] 在高雄縣。

diau

條　**[diau2; tiau5]** Unicode: 689D, 台語字: diauw
[diau2, liau2; tiau5, liau5] 數量,條文,層次
條直[diau6/diau3 dit1; tiau7/tiau3 tit8] 個性坦率正直, 事情解決了, 乾脆, 例詞條直人　diau6/3 dit5 lang2 正直的人;歹條直　painn1 diau6/3 dit1 事情難結案;伊做人真條直　i6 zorh1 lang2 zin6 diau6/3 dit1 做人很正直;代志猶未條直　dai3 zi3 ia1 ve6 diau6 dit1/dai3 zi3 iau1 vue6 diau3 dit1;跟伊扯扯咧, 較條直　gah1 i6 ce1 ce4 le3 kah1 diau6/3 dit1 跟他做個了斷, 比較直接了當。
條約[diau6/diau3 iok5; tiau7/tiau3 iok4] 國際間的合約。

朝　**[diau2; tiau5]** Unicode: 671D, 台語字: diauw
[diau1, diau2; tiau1, tiau5] 朝代
朝代尾[diau6 dai3 vue4/diau3 dai3 ve4; tiau7 tai3 bue2/tiau3 tai3 be2] 每當風俗習慣轉趨惡劣, 社會亂象大作或國家混亂, 此時已到了政權行將潰散, 而到要交替變天之時, 二十世紀末的台灣, 印証此景。
朝天宮[diau6 ten6 giong1; tiau7 thian7 kiong1] 北港媽祖廟, 在雲林縣北港鎮。

稠　**[diau2; tiau5]** Unicode: 7A20, 台語字: diauw
[diau2, diu2; tiau5, tiu5] 牲畜之牢舍,固定住,成果.稠　diau2,原作滌　diau2,集韻:滌,音調,亦養牲室也
豬稠[di6 diau2; ti7 tiau5] 豬舍。
考稠[kor1 diau2; kho1 tiau5] 考上學校, 例詞考稠研究所　kor1 diau6/3 qen1 giu4 so4 考上研究所。
擋會稠[dong4 e3 diau2; tong2 e3 tiau5] 擋得住。
滯休稠[du4 ve3/vue3 diau2; tu2 be3/bue3 tiau5] 忍不住, 少年男女在熱戀中而超越常軌。
忍休稠[jim1/lim1 ve3 diau2; jim1/lim1 be3 tiau5] 忍不住。
食稠咧[ziah5 diau2 le3; tsiah4 tiau5 le3] 吃上了癮, 例詞酒食稠咧　ziu4 ziah5 diau2 le3 酒喝得上癮了;嗎啡食稠咧　mo6/3 hui1 ziah5 diau2 le3 嗎啡吃上了癮;檳榔食稠咧　bin6/bun6 nng2 ziah5 diau2 le3 檳榔吃上癮了。
稠仔雞[diau6/diau3 a1 ge1; tiau7/tiau3 a1 ke1] 在養雞場養大的雞, 喻在都市的公寓中長大的小孩子, 有作飼料雞　ci3 liau3 ge1, 相關詞放散雞　bang4 suann1 ge1 放養在空地或山地的雞。

dim

扰　**[dim3; tim3]** Unicode: 628C, 台語字: dimx
[dim3, dom3; tim3, tom3] 向下投,點頭同意,打招呼, 有作擲　dim3 向下投,相關字擇　dan3 向上丟出去
扰頭[dim4/dom4 tau2; tim2/tom2 thau5] 點頭同意, 打招呼, 相關詞頷頭　dam4/dom4 tau2 點頭, 認錯, 臣服。

扰石頭[dim4 ziorh5 tau2; tim2 tsioh4 thau5] 擲石頭。

din

津 **[din1; tin1]** Unicode: 6D25, 台語字: dinf
[din1; tin1] 水滴流,溢出,要道,口水,甘甜美味的汁液
月津港[quat5 din6 gang4; guat4 tin7 kang2] 台南縣鹽水鎮的舊名, 為清治台時期, 全台四大港之一。
津津有味[din6 din1 iu1 vi6; tin7 tin1 iu1 bi7] 溢於言表, 其味無窮。

抮 **[din4; tin2]** Unicode: 62AE, 台語字: diny
[din4; tin2] 震動,聽從使喚,代用字.相關字振 zin4 振動;震 zin4 震動
抮動[din1 dang6; tin1 tang7] 搖動, 震動, 活動, 工作, 聽從使喚而有動作, 相關詞振動 zin1 dong6 振動;震動 zin1 dong6 搖動, 震動, 例詞土腳, 咧抮動 tor6/3 ka1 le1 din1 dang6 正在地震。

dinn

甜 **[dinn1; tinn1]** Unicode: 751C, 台語字: dinnf
[dinn1; tinn1] 甜的,sweet
甜粿[dinn6 gue4/ge4; tinn7 kue2/ke2] 甜年糕。
甜路[dinn6 lo6; tinn7 loo7] 甜食的總稱。
人生有甜 亦有苦[jin6/lin6 seng1 u3 dinn1 iah5 u3 ko4; jin7/lin7 sing1 u3 tinn1 iah4 u3 khoo2] 人生是甜苦參半。

纏 **[dinn2; tinn5]** Unicode: 7E8F, 台語字: dinnw
[den2, dinn2, en2; tian5, tinn5, ian5] 纏繞
纏遘[dinn6 due3/dinn3 de3; tinn7 tue3/tinn3 te3] 奉侍, 應對, 人情世故, 例詞纏遘病人 dinn6 due4 benn6 lang2/dinn3 de4 binn6 lang2 服待病人;纏遘人情世事 dinn6 due4 jin6 zeng6 se4 su6/dinn3 due4 lin3 zeng3 se4 su6 跟應人情世故, 應付紅白帖子。

diong

中 **[diong1; tiong1]** Unicode: 4E2D, 台語字: diongf
[deng3, diong1, diong3; ting3, tiong1, tiong3] 中心,中間
中晝[diong6 dau3; tiong7 tau3] 中午時刻, 例詞中晝時仔 diong6 dau4 si6/3 a4 中午時分;中晝時噂 diong6 dau3 si6 zun6 中午時分。
中國[diong6 gok5; tiong7 kok4] 中華人民共和國, 不是中華民國, 例詞台灣中國, 一旁一國 dai6/3 uan2 diong6 gok5 zit5 beng2 zit5 gok5 在 2002 年, 陳水扁總統指出, 台灣與中國, 各在海峽的兩岸, 每一邊都是一個國家, 互不相干。

中元[diong6 quan2; tiong7 guan5] 農曆七月十五日拜祭游魂野鬼, 同七月半 cit1 queh5/qeh5 buann3, 例詞中元節 diong6 quan2/3 zet5 農曆七月十五日;慶讚中元 keng4 zan3 diong6 quan2 慶祝中元節普度;中元普度 diong6 quan2 po1 do6 農曆七月十五日中元節, 民間以牲禮, 拜祭孤魂遊鬼, 最著名三地為基隆市普度, 雲林縣虎尾鎮普度及屏東縣恆春鎮搶孤。
中埔鄉[diong6 bo6 hiang1; tiong7 poo7 hiang1] 在嘉義縣。
中秋節[diong6 ciu6 zet5; tiong7 tshiu7 tsiat4] 農曆八月十五日。
中晝頓[diong6 dau4 dng3; tiong7 tau2 tng3] 午餐。
中國仔[diong6 gok1 a4; tiong7 kok8 a2] 住在台灣, 但不認同台灣的外省人, 也指中華人民共和國的國民。
中和市[diong6 hor3 ci6; tiong7 ho3 tshi7] 在台北縣。
中壢市[diong6 lek5 ci6; tiong7 lik4 tshi7] 在桃園縣。
中寮鄉[diong6 liau6 hiang1; tiong7 liau7 hiang1] 在南投縣, 921 大地震的震央。
食飯坩仔中央[ziah5 bng3 kann6 a1 diong6 ng1; tsiah4 png3 khann7 a1 tiong7 ng1] 有飯可吃, 不知天高地厚及養家活口的辛苦。

長 **[diong2; tiong5]** Unicode: 9577, 台語字: diongw
[diong2, diong4, dionn4, diunn4, dng2, ziang4, ziong4; tiong5, tiong2, tionn2, tiunn2, tng5, tsiang2, tsiong2] 剩餘,多,有利
老長壽[lau3 diong6/diong3 siu6; lau3 tiong7/tiong3 siu7] 長壽的老人, 流行歌曲曲名。
長濱鄉[diong6 bin6 hiang1; tiong7 pin7 hiang1] 在台東縣。
長治鄉[diong6 di3 hiang1; tiong7 ti3 hiang1] 在屏東縣。
長生不老[diong6/diong3 seng1 but1 lor4; tiong7/tiong3 sing1 put8 lo2] 。

重 **[diong2; tiong5]** Unicode: 91CD, 台語字: diongw
[dang6, deng2, diong2, diong6; tang7, ting5, tiong5, tiong7] 再,再次
重陽[diong6/diong3 iong2; tiong7/tiong3 iong5] 農曆九月九日敬老節, 亦稱重陽節 diong6 iang6 zeh5/diong3 iang3 zueh5。
三重市[sam6 diong3 ci6; sam7 tiong3 tshi7] 在台北縣。

長 **[diong4; tiong2]** Unicode: 9577, 台語字: diongy
[diong2, diong4, dionn4, diunn4, dng2, ziang4, ziong4; tiong5, tiong2, tionn2, tiunn2, tng5, tsiang2, tsiong2] 有剩餘,更大,尊大
生長[seng6 diong4; sing7 tiong2] 。
專長[zuan6 diong4; tsuan7 tiong2] 專門的才能。
長輩[diong1 bue3; tiong1 pue3] 尊長之輩。
長大[diong1 dua6; tiong1 tua7] 發育成長。
長錢[diong1 zinn2; tiong1 tsinn5] 還有節餘。
有所長[iu1 so1 diong4; iu1 soo1 tiong2] 有剩餘。
年長者[len6/len3 diong1 zia4; lian7/lian3 tiong1 tsia2] 年長者。
有較長[u3 kah1 diong4; u3 khah8 tiong2] 比以前較多了, 相關詞有較長 u3 kah1 dng2 比較長;有較長 u3 kah1 diong2 比較有剩餘了。
長大成人[diong1 dai6 seng6 jin2/diong1 dai6 seng3 lin2; tiong1 tai7 sing7 jin5/tiong1 tai7 sing3 lin5] 。

台語 KK 音標、台語六調： 獅 sai1 牛 qu2 豹 ba3 虎 ho4 鴨 ah5 象 ciunn6 鹿 lok1
左 zo1 營 iann2 淡 dam3 水 zui4 直 dit5 通 tong6 竹 dek1 南 lam2
台語字： 獅 saif 牛 quw 豹 bax 虎 hoy 鴨 ah 象 ciunn 鹿 lokf
北京語： 山 san1 明 meng2 水 sue3 秀 sior4 的 dorh5 中 diong6 壢 lek1

重 **[diong6; tiong7]** Unicode: 91CD, 台語字: diong
[dang6, deng2, diong2, diong6; tang7, ting5, tiong5, tiong7] 保重,器重

保重[bor1 diong6; po1 tiong7] 。

嚴重[qiam6/qiam3 diong6; giam7/giam3 tiong7] 不可收拾, 例詞代志柄佮真嚴重 dai3 zi3 binn4 gah1 zin6 qiam6/3 diong6 事情弄得很嚴重。

慎重[sin3/sim3 diong6; sin3/sim3 tiong7] 。

傷重[siong6 diong6; siong7 tiong7] 病情嚴重, 花了很多錢, 例詞病佮足傷重 benn3/binn3 gah1 ziorh1 siong6 diong6 病得很嚴重。

重食[diong3 ziah1; tiong3 tsiah8] 講究美食, 挑美食。

重男輕女[diong3 lam3 kin6 lu4; tiong3 lam3 khin7 lu2] 。

dionn

長 **[dionn4; tionn2]** Unicode: 9577, 台語字: dionny
[diong2, diong4, dionn4, diunn4, dng2, ziang4, ziong4, tiong5, tiong2, tionn2, tiunn2, tng5, tsiang2, tsiong2] 領導者

院長[inn3 dionn4/ diunn4; inn3 tionn2/tiunn2] 行政院, 法院或醫院的院長。

丈 **[dionn6; tionn7]** Unicode: 4E08, 台語字: dionn
[diong6, dionn6, diunn6, dng6; tiong7, tionn7, tiunn7, tng7] 尊稱長者

丈人[dionn3/diunn3 lang2; tionn3/tiunn3 lang5] 岳父, 有作丈人爸 dionn6 lang6 ba2/diunn3 lang3 ba2。

丈姆[dionn3/diunn3 m4; tionn3/tiunn3 m2] 岳母, 有作丈姆婆 dionn3/diunn3 m1 bor2。

舅仔食姐夫 丈人烏白講[gu3 a4 ziah5 ze1 hu1 diunn3 lang2 o6 beh5 gong4; ku3 a2 tsiah4 tse1 hu1 tiunn3 lang5 oo7 peh4 kong2] 小舅子以騙術向姐夫詐騙財物, 但岳父卻說自己的兒子是無辜的。

dior

潮 **[dior2; tio5]** Unicode: 6F6E, 台語字: diorw
[diau2, dior2; tiau5, tio5] 地名

潮州鎮[dior6 ziu6 din3; tio7 tsiu7 tin3] 在屏東縣。

釣 **[dior3; tio3]** Unicode: 91E3, 台語字: diorx
[diau3, dior3; tiau3, tio3] 釣魚

釣魚[dior4 hi2; tio2 hi5] 以鐵鉤釣魚。

釣魚台島[dior4 hi6 dai6 dor4; tio2 hi7 tai7 dor2] 日本領土, 屬琉球群島, 有台灣, 中國, 以及日本宣示為其領土之爭議, 但美國以其在美日安保條約範圍內,而挺日本, 逼中國知難而退。

diorh

著 **[diorh5; tioh4]** Unicode: 8457, 台語字: diorhf
[di3, diok1, diorh5, du3; ti3, tiok8, tioh8, tu3] 對,必須, 中了,生病,合時,達成,得到

尋著[cue3/ce3 diorh5; tshue3/tshe3 tioh4] 找到, 例詞著, 予我尋著囉 diorh1 ho3 qua1 cue6 diorh5 lo3 對, 是我找到的。

戴著[dai3 diorh5; tai3 tioh4] 被連累。

致著[di4 diorh5; ti2 tioh8] 染上疾病, 迷上..., 例詞致著大頭病 di4 diorh5 dua3 tau6 benn6/di4 diorh5 dua3 tau3 binn6 夢想要當大官, 做大事業或選民意代表的幻想症。

拄著[du1 diorh1; tu1 tioh8] 偶爾, 相關詞拄著 duh1 diorh5 遇到, 例詞拄著, 我欲去尋孫仔 du1 diorh1, qua1 veh1 ki4 cue3/ce3 sun6 a4 偶爾, 我要去看看孫子。

咁著[gam1 diorh1; kam1 tioh8] 對嗎?, 有需要嗎?。

臆著[iorh5 diorh5/iorh1 diorh5; ioh8 tioh4/ioh8 tioh4] 猜中, 例詞臆著號碼 iorh1 diorh5 hor3 ve4 猜中號碼。

憶著[it5 diorh5; it4 tioh4] 思念, 期望, 為了某種目的, 因...而受稱讚, 同帶念 dai4 liam6, 例詞無羍憶著 vor6/3 hong2 it5 diorh5 沒得到青睞, 沒人思念他;憶著伊媠 it1 diorh5 i6 sui4 只因為她長得漂亮美麗, 期望她長為美人兒;憶著名利 it1 diorh5 mia6/3 li6 為了求得名與利。

不著[m3 diorh1; m3 tioh8] 不要, 不對, 例詞汝坐不著車 li1 ze3 m3 diorh5 cia1 你坐錯了車子。

真著[zin6 diorh1; tsin7 tioh8] 正確, 例詞汝做佮真著 li1 zor4 gah1 zin6 diorh1 你做得真正確。

著愛[diorh5 ai3; tioh4 ai3] 就要, 例詞有福, 著愛知影保惜 u3 hok5 diorh5 ai4 zai6 iann1 bor1 siorh5 人在幸福中, 就要知道惜福。

著著[diorh5 diorh1; tioh4 tioh8] 一到..., 就..., 中獎, 中了, 考中, 染病, 相關詞著著 diorh5 diorh5 對, 對;得著 dit5 diorh5 得到, 例詞著病 diorh5 benn6/binn6 得了病;著著頭等 diorh5 diorh5 tau6/3 deng4 得了頭等獎; 著著絕症 diorh5 diorh5 zuat5 zeng3 得了絕症。

著著[diorh5 diorh5; tioh4 tioh4] 對, 對, 相關詞著著 diorh5 diorh1 中獎, 中了, 考中, 染病。

著時[diorh5 si2; tioh4 si5] 合時機, 趕上流行期, 例詞著時噑 diorh5 si6 zun6 趕得到流行, 不宜作著時陣 diorh5 si6 zun6 音義皆誤。

著欲[diorh5 veh5; tioh4 beh4] 就要。

著否[diorh5 vor3; tioh4 bo3] 對嗎?。

著知[diorh5 zai1; tioh4 tsai1] 就要知道, 例詞做人的新婦, 著知道理 zor4 lang6/3 e3 sin6 bu6, diorh5 zai6 dor3 li4 當了媳婦, 就須知道做媳婦的道理。

著災[diorh5 ze1; tioh4 tse1] 家禽家畜得了瘟疫, 喻災難臨頭。

無不著[vor6/vor3 m3 diorh1; bo7/bo3 m3 tioh8] 没錯。

著生驚[diorh5 cenn6/cinn6 giann1; tioh4 tshenn7/tshinn7 kiann1] 吃了一驚, 同著生惊 diorh5 cenn6/cinn6 giann1。

台語KK音標、台語六調：獅 sai1　牛 qu2　豹 ba3　虎 ho4　鴨 ah5　象 ciunn6　鹿 lok1
　　　　　　　　　　左 zo1　營 iann2　淡 dam3　水 zui4　直 dit5　通 tong6　竹 dek1 南 lam2
台語字：　　　　　獅 saif　牛 quw　豹 bax　虎 hoy　鴨 ah　象 ciunn　鹿 lokf
北京語：　　　　　山 san1　明 meng2　水 sue3　秀 sior4　的 dorh5　中 diong6　壢 lek1

dit

姪 **[dit1; tit8]** Unicode: 59EA, 台語字: ditf
　　[dit1; tit8] 兄弟的子女,同侄 dit1,有偏叫而作孫 sun1

姪仔[dit5 a4; tit4 a2] 侄子.台灣人的文化中, 一般人稱兄弟
　　姐妹所生者, 為姪仔 dit5 a4;外甥仔 que3 seng6 a4,
　　但有人常稱兄弟姐妹所生的子女為孫仔 sun6 a4, 這
　　是偏叫 pen6 gior3。

得 **[dit5; tit4]** Unicode: 5F97, 台語字: dit
　　[dek5, dit5, jit5, lit5; tik4, tit4, jit4, lit4] 獲,達

罕得[han4 jit5/han4 lit5; han2 jit4/han2 lit4] 難得, 有作罕日
　　han4 jit5/lit5, 例詞罕得幾時 han1 dit1 guil si2 很難
　　得。
得著[dit5 diorh5; tit4 tioh4] 得到, 獲得, 喜愛, 中獎, 同著
　　著 diorh1 diorh5, 例詞呀, 著得三獎! ia4,　dit1 diorh5
　　sann3 ziang4!,　相關詞著著 diorh5 diorh1 中獎, 得了
　　絕症。
得欲[dit1 veh5/vueh5; tit8 beh4/bueh4] 快要, 行將, 例詞台
　　灣得欲獨立唉 dai6 uan2 dit1 veh1 dok5 lip1 ah5/dai3
　　uan2 dit1 vueh1 dok5 lip1 ah5 台灣快要獨立了。
會食得[e3 ziah1 dit5; e3 tsiah8 tit4] 還可以吃的。
會用得[e3 iong6 dit5; e3 iong7 tit4] 還可以使用的。
恔得到[ve3/vue3 dit1 gau3; be3/bue3 tit8 kau3] 不能達到的,
　　不能走到的。
恔主得意[ve6/vue3 zu1 dit1 i3; be7/bue3 tsu1 tit8 i3] 不能當
　　家得主。
做會得來[zor4 e3 dit1 lai2; tso2 e3 tit8 lai5] 事情還可以做
　　得完成, 可承擔得了。

diunn

張 **[diunn1; tiunn1]** Unicode: 5F35, 台語字: diunnf
　　[denn1, diong1, dionn1, diunn1, dng1; tenn1, tiong1,
　　tionn1, tiunn1, tng1] 姓

出張[cut1 diunn1; tshut8 tiunn1] 外出工作, 出差, 係日語詞
　　出張 shutcho 外出工作, 出差;有作出差 cut1
　　cai1/ce1。
張持[dionn6/diunn6 di2; tionn7/tiunn7 ti5] 小心, 提防, 警
　　戒, 注意看。
張簡[diunn6 gan4; tiunn7 kan2] 複姓, 台灣三大複姓為張簡
　　diunn6 gan4,　歐陽 au6 iang2,　范姜 huan3 giunn1。
張廖簡[diunn6 liau3 gan4; tiunn7 liau3 kan2] 此三姓同源,
　　死後之佳城墓碑, 均刻姓張。

dng

張 **[dng1; tng1]** Unicode: 5F35, 台語字: dngf
　　[denn1, diong1, dionn1, diunn1, dng1; tenn1, tiong1,
　　tionn1, tiunn1, tng1] 等候,張網或設陷阱,以捕捉動物,
　　代用字

張等[dng6 dan4; tng7 tan2] 守候等待, 等著瞧, 期待, 守株
　　待兔, 例詞張等機會 dng6 dan1 gi6 hue6 等候機會;食
　　清飯張等汝 ziah5 cin4 bng6 dng6 dan4 li3 就算是吃了
　　冷飯, 我還是要等你來解決此事, 喻有備而來。
張著[dng1 diorh5; tng1 tioh4] 逮到了, 遇到了, 捉到姦情,
　　捉到鳥獸。

長 **[dng2; tng5]** Unicode: 9577, 台語字: dngw
　　[diong2, diong4, dionn4, diunn4, dng2, ziang4, ziong4;
　　tiong5, tiong2, tionn2, tiunn2, tng5, tsiang2, tsiong2] 姓,
　　長度,長的

俸長[cun6 dng2; tshun7 tng5] 從長預備, 延長, 留後步, 留
　　餘地, 有作伸長 cun6 dng2, 例詞敖俸長 qau6/3 cun6
　　dng2 善於安排後步, 從長議計。
長手[dng6/dng3 ciu4; tng7/tng3 tshiu2] 伸出長手向他人乞
　　求金錢或援助, 例詞伸長手給人借錢 cun6 dng6/3 ciu4
　　ga3 lang6/3 ziorh1 zinn2 伸
長條[dng6/dng3 liau1; tng7/tng3 liau1] 狹長的。
長條[dng6/dng3 liau2; tng7/tng3 liau5] 旗袍。
長歲壽[dng6 hue4 siu6/dng3 he4 siu6; tng7 hue2 siu7/tng3
　　he2 siu7] 長壽。
長流水[dng6 lau6 zui4/dng3 lau3 zui4; tng7 lau7 tsui2/tng3
　　lau3 tsui2] 細水長流, 例詞父母疼囝, 長流水;囝想父
　　母, 樹尾風 be3 vor4 tiann4 giann4 dng6 lau6 zui4,
　　giann4 siunn3 be3 vu4 ciu3 vue1 hong1/be3 vu4 tiann4
　　giann4 dng3 lau3 zui4,　giann4 siunn3 be3 vu4 ciu3 ve1
　　hong1 父母疼愛兒子像河水長流;兒子想起父母, 則像
　　樹頂端的微風, 時有時無。
長性命[dng6 senn4 mia6/dng3 sinn4 mia6; tng7 senn2
　　mia7/tng3 sinn2 mia7] 活得長壽, 活得長壽的人, 例詞
　　錢, 長性命的 zinn2, dng6/3 senn4 mia6 lang6 e2 有
　　命才能持有錢。

振 **[dng3; tng3]** Unicode: 6381, 台語字: dngx
　　[dng3; tng3] 蓋印章,投票,接觸,代用字

振印仔[dng4 in1 a4; tng2 in1 a2] 捺下印章, 蓋印章, 有作
　　砥印仔 deh1 in1 a4;抁印仔 kam4 in1 a4。
振選票[dng4 suan1 pior3; tng2 suan1 phio3] 把選票投給...,
　　例詞選票, 噯振予台灣人 suan1 pior3 ai4 dng4 ho3
　　dai6 uan6 lang2/suan1 pior3 ai4 dng4 ho3 dai3 uan3
　　lang2 選票要投給認同台灣的候選人。

轉 **[dng4; tng2]** Unicode: 8F49, 台語字: dngy
　　[dng4, zuan4; tng2, tsuan2] 回歸,同返 dng4
倒轉[dor4 dng4; to2 tng2] 反轉, 倒回。
蹁轉[len2 dng4; lian2 tng2] 翻轉過來, 轉動, 相關詞謰嘴
　　len4/lin4 dng4 講話流利, 舌頭繞得過來。
轉青[dng1 cinn1/cenn1; tng1 tshinn1/tshenn1] 轉成綠色, 例
　　詞樹仔葉, 轉青 ciu3 a1 hiorh1 dng1 cinn1/cenn1 樹葉
　　子轉為綠色;囝仔驚佮面轉青 qin1 a4 giann6 gah1 vin6
　　dng1 cenn1/cinn1 小孩子嚇得臉色發青。
轉踅[dng1 seh1; tng1 seh8] 迴轉, 轉身, 周轉, 例詞借錢
　　來轉踅 ziorh1 zinn2 lai6/3 dng1 seh1 舉債來週轉資金;
　　路觸窄歹轉踅 lo6 siunn6 eh1, painn1 dng1 seh1 路太
　　狹窄, 難迴旋。
目睭會轉輪[vak5 ziu1 e3 dng1 lun2; bak4 tsiu1 e3 tng1 lun5]
　　眼睛會轉動了, 從昏迷中醒了過來, 眼睛開始轉動
　　了。

斷 [dng6; tng7] Unicode: 65B7, 台語字: dng

[dng4, dng6, duan3, duan6; tng2, tng7, tuan3, tuan7] 中斷,折斷,全無

斷氣[dng3 kui3; tng3 khui3] 氣絕死亡了。

斷路[dng3 lo6; tng3 loo7] 切斷人際關係, 不再往來, 例詞跟後家斷路 gah1 au3 ge1 dng3 lo6 與娘家不再往來。

斷種[dng3 zeng4; tng3 tsing2] 絕種, 物種絕滅, 同絕種 zuat5/zueh5 zeng4。

好種不祝 歹種不斷[hor1 zeng4 m3 tng6 pai1 zeng4 m3 dng6; ho1 tsing2 m3 thng7 phai1 tsing2 m3 tng7] 好品種或習性不流傳下去, 不良的品種或習性卻無法根除改正而流傳下去了, 喻只遺傳到劣等的品種或習性。

do

廚 [do2; too5] Unicode: 5EDA, 台語字: dow

[do2, du2; too5, tu5] 廚師

廚子[do6/do3 zi4; too7/too3 tsi2] 廚師, 同總庖 zong1 po3, 例詞廚子佇廚房內底 do6 zi4 di3 du6 bang2 lai3 de4/do3 zi4 di3 du3 bang2 lai3 due4 廚師在廚房裡面。

島 [do4; too2] Unicode: 5CF6, 台語字: doy

[do4, dor4; too2, to2] 海島

綠島[lek5 do4; lik4 too2] 台灣之一離島, 舊稱火燒島 hue1 sior6 do4。

島國[do1 gok5; too1 kok4] 海島國家, 台灣屬之。

美麗島[vi1 le3 do4/dor4; bi1 le3 too2/to2] 荷蘭治台時, 稱台灣為 Formosa, 意為美麗之島, 沿用至今。

dok

獨 [dok1; tok8] Unicode: 7368, 台語字: dokf

[dak1, dok1; tak8, tok8] 單獨,孤獨

獨立[dok5 lip1; tok4 lip8] 獨立建國, 例詞台灣欲獨立, 跟中國無關 dai6 uan2 veh1 dok5 lip1, gah1 diong6 gok5 vor6 guan1/dai3 uan2 vueh1 dok5 lip1, gah1 diong6 gok5 vor3 guan1 台灣是否要獨立建國, 根本與中國無任何關連。

dong

堂 [dong2; tong5] Unicode: 5802, 台語字: dongw

[dng2, dong2; tng5, tong5] 姓,同祖父的親人的稱呼

親堂[cin6 dong2; tshin7 tong5] 稱伯叔關係, 堂兄弟姐妹。

堂的[dong2 e6/e3; tong5 e7/e3] 同姓的親人之間的相互稱呼, 堂兄弟姐妹。

擋 [dong3; tong3] Unicode: 64CB, 台語字: dongx

[dong3; tong3] 抵擋,支撐,剎車

擋頭[dong4 tau2; tong2 thau5] 耐力, 支撐力, 例詞有擋頭 u3 dong4 tau2 有耐力, 力道足;無擋頭 vor6/3 dong4 tau2 沒有耐力, 力道不足。

擋會稠[dong4 e3 diau2; tong2 e3 tiau5] 受得了, 抵擋得住, 剎得住車子。

擋侤稠[dong4 ve3/vue3 diau2; tong2 be3/bue3 tiau5] 受不了, 抵擋不住, 剎不住車子。

擋無久[dong4 vor6/vor3 gu4; tong2 bo7/bo3 ku2] 支撐不了多久。

dor

陶 [dor2; to5] Unicode: 9676, 台語字: dorw

[dor2; to5] 姓,陶養,陶器,閒散遊樂

樂陶[lok5 dor2; lok4 to5] 生活懶惰, 愛閒逛的人。

陶忕[dor6/dor3 tua6; to7/to3 thua7] 見習, 教化, 相關詞淘汰 dor6/3 tai3 剔除無用或過時的物品, 除劣存優, 例詞陶忕生理 dor6/3 tua3 seng6 li4 學習作生意, 在商場見習。

交趾陶[gau6 zi1 dor2; kau7 tsi1 to5] 一種窯燒的鉛釉軟陶, 經素燒後, 塗上多彩鉛釉, 再施以 900 度高溫窯燒而成之瓷器, 有作交趾燒 gau6 zi1 sior1。

萄 [dor2; to5] Unicode: 8404, 台語字: dorw

[dor2; to5] 水果名

楊萄[ionn6/iunn6 dor2; ionn7/iunn7 to5] 楊桃, 有作楊桃 ionn6/iunn3 dor2。

葡萄[por6 dor2; pho7 to5]。

濤 [dor2; to5] Unicode: 6FE4, 台語字: dorw

[dor2; to5] 浪濤

狂濤[gong6/gong3 dor2; kong7/kong3 to5] 大浪, 狂濤。

到 [dor3; to3] Unicode: 5230, 台語字: dorx

[dau2, dau3, dor3, gau3; tau5, tau3, to3, kau3] 不是無報 時辰未到[m3 si3 vor6 bor3 si6 sin2 vi3 dor3/m3 si3 vor3 bor3 si3 sin2 vi3 dor3; m3 si3 bo7 po3 si7 sin5 bi3 to3/m3 si3 bo3 po3 si3 sin5 bi3 to3] 做惡事, 不是不會報應, 只是報應的時刻還未到而已。

倒 [dor3; to3] Unicode: 5012, 台語字: dorx

[dor3, dor4; to3, to2] 顛倒

趒倒[cu6 dor3/cu3 dor4; tshu7 to3/tshu3 to2] 滑倒。

顛倒[den6 dor3; tian7 to3] 上下顛倒, 反而, 例詞拍斷手骨, 顛倒勇 pah1 dng3 ciu1 gut5 den6 dor4 iong4 折斷的手臂醫好了, 反而更強壯, 喻越挫越勇。

倒反[dor4 beng4/bainn4; to2 ping2/painn2] 反面, 弄反, 例詞倒反話 dor4 beng1/bainn1 ue6 說反話, 與事實不符的假話。

倒手[dor4 ciu4; to2 tshiu2] 左手。

倒腳[dor4 ka1; to2 kha1] 左腳。

倒仆[dor4 pak5; to2 phak4] 臉朝下趴著, 匍匐躺下, 伏身在地上, 相關詞倒爬 dor4 be2 往後爬, 有作倒覆 dor4 pak5。

倒轉逮[dor4 dng4 lai3; to2 tng2 lai3] 轉了回來, 例詞嚕倒轉逮 lu4 dor4 dng4 lai3 反而被回訓了一頓。

台語KK音標、台語六調: 獅 sai1　牛 qu2　豹 ba3　虎 ho4　鴨 ah5　象 ciunn6　鹿 lok1
　　　　　　　　　　　左 zo1　營 iann2　淡 dam3　水 zui4　直 dit5　通 tong6　竹 dek1 南 lam2
台語字:　　　　　　獅 saif　牛 quw　豹 bax　虎 hoy　鴨 ah　象 ciunn　鹿 lokf
北京語:　　　　　　山 san1　明 meng2　水 sue3　秀 sior4　的 dorh5　中 diong6　壓 lek1

倒退攄[dor4 te4 lu1; to2 the2 lu1] 坐在地上而倒著退回。

倒手拐仔[dor4 ciu1 guainn1 a4; to2 tshiu1 kuainn1 a2] 左撇子, 慣用左手的人。

佗 [dor4; to2] Unicode: 4F57, 台語字: dory

[dor2, dor4, to5, to2] 何處?,誰?

佗落[dor1 lorh1; to1 loh8] 何處?, 例詞下佗落　he3 dor1 lorh1　放在那裡?。

佗位[dor1 ui6; to1 ui7] 何處?, 例詞欲去佗位　veh1 ki4 dor1 ui6　要去何處?。

倒 [dor4; to2] Unicode: 5012, 台語字: dory

[dor3, dor4, to3, to2] 打倒

跋倒[buah5 dor4; puah4 to2] 跌倒, 例詞跋一倒　puah5 zit5 dor4　跌了一交。

倒店[dor1 diam3; to1 tiam3] 惡性倒閉, 關門大吉。

倒閣[dor1 gorh5; to1 koh4] 內閣總辭, 有作倒台　dor1 dai2, 係日語詞倒閣　dokaku。

倒坦笑[dor1 tan1 cior3; to1 than1 tshio3] 仰躺, 笑係代用字。

倒坦直[dor1 tan1 dit1; to1 than1 tit8] 躺直。

倒坦橫[dor1 tan1 huinn2; to1 than1 huinn5] 躺橫。

dorh

焯 [dorh1; toh8] Unicode: 712F, 台語字: dorhf

[dorh1; toh8] 光明,光亮,著火,代用字,同燃　jen2

焯火[dorh5 hue4/he4; toh4 hue2/he2] 著火, 火燒著了。

熥火焯[hong6 hue1 dorh1/hong3 he1 dorh1; hong7 hue1 toh8/hong3 he1 toh8] 怒火中燒。

心狂火焯[sim6 gong2 hue1/he1 dorh1; sim7 kong5 hue1/he1 toh8] 非常著急。

火愈焯愈炎[hue4/he4 na1 dorh1 na1 iam6; hue2/he2 na1 toh8 na1 iam7] 火, 越燒越旺。

卓 [dorh5; toh4] Unicode: 5353, 台語字: dorh

[dok5, dorh5; tok4, toh4] 姓,地名

卓蘭鎮[dorh1 lan6 din3; toh8 lan7 tin3] 在苗栗縣, 舊名罩蘭　dah1 lan2, 意為充滿了蘭花的地方, 於日治時代改稱卓蘭　dorh1 lan2。

卓溪鄉[dorh1 ke6 hiong1; toh8 khe7 hiong1] 在花蓮縣。

桌 [dorh5; toh4] Unicode: 684C, 台語字: dorh

[dorh5; toh4] 案,宴席

辦桌[ban3 dorh5; pan3 toh4] 開宴席, 婚喪喜慶之宴席。

走桌[zau1 dorh5; tsau1 toh4] 跑堂, 餐廳的服務人員。

上桌[ziunn3 dorh5; tsiunn3 toh4] 請賓客上座。

桌腳[dorh1 ka1; toh8 kha1] 桌子的底下, 例詞桌頂食飯, 桌腳放屎　dorh1 deng4 ziah5 bng6 dorh1 ka1 bang4 sai4　在桌子上面吃飯, 卻在桌子底下解大便, 喻吃裡扒外, 不知飲水思源。

桌頭[dorh1 tau2; toh8 thau5] 桌上, 乩童的傳話人, 例詞僮乩, 桌頭　dang6/3 gi1 dorh1 tau2　乩童與傳話人, 喻同路人。

du

株 [du1; tu1] Unicode: 682A, 台語字: duf

[di1, du1, zu1; ti1, tu1, tsu1] 合股,股份,一堆

股株[go1 du1; koo1 tu1] 合股, 股份。

一株[zit5 du1; tsit4 tu1] 一份, 一群, 一堆, 例詞一株沙仔　zit5 du6 sua6 a4　一堆沙子。

三腳株[sann6 ka6 du1; sann7 kha7 tu1] 三個人合資做生意, 三股力量聚集在一起。

著 [du3; tu3] Unicode: 8457, 台語字: dux

[di3, diok1, diorh1, du3, ti3, tiok8, tioh8, tu3] 著作

著作[du4/di4 zok5; tu2/ti2 tsok4] 。

著作權[du4 zok1 kuan2/di4 zok1 guan2; tu2 tsok8 khuan5/ti2 tsok8 kuan5] 。

著作者[du4/di4 zok1 zia4; tu2/ti2 tsok8 tsia2] 。

注 [du3; tu3] Unicode: 6CE8, 台語字: dux

[du3, zu3; tu3, tsu3] 賭注,塊頭

大注[dua3 du3; tua3 tu3] 一大筆錢或賭注, 例詞賭大注　buah5 dua3 du3　賭大錢;趁大注錢　tan4 dua3 du4 zinn2　賺了一大筆錢;一注足大注　zit5 du3 ziok1 dua3 du3　一注大賭注。

落注[lorh5 du3; loh4 tu3] 下賭注, 例詞落五注樂透彩　he3 qo3 du4 lok5 tau4 cai4　買了五張的公益彩券樂透彩。

大注銀票[dua3 du3 qin6/qun3 pior3; tua3 tu3 gin7/gun3 phio3] 一大筆錢, 一大堆的鈔票。

趁 大注錢[tan4 dua3 du4 zinn2; than2 tua3 tu2 tsinn5] 賺大筆錢

規注 攏落去[gui6 du3 au1 lorh5 ki3; kui7 tu3 au1 loh4 khi3] 豪賭, 全部的賭注都押下去了, 孤注一擲。

拄 [du4; tu2] Unicode: 62C4, 台語字: duy

[du4, duh5; tu2, tuh4] 支撐,剛剛

拄仔[du1 a4; tu1 a2] 剛剛, 同頭拄仔　tau6/3 du1 a4　剛剛。

拄仟[du1 cen1; tu1 tshian1] 碰巧, 例詞仟拄仟　cen6 du1 cen1　碰巧, 很巧。

拄好[du1 hor4; tu1 ho2] 剛好, 例詞準拄好　zun1 du1 hor4　扯平了, 算了;拄拄仔好　du1 du1 a1 hor4　剛好, 碰巧。

拄咧[du4 le3; tu2 le3] 支撐住。

拄欲[du1 vueh5/veh5; tu1 bueh4/beh4] 剛要, 例詞我拄欲去車頭　qua1 du1 vueh1/veh1 ki1 cia6 tau2　我剛要去車站。

拄才[du1 ziah5; tu1 tsiah4] 剛才, 例詞拄才啲歇睏　du1 ziah1 de1 hiorh1 kun3　剛剛才去休息。

仟拄仟[cen6 du1 cen1; tshian7 tu1 tshian1] 碰巧, 很巧, 同蹌拄蹌　ciang3 du1 ciang6。

真拄好[zin6 du1 hor4; tsin7 tu1 ho2] 真恰巧, 湊巧, 真剛好。

拄拄仔[du1 du1 a4; tu1 tu1 a2] 剛剛, 例詞拄拄仔到位　du1 du1 a1 gau4 ui6　剛剛抵達;伊拄拄仔佇公司　i6 du1 du1 a1 di3 gong6 si1　他剛好還在公司。

拄袜椆[du1 vue3/ve3 diau2; tu1 bue3/be3 tiau5] 抵擋不住。

蹛 [dua3; tua3] Unicode: 8E5B, 台語字: duax

[dua3; tua3] 在,住,有作住　dua3,相關字遰　due3　跟

台語 KK 音標、台語六調：　獅 sai1　牛 qu2　豹 ba3　虎 ho4　鴨 ah5　象 ciunn6　鹿 lok1
　　　　　　　　　　　左 zo1　營 iann2　淡 dam3　水 zui4　直 dit5　通 tong6　竹 dek1 南 lam2
台語字：　　　　　獅 saif　牛 quw　豹 bax　虎 hoy　鴨 ah　象 ciunn　鹿 lokf
北京語：　　　　　山 san1　明 meng2　水 sue3　秀 sior4　的 dorh5　中 diong6　壓 lek1

隨,追

借蹛[zior4 dua3; tsio2 tua3] 在別人的住處住了下來。

蹛暝[dua4 me2/mi2; tua2 me5/mi5] 住房, 過夜, 例詞蹛過暝 dua4 gue2 me2/dua4 ge4 mi2 過夜, 來蹛一暝 lai6 dua4 zit5 me2/lai3 dua4 zit5 mi2 來過一夜。

蹛旅社[dua4 li1/lu1 sia6; tua2 li1/lu1 sia7] 住在旅社過夜, 有作蹛賓館 dua4 bin6 guan4 住在賓館過夜;蹛大飯店 dua4 dua3 bng3 diam3 住在大飯店過夜。

二人蹛做伙[nng3 lang2 dua4 zor4 hue4/he4; nng3 lang5 tua2 tso2 hue2/he2] 二人同居。

恁兜 蹛佇佗位[lin1 dau1 dua4 di3 dor1 ui6; lin1 tau1 tua2 ti3 to1 ui7] 你一家人住在那裡?

蹛做伙 會俹召照顧[dua4 zor4 hue4/he4 e3 dang4 sior6 ziau4 go3; tua2 tso2 hue2/he2 e3 tang7 sio7 tsiau2 koo3] 住在一起, 可以互相照顧, 照料。

我蹛行高雄 嘛食頭路[qua1 dua4 di3 gor6 iong2 de1 ziah5 tau6/tau3 lo6; gua1 tua2 ti3 ko7 iong5 te1 tsiah4 thau7/thau3 loo7] 我在高雄, 也在高雄任職。

大 [dua6; tua7] Unicode: 5927, 台語字: dua

[da1, dai6, dak1, dua6, ta1, tai7, tak8, tua7] 巨大的

訓大[hun4 dua6; hun2 tua7] 依照原樣擴大。

序大[si3 dua6; si3 tua7] 長輩, 父母, 例詞序大人 si3 dua3 lang2 父母双親。

大富[dua3 bu3/hu3; tua3 pu3/hu3] 發大財, 大富人家, 例詞大富由天, 小富由人 dua3 hu3 iu6 ten1 sior1 hu3 iu6 jin2 大富天註定, 小富靠個人的勤儉;大富大貴, 天註定 dua3 hu4 dua3 gui3 tinn1 zu4 diann6 大富大貴, 係由天命所註定。

大出[dua3 cut5; tua3 tshut4] 農產物的生產旺季, 盛產期, 例詞咱人熱眼, 水果大出 lan1 lang2 juah5 lang3 zui1 gor4 dua3 cut5 水果盛產期在農曆夏天。

大漢[dua3 han3; tua3 han3] 身材高大, 長大, 排行在先前的人, 大兒子, 例詞大漢团 dua3 han4 giann4 大兒子;大漢後生 dua3 han4 hau3 senn1/sinn1 大兒子;大漢阿姑 dua3 han4 a6 go1 大姑媽;大漢新婦 dua3 han4 sin6 bu6 父母稱呼小媳婦。

大日[dua3 jit1/lit1; tua3 jit8/lit8] 適合婚嫁的大好日子, 相關詞大日子 dua3 jit5/lit5 zi4 年節喜慶的大節日。

大人[dua3 lang2; tua3 lang5] 成年人, 相關詞大人 dai3 jin2/lin2 日治時代, 稱呼官員, 警察, 例詞轉大人 dng1 dua3 lang2 少年成長為大人, 結了婚, 就是大人了;做大人 zor4 dua3 lang2 小孩在十六歲要辦成人禮。

大願[dua3 quan6; tua3 guan7] 大願望, 例詞乞食下大願 kit1 ziah1 he3 dua3 quan6 乞丐許下大願望, 喻不可能達成的願望, 不切實際的幻想。

大細[dua3 se3/sue3; tua3 se3/sue3] 大大小小, 全家老小, 大的小的, 例詞大細聲 dua3 se4/sue4 siann1 吵架聲, 吼叫;教歹因仔大細 ga4 painn1 qin1 a1 dua3 se3/sue3 教壞了全部的孩子。

大位[dua3 ui6; tua3 ui7] 上座, 例詞母舅坐大位 vu1 gu6 ze3 dua3 ui6 舅父要坐在喜宴的上座。

大某[dua3 vo4; tua3 boo2] 元配, 相關詞細姨 se4/sue4 i2 姨太太。

大水[dua3 zui4; tua3 tsui2] 水災, 例詞做大水 zor4 dua3 zui4 發生了水災。

喘大气[cuan1 dua3 kui3; tshuan1 tua3 khui3] 吐怨氣, 相關詞痎哅 he6 gu1 氣喘;喘气 cuan1 kui3 呼吸, 但常指急促地呼吸。

大腹肚[dua3 bat1/vak1 do4; tua3 pat8/bak8 too2] 懷孕。

大埤鄉[dua3 bi6 hiang1; tua3 pi7 hiang1] 在雲林縣。

大腹肚[dua3 bak1 do4; tua3 pak8 too2] 腹部變大, 懷胎中。

大埔鄉[dua3 bo6 hiang1; tua3 poo7 hiang1] 在嘉義縣。

大貝湖[dua3 bue4 o2; tua3 pue2 oo5] 高雄市的水源地, 在高雄縣烏松鄉, 原名先後稱為大埤湖 dua3 bi6 o2;大悲湖 dua3 bi6 o2;澄清湖 deng6 ceng6 o2。

大樹鄉[dua3 ciu3 hiang1; tua3 tshiu3 hiang1] 在高雄縣。

大肚鄉[dua3 do3 hiang1; tua3 too3 hiang1] 在台中縣。

大加蚋[dua3 ga6 lah1; tua3 ka7 lah8] 清治時期台北地區之舊地名, 平埔族原稱 Ketakalan 凱達格蘭。

大港埔[dua3 gang1 bo1; tua3 kang1 poo1] 地名, 在高雄市。

大妗嘴[dua3 gim3 cui3; tua3 kim3 tshui3] 從來不曾說過好話, 同烏鴉嘴 o6 a6 cui3。

大海漲[dua3 hai1 diong3; tua3 hai1 tiong3] 大海嘯, 日語詞津波 tsunami. 1845 年, 清道光 25 年, 舊曆 6 月 1 日, 台灣中南部發生三百年的大海嘯, 今雲林縣沿海約有 2 萬人喪生。

大園鄉[dua3 hng6 hiang1; tua3 hng7 hiang1] 在桃園縣。

大日子[dua3 jit5/lit5 zi4; tua3 jit4/lit4 tsi2] 年節喜慶大日子, 相關詞大日 dua3 jit1/lit1 適合婚嫁的大好日子。

大箍把[dua3 ko6 be4; tua3 khoo7 pe2] 長得肥肥胖胖的人。

大箍呆[dua3 ko6 dai1; tua3 khoo7 tai1] 笨笨的大胖子。

大气口[dua3 kui4 kau4; tua3 khui2 khau2] 口氣高傲。

大內鄉[dua3 lai3 hiang1; tua3 lai3 hiang1] 在台南縣。

大寮鄉[dua3 liau6 hiang1; tua3 liau7 hiang1] 在高雄縣。

大毛蟹[dua3 mo6/mo3 he2; tua3 moo7/moo3 he5] 中國之大閘蟹。

大林蒲[dua3 na6 bo2; tua3 na7 poo5] 高雄市海邊工業區, 從前為拆船場。

大林鎮[dua3 na6 din3; tua3 na7 tin3] 在嘉義縣。。

大湖鄉[dua3 o6 hiang1; tua3 oo7 hiang1] 在苗栗縣。

大葩尾[dua3 pa6 vue4/ve4; tua3 pha7 bue2/be2] 行善積德人家之子孫及家境都會興旺。

大細聲[dua3 se4/sue4 siann1; tua3 se2/sue2 siann1] 吵架聲, 吼叫, 有作大聲細聲 dua3 siann6 se4/sue4 siann1, 例詞大細聲, 活欲吵死 dua3 se4/sue4 siann1, ua3 veh1 ca4 si3 大聲小聲地吼叫, 吵死人了。

大社鄉[dua3 sia3 hiang1; tua3 sia3 hiang1] 在高雄縣。

大城鄉[dua3 siann6 hiong1; tua3 siann7 hiong1] 在彰化縣。

大心气[dua3 sim6 kui3; tua3 sim7 khui3] 受驚嚇而透不過氣的病症。

大頭病[dua3 tau6 benn6/dua3 tau3 binn6; tua3 thau7 piann7/tua3 thau3 pinn7] 要做大官的心態, 有強出頭的欲望, 例詞致著大頭病 di4 diorh5 dua3 tau6 benn6/di4 diorh5 dua3 tau3 binn6 得了大頭病。

大面神[dua3 vin3 sin2; tua3 bin3 sin5] 神氣又傲氣的人。

大人大種[dua3 lang6/lang3 dua3 zeng4; tua3 lang7/lang3 tua3 tsing2] 已經是成年人了, 取笑對方小孩子氣。

大娠大命[dua3 sin6 dua3 miann6; tua3 sin7 tua3 miann7] 懷孕中。

大尾鱸鰻[dua3 vue1 lo6 mua2/dua3 ve1 lo3 mua2; tua3 bue1 loo7 mua5/tua3 be1 loo3 mua5] 一條大鰻魚, 引申為黑道大哥, 大流氓。

大姊頭仔[dua3 zi1 tau6/tau3 a4; tua3 tsi1 thau7/thau3 a2] 有

台語 KK 音標、台語六調:	獅 sai1	牛 qu2	豹 ba3	虎 ho4	鴨 ah5	象 ciunn6	鹿 lok1
	左 zo1	營 iann2	淡 dam3	水 zui4	直 dit5	通 tong6	竹 dek1 南 lam2
台語字:	獅 saif	牛 quw	豹 bax	虎 hoy	鴨 ah	象 ciunn	鹿 lokf
北京語:	山 san1	明 meng2	水 sue3	秀 sior4	的 dorh5	中 diong6	壢 lek1

領導能力的女性, 有稱大姊大 da4 ze3 da4。

大主大意[dua3 zu1 dua3 i3; tua3 tsu1 tua3 i3] 擅自做主張, 目中無人。

大船入港[dua3 zun2 jip5/lip5 gang4; tua3 tsun5 jip4/lip4 kang2] 大船進港, 喻肥羊上門。

大碗佮滿墘[dua3 uann4 gorh1 mua1 ginn2; tua3 uann2 koh8 mua1 kinn5] 同樣的錢, 買得可以裝滿了大碗, 又溢了出來, 喻非常便宜。

due

遀 **[due3; tue3]** Unicode: 9040, 台語字: duex
[de3, due3; te3, tue3] 跟隨,追,求,代用字,原義隨行,有作建 due3,相關字蹤 zong2 跑,躍過去;趒 jip5 追趕, 追逐;跽 jiok5 追趕,追逐;蹄 dua3 在,住在

陪遀[bue6/bue3 due3; pue7/pue3 tue3] 人情世故的應酬, 例如送紅包及白包文化。

纏遀[din6/din3 due3; tin7/tin3 tue3] 照顧病人, 應對人情世故的應酬, 同陪遀 bue6/3 due3;纏遀 dinn6/3 due3, 例詞纏遀人情世事 dinn6 due4 jin6 zeng6 se4 su6/dinn3 due4 lin3 zeng3 se4 su6 跟應人情世故, 應付紅白帖子。

遀着[due3 diorh5; tue3 tioh4] 跟隨, 男女雙方搭上線, 有婚外情。

遀路[due4 lo6; tue2 loo7] 隨人走西又走西, 例詞噯遀路 ai4 due4 lo6 喜歡跟人家出走。

遀船[due4 zun2; tue2 tsun5] 隨船工作人員, 如船長或船員等人。

遀會仔[due4 hue3 a4; tue2 hue3 a2] 跟了互助會, 例詞遀三腳會仔 due4 sann6 ka6 hue3 a4 跟了三個互助會。

遀腳跡[due4 ka6 jiah5/liah5; tue2 kha7 jiah4/liah4] 跟著別人的足跡而走路。

遀人走[due4 lang6 zau4/de4 lang3 zau4; tue2 lang7 tsau2/te2 lang3 tsau2] 私奔, 例詞捾包袱仔, 遀人走 guann3 bo6 hok5 a4 due4 lang6 zau4/guann3 bo6 hok5 a4 de4 lang3 zau4 女孩子提了簡單的行李就與男友私奔他鄉了。

遀流行[due4 liu6/liu3 heng2; tue2 liu7/liu3 hing5] 趕上風行, 時尚, 同遀時行 due4 si6/3 giann2。

遀時行[due4 si6/si3 giann2; tue2 si7/si3 kiann5] 趕流行, 跟時髦, 同遀流行 due4 liu6/3 heng2。

遀查某[due4 za6 vo4; tue2 tsa7 boo2] 外遇, 泡妞, 與有夫之婦交往或同居, 有作遀著查某 due4 diorh5 za6 vo4。

翁行某遀[ang1 giann2 vo4 due3; ang1 kiann5 boo2 tue3] 夫唱婦隨, 有作尪行某建 ang1 giann2 vo4 due3。

攑香遀拜[qiah5 hiunn1 due4 bai3; giah4 hiunn1 tue2 pai3] 學別人一樣拿香拜拜。

遀無尾綴[due4 vor6/vor3 vue1 zue6; tue2 bo7/bo3 bue1 tsue7] 吊在尾巴的, 排在最後面的部份, 趕不上隊伍, 引申落伍了, 望塵莫及。

遀前遀後[due4 zeng3 due4 au6; tue2 tsing3 tue2 au7] 跟前跟後。

嫁雞遀雞飛 嫁狗遀狗走[ge4 ge1 due4 ge1 bue1 ge4 gau4 due4 gau4 zau4/ge4 gue1 de4 gue1 be1 ge4 gau4 de4 gau4 zau4; ke2 ke1 tue2 ke1 pue1 ke2 kau2 tue2 kau2 tsau2/ke2 kue1 te2 kue1 pe1 ke2 kau2 te2 kau2 tsau2] 嫁雞隨雞, 嫁狗隨狗, 喻夫唱婦隨。

duh

揆 **[duh1; tuh8]** Unicode: 63EC, 台語字: duhf
[duh1, tuh5; tuh8, thuh4] 戳,刺,反駁

點揆[diam1 duh1; tiam1 tuh8] 提示, 私下告知, 例詞偷點揆 tau6 diam1 duh1 偷偷地暗示, 私下告知。

揆破[duh5 pua3; tuh4 phua3] 刺破。

揆死[duh5 si4/duh1 si3; tuh4 si2/tuh8 si3] 被刺殺身亡。

揆一空[duh5 zit5 kang1; tuh4 tsit4 khang1] 刺穿一個洞。

指天揆地[gi1 tinn1 duh5 de6; ki1 thinn1 tuh4 te7] 罵天罵地。

指指揆揆[gi1 gi1 duh5 duh1; ki1 ki1 tuh4 tuh8] 背地裡指點點, 輿論指責。

詆 **[duh1; tuh8]** Unicode: 8A46, 台語字: duhf
[di4, duh1; ti2, tuh8] 指責,以言駁之

詆臭[duh5 cau3; tuh4 tshau3] 反駁, 掀底牌, 洩露機密, 相關詞揆臭 tuh1 cau3 挖人瘡疤, 揭發真相;越棰 tut5 cue2 出差錯, 現醜, 出洋相。

詆孱[duh5 lan6; tuh4 lan7] 不高興, 反駁對方不對的言論, 生悶氣, 有作俟爽 ve3/vue3 song4。

詆東詆西[duh5 dang6 duh5 sai1; tuh4 tang7 tuh4 sai1] 挑剔, 挑三揀四, 以言詞攻擊對方。

拄 **[duh5; tuh4]** Unicode: 62C4, 台語字: duh
[du4, duh5; tu2, tuh4] 吵擾,很,代用字

拄著[duh1 diorh5; tuh8 tioh4] 遇到, 有作遇著 vu6 diorh1; 著 dng6 diorh1 碰巧遇到, 撞到, 相關詞拄著 du1 diorh1 偶爾, 例詞拄著汝 duh1 diorh5 li4 遇到了你; 拄著孫仔 duh1 diorh5 sun6 a4 遇見到孫子;拄著老前輩 duh1 diorh5 lau3 zen6/3 bue3 遇到老前輩。

盹 **[duh5; tuh4]** Unicode: 76F9, 台語字: duh
[duh5; tuh4] 打瞌睡

盹佝[duh1 gu1; tuh8 ku1] 打瞌睡, 打盹, 小睡, 相關詞啄佝 dok1 gu1 打瞌睡, 似鳥啄食之形態。

白白米 飼盹佝雞[beh5 beh5 vi4 ci3 duh1 gu6 ge1; peh4 peh4 bi2 tshi3 tuh8 ku7 ke1] 用上等好米飼養一隻只會打盹的爛雞, 喻沒路用, 白吃飯, 養一個窩囊廢。

dun

墩 **[dun1; tun1]** Unicode: 58A9, 台語字: dunf
[dun1; tun1] 土堆,堆,座

土墩[to6/to3 dun1; thoo7/thoo3 tun1] 土堆。

草鞋墩[cau1 e6 dun1; tshau1 e7 tun1] 南投縣草屯鎮舊名。

葫蘆墩[ho6 lo6 dun1; hoo7 loo7 tun1] 台中縣豐原市舊名。

台語 KK 音標、台語六調：獅 sai1　牛 qu2　豹 ba3　虎 ho4　鴨 ah5　象 ciunn6　鹿 lok1
　　　　　　　　　　　　　　　　左 zo1　營 iann2　淡 dam3　水 zui4　直 dit5　通 tong6　竹 dek1 南 lam2
台語字：　　　　　　　　　　　獅 saif　牛 quw　豹 bax　虎 hoy　鴨 ah　象 ciunn　鹿 lokf
北京語：　　　　　　　　　　　山 san1　明 meng2　水 sue3　秀 sior4　的 dorh5　中 diong6　壢 lek1

台灣精神詞典

iJiden, the Formosan Dictionary
of the Taiwan Spirit

台語 KK 音標(通用拼音) 台語六調(注音符號聲調)

台語 KK 音標、台羅拼音對照版

部首 e;e/ia/i

e

萵 **[e1; e1]** Unicode: 8435, 台語字: ef
　　[e1, ue1; e1, ue1] 一種青菜名,A 菜,相關字萵 or1 莴
　　萵菜
萵仔菜[ue6/e6 a1 cai3; ue7/e7 a1 tshai3] A 菜, 舊名鵝仔菜
　　qor6/qia3 a1 cai3 用來養鴨鵝, 有作苳萵 dang6 or1.相
　　關詞莔萵　dang6/3 or1 莔萵菜;美國萵仔菜 vi1 gok1
　　ue6/e6 a1 cai3 美國生菜, 進口或本土生產都有。

磑 **[e1; e1]** Unicode: 78D1, 台語字: ef
　　[e1, ue1; e1, ue1] 磨,貪污,A 錢
磑粿[e6 gue4/ue6 ge4; e7 kue2/ue7 ke2] 用石磨將米磨成粉
　　漿, 以便炊製年糕, 米粿。
磑錢[e6 zinn2; e7 tsinn5] 貪污, 貪公家的或他人的錢財,
　　有作歪哥 uai6 gor1;A 錢 e6 zinn2, 例詞佇台灣磑錢,
　　去美國買厝 di3 dai6/3 uan2 e6 zinn2, ki4 vi1 gok5 ve1
　　cu3 在台灣貪污, 拿了錢, 到美國置產。

个 **[e2; e5]** Unicode: 4E2A, 台語字: ew
　　[e2, e3; e5, e3] 的,個
三个[sann6 e2; sann7 e5] 三個。
這个[zit1 e2; tsit8 e5] 這個, 合音成為這 ze1。
一个人的[zit5 e6/e3 lang2 e2; tsit4 e7/e3 lang5 e5] 某一個人
　　的。
一半个仔[zit5 buann4 e6/e3 a4; tsit4 puann2 e7/e3 a2] 一個
　　或二個, 通常不超過五個。

的 **[e2; e5]** Unicode: 7684, 台語字: ew
　　[dek5, e2, e3; tik4, e5, e3] 的
我的[qua1 e2; gua1 e5] 我的。
阮的[quan1 e2; guan1 e5] 我們的。
一个人的[zit5 e6/e3 lang2 e2; tsit4 e7/e3 lang5 e5] 某一個
　　人的。

的 **[e3; e3]** Unicode: 7684, 台語字: ew
　　[dek5, e2, e3; tik4, e5, e3] 業者,某人的,某事的
堂的[dong2 e3; tong5 e3] 同姓的人, 堂兄弟。
總的[zong4 e3; tsong2 e3] 總經理的暱稱。
同門的[dang3 vng2 e3; tang3 bng5 e3] 親姐妹的丈夫間的
　　相互稱呼, 連襟。

下 **[e6; e7]** Unicode: 4E0B, 台語字: e
　　[e6, ge6, ha6, he6, lorh1; e7, ke7, ha7, he7, loh8] 下面,
　　次數,當天
下暗[e6/e3 am3; e7/e3 am3] 晚上, 今晚, 有作今暗 eng6/3
　　am3;鷹暗 eng6/3 am。
下晡[e3 bo1; e3 poo1] 下午, 例詞下晡時 e3 bo6 si2 下午
　　的時間;下半晡 e3 buann4 bo1 下半天。
下晝[e6/e3 dau3; e7/e3 tau3] 中午。
下港[e3 gang4; e3 kang2] 以自己的地方為分界線, 以南的
　　地方叫下港 e3 gang4, 以北的地方叫頂港 deng1
　　gang4, 例詞頂港有名聲, 下港有出名 deng1 gang4 u3
　　miann6/3 siann1 e3 kang4 u3 cut1 miann2 名聲響徹台
　　灣南北。
下頦[e3 hai2/huai2; e3 hai5/huai5] 下顎, 下巴, 例詞落下頦
　　lau4 e3 hai2/huai2 下巴脫臼, 下巴脫落, 引申亂罵人,
　　亂說話。
下顎[e3 kok5; e3 khok4] 下顎骨的部份, 例詞男天旁, 女下
　　顎 lam2 ten6 beng2, li4 e3 kok5 看相時, 男女分別著
　　重在天庭及下巴的好相或不好相。
下勻[e3/ge3 un2; e3/ke3 un5] 下一輩份的親人。
頂下歲[deng1 e3 hue3; ting1 e3 hue3] 年齡相近的人。
下暗時[e3 am4 si2; e3 am2 si5] 晚上, 今晚。
下世人[e3 si4 lang2; e3 si2 lang5] 下一輩子, 例詞下半世人
　　e3 buann4 si4 lang2 下半輩子。

會 **[e6; e7]** Unicode: 6703, 台語字: e
　　[e6, gue3, hue6; e7, kue3, hue7] 能,知道,相關字挏
　　tang1 可以
會倲[e3 dang3; e3 tang3] 可以, 能夠, 不宜作會凍 e3
　　dang3。
會曉[e3 hiau4; e3 hiau2] 會, 知道, 懂得, 例詞會曉偷食,
　　袂曉拭嘴 e3 hiau1 tau6 ziah1 ve3/vue3 hiau1 cit1 cui3
　　只知道偷吃, 卻不會把嘴巴擦乾淨, 喻不知道要煙滅
　　証据。
會挏[e3 tang1; e3 thang1] 可以, 可讓..., 同會使 e3 sai4,
　　相關詞會通 e3 tong1 可以行得通。
會通[e3 tong1; e3 thong1] 行得通, 可以接受的, **iat8**
　　Unicode: 6427, 台語字: etf
　　[et1, sam3, sen3; iat8, sam3, sian3] 揮舞,代用字
搟手[et5 ciu4; iat4 tshiu2] 招手, 叫人過來, 揮舞著手。
搟魚[et5 hi2; iat4 hi5] 一種扁平魚, 會左右鰭搖動, 喻沒帶
　　見面禮, 雙手空空, 搖一搖手而了事。
搟風[et5 hong1; iat4 hong1] 以扇搟動氣流成風, 同揚風
　　iann3 hong1。
搟火[et5 hue4/he4; iat4 hue2/he2] 搟動扇子, 鼓風助火燃
　　燒, 例詞搟猛火 et5 me1 hue4/he4 搟動扇子, 助火急
　　燒。

台灣精神詞典

iJiden, the Formosan Dictionary
of the Taiwan Spirit

台語 KK 音標(通用拼音) 台語六調(注音符號聲調)

台語 KK 音標、台羅拼音對照版

部首 g;k

ga

加 **[ga1; ka1]** Unicode: 52A0, 台語字: gaf
[ga1, ga6, ge1; ka1, ka7, ke1] 添加,絡繹,予
加加[ge6 ga1; ke7 ka1] 附加, 多增加, 例詞加加三立汽油
予伊 ge6 ga6 sann6 lip5 ki4 iu2 ho3 i1 另外多添加三
公升的汽油送給他, 是免費贈送給他.相關詞加三立汽
油 ga6 sann6 lip5 ki4 iu2 為汽車加三公升的汽油, 是
要付錢的。
加工[ga6 gang1; ka7 kang1] 再製造, 製造過的, 相關詞加
工 ge6 gang1 多浪費時間的。
加蚋仔[ga6 lah5 a4; ka7 lah4 a2] 台北地區之古地名, 平埔
族原地名為凱達格蘭 Ketakalan, 有稱大加蚋堡, 今台
北市萬華區, 南港區一帶屬之。
加洛水[ga6 lok5 sui4; ka7 lok4 sui2] 屏東縣恆春鎮的海邊
風景區, 原意瀑布。

佳 **[ga1; ka1]** Unicode: 4F73, 台語字: gaf
[ga1; ka1] 美好的
好佳哉[hor1 ga6 zai3; ho1 ka7 tsai3] 幸虧, 好在, 同佳哉
ga6 zai3;好得佳哉 hor1 dit1 ga6 zai3。
佳冬鄉[ga6 dang6 hiang1; ka7 tang7 hiang1] 在屏東縣。
佳里鎮[ga6 li1 din3; ka7 li1 tin3] 在台南縣, 原名蕭壟, 為
平埔族蕃社社名。

茄 **[ga1; ka1]** Unicode: 8304, 台語字: gaf
[ga1, gior2; ka1, kio5] 本土樹種
茄苳[ga6 dang1; ka7 tang1] 著名的本土樹種, 是台灣四大
象徵性的代名詞之一, 其餘三者為蕃薯 han6 zi2, 媽
祖 ma1 zor4 及烏魚 o6 hi2. 茄苳為全台南北各地之
地名, 如茄苳腳 ga6 dang6 ka1;茄苳里 ga6 dang6 li4;
茄苳路 ga6 dang6 lo6;茄苳村 ga6 dang6 zng1。
茄萣鄉[ga6 diann3 hiang1; ka7 tiann3 hiang1] 在高雄縣。

嘉 **[ga1; ka1]** Unicode: 5609, 台語字: gaf
[ga1; ka1] 美好,讚美
嘉禾[ga6 hor2; ka7 ho5] 好稻子。
嘉義市[ga6 qi3 ci6; ka7 gi3 tshi7] 在嘉義縣。
嘉義縣[ga6 qi3 guan6; ka7 gi3 kuan7] 在嘉南平原中部。
嘉南大圳[ga6 lam6 dua3 zun3; ka7 lam7 tua3 tsun3] 嘉南平
原的灌溉系統。
嘉南平原[ga6 lam6 peng6/peng3 quan2; ka7 lam7

phing7/phing3 guan5] 在台灣中南部, 面積冠全台灣,
包含彰化縣, 雲林縣, 嘉義縣, 台南縣。

gah

甲 **[gah5; kah4]** Unicode: 7532, 台語字: gah
[gah5; kah4] 姓,天干第一位,硬殼,盔甲,土地面積
2,934 坪為一甲,與,和
甲南[gah1 lam2; kah8 lam5] 地名, 台中縣大甲鎮甲南里,
係鐵路台中港支線之起點, 故其站名甲南站改為台中
港站。
甲子[gah1 zi4/zu4; kah8 tsi2/tsu2] 六十年, 自然天成的法
則, 例詞天照甲子, 人照情理 tinn1 ziau4 gah1 zi4
lang2 ziau4 zeng6/3 li4 天依照自然法則而運行, 人要
遵守情理法而行事。
甲仙鄉[gah1 sen6 hiang1; kah8 sian7 hiang1] 在高雄縣。

佮 **[gah5; kah4]** Unicode: 4F6E, 台語字: gah
[gah5, gap5; kah4, kap4] 與,和,附帶,中意,係借音字.
集韻:葛合切,音閣,合取也.有作甲 gah5 與,和;跟 gah5
與,和.相關字佫 gorh5 再
佮意[gah1 i3; kah8 i3] 中意, 例詞太太真佮意此間厝 tai4
tai3 zin6 gah1 i4 zit1 geng3 cu4 太太很滿意這間房
子。

gan

奸 **[gan1; kan1]** Unicode: 5978, 台語字: ganf
[gan1; kan1] 奸詐險惡
奸巧[gan6 kiau4; kan7 khiau2] 奸詐, 奸詐又聰明的人。
一奸一諑[zit5 gan1 zit5 gi2; tsit4 kan1 tsit4 ki5] 搭擋, 引申
為狼狽為奸之徒, 相關詞僅乩桌頭 dang6/3 gi1 dorh1
tau2 乩童與傳話人的合稱, 搭擋。

艱 **[gan1; kan1]** Unicode: 8271, 台語字: ganf
[gan1; kan1]
艱苦[gan6 ko4; kan7 khoo2] 生病, 辛苦。
叨是中國 台灣不才會艱苦[dor3 si3 diong6 gok5 dai6/dai3
uan2 m3 ziah1 e3 gan6 ko4; to3 si3 tiong7 kok4 tai7/tai3
uan5 m3 tsiah8 e3 kan7 khoo2] 就只因為霸道的中國,
台灣才會受這麼多的苦難。

gang

綱 **[gang1; kang1]** Unicode: 7DB1, 台語字: gangf
[gang1, gong1; kang1, kong1] 常規
紀綱[ki1 gang1; khi1 kang1] 常規, 一般的規範。
照紀綱[ziau4 ki1 gang1; tsiau2 khi1 kang1] 依照社會的法律
及規範做事, 守規矩, 規規矩矩地做, 不偷工減料。

台語 KK 音標、台語六調:	獅 sai1	牛 qu2	豹 ba3	虎 ho4	鴨 ah5	象 ciunn6	鹿 lok1
	左 zo1	營 iann2	淡 dam3	水 zui4	直 dit5	通 tong6	竹 dek1 南 lam2
台語字:	獅 saif	牛 quw	豹 bax	虎 hoy	鴨 ah	象 ciunn	鹿 lokf
北京語:	山 san1	明 meng2	水 sue3	秀 sior4	的 dorh5	中 diong6	壢 lek1

港 [gang4; kang2] Unicode: 6E2F, 台語字: gangy
　　[gang4; kang2] 小溪,海港,小溪流邊的城市

北港[bak1 gang4; pak8 kang2] 台灣地名, 各地皆有, 以雲林縣北港鎮最有名。

東港[dang6 gang4; tang7 kang2] 台灣地名。

下港[e3 gang4; e3 kang2] 以自己的地方為分界線, 以南的地方叫下港。

頂港[deng1 gang4; ting1 kang2] 以自己的地方為分界線, 以北的地方叫頂港。

磺港[hong3 gang4; hong3 kang2] 溪名, 今台北市士林區磺溪之原名, 流經台北市北投區及士林區, 匯入基隆河。

南港[lam6/lam3 gang4; lam7/lam3 kang2] 台灣地名, 台北市之南港係在基隆河與大坑溪口之南邊而得名, 原名港仔口 gang1 a1 kau4。

西港[sai6 gang4; sai7 kang2] 台灣地名。

新港[sin6 gang4; sin7 kang2] 嘉義縣新港鄉, 另一地名為新港社, 平埔族的社名, 荷蘭人或鄭成功時期之新港, 在今台南縣新市鄉至善化鎮一帶。

正港[ziann4 gang4; tsiann2 kang2] 合法的, 正統的, 正式的正牌貨品.在清朝治台的期間, 從福建省遷入之移民, 須先申請渡航許可証, 輸入許可証, 並由淡水港, 鹿港及笨港等港口上岸, 才算合法, 而非偷渡。

港埠[gang1 bo1; kang1 poo1] 河溪邊之城市。

港都[gang1 do1; kang1 too1] 海港都市, 指高雄市。

港墘[gang1 ginn2; kang1 kinn5] 溪河旁邊的小鎮地名。

大港埔[dua3 gang1 bo1; tua3 kang1 poo1] 地名, 在高雄市新興區, 舊名竹圍仔 dek1 ui6 a4。

港都夜雨[gang1 do1 ia3 u4; kang1 too1 ia3 u2] 台灣名歌, 呂傳梓作詞, 楊三郎作曲, 港都為基隆港, 1952 年發表。

gau

交 [gau1; kau1] Unicode: 4EA4, 台語字: gauf
　　[ga1, gau1; ka1, kau1]

外交[qua3 gau1; gua3 kau1] 外務員, 推銷的工作, 國際間的外交工作。

交陪[gau6 bue2/be2; kau7 pue5/pe5] 交朋友, 應酬。

交代[gau6 dai6; kau7 tai7] 輪替, 輪流, 係日語詞交代 kodai, 相關詞交帶 gau6 dai3 吩咐。

猴 [gau2; kau5] Unicode: 7334, 台語字: gauw
　　[gau2; kau5] 猿猴,謙稱兒子,姘夫

著猴[diorh5 gau2; tioh4 kau5] 罵人中了邪, 猴急。

掠猴[liah5 gau2; liah4 kau5] 捉姦, 揭發婚外情, 捉外遇。

猴神[gau6/gau3 sin2; kau7/kau3 sin5] 個性追求完美, 太挑剔。

拚猴弄[binn4 gau6/gau3 lang6; pinn2 kau7/kau3 lang7] 耍弄他人, 作無聊的事, 耍弄, 戲弄。

牽猴仔[kan6 gau6/gau3 a4; khan7 kau7/kau3 a2] 仲介人, 調解者。

猴囡仔[gau6/gau3 qin1 a4; kau7/kau3 gin1 a2] 稱呼小孩子, 例詞猴死囡仔 gau6/3 si1 qin1 a4 罵小孩子, 但沒有詛咒的意思。

猴山仔[gau6/gau3 san6 a4; kau7/kau3 san7 a2] 小猴子, 有

作阿山仔 a6 san6 a4。

刣雞教猴[tai6/tai3 ge1 ga4 gau2; thai7/thai3 ke1 ka2 kau5] 殺雞警猴, 殺一儆百。

無某無猴[vor6 vo1 vor6 gau2/vor3 vo1 vor3 gau2; bo7 boo1 bo7 kau5/bo3 boo1 bo3 kau5] 無妻無子的單身漢.謙稱自己的兒子為猴囡仔 gau6/3 qin1 a4。

檌 [gau2; kau5] Unicode: 7DF1, 台語字: gauw
　　[gau2; kau5] 淺紅色,蔦榕

阿檌[a6 gau2; a7 kau5] 古地名, 有作阿檌林 a6 gau6/3 lann2, 原意為蔦榕的叢林地, 今屏東縣屏東市, 但常誤作阿猴 a6 gau2。

紅檌[ang6/ang3 gau2; ang7/ang3 kau5] 淺紅色的, 淺咖啡色, 例詞紅檌紅檌 ang6 gau6 ang6 gau2/ang3 gau3 ang3 gau2 淺紅色的, 淺咖啡色。

到 [gau3; kau3] Unicode: 5230, 台語字: gaux
　　[dau2, dau3, dor3, gau3; tau5, tau3, to3, kau3] 到達

到分[gau4 hun1; kau2 hun1] 水果熟透了, 相關詞到水 gau4 zui4 動物成熟了, 例詞西瓜真到分 si6 gue1 zin6 gau4 hun1 西瓜熟透了。

到水[gau4 zui4; kau2 tsui2] 動物成熟了, 相關詞到分 gau4 hun1 植物或水果熟透了, 例詞狗仔团, 足到水 gau1 a1 giann1 ziok1 gau4 zui4 小狗已經長大成犬了。

夠 [gau3; kau3] Unicode: 5920, 台語字: gaux
　　[gau3; kau3] 足夠

夠夠[gau4 gau3; kau2 kau3] 極點, 例詞一斤夠夠 zit5 gin1/gun1 gau4 gau3 夠了一斤重; 頭家食辛勞, 夠夠 tau6/3 ge1 ziah5 sin6 lor2 gau4 gau3 資方吃定勞方, 老板欺負夥計太甚。

夠忥[gau4 kui3; kau2 khui3] 很令人滿了, 足夠了, 相關詞有夠氣人 u3 gau4 ki3 lang3 很令人生氣, 例詞迌迌佮足夠忥 cit1 tor6/3 gah1 ziorh1 gau4 kui3 玩得很過癮, 很開心。

有夠媠[u3 gau4 sui4; u3 kau2 sui2] 很美麗, 夠漂亮。

九 [gau4; kau2] Unicode: 4E5D, 台語字: gauy
　　[gau4, giu4; kau2, kiu2] 姓,第九個數目字

九孔[gau1 kang4; kau1 khang2] 貝類名, 九孔貝, 多養殖於台灣北海岸。

廿九暝[ji3 gau1 menn2/li3 gau1 mi2; ji3 kau1 menn5/li3 kau1 mi5] 除夕夜。

九份仔[gau1 hun6 a4; kau1 hun7 a2] 地名, 台北縣瑞芳鎮九份里, 以金礦及煤礦聞名。

狗 [gau4; kau2] Unicode: 72D7, 台語字: gauy
　　[gau4; kau2] 犬類

烏狗[o6 gau4; oo7 kau2] 黑色的狗, 穿著時麾的少男, 酷哥, 例詞烏貓烏狗 o6 niau1 o6 gau4 穿著時麾的年青男女, 酷哥辣妹。

狗吠火車[gau4 bui3 hue1/he1 cia1; kau2 pui3 hue1/he1 tshia1] 狗對行駛中的火車狂吠, 只是白費工夫。

嫁雞遒雞飛 嫁狗遒狗走[ge4 ge1 due4 ge1 bue1 ge4 gau4 due4 gau4 zau4/ge4 gue1 de4 gue1 be1 ge4 gau4 de4 gau4 zau4; ke2 ke1 tue2 ke1 pue1 ke2 kau2 tue2 kau2 tsau2/ke2 kue1 te2 kue1 pe1 ke2 kau2 te2 kau2 tsau2] 嫁雞隨雞, 嫁狗隨狗。

台語KK音標、台語六調：	獅 sai1	牛 qu2	豹 ba3	虎 ho4	鴨 ah5	象 ciunn6	鹿 lok1
	左 zo1	營 iann2	淡 dam3	水 zui4	直 dit5	通 tong6	竹 dek1 南 lam2
台語字：	獅 saif	牛 quw	豹 bax	虎 hoy	鴨 ah	象 ciunn	鹿 lokf
北京語：	山 san1	明 meng2	水 sue3	秀 sior4	的 dorh5	中 diong6	壢 lek1

厚 **[gau6; kau7]** Unicode: 539A, 台語字: gau
　　[gau6, ho6; kau7, hoo7] 厚度,頻繁,很多
厚賊[gau3 cat1; kau3 tshat8] 小偷很多。
厚工[gau3 gang1; kau3 kang1] 要花費很多時間加工製造。
厚行[gau3 heng6; kau3 hing7] 多猜疑, 壞心眼。
厚話[gau3 ue6; kau3 ue7] 愛說話, 多閒言閒語, 話多, 有
　　作多話 ze3 ue6。
厚禮數[gau3 le1 so3; kau3 le1 soo3] 多禮, 禮多人要怪。
厚話屎[gau3 ue3 sai4; kau3 ue3 sai2] 閒話多。

ge

抲 **[ge1; ke1]** Unicode: 62C1, 台語字: gef
　　[ge1; ke1] 打架,吵架,代用字
挽抲[uan6 ge1; uan7 ke1] 打架, 吵架, 相關詞冤家 uan6
　　ge1 仇家, 冤家。
挽抲量債[uan6 ge6 niunn6/niunn3 ze3; uan7 ke7
　　niunn7/niunn3 tse3] 打架吵架吵不休。

家 **[ge1; ke1]** Unicode: 5BB6, 台語字: gef
　　[ga1, ga3, ge1; ka1, ka3, ke1] 家庭
大家[da6 ge1; ta7 ke1] 媳婦稱丈夫的母親, 有作當家 da6
　　ge1, 相關詞大家 dai3 ge1 大家一伙, 例詞大家官
　　da6 ge6 guann1 媳婦稱丈夫的父母親。
大家[dai3 ge1; tai3 ke1] 大家, 相關詞大家 da3 ge1 婆婆。
公家[gong6 ge1; kong7 ke1] 共有的, 大家平均分配。
人家[jin6/lin3 ge1; jin7/lin3 ke1] 家庭, 私人的, 平民百姓,
　　例詞人家厝 jin6/lin3 ge6 cu3 家庭, 平民百姓。
冤家[uan6 ge1; uan7 ke1] 仇家, 冤家, 相關詞挽抲 uan6
　　ge1 打架, 吵架。
家後[ge6 au6; ke7 au7] 丈夫謙稱自己的太太, 相關詞後家
　　au3 ge1 太太的娘家。
家婆[ge6 bor2; ke7 po5] 管家婆, 多管閒事, 不宜作雞婆
　　ge6 bor2。
家伙[ge6 hue4; ke7 hue2] 一個家庭, 財產, 家族的祖產,
　　先人傳下來的祖產, 有作傢伙 ge6 hue4。
家私[ge6 si1; ke7 si1] 傢俱, 武器, 工具, 有作傢俬 ge6
　　si1。
家私頭[ge6 si6 tau2; ke7 si7 thau5] 武器, 有作傢俬頭 ge6
　　si6 tau2。
管家婆[guan1 ge6 bor2; kuan1 ke7 po5] 家中的女主人, 事
　　事物物都要管。
人家厝[jin6/lin3 ge6 cu3; jin7/lin3 ke7 tshu3] 家庭, 平民百
　　姓。
主人家[zu1 lang6/lang3 ge1; tsu1 lang7/lang3 ke1] 老板, 辦
　　喜宴的家長。

蛙 　**[ge1; ke1]** Unicode: 86D9, 台語字: gef
　　[ge1, ua1; ke1, ua1] 青蛙
水蛙[zui1 ge1/gue1; tsui1 ke1/kue1] 青蛙, 田雞, 有作青蚪
　　cenn6/cinn6 iorh5。
蛙胿[ge6 gui1; ke7 kui1] 青蛙俗稱為水雞, 其氣囊稱為蛙
　　胿。
歕蛙胿[bun6 ge6 gui1/bun3 gue6 gui1; pun7 ke7 kui1/pun3
　　kue7 kui1] 吹牛皮, 吹氣球。

雞 　**[ge1; ke1]** Unicode: 96DE, 台語字: gef
　　[ge1, gue1; ke1, kue1] 家禽名
雉雞[ti6 ge1/ti3 gue1; thi7 ke1/thi3 kue1] 山雞, 野雞, 環頸
　　雉, 為台灣珍奇保育鳥類, 俗稱啼雞 ti6/3 ge1。
雞公[ge6 gang1; ke7 kang1] 公雞.例詞草蜢仔 弄雞公 cau1
　　meh1 a4 lang3 ge6/gue6 挑戰, 挑逗, 以卵擊石, 小蚱
　　蜢不怕死, 卻敢向大公雞挑戰, 喻自不量力。
雞肫[ge6 gen6; ke7 kian7] 雞胃。
雞骨粉[ge6 gut1 hun4; ke7 kut8 hun2] 味精, 有作味素 vi3
　　so3 係日語詞味之素 ajinomono 味精。
雞嘴柄鴨嘴[ge6/gue6 cui3 binn4 ah1 cui3; ke7/kue7 tshui3
　　pinn2 ah8 tshui3] 尖尖的雞嘴被攻擊或反駁, 卻變成
　　扁扁的鴨嘴, 喻無可辯白。
閹雞拖木屐　罔拖罔食[iam6 ge1 tua6 vak5 giah1 vong1
　　tua1 vong1 ziah1; iam7 ke1 thua7 bak4 kiah8 bong1
　　thua1 bong1 tsiah8] 閹雞拖著大木屐般的負擔, 勉勉強
　　強地過日子, 只為了多啄幾粒米或食物, 須到處找食
　　物, 喻貧窮的人, 須多加倍勞動, 否則不能成功。

枷 　**[ge2; ke5]** Unicode: 67B7, 台語字: gew
　　[ga1, ge2; ka1, ke5] 枷鎖刑具,套住頭首及四肢
夯枷[qia6/qia3 ge2; gia7/gia3 ke5] 舉個枷鎖, 活受罪, 例詞
　　夯一个枷 qia6/3 zit5 vin3 ge2 舉一個枷鎖, 喻自找苦
　　頭吃。
卸枷[sia4 ge2; sia2 ke5] 卸下重擔, 例詞卸一面枷 sia4 zit5
　　vin3 ge2 卸下了一個重擔。

界 　**[ge3; ke3]** Unicode: 754C, 台語字: gex
　　[gai3, ge3, gue3; kai3, ke3, kue3] 到處
四界[si4 ge3/gue3; si2 ke3/kue3] 每一個地方, 到處, 有作
　　四過 si4 ge3/gue3。
大四界[dua3 si4 ge3; tua3 si2 kue3] 四處。
四界行[si4 ge4 giann2; si2 ke2 kiann5] 到每一個地方走走,
　　到處旅遊。
一四界[zit5 si4 ge3; tsit4 si2 ke3] 每一個地方, 到處。

計 　**[ge3; ke3]** Unicode: 8A08, 台語字: gex
　　[ge3, gi3; ke3, ki3] 姓,陰謀,圈套
中計[diong4 ge3; tiong2 ke3] 中了他人的陰謀或圈套。
計智[ge4 di3; ke2 ti3] 謀略, 計策。
不計其數[but1 ge4 gi6/gi3 so3; put8 ke2 ki7/ki3 soo3] 不可
　　以算得出來的數目, 引申許多, 很多, 有作無數 vu6/3
　　so3。

嫁 　**[ge3; ke3]** Unicode: 5AC1, 台語字: gex
　　[ga3, ge3; ka3, ke3] 女人出嫁
嫁翁[ge4 ang1; ke2 ang1] 女人出嫁, 有作嫁尪 ge4 ang1。
嫁娶[ge4 cua6; ke2 tshua7] 男女的婚嫁, 辦婚事。
嫁雞遁雞飛　嫁狗遁狗走[ge4 ge1 due4 ge1 buel1 ge4 gau4
　　due4 gau4 zau4/ge4 gue1 de4 gue1 be1 ge4 gau4 de4
　　gau4 zau4; ke2 ke1 tue2 ke1 pue1 ke2 kau2 tue2 kau2
　　tsau2/ke2 kue1 te2 kue1 pe1 ke2 kau2 te2 kau2 tsau2] 嫁
　　雞隨雞, 嫁狗隨狗。

台語 KK 音標、台語六調： 獅 sai1　牛 qu2　豹 ba3　　虎 ho4　鴨 ah5　象 ciunn6　鹿 lok1
　　　　　　　　　　　　　　左 zo1　營 iann2　淡 dam3　水 zui4　直 dit5　通 tong6　竹 dek1 南 lam2
台語字：　　　　　　　　　獅 saif　牛 quw　豹 bax　　虎 hoy　鴨 ah　象 ciunn　鹿 lokf
北京語：　　　　　　　　　山 san1　明 meng2　水 sue3　秀 sior4　的 dorh5　中 diong6　壢 lek1

gek

焗 **[gek5; kik4]** Unicode: 7117, 台語字: gek
　　[gek5; kik4] 嗆煙,釀酒,代用字
焗酒[gek1 zui4; kik8 tsui2] 製造酒類, 釀酒。
焗樟腦[gek1 ziunn6 lor4/nor4; kik8 tsiunn7 lo2/no2] 製造樟
　　腦油。

激 **[gek5; kik4]** Unicode: 6FC0, 台語字: gek
　　[gek5; kek5; kik4; khik4] 裝著...的樣子,刺激
激氣[gek1 ki3; kik8 khi3] 刺激對方生氣, 生悶氣, 相關詞
　　激恚 gek1 kui3 擺架子, 例詞忍氣生財, 激氣相剖
　　jim1 ki3 seng6 zai2 gek1 ki3 sior6 tai2 忍一口氣可以發
　　財, 刺激對方生氣, 則會發生命案;激予伊受氣 gek1
　　ho3 i6 siu3 ki3 刺激他, 使他生氣。
激恚[gek1 kui3; kik8 khui3] 擺架子, 相關詞激氣 gek1 ki3
　　刺激對方生氣, 生悶氣, 例詞激蔘仔恚 gek1 sim6 a1
　　kui3 擺臭架子;激阿哥仔恚 gek1 a6 gor6 a1 kui3 裝出
　　一付大富人家的架子。

gen

堅 **[gen1; kian1]** Unicode: 5805, 台語字: genf
　　[gen1; kian1] 凝固
堅凍[gen6 dang3; kian7 tang3] 液體經冷凍而結成果凍狀或
　　固體, 例詞嗶水 會堅凍 huah1 zui4 e3 gen6 dang3 政
　　治家或地方的角頭老大所講的話有份量, 沒人敢反對,
　　連水也會乖乖地聽話而結凍成冰, 喻財大氣粗。
堅定[gen6 deng6; kian7 ting7] 意志堅定。
堅心[gen6 sim1; kian7 sim1] 意志堅定, 例詞堅心打石, 石
　　成穿 gen6 sim1 pah1 ziorh1, ziorh1 ziann6/3 cng1 意志
　　堅定地鑽打石頭, 則石頭也會被。

見 **[gen3; kian3]** Unicode: 898B, 台語字: genx
　　[gen3; ginn3; kian3; kinn3] 看見
見羞[gen4 siau3; kian2 siau3] 慚愧, 怕被人譏笑, 例詞見羞
　　代 gen4 siau4 dai6 很沒面子的事情;
　　見羞錢 gen4 siau4 zinn2 很沒面子的錢, 遮羞費;
　　見羞死 gen4 siau4 si4 很沒面子的事情, 羞死了;
　　見羞轉受氣 gen4 siau3 dng1 siu3 ki3 惱羞成怒。
侏見羞[ve3/vue3 gen4 siau3; be3/bue3 kian2 siau3] 不自覺
　　慚愧, 不怕被人譏笑。
侏見侏羞[ve3 gen4 ve3 siau3; be3 kian2 be3 siau3] 不要臉,
　　不慚愧, 不怕被人譏笑。

geng

苙 **[geng1; king1]** Unicode: 828E, 台語字: gengf
　　[geng1; giong1; king1; kiong1] 一大串,相關字芋
　　ji4/li4 隻,只;苝 bi2 一小串;貫 guann6 二,三串
一苙斤蕉[zit5 geng6 gin6 zior1; tsit4 king7 kin7 tsio1] 一大

串香蕉, 相關詞一芋斤蕉 zit5 ji1/li1 gin6 zior1 一條
香蕉。

宮 **[geng1; king1]** Unicode: 5BAE, 台語字: gengf
　　[geng1; giong1; king1; kiong1] 姓,廟,皇帝之妻妾,地
　　名
媽宮[ma1 geng1; ma1 king1] 媽祖廟, 澎湖縣馬公市之前
　　名, 今稱馬公 ma1 geng1。
王宮[ong6 geng1; ong7 king1] 王功之舊名, 現今彰化縣芳
　　苑鄉王功村。
媽祖宮[ma1 zo1 geng1; ma1 tsoo1 king1] 媽祖廟。
太子宮[tai4 zu1 geng1; thai2 tsu1 king1] 在台南縣新營市西
　　部的九里。

景 **[geng4; king2]** Unicode: 666F, 台語字: gengy
　　[geng4; king2] 姓,景氣,景色
景美[geng1 vi4; king1 bi2] 地名, 台北市景美區, 清代瑠公
　　圳開工時, 叫做水筧尾 zui1 geng1 ve4, 原義是用竹管
　　接水灌溉的尾端村莊, 日治時代改為景尾 geng1
　　ve4。

genn

更 **[genn1; kenn1]** Unicode: 66F4, 台語字: gennf
　　[geng1; geng3; genn1; ginn1; king1; king3; kenn1;
　　kinn1] 夜間每二小時為一更,從晚上七點鐘到凌晨五
　　點鐘,共分為五更,依序為一更 it1 genn1,二更 ji3
　　genn1,三更 sann6 genn1,四更 si4 genn1 及五更 qonn3
　　genn1
守更[ziu1 genn1; tsiu1 kenn1] 守夜, 巡邏。
三更半暝[sann6 genn6 buann4 menn2/sann6 ginn6 buann4
　　mi2; sann7 kenn7 puann2 menn5/sann7 kinn7 puann2
　　mi5] 三更半夜, 午夜時分, 午時時段, 從 11pm 到
　　1am 的二小時的半夜時段。
做賊的一更　守更的一暝[zor4 cat1 e3 zit5 genn1 ziu1
　　genn1 e3 zit5 menn2; tso2 tshat8 e3 tsit4 kenn1 tsiu1
　　kenn1 e3 tsit4 menn5] 小偷作案, 只在兩小時的短時
　　間, 但是夜間警衛就要巡邏一個晚上, 喻防不勝防。

get

結 **[get5; kiat4]** Unicode: 7D50, 台語字: get
　　[gat5; get5; kat4; kiat4] 結束
五結鄉[qo3 get1 hiang1; goo3 kiat8 hiang1] 在宜蘭縣, 地名
　　五結 qo3 get5 之由來, 是先人在噶瑪蘭開墾荒地完
　　成時, 要分配土地給開墾的壯丁, 將土地劃分成一到
　　五個地區, 叫作第一號結, 到第五號結, 即是第一號
　　籤, 到第五號籤, 公開抽籤, 抽到第五號籤者, 其土地
　　叫作五結 qo3 get5。

台語 KK 音標、台語六調:	獅 sai1	牛 qu2	豹 ba3	虎 ho4	鴨 ah5	象 ciunn6	鹿 lok1
		左 zo1	營 iann2	淡 dam3	水 zui4	直 dit5	通 tong6	竹 dek1 南 lam2
台語字:	獅 saif	牛 quw	豹 bax	虎 hoy	鴨 ah	象 ciunn	鹿 lokf
北京語:	山 san1	明 meng2	水 sue3	秀 sior4	的 dorh5	中 diong6	壢 lek1

gi

占　**[gi1; ki1]** Unicode: 4E69, 台語字: gif
　　[gi1; ki1] 巫童
僮占[dang6/dang3 gi1; tang7/tang3 ki1] 占童, 靈媒, 通靈者。
僮占桌頭[dang6/dang3 gi1 dorh1 tau2; tang7/tang3 ki1 toh8 thau5] 占童與傳話人的合稱, 指狼狽為奸之徒。

肢　**[gi1; ki1]** Unicode: 80A2, 台語字: gif
　　[gi1; ki1] 手,腳
二肢腳[nng3 gi6 ka1; nng3 ki7 kha1] 雙腳。
四肢無力[su4 gi1 vor6/vor3 lat1; su2 ki1 bo7/bo3 lat8] 全身衰弱無力。

飢　**[gi1; ki1]** Unicode: 98E2, 台語字: gif
　　[gi1; ki1] 饑,有作饑 gi1
飢荒[gi6 hng1; ki7 hng1] 。
枵飢失頓[iau6 gi6 sit1 dng3; iau7 ki7 sit8 tng3] 三餐不繼, 有作枵饑失頓 iau6 gi6 sit1 dng3。

箕　**[gi1; ki1]** Unicode: 7B95, 台語字: gif
　　[gi1; ki1] 姓,竹編的工具
畚箕[bun4 gi1; pun2 ki1] 收集垃圾的工具。
畚箕湖[bun4 gi6 o2; pun2 ki7 oo5] 地名, 今嘉義縣竹崎鄉中和村, 舊畚湖站, 為阿里山火車站名。

祇　**[gi2; ki5]** Unicode: 7947, 台語字: giw
　　[gi2; ki5] 地神
地祇主[de3 gi6/gi3 zu4; te3 ki7/ki3 tsu2] 地神, 家宅的守護神, 自宅的地神, 祭拜地祇主, 請其照顧護祐, 常誤作地基主 de3 gi6 zu4。
天神地祇[ten6 sin2 de3 gi2; thian7 sin5 te3 ki5] 天神及地神。

淇　**[gi2; ki5]** Unicode: 6DC7, 台語字: giw
　　[gi2; ki5]
冰淇淋[beng6 gi6/gi3 lin2; ping7 ki7/ki3 lin5] 冰淇淋, 係英語詞 ice cream。
淇仔冰[gi6/gi3 a1 beng1; ki7/ki3 a1 ping1] 冰棒, 常誤作枝仔冰 gi6 a1 beng1, 例詞淇仔冰, 洹去唉 gi6/3 a1 beng1 huan2 ki3 a3 冰棒已經溶化了。

旗　**[gi2; ki5]** Unicode: 65D7, 台語字: giw
　　[gi2; ki5] 獎旗,旗幟
擧頭旗[qiah5 tau6/tau3 gi2; giah4 thau7/thau3 ki5] 領導, 帶路, 做前鋒。
旗軍仔[gi6/gi3 gun6 a4; ki7/ki3 kun7 a2] 掌旗兵, 嘍囉, 手下。
旗山鎮[gi6 san6 din3; ki7 san7 tin3] 在高雄縣。
旗津區[gi6 din6 ku1; ki7 tin7 khu1] 在高雄市。

記　**[gi3; ki3]** Unicode: 8A18, 台語字: gix
　　[gi3; ki3] 記憶,記號,相關字痣 gi3 痣,皮膚的突出斑點
記持[gi4 di2; ki2 ti5] 記性, 記憶力, 例詞好記持 hor1 gi4 di2 記性好, 記憶力強;歹記持 painn1 gi4 di2 記性不好;孬的記持 vai1 e6 gi4 di2 痛苦的回憶。

點油作記號[diam1 iu2 zor4 gi4 hor6; tiam1 iu5 tso2 ki2 ho7] 古時買賣豬隻, 談妥價格並付清款項後, 用油在豬背點上記號, 做為成交的記號及憑証, 今引申在名單上, 打註記號, 以便特別注意或秋後算帳。

gia

崎　**[gia6; kia7]** Unicode: 5D0E, 台語字: gia
　　[gia6, ki1; kia7, khi1] 陡峭,地名
趴崎[beh1 gia6; peh8 kia7] 爬坡。
落崎[lorh5 gia6; loh4 kia7] 下坡。
上崎[ziunn3 gia6; tsiunn3 kia7] 上坡。
崎頂[gia3 deng4; kia3 ting2] 斜坡的頂點, 地名, 苗栗縣竹南鎮崎頂里, 係縱貫鐵路海線站名。
竹崎鄉[dek1 gia3 hiang1; tik8 kia3 hiang1] 在嘉義縣。
山崎水急[suann1 gia6 zui4 gip5; suann1 kia7 tsui2 kip4] 山高水急, 地形險惡。

giam

鹽　**[giam2; kiam5]** Unicode: 9E7D, 台語字: giamw
　　[giam2, iam2; kiam5, iam5]
鹽水[giam6/giam3 zui4; kiam7/kiam3 tsui2] 海水含鹽分, 引申為海水, 地名, 台南縣鹽水鎮, 例詞過鹽水 gue4 giam6 zui4/ge4 giam3 zui4 漂洋過海, 指出國留學。
鹽水鎮[giam6 zui1 din3; kiam7 tsui1 tin3] 在台南縣, 舊名鹽水港 giam6 zui1 gang4;月津港 quat5 din6 gang4。
鹽水港 蜂仔炮[giam6 zui1 gang1 pang6 a1 pau3; kiam7 tsui1 kang1 phang7 a1 phau3] 元宵節在鹽水鎮的民俗, 即是放蜂炮 bang4 pang6 pau3。

giann

行　**[giann2; kiann5]** Unicode: 884C, 台語字: giannw
　　[giann2, hang2, heng2, heng6; kiann5, hang5, hing5, hing7] 走,行,流行
時行[si6/si3 giann2; si7/si3 kiann5] 風行, 流行。
行春[giann6/giann3 cun1; kiann7/kiann3 tshun1] 春節時, 出去拜訪親友。
行動[giann6/giann3 dang6; kiann7/kiann3 tang7] 到各地走動走動, 原意是出去大小便, 上廁所的婉轉語詞, 相關詞行動 heng6/3 dong6 開始動作, 有所活動, 起動。
行去[giann6/giann3 ki3; kiann7/kiann3 khi3] 人死了, 事情毀了, 例詞行去唉 giann6/3 ki3 a3 死了, 沒救了。
行氣[giann6/giann3 ki3; kiann7/kiann3 khi3] 發生藥效, 例詞有食藥有行氣, 有燒香有保庇 u3 ziah5 iorh1 u3 giann6/3 ki3, u3 sior6 hiunn1 u3 bor1 bi3 吃了藥就有療效, 燒了香, 神明就會保庇。
行徙[giann6/giann3 sua4; kiann7/kiann3 sua2] 走動, 遷移。

台語 KK 音標、台語六調:	獅 sai1	牛 qu2	豹 ba3	虎 ho4	鴨 ah5	象 ciunn6	鹿 lok1
	左 zo1	營 iann2	淡 dam3	水 zui4	直 dit5	通 tong6	竹 dek1 南 lam2
台語字:	獅 saif	牛 quw	豹 bax	虎 hoy	鴨 ah	象 ciunn	鹿 lokf
北京語:	山 san1	明 meng2	水 sue3	秀 sior4	的 dorh5	中 diong6	壢 lek1

行灶腳[giann6/giann3 zau4 ka1; kiann7/kiann3 tsau2 kha1] 前往廚房, 引申為常常造訪, 家常便飯, 例詞去美國, 若咧行灶腳 ki4 vi1 gok5 na1 le1 giann6/3 zau4 ka1 常常去美國走走, 簡直是家常便飯。

囝 **[giann4; kiann2]** Unicode: 56DD, 台語字: gianny
[gan4, gann4, giann4; kan2, kann2, kiann2] 子女,有作 孜 giann4;子 giann4,相關字囝 qin4 小孩子

生囝[senn6/sinn6 giann4; senn7/sinn7 kiann2] 婦人生小孩子。

疼囝[tiann4 giann4; thiann2 kiann2] 疼愛孩子。

囝兒[giann1 ji2/li2; kiann1 ji5/li5] 兒子, 例詞做人的囝兒, 著曖有孝 zor4 lang6 e6 giann1 ji2/li2 diorh5 ai4 u3 hau4 當兒女的, 就要知道孝順父母。

囝婿[giann1/gann1 sai3; kiann1/kann1 sai3] 女婿, 有作囝婿 倌 giann1 sai3 guann1, 例詞囝婿才 giann1 sai3 zai2 當女婿的好料子。

囝孫[giann1 sun1; kiann1 sun1] 子子孫孫, 例詞囝孫自有囝 孫福 giann1 sun1 zu3 iu4 giann1 sun6 hok5 兒孫自有兒孫福。

不成囝[m3 ziann6/ziann3 giann4; m3 tsiann7/tsiann3 kiann2] 罵別人不成器, 罵自己的孩子不成材, 不成器的人, 無法與人相比較, 不肖子, 小孩子發育不良, 變成體 弱多病, 一個人的行為不檢點, 一個人沒什麼成就。

囡仔囝[qin1 a1 giann4; gin1 a1 kiann2] 小孩子。

有囝有囝命 無囝天註定[u3 giann4 u3 giann1 mia6 vor6/vor3 giann4 tinn1 zu4 diann2; u3 kiann2 u3 kiann1 mia7 bo7/bo3 kiann2 thinn1 tsu2 tiann5] 有沒有子嗣, 都是命中早已註定, 由不得人。

giau

僑 **[giau2; kiau5]** Unicode: 50D1, 台語字: giauw
[giau2; kiau5] 僑民

台僑[dai6/dai3 giau2; tai7/tai3 kiau5] 旅居海外的台灣僑民。

華僑[hua6/hua3 giau2; hua7/hua3 kiau5] 旅居海外的中國僑民。

田僑仔[can6 giau6 a4/can3 giau3 a4; tshan7 kiau7 a2/tshan3 kiau3 a2] 在大都市的近郊, 擁有田地之農夫, 因土地 價格高漲而致富, 一般人以為他們都像僑居外國的台 灣人, 同樣都是有錢人, 而稱為田僑 can6/3 giau2。

gim

金 **[gim1; kim1]** Unicode: 91D1, 台語字: gimf
[gim1; kim1] 姓,黃金,寶貝,雪亮

千金[cen6 gim1; tshian7 kim1] 重金, 稱富人或大官的女 兒。

金金[gim6 gim1; kim7 kim1] 光澤明亮, 眼神雪亮, 相關詞 昑昑 gim6 gim1 眼睛張開的, 例詞目睭金金 vak5 ziu1 gim6 gim1 眼神雪亮;金金看 gim6 gim6 kuann3 目不轉睛地看;金金相 gim6 gim6 siong3 目不轉睛地

注視著;磨佮金金 vua6/3 gah1 gim6 gim1 磨得光澤明亮。

黃金[hong6/hong3 gim1; hong7/hong3 kim1] 骨灰罐, 骨灰 罐, 相關詞黃金 ng6/3 gim1 黃金, 有作金斗甕 gim6 dau1 ang3。

黃金[ng6/ng3 gim1; ng7/ng3 kim1] 黃金, 金子, 相關詞黃 金 hong6/3 gim1 骨灰罐, 骨灰罐。

燒金[sior6 gim1; sio7 kim1] 燃燒金紙, 銀紙等紙錢給鬼神 或亡魂, 以祈求平安或慎終追遠。

飼金魚[ci3 gim6 hi2; tshi3 kim7 hi5] 飼養觀賞用的金魚, 女人暗中包養小白臉。

拪稅金[kiorh1 sue4 gim1; khioh8 sue2 kim1] 徵收稅金, 課 稅, 有作徵稅 din6 sue3。

打金仔[pah1 gim6 a4; phah8 kim7 a2] 打造金銀首飾。

金包里[gim6 bau6 li4; kim7 pau7 li2] 台北縣金山鄉之舊 名。

金剛經[gim6 gong6 geng1; kim7 kong7 king1] 佛教經典之 名著。

金剛石[gim6 gong6 ziorh1; kim7 kong7 tsioh8] 鑽石, 同璇 仔 suan3 a4;璇石 suan3 ziorh1 鑽石;金剛璇 gim6 gong6 suan6。

金剛璇[gim6 gong6 suan6; kim7 kong7 suan7] 鑽石。

金瓜石[gim6 gue6 ziorh1; kim7 kue7 tsioh8] 在台北縣瑞芳 鎮, 前台灣產金地。

金峰鄉[gim6 hong6 hiong1; kim7 hong7 hiong1] 在台東 縣。

金山鄉[gim6 san6 hiang1; kim7 san7 hiang1] 在台北縣。

金爍爍[gim6 sih1 sih5; kim7 sih8 sih4] 金光閃閃, 很亮, 例 詞埤佮金爍爍 lut5 gah1 gim6 sih1 sih5 擦得光亮亮的, 打得讓你受不了。

菜金菜土[cai4 gim1 cai4 to2; tshai2 kim1 tshai2 thoo5] 農作 物的價錢常因氣候或供應失調而有高低價格變動, 相 差達數倍或數十倍, 有如黃金與沙土之別。

金色夜釵[gim6 sek5 ia3 ce1; kim7 sik4 ia3 tshe1] 日本作家 尾崎紅葉, 在明治時代寫的暢銷小說, 相關詞金色夜 叉 gim6 sek5 ia3 ce1 夜間出現的女鬼。

捾籃仔 假燒金[guann3 la6/la3 a4 ge1 sior6 gim1; kuann3 la7/la3 a2 ke1 sio7 kim1] 女人手提著盛籃, 假裝要到 寺廟燒香拜神, 暗地裡卻是去會見情郎, 喻偽裝行事, 假情假義, 腥腥作態。

前顎金 後顎銀[zeng6/zeng3 kok1 gim1 au3 kok1 qin2; tsing7/tsing3 khok8 kim1 au3 khok8 gin5] 前腦勺突出, 會多金;後腦勺突出, 會多銀, 喻頭大多財。

修理佮 金唔金金[siu6 li1 gah1 gim6 m1 gim6 gim1; siu7 li1 kah8 kim7 m1 kim7 kim1] 被折磨得很可憐, 被打 得很厲害, 有作修理佮金爍爍 siu6 li1 gah1 gim6 sih1 sih5。

昑 **[gim1; kim1]** Unicode: 6611, 台語字: gimf
[gim1; kim1] 雪亮,同金 gim1

目昑[vak5 gim1; bak4 kim1] 可以看得見的, 明眼人, 有作 目金的 vak5 gim1 e1。

目睭昑[vak5 ziu6 gim1; bak4 tsiu7 kim1] 視力很好, 不會被 騙上當。

昑昑看[gim6 gim6 kuann3; kim7 kim7 khuann3] 睜大眼睛, 一直看。

昑昑相[gim6 gim6 siong3; kim7 kim7 siong3] 睜大眼睛注 視, 凝視。

昑爍爍[gim6 sih1 sih5; kim7 sih8 sih4] 金光閃閃, 有作金 爍爍 gim6 sih1 sih5。

台語 KK 音標、台語六調： 獅 sai1　牛 qu2　豹 ba3　虎 ho4　鴨 ah5　象 ciunn6　鹿 lok1
　　　　　　　　　　　　左 zo1　營 iann2　淡 dam3　水 zui4　直 dit5　通 tong6　竹 dek1 南 lam2
台語字：　　　　　　　獅 saif　牛 quw　豹 bax　虎 hoy　鴨 ah　象 ciunn　鹿 lokf
北京語：　　　　　　　山 san1　明 meng2　水 sue3　秀 sior4　的 dorh5　中 diong6　壢 lek1

禁 [gim3; kim3] Unicode: 7981, 台語字: gimx
　　[gim1, gim3; kim1, kim3] 禁止
禁忌[gim4 ki6; kim2 khi7] 忌諱。
禁氣[gim4 kui3; kim2 khui3] 閉氣。
無禁無忌[vor6 gim4 vor6 ki6/vor3 gim4 vor3 ki6; bo7 kim2 bo7 khi7/bo3 kim2 bo3 khi7] 沒有忌諱, 例詞無禁無忌, 食百二　vor6 gim4 vor6 ki6, ziah5 bah1 ji6/vor3 gim4 vor3 ki6, ziah5 bah1 li6 一個人在食物上及心理上不要有太多的禁忌, 則可能活到一百二十歲高壽。

gin

今 [gin1; kin1] Unicode: 4ECA, 台語字: ginf
　　[dann1, eng2, gim1, gin1; tann1, ing5, kim1, kin1] 今天
今年[gin6 ni2; kin7 ni5] 本年。
今仔日[gin6 a1 jit1/lit1; kin7 a1 jit8/lit8] 今天。
今仔下暗[gin6 a1 e6/e3 am3; kin7 a1 e7/e3 am3] 今天晚上。
今仔下晡[gin6 a1 e6/e3 bo1; kin7 a1 e7/e3 poo1] 今天下午。

斤 [gin1; kin1] Unicode: 65A4, 台語字: ginf
　　[gin1, gun1; kin1, kun1] 台斤, 等於 0.6 公斤,香蕉
斤蕉[gin6 zior1; kin7 tsio1] 香蕉, 同芹蕉 gin6 zior1 香蕉。
燻斤蕉[hun6 gin6 zior1; hun7 kin7 tsio1] 用燻煙催熟香蕉。
蘊斤蕉[un1 gin6 zior1; un1 kin7 tsio1] 在密閉溫室中, 催熟香蕉, 同蘊熟 un1 sek5, 例詞蘊果子 un1 gue1/ge1 zi4 催熟水果;蘊木瓜 un1 vok5 gue1 催熟木瓜。
斤蕉皮[gin6 zior6 pue2/geng6 zior6 pe2; kin7 tsio7 phue5/king7 tsio7 phe5] 香蕉皮, 例詞失戀, 食斤蕉皮搵鹽 sit1 luan2 ziah5 gin6 zior6 pue2 un4 iam2 失戀時, 吃沾鹽巴的生香蕉皮, 有以澀制苦的功效。
一芘斤蕉[zit5 bi6/bi3 gin6 zior1; tsit4 pi7/pi3 kin7 tsio1] 一串的香蕉, 約 20 到 30 條香蕉。
一弓斤蕉[zit5 geng6 gin6 zior1; tsit4 king7 kin7 tsio1] 整整一大串的香蕉, 計算香蕉之數量之相關字芛 ji4/li4 一只, 一條;芘 bi2 一小串, 約二十條;貫 guann6 串, 約五芘;弓 geng1 一株香蕉樹只生一弓 jit5 geng1, 約三十芘 bi2 的香蕉串。
一芛斤蕉[zit5 ji1/li1 gin6 zior1; tsit4 ji1/li1 kin7 tsio1] 一條香蕉。
一斤十六兩[zit5 gin1/gun1 zap5 lak5 niu4; tsit4 kin1/kun1 tsap4 lak4 niu2] 二人實力相當, 同半斤八兩 buann4 gin1 beh1 niu4/buann4 gun1 bueh1 niu4。
不知天地幾斤重[m3 zai6 tinn6 de6 gui1 gin6/gun6 dang6; m3 tsai7 thinn7 te7 kui1 kin7/kun7 tang7] 不知天高地厚。

芹 [gin1; kin1] Unicode: 82B9, 台語字: ginf
　　[gin1, kin2, kun2; kin1, khin5, khun5] 金針菜,香蕉,相關詞華語芹菜 cin2 cai4
芹針[gin6 ziam1; kin7 tsiam1] 金針菜, 例詞芹針木耳 gin6 ziam1 vok5 ni4 金針及木耳蕈類。

芹蕉[gin6 zior1; kin7 tsio1] 香蕉, 同斤蕉 gin6 zior1 香蕉。

根 [gin1; kin1] Unicode: 6839, 台語字: ginf
　　[gin1, gun1; kin1, kun1] 根本
斷根[dng3 gin1; tng3 kin1] 根治了。
根節[gin6/gun6 zat5; kin7/kun7 tsat4] 事情的段落, 做事周到, 例詞老根節 lau3 gin6/gun6 zat5 做事經驗老到, 有分寸;有根節 u3 gin6/gun6 zat5 做事經驗老到, 有分寸。

緊 [gin4; kin2] Unicode: 7DCA, 台語字: giny
　　[gin4; kin2] 急迫,來自內部的壓力,相關字絚 an2 外部而來之壓力
食緊弄破碗[ziah5 gin4 long4 pua4 uann4; tsiah4 kin2 long2 phua2 uann2] 吃得又快又急, 容易打破碗器, 喻欲速則不達。
緊嫁　嫁無好大家[gin1 ge3 vor6/vor3 hor1 da3 ge1; kin1 ke3 bo7/bo3 ho1 ta3 ke1] 嫁得早, 不見得會碰到好婆婆, 喻倉促出嫁, 通常不會找到好婆家。

ginn

見 [ginn3; kinn3] Unicode: 898B, 台語字: ginnx
　　[gen3, ginn3; kian3, kinn3] 看到了
證見[zeng4 ginn3; tsing2 kinn3] 證據, 相關詞見證 gen4 zeng3 作證人, 作證。
掠著證見[liah5 diorh5 zeng4 ginn3; liah4 tioh4 tsing2 kinn3] 找到了證據。
侤見眾得[ve3 ginn4 zeng3 dit5; be3 kinn2 tsing3 tit4] 見不得人的。
見著人　倪謳咾[ginn4 diorh5 lang2 ginn4 or6 lor4; kinn2 tioh4 lang5 kinn2 o7 lo2] 見了人, 就稱讚。
見人講人話　見鬼講鬼話[ginn4 lang2 gong1 lang6/lang3 ue6 ginn4 gui4 gong1 gui1 ue6; kinn2 lang5 kong1 lang7/lang3 ue7 kinn2 kui2 kong1 kui1 ue7] 依不同的對象, 說不同的話。

倪 [ginn3; kinn3] Unicode: 4FD4, 台語字: ginnx
　　[gen3, ginn3; kian3, kinn3] 一...,就...,代用字
倪醫　倪好[ginn4 i1 ginn4 hor4; kinn2 i1 kinn2 ho2] 一來看診, 就治好了病。
倪出門　倪落雨[ginn4 cut1 vng2 ginn4 diorh5 hong1; kinn2 tshut8 bng5 kinn2 tioh4 hong1] 一出門, 就下雨。

giong

芎 [giong1; kiong1] Unicode: 828E, 台語字: giongf
　　[geng1, giong1; king1, kiong1] 中藥名,地名
芎林鄉[giong6 lim6 hiong1; kiong7 lim7 hiong1] 在新竹縣。

台語 KK 音標、台語六調：獅 sai1　牛 qu2　豹 ba3　虎 ho4　鴨 ah5　象 ciunn6　鹿 lok1
　　　　　　　　　　　　　左 zo1　營 iann2　淡 dam3　水 zui4　直 dit5　通 tong6　竹 dek1 南 lam2
台語字：　　　　　　　　　獅 saif　牛 quw　豹 bax　虎 hoy　鴨 ah　象 ciunn　鹿 lokf
北京語：　　　　　　　　　山 san1　明 meng2　水 sue3　秀 sior4　的 dorh5　中 diong6　壢 lek1

強 **[giong2; kiong5]** Unicode: 5F37, 台語字: giongw
　　[giang2, giong2, giong4; kiang5, kiong5, kiong2] 姓,強
　　大,壓迫
賭強[do1 giong2; too1 kiong5] 故意去做, 不認輸, 逞強。
強佔[giong6/giong3 ziam3; kiong7/kiong3 tsiam3] 以武力佔
　　有。
強中自有 強中手[giong6 diong1 zu3 iu1 giong6 diong6
　　ciu4/giong3 diong1 zu3 iu1 giong3 diong6 ciu4; kiong7
　　tiong1 tsu3 iu1 kiong7 tiong7 tshiu2/kiong3 tiong1 tsu3
　　iu1 kiong3 tiong7 tshiu2] 強中有強。

強 **[giong4; kiong2]** Unicode: 5F37, 台語字: giongy
　　[giang2, giong2, giong4; kiang5, kiong5, kiong2] 為難,
　　認真讀書,便宜賣
勉強[ven1 giong4; bian1 kiong2] 努力, 好學, 價錢便宜, 係
　　日語詞勉強 benkyo 好學, 相關詞華語詞勉強 ven3
　　ciang2 不是出於志願而忍受, 勉為其難。

gior

橋 **[gior2; kio5]** Unicode: 6A4B, 台語字: giorw
　　[gior2; kio5]
板橋[bang6 gior2; pang7 kio5] 台北縣治, 原作枋橋 bang6
　　gior2 或三板橋 sann6 ban1 gior2。
橋頭鄉[gior6 tau6 hiang1; kio7 thau7 hiang1] 在高雄縣。
過橋　較多汝咧走路[gue4 gior2 kah1 ze3 li1 le1
　　giann6/giann3 lo6; kue2 kio5 khah8 tse3 li1 le1
　　kiann7/kiann3 loo7] 走過的橋比你走過的路多, 喻自
　　己的經驗豐富。

giu

九 **[giu4; kiu2]** Unicode: 4E5D, 台語字: giuy
　　[gau4, giu4; kau2, kiu2] 數目的第九位
九歸[giu1 gui1; kiu1 kui1] 九九乘法口訣, 例詞九歸學透
　　透, 不捌龜鱉竈 giu1 gui1 orh5 tau4 tau3,　m3 vat1
　　gu6 bi4 zau3 九九乘法口訣背得滾瓜爛熟, 但不認得
　　龜鱉竈三個字, 龜是烏龜, 鱉是甲魚, 竈是爐灶, 都是
　　難學的漢字, 比喻學得不深入。
九如鄉[giu1 ju6 hiang1; kiu1 ju7 hiang1] 在屏東縣。

gng

光 **[gng1; kng1]** Unicode: 5149, 台語字: gngf
　　[gng1, gong1; kng1, kong1] 光明
通光[tang6 gng1; thang7 kng1] 透明, 靈活, 例詞行情真通
　　光 hang6/3 zeng2 zin6 tang6 gng1 市場行情很靈通;玻
　　璃通光通光 bor6 le2 tang6 gng6 tang6 gng1 玻璃看來
　　很透明。
天光[tinn6 gng1; thinn7 kng1] 天亮了。

日光　月光[jit5 gng1 queh5 gng1/lit5 gng1 qeh5 gng1; jit4
　　kng1 gueh4 kng1/lit4 kng1 geh4 kng1] 太陽月亮輪流來
　　臨, 喻一來一往, 好壞會輪流。

卷 **[gng4; kng2]** Unicode: 5377, 台語字: gngy
　　[gng3, gng4, guan3; kng3, kng2, kuan3] 卷曲,粘縮成
　　卷,油炸卷條, 海產名
卵卷[nng3 gng4; nng3 kng2] 蛋卷。
花枝卷[hue6 gi6 gng4; hue7 ki7 kng2] 用花枝做的魚卷。
三絲卷[sam6 si6 gng4; sam7 si7 kng2] 以豬肉絲, 香菇絲及
　　魚漿用豬的腸繫膜卷包, 再油炸的一種食品。
一卷冊[zit5 gng1 ceh5; tsit4 kng1 tsheh4] 一本書。
一卷潤餅芛[zit5 gng1 lun3 biann1 gauh5; tsit4 kng1 lun3
　　piann1 kauh4] 一卷春卷, 有作一芛潤餅芛 zit5 gauh1
　　lun3 biann1 gauh5。

港 **[gng4; kng2]** Unicode: 6DC3, 台語字: gngy
　　[gng4; kng2] 起漩渦,連漪
港漣[gng1 len1; kng1 lian1] 水在打旋而起漣漪, 相關詞捲
　　纏 gng1 len1 粘縮成卷, 卷成一圈。
港螺仔[gng1 le6 a4/ga1 le3 a4; kng1 le7 a2/ka1 le3 a2] 螺旋
　　狀的漩渦, 連漪, 相關詞港螺仔 gng1 le6/3 a4 人類手
　　指的螺旋形指紋, 頭中央的漩渦狀頭髮, 例詞港螺仔
　　風 gng1 le6 a1 hong1/ga1 le3 a1 hong1 旋風, 龍捲
　　風。
港螺仔風[gng1 le6 a1 hong1/ga1 le3 a1 hong1; kng1 le7 a1
　　hong1/ka1 le3 a1 hong1] 旋風, 龍捲風。

管 **[gng4; kng2]** Unicode: 7BA1, 台語字: gngy
　　[gng4, gong4, guan4; kng2, kong2, kuan2] 姓,管子狀
　　的器官
肺管[hi4 gng4; hi2 kng2] 氣管。
血管[hueh1/huih1 gng4; hueh8/huih8 kng2] 。
氣管[ki4 gng4; khi2 kng2] 。
毛管[mo6/vng3 gng4; moo7/bng3 kng2] 毛細孔, 有作毛管
　　孔 mo6/vng3 gng1 kang1。
鎖管[sor1 gng4; so1 kng2] 海產名, 小管, 小卷, 似鰇魚,
　　有作透抽 tau4 tiu1;小管 sior1 gng4。
米管[vi1 gng4; bi1 kng2] 度量白米數量的量罐, 例詞二管
　　米 nng3 gng1/gong1 vi4 二罐的白米。
嚨喉管[na6 au6 gng4/na3 au3 gng4; na7 au7 kng2/na3 au3
　　kng2] 咽喉。

go

孤 **[go1; koo1]** Unicode: 5B64, 台語字: gof
　　[go1; koo1] 孤單的,唯一的
搶孤[ciunn1 go1; tshiunn1 koo1] 中元節, 民眾由孤棚下,
　　搶先攀爬到頂端, 搶拿祭品, 以求來年順利。
孝孤[hau4 go1; hau2 koo1] 拜祭孤魂野鬼的祭品, 引申為
　　罵人話, 詛咒對方去吃那些祭鬼的祭品, 例詞挈去孝
　　孤 keh5 ki4 hau4 go1 罵人話, 叫對方去吃那些祭品。
孤獨[go6 dok1; koo7 tok8] 孤單一人, 沒有兒女, 相關詞孤
　　獨 go6 dak1 孤僻, 自私, 自閉。
孤囝[go6 giann4; koo7 kiann2] 獨生子。
孤㑩[go6 kut1; koo7 khut8] 孤僻, 獨自一人, 孤孤單單, 沒
　　有子嗣, 㑩 kut1 係代用字。

台語 KK 音標、台語六調：	獅 sai1	牛 qu2	豹 ba3	虎 ho4	鴨 ah5	象 ciunn6	鹿 lok1
		左 zo1	營 iann2	淡 dam3	水 zui4	直 dit5	通 tong6	竹 dek1 南 lam2
台語字：		獅 saif	牛 quw	豹 bax	虎 hoy	鴨 ah	象 ciunn	鹿 lokf
北京語：		山 san1	明 meng2	水 sue3	秀 sior4	的 dorh5	中 diong6	壢 lek1

孤老[go6 lau4; koo7 lau2] 個性孤癖自私, 有自閉症的傾向, 拒絕與他人交往, 有老人癖。

孤鳥[go6 ziau4; koo7 tsiau2] 單獨一個人, 例詞孤鳥插人群 go6 ziau4 cah1 lang6/3 gun2 隻身在不同的群眾中, 無法與人相處。

老孤嚯[lau3 go6 kut1; lau3 koo7 khut8] 孤僻的老人, 孤單又沒有子嗣的老人, 嚯 kut1 係代用字。

孤嚯絕種[go6 kut1 zuat5 zeng4; koo7 khut8 tsuat4 tsing2] 孤單的老人沒有子嗣, 註定死後無人能送終。

孤魂野鬼[go1 hun2 ia1 gui4; koo1 hun5 ia1 kui2] 喻孤單游子。

孤嚯的　勸無嗣的[go6 kut1 e3 kng4 vor6/vor3 su2 e6; koo7 khut8 e3 khng2 bo7/bo3 su5 e7] 孤單的人同情並規勸沒有子嗣的人不要傷心, 喻同病相憐。

姑　[go1; koo1] Unicode: 59D1, 台語字: gof
[go1; koo1]

姑表[go6 biau4; koo7 piau2] 稱姑媽或舅媽的子女, 相關詞姨表 i6/3 biau4 稱姨媽的子女。

姑婆[go6 bor2; koo7 po5] 稱祖父之姐妹, 例詞老姑婆 lau3 go6 bor2 稱年紀大又沒結婚的女性, 但不一定是祖父之姐妹。

大娘姑[dua3 nio6/ni6 go1; tua3 nio7/ni7 koo1] 稱先生的姐姐。

火金姑[hue1 gim6 go1; hue1 kim7 koo1] 螢火蟲, 宜作火金蛄 hue1 gim6 go1, 例詞火金蛄, 硬盯 hue1 gim6 go1 qenn3 denn3/he1 gim6 go1 qinn3 denn3 螢火蟲螢光是在尾巴, 影射沒能力的人硬裝的, 硬撐的。

姑不而衷[go6 but1 ji3/li3 ziong1; koo7 put8 ji3/li3 tsiong1] 不得不, 無奈地, 不得已, 姑且將就, 同姑不而將 go6 but1 ji3/li3 ziong1。

糊　[go2; koo5] Unicode: 7CCA, 台語字: gow
[go2; ho2; koo5, hoo5]

糊仔[go6/go3 a4; koo7/koo3 a2] 漿糊, 例詞一罐糊仔 zit5 guan4 go6/3 a4 一罐漿糊。

目睭　予蜊仔肉糊咧[vak5 ziu1 ho3 lah5 a1 vah5 go2 le6; bak4 tsiu1 hoo3 lah4 a1 bah4 koo5 le7] 眼睛被蛤蜊肉黏住, 看不見了, 喻不知真相, 蒙在鼓裡。

顧　[go3; koo3] Unicode: 9867, 台語字: gox
[go3; koo3] 姓,看守

顧暝[go4 me2/mi2; koo2 me5/mi5] 守夜。

顧囡仔[go4 qin1 a4; koo2 gin1 a2] 看顧小孩子。

顧人怨[go4 lang6/lang3 uan3; koo2 lang7/lang3 uan3] 討人嫌, 惹人厭。

顧三頓[go4 sann6 dng3; koo2 sann7 tng3] 填飽三餐的肚皮。

顧身命[go4 sin6 mia6; koo2 sin7 mia7] 保重身體。

趁錢有數　性命嘜顧[tan4 zinn2 iu1 so3 senn4/senn4 mia6 ai4 go3; than2 tsinn5 iu1 soo3 senn2/senn2 mia7 ai2 koo3] 賺不了多少錢, 不要為錢而去犧牲性命;一個人一生賺多少錢都有定數, 千萬不要為了賺錢而喪命。

古　[go4; koo2] Unicode: 53E4, 台語字: goy
[go4, gu1; koo2, ku1] 姓,老舊,故意,巨大的

中古[diong6 go4; tiong7 koo2] 二手貨, 半新不舊的貨品, 係日語詞中古 chuburu。

古井[go1 zenn4/zinn4; koo1 tsenn2/tsinn2] 大又深的水井, 汲水或舀水的井, 有作鼓井 go1 zenn4/zinn4。

古錐[go1 zui1; koo1 tsui1] 伶俐可愛。

古意人[go1 i4 lang2; koo1 i2 lang5] 老實人。

古坑鄉[go1 kenn6 hiang1; koo1 khenn7 hiang1] 在雲林縣。

餾臭酸古[liu3 cau4 sng6 go4; liu3 tshau2 sng7 koo2] 重複講那些已講過的故事。

煻臭酸古[tng3 cau4 sng6 go4; thng3 tshau2 sng7 koo2] 那些陳年往事。

名勝古蹟[veng6/veng3 seng4 go1 zek1; bing7/bing3 sing2 koo1 tsik8] 。

股　[go4; koo2] Unicode: 80A1, 台語字: goy
[go4; koo2] 股份,隆起的田畦

五股鄉[qo3 go1 hiong1; goo3 koo1 hiong1] 在台北縣, 原意為五個股份。

股仔囝[go1 a1 giann4; koo1 a1 kiann2] 投資在公司, 每年盈餘所配發的股息股票, 零股的股票。

鼓　[go4; koo2] Unicode: 9F13, 台語字: goy
[go4; koo2] 一種樂器,茶壺,相關字豉 sinn6 醃漬生魚蝦或蔬菜

茶鼓[de6/de3 go4; te7/te3 koo2] 茶壺, 有作茶　de6/3 go4。

撜鼓[deng4 go4; ting2 koo2] 誹謗抹黑他人。

鼓吹[go1 cue1/ce1; koo1 tshue1/tshe1] 有二義, 一指嗩吶, 即古吹 go1 cue1/ce1, 二指鼓與吹合奏, 即打鼓與吹嗩吶.鼓是大鼓, 吹是古吹或中式喇叭或嗩吶, 例詞歕鼓吹 bun6 go1 cue1/bun3 go1 ce1 吹奏嗩吶;打鼓歕吹 pah1 go4 bun6 cue1/pah1 go4 bun3 ce1 打鼓與吹嗩吶的藝人。

鼓吹[go1 cui1; koo1 tshui1] 宣揚與鼓舞。

鼓舞[go1 vu4; koo1 bu2] 勉勵, 鼓吹。

鼓井[go1 zenn4/zinn4;koo1 tsenn2/tsinn2] 大又深的水井, 汲水或舀水的井, 有作古井 go1 zenn4/zinn4。

鼓亭庄[go1 deng3 zng1; koo1 ting3 tsng1] 今台北市古亭區之原名。

鼓山區[go1 san6 ku1; koo1 san7 khu1] 在高雄市。

泡二鼓茶[pau4 nng3 go1 de2; phau2 nng3 koo1 te5] 沏了二壺茶。

gok

各　[gok5; kok4] Unicode: 5404, 台語字: gok
[gok5, gorh5; kok4, koh4] 各種的,各樣的

各人[gok1 lang2; kok8 lang5] 每個人, 各自的, 各人, 每一個人。

各樣[gok1 ionn6/iunn6; kok8 ionn7/iunn7] 各種的, 各樣的, 相關詞各樣 gorh1 ionn6/iunn6 異樣, 怪裡怪氣的, 例詞同樣米飼各樣人 gang3 ionn3 vi4, ci3 gok1 ionn3 lang2 同樣的稻米, 卻養育著不同的人民。

國　[gok5; kok4] Unicode: 570B, 台語字: gok
[gok5; kok4] 姓,國家

兩國論[liang1/liong1 gok1 lun6; liang1/liong1 kok8 lun7] 台灣與中國是特殊的國與國之間的關係, 1999 年李登輝總統提出。

國姓鄉[gok1 seng4 hiang1; kok8 sing2 hiong1] 在南投縣。

國家語言[gok1 ga6 qi1/qu1 qen2; kok8 ka7 gi1/gu1 gian5]

台語 KK 音標、台語六調：	獅 sai1	牛 qu2	豹 ba3	虎 ho4	鴨 ah5	象 ciunn6	鹿 lok1
	左 zo1	營 iann2	淡 dam3	水 zui4	直 dit5	通 tong6	竹 dek1 南 lam2
台語字：	獅 saif	牛 quw	豹 bax	虎 hoy	鴨 ah	象 ciunn	鹿 lokf
北京語：	山 san1	明 meng2	水 sue3	秀 sior4	的 dorh5	中 diong6	壢 lek1

台灣各族群固有自然語言, 包括賀佬話, 北京話, 客語及原住民語, 及其、手語、書寫符號及方言均屬之, 但可經法律程序訂定成為官方的通用語。

台灣中國　一邊一國[dai6/dai3 uan2 diong6 gok5 zit5 ben1 zit5 gok5; tai7/tai3 uan5 tiong7 kok4 tsit4 pian1 tsit4 kok4] 台灣與中國, 各在海峽的兩岸, 每一邊都是一個國家, 互不相干, 2002 年由陳水扁總統提出。

gong

公　[gong1; kong1] Unicode: 516C, 台語字: gongf
　　[gang1, geng1, gong1; kang1, king1, kong1] 姓,眾人之事,祖父,祖先

廟公[vior3 gong1; bio3 kong1] 寺廟的住持或廟祝。

公親[gong6 cin1; kong7 tshin1] 調解人, 族中長者做為調停人, 例詞公親變事主　gong6 cin1 binn4/ben4 su3 zu4 作仲裁的調解人, 捲入事件中, 竟然變成了當事人, 證人變成了被告。

公道[gong6 dor6; kong7 to7] 公正, 公平, 例詞公道自在人心　gong6 dor6 zu3 zai3 jin6/lin3 sim1。

公媽[gong6 ma4; kong7 ma2] 祖父母, 先人, 祖先, 祖先的神主牌, 例一人一家代, 公媽隨人祀　zit5 lang2 zit5 ge6 dai6, gong6 ma4 sui6 lang6 cai6/zit5 lang2 zit5 ge6 dai6, gong6 ma4 sui3 lang3 cai6 兄弟分家產後, 各自把公媽牌位各自奉祀, 互不相干了。

天公祖[tinn6 gong6 zo4; thinn7 kong7 tsoo2] 上天, 蒼天, 天上主牢, 同天罡祖　tinn6 gong6 zo4, 例詞一个某, 卡好三个天公祖　zit5 e6/3 vo4 kah1 hor1 sann6 e6/3 tinn6 gong6 zo4 娶了一房太太, 比贏得全世界還來得好。

公館鄉[gong6 guan1 hiong1; kong7 kuan1 hiong1] 在苗栗縣。

功　[gong1; kong1] Unicode: 529F, 台語字: gongf
　　[gang1, geng1, gong1; kang1, king1, kong1]

有功無賞　拍破嘍賠[iu1 gong1 vor3 siunn4 pah1 pua3 ai4 bue2/be2; iu1 kong1 bo3 siunn2 phah8 phua3 ai2 pue5/pe5] 做對了事, 是職責所在, 若因故誤事, 不但沒有賞賜, 卻要賠償損失。

光　[gong1; kong1] Unicode: 5149, 台語字: gongf
　　[gng1, gong1; kng1, kong1] 光明,時光

倆光[liong1/liang1 gong1; liong1/liang1 kong1] 想法不十分靈光的, 呆呆的, 係南島語　longkong 劣等品。

精光[zeng6 gong1; tsing7 kong1] 聰明靈巧, 思路靈活, 眼光銳利, 頭腦精明, 相關詞怔忪　zeng6 zong2 掙扎, 奮發圖強, 例詞老阿伯, 足精光　lau3 a6 beh5 ziok1 zeng6 gong1 老伯頭腦還很精明靈巧。

光景[gong6 geng4; kong7 king2] 狀況, 時光, 例詞無三日好光景　vor6/3 sann6 jit1 hor1 gong6 geng4 好時光維持不了三天, 好機會不多。

光復鄉[gong6 hok5 hiong1; kong7 hok4 hiong1] 在花蓮縣。

岡　[gong1; kong1] Unicode: 5CA1, 台語字: gongf
　　[gng1, gong1, gong4; kng1, kong1, kong2] 地名

岡山鎮[gong6 san6 din3; kong7 san7 tin3] 在高雄縣, 舊名

阿公店　a6 gong6 diam3, 以美食羊肉爐聞名。

罡　[gong1; kong1] Unicode: 7F61, 台語字: gongf
　　[gong1; kong1] 星辰之名

天罡[tinn6 gong1; thinn7 kong1] 天上主牢, 同天公　tinn6 gong1。

天罡星[tinn6 gong6 cenn1/cinn1; thinn7 kong7 tshenn1/tshinn1] 北斗星。

天罡祖[tinn6 gong6 zo4; thinn7 kong7 tsoo2] 天上主牢, 同天公祖　tinn6 gong6 zo4。

步罡踏斗[bo3 gong6 dah5 dau4; poo3 kong7 tah4 tau2] 道士作法為人改運時, 須舞劍及揮動北斗星旗, 引申為命運不順, 週轉困難。

三十六天罡　七十二地煞[sann6 zap5 lak5 tinn6 gong1 cit1 zap5 ji3/li3 de3 suah5; sann7 tsap4 lak4 thinn7 kong1 tshit8 tsap4 ji3/li3 te3 suah4] 一百零八位天兵地將的總稱, 同天罡地煞　tinn6 gong1 de3 suah5。

崗　[gong1; kong1] Unicode: 5D17, 台語字: gongf
　　[gong1; kong1] 地名

清泉崗[ceng6 zuann6 gong1; tshing7 tsuann7 kong1] 地名, 台中市之軍用機場名。

大崗山[dua3 gong6 san1; tua3 kong7 san1] 一台地名, 在高雄縣阿蓮鄉。

狂　[gong2; kong5] Unicode: 72C2, 台語字: gongw
　　[gong2; kong5] 心亂,發瘋,忙得,心急

生狂[cenn6/cinn6 gong2; tshenn7/tshinn7 kong5] 慌慌忙忙。

著狂[diorh5 gong2; tioh4 kong5] 發狂。

雄狂[hiong6/hiong3 gong2; hiong7/hiong3 kong5] 慌慌忙忙, 忽然, 突發, 有作凶狂　hiong6/3 gong2。

發狂[huat1 gong2; huat8 kong5] 發瘋, 神經錯亂, 有作起痟　ki1 siau4 發瘋。

起狂[ki1 gong2; khi1 kong5] 發狂, 相關詞起悾　ki1 kong1 發瘋;起痟　ki1 siau4 精神病發作, 發瘋;發狂　huat1 gong2 神經錯亂, 精神病發作。

狂濤[gong6/gong3 dor2; kong7/kong3 to5] 滔天巨浪。

心狂火熱[sim6 gong6 hue1 jet1/sim6 gong3 he1 let1; sim7 kong7 hue1 jiat8/sim7 kong3 he1 liat8] 心很慌急。

狂東狂西[gong6 dang6 gong6 sai1/gong3 dang6 gong3 sai1; kong7 tang7 kong7 sai1/kong3 tang7 kong3 sai1] 忙東又忙西。

貢　[gong3; kong3] Unicode: 8CA2, 台語字: gongx
　　[gong3; kong3]

貢寮鄉[gong4 liau3 hiong1; kong2 liau3 hiong1] 在台北縣, 因建核四電力廠而聞名, 舊名槓仔寮　kong3 a1 liau2。

摃　[gong3; kong3] Unicode: 6443, 台語字: gongx
　　[gong3; kong3] 以棒打擊,鎚擊,詐騙, 相關字仜　gang6 欺負

摃龜[gong4 gu1; kong2 ku1] 球賽全盤皆輸而被轟出局, 叫作　skunk, 原義為臭鼬, 日語譯為　sukanku, 台語稱為輸佮摃龜　su6 gah1 gong4 gu1, 簡化為摃龜　gong4 gu1, 引申為簽賭彩券, 卻沒中而賠本, 喻全盤皆輸或行事失敗, 但與烏龜無關。

摃鐘[gong4 zeng1; kong2 tsing1] 撞鐘, 鳴鐘, 例詞校長兼摃鐘　hau3 diunn4 giam6 gong4 zeng1 校長又兼打鐘的工友, 喻大小事都一手包辦。

台語KK音標、台語六調:	獅 sai1	牛 qu2	豹 ba3	虎 ho4	鴨 ah5	象 ciunn6	鹿 lok1
	左 zo1	營 iann2	淡 dam3	水 zui4	直 dit5	通 tong6	竹 dek1 南 lam2
台語字:	獅 saif	牛 quw	豹 bax	虎 hoy	鴨 ah	象 ciunn	鹿 lokf
北京語:	山 san1	明 meng2	水 sue3	秀 sior4	的 dorh5	中 diong6	壢 lek1

食緊 摃破碗[ziah5 gin4 gong4 pua4 uann4; tsiah4 kin2 kong2 phua2 uann2] 為了趕快能去吃飯, 卻不小心把碗打破了, 喻欲速則不達。

講　[gong4; kong2] Unicode: 8B1B, 台語字: gongy
[gang4, gong4; kang2, kong2] 說話,公開講話,宣揚誇示

三色人　講五色話[sann6 sek1 lang2 gong1 qonn3 sek1 ue6; sann7 sik8 lang5 kong1 ngoo3 sik8 ue7] 人多嘴雜。

講一个影　生一个囝[gong1 zit5 e6 iann4 senn6/sinn6 zit5 e3 giann4; kong1 tsit4 e7 iann2 senn7/sinn7 tsit4 e3 kiann2] 別人提一件事, 就相信了。

gor

哥　[gor1; ko1] Unicode: 54E5, 台語字: gorf
[gor1, gor3; ko1, ko3] 兄長

歪哥[uai6 gor1; uai7 ko1] 不正, 貪污瀆職, 貪得他人的錢財, 感情走私, 發生婚外情, 有作磋錢　e6 zinn2;A 錢 e6 zinn2。

歪哥捙舛[uai6 gor6 cih5 cuah1; uai7 ko7 tshih4 tshuah8] 錯誤離譜, 東倒西歪。

高　[gor1; ko1] Unicode: 9AD8, 台語字: gorf
[gau1, gor1, guan2; kau1, ko1, kuan5] 姓,高級的

介高尚[gai4 gor6 siong4; kai2 ko7 siong2] 很高尚, 最高尚。

高樹鄉[gor6 ciu3 hiang1; ko7 tshiu3 hiang1] 在屏東縣。

高雄市[gor6 iong6 ci6; ko7 iong7 tshi7] 在台灣西南部之海港。

高雄縣[gor6 iong6 guan6; ko7 iong7 kuan7] 在台灣西南部。

膏　[gor1; ko1] Unicode: 818F, 台語字: gorf
[gau1, gor1; kau1, ko1] 粘稠的液體,人體的部位

紅蟳膏[ang6 zim6 gor1/ang3 zim3 gor1; ang7 tsim7 ko1/ang3 tsim3 ko1] 台灣紅蟳的膏狀蟹黃, 即蟹卵, 有作蟳仁 zim6/3 zin2, 例詞台灣蟳, 無膏 dai6 uan6 zim2 vor6 gor1/dai3 uan3 zim2 vor3 gor1 台灣螃蟹, 大多沒有蟹黃膏, 取笑台灣人都沒有學問或魄力, 無膏是沒有才能, 沒錢, 沒有學問的意思。

拍拳頭　賣膏藥[pah1 gun6/gun3 tau2 ve3 go6 iorh1; phah8 kun7/kun3 thau5 be3 koo7 ioh8] 走江湖賣膏藥的人, 以打拳表演, 召來觀眾。

gorh

各　[gorh5; koh4] Unicode: 5404, 台語字: gorh
[gok5, gorh5; kok4, koh4] 異樣的

各樣[gorh1 ionn6/iunn6; koh8 ionn7/iunn7] 異樣, 怪裡怪氣的, 相關詞各樣 gok1 ionn6/iunn6 各種, 例詞看起來各樣各樣 kuann3 ki3 lai3 gorh1 iunn3 gorh1 iunn6 看起來有點異樣。

同父各母[gang3 be6 gorh1 vor4/vu4; kang3 pe7 koh8 bo2/bu2] 同父異母的兄弟姐味, 有作全父各母　gang3 be6 gorh1 vor4/vu4。

gu

古　[gu1; ku1] Unicode: 53E4, 台語字: guf
[go4, gu1; koo2, ku1] 奇怪

古仔[gu6 a4; ku7 a2] 小不點, 例詞不成古仔　m3 ziann6/3 gu6 a4 小流氓, 有作屁窟仔　pui4 tat1 a4。

古怪[gu6 guai3; ku7 kuai3] 奇怪。

古毛[gu6 mo1; ku7 moo1] 吹毛求疵的人。

古精[gu6 zinn1; ku7 tsinn1] 鬼靈精怪, 聰明, 老謀深算之人, 長壽者, 有作龜精　gu6 zinn1, 相關詞龜精　gu6 zinn1 千年龜精。

古綏[gu6 sui1; ku7 sui1] 狡猾, 吹毛求疵, 例詞古古綏綏　gui1 gui1 sui6 sui1 狡猾, 吹毛求疵。

古桶[gu6 tang4; ku7 thang2] 沒本事卻又驕傲自大的人, 裝腔作勢, 有作屎桶　sai1 tang4。

咕古咕[gu3 gu1 guh5; ku3 ku1 kuh4] 鳥類的叫聲。

古古憋憋[gu6 gu6 bih1 bih5; ku7 ku7 pih8 pih4] 鬼鬼祟祟隱密狀。

古古怪怪[gu6 gu1 guai4 guai3; ku7 ku1 kuai2 kuai3] 奇怪。

古古毛毛[gu6 gu6 mo6 mo1; ku7 ku7 moo7 moo1] 吹毛求疵。

古古綏綏[gui1 gui1 sui6 sui1; kui1 kui1 sui7 sui1] 狡猾, 吹毛求疵。

佝　[gu1; ku1] Unicode: 4F5D, 台語字: guf
[gu1; ku1] 短,醜,相關字呴　gu1 氣喘;痀　gu1 駝背; 踞　gu1 屈蹲,半蹲著,居住

啄佝[dok1 gu1; tok8 ku1] 打瞌睡, 似鳥啄食之形態, 相關詞盹佝　duh1 gu1 打瞌睡。

盹佝[duh1 gu1; tuh8 ku1] 打瞌睡, 打盹, 小睡, 相關詞啄佝 dok1 gu1 打瞌睡, 似鳥啄食之形態。

身軀佝佝[seng6 ku1 gu6 gu1; sing7 khu1 ku7 ku1] 身體彎曲駝背。

呴　[gu1; ku1] Unicode: 5474, 台語字: guf
[gu1; ku1] 氣喘,相關字痀　gu1 駝背;踞　gu1 屈蹲,半蹲著,居住;佝　gu1 短,醜

瘈呴[he6 gu1; he7 ku1] 氣喘病, 喘息, 相關詞喘氣　cuan1 kui3 呼吸, 常誤作瘈龜　he6 gu1;嗄龜　he6 gu1。

選輸　起瘈呴[suan1 su1 ki1 he6 gu1; suan1 su1 khi1 he7 ku1] 選舉選敗了, 就翻臉, 輸不起。

苦　[gu1; ku1] Unicode: 82E6, 台語字: guf
[gu1, ko4; ku1, khoo2] 搬運工人,苦力

苦力[gu6 li4; ku7 li2] 搬運工人, 有作龜里　gu6 li4。

痀　[gu1; ku1] Unicode: 75C0, 台語字: guf
[gu1; ku1] 駝背,彎曲,相關字佝　gu1 短,醜;呴　gu1 氣喘;踞　gu1 屈蹲,半蹲著

曲痀[kiau6 gu1; khiau7 ku1] 駝背, 有作隁痀　kiau6 gu1。

隁痀[un1 gu1; un1 ku1] 駝背, 有作曲痀　kiau6 gu1, 例詞隁痀的, 交侗戇　un1 gu1 e1 gau6 dong4 qong6 駝背的人只能找痴呆的人做朋友, 喻物以類聚。

台語KK音標、台語六調：	獅 sai1	牛 qu2	豹 ba3	虎 ho4	鴨 ah5	象 ciunn6	鹿 lok1
		左 zo1	營 iann2	淡 dam3	水 zui4	直 dit5	通 tong6	竹 dek1 南 lam2
台語字：	獅 saif	牛 quw	豹 bax	虎 hoy	鴨 ah	象 ciunn	鹿 lokf
北京語：	山 san1	明 meng2	水 sue3	秀 sior4	的 dorh5	中 diong6	壢 lek1

龜 **[gu1; ku1]** Unicode: 9F9C, 台語字: guf
　　[gu1, gui1; ku1, kui1] 動物名

紅龜[ang6/ang3 gu1; ang7/ang3 ku1] 祝壽之糕餅, 即紅龜
　　粿 ang6 gu6 gue4/ang3 gu6 ge4。

摃龜[gong4 gu1; kong2 ku1] 球賽全盤皆輸而被轟出局, 叫
　　作 skunk, 原義為臭鼬, 日語譯為 sukanku, 台語稱為
　　輸俗摃龜 su6 gah1 gong4 gu1, 簡化為摃龜 gong4
　　gu1, 引申為簽賭彩券, 卻沒中獎而賠光本錢, 喻全盤
　　皆輸或行事失敗, 但與烏龜無關。

龜山鄉[gu6 suann6 hiang1; ku7 suann7 hiang1] 在桃園縣。

抦龜抦鱉[binn4 gu6 binn4 bih5; pinn4 ku7 pinn2 pih4] 變化
　　萬千, 變東變西, 作鬼作怪, 耍陰謀, 做害人的動作。

牽龜落湳[kan6 gu1 lorh5 lam3/lom3; khan7 ku1 loh4
　　lam3/lom3] 引誘烏龜陷入泥沼之中, 引申以騙術引導
　　別人落入圈套, 而謀取私利。

龜笑鱉無尾[gu1 cior4 bih5 vor6 vue4/gu1 cior4 bih5 vor3
　　ve4; ku1 tshio2 pih4 bo7 bue2/ku1 tshio2 pih4 bo3 be2]
　　烏龜取笑鱉沒長尾巴, 簡直是五十步笑百步。

龜腳　龜內肉[gu6 ka1 gu6 lai3 vah5; ku7 kha1 ku7 lai3
　　bah4] 龜腳肉也是龜肉, 喻羊毛, 出在羊身上。

龜腳　趖出迲[gu6 ka1 sor6/sor3 cut5 lai3; ku7 kha1 so7/so3
　　tshut4 lai3] 龜腳跑出來了, 案情曝光了, 露出馬腳
　　了。

四書五經讀透透　不捌鼀鼂龜鱉竈[su4 su1 qonn1 geng1
　　tak5 tau4 tau3 m3 bat1 quan6 gonn2 gu6 bih1 zau3; su2
　　su1 ngoo1 king1 thak4 thau2 thau3 m3 pat8 guan7 konn5
　　ku7 pih8 tsau3] 會唸四書五經的課文, 卻不認得鼀鼂
　　龜鱉竈這五個漢字, 鼀鼂是大小鱷魚的名字, 龜為烏
　　龜, 鱉乃甲魚, 竈係爐灶, 都是難讀又難寫的漢字, 喻
　　老學究泥古不化, 無法學以致用, 只會讀書, 不食人
　　間煙火。

久 **[gu4; ku2]** Unicode: 4E45, 台語字: guy
　　[giu4, gu4; kiu2, ku2] 長久

久長[gu1 dng2; ku1 tng5] 長久的。

久長病[gu1 dng6/dng3 benn6; ku1 tng7/tng3 piann7] 須長期
　　照料的慢性病, 例詞久長病, 無孝子 gu1 dng6 benn6,
　　vor6 hau4 zu4/gu1 dng3 binn6, vor3 hau4 zu4 父母得了
　　慢性病, 子女無法長期給予周到的照料, 所以有人會
　　誤會子女不孝。

久長步[gu1 dng6/dng3 bo6; ku1 tng7/tng3 poo7] 長期的打
　　算, 計劃。

舅 **[gu6; ku7]** Unicode: 8205, 台語字: gu
　　[giu6, gu6; kiu7, ku7] 舅舅

舅仔[gu3 a4; ku3 a2] 姐夫稱太太的弟弟, 即小舅子, 有作
　　日語詞龜 kame, 係取同音之日語字而發音。

舅仔食姐夫　丈人烏白講[gu3 a4 ziah5 ze1 hu1 diunn3
　　lang2 o6 beh5 gong4; ku3 a2 tsiah4 tse1 hu1 tiunn3 lang5
　　oo7 peh4 kong2] 小舅子以騙術向姐夫詐騙財物, 但岳
　　父永遠都袒護自己的兒子, 卻說沒有這麼一回事。

gua

歌 **[gua1; kua1]** Unicode: 6B4C, 台語字: guaf
　　[gor1, gua1; ko1, kua1] 大聲唱, 唱歌

歌仔冊[gua6 a1 ceh5; kua7 a1 tsheh4] 歌曲簿子, 歌譜, 尤
　　指古時之七字仔的歌譜。

歌仔戲[gua6 a1 hi3; kua7 a1 hi3] 台灣本土的戲劇, 以歌唱
　　方式演出。

卦 **[gua3; kua3]** Unicode: 5366, 台語字: guax
　　[gua3; kua3] 占卜, 蓋子, 同蓋 gua3

八卦山[bat1 gua4 suann1; pat8 kua2 suann1] 山名, 在彰化
　　縣彰化市郊, 以大佛像聞名。

當天有咒詛　摃破堝仔卦[dng6 tinn1 u3 ziu4 zua6 gong4
　　pua4 ue6 a1 gua3; tng7 thinn1 u3 tsiu2 tsua7 kong2
　　phua2 ue7 a1 kua3] 在蒼天的底下, 發重誓, 決不反
　　悔。

guah

割 **[guah5; kuah4]** Unicode: 5272, 台語字: guah
　　[guah5; kuah4] 用刀割除, 成數, 相關字劋 lior2 橫割;
　　剁 dok5 砍開,砍斷;剁 dok5 砍斷;列 leh1 剖開,直割;
　　剆 lan2 用刀直削

割菜[guah1 cai3; kuah8 tshai3] 大菜, 割菜, 例詞六月割菜,
　　假有心 lak5 queh5/qeh5 guah1 cai3 ge1 u3 sim1 在夏
　　天六月份收穫的割菜, 是沒有菜心的, 喻空有其心,
　　沒有情意。

割稻仔尾[guah1 diu3 a1 vue4/ve4; kuah8 tiu3 a1 bue2/be2]
　　偷割別人的稻穗, 喻坐享他人的辛苦做出的成果。

guan

關 **[guan1; kuan1]** Unicode: 95DC, 台語字: guanf
　　[guainn1, guan1, guinn1; kuainn1, kuan1, kuinn1] 姓,
　　機構,相關

關仔嶺[guan6 a1 nia4; kuan7 a1 nia2] 地名, 溫泉風景區,
　　在台南縣白河鎮, 有大仙寺, 但另一名寺碧雲寺, 則
　　屬台南縣東山鄉。

關僮乩[guan6 dang6/dang3 gi1; kuan7 tang7/tang3 ki1] 請乩
　　童作法。

關山鎮[guan6 san6 din3; kuan7 san7 tin3] 在台東縣。

關西鎮[guan6 se6 din3; kuan7 se7 tin3] 在新竹縣, 舊名鹹
　　菜甕 giam6 cai4 ang3, 日治時期以鹹菜 giam6 cai3
　　以與日語關西音相似而更名。

關廟鄉[guan6 vior3 hiang1; kuan7 bio3 hiang1] 在台南縣。

觀 **[guan1; kuan1]** Unicode: 89C0, 台語字: guanf
　　[guan1, guan3; kuan1, kuan3] 觀察,看

觀音鄉[guan6 im6 hiong1; kuan7 im7 hiong1] 在挑園縣。

觀音媽[guan6 im6 ma4; kuan7 im7 ma2] 觀世音菩薩。

觀目色　聽話意[guan6 vak5 sek5 tiann6 ue3 i3; kuan7 bak4
　　sik4 thiann7 ue3 i3] 察音觀色, 以了解對方的意思。

縣 **[guan2; kuan5]** Unicode: 770C, 台語字: guanw
　　[guan2; kuan5] 高度,在...之頂,代用字,有作高 guan2.
　　相關字縣 guan6 行政區域單位,縣;懸 hen2 掛,說文:

台語KK音標、台語六調: 　獅 sai1　牛 qu2　豹 ba3　虎 ho4　鴨 ah5　象 ciunn6　鹿 lok1
　　　　　　　　　　　　　左 zo1　營 iann2　淡 dam3　水 zui4　直 dit5　通 tong6　竹 dek1 南 lam2
台語字: 　　　　　　　　　獅 saif　牛 quw　豹 bax　虎 hoy　鴨 ah　象 ciunn　鹿 lokf
北京語: 　　　　　　　　　山 san1　明 meng2　水 sue3　秀 sior4　的 dorh5　中 diong6　壢 lek1

懸,繫也,或从心;正韻:音泫,本作縣.此二字均與高度無關係

縣山峻嶺[guan6/guan3 suann1 zun4 nia4; kuan7/kuan3 suann1 tsun2 nia2] 高高的山，峻峭的嶺，有作高山峻嶺 gor6 san1 zun4 nia4。

山縣　水牛大[suann6 guan2 zui1 qu6/qu3 dua6; suann7 kuan5 tsui1 gu7/gu3 tua7] 誇大之詞。

蹺縣山　看馬相踢[kia3 guan6/guan3 suann1 kuann4 ve4 sior6 tat5; khia3 kuan7/kuan3 suann1 khuann2 be2 sio7 that4] 站在高地，俯看二馬相鬥，喻隔岸觀火，觀看別人相互慘殺，以收私利。

慣　[guan3; kuan3] Unicode: 6163, 台語字: guanx
[guan3, guinn3; kuan3, kuinn3] 習以為常

習慣[sip5 guan3; sip4 kuan3] 。

慣肆[guan4/guinn4 si3; kuan2/kuinn2 si3] 成了習慣，有作習慣 sip5 guan3。

久著習慣[gu4 diorh5 sip5 guan3; ku2 tioh4 sip4 kuan3] 久了就習慣，有作久著慣肆 gu4 diorh5 guan4/guinn4 si3。

慣肆著好[guan4/guinn4 si3 diorh5 hor4; kuan2/kuinn2 si3 tioh4 ho2] 習慣了就好，有作習慣著好 sip5 guan3 diorh5 hor4。

管　[guan4; kuan2] Unicode: 7BA1, 台語字: guany
[gng4, gong4, guan4; kng2, kong2, kuan2] 管轄,樂曲

管家婆[guan1 ge6 bor2; kuan1 ke7 po5] 管家，簡稱家婆 ge6 bor2，喻多管閒事，常誤作管雞婆 guan1 ge6 bor2。

愛管閒仔事[ai4 guan1 eng6/eng3 a1 su6; ai2 kuan1 ing7/ing3 a1 su7] 愛管仔事。

縣　[guan6; kuan7] Unicode: 7E23, 台語字: guan
[guainn6, guan6, guinn6; kuainn7, kuan7, kuinn7] 行政區的單位

知縣[di6 guan6/guainn6; ti7 kuan7/kuainn7] 明清之官名，相當於今天的縣長。

縣政府[guan3 zeng4 hu4; kuan3 tsing2 hu2] 。

guann

肝　[guann1; kuann1] Unicode: 809D, 台語字: guannf
[gan1, guann1; kan1, kuann1]

心肝[sim6 guann1; sim7 kuann1] 心臟及肝臟，內心，例詞心肝仔囝 sim6 guann6 a1 giann4 心肝寶貝孩子。

挖心肝[o1 sim6 guann1; oo1 sim7 kuann1] 掏出心來，真心相告，例詞挖心肝夆看 o1 sim6 guann1 hong2 kuann3 掏出心，讓大家檢查，真情告白。

肝胲湯[guann6 leng3 tng1; kuann7 ling3 thng1] 豬肝湯。

挖心肝　予你看[jim6/lim3 sim6 guann1 ho3 li1 kuann3; jim7/lim3 sim7 kuann1 hoo3 li1 khuann3] 掏出心，讓你看，掏心掏肺，真心真意。

官　[guann1; kuann1] Unicode: 5B98, 台語字: guannf
[guan1, guann1; kuan1, kuann1] 官員,官司

清官[ceng6 guan1; tshing7 kuan1] 清廉的好官員，例詞做官若清廉，食飯著攪鹽 zor4 guann1 na3 ceng6 liam2, ziah5 bng6 diorh5 giau1 iam2。

激官忌[gek1 guann6 kui3; kik8 kuann7 khui3] 裝出一付大官的架子，有作激官派 gek1 guann6 pai3 裝出一付大官的派頭。

一世官[zit5 si4 guann1; tsit4 si2 kuann1] 今生當了官職，例詞一世官，九世牛 zit5 si4 guann1 gau1 si4 qu2 一世當官，貪贓枉法，要做九世的牛，才能彌補罪孽。

官田鄉[guann6 den6 hiang1; kuann7 tian7 hiang1] 在台南縣。

洹　[guann2; kuann5] Unicode: 6CC2, 台語字: guannw
[guann2; kuann5] 寒冷,代用字,有作寒 guann2

驚洹[giann6 guann2; kiann7 kuann5] 怕寒冷。

歇洹[hiorh1 guann2; hioh8 kuann5] 放寒假。

烏洹[o6 guann2; oo7 kuann5] 下了小雨又寒冷的冬天天氣。

洹眼[guann2 lang3; kuann5 lang3] 冬天，有作寒眼 guann2 lang3，相關詞熱眼 juah5 lang3 夏天。

洹天[guann6/guann3 tinn1; kuann7/kuann3 thinn1] 冬天。

春洹　雨那濺[cun6 guann2 ho3 na1 zuann6; tshun7 kuann5 hoo3 na1 tsuann7] 春雨綿綿，氣溫也隨之下降。

寡　[guann4; kuann2] Unicode: 5BE1, 台語字: guanny
[gua4, guann4; kua2, kuann2] 喪夫的女人,一些,帝王自稱

守寡[ziu1 guann4; tsiu1 kuann2] 女人喪夫。

寡人[guann1 jin2/lin2; kuann1 jin5/lin5] 我，係帝王自稱。

汗　[guann6; kuann7] Unicode: 6C57, 台語字: guann
[guann6, han6; kuann7, han7] 流汗

一粒米　百粒汗[zit5 liap5 vi4 bah1 liap5 guann6; tsit4 liap4 bi2 pah8 liap4 kuann7] 要能收穫一顆米粒，要先流出了一百滴的汗水，喻粒粒皆辛苦。

做佮流汗　嫌佮流涎[zor4 gah1 lau6 guann6 hiam6 gah1 lau6 nua6/zor4 gah1 lau3 guann6 hiam3 gah1 lau3 nua6; tso2 kah8 lau7 kuann7 hiam7 kah8 lau7 nua7/tso2 kah8 lau3 kuann7 hiam3 kah8 lau3 nua7] 做得辛苦，卻被批評得一文不值。

貫　[guann6; kuann7] Unicode: 8CAB, 台語字: guann
[gng3, guan3, guann6; kng3, kuan3, kuann7] 串,相關字芘 bi2 一小串;苧 geng1 一大串;芛 ji4/li4 隻,只

貫一貫[gng4 zit5 guann6; kng2 tsit4 kuann7] 穿成一串。

一貫若肉粽[zit5 guann6 na1 vah1 zang3; tsit4 kuann7 na1 bah8 tsang3] 像許多肉粽縛在一起一樣，引申子女眾多，生計困頓。

捾　[guann6; kuann7] Unicode: 637E, 台語字: guann
[guann6; kuann7] 拿,提,搶走.集韻:捾,烏版切,音綰,取也

捾籃仔　假燒金[guann3 la6/la3 a4 ge1 sior6 gim1; kuann3 la7/la3 a2 ke1 sio7 kim1] 女人手提著盛籃，假裝要到寺廟燒香拜神，暗地裡卻是去會見情郎，喻偽裝行事或假情假義。

台灣的邦交國　予中國捾捾去[dai6/dai3 uan2 e6 bang6 gau6 gok5 hor3 diong6 gok5 guann3 guann6 ki3; tai7/tai3 uan5 e7 pang7 kau7 kok4 ho3 tiong7 kok4 kuann3 kuann7 khi3] 台灣的邦交國，都被中國搶走了。

台語KK音標、台語六調：獅 sai1　牛 qu2　豹 ba3　虎 ho4　鴨 ah5　象 ciunn6　鹿 lok1
　　　　　　　　　　　　左 zo1　營 iann2　淡 dam3　水 zui4　直 dit5　通 tong6　竹 dek1 南 lam2
台語字：　　　　　　　獅 saif　牛 quw　豹 bax　虎 hoy　鴨 ah　象 ciunn　鹿 lokf
北京語：　　　　　　　山 san1　明 meng2　水 sue3　秀 sior4　的 dorh5　中 diong6　壢 lek1

guat

訣　**[guat5; kuat4]** Unicode: 8A23, 台語字: guat
　　[guat5; kuat4] 方法
一點訣[zit5 diam1 guat5; tsit4 tiam1 kuat4] 一份技藝或祕訣, 例詞江湖一點訣, 講破不值三分錢 gang6 o2 zit5 diam1 guat5 gong1 pua3 m3 dat5 sann6 sen1 zinn2 在世間謀生, 都只靠一份技藝或祕訣而已, 如果技藝或祕密一說穿, 就不值錢了。

gue

瓜　**[gue1; kue1]** Unicode: 74DC, 台語字: guef
　　[gua1, gue1; kua1, kue1] 瓜類,果實
西瓜[si6 gue1; si7 kue1]　。
瓜子面[gue6 zi1 vin6; kue7 tsi1 bin7] 瓜子型的臉蛋, 有作雞卵面 ge6 nng3 vin6。
西瓜倚大旁[si6 gue1 ua1 dua3 beng2; si7 kue1 ua1 tua3 ping5] 每個人總是傾向人數多的一邊, 人只是投靠傾向主流, 大多數或強盛的一方, 喻現實, 趨炎附勢, 有作眾人挵規旁 zeng4 lang2 ann1 gui6 beng2。

過　**[gue3; kue3]** Unicode: 904E, 台語字: guex
　　[ge3, gor3, gua3, gue3; ke3, ko3, kua3, kue3] 經歷,通過,錯失,處境
過氣[gue4/ge4 kui3; kue2/ke2 khui3] 過世, 逝世, 相關詞過氣 gue4/ge4 ki3 下了台, 失去優勢。
過往[gue4/ge4 ong4; kue2/ke2 ong2] 人已經死亡了, 以前的事情, 有作既往 gi4 ong4。
過身[gue4/ge4 sin1; kue2/ke2 sin1] 過世, 逝世, 佛家認為人死了, 只是靈魂換過了另一個身軀, 重新出生為另一個人而已, 故說死亡為過身 gue4/ge4 sin1。

果　**[gue4; kue2]** Unicode: 679C, 台語字: guey
　　[ge4, gor4, gue4; ke2, ko2, kue2] 水果的總稱
果子[gue1/ge1 zi4; kue1/ke1 tsi2] 水果的統稱, 有作果籽 gue1/ge1 zi4。
食果子　拜樹頭[ziah5 gue1/ge1 zi4 bai4 ciu3 tau2; tsiah4 kue1/ke1 tsi2 pai2 tshiu3 thau5] 吃水果, 要感謝果樹, 喻飲水思源。

餜　**[gue4; kue2]** Unicode: 991C, 台語字: guey
　　[ge4, gue4; ke2, kue2] 油條,油炸的菜餅,相關詞粿 gue4 蒸製的米糕餅類食品
油食餜[iu6 ziah5 gue4/iu3 ziah5 ge4/iu7 tsiah4 ke2/iu3 tsiah4 ke2] 油條, 有作油炙膾 iu3 ziah5 ge4, 例詞烰油食餜 pu6 iu6 ziah5 gue4/pu3 iu3 ziah5 ge4 炸油條; 油食餜烙烙 iu6 ziah5 gue4 lo6 lo1/iu3 ziah5 ge4 lo6 lo1 油條酥酥脆脆。
蚵嗹炡餜[or6/or3 de1 zinn4 gue4; o7/o3 te1 tsinn2 kue2] 蚵嗹及油炸蘿蔔糕。

gui

胿　**[gui1; kui1]** Unicode: 80FF, 台語字: guif
　　[gui1; kui1] 青蛙的氣囊,雞的素囊
頷胿[am3 gui1; am3 kui1] 頸子, 例詞大頷胿 dua3 am3 gui1 甲狀腺腫脹。
蛙胿[ge6 gui1; ke7 kui1] 青蛙俗稱為水雞, 其氣囊稱為雞胿或蛙胿。
激胿[gek1 gui1; kik8 kui1] 暗中生悶氣, 生氣。
哽胿[genn1 gui1; kenn1 kui1] 卡住了食道, 食物塞滿了胃, 堵到了喉嚨, 喻吃得太飽了。
烏胿[o6 gui1; oo7 kui1] 娼妓頭, 娼妓館的主人, 有作老鴇 lau3 bor4;老娼 lau3 cang1。
規胿[gui6 gui1; kui7 kui1] 滿滿一肚子。
一胿[zit5 gui1; tsit4 kui1] 滿滿一肚子, 例詞一胿淀淀 zit5 gui1 dinn3 dinn6 滿滿的一肚子。
雞胿仔仙[ge6/gue6 gui6 a1 sen1; ke7/kue7 kui7 a1 sian1] 喜歡吹牛的人, 騙子。

規　**[gui1; kui1]** Unicode: 898F, 台語字: guif
　　[gui1; kui1] 法則,歸納,整個的
規碗[gui6 uann4; kui7 uann2] 整碗, 例詞規碗捀去食 gui6 uann4 pang6/3 ki4 ziah1 整碗飯菜端過去吃, 引申要奪取他人的利益。
規台灣[gui6 dai6/dai3 uan2; kui7 tai7/tai3 uan5] 全國台灣。
規家伙仔[gui6 ge6 hue1/he1 a4; kui7 ke7 hue1/he1 a2] 全家人。

歸　**[gui1; kui1]** Unicode: 6B78, 台語字: guif
　　[gui1; kui1] 歸回
歸尾[gui6 vue4/ve4; kui7 bue2/be2] 到了最後, 例詞終歸尾 ziong6 gui6 vue4/ve4 到了最後的階段, 終久。
歸仁鄉[gui6 jin6 hiang1; kui7 jin7 hiang1] 在台南縣。
歸綏街[gu6 sui6 gue1; ku7 sui7 kue1] 路名, 在台北市大同區。

鬼　**[gui4; kui2]** Unicode: 9B3C, 台語字: guiy
　　[gui4; kui2] 人死為鬼
鬼仔[gui1 a4; kui1 a2] 鬼, 人死了變成鬼, 例詞鬼仔古 gui1 a1 go4 鬼的故事;鬼仔影 gui1 a1 iann4 鬼影;鬼仔門 gui1 a1 vng2 地獄之門;鬼仔精 gui1 a1 ziann1 鬼與妖精。
不死鬼[but1 su1 gui4; put8 su1 kui2] 色狼, 老而不死的色鬼, 不三不四的男人, 好色之徒。
鬼仔囝[gui1 a1 giann4; kui1 a1 kiann2] 絕頂聰明的人, 原義為女鬼所生的小孩子。
鬼仔坑[gui1 a1 kinn1; kui1 a1 khinn1] 地名, 在台北市北投區, 今名貴子坑。
鬼頭鬼腦[gui1 tau6/tau3 gui1 nau4; kui1 thau7/thau3 kui1 nau2] 專想不正當的事務。
水鬼　叫跛瑞[zui1 gui4 gior4 bai1 sui6; tsui1 kui2 kio2 pai1 sui7] 一位跛腳的瑞仔精於游水, 有個水鬼想找人交替以便轉世, 才叫跛腳瑞仔來頂替, 但水鬼仍然不能得逞, 喻拖人下水。

台語KK音標、台語六調：	獅 sai1	牛 qu2	豹 ba3	虎 ho4	鴨 ah5	象 ciunn6	鹿 lok1
		左 zo1	營 iann2	淡 dam3	水 zui4	直 dit5	通 tong6	竹 dek1 南 lam2
台語字：	獅 saif	牛 quw	豹 bax	虎 hoy	鴨 ah	象 ciunn	鹿 lokf
北京語：	山 san1	明 meng2	水 sue3	秀 sior4	的 dorh5	中 diong6	壢 lek1

gun

憚 **[gun1; kun1]** Unicode: 60F2, 台語字: gunf
  [gun1; kun1] 誘使去做事,分刮了,被騙上當
憚了了[gun6 liau1 liau4; kun7 liau1 liau2] 分刮光了, 例詞
  了尾仔囝的財產, 夆憚了了 liau1 vue1/ve1 a1 giann4
  e3 zai6 san4 hong6 gun6 liau1 liau4 不肖子的祖產被分
  刮光了。

夆憚去飲酒[hong2 gun6 ki4 lim6 ziu4; hong5 kun7 khi2 lim7
  tsiu2] 被人騙去喝酒, 並付錢。

煮 **[gun2; kun5]** Unicode: 7104, 台語字: gunw
  [gun2; kun5] 用文火煮
煮豬腳[gun6/gun3 di6 ka1; kun7/kun3 ti7 kha1] 用文火煮豬
  腳。
煮予爛[gun6/gun3 ho6 nua6; kun7/kun3 hoo7 nua7] 用文火
  煮得很爛。

拳 **[gun2; kun5]** Unicode: 62F3, 台語字: gunw
  [guan2, gun2; kuan5, kun5] 打拳,拳頭
嘩拳[huah1 gun2; huah8 kun5] 喝酒前, 先猜拳划拳, 猜酒
  拳。
拳頭拇[gun6 tau6 vor4/gun3 tau3 vu4; kun7 thau7 bo2/kun3
  thau3 bu2] 拳頭的大小, 拳頭, 例詞拳頭拇, 捙恰出汗
  gun6 tau6 vor4 denn3 gah1 cut1 guann6/gun3 tau3 vu4
  dinn3 gah1 cut1 guann6 握緊了拳頭, 很生氣的樣子,
  準備要動打架。

群 **[gun2; kun5]** Unicode: 7FA4, 台語字: gunw
  [gun2, gun6; kun5, kun7] 群眾
人群[lang6/lang3 gun2; lang7/lang3 kun5] 群眾, 例詞人群
  狗黨 lang6/3 gun2 gau1 dong4 狼狽為奸;孤鳥插人群
  go6 ziau4 cah1 lang6/3 gun2 孤單的一隻鳥, 飛入其他
  的鳥群, 喻孤單無助。
猛虎休得猴群[veng1 ho4 ve3 dit1 gau6 gun2/veng1 ho4 vue3
  dit1 gau3 gun2; bing1 hoo2 be3 tit8 kau7 kun5/bing1
  hoo2 bue3 tit8 kau3 kun5] 單隻兇猛無比的老虎, 也敵
  不過猴群的聯手攻擊, 喻寡不敵眾。

滾 **[gun4; kun2]** Unicode: 6EFE, 台語字: guny
  [gun4; kun2] 翻動
滾絞[gun1 ga4; kun1 ka2] 喧嘩, 吵鬧, 糾紛, 扭絞, 滋生利
  息, 絞痛, 例詞腹肚滾絞 bak1 do4 gun1 ga4 肚子絞
  痛;滾絞利息 gun1 ga1 li3 sek5 滋生利息。
滾水[gun1 zui4; kun1 tsui2] 白開水, 煮沸了的水, 例詞滾
  水罐 gun1 zui1 guan3 熱水瓶;水滾唉 zui4 gun4 a3 水
  己煮沸了;白滾水 beh5 gun1 zui4 白開水;燒滾水
  sior6 gun1 zui4 熱開水;冷滾水 leng1 gun1 zui4 涼開
  水。

淌淌滾[ciang3 ciang3 gun4; tshiang3 tshiang3 kun2] 水煮沸
  了, 人氣沸騰, 精力旺盛, 氣氛熱烈, 沸騰, 不宜作強
  強滾 ciang3 ciang3 gun4 音義均誤。
鬧熱滾滾[nau3 jet5/let5 gun1 gun4; nau3 jiat4/liat4 kun1
  kun2] 熱鬧得很。

諢 **[gun4; kun2]** Unicode: 8AE2, 台語字: guny
  [gun4, hun6; kun2, hun7] 玩笑
諢耍笑[gun1 sng1 cior3; kun1 sng1 tshio3] 開玩笑, 有作滾
  耍笑 gun1 sng1 cior3。

gut

掘 **[gut1; kut8]** Unicode: 6398, 台語字: gutf
  [gut1; kut8] 用鋤頭挖,相關字挖 o4/iah5 挖開,挖掘;
  剜 ue4 挖取;剜 iam1 挖掘
掘古井[gut5 go1 zenn4/zinn4; kut4 koo1 tsenn2/tsinn2] 鑿水
  井。
掘蕃薯[gut5 han6 zi2/zu2; kut4 han7 tsi5/tsu5] 挖地瓜。
軟土深掘[nng1 to2 cim6 gut1; nng1 thoo5 tshim7 kut8] 專找
  鬆軟的土地來挖掘, 因而可以挖得很深, 喻專吃軟柿
  子, 只會欺負好人。

骨 **[gut5; kut4]** Unicode: 9AA8, 台語字: gut
  [gut5; kut4] 骨骼,骨架
撨骨[ciau6/ciau3 gut5; tshiau7/tshiau3 kut4] 中醫接骨師門
  診的推拿接骨治療, 例詞撨筋接骨 ciau6/3 gin1 ziap1
  gut5 推拿接骨。
激骨[gek1 gut5; kik8 kut4] 調皮的, 生性固執, 愛說風涼
  話, 例詞激骨話 gek1 gut1 ue6 風涼話, 歇後語, 調皮
  又好笑的言語。
巧骨[kiau1 gut5; khiau1 kut4] 天生很聰明。
貧憚骨[bin3/bun3 duann3 gut5; pin3/pun3 tuann3 kut4] 懶惰
  的個性, 懶骨頭。
枝骨仔[gi6 gut1 a4; ki7 kut8 a2] 人體的骨架。
乞食骨[kit1 giah5 gut5; khit8 kiah4 kut4] 濺骨頭, 懶骨頭。
講話掛骨[gong1 ue3 gua4 gut5; kong1 ue3 kua2 kut4] 諷刺,
  講話帶刺。
鐵骨仔眰[tih1 gut1 a1 sinn1; thih8 kut8 a1 sinn1] 骨架瘦小
  的, 長不胖的體格身材。
老伖 骨頭好打鼓[lau3 gah1 gut1 tau2 ho1 pah1 go4; lau3
  kah8 kut8 thau5 hoo1 phah8 koo2] 人死了多年, 變成
  白骨, 所以可當鼓槌來擊鼓。

搰 **[gut5; kut4]** Unicode: 6430, 台語字: gut
  [gut5; kut4] 努力
搰力[gut1 lat1; kut8 lat8] 工作勤快, 努力。

台語 KK 音標、台語六調： 獅 sai1　牛 qu2　豹 ba3　虎 ho4　鴨 ah5　象 ciunn6　鹿 lok1
　　　　　　　　　　　　　左 zo1　營 iann2　淡 dam3　水 zui4　直 dit5　通 tong6　竹 dek1 南 lam2
台語字：　　　　　　　　　獅 saif　牛 quw　豹 bax　虎 hoy　鴨 ah　象 ciunn　鹿 lokf
北京語：　　　　　　　　　山 san1　明 meng2　水 sue3　秀 sior4　的 dorh5　中 diong6　壢 lek1

台灣精神詞典

iJiden, the Formosan Dictionary
of the Taiwan Spirit

台語 KK 音標(通用拼音) 台語六調(注音符號聲調)

台語 KK 音標、台羅拼音對照版

部首 **h;h**

ha

呷 [ha1; ha1] Unicode: 5477, 台語字: haf
[qap5, ha1; gap4, ha1] 喝,飲,吸而食,大嘴吞食,吸一口水,相關字飲 lim1 喝;食 ziah1 吃,吞食.說文:吸,呷也;長箋:吸而飲曰呷;唐韻:呼甲切.
呷燒酒[ha6 sior6 ziu4; ha7 sio7 tsiu2] 喝酒, 例詞呷一杯燒酒 ha6 zit5 bue6 sior6 ziu4 喝一杯酒,相關詞哈酒 hah1 ziu4 染上了酒癮,酒癮發作, 要喝酒。
呷食落腹[ha6 ziah5 lorh5 bak5; ha7 tsiah4 loh4 pak4] 大嘴吞食。

下 [ha6; ha7] Unicode: 4E0B, 台語字: ha
[e6, ge6, ha6, he6, lorh1; e7, ke7, ha7, he7, loh8]
下水[ha3 sui4; ha3 sui2] 雞鴨內臟, 同腹內仔 bak1 lai3 a4, 例詞下水湯 ha3 sui1 tng1 用雞鴨內臟煮的湯, 同腹內仔湯 bak1 lai3 a1 tng1。
下九流[ha3 giu1 liu2; ha3 kiu1 liu5] 舊日, 九種被視為低濺的職業或人品, 即一娼妓, 二做戲, 三僮乩, 四掠龍, 五歕吹, 六剃頭, 七奴才, 八 婢, 九細姨。

hah

合 [hah1; hah8] Unicode: 5408, 台語字: hahf
[gap5, hah1, hap1; kap4, hah8, hap8] 很合適
會合[e4 hah1; e2 hah8] 合適。
佅合[ve3/vue3 hah1; be3/bue3 hah8] 合不來, 無法合作, 不一致, 例詞翁某佅合 ang6 vo4 ve3/vue3 hah1 夫妻合不來。
合人意[hah5 lang6/lang3 i3; hah4 lang7/lang3 i3] 。
合時勢[hah5 si6/si3 se3; hah4 si7/si3 se3] 合時宜。

哈 [hah5; hah4] Unicode: 54C8, 台語字: hah
[ha1, hah5; ha1, hah4] 上了癮,喜愛,缺乏,相關詞呷 ha1 喝酒,喝茶
哈中國[hah1 diong6 gok5; hah8 tiong7 kok4] 親中國, 傾向中國, 統派的台灣人。

哈獨立[hah1 dok5 lip1; hah8 tok4 lip8] 追求台灣獨立建國的人, 傾向獨立的人。
哈佮欲死[hah1 gah1 veh1 si4; hah8 kah8 beh8 si2] 很希望得到, 窮得要命。

hai

海 [hai4; hai2] Unicode: 6D77, 台語字: haiy
[hai4; hai2] 姓,海洋
海湧[hai1 eng4; hai1 ing2] 海浪。
海海[hai1 hai4; hai1 hai2] 不要太計較, 例詞人生海海 jin6/lin3 seng1 hai1 hai4 人生不要太計較, 只要過得去就好。
大海漲[dua3 hai1 diong3; tua3 hai1 tiong3] 大海嘯, 日語詞津波 tsunami. 1845 年, 清道光 25 年, 舊曆 6 月 1 日, 台灣中南部發生三百年的大海嘯, 今雲林縣沿海約有 2 萬人喪生。
海端鄉[hai1 duan6 hiang1; hai1 tuan7 hiang1] 在台東縣。

hak

學 [hak1; hak8] Unicode: 5B78, 台語字: hakf
[hak1, orh1; hak8, oh8] 學習,學校
學甲鎮[hak5 gah1 din3; hak4 kah8 tin3] 在台南縣。

礐 [hak1; hak8] Unicode: 7910, 台語字: hakf
[hak1; hak8] 糞坑以石塊或水泥圍起成坑者為礐 hak1,未圍成坑者為堀 kut5
屎礐仔[sai1 hak5 a4; sai1 hak4 a2] 糞坑, 土坑式廁所。
讀三重埔大礐[tak5 sann6 deng3 bo6 dai3 hak1; thak4 sann7 ting3 poo7 tai3 hak8] 大學與大礐同音, 三重埔係大城市, 往日, 其公共廁所必定為大型糞坑, 故說務農挑水肥者或沒唸書的人, 到過三重埔大礐, 就算己經讀過三重埔大學了。
惊跋落屎礐　不惊火燒厝[giann6 buah5 lorh5 sai1 hak1 m3 giann6 hue1/he1 sior6 cu3; kiann7 puah4 loh4 sai1 hak8 m3 kiann7 hue1/he1 sio7 tshu3] 有些男人只貪圖個人錦衣美食, 卻不肯負担家計生活之責任, 好像只怕身上的衣著被弄髒而沒面子, 不怕家中失火而妻兒無法過日子。

蓄 [hak5; hak4] Unicode: 84C4, 台語字: hak
[hak5, tiok5; hak4, thiok4] 購置,代用字,有作椎 hak5
蓄田園[hak1 can6/can3 hng2; hak8 tshan7/tshan3 hng5] 購置田地, 例詞蓄一坵田 hak1 zit5 ku6 can2 購一塊田地。
蓄傢伙[hak1 ge6 hue4/he4; hak8 ke7 hue2/he2] 購置財產。

台語 KK 音標、台語六調:	獅 sai1	牛 qu2	豹 ba3	虎 ho4	鴨 ah5	象 ciunn6	鹿 lok1
	左 zo1	營 iann2	淡 dam3	水 zui4	直 dit5	通 tong6	竹 dek1 南 lam2
台語字:	獅 saif	牛 quw	豹 bax	虎 hoy	鴨 ah	象 ciunn	鹿 lokf
北京語:	山 san1	明 meng2	水 sue3	秀 sior4	的 dorh5	中 diong6	壢 lek1

han

番 **[han1; han1]** Unicode: 756A, 台語字: hanf
　　[han1, huan1; han1, huan1] 外來的

番薯[han6 zi2; han7 tsi5] 地瓜, 常影射台灣, 有作蕃薯
　　han6 zi2, 例詞不捌芋仔番薯 m3 bat1 o6 a1 han3 zi2
　　譏笑某人分不出番薯與芋頭。

芋仔番薯[o6 a1 han3 zi2; oo7 a1 han3 tsi5] 外省人叫做芋
　　仔, 台灣人叫做番薯, 二者通婚後, 生下的第二代叫
　　做芋仔番薯, 意思是一半外省人血統的台灣人, 足見
　　外省人也已變成了台灣人。

番薯仔囝[han6 zi6/zi3 a1 giann4; han7 tsi7/tsi3 a1 kiann2]
　　小地瓜, 台灣人。

寒 **[han2; han5]** Unicode: 5BD2, 台語字: hanw
　　[guann2, han2; kuann5, han5] 內心的寒冷的感覺,貧,
　　怕,相關字洘 guann2 外界寒冷的感覺

寒心[han6/han3 sim1; han7/han3 sim1] 叫人心怕, 例詞予人
　　寒心 ho3 lang6 han6/3 sim1 令人心怕。

寒單爺[han6 dan6 ia2; han7 tan7 ia5] 神明的名字, 道教神
　　明, 主財運, 例詞砲炸寒單爺 pau4 zah1 han6 dan6 ia2
　　在元宵夜, 以爆竹攻向寒單爺, 表示春天來了, 要開
　　始活動了。

河邊春風寒[hor6/hor3 binn1 cun6 hong6 han2; ho7/ho3
　　pinn1 tshun7 hong7 han5] 台語名歌。

預 **[han2; han5]** Unicode: 9807, 台語字: hanw
　　[han2; han5] 能力差

預顢[han6/han3 van6; han7/han3 ban7] 沒有才能, 讀書及做
　　人處事都不夠精明。

預顢腳數[han6/han3 van3 ka6 siau3; han7/han3 ban3 kha7
　　siau3] 沒有才能或能力差的人, 同預顢人 han6/3 van6
　　lang2。

漢 **[han3; han3]** Unicode: 6F22, 台語字: hanx
　　[han3; han3]

大漢[dua3 han3; tua3 han3] 長大成人, 大兒子, 高個子, 例
　　詞縣朦大漢 guan6/3 ciang2 dua3 han3 身材高大;佼朦
　　大漢 gau6 ciang2 dua3 han3 身材高大。

細漢[se4/sue4 han3; se2/sue2 han3] 身材矮小, 年輕人, 排
　　行在後的人, 輩份低的人, 小兒子, 小個子, 例詞細漢
　　仔 se4 han4 a4/sue4 han4 a4 小個子的人;細漢囡仔
　　se4 han4 qin1 a4 小孩子。

漢草[han4 cau4; han2 tshau2] 體格, 身材, 例詞漢草真好
　　han4 cau4 zin6 hor4 體格是高個子。

hap

合 **[hap1; hap8]** Unicode: 5408, 台語字: hapf
　　[gap5, hah1, hap1; kap4, hah8, hap8] 一起,量具

打合[dann1 hap1; tann1 hap8] 討論, 安排, 協調, 係日語詞
　　打合 uchiawaseru 討論, 安排。

合歡山[hap5 huan6 san1; hap4 huan7 san1] 地名, 位於花蓮

縣與南投縣的交界, 是台灣主要河流大甲溪, 濁水溪
與立霧溪的分水嶺。

hat

轄 **[hat1; hat8]** Unicode: 8F44, 台語字: hatf
　　[hat1; hat8] 管理

管轄[guan1 hat1; kuan1 hat8] 管理, 例詞管轄權 guan1 hat5
　　kuan2/guan2。

轄死死[hat5 si1 si4; hat4 si1 si2] 限制得很利害, 例詞新婦
　　開錢, 拏轄死死 sin6 bu6 kai6 zinn2, hong2 hat5 si1 si4
　　媳婦花錢, 被婆婆管得很苛刻。

hau

詨 **[hau1; hau1]** Unicode: 8A68, 台語字: hauf
　　[hau1; hau1] 誇下海口,講大話騙人.類篇:吳人謂叫呼
　　為詨:玉篇:大嘑也,呼也,喚也;類篇:詨,矜誇也

詨誚[hau6 siau2; hau7 siau5] 說謊話騙人, 吹牛, 例詞侜詨
　　誚得 ve3/vue3 hau6 siau2 jit5 不可說謊話騙人, 事實
　　俱在, 騙不了人的。

孝 **[hau3; hau3]** Unicode: 5B5D, 台語字: haux
　　[ha3, hau3; ha3, hau3] 事親, 吃

有孝[iu1 hau3; iu1 hau3] 孝順父母。

孝孤[hau4 go1; hau2 koo1] 祭拜孤魂野鬼, 嗟來之食, 拿去
　　吃吧, 罵對方為死人, 有作耗孤 hau4 go1。

哮 **[hau4; hau2]** Unicode: 54EE, 台語字: hauy
　　[hau4; hau2] 人的哭泣,廣韻:呼教切,喚也;集韻:大呼
　　也;正韻:音嗃.有作嚎 hau4 哭泣,嚎咷大哭.相關字瘃
　　he1 氣喘;吼 hau4 動物鳴叫及自然現象的嘶鳴.

哮叫[hau1 gior3; hau1 kio3] 人在哭泣, 號叫。

哮佮大細聲[hau1 gah1 dua3 se4 siann1; hau1 kah8 tua3 se2
　　siann1] 哭得很大聲。

吼 **[hau4; hau2]** Unicode: 543C, 台語字: hauy
　　[hau4; hau2] 動物鳴叫及自然現象的嘶鳴,相關字哮
　　hau4 人的哭泣.玉篇:牛,鳴也;廣韻:聲也

吼叫[hau1 gior3; hau1 kio3] 動物在吼叫。

牛咧吼[qu2 le1 hau4; gu5 le1 hau2] 牛叫。

後 **[hau6; hau7]** Unicode: 5F8C, 台語字: hau
　　[au6, hau6, hior6, ho6; au7, hau7, hio7, hoo7]

後生[hau3 senn1/sinn1; hau3 senn1/sinn1] 稱對方的兒子,
　　相關詞後生 ho3 seng1 下一代的年青人。

後生家[hau3 sinn1 ge1; hau3 sinn1 ke1] 年輕男孩。

候 **[hau6; hau7]** Unicode: 5019, 台語字: hau
　　[hau6; hau7]

氣候[ki4 hau6; khi2 hau7] 天氣。

伺候[su3 hau6; su3 hau7] 服侍。

台語 KK 音標、台語六調： 獅 sai1　牛 qu2　豹 ba3　虎 ho4　鴨 ah5　象 ciunn6　鹿 lok1
　　　　　　　　　　　　左 zo1　營 iann2　淡 dam3　水 zui4　直 dit5　通 tong6　竹 dek1 南 lam2
台語字：　　　　　　　　獅 saif　牛 quw　豹 bax　虎 hoy　鴨 ah　象 ciunn　鹿 lokf
北京語：　　　　　　　　山 san1　明 meng2　水 sue3　秀 sior4　的 dorh5　中 diong6　壢 lek1

鱟 [hau6; hau7] Unicode: 9C5F, 台語字: hau
　　[hau6; hau7] 淺海的節肢動物,外形似蟹,有十二足,係
　　上等漁產

鱟腳鱟手[hau3 ka1 hau3 ciu4; hau3 kha1 hau3 tshiu2] 動作
　　慢吞吞。

天阿地　鱟杓飯簸[tinn1 a3 de6 hau3 hia1 bng3 le6; thinn1
　　a3 te7 hau3 hia1 png3 le7] 向天地訴苦, 喻天地良心何
　　在。

he

痵 [he1; he1] Unicode: 75DA, 台語字: hef
　　[he1; he1] 氣喘,相關字哮 hau4 哭泣

痵呴[he6 gu1; he7 ku1] 氣喘病, 常誤作痵龜 he6 gu1;嘠龜
　　he6 gu1, 相關詞喘悥 cuan1 kui3 呼吸。

痵呴喘[he6 gu6 cuan4; he7 ku7 tshuan2] 氣喘病。

和 [he2; he5] Unicode: 548C, 台語字: hew
　　[ham6, he2, hor2, hue2; ham7, he5, ho5, hue5] 和尚

和尚[hue6 sionn6/he3 siunn6; hue7 sionn7/he3 siunn7] 僧侶,
　　出家人。

和尚洲[hue6/he3 siunn3 ziu1; hue7/he3 siunn3 tsiu1] 台北縣
　　蘆洲市的舊名。

蝦 [he2; he5] Unicode: 8766, 台語字: hew
　　[he2; he5] 蝦子的總稱,簡寫字虾 he2

蝦鮟[he6/he3 gau2; he7/he3 kau5] 蝦鮀, 係蝦子的一種亞
　　科。

紅蝦仔[ang6 he6 a4/ang3 he3 a4; ang7 he7 a2/ang3 he3 a2]
　　小蝦子的總稱。

蝦卑仔[he6/he3 bi6 a4; he7/he3 pi7 a2] 細小蝦子, 經煮後
　　再曬成蝦乾, 不脫殼也不去頭。

驚佮盾蝦仔[giann6 gah1 ho4 he6/he3 a4; kiann7 kah8 hoo2
　　he7/he3 a2] 非常害怕, 下巴一直像蝦子一般地跳動打
　　顫。

下 [he6; he7] Unicode: 4E0B, 台語字: he
　　[e6, ge6, ha6, he6, lorh1; e7, ke7, ha7, he7, loh8] 放下

下佇[he3 di6; he3 ti7] 放在...中, 例詞璇石下佇金庫內
　　suan3 ziorh1 he3 di3 gim6 ko4 lai6 鑽石放在保險箱
　　裡。

下本錢[he3 bun1 zinn2; he3 pun1 tsinn5] 拿錢去投資事
　　業。

下性命[he3 senn4/sinn4 miann6; he3 senn2/sinn2 miann7] 拚
　　命, 全力以赴, 例詞下性命編字典 he3 sinn4 miann6,
　　ben6 ji3 den4/he3 senn4 miann6, ben6 li3 den4 拚命地
　　編寫字典。

許 [he6; he7] Unicode: 8A31, 台語字: he
　　[he6, hi4, hu4, ko4; he7, hi2, hu2, khoo2]

許願[he3 quan6; he3 guan7] 許下願望, 有作下願 he3
　　quan6。

許神明[he3 sin6/sin3 veng2; he3 sin7/sin3 bing5] 向神明許
　　下願望。

乞食　許大願[kit1 ziah5 he3 dua3 quan6; khit8 tsiah4 he3

tua3 guan7] 嘲笑沒有能力或實力, 卻許下大願的人,
　　結果都不能實現願望, 像乞丐許下的大願, 不切實
　　際。

蟹 [he6; he7] Unicode: 87F9, 台語字: he
　　[he6; he7] 螃蟹,毛蟹

毛蟹[mo6 he6; moo7 he7] 節肢動物, 大腳又長黑毛的螃蟹,
　　常稱為毛蟹仔 mo6 he6 a4。

大毛蟹[dua3 mo6 he6; tua3 moo7 he7] 中國之大閘蟹。

hek

核 [hek1; hik8] Unicode: 6838, 台語字: hekf
　　[hek1, hut1; hik8, hut8] 查驗, 原子能

反核[huan1 hek1/hut1; huan1 hik8/hut8] 反原子能發電計
　　劃。

核能[hek5/hut5 leng2; hik4/hut4 ling5] 原子能。

核四[hek5/hut5 si3; hik4/hut4 si3] 台灣電力公司的興建第
　　四核能發電廠。

hen

掀 [hen1; hian1] Unicode: 6380, 台語字: henf
　　[hen1, sen1; hian1, sian1] 揭發,掀開,代用字

掀字典[hen6 ji3/li3 den4; hian7 ji3/li3 tian2] 查閱字典。

掀手底乎人看[hen6 ciu1 de4 ho3 lang6/lang3 kuann3; hian7
　　tshiu1 te2 hoo3 lang7/lang3 khuann3] 掀開內幕給對方
　　看, 內訌。

弦 [hen2; hian5] Unicode: 5F26, 台語字: henw
　　[hen2; hian5] 張弓之絲,琴的弦線

弦仔[hen6/hen3 a4; hian7/hian3 a2] 小胡琴, 台灣的本土樂
　　器, 例詞碴弦仔 e6 hen6/3 a4 拉胡琴, 有作挨弦仔 e6
　　hen6/3 a4。

大管弦[dua3 gong1 hen2; tua3 kong1 hian5] 木殼的大胡琴,
　　台灣的本土樂器。

憲 [hen3; hian3] Unicode: 61B2, 台語字: henx
　　[hen3; hian3] 法,法律

制憲[ze4 hen3; tse2 hian3] 制定一部新憲法, 例詞台灣須要
　　制憲 dai6/3 uan2 su6 iau4 ze4 hen3 台灣必要制定一部
　　適用於台灣的新憲法。

獻 [hen3; hian3] Unicode: 737B, 台語字: henx
　　[hen3; hian3] 文書典籍,貢獻下屬事奉上司

獻納米[hen4 lap5 vi4; hian2 lap4 bi2] 在日治時期, 台灣以
　　用濁水溪水灌溉生產的濁水溪米, 奉獻給日本天皇食
　　用, 係日語詞獻納米 kennobei。

現 [hen6; hian7] Unicode: 73FE, 台語字: hen
　　[hen3, hen6; hian3, hian7] 能見,清清楚楚,當今,立刻

現流[hen3 lau6; hian3 lau7] 剛捕撈的漁獲。

台語 KK 音標、台語六調：	獅 sai1	牛 qu2	豹 ba3	虎 ho4	鴨 ah5	象 ciunn6	鹿 lok1
		左 zo1	營 iann2	淡 dam3	水 zui4	直 dit5	通 tong6	竹 dek1 南 lam2
台語字：		獅 saif	牛 quw	豹 bax	虎 hoy	鴨 ah	象 ciunn	鹿 lokf
北京語：		山 san1	明 meng2	水 sue3	秀 sior4	的 dorh5	中 diong6	壢 lek1

現肆[hen3 si3; hian3 si3] 出醜, 丟臉, 現醜, 原形畢露。
現世報[hen3 si4 bor3; hian3 si2 po3] 殺人騙錢劫色, 都會
　　在這一輩子得到報應, 屢見不鮮。
現主時[hen3 zu1 si2; hian3 tsu1 si5] 現在, 如今, 同現此時
　　hen3 cu1 si2。
現趁現開[hen3 tan3 hen3 kai1; hian3 than3 hian3 khai1] 賺
　　了錢, 馬上就花用, 不肯儲蓄。

heng

胸　[heng1; hing1] Unicode: 80F8, 台語字: hengf
　　[heng1, hiong1; hing1, hiong1]
襟胸[kim6 heng1; khim7 hing1] 鳥類或雞鴨的胸部, 相關
　　詞華語胸襟 sion1 zin1 心胸, 情懷, 例詞襟胸肉 kim6
　　heng6 vah5 雞胸肉。
胸坎[heng6 kam4; hing7 kham2] 胸部, 胸膛, 胸口, 例詞現
　　胸坎 hen4 heng6 kam4 脫掉內衣, 坦胸露乳;扭胸坎
　　kiu1 heng6 kam4 扭住胸口;�胸坎 zang6 heng6 kam4
　　扷住胸口;挣胸坎 zinn6 heng6 kam4 以拳擊打胸部。

興　[heng1; hing1] Unicode: 8208, 台語字: hengf
　　[heng1, heng3, hin1; hing1, hing3, hin1]
興旺[heng6 ong6; hing7 ong7] 興盛, 例詞六畜興旺 liok5
　　tiok5 heng6 ong6。
興　興無三代[heng1 heng6 vor6/vor3 sann6 dai6; hing1
　　hing7 bo7/bo3 sann7 tai7] 世家再興旺, 也不會超過三
　　代, 喻久旺必衰。

行　[heng2; hing5] Unicode: 884C, 台語字: hengw
　　[giann2, hang2, heng2, heng6; kiann5, hang5, hing5,
　　hing7]
行動[heng6/heng3 dong6; hing7/hing3 tong7] 開始動作, 有
　　所活動, 起動, 相關詞行動 giann6/3 dang6 走動走動,
　　原意是出去大小便, 上廁所的婉轉語詞。
行蹤不明[heng6/heng3 zong1 but1 veng2; hing7/hing3 tsong1
　　put8 bing5] 行蹤漂浮不定。

刑　[heng2; hing5] Unicode: 5211, 台語字: hengw
　　[heng2; hing5]
徒刑[do6/do3 heng2; too7/too3 hing5] 法院判處刑期。
酷刑[kok1 heng2; khok8 hing5] 殘酷的刑罰, 為人橫行霸
　　道, 冷酷無情。

形　[heng2; hing5] Unicode: 5F62, 台語字: hengw
　　[heng2; hing5] 交配,結果,形體
打形[pah1 heng2; phah8 hing5] 雞鴨的交配, 有作踏形
　　dah5 heng2。
粃形[pann4 heng2; phann2 hing5] 雞鴨的交配而沒受精, 有
　　作無形 vor6/3 heng2, 相關詞有形 u3 heng2 交配而
　　受精。
散形[suann4 heng2; suann2 hing5] 交配後沒有受精成功,
　　胎死腹中, 做人懶散, 不力求上進, 有作無形 vor6/3
　　heng2, 例詞怹屘仔囝散形散形 in6 van6 a1 giann4
　　suann4 heng6/3 suann4 heng2 他們的小兒子不長進,
　　不成器。

有形[u3 heng2; u3 hing5] 雞鴨鵝的交配而受精, 能孵出下
　　一代, 有作有雄 u3 heng2, 相關詞粃形 pann4 heng2
　　雞鴨的交配而沒受精。
此款形的[zit1 kuan1 heng2 e6; tsit8 khuan1 hing5 e7] 這種
　　敗類型樣的, 例詞那有此款形的判官 na1 u3 zit1
　　kuan1 heng2 e6 puann4 guann1? 那有這種敗類型的法
　　官?。

恆　[heng2; hing5] Unicode: 6046, 台語字: hengw
　　[heng2; hing5]
恆春鎮[heng3 cun6 din3; hing3 tshun7 tin3] 在屏東縣。

興　[heng3; hing3] Unicode: 8208, 台語字: hengx
　　[heng1, heng3, hin1; hing1, hing3, hin1] 興趣,喜愛,興
　　致勃勃
興開[heng4 kai1; hing2 khai1] 喜好嫖妓, 好女色, 同興查
　　某 heng4 za6 vo4。
興喋[heng4 tih5; hing2 thih4] 喜好講話, 相關詞興啼
　　heng4 ti2 喜好唱歌, 例詞大舌興喋 dua3 zih5 heng4
　　tih5 說話說不清楚, 又愛講話。
心適興[sim6 sek1 heng3; sim7 sik8 hing3] 只在有興趣時,
　　才會參與工作。

行　[heng6; hing7] Unicode: 884C, 台語字: heng
　　[giann2, hang2, heng2, heng6; kiann5, hang5, hing5,
　　hing7]
德行[dek1 heng6; tik8 hing7] 善心善行, 例詞好德行 hor1
　　dek1 heng6 好心腸, 樂善好施。
心行[sim6 heng6; sim7 hing7] 心腸, 例詞好心行 hor1 sim6
　　heng6 好心腸;修心行 siu6 sim6 heng6 修心養性;大心
　　行 dua3 sim6 heng6 崇高的品德;臭心行 cau4 sim6
　　heng6 壞心腸;孬心行 vai1 sim6 heng6 壞心腸。
厚行[gau3 heng6; kau3 hing7] 心機惡毒, 計謀不善, 花招,
　　例詞矮人厚行 e1 lang2 gau3 heng6 矮子多計謀及花
　　招。
阨心行[eh5 sim6 heng6; eh4 sim7 hing7] 心胸狹小, 心地不
　　善良。
好心好行[hor1 sim1 hor1 heng6; ho1 sim1 ho1 hing7] 求求
　　你做些善行, 好心腸, 好品德, 多說些祝福的話。

hi

檜　[hi1; hi1] Unicode: 6A9C, 台語字: hif
　　[gue3, hi1; kue3, hi1] 台灣檜木
檜木[gue4 vok1; kue2 bok8] 台灣檜木, 係日語詞檜之木
　　hinoki 檜木。

魚　[hi2; hi5] Unicode: 9B5A, 台語字: hiw
　　[hi2, hu2; hi5, hu5] 魚類的總稱
膒魚[au4 hi2; au2 hi5] 爛魚, 爛貨, 引申為爛人。
烏魚[o6 hi2; oo7 hi5] 冬至迴游到台灣的訊魚。
魚脯[hi6/hi3 bo4; hi7/hi3 poo2] 小魚乾, 相關詞魚鯆
　　hi6/hi3 hu4 魚鬆;魚酥 hi6/3 so1 魚酥。
魚鰓[hi6/hi3 ci1; hi7/hi3 tshi1] 魚鰓, 鰓 ci1 係代用字。
魚翅[hi6/hi3 ci3; hi7/hi3 tshi3] 以鯊魚魚鰭製成之高價食

台語KK音標、台語六調： 獅 sai1　牛 qu2　豹 ba3　　虎 ho4　鴨 ah5　象 ciunn6　鹿 lok1
　　　　　　　　　　　　　左 zo1　營 iann2　淡 dam3　水 zui4　直 dit5　通 tong6　竹 dek1 南 lam2
台語字：　　　　　　　　獅 saif　牛 quw　豹 bax　　虎 hoy　鴨 ah　象 ciunn　鹿 lokf
北京語：　　　　　　　　山 san1　明 meng2 水 sue3　秀 sior4　的 dorh5　中 diong6　壢 lek1

品。

魚刺[hi6/hi3 ci3; hi7/hi3 tshi3] 魚骨頭, 例詞鋤魚刺 cng1 hi6/3 ci3 在嘴中分挑魚骨頭, 再吃魚肉。

魚鯆 [hi6/hi3 hu4; hi7/hi3 hu2] 魚鬆, 相關詞魚脯 hi6/3 bo4 魚乾;魚酥 hi6/3 so1 魚酥。

魚酥[hi6/hi3 so1; hi7/hi3 soo1] 魚鬆經油炸, 成為魚酥。

魚頭[hi6/hi3 tau2; hi7/hi3 thau5] 魚頭之部份, 例詞鰱魚頭, 草魚喉 len6 hi6 tau2 cau1 hi6 au2/len3 hi3 tau2 cau1 hi3 au2 這二種魚的頭及喉部最好吃。

魚塭[hi6 un3; hi7 un3] 人工掘成的養殖魚池。

魚栽[hi6/hi3 zai1; hi7/hi3 tsai1] 魚苗。

魚子[hi6/hi3 zi4; hi7/hi3 tsi2] 魚卵, 尤指母烏魚的卵巢, 即 烏魚子 o6 hi6/3 zi4。

紅鰱魚[ang6 len6 hi2/ang3 len3 hi2; ang7 lian7 hi5/ang3 lian3 hi5] 產於加拿大及日本的鮭魚, 相關詞華語鮭魚 gue1 i2。

串仔魚[cng1 a1 hi2; tshng1 a1 hi5] 鮪魚。

鰹仔魚[en6 a1 hi2; ian7 a1 hi5] 鰹魚, 俗稱柴箍魚 ca6/3 ko6 hi2。

魴仔魚[hang6 a1 hi2; hang7 a1 hi5] 扁平魚。

烏魚鰾[o6 hi6/hi3 bior6; oo7 hi7/hi3 pio7] 公烏魚的精囊。

烏魚子[o6 hi6/hi3 zi4; oo7 hi7/hi3 tsi2] 烏魚的卵巢曬乾的 高價食品。

吳郭魚[qo6 gueh1 hi2/qo3 geh1 hi2; goo7 kueh8 hi5/goo3 keh8 hi5] 一種淡水鯽魚, 有作南洋鯽仔 lam6 iunn6 zit1 a4/lam3 iunn3 zit1 a4, 由吳振輝及郭啟彰二人由南 洋引進台灣。

虱目魚[sak1 vak5 hi2; sak8 bak4 hi5] 台灣最代表性的淡水 魚種, 又名麻虱目 mua6/3 sak1 vak1。

三元魚[sam6 quan6/quan3 hi2; sam7 guan7/guan3 hi5] 蕃茄 醬沙丁魚罐頭, 係英語詞 sardine, 相關詞三文魚 sam6 vun6/3 hi2 鮭魚, 係英語詞 salmon 鮭魚。

三文魚[sam6 vun6/vun3 hi2; sam7 bun7/bun3 hi5] 鮭魚, 係 英語詞 salmon, 相關詞三元魚 sam6 quan6/3 hi2 蕃 茄醬沙丁魚罐頭, 係英語詞 sardine 沙丁魚。

茶魚仔[tau3 hi6/hi3 a4; thau3 hi7/hi3 a2] 毒殺水中的活魚。

汫水魚[ziann1 zui1 hi2; tsiann1 tsui1 hi5] 淡水魚, 有作淡 水魚 dam3 zui1 hi2。

魚架仔[hi6/hi3 ge4 a4; hi7/hi3 ke2 a2] 魚攤。

魚池鄉[hi6 di6 hiang1; hi7 ti7 hiang1] 在南投縣。

扁魚白菜[binn1 hi2 beh5 cai3; pinn1 hi5 peh4 tshai3] 菜餚 名, 常稱開陽白菜。

膭魚 膭人買[au4 hi2 au4 lang6 ve4/au4 hu2 au4 lang3 vue4; au2 hi5 au2 lang7 be2/au2 hu5 au2 lang3 bue2] 壞 人來買腐壞的魚, 喻臭味相投。

無魚 蝦嘛好[vor6/vor3 hi2 he2 ma3 hor4; bo7/bo3 hi5 he5 ma3 ho2] 沒有大魚, 小蝦子也好, 引申聊勝於無。

漁 **[hi2; hi5]** Unicode: 6F01, 台語字: hiw
[hi2, hu2, qi2, qu2; hi5, hu5, gi5, gu5]

漁翁島[hi6 ong6 dor4; hi7 ong7 to2] 澎湖群島的舊名, 荷蘭 人稱為 Piscadore, 意思為漁翁。

戲 **[hi3; hi3]** Unicode: 6232, 台語字: hix
[hi3; hi3] 演戲

搬戲[buann6 hi3; puann7 hi3] 演戲。

整戲[zeng1 hi3; tsing1 hi3] 籌組並演出戲團。

戲齣[hi4 cut5; hi2 tshut4] 戲碼, 戲劇的情節。

戲園[hi4 hng2; hi2 hng5] 戲院, 院線。

戲弄[hi4 lang6; hi2 lang7] 調戲。

布袋戲[bo4 de3 hi3; poo2 te3 hi3] 用木偶在手掌中表演的 台灣人偶戲劇。

歌仔戲[gua6 a1 hi3; kua7 a1 hi3] 本土戲劇, 以唱歌來解說 劇情。

戲棚腳[hi1 benn6/binn3 ka1; hi1 piann7/pinn3 kha1] 野台戲 的表演廣場, 例詞戲棚腳, 踦久人的 hi1 benn6/binn3 ka1 kia3 gu4 lang6/3 e2 誰能在戲台前站得最久, 那麼 這個地盤就屬於他的。

膭戲拖棚[au4 hi3 tua6 benn2/binn2; au2 hi3 thua7 piann5/pinn5] 不叫座的戲碼, 常拖拖拉拉, 不肯提早 下戲, 喻收拾不了, 有作歹戲拖棚 pai1 hi3 tua6 benn2/binn2。

做戲悾 看戲戇[zor4 hi4 kong1 kuann4 hi4 qong2; tso2 hi2 khong1 khuann2 hi2 gong5] 演員演戲太入戲, 則會像 瘋子, 但看戲的觀眾, 如太過於入迷, 則會像呆子一 般地被劇情所騙, 喻人生如戲, 何必認真?, 有作做戲 悾, 看戲憨 zor4 hi4 kong1 kuann4 hi4 qong6。

hiah

額 **[hiah1; hiah8]** Unicode: 984D, 台語字: hiahf
[gor1, hiah1, qiah1; ko1, hiah8, giah8] 額頭

顎額[kok1 hiah1; khok8 hiah8] 前額頭突出, 凸額, 有作顎 頭 kok1 tau2。

溜額[liu4 hiah1; liu2 hiah8] 前額很高, 禿頭, 禿頂, 天門蓋 沒有長頭髮, 有作禿額 tuh1 hiah1.相關詞禿鬖 tuh1 ziunn4 禿額角, 二邊額角沒長頭髮。

禿額[tuh1 hiah1; thuh8 hiah8] 禿頂, 天門蓋沒有長頭髮, 相 關詞禿鬖 tuh1 ziunn4 禿了額角, 二邊額角沒長頭 髮。

為著吃 爭破額[u3 diorh5 ziah1 zeng6/zinn6 pua4 hiah1; u3 tioh4 tsiah8 tsing7/tsinn7 phua2 hiah8] 為了吃一口飯, 大家爭得頭破血流。

hiam

嫌 **[hiam2; hiam5]** Unicode: 5ACC, 台語字: hiamw
[hiam2; hiam5] 厭惡, 懷疑

棄嫌[ki4 hiam2; khi2 hiam5] 嫌棄, 厭惡。

狗無嫌 家貧[gau4 vor6/vor3 hiam6 ga1 bin2; kau2 bo7/bo3 hiam7 ka1 pin5] 狗不會嫌棄主人的家是否貧窮。

做伓流汗 嫌伓流涎[zor4 gah1 lau6 guann6 hiam6 gah1 lau6 nua6/zor4 gah1 lau3 guann6 hiam3 gah1 lau3 nua6; tso2 kah8 lau7 kuann7 hiam7 kah8 lau7 nua7/tso2 kah8 lau3 kuann7 hiam3 kah8 lau3 nua7] 賣力作得滿頭大汗, 卻被罵不絕口, 喻勞而無功。

hiang

香　**[hiang1; hiang1]** Unicode: 9999, 台語字: hiangf
　　[hiang1, hiong1, hionn1, hiunn1; hiang1, hiong1,
　　hionn1, hiunn1]
五香[qonn1 hiang1; ngoo1 hiang1] 由五種香料如茴香, 花
　　椒等調合而成的綜合香料。
香水梨[hiang6 zui1 lai2; hiang7 tsui1 lai5] 水梨名。
叫阿香阿　去香山　買較芳的好香　到廟寺去燒香[gior4
　　a6 hiang1 a1 ki4 hiong6 san6 ve1 kah1 pang1 e6 hor1
　　hionn1 gau4 vior3 si6 ki4 sior6 hiunn1; kio2 a7 hiang1
　　a1 khi2 hiong7 san7 be1 khah8 phang1 e7 ho1 hionn1
　　kau2 bio3 si7 khi2 sio7 hiunn1] 說明香字有四音, 叫阿
　　香, 去香山, 買較香的好香, 到廟寺去燒香。

hiau

僥　**[hiau1; hiau1]** Unicode: 50E5, 台語字: hiauf
　　[hiau1; hiau1] 不勞而得,反悔,負心
反僥[huan1 hiau1; huan1 hiau1] 答應之後再反悔, 變心, 背
　　叛, 例詞反僥背叛 huan1 hiau1 bue3 puan6 背叛他人;
　　反僥人, 無好尾 huan1 hiau1 lang1 vor6 hor1
　　vue4/huan1 hiau1 lang1, vor3 hor1 ve4 凡是背叛他人
　　的人, 總是沒有好下場的。
僥倖[hiau6 heng6; hiau7 hing7] 缺德, 失德, 做了傷天敗德
　　的事, 相關詞華語僥倖 ziau3 seng4 幸運, 不勞而獲,
　　偶爾得到勝利成功, 非份之想, 例詞真僥倖 zin6 hiau6
　　heng6 太缺德;觸僥倖 siunn6 hiau6 heng6 太過失德
　　了;僥倖失德 hiau6 heng6 sit1 dek5 做了傷天敗德的
　　事, 可憐啊。
僥心[hiau6 sim1; hiau7 sim1] 變心, 背叛, 例詞女方僥心,
　　背叛退婚 li1/lu1 hong1 hiau6 sim1, bue3 puan3 te4
　　hun1 女方變心而退婚。
僥倖錢[hiau6 heng3 zinn2; hiau7 hing3 tsinn5] 橫財, 非法
　　取得之財, 例詞僥倖錢, 失德了 hiau6 heng3 zinn2,
　　sit1 dek1 liau4 非法取得的錢財, 會很快也沒有原因地
　　失去, 勸君莫取不義之財。

嚣　**[hiau1; hiau1]** Unicode: 56C2, 台語字: hiauf
　　[hiau1; hiau1] 嚣張,神氣
嚣詖[hiau6 bai1; hiau7 pai1] 嚣張, 神氣, 言詞傲慢, 有作
　　嚣俳 hiau6 bai1。

曉　**[hiau4; hiau2]** Unicode: 66C9, 台語字: hiauy
　　[hiang4, hiau4; hiang2, hiau2] 會
會曉[e3 hiau4; e3 hiau2] 會, 相關詞會曉 e3 hiang4 懂得,
　　例詞會曉偷食, 袂曉拭嘴 e3 hiau1 tau6 ziah1 vue3/ve3
　　hiau1 cit1 cui3 會道偷吃, 卻不會把嘴巴擦乾淨, 喻不
　　知道要煙滅証据。
袂曉[vue3/ve3 hiau4; bue3/be3 hiau2] 不會。

him

欣　**[him1; him1]** Unicode: 6B23, 台語字: himf
　　[him1; him1] 羨慕
予人欣羨[ho6 lang6/lang3 him6 sen6; hoo7 lang7/lang3 him7
　　sian7] 令人羨慕, 叫人羨慕不已。
欣欣向榮[him6 him1 hiong4 eng2; him7 him1 hiong2
　　ing5] 。
欣羨別人[him6 sen3 bat5 lang2; him7 sian3 pat4 lang5] 羨慕
　　別人。

熊　**[him2; him5]** Unicode: 718A, 台語字: himw
　　[him2; him5] 姓,熊科動物
台灣熊[dai6 uan6 him2/dai3 uan3 him2; tai7 uan7 him5/tai3
　　uan3 him5] 台灣熊屬於特有亞種, 全身黑毛, 但胸前
　　特有 V 形白毛, 有作狗熊 gau1 him2。
熊心豹膽[him6/him3 sim1 ba4 dann4; him7/him3 sim1 pa2
　　tann2] 大膽量。
惹熊惹虎　不挏惹著熾查某[zia1 him2 zia1 ho4 m3 tang6
　　zia1 diorh5 ciah1 za6 vo4; tsia1 him5 tsia1 hoo2 m3
　　thang7 tsia1 tioh4 tshiah8 tsa7 boo2] 你寧可去惹上了
　　熊或老虎, 但千萬別去惹上了凶女人。

hin

眩　**[hin2; hin5]** Unicode: 7729, 台語字: hinw
　　[hen2, hin2; hian5, hin5] 暈眩,癲癇症, 有作癇 hin2,相
　　關字胘 hen3 羶味,人,動物或一般物品之天然氣味;昂
　　qong2 頭暈
羊眩[ionn6 hin2/iunn3 hin2; ionn7 hin5/iunn3 hin5] 癲癇症,
　　有作羊癇 ionn6/iunn3 hin2, 相關詞羊胘 iunn6/ionn3
　　hen3 羊羶味。
眩車眩船[hin6 cia1 hin3 zun2; hin7 tshia1 hin3 tsun5] 暈車
　　暈船。

恨　**[hin6; hin7]** Unicode: 6068, 台語字: hin
　　[hin6, hun6; hin7, hun7]
怨恨[uan4 hin6/hun6; uan2 hin7/hun7] 。
怯恨[kiorh1 hin6/hun6; khioh8 hin7/hun7] 記恨, 懷恨, 同記
　　恨 gi4 hin6/hun6。
恨命莫怨天[hin3/hun3 mia6 vok5 uan4 tinn1; hin3/hun3
　　mia7 bok4 uan2 thinn1] 人只能自嘆命運多舛, 千才不
　　要怨天尤人。

hinn

耳　**[hinn6; hinn7]** Unicode: 8033, 台語字: hinn
　　[hi6, hinn6, ni4; hi7, hinn7, ni2] 耳朵
耳孔[hinn3/hi3 kang1; hinn3/hi3 khang1] 聽覺的器官, 例詞
　　耳孔輕 hinn3 kang6 kin1 容易聽信別人的話;耳孔重

台語 KK 音標、台語六調： 獅 sai1　牛 qu2　豹 ba3　虎 ho4　鴨 ah5　象 ciunn6　鹿 lok1
　　　　　　　　　　　　左 zo1　營 iann2　淡 dam3　水 zui4　直 dit5　通 tong6　竹 dek1 南 lam2
台語字：　　　　　　　　獅 saif　牛 quw　豹 bax　虎 hoy　鴨 ah　象 ciunn　鹿 lokf
北京語：　　　　　　　　山 san1　明 meng2　水 sue3　秀 sior4　的 dorh5　中 diong6　壢 lek1

hinn3 kang6 dang6 重聽;耳孔邊 hinn3 kang6 binn1 耳邊;耳孔鬼仔 hinn3 kang6 gui1 a4 耳鼓膜;耳孔窒破布 hinn3 kang1 tat1 pua4 bo3 耳朵塞耳塞, 不想聽;耳孔撬利利 hinn3 kang1 qiau1 lai3 lai6 耳朵挖得空空, 一點聲音, 閒言或耳語都聽得到。

臭耳聾[cau4 hinn3 lang2; tshau2 hinn3 lang5] 耳聾之人, 耳聾, 簡稱臭聾 cau4 lang2。

硯 **[hinn6; hinn7]** Unicode: 786F, 台語字: hinn
[hinn6; hinn7] 硯台

硯盤[hinn3 buann2; hinn3 puann5] 硯台, 有作墨盤 vak5 buann2。

筆墨硯[bit1 vak5 hinn6; pit8 bak4 hinn7] 文房三寶。

hiong

香 **[hiong1; hiong1]** Unicode: 9999, 台語字: hiongf
[hiang1, hiong1, hionn1, hiunn1; hiang1, hiong1, hionn1, hiunn1] 地名,花名
香山[hiong6 san1; hiong7 san1] 地名, 新竹市香山區。

鄉 **[hiong1; hiong1]** Unicode: 9109, 台語字: hiongf
[hiang1, hiong1, hiunn1; hiang1, hiong1, hiunn1]
鄉親[hiong6 cin1; hiong7 tshin1] 來自或居住在同一故鄉的友人或親人。
故鄉[ko4 hiong1; khoo2 hiong1] 出生或成長的鄉鎮。
鄉土教育[hiong6 to4 gau4 iok1; hiong7 thoo2 kau2 iok8] 教育學生認同台灣, 了解台灣本土文化的教育。
鄉土文化[hiong6 to4 vun6/vun3 hua3; hiong7 thoo2 bun7/bun3 hua3] 本土文化。

雄 **[hiong2; hiong5]** Unicode: 96C4, 台語字: hiongw
[heng2, hin2, hiong2, iong2; hing5, hin5, hiong5, iong5] 雄性,絕情,凶惡,匆匆忙忙,突然間
雄雄[hiong6/hiong3 hiong2; hiong7/hiong3 hiong5] 匆匆忙忙, 突然間, 忽然間, 急急忙忙, 例詞雄雄, 煞死去 hiong6/3 hiong6/3 suah1 si4 ki3 突然間猝死, 突然死亡;雄雄 嘩一聲 hiong6/3 hiong2 huah1 zit5 siann1 突如其然, 就大喊一聲。
高雄市[kor6 hiong6/iong6 ci6; kho7 hiong7/iong7 tshi7] 地名, 在台灣南部。
價數 起真雄[ge4 siau3 ki1 zin6 hiong2; ke2 siau3 khi1 tsin7 hiong5] 價格漲得很急。

向 **[hiong3; hiong3]** Unicode: 5411, 台語字: hiongx
[ann3, hiang3, hiann3, hiong3, ng3; ann3, hiang3, hiann3, hiong3, ng3] 姓,方向
意向[i4 hiong3; i2 hiong3] 心意傾向。
一向[it1 hiong3; it8 hiong3] 從來。

hionn

香 **[hionn1; hionn1]** Unicode: 9999, 台語字: hionnf
[hiang1, hiong1, hionn1, hiunn1; hiang1, hiong1, hionn1, hiunn1]
臭香[cau4 hionn1/hiunn1; tshau2 hionn1/hiunn1] 地瓜或果實的內部有病蟲害, 以至枯萎。
拈香[liam6 hionn1/liam3 hiunn1; liam7 hionn1/liam3 hiunn1] 向往生者上香拜別。
燒香[sior6 hionn1/hiunn1; sio7 hionn1/hiunn1] 以香燭供拜神佛, 例詞有燒香, 有保庇 u3 sior3 hionn1, u3 bor1 bi3 有燒香, 神明就會保庇大家。
香菇[hionn6 go1; hionn7 koo1] 寄生在樹皮的菌菇類。

hior

后 **[hior6; hio7]** Unicode: 540E, 台語字: hior
[au6, hior6, ho6; au7, hio7, hoo7] 土地公,守墓神,皇后
天后[ten6 hior6; thian7 hio7] 媽祖, 天上聖母。
后土[hior3 to4; hio3 thoo2] 土地公, 守墓神, 例詞皇天后土 hong6/3 ten1 hior3 to4 天地神。
天后宮[ten6 hior3 giong1; thian7 hio3 kiong1] 媽祖宮, 媽祖廟。

後 **[hior6; hio7]** Unicode: 5F8C, 台語字: hior
[au6, hau6, hior6, ho6; au7, hau7, hio7, hoo7] 後代
後嗣[hior3 su2; hio3 su5] 後代子女。
後事[hior3 su6; hio3 su7] 喪事, 殯葬事宜。
後進[hior3 zin3; hio3 tsin3] 下一代兒女應該要比上一代父母更有出息或更有出人頭地的表現, 才能稱為後進, 今指後輩, 晚輩, 例詞經理怨嘆無後進 geng6 li4 uan4 tan4 vor6/3 hior3 zin3 經理傷心後繼無人。

hiorh

歇 **[hiorh5; hioh4]** Unicode: 6B47, 台語字: hiorh
[hennh5, hiorh5, hennh4, hioh4] 休息,歇業,放假
歇喘[hiorh1 cuan4; hioh8 tshuan2] 休息。
歇晝[hiorh1 dau3; hioh8 tau3] 中午休息, 午睡。
歇洞[hiorh1 guann2; hioh8 kuann5] 放寒假。
歇睏[hiorh1 kun3; hioh8 khun3] 休息, 歇業, 放假, 例詞三做四歇睏 sann6 zor3 si4 hiorh1 kun3 工作三天, 就要休息四天, 喻工作沒有恆心。
歇寒假[hiorh1 han6/han3 ga4; hioh8 han7/han3 ka2] 放寒假。

台語KK音標、台語六調:獅 sai1　牛 qu2　豹 ba3　虎 ho4　鴨 ah5　象 ciunn6　鹿 lok1
　　　　　　　　　　　左 zo1　營 iann2　淡 dam3　水 zui4　直 dit5　通 tong6　竹 dek1 南 lam2
台語字:　　　　　　　獅 saif　牛 quw　豹 bax　虎 hoy　鴨 ah　象 ciunn　鹿 lokf
北京語:　　　　　　　山 san1　明 meng2　水 sue3　秀 sior4　的 dorh5　中 diong6　壢 lek1

hip

翁　[hip5; hip4] Unicode: 7FD5, 台語字: hip
　　[hip5; hip4] 蓋住,悶熱,使不通風,代用字
翁相[hip1 siang6/siong6; hip8 siang7/siong7] 照相, 拍照
　　片。
翁豆菜[hip1 dau3 cai3; hip8 tau3 tshai3] 製豆芽菜, 有作陰
　　豆菜 im4 dau3 cai3。
挈錢翁死人[keh5 zinn2 hip1 si1 lang2; kheh4 tsinn5 hip8 si1
　　lang5] 要拿金錢來壓迫人。

hit

彼　[hit5; hit4] Unicode: 5F7C, 台語字: hit
　　[bi4, hia1, hit5; pi2, hia1, hit4] 那個,那一邊
彼擺[hit1 bai4; hit8 pai2] 那一次。
彼日[hit1 jit1/lit1; hit8 jit8/lit8] 那一天。
彼面[hit1 vin6; hit8 bin7] 那一方面, 相關詞此面 zit1 vin6
　　這方面。
彼噂[hit1 zun6; hit8 tsun7] 那一陣子, 例詞彼時噂 hit1
　　si6/3 zun6 那一陣子。
彼一暝[hit1 zit5 me2/minn2; hit8 tsit4 me5/minn5] 那一晚。
彼項代志[hit1 hang3 dai3 zi3; hit8 hang3 tai3 tsi3] 那件事
　　情。

hiu

休　[hiu1; hiu1] Unicode: 4F11, 台語字: hiuf
　　[hiu1, kiu2; hiu1, khiu5]
干休[gan6 hiu1; kan7 hiu1] 不再計較, 一筆勾銷, 罷手, 例
　　詞不放伊干休 m3 bang4 i6 gan6 hiu1 不肯饒了他。
休憩[hiu6 ke3; hiu7 khe3] 休息, 係日語詞休憩 kyukei。

咻　[hiu1; hiu1] Unicode: 54BB, 台語字: hiuf
　　[hiu1, siuh1; hiu1, siuh8] 喊,叫
嘩咻[huah1 hiu1; huah8 hiu1] 喊叫。
喊咻[hiam4/han1 hiu1; hiam2/han1 hiu1] 大聲喊叫。
咻咻叫[hiu6 hiu6 gior3; hiu7 hiu7 kio3] 呱呱叫, 一直不停
　　地大聲喊叫, 例詞痛佮咻咻叫 diann4 gah1 hiu6 hiu6
　　gior3 痛得呱呱叫。

朽　[hiu4; hiu2] Unicode: 673D, 台語字: hiuy
　　[hiu4; hiu2] 腐朽的,沒用的
朽木不可雕[hiu1 vok1 but1 kor1 diau1; hiu1 bok8 put8 kho1
　　tiau1] 腐朽的木材, 不能再作為雕刻的材料, 喻沒有
　　用途了。

hiunn

香　[hiunn1; hiunn1] Unicode: 9999, 台語字: hiunnf
　　[hiang1, hiong1, hionn1, hiunn1; hiang1, hiong1,
　　hionn1, hiunn1]
芳香[pang6 hiunn1; phang7 hiunn1] 拜神佛的香柱。
香火[hiunn6 hue4/he4; hiunn7 hue2/he2] 護身符。
香芳[hiunn6 pang1; hiunn7 phang1] 端午節的應時香包。
擇香遀拜[qiah5 hiunn1 due4 bai3; giah4 hiunn1 tue2 pai3]
　　拿著香, 跟隨別人拜神, 有作擇香逮拜 qiah5 hiunn1
　　due4 bai3。

hm

媒　[hm6; hm7] Unicode: 5A92, 台語字: hm
　　[hm6, muai2, mue2, mui2, vue2; hm7, muai5, mue5,
　　mui5, bue5] 媒人
媒人[hm3 lang2; hm3 lang5] 介紹婚嫁的媒婆, 常作媒人婆
　　hm3 lang6/3 bor2。
媒人嘴[hm3 lang6/lang3 cui3; hm3 lang7/lang3 tshui3] 媒人
　　總是只說好聽的話, 故華而不實, 例詞媒人嘴, 糊累
　　累 hm3 lang6 cui3, ho6 lui4 lui3/hm3 lang3 cui3, ho3
　　lui4 lui3 媒人的話不可盡信。
便媒人[ben3 hm3 lang2; pian3 hm3 lang5] 現成的媒人。

hng

方　[hng1; hng1] Unicode: 65B9, 台語字: hngf
　　[bng1, hng1, hong1; png1, hng1, hong1] 所在地,藥方
藥方[iorh5 hng1; ioh4 hng1] 。
偏方[pen6 hng1; phian7 hng1] 非傳統的藥方。
祖傳祕方[zor1 tuan2 bi4 hng1; tso1 thuan5 pi2 hng1] 祕密的
　　藥方, 祖傳的藥方。

荒　[hng1; hng1] Unicode: 8352, 台語字: hngf
　　[hng1, hong1; hng1, hong1]
饑荒[gi6 hng1; ki7 hng1] 沒有收成的年份。
拋荒[pa6 hng1; pha7 hng1] 放任土地荒蕪。
荒埔[hng6 bo1; hng7 poo1] 荒蕪的草地。

園　[hng2; hng5] Unicode: 5712, 台語字: hngw
　　[hng2, uan2; hng5, uan5] 園地,旱地,地方
墣田園[bak5 can6/can3 hng2; pak4 tshan7/tshan3 hng5] 向地
　　主承租土地來耕作。
新園鄉[sin6 hng6 hiang1; sin7 hng7 hiang1] 在屏東縣。

台語 KK 音標、台語六調：　獅 sai1　　牛 qu2　　豹 ba3　　虎 ho4　　鴨 ah5　　象 ciunn6　　鹿 lok1
　　　　　　　　　　　　　　　　　左 zo1　　營 iann2　　淡 dam3　　水 zui4　　直 dit5　　通 tong6　　竹 dek1 南 lam2
台語字：　　　　　　　　　　　獅 saif　　牛 quw　　豹 bax　　虎 hoy　　鴨 ah　　象 ciunn　　鹿 lokf
北京語：　　　　　　　　　　　山 san1　　明 meng2　水 sue3　　秀 sior4　　的 dorh5　中 diong6　　壢 lek1

ho

葫 **[ho2; hoo5]** Unicode: 846B, 台語字: how
  [ho2; hoo5] 植物名
葫蘆堵[ho3 lo3 do4; hoo3 loo3 too2] 台北市士林區葫蘆里之舊名。
矮腳葫蘆[e1 ka1 ho6/ho3 lo2; e1 kha1 hoo7/hoo3 loo5] 矮短品種的葫蘆瓜,喻矮小的人或動物。

虎 **[ho4; hoo2]** Unicode: 864E, 台語字: hoy
  [ho4, hu1; hoo2, hu1] 姓,地名,老虎
虎膦[ho1 lan6; hoo1 lan7] 雄虎之生殖器,閒聊,杜撰,有作誚讕 ho1 lan6 講大話,閒聊,杜撰,誇口,誑妄,語出自日語詞法螺 hora 吹牛皮,閒聊,杜撰,例詞畫虎膦 ue3 ho1 lan6 閒聊,杜撰;敲虎膦 ka4 ho1 lan6 閒聊,杜撰;畫一支虎膦,予汝擧 ue3 zit5 gi6 ho1 lan6 ho3 li1 qiah1 說謊話騙你,向你杜撰一件事。
虎尾[ho1 vue4; hoo1 bue2] 荷蘭人治台時,平埔族蕃社地名,原名虎尾壠社,Favorlang 社,在舊虎尾溪畔,於 1906 年,日本人建糖廠,規模全台第一,依溪名稱為虎尾街,今雲林縣虎尾鎮。
黃虎國[ng6/ng3 ho1 gok5; ng7/ng3 hoo1 kok4] 清帝國在 1895 年將台灣割讓給日本,台灣人成立台灣民主國 Republic of Taiwan,以對抗日本,國旗為黃虎藍地,為亞洲第一個民主國家。
畫虎膦[ue3 ho1 lan6; ue3 hoo1 lan7] 虎膦原義為雄虎之生殖器,係日本統治台灣時期,台灣人引用日語詞法螺 hora 大海貝殼,誤讀為 holan,而引申為吹牛皮,閒聊,杜撰,有作話虎膦 ue3 ho1 lan6。
虎頭埤[ho1 tau6 bi1; hoo1 thau7 pi1] 水庫名,為台南縣新化鎮虎頭山之湖潭風景區,建造於 1846 年,當時有台灣第一水庫之稱,有虎月橋吊橋之美景。
虎尾壠社[ho1 vue1 lang6 sia6; hoo1 bue1 lang7 sia7] 平埔族蕃社地名, Favorlang 社,今雲林縣,彰化縣到台中縣大甲溪以南之間的沿海地區鄉鎮均屬之,其語言為虎尾壠語,荷蘭的牧師 Happart,在西元 1650 年著有虎尾壠語字典。
虎頭鳥鼠尾[ho1 tau2 niau1 ci1 vue4/ve4; hoo1 thau5 niau1 tshi1 bue2/be2] 虎頭蛇尾,有頭無尾。

唬 **[ho4; hoo2]** Unicode: 552C, 台語字: hoy
  [ho4; hoo2] 佔便宜,騙錢
唬人[ho4 lang3/ho1 lang2; hoo2 lang3/hoo1 lang5] 佔別人的便宜,相關詞華語唬人 hu3 zun2 嚇唬人。
夆唬去[hong2 ho4 ki3; hong5 hoo2 khi3] 被人騙了,被別人佔了便宜,有作人唬去 hor3 lang6/3 ho4 ki3。
唬秤頭[ho1 cin4 tau2; hoo1 tshin2 thau5] 在磅秤上動手腳,以騙取斤兩。

諕 **[ho4; hoo2]** Unicode: 8AD5, 台語字: hoy
  [ho4; hoo2] 講大話,誇口,誑妄,說文:諕,號也;玉篇:諕,誑也
諕讕[ho1 lan6; hoo1 lan7] 講大話,閒聊,杜撰,誇口,誑妄,有作虎膦 ho1 lan6 閒聊,杜撰。

雨 **[ho6; hoo7]** Unicode: 96E8, 台語字: ho
  [ho6, u4; hoo7, u2]

沃雨[ak1 ho6; ak8 hoo7] 在雨中淋雨。
落雨[lorh5 ho6; loh4 hoo7] 下雨。
苾雨[vih1 ho6; bih8 hoo7] 躲雨。
雨幔[ho3 muann1; hoo3 muann1] 雨衣。
雨衫[ho3 sann1; hoo3 sann1] 雨衣。
雨水[ho3 zui4; hoo3 tsui2] 下雨的雨水,相關詞雨水 u1 sui4 節令名,在陽曆二月十九日。
落紅雨[lorh5 ang6/ang3 ho6; loh4 ang7/ang3 hoo7] 下紅雨,喻太稀奇了。
西北雨[sai6 bak1 ho6; sai7 pak8 hoo7] 夏天的午後,西北方總會飄來大雨。

滬 **[ho6; hoo7]** Unicode: 6EEC, 台語字: ho
  [ho6; hoo7] 郊外
滬尾[ho3 ve4; hoo3 be2] 地名,台北縣淡水鎮之舊名。
山頭滬尾[suann6 tau2 ho3 vue4/ve4; suann7 thau5 hoo3 bue2/be2] 荒郊野外,山頭水邊。

hok

袱 **[hok1; hok8]** Unicode: 88B1, 台語字: hokf
  [hok1; hok8] 包物品的大方巾
包袱[bau6 hok1; pau7 hok8] 負擔,負荷量。
包袱仔[bau6 hok5 a4; pau7 hok4 a2] 布包包。
包袱巾[bau6 hok5 gin1; pau7 hok4 kin1] 可只打包簡單衣服的大方巾。

服 **[hok1; hok8]** Unicode: 670D, 台語字: hokf
  [hok1; hok8] 姓,服裝,吃藥,祀奉
服祀[hok5 sai6; hok4 sai7] 祀奉,祭拜,祭拜祖先,例詞服祀祖先 hok5 sai3 zo1 sen1 拜祭祖先;服祀序大人 hok5 sai3 si3 dua3 lang2 照料父母或長輩。

復 **[hok1; hok8]** Unicode: 5FA9, 台語字: hokf
  [gorh5, hok1; koh4, hok8] 回,重新
往復[ong1 hok1; ong1 hok8] 來回。
復興鄉[hok5 hin6 hiang1; hok4 hin7 hiang1] 在桃園縣。

覆 **[hok1; hok8]** Unicode: 8986, 台語字: hokf
  [hok1, hop5, pak5; hok8, hop4, phak4] 回覆,翻覆
反覆[huan1 hok1; huan1 hok8] 一再,反覆,相關詞反覆 beng1 pak5 轉身伏臥,例詞反覆無常 huan1 hok5 vu6/3 siong2 反覆不止。
覆面[hok5 vin6; hok4 bin7] 用布巾蒙住臉孔,蒙面,引申為盜賊,例詞覆面大盜 hok5 vin6 dai3 do2 用布巾蒙住臉孔的盜賊。

福 **[hok5; hok4]** Unicode: 798F, 台語字: hok
  [hok5; hok4] 福氣
三福[sam6 hok5; sam7 hok4] 多財富,多子孫,多年壽,合稱為三多或三福。
福興鄉[hok1 heng6 hiong1; hok8 hing7 hiong1] 在彰化縣。
福佬人[hok1/hor3 lor1 lang2; hok8/ho3 lo1 lang5] 荷蘭人稱台灣人為福佬人,係取 Formosa 佬之音譯,與福建人無關。
福佬話[hok1 lor1 ue6; hok8 lo1 ue7] 荷蘭人稱台灣話為

台語KK音標、台語六調:	獅 sai1	牛 qu2	豹 ba3	虎 ho4	鴨 ah5	象 ciunn6	鹿 lok1
	左 zo1	營 iann2	淡 dam3	水 zui4	直 dit5	通 tong6	竹 dek1 南 lam2
台語字:	獅 saif	牛 quw	豹 bax	虎 hoy	鴨 ah	象 ciunn	鹿 lokf
北京語:	山 san1	明 meng2	水 sue3	秀 sior4	的 dorh5	中 diong6	壢 lek1

hor3 lor1 ue6, 諒係 la Isla Hermosa 佬的話之音譯, 行
之於台灣已數百年, 但誤為鶴佬話 horh5 lor1 ue6;福
佬話 hok1 lor1 ue6;河洛話 hor6/3 lok1 ue6 已久, 台灣
話, 似可稱為賀佬話 hor3 lor1 ue6, 方為正確。

先生緣　主人福[sin6 senn6 en2 zu1 lang6 hok5/sen6 sinn6
en2 zu1 lang3 hok5; sin7 senn7 ian5 tsu1 lang7
hok4/sian7 sinn7 ian7 tsu1 lang3 hok4] 病人若與醫生
有緣份, 則病可以治癒。

hong

芳　[hong1; hong1] Unicode: 82B3, 台語字: hongf
[hong1, pang1; hong1, phang1] 香味

芬芳[hun6 hong1; hun7 hong1] 芳香, 花草之香氣, 同薰芳
hun6 hong1。

芳苑鄉[hong6 uan1 hiang1; hong7 uan1 hiang1] 在彰化縣,
舊名番仔挖 huan6 a1 iah5。

風　[hong1; hong1] Unicode: 98A8, 台語字: hongf
[hong1, hu3; hong1, hu3] 姓,氣流,味道

電風[den3 hong1; tian3 hong1] 電風扇, 指機器而不指吹動
的一陣氣流。

漏風[lau4 hong1; lau2 hong1] 因掉牙齒而說話漏氣, 致使
發音不清楚, 相關詞漏怣 lau4 kui3 丟臉, 洩了氣, 無
精打彩,例詞講話漏風 gong1 ue6 lau4 hong1。

膨風[pong4 hong1; phong2 hong1] 吹牛誇大不實, 肚子漲
氣。

透風[tau4 hong1; thau2 hong1] 大風吹襲而來, 吹颪大風,
例詞透風落雨 tau4 hong1 lorh5 ho6 刮大風, 下大雨,
相關詞吹風 cue6/ce6 hong1 風吹起來。

風吹[hong6 cue1/ce1; hong7 tshue1/tshe1] 風箏, 例詞風吹
輾仔 hong6 cue1/ce1 len1 a4 紙風車玩具。

風水[hong6 sui4; hong7 sui2] 地理, 風水, 堪輿之學術, 例
詞看風水 kuann4 hong6 sui4 勘輿, 勘看地理及風水;
做風水 zor4 hong6 sui4 建造墓園及墳墓;風水師
hong6 sui1 sai1 看地理及風水的老師;一門風水 zit5
mng6/3 hong6 sui4 一座墳墓, 一座墓園;唐山食風水,
台灣食嘴水 dng6 suann1 ziah5 hong6 sui4 dai6 uan2
ziah5 cui4 sui4/dng3 suann1 ziah5 hong6 sui4 dai3 uan2
ziah5 cui4 sui4 在中國的福建須依靠看風水地理而維
生, 但在台灣必須靠好的口才, 才能生存。

樹尾風[ciu3 vue1/ve1 hong1; tshiu3 bue1/be1 hong1] 樹梢微
風, 例詞父母痛団長流水, 団想父母樹尾風 be3 vor4
tiann4 giann4 dng6 lau6 zui4, giann4 siunn3 be3 vor4
ciu3 vue1 hong1/be3 vu4 tiann4 giann4 dng3 lau3 zui4,
giann4 siunn3 be3 vu4 ciu3 ve1 hong1 父母疼愛兒子像
河水長流, 永遠不斷;兒子想起父母, 則像樹頂端的微
風, 時有時無。

望春風[vang3 cun6 hong1; bang3 tshun7 hong1] 台灣名歌,
鄧雨賢作曲, 李臨秋填詞, 在淡水河邊睹物思情, 於
1933 年發表。

一時風　駛一時船[zit5 si6 hong1 sai1 zit5 si6 zun2/zit5 si3
hong1 sai1 zit5 si3 zun2; tsit4 si7 hong1 sai1 tsit4 si7
tsun5/tsit4 si3 hong1 sai1 tsit4 si3 tsun5] 因時制宜, 做
事情的立場或態度, 要能因時因地而改變, 正如航海

出帆, 都要依照天候氣象而定。

放屎　也著看風肆[bang4 sai4 iah5 diorh5 kuan4 hong6 si3;
pang2 sai2 iah4 tioh4 khuan2 hong7 si3] 做任何事情要
有分寸, 並洞察週遭情況而定。

訥　[hong1; hong1] Unicode: 8A7E, 台語字: hongf
[hong1; hong1] 張揚,誇張,喧嘩,有作訇 hong1,代用
字,原義爭訟

烏白訥[o6 beh5 hong1; oo7 peh4 hong1] 亂吹噓, 誇大不實,
亂傳播不實的消息, 有作烏白嗙 o6 beh5 bong3。

訥聲嗙影[hong6 siann1/siann6 bong4 iann4; hong7
siann1/siann7 pong2 iann2] 捉風捕影, 誇大其詞。

豐　[hong1; hong1] Unicode: 8C50, 台語字: hongf
[hong1; hong1] 姓,地名,豐富,簡寫作豐 hong1

豐原市[hong6 quan1 ci6; hong7 guan7 tshi7] 在台中縣。

豐濱鄉[hong6 bin6 hiang1; hong7 pin7 hiang1] 在花蓮縣。

夆　[hong2; hong5] Unicode: 5906, 台語字: hongw
[hong2; hong5] 被別人...,係予人 ho3 lang2 之轉音,
相關字夆 gang2 加之於對方,加予;捀 hong1 橫著打

夆拍[hong2 pah5; hong5 phah4] 被人毆打。

夆罵耍的[hong2 me3/ma4 sng4 e3; hong5 me3/ma2 sng2 e3]
被人罵著玩的。

黃　[hong2; hong5] Unicode: 9EC3, 台語字: hongw
[hong2, ng2; hong5, ng5]

硫黃[liu6 ng2/liu3 hong2; liu7 ng5/liu3 hong5] 硫磺礦石,
有作硫磺 liu6/3 hong2。

麻黃[mo6/mo3 hong2; moo7/moo3 hong5] 防風樹的樹名,
木麻黃樹。

黃金[hong6/hong3 gim1; hong7/hong3 kim1] 骨灰罐, 骨灰
罐, 相關詞黃金 ng6/3 gim1 黃金, 有作金斗甕 gim6
dau1 ang3, 例詞家己揹黃金, 替人看風水 gai3 gi3
painn3 hong6/3 gim1, te4 lang2 kuann4 hong6 sui4 風水
師背著自己祖先的骨灰罐, 竟敢去替別人看地理及風
水, 喻風水師自己是泥菩薩過江, 自身難保。

黃昏[hong3 hun1; hong3 hun1] 夕陽西下之時, 例詞黃昏的
故鄉 hong3 hun1 e3 go4 hiong1 台語名歌, 由文夏作
詞及主唱。

磺　[hong2; hong5] Unicode: 78FA, 台語字: hongw
[hong2, ng2; hong5, ng5]

磺溪[hong3 kue1; hong3 khue1] 台北市士林區的一溪之溪
名, 舊名磺港 hong3 gang4。

磺水[hong6/hong3 zui4; hong7/hong3 tsui2] 溫泉, 從地下湧
出的熱水, 同溫泉 un6 zuann2, 例詞浸磺水 zim4
hong6 zui4 泡溫泉, 泡湯。

蓬　[hong2; hong5] Unicode: 84EC, 台語字: hongw
[hong2, pong6; hong5, phong7] 姓,地名,台灣

蓬萊[hong3 lai2; hong3 lai5] 地名, 係台灣之舊稱, 最早見
之史冊為三神山 sam6 sin6 suann1, 即在史記始皇本
記:海中有三神山, 名曰蓬萊, 方丈, 瀛洲, 可能指台
灣, 琉球及日本。

蓬萊米[hong6 lai6 vi4/hong3 lai3 vi4; hong7 lai7 bi2/hong3
lai3 bi2] 台灣的特種優良米。

台語 KK 音標、台語六調:	獅 sai1	牛 qu2	豹 ba3	虎 ho4	鴨 ah5	象 ciunn6	鹿 lok1
		左 zo1	鶯 iann2	淡 dam3	水 zui4	直 dit5	通 tong6	竹 dek1 南 lam2
台語字:	獅 saif	牛 quw	豹 bax	虎 hoy	鴨 ah	象 ciunn	鹿 lokf
北京語:	山 san1	明 meng2	水 sue3	秀 sior4	的 dorh5	中 diong6	壢 lek1

鳳　[hong6; hong7] Unicode: 9CF3, 台語字: hong
　　[hong6; hong7] 雄鳥,南史王僧虔傳:鳳為雄鳥
鳳林鎮[hong3 lim6 din3; hong3 lim7 tin3] 在花蓮縣。
鳳山市[hong3 suann6 ci6; hong3 suann7 tshi7] 在高雄縣。

honn

否　[honn6; honn7] Unicode: 5426, 台語字: honn
　　[ho4, honn6, pi4, vo3, vor3; hoo2, honn7, phi2, boo3,
　　bo3] 詢問對方同意或確定,否定
是否[si6 honn6; si7 honn7] 是嗎?, 例詞汝是阿西否? li1 si3
　　a6 se1 honn6? 你是阿西吧?。
汝有同意否?[li1 u3 dong6/dong3 i3 honn6; li1 u3
　　tong7/tong3 i3 honn7] 你有同意否?, 你同意, 對吧?。

hor

和　[hor2; ho5] Unicode: 548C, 台語字: horw
　　[ham6, he2, hor2, hue2; ham7, he5, ho5, hue5] 回應,相
　　配合,訂作
和齊[hor6/hor3 ze2; ho7/ho3 tse5] 一起, 同心協力, 整齊劃
　　一, 腳步整齊, 例詞腳步和齊 ka6 bo6 hor6/3 ze2 走路
　　時腳步整齊一致;咱和齊, 來疼惜台灣 lan4 hor3 ze2
　　lai6/3 tiann4 siorh1 dai6 uan2 讓我們一起來愛台灣。
平和厝[peng6 hor6 cu3/peng3 hor3 cu3; phing7 ho7
　　tshu3/phing3 ho3 tshu3] 地名, 來自中國廣東平和縣客
　　家人地區的地名。
和平鄉[hor6 peng6 hiang1; ho7 phing7 hiang1] 在台中縣。
和美鎮[hor6 vi1 din3; ho7 bi1 tin3] 在彰化縣。

何　[hor2; ho5] Unicode: 4F55, 台語字: horw
　　[hor2; ho5] 姓,奈何,誰
何苦[hor6/hor3 ko4; ho7/ho3 khoo2] 何苦來哉, 何必呢?,
　　同何物苦 hor6/3 mih1 kor4。
何物苦[hor6/hor3 mih1 kor4; ho7/ho3 mih8 kho2] 何苦?, 何
　　必呢?, 何必這麼辛苦?, 同何苦 hor6/3 ko4。

河　[hor2; ho5] Unicode: 6CB3, 台語字: horw
　　[hor2; ho5]
愛河[ai4 hor2; ai2 ho5] 在高雄市。
河洛話[hor6/hor3 lok5 ue6; ho7/ho3 lok4 ue7] 國民黨政權
　　來台初期, 外省人吳槐在台北文獻撰文, 訛指台灣鶴
　　佬話是中國黃河及洛水之唐代古語, 其實吳文之前,
　　台灣及中國之文獻, 均無此論, 足見吳文毫無根据,
　　不真實.1624 年荷蘭人治台時, 稱在台灣使用的話為
　　hor3 lor1 ue6, 係取 "Formosa 話" 之音譯, 與台灣話
　　是否來自中國之河洛地區無關, 似可稱為賀佬話 hor3
　　lor1 ue6, 則音為正確, 因河洛話 hor6/3 lok5 ue6 及鶴
　　佬話 horh5 lor1 ue6 發音均非正確, 二者皆為入音。
淡水河[dam3 zui1 hor2; tam3 tsui1 ho5] 大漢溪及新店溪在
　　台北縣板橋市交會成淡水河, 再於台北市北投區納入
　　基隆河, 於台北縣淡水鎮出海。

冬山河[dong6 san6 hor2; tong7 san7 ho5] 在宜蘭縣。
河邊春夢[hor6/hor3 binn1 cun6 vang6; ho7/ho3 pinn1 tshun7
　　bang7] 台灣名歌, 周添旺作詞, 黎明作曲, 描述在淡
　　水河大稻埕畔的愛情故事, 在 1935 年發表。

荷　[hor2; ho5] Unicode: 8377, 台語字: horw
　　[hah1, hor2; hah8, ho5]
荷蘭[hor6/hor3 lan2; ho7/ho3 lan5] 歐洲國名, Holland。
荷人豆[hor6 len6 dau6/hor3 len3 dau6; ho7 lian7 tau7/ho3
　　lian3 tau7] 豌豆, 係由荷蘭人傳入台灣而得名。

好　[hor4; ho2] Unicode: 597D, 台語字: hory
　　[honn3, hor4; honn3, ho2] 良好,完成了,有...的話
誠好[ziann6/ziann3 hor4; tsiann7/tsiann3 ho2] 很好, 真好。
好嘴[hor1 cui3; ho1 tshui3] 以好言相勸, 說好話, 嘴巴很
　　甜, 會讚美別人, 例詞好嘴相勸, 汝毋聽 hor1 cui3
　　sior6 kng3, li4 m3 tiann1 好言相勸, 你卻不聽。
好膽[hor1 dann4; ho1 tann2] 大膽, 有膽子的話, 有種, 例
　　詞好膽勿走 hor1 dann4 mai4 zau4 如果你有膽量與我
　　作對的話, 就不要走避, 有作好膽莫走 hor1 dann4
　　mai4 zau4。
好孔[hor1 kang1; ho1 khang1] 好事情, 好地方, 可以賺錢
　　的機會, 嫖客的好姘頭, 例詞好孔逗相報 hor1 kang1
　　dau4 sior6 bor3 有好機會, 大家爭相傳告。
好去[hor4 ki3; ho2 khi3] 病治好了。
好看[hor1 kuann3; ho1 khuann3] 美好, 悅目, 精采, 給予教
　　訓或指責, 無法消受, 例詞予汝好看 ho3 li1 hor1
　　kuann3 給你一次教訓或指責, 讓你承受不了;生做好
　　看 senn6/sinn6 zor4 hor1 kuann3 長得漂亮好看。
好孬[hor1 painn4; ho1 phainn2] 好與壞, 例詞不知好孬 m3
　　zai6 hor1 painn4 不知好孬;三年一閏, 好孬照輪 sann6
　　ni2 zit5 lun6/jun6 hor1 painn4 ziau4 lun2 陰曆每三年一
　　閏, 多出一個月, 喻風水輪流轉, 十年河東, 十年河
　　西。
好額[hor1 qiah1; ho1 giah8] 有錢, 富有, 語來自古文豪業,
　　讀作 hor1 qiah1.例詞好額人 hor1 qiah5 lang2 有錢人,
　　富翁。
好勢[hor1 se3; ho1 se3] 舒適, 舒服, 順利, 好意思。
好尾[hor1 vue4/ve4; ho1 bue2/be2] 善終, 結局美好, 例詞
　　做好代, 有好尾 zor4 hor1 dai6, u3 hor1 vue4/ve4 做好
　　事, 有好報。
好孬[hor1 vai4; ho1 bai2] 好的與壞的, 例句好孬真孬講,
　　佮意著好 hor1 vai4 zin6 painn1 gong4, gah1 i3 diorh5
　　ho4 好的與壞的是很難做比較的, 只要中意就好。
即好款[ziah1 hor1 kuan4; tsiah8 ho1 khuan2] 這麼美麗漂
　　亮, 相關詞足好款 ziok1 hor1 kuan4 態度太高傲, 高
　　姿態。
好田底[hor1 can6/can3 de4; h
好嘴斗[hor1 cui4 dau4; ho1 tshui2 tau2] 胃口好, 不挑食。
好佳哉[hor1 ga6 zai3; ho1 ka7 tsai3] 幸虧, 好在, 同佳哉
　　ga6 zai3;好得佳哉 hor1 dit1 ga6 zai3。
好記持[hor1 gi4 di2; ho1 ki2 ti5] 記憶力佳。
好年冬[hor1 ni6/ni3 dang1; ho1 ni7/ni3 tang1] 豐收年。
好孬運[hor1 painn1 un6; ho1 phainn1 un7] 有好運, 也有霉
　　運, 有作好孬字運 hor1 painn1 ji3/li3 un6。
好額人[hor1 qiah5 lang2; ho1 giah4 lang5] 有錢人, 富翁。
好性地[hor1 seng4 de6; ho1 sing2 te7] 好脾氣。
好所在[hor1 so1 zai6; ho1 soo1 tsai7] 美好的地方, 例詞台

台語 KK 音標、台語六調:	獅 sai1	牛 qu2	豹 ba3	虎 ho4	鴨 ah5	象 ciunn6	鹿 lok1
	左 zo1	營 iann2	淡 dam3	水 zui4	直 dit5	通 tong6	竹 dek1 南 lam2
台語字:	獅 saif	牛 quw	豹 bax	虎 hoy	鴨 ah	象 ciunn	鹿 lokf
北京語:	山 san1	明 meng2	水 sue3	秀 sior4	的 dorh5	中 diong6	壢 lek1

灣是一个好所在 dai6/3 uan2 si3 zit5 e6 hor1 so1 zai6 台灣是一個好地方。

好澤德[hor1 zek1 dek5; ho1 tsik8 tik4] 做善事, 積善德, 有作好積德 hor1 zek1 dek5。

有好　無孬[u3 hor4 vor6/vor3 vai4; u3 ho2 bo7/bo3 bai2] 只有好處, 沒有壞處。

好膽勿走[hor1 dann4 mai4 zau4; ho1 tann2 mai2 tsau2] 如果你有膽量與我作對的話, 就不要走避, 有作好膽莫走 hor1 dann4 mai4 zau4。

好囝婿才[hor1 giann1 sai4 zai2; ho1 kiann1 sai2 tsai5] 做為女婿的好人選。

好歹字運[hor1 painn1 ji3/li3 un6; ho1 phainn1 ji3/li3 un7] 有好運, 也有壞運, 隨着自已的運氣而變化。

好時好日[hor1 si2 hor1 jit1/lit1; ho1 si5 ho1 jit8/lit8] 黃道吉日。

好心好行[hor1 sim6 hor1 heng6; ho1 sim7 ho1 hing7] 好心腸又好德行, 祈求他人的同情的用語。

好酒　沈甕底[hor1 ziu4 dim6/dim3 ang4 de4; ho1 tsiu2 tim7/tim3 ang4 te2] 好酒總是沈留在瓶底的, 好戲總是在後頭。

好心　予雷唭[hor1 sim1 hor3 lui2 zim1; ho1 sim1 ho1 lui5 tsim1] 好心的人, 卻遭到雷電劈擊, 喻好心沒好報, 唭　zim1 打擊, 係代用字。

有一好　無二好[u3 zit5 hor4 vor6/vor3 nng3 hor4; u3 tsit4 ho2 bo7/bo3 nng3 ho2] 每一件事情不可能十全十美, 有好處也有害處。

賀 **[hor6; ho7]** Unicode: 8CC0, 台語字: hor
[hor6; ho7]

恭賀[giong6 hor6; kiong7 ho7] 祝福, 例詞恭賀新禧 giong6 hor6/3 sin6 hi4。

祝賀[ziok1 hor6; tsiok8 ho7] 例詞祝賀新婚 ziok1 hor6 sin6 hun1。

賀禮[hor3 le4; ho3 le2] 禮金, 紅包。

賀佬人[horh5 lor1 lang2; hoh4 lo1 lang5] 台灣人, 清國治台及日本治台時, 統稱說台灣話的人為荷佬人 hor3 lor1 lang2, 但在 1945 年, 中國人來台之後, 才有作福佬人 hok1 lor1 lang2, 或作河洛人 hor6/3 lok5 lang2, 足見福佬人及河洛人二詞, 於史無根据, 此係由外省人吳槐於 1949 年, 在台北文獻撰文, 訛指台語是中國黃河及洛水之唐代古語河洛話 hor6/3 lok5 ue6.荷蘭人稱台灣人為荷佬人, 係取"la Isla Hermosa 佬"的音譯, 與台灣漢人是否來自中國之河洛地區無關, 宜稱為荷佬人 hor3 lor1 lang2, 或賀佬人 hor3 lor1 lang2, 方為正確, 因鶴佬人 horh5 lor1 lang2, 河洛人 hor6/3 lok5 lang2, 福佬人 hok1 lor1 lang2 音皆有誤。

賀佬話[hor3 lor1 ue6; ho3 lo1 ue7] 台語, 荷蘭人治台時期稱台灣漢人使用的話為 hor6/3 lor1 ue6, 係取 "Formosa 話"之音譯, 作荷佬話 hor3 lor1 ue6, 但福佬話 hok1 lor1 ue6, 河洛話 hor6/3 lok5 ue6 及鶴佬話 horh5 lor1 ue6 音皆與實際不相符, 似可稱為賀佬話 hor3 lor1 ue6 或荷佬話 hor3 lor1 ue6, 以其音最傳實而無誤。

號 **[hor6; ho7]** Unicode: 865F, 台語字: hor
[gor6, hor6; ko7, ho7] 號碼,商標,名號

字號[ji3/li3 hor6; ji3/li3 ho7] 名號, 例詞老牌, 老字號 lau1 bai2 lau1 ji3/li3 hor6 老招牌又老名號的商店行號。

號頭[hor3 tau2; ho3 thau5] 號碼, 序號, 箱號, 相關詞嘜頭 vak5 tau2 商標, 標記。

大號的[dua3 hor6 e6; tua3 ho7 e7] 大尺碼的, 大型的。

hu

富 **[hu3; hu3]** Unicode: 5BCC, 台語字: hux
[bu3, hu3; pu3, hu3]

富里鄉[hu4 li1 hiang1; hu2 li1 hiang1] 在花蓮縣。

大富由天　小富由人[dua3 hu3 iu6 tinn1 sior1 hu3 iu6 jin2/dua3 bu3 iu3 tinn1 sior1 bu3 iu3 lin2; tua3 hu3 iu7 thinn1 sio1 hu3 iu7 jin5/tua3 pu3 iu3 thinn1 sio1 pu3 iu3 lin5] 大富是命中註定的, 小富則是勤儉而來的。

府 **[hu4; hu2]** Unicode: 5E9C, 台語字: huy
[hu4; hu2]

府城[hu1 siann2; hu1 siann5] 首府所在地, 台南市係清治時期台灣的首府, 故以府城稱之, 現今台灣的首都在台北市, 故應改稱台北市為府城。

台灣總督府[dai6/dai3 uan2 zong1 dok1 hu4; tai7/tai3 uan5 tsong1 tok8 hu2] 日本治台時的台灣政府組織, 官署在總督府。

鯆 **[hu4; hu2]** Unicode: 9BC6, 台語字: huy
[bo4, hu4; poo2, hu2] 魚鬆,肉鬆,相關字脯 bo4 小魚乾

魚鯆[hi6/hi3 hu4; hi7/hi3 hu2] 魚鬆, 條狀或細絲然的魚製品, 相關詞魚脯 hi6/3 bo4 小魚乾;魚酥 hi6/3 so1 魚酥。

肉鯆[vah1 hu4; bah8 hu2] 肉鬆, 條狀或細絲然的肉製品, 相關詞肉酥 vah1 so1 酥脆的肉品。

掬肉鯆[hu1 vah1 hu4; hu1 bah8 hu2] 製作肉鬆。

腑 **[hu4; hu2]** Unicode: 8151, 台語字: huy
[hu4; hu2] 內臟,相關字脯 bo4 小魚乾;脯 hu4 魚鬆, 肉鬆

五臟六腑[qonn1 zong6 liok5 hu4; ngoo1 tsong7 liok4 hu2] 人體內的主要內臟。

婦 **[hu6; hu7]** Unicode: 5A66, 台語字: hu
[bu6, hu6; pu7, hu7] 婦女,女人

婦仁人[hu3 jin6/lin3 lang2; hu3 jin7/lin3 lang5] 婦女, 妻子。

婦產科[hu3 san1 kor1; hu3 san1 kho1] 醫療的一分科, 專門於女性疾病及生產的醫療, 舊作婦人科 hu3 jin6/lin3 kor1。

hua

花 **[hua1; hua1]** Unicode: 82B1, 台語字: huaf
[hua1, hue1; hua1, hue1] 姓,五光十色的

花蓮市[hua6 len6 ci6; hua7 lian7 tshi7] 在花蓮縣。

台語 KK 音標、台語六調:	獅 sai1	牛 qu2	豹 ba3	虎 ho4	鴨 ah5	象 ciunn6	鹿 lok1
	左 zo1	營 iann2	淡 dam3	水 zui4	直 dit5	通 tong6	竹 dek1 南 lam2
台語字:	獅 saif	牛 quw	豹 bax	虎 hoy	鴨 ah	象 ciunn	鹿 lokf
北京語:	山 san1	明 meng2	水 sue3	秀 sior4	的 dorh5	中 diong6	壢 lek1

花蓮港[hua6 len6 gang4; hua7 lian7 kang2] 花蓮市在日治時代稱花蓮港, 今花蓮市的海港也稱花蓮港。
花蓮縣[hua6 len6 guan6; hua7 lian7 kuan7] 在台灣東部。

烌 [hua1; hua1] Unicode: 70CB, 台語字: huaf
[hua1; hua1] 熄滅火或光, 代用字, 原義為休
歕烌[bun6/bun3 hua1; pun7/pun3 hua1] 以口向火吹氣, 以滅火。
翕烌[hip1 hua1; hip8 hua1] 熄滅火, 把火燜熄。
蔭烌[im4 hua1; im2 hua1] 以沙或濕布燜熄火苗。
打烌[pah1 hua1; phah8 hua1] 滅火。
烌去[hua1 ki3; hua1 khi3] 人死了, 火熄滅了, 結束了。

huah

伐 [huah1; huah8] Unicode: 4F10, 台語字: huahf
[huah1, huat1; huah8, huat8] 跨出步伐, 半步, 相關字步 bo6 一步; 踮 huah1 半步
伐過[huah5 gue3/ge3; huah4 kue3/ke3] 跨過, 例詞伐過溝仔 huah5 gue4/ge4 gau6 a4 跨過水溝; 伐過戶碇 huah5 gue4/ge4 ho3 deng3 跨過門檻, 越過最低的門檻限制。
伐過田畦仔路[huah5 gue4 can6/can3 huann3 a1 lo6; huah4 kue2 tshan7/tshan3 huann3 a1 loo7] 跨過田埂小道。

踮 [huah1; huah8] Unicode: 8DEC, 台語字: huahf
[huah1; huah8] 前後一足, 半步, 因舉出一足為一踮, 舉足二次為一步, 同伐 huah1 一步, 跨過, 相關字步 bo6 一步; 畦 huann6 田埂
二踮[nng3 huah1; nng3 huah8] 一步, 因舉出一足為一踮, 舉足二次為一步, 有人稱二踮為一步。
一大踮[zit5 dua3 huah1; tsit4 tua3 huah8] 伐開了一大步。

嘩 [huah5; huah4] Unicode: 5629, 台語字: huah
[huah5; huah4] 大聲喊叫, 拍賣, 相關字喊 han4; 喝 hat5; 嚇 hann4
喊嘩[han1 huah5; han1 huah4] 大聲叫嚷。
嚷嘩[jiang1/jiong1 huah5; jiang1/jiong1 huah4] 叫罵, 吶喊, 斥責。
嘩價[huah1 ge3; huah8 ke3] 喊價, 殺價錢, 討價還價, 拍賣, 有作嘩價數 huah1 ge4 siau3。
嘩拳[huah1 gun2; huah8 kun5] 喝酒前, 先猜拳划拳, 猜酒拳。
嘩咻[huah1 hiu1; huah8 hiu1] 大聲叫喊。
嘩價數[huah1 ge4 siau3; huah8 ke2 siau3] 喊價, 殺價錢, 討價還價, 拍賣, 有作嘩價 huah1 ge3。
嘩救人[huah1 giu4 lang2; huah8 kiu2 lang5] 大聲求救。
嘩號令[huah1 hor3 leng6; huah8 ho3 ling7] 發號施令。
嘩玲瓏[huah1 lin6 long1; huah8 lin7 long1] 沿街叫賣。
嘩起嘩倒[huah1 ki4 huah1 dor4; huah8 khi2 huah8 to2] 發號施令, 有作嘩起嘩落 huah1 ki4 huah1 lorh1。
拍人嘩救人[pah1 lang2 huah1 giu4 lang2; phah8 lang5 huah8 kiu2 lang5] 打別人的人還大聲求救, 喻惡人先告狀。
嘩水會堅凍[huah1 zui4 e3 gen6 dang3; huah8 tsui2 e3 kian7 tang3] 政治家或地方的角頭老大所講的話有份量, 沒

人敢反對, 連水也會乖乖地聽話而結凍成冰, 喻財大氣粗。

huai

頦 [huai2; huai5] Unicode: 9826, 台語字: huaiw
[hai2, huai2; hai5, huai5]
下頦[e3 huai2/hai2; e3 huai5/hai5] 下巴, 下顎。
落下頦[lau4 e3 huai2/hai2; lau2 e3 hai5/huai5] 說話或受驚嚇而致下巴脫臼, 下巴掉落, 引申說謊話或亂講話。

潰 [huai3; huai3] Unicode: 6F70, 台語字: huaix
[huai3, kui3; huai3, khui3] 敗家
潰敗[huai4/kui3 bai6; huai2/khui3 pai7] 。
潰家[huai4 ge1; huai2 ke1] 敗家, 例詞潰家囝 huai4 ge6 giann4 敗家子, 不肖子。
潰肉[huai4 vah5; huai2 bah4] 不耐用之物品, 係英語詞 fiber 人造纖維。
潰財產[huai4 zai6/zai3 san4; huai2 tsai7/tsai3 san2] 傾家蕩產。

坏 [hai6; hai7] Unicode: 574F, 台語字: hai
[hai6; hai7] 損壞的, 壞 hai6 的簡寫, 相關字坏 pue1 土坯; 杯 pue3 木片

huainn

橫 [huainn2; huainn5] Unicode: 6A6B, 台語字: huainnw
[heng2, huainn2, huinn2; hing5, huainn5, huinn5] 蠻橫霸道, 水平的
坦橫[tan1 huainn2; than1 huainn5] 放橫的, 例詞倒坦橫 dor1 tan1 huainn2 橫著睡, 橫著躺下; 心肝掠坦橫 sim6 guann1 liah5 tan1 huainn2 狠下心來; 心肝打坦橫 sim6 guann1 pah1 tan1 huainn2 橫下心來。
橫山鄉[huainn6 san6 hiong1; huainn7 san7 hiong1] 在新竹縣。
橫肉面[huainn6 vah1 vin6; huainn7 bah8 bin7] 臉上長滿橫肉, 一付凶惡相, 有作橫肉生 huainn6 vah1 sinn1/senn1。
橫柴攑入灶[huainn6 ca2 qiah5 jip5 zau3/huinn3 ca2 qiah5 lip5 zau3; huainn7 tsha5 giah4 jip4 tsau3/huinn3 tsha5 giah4 lip4 tsau3] 硬要把長木條橫著放入小火灶, 喻蠻橫不講理。

huan

吩 [huan1; huan1] Unicode: 5429, 台語字: huanf
[huan1; huan1] 叮嚀, 交帶
吩咐[huan6 hu3; huan7 hu3] 叮嚀, 交帶, 例詞吩咐束, 吩

台語KK音標、台語六調:	獅 sai1	牛 qu2	豹 ba3	虎 ho4	鴨 ah5	象 ciunn6	鹿 lok1
	左 zo1	鶯 iann2	淡 dam3	水 zui4	直 dit5	通 tong6	竹 dek1 南 lam2
台語字:	獅 saif	牛 quw	豹 bax	虎 hoy	鴨 ah	象 ciunn	鹿 lokf
北京語:	山 san1	明 meng2	水 sue3	秀 sior4	的 dorh5	中 diong6	壢 lek1

咐西 huan6 hu4 dang1 huan6 hu4 sai1 一再叮嚀, 一再交帶。

番 **[huan1; huan1]** Unicode: 756A, 台語字: huanf
[han1, huan1; han1, huan1] 次序, 未開化的,外來的,反復無常的,有作蕃 huan1

半番[buann4 huann1; puann2 huann1] 已接受一部份文明的番人, 常稱平埔族。

生番[cenn6 huan1; tshenn7 huan1] 不明事理的人, 野蠻人, 清治台時, 稱台灣的山地原住民為生番, 稱平地原住民為熟番。

番仔[huan6 a4; huan7 a2] 不講道理的人, 原住民, 野蠻人或外國人。

老番顛[lau3 huan6 den1; lau3 huan7 tian1] 老人的想法反反覆覆, 做事顛顛倒倒。

土番仔[to1 huan6 a4; thoo1 huan7 a2] 土番鴨, 有作土番仔鴨 to1 huan6 a1 ah5。

真正番[zin6 ziann4 huan1; tsin7 tsiann2 huan1] 很不講道理, 太無知。

番仔田[huan6 a1 can2; huan7 a1 tshan5] 今台南縣官田鄉隆田村之舊名。

番仔薑[huan6 a1 giunn1; huan7 a1 kiunn1] 辣椒。

番仔火[huan6 a1 hue4/he4; huan7 a1 hue2/he2] 火柴, 例詞番仔火枝 huan6 a1 hue1/he1 gi1 火柴棒。

番仔反[huan6 a1 huan4; huan7 a1 huan2] 原住民的造反叛亂。

番仔挖[huan6 a1 iah5; huan7 a1 iah4] 今彰化縣芳苑鄉之舊名。

番仔樓[huan6 a1 lau2; huan7 a1 lau5] 台南市赤崁樓之舊稱。

番路鄉[huan6 lo3 hiang1; huan7 loo3 hiang1] 在嘉義縣。

蕃薯[han6 zi2/huan6 zu2; han7 tsi5/huan7 tsu5] 地瓜, sweet potato, 台灣的代名詞。

翻 **[huan1; huan1]** Unicode: 7FFB, 台語字: huanf
[beng4, huan1; ping2, huan1] 反轉,熔鑄,翻譯

翻厝[huan6 cu3; huan7 tshu3] 拆除舊房屋改建, 有作翻起新厝 huan6 ki1 sin6 cu3。

翻頭[huan6 tau2; huan7 thau5] 回頭再來, 重新起步。

翻休直[huan6 ve3/vue3 dit1; huan7 be3/bue3 tit8] 道理扯不清楚。

販 **[huan3; huan3]** Unicode: 8CA9, 台語字: huanx
[huan3; huan3] 行銷

販仔[huan4 a1; huan2 a1] 小販, 行銷業務員。

販厝[huan4 cu3; huan2 tshu3] 成屋, 由建商大批施工, 蓋好之後再出售的公寓房屋。

販仔間[huan4 a1 geng1; huan2 a1 king1] 客棧, 專供小販及生意人住宿之小旅館, 有作客棧 keh1 zan3。

反 **[huan4; huan2]** Unicode: 53CD, 台語字: huany
[beng4, huan4; ping2, huan2]

反症[huan1 zeng3; huan1 tsing3] 病情轉為惡化, 例詞食西瓜, 半暝仔反症 ziah5 si6 gue1, buann4 me6/miann3 a4 huan1 zeng3 吃了西瓜, 到深夜突然腹痛, 喻事情忽然變卦。

犯 **[huan6; huan7]** Unicode: 72AF, 台語字: huan
[huan6; huan7] 違反,犯戒律或法律

沖犯[ciong6 huan6; tshiong7 huan7] 沖煞, 冒犯到神靈, 例詞沖犯著神明 ciong6 huan6 diorh5 sin6/3 veng2 冒犯到神明。

犯官符[huan3 guann6 hu2; huan3 kuann7 hu5] 吃上官司, 犯罪判刑而坐牢。

犯桃花[huan3 tor6/tor3 hue1; huan3 tho7/tho3 hue1] 會遇上桃花運, 有艷遇發生。

huann

歡 **[huann1; huann1]** Unicode: 6B61, 台語字: huannf
[huan1, huann1; huan1, huann1] 高興

歡喜做 甘願受[huann6 hi1 zor3 gam6 guan3 siu6; huann7 hi1 tso3 kam7 kuan3 siu7] 高興地做事, 情願地接受因果定律的安排。

畦 **[huann6; huann7]** Unicode: 7566, 台語字: huann
[huann6; huann7] 田埂,區分田地範圍的小道,相關字岸 huann6 海岸;踱 huah1 一步

田畦[can6/can3 huann6; tshan7/tshan3 huann7] 田埂。

西北雨 落無過田畦[sai6 bak1 ho6 lorh5 vor6 gue4 can6 huann6/sai6 bak1 ho6 lorh5 vor3 ge4 can3 huann6; sai7 pak8 hoo7 loh4 bo7 kue2 tshan7 huann7/sai7 pak8 hoo7 loh4 bo3 ke2 tshan3 huann7] 夏天下西北雨時, 常常在這邊下, 過了一道田埂, 就沒雨了。

huat

活 **[huat1; huat8]** Unicode: 6D3B, 台語字: huatf
[huat1, uah1, uat1; huat8, uah8, uat8] 繁殖,有作活 huat1

活仔[huat5 a4; huat4 a2] 人工養殖的, 例詞活仔窟 huat5 a1 kut5 養殖魚苗的魚池。

活動[huat5 dong6; huat4 tong7] 醞釀, 有作活動 huat5 dong6 醞釀, 相關詞活動 uah5 dang6 活動, 例詞粒仔咧活動 liap5 a4 le1 huat5 dong6 疔瘡正要長出來了。

活栽[huat5 zai1; huat4 tsai1] 養殖魚苗, 繁殖植物幼苗, 例詞活虱目魚栽 huat5 sat1 vak5 hi6/3 zai1 養殖虱目魚的魚苗。

活牲生[zeng6 senn1; tsing7 senn1] 繁殖牲畜, 以供食用。

法 **[huat5; huat4]** Unicode: 6CD5, 台語字: huat
[huat5; huat4] 能夠,法律

有法[u3 huat5; u3 huat4] 能夠, 有能力, 有力氣, 例詞提有法 teh5 u3 huat5 有力量提起來;咬有法 ga3 u3 huat5 咬得動;有法得 u3 huat5 dit5 有力量可以成功。

無法[vor3 huat5; bo3 huat4] 沒力氣支持, 沒能力, 例詞擔無法 dann3 vor6/3 huat5 沒有力量去擔起一件重物, 挑擔不起來;哺無法 bo3 vor3 huat5 咬不動;無法得 vor6/3 huat5 dit5 沒有力量可以做。

作法[zor4 huat5; tso2 huat4] 做人處世的方法, 亦指法師唸經施法。

台語 KK 音標、台語六調:	獅 sai1	牛 qu2	豹 ba3	虎 ho4	鴨 ah5	象 ciunn6	鹿 lok1
	左 zo1	營 iann2	淡 dam3	水 zui4	直 dit5	通 tong6	竹 dek1 南 lam2
台語字:	獅 saif	牛 quw	豹 bax	虎 hoy	鴨 ah	象 ciunn	鹿 lokf
北京語:	山 san1	明 meng2	水 sue3	秀 sior4	的 dorh5	中 diong6	壢 lek1

法度[huat1 do6; huat8 too7] 辦法, 方法, 例詞有法度 u3
　　huat1 do6 有辦法;無法度 vor6/3 huat1 dor6 沒辦法。
有法得[u3 huat5 dit5; u3 huat4 tit4] 有力量可以做。

發　[huat5; huat4] Unicode: 767C, 台語字: huat
　　[huat5; huat4]

發粉[huat1 hun4; huat8 hun2] 可使食物發酵的酵母菌粉。
發萌[huat1 inn4; huat8 inn2] 長出的初葉,植物生的次序
　　為初長的首芽為首 vak1, 接著長出為芽 qe2, 芽出葉
　　為萌 inn4, 萌骨變硬為枝 gi1, 枝開叉者為椏 a1/ue1,
　　椏成長為棵 ko1, 最後成長成為欉 zang2。
發輦[huat1 len4; huat8 lian2] 神靈降臨, 乩童起乩發作, 有
　　作起輦 ki1 len4。
發爐[huat1 lo2; huat8 loo5] 香爐因故自燃, 傳聞神明有事
　　指示。
發芽[huat1 qe2; huat8 ge5] 草木長出新芽, 有作茁芽 cut1
　　qe2, 植物初長首芽叫做茁首 cut1 vak1, 接著首長出
　　為芽 qe2, 芽出葉為萌 inn4, 萌骨變硬為枝 gi1, 枝
　　開叉者為椏 a1/ue1, 椏成長為棵 ko1, 長成成樹, 即
　　為欉 zang2。
發嘴齒[huat1 cui4 ki4; huat8 tshui2 khi2] 幼兒長了乳牙。
發性地[huat1 seng4 de6; huat8 sing2 te7] 發脾氣, 同起性地
　　ki1 seng4 de6。

hue

花　[hue1; hue1] Unicode: 82B1, 台語字: huef
　　[hua1, hue1; hua1, hue1] 花朵,耍賴,爭執,

起花[ki1 hue1; khi1 hue1] 開始耍賴, 開始爭執, 開始無理
　　取鬧, 開始找碴, 例詞公司了錢, 股東著起花 gong6
　　si1 liau1 zinn2 go1 dong1 diorh5 ki1 hue1 公司營運賠
　　錢, 股東就開始爭執。
花草[hue6 cau4; hue7 tshau2] 花紋, 設計圖案。
花矸[hue6 gan1; hue7 kan1] 花瓶。
花花[hue6 hue1; hue7 hue1] 眼睛昏花, 視力不良, 生意不
　　錯, 例詞生理花花 seng6 li4 hue6 hue1 生意不錯;目睭
　　花花 vak5 ziu1 hue6 hue1 眼睛昏花, 視力不良。
花眉[hue6 vi2; hue7 bi5] 畫眉鳥。
花壇鄉[hue6 duann6 hiang1; hue7 tuann7 hiang1] 在彰化
　　縣。
花睚魚[hue6 len6 hi2; hue7 lian7 hi5] 鯖魚, 同花輝魚 hue6
　　hui6 hi2。
白花會芳　芳花袂紅[beh5 hue1 e3 pang1 pang6 hue1
　　ve3/vue3 ang2; peh4 hue1 e3 phang1 phang7 hue1
　　be3/bue3 ang5] 白色的花會香, 但有芳香味的花卻不
　　會紅, 喻天下人與事, 難兩全。
花無百日芳　人無百日紅[hue1 vor6 bah1 jit5 pang1 lang2
　　vor6 bah1 jit5 ang2/hue1 vor3 bah1 lit5 pang1 lang2 vor3
　　bah1 lit5 ang2; hue1 bo7 pah8 jit4 phang1 lang5 bo7
　　pah8 jit4 ang5/hue1 bo3 pah8 lit4 phang1 lang5 bo3 pah8
　　lit4 ang5] 花開花謝是自然的現象, 人或政權也不可以
　　永遠興盛。
目睭花花　匏仔看做菜瓜　目睭霧霧　菝仔看做蓮霧
　　[vak5 ziu1 hue6 hue1 bu6/bu3 a4 kuann4 zor4 cai4 gue1
　　vak5 ziu1 vu3 vu6 buat5 a4 kuann4 zor4 len1 vu6; bak4

tsiu1 hue7 hue1 pu7/pu3 a2 khuann2 tso2 tshai2 kue1
　　bak4 tsiu1 bu3 bu7 puat4 a2 khuann2 tso2 lian1 bu7] 眼
　　睛老花了, 把匏瓜當作絲瓜;又把巴樂看作蓮霧。

飛　[hue1; hue1] Unicode: 98DB, 台語字: huef
　　[be1, bue1, hue1, hui1; pe1, pue1, hue1, hui1]

飛龍機[hue6 leng6/leng3 gi1; hue7 ling7/ling3 ki1] 飛機, 有
　　作飛行機 hui6 heng3 gi1, 同日語詞飛行機 hikoki 飛
　　機, 例詞此隻飛龍機, 欲飛去美國 zit1 ziah1 hue6
　　leng6 gi1 veh1 bue6/be6 ki4 vi1 gok5 這架飛行機要飛
　　去美國。

回　[hue2; hue5] Unicode: 56DE, 台語字: huew
　　[gai4, he2, hue2; kai2, he5, hue5] 次,轉返

連回[len6/len3 hue2; lian7/lian3 hue5] 一個人為非作歹, 勢
　　必結局悽慘, 四處流浪, 死無葬身之地。
回南[hue6/hue3 lam2; hue7/hue3 lam5] 颱風眼通過後, 氣
　　流回掃陸地, 喻情勢轉變。

貨　[hue3; hue3] Unicode: 8CA8, 台語字: huex
　　[he3, hue3; he3, hue3] 貨物,事情

啥貨[siann1 hue3/he3; siann1 hue3/he3] 什麼事情?, 什
　　麼?。
貨底[hue4/he4 de4; hue2/he2 te2] 賣剩下的貨物或品質不良
　　的貨物, 同貨尾 hue4 vue4/he4 ve4, 例詞削貨底 siah1
　　hue4/he4 de4 拍賣存貨。
貨頭[hue4 tau2; hue2 thau5] 剛剛上市的貨物, 例詞賣貨頭,
　　趁貨尾 ve3 hue4 tau2 tan4 hue4 vue4/ve3 he4 tau2 tan4
　　he4 ve4 貨品賣掉了一大半的時候, 已經回收進貨的
　　成本, 接著再賣的貨品, 都已是淨賺的。
貨尾[hue4 vue4/he4 ve4; hue2 bue2/he2 be2] 賣剩下的貨物
　　或品質不良的貨物, 同貨底 hue4/he4 de4。
啥物貨[siann1 mih1 hue3/he3; siann1 mih8 hue3/he3] 什麼
　　事情?, 但不指貨品;啥物代誌 siann1 mi1 dai3 zi3。

歲　[hue3; hue3] Unicode: 6B72, 台語字: huex
　　[he3, hue3, sue3; he3, hue3, sue3] 年紀

年歲[ni6 hue3/ni3 he3; ni7 hue3/ni3 he3] 年齡。
歲壽[hue4/he4 siu6; hue2/he2 siu7] 壽命, 例詞長歲壽 dng6
　　hue4 siu6/dng3 he4 siu6 壽命很長。
歲數[hue4 so3; hue2 soo3] 壽命, 例詞歲數盡了 hue4 so3
　　zin6 liau3 死了。
歲頭[hue4 tau2; hue2 thau5] 歲數, 天年, 年齡的大小。
有歲[u3 hue3; u3 hue3] 年歲大了, 年老了。
老歲仔[lau3 hue1/he1 a4; lau3 hue1/he1 a2] 老頭子, 有作老
　　伙仔 lau3 hue1/he1 a4。
卅七歲[sam6 cit1 hue3/he3; sam7 tshit8 hue3/he3] 三十七
　　歲。
卅八歲[siap1 beh1 hue3/he3; siap8 peh8 hue3/he3] 四十八
　　歲。
頂下歲[deng1 e3 hue3; ting1 e3 hue3] 年齡相近的人。
論輩　無論歲[lun3 bue3 vor6 lun3 hue3/lun3 bue3 vor3 lun3
　　he3; lun3 pue3 bo7 lun3 hue3/lun3 pue3 bo3 lun3 he3]
　　算輩份, 不算年歲多少。

火　[hue4; hue2] Unicode: 706B, 台語字: huey
　　[he4, honn4, hue4; he2, honn2, hue2] 火,火氣

電火[den3 hue4; tian3 hue2] 電燈, 電燈的燈光。
引火[in1 hue4; in1 hue2] 引來火種, 點火燃燒。

台語 KK 音標、台語六調：獅 sai1　牛 qu2　豹 ba3　虎 ho4　鴨 ah5　象 ciunn6　鹿 lok1
　　　　　　　　　　　　　　　左 zo1　營 iann2　淡 dam3　水 zui4　直 dit5　通 tong6　竹 dek1 南 lam2
台語字：　　　　　　　　　　獅 saif　牛 quw　豹 bax　虎 hoy　鴨 ah　象 ciunn　鹿 lokf
北京語：　　　　　　　　　　山 san1　明 meng2　水 sue3　秀 sior4　的 dorh5　中 diong6　壓 lek1

起火[ki1 hue4; khi1 hue2] 升火, 燃起灶火, 開始作飯, 有作起伙 ki1 hue4。

打火[pah1 hue4; phah8 hue2] 滅火, 消防隊滅火。

火大[hue4 dua6; hue2 tua7] 正在氣沖沖, 喻脾氣壞。

火油[hue1 iu2; hue1 iu5] 花生油, 古代以花生油點燈照明, 故稱為火油。

火氣[hue1/he1 ki3; hue1/he1 khi3] 身體內的陰陽火氣, 怒氣。

火屑[hue1 sai4; hue1 sai2] 還沒燒完的殘留餘燼。

火燒[hue1/he1 sior1; hue1/he1 sio1] 火災, 火在正燃燒, 例詞火燒厝 hue1 sior6 cu3 房子被火燒燬, 火災。

風火頭[hong6 hue1/he1 tau2; hong7 hue1/he1 thau5] 怒氣當頭之時。

番仔火[huan6 a1 hue4/he4; huan7 a1 hue2/he2] 火柴, 例詞擦番仔火 ce4 huan6 a1 hue4/he4 擦燃火柴棒;番仔火枝 huan6 a1 hue1/he1 gi1 火柴棒。

火車頭[hue1/he1 cia6 tau2; hue1/he1 tshia7 thau5] 火車站。

火炎山[hue1/he1 iam3 suann1; hue1/he1 iam3 suann1] 在苗栗縣三義鄉及苑裡鎮, 石礫地形, 景色迷人。

火焰山[hue1/he1 iam3 suann1; hue1/he1 iam3 suann1] 小說西遊記所說的一座火山之名, 在中國, 高溫炎熱。

火燒埔[hue1/he1 sior6 bo1; hue1/he1 sio7 poo1] 山野為火災所波及, 喻天氣炎熱, 例詞六月火燒埔 lak5 queh1 hue1 sior6 bo1。

火燒島[hue1/he1 sior6 dor4; hue1/he1 sio7 to2] 台東縣綠島鄉, 有以關政治犯聞名的監獄。

火燒厝[hue1/he1 sior6 cu3; hue1/he1 sio7 tshu3] 房子發生火災。

水火無情[zui1 hue4 vor6 zeng2/zui1 he4 vu3 zeng2; tsui1 hue2 bo7 tsing5/tsui1 he2 bu3 tsing5] 水災及火災是無情的, 會摧毀一切。

會呼雞 侏歕火[e3 ko6 ge1 ve3 bun6 hue4/e3 ko6 gue1 vue3 bun3 he4; e3 khoo7 ke1 be3 pun7 hue2/e3 khoo7 kue1 bue3 pun3 he2] 累得只有力氣能呼叫雞隻, 卻沒力氣去吹柴升火煮飯, 喻累得有氣無力。

伙 **[hue4; hue2]** Unicode: 4F19, 台語字: huey
[he4, hue4; he2, hue2] 人,財產

家伙[ge6 hue4/he4; ke7 hue2/he2] 祖產, 家中財產, 家檔, 有作傢伙 ge6 hue4, 相關詞華語家伙 gia1 ho2 一個人, 例詞辦家姑伙仔 ban3 ge6 go6 hue1 a4 兒童扮家家酒的遊戲。

做伙[zor4 hue4; tso2 hue2] 結合在一起。

伙仔[hue1 a4; hue1 a2] 罵別人是個廢人。

伙記[hue1 gi3; hue1 ki3] 伙伴, 情婦, 記帳人員, 伙計。

會 **[hue6; hue7]** Unicode: 6703, 台語字: hue
[e6, gue3, hue6; e7, kue3, hue7] 拜訪,見面

會仔[hue3 a4; hue3 a2] 民間互助會, 例詞標會仔 bior6 hue3 a4 參加民間互助會, 標購其利息;招會仔 zior6 hue3 a4 招收會員來參加民間互助會;遰三腳會仔 due4 sann6 ka6 hue3 a4 參加了三組互助會。

會社[hue3 sia6; hue3 sia7] 營利事業組織, 公司, 台灣糖業公司, 係日語詞會社 kaisha 公司, 相關詞社會 sia3 hue6 人群的集合體。

會不著[hue3 m3 diorh1; hue3 m3 tioh8] 賠不是, 向對方道歉。

會失禮[hue3 sit1 le4; hue3 sit8 le2] 道歉。

hui

瓷 **[hui2; hui5]** Unicode: 74F7, 台語字: huiw
[hui2, zu2; hui5, tsu5] 陶瓷器, 常指瓷器, 代用字, 有作砸 hui2,相關字砡 qek1 陶瓷器的總稱

古瓷[go1 hui2; koo1 hui5] 古董級的瓷器。

瓷仔[hui6/hui3 a4; hui7/hui3 a2] 陶瓷器的總稱, 尤指瓷器。

瓷仔師[hui6/hui3 a1 sai1; hui7/hui3 a1 sai1] 燒製陶瓷器的師父。

賣瓷的 食缺[ve3/vue3 hui2 e6 ziah5 kih5; be3/bue3 hui5 e7 tsiah4 khih4] 賣陶瓷器的人, 總是使用有瑕疵的碗盤, 喻節省, 將就將就。

費 **[hui3; hui3]** Unicode: 8CBB, 台語字: huix
[hui3; hui3] 姓,費用

所費[so1 hui3; soo1 hui3] 開支, 費用, 例詞所費惊人 so1 hui3 giann6 lang2 開支費用太多。

費氣[hui4 ki3; hui2 khi3] 麻煩, 不容易處理, 麻煩別人的客氣話, 相關詞廢棄 hui4 ki3 廢除, 例詞討費氣 tor1 hui4 ki3 自找麻煩;費氣費濁 hui4 ki4 hui4 dak5 很麻煩對方。

毀 **[hui4; hui2]** Unicode: 6BC0, 台語字: huiy
[hui4; hui2] 破壞,浪費

毀類[hui1 lui6; hui1 lui7] 生活揮霍無度的人, 胡作非為的人, 引申為敗家子的揮霍祖產。

毀了了[hui1 liau1 liau4; hui1 liau1 liau2] 毀掉了, 例詞厝地毀了了 cu4 de6 hui1 liau1 liau4 賣掉了房地產;祖產毀了了 zo1 san4 hui1 liau1 liau4 賣光了祖宗留傳下來的房地產。

是物不毀[si3 vut1 but1 hui4; si3 but8 put8 hui2] 可以利用或使用的物質, 不可任意毀棄或丟掉, 引申不可暴殄天物, 應要珍惜資源。

hun

分 **[hun1; hun1]** Unicode: 5206, 台語字: hunf
[bun1, hun1; pun1, hun1]

秋分[ciu6 hun1; tshiu7 hun1] 二十四節氣之一, 在陽曆九月二十三日。

春分[cun6 hun1; tshun7 hun1] 二十四節氣之一, 在陽曆三月二十日。

傾分[keng6/keng3 hun1; khing7/khing3 hun1] 排擠傾軋, 斤斤計較財產, 食物, 工作等分配不公平, 不均勻, 有作掁分 kin6 hun1;艮分 kin6 hun1, 例詞兄弟傾分祖產 hiann6 di6 keng6/3 hun1 zo1 san4 兄弟抗議祖產分配不公平。

分聲[hun6 siann1; hun7 siann1] 依各人持分或股份計算, 而分配之利益或支出。

一分錢 一分貨[zit5 hun6 zinn2 zit5 hun6 hue3; tsit4 hun7 tsinn5 tsit4 hun7 hue3] 付出一分的價錢, 只能買到相對的品質, 引申一分耕耘, 一分收穫。

台語 KK 音標、台語六調:	獅 sai1	牛 qu2	豹 ba3	虎 ho4	鴨 ah5	象 ciunn6	鹿 lok1
	左 zo1	營 iann2	淡 dam3	水 zui4	直 dit5	通 tong6	竹 dek1 南 lam2
台語字:	獅 saif	牛 quw	豹 bax	虎 hoy	鴨 ah	象 ciunn	鹿 lokf
北京語:	山 san1	明 meng2	水 sue3	秀 sior4	的 dorh5	中 diong6	壢 lek1

買賣算分　相請無論[ve1 ve6 sng4 hun1 sior6 ciann4 vor6 lun6/vue1 ve3 sng4 hun1 sior6 ciann4 vor3 lun6; be1 be7 sng2 hun1 sio7 tshiann2 bo7 lun7/bue1 be3 sng2 hun1 sio7 tshiann2 bo3 lun7] 買賣物品時, 會斤斤計較成本及價格;但是講到朋友請客, 則為了面子而出手大方, 很少計較。

昏　[hun1; hun1] Unicode: 660F, 台語字: hunf

[hun1, hun6; hun1, hun7]

黃昏[hong6 hun1/hong3 hun6; hong7 hun1/hong3 hun7] 傍晚, 夕陽西下之時, 例詞黃昏時仔　hong3 hun6 si6/3 a4 傍晚時刻。

黃昏的故鄉[hong3 hun1 e3 go4 hiong1; hong3 hun1 e3 koo2 hiong1] 台語名歌, 係日本曲, 由文夏作詞及主唱。

芬　[hun1; hun1] Unicode: 82AC, 台語字: hunf

[hun1; hun1]

芬園鄉[hun6 hng6 hiang1; hun7 hng7 hiang1] 在彰化縣。

菸　[hun1; hun1] Unicode: 83F8, 台語字: hunf

[hun1; hun1] 香煙,有作煙　hun1

噗菸[bok1 hun1; pok8 hun1] 抽菸, 有作卜煙　bok1 hun1。

咬菸[ga3 hun1; ka3 hun1] 口中叼著一支菸。

喰菸[ziah5 hun1; tsiah4 hun1] 抽菸, 相關詞吃烟　kit1/ziah5 hun1 抽香煙, 係日語詞吃烟　kitsu-en 抽香煙.例詞侜使喰菸　ve3 sai1 ziah5 hun1 不可以抽菸。

雲　[hun2; hun5] Unicode: 96F2, 台語字: hunw

[hun2, un2; hun5, un5]

雲頂[hun6/hun3 deng4; hun7/hun3 ting2] 雲端, 雲上, 例詞行雲頂的　giann6 hun6 deng4 e3/giann3 hun3 deng4 e3 仙人, 能站在雲端呼風喚雨之人。

雲林縣[hun6 lim6 guan6; hun7 lim7 kuan7] 在台灣的中南部。

粉　[hun4; hun2] Unicode: 7C89, 台語字: huny

[hun4; hun2] 細末,花粉

冬粉[dang6 hun4; tang7 hun2] 用綠豆製成的粉絲。

米粉[vi1 hun4; bi1 hun2] 用米製成細粉絲, 為新竹市的著名美食, 例詞貢丸米粉　gong4 uan2 vi1 hun4 新竹市的著名美食, 加了豬肉貢丸的湯米粉。

水粉[zui1 hun4; tsui1 hun2] 腮紅, 有作水紅仔粉　zui1 ang6/3 a1 hun4。

粉圓[hun1 inn2; hun1 inn5] 以番薯粉製成小圓粒, 係消暑的冰涼食品, 有作珍珠圓　zin6 zu6 inn2。

粉鳥[hun1 ziau4; hun1 tsiau2] 鴿子, 有作鳩鳥　hun1 ziau4。

紅花水粉[ang6/ang3 hue1 zui1 hun4; ang7/ang3 hue1 tsui1 hun2] 口紅及腮紅, 是昔日化妝品的總稱。

份　[hun6; hun7] Unicode: 4EFD, 台語字: hun

[hun6; hun7] 股份,數額

生份[cinn6/cenn6 hun6; tshinn7/tshenn7 hun7] 陌生。

九份[gau1 hun6; kau1 hun7] 地名, 台北縣瑞芳鎮基山里之舊名, 有作九份仔　gau1 hun6 a4。

認份[jin3/lin3 hun6; jin3/lin3 hun7] 知道份內的情勢, 了解到本份的事。

頭份鎮[tau6 hun6 din3; thau7 hun7 tin3] 地名, 在苗栗縣, 原義第一份的財產。

份生理[hun3 seng6 li4; hun3 sing7 li2] 加入股份做生意。

坅　[hun6; hun7] Unicode: 574C, 台語字: hun

[hun6; hun7] 地名

八里坅[bat1 li1 hun6; pat8 li1 hun7] 今台北縣八里鄉之舊名。

昏　[hun6; hun7] Unicode: 660F, 台語字: hun

[hun1, hun6; hun1, hun7] 暈倒

昏去[hun6 ki3; hun7 khi3] 暈倒, 例詞昏落去　hun6 lorh5 ki3 昏了過去;人昏去　lang2 hun6 ki3 人昏了過去。

昏昏死死去[hun3 hun6 si1 si4 ki3; hun3 hun7 si1 si2 khi3] 暈倒, 昏迷不醒, 但還沒死亡。

hut

核　[hut1; hut8] Unicode: 6838, 台語字: hutf

[hek1, hut1; hik8, hut8] 果仁,核果,原子能

卵核[lan3 hut1; lan3 hut8] 男人的睪丸, 有作膦核　lan3 hut1, 例詞卵核仔　lan3 hut5 a4 男人的睪丸。

雞核仔[ge6/gue6 hut5 a4; ke7/kue7 hut4 a2] 公雞的睪丸。

龍眼核仔[qeng6 qeng1 hut5 a4/leng3 geng1 hut5 a4; ging7 ging1 hut4 a2/ling3 king1 hut4 a2] 龍眼的果實, 喻視而不見。

台語 KK 音標、台語六調：獅 sai1　牛 qu2　豹 ba3　虎 ho4　鴨 ah5　象 ciunn6　鹿 lok1
　　　　　　　　　　　　　左 zo1　營 iann2　淡 dam3　水 zui4　直 dit5　通 tong6　竹 dek1 南 lam2
台語字：　　　　　　　　獅 saif　牛 quw　豹 bax　虎 hoy　鴨 ah　象 ciunn　鹿 lokf
北京語：　　　　　　　　山 san1　明 meng2　水 sue3　秀 sior4　的 dorh5　中 diong6　壢 lek1

台灣精神詞典

iJiden, the Formosan Dictionary
of the Taiwan Spirit

台語 KK 音標(通用拼音) 台語六調(注音符號 5 聲調)

台語 KK 音標、台羅拼音對照版

部首 i;i

i

衣 **[i1; i1]** Unicode: 8863, 台語字: if
　　[i1, ui1; i1, ui1] 姓,衣服
衣鉢[i6 buah1; i7 puah8] 出家人的袈裟及鉢碗, 引申為傳承。
衣錦還鄉[i6 gim4 huan6 hiang1/i6 qim4 huan3 hiong1; i7 kim2 huan7 hiang1/i7 gim2 huan3 hiong1] 外出他鄉, 事業有成而還回故鄉。

伊 **[i1; i1]** Unicode: 4F0A, 台語字: if
　　[i1; i1] 姓,他,她,複數作尹 in1;您 in1,相關字 　i1 她
伊是台灣人[i1 si3 dai6/dai3 uan6 lang2; i1 si3 tai7/tai3 uan7 lang5] 他是一個台灣人。

依 **[i1; i1]** Unicode: 4F9D, 台語字: if
　　[i1; i1] 姓,依賴
依靠[i6 kor3; i7 kho3] 依賴, 維生, 例詞依靠兄弟 i6 kor4 hiann6 di6 依靠兄弟過活。
依偎[i6 ua4; i7 ua2] 依靠, 靠近, 例詞無依無偎 vor6 i1 vor6 ua4/vor3 i1 vor3 ua4 沒有依靠, 沒有靠山。

遺 **[i1; i1]** Unicode: 907A, 台語字: if
　　[i1, i2, ui2; i1, i5, ui5]
亂遺[luan3 i1; luan3 i1] 物品到處亂丟亂放, 有作亂拁 luan3 ia6。
遺無去[i6 vor2 ki3; i7 bo5 khi3] 丟失了。
冊　烏白遺[ceh5 o6 beh5 i1; tsheh4 oo7 peh4 i1] 書籍亂丟, 有作冊,烏白拁 ceh5 o6 beh5 ia6。

醫 **[i1; i1]** Unicode: 91AB, 台語字: if
　　[i1; i1] 醫治疾病
醫德[i6 dek5; i7 tik4] 醫生的品德及愛心。
醫生[i6 seng1; i7 sing1] 醫師, 有作先生 sen6 senn1/sen6 sinn1/sen2 se4;醫師 i6 su1。
醫生館[i6 seng6 guan4; i7 sing7 kuan2] 醫院, 有作病院 benn3/binn3 inn6。
心病　無藥醫[sim6 benn6 vor6 iorh5 i1/sim6 binn6 vor3 iorh5 i1; sim7 piann7 bo7 ioh4 i1/sim7 pinn7 bo3 ioh4 i1] 相思病是用藥醫不了的, 不可能只依靠藥物而想治好相思病。

姨 **[i2; i5]** Unicode: 59E8, 台語字: iw
　　[i2; i5] 母親的姐妹
阿姨[a6 i2; a7 i5] 稱母親的姐妹, 有作母姨 vor1/vu1 i2。
細姨[se4 i2; se2 i5] 姨太太, 有作細姨仔 se4 i6/3 a4。
姨仔[i6/i3 a4; i7/i3 a2] 小姨子, 丈夫對第三者稱呼妻子的妹妹, 相關詞阿姨仔 a6 i2 a6 夫家稱媳婦的姐妹。
姨丈[i6 dionn6/i3 diunn6; i7 tionn7/i3 tiunn7] 稱呼阿姨的丈夫。

移 **[i2; i5]** Unicode: 79FB, 台語字: iw
　　[i2; i5] 遷徙
移徙[i6/i3 sua4; i7/i3 sua2] 遷移到外地, 遷徙。
移民[i6/i3 vin2; i7/i3 bin5] 移居國外, 例詞移民去美國蹛 i6/3 vin2 ki4 vil gok5 dua3 移民到美國長住。
移轉[i6/i3 zuan4; i7/i3 tsuan2] 轉移。

遺 **[i2; i5]** Unicode: 907A, 台語字: iw
　　[i1, i2, ui2; i1, i5, ui5]
遺迌[i6/i3 si1; i7/i3 si1] 散失, 流落, 亂丟物品。
遺失[i6/ui3 sit5; i7/ui3 sit4] 丟失。
遺子千金[i6/i3 zu4 cen6 gim1; i7/i3 tsu4 tshian7 kim1] 遺留一大批財產給兒子, 可能會被花光, 倒不如教他一種技藝, 可永遠受益。

餘 **[i2; i5]** Unicode: 9918, 台語字: iw
　　[i2, u2; i5, u5] 剩餘的,同余 i2
餘額[i6/i3 qiah1; i7/i3 giah8] 存款帳戶的結存餘額, 尾數, 相關詞殘額 zan6/3 gor1。

込 **[i3; i3]** Unicode: 8FBC, 台語字: ix
　　[i3; i3] 語尾的助語,去,入,代用字,有作去 ki3,相關字 laih5 進入
入込[jip5/lip5 i3; jip4/lip4 i3] 進入, 例詞企入込 nng3 jip5/lip5 i3 鑽進去;入込教室 jip5/lip5 i1 gau4 sit5/sek5 進去教室;入込做穡 jip5/lip5 i1 zor4 sit5 到工場去做工作。
屹込[kit5 i3; khit4 i3] 上去, 向北, 有作屹哩 ki3 li3。
落込[lorh5 i3; loh4 i3] 去, 下去, 往南, 往西, 掉落, 相關詞屹哩 ki3 li3 上去, 向北, 向東;屹込 kit5 i3 上去, 向北, 向東, 例詞落込樓腳 lorh5 i3 lau6/3 ka1 下去一樓;此杯浪落込 zit1 bue1 sip5 lorh5 i3 這杯酒, 喝下去了, 乾杯啦!;尹攏落込台南 in6 long1 lorh5 i4 dai6 lam2 他們都到台南市去了。

意 **[i3; i3]** Unicode: 610F, 台語字: ix
　　[i3; i3] 意義,意思
中意[deng4 i3; ting2 i3] 中意。
佮意[gah1 i3; kah8 i3] 中意。
古意[go1 i3; koo1 i3] 忠厚老實。
心意[sim6 i3; sim7 i3] 意願。
意愛[i4 ai3; i2 ai3] 雙方都喜愛對方。

饐 **[i3; i3]** Unicode: 9950, 台語字: ix
　　[i3; i3] 飽氣,畏嘴,代用字
飽饐[ba1 i3; pa1 i3] 吃飽了, 再也吃不下了。
食佮足饐[ziah5 gah1 ziok1 i3; tsiah4 kah8 tsiok8 i3] 吃得脹

台語 KK 音標、台語六調:	獅 sai1	牛 qu2	豹 ba3	虎 ho4	鴨 ah5	象 ciunn6	鹿 lok1
	左 zo1	營 iann2	淡 dam3	水 zui4	直 dit5	通 tong6	竹 dek1 南 lam2
台語字:	獅 saif	牛 quw	豹 bax	虎 hoy	鴨 ah	象 ciunn	鹿 lokf
北京語:	山 san1	明 meng2	水 sue3	秀 sior4	的 dorh5	中 diong6	壢 lek1

飽而生膩了，例詞肥豬肉食恰足饐 bui6/3 di6 vah5 ziah5 gah1 ziok1 i3 吃太多肥豬肉而生膩了。

以 **[i4; i2]** Unicode: 4EE5, 台語字: iy
　　[i4; i2] 之,以,從
以早[i1 za4; i1 tsa2] 以前，同以往 i1 ong4。
以前[i1 zeng2; i1 tsing5] 之前。

椅 **[i4; i2]** Unicode: 6905, 台語字: iy
　　[gi2, i4; ki5, i2] 椅子
交椅[gau6 i4; kau7 i2] 有靠背及扶手的太師椅，相關詞椅頭仔 i1 tau6/3 a4 無靠背的木板凳，例詞金交椅 gim6 gau6 i4 黃金打造的椅子，喻金飯碗。
膨椅[pong4 i4; phong2 i2] 沙發椅。
椅條[i1 liau2; i1 liau5] 長條狀的木板凳。
椅頭仔[i1 tau6/tau3 a4; i1 thau7/thau3 a2] 小椅子。
娶某大姐　坐金交椅[cua3 vor1 dua3 zi4 ze3 gim6 gau6 i4; tshua3 bo1 tua3 tsi2 tse3 kim7 kau7 i2] 娶了一位年長的太太，形同擁有一座金礦，財源日日來，不愁衣食，整天有太師椅可坐。

奕 **[i6; i7]** Unicode: 5955, 台語字: i
　　[ek1, i6; ik8, i7] 來玩玩,簽賭,代用字
奕棋子[i3 gi6 ji4/i3 gi3 li4; i3 ki7 ji2/i3 ki3 li2] 下一盤象棋。
奕股票[i3 go1 pior3; i3 koo1 phio3] 玩股票，投資於股票市場，例詞跟人咧奕股票 gah1 lang6 le1 i3 go1 pior3 與別人一起去玩股票。
奕樂透彩[i3 lok5 tor4/tau4 cai2; i3 lok4 tho2/thau2 tshai5] 簽賭電腦樂透彩券，係英語詞 lottery 樂透彩券。

ia

野 **[ia4; ia2]** Unicode: 91CE, 台語字: iay
　　[ia4; ia2] 郊外,民間的
野球[ia1 giu2; ia1 kiu5] 棒球，男人棒球，係日語詞野球 yakyu 棒球，有作棒球 bang3 giu2,。
野雞仔[ia1 ge6/gue6 a4; ia1 ke7/kue7 a2] 阻街女郎，散娼，私娼，不合法的，相關詞野雞 ia1 ge1/gue1 環頸雉，雉雞，例詞野雞仔車 ia1 ge6/gue6 a1 cia1 非法營運的客運車或計程車。

猶 **[ia4; ia2]** Unicode: 7336, 台語字: iay
　　[a4, ia4, iau4, iu2; a2, ia2, iau2, iu5] 還,尚,又
猶閣[ia1 gorh5; ia1 koh4] 還在，仍在，再，有作抑閣 iah5 gorh5;尚且 siong3 ciann4。
猶有[ia1 u6; ia1 u7] 又有。
猶未[ia1 ve6/iau1 vue6; ia1 be7/iau1 bue7] 還沒到，還沒，還不到。

也 **[ia6; ia7]** Unicode: 4E5F, 台語字: ia
　　[a6, ia6; a7, ia7]
也著[ia3 diorh1; ia3 tioh8] 也還要，例詞也著人，也著神 ia3 diorh5 lang2 ia3 diorh5 sin2 做事情，一方面每個人要努力，但是也要祈求神明在暗中保祐，才能成功。
也欲[ia3 veh5/vueh5; ia3 beh4/bueh4] 也要，例詞也欲食，

也欲掠 ia3 veh1 ziah1 ia3 veh1 liah1 既要吃個飽，也要另外再帶走一份。

抾 **[ia6; ia7]** Unicode: 6261, 台語字: ia
　　[ia6; ia7] 撒,相關字掖 iap5 窩藏
亂抾[luan3 ia6; luan3 ia7] 物品到處亂丟亂放，亂花錢，有作亂遺 luan3 i1，例詞亂抾錢 luan3 ia3 zinn2 亂花錢。
抾肥[ia3 bui2; ia3 pui5] 四散地撒肥料，施肥。
抾錢[ia3 zinn2; ia3 tsinn5] 到處散錢，亂花錢，有作亂抾錢 luan3 ia3 zinn2。
抾種籽[ia3 zeng1 zi4; ia3 tsing1 tsi2] 播種，例詞抾種籽佇園迌 ia3 zeng1 zi4 di3 hng2 ni3 在田園裡播種。
四界抾銀票[si4 gue4 ia3 qin6 pior3/si4 ge4 ia3 qin3 pior3; si2 kue2 ia3 gin7 phio3/si2 ke2 ia3 gin3 phio3] 向每個地方亂撒錢花錢，例詞伊為著做議員，四界抾銀票 i6 ui3 diorh5 zor4 qi3 uan2，　si4 gue4 ia3 qin6 pior3/i6 ui3 diorh5 zor4 qi3 uan2，　si4 ge4 ia3 qin3 pior3 他為了當議員，到處花錢賄選。

iah

抑 **[iah1; iah8]** Unicode: 6291, 台語字: iahf
　　[ah1, at5, iah1; ah8, at4, iah8]
抑佫[iah5 gorh5; iah4 koh4] 還在，仍在，還又?，有作猶佫 ia1 gorh5，例詞抑佫侎滿足 iah5 gorh1 ve3/vue3 vuan1 ziok5 心中還是不滿足。
抑無[iah5 vor2; iah4 bo5] 要不然的話，否則，例詞抑無，汝是欲按怎 iah5 vor2 li1 si3 veh1 an4 zuann4 要不然的話，你是要我怎麼辦?。
欲抑不[veh5/vueh5 iah5 m6; beh4/bueh4 iah4 m7] 要還是不要?。
是抑不是[si6 iah5 m3 si6; si7 iah4 m3 si7] 是，或者是不是。

易 **[iah1; iah8]** Unicode: 6613, 台語字: iahf
　　[ek1, iah1, inn6; ik8, iah8, inn7] 姓,經書之名
易家[iah5 ga3; iah4 ka3] 姓易的親家。
易經[iah5 geng1; iah4 king1] 中國哲學思想的書名。

夜 **[iah1; iah8]** Unicode: 591C, 台語字: iahf
　　[ia6, iah1; ia7, iah8] 晚上,有作夜 ia6
值夜[dit5 iah1/ia6; tit4 iah8/ia7] 輪夜班。
日夜[jit5 iah1/lit5 ia6; jit4 iah8/lit4 ia7] 白天及晚上。
守夜[ziu1 iah1; tsiu1 iah8] 過年守夜，例詞守夜者 ziu1 iah5 zia4 過年守夜者，等待新年來到的人。
夜市仔[iah5 ci3 a4; iah4 tshi7 a2] 夜市，例詞踅夜市仔 seh5 ia3 ci3 a4 逛逛夜市。
夜總會[iah5 zong1 hue6; iah4 tsong1 hue7] 夜間的歌舞俱樂部，引申為墳場，因為鬼靈只在晚上才會聚會。

蝶 **[iah1; iah8]** Unicode: 8776, 台語字: iahf
　　[diap1, iah1, zio4; tiap8, iah8, tsioo2] 蝴蝶,相關字蝪 iah1 飛蛾,音同義不同
蝶仔[iah5 a4; iah4 a2] 蝴蝶，有作尾蝶仔 vue1/ve1 iah5 a4。

台語KK音標、台語六調：	獅 sai1	牛 qu2	豹 ba3	虎 ho4	鴨 ah5	象 ciunn6	鹿 lok1
	左 zo1	營 iann2	淡 dam3	水 zui4	直 dit5	通 tong6	竹 dek1 南 lam2
台語字：	獅 saif	牛 quw	豹 bax	虎 hoy	鴨 ah	象 ciunn	鹿 lokf
北京語：	山 san1	明 meng2	水 sue3	秀 sior4	的 dorh5	中 diong6	壢 lek1

尾蝶仔[vue1/ve1 iah5 a4; bue1/be1 iah4 a2] 蝴蝶, 有作蝶仔
　　iah5 a4。
蝶仔花[iah5 a1 hue1; iah4 a1 hue1] 野薑花。

驛 [iah1; iah8] Unicode: 9A5B, 台語字: iahf
　　[ek1, iah1; ik8, iah8] 車站,交換中心,來來往往很頻繁
後驛[au3 iah1; au3 iah8] 後火車站, 係日語詞後驛 koeki
　　後火車站。
交驛[ga6 iah1; ka7 iah8] 生意興旺, 搶手貨, 交易熱絡, 很
　　神氣, 例詞公益彩券, 真交驛 gong6 ek5 cai1
　　gng3/guan3 zin6 ga6 iah1 公益彩券生意很興旺。
驛頭[iah5 tau2; iah4 thau5] 車站, 有作火車頭 hue1/he1
　　cia6 tau2, 係日語詞驛頭 ekito 車站。

iam

剡 [iam1; iam1] Unicode: 5266, 台語字: iamf
　　[iam1; iam1] 挖掘,索取,相關字剡 ue4 挖取;挖 iah5
　　挖掘;掘 gut1 用鋤頭挖;圖 o4 挖掘
剡腹肚邊[iam6 bat1 do1 binn1; iam7 pat8 too1 pinn1] 在腹
　　部捅了一刀, 例詞偎腹肚邊加剡落去 ui4 bat1 do1
　　binn1 ga6 iam1 lorh5 ki3 從腰部捅下去。
私奇錢予囝剡了了[sai6 kia6 zinn2 ho3 giann4 iam6 liau1
　　liau4; sai7 khia7 tsinn5 hoo3 kiann2 iam7 liau1 liau2] 私
　　房錢被兒子偷光了。

閹 [iam1; iam1] Unicode: 95B9, 台語字: iamf
　　[iam1; iam1] 閹割
閹雞[iam6 ge1/gue1; iam7 ke1/kue1] 閹割過的公雞, 閹割
　　公雞。
閹雞　趁鳳飛[iam6 ge1 tan4 hong3 bue1/iam6 gue1 tan4
　　hong3 be1; iam7 ke1 than2 hong3 pue1/iam7 kue1 than2
　　hong3 pe1] 閹割過的公雞卻想模仿鳳凰般地飛舞, 喻
　　不自量力。
閹雞拖木屐　罔拖罔食[iam6 ge1 tua6 vak5 giah1 vong1
　　tua1 vong1 ziah1; iam7 ke1 thua7 bak4 kiah8 bong1
　　thua1 bong1 tsiah8] 閹雞拖著大木屐般的負擔, 勉勉強
　　強地過日子, 只為了多啄幾粒米或食物, 須到處找食
　　物, 喻貧窮的人, 須多加倍勞動, 否則不能成功。

鹽 [iam2; iam5] Unicode: 9E7D, 台語字: iamw
　　[giam2, iam2; kiam5, iam5] 食鹽,碎屑
攪鹽[giau1 iam2; kiau1 iam5] 摻鹽, 例詞做官若清廉, 食飯
　　著攪鹽 zor4 guann1 na3 ceng6 liam2, ziah5 bng6 diorh5
　　giau1 iam2 如果當官清廉不貪, 則會三餐不繼, 生活
　　清苦。
埔鹽鄉[bo6 iam6 hiang1; poo7 iam7 hiang1] 在彰化縣, 相
　　關詞鹽埔鄉 iam6/3 bo6 hiang1 在屏東縣。
鹽埔鄉[iam6/iam3 bo6 hiang1; iam7/iam3 poo7 hiang1] 在屏
　　東縣, 相關詞埔鹽鄉 bo6 iam6 hiang1 在彰化縣。
鹽埕區[iam6 diann6 ku1; iam7 tiann7 khu1] 地名, 在高雄
　　市, 原名鹽埕埔 iam6 diann6 bo1。
鹽花仔[iam6/iam3 hue6 a4; iam7/iam3 hue7 a2] 少許的鹽
　　巴。

iann

營 [iann2; iann5] Unicode: 71DF, 台語字: iannw
　　[eng2, iann2; ing5, iann5]
後營[au3 iann2; au3 iann5] 屁股, 地名, 台南縣下營鄉後營
　　村。
下營[e3 iann2; e3 iann5] 地名, 台南縣下營鄉下營村。
柳營[liu1 iann2; liu1 iann5] 地名, 台南縣柳營鄉柳營村。
新營市[sin6 iann6 ci6; sin7 iann7 tshi7] 在台南縣。

贏 [iann2; iann5] Unicode: 8D0F, 台語字: iannw
　　[iann2; iann5] 贏了,勝利
兩岸雙贏[liong1 qan6/huann6 siang6 iann2; liong1
　　gan7/huann7 siang7 iann5] 台灣海峽二岸的台灣與中
　　國, 都成了贏家。
我有　卡贏你無[qua1 u6 kah1 iann6/iann3 li1 vor2; gua1 u7
　　khah8 iann7/iann3 li1 bo5] 我有資源, 就比沒有資源的
　　你, 更有勝算。

佯 [iann3; iann3] Unicode: 4F6F, 台語字: iannx
　　[iann3; iann3] 假的
假佯[ge1 iann3; ke1 iann3] 假的, 沒這麼一回事, 有作假影
　　ge1 iann4。

影 [iann4; iann2] Unicode: 5F71, 台語字: ianny
　　[eng4, iann4; ing2, iann2] 影子,消息
人影[lang6/lang3 iann4; lang7/lang3 iann2] 人煙, 人身的影
　　子, 人的蹤跡, 例詞走佮不捌看著人影 zau1 gah1 m3
　　bat1 kuann4 diorh5 lang6/3 iann4 人開溜得像煙消失無
　　影踪, 看不到人影。
有影[u3 iann4; u3 iann2] 真的, 有這麼一回事。
無影[vor6/vor3 iann4; bo7/bo3 iann2] 連影子都沒有, 沒有
　　這麼一回事, 不實在的, 虛幻不實的, 同無影無迹
　　vor6 iann1 vor6 ziah5/vor3 iann1 vor3 ziah5。
知影[zai6 iann4; tsai7 iann2] 懂得, 知道了。
風聲嗙影[hong6 siann1 bong4 iann4; hong7 siann1 pong2
　　iann2] 捉風捕影, 誇大其詞。
無影無迹[vor6 iann1 vor6 ziah5/vor3 iann1 vor3 ziah5; bo7
　　iann1 bo7 tsiah4/bo3 iann1 bo3 tsiah4] 沒有這麼一回
　　事, 騙術一樁, 同無影 vor6/3 iann4。
嗟囝　嗟無影[ceh1 giann4 ceh1 vor6/vor3 iann4; tsheh8
　　kiann2 tsheh8 bo7/bo3 iann2] 雖然會對孩子生氣, 但仍
　　然改變不了疼愛孩
講一个影　生一个囝[gong1 zit5 e6 iann4 senn6 zit5 e6
　　giann4; kong1 tsit4 e7 iann2 senn7 tsit4 e7 kiann2] 別人
　　說東, 你卻誤聽成西;別人隨便說說, 你就相信了, 喻
　　人云亦云。

焱 [iann6; iann7] Unicode: 7131, 台語字: iann
　　[iam6, iann6; iam7, iann7] 張揚,炎熱
奢焱[cia6 iann6; tshia7 iann7] 張揚, 排場奢華, 有作奢颺
　　cia6 iann6。
熾焱焱[cia4 iann3 iann6; tshia2 iann3 iann7] 炎熱的樣子。
日頭熾焱焱[jit5 tau2 cia4 iann3 iann6; jit4 thau5 tshia2 iann3
　　iann7] 大太陽烈日下, 例詞日頭熾焱焱, 隨人顧性命
　　jit5 tau2 cia4 iann3 iann6, sui6/3 lang2 gor4 senn4 mia6
　　大太陽烈日下, 各人各自看管及照顧自己的生命。

台語KK音標、台語六調:	獅 sai1	牛 qu2	豹 ba3	虎 ho4	鴨 ah5	象 ciunn6	鹿 lok1
	左 zo1	營 iann2	淡 dam3	水 zui4	直 dit5	通 tong6	竹 dek1 南 lam2
台語字:	獅 saif	牛 quw	豹 bax	虎 hoy	鴨 ah	象 ciunn	鹿 lokf
北京語:	山 san1	明 meng2	水 sue3	秀 sior4	的 dorh5	中 diong6	壢 lek1

iap

葉 **[iap1; iap8]** Unicode: 8449, 台語字: iapf
[hiorh1, iap1; hioh8, iap8] 姓,期間,葉片,花瓣
中葉[diong6 iap1; tiong7 iap8] 中期, 例詞二十世紀中葉 ji3 zap5 se4 gi4 diong6 iap1。
風葉[hong6 iap1; hong7 iap8] 機器, 渦輪機或電扇的葉片, 同車葉 cia6 iap1。
車葉仔[cia6 iap5 a4; tshia7 iap4 a2] 機器, 渦輪機或電扇的葉片, 輪輻, 有作風葉仔 hong6 iap5 a4。

燁 **[iap1; iap8]** Unicode: 71C1, 台語字: iapf
[iap1; iap8] 火光閃爍,眾多,有作熠 iap1
燁燁爍[iap5 iap5 sih5; iap4 iap4 sih4] 一閃一閃地閃爍。

掖 **[iap5; iap4]** Unicode: 6396, 台語字: iap
[ek1, iap5; ik8, iap4] 窩藏
掖藏[iap1 cang3; iap8 tshang3] 偷偷地窩藏。
掖錢[iap1 zinn2; iap8 tsinn5] 隱藏金錢, 佔為己有, 相關詞扡錢 ia3 zinn2 到處散錢, 亂花錢, 例詞掖錢予細姨 iap1 zinn2 ho3 se4 i2 私下拿錢給姨太太。
抾抾掖掖[ng6 ng6 iap1 iap5; ng7 ng7 iap8 iap4] 掩掩遮遮地, 掩掩藏藏, 躲躲藏藏, 有作掩掩撲撲 am6 am6 iap1 iap5。
偷掖私奇[tau6 iap1 sai6 kia1; thau7 iap8 sai7 khia1] 偷偷地私藏私房錢。

iau

妖 **[iau1; iau1]** Unicode: 5996, 台語字: iauf
[iau1; iau1] 謠言,妖魔,相關字夭 iau4 死亡
妖道[iau6 dor6; iau7 to7] 邪惡的道人, 妖魔。
妖嬌[iau6 giau1; iau7 kiau1] 女人美麗, 妖艷嬌美。
妖怪[iau6 guai3; iau7 kuai3]
妖冶[iau6 ia4; iau7 ia2] 打扮得很美艷動人, 有作妖野 ia6 ia4。
妖野[ia6 ia4; ia7 ia2] 打扮得很美艷動人, 有作妖冶 iau6 ia4。
妖言[iau6 qen2; iau7 gian5] 謠言。
妖孽[iau6 qet1; iau7 giat8] 妖怪屬鬼, 作惡多端的人。
妖術[iau6 sut1; iau7 sut8] 邪術, 不正當的手段或方法。
妖精[iau6 ziann1/zinn1; iau7 tsiann1/tsinn1] 妖怪, 妖魔鬼怪, 打扮妖艷而善於勾引男人的女人。
妖魔鬼怪[iau6 mo2 gui1 guai3; iau7 moo5 kui1 kuai3] 妖怪。

吆 **[iau1; iau1]** Unicode: 356D, 台語字: iauf
[iau1; iau1] 飢餓,肚子餓得凹扁了,代用字,玉篇:婬聲.有作枵 iau1,相關字餓 qor6 餓的感覺;華語字飫 iau1 吃得很飽,站著吃
治吆[di3 iau1; ti3 iau1] 肚子餓了而吃食物。
吆鬼[iau6 gui4; iau7 kui2] 餓鬼, 嘴饞的人, 貪吃的人。

枵 **[iau1; iau1]** Unicode: 67B5, 台語字: iauf
[iau1; iau1] 飢餓,肚子餓得凹扁了,說文:木根,空也,又虛也;正字通:人饑,曰枵腹.有作吆 iau1,相關字餓 qor6 餓的感覺;華語字飫 iau1 吃得很飽,站著吃
生枵[cenn6/cinn6 iau1; tshenn7/tshinn7 iau1] 餓得發慌。
治枵[di3 iau1; ti3 iau1] 肚子餓了而吃食物。
哭枵[kau4 iau1; khau2 iau1] 罵人的話, 你餓了, 快去吃飯, 不要吵我!。
枵鬼[iau6 gui4; iau7 kui2] 餓鬼, 嘴饞的人, 貪吃的人。
枵餓[iau6 qor6/qonn6; iau7 go7/ngoo7] 飢餓。
枵饞[iau6 sai2; iau7 sai5] 嘴饞, 貪吃。
枵死[iau1 si3; iau1 si3] 非常餓, 相關詞枵死 iau6 si4 餓死了。
枵飽吵[iau6 ba1 ca4; iau7 pa1 tsha2] 餓也吵, 不餓也吵, 引申為無理取鬧。
嘴飽 目睭枵[cui4 bah1 vak5 ziu6 iau1; tshui2 pah8 bak4 tsiu7 iau1] 口吃飽了, 眼睛看美食, 還是忍不住想再吃, 喻不滿足。
枵鬼 假細膩[iau6 gui4 ge1 se4 ji6/li6; iau7 kui2 ke1 se2 ji7/li7] 餓得要死的人, 一有得吃, 卻裝出客氣不好意思吃的樣子,

遙 **[iau2; iau5]** Unicode: 9059, 台語字: iauw
[iau2; iau5] 遙遠
逍遙[siau6 iau2; siau7 iau5] 逍遙, 例詞逍遙自在 siau6 iau2 zu3 zai6。
路遙知馬力 日久見人心[lo3 iau2 di6 ma1 lek1 jit5 giu4 gen4 jin6/lin3 sim1; loo3 iau5 ti7 ma1 lik8 jit4 kiu2 kian2 jin7/lin3 sim1] 走過遠路程, 就知道馬匹的耐力如何, 相處日久, 便知道人心善與惡。

猶 **[iau4; iau2]** Unicode: 7336, 台語字: iauy
[a4, ia4, iau4, iu2; a2, ia2, iau2, iu5] 又,亦,或,,還
猶咧[iau1 le1; iau1 le1] 還在...中, 例詞伊猶咧睏中晝 i6 iau1 le1 kun4 diong6 dau3 他還在睡午覺。
猶未[iau1 ve6/vue6; iau1 be7/bue7] 還沒, 例詞猶未睏睜神 iau1 vue3/ve3 kun4 zeng6 sin2 還沒醒過來, 還在睡覺。
猶欲[iau1 veh5/vueh5; iau1 beh4/bueh4] 還想要, 例詞老歲仔, 猶欲打拚趁錢 lau3 hue1 a4 iau1 veh5/vueh5 pah1 biann4 tan4 zinn2 銀髮長者還想要奮鬥, 去賺錢。

im

音 **[im1; im1]** Unicode: 97F3, 台語字: imf
[im1; im1]
佳音[ga6 im1; ka7 im1] 基督教徒在耶誕節前夕, 逐家送佳音。
觀音[guan6 im1; kuan7 im1] 佛教徒稱觀世音菩薩為觀音, 喻有慈悲為懷, 救苦救難之善行。
音標[im6 biau1/piau1; im7 piau1/phiau1] 標注聲音聲調的符號系統, 台語音標有通用, 教羅, TLPA 及注音符號等三十多種音標系統。

淹 **[im1; im1]** Unicode: 6DF9, 台語字: imf
[iam1, im1; iam1, im1] 沒,淹水

淹田[im6 can2; im7 tshan5] 引水灌溉水田。

淹大水[im6 dua3 zui4; im7 tua3 tsui2] 大水淹過來, 大水災。

淹腳目[im6 ka6 vak1; im7 kha7 bak8] 水淹過腳踝, 例詞台灣錢, 淹腳目 dai6 uan6 zinn2 im6 ka6 vak1/dai3 uan3 zinn2 im6 ka6 vak1 古人說, 在台灣要賺錢很容易, 聽說是遍地黃金。

陰 **[im1; im1]** Unicode: 9670, 台語字: imf
[iam1, im1; iam1, im1] 陰暗

烏陰[o6 im1; oo7 im1] 陰暗, 下雨前之陰暗天氣, 例詞烏陰天 o6 im6 tinn1 陰暗的天氣。

陰鴆狗 咬人休哮[im6 tim6 gau4 ga3 lang2 ve3/vue3 hau4; im7 thim7 kau2 ka3 lang5 be3/bue3 hau2] 會咬人的惡犬, 通常是不會亂吠叫的, 引申陰險的人, 都不會露臉的。

蔭 **[im3; im3]** Unicode: 852D, 台語字: imx
[im3; im3] 庇蔭,庇祐,滅熄火苗,相關字翳 ng4 陰影

致蔭[di4 im3; ti2 im3] 庇蔭, 祖先對後代子孫的庇蔭, 例詞父母致蔭团兒 be3 vu4 di4 im3 giann1 ji2/li2 父母庇蔭兒女。

福蔭[hok1 im3; hok8 im3] 祖先的福份的庇蔭。

蔭瓜仔[im4 gue6/ge6 a4; im2 kue7/ke7 a2] 經塩漬而爛爛的胡瓜或大黃瓜, 相關詞醃瓜仔 am3 gue6 a4 經塩漬而脆脆的胡瓜或大黃瓜。

蔭豉仔[im4 sinn3 a4; im2 sinn3 a2] 醃漬豆豉, 黃豆經發酵後的製品, 有作豆豉仔 dau3 sinn3 a4;蔭豆豉仔 im4 dau3 sinn6 a4。

蔭某团[im4 vo1 giann4; im2 boo1 kiann2] 祖先的福份及恩澤, 在暗中惠及妻兒。

子孫亨祖先致蔭著[zu1 sun1 ho3 zo1 sen1 di4 im3 diorh5; tsu1 sun1 hoo3 tsoo1 sian1 ti2 im3 tioh4] 兒女子孫承受祖先福澤的庇蔭。

飲 **[im4; im2]** Unicode: 98F2, 台語字: imy
[im4, lim1; im2, lim1] 飲食

飲食[im1 sit1/sip1; im1 sit8/sip8] 。

飲水思源[im1 sui4 su6 quan2; im1 sui2 su7 guan5] 知恩圖報, 喻不忘本。

in

因 **[in1; in1]** Unicode: 56E0, 台語字: inf
[in1; in1] 因為

前因後果[zen6/zen3 in1 hior3 gor4; tsian7/tsian3 in1 hio3 ko2] 。

因果報應[in6 gor4 bor4 eng3; in7 ko2 po2 ing3] 。

姻 **[in1; in1]** Unicode: 59FB, 台語字: inf
[en1, in1; ian1, in1] 婚姻事情

婚姻[hun6 in1/en1; hun7 in1/ian1] 嫁娶之婚姻事情。

姻緣[in6 en2; in7 ian5] 婚事之緣份, 相關詞因緣 in6 en2

人與人的機緣, 例詞姻緣天註定 in6 en2 tinn1 zu4 diann6。

恁 **[in1; in1]** Unicode: 6039, 台語字: inf
[in1; in1] 他們,借用字,同尹 in1,單數作伊 i1 他

恁二人[in6 nng3 lang2; in7 nng3 lang5] 他們二個人, 他們夫妻倆。

恁一家口仔[in6 zit5 ge6 kau1 a4; in7 tsit4 ke7 khau1 a2] 他們一家人。

恁著開錢 才會直[in6 diorh5 kai6 zinn2 zia1 e3 dit1; in7 tioh4 khai7 tsinn5 tsia1 e3 tit8] 他們要去花錢送送紅包, 才能結案。

綑 **[in1; in1]** Unicode: 7D6A, 台語字: inf
[in1; in1] 綑,繞,卷,天地氤氳之氣

草綑[cau1 in1; tshau1 in1] 乾草綑, 將乾草綁成一捆, 可供作燃料, 相關詞草綑 cau1 kun2 用一綑一綑的稻草綑, 堆積成的草堆。

線綑[suann4 in1; suann2 in1] 線團。

五綑酸鹹菜綑[qo3 in6 sng6 giam6/giam3 cai4 in1; goo3 in7 sng7 kiam7/kiam3 tshai2 in1] 五卷的酸菜卷。

印 **[in3; in3]** Unicode: 5370, 台語字: inx
[in3; in3] 印章

砥印仔[deh1 in4 a4; teh8 in2 a2] 蓋印章, 有作搌印仔 dng4 in4 a4;扲印仔 kam4 in4 a4;磕印仔 kap1 in4 a4 蓋印章。

搌印仔[dng4 in4 a4; tng2 in2 a2] 蓋印章, 有作砥印仔 deh1 in4 a4;扲印仔 kam4 in4 a4;磕印仔 kap1 in4 a4 蓋印章。

扲印仔[kam4 in4 a4; kham2 in2 a2] 蓋印章, 蓋章, 有作砥印仔 deh1 in4 a4;搌印仔 dng4 in4 a4;磕印仔 kap1 in4 a4 蓋印章。

磕印仔[kap1 in4 a4; khap8 in2 a2] 蓋印章。

腳模手印[ka6 vo2 ciu1 in3; kha7 boo5 tshiu1 in3] 押印了手紋腳紋, 喻不得耍賴或不履行。

応 **[in3; in3]** Unicode: 5FDC, 台語字: inx
[in3; in3] 回聲,同應 in3

応嘴[in4 cui3; in2 tshui3] 頂嘴, 爭辯, 針峰相對, 例詞応嘴応舌 in4 cui4 in4 zih1 針峰相對, 頂嘴。

応信[in4 sin3; in2 sin3] 乾脆, 索性, 例詞台灣, 応信早一日獨立 dai6/3 uan2 in4 sin4 za1 zit5 jit5 dok5 lip1 台灣乾脆早一天獨立算了。

応話[in4 ue6; in2 ue7] 答話, 頂嘴。

引 **[in4; in2]** Unicode: 5F15, 台語字: iny
[in4; in2] 幫助,引發,引導

引生理[in1 seng6 li4; in1 sing7 li2] 尋找能做生意的機會, 介紹生意給商家。

引頭路[in1 tau6/tau3 lo6; in1 thau7/thau3 loo7] 接下一份工作, 請求資方同意僱用, 相關詞引穡頭 in1 sit1 tau2;引功課 in1 kang6 kue3/ke3。

引字擔籠[in1 ji6/li6 dann6 lang4; in1 ji7/li7 tann7 lang2] 得到了買方的訂貨單之後, 再行尋找貨源而訂購進貨, 這是隱賺不賠的生意, 有作引戲擔籠 in1 hi3 dann6 lang4。

引水入田[in1 zui4 jip5/lip5 can2; in1 tsui2 jip4/lip4 tshan5] 引水灌溉農田。

台語KK音標、台語六調:	獅 sai1	牛 qu2	豹 ba3	虎 ho4	鴨 ah5	象 ciunn6	鹿 lok1
		左 zo1	營 iann2	淡 dam3	水 zui4	直 dit5	通 tong6	竹 dek1 南 lam2
台語字:	獅 saif	牛 quw	豹 bax	虎 hoy	鴨 ah	象 ciunn	鹿 lokf
北京語:	山 san1	明 meng2	水 sue3	秀 sior4	的 dorh5	中 diong6	壢 lek1

允 **[in4; in2]** Unicode: 5141, 台語字: iny
　　[in4, un4; in2, un2] 允諾,答應
允准[in1 zun4; in1 tsun2] 允諾。
允親[in1 cin1; in1 tshin1] 許婚。
允願[in1 quan6; in1 guan7] 許願。
允人[in4 lang3; in2 lang3] 答應別人了, 例詞允人, 較慘欠
　　人 in4 lang3 kah1 cam1 kiam3 lang3 答應過別人的事
　　物, 要看做比欠別人錢財還來得更要遵守, 否則失信,
　　會比什麼事情都慘。

inn

嬰 **[inn1; inn1]** Unicode: 5B30, 台語字: innf
　　[eng1, enn1, inn1; ing1, enn1, inn1] 嬰兒,心肝寶貝
嬰仔[enn6/inn6 a4; enn7/inn7 a2] 嬰兒。
紅嬰仔[ang6 enn6 a4/ang3 inn6 a4; ang7 enn7 a2/ang3 inn7
　　a2] 新生嬰兒。
嬰嬰睏[inn6 inn1 kun3; inn7 inn1 khun3] 拱小孩入睡。

員 **[inn2; inn5]** Unicode: 54E1, 台語字: innw
　　[inn2, quan2, uan2; inn5, guan5, uan5] 地名
員山鄉[inn6 suann6 hiong1; inn7 suann7 hiong1] 在宜蘭
　　縣。

圓 **[inn2; inn5]** Unicode: 5713, 台語字: innw
　　[inn2, uan2; inn5, uan5] 圓形的,錢幣,幣值,湯圓,相關
　　字ㄑ sen4 錢財,cent;文 vun2 文章
大圓[dua3 inn2; tua3 inn5] 幣值高, 例詞永時噂, 錢較大圓
　　eng1 si6/3 zun6 zinn2 kah1 dua3 inn2 以前那個時代,
　　錢的幣值很高。
圓仔[inn6/inn3 a4; inn7/inn3 a2] 湯圓。
紅圓仔[ang6 inn6 a4/ang3 inn3 a4; ang7 inn7 a2/ang3 inn3
　　a2] 紅湯圓, 喜事或冬至, 家中要搓製紅湯圓。
圓仔湯[inn6/inn3 a1 tng1; inn7/inn3 a1 thng1] 原義係湯圓
　　的湯, 在日治時代, 於圍標工程時, 投標者私下談條
　　件, 分得非份之利益, 而退出投標, 即是日語詞談合
　　dango 商談, 因與日語詞團子 dango 湯圓同音, 而引
　　申為圍標的索賄金。
搓圓仔湯[sor6 inn6/inn3 a1 tng1; so7 inn7/inn3 a1 thng1] 參
　　與圍標的索賄。

楹 **[inn2; inn5]** Unicode: 6979, 台語字: innw
　　[enn2, inn2; enn5, inn5] 橫樑
楹仔[inn6/inn3 a4; inn7/inn3 a2] 橫樑。
楹仔枝桷[inn6/inn3 a1 gi6 gak5; inn7/inn3 a1 ki7 kak4] 各種
　　木料建材, 引申為重要的人員。

萌 **[inn4; inn2]** Unicode: 840C, 台語字: inny
　　[inn4, veng2; inn2, bing5] 芽長出了初葉,花心,代用
　　字,相關字穎 inn4 心窩.植物生長的次序為初長的首
　　芽為首 vak1,接著長出為芽 qe2,芽出葉為萌 inn4,萌
　　變硬為枝 gi1,枝開叉者為椏 a1/ue1,椏成長為棵 ko1,
　　最後成長成為欉 zang2
萏萌[buh1 inn4; puh8 inn2] 長出新花蕊, 新芽葉。
苗萌[cut1 inn4; tshut8 inn2] 芽長出了小葉, 有作吐萌 to4

inn4;暴萌 bok1 inn4;發萌 huat1 inn4。
花萌[hue6 inn4; hue7 inn2] 花蕾, 花蕊, 一朵花。
吐萌[to4 inn4; thoo2 inn2] 長芽, 萌芽。

穎 **[inn4; inn2]** Unicode: 7A4E, 台語字: inny
　　[eng4, inn4; ing2, inn2] 心窩,相關字萌 inn4 芽長出
　　了初葉,花心
心穎仔[sim6 inn1 a4; sim7 inn1 a2] 心窩。
心肝穎仔[sim6 guan6 inn1 a4; sim7 kuan7 inn1 a2] 心窩的
　　深處。

院 **[inn6; inn7]** Unicode: 9662, 台語字: inn
　　[inn3, inn6; inn3, inn7] 屋院
病院[benn3 inn6/binn3 inn3; piann3 inn7/pinn3 inn3] 醫院。
行政院院長[heng6 zeng4 inn6 inn3 dionn4/heng3 zeng4 inn6
　　inn4 diunn4; hing7 tsing2 inn7 inn3 tionn2/hing3 tsing2
　　inn7 inn2 tiunn2] 總理, 即閣揆 gorh1 gui2/kui2。

iok

籲 **[iok1; iok8]** Unicode: 7C72, 台語字: iokf
　　[huah5, iok1, ju6; huah4, iok8, ju7] 請求
呼籲[ho6 iok1/ju6; hoo7 iok8/ju7] 呼求, 請求, 大聲疾呼。

約 **[iok5; iok4]** Unicode: 7D04, 台語字: iok
　　[iak5, iok5; iak4, iok4] 契約,約定
大約[dai3 iok5; tai3 iok4] 大概。
合約[hap5 iok5; hap4 iok4] 契約。
約會[iok1 hue6; iok8 hue7] 會見, 男女朋友之約會。
約量[iok1 liong6; iok8 liong7] 大約。
量其約[liong3 gi6/gi3 iok5; liong3 ki7/ki3 iok4] 大約。
跟人約好啊[gah1 lang3 iok1 hor4 a3; kah8 lang3 iok8 ho2
　　a3] 與別人相約好了。

iong

仰 **[iong4; iong2]** Unicode: 4EF0, 台語字: iongy
　　[iong4, qiah1, qiong4; iong2, giah8, giong2] 仰慕,信仰
敬仰[geng4 iong4/qiong4; king2 iong2/giong2] 仰慕。
信仰[sin4 iong4; sin2 iong2]　。
仰慕[iong1 vo6; iong1 boo7] 敬仰。
仰德大道[iong1 dek1 dai3 dor6; iong1 tik8 tai3 to7] 台北市
　　陽明山的幹道的路名。

勇 **[iong4; iong2]** Unicode: 52C7, 台語字: iongy
　　[iong4; iong2] 人身的勇敢,健壯,相關字鞏 iong4 事
　　物的堅固,耐用
勇健[iong1 giann6; iong1 kiann7] 健康, 健壯。
顛倒勇[deng6 dor4 iong4; ting7 to2 iong2] 愈挫愈勇, 例詞
　　打斷手骨, 顛倒勇 pah1 dng3 ciu1 gut5 den1 dor4
　　iong4 手臂被打斷, 痊癒之後, 反而更強壯, 喻人生愈
　　戰愈勇。

台語 KK 音標、台語六調：獅 sai1　牛 qu2　豹 ba3
　　　　　　　　　　　　　左 zo1　營 iann2　淡 dam3
台語字：　　　　　　　　獅 saif　牛 quw　豹 bax
北京語：　　　　　　　　山 san1　明 meng2　水 sue3

虎 ho4　　鴨 ah5　　象 ciunn6　鹿 lok1
水 zui4　　直 dit5　　通 tong6　　竹 dek1 南 lam2
虎 hoy　　鴨 ah　　　象 ciunn　鹿 lokf
秀 sior4　　的 dorh5　中 diong6　堰 lek1

養 **[iong4; iong2]** Unicode: 990A, 台語字: iongy
　　[iang4, iong4, ionn4, iunn4; iang2, iong2, ionn2, iunn2]
　　教養,撫養
保養[bor1 iong4; po1 iong2] 修護, 維修。
養老[iong1 lor4; iong1 lo2] 安養退休老人家, 渡過晚年歲月。

用 **[iong6; iong7]** Unicode: 7528, 台語字: iong
　　[eng6, iong6; ing7, iong7] 使用,相關字拥 iong3 做事情,幹事情
中用[diong4 iong6; tiong2 iong7] 值得使用, 適才適用。
路用[lo3 iong6/eng6; loo3 iong7/ing7] 用處, 例詞有路用 u3 lo3 iong6 有用處;無路用 vor6/3 lo3 iong6 無用途。
會用得[e3 iong3 dit5; e3 iong3 tit4] 可以使用, 合用。
無中用[vor6/vor3 diong4 iong6; bo7/bo3 tiong2 iong7] 不中用。

ionn

鴦 **[ionn1; ionn1]** Unicode: 9D26, 台語字: ionnf
　　[ionn1, iunn1; ionn1, iunn1] 水鳥名
鴛鴦[uan6 iunn1; uan7 iunn1] 鳥名, 游禽類, 雄雌成對不離, 喻夫妻情深不渝。
鴛鴦夢[uan6 ionn6 vang6; uan7 ionn7 bang7] 戀愛夢。
鴛鴦水鴨[uan6 iunn1 zui1 ah5; uan7 iunn1 tsui1 ah4] 鴛鴦與水鴨, 有人以為雄為鴛鴦, 雌烏為水鴨, 喻形影不離的夫婦或熱戀中的情侶。

垟 **[ionn2; ionn5]** Unicode: 579F, 台語字: ionnw
　　[ionn2, iunn2; ionn5, iunn5] 平原,平地,代用字,原意為土精,土怪
平垟[benn6 ionn2/binn3 iunn2; piann7 ionn5/pinn3 iunn5] 平原, 平地。
田垟[can6 ionn2/can3 iunn2; tshan7 ionn5/tshan3 iunn5] 平原, 田野。

樣 **[ionn6; ionn7]** Unicode: 6A23, 台語字: ionn
　　[ionn6, iunn6, sang3; ionn7, iunn7, sang3] 式樣
仝樣[gang3 ionn6/siang3 iunn6; kang3 ionn7/siang3 iunn7] 同樣的, 相同的, 有作同樣 gang3 ionn6/siang3 iunn6。
各樣[gok1 ionn6/iunn6; kok8 ionn7/iunn7] 各種的, 相關詞各樣 gorh1 ionn6/iunn6 異樣的, 例詞仝樣米, 飼各樣人 gang3 ionn3 vi4 ci3 gok1 ionn3 lang2/siang3 iunn3 vi4 ci3 gok1 iunn3 lang2 同樣的稻米, 卻養育著名樣不同的人民。
各樣[gorh1 ionn6/iunn6; koh8 ionn7/iunn7] 異樣的, 怪裡怪氣的, 例詞看起來, 各樣各樣 kuann3 ki6 lai2 gorh1 iunn3 gorh1 iunn6 看起來有點異樣, 相關詞各樣 gok1 ionn6/iunn6 各種的。
有樣看樣[u3 ionn6 kuan4 ionn6; u3 ionn7 khuan2 ionn7] 有樣學樣, 有作有樣趁樣 u3 ionn6 tan4 ionn6。
肖看肖樣[sior6 kuann4 sior6 ionn6/iunn6; sio7 khuann2 sio7 ionn7/iunn7] 互相模仿, 互相學樣。

一腳一樣[zit5 ka1 zit5 ionn6/iunn6; tsit4 kha1 tsit4 ionn7/iunn7] 每一隻腳各穿上一只不同式樣的鞋子, 喻各自為政。

ior

育 **[ior1; io1]** Unicode: 80B2, 台語字: iorf
　　[iok1, ior1; iok8, io1] 養育
育飼[ior6 ci6; io7 tshi7] 養育兒女長大成人的過程, 例詞好育飼 hor1 ior6 ci6 養育兒女很順利;歹育飼 painn1 ior6 ci6 養育兒女的過程不順利。
育囝[ior6 giann4; io7 kiann2] 養育兒女成人, 例詞替人育囝 te4 lang6/3 ior6 giann4 在托兒所或幼稚園照顧別人的小孩子。
育孫[ior6 sun1; io7 sun1] 祖父母養育孫子。
育大漢[ior6 dua3 han3; io7 tua3 han3] 養育兒女長大成人。
育囡仔[ior6 qin1 a4; io7 gin1 a2] 養育自己的小孩或照顧別人的小孩。
育頭上仔[ior6 tau6 zionn3 a4/ior6 tau3 ziunn3 a4; io7 thau7 tsionn3 a2/io7 thau3 tsiunn3 a2] 生育及養育頭一胎的孩子。

腰 **[ior1; io1]** Unicode: 8170, 台語字: iorf
　　[ior1; io1] 腰部
身腰[sin6 ior1; sin7 io1] 身材, 身段。
舒腰[so6 ior1; soo7 io1] 稍微駝背彎腰, 係代用詞。
腰子[ior6 zi4; io7 tsi2] 腎臟, 同腎 sin6;腎臟 sin3 zong6, 例詞腰子病 ior6 zi1 benn6/binn6 腎臟病。

iorh

藥 **[iorh1; ioh8]** Unicode: 85E5, 台語字: iorhf
　　[iok1, iorh1; iok8, ioh8] 醫藥,藥材
中藥[diong6 iorh1; tiong7 ioh8] 漢藥, 中國的醫藥, 有作漢藥 han4 iorh1。
漢藥[han4 iorh1; han2 ioh8] 中藥。
藥頭[iorh5 tau2; ioh4 thau5] 熬煮中藥, 得到的第一劑藥, 相關詞藥頭仔 iorh5 tau6/3 a4 各種中藥藥材的總稱。
便藥仔[ben3 iorh5 a4; pian3 ioh4 a2] 成藥。
藥頭仔[iorh5 tau6/tau3 a4; ioh4 thau7/thau3 a2] 中藥的各種藥材之總稱。
請鬼開藥單[ciann1 gui4 kui6 iorh5 duann1; tshiann1 kui2 khui7 ioh4 tuann1] 請鬼來開藥單, 抓回來的藥一定都是毒藥, 病人吃了肯定是活不成的。

臆 **[iorh5; ioh4]** Unicode: 81C6, 台語字: iorh
　　[ek5, iorh5; ik4, ioh4] 猜測,簡寫作肊 iorh5.相關字憶 ek5 記憶
臆著[iorh1 diorh1; ioh8 tioh8] 猜中了。
烏白臆[o6 beh5 iorh5; oo7 peh4 ioh4] 胡亂猜, 有作亂臆 luan3 iorh5。
臆謎猜[iorh1 vi3 cai1; ioh8 bi3 tshai1] 猜答謎題, 猜燈謎。

台語 KK 音標、台語六調：	獅 sai1	牛 qu2	豹 ba3	虎 ho4	鴨 ah5	象 ciunn6	鹿 lok1
		左 zo1	營 iann2	淡 dam3	水 zui4	直 dit5	通 tong6	竹 dek1 南 lam2
台語字：	獅 saif	牛 quw	豹 bax	虎 hoy	鴨 ah	象 ciunn	鹿 lokf
北京語：	山 san1	明 meng2	水 sue3	秀 sior4	的 dorh5	中 diong6	壢 lek1

it

一　[it5; it4] Unicode: 4E00, 台語字: it
　　[it5, zit1; it4, tsit8]
萬一[van3 it5; ban3 it4] 很少的機會。
不接一[but1 ziap1 it5; put8 tsiap8 it4] 不能持續, 不銜接。
一粒一[it1 liap5 it5; it8 liap4 it4] 稀罕的, 頂尖的, 親密的好友。
一府　二鹿　三艋舺[it1 hu4 ji3/li3 lok1 sann6 vang1 gah5; it8 hu2 ji3/li3 lok8 sann7 bang1 kah4] 古時台灣三個大都市, 即今日的台南市, 鹿港鎮及台北市萬華區。
一代親　二代表　三代無了了[zit5 dai3 cin1 ji3 dai3 biau4 sann6 dai6 vor6/vor3 liau1 liau4; tsit4 tai3 tshin1 ji3 tai3 piau2 sann7 tai7 bo7/bo3 liau1 liau2] 第一代是一家的親人, 第二代是表親, 第三代就疏離不相往來了。

憶　[it5; it4] Unicode: 3989, 台語字: it
　　[it5; it4] 為了某種目的,代用字,原意事一而美
憶著[it5 diorh5; it4 tioh4] 思念, 期望, 為了某種目的, 因...而受稱讚, 同帶念 dai4 liam6。
無牽憶著[vor6/vor3 hong2 it5 diorh5; bo7/bo3 hong5 it4 tioh4] 沒得到青睞, 沒人思念他。
憶著伊媄[it1 diorh5 i6 sui4; it8 tioh4 i7 sui2] 只因為她長得漂亮美麗, 期望她長為美人兒。
憶著名利[it1 diorh5 mia6/mia3 li6; it8 tioh4 mia7/mia3 li7] 為了求得名與利。

iu

油　[iu2; iu5] Unicode: 6CB9, 台語字: iuw
　　[iu2; iu5]
豆油[dau3 iu2; tau3 iu5] 醬油。
火油[hue1 iu2; hue1 iu5] 花生油, 又稱土豆油 to6/3 dau3 iu3。
敲油[ka4 iu2; kha2 iu5] 敲竹槓, 勒索錢財, 有作卡油 kah1 iu2。
硞油[keh1 iu2; kheh8 iu5] 搾油, 壓搾含油的種子而製造食油, 引申人太多太擠, 似乎擠得會流出油來, 有作搾油 zah1 iu2;櫼油 zinn6 iu2。
乳油[leng6 iu2; ling7 iu5] 從牛乳提煉的奶油 Butter, 供人食用。
牛油[qu6/qu3 iu2; gu7/gu3 iu5] 從石油煉製的機器潤滑油脂 Grease, 與牛無關係。
目油[vak5 iu2; bak4 iu5] 眼淚, 例詞目油直直流 vak5 iu2 dit5 dit5 lau2 眼淚一直流。
面油[vin3 iu2; bin3 iu5] 面霜等化粧品。
櫼油[zinn6 iu2; tsinn7 iu5] 搾油, 壓搾含油的種子而製造食油, 代用字, 古時之木製搾油機用柴櫼木片塞進而產壓力以製油, 有作硞油 keh1 iu2;搾油 zah1 iu2, 引申人太多太擠, 似乎搾得會流出油來, 例詞櫼麻油 zinn6 mua6/3 iu2 搾麻油;櫼土豆油 zinn6 to6/3 dau3 iu2 搾花生油。
油飯[iu6/iu3 bng6; iu7/iu3 png7] 小孩滿一歲, 父母要送油飯給親友, 祈求小孩能順利長大, 例詞翕油飯 hip1 iu6/3 bng6 燜蒸油飯;弅油飯 bun6 iu6/3 bng6 嬰兒滿月, 父母親要分送油飯給親友。
油車[iu6/iu3 cia1; iu7/iu3 tshia1] 舊式的搾油油廠, 油罐車, 地名, 在雲林縣西螺鎮油車里。
油臊[iu6/iu3 cor1; iu7/iu3 tsho1] 葷腥菜肴。
油濁[iu6 dak1/lor2; iu7 tak8/lo5] 油渣。
油條[iu3 diau2; iu3 tiau5] 炸油條, 宜作油食粿 iu6 ziah5 gue4。
添油香[tiam6 iu6/iu3 hiunn1; thiam7 iu7/iu3 hiunn1] 到寺廟時, 所捐出的奉獻金, 同香油錢 hiunn6 iu6/3 zinn2。
油洗洗[iu6/iu3 se1 se4; iu7/iu3 se1 se2] 外快或油水很多, 很有權勢, 在地方上, 吃得開。

幼　[iu3; iu3] Unicode: 5E7C, 台語字: iux
　　[iu3; iu3]
幼齒[iu4 ki4 e3; iu2 khi2 e3] 年青人, 年輕的女朋友, 年幼的妓女, 沒有處世經驗的人.清國治台之時, 女性不得移居台灣, 故有不法之徒販賣中國女人到台灣, 年輕或年老的女人都有, 但價格不同, 販賣前, 均以黑布袋套住全身, 只留一小孔, 由買者伸手入袋中, 撫摸女子的牙齒, 判定其年齡而出價格買賣, 年幼女子貴但受歡迎, 故稱幼齒, 以別於老齒.例詞幼齒的 iu4 ki4 e3 年青人, 年輕的女朋友, 年幼的妓女, 沒有處世經驗的人。
幼路[iu4 lo6; iu2 loo7] 細膩的功夫, 手工精細。
幼秀[iu4 siu3; iu2 siu3] 精緻的, 高貴的, 身材秀麗, 儀容秀氣。
父老囝幼[be3 lau6 giann1 iu3; pe3 lau7 kiann1 iu3] 父親年老力衰, 而兒子卻還很年幼, 無法奉養老父。
幼秀農業[iu4 siu3 long6/long3 qiap1; iu2 siu3 long7/long3 giap8] 高級農業, 高產值的農業, 精緻的農業。

有　[iu4; iu2] Unicode: 6709, 台語字: iuy
　　[iu4, u6; iu2, u7] 有,存在,相關字冇 vor2 沒有;ㄥ deng6 硬
烏有[o6 iu4; oo7 iu2] 沒有, 消失, 例詞化做烏有 hua4 zor4 o6 iu4 消失無縱無影。
有孝[iu1 hau3; iu1 hau3] 很孝順。
有數[iu1 so3; iu1 soo3] 有一定的數量, 不多, 例詞趁錢有數, 性命嘜顧 tan4 zinn2 iu1 so3, seng4 mia6 ai4 go3 一個人命中, 早已註定可以賺到多少錢, 這是更改不了的, 千萬不要為了去賺非份之財, 而工作過度或挺而走險, 摧殘了身體的健康, 那是不值得的。
有志[iu1 zi3; iu1 tsi3] 義工, 同情者, 同黨, 係日語詞有志人 yushijin, 例詞首有志一同 iu1 zi3 it1 dong2 同志, 常作友志一同 iu1 zi3 it1 dong2。
瘥有限[ca6 iu1 han6; tsha7 iu1 han7] 病情進步不多。
有功無賞　拍破嘜賠[iu1 gong1 vor3 siunn4 pah1 pua3 ai4 bue2/be2; iu1 kong1 bo3 siunn2 phah8 phua3 ai2 pue5/pe5] 做對了事, 是職責所在, 若因故誤事, 不但沒有賞賜, 卻要賠償損失。

台語 KK 音標、台語六調:	獅 sai1	牛 qu2	豹 ba3	虎 ho4	鴨 ah5	象 ciunn6	鹿 lok1
	左 zo1	營 iann2	淡 dam3	水 zui4	直 dit5	通 tong6	竹 dek1 南 lam2
台語字:	獅 saif	牛 quw	豹 bax	虎 hoy	鴨 ah	象 ciunn	鹿 lokf
北京語:	山 san1	明 meng2	水 sue3	秀 sior4	的 dorh5	中 diong6	壢 lek1

台灣精神詞典

iJiden, the Formosan Dictionary
of the Taiwan Spirit

台語 KK 音標(通用拼音) 台語六調(注音符號聲調)

台語 KK 音標、台羅拼音對照版

部首 j;j

jet

熱 **[jet1; jiat8]** Unicode: 71B1, 台語字: jetf
[jet1, juah1, let1, luah1; jiat8, juah8, liat8, luah8] 熱鬧,高溫

鬧熱[lau3 jet1/let1; lau3 jiat8/liat8] 熱鬧, 例詞鬧熱滾滾 lau3 jet5/let5 gun1 gun4 很熱鬧。

泅熱症[guann6 jet5/let5 zeng3; kuann7 jiat4/liat4 tsing3] 得瘧疾病時, 發高燒, 忽冷忽熱。

熱火火[jet5 hue1 hue4/let5 he1 he4; jiat4 hue1 hue2/liat4 he1 he2] 男女交友時, 打得火熱, 有作熱沸沸 jet5/let5 hut1 hut5。

熱蘭遮城[jet5 lan6 zia6 siann2; jiat4 lan7 tsia7 siann5] 西元 1624 年, 荷蘭人治台灣時所建之府城, 在今台南市安平區, Castle of Zeelandia。

二人當咧熱[nng3 lang2 dng6 le1 jet1/let1; nng3 lang5 tng7 le1 jiat8/liat8] 男女交友, 打得火熱。

ji

兒 **[ji2; ji5]** Unicode: 5152, 台語字: jiw
[ji2, li2; ji5, li5] 兒子

囝兒[giann1 ji2/li2; kiann1 ji5/li5] 兒子, 有作子兒 giann1 ji2/li2。

孩兒[hai6 ji2/hai3 li2; hai7 ji5/hai3 li5] 兒子自稱, 例詞紅孩兒 ang6 hai6 ji2/ang3 hai3 li2 章回小說中的人名。

子 **[ji4; ji2]** Unicode: 5B50, 台語字: jiy
[giann4, ji4, li4, zi4, zu4; kiann2, ji2, li2, tsi2, tsu2] 棋子,籌碼,相關字芋 ji4 水果的一只,一粒

棋子[gi6 ji4/gi3 li4; ki7 ji2/ki3 li2] 下棋的棋子, 籌碼。

子仔[ji1 a4; ji1 a2] 籌碼。

芋 **[ji4; ji2]** Unicode: 8293, 台語字: jiy
[ji4, li4; ji2, li2] 香蕉等水果的一只,一個,一粒,相關

字子 ji4 棋子,籌碼;芘 bi2 一小串;貫 guann6 串;芎 geng1 一大串

一芋斤蕉[zit5 ji1/li1 gin6 zior1; tsit4 ji1/li1 kin7 tsio1] 一條香蕉。

二 **[ji6; ji7]** Unicode: 4E8C, 台語字: ji
[ji6, li6; ji7, li7] 第二

第二[de3 ji6; te3 ji7] 第二個的, 第二級的。

二房[ji3 bang2; ji3 pang5] 次男的子孫房系。

二四[ji3/li3 si3; ji3/li3 si3] 很多很多, 但不一定是二十四, 無論如何, 例詞二四苦勸 ji3/li3 si4 ko1 kng3 一而再, 再而三地規勸;一文錢, 打二四個結 zit5 sen1 zinn2, pah1 ji3/li3/liap5 si4 e6 gat5 要花一文錢, 先要解開很多很多的死結, 喻不肯花一毛錢。

不二過[but1 ji3/li3 go3; put8 ji3/li3 koo3] 不過。

二林鎮[ji3 lim6 din3; ji3 lim7 tin3] 在彰化縣。

二崙鄉[ji3 lun3 hiang1; ji3 lun3 hiang1] 在雲林縣。

二四孝[ji3/li3 si4 hau3; ji3/li3 si2 hau3] 民間流傳下來的二十四個孝子及其個別孝行事蹟, 有作廿四孝 ji3/li3 si4 hau3, 二四表示很多很多, 但不一定是二十四。

二水鄉[ji3 zui1 hiang1; ji3 tsui1 hiang1] 在彰化縣。

二二八事件[ji3 ji3 bat5 su3 giann6; ji3 ji3 pat4 su3 kiann7] 1947 年二月二十八日, 台灣人受盡國民黨政權壓迫而反抗, 竟有近二萬人的本土精英及知識分子被殺害, 經過一甲子歲月, 仍然無法紓平民恨。

廿 **[ji6; ji7]** Unicode: 5EFF, 台語字: ji
[ji6, li6, liap1; ji7, li7, liap8] 二十

廿一[ji3/li3 it5; ji3/li3 it4] 二十一。

廿九暝[ji3 gau1 me2/li3 gau1 mi2; ji3 kau1 me5/li3 kau1 mi5] 除夕夜, 指農曆十二月二十九日的除夕夜晚。

廿四孝[ji3/li3 si4 hau3; ji3/li3 si2 hau3] 民間流傳下來的二十四個孝子及其個別孝行事蹟。

字 **[ji6; ji7]** Unicode: 5B57, 台語字: ji
[ji6, li6; ji7, li7]

字勻[ji3/li3 un2; ji3/li3 un5] 家族新生兒取名字的輩份字序, 例詞全字勻 gang3 ji3/li3 un2 家族中的同一輩份。

字運[ji3/li3 un6; ji3/li3 un7] 命運的變化過程, 運氣, 同運途 un3 dor2, 例詞好歹字運 hor1 painn1 ji3/li3 un6 有好運, 也有壞運, 隨着自己的運氣而變化。

翻字典[beng1 ji3/li3 den4; ping1 ji3/li3 tian2] 翻字典, 查閱字典。

惜字亭[sior4 ji3/li3 deng2; sio2 ji3/li3 ting5] 客家人最珍惜字畫紙張, 會把舊紙拿到惜字亭燒毀, 表示對文字及文化的尊敬。

餌 **[ji6; ji7]** Unicode: 990C, 台語字: ji
[ji6, li6; ji7, li7] 釣魚用的釣餌

釣餌[dior4 ji6/li6; tio2 ji7/li7] 釣魚用的釣餌。

膩 **[ji6; ji7]** Unicode: 81A9, 台語字: ji
[ji6, li6; ji7, li7] 肥膩,利頭多,油水多

幼膩[iu4 ji6/li6; iu2 ji7/li7] 魚肉, 豬肉絲細幼嫩。油水多。

細膩[se4 ji6/li6; se2 ji7/li7] 客氣, 小心謹慎, 例詞人真細

台語 KK 音標、台語六調:	獅 sai1	牛 qu2	豹 ba3	虎 ho4	鴨 ah5	象 ciunn6	鹿 lok1
	左 zo1	營 iann2	淡 dam3	水 zui4	直 dit5	通 tong6	竹 dek1 南 lam2
台語字:	獅 saif	牛 quw	豹 bax	虎 hoy	鴨 ah	象 ciunn	鹿 lokf
北京語:	山 san1	明 meng2	水 sue3	秀 sior4	的 dorh5	中 diong6	堰 lek1

膩 lang2 zin6 se4 li6 人很客氣;誠無細膩 ziann6 vor6 se4 ji6/ziann3 vor3 se4 li6 非常不客氣, 真不小心謹慎;噯卡細膩咧 ai4 kah1 se4 li6 leh5 你要小心一點呀!;枵鬼, 假細膩 iau6 gui4 ge1 se4 ji6/li6 餓得要死的人, 一有得吃, 卻裝出客氣不好意思吃的樣子, 引申矯柔作做, 想要又不好意思說要, 假客氣。

jia

遮 **[jia1; jia1]** Unicode: 906E, 台語字: jiaf
　　[jia1, lia1; jia1, lia1] 掩蔽,遮蓋
遮雨[jia6/lia6 hor6; jia7/lia7 ho7] 擋雨, 遮雨, 例詞遮雨傘 jia6/lia6 hor3 suann3 用雨傘遮雨。
遮風[jia6/lia6 hong1; jia7/lia7 hong1] 擋風
遮日[jia6 jit1/lia6 lit1; jia7 jit8/lia7 lit8] 遮太陽, 例詞遮日頭 jia6 jit5 tau2lia6 lit5 tau2 遮開太陽光。
熱蘭遮城[jet5 lan6 jia6 siann2; jiat4 lan7 jia7 siann5] 西元 1624 年, 荷蘭人治台灣時所建之府城, 在今台南市安平區, Castle of Zeelandia。

惹 **[jia4; jia2]** Unicode: 60F9, 台語字: jiay
　　[jia4, lia4; jia2, lia2] 惹事情
惹是非[jia1 su3/si3 hui1; jia1 su3/si3 hui1] 。
惹出代志[jia1 cut1 dai3 zi3; jia1 tshut8 tai3 tsi3] 惹出事來, 惹起事來。
惹熊惹虎　不挏惹著熾查某[jia1 him2 jia1 ho4 m3 tang6 jia1 diorh5 ciah1 za6 vo4/lia1 him2 lia1 ho4 m3 tang6 lia1 diorh5 ciah1 za6 vo4; jia1 him5 jia1 hoo2 m3 thang7 jia1 tioh4 tshiah8 tsa7 boo2/lia1 him5 lia1 hoo2 m3 thang7 lia1 tioh4 tshiah8 tsa7 boo2] 你寧可去惹上了熊或老虎, 但千萬別去惹上了凶女人。

jiah

跡 **[jiah5; jiah4]** Unicode: 8DE1, 台語字: jiah
　　[jiah5, liah5, zek5; jiah4, liah4, tsik4] 痕跡,相關詞蹟 zek1 古蹟
彼跡[hit1 jiah5/liah5; hit8 jiah4/liah4] 那裡, 那個地方。
血跡[hueh1 jiah5/huih1 liah5; hueh8 jiah4/huih8 liah4] 血的痕跡, 血漬, 出生地。
腳跡[ka6 jiah5/liah5; kha7 jiah4/liah4] 足跡, 相關詞腳脊底 ka6 ziah5 de4 腳底, 例詞人腳跡會肥 lang6/3 ka6 jiah5 e3 bui2 人潮所到的地方, 就是旺地肥田。
此跡[zit1 jiah5; tsit8 jiah4] 這裡, 這個地方。

jiau

遶 **[jiau2; jiau5]** Unicode: 9076, 台語字: jiauw
　　[jiau2, liau2; jiau5, liau5] 繞境
遶境[jiau6/liau3 geng4; jiau7/liau3 king2] 民間祭典時, 廟宇會展示神像, 並推出神明之坐轎到各地遶境, 以驅邪鎮惡, 廣被神威, 例詞媽祖遶境 ma1 zor4 jiau6/liau3 geng4。

饒 **[jiau2; jiau5]** Unicode: 9952, 台語字: jiauw
　　[jiau2, liau2; jiau5, liau5] 姓,豐足,豐富,赦免
豐饒[hong6 jiau2; hong7 jiau5] 豐饒, 豐足。
富饒[hu4 jiau2; hu2 jiau5] 豐饒。
饒命[jiau6/liau3 miann6; jiau7/liau3 miann7] 寬諒, 釋放, 赦免。
饒赦[jiau6/liau3 sia3; jiau7/liau3 sia3] 赦免。
饒家莊[jiau6/liau3 ga6 zng1; jiau7/liau3 ka7 tsng1] 姓饒的村莊。

抓 **[jiau3; jiau3]** Unicode: 6293, 台語字: jiaux
　　[jiau3, liau3; jiau3, liau3] 用手爪抓,搔,相關字扭 kiu4 扭打;搣 zang1 張五指捉,抓;憿 jiau3 心中煩亂,巴不得
抓面[jiau4 vin6; jiau2 bin7] 抓臉。
抓癢[jiau4/liau4 ziunn6; jiau2/liau2 tsiunn7] 抓癢。
抓耙仔[jiau4 be6 a4/liau4 be3 a4; jiau2 pe7 a2/liau2 pe3 a2] 臥底線民, 間諜, 耙草的用具。

撓 **[jiau4; jiau2]** Unicode: 6493, 台語字: jiauy
　　[jiau4, nau4; jiau2, nau2] 騷擾, 令人不安,同擾 jiau4
撓亂[jiau1 luan6; jiau1 luan7] 擾亂, 同擾亂 jiau1/liau1 luan6。

擾 **[jiau4; jiau2]** Unicode: 64FE, 台語字: jiauy
　　[jiau4, liau4; jiau2, liau2]
打擾[dann1 jiau4/liau4; tann1 jiau2/liau2] 騷擾, 令人不安。
擾亂[jiau1/liau1 luan6; jiau1/liau1 luan7] 騷擾, 令人不安, 同撓亂 jiau1 luan6。

jih

揤 **[jih1; jih8]** Unicode: 63E4, 台語字: jihf
　　[cih1, jih1, lih1; tshih8, jih8, lih8] 以手按壓,壓制,代用字.相關字撍 nih1 大力握著
揤破[jih5/cih5 pua3; jih4/tshih4 phua3] 壓破。
強強揤[giong3 giong3 jih1/cih1; kiong3 kiong3 jih8/tshih8] 強硬地壓制。
揤電鈴[jih5/cih5 den3 leng2; jih4/tshih4 tian3 ling5] 按門鈴。

台語 KK 音標、台語六調： 獅 sai1　牛 qu2　豹 ba3　虎 ho4　鴨 ah5　象 ciunn6　鹿 lok1
　　　　　　　　　　　　　　左 zo1　營 iann2　淡 dam3　水 zui4　直 dit5　通 tong6　竹 dek1 南 lam2
台語字：　　　　　　　　　獅 saif　牛 quw　豹 bax　虎 hoy　鴨 ah　象 ciunn　鹿 lokf
北京語：　　　　　　　　　山 san1　明 meng2　水 sue3　秀 sior4　的 dorh5　中 diong6　壢 lek1

jim

抌 **[jim2; jim5]** Unicode: 62F0, 台語字: jimw
[jim2, lim2; jim5, lim5] 掏出,取出
抌錢[jim6/lim3 zinn2; jim7/lim3 tsinn5] 掏出金錢。
抌心肝　予你看[jim6/lim3 sim6 guann1 ho3 li1 kuann3; jim7/lim3 sim7 kuann1 hoo3 li1 khuann3] 掏出內心, 讓你看, 引申真心真意。

忍 **[jim4; jim2]** Unicode: 5FCD, 台語字: jimy
[jim4, lim4, lun4; jim2, lim2, lun2]
殘忍[zan6 jim4/zan3 lim4; tsan7 jim2/tsan3 lim2] 凶殘。
忍㑅稠[jim1 ve3 diau2/lim1 vue3 diau2; jim1 be3 tiau5/lim1 bue3 tiau5] 忍不住。
㑅忍得[ve3 jim4 dit5/vue3 lim4 dit5; be3 jim2 tit4/bue3 lim2 tit4] 無法忍受。
忍氣生財　激氣相刣[jim1 ki3 seng6 zai2 gek1 ki3 sior6 tai2; jim1 khi3 sing7 tsai5 kik8 khi3 sio7 thai5] 忍一口氣可以發財, 刺激對方生氣, 則會發生命案。

jin

人 **[jin2; jin5]** Unicode: 4EBA, 台語字: jinw
[jin2, lang2, lin2; jin5, lang5, lin5] 姓,人民,人生
人中[jin6/lin3 diong1; jin7/lin3 tiong1] 人的臉上, 從鼻子到嘴唇之間的溝槽部份, 似乎為壽命長短的表徵。
人情[jin6/lin3 zeng2; jin7/lin3 tsing5] 幫助他人, 施惠他人, 例詞討人情 tor1 jin6/lin3 zeng2 曾經幫助他人, 現在反過頭來, 要求他人回報;做人情 zor4 jin6/lin3 zeng2 施惠於他人;人情世事 jin6/lin3 zeng2 se4 su6 待人處世所必須做的關懷, 禮尚往來, 應酬等事情。
婦人人[hu3 jin6/lin3 lang2; hu3 jin7/lin3 lang5] 婦女, 女人, 有作婦仁人 hu3 jin6/lin3 lang2。
人格者[jin6/lin3 geh1 zia4; jin7/lin3 keh8 tsia2] 人品高尚, 性格穩重, 受眾人尊敬的人。
人生海海[jin6/lin3 seng1 hai1 hai4; jin7/lin3 sing1 hai1 hai2] 人生不要太計較, 只要過得去就好。

仁 **[jin2; jin5]** Unicode: 4EC1, 台語字: jinw
[jin2, lin2; jin5, lin5] 果仁,有作芢 jin2/lin2
仁愛鄉[jin6 ai4 hiang1; jin7 ai2 hiang1] 在南投縣。
仁德鄉[jin6 dek1 hiang1; jin7 tik8 hiang1] 在台南縣。
仁武鄉[jin6 vu1 hiang1; jin7 bu1 hiang1] 在高雄縣。

芢 **[jin2; jin5]** Unicode: 82A2, 台語字: jinw
[jin2, lin2; jin5, lin5] 果實,同仁 jin2/lin2;籽 zi4
飽芢[ba1 jin2/lin2; pa1 jin5/lin5] 果粒飽滿。
杏芢茶[heng3 jin6/lin3 de2; hing3 jin7/lin3 te5] 杏仁子磨粉, 沖泡的飲料, 有作杏仁茶 heng3 jin6/lin3 de2。
芢因芢芢[jin6 in1 jin6 jin2/lin3 in1 lin3 lin2; jin7 in1 jin7 jin5/lin3 in1 lin3 lin5] 果實充滿, 顆粒肥大, 精英中

的精英, 因係代用字。

認 **[jin6; jin7]** Unicode: 8A8D, 台語字: jin
[jim6, jin6, lim6, lin6; jim7, jin7, lim7, lin7] 承認
記認[gi4 jin6/lin6; ki2 jin7/lin7] 可辯識的記號, 記得。
認命[jin3/lin3 miann6; jin3/lin3 miann7] 向命運低頭, 接受宿命的安排。
無認份[vor6 jin3 hun6/vor3 lin3 hun6; bo7 jin3 hun7/bo3 lin3 hun7] 沒有認清自己的身份高低或立場情勢, 不自量力, 喻馬不知臉長。

jiok

肉 **[jiok1; jiok8]** Unicode: 8089, 台語字: jiokf
[jiok1, liok1, vah5; jiok8, liok8, bah4]
骨肉[gut1 jiok1/liok1; kut8 jiok8/liok8] 親生的子女骨肉, 有作親骨肉 cin6 gut1 jiok1/liok1。
肉桂[jiok5 gui3; jiok4 kui3] 中藥, 辛香料。

弱 **[jiok1; jiok8]** Unicode: 5F31, 台語字: jiokf
[jiok1, liok1; jiok8, liok8] 衰弱,衰弱
冉弱[lam1 jiok1; lam1 jiok8] 體質衰弱, 有作荏弱 lam1 jiok1。
弱國無外交[jiok5 gok5 vor6/vu3 gua3 gau1; jiok4 kok4 bo7/bu3 kua3 kau1] 。

踸 **[jiok5; jiok4]** Unicode: 8DFF, 台語字: jiok
[do2, jiok5, liok5; too5, jiok4, liok4] 追趕,追逐,代用字.相關字遒 due3 追隨,跟;趯 jip5 追趕,追逐
踸貨[jiok1 hue3; jiok8 hue3] 尋找貨源, 買進貨品, 催促交貨。
踸三點半[jiok1 sann6 diam1 buann3; jiok8 sann7 tiam1 puann3] 銀行在下午三點半結帳, 必須在此刻之前, 調妥資金存入帳戶, 讓支票兌現, 以免退票, 引申調頭寸, 有作走三點半 zau1 sann6 diam1 buann3。

jior

尿 **[jior6; jio7]** Unicode: 5C3F, 台語字: jior
[jior6, lior6; jio7, lio7] 小便
放尿[bang4 jior6; pang2 jio7] 小便。
疶尿[cua3 zior6; tshua3 tsio7] 尿床, 在完全沒意識之下, 而尿失禁, 相關詞泄尿 cuah1 sai4 小便失禁;滲尿 siam4 zior6 滲出少量的尿液。
泄尿[cuah1 jior6; tshuah8 jio7] 在無法控制的情況下, 小便失禁, 相關詞疶尿 cua3 zior6 尿床, 在完全沒意識之下, 而尿失禁。
滲尿[siam4 jior6; siam2 jio7] 在有意識下而尿失禁。
漩尿[suan3 jior6; suan3 jio7] 向地上或牆壁撒尿, 隨地亂解小便。
濺尿[zuann3 jior6/lior6; tsuann3 jio7/lio7] 男人小便, 向空

台語 KK 音標、台語六調：	獅 sai1	牛 qu2	豹 ba3	虎 ho4	鴨 ah5	象 ciunn6	鹿 lok1
		左 zo1	營 iann2	淡 dam3	水 zui4	直 dit5	通 tong6	竹 dek1 南 lam2
台語字：		獅 saif	牛 quw	豹 bax	虎 hoy	鴨 ah	象 ciunn	鹿 lokf
北京語：		山 san1	明 meng2	水 sue3	秀 sior4	的 dorh5	中 diong6	壢 lek1

中撒尿。

jip

入　**[jip1; jip8]** Unicode: 5165, 台語字: jipf
[jip1, lip1; jip8, lip8]
出入[cut1 jip1; tshut8 jip8] 進進出出。
入厝[jip5/lip5 cu3; jip4/lip4 tshu3] 新居落成。
入教[jip5/lip5 gau3; jip4/lip4 kau3] 加入宗教團體, 改信
　　基督教或天主教, 成為教徒。
入數[jip5 siau3; jip4 siau3] 入帳, 進帳。
入木[jip5/lip5 vok1; jip4/lip4 bok8] 入殮, 將死亡者的屍
　　體移入棺材中。
入水[jip5 zui4; jip4 tsui2] 淹水, 洪水侵入, 裝水。

jit

日　**[jit1; jit8]** Unicode: 65E5, 台語字: jitf
[jit1, lit1; jit8, lit8] 一天, 太陽, 日期
後日[au3 jit1/lit1; au3 jit8/lit8] 以後的一天, 但不一定是
　　後天, 相關詞後日 au6 jit5/lit5 後天;後日仔 au3
　　jit5/lit5 a4 以後的一天, 但不一定是後天。
後日[au6 jit5/lit5; au7 jit4/lit4] 後天, 相關詞後日 au3
　　jit1/lit1 以後的一天, 但不一定是後天;後日仔 au3
　　jit5/lit5 a4 以後的一天, 但不一定是後天。
看無日[kuann4 vor6/vor3 jit1; khuann2 bo7/bo3 jit8] 擇不
　　出一個良辰吉日, 以便辦喜事。

當頭白日[dng6 tau2 beh5 jit1/lit1; tng7 thau5 peh4 jit8/lit8]
　　大白天。
無三日好光景[vor6 sann6 jit1 hor1 gong6 geng4/vor3
　　sann6 lit1 hor1 gong6 geng4; bo7 sann7 jit8 ho1 kong7
　　king2/bo3 sann7 lit8 ho1 kong7 king2] 好景不常。
日頭熾焱焱　隨人顧性命[jit5 tau2 ciah1 iann3 iann6
　　sui6/sui3 lang2 go4 senn4 mia6; jit4 thau5 tshiah8
　　iann3 iann7 sui7/sui3 lang5 koo2 senn2 mia7] 大熱天,
　　各人各自照顧自己的生命。

jiu

揉　**[jiu2; jiu5]** Unicode: 63C9, 台語字: jiuw
[jiu2, liu2; jiu5, liu5] 擦,拭
揉土腳[jiu6 to6 ka1/liu3 to3 ka1; jiu7 thoo7 kha1/liu3 thoo3
　　kha1] 用濕布擦拭地板。
揉身軀[jiu6/liu3 seng6 ku1; jiu7/liu3 sing7 khu1] 用濕毛
　　巾擦拭身體。

juah

熱　**[juah1; juah8]** Unicode: 71B1, 台語字: juahf
[jet1, juah1, let1, luah1; jiat8, juah8, liat8, luah8] 溫
　　熱,有作辣 juah1
歇熱[hiorh1 juah1/luah1; hioh8 juah8/luah8] 放暑假。
燒熱[sior6 juah1/luah1; sio7 juah8/luah8] 天氣溫熱。
足熱[ziok1 juah1/luah1; tsiok8 juah8/luah8] 很熱。
熱著[juah1 diorh5; juah8 tioh4] 中暑。
熱眿[juah5 lang3; juah4 lang3] 夏天, 有作熱天 juah5
　　tinn1, 相關詞洞眿 guann2 lang3 冬天。

台語 KK 音標、台語六調：獅 sai1　牛 qu2　豹 ba3　虎 ho4　鴨 ah5　象 ciunn6　鹿 lok1
　　　　　　　　　　　　左 zo1　營 iann2　淡 dam3　水 zui4　直 dit5　通 tong6　竹 dek1 南 lam2
台語字：　　　　　　　　獅 saif　牛 quw　豹 bax　虎 hoy　鴨 ah　象 ciunn　鹿 lokf
北京語：　　　　　　　　山 san1　明 meng2　水 sue3　秀 sior4　的 dorh5　中 diong6　壢 lek1

台灣精神詞典

iJiden, the Formosan Dictionary
of the Taiwan Spirit

台語 KK 音標(通用拼音) 台語六調(注音符號聲調)
通用拼音、台羅拼音對照版

部首 k;kh

ka

腳 **[ka1; kha1]** Unicode: 8173, 台語字: kaf
[giorh5, ka1, kau1; kioh4, kha1, khau1] 足,四肢,股
份數目,有作跤 ka1 腳.相關字華語骹 ciau1 脛骨,腿
骨;華語跤 ziau1 捽跤,捽跟斗

下腳[e3 ka1; e3 kha1] 下面, 相關詞下腳 ha3 ka1 生產過
程的下腳料或廢料。

下腳[ha3 ka1; ha3 kha1] 生產過程的下腳料或廢料, 相關
詞下腳 e3 ka1 下面。

六腳[lak5 ka1; lak4 kha1] 地名, 在嘉義縣, 原意為六個
人, 六個股份。

愣腳[lo1 ka1; loo1 kha1] 能力差勁的人。

山腳[suann6 ka1; suann7 kha1] 地名, 山腳下, 今台北縣
樹林市山佳里之舊名。

灶腳[zau4 ka1; tsau2 kha1] 設有傳統式的爐灶的廚房, 一
般的廚房。

腳手[ka6 ciu4; kha7 tshiu2] 腳與手, 助手, 佣人, 動作行
動, 技巧, 手藝, 例詞鬥腳手 dau4 ka6 ciu4 相互幫
忙;腳手緊 ka6 ciu1 gin4 手快腳快;腳手猛 ka6 ciu1
me4 手腳矯健;腳手猛掠 ka6 ciu4 me1 liah1 手腳敏
捷。

腳倉[ka6 cng1; kha7 tshng1] 屁股, 有作尻川 ka6 cng1,
例詞腳倉予椅仔挾著 ka6 cng1 ho3 i1 a4 qennh1
diorh5 屁股被椅子夾到了, 喻進退兩難, 進退失
據。

腳數[ka6 siau3; kha7 siau3] 小輩, ...之流, ...之徒, 角色,
人物, 例詞預慢腳數 han6/3 van3 ka6 siau3 能力差
的人;三流的腳數 sann6 liu2 e6 ka6 siau3 三流的人
物;無路用的腳數 vor6/3 lo3 iong6 e6 ka6 siau3 能力
差的人, 軟腳蝦。

腳目[ka6 vak1; kha7 bak8] 腳踝的骨頭, 例詞台灣錢, 淹
腳目 dai6 uan6 zinn2 im6 ka6 vak1/dai3 uan3 zinn2
im6 ka6 vak1 傳聞台灣很富裕, 只要肯做, 是容易
謀生賺錢的。

亭仔腳[deng6/deng3 a1 ka1; ting7/ting3 a1 kha1] 騎樓, 在
花亭涼亭之內。

大山腳[dua3 suann6 ka1; tua3 suann7 kha1] 地名, 今苗栗
縣後龍鎮大山里之舊名。

六腳鄉[lak5 ka6 kiang1; lak4 kha7 khiang1] 在嘉義縣, 原
意為六個人, 六個股份。

滷肉腳[lo1 vah1 ka1; loo1 bah8 kha1] 肥羊, 軟弱者。

朴仔腳[porh1 a1 ka1; phoh8 a1 kha1] 地名, 原意係朴樹
之下, 今嘉義縣朴子市。

看破腳手[kuann4 pua4 ka6 ciu4; khuann2 phua2 kha7
tshiu2] 識破對方的計謀。

一腳一手[zit5 ka6 zit5 ciu4; tsit4 kha7 tsit4 tshiu2] 殘障
者, 半身不遂。

龜腳 龜內肉[gu6 ka1 gu6 lai3 vah5; ku7 kha1 ku7 lai3
bah4] 龜腳肉也是龜肉, 喻羊毛, 出在羊身上。

人腳跡會肥[lang6/lang3 ka6 jiah5 e3 bui2; lang7/lang3
kha7 jiah4 e3 pui5] 人潮所到的地方, 就是旺地肥
田。

雙腳 踏雙船[siang6 ka1 dah5 siang6 zun2; siang7 kha1
tah4 siang7 tsun5] 二隻腳踏在二條船上, 三心二意,
喻騎牆派。

kah

較 **[kah5; khah4]** Unicode: 8F03, 台語字: kah
[gau3, kah5; kau3, khah4] 更,比較,有作卡 kah5

佫較[gorh1 kah5; koh8 khah4] 更加..., 有作佫卡 gorh1
kah5, 例詞佫較媠 gorh5 kah1 sui4 比較美麗;更佫
較媠 geng3 gorh1 kah1 sui4 更加美麗。

較長[kah1 diong4; khah8 tiong2] 比...多了出來, 比...有節
餘, 相關詞較長 kah1 dng2 長度比較長, 例詞今年
有較長 gin6 ni2 u3 kah1 diong4 今年比去年較有增
加。

較巧[kah1 kiau4; khah8 khiau2] 較為聰明, 較為能幹。

較臨[kah1 lim4; khah8 lim2] 稍微少於, 比較少, 例詞此
張車, 較臨五米長 zit1 diunn6 cia1 kah1 lim1 zap5
qo3 ciorh5 dng2 這部轎車還不到五公尺長。

較大天[kah1 dua3 tinn1; khah8 tua3 thinn1] 比天大, 例詞
恩情, 較大天 un6 zeng2 kah1 dua3 tinn1 恩情大如
天。

kai

開 **[kai1; khai1]** Unicode: 958B, 台語字: kaif
[kai1, kui1; khai1, khui1] 開始,花錢,嫖妓

開講[kai6 gang4; khai7 kang2] 閒聊。

開學[kai6 hak1; khai7 hak8] 學校開始上課。

開破[kai6 pua3; khai7 phua3] 說明, 開示, 勸導向上。

三代粒積 一代開空[sann6 dai3 liap5 zek5 zit5 dai3 kai6
kang1; sann7 tai3 liap4 tsik4 tsit4 tai3 khai7 khang1]
三代辛苦經營, 留傳的事業及積蓄, 卻在不肖的一
代的手中, 揮霍無度, 而毀於一旦。

台語 KK 音標、台語六調：	獅 sai1	牛 qu2	豹 ba3	虎 ho4	鴨 ah5	象 ciunn6	鹿 lok1
	左 zo1	營 iann2	淡 dam3	水 zui4	直 dit5	通 tong6	竹 dek1 南 lam2
台語字：	獅 saif	牛 quw	豹 bax	虎 hoy	鴨 ah	象 ciunn	鹿 lokf
北京語：	山 san1	明 meng2	水 sue3	秀 sior4	的 dorh5	中 diong6	壢 lek1

kam

憨 [kam4; kham2] Unicode: 61A8, 台語字: kamy
　　[kam4; kham2] 不知死活,傻勁,愚昧,集韻:許鑒切,
　　怒也.相關字悾 kong1 狂,傻,瘋,憤 qong6 笨的,傻
　　瓜,愚昧,繁體字作戇 qong6;呆 dai1 癡呆,愚昧,笨愚;
　　憨 kam4 不知死活,傻勁;偘 qam6 愚昧無知,笨蛋
悾憨[kong6 kam4; khong7 kham2] 罵人笨呆, 傻傻呆呆
　　的。
憨憨[kam1 kam4; kham1 kham2] 不知事情的嚴重性, 不
　　知死活, 呆呆的。
憨戇[kam1 qong6; kham1 gong7] 不知事情的嚴重性, 呆
　　呆楞楞, 呆頭呆腦, 有作憨憨戇戇 kam1 kam4
　　qong3 qong6。
憨話[kam1 ue6; kham1 ue7] 傻話。
憨頭憨面[kam1 tau6/tau3 kam1 vin6; kham1 thau7/thau3
　　kham1 bin7] 不知死活, 傻頭傻腦的。

kan

牽 [kan1; khan1] Unicode: 727D, 台語字: kanf
　　[kan1, ken1; khan1, khian1] 牽拉
牽手[kan6 ciu4; khan7 tshiu2] 牽拉著手, 妻子, 同牽的
　　kan1 e1 妻子。。
牽成[kan6 seng2; khan7 sing5] 提拔, 栽培, 有作抬舉
　　tai6 gi4/tai3 gu4, 例詞望汝來牽成 vang3 li1 lai6/3
　　kan6 seng2 請你多多提拔, 栽培。
牽猴仔[kan6 gau6/gau3 a4; khan7 kau7/kau3 a2] 耍猴戲的
　　人, 做房地產的仲介工作, 媒介色情業務, 相關詞三
　　七仔 sam6 cit1 a4 色情行業的交易所得, 介紹人分
　　所得三成, 對方分七成所得, 三七分賬。
牽師仔[kan6 sai6 a4; khan7 sai7 a2] 提拔後輩, 栽培新人,
　　有作牽腳仔 kan6 ka6 a4。

空 [kang1; khang1] Unicode: 7A7A, 台語字: kangf
　　[kang1, kong1, kong3; khang1, khong1, khong3] 空
　　的,空頭的
空頭[kang6 tau2; khang7 thau5] 不實在的, 不存在的, 色
　　情, 陷阱, 將有禍害來臨頭上, 相關詞孔頭 kang6
　　tau2 花招, 能賺錢的好機會, 例詞空頭支票 kang6
　　tau2 zi6 pior3 無法兌現的支票, 沒有存款帳戶的假
　　支票;空頭生理 kang6 tau2 seng6 li4 免本錢的生意,
　　買空賣空的生意。
色即是空[sek5 zek1 si3 kang1; sik4 tsik8 si3 khang1] 色情
　　乃是空頭, 即將有禍害來臨頭上, 華語空 kong1 或
　　是空頭 kong1 tou2, 均宜解釋為台語的空頭 kang6
　　tau2 色情, 陷阱。
空嘴哺舌[kang6 cui3 bo3 zih1; khang7 tshui3 poo3 tsih8]
　　嘴巴空空, 卻用舌頭講空話, 引申其承諾, 均無法兌
　　現, 一派胡言。
空思夢想[kang6 su1 vang3 siunn4/kong6 su1 vong3 siong4;
　　khang7 su1 bang3 siunn4/khong7 su1 bong3 siong2]
　　夢想, 作白日夢。

孔 [kang1; khang1] Unicode: 5B54, 台語字: kangf
　　[kang1, kang4, kong4; khang1, khang2, khong2] 洞
　　穴,利道
爆孔[biak1 kang1; piak8 khang1] 揭發事件的內幕內情,
　　爆係代用字。
抦孔[binn4 kang1; pinn2 khang1] 捏造事實, 作怪, 作假,
　　有作創孔 binn4 kang1, 例詞散抦孔 qau6/3 binn4
　　kang1 善於作怪, 作假。
峒孔[bong3 kang1; pong3 khang1] 山洞, 燧道, 同磅孔
　　bong3 kang1。
好孔[hor1 kang1; ho1 khang1] 好事, 好利道, 好利頭, 賺
　　了很多錢, 詞不雅, 因孔 kang1 有影射女性生殖器
　　官之意, 例詞好孔的, 逗相報 hor1 kang1 e1 dau4
　　sior6 bor3 有好機會, 大家爭相傳告。
有孔無榫[u3 kang1 vor6/vor3 sun4; u3 khang1 bo7/bo3
　　sun2] 有榫孔的木器, 無法與無榫頭的木器相互裝
　　配成家具或房屋, 喻虛幻空洞, 無的放矢, 不切實
　　際。

kau

口 [kau4; khau2] Unicode: 53E3, 台語字: kauy
　　[kau4, kior4; khau2, khio2]
怠口[kui4 kau4; khui2 khau2] 口無遮攔, 口氣高傲, 看不
　　起別人, 相關詞口氣 kau1 ki3 講話時的氣勢。
口湖鄉[kau1 o6 hiang1; khau1 oo7 hiang1] 在雲林縣。

ke

溪 [ke1; khe1] Unicode: 6EAA, 台語字: kef
　　[ke1, kue1; khe1, khue1]
溪頭[ke6 tau2; khe7 thau5] 溪河的上游, 名勝風景區之地
　　名, 在南投縣鹿谷鄉溪頭村。
溪湖鎮[ke6 o6 din3; khe7 oo7 tin3] 在彰化縣。
溪口鄉[ke6 kau1 hiang1; khe7 khau1 hiang1] 在嘉義縣。
溪州鄉[ke6 ziu6 hiang1; khe7 tsiu7 hiang1] 在彰化縣。

契 [ke3; khe3] Unicode: 5951, 台語字: kex
　　[ke3, kue3; khe3, khue3] 合約,收認
拜契[bai4 ke3; pai2 khe3] 結拜成為乾兄弟姐妹。
田契[can6/can3 ke3; tshan7/tshan3 khe3] 農田的土地所有
　　權狀。
厝契[cu4 ke3; tshu2 khe3] 建築物的所有權狀。
契父[ke4 be6; khe2 pe7] 乾爸爸。
契囝[ke4 giann4; khe2 kiann2] 乾兒子。
討契兄[tor1 ke4 hiann1; tho1 khe2 hiann1] 妻有婚外情,
　　紅杏出牆, 另有姘夫, 同討客兄 tor1 keh1 hiann1。

啃 [ke3; khe3] Unicode: 5543, 台語字: kex
　　[ke3, kue3, qe3; khe3, khue3, ge3] 用牙齒咬,有作齧
　　ke3
肉欲夆食　骨不夆啃[vah5 veh1 hong2 ziah1 gut5 m3

台語 KK 音標、台語六調: 獅 sai1 牛 qu2 豹 ba3
　　　　　　　　　　　　　左 zo1 營 iann2 淡 dam3
台語字 :　　　　　　　 獅 saif 牛 quw 豹 bax
北京語 :　　　　　　　 山 san1 明 meng2 水 sue3

虎 ho4 鴨 ah5 象 ciunn6 鹿 lok1
水 zui4 直 dit5 通 tong6 竹 dek1 南 lam2
虎 hoy 鴨 ah 象 ciunn 鹿 lokf
秀 sior4 的 dorh5 中 diong6 壢 lek1

hong2 ke3; bah4 beh8 hong5 tsiah8 kut4 m3 hong5 khe3] 肉可以被外人吃, 但是骨頭不可讓外人啃, 喻被別人欺負是有限度的, 如超過了極限, 則親人會前來助陣抵抗。

keh

提 **[keh1; kheh8]** Unicode: 63D0, 台語字: kehf
　　[de2, keh1, teh1; te5, kheh8, theh8] 拿,取,同挈 keh1
偷提錢[tau6 keh5 zinn2; thau7 kheh4 tsinn5] 偷拿別人的錢。
提去园[keh5 ki1 kng3; kheh4 khi1 khng3] 拿去放好。
提著博士[keh5/teh5 diorh5 pok1 su6; kheh4/theh4 tioh4 phok8 su7] 拿到了博士學位。

客 **[keh5; kheh4]** Unicode: 5BA2, 台語字: keh
　　[keh5, kek5; kheh4, khik4] 姓,客,客人,客家人,拜契
人客[lang6/lang3 keh5; lang7/lang3 kheh4] 客人, 顧客, 相關詞客人 keh1 lang2 客家人。
客人[keh1 lang2; kheh8 lang5] 客家人, 相關詞人客 lang6/3 keh5 客人, 顧客。
客話[keh1 ue6; kheh8 ue7] 客語, 客家話, 有作客人仔話 keh1 lang6/3 a1 ue6 客家話。
客門[keh1 vng2; kheh8 bng5] 顧客的分佈情形及多寡。
頭轉客[tau6/tau3 dng1 keh5; thau7/thau3 tng1 kheh4] 出嫁的女兒歸寧。

喀 **[keh5; kheh4]** Unicode: 5580, 台語字: keh
　　[kam6, keh5; kham7, kheh4] 鳥名
喀鳥[keh1 ziau4; kheh8 tsiau2] 鵲鳥, 有作山娘仔 suann6 niunn6 a4, 台灣喜鵲, 在台灣人之心中, 喀鳥係不祥之鳥, 又稱為破格鳥 pua4 geh1 ziau4, 但中國人卻稱喀鳥為喜鵲 si3 ce4, 二國之民情, 相差甚多。

硞 **[keh5; kheh4]** Unicode: 78A6, 台語字: keh
　　[keh5, kueh5; kheh4, khueh4] 擠,搾,卡在...,代用字
觸硞[siunn6 keh5; siunn7 kheh4] 太擠。
硞燒[keh1 sior1; kheh8 sio1] 許多人擠在一起取暖, 湊熱鬧。
硞米[keh1 vi4; kheh8 bi2] 碾米, 同磑米 e6/ue6 vi4。
硞甘蔗[keh1 gam6 zia3; kheh8 kam7 tsia3] 以機器壓製蔗糖。
硞土豆油[keh1 to6/to3 dau3 iu2; kheh8 thoo7/thoo3 tau3 iu5] 用花生豆仁搾製花生油, 有作櫼土豆油 zinn6 to6/3 dau3 iu2。

kek

曲 **[kek5; khik4]** Unicode: 66F2, 台語字: kek
　　[kek5, kiau1, kiok5; khik4, khiau1, khiok5] 歌曲
唱曲[ciunn4 kek5; tshiunn2 khik4] 唱歌曲, 例詞若咧唱曲 na1 le1 ciunn4 kek5 父母苦心勸導及訓戒孩子, 但孩子聽起來像是在聽歌曲一般, 一點也不在乎, 喻白費心機。
歌曲[gua6 kek5; kua7 khik4] 。
唱歌弄曲[ciunn4 gua1 lang3 kek5; tshiunn2 kua1 lang3 khik4] 高興時, 邊唱歌邊跳舞。

keng

傾 **[keng2; khing5]** Unicode: 50BE, 台語字: kengw
　　[keng2; khing5] 傾斜
傾份[keng6/keng3 hun1; khing7/khing3 hun1] 排擠傾軋斤斤計較財產, 食物, 工作等分配不公平, 不均勻, 有作很份 keng6/3 hun1, 例詞兄弟傾份祖產 hiann6 di6 keng6/3 hun1 zo1 san4 兄弟抗議祖產分配不公平。
傾家盪產[keng6/keng3 ga1 dong3 san4; khing7/khing3 ka1 tong3 san2] 。

慶 **[keng3; khing3]** Unicode: 6176, 台語字: kengx
　　[keng3; khing3] 慶祝
慶讚中元[keng4 zan3 diong6 quan2; khing2 tsan3 tiong7 guan5] 慶祝中元節普度。

ki

忮 **[ki1; khi1]** Unicode: 5FEE, 台語字: kif
　　[ki1; khi1] 逆對,妒忌,情緒,感覺,係代用字,日語詞氣 ki 心思
憍忮[kiau6 ki1; khiau7 khi1] 鬧脾氣, 鬧憋扭, 處處作對, 向他人找碴, 例詞大家真憍忮 da6 ze1 zin6 kiau6 ki1 她的婆婆, 做人太愛鬧脾氣。
無憍無忮[vor6 kiau1 vor6 ki1/vor3 kiau1 vor3 ki1; bo7 khiau1 bo7 khi1/bo3 khiau1 bo3 khi1] 不忮不求, 好相處, 例詞無憍無忮, 食百二 vor6 kiau1 vor6 ki1 ziah5 bah1 ji6/vor3 kiau1 vor3 ki1 ziah5 bah1 li6 不忮不求的人, 或是好相處的人, 常是可以活到長命百歲的人。

欺 **[ki1; khi1]** Unicode: 6B3A, 台語字: kif
　　[ki1; khi1] 欺凌,欺騙
欺負[ki6 hu6; khi7 hu7] 欺凌他人。
詐欺[za4 ki1/gi1; tsa2 khi1/ki1] 以詐術行騙。
欺騙[ki6 pen3; khi7 phian3] 。
無欺唬[vor6/vor3 ki1 ho4; bo7/bo3 khi1 hoo2] 不貪取, 不騙取斤兩, 童叟無欺, 有作無欺無唬 vor6 ki1 vor6 ho4/vor3 ki1 vor3 ho4。

敧 **[ki1; khi1]** Unicode: 6532, 台語字: kif
　　[ki1; khi1] 傾斜
坦敧[tan1 ki1; than1 khi1] 歪斜不正, 打斜, 例詞倒坦敧身 dor1 tan1 ki6 sin1 側躺。
倒坦敧[dor1 tan1 ki1; to1 than1 khi1] 斜躺。

台語KK音標、台語六調:	獅 sai1	牛 qu2	豹 ba3	虎 ho4	鴨 ah5	象 ciunn6	鹿 lok1
	左 zo1	營 iann2	淡 dam3	水 zui4	直 dit5	通 tong6	竹 dek1 南 lam2
台語字:	獅 saif	牛 quw	豹 bax	虎 hoy	鴨 ah	象 ciunn	鹿 lokf
北京語:	山 san1	明 meng2	水 sue3	秀 sior4	的 dorh5	中 diong6	壢 lek1

敧一旁[ki6 zit5 beng2; khi7 tsit4 ping5] 肩膀或牆壁傾斜一邊，倒向一旁，言論偏向某一邊。

敧倚中國[ki6 ua1 diong6 gok5; khi7 ua1 tiong7 kok4] 內心傾向中國，例詞外省人，攏敧倚中國 qua3 seng1 lang2 zong1 si3 ki6 ua1 diong6 gok5 在台灣的外省人，總是心向中國，心中無台灣，可悲之至。

去 [ki3; khi3] Unicode: 53BB，台語字: kix
[ki3; khi3] 前往,進入,常作込 i3

膃去[au3 ki3; au3 khi3] 腐爛發臭。

此去[cu1 ki3; tshu1 khi3] 將來，從今以後，同未來 vi3 lai2。

死去[si4 ki3; si2 khi3] 去世了。

食去[ziah1 ki3; tsiah8 khi3] 吃完了。

無去[vor2 ki3; bo5 khi3] 丟失了，死了，消失了，有作無込 vor2 i3。

去了了[ki4 liau1 liau4; khi2 liau1 liau2] 輸掉了，完蛋了。

來來去去[lai6/lai3 lai2 ki4 ki3; lai7/lai3 lai5 khi2 khi3] 川流不息。

氣 [ki3; khi3] Unicode: 6C23，台語字: kix
[ki3; khi3] 空氣,發怒,立志,相關字気 kui3 氣息

清氣[ceng6 ki3; tshing7 khi3] 清潔。

激氣[gek1 ki3; kik8 khi3] 刺激對方生氣，生悶氣，例詞忍氣生財，激氣相剋 jim1 ki3 seng6 zai2 gek1 ki3 sior6 tai2 在商場上，要能忍得一時之怒氣，就會和氣生財，若是一定要刺激對方生氣，就會發生凶殺案，這肯定是花不來的。

行氣[giann6/giann3 ki3; kiann7/kiann3 khi3] 有藥効，發生藥効。

藥氣[iorh5 ki3; ioh4 khi3] 藥効。

忍氣[jim1/lun1 ki3; jim1/lun1 khi3] 強忍怒氣，不敢生氣，吞聲忍氣，相關詞忍気 lun1 kui3 憋一口氣，不呼吸，例詞忍氣生財 jim1 ki3 seng6 zai2 忍一口氣，可以生財。

愣氣[lo1 ki3; loo1 khi3] 費神，惹人生氣，惱怒，有作氣愣 ki4 lo4。

有人氣[u3 jin6/lin3 ki3; u3 jin7/lin3 khi3] 人氣興旺，得人望。

食一點氣[ziah5 zit5 diam1 ki3; tsiah4 tsit4 tiam1 khi3] 忍住一口怒氣，爭一口氣。

氣身愣命[ki4 sin6 lo1 miann6; khi2 sin7 loo1 miann7] 勞心又費力氣，生氣又惱怒。

有食藥有行氣　有燒香有保庇[u3 ziah5 iorh1 u3 giann3 ki3 u3 sior6 hiunn1/hionn1 u3 bor1 bi3; u3 tsiah4 ioh8 u3 kiann3 khi3 u3 sio7 hiunn1/hionn1 u3 po1 pi3] 吃了藥，病就會好轉;向神明燒香，就會得到保庇。

紀 [ki4; khi2] Unicode: 7D00，台語字: kiy
[gi4, ki4; ki2, khi2] 常規,十二年為一紀年

紀綱[ki1 gang1; khi1 kang1] 常規，一般的規範，例詞照紀綱 ziau4 ki1 gang1 依照社會的法律及規範做事，守規矩，規規矩矩地做，不偷工減料。

紀年[ki1 ni2; khi1 ni5] 十二年為一紀年，即十二生肖流轉一次，相關詞年紀 ni6/3 gi4 年齡，例詞一紀年 zit5 ki1 ni2 十二年，十二生肖流轉一次。

起 [ki4; khi2] Unicode: 8D77，台語字: kiy
[ki4; khi2] 起初,召來人員

起俏[ki1 cior1; khi1 tshio1] 男人或雄牲動物的發情，相關詞起痟 ki1 siau4 雌性動物發情要交配。

起厝[ki1 cu3; khi1 tshu3] 建新房屋，例詞起厝按半料 ki1 cu3 an4 buann4 liau6 建新房屋，事先預算的造價常常只是實際支出費用的一半，喻難以預算。

起蒂[ki1 di3; khi1 ti3] 發跡，例詞紅柿好食，佗位起蒂 ang6/3 ki6 hor1 ziah1, dor1 ui6 ki1 di3? 吃了好吃的柿子，想想源頭在何處?，喻飲水思源 im1 sui4 su6 quan2。

起肆[ki1 si3; khi1 si3] 高起的樣子，興起於，自...崛起，同起身 ki1 sin1，例詞吳家透油車起肆 qo2 ga3 ui4 iu6/3 cia1 ki1 si3 吳姓家族從經營製油業崛起。

起痟[ki1 siau4; khi1 siau2] 人類得了神經病，發狂，發瘋，雌性動物發情要交配，相關詞起悾 ki1 kong1 發瘋;起狂 ki1 gong2 發狂;發狂 huat1 gong2 神經錯亂，精神病發作;起俏 ki1 cior1 雄性動物發情要交配。

齒 [ki4; khi2] Unicode: 9F52，台語字: kiy
[ci4, ki4; tshi2, khi2] 人牙曰齒,如嘴齒 cui4 ki4;獸牙曰牙,如象牙 ciunn3 qe2

嘴齒[cui4 ki4; tshui2 khi2] 人的牙齒。

牙齒[qe6/qe3 ki4; ge7/ge3 khi2] 人牙。

鐵齒[tih1 ki4; thih8 khi2] 倔強，嘴硬，例詞鐵齒銅牙槽 tih1 ki4 dang6 qe6 zor2/tih1 ki4 dang3 qe3 zor2 鐵牙齒及銅牙床，不肯聽信別人的話而要強辯，喻不信邪。

齒科[ki1 kor1; khi1 kho1] 牙醫診所，例詞齒科醫生 ki1 kor6 i6 seng1 牙醫師。

後曾齒[au3 zan6 ki4; au3 tsan7 khi2] 臼齒，有作後曾 au3 zan1。

忌 [ki6; khi7] Unicode: 5FCC，台語字: ki
[gi6, ki6; ki7, khi7] 忌妒,禁忌

禁忌[gim4 ki6; kim2 khi7] 忌諱，例詞無禁無忌，食百二 vor6 gim4 vor6 ki6 ziah5 bah1 ji2/vor3 gim4 vor3 ki6 ziah5 bah1 li2 老人家生活要毫無禁忌，則可以活到了 120 歲的高壽。

柿 [ki6; khi7] Unicode: 67FF，台語字: ki
[ki6; khi7] 柿子

紅柿[ang6/ang3 ki6; ang7/ang3 khi7] 甜柿，例詞紅柿好食，佗位起蒂 ang6/3 ki6 hor1 ziah1 dor1 ui6 ki1 di3 吃了柿子，想想源頭在何處?，喻飲水思源。

山柿仔[suann6 ki3 a4; suann7 khi3 a2] 番茄。

kia

奇 [kia1; khia1] Unicode: 5947，台語字: kiaf
[gi1, gi2, gu1, kia1; ki1, ki5, ku1, khia1]

單奇[duann6 kia1; tuann7 khia1] 奇數。

孤奇[go6 kia1; koo7 khia1] 單一個人，單一的。

私奇[sai6/su6 kia1; sai7/su7 khia1] 私房錢，例詞勼私奇 giuh1 sai6 kia1 慢慢地存積私房錢，暗中存積私房

台語 KK 音標、台語六調：獅 sai1　牛 qu2　豹 ba3
　　　　　　　　　　　左 zo1　營 iann2　淡 dam3
台語字：　　　　　　　獅 saif　牛 quw　豹 bax
北京語：　　　　　　　山 san1　明 meng2　水 sue3

虎 ho4　鴨 ah5　象 ciunn6　鹿 lok1
水 zui4　直 dit5　通 tong6　竹 dek1 南 lam2
虎 hoy　鴨 ah　象 ciunn　鹿 lokf
秀 sior4　的 dorh5　中 diong6　壢 lek1

錢, 同掐私奇 diuh1 sai6 kia1。

踦 **[kia6; khia7]** Unicode: 8E26, 台語字: kia
[kia6; khia7] 站立,居住,樹立,代用字,原義一隻腳,
同豎 kia6.相關字倚 ua4 依靠;俋 ui3 從這裡;掎
kia1 誣害

罰踦[huat5 kia6; huat4 khia7] 罰站。

坦踦[tan1 kia6; than1 khia7] 直立著。

踦屏[kia3 bin2; khia3 pin5] 屏風。

踦秋[kia3 ciu1; khia3 tshiu1] 立秋。

踦店[kia3 diam3; khia3 tiam3] 開設店舖, 經營商舖, 相
關詞路邊擔仔 lo3 binn6 dann4 a4 路邊攤。

踦戶[kia3 ho6; khia3 hoo7] 公寓大樓的住戶。

踦日[kia3 jit1/lit1; khia3 jit8/lit8] 註明日期, 簽署日期。

踦起[kia3 ki4; khia3 khi2] 起居生活, 立足在社會上, 例
句好踦起 hor1 kia3 ki4 容易在社會上立足, 房子住
起來很適服;歹踦起 painn1 kia3 ki4 不容易在社會
上立足, 房子住起來不平安;伫社會踦起 di3 sia3
hue6 kia3 ki4 在社會上生存, 立足下去。

踦名[kia3 mia2; khia3 mia5] 作者在書畫上, 書題名字,
在文件上簽署名字。

踦票[kia3 pior3; khia3 phio3] 火車, 戲院的站票, 沒劃座
位。

踦鵝[kia3 qor2; khia3 go5] 企鵝, 南極洲之鳥類
penguin。

半跍踦[buann4 ku6/ku3 kia6; puann2 khu7/khu3 khia7] 半
蹲下。

稅厝踦[sue4/se4 cu4 kia6; sue2/se2 tshu2 khia7] 向他人承
租房屋來居住, 有作稅厝 se4/sue4 cu3。

踦縣高山　看馬相踢[kia3 guan6/guan3 suann1 kuann4
ve4 sior6 tat5; khia3 kuan7/kuan3 suann1 khuann2 be2
sio7 that4] 站在高地, 俯看二馬相鬥, 喻隔岸觀火,
觀看別人相互慘殺, 以收私利。

戲棚腳　踦久人的[hi4 benn6 ka1 kia3 gu4 lang6 e2/hi4
binn3 ka1 kia3 gu4 lang3 e2; hi2 piann7 kha1 khia3
ku2 lang7 e5/hi2 pinn3 kha1 khia3 ku2 lang3 e5] 誰能
在戲台前站得最久, 那麼這個地盤就屬於他的。

樹頭若踦予正　樹尾著不惊做風颱[ciu3 tau2 na3 kia3
ho6 ziann3 ciu3 vue4/ve4 diorh5 m3 giann6 zor4
hong6 tai1; tshiu3 thau5 na3 khia3 hoo7 tsiann3 tshiu3
bue2/be2 tioh4 m3 kiann7 tso2 hong7 thai1] 自己做得
正, 站得穩, 就不怕閒言閒語來污衊, 引申清者自
清。

kiah

隙 **[kiah5; khiah4]** Unicode: 9699, 台語字: kiah
[kiah5; khiah4] 間縫,縫隙

孔隙[kang6 kiah5; khang7 khiah4] 裂縫間隙。

山隙[suann6 kiah5; suann7 khiah4] 山崩後之山崖。

無孔無隙[vor6 kang6 vor6 kiah5/vor3 kang6 vor3 kiah5;
bo7 khang7 bo7 khiah4/bo3 khang7 bo3 khiah4] 沒有
一點漏洞。

kiam

欠 **[kiam3; khiam3]** Unicode: 6B20, 台語字: kiamx
[kiam3; khiam3]

欠用[kiam4 iong6/eng6; khiam2 iong7/ing7] 需要錢用, 缺
少。

欠數[kiam4 siau3; khiam2 siau3] 欠別人錢財沒償還, 有
作欠賬 kiam4 siau3。

欠揬[kiam4 tui1; khiam2 thui1] 欠揍, 要打打, 代用詞。

欠錢[kiam4 zinn2; khiam2 tsinn5] 缺少金錢花用, 欠債沒
還。

欠栽培[kiam4 zai6 bue2; khiam2 tsai7 pue5] 天生聰明的
資優生, 但父母沒有讓他們受教育及栽培, 無法成
功, 有作失栽培 sit1 zai6 bue2, 例詞阿純欠栽培, 無
讀大學 a6 sun2 kiam4 zai6 bue2 vor6/3 tak5 dai3
hak1 阿純這個女孩天生聰明, 又是資優生, 父親只
因為她是女生, 就不栽培她去唸大學, 讓她飲恨終
生。

欠人情[kiam4 jin6/lin3 zeng2; khiam2 jin7/lin3 tsing5] 虧
欠了別人的幫忙及恩惠。

欠腳手[kiam4 ka6 ciu4; khiam2 kha7 tshiu2] 人手不足。

翁某相欠債[ang6 vo4 sior6 kiam4 ze3; ang7 boo2 sio7
khiam2 tse3] 前世二人積欠的人情債或金錢債沒清
償, 難怪今世二人要結成夫妻, 慢慢地清償或付
出。

歉 **[kiam3; khiam3]** Unicode: 6B49, 台語字: kiamx
[kiam1, kiam3; khiam1, khiam3] 歉缺

歉意[kiam4 i3; khiam2 i3] 致歉。

歉收[kiam4 siu1; khiam2 siu1] 農產品收成不佳。

儉 **[kiam6; khiam7]** Unicode: 5109, 台語字: kiam
[kiam6, kionn6, kiunn6; khiam7, khionn7, khiunn7]

勤儉[kin6/kun3 kiam6; khin7/khun3 khiam7] 做事認真又
節儉。

虯儉[kiu6/kiu3 kiam6; khiu7/khiu3 khiam7] 節儉成性, 例
詞虯儉伯仔 kiu6/3 kiam3 beh5 a3 稱呼節儉成性的
人;虯佫儉, 枵鬼佫雜唸 kiu2 gorh1 kiam6 iau6 gui4
gorh1 zap5 liam6 又吝又儉, 貪吃又多嘴, 喻佫嗇又
挑剔。

儉底[kiam3 de4; khiam3 te2] 節儉成性的人, 本性節儉的
人, 例詞儉, 才有底 kiam6 zia1 u3 de4 能節儉的人,
才是實力派的有錢人。

儉私奇[kiam3 sai6/su6 kia1; khiam3 sai7/su7 khia1] 儲存
私房錢。

儉腸茶肚[kiam3 dng2 neh1 do4; khiam3 tng5 neh8 too2]
省吃儉用, 少用錢, 茶係代用字, 有作儉腸凹肚
kiam3 dng2 neh1 do3。

kiang

鏘 **[kiang1; khiang1]** Unicode: 93D8, 台語字: kiangf
[kiang1, kiong1; khiang1, khiong1] 噪音,相關字鏗

台語 KK 音標、台語六調: 獅 sai1　牛 qu2　豹 ba3　　虎 ho4　鴨 ah5　象 ciunn6　鹿 lok1
　　　　　　　　　　　　左 zo1　營 iann2　淡 dam3　　水 zui4　直 dit5　通 tong6　竹 dek1 南 lam2
台語字:　　　　　　　　獅 saif　牛 quw　豹 bax　　虎 hoy　鴨 ah　象 ciunn　鹿 lokf
北京語:　　　　　　　　山 san1　明 meng2　水 sue3　　秀 sior4　的 dorh5　中 diong6　壢 lek1

kin1 振動

鎠鏘[kong3 kiang6; khong3 khiang1] 站不穩, 吵鬧聲。

鏗鏗鏘鏘[kin6 kin1 kiang6 kiang1; khin7 khin1 khiang7 khiang1] 噪音。

勘 [kiang3; khiang3] Unicode: 52F1, 台語字: kiangx
[kiang3, mai6; khiang3, mai7] 能力好, 精明又會做事, 有作� kiang3,相關字敖 qau2 精明又會做事.勘 與敖均係代用字.勘 kiang3 之原義為勉力

真勘[zin6 kiang3; tsin7 khiang3] 能力很行, 辦事很厲害。

勘腳[kiang4 ka1; khiang2 kha1] 能力好, 精明又會做事的人, 有作勘人 kiang4 lang2;敖人 qau6/3 lang2。

kiau

曲 [kiau1; khiau1] Unicode: 66F2, 台語字: kiauf
[kek5, kiau1, kiok5; khik4, khiau1, khiok4] 彎曲

抑曲[at1 kiau1; at8 khiau1] 折成彎曲狀。

拗曲[au1 kiau1; au1 khiau1] 折彎。

曲痀[kiau6 gu1; khiau7 ku1] 駝背, 有作�痀 un1 gu1。

曲腳[kiau6 ka1; khiau7 kha1] 翹起二郎腳, 做過了事情休息中, 例詞曲腳架手 kiau6 ka1 kue4/ke4 ciu4 翹起腳, 手頂著頭, 喻高高在上;曲腳捻嘴鬚 kiau6 ka1 len1 cui4 ciu1 翹起二郎腳, 沒事則撫摸及卷卷自己的鬍子, 空過時間;厝內無貓, 鳥鼠仔曲腳 cu4 lai6 vor6/3 niau1, niau1 ci1 a4 kiau6 ka1 家中沒有貓看家, 老鼠則會稱王作亂。

曲去[kiau1 ki3; khiau1 khi3] 彎曲了, 死了。

憍 [kiau1; khiau1] Unicode: 618D, 台語字: kiauf
[kiau1; khiau1] 要夆, 為難,代用字,原義為驕傲

憍忮[kiau6 ki1; khiau7 khi1] 鬧脾氣, 鬧憋扭, 處處作對, 向他人找碴。

憍苦[kiau6 ko4; khiau7 khoo2] 故意刁難別人, 例詞憍苦人 kiau6 ko1 lang2 為難他人。

無憍無忮[vor6 kiau1 vor6 ki1/vor3 kiau1 vor3 ki1; bo7 khiau1 bo7 khi1/bo3 khiau1 bo3 khi1] 不忮不求, 好相處, 例詞無憍無忮, 食百二 vor6 kiau1 vor6 ki1 ziah5 bah1 ji6/vor3 kiau1 vor3 ki1 ziah5 bah1 li6 不忮不求的人, 或是好相處的人, 常是可以活到長命百歲的人。

竅 [kiau3; khiau3] Unicode: 7AC5, 台語字: kiaux
[kiau3; khiau3] 孔穴,訣竅

七竅[cit1 kiau3; tshit8 khiau3] 雙眼, 雙鼻孔, 雙耳及嘴等七個孔穴, 例詞七竅生煙 cit1 kiau3 seng6 en1 非常憤怒。

開竅[kui6 kiau3; khui7 khiau3] 想通了, 開了竅門。

心竅[sim6 kiau3; sim7 khiau3] 心中的竅門, 例詞開了心竅 kui6 liau1 sim6 kiau3 打開了早已封閉的心門。

變竅[ben4 kiau3; pian2 khiau3] 訣竅, 變通, 相關詞變巧 ben4 kiau4 變聰明。

巧 [kiau4; khiau2] Unicode: 5DE7, 台語字: kiauy
[ka4, kau4, kiau4; kha2, khau2, khiau2] 聰明

變巧[ben4 kiau4; pian2 khiau2] 變成聰明, 相關詞變竅 ben4 kiau3 訣竅, 變通。

奸巧[gan6 kiau4; kan7 khiau2] 聰明又奸詐。

巧步[kiau1 bo6; khiau1 poo7] 聰明的方法, 計謀或主張。

媄巧敖乖[sui4 kiau4 qau2 guai6; sui2 khiau2 gau5 kuai7] 稱讚好媳婦的漂亮, 聰明, 能力好, 又乖巧。

kih

缺 [kih5; khih4] Unicode: 7F3A, 台語字: kih
[kih5, kuat5, kueh5; khih4, khuat4, khueh4] 有缺陷的,代用字

缺嘴[kih1 cui3; khih8 tshui3] 兔唇, 缺陷, 例詞缺嘴, 流目油 kih1 cui3 lau6/3 vak5 iu2 指生來就有兔唇及患了無故流眼淚的醜女, 引申為有缺陷的人, 事或物。

缺角[kih1 gak5; khih8 kak4] 缺口。

缺痕[kih1 hun2; khih8 hun5] 有裂痕。

缺一缺[kih1 zit5 kih5; khih8 tsit4 khih4] 缺了一角。

kim

欽 [kim1; khim1] Unicode: 6B3D, 台語字: kimf
[kim1; khim1]

欽差[kim6 ce1; khim7 tshe1] 由皇帝任命指定的官員, 例詞欽差大臣 kim6 ce1 dai3 sin2 由皇帝指定的專任大臣, 特使。

欽佩[kim6 bue3/pue3; khim7 pue3/phue3] 敬佩。

kin

輕 [kin1; khin1] Unicode: 8F15, 台語字: kinf
[keng1, kin1; khing1, khin1]

看輕[kuan4 kin1; khuan2 khin1] 輕視, 例詞振生仔, 予人看輕 zin4 seng1 a1 ho3 lang6/3 kuan4 kin1 振生仔, 被別人瞧不起及渺視。

輕便[kin6 ben6; khin7 pian7] 便利, 簡易型的, 例詞輕便車仔 kin6 ben3 cia6 a4 簡單型的鐵道車, 多用於煤礦區。

輕可[kin6 kor4; khin7 kho2] 輕鬆, 容易, 例詞食好, 做輕可 ziah5 hor4 zor4 kin6 kor4 伙食好, 工作量又少, 喻工作是錢多事少, 離家近。

輕兩相[kin6 niunn1 siunn3/siunn4; khin7 niunn1 siunn3/siunn2] 很輕, 不重, 輕漂漂的, 例詞定婚手指輕兩相 deng3 hun6 ciu1 zi4 kin6 niu1 siunn3/4 只一丁點的訂婚戒子。

台語 KK 音標、台語六調：獅 sai1　牛 qu2　豹 ba3　虎 ho4　鴨 ah5　象 ciunn6　鹿 lok1

　　　　　　　　　　　　左 zo1　營 iann2　淡 dam3　水 zui4　直 dit5　通 tong6　竹 dek1 南 lam2

台語字：　　　　　　　獅 saif　牛 quw　豹 bax　虎 hoy　鴨 ah　象 ciunn　鹿 lokf

北京語：　　　　　　　山 san1　明 meng2　水 sue3　秀 sior4　的 dorh5　中 diong6　壓 lek1

鏗 **[kin1; khin1]** Unicode: 93D7, 台語字: kinf
[kainn6, kin1; khainn7, khin1] 振動,吵鬧聲,噪音
鏗鏗鏘鏘[kin6 kin1 kiang6 kiang1; khin7 khin1 khiang7 khiang1] 噪音。

kinn

坑 **[kinn1; khinn1]** Unicode: 5751, 台語字: kinnf
[kenn1, kinn1; khenn1, khinn1] 地名
深坑鄉[cim6 kinn6 hiong1; tshim7 khinn7 hiong1] 在台北縣。

拑 **[kinn2; khinn5]** Unicode: 62D1, 台語字: kinnw
[kinn2; khinn5] 纏住
拑家[kinn6/kinn3 ge1; khinn7/khinn3 ke1] 勤儉持家, 例詞阿純敖拑家 a6 sun2 qau6 kinn6 ge1/a6 sun2 qau3 kinn3 ge1 阿純太太很會料理家中的一切事務及管教兒女。
拑扱[kinn6/kinn3 kip1; khinn7/khinn3 khip8] 雙手可以抓住的地方, 著力點, 涉及。

kiong

恐 **[kiong4; khiong2]** Unicode: 6050, 台語字: kiongy
[kiong4; khiong2] 驚怕
恐驚[kiong1 giann1; khiong1 kiann1] 恐怕, 說不定, 有作恐驚仔 kiong1 giann6 a4, 例詞台灣海峽, 恐驚仔會相刣 dai6 uan6 hai1 giap5 kiong1 giann6 a1 e3 sior6 tai2/dai3 uan3 hai1 giap5 kiong1 giann6 a1 e3 sior6 tai2 台灣海峽恐怕會發生戰爭, 也說不定。
恐喝[kiong1 hat5; khiong1 hat4] 恐嚇, 威嚇, 威脅, 例如恐喝對伊無路用 kiong1 hat5 dui4 i6 vor6 lo3 iong6/kiong1 hat5 dui4 i6 vor3 lo3 eng6 恐嚇對他起不了作用, 他不怕威脅。
恐龍[kiong1 liong2; khiong1 liong5] 。

kiorh

拔 **[kiorh5; khioh4]** Unicode: 62BE, 台語字: kiorh
[kiorh5; khioh4] 撿,拾,接生,有作拾 kiorh5
牽拔[kan6 kiorh5; khan7 khioh4] 給別人有好機會, 成全, 抬舉, 例詞好牽拔 hor1 kan6 kiorh5 好成全, 被拖累了。
拔角[kiorh1 gak5; khioh8 kak4] 農民從事田作, 如在田裡發現雜草或石頭, 會拔起或檢拾起來, 丟棄在農田的四個角落, 引申為無用之物, 相關詞缺角 kiorh1/kih1 gak5 缺了角, 有缺陷, 敗壞而變成廢物, 例詞伊一世人拔角矣 i6 zit5 si4 lang2 kiorh1 gak5 a3

他這一輩子完蛋了。

拔恨[kiorh1 hin6; khioh8 hin7] 記恨, 懷恨。
拔風水[kiorh1 hong6 sui4; khioh8 hong7 sui2] 將埋葬多年的祖先骨骸撿拾到骨甕中存放, 有作拔骨 kiorh1 gut5;拔金 kiorh1 gim1。
拔囡仔[kiorh1 qin1 a4; khioh8 gin1 a2] 醫生, 助產士或產婆接生嬰兒, 孕婦生下嬰兒, 相關詞拔著囡仔 kiorh1 diorh5 qin1 a4 在路上檢到別人的小孩子。
拔私奇[kiorh1 sai6/su6 kia1; khioh8 sai7/su7 khia1] 暗中積蓄。
拔師仔[kiorh1 sai6 a4; khioh8 sai7 a2] 召收徒弟, 訓練成師父。
拔稅金[kiorh1 sue4 gim1; khioh8 sue2 kim1] 徵收稅金, 課稅, 有作徵稅 din6 sue3。
拔頭拔尾[kiorh1 tau2 kiorh1 vue4/ve4; khioh8 thau5 khioh8 bue2/be2] 撿取頭尾零碎的部分, 截頭取尾, 充分利用資源。

kit

乞 **[kit5; khit4]** Unicode: 4E5E, 台語字: kit
[kit5; khit4] 祈求,乞丐
求乞[giu6/giu3 kit5; kiu7/kiu3 khit4] 向神佛祈求。
乞花[kit1 hue1; khit8 hue1] 沒生小孩的婦人, 向神明乞求, 恩賜給她懷孕生子, 花指子嗣。
乞食[kit1 ziah1; khit8 tsiah8] 乞丐, 要飯的人, 有作乞丐 kit1 gai3。
乞食下大願[kit1 ziah1 he3 dua3 quan6; khit8 tsiah8 he3 tua3 guan7] 乞丐許下大願望, 喻不可能達成或不切實際的願望。
乞食趕廟公[kit1 ziah1 guann1 vior3 gong1; khit8 tsiah8 kuann1 bio3 kong1] 乞丐被寺廟的住持廟祝收留後, 反過頭來, 將住持廟祝趕走, 喻反客為主。

kiu

球 **[kiu2; khiu5]** Unicode: 7403, 台語字: kiuw
[giu2, kiu2; kiu5, khiu5] 地名
琉球[liu6 kiu2/liu3 giu2; liu7 khiu5/liu3 kiu5] 今日本的地名, 但歷史上亦指台灣。
琉球鄉[liu6 giu6 hiang1/liu3 kiu3 hiong1; liu7 kiu7 hiang1/liu3 khiu3 hiong1] 地名, 在屏東縣。

休 **[kiu2; khiu5]** Unicode: 4F11, 台語字: kiuw
[hiu1, kiu2; hiu1, khiu5] 休息
休憩[kiu2 ke4; khiu5 khe2] 男女朋友在旅社飯店開房間休息或過夜, 係日語詞休憩 kyukei 休息。

扭 **[kiu4; khiu2]** Unicode: 626D, 台語字: kiuy
[kiu4, liu4, niunn4, qior4, qiu4; khiu2, liu2, niunn2, gio2, giu2] 扭打,相關字抓 jiau3 抓,搔;搦 zang1 張五指捉,抓

台語 KK 音標、台語六調: 獅 sai1　牛 qu2　豹 ba3　虎 ho4　鴨 ah5　象 ciunn6　鹿 lok1
　　　　　　　　　　　左 zo1　營 iann2　淡 dam3　水 zui4　直 dit5　通 tong6　竹 dek1 南 lam2
台語字: 　　　　　　　獅 saif　牛 quw　豹 bax　虎 hoy　鴨 ah　象 ciunn　鹿 lokf
北京語: 　　　　　　　山 san1　明 meng2　水 sue3　秀 sior4　的 dorh5　中 diong6　壢 lek1

扭後腳[kiu1 au3 ka1; khiu1 au3 kha1] 暗中扯後腿, 阻止
　　別人的事情。
扭生意[kiu1 seng6 li4; khiu1 sing7 li2] 競爭生意, 相互拉
　　客人。
扭頭毛[qiu1 tau6 mo1/kiu1 tau3 mng2; giu1 thau7
　　moo1/khiu1 thau3 mng5] 拉扯頭髮, 相關詞搦頭鬃
　　zang6 tau6/3 zang1 張五指抓頭髮。

kiunn

腔　**[kiunn1; khiunn1]** Unicode: 8154, 台語字: kiunnf
　　　[kang1, kionn1, kiunn1; khang1, khionn1, khiunn1]
　　　鄉音
腔口[kiunn6 kau4; khiunn7 khau2] 腔調, 口音, 例詞您講
　　話的腔口, 真重 lin4 kong1 ue6 e3 kiunn6 kau4 zin6
　　dang6 您們講話的口音很重。
南部腔[lam6/lam3 bo3 kiunn1; lam7/lam3 poo3 khiunn1]
　　台灣中部及南部地區的台語腔調。
北部腔[bak1 bo3 kiunn1; pak8 poo3 khiunn1] 台灣北部地
　　區的台語腔調。
海口腔[hai1 kau1 kiunn1; hai1 khau1 khiunn1] 台灣西部
　　的沿海地區的台語腔調。
離鄉不離腔[li3 hiang1 but1 li3 kiunn1; li3 hiang1 put8 li3
　　khiunn1] 少年離鄉老大回, 鄉音不改, 腔調同。

噤　**[kiunn6; khiunn7]** Unicode: 5664, 台語字: kiunn
　　　[kionn6, kiunn6; khionn7, khiunn7] 禁忌,閉口,代用
　　　字,同儉 kionn6
噤嘴[kionn3/kiunn3 cui3; khionn3/khiunn3 tshui3] 飲食有
　　禁忌, 不可多吃, 相關詞禁嘴 gim4 cui3 禁止食用
　　食物。

ko

呼　**[ko1; khoo1]** Unicode: 547C, 台語字: kof
　　　[ho1, ho3, hu3, ko1; hoo1, hoo3, hu3, khoo1] 呼叫,
　　　使喚
呼蛋[ko6 duann1; khoo7 tuann1] 母雞生下雞蛋之前, 會
　　先呼叫。
呼引[ko1 in4; khoo1 in2] 打電話到廣播節目或電視節目,
　　以發表個人的意見, 有作呼應 ko1 in4, 係英語詞
　　call in。
呼機仔[ko6 gi6 a4; khoo7 ki7 a2] 用手機打行動電話。
呼噎仔[ko6 uh1 a4; khoo7 uh8 a2] 打嗝, 係因橫膈膜痙攣
　　所引起, 相關詞打呃 pah1 eh1 由食道將胃氣排出。

箍　**[ko1; khoo1]** Unicode: 7B8D, 台語字: kof
　　　[ko1; khoo1] 幣值新台幣元,圓狀物,同棵 ko1
大箍[dua3 ko1; tua3 khoo1] 大塊頭, 圓筒狀的大胖子, 例
　　詞大箍頭 dua3 ko6 tau2 體型高大的人;大箍呆 dua3
　　ko6 dai1 大胖子;大箍把 dua3 ko6 be4 大塊頭。
細箍[se4 ko1; se2 khoo1] 小塊頭, 小個子, 瘦子。

一箍[zit5 ko1; tsit4 khoo1] 圈一圈, 一元, 一塊錢, 例詞
　　箍一箍 ko6 zit5 ko1 圈成一圈;一箍銀 zit5 ko6 qin2
　　一塊錢。
手袂箍[ciu1 ng1 ko1; tshiu1 ng1 khoo1] 衣袖口。
豬腳箍[di6 ka6 ko1; ti7 kha7 khoo1] 豬蹄膀。
一箍人[zit5 ko6 lang2; tsit4 khoo7 lang5] 只有我一個人而
　　己, 沒有任何親人及財產, 例詞一箍人溜溜 zit5 ko6
　　lang2 liu4 liu3 單身漢, 身無分文。

寇　**[ko3; khoo3]** Unicode: 5BC7, 台語字: kox
　　　[ko3; khoo3] 姓,聚集為盜賊
落草為寇[lok5 cau4 ui6/ui3 ko3; lok4 tshau2 ui7/ui3
　　khoo3] 淪落為賊。當年蔣介石忌諱他被笑敗退台灣,
　　淪落為賊, 而改草山為陽明山。

可　**[ko4; khoo2]** Unicode: 53EF, 台語字: koy
　　　[ko4, kor4, kua4; khoo2, kho2, khua2]
可憐[ko1 lin2/kor1 len2; khoo1 lin5/kho1 lian5] 。
可惡[kor1 onn3/ko1 ok5; kho1 onn3/khoo1 ok4] 可惡, 讓
　　人憎怒, 令人極度討厭。

苦　**[ko4; khoo2]** Unicode: 82E6, 台語字: koy
　　　[gu1, ko4, ku1, khoo2] 辛苦
艱苦[gan6 ko4; kan7 khoo2] 辛苦, 辛勞, 生病。
苦毒[ko1 dok1; khoo1 tok8] 虐待, 例詞古早是當家苦毒
　　新婦, 此馬是新婦虐待當家 go1 za4 si3 da6 ge1 ko1
　　dok5 sin6 bu6, zit1 ma4 si3 sin6 bu6 qek5 tai3 da6 ge1
　　以前是婆婆毒打惡待媳婦, 現在是媳婦虐待婆婆,
　　時代反了。
苦旦[ko1 duann3; khoo1 tuann3] 青衣苦旦, 歌仔戲中演
　　苦情戲的小旦, 苦情戲的女主角, 北平戲的青衣。
苦厄[ko1 e6; khoo1 e7] 苦難, 災厄。
苦袂了[ko1 ve3/vue3 liau4; khoo1 be3/bue3 liau2] 抱怨命
　　苦, 痛苦沒有止境, 苦難沒有盡期, 有作許不了 ko1
　　ve3/vue3 liau4。
艱苦罪過[gan6 ko1 ze3/zue3 gua3; kan7 khoo1 tse3/tsue3
　　kua3] 艱難痛苦, 例詞做佮艱苦罪過, 应性勿做
　　zor4 gah1 gan6 ko1 ze3/zue3 gua3, in4 sin4 mai4 zor3
　　做得這麼辛苦, 乾脆不要做算了。

kok

悾　**[kok1; khok8]** Unicode: 608E, 台語字: kokf
　　　[kok1; khok8] 吝嗇,代用字
伊真悾[i6 zin6 kok1; i7 tsin7 khok8] 他生性吝嗇。
悾仔哥[kok5 a1 gor1; khok4 a1 ko1] 非常吝嗇的人, 例悾
　　仔哥寄付, 免講 kok5 a1 gor1 gia4 hu3, ven1 gong4
　　不可能的事, 叫吝嗇的人發心捐款助人, 那是不可
　　能的事情, 喻免談, 寄付 gia4/gi4 hu3 捐款, 係日語
　　詞寄付 kifu。
愈多錢　愈悾[lu1 ze3 zinn2 lu1 kok1/ju1 ze3 zinn2 ju1
　　kok1; lu1 tse3 tsinn5 lu1 khok8/ju1 tse3 tsinn5 ju1
　　khok8] 愈是有錢, 愈吝嗇。

台語 KK 音標、台語六調:	獅 sai1	牛 qu2	豹 ba3	虎 ho4	鴨 ah5	象 ciunn6	鹿 lok1
	左 zo1	營 iann2	淡 dam3	水 zui4	直 dit5	通 tong6	竹 dek1 南 lam2
台語字:	獅 saif	牛 quw	豹 bax	虎 hoy	鴨 ah	象 ciunn	鹿 lokf
北京語:	山 san1	明 meng2	水 sue3	秀 sior4	的 dorh5	中 diong6	壢 lek1

哠 **[kok1; khok8]** Unicode: 54E0, 台語字: kokf
　　[kok1; khok8] 一直...,很...,就...,有作硞 kok5

硞哠[lok5 kok1; lok4 khok8] 搖晃的, 雜聲大的。

騎馬硌哠[kia6/kia3 ve4 lok5 kok5; khia7/khia3 be2 lok4 khok4] 為非作歹之惡人, 卻逍遙法外, 喻天理不彰, 例詞作惡作毒, 騎馬硌哠 zor4 ok5 zor4 dok5, kia6/3 ve4 lok5 kok5 為非作歹之惡人, 卻逍遙法外, 還騎馬炫耀, 真是天理不報?。

砭砭哠哠[kit5 kit1 kok5 kok1; khit4 khit8 khok4 khok8] 碰撞的聲響。

硞 **[kok5; khok4]** Unicode: 785E, 台語字: kok
　　[kok5; khok4] 滴答響,碰撞,同哠 kok1

砭硞[kit5 kok5; khit4 khok4] 滴答響, 碰撞聲響, 忙碌。

砭硞枋[kih5 kok5 bang1; khih4 khok4 pang1] 蹺蹺板。

顎 **[kok5; khok4]** Unicode: 984E, 台語字: kok
　　[kok5; khok4] 前額頭,代用字,相關字華語顎 or4 下巴

後顎[au3 kok5; au3 khok4] 後腦勺, 有作後斗顎 au3 dau1 kok5, 例詞前顎金, 後顎銀 zeng6/3 kok1 gim1, au3 kok1 qin2 前腦勺突出, 會多金;後腦勺突出, 會多銀, 喻頭大多財。

下顎[e3 kok5; e3 khok4] 下巴, 例詞男天旁, 女下顎 lam2 ten6 beng2 li4 e3 kok5 看相時, 男女分別著重在天庭及下巴的相好不好。

前顎[zeng6/zeng3 kok5; tsing7/tsing3 khok4] 前額頭, 例詞前顎金, 後顎銀 zeng6/3 kok1 gim1, au3 kok1 qin2 前腦勺突出, 會多金;後腦勺突出, 會多銀, 喻頭大多財。

顎額[kok1 hiah1; khok8 hiah8] 前額頭突出, 凸額, 相關詞顎頭 kok1 tau2 前額頭突出, 後腦也突出。

顎頭[kok1 tau2; khok8 thau5] 前額頭突出, 後腦也突出, 相關詞顎額 kok1 hiah1 前額頭突出。

酷 **[kok5; khok4]** Unicode: 9177, 台語字: kok
　　[kok5; khok4] 殘酷,冷漠

殘酷[zan6/zan3 kok5; tsan7/tsan3 khok4] 殘忍, 酷刑。

酷刑[kok1 heng2; khok8 hing5] 殘酷的刑罰, 為人橫行霸道, 冷酷無情。

kong

空 **[kong1; khong1]** Unicode: 7A7A, 台語字: kongf
　　[kang1, kong1, kong3; khang1, khong1, khong3] 天空,白費,空空

空前絕後[kong6 zen2 zuat5 au6; khong7 tsian5 tsuat4 au7] 。

空氣　在人激的[kong6 ki3 zai3 lang6/lang3 gek5 e3; khong7 khi3 tsai3 lang7/lang3 kik4 e3] 氣氛要怎麼樣創作或如何營造, 任憑個人的意願, 別人管不著。

悾 **[kong1; khong1]** Unicode: 60BE, 台語字: kongf
　　[kong1; khong1] 狂,傻,瘋,相關字憨 kam4 不知死活,傻勁,愚昧;憤 qong6 笨的,傻瓜,愚昧,繁體字作戇

qong6;呆 dai1 癡呆,愚昧,笨愚;憨 kam4 不知死活, 傻勁;偘 qam6 愚昧無知,笨蛋

盯悾[denn4 kong1; tenn2 khong1] 裝狂。

激悾[gek1 kong1; kik8 khong1] 假裝成傻瓜。

起悾[ki1 kong1; khi1 khong1] 發瘋, 相關詞發狂 huat1 gong2 神經錯亂;起悾 ki1 kong1 發瘋;起痟 ki1 siau4 發瘋;起狂 ki1 gong2 發狂。

悾顛[kong6 den1; khong7 tian1] 瘋瘋癲癲。

悾憨[kong6 kam4; khong7 kham2] 罵人笨呆。

悾氣[kong6 ki3; khong7 khi3] 幽默感, 傻勁, 傻里傻氣, 像瘋子似的, 相關詞空氣 kong6 ki3 地球上的大氣, 例詞悾氣, 在人激的 kong6 ki3 zai3 lang6/3 gek5 e6 各人各有各的特別的氣質, 各人各有所主張。

悾憨悾憨[kong6 kam1 kong6 kam4; khong7 kham1 khong7 kham2] 罵人笨呆。

悾悾憨憨[kong6 kong1 kam1 kam4; khong7 khong1 kham1 kham2] 罵人笨呆, 不識時務, 亂來, 相關詞悾悾戇戇 kong6 kong1 qong3 qong6 呆子。

悾悾戇戇[kong6 kong1 qong3 qong6; khong7 khong1 gong3 gong7] 呆子, 不會判斷是非好壞, 有作悾悾戇戇 kong6 kong1 qong3 qong6。

悾悾戇戇[kong6 kong1 qong3 qong6; khong7 khong1 gong3 gong7] 呆子, 有作悾悾憤憤 kong6 kong1 qong3 qong, 相關詞悾悾憨憨 kong6 kong1 kam1 kam4 罵人笨呆, 不識時務, 亂來。

做戲悾　看戲戇[zor4 hi6 kong1 kuann4 hi4 qong2; tso2 hi2 khong1 khuann2 hi2 gong5] 演員演戲太入戲, 則會像瘋子, 但看戲的觀眾, 如太過於入迷, 則會像呆子一般地被劇情所騙, 喻人生如戲, 何必認真?。

炕 **[kong3; khong3]** Unicode: 7095, 台語字: kongx
　　[kong3; khong3] 旱災,用火烤,相關字焢 kong3 文火燜煮而爛

炕窯[kong4 ior2; khong2 io5] 以燒熱的土塊堆成的窯堆, 相關詞窯炕 ior6/3 kong3 以炕窯燜烤地瓜。

炕蕃薯[kong4 han6 zi2; khong2 han7 tsi5] 地瓜埋在燒熱的土塊中燜烤, 燜烤地瓜。

空 **[kong3; khong3]** Unicode: 7A7A, 台語字: kongx
　　[kang1, kong1, kong3; khang1, khong1, khong3] 零, 數字"零",有作〇 kong3;零 kong3

二千空四年[nng3 ceng1 kong4 si4 ninn2; nng3 tshing1 khong2 si2 ninn5] 公元 2004 年, 有作二千〇四年 nng3 ceng1 kong4 si4 ninn2。

焢 **[kong3; khong3]** Unicode: 7122, 台語字: kongx
　　[kong3; khong3] 文火燜煮而爛,相關字炕 kong3 用熱土塊悶烤

焢肉[kong4 vah5; khong2 bah4] 以久煮而做成的紅燒肉。

焢雞湯[kong4 ge6/gue6 tng1; khong2 ke7/kue7 thng1] 熬煮雞湯, 熬高湯。

焢予爛[kong4 hor6 nua6; khong2 ho7 nua7] 久煮而悶燒成軟而熟的食品菜肴。

焢鹵肉[kong4 lo1 vah5; khong2 loo1 bah4] 紅燒豬肉。

焢肉飯[kong4 vah1 bng6; khong2 bah8 png7] 鹵肉白米飯。

〇 **[kong3; khong3]** Unicode: FF2F, 台語字: kongx
[kong3, leng2; khong3, ling5] 數字"零",同空
kong3;零 kong3
二千〇三年[nng3 ceng1 kong4 sann6 ninn2; nng3 tshing1
khong2 sann7 ninn5] 公元 2003 年, 有作二千零三年
nng3 ceng1 kong4 sann6 ninn2。

跫 **[kong6; khong7]** Unicode: 8DEB, 台語字: kong
[kong6; khong7] 腳步聲,砌牆壁,澆注水泥
跫水泥[kong3 zui1 ni2; khong3 tsui1 ni5] 澆灌水泥, 砌水
泥牆壁, 同跫紅毛土 kong3 ang6 mo6 to2/kong3
ang3 vng3 to2。
頭殼跫居里[tau6/tau3 kak5 kong3 gu6 li4; thau7/thau3
khak4 khong3 ku7 li2] 腦筋遲鈍, 腦筋遲鈍得像是水
泥一般硬。

槓 **[kong6; khong7]** Unicode: 69D3, 台語字: kong
[gng3, gong3, kong6; kng3, kong3, khong7] 地名
槓仔寮[kong3 a1 liau2; khong3 a1 liau5] 台北縣貢寮鄉之
舊名, 今作貢寮 gong4 liau2。

ku

邱 **[ku1; khu1]** Unicode: 90B1, 台語字: kuf
[ku1; khu1] 姓
邱妄舍[ku6 vong4 sia3; khu7 bong2 sia3] 邱家的紈袴子
弟, 引申敗家子或一般的胡塗富家少爺, 常誤作邱
罔舍 ku6 vong4 sia3。

坵 **[ku1; khu1]** Unicode: 5775, 台語字: kuf
[ku1; khu1] 田地的數目
大坵園[dua3 ku6 hng2; tua3 khu7 hng5] 地名, 今桃園縣
大園鄉之舊名, 原意為一大片田地。
大坵田堡[dua3 ku6 can6 bor4; tua3 khu7 tshan7 po2] 雲林
縣虎尾鎮之舊名, 原意一塊田地。

kuan

寬 **[kuan1; khuan1]** Unicode: 5BEC, 台語字: kuanf
[kuan1, kuann1, kuann3; khuan1, khuann1, khuann3]
寬限[kuan6 an6; khuan7 an7] 寬延, 延期, 有作寬緩
kuan6 uan6。

環 **[kuan2; khuan5]** Unicode: 74B0, 台語字: kuanw
[huan2, kuan2; huan5, khuan5] 圓形,環境,華語為環
huan2
圓環[inn6/inn3 kuan2; inn7/inn3 khuan5] 交义路口當中的
圓形建築物。
循環[sun6/sun3 kuan2; sun7/sun3 khuan5] 一再來回轉
動。

權 **[kuan2; khuan5]** Unicode: 6B0A, 台語字: kuanw
[guan2, kuan2; kuan5, khuan5] 應有的權利,衡量
著作權[du4/di4 zok1 kuan2; tu2/ti2 tsok8 khuan5] 。
所有權[so1 iu1 kuan2; soo1 iu1 khuan5] 。

勸 **[kuan3; khuan3]** Unicode: 52F8, 台語字: kuanx
[kng3, kuan3; khng3, khuan3]
勸誘[kuan4 iu4; khuan2 iu2] 好言相勸。
勸善[kuan4 sen6; khuan2 sian7] 勸人行善, 有作勸人為善
kuan4 jin2/lin2 ui3 sen6。

款 **[kuan4; khuan2]** Unicode: 6B3E, 台語字: kuany
[kuan4, kuann4; khuan2, khuann2] 借貸金錢
好款[hor1 kuan4; ho1 khuan2] 罵被過度寵愛的小孩子不
聽話, 態度太高傲, 例詞囝仔人, 愈來愈好款 qin1
a1 lang2 lu1 lai2 lu1 hor1 kuan4 罵小孩子越來越大
膽, 越不聽話。
百百款[bah1 bah1 kuan4; pah8 pah8 khuan2] 許多許多
種。
百外款[bah1 qua3 kuan4; pah8 gua3 khuan2] 一百多種。
不是款[m3 si3 kuan4; m3 si3 khuan2] 太過寵愛了, 罵人
不像樣, 例詞足不是款 ziok1 m3 si3 kuan4 很不像
話, 很不像樣。
不成款[m3 ziann6/ziann3 kuan4; m3 tsiann7/tsiann3
khuan2] 孩子被寵得不成樣。
足好款[ziok1 hor1 kuan4; tsiok8 ho1 khuan2] 態度太高傲,
高姿態。

kuann

寬 **[kuann1; khuann1]** Unicode: 5BEC, 台語字:
kuannf
[kuan1, kuann1, kuann3; khuan1, khuann1, khuann3]
慢慢地
寬寬仔[kuann6 kuann6 a4; khuann7 khuann7 a2] 慢慢地,
有作慢慢仔 van3 van3 a4 緩緩地;勻勻仔 un6 un6
a4/un3 un3 a4 緩緩地;聊聊仔 liau6 liau6 a4/liau3
liau3 a4 緩緩地。
急事寬辦[gip1 su6 kuann6 ban6; kip8 su7 khuann7 pan7]
緊急的事情, 若改以和緩的方式來處理, 效果也許
比較好, 喻欲速則不達, 有作緊事寬辦 gin1 su6
kuann6 ban6。

看 **[kuann3; khuann3]** Unicode: 770B, 台語字:
kuannx
[kan3, kuann3; khan3, khuann3]
看日[kuann4 jit1/lit1; khuann2 jit8/lit8] 擇日, 婚喪喜慶要
先請算命師或地理師, 選擇良辰吉日。
看款[kuann4 kuan4; khuann2 khuan2] 看情況而定。
看人無[kuann4 lang6/lang3 vor2; khuann2 lang7/lang3 bo5]
瞧不起別人, 有作看人無著 kuann4 lang2 vor6/3
diorh1, 例詞看人無目地 kuann4 lang2 vor6/3 vak5
de6 不把對方放在眼裡, 瞧不起人。

台語 KK 音標、台語六調：獅 sai1　牛 qu2　豹 ba3　虎 ho4　鴨 ah5　象 ciunn6　鹿 lok1
　　　　　　　　　　　　　左 zo1　營 iann2　淡 dam3　水 zui4　直 dit5　通 tong6　竹 dek1 南 lam2
台語字：　　　　　　　　獅 saif　牛 quw　豹 bax　虎 hoy　鴨 ah　象 ciunn　鹿 lokf
北京語：　　　　　　　　山 san1　明 meng2 水 sue3　秀 sior4　的 dorh5　中 diong6　壢 lek1

看衰潲[kuann4 sue6 siau2; khuann2 sue7 siau5] 被看扁了，不可能出人頭地，沒有機會可以成功，相關詞看衰 kuann4 sue1 看扁了。

抵心肝　予汝看[jim6/lim3 sim6 guann1 ho3 li1 kuann3; jim7/lim3 sim7 kuann1 hoo3 li1 khuann3] 掏出內心，讓你看，引申真心真意。

kue

詼　[kue1; khue1] Unicode: 8A7C, 台語字: kuef
　　[ke1, kue1; khe1, khue1] 詼諧,笑話

笑詼[cior4 kue1/ke1; tshio2 khue1/khe1] 詼諧，笑話。

詼諧[kue6 hai2; khue7 hai5] 逗笑，滑稽逗笑，逗人喜愛，例詞激詼諧 gek1 kue6 hai2 裝出滑稽逗笑的動作;厚詼諧 gau3 kue6 hai2 常常會做出逗笑的言行;詼詼諧諧 kue6 kue6 hai6/3 hai2 囉囉唆唆。

kui

開　[kui1; khui1] Unicode: 958B, 台語字: kuif
　　[kai1, kui1; khai1, khui1] 姓

開嘴[kui6 cui3; khui7 tshui3] 開口，說話，借錢，例詞開嘴借錢 kui6 cui3 ziorh1 zinn2 一開口就是要借錢;開嘴無好話 kui6 cui3 vor6/3 hor1 ue6 開口講不出好話，狗嘴裡長不出象牙。

開聲[kui6 siann1; khui7 siann1] 開始講話，申說不平的意見，放聲，例詞開聲哭 kui6 siann6 kau3 放聲哭;長者開聲大罵 diong1 zia4 kui6 siann1 dua3 me6 親戚中的長者開聲大罵，要教訓年幼者。

開正[kui6 ziann1; khui7 tsiann1] 新年新開市，引申開始。

公家開[gong6 ge6 kui1; kong7 ke7 khui1] 大家平均分攤支出。

開公司[kui6 gong6 si1; khui7 kong7 si1] 設公司營業。

氣　[kui3; khui3] Unicode: 5FE5, 台語字: kuix
　　[kui3; khui3] 氣息,相關字氣 ki3 空氣

喘氣[cuan1 kui3; tshuan1 khui3] 呼吸，但常指急促地呼吸，相關詞瘖呴 he6 gu1 氣喘;喘大氣 cuan1 dua3 kui3 吐怨氣。

禁氣[gim4 kui3; kim2 khui3] 在水中閉氣，憋氣，停止呼吸。

漏氣[lau4 kui3; lau2 khui3] 丟臉，洩了氣，無精打彩，同落氣 lau4 kui3。

媠氣[sui1 kui3; sui1 khui3] 漂亮，例詞代志做了真媠氣 dai3 ci3 zor4 liau1 zin6 sui1 kui3 事情辦得漂亮。

氣力[kui4 lat1; khui2 lat8] 力氣，例詞有氣力 u3 kui4 lat1 力氣大;無氣力 vor6/3 kui4 lat1 沒力氣。

大心氣[dua3 sim6 kui3; tua3 sim7 khui3] 透不過氣的病症，怨氣消不了，例句大心氣，喘休離 dua3 sim6 kui3 cuan1 vue3/ve3 li6 怨氣太多，消不了。

吐大氣[to1 dua3 kui3; thoo1 tua3 khui3] 深深地哀聲嘆氣，長聲地怨聲載道，例詞大氣吐休離 dua3 kui3 to1 ve3/vue3 li6 數不完的哀聲嘆氣。

kuinn

快　[kuinn3; khuinn3] Unicode: 5FEB, 台語字: kuinnx
　　[kuai3, kuinn3; khuai3, khuinn3] 爽快

快活[kuinn4/kuann4 uah1; khuinn2/khuann2 uah8] 爽快，快活，病情好轉，日子過得舒服。

艱苦頭　快活尾[gan6 ko1 tau2 kuinn4 uah5 vue4/gan6 ko1 tau2 kuann4 uah5 ve4; kan7 khoo1 thau5 khuinn2 uah4 bue2/kan7 khoo1 thau5 khuann2 uah4 be2] 人生最好能前半生先過得辛苦或有挫折，但在下半輩子布能幸福地過日子，引申先苦後甘。

kun

鯤　[kun1; khun1] Unicode: 9BE4, 台語字: kunf
　　[kun1; khun1]

鯤鯓[kun6 sin1; khun7 sin1] 地名，舊稱台灣，今台南市南區喜樹里一常。

南鯤鯓[lam6 kun6 sin1; lam7 khun7 sin1] 地名，在台南縣將軍鄉之沿海地區，以宗教文化聞名，有南鯤鯓廟著稱。

kut

倔　[kut1; khut8] Unicode: 5552, 台語字: kutf
　　[kut1; khut8] 孤單,沒有子嗣,辱罵,係代用字,原義憂鬱

孤倔[go6 kut1; koo7 khut8] 孤僻，獨自一人，孤苦伶仃，孤孤單單，沒有子嗣，例詞孤倔絕種 go6 kut1 zuat5/zueh5 zeng4 孤苦伶仃，沒有子嗣而亡。

孤倔絕種[go6 kut1 zuat5 zeng4; koo7 khut8 tsuat4 tsing2] 孤單老人沒有子嗣，註定死後無人送終。

窟　[kut5; khut4] Unicode: 7A9F, 台語字: kut
　　[kut5; khut4] 坑洞,水池,亦作堀 kut5

湳窟[lam4 kut5; lam2 khut4] 泥沼爛泥之凹地。

酒窟仔[ziu1 kut1 a4; tsiu1 khut8 a2] 酒窩。

台語 KK 音標、台語六調：	獅 sai1	牛 qu2	豹 ba3	虎 ho4	鴨 ah5	象 ciunn6	鹿 lok1
		左 zo1	營 iann2	淡 dam3	水 zui4	直 dit5	通 tong6	竹 dek1 南 lam2
台語字：		獅 saif	牛 quw	豹 bax	虎 hoy	鴨 ah	象 ciunn	鹿 lokf
北京語：		山 san1	明 meng2	水 sue3	秀 sior4	的 dorh5	中 diong6	壢 lek1

台灣精神詞典
iJiden, the Formosan Dictionary
of the Taiwan Spirit
台語 KK 音標、台羅拼音對照版
部首　l；l

la

垃　[la2; la5] Unicode: 5783, 台語字: law
　　[la2, lah5; la5, lah4]
垃儳[la6/la3 sam2; la7/la3 sam5] 垃圾、髒亂，例詞搵霑無垃儳 un4 dam2 vor6 la6 sam2/un4 dam2 vor3 la3 sam2 只要把衣服一沾濕，就看不到髒的地方，所以不必洗滌了。

蜊　[la2; la5] Unicode: 870A, 台語字: law
　　[la2, li6; la5, li7] 淡水小貝類,小蛤蜊,河蜆,代用字,相關字蚋 lah1 黑蚊子;蛤 gap5 海水的大蛤蜊
蜊仔[la6/la3 a4; la7/la3 a2] 蛤蜊，一種淡水貝類，淡水的河蜆，例詞鹹蜊仔 giam6 la6 a4/giam3 la3 a4 鹹的生蛤蜊。
摸蜊仔[vong6 la6/la3 a4; bong7 la7/la3 a2] 到水中尋捕蛤蜊，例詞一兼二顧，摸蜊仔兼洗褲 it1 giam1 ji3 go3 vong6 la6/3 a4 giam6 se1 ko3 到水中摸尋捕捉蛤蜊時，可順便洗洗褲子，可同時兼做二件事，喻一石二鳥。
蜊仔殼[la6/la3 a1 kak5; la7/la3 a1 khak4] 蛤蜊的殼，多得沒人要，多得垂手可得，引申很多，例詞開錢，若蜊仔殼 kai6 zinn2 na1 la6/3 a1 kak5 揮金如土，不知珍惜。
蜊仔肉[lah5 a1 vah5; lah4 a1 bah4] 蛤蜊肉，例詞目睭予蜊仔肉，糊咧 vak5 ziu1 ho3 lah5 a1 vah5 go2 leh5 眼睛被蛤蜊肉黏住，看不見了，喻被蒙蔽了。

捼　[la6; la7] Unicode: 63E6, 台語字: la
　　[la6; la7] 攪動,代用字,有作攦 la6
捼杯[la3 bue1; la3 pue1] 候鳥黑面琵鷺，冬季來台南縣海邊過冬，有作飯匙鳥 bng3 si6 ziau4。
捼話頭[la3 ue3 tau2; la3 ue3 thau5] 挑起話題，寫一篇序。

lah

蚋　[lah1; lah8] Unicode: 868B, 台語字: lahf
　　[lah1; lah8] 一種小的黑蚊子
加蚋仔[ga6 lah5 a4; ka7 lah4 a2] 台北地區之古地名，平埔族原地名為凱達格蘭 Ketakalan, 有稱大加蚋，指今台北市西園路一帶。

曆　[lah1; lah8] Unicode: 66C6, 台語字: lahf
　　[lah1, lek1; lah8, lik8]

曆日[lah5 jit1/lit1; lah4 jit8/lit8] 日曆，例詞過時，賣曆日 gue4 si2 ve3 lah5 jit1/ge4 si2 vue3 lah5 lit1 販賣往年的舊日曆本，引申失去時效，做沒意義的工作，作虛功。

獵　[lah1; lah8] Unicode: 7375, 台語字: lahf
　　[lah1; lah8] 打獵,相關字攦 la6 攬
獵鴞[lah5 hiorh1; lah4 hioh8] 一種台灣鷙鷹，大冠鷲，同呐鴞 na3 hiorh1;獵鴞鷹 lah5 hiorh5 eng1。

垃　[lah5; lah4] Unicode: 5783, 台語字: lah
　　[la2, lah5; la5, lah4] 垃圾,骯髒
垃圾[lah1 sap5; lah8 sap4] 垃圾，骯髒，有作垃儳 la6/3 sam2。
垃圾話[lah1 sap1 ue6; lah8 sap8 ue7] 骯髒的話，色情的話。
垃圾錢[lah1 sap1 zinn2; lah8 sap8 tsinn5] 不義之財，貪汙的錢。

lai

來　[lai2; lai5] Unicode: 4F86, 台語字: laiw
　　[lai2, lai3; lai5, lai3] 姓,來,往我的方向前來,相關字踅 laih5 去,我或我們的用法
挈來[keh5 lai2; kheh4 lai5] 把東西拿過來，例詞挈來下彼 keh5 lai6 he3 hia1/teh5 lai3 he3 hia1 把東西拿過來，放在那個地方。
在來[zai3 lai2; tsai3 lai5] 本來就存在的，本土的，台灣的，例詞在來米 zai3 lai6/3 vi4 台灣原有的稻米米種。
來義鄉[lai6 qi3 hiang1; lai7 gi3 hiang1] 在屏東縣。

梨　[lai2; lai5] Unicode: 68A8, 台語字: laiw
　　[lai2, le2; lai5, le5] 水果名
王梨[ong6/ong3 lai2; ong7/ong3 lai5] 鳳梨，客語作王梨 vong3 li3, 閩南話寫成王梨 ong6/3 lai2, 根據閩南方言大辭典, 漳廈泉都這麼說，新馬的福建裔也這麼說.相關詞華語鳳梨 hong4 li2, 例詞王梨真利 ong6/3 lai2 zin6 lai6 鳳梨對口舌有刺激性;王梨頭，西瓜尾 ong6 lai6 tau2 si6 gue6 vue4/ong3 lai3 tau2 si6 gue6 ve4 鳳梨靠近蒂頭的部份，以及西瓜靠近尾端的部份都是較為好吃的。

內　[lai6; lai7] Unicode: 5167, 台語字: lai
　　[lai6, lue6; lai7, lue7] 內部
月內[queh5/qeh5 lai6; gueh4/geh4 lai7] 女人生孩子後的一個月之內的時間，坐月子，同做月內 zor4 queh5/qeh5 lai6。
內山[lai3 suann1; lai3 suann1] 在深山之內，深山地區，例詞內山姑娘 lai3 suann6 go6 niunn2 來自深山的小姐。
內才[lai3 zai2; lai3 tsai5] 一個人內在的涵養，學識，才華。
內埔鄉[lai3 bo6 hiang1; lai3 poo7 hiang1] 在屏東縣。
內門鄉[lai3 vng6 hiang1; lai3 bng7 hiang1] 在高雄縣。

台語字:	獅 saif	牛 quw	豹 bax	虎 hoy	鴨 ah	象 ciunn	鹿 lokf
通用拼音:	獅 sai1	牛 qu2	豹 ba3	虎 ho4	鴨 ah5	象 ciunn6	鹿 lok1
北京語:	山 san1	明 meng2	水 sue3	秀 sior4	的 dorh5	中 diong6	壢 lek1
普通話:	山 san1	明 meng2	水 sue3	秀 sior4	的 dorh0	中 diong6	壢 lek1

內神通外鬼[lai3 sin2 tong6 qua3 gui4; lai3 sin5 thong7 gua3 kui2] 知悉內情的人與外人合作，互相呼應而做壞事，相關詞外攻內應 qua3 gong6 lai3 eng3 城外的敵人打進來之時，內部的漢奸，卻窩裡反地內亂，以相呼應。

lak

六 [lak1; lak8] Unicode: 516D, 台語字: lakf
[lak1, liok1, liuh1; lak8, liok8, liuh8] 數目字的第六位

六甲鄉[lak5 gah1 hiang1; lak4 kah8 hiang1] 在台南縣。

六龜鄉[lak5 gu6 hiang1; lak4 ku7 hiang1] 在高雄縣。

六腳鄉[lak5 ka6 hiang1; lak4 kha7 hiang1] 在嘉義縣，又稱蒜頭。

滿六角是[muann1 lak5 gak1 si6; muann1 lak4 kak8 si7] 上下四方的六個角落都可以找到，引申遍地皆有。

六月茉莉[lak5 queh5 vak5 nih5; lak4 gueh4 bak4 nih4] 台語名歌，六月茉莉。

落 [lak5; lak4] Unicode: 843D, 台語字: lak
[lak5, lau3, lauh1, lok1, lorh1; lak4, lau3, lauh8, lok8, loh8] 掉落,滴下

落價數[lak1/lorh5 ge4 siau3; lak8/loh4 ke2 siau3] 降低價格。

橐 [lak5; lak4] Unicode: 6A50, 台語字: lak
[lak5, lok5; lak4, lok4] 袋子

橐袋仔[lak1 de3 a4; lak8 te3 a2] 衣袋，開口袋，有作笒瑪 kah1 ma4，係平埔族語，例詞橐袋仔，痛痛 lak1 de6 a4 bo1 bo4 口袋空空，沒錢;橐袋仔，袋磅子 lak1 de3 a4 de3 bong3 zi4 口袋中只有一枚法碼，手中沒有錢;囥佇橐袋仔，燒燒 kng4 di3 lak1 de3 a4 sior6 sior1 放在口袋中，可以放心了。

lam

南 [lam2; lam5] Unicode: 5357, 台語字: lamw
[lam2; lam5] 姓,地名,南方

回南[hue6/hue3 lam2; hue7/hue3 lam5] 襲台的颱風，常在以西北的方向，掃過台灣的陸地後，引進西南氣流，這種現象為回南，引申為事情的轉變，案情大翻轉。

落南[lorh5 lam2; loh4 lam5] 南下，向南方的。

南港[lam6/lam3 gang4; lam7/lam3 kang2] 地名，港在台灣北部是小溪河的意思，南港是在溪河南方的市鎮，如台北市南港 lam6/3 gang4 因在基隆河之南邊而得名，原名港仔口 gang1 a1 kau4。

南寮[lam3 liau2; lam3 liau5] 漁港名，在新竹市南寮區，以富美宮為著名的廟宇。

落南[lorh5 lam2; loh4 lam5] 南下，向南方的。

南投市[lam6 dau6 ci6; lam7 tau7 tshi7] 在南投縣。

南投縣[lam6 dau6 guan6; lam7 tau7 kuan7] 台灣正中央的縣份。

南竿鄉[lam6 guann6 hiong1; lam7 kuann7 hiong1] 在連江縣。

南化鄉[lam6 hua4 hiang1; lam7 hua2 hiang1] 在台南縣。

南澳鄉[lam6 or4 hiong1; lam7 o2 hiong1] 在宜蘭縣。

南州鄉[lam6 ziu6 hiang1; lam7 tsiu7 hiang1] 在屏東縣。

南庄鄉[lam6 zng6 hiang1; lam7 tsng7 hiang1] 在苗栗縣。

南北二路[lam6 bak1 ji3 lo6/lam3 bak1 li3 lo6; lam7 pak8 ji3 loo7/lam3 pak8 li3 loo7] 南北各地方，四面八方。

楠 [lam2; lam5] Unicode: 6960, 台語字: lamw
[lam2; lam5]

肖楠[siau6 lam2; siau7 lam5] 台灣國寶級的樹種，與檜木同級，壽命約三百至五百年，常稱為台灣肖楠 dai6/3 uan2 siau6 lam2。

楠梓區[lam6 zu1 ku1; lam7 tsu1 khu1] 地名，在高雄市，舊名楠仔坑 lam6 a1 lenn1。

楠西鄉[lam6 se6 hiang1; lam7 se7 hiang1] 在台南縣。

湳 [lam3; lam3] Unicode: 6E73, 台語字: lamx
[lam3, lam4; lam3, lam2] 濕軟的爛泥地,代用字,有作坔 lam3

草湳[cau1 lam3; tshau1 lam3] 地名，在台北市文山區，與指南宮及貓空為鄰。

落湳[lorh5 lam3; loh4 lam3] 陷入困境，例詞牽龜落湳 kan6 gu1 lorh5 lam3 引誘烏龜陷入泥沼之中，引申以騙術引導別人落入圈套而謀取私利。

水湳[zui1 lam3; tsui1 lam3] 地名，在台中市北區，有水湳機場，舊名為湳仔 lam1 a4。

湳田[lam4 can2; lam2 tshan5] 濕軟的爛泥地。

湳地[lam4 de6; lam2 te7] 沼澤地。

湳窟[lam4 kut5; lam2 khut4] 泥沼爛泥之凹地。

湳仔[lam1 a4; lam1 a2] 一般之台灣地名，意為低濕的爛泥地。

頂湳仔[deng1 lam1 a4; ting1 lam1 a2] 一般之台灣地名。

下湳仔[e3 lam1 a4; e3 lam1 a2] 一般之台灣地名。

牽龜落湳[kan6 gu1 lorh5 lam3; khan7 ku1 loh4 lam3] 引誘烏龜陷入泥沼之中，引申以騙術引導別人落入圈套而謀取私利。

冉 [lam4; lam2] Unicode: 5189, 台語字: lamy
[jiam4, lam4; jiam2, lam2] 慢慢地走,瘦弱,代用字,有作苒 lam4

冉底[lam1 de4; lam1 te2] 出生時，體質就衰弱。

冉腳[lam1 ka1; lam1 kha1] 能力差勁的人，有作冉路 am1 lo6。

冉冉仔馬　嘛有一步踢[lam1 lam1 a1 ve4 ma3 u3 zit5 bo3 tat5; lam1 lam1 a1 be2 ma3 u3 tsit4 poo3 that4] 再怎麼差勁的馬匹，也有能力踢傷人，喻天生我材必有用。

台語字:	獅 saif	牛 quw	豹 bax	虎 hoy	鴨 ah	象 ciunn	鹿 lokf
通用拼音:	獅 sai1	牛 qu2	豹 ba3	虎 ho4	鴨 ah5	象 ciunn6	鹿 lok1
北京語:	山 san1	明 meng2	水 sue3	秀 sior4	的 dorh5	中 diong6	壢 lek1
普通話:	山 san1	明 meng2	水 sue3	秀 sior4	的 dorh0	中 diong6	壢 lek1

濫 **[lam6; lam7]** Unicode: 6FEB, 台語字: lam
    [lam6; lam7] 混合在一起,代用字

透濫[tau4 lam6; thau2 lam7] 良品與劣品相混合。

濫用[lam3 iong6; lam3 iong7] 混合使用, 例詞漢羅濫用
    han4 lor6/3 lam3 iong6 漢羅混用, 台語文的作品,
    使用漢字混合及摻加羅馬字母組合成的台語文字
    來寫作, 以代替全部用漢字或全部用羅馬字母的
    台語文字。

濫擅來[lam3 sam1 lai2; lam3 sam1 lai5] 亂來, 恣意妄
    為, 有作亂恣來 luan3 zu1 lai2;亂使來 lam3 su1
    lai2。

濫擅講[lam3 sam1 gong4; lam3 sam1 kong2] 亂講, 同
    濫使講 lam3 su1 gong4。

濫做伙[lam6 zor4 hue4/he4; lam7 tso2 hue2/he2] 混合在
    一起, 相關詞攬做伙 lam1 zor4 hue4/he4 二人抱
    在一起。

破濫破毿[pua4 lam4 pua4 sam3; phua2 lam2 phua2
    sam3] 殘破又黑暗的。

lan

零 **[lan2; lan5]** Unicode: 96F6, 台語字: lanw
    [kong3, lan2, leng2; khong3, lan5, ling5] 零數,零
    碎

零星[lan6/lan3 san1; lan7/lan3 san1] 零頭, 零數, 例詞
    零星的 lan6/3 san1 e1 零頭的, 零碎;零星的, 拈做
    伙 lan6 san1 e1 kiorh1 zor4 hue4/lan3 san1 e3
    kiorh1 zor4 he4 把零星的金錢財務湊集為一整
    數。

零星錢[lan6/lan3 san6 zinn2; lan7/lan3 san7 tsinn5] 零
    錢, 小錢。

零零星星[lan6 lan6 san6 san1; lan7 lan7 san7 san1] 零零
    碎碎。

零星碎褸[lan6/lan3 san1 cui4 lui3; lan7/lan3 san1 tshui2
    lui3] 零頭, 零碎。

零星肉仔[lan6/lan3 san6 vah1 a4; lan7/lan3 san7 bah8 a2]
    息肉, 碎肉塊。

蘭 **[lan2; lan5]** Unicode: 862D, 台語字: lanw
    [lan2; lan5] 花名,蘭花

荷蘭[hor6/hor3 lan2; ho7/ho3 lan5] 歐洲國名, 從西元
    1624 年起, 曾統治過台灣 38 年。

卓蘭鎮[dorh1 lan6 din3; toh8 lan7 tin3] 在苗栗縣, 舊名
    罩蘭 dah1 lan2, 意為充滿了蘭花的地方, 於日治
    時代改稱卓蘭 dorh1 lan2。

蝴蝶蘭[o6/o3 diap5 lan2; oo7/oo3 tiap4 lan5] 台灣本土
    的蘭花。

蘭嶼鄉[lan6 su3 hiang1; lan7 su3 hiang1] 在台東縣。

咱 **[lan4; lan2]** Unicode: 54B1, 台語字: lany
    [lan4; lan2] 我們,單數阮 qun4 男性的我;妡
    quan4 女性的我

咱人[lan1 lang2; lan1 lang5] 我們的, 農曆的, 以農曆表
    示的日期月份或年份, 同一陣線的人員, 同舊曆
    gu3 lek1, 例詞咱人過年 lan1 lang2 gueh1/geh1 ni2

農曆的除夕夜;咱人新年 lan1 lang2 sin6 ni2 農曆
    的新年, 春節;咱人十月 lan1 lang2 zap5
    queh1/qeh1 農曆的十月份。

咱兜[lan1 dau1; lan1 tau1] 我們的家。

咱台灣人[lan1 dai6 uan6 lang2/lan1 dai3 uan3 lang2; lan1
    tai7 uan7 lang5/lan1 tai3 uan3 lang5] 我們台灣人,
    只要是爱台灣, 認同台灣的人, 不分省籍, 都是台
    灣人。

膦 **[lan6; lan7]** Unicode: 81A6, 台語字: lan
    [lan6; lan7] 男性的生殖器,陰莖,語不雅,相關字赦
    lan6 見羞,賭氣

虎膦[ho1 lan6; hoo1 lan7] 雄虎之生殖器, 謊言, 說慌
    話, 吹大牛皮, 係日語詞法螺 hora 吹牛皮, 例詞
    話虎膦 ue3 ho1 lan6 閒聊, 杜撰;畫虎膦 ue3 ho1
    lan6 閒聊, 杜撰;敲虎膦 ka4 ho1 lan6 閒聊, 杜撰;
    畫一支虎膦, 予汝攃 ue3 zit5 gi6 ho1 lan6 ho3 li1
    qiah1 說謊話騙你, 向你杜撰一件事。

膦孢[lan3 pa1; lan3 pha1] 男人之陰囊, 例詞拵膦孢
    po6/3 lan3 pa1 拍馬屁, 抱大腿;雙腳 拐二粒膦孢
    siang6 ka1 qennh5 nng3 liap5 lan3 pa1 雙腳只夾著
    一付陰囊, 喻沒餞, 一無所有。

膦神怣[lan3 sin6/sin3 kui3; lan3 sin7/sin3 khui3] 有傻瓜
    的神態。

牛膦假鹿鞭[qu6/qu3 lan6 ge1 lok5 ben1; gu7/gu3 lan7
    ke1 lok4 pian1] 不肖之徒, 以公牛的生殖器, 假冒
    為鹿鞭而向他人行騙, 喻魚目混珠。

lang

人 **[lang2; lang5]** Unicode: 4EBA, 台語字: langw
    [jin2, lang2, lin2; jin5, lang5, lin5] 人生,人類,有作
    儂 lang2

漚人[au4 lang2; au2 lang5] 被唾棄的人。

忓人[ceng4 lang2; tshing2 lang5] 很自傲的人。

逐人[dak5 lang2; tak4 lang5] 每一個人。

中人[diong6 lang2; tiong7 lang5] 介紹人, 仲介, 經紀
    人。

咱人[lan1 lang2; lan1 lang5] 我們的, 農曆的, 以農曆表
    示的日期月份或年份, 同一陣線的人員, 同舊曆
    gu3 lek1, 例詞咱人過年 lan1 lang2 gueh1/geh1 ni2
    農曆的除夕夜;咱人新正 lan1 lang2 sin6 ziann1 農
    曆的新年, 春節;咱人十月 lan1 lang2 zap5
    queh1/qeh1 舊曆的十月份。

敖人[qau6/qau3 lang2; gau7/gau3 lang5] 能幹的人, 能
    力好的人, 智力高的人, 敖係代用字。

戇人[qong3 lang2; gong3 lang5] 傻瓜, 笨人, 有作憨人
    qong3 lang2。

死人[si1 lang2; si1 lang5] 亡者。

痟人[siau1 lang2; siau1 lang5] 瘋人, 瘋子。

活人[ua3 lang2; ua3 lang5] 。

做人[zor4 lang2; tso2 lang5] 為人, 生孩子, 相關詞做人
    zor3 lang3 已經與別人訂婚了, 已許配他人了。

做人[zor3 lang3; tso3 lang3] 已經與別人訂婚了, 已許
    配他人了, 相關詞做人 zor4 lang2 為人, 生孩

台語字:	獅 saif	牛 quw	豹 bax	虎 hoy	鴨 ah	象 ciunn	鹿 lokf
通用拼音:	獅 sai1	牛 qu2	豹 ba3	虎 ho4	鴨 ah5	象 ciunn6	鹿 lok1
北京語:	山 san1	明 meng2	水 sue3	秀 sior4	的 dorh5	中 diong6	壢 lek1
普通話:	山 san1	明 meng2	水 sue3	秀 sior4	的 dorh0	中 diong6	壢 lek1

子。

人面[lang6/lang3 vin6; lang7/lang3 bin7] 人際關係, 例詞人面闊 lang6/3 vin6 kuah5 人際關係良好;人面熟 lang6/3 vin6 sek1 人際關係良好, 認識的人多。

人範[lang6/lang3 ban6; lang7/lang3 pan7] 人的外表, 人材。

人緣[lang6/lang3 en2; lang7/lang3 ian5] 與人相處時的評價情況, 良好的人際關係, 例詞有人緣 u3 lang6/3 en2 人際關係良好;無人緣 vor6 lang6 en2/vor3 lang3 en2 人際關係惡劣。

台灣人[dai6 uan6 lang2/dai3 uan3 lang2; tai7 uan7 lang5/tai3 uan3 lang5] 生活在台灣, 認同台灣的任何人, 相關詞中國人 diong6 gok1 lang2 認同一國兩制的台灣居民, 自認非台灣人。

唐山人[dng6/dng3 suann6 lang2; tng7/tng3 suann7 lang5] 外省人, 外地人, 移民。

荷咾人[hor3 lor1 lang2; ho3 lo1 lang5] 台灣人. 荷蘭, 清國治台及日本治台時, 統稱說台灣話的人為荷咾人。有作福佬人 hor3 lor1 lang2; ho3 lo1 lang5。

婦仁人[hu3 jin6/lin3 lang2; hu3 jin7/lin3 lang5] 婦女, 女人, 有作婦人人 hu3 jin6/lin3 lang2。

醫生人[i6 seng6 lang2; i7 sing7 lang5] 醫生。

巧巧人[kiau1 kiau1 lang2; khiau1 khiau1 lang5] 聰明人。

老大人[lau3 dua3 lang2; lau3 tua3 lang5] 老人家, 年長者。

老人工[lau3 lang6/lang3 gang1; lau3 lang7/lang3 kang1] 年長者的歲月, 不值錢的歲月, 退休老人的時間, 可做輕快的工作的時間。

囡仔人[qin1 a1 lang2; gin1 a1 lang5] 年輕人, 小孩子。

散赤人[san4 ciah1 lang2; san2 tshiah8 lang5] 窮苦人家, 窮人, 有作散食人 san4 ziah5 lang2。

散食人[san4 ziah5 lang2; san2 tsiah4 lang5] 窮人。

生理人[seng6 li1 lang2; sing7 li1 lang5] 商人, 生意人。

序大人[si3 dua3 lang2; si3 tua3 lang5] 父母雙親, 長輩。

少年人[siau4 len6/len3 lang2; siau2 lian7/lian3 lang5] 年青人。

趁食人[tan4 ziah5 lang2; than2 tsiah4 lang5] 靠打零工或小生意維持人計的人。

查甫人[za6 bo6 lang2; tsa7 poo7 lang5] 丈夫, 男人。

查某人[za6 vo1 lang2; tsa7 boo1 lang5] 妻子, 女人。

蹧躂人[zau6 tat1 lang2/zau6 tat5 lang3; tsau7 that8 lang5/tsau7 that4 lang3] 侮辱欺負他人。

一世人[zit5 si4 lang2; tsit4 si2 lang5] 一輩子, 同規世人 gui6 si4 lang2。

人肉鹹鹹[lang6 vah5 giam6 giam6/lang3 vah5 giam3 giam2; lang7 bah4 kiam7 kiam5/lang3 bah4 kiam3 kiam5] 人肉是鹹的, 要殺要牢都由你, 只是沒錢可還債。

人咧做　天咧看[lang2 leh1 zor3 tinn1 leh1 kuann3; lang5 leh8 tso3 thinn1 leh8 khuann3] 人所作的每一件事, 蒼天都會品評公斷, 將有公平的果報, 喻不可胡作非為。

人生咱　咱生人[lang2 senn6 lan4 lan1 senn6 lang2; lang5 senn7 lan2 lan1 senn7 lang5] 父母生育我, 我生育兒女, 引申一代傳一代, 代代相傳。

龍 [lang2; lang5] Unicode: 9F8D, 台語字: langw
[lang2, leng2, liong2, qeng2; lang5, ling5, liong5, ging5] 地名

後龍[au3 lang2; au3 lang5] 地名, 苗栗縣後龍鎮, 舊名後壠 au3 lang2。

後龍鎮[au3 lang6 din3; au3 lang7 tin3] 在苗栗縣。

壠 [lang2; lang5] Unicode: 58DF, 台語字: langw
[lang2, leng2, long4; lang5, ling5, long2] 地名

後壠[au3 lang2; au3 lang5] 地名, 苗栗縣後龍鎮之舊名。

虎尾壠社[ho1 vue1 lang6 sia6; hoo1 bue1 lang7 sia7] 平埔族蕃社地名, Favorlang 社, 含雲林縣, 彰化縣到台中縣大甲溪以南之沿海地區, 其語言為虎尾壠語, 荷蘭的牧師 Happart, 在西元 1650 年著有虎尾壠語字典。

礱 [lang2; lang5] Unicode: 7931, 台語字: langw
[lang2; lang5] 石頭製的研磨機器

土礱[tor6/tor3 lang2; tho7/tho3 lang5] 石磨, 將落花生, 稻米脫殼的研磨機器。

礑土礱[e3 tor6/tor3 lang2; e3 tho7/tho3 lang5] 用研磨機器脫殼。

籠 [lang2; lang5] Unicode: 7C60, 台語字: langw
[lam1, lang2; lang4, long2; lam1, lang5; lang2, long5] 地名

雞籠[ge6 lang2; ke7 lang5] 基隆市的舊名, 相關詞雞籠 ge6 lam1 關雞隻的籠子。

籠箸[lang6/lang3 sng2; lang7/lang3 sng5] 蒸籠, 用竹片編製的蒸籠, 同等箸 lang6/3 sng2

桛 [lang3; lang3] Unicode: 6887, 台語字: langx
[lang1, lang3; lang1, lang3] 間隔,逃脫,代用字,相關字桛 lang1 稀疏;挵 long3 撞擊,衝

桛手[lang4 ciu4; lang2 tshiu2] 鬆手, 歇手。

桛開[lang4 kui1; lang2 khui1] 間隔開來, 隔開。

桛縫[lang4 pang6; lang2 phang7] 找間隔, 留空隙, 例詞桛雨縫 lang4 ho6 pang6 找下雨的間隔, 間隙。

桛日[lang4 jit1/lit1; lang2 jit8/lit8] 隔一天, 例桛暝無桛日 lang4 me2 vor6/3 lang4 zit1 只隔當天夜晚而已, 但沒等候到第二天, 喻時間不長。

桛工[lang4 gang1; lang2 kang1] 抽空, 專程, 例詞桛工打電話 lang4 gang1 pah1 den3 ue6 抽空去打電話。

桛港[lang4 gang4; lang2 kang2] 溜之大吉, 捲款而逃, 例詞阿婆桛港 a6 bor2 lang4 gang4 老婆婆溜之大吉, 原意指 1895 年, 台灣割讓給日本, 台灣人宣佈獨立建國, 成立台灣民主國以抗日, 但總統唐景崧先捲款而逃, 總兵劉永福也假扮老太婆而棄甲, 偷渡離台, 故笑人溜之大吉或捲款而逃, 為阿婆桛港 a6 bor2 lang4 gang4。

桛空[lang4 kang1; lang2 khang1] 留出空間。

眼 [lang3; lang3] Unicode: 3AF0, 台語字: langx
[lang3; lang3] 季節,時間,代用字,有作人 lang3,相關字烺 na3 亮光,火光

熱眼[juah5 lang3; juah4 lang3] 夏天, 有作辣眼 luah5

台語字:	獅 saif	牛 quw	豹 bax	虎 hoy	鴨 ah	象 ciunn	鹿 lokf
通用拼音:	獅 sai1	牛 qu2	豹 ba3	虎 ho4	鴨 ah5	象 ciunn6	鹿 lok1
北京語:	山 san1	明 meng2	水 sue3	秀 sior4	的 dorh5	中 diong6	壢 lek1
普通話:	山 san1	明 meng2	水 sue3	秀 sior4	的 dorh0	中 diong6	壢 lek1

lang3;熱人 juah5/luah5 lang3。

洞眼[guann6 lang3/guann2 lang6; kuann7 lang3/kuann5 lang7] 冬天, 有作洞人 guann2 lang3/guann6 lang6;寒眼 guann2 lang6/guann6 lang3。

攏 **[lang4; lang2]** Unicode: 650F, 台語字: langy
[lang4, long4; lang2, long2] 双手持高,主持,掌管

總攏[zong1 lang4; tsong1 lang2] 全部掌管, 相關詞攏總 long1 zong4 全部, 通通。

攏裙[lang1 gun2; lang1 kun5] 拉裙子, 例詞雙手抱雙孫, 無手捅攏裙 siang6 ciu4 por3 siang6 sun1 vor6/3 ciu4 tang6 lang1 gun2 當祖母的, 雙手要抱二個孫子, 卻沒有另一隻手去拉回正要往下掉的裙子, 喻祖母的弄孫之樂。

頭無梳 褲無攏[tau2 vor6 se1 ko3 vor6 lang4/tau2 vor3 se1 ko3 vor6 lang4; thau5 bo7 se1 khoo3 bo7 lang2/thau5 bo3 se1 khoo3 bo3 lang2] 媳婦忙做家事, 弄得沒空梳妝打扮, 連裙子或褲子都無暇穿得整齊, 係婆婆譏笑媳婦無法勝任家事。

弄 **[lang6; lang7]** Unicode: 5F04, 台語字: lang
[lang6, long2, long6; lang7, long5, long7] 戲弄

戲弄[hi4 lang6; hi2 lang7] 調戲。

草蜢仔 弄雞公[cau1 meh1 a4 lang3 ge6/gue6; tshau1 meh8 a2 lang3 ke7/kue7] 挑戰, 挑逗, 以卵擊石, 小蚱蜢不怕死, 卻敢向大公雞挑戰, 喻自不量力。

弄布袋戲尪仔[lang3 bo4 de3 hi4 ang6 a4; lang3 poo2 te3 hi2 ang7 a2] 表演布袋戲的戲偶, 玩弄布袋戲的戲偶。

lap

衲 **[lap1; lap8]** Unicode: 8872, 台語字: lapf
[lap1; lap8] 僧衣,插手,一層一層地疊縫補綻

老衲[lau3 lap1; lau3 lap8] 僧人自稱。

衲鞋[lap1 e2; lap8 e5] 縫製鞋子。

衲衫[lap1 sann1; lap8 sann1] 把碎布一層一層地疊縫成厚布衣。

布 衲做伙[bo3 lap5 zor4 hue4; poo3 lap4 tso2 hue2] 把重疊的布片縫合成一片。

衲衲插插[lap5 lap5 cap1 cap5; lap4 lap4 tshap8 tshap4] 要來插手, 攪局。

衲頭的衫[lap1 tau2 e6/e3 sann1; lap8 thau5 e7/e3 sann1] 從頭套穿的衣服。

胂 **[lap1; lap8]** Unicode: 80AD, 台語字: lapf
[lap1, lut5; lap8, lut4] 油,油膩

油胂胂[iu6 lap5 lap1/iu3 lut1 lut5; iu7 lap4 lap8/iu3 lut8 lut4] 油油膩膩。

納 **[lap1; lap8]** Unicode: 7D0D, 台語字: lapf
[lap1; lap8]

採納[cai1 lap1; tshai1 lap8] 接受。

出納[cut1 lap1; tshut8 lap8] 會計員。

消納[siau6 lap1; siau7 lap8] 易於消化, 消化吸收。

納貢米[lap5 gong4 vi4; lap4 kong2 bi2] 日治時期內, 台灣總督府會將濁水溪的良質米, 呈送給日本皇室食用, 稱為納貢米。

納稅金[lap5 sue4 giam1; lap4 sue2 kiam1] 納稅。

鈉 **[lap1; lap8]** Unicode: 9209, 台語字: lapf
[lap1, na4; lap8, na2] 化學元素之一種,sodium

凹 **[lap5; lap4]** Unicode: 51F9, 台語字: lap
[au1, lap5, lop5, naih5, neh5; au1, lap4, lop4, naih4, neh4] 下陷,有作塌 lap5

凹凹[lap1 lap5; lap8 lap4] 塌陷的樣子, 例詞目睭凹凹 vak5 ziu1 lap1 lap5 眼睛凹陷。

凹凸[lap1 pok5; lap8 phok4] 凹凸不平。

凹子底[lap1 a1 de4; lap8 a1 te2] 地名, 位於高雄市鼓山區與左營區之間, 古地名潔仔底 lap1 a1 de4 意思是低窪地區, 為高雄捷運紅線與環狀輕軌的交會捷運車站。

塌 **[lap5; lap4]** Unicode: 584C, 台語字: lap
[lap5, tap5; lap4, thap4] 下陷,賠錢,有作凹 lap5

倒塌[dor4 lap5/lop5; to2 lap4/lop4] 下陷, 例詞炊碗粿會倒塌 cue6 uann1 gue4/ge4 e3 dor4 lop5 小吃的碗粿蒸熟了, 常會下陷。

塌本[lap1/tap1 bun4; lap8/thap8 pun2] 賠了本錢。

塌底[lap1 de4; lap8 te2] 鞋底脫落, 物體的底掉失了, 例詞眠床塌底 vin6/3 cng2 lap1 de4 床鋪的底板斷裂而掉下;雞卵糕塌底 ge6 nng3 gor1 lap1 de4 生日蛋糕的包裝盒塌下了。

塌空[lap1 kang1; lap8 khang1] 陷個洞, 掉入圈套, 頂缺。

lat

力 **[lat1; lat8]** Unicode: 529B, 台語字: latf
[lat1, lek1; lat8, lik8] 力量

出力[cut1 lat1; tshut8 lat8] 使勁, 同行力 heng6/3 lat1。

盯力[denn4 lat1; tenn2 lat8] 硬使力氣, 例詞盯食乳仔力 denn4 ziah5 leng6 a1 lat1 硬要使出全身的力氣。

摺力[gut1 lat1; kut8 lat8] 工作勤快, 努力。

下力[he3 lat1; he3 lat8] 施力, 用力。

忥力[kui4 lat1; khui2 lat8] 力氣, 力量。

惱力[lo1 lat1; loo1 lat8] 感謝, 多謝, 謝謝, 勞神, 費神, 辛苦, 相關詞勞力 lor6/3 lek1 勞力, 努力, 操勞。

節力[zat1 lat1; tsat8 lat8] 小心地施力, 考量使力的大小。

喰力[ziah5 lat1; tsiah4 lat8] 大事不妙了, 慘了, 很嚴重, 受到壓力, 相關詞華語詞吃力 cu1 li4。

lau

留 **[lau2; lau5]** Unicode: 7559, 台語字: lauw
　　[lau2, liu2; lau5, liu5] 姓,留下

留步[lau6/lau3 bo6; lau7/lau3 poo7] 保留一部份的祕密
　　或訣竅, 手藝留一手, 不傳授給別人, 留個下台階,
　　同抮步 kam4 bo6, 例詞留一步 lau6/3 zit5 bo6 技
　　藝保留一手, 不傳授給別人:留暗步 lau6/3 am4
　　bo6 技藝保留一手:留後步 lau6/3 au3 bo6 留個下
　　台階, 留個退步。

留嘴鬚[lau6/lau3 cui4 ciu1; lau7/lau3 tshui2 tshiu1] 蓄
　　鬚, 留鬍子。

留落來[lau2 lorh5 lai3; lau5 loh4 lai3] 留下來。

留長頭毛[lau6 dng6 tau6 mo1/lau3 dng3 tau3 bng2; lau7
　　tng7 thau7 moo1/lau3 tng3 thau3 png5] 蓄長髮。

留人客食暗[lau6 lang6 keh5 ziah5 am3/lau3 lang3 keh5
　　ziah5 am3; lau7 lang7 kheh4 tsiah4 am3/lau3 lang3
　　kheh4 tsiah4 am3] 留下客人在家中吃晚飯。

漏 **[lau3; lau3]** Unicode: 6F0F, 台語字: laux
　　[lau3, lau6; lau3, lau7] 洩漏, 有作落 lau3;拉 lau3

漏気[lau4 kui3; lau2 khui3] 丟臉, 洩了氣, 無精打彩,
　　同落气 lau4 kui3, 例詞漏気代志 lau4 kui4 dai3
　　zi3 丟臉的事情。

漏屎[lau4 sai4; lau2 sai2] 拉肚子, 腹瀉, 有作拉屎 lau4
　　sai4, 例詞漏屎馬 lau4 sai1 ve4 作不了事的人:漏
　　屎蟻仔 lau4 sai1 ci3 a4 花蟹, 喻沒出息的人:漏屎
　　苦力 lau4 sai1 gu6 li4 作不了事的工人。

漏屎星[lau4 sai1 cenn1/cinn1; lau2 sai1 tshenn1/tshinn1]
　　流星。

老 **[lau4; lau2]** Unicode: 8001, 台語字: lauy
　　[lau4, lau6, lor4, no4; lau2, lau7, lo2, noo2] 不新
　　鮮, 很好, 老人癖

孤老[go6 lau4; koo7 lau2] 老人癖, 個性孤癖自私, 有
　　自閉症傾向, 拒絕與人交往。

真老[zin6 lau4; tsin7 lau2] 講得刮刮叫, 很好很好, 很
　　棒, 相關詞真老 zin6 lau6 人活到很老, 很長壽,
　　例詞老師的台語真老 lau3 su4 e6 dai6/3 qi4 zin6
　　lau4 老師的台語真標準, 好聽又文雅。

老到[lau1 dau2; lau1 tau5] 老練周到, 經驗豐富, 技術
　　老到, 例詞伊對查某真老到 i6 dui4 za6 vo4 zin6
　　lau1 dau2 他對女人很在行很有一套。

英語老[eng6 qi4 lau4; ing7 gi2 lau2] 講得很標準的英
　　語。

老細的[lau1 se3 e3; lau1 se3 e3] 老么。

老𠊎來[lau1 ve3/vue3 lai2; lau1 be3/bue3 lai5] 自己不懂
　　得, 卻假裝是個高手, 但這是裝不來的。

老牌老字號[lau1 bai2 lau1 ji3 hor6; lau1 pai5 lau1 ji3
　　ho7] 老商店, 老品牌。

老練[lau1 len6; lau1 lian7]。

佬 **[lau4; lau2]** Unicode: 4F6C, 台語字: lauy
　　[lau4, lor4; lau2, lo2] 欺騙的,自私的

佬仔[lau1 a4; lau1 a2] 騙子。

佬人[lau4 lang3; lau2 lang3] 騙人財色。

㨗佬去[hong2 lau4 ki3; hong5 lau2 khi3] 被騙了錢財。

佬仔步[lau1 a1 bo6; lau1 a1 poo7] 騙人財色的手段, 有
　　作佬仔步數 lau1 a1 bo3 so3。

老 **[lau6; lau7]** Unicode: 8001, 台語字: lau
　　[lau4, lau6, lor4, no4; lau2, lau7, lo2, noo2] 年紀
　　大, 老舊的

臭老[cau4 lau6; tshau2 lau7] 老相, 比實際的年紀更蒼
　　老。

張老[dionn6/diunn6 lau6; tionn7/tiunn7 lau7] 張羅準備
　　後事事宜, 例詞張老物 dionn6/diunn6 lau3 mih1
　　準備後事事物, 如墓地及棺木,張老衫
　　dionn6/diunn6 lau3 sann1 準備壽衣。

老步定[lau3 bo3 diann6; lau3 poo3 tiann7] 老成隱重, 老
　　成持重。

老不修[lau3 but1 siu1; lau3 put8 siu1] 老年人做出傷風
　　敗俗的醜事, 老風騷。

老長壽[lau3 diong6/diong3 siu6; lau3 tiong7/tiong3 siu7]
　　長壽的老人, 流行歌曲曲名。

老孤苦[lau3 go6 kut1; lau3 koo7 khut8] 孤僻孤單, 沒有
　　子嗣的老人, 有作老孤嘔 lau3 go6 kut1。

老番癲[lau3 huan6 den1; lau3 huan7 tian1] 年老了, 言
　　行變得反復無常。

老伙仔[lau3 hue1 a4; lau3 hue1 a2] 老頭子, 老年人, 有
　　作老人 lau3 lang2;老歲仔 lau3 hue1 a4。

老硞硞[lau3 kok1 kok5; lau3 khok8 khok4] 年紀老邁,
　　有作 LKK, 譏笑對方為老人。

老人茶[lau3 lang6/lang3 de2; lau3 lang7/lang3 te5] 老人
　　相聚時, 泡茶聊天, 引申為打發時間的良方。

老人工[lau3 lang6/lang3 gang1; lau3 lang7/lang3 kang1]
　　年長者的歲月, 不值錢的歲月, 退休老人的時間,
　　可做輕快的工作的時間。

老𪘓𪘓[lau3 moh1 moh5; lau3 mooh8 mooh4] 老人因牙
　　齒去掉光而牙床收縮, 外型乾癟。

老芋仔[lau3 o6 a4; lau3 oo7 a2] 外省籍的老兵, 不認同
　　台灣的統派的中國人, 有作外驢仔 qua3 li6/3 a4.
　　自從 1949 年後, 台灣青年被流亡到台灣的中國政
　　府征調服兵役, 被稱為充員兵, 而大量逃台的士
　　兵, 大多已任士官職以上, 被台灣的充員兵統稱其
　　為芋仔兵 o3 a1 beng1, 即芋頭冰之意, 而與台灣
　　的蕃薯仔兵 han6 zi6/3 a1 beng1 充員兵相對比。

老歹命[lau3 painn1 mia6; lau3 phainn1 mia7] 老年人失
　　去親人, 金錢或健康而命運可憐。

老先覺[lau3 sen6 gak5; lau3 sian7 kak4] 有先見之明的
　　老人, 鬼精靈的人。

老身的[lau3 sin1 e1; lau3 sin1 e1] 老人自稱。

老症頭[lau3 zeng4 tau2; lau3 tsing2 thau5] 老毛病, 長
　　年病, 有作老毛病 lau3 mo6 benn6/lau3 mo3
　　binn6。

老神在在[lau3 sin2 zai3 zai6; lau3 sin5 tsai3 tsai7] 穩重
　　如泰山, 不為所動。

老猴挑致激[lau3 gau2 tiau6 di4 gek5; lau3 kau5 thiau7
　　ti2 kik4] 有隻聰明過人的老猴子, 故意去做讓人
　　生氣的動作或表情, 喻明知故犯。

鬧 **[lau6; lau7]** Unicode: 9B27, 台語字: lau
　　[lau6, nau6; lau7, nau7] 熱鬧, 恭賀

鬧台[nau3 dai2; nau3 tai5] 歌仔戲上戲前來一場鬧台
　　曲。

鬧熱[lau3 jet1/let1; lau3 jiat8/liat8] 熱鬧, 加以祝賀, 恭
　　賀。

逗鬧熱[dau4 lau3 jet1/let1; tau2 lau3 jiat8/liat8] 湊熱鬧,

台語字:	獅 saif	牛 quw	豹 bax	虎 hoy	鴨 ah	象 ciunn	鹿 lokf
通用拼音:	獅 sai1	牛 qu2	豹 ba3	虎 ho4	鴨 ah5	象 ciunn6	鹿 lok1
北京語:	山 san1	明 meng2	水 sue3	秀 sior4	的 dorh5	中 diong6	壢 lek1
普通話:	山 san1	明 meng2	水 sue3	秀 sior4	的 dorh0	中 diong6	壢 lek1

有作逗老熱 dau4 lau3 jet1/let1。

迎鬧熱[qia6/qia3 lau3 jet1; gia7/gia3 lau3 jiat8] 參拜民俗祭典的迎神隊伍。

逛鬧熱[qiann6/qiann3 lau3 jet1; ngia7/ngia3 lau3 jiat8] 走向民俗祭典的迎神隊伍。

鬧熱滾滾[lau3 jet5 gun1 gun4; lau3 jiat4 kun1 kun2] 非常熱鬧。

le

咧 [le1; le1] Unicode: 54A7, 台語字: lef
[le1, le3, leh5; le1, le3, leh4] 啊,正在,相關字哴 de1 在

佇咧[di3 le1; ti3 le1] 正好在做..., 例詞佇咧開會 di3 le1 kui6 hue6 正在開會中;您佇公司咧打電腦 in6 di3 gong6 si1 le1 pah1 den3 nau4/no4 他們正好在公司打電腦。

當咧[dng6 le1; tng7 le1] 正當頭, 正好在做..., 例詞當咧打電腦 dng6 le1 pah1 den3 nau4/no4 剛剛好在打電腦。

好咧仔[hor1 le1 a4; ho1 le1 a2] 小心地。

汝咧創啥物[li1 le1 cong4 siann1 mih1; li1 le1 tshong2 siann1 mih8] 你在幹什麼事?。

犂 [le2; le5] Unicode: 7281, 台語字: lew
[le2; le5] 耕田的犂具

張犂[diunn6 le2; tiunn7 le5] 準備犂具去犂田, 例詞去呂宋張犂 ki4 li3 song3 diunn6 le2 去當乞丐。

一張犂[zit5 dionn6/diunn6 le2; tsit4 tionn7/tiunn7 le5] 荷蘭人治台時, 以一張犂具, 一天內, 所能耕作的五甲田地為一張犂, 引申為地名。

有牛無犂[u3 gu2 vor6/vor3 le2; u3 ku5 bo7/bo3 le5] 正如有才華洋溢, 但沒機會來表現, 喻有志難伸。

螺 [le2; le5] Unicode: 87BA, 台語字: lew
[le2, lo6; le5, loo7] 螺紋狀之貝類,鳴笛,相關字朡 le2 人類手指的螺旋形指紋

吥螺[bun6/bun3 le2; pun7/pun3 le5] 吹法螺, 引申講大話, 不足信, 有作歕螺 bun6/3 le2。

歕螺[bun6/bun3 le2; pun7/pun3 le5] 吹法螺, 引申講大話, 不足信, 有作吥螺 bun6/3 le2。

田螺[can6/can3 le2; tshan7/tshan3 le5] 螺旋形的貝殼類, 尤指野生的淡水田螺貝。

海螺[hai1 le2; hai1 le5] 海中的貝螺類之總稱。

法螺[huat1 le2; huat8 le5] 以螺貝之殼做成之螺笛, 可吹出聲號, 常為道士或司公所吹用。

露螺[lo3 le2; loo3 le5] 蝸牛。

西螺[sai6 le2; sai7 le5] 地名, 雲林縣西螺鎮, 在濁水溪之南。

嘽水螺[dan6/dan3 zui1 le2; tan7/tan3 tsui1 le5] 警鈴大作, 空襲警報。

奶 [le4; le2] Unicode: 5976, 台語字: ley
[le4, leng1, lin1, nai4, ne1, ni1; le2, ling1, lin1, nai2, ne1, ni1] 母親,代用字

娘奶[nio6/niu3 le4; -/niu3 le2] 母親。

好娘奶[hor1 nio6/niu3 le4; ho1 -/niu3 le2] 品德好的母親, 喻好的母親, 就有個好女兒, 可挑來做媳婦, 例詞做田看田底, 娶新婦揀娘奶 zor4 can2 kuann4 can6/3 de4 cua3 sin6 bu6 geng1 niu6 le4 要買一塊田地來耕作, 要先看此田地是否肥沃;要為兒子娶媳婦之前, 要先看看她的母親是否為賢妻良母。

罵 [le4; le2] Unicode: 8A48, 台語字: ley
[le4, lue4; le2, lue2] 罵,女人咒罵他人,相關字呈 kue3 停靠,放置

罵呟[le1 kut1; le1 khut8] 又罵又詛, 女人用語。

千人罵 眾人呟[ceng6 lang6 le4 zeng4 lang6 kut1/ceng6 lang3 le4 zeng4 lang3 kut1; tshing7 lang7 le2 tsing2 lang7 khut8/tshing7 lang3 le2 tsing2 lang3 khut8] 被千萬人所詛咒, 為眾人所辱罵不齒。

禮 [le4; le2] Unicode: 79AE, 台語字: ley
[lai3, le4; lai3, le2]

答禮[dap1 le4; tap8 le2] 回敬, 回禮。

嘉禮[ga6 le4; ka7 le2] 傀儡, 例詞嘉禮戲 ga6 le1 hi3 傀儡戲;嘉禮政權 ga6 le1 zeng4 kuan2 傀儡政府。

牲禮[seng6 le4; sing7 le2] 拜祭用的三牲禮品, 一般用雞肉, 豬肉及魚肉。

禮拜[le1 bai3; le1 pai3] 拜拜神明, 到教堂做禮拜, 一星期, 星期天, 例詞二禮拜 nng3 le1 bai3 二星期;禮拜五 le1 bai4 qo6 星期五。

禮數[le1 so3; le1 soo3] 禮節, 禮貌, 禮金, 禮品, 例詞厚禮數 gau3 le1 so3 多禮, 不必要的禮貌, 禮多人要怪。

中人禮[diong6 lang6/lang3 le4; tiong7 lang7/lang3 le2] 仲介服務費。

媒人禮[muai6 lang6 le4/hm3 lang3 le4; muai7 lang7 le2/hm3 lang3 le2] 答謝媒婆的禮金。

例 [le6; le7] Unicode: 4F8B, 台語字: le
[le6; le7]

舊例無滅 新例無設[gu3 le6 vor6 vet1 sin6 le6 vor6 set5/gu3 le6 vor3 vet1 sin6 le6 vor3 set5; ku3 le7 bo7 biat8 sin7 le7 bo7 siat4/ku3 le7 bo3 biat8 sin7 le7 bo3 siat4] 舊例還在, 就應該依照往例, 不可自定新例。

lek

勒 [lek1; lik8] Unicode: 52D2, 台語字: lekf
[lek1; lik8] 命令

彌勒佛[mi1 lek5 hut1; mi1 lik4 hut8] 佛教的佛名。

栗 [lek1; lik8] Unicode: 6817, 台語字: lekf
[lat1, lek1; lat8, lik8] 地名,相關字粟 cek5 稻米; 票 pior3 券,鈔

苗栗[miau6/miau3 lek1; miau7/miau3 lik8] 地名, 苗栗縣, 苗栗市。原為平埔族社名麻里 va6 li4, 客家人於 1748 年開墾之, 稱為貓里 va6 li4, 意為石虎

台語字:	獅 saif	牛 quw	豹 bax	虎 hoy	鴨 ah	象 ciunn	鹿 lokf
通用拼音:	獅 sai1	牛 qu2	豹 ba3	虎 ho4	鴨 ah5	象 ciunn6	鹿 lok1
北京語:	山 san1	明 meng2	水 sue3	秀 sior4	的 dorh5	中 diong6	壢 lek1
普通話:	山 san1	明 meng2	水 sue3	秀 sior4	的 dorh0	中 diong6	壢 lek1

之鄉，在 1886 年改名苗栗 miau6/miau3 lek1。

len

聯 **[len2; lian5]** Unicode: 806F，台語字: lenw
[len2; lian5] 聯合,輓幛
門聯[vng6/vng3 len2; bng7/bng3 lian5] 春聯。
聯軸[len6/len3 dek1; lian7/lian3 tik8] 輓幛，同弔軸 diau4 dek1。
聯發[len6/len3 huat5; lian7/lian3 huat4] 公司廠商名稱，意為事業連續地發展下去。
聯誼[len6/len3 qi2; lian7/lian3 gi5] 聯絡感情，交誼。
四句聯[si4 gu4 len2; si2 ku2 lian5] 由四句詞組成的詩句，有押韻，盛行於台灣。

鰱 **[len2; lian5]** Unicode: 9C31，台語字: lenw
[len2; lian5] 魚名,相關詞花嗹魚 hue6 len6 hi2 鯖魚
大頭鰱[dua3 tau6/tau3 len2; tua3 thau7/thau3 lian5] 台灣本土的鰱魚，有作鰱仔魚 len6/3 a1 hi2。
鹹鰱魚[giam6 len6 hi2/giam3 len3 hi2; kiam7 lian7 hi5/kiam3 lian3 hi5] 鹽漬的日本紅鮭魚，有作鹹紅鰱 giam6 ang6/3 len2。
鰱魚頭 鮐魚喉[len6 hi6 tau2 dai3 hi6 au2/len3 hi3 tau2 dai3 hi3 au2; lian7 hi7 thau5 tai3 hi7 au5/lian3 hi3 thau5 tai3 hi3 au5] 鰱魚的頭部及鮐魚的喉部，都是最好吃的魚品，引申為精華。

踚 **[len3; lian3]** Unicode: 8E1A，台語字: lenx
[len3, lin3; lian3, lin3] 一圈,滾,滾動,同輾 len3,代用字,原義為行走
踚轉[len4 dng4; lian2 tng2] 翻轉過來，轉動，相關詞譴囀 len4 dng4 講得很流利，話說得很溜。
反踚轉[beng1 len1/len4 dng4; ping1 lian1/lian2 tng2] 翻轉過來，同翻輾返 huan6 len4 dng4 翻轉回來。

臉 **[len4; lian2]** Unicode: 81C9，台語字: leny
[len4, qen4; lian2, gian2] 臉部,情面
小鄙臉[siau1 pi1 len4/qen4; siau1 phi1 lian2/gian2] 吝嗇又貪小便宜的人。

leng

龍 **[leng2; ling5]** Unicode: 9F8D，台語字: lengw
[lang2, leng2, liong2, qeng2; lang5, ling5, liong5, ging5] 姓,動物名
護龍[ho3 leng2; hoo3 ling5] 三合院的左右廂房。
弄龍[lang3 leng2/liong2; lang3 ling5/liong5] 舞龍舞獅。
掠龍[liah5 leng2/liong2; liah4 ling5/liong5] 按摩，例詞掠龍的 liah5 leng2/liong2 e3 按摩師。
五龍[qo1 liong2/leng2; goo1 liong5/ling5] 生肖中，龍屬第五。
山龍[suann6 leng2; suann7 ling5] 地脈。
水龍[zui1 leng2; tsui1 ling5] 消防的水流。
龍囝[leng6/leng3 giann4; ling7/ling3 kiann2] 在辰年出生者的生肖為龍，稱呼為龍子。
龍虎[liong6/leng6 ho4; liong7/ling7 hoo2] 龍與虎。
龍鳳[liong6/leng3 hong3; liong7/ling3 hong3] 。
龍岩[leng6 na2; ling7 na5] 地名，在雲林縣褒忠鄉田洋村。
龍眼[leng6 qeng4/qeng3 geng4; ling7 ging2/ging3 king2] 龍眼樹及其果實，例詞龍眼干 leng6/qeng3 qeng1 guann1 龍眼乾;龍眼干茶 leng6/qeng3 qeng1 guann6 de2 桂圓茶，龍眼乾茶。
龍銀[leng6/leng3 qin2; ling7/ling3 gin5] 銀元，龍銀硬幣。
龍船[leng6/leng3 zun2; ling7/ling3 tsun5] 五月的龍舟。
海龍王[hai1 leng6/leng3 ong2; hai1 ling7/ling3 ong5] 海底世界的君王或龍頭老大，例詞海龍王辭水 hai1 leng6/3 ong2 si3 zui4 假客氣。
飛龍機[hue6 leng6 gi1; hue7 ling7 ki1] 飛機的本土舊名稱，有作飛行機 hui6 heng6/3 gi1，係日語詞飛行機 hikoki 飛機。
生鼻龍[senn6 pinn3 liong2/leng2; senn7 phinn3 liong5/ling5] 得了鼻竇炎，以致鼻涕雙流，像二條蟲。
水龍車[zui1 leng3 cia1; tsui1 ling3 tshia1] 消防車。
龍絞水[leng2 ga1 zui4; ling5 ka1 tsui2] 龍捲風把水捲上了天。
龍鳳爿[leng6/leng3 hong3 beng2; ling7/ling3 hong3 ping5] 龍爿是左邊，為大邊;鳳爿是右邊，為小邊，又稱大細爿 dua3 se4 beng2，即左右邊。
龍鳳配[leng6/leng3 hong3 pue3; ling7/ling3 hong3 phue3] 美滿的婚姻匹配。
一尾活龍[zit5 vue1/ve1 uah5 leng2; tsit4 bue1/be1 uah4 ling5] 一條活生生的好漢，活似一條勇壯的大龍。
龍爭虎鬥[leng6/leng3 zeng1 ho1 dau3; ling7/ling3 tsing1 hoo1 tau3] 生死存亡之鬥。
勇佮若龍咧[iong1 gah1 na1 leng2 le3; iong1 kah8 na1 ling5 le3] 活似一條勇壯的大龍。
用竹篙　麥龍眼[iong3 dek1 gor1 ta4 leng6/leng3 qeng4; iong3 tik8 ko1 tha2 ling7/ling3 ging2] 拿長竹竿來打龍眼下來。

liah

掠 **[liah1; liah8]** Unicode: 63A0，台語字: liahf
[liah1, liak1, liok1; liah8, liak8, liok8] 捕捉,強抓,整理,找出
掠龜走鱉[liah5 gu1 zau1 bih5; liah4 ku1 tsau1 pih4] 抓到了一隻龜，卻失去了一隻鱉，喻得不償失。

扐 **[liah5; liah4]** Unicode: 6250，台語字: liah
[li3, liah5; li3, liah4] 撕破,代用字,有作摘 liah5. 相關字撕 su1 撕掉,撕毀
扐破[liah1 pua3; liah8 phua3] 撕破。

台語字:	獅 saif	牛 quw	豹 bax	虎 hoy	鴨 ah	象 ciunn	鹿 lokf
通用拼音:	獅 sai1	牛 qu2	豹 ba3	虎 ho4	鴨 ah5	象 ciunn6	鹿 lok1
北京語:	山 san1	明 meng2	水 sue3	秀 sior4	的 dorh5	中 diong6	壢 lek1
普通話:	山 san1	明 meng2	水 sue3	秀 sior4	的 dorh0	中 diong6	壢 lek1

扐開[liah1/li3 kui1; liah8/li3 khui1] 撕開。
扐破面底皮[liah1/li4 pua4 vin3 de1 pue6; liah8/li2 phua2 bin3 te1 phue7] 撕破臉，揭發對方的底細或醜聞。

liam

臨 **[liam2; liam5]** Unicode: 81E8, 台語字: liamw
[liam2, lim2; liam5, lim5] 片刻,馬上,臨時
臨彌[liam6/liam3 mi1; liam7/liam3 mi1] 片刻的時間，立刻，立即，係代用詞，有作念彌 liam6 minn1，例詞伊會臨彌來 i6 e3 liam6/3 minn6 lai2 一片刻後，他就會來到這裡。

liap

粒 **[liap1; liap8]** Unicode: 7C92, 台語字: liapf
[liap1; liap8] 顆,粒,瘡,積蓄,頂尖的
粒積[liap5 zek5; liap4 tsik4] 積蓄，經營事業，例詞三代粒積，一代開空 sann6 dai3 liap5 zek5 zit5 dai3 kai6 kang1 三代辛苦經營，留傳的事業及積蓄，卻在不肖的一代的手中，揮霍無度，而毀於一旦。
粒私奇[liap5 sai6 kia1; liap4 sai7 khia1] 慢慢地存積私房錢。

liau

絛 **[liau1; liau1]** Unicode: 7D5B, 台語字: liauf
[liau1; liau1] 絲縷,狹長的,有作縷 liau2
長絛[dng6/dng3 liau1; tng7/tng3 liau1] 狹長的。
阨絛[eh5/ueh5 liau1; eh4/ueh4 liau1] 狹長的布，例詞阨絛布 eh5/ueh5 liau6 bo3 狹長形的布條。

遶 **[liau2; liau5]** Unicode: 9076, 台語字: liauw
[jiau2, liau2; jiau5, liau5] 繞境
遶境[jiau6/liau3 geng4; jiau7/liau3 king2] 廟宇推出神明及其坐轎，到各地繞境，廣被神威，例詞媽祖遶境 ma1 zor4 liau6/jiau3 geng4 民間祭典時，媽祖廟會展示媽祖之神像，並推出坐轎，到各地繞境，以驅邪鎮惡，廣被神威。

lih

裂 **[lih1; lih8]** Unicode: 88C2, 台語字: lihf
[leh1, let1, lih1; leh8, liat8, lih8] 裂開
裂開[lih5 kui1; lih4 khui1] 裂開了。
走佮裂褲腳[zau1 gah1 lih5 ko4 ka1; tsau1 kah8 lih4 khoo2 kha1] 逃之夭夭，逃得太急，連褲管都裂開了。

lim

林 **[lim2; lim5]** Unicode: 6797, 台語字: limw
[lim2, lin3, na2; lim5, lin3, na5] 姓,山林,樹林
雲林縣[hun6 lim6 guan6; hun7 lim7 kuan7] 在台灣的中南部，嘉南平原中央。
林親家[lim6 cin6 ge1; lim7 tshin7 ke1] 林姓的親家。
林園鄉[lim6 hng6 hiang1; lim7 hng7 hiang1] 在高雄縣。
林家花園[lim6 ga1 hue6 hng2; lim7 ka1 hue7 hng5] 台北巨富林家的林本源園邸，在台北縣板橋市。

忍 **[lim4; lim2]** Unicode: 5FCD, 台語字: limy
[jim4, lim4, lun4; jim2, lim2, lun2] 凶殘
殘忍[zan6 jim4/zan3 lim4; tsan7 jim2/tsan3 lim2] 凶殘。
忍耐[lim1/jim1 nai6; lim1/jim1 nai7] 。
忍氣生財 激氣相刣[jim1 ki3 seng6 zai2 gek1 ki3 sior6 tai2; jim1 khi3 sing7 tsai5 kik8 khi3 sio7 thai5] 忍一口氣可以發財，刺激對方生氣，則會發生命案。

lin

玲 **[lin1; lin1]** Unicode: 73B2, 台語字: linf
[leng2, lin1; ling5, lin1] 搖鼓,圈圈,青綠
玲瓏[lin6 long1; lin7 long1] 手提式小搖鼓，常用來作招來客人，叫賣或賣雜貨之用，相關詞玲瓏 leng6/3 long2 美玉，優雅美麗。
嘩玲瓏[huah1 lin6 long1; huah8 lin7 long1] 沿街叫賣，拍賣，賣雜貨。
玲瓏踅[lin6 long6 seh1; lin7 long7 seh8] 四處遛轉，有作瓏瓏踅 long6 long6 seh1。

芢 **[lin2; lin5]** Unicode: 82A2, 台語字: linw
[jin2, lin2; jin5, lin5] 果子,種子,有作仁 lin2
飽芢[ba1 jin2/lin2; pa1 jin5/lin5] 果粒飽滿，有作飽仁 ba1 jin2/lin2。
腳肚芢[ka6 do1 lin2/jin2; kha7 too1 lin5/jin5] 腳的肌腱肉。
土豆芢[to6 dau3 lin2/to3 dau3 jin2; thoo7 tau3 lin5/thoo3 tau3 jin5] 花生果。

麟 **[lin2; lin5]** Unicode: 9E9F, 台語字: linw
[lin2; lin5] 動物名,麒麟
麒麟鹿[gi6 lin6 lok1/gi3 lin3 lok1; ki7 lin7 lok8/ki3 lin3 lok8] 動物名，長頸鹿。
麟洛鄉[lin6 lok5 hiang1; lin7 lok4 hiang1] 在屏東縣。

恁 **[lin4; lin2]** Unicode: 6041，台語字: liny
　　[lin4; lin2] 你們,有作您 lin4,單數為汝 li4

恁父[lin1 be6; lin1 pe7] 我自己, 我是你老爸, 本大爺,
　　但不是指你的父親, 係粗話, 有作您父 lin1 be6,
　　相關詞恁老父 lin1 lau3 be6 你們的爸爸, 例詞恁
　　父上大 lin1 be6 siong3 dua6 我自己最偉大, 但不
　　是說你父親最偉大。

恁厝[lin1 cu3; lin1 tshu3] 你們的家, 例詞恁厝佇佗位
　　lin1 dau1 di3 dor1 ui6 你們的家在那個方向？

恁娘[lin1 nia2; lin1 nia5] 你媽媽, 我是你老娘, 係粗話,
　　有作恁老母 lin1 lau3 vu4/vor4。

恁逐家[lin1 dak5 ge1; lin1 tak4 ke1] 你們, 你們大家,
　　你們大伙兒。

恁老父[lin1 lau3 be6; lin1 lau3 pe7] 你們的爸爸, 相關
　　詞恁父 lin1 be6 我是你老爸, 我自己, 本大爺, 但
　　不是指你的父親, 係粗話。

恁祖媽[zo1 ma4; tsoo1 ma2] 你的曾曾祖母, 女強人的
　　自稱, 老娘, 係罵人的粗話。

liong

狼 **[liong2; liong5]** Unicode: 72FC, 台語字: liongw
　　[liong2; liong5] 衰敗,落魄

狼狽[liong6/liong3 bue6; liong7/liong3 pue7] 邋遢, 窘
　　困, 衰敗, 落魄, 例詞好額人也會變佮即狼狽 hor1
　　qiah5 lang2 a3 e3 ben4 gah1 ziat1 liong6/3 bue6 富
　　家人卻變得如此窘困衰敗又落魄。

龍 **[liong2; liong5]** Unicode: 9F8D, 台語字: liongw
　　[lang2, leng2, liong2, qeng2; lang5, ling5, liong5,
　　ging5] 飛獸名,吉祥動物

龍崎鄉[liong6 gia3 hiang1; liong7 kia3 hiang1] 在台南
　　縣。

龍山寺[liong6/liong3 san6 si6; liong7/liong3 san7 si7] 全
　　台各地的龍山寺均奉祀觀世音菩薩, 以台北市艋
　　舺龍山寺及鹿港鎮龍山寺最著名。

龍潭鄉[liong6 tam6 hiang1; liong7 tham7 hiang1] 在桃
　　園縣。

龍井鄉[liong6 zenn1 hiang1; liong7 tsenn1 hiang1] 在台
　　中縣。

龍交龍　鳳交鳳　隱痀的交侗戇[liong2 gau6 liong2
　　hong6 gau6 hong6 un1 gu1 e1 gau6 dong4 qong6;
　　liong5 kau7 liong5 hong7 kau7 hong7 un1 ku1 e1
　　kau7 tong2 gong7] 上下流社會的人, 分別各自交
　　朋友;駝背的人找痴呆的人做朋友, 喻物以類聚。

兩 **[liong4; liong2]** Unicode: 5169, 台語字: liongy
　　[liang4, liong4, nio4, niunn4, nng6; liang2, liong2,
　　nio2, niunn2, nng7] 雙數

兩國論[liang1/liong1 gok1 lun6; liang1/liong1 kok8 lun7]
　　台灣與中國是特殊的國與國的關係, 1999 年李登
　　輝總統提出。

一國兩制[it1 gok5 liong1 ze3; it8 kok4 liong1 tse3] 中國
　　要台灣人民承認一個中國兩制的政治制度。

兩岸關係[liong1 qan6 guan6 he6/liang1 huann6 guan6

he6; liong1 gan7 kuan7 he7/liang1 huann7 kuan7
he7] 台灣與中國兩國的政治, 外交, 經濟及人民
的關係。

倆 **[liong4; liong2]** Unicode: 5006, 台語字: liongy
　　[liang4, liong4, niunn6; liang2, liong2, niunn7]

倆光[liong1/liang1 gong1; liong1/liang1 kong1] 想法不
　　十分靈光的, 呆呆的, 係南島語 longkong 劣等
　　品。

倆光師[liong1/liang1 gong6 sai1; liong1/liang1 kong7
　　sai1] 想法不十分靈光的, 呆呆的。

倆光倆光[liong1 gong6 liong1 gong1/liang1 gong6 liang1
　　gong1; liong1 kong7 liong1 kong1/liang1 kong7
　　liang1 kong1] 想法不十分靈光。

量 **[liong6; liong7]** Unicode: 91CF, 台語字: liong
　　[liong6, niunn2, niunn6; liong7, niunn5, niunn7] 重
　　量,有餘,度量,大約,討論,洽商

量較長[liong3 kah1 dng2; liong3 khah8 tng5] 留餘地,
　　留得長一點。

量大量小[liong3 dai3 liong3 siau4; liong3 tai3 liong3
　　siau2] 多少都可以。

有量　才有福[u3 liong6 ziah1 u3 hok5; u3 liong7 tsiah8
　　u3 hok4] 度量大的人, 有福了。

海水　不可斗量[hai1 zui1 but1 kor1 dau1 liong6; hai1
　　tsui1 put8 kho1 tau1 liong7] 海水的數量不可能用
　　小斗來度量, 喻人心難料。

諒 **[liong6; liong7]** Unicode: 8AD2, 台語字: liong
　　[liang6, liong6; liang7, liong7] 原諒,寬赦

寬諒[kuan6 liong6; khuan7 liong7] 原諒。

諒解[liong3 gai4; liong3 kai2] 。

諒情[liong3 zeng2; liong3 tsing5] 原諒, 寬赦, 例詞大
　　人嗳諒情囡仔 dua3 lang2 ai4 liong3 zeng6/3 qin1
　　a4 大人要原諒小孩子。

lior

剺 **[lior2; lio5]** Unicode: 34DF, 台語字: liorw
　　[lior2, pue1; lio5, phue1] 橫割,割下,代用字,相關
　　字剁 dok5 砍開,砍斷;刴 dok5 砍斷;列 leh1 剖
　　開,直割;剗 lan2 用刀直削;割 guah5 割除

剺油[lior6/lior3 iu2; lio7/lio3 iu5] 把脂肪收括下來。

剺耳仔[lior6 hinn3 a4; lio7 hinn3 a2] 割下耳朵。

剺起來[lio2 ki3 lai3; - khi3 lai3] 切割下來。

撩 **[lior2; lio5]** Unicode: 64A9, 台語字: liorw
　　[liau2, lior2; liau5, lio5] 把水上的浮物撈除

撩潘[lior6/lior3 am4; lio7/lio3 am2] 把米湯從稀飯中取
　　出。

撩油[lior6/lior3 iu2; lio7/lio3 iu5] 把水上的浮油撈除。

撩沫[lior6/lior3 pueh1; lio7/lio3 phueh8] 把泡沫從水湯
　　之上取出。

台語字:	獅 saif	牛 quw	豹 bax	虎 hoy	鴨 ah	象 ciunn	鹿 lokf
通用拼音:	獅 sai1	牛 qu2	豹 ba3	虎 ho4	鴨 ah5	象 ciunn6	鹿 lok1
北京語:	山 san1	明 meng2	水 sue3	秀 sior4	的 dorh5	中 diong6	壢 lek1
普通話:	山 san1	明 meng2	水 sue3	秀 sior4	的 dorh0	中 diong6	壢 lek1

lip

入 **[lip1; lip8]** Unicode: 5165, 台語字: lipf
　　[jip1, lip1; jip8, lip8] 進入

入教[jip5/lip5 gau3; jip4/lip4 kau3] 加入宗教團體, 改信基督教或天主教, 成為教徒。

入去[lip1/jip1 ki3; lip8/jip8 khi3] 進去。

入木[jip5/lip5 vok1; jip4/lip4 bok8] 入殮, 將死亡者的屍體移入棺材中。

立 **[lip1; lip8]** Unicode: 7ACB, 台語字: lipf
　　[lip1; lip8] 站起來,即將,同粒 liap1

立場[lip5 diunn2; lip4 tiunn5] 地位, 重點, 重心。

建立[gen4 lip5; kian2 lip4]

起立[ki1 lip1; khi1 lip8] 。

設立[set1 lip5; siat8 lip4] 。

一立[zit5 lip1; tsit4 lip8] 計算木材, 包裝體積, 汽油或液體的單位, 一尺的立方, 一立方尺, 有作一才 zit5 cai2。

自立[zu3 lip1; tsu3 lip8] 。

立案[lip5 an3; lip4 an3] 報備, 設立, 登計。

立冬[lip5 dang1; lip4 tang1] 。

lit

日 **[lit1; lit8]** Unicode: 65E5, 台語字: litf
　　[jit1, lit1; jit8, lit8] 日期

昨日[zorh5 jit1/lit1; tsoh4 jit8/lit8] 前天, 相關詞昨昉 za3 ng1 昨晚, 昨天;昨日 za3 jit1/lit1 昨天;華語昨日 zo2 ju4 昨天。

日時[jit1/lit1 si3; jit8/lit8 si3] 白天, 有作日時頭仔 jit5 si6 tau6 a4/lit5 si3 tau3 a4;日當時仔 jit5 dng6 si6/3 a4, 相關詞暝時 minn2 si3 夜晚。

日頭[jit5/lit5 tau2; jit4/lit4 thau5] 太陽。

日子[jit5/lit5 zi4; jit4/lit4 tsi2] 日子, 歲月。

大昨日[dua3 zorh5 jit1/lit1; tua3 tsoh4 jit8/lit8] 大前天, 三天前。

躼昨日[lor4 zorh5 jit1/lit1; lo2 tsoh4 jit8/lit8] 大前天, 四天前。

大躼昨日[dua3 lor4 zorh5 jit1/lit1; tua3 lo2 tsoh4 jit8/lit8] 大大前天, 五天前。

日頭宓山後[jit5/lit5 tau2 vih1 suann6 au6; jit4/lit4 thau5 bih8 suann7 au7] 太陽下沈而躲在山的後面, 夕陽西下。

liu

琉 **[liu2; liu5]** Unicode: 7409, 台語字: liuw
　　[liu2; liu5] 玻璃,地名

琉球[liu6/liu3 kiu2; liu7/liu3 khiu5] 地名, 舊日指台灣, 今指日本的琉球群島。

小琉球[sior1 liu6 kiu2; sio1 liu7 khiu5] 地名, 屏東縣琉球鄉。

琉球鄉[liu6 kiu6 hiang1; liu7 khiu7 hiang1] 地名, 在屏東縣。

柳 **[liu4; liu2]** Unicode: 67F3, 台語字: liuy
　　[liu4; liu2] 姓,樹名,色情行業

柳營鄉[liu1 iann6 hiang1; liu1 iann7 hiang1] 在台南縣。

王哥柳哥[ong2 gor3 liu4 gor3; ong5 ko3 liu2 ko3] 一胖一瘦的朋友, 引申不三不四的朋友。

lo

烙 **[lo1; loo1]** Unicode: 70D9, 台語字: lof
　　[lo1, lok1; loo1, lok8] 烤焦,酥,生活舒適,相關字叻 lor1 熱,貴;酥 so1 脆

烙去[lo1 ki3; loo1 khi3] 烤焦了, 例詞燒烙去 sior6 lo1 ki3 燒焦了;曝烙去 pak5 lo1 ki3 曬得又乾又脆。

烙烙[lo6 lo1; loo7 loo1] 烤焦, 烘烤得脆脆酥酥的。

烘予烙[hang6 ho6 lo1; hang7 hoo7 loo1] 要烤得又焦又脆。

火燒烙[hue1/he1 sior6 lo1; hue1/he1 sio7 loo1] 被火烤焦了。

烘予烙烙[hang6 ho6 lo6 lo1; hang7 hoo7 loo7 loo1] 烤成脆脆酥酥的。

火燒烙仔[hue1/he1 sior6 lo6 a4; hue1/he1 sio7 loo7 a2] 還沒燒完的剩餘的炭火, 引申便宜貨, 現成的, 例詞抾火燒烙仔 kiorh1 hue1/he1 sior6 lo6 a4 撿拾還沒燒完的剩餘炭火, 引申為撿便宜貨, 撿現成的。

油葱烙烙[iu6/iu3 cang1 lo6 lo1; iu7/iu3 tshang1 loo7 loo1] 炸油葱, 吃起來脆脆的。

油食餜烙烙[iu6 ziah5 gue4 lo6 lo1/iu3 ziah5 ge4 lo6 lo1; iu7 tsiah4 kue2 loo7 loo1/iu3 tsiah4 ke2 loo7 loo1] 油條酥酥脆脆。

盧 **[lo2; loo5]** Unicode: 76E7, 台語字: low
　　[lo2; loo5] 姓,人,流氓

盧僆[lo6/lo3 mua2; loo7/loo3 mua5] 流氓, 黑道人物, 代用詞.語出自落莽為寇, 相關詞鱸鰻 lo6/3 mua2 大鱸鰻, 魚名。

盧僆氣[lo6 mua6 kui3/lo3 mua3 kui3; loo7 mua7 khui3/loo3 mua3 khui3] 盧僆的氣概或模樣。

角頭盧僆[gak1 tau2 lo6/lo3 muann2; kak8 thau5 loo7/loo3 muann5] 各派系的黑道流氓, 老大, 流氓, 黑道人物, 代用詞。

愣 **[lo4; loo2]** Unicode: 61A6, 台語字: loy
　　[lo4; loo2] 生氣,後悔,感謝,差勁

氣愣[ki4 lo4; khi2 loo2] 惱怒, 有作愣氣 lo1 ki3。

愣腳[lo1 ka1; loo1 kha1] 能力差勁的人。

愣氣[lo1 ki3; loo1 khi3] 費神, 惹人生氣, 惱怒, 有作氣愣 ki4 lo4, 例詞趁愣氣 tan4 lo1 ki3 徒增費神, 多惹人生氣, 只增多惱怒;真愣氣 zin6 lo1 ki3 很氣

台語字:	獅 saif	牛 quw	豹 bax	虎 hoy	鴨 ah	象 ciunn	鹿 lokf
通用拼音:	獅 sai1	牛 qu2	豹 ba3	虎 ho4	鴨 ah5	象 ciunn6	鹿 lok1
北京語:	山 san1	明 meng2	水 sue3	秀 sior4	的 dorh5	中 diong6	壢 lek1
普通話:	山 san1	明 meng2	水 sue3	秀 sior4	的 dorh0	中 diong6	壢 lek1

人。

憥力[lo1 lat1; loo1 lat8] 感謝, 多謝, 謝謝, 勞神, 費神,
辛苦, 相關詞勞力 lor6/3 lek1 勞力, 努力, 操勞。

憥師[lo1 sai1; loo1 sai1] 能力差勁的人。

憥死[lo4 si3; loo2 si3] 煩死了, 你真煩人, 例詞憥死人
lo4 si3 lang3 煩死人了。

憥身憥命[lo1 sin6 lo1 mia6; loo1 sin7 loo1 mia7] 惱死
了, 你真惱人, 身心交瘁。

有是憥　無是苦[u6 si3 lo4 vor2 si3 ko4; u7 si3 loo2 bo5
si3 khoo2] 有了兒女或財產, 接著會有一大堆的麻
煩叫人操勞;如果什麼都沒有, 也會一生都痛苦而
終。

路 **[lo6; loo7]** Unicode: 8DEF, 台語字: lo
[lo6; loo7] 姓,道路,地方,某一類食物的總稱

低路[ge3 lo6; ke3 loo7] 差勁的。

縣路[guan6/guan3 lo6; kuan7/kuan3 loo7] 高招, 好程
度。

幼路[iu4 lo6; iu2 loo7] 精細的, 高品質。

五路[qonn1 lo6; ngoo1 loo7] 各地, 各處, 舊有中, 東,
西, 南及北等五路軍隊分駐各地。

路用[lo3 iong6; loo3 iong7] 用途, 用處, 例詞有路用
u3 lo3 iong6 有用途;無路用的腳數 vor6/3 lo3
iong6 ka1 siau3 沒有做事能力的人, 廢物一個。

路竹鄉[lo3 dek1 hiang1; loo3 tik8 hiang1] 在高雄縣, 原
名蕗竹 lo3 dek5 意蘆葦。

手路菜[cui1 lo3 cai3; tshui1 loo3 tshai3] 招牌菜。

路邊擔仔[lo3 binn6 dann4 a4; loo3 pinn7 tann2 a2] 路邊
小販的小攤。

路頭路尾[lo3 tau2 lo3 vue4/ve4; loo3 thau5 loo3
bue2/be2] 路上的任何一處, 小心點, 以免受了暗
算。

有一路取[u3 zit5 lo3 cu4; u3 tsit4 loo3 tshu2] 有可取之
處, 有作有一步取 u3 zit5 bo3 cu4。

歹路不捅行[painn1 lo6 m3 tang6 giann2; phainn1 loo7
m3 thang7 kiann5] 不要走上絕路。

路遙知馬力　日久見人心[lo3 iau2 di6 ma1 lek1 jit5 gu4
ginn4 jin6/lin3 sim1; loo3 iau5 ti7 ma1 lik8 jit4 ku2
kinn2 jin7/lin3 sim1] 走過遠路程, 就知道馬匹的
耐力如何;相處久了, 就知道對方居心何在。

蕗 **[lo6; loo7]** Unicode: 8557, 台語字: lo
[lo6; loo7]

蕗蕎[lo3 qior6; loo3 gio7] 百合科植物, 浸漬的蕗蕎。

蕗蕎面[lo3 qior3 vin6; loo3 gio3 bin7] 鐵臉孔, 厚臉皮
的人。

蒜仔假蕗蕎[suan1 a4 ge1 lo3 qior6; suan1 a2 ke1 loo3
gio7] 乾大蒜與蕗蕎很相似, 常會混淆不清, 喻以
假亂真, 魚目混珠。

食蒜仔　吐蕗蕎[ziah5 suan1 a4 to4 lo3 qior6; tsiah4
suan1 a2 thoo2 loo3 gio7] 吃大蒜就可能吐出蕗蕎,
拿人一斤, 要還人十六兩, 喻種瓜得瓜。

露 **[lo6; loo7]** Unicode: 9732, 台語字: lo
[lo6; loo7] 水珠,恩澤,透露,精華液體

一枝草　一點露[zit5 gi6 cau4 zit5 diam1 lo6; tsit4 ki7
tshau2 tsit4 tiam1 loo7] 上天施下恩澤於萬物, 連
一枝小草, 上天也會給它一滴露水, 養育它, 喻天

無絕人之路。

花食露水　人食嘴水[hue1 ziah5 lo3 zui4 lang2 ziah5
cui4 sui4; hue1 tsiah4 loo3 tsui2 lang5 tsiah4 tshui2
sui2] 花要靠露水才能存活, 人要靠口才與人溝通,
才能立足於社會。

lok

落 **[lok1; lok8]** Unicode: 843D, 台語字: lokf
[lak5, lau3, lauh1, lok1, lorh1; lak4, lau3, lauh8,
lok8, loh8]

落花生[lok5 hua6 seng1; lok4 hua7 sing1] 土豆, 花生
米, 係日語詞落花生 lakasei, 因先開花結果, 再鑽
入土中,生長成果結仁。

鹿 **[lok1; lok8]** Unicode: 9E7F, 台語字: lokf
[lok1; lok8] 動物名

沙鹿[sua6 lok1; sua7 lok8] 在台中縣, 舊地名沙轆 sua6
lok1。

鹿仔港[lok5 a1 gang4; lok4 a1 kang2] 地名, 今彰化縣
鹿港鎮, 荷蘭人以此地為輸出鹿皮之中心。

鹿港鎮[lok5 gang1 din3; lok4 kang1 tin3] 在彰化縣, 原
名鹿仔港 lok5 a1 gang4。

鹿草鄉[lok5 cor1 hiang1; lok4 tsho1 hiang1] 在嘉義
縣。

鹿野鄉[lok5 ia1 hiang1; lok4 ia1 hiang1] 在台東縣。

鹿谷鄉[lok5 gok1 hiang1; lok4 kok8 hiang1] 在南投
縣。

滬 **[lok5; lok4]** Unicode: 6F09, 台語字: lok
[lok5; lok4] 朽腐,濕答答

膒滬[au4 lok5; au2 lok4] 朽腐。

烏滬木[o6 lok1 vok1; oo7 lok8 bok8] 樹名, 黃連木, 其
樹幹中心為空心, 木質鬆爛, 商業價值低, 有作滬
髓仔柴 lok1 cue1 a1 ca2, 例詞烏滬木製 o6 lok1
vok5 ze3 粗製濫造, 亂七八糟, 胡作非為, 用烏滬
木 o6 lok1 vok1 木材製造的劣質品, 常誤作烏魯
木齊 o6 lo1 vok5 ze3 中國新疆省迪化市.台灣與
新疆陸海隔絕萬里, 數百年來, 不曾交通, 何來烏
魯木齊? 音誤也。

lor

羅 **[lor2; lo5]** Unicode: 7F85, 台語字: lorw
[lor2; lo5] 姓

諸羅山[zu6 lor6 san1; tsu7 lo7 san1] 地名, 今嘉義縣之
古名, 是平埔洪雅族諸羅山社之社名的漢字音譯,
與山無關。

羅東鎮[lor6 dong6 din3; lo7 tong7 tin3] 在宜蘭縣。

躼 **[lor3; lo3]** Unicode: 8EBC, 台語字: lorx
[lior3, lor3; lio3, lo3] 身材很高

台語字:	獅 saif	牛 quw	豹 bax	虎 hoy	鴨 ah	象 ciunn	鹿 lokf
通用拼音:	獅 sai1	牛 qu2	豹 ba3	虎 ho4	鴨 ah5	象 ciunn6	鹿 lok1
北京語:	山 san1	明 meng2	水 sue3	秀 sior4	的 dorh5	中 diong6	壢 lek1
普通話:	山 san1	明 meng2	水 sue3	秀 sior4	的 dorh0	中 diong6	壢 lek1

佬　**[lor4; lo2]** Unicode: 4F6C, 台語字: lory
　　[lau4, lor4; lau2, lo2] 男子

賀佬人[horh5 lor1 lang2; hoh4 lo1 lang5] 台灣人, 清國
　　治台及日本治台時, 統稱說台灣話的人為荷佬人
　　hor3 lor1 lang2, 但在 1945 年, 中國人來台之後,
　　才有作福佬人 hok1 lor1 lang2, 或作河洛人
　　hor6/3 lok5 lang2, 足見福佬人及河洛人二詞, 於史
　　無根据, 此係由外省人吳槐於 1949 年, 在台北文
　　獻撰文, 訛指台語是中國黃河及洛水之唐代古語
　　河洛話 hor6/3 lok5 ue6.荷蘭人稱台灣人為荷佬人,
　　係取"Formosa 佬"的音譯, 與台灣漢人是否來自中
　　國之河洛地區無關, 宜稱為荷佬人 hor3 lor1
　　lang2, 或賀佬人 hor3 lor1 lang2, 方為正確, 因鶴
　　佬人 horh5 lor1 lang2, 河洛人 hor6/3 lok5 lang2,
　　福佬人 hok1 lor1 lang2 音皆有誤。
荷佬話[hor3 lor1 ue6; ho3 lo1 ue7] 台灣話, 清國治台及
　　日本治台時, 統稱台灣話為荷佬話。
鶴佬話[horh5 lor1 ue6; hoh4 lo1 ue7] 台灣話, 宜稱為賀
　　佬話 hor3 lor1 ue6, 荷佬話 hor3 lor1 ue6, 或
　　Formosa 話, 方為正確, 因鶴佬話 horh5 lor1 ue6,
　　福佬話 hok1 lor1 ue6, 或作河洛話 hor6/3 lok5
　　ue6 音有誤。

咾　**[lor4; lo2]** Unicode: 54BE, 台語字: lory
　　[lor4; lo2] 聲音,音詞.集韻:音老,聲也

謳咾[or6 lor4; o7 lo2] 稱讚, 讚美。
謳咾佮觸舌[or6 lor1 gah1 dak1 zih1; o7 lo1 kah8 tak8
　　tsih8] 非常讚美。

栳　**[lor4; lo2]** Unicode: 6833, 台語字: lory
　　[lor4; lo2] 樹木名,樟腦

樟栳[ziunn6 lor4; tsiunn7 lo2] 樟腦油, 樟腦丸, 樟樹,
　　有作樟腦 ziunn6 lor4。

lorh

落　**[lorh1; loh8]** Unicode: 843D, 台語字: lorhf
　　[lak5, lau3, lauh1, lok1, lorh1; lak4, lau3, lauh8,
　　lok8, loh8] 去,往南

落注[lorh5 du3; loh4 tu3] 下賭注, 例詞落五注樂透彩
　　he3 qo3 du4 lok5 tau4 cai4 買了五張的公益彩券樂
　　透彩。
落軟[lorh5 nng4; loh4 nng2] 態度軟化, 例詞做老母的,
　　落軟啊 zor4 lau3 vu4 e3, lorh5 nng4 a3 母親的態
　　度, 終於軟化了。
落肉[lorh5 vah5; loh4 bah4] 瘦了一身肉, 例詞錢大把,
　　人落肉 zinn4 dua3 be4, lang2 lorh5 vah5 為了賺大
　　把鈔票, 卻瘦了一身肉。
落眠[lorh5 vin2; loh4 bin5] 睡得很熟, 熟睡了, 例詞睏
　　落眠 kun4 lorh5 vin2 睡得很熟, 熟睡了。
押落底[ah1 lorh5 de4; ah8 loh4 te2] 強制壓迫, 使其不
　　敢反抗。
放落心[bang4 lorh5 sim1; pang2 loh4 sim1] 放心。
落土時[lorh5 to6/to3 si2; loh4 thoo7/thoo3 si5] 出生的生
　　辰八字。

lua

賴　**[lua6; lua7]** Unicode: 8CF4, 台語字: lua
　　[lai6, lua6, nai6; lai7, lua7, nai7] 姓,誣賴

帶賴[dai4 lua6; tai2 lua7] 歸咎於他人, 同牽拖 kan6
　　tua1 歸咎於他人, 例詞㑚曉駕船, 帶賴溪陀 ve3
　　hiau1 sai1 zun2 dai4 lua3 ke1 eh1/vue3 hiau1 sai1
　　zun2 dai4 lua3 kue1 ueh1 不會開船, 責怪溪過狹;
　　㑚生查甫囝, 帶賴風水 ve3 senn6 za6 bo6 giann4,
　　dai4 lua6 hong6 sui4/vue3 sinn6 da6 bo6 giann4,
　　dai4 lua3 hong6 sui4 家中不添丁, 怪風水不好。
哭賴[kau4 lua6; khau2 lua7] 硬是要纏賴著他人不放,
　　有作哭賴人 kau4 lua6 lang6。

luah

熱　**[luah1; luah8]** Unicode: 71B1, 台語字: luahf
　　[jet1, juah1, let1, luah1; jiat8, juah8, liat8, luah8]
　　熱,有作辣 luah1/juah1

歇熱[hiorh1 luah1; hioh8 luah8] 放暑假。
燒熱[sior6 luah1; sio7 luah8] 天氣由冷變成溫熱。
熱眼[luah5 lang3; luah4 lang3] 夏天, 有作熱天 luah5
　　tinn1, 相關詞洞眼 guann2 lang3 冬天。
熱天[luah5 tinn1; luah4 thinn1] 夏天, 有作熱眼 luah1
　　lang3, 相關詞洞眼 guann2 lang3 冬天。

lun

崙　**[lun6; lun7]** Unicode: 5D19, 台語字: lun
　　[lun2, lun6; lun5, lun7] 土堆,地名

朱厝崙[zu6 cu4 lun6; tsu7 tshu2 lun7] 地名, 在今台北
　　市八德路二段。
崙背鄉[lun3 bue4 hiong1; lun3 pue2 hiong1]雲林縣。

閏　**[lun6; lun7]** Unicode: 958F, 台語字: lun
　　[jun6, lun6; jun7, lun7]

閏年[lun3 ni2; lun3 ni5] 陽曆四年一閏, 二月份多一天,
　　成為二十九天。
閏月[lun3 queh1/qeh1; lun3 gueh8/geh8] 陰曆三年一閏,
　　多一個月;五年二閏, 多二個月;十九年七閏, 多七
　　個月。
無米兼閏月[vor6 vi4 giam6 lun3 queh1/vor3 vi4 giam6
　　lun3 qeh1; bo7 bi2 kiam7 lun3 gueh8/bo3 bi2 kiam7
　　lun3 geh8] 存糧不多, 又遇到閏年, 收獲五穀須再
　　多等一個月, 才能收穫, 喻多事之秋, 屋漏又逢連
　　夜雨。
三年一閏　好歹照輪[sann6 ni2 zit5 lun6/jun6 hor1
　　painn4 ziau4 lun2; sann7 ni5 tsit4 lun7/jun7 ho1
　　phainn2 tsiau2 lun5] 陰曆每三年一閏, 多出一個
　　月, 喻風水輪流轉, 十年河東, 十年河西。

台語字:	獅 saif	牛 quw	豹 bax	虎 hoy	鴨 ah	象 ciunn	鹿 lokf
通用拼音:	獅 sai1	牛 qu2	豹 ba3	虎 ho4	鴨 ah5	象 ciunn6	鹿 lok1
北京語:	山 san1	明 meng2	水 sue3	秀 sior4	的 dorh5	中 diong6	壢 lek1
普通話:	山 san1	明 meng2	水 sue3	秀 sior4	的 dorh0	中 diong6	壢 lek1

台灣精神詞典
iJiden, the Formosan Dictionary
of the Taiwan Spirit
台語 KK 音標、台羅拼音對照版

部首 m；m

m

莓 [m2; m5] Unicode: 8393, 台語字: mw
[m2, mue2, vue2; m5, mue5, bue5] 樹莓的果實
樹莓[ciu3 m2; tshiu3 m5] 樹莓的果實。
莓仔乾[m6/m3 a1 guann1; m7/m3 a1 kuann1] 鹹的梅子乾。

姆 [m4; m2] Unicode: 59C6, 台語字: my
[m4; m2] 伯母,丈母娘,親家母
阿姆[a6 m4; a7 m2] 伯母, 尊稱中年女長輩, 例詞老阿姆 lau3 a6 m4 尊稱老年女長輩。
親姆[cenn6/cinn6 m4; tshenn7/tshinn7 m2] 親家母。
丈姆[diunn3/dionn3 m4; tiunn3/tionn3 m2] 丈母娘。
親家親姆[cin6 ge6 cenn1/cinn6 m4; tshin7 ke7 tshenn1/tshinn7 m2] 親家及親家母。

毋 [m6; m7] Unicode: 6BCB, 台語字: m
[m6, vu6; m7, bu7] 不,不是,不可,不好,嗎?,相關字不 but5 不要;勿 mai3 不要;甮 mai3;侎 ve6/vue6 不可以,不會
毋捌[m3 bat5; m3 pat4] 不曾經有過, 不認識, 不知道, 分辨不清楚, 例詞毋捌字 m3 bat1 ji6 毋認識字;佪毋捌汝 in6 m3 bat1 li4 他們不認識你;我毋捌害人 qua1 m3 bat1 hai6 lang6 我不曾經害過別人;毋捌芋仔蕃薯 m3 bat1 o6/3 a1 hang6 zi2 分辨不出台灣人或是外省人, 笑別人是笨蛋。
毋值[m3 dat1; m3 tat8] 不值得, 例詞飼囝不孝, 父母真毋值 ci3 giann4 but1 hau3, be3 vu4 zin6 m3 dat1 養育了不孝的子女, 作父母真不值得。
毋甘[m3 gam1; m3 kam1] 捨不得, 例詞毋甘食 m3 gam6 ziah1 捨不得花錢買食物來吃, 捨不得吃;毋甘穿 m3 gam6 ceng6 捨不得穿高價的衣服。
著毋著[diorh1 m3 diorh1; tioh8 m3 tioh8] 對不對?。
打毋見[pah1 m3 ginn3; phah8 m3 kinn3] 看不見。
無毋著[vor6/vor3 m3 diorh1; bo7/bo3 m3 tioh8] 沒錯, 正確。
毋值著[m3 dat5 diorh5; m3 tat4 tioh4] 不值得。
毋甘願[m3 gam6 quan6; m3 kam7 guan7] 不服氣, 不甘心, 心不甘, 嚥不下這一口氣。
毋惊死[m3 giann6 si4; m3 kiann7 si2] 不怕死, 有作不驚死 m3 giann6 si4。
毋認輸[m3 jin3/lin3 su1; m3 jin3/lin3 su1] 。
毋是款[m3 si3 kuan4; m3 si3 khuan2] 罵人不像樣。
毋知好歹[m3 zai6 hor1 painn4; m3 tsai7 ho1 phainn2] 不知好壞。

毋知死活[m3 zai6 si1 uah1; m3 tsai7 si1 uah8] 不知是死是活, 像七月半鴨子是等待宰殺的, 猶不知死活, 例詞七月半鴨仔, 毋知死活 cit1 queh5/qeh5 buann4 ah1 a4, m3 zai6 si1 uah5 七月半的鴨子是等待宰殺的, 但本身不會察覺到危機, 喻不知死活。
毋成囝仔[m3 ziann6/ziann3 qin1 a4; m3 tsiann7/tsiann3 gin1 a2] 小鬼頭。
毋捌字 佫兼無衛生[m3 bat1 ji6 gorh1 giam6 vor6 ue3 seng1/m3 bat1 li6 gorh1 giam6 vor3 ue3 seng1; m3 pat8 ji7 koh8 kiam7 bo7 ue3 sing1/m3 pat8 li7 koh8 kiam7 bo3 ue3 sing1] 取笑別人沒水準。

ma

麻 [ma2; ma5] Unicode: 9EBB, 台語字: maw
[ma2, mo2, mua2, va2; ma5, moo5, mua5, ba5] 麻煩
麻煩[ma6/ma3 huan2; ma7/ma3 huan5] 麻煩的事情。
尋麻煩[cue3 ma6 huan2/ce3 ma3 huan2; tshue3 ma7 huan5/tshe3 ma3 huan5] 找麻煩。
惹麻煩[jia1 ma6 huan2/lia1 ma3 huan2; jia1 ma7 huan5/lia1 ma3 huan5] 。

馬 [ma4; ma2] Unicode: 99AC, 台語字: may
[ma4, ve4; ma2, be2] 中國人之姓, 但台灣人之姓叫做馬 ve4,動物名
這馬[zit1 ma4; tsit8 ma2] 這一次, 現在, 相關詞今仔 zim1 a4 剛剛, 剛才, 例詞這馬的時代 zit1 ma4 e6 si6/3 dai6 現在的這個時代。
馬公市[ma1 geng6 ci6; ma1 king7 tshi7] 在澎湖縣, 原名媽宮 ma1 geng1。
馬西馬西[ma1 se6 ma1 se1; ma1 se7 ma1 se1] 頭暈眼花, 喝酒醉得很利害, 酒氣熏人。
路遙知馬力[lo3 iau2 di6 ma1 lek1; loo3 iau5 ti7 ma1 lik8] 走過遠路程, 就知道馬匹的耐力如何。

媽 [ma4; ma2] Unicode: 5ABD, 台語字: may
[ma4; ma2] 祖母,女神,女人,相關字嬤 vor4 母親;華語嬤 ma1 媽媽
阿媽[a6 ma4; a7 ma2] 祖母, 分為內媽 lai3 ma4 祖母;外媽 qua3 ma4 外祖母。
公媽[gong6 ma4; kong7 ma2] 祖父母, 先人, 祖先, 祖先的神主牌, 例一人一家代, 公媽隨人祀 zit5 lang2 zit5 ge6 dai6, gong6 ma4 sui6 lang6 cai6/zit5 lang2 zit5 ge6 dai6, gong6 ma4 sui3 lang3 cai6 兄弟分家產後, 各自把公媽牌位各自奉祀, 互不相干了。
外媽[qua3 ma4; gua3 ma2] 外祖母。
祖媽[zo1 ma4; tsoo1 ma2] 曾祖母, 係罵人的話, 有作您祖媽 lin1 zo1 ma4, 相關詞媽祖 ma1 zo4 女神。
媽宮[ma1 geng1; ma1 king1] 地名, 澎湖縣馬公市之舊名, 意為媽祖廟。
媽祖[ma1 zo4; ma1 tsoo2] 女神明, 有作媽祖婆 ma1 zo1 bor2, 相關詞祖媽 zo1 ma4 曾祖父的母親, 係罵人的話。

台語字:	獅 saif	牛 quw	豹 bax	虎 hoy	鴨 ah	象 ciunn	鹿 lokf
通用拼音:	獅 sai1	牛 qu2	豹 ba3	虎 ho4	鴨 ah5	象 ciunn6	鹿 lok1
北京語:	山 san1	明 meng2	水 sue3	秀 sior4	的 dorh5	中 diong6	壢 lek1
普通話:	山 san1	明 meng2	水 sue3	秀 sior4	的 dorh0	中 diong6	壢 lek1

觀音媽[guan6 im6 ma4; kuan7 im7 ma2] 觀世音菩薩。

恁祖媽[lin1 zo1 ma4; lin1 tsoo1 ma2] 罵人的話, 你曾祖父的母親, 罵人的話, 有作祖媽 zo1 ma4。

先生媽[sen6 senn6/sinn6 ma4; sian7 senn7/sinn7 ma2] 醫生的媽媽, 為人收驚的女人。

祖公祖媽[zo1 gong6 zo1 ma4; tsoo1 kong7 tsoo1 ma2] 祖先的總稱, 祖先牌位。

瑪 [ma4; ma2] Unicode: 746A, 台語字: may
[ma4, ve4; ma2, be2] 聲音字, 代用字

哈瑪星[ha1 ma1 seng1; ha1 ma1 sing1] 地名, 高雄市鼓山及鹽埕區靠近港口一帶, 係日語詞濱線 hamasen 原為日本治台時期, 台灣鐵路支線名。

瑪家鄉[ma1 ga6 hiang1; ma1 ka7 hiang1] 在屏東縣。

罵 [ma6; ma7] Unicode: 7F75, 台語字: ma
[ma6, me6; ma7, me7] 男人以惡言責斥他人,相關詞罳 le4 女人以惡言責斥他人

斥罵[tek1 ma6; thik8 ma7] 責備別人。

罵人[ma6 lang6; ma7 lang7] 責備別人。

予人罵[ho3 lang6 ma6; hoo3 lang7 ma7] 被別人責備。

夆罵耍的[hong2 me3/ma4 sng4 e3; hong5 me3/ma2 sng2 e3] 被人罵著玩的。

mai

哩 [mai1; mai1] Unicode: 54E9, 台語字: maif
[li1, li3, li4, mai1; li1, li3, li2, mai1] 英哩,係英語詞 mile

三哩[sann6 mai1; sann7 mai1] 三英哩長。

莫 [mai3; mai3] Unicode: 83AB, 台語字: maix
[mai3, vok1; mai3, bok8] 不要,別,有作甭 mai3;罔 vang3,相關字毋 m6 不可;烋 ve6/vue6 不可以,不會

莫吵[mai4 ca4; mai2 tsha2] 不要吵了。

莫受氣[mai4 siu3 ki3; mai2 siu3 khi3] 不要生氣。

莫眠夢[mai4 vin6/vin3 vang6; mai2 bin7/bin3 bang7] 不要再空思妄想, 例詞睏罔睏, 莫眠夢 kun3 vong1 kun3, mai4 vin6/3 vang6 睡覺時, 就睡覺, 不要再空思妄想;莫眠夢, 中國會放咱獨立? mai4 vin6/3 vang6 diong6 gok5 e3 bang4 lan1 dok5 lip1 不要妄想了, 中國會讓台灣獨立嗎?

好膽莫走[hor1 dann4 mai4 zau4; ho1 tann2 mai2 tsau2] 如果你有膽量與我作對的話, 就不要走避。

莫來此套[mai4 lai6/lai3 zit1 tor3; mai2 lai7/lai3 tsit8 tho3] 不要來這一套的招術。

甭 [mai3; mai3] Unicode: 752D, 台語字: maix
[mai3; mai3] 不要,同莫 mai3;罔 vang3

覓 [mai6; mai7] Unicode: 8993, 台語字: mai
[mai6, vai6; mai7, bai7] 找,看看,試一試

看覓[kuann4 mai6; khuann2 mai7] 看看情況再說。

試看覓[ci4 kuann4 mai6; tshi2 khuann2 mai7] 試看看,

例詞試看覓着知 ci4 kuann4 mai6 diorh5 zai1 試看看, 就知道效果。

臆看覓[iorh1 kuann4 mai6; ioh8 khuann2 mai7] 猜猜看。

me

暝 [me2; me5] Unicode: 669D, 台語字: mew
[me2, mi2, veng2; me5, mi5, bing5] 夜晚,黑夜,節日,相關字瞑 me2 盲,失明

隔暝[geh1 me2; keh8 me5] 隔夜。

過暝[gue4 me2/minn2; kue2 me5/minn5] 住宿, 過一夜。

暝時[me6/mi3 si2; me7/mi3 si5] 夜間, 相關詞日肆 jit1 si3 白天。

半暝仔[buann4 me6/me3 a4; puann2 me7/me3 a2] 半夜。

二九暝[ji3/li3 gau1 me2; ji3/li3 kau1 me5] 除夕夜。

元宵暝[quan6/quan3 siau6 me2; guan7/guan3 siau7 me5] 元宵夜, 同上元暝 siong3 quan6/3 me2。

拚暝拚日[biann4 me2 biann4 jit1/lit1; piann2 me5 piann2 jit8/lit8] 日夜奮鬥不懈。

三更暝半[sann6 genn1 me6 buann3/sann6 ginn1 mi3 buann3; sann7 kenn1 me7 puann3/sann7 kinn1 mi3 puann3] 三更半夜, 有作三更半暝 sann6 genn6 buann4 me2/sann6 ginn6 buann4 mi2。

無暝無日[vor6 me6 vor6 jit1/vor3 me3 vor3 lit1; bo7 me7 bo7 jit8/bo3 me3 bo3 lit8] 不分日夜, 很認真工作。

暝深夜靜[me6/me3 cimiah5 zeng6; me7/me3 - tsing7] 夜深人靜。

暝日思念[me6 jit1 su6 liam6/me3 lit1 su6 liam6; me7 jit8 su7 liam7/me3 lit8 su7 liam7] 日夜思念。

三更暝半[sann6 genn1 me6 buann3/sann6 ginn1 mi3 buann3; sann7 kenn1 me7 puann3/sann7 kinn1 mi3 puann3] 三更半夜, 有作三更半暝 sann6 genn6 buann4 me2/sann6 ginn6 buann4 mi2。

瞑 [me2; me5] Unicode: 7791, 台語字: mew
[me2, mi2; me5, mi5] 盲,失明,相關字暝 me2 夜晚

睛瞑[cinn6 mi2/cenn6 me2; tshinn7 mi5/tshenn7 me5] 失明, 瞎子。

睛瞑牛[cenn6 me6 qu2/cinn6 mi6 qu2; tshenn7 me7 gu5/tshinn7 mi7 gu5] 文盲。

鋩 [me2; me5] Unicode: 92E9, 台語字: mew
[me2; me5] 鋒鋩

鋩角[me6/me3 gak5; me7/me3 kak4] 鋒鋩, 做事的原則, 銳利之處, 關鍵, 手段, 例詞做人嘜有鋩角 zor4 lang2 ai4 u3 me6/3 gak5 做人要有原則及手段。

mia

台語字:	獅 saif	牛 quw	豹 bax	虎 hoy	鴨 ah	象 ciunn	鹿 lokf
通用拼音:	獅 sai1	牛 qu2	豹 ba3	虎 ho4	鴨 ah5	象 ciunn6	鹿 lok1
北京語:	山 san1	明 meng2	水 sue3	秀 sior4	的 dorh5	中 diong6	壢 lek1
普通話:	山 san1	明 meng2	水 sue3	秀 sior4	的 dorh0	中 diong6	壢 lek1

名　[mia2; mia5] Unicode: 540D, 台語字: miaw
　　[mia2, veng2; mia5, bing5] 姓名,名望
正名[ziann4 mia2; tsiann2 mia5] 本名, 恢復原名, 例詞
　　台灣正名 dai6/3 uan2 ziann4 mia2 恢復台灣的原
　　名的運動, 改中華民國為台灣。
名聲[mia6/mia3 siann1; mia7/mia3 siann1] 名望, 例詞
　　食名聲 ziah5 mia6/3 siann1 有名氣, 有口碑, 口碑
　　載道, 靠名氣;頂港有名聲, 下港有出名 deng1
　　gang6 u3 mia6/3 siann1, e3 gang4 u3 cut1 mia2 天
　　下皆知, 名聲響遍台灣南北。
歹名聲[painn1 mia6 siann1/painn1 mia3 siann1; phainn1
　　mia7 siann1/phainn1 mia3 siann1] 壞名氣, 有作歹
　　名歹聲 painn1 mia6 painn1 siann1/pai1 mia3 pai1
　　siann1。
食名聲[ziah5 mia6/mia3 siann1; tsiah4 mia7/mia3 siann1]
　　有名氣, 有口碑, 口碑載道, 靠名氣。

命　[mia6; mia7] Unicode: 547D, 台語字: mia
　　[mia6, veng6; mia7, bing7] 註定的命運,性命,生命
拚命[biann4 mia6; piann2 mia7] 拚命, 戰爭, 賣力工作,
　　賭命。
短命[de1 mia6; te1 mia7] 夭壽短命, 壽命不長。
抵命[di1 mia6; ti1 mia7] 償命。
好命[hor1 mia6; ho1 mia7] 命運好。
認命[jin3/lin3 mia6; jin3/lin3 mia7] 向命運低頭, 認同
　　宿命。
身命[sin6 mia6; sin7 mia7] 天生的體質, 生了慢性病,
　　婦女懷有身孕, 有作娠命 sin6 mia6, 例詞帶身命
　　dai4 sin6 mia6 出生時, 就帶有難治好的慢性病;致
　　身命 di4 sin6 mia6 得了不治之症或難治癒的慢性
　　病;冉身命 lam1 sin6 mia6 身體衰弱;大身大命
　　dua3 sin6 dua3 mia6 婦女懷有身孕。
相命[siong4 mia6; siong2 mia7] 算命。
討命[tor1 mia6; tho1 mia7] 索命, 要償命回來。
有命[u3 mia6; u3 mia7] 活了下來, 存活。
運命[un3 mia6; un3 mia7] 命運, 同命運 mia3 un6。
無命[vor6/vor3 mia6; bo7/bo3 mia7] 死了, 要死了。
運命[un3 mia6; un3 mia7] 命運, 同命運 mia3 un6。
賣命[ve3/vue3 mia6; be3/bue3 mia7] 為工作而死, 犧
　　牲。
無命[vor6/vor3 mia6; bo7/bo3 mia7] 死了。
食命[ziah5 mia6; tsiah4 mia7] 依靠生來就有的好環境,
　　就能享受到榮華富貴的日子, 例詞第三查某囝, 食
　　命 de3 sann6 za6 vor1 giann4 ziah5 mia6 第三女兒
　　的命運, 最依靠命運的變化及影響。
命底[mia3 de4; mia3 te2] 命運。
命中[mia3 diong1; mia3 tiong1] 命運已註定好了, 上天
　　已安排的事物。
命命[mia3 mia6; mia3 mia7] 如生命一般地, 例詞惜命
　　命 siorh1 mia3 mia6 很珍惜;疼命命 tiann4 mia3
　　mia6 惜之如命。
命運[mia3 un6; mia3 un7] 命運, 氣運, 同運命 un3
　　mia6。
清閒命[ceng6 eng6/eng3 mia6; tshing7 ing7/ing3 mia7]
　　生來清閒, 不必做事即能過好日子。
長性命[dng6 senn4 mia6/dng3 sinn4 mia6; tng7 senn2
　　mia7/tng3 sinn2 mia7] 活得長壽, 活得長壽的人,
　　例詞錢, 長性命人的 zinn2, dng6/3 senn4 mia6
　　lang6 e2 有命才能持有錢。

下性命[he3 senn4/sinn4 mia6; he3 senn2/sinn2 mia7] 拚
　　命, 全力以赴, 例詞下性命編字典 he3 sinn4 mia6,
　　ben6 ji3 den4/he3 senn4 mia6, ben6 li3 den4 拚命地
　　編寫字典。
冉身命[lam1 sin6 mia6; lam1 sin7 mia7] 身體衰弱。
勞碌命[lor6/lor3 lok5 mia6; lo7/lo3 lok4 mia7] 。
相命冊[siong4 mia3 ce3; siong2 mia3 tshe3] 命理的書
　　籍, 算命的書籍。
惱身惱命[lo1 sin6 lo1 mia6; loo1 sin7 loo1 mia7] 惱死
　　了, 你真惱人, 身心交瘁。

miau

喵　[miau1; miau1] Unicode: 55B5, 台語字: miauf
　　[iaunn1, miau1; iaunn1, miau1] 貓的叫聲
喵喵[miau1 miau1/iaunn1 iaunn1; miau1 miau1/iaunn1
　　iaunn1] 貓的叫聲。

苗　[miau2; miau5] Unicode: 82D7, 台語字: miauw
　　[miau2, viau2; miau5, biau5] 地名
苗栗[miau6/miau3 lek1; miau7/miau3 lik8] 地名, 苗栗
　　縣, 苗栗市。原為平埔族社名麻里 va6 l14, 客家
　　人於 1748 年開墾之, 稱為貓里 va6 l14, 意為石虎
　　之鄉, 在 1886 年改名苗栗 miau6/miau3 lek1。
苗栗縣[miau6 lek5 guan6; miau7 lik4 kuan7] 在台灣的
　　西北部。

mih

物　[mih1; mih8] Unicode: 7269, 台語字: mihf
　　[mih1, mngh1, vut1; mih8, mngh8, but8] 東西,份
　　量
別物[bat5 mih1; pat4 mih8] 其他的東西。
啥物[siann1 mih1; siann1 mih8] 什麼東西?, 什麼?。
無物[vor6/vor3 mih1; bo7/bo3 mih8] 瘦小, 不起眼, 沒
　　份量, 沒內容, 例詞生做無物無物 senn6 zor4 vor6
　　mih1/sinn6 zor4 vor3 mih1 vor3 mih1 長得很瘦小,
　　一點也不起眼。
物仔[mih1 a4; mih8 a2] 東西, 物品, 相關詞乜仔 mi1
　　a4 無論什麼, 都...。
物件[mih5/mngh5 giann6; mih4/mngh4 kiann7] 物品, 東
　　西, 例詞物件烏白摒 mih5/mngh5 giann6 o6 beh5
　　piann1 東西亂丟。
物食[mih5 ziah1; mih4 tsiah8] 食品。
百項物[bah1 hang5 mih1; pah8 hang3 mih8] 各種東西。
幼粒物[iu4 liap5 mih1; iu2 liap4 mih8] 手飾細軟, 珠寶
　　等貴重的物品。
歹物仔[painn1 mih1 a4; phainn1 mih8 a2] 壞東西, 邪靈
　　惡鬼。
配物件[pue4 mih5 giann6/pe4 mngh5 giann6; phue2 mih4
　　kiann7/phe2 mngh4 kiann7] 吃飯時又吃菜, 配吃佐
　　料。
為啥物[ui3 siann1 mih1; ui3 siann1 mih8] 為什麼?。

台語字:	獅 saif	牛 quw	豹 bax	虎 hoy	鴨 ah	象 ciunn	鹿 lokf
通用拼音:	獅 sai1	牛 qu2	豹 ba3	虎 ho4	鴨 ah5	象 ciunn6	鹿 lok1
北京語:	山 san1	明 meng2	水 sue3	秀 sior4	的 dorh5	中 diong6	堰 lek1
普通話:	山 san1	明 meng2	水 sue3	秀 sior4	的 dorh0	中 diong6	堰 lek1

啥物代[siann1 mih1 dai6; siann1 mih8 tai7] 什麼事, 什
　　麼關係?。

啥物貨[siann1 mih1 hue3/he3; siann1 mih8 hue3/he3] 什
　　麼事情?, 但不指貨品。

啥物人[siann1 mih1 lang2; siann1 mih8 lang5] 誰?。

迌迌物仔[cit1 tor6/tor3 mih5 a4; tshit8 tho7/tho3 mih4
　　a2] 玩物, 玩具。

創啥物貨[cong4 siann1 mih1 hue3/he3; tshong2 siann1
　　mih8 hue3/he3] 幹什麼事?。

啥物緣故[in6 mih1 en6/en3 go3; in7 mih8 ian7/ian3
　　koo3] 為何原因?。

啥物齣頭[siann1 mih1 cut1 tau2; siann1 mih8 tshut8
　　thau5] 什麼花樣?, 什麼花招?。

啥物物件[siann1 mih1 mih5 giann6; siann1 mih8 mih4
　　kiann7] 什麼事?。

啥物所在[siann1 mih1 so1 zai6; siann1 mih8 soo1 tsai7]
　　什麼地方?。

啥物碗糕[sia1 mih1 uann1 gor1; sia1 mih8 uann1 ko1]
　　什麼事?, 代用詞, 例詞抆啥物碗糕 binn4 siann1
　　mih1 uann1 gor1 搞什麼名堂?, 搞什麼鬼計?。

物仔代誌[mih1 a3 dai3 zi3; mih8 a3 tai3 tsi3] 什麼事
　　情?。

min

明　[min2; min5] Unicode: 660E, 台語字: minw
　　[me2, mia2, min2, mua2, veng2, vin2; me5, mia5,
　　min5, mua5, bing5, bin5] 明天,過了夜晚

明仔暗[min6/min3 a1 am3; min7/min3 a1 am3] 明天晚
　　上。

明仔載[min6/min3 a1 zai3; min7/min3 a1 tsai3] 明天,
　　同明仔早起 vin6/3 a1 zai1 ki4。

明仔後日[min6/min3 a1 au6 zit5; min7/min3 a1 au7 tsit4]
　　明後天。

明仔下暗[min6/min3 a1 e6 am3; min7/min3 a1 e7 am3]
　　明天晚上。

明仔下晡[min6/min3 a1 e6 bo1; min7/min3 a1 e7 poo1]
　　明天下午。

明仔下晝[min6/min3 a1 e6 dau3; min7/min3 a1 e7 tau3]
　　明天下午。

明仔下昉[min6 a1 e6 ng1/min3 a1 e3 ng1; min7 a1 e7
　　ng1/min3 a1 e3 ng1] 明天晚上。

明仔早起[min6/min3 a1 zai1 ki4; min7/min3 a1 tsai1
　　khi2] 明天早上, 明天。

mng

濛　[mng1; mng1] Unicode: 6FDB, 台語字: mngf
　　[mng1, vang1, vong2; mng1, bang1, bong5] 絲絲
　　的,毛毛雨

幼濛濛[iu4 mng6 mng1; iu2 mng7 mng1] 絲小的。

濛濛仔[mng6 mng6 a4; mng7 mng7 a2] 絲絲的。

濛濛仔雨[mng6 mng6 a1 ho6/vang3 vang3 a1 ho6; mng7

mng7 a1 hoo7/bang3 bang3 a1 hoo7] 毛毛雨, 有作
雨鬃仔 ho3 ciu6 a4。

毛　[mng2; mng5] Unicode: 6BDB, 台語字: mngw
　　[mng2, mo1, mo2; mng5, moo1, moo5] 毛髮,毛邊,
　　羽毛

起毛[ki1 mng2; khi1 mng5] 毛衣的毛球, 磨出的細毛。

落毛[lak1 mng2; lak8 mng5] 掉毛, 脫毛。

脫毛[lut1 mng2; lut8 mng5] 脫毛。

頭毛[tau6 mo2/mng2; thau7 moo5/mng5] 頭髮。

裉毛[tng4 mng2; thng2 mng5] 掉毛, 脫毛。

毛草[mng6/mng3 cau4; mng7/mng3 tshau2] 毛皮, 毛
　　色。

毛厚[mng2 gau6; mng5 kau7] 多毛的。

毛管[mng6/mng3 gng4; mng7/mng3 kng2] 毛細孔, 毛
　　孔, 汗孔, 有作毛管孔 mng6/3 gng1 kang1。

毛腳[mng6/mng3 ka1; mng7/mng3 kha1] 毛髮的末端。

毛實[mng2 zat1; mng5 tsat8] 毛很密織。

苦毛仔[ko1 mng6/mng3 a4; khoo1 mng7/mng3 a2] 細毛,
　　寒毛。

鳥仔毛[ziau1 a1 mng2; tsiau1 a1 mng5] 鳥毛。

毛尾仔[mng6/mng3 vue1/ve1 a4; mng7/mng3 bue1/be1
　　a2] 毛端。

毛織品[mng6/mng3 zit1 pin4; mng7/mng3 tsit8
　　phin2] 。

門　[mng2; mng5] Unicode: 9580, 台語字: mngw
　　[mng2, vun2; mng5, bun5] 房屋的入口處,學問的
　　入門,功課,數量

扦門[ceng3 mng2; tshing3 mng5] 把門關起來, 相關詞
　　上門 cionn3/ciunn3 vng2 裝上一扇門。

上門[cionn3/ciunn3 vng2; tshionn3/tshiunn3 bng5] 裝上
　　一扇門, 相關詞扦門 ceng3 mng2 把門關起來。

閂門[cuann4 vng2; tshuann2 bng5] 用門閂關門。

肛門[gong6 mng2; kong7 mng5] 解大便之器官, 有作糞
　　□ bun4 kau4。

客門[keh1 mng2; kheh8 mng5] 客人的總稱, 例詞客門
　　不止旺 keh1 mng2 but1 zi1 ong6 客人很多。

衙門[qe6/qe3 mng2; ge7/ge3 mng5] 官署, 官府, 警察
　　局。

門閂[mng6/mng3 cuann3; mng7/mng3 tshuann3] 鎖門的
　　橫木。

門斗[mng6/mng3 dau4; mng7/mng3 tau2] 門框。

門栱[mng6/mng3 gong2; mng7/mng3 kong5] 用以固定
　　大門的橫木。

門戶[mng6/mng3 ho6; mng7/mng3 hoo7] 家庭。

門風[mng6/mng3 hong1; mng7/mng3 hong1] 家風, 例詞
　　探門風 tam4 mng6/3 hong1 訂婚前, 雙方家長要
　　打聽對方的家世家風;親事門風 cin6 ge6 mng6/3
　　hong1 男女雙方的家風名望。

門口[mng6/mng3 kau4; mng7/mng3 khau2] 入口處, 有
　　作門腳口 mng6/3 ka6 kau4。

門路[mng6/mng3 lo6; mng7/mng3 loo7] 管道。

門神[mng6/mng3 sin2; mng7/mng3 sin5] 門前的守護
　　神。

門楣[mng6/mng3 vi2; mng7/mng3 bi5] 門戶上之橫樑。

後尾門[au3 vue1/ve1 mng2; au3 bue1/be1 mng5] 後門。

邊仔門[binn6 a1 mng2; pinn7 a1 mng5] 旁邊門, 邊門。

娶入門[cua3 zip5 mng2; tshua3 tsip4 mng5] 娶媳婦, 娶

台語字:	獅 saif	牛 quw	豹 bax	虎 hoy	鴨 ah	象 ciunn	鹿 lokf
通用拼音:	獅 sai1	牛 qu2	豹 ba3	虎 ho4	鴨 ah5	象 ciunn6	鹿 lok1
北京語:	山 san1	明 meng2	水 sue3	秀 sior4	的 dorh5	中 diong6	壢 lek1
普通話:	山 san1	明 meng2	水 sue3	秀 sior4	的 dorh0	中 diong6	壢 lek1

了進門。

同門的[dang6/dang3 vng2 e6; tang7/tang3 bng5 e7] 連襟, 姐妹的丈夫之間的相稱, 有作大細僖 dua3 se4 sen6;連襟 len6 kim1。

入門喜[jip5 mng6 hi4/lip5 mng3 hi4; jip4 mng7 hi2/lip4 mng3 hi2] 媳婦一嫁入門, 就懷孕。

頭前門[tau6 zeng6 mng2/tau3 zeng3 mng2; thau7 tsing7 mng5/thau3 tsing3 mng5] 前門。

一扇門[zit5 sinn4 mng2; tsit4 sinn2 mng5] 。

石門鄉[ziorh5 mng3 hiong1; tsioh4 mng3 hiong1] 在台北縣。

門腳口[mng6/mng3 ka6 kau4; mng7/mng3 kha7 khau2] 入口處, 門口, 有作門口 mng6/3 kau4。

門口埕[vng6/vng3 kau1 diann2; bng7/bng3 khau1 tiann5] 家門前的廣場或空地。

門扇枋[mng6/mng3 sinn4 bang1; mng7/mng3 sinn2 pang1] 門板。

匿佇門後[vih1 di3 mng6/mng3 au6; bih8 ti3 mng7/mng3 au7] 躲在門的後面。

此門親事[zit1 mng6/mng3 cin6 su6; tsit8 mng7/mng3 tshin7 su7] 這一門婚事。

一門風水[zit5 mng6/mng3 hong6 sui4; tsit4 mng7/mng3 hong7 sui2] 一座墳墓, 一座墓園。

眠 **[mng2; mng5]** Unicode: 7720, 台語字: mngw
[mng2, ven2, vin2; mng5, bian5, bin5] 睡覺

眠床[mng6/vin3 cng2; mng7/bin3 tshng5] 床鋪。

紅眠床[ang6 vin6 cng2/ang3 mng3 cng2; ang7 bin7 tshng5/ang3 mng3 tshng5] 古代的雕刻過的床鋪。

問 **[mng6; mng7]** Unicode: 554F, 台語字: mng
[mng6, vun6; mng7, bun7] 求教於,審問

請問[ciann1 mng6; tshiann1 mng7] 。

審問[sim1 mng6; sim1 mng7] 。

借問[ziorh1 mng6; tsioh8 mng7] 請問。

質問[zit1 mng6/vun6; tsit8 mng7/bun7] 詢問。

問神[mng3 sin2; mng3 sin5] 句神明求救或求問。

佀借問[sior6 ziorh1 mng6; sio7 tsioh8 mng7] 互相打招呼及問候。

問東問西[mng3 dang6 mng3 sai1; mng3 tang7 mng3 sai1] 什麼事都要詢問。

問俗逗一枝柄[mng3 gah1 dau4 zit5 gi6 benn3; mng3 kah8 tau2 tsit4 ki7 piann3] 問得太過詳細而令人無法作答, 引申為追根究底。

mngh

物 **[mngh1; mngh8]** Unicode: 7269, 台語字: mnghf
[mih1, mngh1, vut1; mih8, mngh8, but8] 物品

酒物[ziu1 mngh1; tsiu1 mngh8] 酒類。

物件[mngh5/mih5 giann6; mngh4/mih4 kiann7] 物品。

魅 **[mngh5; mngh4]** Unicode: 9B45, 台語字: mngh
[mngh5, vi2; mngh4, bi5] 水鬼,遊魂

魅魈[mngh1 sngh5; mngh8 sngh4] 水鬼與山怪, 引申為鬼魅, 遊魂, 鬼靈精怪, 有作魅魈的 mngh1 sngh5

e3, 例詞足魅魈的 ziok1 mngh1 sngh5 e3 很鬼靈精的人。

魅魅魈魈[mngh1 mngh1 sngh1 sngh5; mngh8 mngh8 sngh8 sngh4] 鬼鬼祟祟, 行動曖昧。

mo

毛 **[mo1; moo1]** Unicode: 6BDB, 台語字: mof
[mng2, mo1, mo2; mng5, moo1, moo5] 細毛髮,難以應付的,有作髦 mo1

孤毛[go6 mo1; koo7 moo1] 孤單, 有孤僻性格的人。

龜毛[gu6 mo1; ku7 moo1] 吹毛求疵的人, 有作古毛 gu6 mo1;佝毛 gu6 mo1。

落毛[lak1 mo1; lak8 moo1] 一般動物毛髮掉落, 相關詞褪毛 tng4 mo1 鳥類換毛;替毛 tui4 vonn1 鳥類換毛。

貓毛[niau6 mo1; niau7 moo1] 貓的毛, 很多很多而難以計數, 例詞工課較多過貓毛 kang6 kue3/ke3 kah1 ze3 gue4 niau6 mo1 工作太多了。

忾毛摺[ki6 mo1 zih5; khi7 moo1 tsih4] 情緒, 感覺, 係日語詞氣持 kimochi 感覺。

苦毛仔[ko1 mo6 a4/ko1 mng3 a4; khoo1 moo7 a2/khoo1 mng3 a2] 剛剛長出來的寒毛, 嫩毛, 細毛髮。

毛毿毿[mo1 sam4 sam3; moo1 sam2 sam3] 毛髮散亂, 例詞頭毛毿毿 tau6/3 mo1 sam4 sam3 頭髮散亂, 頭髮長而雜亂。

忾毛摺 會妍[ki1 mo1 zih5 e3 qiang1; khi1 moo1 tsih4 e3 giang1] 情緒很好, 感覺舒服, 係日語詞氣 ki 心思。

毛遂自荐[mo6/mo3 sui6 zu3 zen6; moo7/moo3 sui7 tsu3 tsian7] 毛遂, 人名, 引申自我推銷。

芋 **[mo1; moo1]** Unicode: 828B, 台語字: mof
[mo1, o6; moo1, oo7] 地瓜, 係日文

燒芋[ia6 ki1 mo1; ia7 khi1 moo1] 烘烤的地瓜, 係日語詞燒芋 yakiimo。

㧯 **[mo1; moo1]** Unicode: 5CC1, 台語字: mof
[mau1, mauh5, mo1; mau1, mauh4, moo1] 打擊,代用字,同搭 am4,相關字摑 ken1 打擊

㧯落去[mo1 lorh5 ki3; moo1 loh4 khi3] 打下去。

㧯頭殼[mo6 tau6/tau3 kak5; moo7 thau7/thau3 khak4] 打頭上。

㧯一下 搭扁膏[mo6 zit5 e6 am1 binn1 gor1; moo7 tsit4 e7 am1 pinn1 ko1] 打了一下, 變成了扁平狀。

攑棍仔 加㧯落去[qia6/qia3 gun1 a4 ga6 mo1 lorh5 ki3; gia7/gia3 kun1 a2 ka7 moo1 loh4 khi3] 拿起棍子, 向下打下去。

摸 **[mo1; moo1]** Unicode: 6478, 台語字: mof
[mo1, vong1; moo1, bong1] 觸摸,摹仿

摸仿[mo6 hong4; moo7 hong2] 摹仿, 摸仿。

摸罩[mo6 hui1; moo7 hui1] 游蕩於街頭巷尾, 例詞摸罩仙 mo6 hui6 sen1 遊走於街頭的人, 但並非遊民。

摸去[mo1 ki3; moo1 khi3] 被偷走了。

台語字:	獅 saif	牛 quw	豹 bax	虎 hoy	鴨 ah	象 ciunn	鹿 lokf
通用拼音:	獅 sai1	牛 qu2	豹 ba3	虎 ho4	鴨 ah5	象 ciunn6	鹿 lok1
北京語:	山 san1	明 meng2	水 sue3	秀 sior4	的 dorh5	中 diong6	壢 lek1
普通話:	山 san1	明 meng2	水 sue3	秀 sior4	的 dorh0	中 diong6	壢 lek1

摸翬仙[mo6 hui6 sen1; moo7 hui7 sian1] 遊走於街頭的
　　人, 但並非遊民。
偷偷摸摸[tau6 tau6 mo6 mo1; thau7 thau7 moo7 moo1]
　　偷偷地, 暗中。

瘼 [mo1; moo1] Unicode: 763C, 台語字: mof
　　[mo1, moh5, vong1; moo1, mooh4, bong1] 病,腫
　　塊,同瘤 lui2
肉瘼[vah1 moh5; bah8 mooh4] 皮膚疙瘩, 畏寒, 例詞
　　起肉瘼 ki1 vah1 moh5 因畏寒, 皮膚起了疙瘩腫
　　塊。
腫一瘼[zeng1 zit5 mo1/vong1; tsing1 tsit4 moo1/bong1]
　　腫了一塊。

毛 [mo2; moo5] Unicode: 6BDB, 台語字: mow
　　[mng2, mo1, mo2; mng5, moo1, moo5] 姓,動物毛
　　髮,虛的
挈毛[cuah1 mo2; tshuah8 moo5] 把鳥毛, 獸毛撕扯下
　　來。
頭毛[tau6/tau3 mo2; thau7/thau3 moo5] 頭髮。
毛筆[mo6/mo3 bit5; moo7/moo3 pit4] 。
毛草[mo6/mo3 cau4; moo7/moo3 tshau2] 皮衣, 動物毛
　　皮大衣。
毛重[mo6/mo3 dang6; moo7/moo3 tang7] 虛重。
毛海[mo6/mo3 hai4; moo7/moo3 hai2] 一種毛料,
　　mohai。
毛蜞[mo6/mo3 ki2; moo7/moo3 khi5] 水蛭, 同蜈蜞
　　qonn6/3 ki2。
毛利[mo6/mo3 li6; moo7/moo3 li7] 虛利。
毛毛[mo6/mo3 mo2; moo7/moo3 moo5] 毛毛的, 毛茸
　　茸的樣子。
大毛蟹[dua3 mo6/mo3 he6; tua3 moo7/moo3 he7] 中國
　　之大閘蟹。
金狗毛[gim6 gau1 mo2; kim7 kau1 moo5] 野生的金狗
　　毛蕨, 古時做止血劑。
做頭毛[zor4 tau6/tau3 mo2; tso2 thau7/thau3 moo5] 吹
　　洗頭髮, 湯頭髮。
毛蟹仔[mo6/mo3 he6 a4; moo7/moo3 he7 a2] 節肢動物,
　　大腳又長黑毛的螃蟹。

无 [mo2; moo5] Unicode: 65E0, 台語字: mow
　　[mo2; moo5] 煞神,相關字魔 mo2 邪神惡魔;華
　　語字无 u2 無,沒有
无神仔[mo6 sin6 a4/mo3 sin3 a4; moo7 sin7 a2/moo3
　　sin3 a2] 四處游走的煞神或邪神惡魔, 有作魔神仔
　　mo6 sin6 a4/mo3 sin3 a4。

牟 [mo2; moo5] Unicode: 725F, 台語字: mow
　　[mo2; moo5] 謀取,人名
牟利[mo6/mo3 li6; moo7/moo3 li7] 謀取私利。
牟尼佛[mo6 ni6 hut1/mo3 ni3 hut1; moo7 ni7 hut8/moo3
　　ni3 hut8] 釋迦牟尼佛。
釋迦牟尼佛[sek1 kia1 mo6 ni6 hut1/sek1 kia1 mo3 ni3
　　hut1; sik8 khia1 moo7 ni7 hut8/sik8 khia1 moo3 ni3
　　hut8] 佛教教主, 例詞南無釋迦牟尼佛 lam6 mo2
　　sek1 kia6 mo6 ni6 hut1/nam3 mo2 sek1 kia6 mo3 ni3
　　hut1 唸佛號, 僧侶誦唸佛陀聖號。

麻 [mo2; moo5] Unicode: 9EBB, 台語字: mow
　　[ma2, mo2, mua2, va2; ma5, moo5, mua5, ba5] 樹
　　名
麻黃[mo6/mo3 hong2; moo7/moo3 hong5] 防風樹的樹
　　名, 木麻黃樹。
麻字殼[mo6/mo3 ji3 kak5; moo7/moo3 ji3 khak4] 麻的
　　部首。

嗎 [mo2; moo5] Unicode: 55CE, 台語字: mow
　　[ma6, mo2; ma7, moo5] 毒品,嗎啡
嗎啡[mo6/mo3 hui1; moo7/moo3 hui1] 毒品。
嚌嗎啡[zam6 mo6/mo3 hui1; tsam7 moo7/moo3 hui1] 吸
　　食毒品, 嗎啡。
嗎啡仙[mo6/mo3 hui6 sen1; moo7/moo3 hui7 sian1] 吸
　　食毒品的人。

無 [mo2; moo5] Unicode: 7121, 台語字: mow
　　[mo2, vor2, vu2; moo5, bo5, bu5] 誦經聲
南無[lam6/lam3 mo2; lam7/lam3 moo5] 誦經聲, 例詞南
　　無釋迦牟尼佛 lam6 mo2 sek1 kia6 mo6 ni6
　　hut1/nam3 mo2 sek1 kia6 mo3 ni3 hut1 唸佛號, 僧
　　侶誦唸佛陀聖號。

模 [mo2; moo5] Unicode: 6A21, 台語字: mow
　　[mo2, vo2; moo5, boo5] 榜樣
模範[mo6/mo3 huan6; moo7/moo3 huan7] 榜樣。
模樣[mo6/mo3 iunn6; moo7/moo3 iunn7] 榜樣。

膜 [mo2; moo5] Unicode: 819C, 台語字: mow
　　[mo2, moh1; moo5, mooh8] 跪拜
膜拜[mo6/mo3 bai3; moo7/moo3 pai3] 跪拜。

髦 [mo2; moo5] Unicode: 9AE6, 台語字: mow
　　[mo2; moo5] 崇尚時髦,細毛髮,有作毛 mo2
頭髦[tau6/tau3 mo2; thau7/thau3 moo5] 人的頭髮。
生髦載角[senn6 mo6/mo3 dai4 gak5; senn7 moo7/moo3
　　tai2 kak4] 鬼魂異類, 不是善類。

摩 [mo2; moo5] Unicode: 6469, 台語字: mow
　　[mo2; moo5] 接觸
觀摩[guan6 mo2; kuan7 moo5] 切磋, 研究。
摩擦[mo6/mo3 cat5; moo7/moo3 tshat4] 。
摩登[mo6/mo3 deng1; moo7/moo3 ting1] 時髦, 係英語
　　詞 modern 新潮派。
達摩祖師[dat5 mo2; tat4 moo5] 達摩禪師。
摩天大樓[mo6/mo3 ten6 dua3 lau2; moo7/moo3 thian7
　　tua3 lau5] 高層建築。

磨 [mo2; moo5] Unicode: 78E8, 台語字: mow
　　[mo2, vor6, vua2; moo5, bo7, bua5] 治石,消耗
消磨[siau6 mo2; siau7 moo5] 消耗。
磨損[mo6/mo3 sun4; moo7/moo3 sun2] 。

魔 [mo2; moo5] Unicode: 9B54, 台語字: mow
　　[mo2; moo5] 邪神惡魔,相關字无 mo2 煞神
妖魔[iau6 mo2; iau7 moo5] 。
魔公[mo6/mo3 gong1; moo7/moo3 kong1] 天魔。
魔鬼[mo6/mo3 gui4; moo7/moo3 kui2] 惡鬼。
魔法[mo6/mo3 huat5; moo7/moo3 huat4] 。

台語字:	獅 saif	牛 quw	豹 bax	虎 hoy	鴨 ah	象 ciunn	鹿 lokf
通用拼音:	獅 sai1	牛 qu2	豹 ba3	虎 ho4	鴨 ah5	象 ciunn6	鹿 lok1
北京語:	山 san1	明 meng2	水 sue3	秀 sior4	的 dorh5	中 diong6	壢 lek1
普通話:	山 san1	明 meng2	水 sue3	秀 sior4	的 dorh0	中 diong6	壢 lek1

魔力[mo6/mo3 lek1; moo7/moo3 lik8] 。
魔術[mo6/mo3 sut1; moo7/moo3 sut8] 。
魔神仔[mo6 sin6 a4/mo3 sin3 a4; moo7 sin7 a2/moo3
　　sin3 a2] 四處游走的煞神或邪神惡魔, 有作無神仔
　　mo6 sin6 a4/mo3 sin3 a4, 例詞予魔神仔掠去 ho3
　　mo6 sin6 a4 liah1 ki3/ho3 mo3 sin3 a4 liah1 ki3 被
　　四處游走的煞神或邪神惡魔捉走;予魔神仔迷去
　　ho3 mo6 sin6 a4 ve2 ki3/ho3 mo3 sin3 a4 ve2 ki3 被
　　四處游走的煞神或邪神惡魔迷走了;予魔神仔煞著
　　ho3 mo6 sin6 a4 suah5 diorh5/ho3 mo3 sin3 a4 suah5
　　diorh5 觸犯了四處游走的煞神或邪神惡魔。

蘑 **[mo2; moo5]** Unicode: 8611, 台語字: mow
　　[mo2; moo5] 蘑菇
蘑菇[mo6/mo3 go1; moo7/moo3 koo1] 蘑菇, 松茸, 菌
　　類植物。

冒 **[mo6; moo7]** Unicode: 5192, 台語字: mo
　　[mau6, mo6; mau7, moo7]
感冒[gam1 mo6; kam1 moo7] 傷風。
冒充[mo6/mo3 ciong1; moo7/moo3 tshiong1] 假冒。
冒瀆[mo6 dok1; moo7 tok8] 煩擾。
冒險[mo3 hiam4; moo3 hiam2] 冒險犯難, 例詞冒險犯
　　難 mo3 hiam4 huan3 lan6;冒著危險 mo3 diorh5
　　hui6/3 hiam4 冒著生命危險。
冒犯[mo3 huan6; moo3 huan7] 干犯。
冒失[mo3/mau3 sit5; moo3/mau3 sit4] 。

盲 **[mo6; moo7]** Unicode: 76F2, 台語字: mo
　　[mo6, vang2, vong2; moo7, bang5, bong5] 腸子的
　　名
盲腸[mo3 dng2; moo3 tng5] 腸子名。

瑁 **[mo6; moo7]** Unicode: 7441, 台語字: mo
　　[mo6; moo7] 海鱉, 一種海龜
玳瑁[dai3 mau6/mo6; tai3 mau7/moo7] 海鱉, 海龜科,
　　其甲可做高級眼鏡框, 已瀕臨絕種。

moh

膜 **[moh1; mooh8]** Unicode: 819C, 台語字: mohf
　　[mo2, moh1; moo5, mooh8] 薄膜
脫膜[lut1 moh1; lut8 mooh8] 脫去表皮, 例詞脫土豆膜
　　lut1 to6/3 dau3 moh1 除去花生米的表膜。
膜仔[moh5 a4; mooh4 a2] 薄薄的膜。
骨膜[gut1 moh1; kut8 mooh8] 。
黏膜[liam6/liam3 moh1; liam7/liam3 mooh8] 身上的薄
　　皮組織。
腹膜炎[hok5 moh5 iam6; hok4 mooh4 iam7] 病名。

侔 **[moh5; mooh4]** Unicode: 4F94, 台語字: moh
　　[moh5; mooh4] 擊破,代用字
用石頭　侔破玻璃[iong3 ziorh5 tau2 moh1 puah1 bor6
　　le2; iong3 tsioh4 thau5 mooh8 phuah8 po7 le5] 用石
　　頭打破玻璃。

悙 **[moh5; mooh4]** Unicode: 6048, 台語字: moh
　　[moh5; mooh4] 哭叫聲,貪得無厭
悙悙叫[moh1 moh1 giorh5; mooh8 mooh8 kioh4] 想要
　　而想得發狂, 哭叫得很大聲, 例詞哭佮悙悙叫
　　kau4 gah1 moh1 moh1 giorh5 哭叫得很大聲;看著
　　錢, 著悙悙叫 kuann4 diorh5 zinn2 diorh5 moh1
　　moh1 giorh5 見錢眼開。
悙查某[moh1 za6 vo4; mooh8 tsa7 boo2] 泡妞。

耄 **[moh5; mooh4]** Unicode: 8004, 台語字: moh
　　[moh5; mooh4] 老人,九十歲的長者,瘦弱者
老耄耄[lau3 moh1 moh5; lau3 mooh8 mooh4] 九十歲以
　　上的長者, 垂垂老者。
瘦耄耄[san1 moh1 moh5; san1 mooh8 mooh4] 瘦弱者。
耄落去[moh5 lorh5 ki3; mooh4 loh4 khi3] 生病而瘦了
　　下去。
枵佮耄耄[iau6 gah1 moh1 moh5; iau7 kah8 mooh8
　　mooh4] 餓扁了。
耄耄去[moh1 moh5 ki3; mooh8 mooh4 khi3] 瘦了也變
　　得更老了, 例詞阿西病一下, 煞耄耄去 a6 se1
　　benn3/binn3 zit5 e6 suah1 moh1 moh5 ki3 阿西生了
　　一場病, 瘦了許多, 也變老了。

瘼 **[moh5; mooh4]** Unicode: 763C, 台語字: moh
　　[mo1, moh5, vong1; moo1, mooh4, bong1] 風疹
　　病,疾苦
蕁瘼[cin4 moh5; tshin2 mooh4] 風疹塊, 例詞起蕁瘼
　　ki1 cin4 moh5 長了風疹塊的病。
民瘼[vin6/vin3 moh5; bin7/bin3 mooh4] 民間疾苦。
起蕁瘼[ki1 cin4 moh5; khi1 tshin2 mooh4] 得了風疹塊
　　的病症。
忮瘼摺[ki6 mo1 zih5; khi7 moo1 tsih4] 情緒, 感覺, 係
　　日語詞氣持 kimochi。

攎 **[moh5; mooh4]** Unicode: 6520, 台語字: moh
　　[moh5; mooh4] 抱,附著,依偎,緊貼,代用字
攎壁鬼[moh1 biah1 gui4; mooh8 piah8 kui2] 貼粘在身
　　邊的人, 走路靜靜無聲的人, 隔牆有耳。
攎牢牢[moh1 diau6/diau3 diau2; mooh8 tiau7/tiau3 tiau5]
　　緊緊地抱著。
攎椆咧[moh1 diau2 le3; mooh8 tiau5 le3] 附著。
攎大腿[moh1 dua3 tui4; mooh8 tua3 thui2] 追隨者, 人
　　云亦云, 拍馬屁。
攎會嬴[moh1 e3 iann2; mooh8 e3 iann5] 有力氣去
　　做...。
攎咧燒[moh1 le1 sior1; mooh8 le1 sio1] 很頭痛, 解決不
　　了的大問題。
攎石頭[moh1 ziorh5 tau2; mooh8 tsioh4 thau5] 抱著石
　　頭在胸前, 例詞攎石頭, 佀勁 moh1 ziorh5 tau2
　　sior6 geng6 搬石頭相堆集支持。
攎佇土腳[moh1 di3 to6/to3 ka1; mooh8 ti3 thoo7/thoo3
　　kha1] 趴在地下。
攎袂捘動[moh1 ve3/vue3 din1 dang6; mooh8 be3/bue3
　　tin1 tang7] 沒有力氣去搬動, 搬不動。
攎身軀邊[moh1 di3 seng6 ku6 binn1; mooh8 ti3 sing7
　　khu7 pinn1] 依偎或貼粘在身邊。
攎石頭　勁汝[moh1 ziorh5 tau2 geng3 li6; mooh8 tsioh4
　　thau5 king3 li7] 檢起石頭, 來挺你。

台語字:	獅 saif	牛 quw	豹 bax	虎 hoy	鴨 ah	象 ciunn	鹿 lokf
通用拼音:	獅 sai1	牛 qu2	豹 ba3	虎 ho4	鴨 ah5	象 ciunn6	鹿 lok1
北京語:	山 san1	明 meng2	水 sue3	秀 sior4	的 dorh5	中 diong6	壢 lek1
普通話:	山 san1	明 meng2	水 sue3	秀 sior4	的 dorh0	中 diong6	壢 lek1

mua

幔 [mua1; mua1] Unicode: 5E54, 台語字: muaf
[mua1; mua1] 無袖之衣服,斗蓬,披上衣服,代用字

雨幔[ho3 mua1; hoo3 mua1] 雨衣, 雨具, 遮雨的斗蓬。

幔過[mua1 gue3/ge3; mua1 kue3/ke3] 蓋過, 例詞枋仔樹幔過厝尾頂 bng6 a1 ciu6 mua6 gue4/ge4 cu4 deng4 台灣楓香已長得蓋過屋頂了。

幔雨幔[mua6 ho3 mua1; mua7 hoo3 mua1] 披上雨衣, 雨具或遮雨的斗蓬。

用布蓬幔咧[iong3 bo4 pang2 mua1 le3; iong3 poo2 phang5 mua1 le3] 用帳蓬覆蓋。

幔一領　大蟒[mua6 zit5 nia1 dua3 vang4; mua7 tsit4 nia1 tua3 bang2] 披了一件大外套, 大官之官服, 繡有蟒蛇圖樣。

情人相幔　行街路[zeng6 jin2 sior6 mua1 giann6 ge6 lo6/zeng3 lin2 sior6 mua1 giann3 ge6 lo6; tsing7 jin5 sio7 mua1 kiann7 ke7 loo7/tsing3 lin5 sio7 mua1 kiann3 ke7 loo7] 男女情人相依偎地在街上散步。

明 [mua2; mua5] Unicode: 660E, 台語字: muaw
[me2, mia2, min2, mua2, veng2, vin2; me5, mia5, min5, mua5, bing5, bin5]

明年[mua6/mua3 ni2; mua7/mua3 ni5] 明年。

麻 [mua2; mua5] Unicode: 9EBB, 台語字: muaw
[ma2, mo2, mua2, va2; ma5, moo5, mua5, ba5] 植物名,孝服

萆麻[bi6 mua2; pi7 mua5] 一種植物, 果實可製油。

大麻[dua3 mua2; tua3 mua5] 大麻菸, 麻醉品。

楊麻[ionn6/iunn3 mua2; ionn7/iunn3 mua5] 黃麻。

瓊麻[keng3 mua2; khing3 mua5] 瓊麻。

黃麻[ng6/ng3 mua2; ng7/ng3 mua5] 編織品麻布袋的原料, 黃麻纖維, 有作楊麻 ionn6/iunn3 mua2。

麻仔[mua6/mua3 a4; mua7/mua3 a2] 芝麻。

麻布袋[mua6/mua3 bo4 de6; mua7/mua3 poo2 te7] 麻袋。

麻竹[mua6/mua3 dek5; mua7/mua3 tik4] 麻竹, 孟宗竹。

麻簧[mua6/mua3 gam4; mua7/mua3 kam2] 喪服。

麻油[mua6/mua3 iu2; mua7/mua3 iu5] 芝麻油。

麻粩[mua6/mua3 lau4; mua7/mua3 lau2] 台式炸酥麻花, 例詞搟麻粩 gor3 mua6/3 lau4 輾製台式炸酥麻花。

麻衫[mua6/mua3 sann1; mua7/mua3 sann1] 孝服, 燙手山芋, 例詞麻衫褪予人穿 mua6 sann1 tng4 ho3 lang6 ceng6/mua3 sann1 tng4 ho3 lang3 ceng6 把孝服脫給別人穿, 喻將燙手山芋丟給別人。

麻紗[mua6/mua3 se1; mua7/mua3 se1] 。

麻糬[muann6/muann3 zi2; muann7/muann3 tsi5] 搗爛的糯米飯團, 例詞捻麻糬 liam4 mua6/3 zi2 用手捏斷及製造麻糬;麻糬　　mua6/3 zi2 kiu3 kiu6 麻糬糕做得很軟很有彈性。

萆麻油[bi6 mua6/mua3 iu2; pi7 mua7/mua3 iu5] 萆麻果實所製之油, 為航空用油。

尋麻煩[cue6 ma6 huan2/ce3 ma3 huan2; tshue7 ma7 huan5/tshe3 ma3 huan5] 找麻煩。

捻麻糬[liam4 mua6/mua3 zi2; liam2 mua7/mua3 tsi5] 用手捏斷及製造麻糬, 例詞麻糬手內捻 mua6/3 zi2 ciu1 lai3 liam3 麻糬大小多寡, 都由我手中決定的, 喻資源分配, 由我個人決定。

搓麻油[sor6 mua6/mua3 iu2; so7 mua7/mua3 iu5] 塗了芝麻油, 往日的嬰兒在接生之後, 產婆會塗上芝麻油, 以保護皮膚, 引申嬰兒出生了, 例詞欲少年, 著噯重佫搓麻油 veh1 gorh1 siau4 len2, diorh5 ai4 deng6 gorh1 sor6 mua6 iu2/vueh1 gorh1 siau4 len2, diorh5 ai4 deng3 gorh1 sor6 mua3 iu2 若要再年青重現, 就要再次出生了, 喻不可能的事。

櫼麻油[zinn6 muann6/muann3 iu2; tsinn7 muann7/muann3 iu5] 搾麻油, 櫼 zinn1 是代用字。

麻豆鎮[mua6 dau3 din3; mua7 tau3 tin3] 在台南縣。

麻竹筍[mua6/mua3 dek1 sun4; mua7/mua3 tik8 sun2] 麻竹的竹筍。

麻虱目[mua6/mua3 sat1 vak1; mua7/mua3 sat8 bak8] 虱目魚, 有作虱目魚 sat1 vak5 hi2。

麻織品[mua6/mua3 zit1 pin4; mua7/mua3 tsit8 phin2] 。

穿麻帶孝[ceng3 mua2 dua4 ha3; tshing3 mua5 tua2 ha3] 。

麻油酒雞[mua6 iu6 ziu1 ge1/mua3 iu3 ziu1 gue4; mua7 iu7 tsiu1 ke1/mua3 iu3 tsiu1 kue2] 婦女生產之後, 坐月子時之補品。

麻虱目魚[mua6/mua3 sat1 vak5 hi2; mua7/mua3 sat8 bak4 hi5] 虱目魚, 有作虱目魚 sat1 vak5 hi2;麻虱目魚 mua6/3 sat1 vak5 hi2。

麻糬　　[mua6/mua3 zi2 kiu3 kiu6; mua7/mua3 tsi5 khiu3 khiu7] 麻糬糕做得很軟很有彈性。

麻糬手內捻[mua6/mua3 zi2 ciu1 lai3 liam3; mua7/mua3 tsi5 tshiu1 lai3 liam3] 麻糬大小多寡, 都由我手中決定的, 喻資源分配, 由我個人決定。

痲 [mua2; mua5] Unicode: 75F2, 台語字: muaw
[mua2, va2; mua5, ba5] 疾病名,痲疹

痲仔[mua6/mua3 a4; mua7/mua3 a2] 痲疹。

出痲仔[cut1 mua6/mua3 a4; tshut8 mua7/mua3 a2] 感染了痲疹, 有作出癖 cut1 piah5。

僈 [mua2; mua5] Unicode: 50C8, 台語字: muaw
[mua2; mua5] 流氓,代用字,原義為舒緩,慢

盧僈[lo6/lo3 mua2; loo7/loo3 mua5] 流氓, 黑道人物, 代用詞.語出自落莽為寇, 相關詞鱸鰻 lo6/3 mua2 大鱸鰻, 魚名。

盧僈悾[lo6 mua6 kui3/lo3 mua3 kui3; loo7 mua7 khui3/loo3 mua3 khui3] 盧僈的氣概或模樣。

盧僈頭[lo6 mua6 tau2; loo7 mua7 thau5] 流氓大哥, 例詞盧僈頭,　死人 lo6 mua6 tau2 lam4 si1 lang2/lo3 mua3 tau2 lam4 si1 lang2 流氓大哥, 踹死了人。

僈根仔[mua6/mua3 gin6 a4; mua7/mua3 kin7 a2] 小流氓, 小混混。

角頭盧僈[gak1 tau2 lo6/lo3 mua2; kak8 thau5 loo7/loo3 mua5] 各派系的黑道流氓, 老大, 流氓, 黑道人物, 代用詞。

台語字:	獅 saif	牛 quw	豹 bax	虎 hoy	鴨 ah	象 ciunn	鹿 lokf
通用拼音:	獅 sai1	牛 qu2	豹 ba3	虎 ho4	鴨 ah5	象 ciunn6	鹿 lok1
北京語:	山 san1	明 meng2	水 sue3	秀 sior4	的 dorh5	中 diong6	壢 lek1
普通話:	山 san1	明 meng2	水 sue3	秀 sior4	的 dorh0	中 diong6	壢 lek1

瞞 **[mua2; mua5]** Unicode: 779E，台語字: muaw
[mua2; mua5] 瞞騙

隱瞞[un1 mua2; un1 mua5] 欺騙，掩蓋事實。

瞞扷[mua6/mua3 kam3; mua7/mua3 kham3] 隱瞞，欺騙，掩蓋事實。

瞞騙[mua6/mua3 pen3; mua7/mua3 phian3] 瞞騙。

咧瞞人[de1 mua2 lang6; te1 mua5 lang7] 在騙人，敷衍他人。

瞞人耳目[mua6/mua3 lang2 ni1 vok1; mua7/mua3 lang5 ni1 bok8] 。

瞞天過海[mua6/mua3 ten1 gue4/ge4 hai4; mua7/mua3 thian1 kue2/ke2 hai2] 。

鰻 **[mua2; mua5]** Unicode: 9C3B，台語字: muaw
[mua2; mua5] 鰻魚

海鰻[hai1 mua2; hai1 mua5] 海水鰻魚。

鱸鰻[lo6/lo3 mua2; loo7/loo3 mua5] 大鱸鰻，魚名，相關詞盧僈 lo6/3 mua2 流氓。

烏鰻[o6 mua2; oo7 mua5] 一種海水鰻魚之名。

鰻根仔[mua6/mua3 gin6 a4; mua7/mua3 kin7 a2] 小鰻魚，鰻魚苗。

滿 **[mua4; mua2]** Unicode: 6EFF，台語字: muay
[mua4, vuan4; mua2, buan2] 充足,滿足

充滿[ciong6 mua4/vuan4; tshiong7 mua2/buan2] 滿滿的。

滿腹[mua1 bak5; mua1 pak4] 滿肚子，例詞滿腹的悲情 mua1 bak5 e6 bi6 zeng2 滿肚子的悲情。

滿垺[mua1 ginn2; mua1 kinn5] 太滿而溢出。

滿月[mua1 gueh1/geh1; mua1 kueh8/keh8] 嬰兒出生滿一個月，女兒出嫁滿一個月。

滿意[mua1 i3; mua1 i3] 。

滿滿[mua1 mua4; mua1 mua2] 飽和，滿滿的，滿得快要溢出去。

滿出去[mua4 cut5 ki3; mua2 tshut4 khi3] 太多了而溢出去。

滿腳目[mua1 ka6 vak1; mua1 kha7 bak8] 多的是，多得很。

滿滿滿[mua1 mua1 mua4; mua1 mua1 mua2] 人潮暴滿，滿得溢出來。

滿滿是[mua1 mua1 si6; mua1 mua1 si7] 到處都有，遍地皆是，例詞一四界，滿滿是 zit5 si4 ge3 mua1 mua1 si6 遍地皆是。

滿出滿入[mua1 cut5 mua1 jip1/lip1; mua1 tshut4 mua1 jip8/lip8] 一片汪洋，洪水氾濫，太過分了，例詞食佮滿出滿入 ziah5 gah1 mua1 cut5 mua1 jip1/lip1 吃得杯盤狼籍，吃得太多太多了。

滿六角是[mua1 lak5 gak1 si6; mua1 lak4 kak8 si7] 上下四方的每一個角落都可以找到，引申遍地皆有。

滿山春色[mua1 suann1 cuan6 sek5; mua1 suann1 tshuan7 sik4] 整座山都是春光美景。

滿面春風[mua1 vin6 cun6 hong1; mua1 bin7 tshun7 hong1] 春風得意。

滿面全豆花[mua1 vin6 zuan6/zuan3 dau3 hue1; mua1 bin7 tsuan7/tsuan3 tau3 hue1] 事情處理得不好而處境尷尬。

恘 **[mua6; mua7]** Unicode: 6013，台語字: mua
[mua6, nua6; mua7, nua7] 惡行,代用字

濫恘[lam3 mua6; lam3 mua7] 行惡的人，下流，差勁，罵人的話，相關詞冉悢 lam1 nua6 女人生性懶散，疏於梳妝裝扮。

muai

媒 **[muai2; muai5]** Unicode: 5A92，台語字: muaiw
[hm6, muai2, mue2, mui2, vue2; hm7, muai5, mue5, mui5, bue5] 媒人

媒人[muai6/hm3 lang2; muai7/hm3 lang5] 介紹婚嫁的媒婆，常作媒人婆 muai6 lang6 bor2/muai3 lang3 bor2。

做媒人[zor4 muai6/hm3 lang2; tso2 muai7/hm3 lang5] 當起介紹婚嫁的媒婆。

媒人嘴[muai6 lang6 cui3/muai3 lang3 cui3; muai7 lang7 tshui3/muai3 lang3 tshui3] 媒人總是只說好聽的話，故華而不實，例詞媒人嘴，糊褸褸 muai6 lang6 cui3, ho6 lui4 lui3/hm3 lang3 cui3, ho3 lui4 lui3 媒人的話不可盡信。

媒人禮[muai6 lang6 le4/hm3 lang3 le4; muai7 lang7 le2/hm3 lang3 le2] 答謝媒人提親說媒的服務禮金。

便媒人[ben3 muai6/hm3 lang2; pian3 muai7/hm3 lang5] 現成的媒人。

糜 **[muai2; muai5]** Unicode: 7CDC，台語字: muaiw
[muai2, ve2, vi2, vue2; muai5, be5, bi5, bue5] 粥，稀飯

鹹糜[giam6/giam3 muai2; kiam7/kiam3 muai5] 鹹稀飯。

燒糜[sior6 muai2; sio7 muai5] 熱粥。

糜飯[muai6 bng6; muai7 png7] 稀飯與乾飯。

泔糜仔[am1 muai6/muai3 a4; am1 muai7/muai3 a2] 稀飯，例詞泔糜仔 沸出來矣 am1 muai6/3 a4 pu6 cut5 lai3 a3 稀飯煮開，而溢出鍋沿了。

米糕糜[vi1 gor6 muai2; bi1 ko7 muai5] 台灣式的甜粥。

洘頭糜[kor1 tau6/tau3 muai2; kho1 thau7/thau3 muai5] 很濃稠的稀飯。

糜洘洘[muai2 kor1 kor4; muai5 kho1 kho2] 濃稠稠的稀飯。

糜滾佮沸出迣[muai2 gun1 gah1 pu6 cut5 lai3; muai5 kun1 kah8 phu7 tshut4 lai3] 稀飯煮得溢出鍋子口，稀飯煮開，而溢出鍋沿了。

捌食秫米糜[vat1 ziah5 zut5 vi1 muai2; bat8 tsiah4 tsut4 bi1 muai5] 曾經吃過糯米粥。

mue

粥 **[mue2; mue5]** Unicode: 7CA5，台語字: muew
[mue2; mue5] 粥,稀飯,有作糜 muai2:糜 ve2

台語字:	獅 saif	牛 quw	豹 bax	虎 hoy	鴨 ah	象 ciunn	鹿 lokf
通用拼音:	獅 sai1	牛 qu2	豹 ba3	虎 ho4	鴨 ah5	象 ciunn6	鹿 lok1
北京語:	山 san1	明 meng2	水 sue3	秀 sior4	的 dorh5	中 diong6	壢 lek1
普通話:	山 san1	明 meng2	水 sue3	秀 sior4	的 dorh0	中 diong6	壢 lek1

鹹粥[giam6/giam3 mue2; kiam7/kiam3 mue5] 鹹稀飯, 以前的習俗, 辦喪事時, 只煮一大鍋的鹹稀飯, 供來幫忙治喪工作的人員吃, 例詞一堝仔鹹粥 zit5 ue6 a1 giam6/3 mue2 一大鍋的鹹稀飯;鬥腳手, 食鹹粥 dau4 ka6 ciu4 ziah5 giam6/3 mue2 煮一大鍋的鹹稀飯, 供來幫忙治喪工作的人員吃。

煨粥[ue6 mue2; ue7 mue5] 慢火煮粥。

煮粥[zu1 mue2/ve2; tsu1 mue5/be5] 煮稀飯。

泔粥仔[am1 mue6 a4; am1 mue7 a2] 稀飯, 同泔糜仔 am1 ve3 a4。

哨食粥[de1 ziah5 mue2; te1 tsiah4 mue5] 正在病中, 只能吃稀飯, 同人哨毋好 lang2 de1 m3 hor4。

媒 [mue2; mue5] Unicode: 5A92, 台語字: muew
[hm6, muai2, mue2, mui2, vue2; hm7, muai5, mue5, mui5, bue5] 媒介,媒體,媒人

媒人[mue6/hm3 lang2; mue7/hm3 lang5] 媒婆。

媒體[mue6/mui3 te4; mue7/mui3 the2] 媒介體, 例詞傳播媒體 tuan6 bo4 mue6 te4/tuan3 bor4 mue3 te4 電影, 電視, 報章雜誌等媒體。

媒人婆[mue6 lang6 bor2/hm3 lang3 bor2; mue7 lang7 po5/hm3 lang3 po5] 媒人, 媒婆。

媒人禮[mue6 lang6 le4/hm3 lang3 le4; mue7 lang7 le2/hm3 lang3 le2] 答謝及贈送予媒人的禮金。

煤 [mue2; mue5] Unicode: 7164, 台語字: muew
[mue2, mui2; mue5, mui5] 礦物質的固體燃料,有作土炭 to6/3 tuann3;石炭 ziorh5 tuann3

煤礦[mue6/mui3 kong3; mue7/mui3 khong3] 。

煤炭[mue6/mui3 tuann3; mue7/mui3 thuann3] 礦物質的固體燃料, 有作土炭 to6/3 tuann3;石炭 ziorh5 tuann3。

梅 [mue2; mue5] Unicode: 6885, 台語字: muew
[mue2, mui2, vue2; mue5, mui5, bue5] 姓,梅子樹

梅仔[mue6/mui3 a4; mue7/mui3 a2] 梅子樹的果實, 相關詞苺仔 m6/3 a4 樹苺的果實, 例詞梅仔乾 mue6/3 a1 guann1;梅仔酒 mue6/3 a1 ziu4。

梅子樹[mue6/mui3 a1 ciu6; mue7/mui3 a1 tshiu7] 梅子樹。

梅山鄉[mue6 suann6 hiang1; mue7 suann7 hiang1] 在嘉義縣, 清治時期稱為梅仔坑 mui6 a1 kenn1, 日治時期稱為小梅 sior1 mui2。

苺 [mue2; mue5] Unicode: 8393, 台語字: muew
[m2, mue2, vue2; m5, mue5, bue5] 草莓

草莓[cau1 mue2; tshau1 mue5] 草莓, strawberry。

妹 [mue6; mue7] Unicode: 59B9, 台語字: mue
[muai6, mue6, ve6, vue6; muai7, mue7, be7, bue7] 妹妹,小妹

小妹[sior1 mue6; sio1 mue7] 。

姐妹[ze1 muai6/zi1 mue6; tse1 muai7/tsi1 mue7] 姐姐與妹妹, 同姊姐妹 ze1 muai6/zi1 mue6。

妹婿[muai3/mue3 sai3; muai3/mue3 sai3] 妹夫。

mui

玫 [mui2; mui5] Unicode: 73AB, 台語字: muiw
[mui2; mui5] 玫瑰花,紅色的石頭

玫瑰[mui6/mui3 gui3; mui7/mui3 kui3] 玫瑰花。

梅 [mui2; mui5] Unicode: 6885, 台語字: muiw
[mue2, mui2, vue2; mue5, mui5, bue5] 梅子樹名, 地名

小梅[sior1 mui2; sio1 mui5] 地名, 今嘉義縣梅山鄉。

梅仔[mui6/mui3 a4; mui7/mui3 a2] 梅子。

梅花[mui6/mui3 hue1; mui7/mui3 hue1] 梅花。

梅雨[mui6/mui3 u4; mui7/mui3 u2] 。

梅仔花[mui6/mui3 a1 hue1; mui7/mui3 a1 hue1] 梅花。

梅仔坑[mui6 a1 kenn1; mui7 a1 khenn1] 地名, 今嘉義縣梅山鄉, 日治時期稱為小梅 sior1 mui2。

梅花鹿[mui6/mui3 hua6 lok1; mui7/mui3 hua7 lok8] 台灣本土的鹿種, sika deer。

鹹梅仔便當[giam6 mue6 a1 ben3 dong1/giam3 mui3 a1 ben3 dong1; kiam7 mue7 a1 pian3 tong1/kiam3 mui3 a1 pian3 tong1] 飯盒加了鹹梅, 可以防腐及下飯。

媒 [mui2; mui5] Unicode: 5A92, 台語字: muiw
[hm6, muai2, mue2, mui2, vue2; hm7, muai5, mue5, mui5, bue5] 媒人

媒妁之言[mui6/mui3 ziok5 zi6 qen2; mui7/mui3 tsiok4 tsi7 gian5] 媒人婆的話, 媒人婆介紹的婚姻。

煤 [mui2; mui5] Unicode: 7164, 台語字: muiw
[mue2, mui2; mue5, mui5] 礦物質的固體燃料,有作土炭 to6/3 tuann3;石炭 ziorh5 tuann3

霉 [mui2; mui5] Unicode: 9709, 台語字: muiw
[mui2; mui5] 長了霉

上霉[ciunn3 mui2; tshiunn3 mui5] 長了霉。

黴 [mui2; mui5] Unicode: 9EF4, 台語字: muiw
[mui2, vai2; mui5, bai5] 菌名

黴菌[vai2 kin4/mui6 kun4; bai5 khin2/mui7 khun2] 黴菌, fungus, 係日語詞黴菌 baikin 黴菌。

每 [mui4; mui2] Unicode: 6BCF, 台語字: muiy
[mui4; mui2] 次,常常

每擺[mui1 bai4; mui1 pai2] 每一次。

每日[mui1 jit1/lit1; mui1 jit8/lit8] 每天。

每每[mui1 mui4; mui1 mui2] 常常。

每一年[mui1 zit5 ni2; mui1 tsit4 ni5] 。

台語字:	獅 saif	牛 quw	豹 bax	虎 hoy	鴨 ah	象 ciunn	鹿 lokf
通用拼音:	獅 sai1	牛 qu2	豹 ba3	虎 ho4	鴨 ah5	象 ciunn6	鹿 lok1
北京語:	山 san1	明 meng2	水 sue3	秀 sior4	的 dorh5	中 diong6	壢 lek1
普通話:	山 san1	明 meng2	水 sue3	秀 sior4	的 dorh0	中 diong6	壢 lek1

台灣精神詞典

iJiden, the Formosan Dictionary

of the Taiwan Spirit

台語 KK 音標、台羅拼音對照版

部首　　n；n

na

林　[na2; na5] Unicode: 6797, 台語字: naw
[lim2, lin3, na2; lim5, lin3, na5] 地名,樹林
樹林[ciu3 na2; tshiu3 na5] 茂密的樹木所叢生之處。
林投[na6 dau2; na7 tau5] 荊棘, 露兜科的常綠灌木, 生
長於海邊或溪邊, 其葉為劍型有刺, 其果實似鳳
梨。
樹林仔[ciu3 na6 a4; tshiu3 na7 a2] 地名, 台北縣樹林市
之舊名。
樹林市[ciu3 na6 ci6; tshiu3 na7 tshi7] 在台北縣。
大林鎮[dua3 na6 din3; tua3 na7 tin3] 在嘉義縣。
林口鄉[na6 kau1 din3; na7 khau1 tin3] 在台北縣。
林內鄉[na6 lai3 hiang; na7 lai3 -] 在雲林縣。

那　[na4; na2] Unicode: 90A3, 台語字: nay
[na4, no2; na2, noo5] 那裡?,為何?
支那[zi6 na4; tsi7 na2] 中國, China.支那 zi6 na4 的語源,
乃由唐僧音譯佛典而來, 歐美國家用 China 發音為
zi-na, 台語沿用日語詞支那, 意思是中國。

若　[na6; na7] Unicode: 82E5, 台語字: na
[jiok1, lua6, na4, na6, ze4; jiok8, lua7, na2, na7,
tse2] 像,假若,凡是不止,
干若[gan6 na6; kan7 na7] 僅僅, 只, 例詞干若, 按呢吟
gan6 na3 an1 ne1 nia2 才只是這樣而已;干若欲食,
不拴動 gan6 na6 veh1/veh1 ziah1 m6 din1 dang6 只
想吃, 不肯做家事。
毋若[m3 na6; m3 na7] 不只, 不止, 有作毋吟 m3 nia6,
例詞毋若, 吟吟 m3 na3, nia3 nia6 不只..., 而已!;
伊不毋買一台電腦吟吟 i6 m3 na3 ve1 zit5 dai6/3
den6 nau4 nia3 nia6 他不只才買了一台電腦而
已!。
若按呢[na3 an1 ne1; na3 an1 ne1] 假如這樣。

nai

荔　[nai6; nai7] Unicode: 8354, 台語字: nai
[lai6, le6, nai6; lai7, le7, nai7] 水果名
荔芝[nai3 zi1; nai3 tsi1] 荔枝, 水果名。

nau

惱　[nau4; nau2] Unicode: 60F1, 台語字: nauy
[lor4, nau4; lo2, nau2] 煩悶,生氣
懊惱[au4 nau4; au2 nau2] 煩悶。
苦惱[ko1 nau4; khoo1 nau2] 煩惱, 有作可惱 ko1
nau4。

腦　[nau4; nau2] Unicode: 8166, 台語字: nauy
[lor4, nau4, no2; lo2, nau2, noo5] 凝結的結晶物
頭腦[tau6/tau3 nau4; thau7/thau3 nau2] 腦力。
腦力[nau1 lek1; nau1 lik8] 智力, 智商。

ne

奶　[ne1; ne1] Unicode: 5976, 台語字: nef
[le4, leng1, lin1, nai4, ne1, ni1; le2, ling1, lin1, nai2,
ne1, ni1] 乳房,諂媚,嬌滴滴地
奶母[ne6/ni6 vu4; ne7/ni7 bu2] 奶媽。
真會奶[zin6 e3 ne1; tsin7 e3 ne1] 很會撒嬌。

呢　[ne1; ne1] Unicode: 5462, 台語字: nef
[ne1, ni1, ni2, nih5; ne1, ni1, ni5, nih4] 這樣子
按呢[an1 ne1/ni1; an1 ne1/ni1] 這個樣子, 這樣子, 有作
按呢生 an1 ne1 senn1。
按呢生[an1 ne1 senn1; an1 ne1 senn1] 這樣子, 有作按呢
an1 ne1。

ni

奶　[ni1; ni1] Unicode: 5976, 台語字: nif
[le4, leng1, lin1, nai4, ne1, ni1; le2, ling1, lin1, nai2,
ne1, ni1] 奶汁
鮮乳[sen1 ni1; sian1 ni1] 。
奶水[ni6 zui4; ni7 tsui2] 奶汁。
吶奶仔[suh1 ni6/leng6 a4; suh8 ni7/ling7 a2] 吸吮乳水。

扭　[ni1; ni1] Unicode: 62B3, 台語字: nif
[ni1; ni1] 取,拿,以手指尖取物,拈取,代用字,有作
拈 ni1,相關字捻 liam3 擰,捏,摘取
拈迷[ni1 lai3; ni1 lai3] 拿過來, 拿來。
拈物件[ni6 mih5 giann6; ni7 mih4 kiann7] 以手指尖而拿
取物品。
桌頂拈柑[dorh1 deng4 ni6 gam1; toh8 ting2 ni7 kam1] 從
桌子上拿一顆柑子, 喻輕而易舉的一件事情。

台語字:	獅 saif	牛 quw	豹 bax	虎 hoy	鴨 ah	象 ciunn	鹿 lokf
通用拼音:	獅 sai1	牛 qu2	豹 ba3	虎 ho4	鴨 ah5	象 ciunn6	鹿 lok1
北京語:	山 san1	明 meng2	水 sue3	秀 sior4	的 dorh5	中 diong6	堰 lek1
普通話:	山 san1	明 meng2	水 sue3	秀 sior4	的 dorh0	中 diong6	堰 lek1

年 **[ni2; ni5]** Unicode: 5E74, 台語字: niw
　　[len2, ni2; lian5, ni5] 姓,年歲

紀年[gi1/ki1 ni2; ki1/khi1 ni5] 十二年為一紀年, 即十二
　　生肖流轉一次, 相關詞紀 ni6/3 gi4 年齡, 例詞
　　一紀年 zit5 gi1/ki1 ni2 十二年, 十二生肖流轉一
　　次。

過年[gue4/ge4 ni2; kue2/ke2 ni5] 農曆的除夕夜, 過除夕
　　夜。

一年[zit5 ni2; tsit4 ni5] 一年份, 一年比一年地, 全年,
　　例詞一年培墓, 一年少人 zit5 ni6/3 bue3 vong6 zit5
　　ni6/3 zior1 lang2 每到清明節掃墓, 則長輩一年比
　　一年地凋萎減少, 引申老人凋謝。

年兜[ni6/ni3 dau1; ni7/ni3 tau1] 除夕, 靠近年關的時刻,
　　例詞年兜暗 ni6/3 dau6 am3 除夕夜;年兜暝 ni6
　　dau6 menn2/ni3 dau6 minn2 除夕夜。

年冬[ni6/ni3 dang1; ni7/ni3 tang1] 年份, 收穫。

年紀[ni6/ni3 gi4; ni7/ni3 ki2] 年齡, 相關詞紀年 gi1/ki1
　　ni2 十二年為一紀年。

年號[ni6/ni3 gor6; ni7/ni3 ko7] 朝代的年號, 如宣統元
　　年 suan6 tong4 quan6/3 ni2 一九一一年。

規年週天[gui6 ni6/ni3 tang4 tinn1; kui7 ni7/ni3 thang2
　　thinn1] 一整年。

一年半載[zit5 ni2 buann4 zai3; tsit4 ni5 puann2 tsai3] 一
　　年半年。

年久月深[ni6 gu4 queh5 cim1/ni3 gu4 qeh5 cim1; ni7 ku2
　　gueh4 tshim1/ni3 ku2 geh4 tshim1] 長久的歲月。

栮 **[ni2; ni5]** Unicode: 67C5, 台語字: niw
　　[ne2, ni2; ne5, ni5] 屋簷,停止之處,代用字

栮簷[ni6/ni3 zinn2; ni7/ni3 tsinn5] 屋簷, 有作簾簷 ni6/3
　　zinn2。

栮簷腳[ni6 zinn6 ka1/ni3 zinn3 ka1; ni7 tsinn7 kha1/ni3
　　tsinn3 kha1] 屋簷下, 有作簾簷腳 ni6 zinn6 ka1/ni3
　　zinn3 ka1。

nia

娘 **[nia2; nia5]** Unicode: 5A18, 台語字: niaw
　　[nia2, nio2, niunn2; nia5, -, niunn5] 母親,同妗
　　nia2

阿娘[a6 nia2; a1 nia5] 稱呼母親, 同阿妗 a6 nia2, 相關詞阿
　　娘 a6 niu2 貴婦, 稱大小姐。

恁娘[in6 nia2; in7 nia5] 他們的母親, 他媽的, 罵人的粗
　　話, 有作尹娘 in6 nia2。

嶺 **[nia4; nia2]** Unicode: 5DBA, 台語字: niay
　　[leng4, nia4; ling2, nia2] 山嶺

草嶺[cau1 nia4; tshau1 nia2] 地名, 在雲林縣古坑鄉草嶺
　　村。

嶺頂[nia1 deng4; nia1 ting2] 山頂。

青春嶺[ceng6 cun6 nia4; tshing7 tshun7 nia2] 台語名歌,
　　陳達儒作詞, 蘇桐作曲, 發表於一九三六年, 青春
　　嶺在陽明山。

關仔嶺[guan6 a1 nia4; kuan7 a1 nia2] 地名, 在台南縣白
　　河鎮關嶺里, 為溫泉區。

跰山過嶺[buann6 suann1 gue4 nia4/buann3 suann1 ge4
　　nia4; puann7 suann1 kue2 nia2/puann3 suann1 ke2
　　nia2] 翻過山嶺, 翻山越嶺, 同跰山趴嶺 buann6/3
　　suann1 beh1 nia4 翻山越嶺。

niau

貓 **[niau1; niau1]** Unicode: 732B, 台語字: niauf
　　[niau1; niau1] 家貓,相關字貓 va2 野貓

烏貓[o6 niau1; oo7 niau1] 黑色的貓, 穿著時麾的少女,
　　辣妹, 例詞烏貓烏狗 o6 niau1 o6 gau4 穿著時麾的
　　年青男女, 欣酷哥辣妹。

貓空[niau6 kang1; niau7 khang1] 地名, 在台北市文山區
　　的山區, 因溪中石頭被侵蝕成中空, 又多孔狀而得
　　名, 有作眑空 niau6 kang1。

貓徙岫[niau1 sua1 siu6; niau1 sua1 siu7] 母貓在哺育幼
　　貓時, 常會搬遷巢穴, 引申搬家的次數很頻繁。

貓頭鳥[niau6 tau6/tau3 ziau4; niau7 thau7/thau3 tsiau2]
　　貓頭鷹。

鳥 **[niau4; niau2]** Unicode: 9CE5, 台語字: niauy
鳥鼠[niau1 ci4; niau1 tshi2] 老鼠。

茶鳥鼠[tau3 niau1 ci4; thau3 niau1 tshi2] 以毒餌毒殺老
　　鼠。

鳥鼠仔[niau1 ci1 a4; niau1 tshi1 a2] 小老鼠, 例詞鳥鼠
　　仔囝 niau1 ci1 a1 giann4 小老鼠;鳥鼠仔冤 niau1
　　ci1 a1 uan1 一件小冤仇, 但必須要找機會報仇。

張鳥鼠[dng6 niau1 ci4; tng7 niau1 tshi2] 張羅陷阱, 以捕
　　捉老鼠。

鳥鼠仔張[niau1 ci1 a1 dng1; niau1 tshi1 a1 tng1] 捕鼠
　　器。

nih

茉 **[nih5; nih4]** Unicode: 82E8, 台語字: nih
　　[nih5; nih4] 茉莉,花名,茉莉花,有作茉莉 vak5
　　nih5.博雅:茉茉,茂盛也

苜茉[vak5 nih5; bak4 nih4] 茉莉花, 有作茉莉 vak5
　　nih5。

一茉仔[zit5 nih1 a4; tsit4 nih8 a2] 一丁點。

苜茉花[vak5 nih1 hue1; bak4 nih8 hue1] 茉莉, 花名, 茉
　　莉花.唐韻:莫六切, 音目;博雅:茉茉, 茂盛也。

眲 **[nih5; nih4]** Unicode: 7732, 台語字: nih
　　[nih5; nih4] 眨眼睛,盼望,眼睛張開,代用字

眲目[nih1 vak1; nih8 bak8] 眨眼睛。

眲眲看[nih1 nih1 kuann3; nih8 nih8 khuann3] 四處張望,
　　盼望。

眲目睭[nih1 vak5 ziu1; nih8 bak4 tsiu1] 眨眼睛。

目眲仔久[vak5 nih1 a1 gu4; bak4 nih8 a1 ku2] 一眨眼的
　　功夫, 很短的時間。

台語字:	獅 saif	牛 quw	豹 bax	虎 hoy	鴨 ah	象 ciunn	鹿 lokf
通用拼音:	獅 sai1	牛 qu2	豹 ba3	虎 ho4	鴨 ah5	象 ciunn6	鹿 lok1
北京語:	山 san1	明 meng2	水 sue3	秀 sior4	的 dorh5	中 diong6	壢 lek1
普通話:	山 san1	明 meng2	水 sue3	秀 sior4	的 dorh0	中 diong6	壢 lek1

niunn

娘 [niunn2; niunn5] Unicode: 5A18, 台語字: niunnw
[nia2, nio2, niunn2; nia5, -, niunn5] 母親, 小姐, 女神

月娘[queh5/qeh5 niunn2; gueh4/geh4 niunn5] 月亮, 月球。

娘囝[niunn6/niunn3 giann4; niunn7/niunn3 kiann2] 太太。

娘奶[nio6/niu3 le4; -/niu3 le2] 母親。

七娘媽[cit1 niunn6/niunn3 ma4; tshit8 niunn7/niunn3 ma2] 小孩子的守護神, 織女女神。

好娘奶[hor1 nio6/niu3 le4; ho1 -/niu3 le2] 品德好的母親, 喻好的母親, 就有個好女兒, 可挑來做媳婦, 例詞做田看田底, 娶新婦揀娘奶 zor4 can2 kuann4 can6/3 de4 cua3 sin6 bu6 geng1 niu6 le4 要買一塊田地來耕作, 要先看此田地是否肥沃;要為兒子娶媳婦之前, 要先看看她的母親是否為賢妻良母。

先生娘[sen6 senn6 niunn2; sian7 senn7 niunn5] 尊稱師母, 醫師的太太。

新娘倌[sin6 niu6/niu3 guann1; sin7 niu7/niu3 kuann1] 尊稱新娘。

頭家娘[tau6/tau3 ge6 niunn2; thau7/thau3 ke7 niunn5] 老板娘, 女老板。

註生娘娘[zu4 senn6 nio6 nio2/zu4 sinn3 niunn3 niunn2; tsu2 senn7 - -/tsu2 sinn3 niunn3 niunn5] 小孩子的守護神。

糧 [niunn2; niunn5] Unicode: 7CE7, 台語字: niunnw
[liang2, nio2, niunn2; liang5, -, niunn5] 糧食

米糧[vi1 niunn2; bi1 niunn5] 米糧。

糧食[liunn6/liunn3 sit1; niu7/niu3 sit8] 食糧, 米糧。

糧草[niunn6/niunn3 cau4; niunn7/niunn3 tshau2] 食糧。

雨來糧[ho3 lai6/lai3 niunn2; hoo3 lai7/lai3 niunn5] 預備的米糧, 防止洪水侵害而無食糧。

在地取糧[zai3 de6 cu1 niunn2; tsai3 te7 tshu1 niunn5] 就地取材, 扶持本土人才。

兩 [niunn4; niunn2] Unicode: 5169, 台語字: niunny
[liang4, liong4, nio4, niunn4, nng6; liang2, liong2, -, niunn2, nng7] 重量的計算單位, 一台斤的十六分之一, 37.5 公克

斤兩[gin6 niunn4; kin7 niunn2] 磅秤的準確性, 重量單位, 重量的多少, 有作秤頭 cin4 tau2, 例詞食人斤兩 ziah5 lang6 gin6 niunn4 用不準確的磅秤來騙取他人的重量, 以少報多。

無三兩重[vor6/vor3 sann6 niunn1 dang6; bo7/bo3 sann7 niunn1 tang7] 很輕, 不重, 被別人瞧不起, 不夠看, 例詞阿松無三兩重 a6 siong2 vor6/3 sann6 niunn1 dang6 阿松很輕, 才不被看重。

倆 [niunn6; niunn7] Unicode: 5006, 台語字: niunn
[liang4, liong4, niunn6; liang2, liong2, niunn7] 消遣,打發時間

伎倆[qi3 niunn6; gi3 niunn7] 消遣, 做做事以打發時間, 相關詞技倆 gi6 liong4 方法, 手段, 技巧, 勾當, 騙局。

無伎倆[vor6/vor3 qi3 niunn6; bo7/bo3 gi3 niunn7] 無所事事, 沒事做。

做伎倆[zor4 qi3 niunn6; tso2 gi3 niunn7] 做為打發時間或消遣而工作, 例詞會俾有伎倆 e3 dang4 u3 qi3 niunn6 有事可做, 免得無所事事。

nng

郎 [nng2; nng5] Unicode: 90CE, 台語字: nngw
[long2, nng2; long5, nng5] 天上星星之名

牛郎織女[qu6/qu3 nng2 zit1 li4; gu7/gu3 nng5 tsit8 li2] 天上星星之名, 喻情郎情女。

榔 [nng2; nng5] Unicode: 6994, 台語字: nngw
[long2, nng2; long5, nng5] 檳榔

檳榔[bin6/bun6 nng2; pin7/pun7 nng5] 檳榔, 又稱菁仔 cenn6 a4/cinn6 ann4。

喰檳榔[ziah5 bin6 nng2; tsiah4 pin7 nng5] 嚼食檳榔。

檳榔西施[bin6 nng6 se6 si1/bun6 nng3 se6 si1; pin7 nng7 se7 si1/pun7 nng3 se7 si1] 賣檳榔的年青女性, 以穿著清涼聞名, 為台灣特有的公路景觀。

仚 [nng3; nng3] Unicode: 5C73, 台語字: nngx
[nng3; nng3] 低頭鑽進入

仚鑽[nng4 zng3; nng2 tsng3] 鑽營求進, 例詞敖仚鑽 qau6/3 nng4 zng3 巧於鑽營求進。

仚峒孔[nng4 bong3 kang1; nng2 pong3 khang1] 過山洞, 通過燧道, 相關詞坋峒孔 vun4 bong3 kang1 穿過山洞, 穿過燧道, 例詞火車仚峒孔 hue1/he1 cia1 nng4 bong3 kang1 火車穿過山洞。

仚入込[nng3 jip5/lip5 i3; nng3 jip4/lip4 i3] 鑽進去。

仚錢孔[nng4 zinn6/zinn3 kang1; nng2 tsinn7/tsinn3 khang1] 設法要去賺錢。

軟 [nng4; nng2] Unicode: 8EDF, 台語字: nngy
[juan4, luan4, nng4; juan2, luan2, nng2] 軟弱,鬆軟

落軟[lorh5 nng4; loh4 nng2] 態度軟化, 例詞做老母的, 落軟矣 zor4 lau3 vu4 e3, lorh5 nng4 a3 母親的態度終於軟化了。

軟勢[nng1 se3; nng1 se3] 動作柔軟。

軟心[nng1 sim1; nng1 sim1] 慈悲心腸, 心腸善良。

軟汫[nng1 ziann4; nng1 tsiann2] 軟弱的, 沒有魂力或體力去做一件事。

軟逅逅[nng1 gauh1 gauh5; nng1 kauh8 kauh4] 軟扒扒。

軟糊糊[nng1 go6/go3 go2; nng1 koo7/koo3 koo5] 很軟的樣子。

軟腳蝦[nng1 ka6 he2; nng1 kha7 he5] 腳軟蝦, 體力不佳的人, 軟弱的人, 例詞台灣人休使做軟腳蝦 dai6 uan6 lang2 ve3 sai1 zor4 nng1 ka6 he2/dai3 uan3 lang2 vue3 sai1 zor4 nng1 ka6 he2 台灣人不可以時時都可以被恐嚇的。

軟土深掘[nng1 to2 cim6 gut1; nng1 thoo5 tshim7 kut8] 專找鬆軟的土地來挖掘, 因而可以挖得很深, 喻專吃軟柿子, 只會欺負好人。

台語字:	獅 saif	牛 quw	豹 bax	虎 hoy	鴨 ah	象 ciunn	鹿 lokf
通用拼音:	獅 sai1	牛 qu2	豹 ba3	虎 ho4	鴨 ah5	象 ciunn6	鹿 lok1
北京語:	山 san1	明 meng2	水 sue3	秀 sior4	的 dorh5	中 diong6	壢 lek1
普通話:	山 san1	明 meng2	水 sue3	秀 sior4	的 dorh0	中 diong6	壢 lek1

食軟無食硬[ziah5 nng4 vor6/vor3 ziah5 qenn6; tsiah4 nng2 bo7/bo3 tsiah4 nge7] 會因對方低調反應, 而同意或改變強硬姿態, 卻不會屈服於對方的凶悍蠻橫。

卵 [nng6; nng7] Unicode: 5375, 台語字: nng

[luan4, nng6; luan2, nng7] 蛋,雌雞體內的胚胎蛋, 未生出的為蛋 duann1;已生出的為卵 nng6

雞卵[ge6/gue6 nng6; ke7/kue7 nng7] 雞蛋, 例詞雞卵糕 ge6/gue6 nng6 gor1 雞蛋糕。

卵包[nng3 bau1; nng3 pau1] 荷包蛋。

卵清[nng3 ceng1; nng3 tshing1] 蛋白。

去土州賣鴨卵[ki4 to6/to3 ziu1 ve3 ah1 nng6; khi2 thoo7/thoo3 tsiu1 be3 ah8 nng7] 下葬完成後, 要以鴨蛋及紅蝦祭拜, 表示送鴨蛋給在地底下的往生者, 讓他有鴨蛋能在陰間販售, 生活無缺, 喻人亡故了. 土州常誤作蘇州 so6 ziu1。

no

老 [no4; noo2] Unicode: 8001, 台語字: noy

[lau4, lau6, lor4, no4; lau2, lau7, lo2, noo2] 老者

父老[hu3 no4; hu3 noo2] 鄉親父老, 例詞父老鄉親 hu3 no4 hiang6 cin1 鄉親父老。

nua

偌 [nua4; nua2] Unicode: 504C, 台語字: nuay

[nua4; nua2] 怎麼樣?,相關字若 lua6 多少,若干

安偌來就安偌去[an1 nuann1 lai2 diorh5 an1 nua1 ki3; an1 - lai5 tioh4 an1 nua1 khi3] 照道理, 怎麼樣來, 怎麼樣去。

攔 [nua4; nua2] Unicode: 648B, 台語字: nuay

[nua4; nua2] 用手搓洗,搓揉,推攔,相關字捼 lue2 用手指頭按捺

搬攔[bua6 nua4; pua7 nua2] 糾纏不清, 一來一往, 例詞無搬攔 vor6 buann6 nua4/vor3 bua3 nua4 不是對手, 沒有交情。

打攔[pah1 nua4; phah8 nua2] 打拼, 努力工作。

攔土[nua1 to2; nua1 thoo5] 用手揉鍊泥土。

無搬攔[vor6 buann6 nua4/vor3 buannn3 nua4; bo7 puann7 nua2/bo3 - nua2] 不是對手, 沒有交情。

惵 [nua6; nua7] Unicode: 6013, 台語字: nua

[mua6, nua6; mua7, nua7] 懶散,惡行

惙惵[cua1 nua6; tshua1 nua7] 懶散, 不積極, 例詞惙惵某, 不煮食 cua1 nua3 vo4 m3 zu1/zi1 ziah5 懶散的太太, 不理家, 不做飯。

濫惵[lam3 nua6/mua6; lam3 nua7/mua7] 行惡的人, 下流, 差勁, 罵人的話。

冉惵[lam1 nua6; lam1 nua7] 女人生性懶散, 疏於梳妝裝扮, 例詞冉惵查某, 無手捆攏裙 lam1 nua3 za6 vo4 vor6/3 ciu4 tang6 lang1 gun2 生性懶散又疏於裝扮的女人, 忙得没空去拉起裙子, 引申忙亂成一團。

惵惵[nua3 nuann6; nua3 -] 懶散, 不積極。

渃 [nua6; nua7] Unicode: 6E03, 台語字: nua

[nua6; nua7] 口水,分泌物,代用字,有作涎 nua6,相關字瀾 lan2 波濤

嘴渃[cui4 nua6; tshui2 nua7] 口水, 例詞流嘴渃 lau6/3 cui4 nua6 流口水;嘴渃泉 cui4 nua3 zuann2 口水, 想法, 心態;流豬哥渃 lau6/3 di6 gor6 nua6 好色得流口水;嘴渃紣落來 cui4 nua6 din1 lorh5 lai3 口水流了下來;食著人的嘴渃 ziah5 diorh5 lang6 e6/3 cui4 nua6 學到別人的論點及看法。

嘴渃泉[cui4 nua3 zuann2; tshui2 nua3 tsuann5] 口水, 想法, 論點, 心態。

講話哈渃[gong1 ue3 gam6/gam3 nua6; kong1 ue3 kam7/kam3 nua7] 講話時, 口中含著口水, 講不清楚。

呸痰呸渃[pui4 tam6/tam3 pui4 nua6; phui2 tham7/tham3 phui2 nua7] 被大家所唾棄。

愛佮流嘴渃[ai4 gah1 lau6/lau3 cui4 nua6; ai2 kah8 lau7/lau3 tshui2 nua7] 很想要, 有作垂涎三尺 sui6/3 sen2 sann6 ciorh5。

懁 [nua6; nua7] Unicode: 611E, 台語字: nua

[nua6; nua7] 努力工作,代用字,相關字惡 nai1 忸怩,撒嬌;惵 nua6 懶散,惡行

恓懁[mi3 nua6; mi3 nua7] 努力工作, 例詞恓懁寫冊 mi3 nua3 sia1 ce3 很努力地寫作及出書。

死恓懁[si1 mi3 nua6; si1 mi3 nua7] 很努力, 很有恆心毅力, 入迷。

真恓懁[zin6 mi3 nua6; tsin7 mi3 nua7] 很努力地工作, 鍥而不捨, 有作真恓孜 zin6 mi3 zinn1。

恓死恓懁[mi3 si1 mi3 nua6; mi3 si1 mi3 nua7] 努力工作, 一味地死纏著不放。

爛 [nua6; nua7] Unicode: 721B, 台語字: nua

[lan6, nua6; lan7, nua7]

爛土佇腳底淿[nua3 to2 di3 ka6 de4 ciok1; nua3 thoo5 ti3 kha7 te2 tshiok8] 將對方像爛泥般, 踩在腳下侮辱, 引申不將對方看在眼裡, 而要侮辱或傷害對方。

台語字:	獅 saif	牛 quw	豹 bax	虎 hoy	鴨 ah	象 ciunn	鹿 lokf
通用拼音:	獅 sai1	牛 qu2	豹 ba3	虎 ho4	鴨 ah5	象 ciunn6	鹿 lok1
北京語:	山 san1	明 meng2	水 sue3	秀 sior4	的 dorh5	中 diong6	壢 lek1
普通話:	山 san1	明 meng2	水 sue3	秀 sior4	的 dorh0	中 diong6	壢 lek1

台灣精神詞典
iJiden, the Formosan Dictionary
of the Taiwan Spirit
台語 KK 音標、台羅拼音對照版

部首 ng；ng

ng

央 **[ng1; ng1]** Unicode: 592E, 台語字: ngf
　[iang1, iong1, ng1; iang1, iong1, ng1]
中央[diong6 ng1; tiong7 ng1] 中間, 相關詞中央 diong6 iong1 中央政府, 中心, 例詞食飯坩仔中央 ziah5 bng3 kann6 a1 diong6 ng1 生活優裕, 没有生存的壓力的人;冬節月中央, 無雪嘛無霜 dang6 zeh5 queh5 diong6 ng1 vor6 seh5 ma3 vor6 sng1/dang6 zeh5 qeh5 diong6 ng1 vor3 seh5 ma3 vor3 sng1 冬至若是在陰曆的當月中旬, 則該年將是一個暖冬的年份。
田中央[can6/can3 diong6 ng1; tshan7/tshan3 tiong7 ng1] 在田地的中央, 地名, 今彰化縣田中鎮。

昻 **[ng1; ng1]** Unicode: 6609, 台語字: ngf
　[hng1, ng1; hng1, ng1] 開始, 晚上, 代用字
下昻[e6/e3 ng1; e7/e3 ng1] 今晚。
昨昻[za6 hng1/ng1; tsa7 hng1/ng1] 昨晚, 昨天。

挷 **[ng1; ng1]** Unicode: 62B0, 台語字: ngf
　[ng1; ng1] 掩藏, 包庇, 代用字, 原義打擊
挷咯雞[ng6 gok5 ge1/gue1; ng7 kok4 ke1/kue1] 捉迷藏, 有作掩咯雞 am6 gok5 ge1/iam6 gok5 gue1。
挷挷披披[ng6 ng6 iap1 iap5; ng7 ng7 iap8 iap4] 掩掩遮遮地, 掩掩藏藏, 躲躲藏藏, 有作掩掩撲撲 am6 am6 iap1 iap5。
臭腳倉　惊人挷[cau4 ka6 cng1 giann6 lang6/lang3 ng1; tshau2 kha7 tshng1 kiann7 lang7/lang3 ng1] 怕別人揭發誹聞醜聞或弊案。

秧 **[ng1; ng1]** Unicode: 79E7, 台語字: ngf
　[iang1, ng1; iang1, ng1] 禾苗
秧仔[ng6 a4; ng7 a2] 秧苗。

黃 **[ng2; ng5]** Unicode: 9EC3, 台語字: ngw
　[hong2, ng2; hong5, ng5] 姓,黃色,色情的,果子成熟,植物枯黃
黃金[ng6/ng3 gim1; ng7/ng3 kim1] 金子, 黃金, 相關詞黃金 hong6/3 gim1 骨灰罐, 骨灰墰。
在横黃[zai3 zang6/zang3 ng2; tsai3 tsang7/tsang3 ng5] 果子成熟, 熟透了。
黃虎國[ng6/ng3 ho1 gok5; ng7/ng3 hoo1 kok4] 清朝在 1895 年將台灣割讓給日本, 台灣人成立台灣民主國 Republic of Taiwan, 國旗為黃虎藍地, 為亞洲第一個民主國家。

向 **[ng3; ng3]** Unicode: 5411, 台語字: ngx
　[ann3, hiang3, hiann3, hiong3, ng3; ann3, hiang3,

hiann3, hiong3, ng3] 面向,盼望,代用字
向北[ng4 bak5; ng2 pak4] 朝北, 向北。
向南[ng4 lam2; ng2 lam5] 朝南, 向南, 例詞坐北向南 ze3 bak5 ng4 lam2 座北朝南; 向對南旁 ng4 dui4 lam3 beng2 面對南方。

快 **[ng3; ng3]** Unicode: 600F, 台語字: ngx
　[iong3, ng3; iong3, ng3] 盼望,代用字
快望[ng4 vang6; ng2 bang7] 盼望, 例詞快望後冬 ng4 vang3 au3 dang1 盼望明年的收穫。
無悚快[vor6/vor3 dang4 ng3; bo7/bo3 tang2 ng3] 沒有希望了。
無捅快[vor6/vor3 tang6 ng3; bo7/bo3 thang7 ng3] 沒地方可以有所寄託或希望了。

阮 **[ng4; ng2]** Unicode: 962E, 台語字: ngy
　[ng4, quan4; ng2, guan2] 姓

袂 **[ng4; ng2]** Unicode: 8882, 台語字: ngy
　[ng4; ng2] 衣袖,袖口,集韻:彌蔽切,音襪;玉篇:袖也.今有作袂 vue6/ve6,取其音代侜 vue6/ve6 義作不能夠,似不宜.
手袂[ciu1 ng4; tshiu1 ng2] 衣袖, 袖口。
襄手袂[bih1 ciu1 ng4; pih8 tshiu1 ng2] 捲起衣袖。
挭手袂[lek5 ciu1 ng4; lik4 tshiu1 ng2] 捲起衣袖。
手袂箍[ciu1 ng1 ko1; tshiu1 ng1 khoo1] 衣袖口。
有衫仔　扭伶無手袂[u3 sann6 a4 ciu1 gah1 vor6/vor3 ciu1 ng4; u3 sann7 a2 tshiu1 kah8 bo7/bo3 tshiu1 ng2] 熱情相邀, 而拉斷了衣服的袖子。

笐 **[ng4; ng2]** Unicode: 7B0E, 台語字: ngy
　[ng4; ng2] 竹編的小籃子,竹編的袋子,用來承裝物品而稱重量,代用字,相關字芫 en2 香菜;笐 ceng4 清除灰塵
笐仔[ng1 a4; ng1 a2] 竹編的盛器。
四兩笐仔無除[si4 niu1 ng1 a4 vor6/vor3 di2; si2 niu1 ng1 a2 bo7/bo3 ti5] 稱物品的重量時, 要先扣除量計的重量, 才能知道物品的淨重, 以免虛脹毛重, 喻不知自我反省, 自不量力, 買賣不誠實。

翳 **[ng4; ng2]** Unicode: 7FF3, 台語字: ngy
　[ng4; ng2] 陰影,隔阻日光或光源而成的陰暗處,相關字影 iann4 反射或投射日光或光源而成的影像;醫 i3 眼病,白內障;蔭 im3 庇蔭,庇祐
蔭翳[im4 ng4; im2 ng2] 樹影, 樹蔭, 相關詞蔭影 im4 iann4 在影子下乘涼。
樹仔翳[ciu3 a1 ng4; tshiu3 a1 ng2] 樹陰, 樹的陰影。
樹大翳著大[ciu6 dua6 ng4 diorh5 dua6; tshiu7 tua7 ng2 tioh4 tua7] 樹大, 它的陰影也大, 引申收入大, 支出也隨著多, 喻樹大招風。

暈 **[ng6; ng7]** Unicode: 6688, 台語字: ng
　[ng6, un6; ng7, un7] 繚亂,不明,代用字
煙暈[en6 ng6; ian7 ng7] 煙霧迷漫而看不清楚。
目睭起煙暈[vak5 ziu1 ki1 en6 ng6; bak4 tshiu1 khi1 ian7 ng7] 眼睛看不清楚, 眼睛花了。

台語字:	獅 saif	牛 quw	豹 bax	虎 hoy	鴨 ah	象 ciunn	鹿 lokf
通用拼音:	獅 sai1	牛 qu2	豹 ba3	虎 ho4	鴨 ah5	象 ciunn6	鹿 lok1
北京語:	山 san1	明 meng2	水 sue3	秀 sior4	的 dorh5	中 diong6	壢 lek1
普通話:	山 san1	明 meng2	水 sue3	秀 sior4	的 dorh0	中 diong6	壢 lek1

台灣精神詞典

iJiden, the Formosan Dictionary

of the Taiwan Spirit

台語 KK 音標、台羅拼音對照版

部首　○；oo

○

烏　**[o1; oo1]** Unicode: 70CF, 台語字: of
[o1, u1; oo1, u1] 姓,黑色而有光亮,相關字黑 o1 沒有光亮的黑色

烏暗[o6 am3; oo7 am3] 黑暗的, 險惡的, 例詞社會烏暗 sia3 hue6 o6 am3 現實的社會是黑暗的, 險惡的;政治烏暗 o6 am3 政治是黑暗的, 無情的。

烏白[o6 beh1; oo7 peh8] 黑與白, 亂來, 隨隨便便。

烏鶖[o6 ciu1; oo7 tshiu1] 黑色的留鳥, Formosan Black Drongo, 長約 28 公分, 分佈於平原及丘陵地, 與烏鴉 o6 a1 不同。

烏狗[o6 gau4; oo7 kau2] 黑色的狗, 影射帥哥。

烏龜[o6 gu1; oo7 ku1] 烏龜, 相關詞烏胿 o6 gui1 私娼館的主人。

烏胿[o6 gui1; oo7 kui1] 娼妓頭, 娼妓館的主人, 有作老鴇 lau3 bor4;老娼 lau3 cang1。私娼館的主人, 相關詞烏龜 o6 gu1 烏龜。

烏魚[o6 hi2; oo7 hi5] 冬至迴游到台灣的訊魚, 英語叫作 mullet。

烏油[o6 iu2; oo7 iu5] 機油。

烏鰡[o6 liu1; oo7 liu1] 魚名, 產地在日月潭附近。

烏貓[o6 niau1; oo7 niau1] 黑色的貓, 影射辣妹。

烏紗[o6 se1; oo7 se1] 行賄, 在日治時代, 每到年底歲末, 本地人要送禮品給日本人的地方官, 係日語奧歲末 oseibo 歲末禮物之意, 簡稱烏紗 o6 se1, 但與烏紗帽 o6 se6 vor6 無關。

烏糖[o6 tng2; oo7 thng5] 赤糖。

烏墨[o6 vak1; oo7 bak8] 墨汁, 墨條, 文房四寶之一。

曝烏去[pak5 o1 ki3; phak4 oo1 khi3] 曬太陽而曬黑了。

烏仔魚[o6 a1 hi2; oo7 a1 hi5] 在魚塭中的人工飼養的烏魚, 體型較小, 別於野生的海中的烏魚。

烏暗串[o6 am4 cng3; oo7 am2 tshng3] 黑鮪魚, 高級魚獲, 肉暗黑色, 又叫作正串 ziann4 cng3。

烏暗眩[o6 am4 hin2; oo7 am2 hin5] 暈眩。

烏白柄[o6 beh5 binn3; oo7 peh4 pinn3] 亂來, 亂作一氣。

烏白嗙[o6 beh5 bong3; oo7 peh4 pong3] 亂吹噓, 亂誇大其詞。

烏白翸[o6 beh5 pun4; oo7 peh4 phun2] 胡作胡為。

烏白挴[o6 beh5 vu4; oo7 peh4 bu2] 胡作非為, 亂來, 有作烏白舞 o6 beh5 vu4。

烏黕紅[o6 do4 ang2; oo7 too2 ang5] 裏紅色。

烏多桑[o6 do4 sang4; oo7 too2 sang2] 父親, 係日語詞奧父樣 otosan 父親。

烏骨雞[o6 gut1 ge1; oo7 kut8 ke1] 皮及骨頭都是黑色的雞隻, 有作烏瀝肉 o6 lek5 vah5。

烏魚鰾[o6 hi6/hi3 bior6; oo7 hi7/hi3 pio7] 公烏魚的精囊。

烏魚子[o6 hi6/hi3 zi4; oo7 hi7/hi3 tsi2] 母烏魚的卵囊, 高價的美食佳肴。

烏陰天[o6 im6 tinn1; oo7 im7 thinn1] 陰暗的天氣。

烏吉桑[o6 ji1 sang4; oo7 ji1 sang2] 稱呼年長的男性, 伯伯, 係日語詞奧伯父樣 ojisan 伯叔父。

烏日鄉[o6 jit5 hiang1; oo7 jit4 hiang1] 在台中縣。

烏卡凹[o6 ka1 neh5; oo7 kha1 neh4] 錢, 金錢, 係日語詞奧金 okane 金錢。

烏巧桑[o6 ka4 sang3; oo7 kha2 sang3] 母親, 係日語詞奧母樣 okasan 母親。

烏坵鄉[o6 ku6 hiong6; oo7 khu7 hiong7] 地名, 在金門縣。

烏龍仔[o6 liong6/liong3 a4; oo7 liong7/liong3 a2] 蟋蟀。

烏漉木[o6 lok1 vok1; oo7 lok8 bok8] 黃連木, 落葉喬木, 漆樹科, 木材的中心部份幾乎是爛木質, 稱為漉髓仔柴 lok1 cue1 a1 ca2。

烏頭仔[o6 tau6/tau3 a4; oo7 thau7/thau3 a2] 黑色轎車, 有作烏頭仔車 o6 tau6/3 a1 cia1。

烏巴桑[o6 vah1 sang4; oo7 bah8 sang2] 稱呼年長的女性, 伯母, 係日語詞伯母樣 obasan 伯母。

烏漉心肝[o6 lok1 sim6 guann1; oo7 lok8 sim7 kuann1] 心地陰險, 豬犬都不肯嗅聞, 有作臭心肝 cau4 sim6 guann1。

烏漉木製[o6 lok1 vok5 ze3; oo7 lok8 bok4 tse3] 粗製濫造, 亂七八糟, 用烏漉木 o6 lok1 vok1 木材製造的劣質品, 常誤作烏魯木齊 o6 lo1 vok5 ze3 中國新疆省迪化市.台灣與新疆陸海隔絕萬里, 數百年來, 不曾交通, 何來烏魯木齊?, 音誤也。

嘴烏面土[cui4 o6 vin3 to4; tshui2 oo7 bin3 thoo2] 臉色難看, 不高興的樣子, 有作面仔膨夯夯 vin3 a4 pong4 qia6/3 qia2。

烏漉心肝[o6 lok1 sim6 guann1; oo7 lok8 sim7 kuann1] 心地陰險, 豬犬都不肯嗅聞, 有作臭心肝 cau4 sim6 guann1。

烏頭司公[o6 tau2 sai6 gong1; oo7 thau5 sai7 kong1] 替喪家辦理法會, 告別式的道士, 頭戴黑帽。

烏天暗地[o6 tinn6 am4 de6; oo7 thinn7 am2 te7] 天地昏暗, 社會風氣敗壞, 為政者貪污, 司法不公。

烏面捋杯[o6 vin3 la3 bue1; oo7 bin3 la3 pue1] 黑面琵鷺, 一種候鳥名, 冬季來台南縣海邊過冬, 有作捋杯 la3 bue1;飯匙鳥 bng3 si6 ziau4。

烏目拄白目[o6 vak1 du1 beh5 vak1; oo7 bak8 tu1 peh4 bak8] 黑眼對準了對方的白眼, 喻相瞪眼, 不肯打個招呼。

烏貓烏狗　跳踜事[o6 niau1 o6 gau4 tiau4 lang4 su3; oo7 niau1 oo7 kau2 thiau2 lang2 su3] 酷哥辣妹正在跳熱舞, 為日治時期的流行用語, 踜事 lang4 su3 係日語詞 dansu 跳舞, 來自英語詞 dance 跳舞。

烏矸仔貯豆油　無抵看[o6 gan6 a4 de1 dau3 iu2 vor6/vor3 de4 kuann3; oo7 kan7 a2 te1 tau3 iu5 bo7/bo3 te2 khuann3] 黑瓶子裝滿了黑醬油, 根本無從去查看個清楚, 喻摸不清底細。

黑　**[o1; oo1]** Unicode: 9ED1, 台語字: of
[hek5, o1; hik4, oo1] 黑社會的,黑色的但沒有光亮, 相關字烏 o1 黑色而有光亮

黑市[o6 ci6; oo7 tshi7] 黑市市場。

台語字:	獅 saif	牛 quw	豹 bax	虎 hoy	鴨 ah	象 ciunn	鹿 lokf
通用拼音:	獅 sai1	牛 qu2	豹 ba3	虎 ho4	鴨 ah5	象 ciunn6	鹿 lok1
北京語:	山 san1	明 meng2	水 sue3	秀 sior4	的 dorh5	中 diong6	壢 lek1
普通話:	山 san1	明 meng2	水 sue3	秀 sior4	的 dorh0	中 diong6	壢 lek1

黑店[o6 diam3; oo7 tiam3] 價格過高或非法營業的商
　　家。
黑道[o6 dor6; oo7 to7] 黑社會, 殺人及詐騙集團, 流氓,
　　相關詞白道 beh5 dor6 官僚, 貪官汙吏。
黑金[o6 gim1; oo7 kim1] 政場上的黑道及財團金權。
黑手的[o6 ciu4 e3; oo7 tshiu2 e3] 操作或修理機械的人
　　員。
黑名單[o6 miann6/miann3 duann1; oo7 -/- tuann1] 。
黑珍珠[o6 zin6 zu1; oo7 tsin7 tsu1] 黑色的珍珠, 蓮霧品
　　種名。
黑金政治[o6 gim1 zeng4 di6; oo7 kim1 tsing2 ti7] 執政者
　　以黑道及金權來治國。

胡 **[o2; oo5]** Unicode: 80E1, 台語字: ow
　　　　[ho2, o2; hoo5, oo5] 姓

壺 **[o2; oo5]** Unicode: 58FA, 台語字: ow
　　　　[ho2, o2; hoo5, oo5] 束口的罐, 大的圓形盤
痰壺[tam6/tam3 o2; tham7/tham3 oo5] 痰盂。
尿壺[zior2 o2; tsio3 oo5] 。
壺底油[o6/o3 de1 iu2; oo7/oo3 te1 iu5] 上等的濃醬油, 醬
　　油膏, 有作蔭油 im4 iu2。

篅 **[o2; oo5]** Unicode: 7BB6, 台語字: ow
　　　　[o2; oo5] 以竹片編成大的圓形淺盤
咁篅[gam1 o2; kam1 oo5] 以竹片編成大的圓形淺盤, 可
　　鋪曬食品。
蔍篅[liah5 o2; liah4 oo5] 淺平的咁篅。

湖 **[o2; oo5]** Unicode: 6E56, 台語字: ow
　　　　[o2; oo5] 湖泊, 大水潭, 一片平地
江湖[gang6 o2; kang7 oo5] 水路馬頭, 地域。
低湖[ge3 o2; ke3 oo5] 一片平地, 例詞一角低湖地 zit5
　　gak1 ge3 o6/3 de6 一大片平坦的低地。
一湖[zit5 o2; tsit4 oo5] 一大片的土地, 例詞一湖山 zit5
　　o6/3 suann1 一大片山地;一湖樹林 zit5 o6/3 ciu3 na2
　　一大片山林;一湖竹仔 zit5 o6/3 dek1 a4 一大片竹
　　林。
澄清湖[deng6 ceng6 o2; ting7 tshing7 oo5] 高雄市的水源
　　地, 在高雄縣烏松鄉, 原名先後稱為大埤湖 dua3
　　bi6 o2;大悲湖 dua3 bi6 o2;大貝湖 dua3 bue4 o2。
走江湖[zau1 gang6 o2; tsau1 kang7 oo5] 流浪, 橫行各
　　地。
湖口鄉[o6 kau1 hiang1; oo7 khau1 hiang1] 在新竹縣。
湖內鄉[o6 lai3 hiang1; oo7 lai3 hiang1] 在高雄縣。
湖西鄉[o6 sai6 hiang1; oo7 sai7 hiang1] 在澎湖縣。

挖 **[o4; oo2]** Unicode: 6316, 台語字: oy
　　　　[iah5, o4; iah4, oo2] 挖掘,挖開,搬空,代用字,有作剾
　　o4,相關字剜 ue4 挖取;剡 iam1 挖掘;掘 gut1 用鋤
　　頭挖
挖孔[o1 kang1; oo1 khang1] 挖洞, 找碴。
挖土[o1 to2; oo1 thoo5] 挖土, 掘地。
挖錢[o1 zinn2; oo1 tsinn5] 設法搬空財產或金錢。
挖蕃薯[o1/iah1 han6 zi2; oo1/iah8 han7 tsi5] 挖地瓜, 採
　　收地瓜。
挖窟仔[o1 kut1 a4; oo1 khut8 a2] 挖池塘。

剾 **[o4; oo2]** Unicode: 527E, 台語字: oy
　　　　[ko1, o4; khoo1, oo2] 挖掘,挖開,搬空,有作挖 o4,
　　相關字剜 ue4 挖取;剡 iam1 挖掘;掘 gut1 用鋤頭
　　挖。

芋 **[o6; oo7]** Unicode: 828B, 台語字: o
　　　　[mo1, o6; moo1, oo7] 芋頭
芋仔[o3 a4; oo3 a2] 芋頭。
芋冰[o3 beng1; oo3 ping1] 有芋頭口味的冰淇淋或冰
　　棒。
芋粿[o3 gue4/ge4; oo3 kue2/ke2] 用芋頭, 米漿蒸製的糕
　　類本土食品, 同芋粿橋 o3 gue1/ge1 kiau1。
芋圓[o3 inn2; oo3 inn5] 有芋頭口味的消暑清涼食品。
芋泥[o3 ni2; oo3 ni5] 用芋頭做的一種菜肴。
老芋仔[lau3 o6 a4; lau3 oo7 a2] 外省籍的老兵, 不認同台
　　灣的統派的中國人, 有作外驢仔 qua3 li6/3 a4.自從
　　1949 年後, 台灣青年被流亡到台灣的中國政府征調
　　服兵役, 被稱為充員兵, 而大量逃台的士兵, 大多已
　　任士官職以上, 被台灣的充員兵統稱其為芋仔兵 o3
　　a1 beng1, 即芋頭冰之意, 而與台灣的蕃薯仔兵
　　han6 zi6/3 a1 beng1 充員兵相對比而得名。
擽芋頭[lu6 o3 tau2; lu7 oo3 thau5] 理了一個大光頭。
不捌芋仔番薯[m3 bat1 o3 a1 han3 zi2; m3 pat8 oo3 a1
　　han3 tsi5] 譏笑某人分不出番薯與芋頭, 分不清楚事
　　理。

ok

屋 **[ok5; ook4]** Unicode: 5C4B, 台語字: ok
　　　　[ok5; ook4] 房屋,房屋
房屋[bang6/bang3 ok5; pang7/pang3 ook4] 住房。
新屋鄉[sin6 ok1 hiang1; sin7 ook8 hiang1] 在桃園縣。

惡 **[ok5; ook4]** Unicode: 60E1, 台語字: ok
　　　　[ok5, onn3; ok4, onn3] 凶惡,相關字詻 ok5 斥罵
善惡[sen3 ok5; sian3 ook4] 善與惡, 例詞善有善報, 惡有
　　惡報 sen3 iu1 sen3 bor3, ok5 iu1 ok1 po3 善惡終有
　　報。
惡毒[ok1 dok1; ook8 tok8] 狠毒心腸。
惡果[ok1 gor4; ook8 ko2] 惡有惡報。
惡化[ok1 hua3; ook8 hua3] 情況逆轉, 轉變成劣境。
惡人[ok1 lang2; ook8 lang5] 凶殘的人, 不受歡迎的人,
　　相關詞詻人 ok5 lang3 斥罵別人。
惡馬[ok1 ve4; ook8 be2] 難以馴服的馬, 例詞惡馬惡人騎
　　ok1 ve4 ok1 lang6/3 kia2 再難以馴服的馬, 也會有
　　人來馴服的。
惡質[ok1 zit5; ook8 tsit4] 惡劣的本性。
惡確確[ok1 kiak5 kiak1; ook8 khiak4 khiak8] 個性非常兇
　　惡, 相關詞詻確確 ok1 kiak5 kiak1 罵起人來, 非常
　　厲害。
惡宣傳[ok1 suan6 tuan2; ook8 suan7 thuan5] 反宣傳, 負
　　面的宣傳或報導。
足惡質的[ziok1 ok1 zit5 e3; tsiok8 ook8 tsit4 e3] 很惡劣
　　的言行。

台語字:	獅 saif	牛 quw	豹 bax	虎 hoy	鴨 ah	象 ciunn	鹿 lokf
通用拼音:	獅 sai1	牛 qu2	豹 ba3	虎 ho4	鴨 ah5	象 ciunn6	鹿 lok1
北京語:	山 san1	明 meng2	水 sue3	秀 sior4	的 dorh5	中 diong6	壢 lek1
普通話:	山 san1	明 meng2	水 sue3	秀 sior4	的 dorh0	中 diong6	壢 lek1

om

茂 **[om6; oom7]** Unicode: 8302, 台語字: om
　　[am6, om6, vo6; am7, oom7, boo7] 草木興盛
草仔茂茂[cau1 a4 om3 om6; tshau1 a2 oom3 oom7] 草木
　　興盛。

ong

翁 **[ong1; oong1]** Unicode: 7FC1, 台語字: ongf
　　[ang1, ong1; ang1, ong1] 姓,老公公,相關字翁 ang1
　　丈夫;尫 ang1 人偶,佛像
富翁[hu4 ong1; hu2 oong1] 有錢的人。
老翁[lau3 ong1; lau3 oong1] 老頭子, 老男人, 相關詞老
　　翁 lau3 ang1 妻稱丈夫。
漁翁島[hi6 ong6 dor4; hi7 oong7 too2] 澎湖群島的舊名,
　　荷蘭人稱為 Piscadores 漁翁。

王 **[ong2; oong5]** Unicode: 738B, 台語字: ongw
　　[ong2; oong5] 姓,第一,首領
王功[ong6 geng1; oong7 king1] 在彰化縣芳苑鄉王功村,
　　舊名王宮 ong6 geng1。
王梨[ong6/ong3 lai2; oong7/oong3 lai5] 鳳梨, 客語作王
　　梨 vong3 li3, 閩南話寫成王梨 ong6/3 lai2, 根據閩
　　南方言大辭典, 漳廈泉都這麼說，新馬的福建裔也
　　這麼說.相關詞華語鳳梨 hong4 li2, 例詞王梨真利
　　ong6/3 lai2 zin6 lai6 鳳梨對口舌有刺激性;王梨頭,
　　西瓜尾 ong6 lai6 tau2 si6 gue6 vue4/ong3 lai3 tau2
　　si6 gue6 ve4 鳳梨靠近蒂頭的部份, 以及西瓜靠近尾
　　端的部份都是較為好吃的。
蕭王爺[siau6 ong6 ia2/sior6 ong3 ia2; siau7 oong7 ia5/sio7
　　oong3 ia5] 道教神明蕭府千歲, 蕭望之王爺。
天霸王[ten6 ba4 ong2; thian7 pa2 oong5] 特大號的人或
　　物。
王見現[ong6/ong3 gen4 hen6; oong7/oong3 kian2 hian7]
　　出糗。
王見王[ong2 gen4 ong2; oong5 kian2 oong5] 象棋中, 將
　　及帥二王棋子相見, 一必死, 即是死棋, 喻死期到
　　了。
王爺公[ong6 ia6 gong1/oong3 ia3 gong1; oong7 ia7
　　kong1/oong3 ia3 kong1] 台灣本土的道教神明, 係瘟
　　疫神。
王爺船[ong6 ia6 zun2/ong3 ia3 zun2; oong7 ia7
　　tsun5/oong3 ia3 tsun5] 台灣本土的道教神明, 多係
　　瘟疫神, 造紙王船, 焚之於海邊, 送走瘟疫之意。
王樂仔[ong6/ong3 lok5 a4; oong7/oong3 lok4 a2] 街頭的
　　演藝者或賣成藥的歌唱人員, 欺騙別人的人, 有作
　　王祿仔 ong6/3 lok5 a4。
王哥柳哥[ong2 gor3 liu4 gor3; oong5 ko3 liu2 ko3] 一胖
　　一瘦的朋友, 引申不三不四的朋友。
王梨釋迦[ong6 lai6 sek1 kia1/ong3 lai3 sek1 kia1; oong7
　　lai7 sik8 khia1/oong3 lai3 sik8 khia1] 鳳梨釋迦,
　　custard apple, 水果名, 為新品種的釋迦, 有鳳梨的
　　香味。

往 **[ong4; oong2]** Unicode: 5F80, 台語字: ongy
　　[eng4, ong4; ing2, ong2] 前去,死亡
過往[gue4/ge4 ong4; kue2/ke2 oong2] 死亡, 往事。
往復[ong1 hok1; oong1 hok8] 來回。
往生[ong1 seng1; oong1 sing1] 死亡了。
往診[ong1 zin4; oong1 tsin2] 醫生前往病人家中看診治
　　療, 係日語詞往診 oshin。

onn

嗚 **[onn1; oonn1]** Unicode: 55DA, 台語字: onnf
　　[o1, onn1; oo1, oonn1] 嘆息聲
嗚嗚叫[onn6 onn6 gior3; oonn7 oonn7 kioo3] 警報器或警
　　車的响聲。

惡 **[onn3; oonn3]** Unicode: 60E1, 台語字: onnx
　　[ok5, onn3; ok4, oonn3] 恨,討厭,難看
可惡[kor1/ko1 onn3; kho1/khoo1 oonn3] 可惡, 讓人憎怒,
　　令人極度討厭。
睨惡惡[qin6/qin3 onn4 onn3; gin7/gin3o onn2 oonn3] 眼
　　色凶惡難看, 例詞目睭睨惡惡 vak5 ziu1 qin6/3 onn4
　　onn3 怒目相視。

噁 **[onn3; oonn3]** Unicode: 5641, 台語字: onnx
　　[onn3; oonn3] 惡味,含糊的聲音
噁味[onn4 vi6; oonn2 bi7] 令人想要吐的味道。
噁噁叫[onn4 onn3 gior3; oonn2 oonn3 kio3] 含糊的聲
　　音。
味噁噁[vi6 onn4 onn3; bi7 oonn2 oonn3] 味道難聞。

啞 **[onn4; oonn2]** Unicode: 555E, 台語字: onny
　　[a1, onn4; a1, oonn2] 啞巴,根本無法發聲,相關字瘖
　　enn4 雖能發聲, 無人能解講話之內容
應啞[inn4 onn3; inn2 oonn3] 口齒不清, 像兔唇顎裂者的
　　口音。
啞尷[onn1 gau4; oonn1 kau2] 啞巴, 根本無法發聲, 有作
　　瘖尷 enn1 gau4。
應啞叫[inn4 onn4 gior3; inn2 oonn2 kio3] 啞巴啞啞叫,
　　例詞啞尷仔, 應啞叫 onn1 gau1 a4 inn4 onn4 gior3
　　啞巴啞啞叫。
啞尷　臭耳聾[onn1 gau4 cau4 hinn3 lang2; oonn1 kau2
　　tshau2 hinn3 lang5] 又聾又啞的人。
啞尷　砥死囝[onn1 gau4 deh1 si1 giann4; oonn1 kau2 teh8
　　si1 kiann2] 啞巴壓死孩子, 喻有話沒處可投訴。

台語字:	獅 saif	牛 quw	豹 bax	虎 hoy	鴨 ah	象 ciunn	鹿 lokf
通用拼音:	獅 sai1	牛 qu2	豹 ba3	虎 ho4	鴨 ah5	象 ciunn6	鹿 lok1
北京語:	山 san1	明 meng2	水 sue3	秀 sior4	的 dorh5	中 diong6	壢 lek1
普通話:	山 san1	明 meng2	水 sue3	秀 sior4	的 dorh0	中 diong6	壢 lek1

台灣精神詞典

iJiden, the Formosan Dictionary

of the Taiwan Spirit

台語 KK 音標、台羅拼音對照版

部首 or；o

or

蒿 **[or1; o1]** Unicode: 84BF, 台語字: orf
[hor1, or1; ho1, o1] 茼蒿,菜名,相關字蕹 e1/ue1 蕹仔菜,A 菜

茼蒿[dang6/dang3 or1; tang7/tang3 o1] 茼蒿菜, 有作苳蒿 dang6 or1.相關詞蕹仔菜 e6/ue6 a1 cai3 A 菜, 或稱鵝仔菜 qor6/qia3 a1 cai3, 故不同於茼蒿 dang6/3 or1。

窩 **[or1; o1]** Unicode: 7AA9, 台語字: orf
[or1, u1; o1, u1] 巢,凹陷的地方

燕窩[en4 or1; ian2 o1] 燕子的窩巢, 係高價的食品。

塌窩[lap1 or1; lap8 o1] 凹陷的地方。

塌一窩[lap1 zit5 or1; lap8 tsit4 o1] 凹陷了一個窩。

謳 **[or1; o1]** Unicode: 8B33, 台語字: orf
[or1; o1] 稱讚,讚美,不宜作呵咾 or6 lor4 或訶咾 or6 lor4.廣雅:歌也;玉篇:吟也;正字通:謳為歌之別調;說文:齊歌也.相關字嘔 au4 嘔吐;訶 korl 斥責,同呵 kor1;吆 or1 大聲叫嚷

謳咾[or6 lor4; o7 lo2] 稱讚, 讚美, 有作讚美 zan4 vi4。

謳咾佮觸舌[or6 lor1 gah1 dak1 zih1; o7 lo1 kah8 tak8 tsih8] 非常讚美。

見著人　𠕳謳咾他孫仔[ginn4 diorh5 lang2 ginn4 or6 lor1 in6 sun6 a4; kinn2 tioh4 lang5 kinn2 o7 lo1 in7 sun7 a2] 每一見了人, 就要稱讚他們的孫兒。

蚵 **[or2; o5]** Unicode: 86B5, 台語字: orw
[or2; o5] 牡蠣,本字作蠔 or2

蚵仔[or6/or3 a4; o7/o3 a2] 牡蠣。

蚵嗲[or6/or3 de1; o7/o3 te1] 油炸牡蠣餅。

蚵仔煎[or6/or3 a1 zen1; o7/o3 a1 tsian1] 本土的小吃, 牡蠣與地瓜粉的漿一起煎的炸餅。

一枚蚵仔[zit5 mi3 or6/or3 a4; tsit4 mi3 o7/o3 a2] 一顆牡蠣。

蚵仔麵線[or6/or3 a1 mi3 suann3; o7/o3 a1 mi3 suann3] 本土的小吃, 牡蠣煮麵線糊。

澳 **[or3; o3]** Unicode: 6FB3, 台語字: orx
[or3; o3] 海灘,碼頭

澳底[or4 de4; o2 te2] 地名, 1895 年日本軍登陸台灣, 統治五十年, 今台北縣貢寮鄉仁和村。

深澳坑[cim6 or4 kenn1; tshim7 o2 khenn1] 地名, 在基隆市信義區。

南方澳[lam6 hong6 or3; lam7 hong7 o3] 地名, 在宜蘭縣蘇澳鎮, 漁港。

外澳仔[qua4 or3 a4; gua2 o3 a2] 海港外之停泊區。

薁 **[or3; o3]** Unicode: 8581, 台語字: orx
[or3; o3] 植物名

薁蕘[or4 qior2; o2 gio5] 愛玉子, 清涼消暑冰品, 有作草籽仔 cau1 zi1 a4。

orh

學 **[orh1; oh8]** Unicode: 5B78, 台語字: orhf
[hak1, orh1; hak8, oh8] 學習,相關字潕 orh1 傳送,學習

學樣[orh5 iunn6; oh4 iunn7] 做為學習的榜樣。

學歹[orh5 painn4; oh4 phainn2] 往壞的方面去學習。

學仔仙[orh5 a1 sen1; oh4 a1 sian1] 老學究, 老古板。

學手藝[orh5 ciu1 qe6; oh4 tshiu1 ge7] 學學工藝或技術。

學工夫[orh5 gang6 hu1; oh4 kang7 hu1] 學習謀生的技能手藝或武術。

學物件[orh5 mih5 giann6; oh4 mih4 kiann7] 學習事事物物。

學師仔[orh5 sai6 a4; oh4 sai7 a2] 當學徒。

學煮食[orh5 zu1 ziah1; oh4 tsu1 tsiah8] 學烹飪術, 學烹調法。

潕 **[orh1; oh8]** Unicode: 3D85, 台語字: orhf
[orh1; oh8] 傳送,學習,代用字,相關字學 orh1 學習

潕人[orh1 lang3; oh8 lang3] 學習別人的。

潕話[orh5 ue6; oh4 ue7] 以話傳話, 洩露機密, 例詞敨潕話 orh5 ue6 常以話傳話, 喜愛洩露機密;四界潕話 si4 gue3 orh5 ue6 四處串門子, 各處傳話。

潕嘴潕舌[orh5 cui4 orh5 zih1; oh4 tshui2 oh4 tsih8] 說東道西, 說長道短, 挑撥是非。

一句話潕來潕去[zit5 gu4 ue6 orh5 lai2 orh5 ki3; tsit4 ku2 ue7 oh4 lai5 oh4 khi3] 把話傳開。

偓 **[orh5; oh4]** Unicode: 50EB, 台語字: orh
[orh5; oh4] 難,不好弄,難以應付,代用字

偓請[orh1 ciann3; oh8 tshiann3] 架子大, 條件高, 無法聘請到。

偓直[orh1 dit1; oh8 tit8] 不容易解決, 同歹直 painn1 dit1, 例詞代志偓直 dai3 zi3 orh1 dit1 事情難了結。

偓講[orh1 gong4; oh8 kong2] 很難說。

偓生[orh1 senn1; oh8 senn1] 很難生得又培養的孩子, 例詞生理囝偓生 seng6 li1 giann4 orh1 senn1 要生得一個會做生意的兒子, 是很難的, 喻企業家難求。

真偓等[zin6 orh1 dan4; tsin7 oh8 tan2] 很難等候, 很難等得到。

偓做伙[orh1 zor4 hue4; oh8 tso2 hue2] 難以相處, 有作偓逗陣 orh1 dau4 din6。

生理囝　偓生[seng6 li1 giann4 orh1 senn1/sinn1; sing7 li1 kiann2 oh8 senn1/sinn1] 要生得一個會做生意的兒子, 是很難的, 喻企業家難求。

台語字:	獅 saif	牛 quw	豹 bax	虎 hoy	鴨 ah	象 ciunn	鹿 lokf
通用拼音:	獅 sai1	牛 qu2	豹 ba3	虎 ho4	鴨 ah5	象 ciunn6	鹿 lok1
北京語:	山 san1	明 meng2	水 sue3	秀 sior4	的 dorh5	中 diong6	壢 lek1
普通話:	山 san1	明 meng2	水 sue3	秀 sior4	的 dorh0	中 diong6	壢 lek1

台灣精神詞典

iJiden, the Formosan Dictionary

of the Taiwan Spirit

台語 KK 音標、台羅拼音對照版

部首　p;ph

pa

孢 **[pa1; pha1]** Unicode: 5B62, 台語字: paf
[pa1; pha1] 囊,相關字脬　buh1　膨脹

膦孢[lan3 pa1; lan3 pha1] 男人之陰囊, 例詞抾膦孢
po6/3 lan3 pa1 拍馬屁, 抱大腿。

抾膦孢[po6/po3 lan3 pa1; phoo7/phoo3 lan3 pha1] 奉承,
抱大腿, 拍馬屁。

捐膦孢[qennh5 lan3 pa1; ngeh4 lan3 pha1] 夾著男人之
陰囊, 例詞雙腳捐二粒膦孢　siang6 ka1 qennh5
nng3 liap5 lan3 pa1 雙腳只夾著一付陰囊, 喻沒錢,
一無所有。

有膦孢[u3 lan3 pa1; u3 lan3 pha1] 有男人氣概, 有魄力,
有種, 有膽量, 有膽識。

拋 **[pa1; pha1]** Unicode: 62CB, 台語字: paf
[pa1, pau1; pha1, phau1] 投擲,追求

拋椗[pa6 diann6; pha7 tiann7] 拋錨, 拋下船錨入海, 以
固定船身。

拋荒[pa6 hng1; pha7 hng1] 放任土地荒蕪。

葩 **[pa1; pha1]** Unicode: 8469, 台語字: paf
[pa1; pha1] 朵

大葩尾[dua3 pa6 vue4/ve4; tua3 pha7 bue2/be2] 行善積
德人家之子孫及家境都會興旺。

一葩電火[zit5 pa6 den3 hue4; tsit4 pha7 tian3 hue2] 一盞
電燈, 一盞燈光。

趴 **[pa1; pha1]** Unicode: 8DC1, 台語字: paf
[pa1; pha1] 匍匐前進,翻滾,相關字爬　be2　人在地
上爬行;趴　beh5　往高處攀爬

趴車連[pa6 cia6 len1; pha7 tshia7 lian1] 在地上翻筋斗,
引申病人或孤獨老人沒有人照料看護, 下場悲慘,
例詞反狗仔, 趴車連　beng1 gau1 a4, pa6 cia6
len1/lin1 翻觔斗, 場地弄得一大胡塗;翁親某親, 放
老婆趴車連　ang6 cin1 vo1 cin1 bang4 lau3 bor2 pa6
cia6 len1/lin1 夫妻恩愛, 但放任年老的父母親流離
失所, 沒有人照料看護, 下場悲慘.文中老婆　lau3
bor2 是指老婆婆, 不是指太太, 老婆　lau3 por2。

皰 **[pa6; pha7]** Unicode: 76B0, 台語字: pa
[pa6; pha7] 皮膚的水泡,相關字疱　pau6　青春痘

膨皰[pong4 pa6; phong2 pha7] 因燙傷或磨擦而長水泡,
例詞燙佮膨皰　tng4 gah1 pong4 pa6 因燙傷而長了
水泡;膨皰消落去矣　pong4 pa6 siau1 lorh5 ki3 a3
水泡消腫了。

pah

打 **[pah5; phah4]** Unicode: 6253, 台語字: pah
[dah5, dann4, pah5; tah4, tann2, phah4] 製作,力道,
交配,相關字拍　pah5　拍打,打亂

打拚[pah1 biann3; phah8 piann3] 努力, 打拚, 原意指台
灣人在過年前, 要舉家打掃, 曝晒及彈打棉被, 拚
掃廚房、灶腳, 以保持居家衛生, 係日本人治台政
績之一, 有作打拼　pa4 biann3。

打形[pah1 heng2; phah8 hing5] 雞鴨的交配。

打鱗[pah1 lan2; phah8 lan5] 刮除魚的鱗片。

打翩[pah1 pun4; phah8 phun2] 翻滾, 努力打拚。

打損[pah1 sng4; phah8 sng2] 可惜, 糟蹋, 小孩夭折死
亡。

打青驚[pah1 cinn6 giann1; phah8 tshinn7 kiann1] 驚動
了, 受到驚嚇。

打金仔[pah1 gim6 a4; phah8 kim7 a2] 打造金銀首飾。

打官司[pah1 guann6 si1; phah8 kuann7 si1] 打官司。

痟人惊打[siau1 lang2 giann6 pah5; siau1 lang5 kiann7
phah4] 瘋子怕挨揍。

打棉襀被[pah1 mi6 ziorh1 pue6/pah1 mi3 ziorh1 pe6;
phah8 mi7 tsioh8 phue7/phah8 mi3 tsioh8 phe7] 製作
棉被。

打拳賣膏藥[pah1 gun2 ve3/vue3 gor6 iorh1; phah8 kun5
be3/bue3 ko7 ioh8] 表演武藝, 雜要技術, 而賣藥的
賣藝者。

打斷手骨　顛倒勇[pah1 dng3 ciu1 gut5 den1 dor4 iong4;
phah8 tng3 tshiu1 kut4 tian1 to2 iong2] 手胳臂被打
斷了, 痊癒了反而更強壯, 喻人生愈戰愈勇。

拍 **[pah5; phah4]** Unicode: 62CD, 台語字: pah
[pah5, pek5; phah4, phik4] 用手掌拍打,打亂,相關
字撲　vok5　以拳頭打擊;撲　pok5　相撲;打　pah5　製
作

相拍[sior6 pah5; sio7 phah4] 赤手空拳地打架, 打鬥, 相
關詞佫撲　sior6 vok5　比賽打拳的遊戲;相撲　siong6
pok5　日本式的摔角, 係日語詞相撲　sumo;相擬
sior6 en4　比賽相推倒的遊戲。

拍手[pah1 ciu4; phah8 tshiu2] 保鑣, 殺手, 打手, 保全
人員, 相關詞華語詞拍手　pai1 so2　拍手, 打手心。

拍某[pah1 vo4; phah8 boo2] 毆打太太, 例詞拍某豬狗牛
pah1 vo4 di6 gau1 qu2　毆打太太的人, 是比豬狗都
不如, 引申愛太太才是正人君子。

相拍電[sior6 pah1 den6; sio7 phah8 tian6] 正負電短路,
觸電, 產生火花, 有作佫拍電　sior3 pah1 den6。

拍手銃[pah1 ciu1 ceng3; phah8 tshiu1 tshing3] 遺精, 男
人手淫。

拍腳倉[pah1 ka6 cng1; phah8 kha7 tshng1] 用手或棍棒
打屁股, 相關詞坱腳倉　vut5 ka6 cng1　鞭打屁股。

拍噗仔[pah1 pok5 a4; phah8 phok4 a2] 拍手, 鼓掌。

拍人嘩救人[pah1 lang2 huah1 giu4 lang2; phah8 lang5
huah8 kiu2 lang5] 打別人的人還大聲求救, 喻惡人
先告狀;做賊喊捉賊。

拍虎　嘜親兄弟[pah1 ho4 ai4 cin6 hiann6 di6; phah8
hoo4 ai2 tshin7 hiann7 ti7] 打老虎, 還是要親兄弟
共同出力, 才能成功。

台語字:	獅 saif	牛 quw	豹 bax	虎 hoy	鴨 ah	象 ciunn	鹿 lokf
通用拼音:	獅 sai1	牛 qu2	豹 ba3	虎 ho4	鴨 ah5	象 ciunn6	鹿 lok1
北京語:	山 san1	明 meng2	水 sue3	秀 sior4	的 dorh5	中 diong6	壢 lek1
普通話:	山 san1	明 meng2	水 sue3	秀 sior4	的 dorh0	中 diong6	壢 lek1

有功無賞　拍破噯賠[iu1 gong1 vor3 siunn4 pah1 pua3 bue2/be2; iu1 kong1 bo3 siunn2 phah8 phua3 ai2 pue5/pe5] 做對了事, 是職責所在, 若因故誤事, 不但沒有賞賜, 卻要賠償損失。

painn

歹 **[painn4; phainn2]** Unicode: 6B79, 台語字: painny
[dai4, dainn4, pai4, painn4, tai2, tainn2, phai2, phainn2] 不好,壞的,非常,惡的

做歹[zor4 painn4; tso2 phainn2] 為非作歹。

歹教[painn1 ga3; phainn1 ka3] 教不懂, 教不會, 不肯學習。

歹行[painn1 giann2; phainn1 kiann5] 路不好走。

歹囝[painn1 giann4; phainn1 kiann2] 不肖子, 不務正業的少年。

歹日[painn1 jit1/lit1; phainn1 jit8/lit8] 不吉利的日期。

歹孔[painn1 kang1; phainn1 khang1] 不好的, 邪門的, 無利可圖的。

歹款[painn1 kuan4; phainn1 khuan2] 無教養的, 不懂得禮儀的。

歹人[pai1 lang2; phai1 lang5] 壞人, 歹徒, 相關詞恔人 painn4 lang3 斥罵他人。

歹勢[pai1 se3; phai1 se3] 不好意思。

歹心[painn1 sim1; phainn1 sim1] 壞心眼, 壞心腸。

歹天[painn1 tinn1; phainn1 thinn1] 壞天氣, 風吹雨打的天氣。

歹嘴斗[painn1 cui4 dau4; phainn1 tshui2 tau2] 沒胃口, 挑食。

歹記持[painn1 gi4 di2; phainn1 ki2 ti5] 記性不好。

歹講話[pai1 gong1 ue6; phai1 kong1 ue7] 難以溝通, 不好講話。

歹踦起[painn1 kia3 ki4; phainn1 khia3 khi2] 不容易在社會上立足, 房子住起來不平安。

歹年冬[painn1 ni6 dang1/pai1 ni3 dang1; phainn1 ni7 tang1/phai1 ni3 tang1] 收成差的年份。

歹歹去[painn1 painn4 ki3; phainn1 phainn2 khi3] 變壞, 壞掉了。

歹脾氣[painn1 pi/pi3 ki3; phainn1 phi7/phi3 khi3] 脾氣不好。

歹性地[painn1 seng4 de6; phainn1 sing2 te7] 壞脾氣。

歹死死[painn1 si1 si4; phainn1 si1 si2] 非常壞的個性。

歹聲嗽[painn1 siann6 sau3; phainn1 siann7 sau3] 口氣凶惡。

歹收山[painn1 siu6 suann1; phainn1 siu7 suann1] 無法收拾, 難以控制。

歹頭采[painn1 tau6/tau3 cai4; phainn1 thau7/thau3 tshai2] 壞預兆, 同壞頭綵 painn1 tau6/3 cai4, 相關詞好頭采 hor1 tau6/3 cai4 好預兆。

歹剃頭[painn1 tih1 tau2; phainn1 thih8 thau5] 難於對待, 難於伺候。

歹積德[painn4 zek1 dek5; phainn2 tsik8 tik4] 做惡事積惡德。

不知好歹[m3 zai6 hor1 painn4; m3 tsai7 ho1 phainn2] 分不清善者與惡人。

歹瓜厚子[painn1 gue1 gau3 zi4; phainn1 kue1 kau3 tsi2] 品質不良的瓜果常有太多的種子。

歹竹出好筍[painn1 dek5 cut1 hor1 sun4; phainn1 tik4 tshut8 ho1 sun2] 貧寒的家庭也會教養出有出息的好子女, 寒門出秀才。

歹路不捅行[painn1 lo6 m3 tang6 giann2; phainn1 loo7 m3 thang7 kiann5] 不要走上絕路。

恔 **[painn4; phainn2]** Unicode: 605F, 台語字: painny
[pai4, painn4; phai2, phainn2] 驚恐,訓戒他人,代用字

夆恔[hong2 painn4/pai4; hong5 phainn2/phai2] 被人凶了一陣, 被斥責。

恔嘴[painn1 cui3; phainn1 tshui3] 常講一些不吉利或難聽的話。

恔人[painn4 lang3; phainn2 lang3] 斥罵他人, 相關詞歹人 pai1 lang2 壞人, 歹徒。

人真恔[lang2 zin6 pai4/painn4; lang5 tsin7 phai2/phainn2] 人很凶惡。

恔嘴誤身[painn1 cui3 qonn3 sin1; phainn1 tshui3 ngoo3 sin1] 講了難聽的話, 常會誤了大事或引來殺身之禍, 有作歹嘴誤身 painn1 cui3 qonn3 sin1。

揹 **[painn6; phainn7]** Unicode: 63F9, 台語字: painn
[painn6; phainn7] 背負物品,相關字偝 ainn6 背負人

揹銃[painn3 ceng3; phainn3 tshing3] 背著槍。

揹冊包[painn3 ceh1 bau1; phainn3 tsheh8 pau1] 背書包。

揹包袂仔[painn3 bau6 hok5 a4; phainn3 pau7 hok4 a2] 背了一個布包包。

揹死人債[painn3 si1 lang6/lang3 ze3; phainn3 si1 lang7/lang3 tse3] 背負了一大堆不應該背的債務。

pak

曝 **[pak1; phak8]** Unicode: 66DD, 台語字: pakf
[pak1, pok1; phak8, phok8] 曬太陽

曝干[pak5 guann1; phak4 kuann1] 曬成了乾。

曝鹽[pak5 iam2; phak4 iam5] 曬乾海水以取鹽。

曝日[pak5 jit1/lit1; phak4 jit8/lit8] 曬太陽。

曝粟仔[pak5 cek1 a4; phak4 tshik8 a2] 曬稻子。

曝人干[pak5 lang6/lang3 guann1; phak4 lang7/lang3 kuann1] 人在烈日下曝曬, 而快曬成人乾了。

曝烏去[pak5 o1 ki3; phak4 oo1 khi3] 曬太陽而曬黑了。

覆 **[pak5; phak4]** Unicode: 8986, 台語字: pak
[hok1, hop5, pak5; hok8, hop4, phak4] 匍匐

倒覆[dor4 pak5; to2 phak4] 臉朝下趴著, 匍匐躺下, 伏身在地上, 有作反覆 dor4 pak5, 相關詞倒爬 dor4 be2 往後爬, 例詞睏倒覆 kun4 dor4 pak5 臉朝下趴著睡, 伏臥躺下。

覆菜[pak1 cai3; phak8 tshai3] 客家菜名, 因要倒置儲存三個月, 才能製成,常稱福菜 hok1 cai3。

台語字:	獅 saif	牛 quw	豹 bax	虎 hoy	鴨 ah	象 ciunn	鹿 lokf
通用拼音:	獅 sai1	牛 qu2	豹 ba3	虎 ho4	鴨 ah5	象 ciunn6	鹿 lok1
北京語:	山 san1	明 meng2	水 sue3	秀 sior4	的 dorh5	中 diong6	壢 lek1
普通話:	山 san1	明 meng2	水 sue3	秀 sior4	的 dorh0	中 diong6	壢 lek1

聽佮耳仔覆覆[tiann6 gah1 hinn3 a4 pak1 pak5; thiann7 kah8 hinn3 a2 phak8 phak4] 聽得服服貼貼。

覆伫耳仔邊　細聲講[pak1 di3 hinn3 a1 binn1 gong4; phak8 ti3 hinn3 a1 pinn1 kong2] 貼近耳朵眼, 小聲講。

pan

盼　**[pan3; phan3]** Unicode: 76FC, 台語字: panx
　　[pan3; phan3] 期待,希望,傻瓜,代用字

起盼[ki1 pan3; khi1 phan3] 被當傻子般地戲弄而生氣, 例詞阿西真敖起盼 a6 se1 zin6 qau6/3 ki1 pan3 阿西常被當傻子般地戲弄而生氣。

老盼[lau3 pan3; lau3 phan3] 傻傻的笨蛋, 凱子, 被戲弄取笑的對象。

俫盼[song4 pan3; song2 phan3] 笨蛋, 例詞俫盼入港 song4 pan3 jip5/lip5 gang4 笨蛋來了。

盼仔[pan1 a1; phan1 a1] 被欺騙的對象, 傻瓜, 傻子。

激盼盼[gek1 pan4 pan3; kik8 phan2 phan3] 假裝像凱子似的。

pang

芳　**[pang1; phang1]** Unicode: 82B3, 台語字: pangf
　　[hong1, pang1; hong1, phang1] 香味,芳香

清芳[ceng6 pang1; tshing7 phang1] 清香的氣味。

滓芳[dai1 pang1; tai1 phang1] 香氣過重, 不清香。

香芳[hiunn6 pang1; hiunn7 phang1] 端午節的應時香包。

野芳[ia1 pang1; ia1 phang1] 野花香, 濃烈的香味。

芡芳[ken4 pang1; khian2 phang1] 爆香, 將蒜頭, 蔥頭等油炸, 調製成調味料, 例詞無夠好芡芳 vor6/3 gau4 hor1 ken4 pang1 不夠看, 原料不夠用。

聞芳[pinn3 pang1; phinn3 phang1] 聞到了香氣, 例詞予汝聞芳 ho3 li1 pinn3 pang1 讓你開開眼界, 給你一次教訓吧!

米芳[vi1 pang1; bi1 phang1] 炒爆過的米花, 例詞磅米芳 bong3 vi1 pang1 爆米花。

芳瓜[pang6 gue1; phang7 kue1] 香瓜。

芳香[pang6 hiunn1; phang7 hiunn1] 上等的好香。

芳花[pang6 hue1; phang7 hue1] 香花。

芳味[pang6 vi6; phang7 bi7] 香味。

芳精[pang6 zeng1; phang7 tsing1] 香精。

芳水[pang6 zui4; phang7 tsui2] 香水。

採花芳[cai1 hue6 pang1; tshai1 hue7 phang1] 色狼, 色情狂, 相關詞採花蜂 cai1 hue6 pang1 工蜂。

灑芳水[hiu4 pang6 zui4; hiu2 phang7 tsui2] 灑香水。

芳熗熗[pang6 ceng4 ceng3; phang7 tshing2 tshing3] 很香。

芳貢貢[pang6 gong4 gong3; phang7 kong2 kong3] 很香的樣子。

聞花芳[pinn3 hue6 pang1; phinn3 hue7 phang1] 聞到花的香味撲鼻而來。

蜂　**[pang1; phang1]** Unicode: 8702, 台語字: pangf
　　[pang1; phang1] 蜜蜂

蜜蜂[vit5 pang1; bit4 phang1] 。

採花蜂[cai1 hue6 pang1; tshai1 hue7 phang1] 工蜂, 相關詞採花芳 cai1 hue6 pang1 色狼, 色情狂。

虎頭蜂[ho1 tau6/tau3 pang1; hoo1 thau7/thau3 phang1] 一種兇惡的蜜蜂。

蜂仔炮[pang6 a1 pau3; phang7 a1 phau3] 台南縣鹽水鎮在元宵節施放的蜂炮。

捧　**[pang2; phang5]** Unicode: 6367, 台語字: pangw
　　[pang2; phang5] 承受,雙手捧提

捧斗[pang6/pang3 dau4; phang7/phang3 tau2] 當孝男, 在父母喪告別式時, 長子捧著神主牌, 次子執旛, 隨待殯側。

規手捧[gui6 uann1 pang2; kui7 uann1 phang5] 獨自包辦及負責任。

欲捧規家的飯碗[veh1 pang6/pang3 gui6 ge1 e6 bng3 uann3; beh8 phang7/phang3 kui7 ke1 e7 png3 uann3] 要負起整個家庭的生計。

篷　**[pang2; phang5]** Unicode: 7BF7, 台語字: pangw
　　[pang2; phang5] 一大批的,遮攔陽光及雨水的帆, 同帆 pang2

布篷[bo4 pang2; poo2 phang5] 用厚布做的帆, 遮陽帆, 同布帆 bo4 pang2, 例詞搭布篷 dah1 bo4 pang2 用帆布搭篷。

一大篷[zit5 dua3 pang2; tsit4 tua3 phang5] 一大批的, 一大票的人。

一篷人[zit5 pang6/pang3 lang2; tsit4 phang7/phang3 lang5] 一整團隊的人員。

胖　**[pang3; phang3]** Unicode: 772B, 台語字: pangx
　　[pang3; phang3] 沒有,可能?,是嗎?,代用字,原作打不 pah1 m6 沒有

胖見[pang4 gen3/ginn3; phang2 kian3/kinn3] 遺失了, 丟掉了, 代用字, 原作打不見 pah1 m3 gen3/ginn3 不見了。

胖是[pang4 si6; phang2 si7] 可能是吧!, 是嗎?。

胖有[pang4 u6; phang2 u7] 可能有吧!, 可能有嗎?。

胖　**[pang3; phang3]** Unicode: 80D6, 台語字: pangx
　　[pang3; phang3] 肥胖

發胖[huat1 pang3; huat8 phang3] 變肥胖。

紡　**[pang4; phang2]** Unicode: 7D21, 台語字: pangy
　　[pang4; phang2] 紡織,轉動,驅駛,代用字

紡紗[pang1 se1; phang1 se1] 把棉, 絲等纖維紡成紗。

紡織[pang1 zit5; phang1 tsit4] 紡紗與織布。

紡倒轉[pang1 dor4 dng4; phang1 to2 tng2] 轉動回來, 扳回來。

公司紡俫行[gong6 si1 pang1 ve3/vue3 giann2; kong7 si1 phang1 be3/bue3 kiann5] 公司無法經營下去。

紡佮若干樂[pang1 gah1 na1 gan6 lok1; phang1 kah8 na1 kan7 lok8] 忙得團團轉。

台語字:	獅 saif	牛 quw	豹 bax	虎 hoy	鴨 ah	象 ciunn	鹿 lokf
通用拼音:	獅 sai1	牛 qu2	豹 ba3	虎 ho4	鴨 ah5	象 ciunn6	鹿 lok1
北京語:	山 san1	明 meng2	水 sue3	秀 sior4	的 dorh5	中 diong6	壢 lek1
普通話:	山 san1	明 meng2	水 sue3	秀 sior4	的 dorh0	中 diong6	壢 lek1

麭 **[pang4; phang2]** Unicode: 9EAD, 台語字: pangy
[pang4; phang2] 西式麵包,土司,代用字,係葡萄牙
語詞及日語詞 pan 西式麵包
烘麭[hang6 pang4; hang7 phang2] 烤土司, 例詞烘麭機
hang6 pang1 gi1 烤麵包機。
汝去買一山麭[li1 ki1 ve1/vue1 zit5 suann6 pang4; li1
khi1 be1/bue1 tsit4 suann7 phang2] 你去買一節西式
麵包。
麭 一塊來伨咧[pang4 zit5 de4 lai6/lai3 lor1 le3; phang2
tsit4 te2 lai7/lai3 lo1 le3] 請賞賜我一片麵包給我吧!,
請給我一片麵包。

縫 **[pang6; phang7]** Unicode: 7E2B, 台語字: pang
[bang2, hong2, pang6; pang5, hong5, phang7] 縫隙
趁縫[tan4 pang6; than2 phang7] 乘機, 乘空檔的時間。
孔縫[kang6 pang6; khang7 phang7] 空隙, 缺失, 錯誤,
例詞鉦孔縫 cng1 kang6 pang6 善於剔食, 鑽營求
利;摳孔縫 pen1 kang6 pang6 揭發別人的弊案真
相。
尋孔尋縫[cue3 kang6 cue3 pang6/ce3 kang6 ce3 pang6;
tshue3 khang7 tshue3 phang7/tshe3 khang7 tshe3
phang7] 找麻煩, 找機會以便加害他人。
孔仔縫仔[kang6 a1 pang3 a4; khang7 a1 phang3 a2] 大大
小小的事情或案件。
鑽法律縫[zng4 huat1 lut5 pang6; tsng2 huat8 lut4 phang7]
巧妙地避開法律的漏洞。
鑽孔鑽縫[zng4 kang6 zng4 pang6; tsng2 khang7 tsng2
phang7] 鑽營求進。
鴨卵密絪絪　噫有縫[ah1 nng6 vat5 ziu4 ziu3 ma3 u3
pang6; ah8 nng7 bat4 tsiu2 tsiu3 ma3 u3 phang7] 鴨
卵就算再細密, 也是會有小細縫, 引申走漏風聲。
再綿密的鴨蛋, 總是有絲微的縫隙, 喻百密一疏。

pann

粎 **[pann3; phann3]** Unicode: 7C83, 台語字: pannx
[pann3; phann3] 不堅實的,鬆軟的,不宜作有
pann3.相關字冇 vor2 無,沒有;ρ deng6 硬的;硬
deng6 硬的
硬粎[deng6 pann3; ting7 phann3] 堅硬的與鬆軟的。
粎柴[pann4 ca2; phann2 tsha5] 軟材質的木材。
粎粟[pann4 cek5; phann2 tshik4] 中空, 沒有米粒的稻
殼。
粎形[pann4 heng2; phann2 hing5] 雞鴨的交配而沒受精,
相關詞有形 u3 heng2 交配而受精。
粎粎[pann4 pann3; phann2 phann3] 鬆散的, 鬆軟的, 例
詞頭殼仔粎粎 tau6/3 kak5 a1 pann4 pann3 想法不
週詳嚴密, 腦筋遲鈍。
粎賬[pann4 siau3; phann2 siau3] 呆賬。
粎身[pann4 sin1; phann2 sin1] 質地鬆軟, 不堅硬, 相關
詞硬身 deng3 sin1 質地堅硬。
粎頭仔魚[pann4 tau6/tau3 a1 hi2; phann2 thau7/thau3 a1
hi5] 鮠魚的一種。

pau

泡 **[pau1; phau1]** Unicode: 6CE1, 台語字: pauf
[pau1, pau3, pok5, por1; phau1, phau3, phok4,
pho1] 白嫩狀
白泡泡[beh5 pau6 pau1; peh4 phau7 phau1] 皮膚白嫩,
例詞白泡泡, 幼彌彌 beh5 pau6 pau1 iu4 mi3 mi6
皮膚白又很細嫩。

拋 **[pau1; phau1]** Unicode: 62CB, 台語字: pauf
[pa1, pau1; pha1, phau1] 丟棄
拋售[pau6 siu2; phau7 siu5] 。
拋棄書[pau6 ki4 su1; phau7 khi2 su1] 拋棄本身的權利
的聲明書。
拋繡球[pau6 siu4 giu2; phau7 siu2 kiu5] 拋出綉球, 想要
找丈夫。
拋妻離子[pau6 ce1 li3 zu4; phau7 tshe1 li3 tsu2] 離家出
走。
拋磚引玉[pau6 zng1 in1 giok1; phau7 tsng1 in1 kiok8] 。

炮 **[pau3; phau3]** Unicode: 70AE, 台語字: paux
[pau3; phau3] 鞭炮,爆竹,象棋的棋子
炮仔[pau1 a4; phau1 a2] 鞭炮, 爆竹, 例詞放炮仔
bang4 pau1 a4 放鞭炮, 放爆竹。
車馬炮[gi6 ve1 pau3; ki7 be1 phau3] 象棋的棋子。
蜂仔炮[pang6 a1 pau3; phang7 a1 phau3] 台南縣鹽水鎮
在元宵節施放的蜂炮。
雙炮軍[siang6 pau4 gun1; siang7 phau2 kun1] 雙炮出擊,
必勝無疑。
捽後炮[sut1 au3 pau3; sut8 au3 phau3] 攻後門, 攻其不
備。
砲炸寒單爺[pao4 zah1 han6 dan6 ia2; - tsah8 han7 tan7
ia5] 以爆竹攻向寒單爺, 表示春天來了, 要開始活
動了。

pek

伯 **[pek5; phik4]** Unicode: 4F2F, 台語字: pek
[beh5, bek5, bit5, pek5; peh4, pik4, pit4, phik4] 人
名
唐伯虎[dong6/dong3 pek1 ho4; tong7/tong3 phik8 hoo2]
中國人名。
三伯英台[sam6 pek1 eng6 dai2; sam7 phik8 ing7 tai5] 梁
三伯與祝英台的愛情專一的故事。

拍 **[pek5; phik4]** Unicode: 62CD, 台語字: pek
[pah5, pek5; phah4, phik4] 打節拍
打拍[pah1 pek5; phah8 phik4] 打節拍, 例詞戲園邊的豬
仔會打拍 hi4 hng6 binn1 e6 di6 a4 e3 pah1 pek5/hi4
hng3 binn1 e3 di6 a4 e3 pah1 pek5 戲院旁邊的豬,
聽慣了唱戲及歌曲, 久了也會隨著歌聲而打節拍。

台語字:	獅 saif	牛 quw	豹 bax	虎 hoy	鴨 ah	象 ciunn	鹿 lokf
通用拼音:	獅 sai1	牛 qu2	豹 ba3	虎 ho4	鴨 ah5	象 ciunn6	鹿 lok1
北京語:	山 san1	明 meng2	水 sue3	秀 sior4	的 dorh5	中 diong6	壢 lek1
普通話:	山 san1	明 meng2	水 sue3	秀 sior4	的 dorh0	中 diong6	壢 lek1

霹 [pek5; phik4] Unicode: 9739, 台語字: pek
　　[pek5; phik4] 雷劈的聲音
晴天霹靂[ceng6/ceng3 ten1 pek1 lek1; tshing7/tshing3 thian1 phik8 lik8] 大變動, 急促的雷劈聲音。

pen

偏 [pen1; phian1] Unicode: 504F, 台語字: penf
　　[pen1; phian1] 偏斜,歪去,不正,相關字偏 ben3 次,回;遍 pen3 視線所能及的一大片地方,到處,到處
偏差[pen6 ca1; phian7 tsha1] 偏斜, 不正, 方向偏移。
偏方[pen6 hong1/hng1; phian7 hong1/hng1] 民間藥方。
偏偏[pen6 pen1; phian7 phian1] 無論如何, 故意要做..., 不期而遇, 例詞偏偏仔 pen6 pen6 a4 無論如何, 故意要;偏偏按呢 pen6 pen6 an1 ni1 偏偏這樣, 偏偏要這樣做;偏偏行入失戀路 pen6 pen1 giann6 jip5 sit1 luan6 lo6/pen6 pen1 giann3 lip5 sit1 luan3 lo6 明明知道失戀的痛苦, 卻故意要去談戀愛, 引申明知故犯。
偏心[pen6 sim1; phian7 sim1] 私心, 待人不公平。

翩 [pen1; phian1] Unicode: 7FE9, 台語字: penf
　　[pen1; phian1] 文采高雅
風度翩翩[hong6 do6 pen6 pen1; hong7 too7 phian7 phian1] 。

蹁 [pen2; phian5] Unicode: 8E41, 台語字: penw
　　[pen2, pin2; phian5, phin5] 走路不穩,蹔陂難行
行路蹁蹁[giann6/giann3 lo6 pen6/pen3 pen2; kiann7/kiann3 loo7 phian7/phian3 phian5] 走路時, 腳步不穩。
蹁來蹁去[pen6/pen3 lai2 pen6/pen3 le3; phian7/phian3 lai5 phian7/phian3 le3] 走路時, 腳步不穩。
蹁咧蹁咧[pen2 le3 pen2 le3; phian5 le3 phian5 le3] 走路時, 腳步不穩, 例詞食酒醉, 蹁咧蹁咧 ziah5 ziu1 zui3 pen2 le3 pen2 le3 酒醉時, 走路腳步不穩, 走得蹔蹔陂陂。
蹁透玆來[pen6/pen3 ui4 zia1 lai2; phian7/phian3 ui2 tsia1 lai5] 蹔向這裡走來。

片 [pen3; phian3] Unicode: 7247, 台語字: penx
　　[pen3, pinn3; phian3, phinn3] 鴉片,相關字遍 pen3 視線所能及的一大片地方,到處,到處
阿片[a6 pen3; a7 phian3] 鴉片, 相關詞北京語鴉片 ia1 pen4, 日本在 1895 年起, 取得台灣的主權後, 在户籍資料中, 用阿片來註明此人有無吸食鴉片。
阿片花[a6 pen4 hue1; a7 phian2 hue1] 罌粟花。
阿片仙[a6 pen4 sen1; a7 phian2 sian1] 吸食鴉片煙的人。
阿片煙吹[a6 pen4 hun6 cue1/ce1; a7 phian2 hun7 tshue1/tshe1] 用來吸食鴉片的煙斗。
阿片戰爭[a6 pen4 zen4 zeng1; a7 phian2 tsian2 tsing1] 鴉片戰爭, 清帝國與英國間, 為鴉片進口而發生之戰爭。

遍 [pen3; phian3] Unicode: 904D, 台語字: penx
　　[pen3; phian3] 視線所能及的一大片地方,到處,到處,走訪的許多地方,相關字片 pen3 鴉片;偏 ben3 次,回;偏 pen1 偏斜,歪去,就是
規遍[gui6 pen3; kui7 phian3] 一整片的, 一大片地方, 眼睛所能看到的地方, 例詞規遍田 gui6 pen3 can2 目力所能及的田地; 規遍攏咧落雨 gui6 pen3 long1 leh1 lorh5 ho6 到處都在下雨。
普遍[po1 pen3; phoo1 phian3] 到處。
一遍[zit5 pen3; tsit4 phian3] 一大片的土地, 相關詞一偏 zit5 ben3 一次, 一回, 例詞一遍土豆園 zit5 pen4 to6/3 dau3 hng2 一大片的花生田。
遍地[pen4 de6; phian2 te7] 到處, 例詞遍地起 pen4 de3 ki4 普天下的各種物價都上漲了。
走遍遍[zau1 pen4 pen3; tsau1 phian2 phian3] 走訪許多地方。
遍天下[pen4 ten6 ha6; phian2 thian7 ha7] 走訪了許多地方。
一遍土地[zit5 pen4 to1 de6; tsit4 phian2 thoo1 te7] 一大片的地方。
遍四過　揣透透[pen4 si4 gue3/ge3 cue6 tau4 tau3; phian2 si2 kue3/ke3 tshue7 thau2 thau3] 找遍四方, 有作遍四界, 尋透透 pen4 si4 ge3, cue6 tau4 tau3。

騙 [pen3; phian3] Unicode: 9A19, 台語字: penx
　　[pen3; phian3] 用詐術來詐騙他人,相關字諞 ben4 以言詞詐騙他人;佮 biah5 欺騙,侵逼
騙鼠[pen4 ci4; phian2 tshi2] 騙子, 以詐騙別人為職業的人。
騙嘴[pen4 cui3; phian2 tshui3] 自謙酒菜不好, 只能算騙騙客人的嘴巴而己, 同騙食 pen4 ziah1。
騙人[pen3 lang3/pen4 lang2; phian3 lang3/phian2 lang5] 用詐術來詐騙他人, 例詞騙人不捌 pen4 lang6/3 m3 bat5 用言語或詐術來詐騙那些不知道某件事情的人。
騙食[pen4 ziah1; phian2 tsiah8] 騙吃騙喝, 自謙酒菜不好, 只能算騙騙客人的嘴巴而己。
騙財騙色[pen4 zai2 pen4 sek5; phian2 tsai5 phian2 sik4] 。
騙食騙穿[pen4 ziah1 pen4 ceng6; phian2 tsiah8 phian2 tshing7] 騙吃騙喝。

揙 [pen4; phian2] Unicode: 63D9, 台語字: peny
　　[pen4; phian2] 翻過來搜尋,挑找,撥開,揭發真相,展示,代用字
揙開[pen1 kui1; phian1 khui1] 翻過來搜尋, 攤開。
普司揙[po1 su6 pen4; phoo1 su7 phian2] 不錯的, 普遍的, 還可以接受的, 原為壯陽藥補士鞭丸 Pospen 的廣告詞, 引用為不錯的, 普遍的, 有作補士鞭 Pospen。
揙孔縫[pen1 kang6 pang6; phian1 khang7 phang7] 揭發真相。
揙孔頭[pen1 kang6 tau2; phian1 khang7 thau5] 找機會謀利, 挑利益。
揙看覓[pen1 kuan4 mainn6; phian1 khuan2 -] 翻過來搜尋。

台語字:	獅 saif	牛 quw	豹 bax	虎 hoy	鴨 ah	象 ciunn	鹿 lokf
通用拼音:	獅 sai1	牛 qu2	豹 ba3	虎 ho4	鴨 ah5	象 ciunn6	鹿 lok1
北京語:	山 san1	明 meng2	水 sue3	秀 sior4	的 dorh5	中 diong6	壢 lek1
普通話:	山 san1	明 meng2	水 sue3	秀 sior4	的 dorh0	中 diong6	壢 lek1

peng

拼 [peng1; phing1] Unicode: 62FC, 台語字: pengf
[peng1; phing1] 拼湊,拼音,相關字拚 biann3 打拚,努力;併 beng3 合併
拼音[peng6 im1; phing7 im1] 用字母拼出文字或讀音。

平 [peng2; phing5] Unicode: 5E73, 台語字: pengw
[beng2, benn2, binn2, peng2; ping5, piann5, pinn5, phing5] 平坦的地勢
平鎮市[peng6 din4 ci6; phing7 tin2 tshi7] 在桃園縣。

秤 [peng2; phing5] Unicode: 79E4, 台語字: pengw
[cin3, peng2; tshin3, phing5] 量重量
天秤[ten6 peng2; thian7 phing5] 天平。

penn

伻 [penn1; phenn1] Unicode: 4F3B, 台語字: pennf
[penn1; phenn1] 賞賜給別人,分給,分割,相關字䟴 pinn1 佔他人的便宜
分伻[bun6 penn1; pun7 phenn1] 平分, 分攤自己的財物或名望給他人, 相關詞䟴 pinn1 lang1/pinn6 lang2 佔他人的便宜, 例詞阿兄分伻財產予小弟 a6 hiann1 bun6 penn6 zai6/3 san4 ho3 sior1 di6 大哥多給弟弟一份財產。
照分伻[ziau4 bun6 penn1; tsiau2 pun7 phenn1] 分攤自己的財物或名望給他人。
伻做五份[penn6 zor4 qo3 hun6; phenn7 tso2 goo3 hun7] 平分為五份, 各為五分之一。
伻一寡獎金出來[penn6 zit6 gua1 ziong1 gim1cut5 lai3; phenn7 - kua1 tsiong1 - lai3] 拿出一部分獎金給別人。

澎 [penn2; phenn5] Unicode: 6F8E, 台語字: pennw
[penn2, pinn2, pong2; phenn5, phinn5, phong5] 地名,澎湖
澎湖[penn6 o2; phenn7 oo5] 澎湖群島, 荷蘭人稱為 Piscadore, 意思為漁翁。

怦 [penn6; phenn7] Unicode: 6026, 台語字: penn
[penn6, pinn6, pong6; phenn7, phinn7, phong7] 吃力狀
怦怦喘[penn3/pinn3 penn3 cuan4; phenn3/phinn3 phenn3 tshuan2] 不停地喘氣, 吃力狀。

pet

ノ [pet5; phiat4] Unicode: 30CE, 台語字: pet
[pet5; phiat4] 撇 pet5 的簡寫

一ノ[zit5 pet5; tsit4 phiat4] 一撇, 寫一撇。
二ノ嘴鬚[nng3 pet1 cui4 ciu1; nng3 phiat4 tshui2 tshiu1] 二撇鬍鬚。

皿 [pet5; phiat4] Unicode: 76BF, 台語字: pet
[pet5, veng4; phiat4, bing2] 小碟子
皿仔[pet1 a4; phiat8 a2] 小碟子。
一皿仔生菜[zit5 pet1 a1 cenn6 cai3; tsit4 phiat8 a1 tshenn7 tshai3] 一碟青菜。

撇 [pet5; phiat4] Unicode: 6487, 台語字: pet
[pet5, puat5; phiat4, phuat4] 斜著劃,瀟洒,俏麗,妙招,振翅而飛,簡寫為 ノ pet5
飄撇[piau6 pet5; phiau7 phiat4] 很瀟洒, 很俏麗。
一撇[zit5 pet5; tsit4 phiat4] 一撇, 寫一撇。
撇步[pet1 bo6; phiat8 poo7] 妙招。
撇撇[pet1 pet5; phiat8 phiat4] 很瀟洒, 很俏麗, 例詞穿佮撇撇 ceng3 gah1 pet1 pet5 衣著漂亮高尚, 很瀟洒的樣子。
撇勢[pet1 se3; phiat8 se3] 瀟洒。
撇落去[pet5 lorh5 ki3; phiat4 loh4 khi3] 瀟洒地生活下去, 公文批閱下去。
無半撇[vor6/vor3 buann4 pet5; bo7/bo3 puann2 phiat4] 汝有半點的能力。
二撇嘴鬚[nng3 pet1 cui4 ciu1; nng3 phiat8 tshui2 tshiu1] 二撇鬍鬚。

pi

披 [pi1; phi1] Unicode: 62AB, 台語字: pif
[pi1; phi1] 所向,攤開而鋪平,展開,開張
水披[zui1 pi1; tsui1 phi1] 以石片平丟在水面上, 可跳飛水面多次, 又飛得遠, 例詞披水披 pi6 zui1 pi1 以石片在水面上平丟, 可跳飛水面。
披開[pi6 kui1; phi7 khui1] 攤開而鋪平, 展開。
披衫[pi6 sann1; phi7 sann1] 衣服攤開在太陽下, 晾乾衣服。
披米粉[pi6 vi1 hun4; phi7 bi1 hun2] 把剛剛蒸煮的米粉, 攤鋪在陽光下曬乾。

皮 [pi2; phi5] Unicode: 76AE, 台語字: piw
[bi2, pe2, pi2, pue2; pi5, phe5, phi5, phue5] 表皮
陳皮[din6/din3 pi2; tin7/tin3 phi5] 柑皮。
皮蛋[pi6/pi3 dan3; phi7/phi3 tan3] 。

怞 [pi2; phi5] Unicode: 600C, 台語字: piw
[pi2; phi5] 賴皮,慢,害怕
怞怞[pi6/pi3 pi2; phi7/phi3 phi5] 賴皮, 厚臉皮, 不在乎, 例詞怞怞仔講 pi6 pi6 a1 gong4/pi3 pi3 a1 gong4 厚著臉皮而說, 相關詞皮皮仔講 pue6 pue6 a1 gong4 點到為止地講出來。
激怞怞[gek1 pi6/pi3 pi2; kik8 phi7/phi3 phi5] 裝著一付不在乎的樣子, 厚著臉皮的, 我行我素, 沒有羞恥心。

台語字:	獅 saif	牛 quw	豹 bax	虎 hoy	鴨 ah	象 ciunn	鹿 lokf
通用拼音:	獅 sai1	牛 qu2	豹 ba3	虎 ho4	鴨 ah5	象 ciunn6	鹿 lok1
北京語:	山 san1	明 meng2	水 sue3	秀 sior4	的 dorh5	中 diong6	壢 lek1
普通話:	山 san1	明 meng2	水 sue3	秀 sior4	的 dorh0	中 diong6	壢 lek1

脾 **[pi2; phi5]** Unicode: 813E, 台語字: piw
　　[bi2, pi2; pi5, phi5] 性情
歹脾氣[painn1 pi6/pi3 ki3; phainn1 phi7/phi3 khi3] 脾氣
　　不好。
無脾氣[vor6 pi6 ki3/vor3 pi3 ki3; bo7 phi7 khi3/bo3 phi3
　　khi3] 好脾氣。

疕 **[pi4; phi2]** Unicode: 7595, 台語字: piy
　　[pi4; phi2] 瘡疤,傷口結疤,小傢伙
堅疕[gen6 pi4; kian7 phi2] 傷口癒合而結疤脫落, 例詞
　　傷嘴堅疕 siong6 cui3 gen6 pi4 傷口癒合而結疤而
　　脫落, 相關詞堅疤 gen6 ba1 傷口癒合而結疤成
　　痕。
粒仔疕[liap5 a1 pi4; liap4 a1 phi2] 瘡疤, 傷口結疤。

鄙 **[pi4; phi2]** Unicode: 9119, 台語字: piy
　　[pi4; phi2] 吝嗇的人,低濺
小鄙[siau1 pi4; siau1 phi2] 低濺, 小氣的, 例詞小鄙臉
　　siau1 pi1 qen4 吝嗇又貪小便宜的人, 貪婪的人。
小鄙臉[siau1 pi1 qen4; siau1 phi1 gian2] 吝嗇又貪小便
　　宜的人, 貪婪的。

秕 **[pi4; phi2]** Unicode: 79D5, 台語字: piy
　　[binn4, pi4; pinn2, phi2] 發育不良的豆子,小片,相
　　關字疕 pi4 傷口結疤;粃 pi4 乾飯,鍋粑
豆仔秕[dau3 a1 binn4/pi4; tau3 a1 pinn2/phi2] 發育不良
　　的豆子, 同豆仔鬼 dau3 a1 gui4。
囝仔秕[qin1 a1 pi4; gin1 a1 phi2] 個子很小的小孩子,
　　小傢伙。
一秕仔[zit5 pi1 a4; tsit4 phi1 a2] 一小片。

piau

標 **[piau1; phiau1]** Unicode: 6A19, 台語字: piauf
　　[biau1, bior1, piau1; piau1, pio1, phiau1] 目標,商標
目標[vok5 piau1; bok4 phiau1] 。
商標[siong6 piau1; siong7 phiau1] 註冊商標。
標頭[piau6 tau2; phiau7 thau5] 商標, 標記, brand, 相關
　　詞號頭 hor3 tau2 號碼, 序號, 箱號, numbering;墨
　　頭 vak5 tau2 標記, mark。

pin

品 **[pin4; phin2]** Unicode: 54C1, 台語字: piny
　　[pin4; phin2] 姓,物品,評論,誇示,言明,品行,品德
景品[geng1 pin4; king1 phin2] 獎品, 贈送品, 係日語詞
　　景品 keihin 獎品, 贈送品。
產品[san1 pin4; san1 phin2] 物品。
明品[veng6/veng3 pin4; bing7/bing3 phin2] 事先講明。
品行[pin1 heng6; phin1 hing7] 品德, 操行。
照品照行[ziau4 pin4 ziau4 giann2; tsiau2 phin2 tsiau2

kiann5] 依照事先講好的約定原則而行事。
品明在先[pin1 veng2 zai3 sen1; phin1 bing5 tsai3 sian1]
　　事先已講明白了。

榀 **[pin4; phin2]** Unicode: 6980, 台語字: piny
　　[pin4; phin2] 笛子,代用字
榀仔[pin1 a4; phin1 a2] 笛子。
歕榀仔[bun6/bun3 pin1 a4; pun7/pun3 phin1 a2] 吹笛子,
　　代用詞。
南榀北簫[lam6/lam3 pin4 bak1 siau1; lam7/lam3 phin2
　　pak8 siau1] 南方的音樂及竹笛最好聽, 北方音樂則
　　以洞簫最為動人。

pinn

賏 **[pinn1; phinn1]** Unicode: 8CB1, 台語字: pinnf
　　[pinn1; phinn1] 佔他人的便宜,賺取非分之財物或
　　名望,代用字,原義為益.相關字伻 pinn1 賞賜給別
　　人
夆賏[hong2 pinn1; hong5 phinn1] 被別人佔了便宜, 相
　　關詞賏人 pinn1 lang1 佔他人的便宜。
賏人[pinn1 lang1/pinn6 lang2; phinn1 lang1/phinn7 lang5]
　　佔他人的便宜, 相關詞夆賏 hong2 pinn1 被別人佔
　　了便宜。
賏頭[pinn6 tau2; phinn7 thau5] 有利可圖, 有甜頭。
不夆賏 也不賏人[m3 hong2 pinn1 ia3 m3 pinn1 lang1;
　　m3 hong5 phinn1 ia3 m3 phinn1 lang1] 不被別人佔
　　了便宜, 也不佔他人的便宜。
賏人的 休食休睏得[pinn1 lang1 e1 ve3 ziah5 ve3 kun3
　　jit5/lit5; phinn1 lang1 e1 be3 tsiah4 be3 khun3
　　jit4/lit4] 佔了別人的便宜的人, 會吃不下飯, 也睡
　　不著覺, 因心不安也。

聞 **[pinn6; phinn7]** Unicode: 805E, 台語字: pinn
　　[pinn6, vun2; phinn7, bun5] 聞氣味,代用字,有作
　　鼻 pinn6
好聞[hor1 pinn6; ho1 phinn7] 味道好聞。
聞芳[pinn3 pang1; phinn3 phang1] 聞到了香氣, 例詞予
　　汝聞芳 ho3 li1 pinn3 pang1 讓你開開眼界, 給你一
　　次教訓吧!
聞花芳[pinn3 hue6 pang1; phinn3 hue7 phang1] 聞到花
　　的香味。

鼻 **[pinn6; phinn7]** Unicode: 9F3B, 台語字: pinn
　　[bit1, pinn6; pit8, phinn7] 鼻子
擤鼻[ceng4 pinn6; tshing2 phinn7] 擤鼻涕。
凹鼻[naih1 pinn6; naih8 phinn7] 塌陷的鼻子, 代用詞,
　　有作折鼻 zih5 pinn6。
窒鼻[zat5 pinn6; tsat4 phinn7] 鼻塞不通。
擤鼻糊[ceng4 pinn3 go2; tshing2 phinn3 koo5] 以鼻涕來
　　貼黏, 不可能牢固可靠的。
鷹哥鼻[eng6 gor6 pinn6; ing7 ko7 phinn7] 鷹勾鼻。
獅仔鼻[sai6 a1 pinn6; sai7 a1 phinn7] 鼻翼大, 鼻脊低凹
　　而鼻頭大的鼻子。
鼻屎大[pinn3 sai1 dua6; phinn3 sai1 tua7] 像很小的鼻屎
　　一般, 一丁點。

台語字:	獅 saif	牛 quw	豹 bax	虎 hoy	鴨 ah	象 ciunn	鹿 lokf
通用拼音:	獅 sai1	牛 qu2	豹 ba3	虎 ho4	鴨 ah5	象 ciunn6	鹿 lok1
北京語:	山 san1	明 meng2	水 sue3	秀 sior4	的 dorh5	中 diong6	壢 lek1
普通話:	山 san1	明 meng2	水 sue3	秀 sior4	的 dorh0	中 diong6	壢 lek1

pior

票　**[pior3; phio3]** Unicode: 7968, 台語字: piorx
　　[pior3; phio3] 券,鈔,相關字粟 cek5 稻米;栗 lek1
地名
千票[ceng6 pior3; tshing7 phio3] 面值千元的鈔票。
投票[dau6/dau3 pior3; tau7/tau3 phio3] 到投票所投票,
　　選舉總統, 議員等民意代表。
銀票[qin6/qin3 pior3; gin7/gin3 phio3] 鈔票, 相關詞紙
　　單 zua1 duann1 紙幣, 係往日的稱法。
菝仔票[bat5/buat5 a1 piorh5; pat4/puat4 a1 -] 無法兌現
　　的支票或承諾。
捀選票[dng4 suan1 pior3; tng2 suan1 phio3] 把選票投
　　給..., 例詞選票噯捀予台灣人 suan1 pior3 ai4 dng4
　　ho3 dai6 uan6 lang2/suan1 pior3 ai4 dng4 ho3 dai3
　　uan3 lang2 選票要投給認同台灣的候選人。

漂　**[pior3; phio3]** Unicode: 6F02, 台語字: piorx
　　[piau1, pior3; phiau1, phio3] 脫色
漂白[pior4 beh1; phio2 peh8] 。
凍露漂雨[dang4 lo3 pior4 ho6; tang2 loo3 phio2 hoo7] 日
　　夜曝露在外, 餐風宿露。

po

鋪　**[po1; phoo1]** Unicode: 92EA, 台語字: pof
　　[po1, po3, po6; phoo1, phoo3, phoo7] 肉攤,床,陳
設,築路,有作舖 po1
換鋪[uann3 po1; uann3 phoo1] 換床鋪睡覺。
總鋪[zong1 po1; tsong1 phoo1] 沒有隔間的大床鋪, 大
　　通鋪, 和室, 相關詞總庖 zong1 po3 庖廚, 大廚師,
　　例詞睏總鋪 kun4 zong1 po1 一大伙人睡大通鋪。
鋪排[po6 bai2; phoo7 pai5] 粉飾門面, 請求別人同意,
　　鋪張, 應酬或巴結, 例詞鋪排禮堂 po6 bai6/3 le1
　　dng2 洽借使用禮堂。
鋪路[po6 lo6; phoo7 loo7] 築路, 打通關節, 以利行事,
　　例詞造橋鋪路 zor3 gior2 po6 lo6 築路建橋, 行行
　　善事。

麩　**[po1; phoo1]** Unicode: 9EB1, 台語字: pof
　　[po1; phoo1] 小麥的麩皮,相關字麩 hu1 米豆磨
成的細粉
頭麩[tau6/tau3 po1; thau7/thau3 phoo1] 頭皮屑。
麥麩[veh5 po1; beh4 phoo1] 小麥的麩皮, 做飼料來飼養
　　家畜家禽。

拊　**[po2; phoo5]** Unicode: 62AA, 台語字: pow
　　[po2; phoo5] 扶持,多人拉抬,恭維,有作扶 po2
敖拊[qau6/qau3 po2; gau7/gau3 phoo5] 精於奉承及拍馬
　　屁。

拊腳[po6/po3 ka1; phoo7/phoo3 kha1] 抬轎者, 抬起來。
拊仙[po6/po3 sen1; phoo7/phoo3 sian1] 馬屁精。
拊頂司[po6/po3 deng1 si1; phoo7/phoo3 ting1 si1] 巴結
　　上司。
拊腳倉[po6/po3 ka6 cng1; phoo7/phoo3 kha7 tshng1] 拍
　　馬屁。
拊朡抱[po6/po3 lan3 pa1; phoo7/phoo3 lan3 pha1] 奉承,
　　抱大腿, 拍馬屁。
拊正旁[po6/po3 ziann4 beng2; phoo7/phoo3 tsiann2
　　ping5] 抬右邊。
拊拊挖挖[po6 po6 tann1 tann4/po3 po3 tann1 tann4;
　　phoo7 phoo7 thann1 thann2/phoo3 phoo3 thann1
　　thann2] 奉承, 諂媚, 代用詞。

菩　**[po2; phoo5]** Unicode: 83E9, 台語字: pow
　　[po2; phoo5] 佛家的覺悟者
菩提[po6/po3 de2; phoo7/phoo3 te5] 智慧, 正道, 係梵
　　語。
菩薩[po6/po3 sat5; phoo7/phoo3 sat4] 佛家的覺悟者, 又
　　能度眾生者。
菩薩心腸[po6 sat1 sim6 dng2/po3 sat1 sim6 dng2; phoo7
　　sat8 sim7 tng5/phoo3 sat8 sim7 tng5] 慈悲心腸。

庖　**[po3; phoo3]** Unicode: 5E96, 台語字: pox
　　[po3; phoo3] 廚房
總庖[zong1 po3; tsong1 phoo3] 庖廚, 大廚師, 主廚, 有
　　作廚子 do6/3 zi4, 相關詞總鋪 zong1 po1 沒有隔
　　間的大通鋪。
總庖師傅[zong1 po4 sai6 hu6; tsong1 phoo2 sai7 hu7] 大
　　主廚師傅。

舖　**[po3; phoo3]** Unicode: 8216, 台語字: pox
　　[po1, po3, po6; phoo1, phoo3, phoo7] 十華里,十里
　　遠的距離,等於六公里,有作鋪 po3.古時的驛站,相
　　距十華里,叫做舖亭
一舖路[zit5 po4 lo6; tsit4 phoo2 loo7] 十華里的路程, 約
　　為六公里遠。
離天　七舖路[li3 tinn1 cit1 po4 lo6; li3 thinn1 tshit8
　　phoo2 loo7] 相去非常遠, 有天壤之別。

圃　**[po4; phoo2]** Unicode: 5703, 台語字: poy
　　[po4; phoo2] 園圃
花圃[hue6 po4; hue7 phoo2] 栽種花卉的園圃。
苗圃[viau6/viau3 po4; biau7/biau3 phoo2] 苗園。

普　**[po4; phoo2]** Unicode: 666E, 台語字: poy
　　[po4; phoo2] 一般的,祭拜,有作醭 po4
贊普[zan3 po4; tsan3 phoo2] 全體居民參與的普度拜
　　拜。
普度[po1 do6; phoo1 too7] 中元普渡, 同醭度 po1 do6
　　吃肉飲酒, 滿足口腹之慾, 例詞中元普度 diong6
　　quan2 po1 do6 民間在農曆七月十五日, 祭拜陰間
　　鬼魅。
中元普度[diong6 quan2 po1 do6; tiong7 guan5 phoo1
　　too7] 農曆七月十五日中元節, 民間以牲禮, 花果,
　　拜祭孤魂遊鬼, 最著名三地為基隆市普度, 雲林縣
　　虎尾鎮普度及屏東縣恆春鎮搶孤。

台語字:	獅 saif	牛 quw	豹 bax	虎 hoy	鴨 ah	象 ciunn	鹿 lokf
通用拼音:	獅 sai1	牛 qu2	豹 ba3	虎 ho4	鴨 ah5	象 ciunn6	鹿 lok1
北京語:	山 san1	明 meng2	水 sue3	秀 sior4	的 dorh5	中 diong6	壢 lek1
普通話:	山 san1	明 meng2	水 sue3	秀 sior4	的 dorh0	中 diong6	壢 lek1

廊　**[po6; phoo7]** Unicode: 5ECD, 台語字: po
　　[po6; phoo7] 小糖廠,村莊,相關字車 cia1 榨油廠
後廊[au3 po6; au3 phoo7] 地名, 在糖廠後面的村莊, 散
　　在中南部糖廠附近。
糖廊[tng6/tng3 po6; thng7/thng3 phoo7] 小型的製糖廠。
廊仔[po3 a4; phoo3 a2] 小型糖製廠, 例詞廊仔動矣 po3
　　a4 dang6 a6 製糖廠開工生產了。

pok

簿　**[pok1; phok8]** Unicode: 7C3F, 台語字: pokf
　　[po6, pok1; phoo7, phok8] 筆記本
簿仔[pok5/po3 a4; phok4/phoo3 a2] 筆記本。
簿仔紙[pok5 a1 zua4; phok4 a1 tsua2] 筆記簿。
手摺簿仔[ciu1 zih1 po3/pok5 a4; tshiu1 tsih8
　　phoo3/phok4 a2] 攜帶用的記事本, 備忘錄。

凸　**[pok5; phok4]** Unicode: 51F8, 台語字: pok
　　[pok5; phok4] 凸凸的
凸凸[pok1 pok5; phok8 phok4] 凸凸的。
凸一墣[pok1 zit5 pok5; phok8 tsit4 phok4] 凸一個包。

泡　**[pok5; phok4]** Unicode: 6CE1, 台語字: pok
　　[pau1, pau3, pok5, por1; phau1, phau3, phok4,
　　pho1] 燈泡
電火泡仔[den3 hue1/he1 pok1 a4; tian3 hue1/he1 phok8
　　a2] 電燈泡。

博　**[pok5; phok4]** Unicode: 535A, 台語字: pok
　　[pok5; phok4] 廣泛,博學的
博士[pok1 su6; phok8 su7] 取得博士學位的人, 有學問
　　的人。
博土[pok1 to4; phok8 thoo2] 沒有學問的人, 取笑文盲
　　之輩。
俕博假博[ve3/vue3 pok5 ge1 pok5; be3/bue3 phok4 ke1
　　phok4] 不懂事情真相, 卻假裝自己事事皆懂。
瓷仔博物館[hui6 a4 pok1 but5 guan4; hui7 a2 phok8 put4
　　kuan2] 陶瓷博物館, 在桃園縣鶯歌鎮。

pong

丰　**[pong2; phong5]** Unicode: 4E30, 台語字: pongw
　　[pong2; phong5] 豐富,集韻:符風切,丰茸,草盛貌
丰沛[pong6/pong3 pai3; phong7/phong3 phai3] 充足, 佳
　　肴豐盛。
膳饈真丰沛[ce6 cau1 zin6 pong6/pong3 pai3; tshe7 tshau1
　　tsin7 phong7/phong3 phai3] 美食佳餚很充足, 佳肴
　　豐盛。

澎　**[pong2; phong5]** Unicode: 6F8E, 台語字: pongw
　　[penn2, pinn2, pong2; phenn5, phinn5, phong5] 海
　　浪聲

澎湃[pong6/pong3 pai3; phong7/phong3 phai3] 海浪聲,
　　宴席豐盛, 佳肴美酒。

膨　**[pong3; phong3]** Unicode: 81A8, 台語字: pongx
　　[pong3; phong3] 脹大,誇大,豐滿的樣子,有作胖
　　pong3.相關字胮 hang3 浮腫
膨餅[pong4 biann4; phong2 piann2] 發酵的餅糕, 挨罵,
　　碰釘子。
膨風[pong4 hong1; phong2 hong1] 吹牛, 誇大不實, 肚
　　子漲氣, 例詞展膨風 den1 pong4 hong1 吹牛, 誇
　　大不實。
膨紗[pong4 se1; phong2 se1] 毛線。
膨肚短命[pong4 do3 de1 miann6; phong2 too3 te1 -] 女
　　人罵男人早死, 正如肝癌末期病人的肚子膨漲而死
　　的下場。

椪　**[pong3; phong3]** Unicode: 692A, 台語字: pongx
　　[pong3; phong3] 水果之名,橘子
椪柑[pong4 gam1; phong2 kam1] 橘子, 其果皮膨鬆粗
　　糙, 椪 pong3 橘子, 是平埔族語.椪柑 pong4 gam1
　　及敏豆 vin1 dau6 beam 豆, 均是由同義之漢語與另
　　一種語言的重複合併而成。
員林椪柑[uan6 lim6 pong4 gam1; uan7 lim7 phong2
　　kam1] 員林地區出產的橘子, 引申吹牛皮。

por

泡　**[por1; pho1]** Unicode: 6CE1, 台語字: porf
　　[pau1, pau3, pok5, por1; phau1, phau3, phok4,
　　pho1] 水面上的氣泡,講話時的口沫
窟泡[buh1 por1; puh8 pho1] 冒泡泡, 相關詞窟砲 buh1
　　pa1 長了水泡或水痘;沸泡 pu3 por1 口中冒出口
　　水。
起泡[ki1 por1; khi1 pho1] 起泡泡。
講佮嘴角全全泡[gong1 gah1 cui4 gak5 zuan6 por1;
　　kong1 kah8 tshui2 kak4 tsuan7 pho1] 講得口沫橫飛,
　　講話時滿口的口沫。

破　**[por3; pho3]** Unicode: 7834, 台語字: porx
　　[por3, pua3; pho3, phua3] 消耗金錢,賣弄學問
破綻[por4 can3; pho2 tshan3] 破綻, 露出馬腳。
破讀[por4 dau6; pho2 tau7] 聊天, 吹牛皮, 開懷逗趣,
　　代用詞, 原義為說明破音字及句讀的規則。

抱　**[por6; pho7]** Unicode: 62B1, 台語字: por
　　[pau6, por6; phau7, pho7] 懷抱
偷抱[tau6 por6; thau7 pho7] 抱走或誘拐他人的兒女。
抱的[por6 e6; pho7 e7] 抱來養育的孩子, 領養的兒女。
抱团[por3 giann4; pho3 kiann2] 手中抱著小孩, 才知道
　　父母養育之恩。

台語字:	獅 saif	牛 quw	豹 bax	虎 hoy	鴨 ah	象 ciunn	鹿 lokf
通用拼音:	獅 sai1	牛 qu2	豹 ba3	虎 ho4	鴨 ah5	象 ciunn6	鹿 lok1
北京語:	山 san1	明 meng2	水 sue3	秀 sior4	的 dorh5	中 diong6	壢 lek1
普通話:	山 san1	明 meng2	水 sue3	秀 sior4	的 dorh0	中 diong6	壢 lek1

porh

朴　**[porh5; phoh4]** Unicode: 6734, 台語字: porh
　　[porh5; phoh4] 地名,樹名,粗壯
粗朴[co6 porh5; tshoo7 phoh4] 體格粗壯。
朴仔樹[porh1 a1 ciu6; phoh8 a1 tshiu7] 本土的樹種, 台灣朴樹。
朴仔腳[porh1 a1 ka1; phoh8 a1 kha1] 地名, 原意係朴樹之下, 今嘉義縣朴子市。
朴子市[porh1 zu1 ci6; phoh8 tsu1 tshi7] 在嘉義縣。

pu

觕　**[pu4; phu2]** Unicode: 8274, 台語字: puy
　　[pu4; phu2] 灰色的,相關字紺 kong4 深藍色;觕 cinn4 藏青色
觕的[pu4 e3; phu2 e3] 灰色的, 灰色的服裝, 相關詞紺的 kong4 e3 深藍色的;觕的 cinn4 e3 藏青色。
觕色[pu1 sek5; phu1 sik4] 灰色。
瞀瞀觕觕[vu3 vu6 pu1 pu4; bu3 bu7 phu1 phu2] 視力不佳, 看起來是灰朦朦的, 例詞汝看我瞀瞀, 我看你觕觕 li1 kuann4 qua1 vu3 vu6, qua1 kuann4 li1 pu1 pu4 你看不起我, 我也不把你看在眼中, 引申互相藐視對方。
觕的 紺的[pu4 e3 kong4 e3; phu2 e3 khong2 e3] 討論灰色的及深藍色等服裝。

pua

破　**[pua3; phua3]** Unicode: 7834, 台語字: puax
　　[por3, pua3; pho3, phua3] 打破,破壞
解破[gai1 pua3; kai1 phua3] 開示, 解釋清楚。
開破[kai6 pua3; khai7 phua3] 開示, 解釋清楚。
看破[kuann4 pua3; khuann2 phua3] 看透人生, 屈服於宿命。
破格[pua4 geh5; phua2 keh4] 命運有缺陷, 致命傷, 而導至失敗或喪命, 例詞破格一支嘴 pua4 geh5 zit5 gi6 cui3 多嘴是致命傷。
破相[pua4 siunn3; phua2 siunn3] 相貌, 四肢, 五官或內臟有殘缺不全, 殘廢相。
破糊糊[pua4 go6/go3 go2; phua2 koo7/koo3 koo5] 破爛不堪。
臭尿破味[cau4 zior3 pua4 vi6; tshau2 tsio3 phua2 bi7] 尿腥臭味。
食緊摃破碗[ziah5 gin4 gong4 pua4 uann4; tsiah4 kin2 kong2 phua2 uann2] 吃飯吃得太快, 會把碗盤都打破, 喻欲速則不達。
有功無賞 拍破嘅賠[iu1 gong1 vor3 siunn4 pah1 pua3 ai4 bue2/be2; iu1 kong1 bo3 siunn2 phah8 phua3 ai2

pue5/pe5] 做對了事, 是職責所在, 若因故誤事, 不但沒有賞賜, 卻要賠償損失。

剖　**[pua3; phua3]** Unicode: 5256, 台語字: puax
　　[por3, pua3; pho3, phua3] 劈開,上下直劈
直剖[dit5 pua3; tit4 phua3] 有話直講, 不給對方留點面子。
剖柴[pua4 ca2; phua2 tsha5] 劈材薪, 劈木材。
剖腹生囝[pua4 bak5 senn6 giann4; phua2 pak4 senn7 kiann2] 剖腹生產。
剖柴 參柴砧剖[pua4 ca2 cam3 ca6/ca3 diam1 pua3; phua2 tsha5 tsham3 tsha7/tsha3 tiam1 phua3] 劈材連砧板也劈掉, 引申把告密的線民也洩露現身了。

puah

犮　**[puah1; phuah8]** Unicode: 72AE, 台語字: puahf
　　[puah1; phuah8] 交义走路的樣子,不正常的,跨足,代用字
相犮[sior6 puah1; sio7 phuah8] 相錯交絞合, 例詞神經相犮 sin6/3 geng1 sior6 puah1 神經兮兮的, 神經不正常。
頭殼相犮[tau6/tau3 kak5 sior6 puah1; thau7/thau3 khak4 sio7 phuah8] 神經兮兮的, 腦筋不正常有作神經相犮 sin6/3 geng1 sior6 puah1。

puann

潘　**[puann1; phuann1]** Unicode: 6F58, 台語字: puannf
　　[puann1; phuann1] 姓

伴　**[puann6; phuann7]** Unicode: 4F34, 台語字: puann
　　[puann6; phuann7] 伴侶,陪同
放伴[bang4 puann6; pang2 phuann7] 互助, 依序相互免費地支援及幫忙同業的工作, 例詞放伴作 bang4 puann3 zor3 農忙時, 全體農民相互支援工作, 逐日到一家農家播種或採收, 互不計工資。
有伴[u3 puann6; u3 phuann7] 有人作伴。
作伴[zor4 puann6; tso2 phuann7] 陪伴。
伴手[puann3 ciu4; phuann3 tshiu2] 拜訪親友時, 隨手所攜帶的禮品, 有作等路 dan1 lo6。
伴娶[puann3 cua6; phuann3 tshua7] 伴郎。
伴嫁[puann3 ge3; phuann3 ke3] 伴娘, 陪伴新娘出嫁的親友, 陪嫁。
放伴作[bang4 puann4 zor3; pang2 phuann3 tso3] 農忙時, 全體農民相互支援工作, 逐日到一家農家播種或採收, 互不計算工資。
迌迌伴[citl tor6/tor3 puann6; tshit8 tho7/tho3 phuann7] 玩伴, 例詞阿松是您細漢的迌迌伴 a6 siong2 si3 in6 se4 han3 e6 citl tor6/3

台語字:	獅 saif	牛 quw	豹 bax	虎 hoy	鴨 ah	象 ciunn	鹿 lokf
通用拼音:	獅 sai1	牛 qu2	豹 ba3	虎 ho4	鴨 ah5	象 ciunn6	鹿 lok1
北京語:	山 san1	明 meng2	水 sue3	秀 sior4	的 dorh5	中 diong6	壢 lek1
普通話:	山 san1	明 meng2	水 sue3	秀 sior4	的 dorh0	中 diong6	壢 lek1

puan6 阿松是他們兒時的玩伴。

兄弟仔伴[hiann6 di3 a1 puann6; hiann7 ti3 a1 phuann7] 如兄弟一般的幼時的玩伴。

姐妹仔伴[ze1 muainn3 a1 puann6; tse1 - a1 phuann7] 如姐妹般的幼時玩伴，陪伴新娘出嫁的姐妹親友，陪嫁。

pue

批 **[pue1; phue1]** Unicode: 6279, 台語字: puef
[pe1, pue1, phe1, phue1] 梯次,評論,信函,指示

頂批[deng1 pue1; ting1 phue1] 上一次的。

寄批[gia4 pue1/pe1; kia2 phue1/phe1] 寄信。

寫批[sia1 pue1; sia1 phue1] 寫信。

批發[pue6 huat5; phue7 huat4] 賣大批貨, 發貨中心, 相關詞門市 vun6/3 ci6 在店鋪中出售, 零售。

批囊[pue6 long2; phue7 long5] 信封。

批紙[pue6/pe6 zua4; phue7/phe7 tsua2] 信紙。

愛情批[ai4 zeng6 pue1/ai4 zeng3 pe1; ai2 tsing7 phue1/ai2 tsing3 phe1] 情書。

一批生理[zit5 pue6 seng6 li4; tsit4 phue7 sing7 li2] 一筆生意。

寫批寄予汝[sia1 pue1 gia4 ho6 li6/sia1 pe1 gia4 ho3 li4; sia1 phue1 kia2 hoo7 li7/sia1 phe1 kia2 hoo3 li2] 寫信又寄了信給你。

犯 **[pue1; phue1]** Unicode: 8C5D, 台語字: puef
[pe1, pue1, phe1, phue1] 體型,大個子,同怀 pue1

豬犯[di6 pue1; ti7 phue1] 母豬, 相關詞豬胚仔 di6 pue6 a4/du6 pe6 a4 成長中的小豬。

大犯[dua3 pue1; tua3 phue1] 大個子, 大兒子, 例詞阮大犯的 qun1 dua3 pue1 e1 我的大兒子。

皮 **[pue2; phue5]** Unicode: 76AE, 台語字: puew
[bi2, pe2, pi2, pue2; pi5, phe5, phi5, phue5] 姓,表面層,差錯

溜皮[liu4 pue2/pe2; liu2 phue5/phe5] 脫皮, 皮挫傷。

韌皮[lun3 pue2; lun3 phue5] 有耐性, 個性深沈, 反應緩慢。

蠻皮[van6/van3 pue2; ban7/ban3 phue5] 不在乎, 不在意, 不積極, 有作頑皮 van6 pue2/van3 pe2。

面皮[vin3 pue2; bin3 phue5] 面子, 臉皮, 例詞厚面皮 gau3 vin3 pue2/pe2 厚臉皮, 不怕他人取笑。

擦破皮[ce4 pua4 pue2/pe2; tshe2 phua2 phue5/phe5] 擦破了皮。

皮咧癢[pue2/pe2 le1 ziunn6; phue5/phe5 le1 tsiunn7] 皮癢, 欠揍, 討著要別人來打。

皮溜溜[pue2/pe2 liu4 liu3; phue5/phe5 liu2 liu3] 皮膚破露而快掉落。

面皮卸了了[vin3 pue2 sia4 liau1 liau4; bin3 phue5 sia2 liau1 liau2] 做了壞事, 丟盡了面子, 丟人現眼。

配 **[pue3; phue3]** Unicode: 914D, 台語字: puex
[pe3, pue3, phe3, phue3] 以食物佐餐,匹比,夫妻,送達

分配[hun6 pue3; hun7 phue3] 。

物配[mih5 pue3/pe3; mih4 phue3/phe3] 佐料。

匹配[pit1 pue3; phit8 phue3] 配對成雙。

四配[su4 pue3; su2 phue3] 各方面的條件都很搭配, 孔廟以顏子, 子思, 曾子及孟子四人配祀, 引申為最佳拍擋。

配備[pue4 bi6; phue2 pi7] 裝備。

配菜[pue4/pe4 cai3; phue2/phe2 tshai3] 以食物佐餐, 吃菜。

配達[pue4 dat1; phue2 tat8] 送達, 投遞, 係日語詞配達 haitatsu。

配當[pue4 dong1; phue2 tong1] 分紅, 配發股息, 係日語詞配當 haito 分紅。

配角[pue4/pe4 gak5; phue2/phe2 kak4] 不重要的角色。

配鹹[pue4/pe4 giam2; phue2/phe2 kiam5] 下飯, 邊吃菜, 例詞配侎鹹 pue4 ve3 giam2/pe4 vue3 giam2 不下飯。

配給[pue4 gip5; phue2 kip4] 依某一標準而分配, 分發的, 免費的。

配話[pue4/pe4 ue6; phue2/phe2 ue7] 邊吃..., 邊說話, 多話, 例詞食茶配話 ziah5 de2 pue4/pe4 ue6 邊說話, 邊喝茶, 以話佐茶。

配魚仔[pue4 hi6 a4/pe4 hi3 a4; phue2 hi7 a2/phe2 hi3 a2] 以魚佐飯。

配侎鹹[pue4 ve3 giam2/pe4 vue3 giam2; phue2 be3 kiam5/phe2 bue3 kiam5] 不下飯。

食飯配菜[ziah5 bng6 pue4 cai3; tsiah4 png7 phue2 tshai3] 以菜佐飯。

被 **[pue6; phue7]** Unicode: 88AB, 台語字: pue
[bi6, pe6, pue6; pi7, phe7, phue7] 綿被

綿被[mi6 pue6/mi3 pe6; mi7 phue7/mi3 phe7] 綿被, 舊作綿襀被 mi6 ziorh1 pue6/mi3 ziorh1 pe6。

被櫥[pue3/pe3 du2; phue3/phe3 tu5] 存放棉被的櫥子。

被單[pue3 duann1; phue3 tuann1]。

被頭[pue3 tau2; phue3 thau5] 綿被的正面。

綿襀被[mi6 ziorh1 pue6/mi3 ziorh1 pe6; mi7 tsioh8 phue7/mi3 tsioh8 phe7] 舊稱綿被, 今稱做綿被 mi6 pue6/mi3 pe6。

pui

屁 **[pui3; phui3]** Unicode: 5C41, 台語字: puix
[pui3; phui3] 腸中的氣體

放屁[ban4 pui3; pan2 phui3] 排出腸中的氣體。

臭屁[cau4 pui3; tshau2 phui3] 放臭屁, 吹牛皮。

屁面[pui4 vin6; phui2 bin7] 翻臉, 反覆無常。

起屁面[ki1 pui4 vin6; khi1 phui2 bin7] 翻臉, 反覆。

屁窒仔[pui4 tat1 a4; phui2 that8 a2] 小流氓, 小不點, 有作不成侉仔 m3 ziann6/3 gu6 a4。

選輸 起屁面[suan1 su1 ki1 pui4 vin6; suan1 su1 khi1 phui2 bin7] 選舉選敗了, 就翻臉, 輸不起。

呸 **[pui3; phui3]** Unicode: 5478, 台語字: puix
[pui3, pui4, phui3, phui2] 吐出,吐痰

台語字:	獅 saif	牛 quw	豹 bax	虎 hoy	鴨 ah	象 ciunn	鹿 lokf
通用拼音:	獅 sai1	牛 qu2	豹 ba3	虎 ho4	鴨 ah5	象 ciunn6	鹿 lok1
北京語:	山 san1	明 meng2	水 sue3	秀 sior4	的 dorh5	中 diong6	壢 lek1
普通話:	山 san1	明 meng2	水 sue3	秀 sior4	的 dorh0	中 diong6	壢 lek1

呸血[pui4 hueh5/huih5; phui2 hueh4/huih4] 病重而吐
血。
呸涎[pui4 nuann6; phui2 -] 吐口水, 唾棄。
呸痰[pui4 tam2; phui2 tham5] 吐痰, 被大家所唾棄。
呸痰呸涎[pui4 tam6/tam3 pui4 nuann6; phui2
tham7/tham3 phui2 -] 被大家所唾棄。

pun

奔 [pun1; phun1] Unicode: 5954, 台語字: punf
[bun1, pun1; pun1, phun1] 急走,努力工作
奔波[pun6/bun6 por1; phun7/pun7 pho1] 奔走, 努力工
作。

燔 [pun1; phun1] Unicode: 71D4, 台語字: punf
[pun1; phun1] 過餐的飯菜,洗米的水,代用字,相關
字泔 am4 米湯,稀糊的
米燔[vi1 pun1; bi1 phun1] 洗米的水。
食燔[ziah5 pun1; tsiah4 phun1] 吃溲水為生, 例詞做豬
噯食燔, 做媽噯育孫 zor4 di1 ai4 ziah5 pun1 zor4
ma4 ai4 ior6 sun1 當豬的就要吃剩餘的飯食溲水,
當祖母就要幫忙媳婦照顧孫兒, 喻認命。
燔泔[pun6 am4; phun7 am2] 過餐的飯菜及稀飯。
燔水[pun6 zui4; phun7 tsui2] 溲水, 洗米水。

盆 [pun2; phun5] Unicode: 76C6, 台語字: punw
[pun2; phun5] 低的壺或桶,墓園
花盆[hue6 pun2; hue7 phun5] 栽種花草的小盆子。
完盆[uan6/uan3 pun2; uan7/uan3 phun5] 一座墓穴及園
地完成後, 以牲禮拜祭。
一盆花[zit5 pun6/pun3 hue1; tsit4 phun7/phun3 hue1] 一
盆花栽。
一盆墓[zit5 pun6/pun3 vong6; tsit4 phun7/phun3 bong7]
一座墓穴。
愛花連盆[ai4 hue1 len6/len3 pun2; ai2 hue1 lian7/lian3
phun5] 愛惜花草, 也及於花盆, 疼愛兒子, 也會疼
惜媳婦, 喻愛屋及烏。

墳 [pun2; phun5] Unicode: 58B3, 台語字: punw
[hun2, pun2; hun5, phun5] 墓丘
祖墳[zo1 pun2; tsoo1 phun5] 祖先之墓, 相關詞古墓
go1 vong6/vo6 祖先之墓。

噴 [pun3; phun3] Unicode: 5674, 台語字: punx
[pun3; phun3] 急吐出
噴水[pun4 zui4; phun2 tsui2] 水噴出來, 引申為噴水池
pun4 zui1 di2。
噴雨鬚[pun4 ho3 ciu1; phun2 hoo3 tshiu1] 下毛毛細雨。
噴農藥[pun4 long6/long3 iorh1; phun2 long7/long3 ioh8]
噴灑農藥, 有作呼農藥 pu3 long6/3 iorh1。
噴芳水[pun4 pang6 zui4; phun2 phang7 tsui2] 噴香水。

潰 [pun3; phun3] Unicode: 6FC6, 台語字: punx
[pun3; phun3] 潰出
潰水[pun4 zui4; phun2 tsui2] 水噴出來, 引申為噴水池
pun4 zui1 di2。

翽 [pun4; phun2] Unicode: 7FF8, 台語字: puny
[pun4; phun2] 翻滾,飛奔出去,管理,相關字歕
bun2 吹,講大話
打翽[pah1 pun4; phah8 phun2] 翻滾, 努力打拚。
烏白翽[o6 beh5 pun4; oo7 peh4 phun2] 胡作胡為, 亂成
一團。
翽予平埔[pun1 ho6 benn6/binn3 bo1; phun1 hoo7
piann7/pinn3 poo1] 夷為平地。
翽去外地[pun1 ki4 qua6 de6; phun1 khi2 gua7 te7] 跑到
外地謀生。
祖產翽了了[zo1 san4 pun1 liau1 liau4; tsoo1 san2 phun1
liau1 liau2] 敗家子把祖產揮霍光了。

put

佛 [put5; phut4] Unicode: 602B, 台語字: put
[put5; phut4] 生氣,有作勃 put5 氣沖沖
熱佛佛[jet5/let5 put1 put5; jiat4/liat4 phut8 phut4] 興致
勃勃, 很熱中於, 很親熱, 男女情人打得火熱, 有
作熱勃勃 jet5/let5 put1 put5。

剕 [put5; phut4] Unicode: 521C, 台語字: put
[put5; phut4] 以刀斬,以刀砍擊
剕開[put1 kui1; phut8 khui1] 斬除。
剕死[put1 si4/put5 si3; phut8 si2/phut4 si3] 以刀砍死, 例
詞剕剕死 put1 put5 si3 以刀子全部把他們砍死;一
刀剕死台奸 zit5 dor1 put1 si1 dai6/3 gan1 以刀砍
死出賣台灣的台奸。
烏白剕[o6 beh5 put5; oo7 peh4 phut4] 亂砍一氣, 見人就
砍。

勃 [put5; phut4] Unicode: 52C3, 台語字: put
[put5; phut4] 勃然大怒,有作佛 put5
熱勃勃[jet5/let5 put1 put5; jiat4/liat4 phut8 phut4] 興致
勃勃, 很熱中於, 很親熱, 男女情人打得火熱, 有
作熱佛佛 jet5/let5 put1 put5。
氣勃勃[ki4 put1 put5; khi2 phut8 phut4] 氣沖沖, 勃然大
怒。
勃勃跳[put1 put1 tiau3; phut8 phut8 thiau3] 氣得跳腳,
例詞氣佮勃勃跳 ki4 gah1 put1 put1 tiau3 氣得跳
腳。

台語字:	獅 saif	牛 quw	豹 bax	虎 hoy	鴨 ah	象 ciunn	鹿 lokf
通用拼音:	獅 sai1	牛 qu2	豹 ba3	虎 ho4	鴨 ah5	象 ciunn6	鹿 lok1
北京語:	山 san1	明 meng2	水 sue3	秀 sior4	的 dorh5	中 diong6	壢 lek1
普通話:	山 san1	明 meng2	水 sue3	秀 sior4	的 dorh0	中 diong6	壢 lek1

台灣精神詞典

iJiden, the Formosan Dictionary

of the Taiwan Spirit

台語 KK 音標、台羅拼音對照版

部首 q; g

qam

侐 **[qam6; gam7]** Unicode: 5058, 台語字: qam
  [qam6; gam7] 愚昧無知,傻子,笨蛋,相關字憒
  qong6;戀 qong6;憨 kam4;悾 kong1;侃 kan4;呆 dai1
  均為愚昧,傻子,笨蛋等意思

侐騰[qam3 lan6; gam3 lan7] 笨蛋, 罵人的粗話。

侐人[qam3 lang2; gam3 lang5] 愚昧無知的人, 傻子, 笨
  蛋, 例詞侐人才敢買 qam3 lang2 ziah1 gann1
  ve4/vue4 笨蛋才敢買下。

侐頭扷面[qam3 tau2 kam4 vin6; gam3 thau5 kham2 bin7]
  呆頭呆腦的人。

侐侐 不知死[qam3 qam6 m3 zai1 si4; gam3 gam7 m3
  tsai1 si2] 愚惷得不知死期近了, 蠢蛋不知死活。

qan

凜 **[qan3; gan3]** Unicode: 51DB, 台語字: qanx
  [qan3; gan3] 寒冷,相關字懍 lim4 威嚴

北風真凜[bak1 hong1 zin6 qan3; pak8 hong1 tsin7 gan3]
  北風太冷冽。

眼 **[qan4; gan2]** Unicode: 773C, 台語字: qany
  [qan4, qeng4; gan2, ging2] 眼睛,樞紐, 節骨眼

眼光[qan1 gong1; gan1 kong1] 觀察力, 前瞻力。

眼頭骨[qan1 tau6/tau3 gut5; gan1 thau7/thau3 kut4] 髖骨,
  大腿與脊椎之間的骨頭, 原義為樞紐, 節骨眼。

千里眼 順風耳[cen6 li1 qan4 sun3 hong6 hinn6; tshian7
  li1 gan2 sun3 hong7 hinn7] 眼看四方, 耳聽八方的
  人, 媽祖的左右手。

謼 **[qan6; gan7]** Unicode: 8AFA, 台語字: qan
  [qan6; gan7] 俗語,古語,難懂的話,韓國文拼音字母

謼語[qan3 qi4; gan3 gi2] 俗語, 令人聽不懂的話, 例詞他
  是咧講啥物謼語 in6 si3 le1 gong1 sia1 mih1 qan3 qi4
  他們在講的是什麼話?。

謼文[qan3 vun2; gan3 bun5] 韓國文的拼音字母。

qau

敖 **[qau2; gau5]** Unicode: 6556, 台語字: qauw
  [qau2; gau5] 喜好,利害,能力高強,代用字.台語形容

利害,能力高強之用字,以敖字从力部,但無字型可輸
入電腦,但康熙字典中收錄,集韻:強也,牛刀切,音敖,
義同,故借用敖字.有作賢 qau2

遐敖[hiah1 qau2; hiah8 gau5] 那麼聰明能幹, 係代用詞,
  例詞遐爾敖畫仙 hiah1 ni1 qau6/3 ue3 sen1 那麼會
  講大話。

足敖[ziok1 qau2; tsiok8 gau5] 很能幹, 很會做..., 例詞阿
  西足敖講台語 a6 se1 ziok1 qau6 gong1 dai6 qi4/a6
  se1 ziok1 qau3 gong1 dai3 qi4 阿西會講標準又文雅
  的台語。

敖鑽[qau6/qau3 cng4; gau7/gau3 tshng2] 善於剝食, 會鑽
  營求利。

敖人[qau6/qau3 lang2; gau7/gau3 lang5] 做人處事能力很
  強的人。

敖早[qau6/qau3 za4; gau7/gau3 tsa2] 早安, 早晨的問候
  語, 意思是你起得很早!。

敖大漢[qau6/qau3 dua3 han3; gau7/gau3 tua3 han3] 希望
  小孩子早日長大。

敖計較[qau6/qau3 ge4 gau3; gau7/gau3 ke2 kau3] 要斤斤
  計較。

敖講話[qau6/qau3 gong1 ue6; gau7/gau3 kong1 ue7] 會講
  有用又得體的話。

敖傾分[qau6 keng6 hun1/qau3 keng3 hun1; gau7 khing7
  hun1/gau3 khing3 hun1] 很會排擠傾軋, 斤斤計較財
  產。

敖园歲[qau6/qau3 kng4 hue3; gau7/gau3 khng2 hue3] 外
  貌看來, 比實際的年齡還來得年輕。

敖趁錢[qau6/qau3 tan4 zinn2; gau7/gau3 than2 tsinn5] 很
  有賺錢的能力, 會賺錢。

敖做人[qau6/qau3 zor4 lang2; gau7/gau3 tso2 lang5] 做人
  處事很週到。

敖做代志[qau6/qau3 zor4 dai3 zi3; gau7/gau3 tso2 tai3
  tsi3] 做事能力很高強。

qe

牙 **[qe2; ge5]** Unicode: 7259, 台語字: qew
  [qa2, qe2; ga5, ge5] 牙齒,獸牙,犒祭

象牙[ciunn3 qe2; tshiunn3 ge5] 。

頭牙[tau6/tau3 qe2; thau7/thau3 ge5] 民俗在農曆元月十
  五日於門前犒祭五路神明, 相關詞尾牙 vue1/ve1
  qe2;做牙 zor4 qe2。

尾牙[vue1/ve1 qe2; bue1/be1 ge5] 民俗在農曆十二月十
  六日, 於門前犒祭五路神明, 相關詞頭牙 tau6/3 qe2
  民俗在農曆二月二日, 於門前犒祭五路神明;做牙
  zor4 qe2 於門前犒祭五路神明。

做牙[zor4 qe2; tso2 ge5] 每個月農曆初一, 十五, 或初二,
  十六, 民間以菜飯魚肉在家門口, 祭拜天兵天神等
  五路神明, 祈求平安, 同犒兵 kor4 beng1。

牙科醫生[qe6/qe3 kor6 i6 seng1; ge7/ge3 kho7 i7 sing1]
  看診人的牙科醫生.在日治時代, 則稱看診人的牙科
  醫生為齒科醫生 ki1 kor6 i6 seng1, 因在日文中的獸
  牙與人齒不同, 牙是指動物野獸的牙。

台語字:	獅 saif	牛 quw	豹 bax	虎 hoy	鴨 ah	象 ciunn	鹿 lokf
通用拼音:	獅 sai1	牛 qu2	豹 ba3	虎 ho4	鴨 ah5	象 ciunn6	鹿 lok1
北京語:	山 san1	明 meng2	水 sue3	秀 sior4	的 dorh5	中 diong6	壢 lek1
普通話:	山 san1	明 meng2	水 sue3	秀 sior4	的 dorh0	中 diong6	壢 lek1

啃 **[qe3; ge3]** Unicode: 5543, 台語字: qex
　　[ke3, kue3, qe3; khe3, khue3, ge3] 用牙齒咬,有作嚙 qe3
啃骨[qe4 gut5; ge2 kut4] 啃骨頭。
大嘴啃[dua3 cui4 qe3; tua3 tshui2 ge3] 急忙地啃食。
肉欲夆食　骨不夆啃[vah5 veh1 hong2 ziah1 gut5 m3 hong2 qe3; bah4 beh8 hong5 tsiah8 kut4 m3 hong5 ge3] 肉可以被外人吃, 但是骨頭不可讓外人啃, 喻被別人欺負是有限度的, 如超過了極限, 則親人會前來助陣抵抗。

qeh

月 **[qeh1; geh8]** Unicode: 6708, 台語字: qehf
　　[qeh1, quat1, queh1; geh8, guat8, gueh8] 月亮
月娘[qeh5 niunn2; geh4 niunn5] 月亮。
一月日[zit5 queh5/qeh5 zit1; tsit4 gueh4/geh4 tsit8] 一個月。
佮若跋落月[gah1 na1 buah5 lorh5 qeh1; kah8 na1 puah4 loh4 geh8] 好似月亮意外地掉下來, 喻喜出望外。
半暝　出一个月[buann4 menn2 cut1 zit5 e6/e3 qeh1; puann2 - tshut8 tsit4 e7/e3 geh8] 月亮在深夜才露臉, 不可能的事, 喻捕風捉影。

拑 **[qeh1; geh8]** Unicode: 6288, 台語字: qehf
　　[qeh1, qennh1; geh8, ngeh8] 夾住,夾著,代用字.相關字挾 giap5 捏住
雙腳　拑二粒膦脬[siang6 ka1 qennh5 nng3 liap5 lan3 pa1; siang7 kha1 ngeh4 nng3 liap4 lan3 pha1] 雙腳只夾著一付陰囊, 喻沒餞, 一無所有。

qen

忨 **[qen3; gian3]** Unicode: 5FE8, 台語字: qenx
　　[qen3; gian3] 癮,上癮,消瘦,癮 qen3 的簡寫
猴忨[gau6/gau3 qen3; kau7/kau3 gian3] 稱意, 合意。
佅忨[ve3/vue3 qen3; be3/bue3 gian3] 不要了, 才不要呢!。
酒忨[ziu1 qen3; tsiu1 gian3] 酒癮。
忨菸[qen4 hun1; gian2 hun1] 得了菸癮。
忨忨[qen4 qen3; gian2 gian3] 傻裡傻氣的, 消瘦的樣子。
忨死[qen3 si3; gian3 si3] 非常渴望, 渴望得要死。
忨死[qen4 si4; gian2 si2] 想死, 活該。
忨頭[qen4 tau2; gian2 thau5] 傻瓜, 傻小子, 傻裡傻氣的, 人渣。
忨錢[qen4 zinn2; gian2 tsinn5] 渴望發財有錢。
忨酒[qen4 ziu4; gian2 tsiu2] 得了酒癮。
忨咖啡[qen4 ga6 bi1; gian2 ka7 pi1] 得了咖啡癮。
忨落去[qen3 lorh5 ki3; gian3 loh4 khi3] 日益消瘦。

忨忨忨[qen4 qen4 qen3; gian2 gian2 gian3] 想瘋了。
忨仙哥[qen4 sen6 gor1; gian2 sian7 ko1] 願望落空的沒落表情, 祈望的表情, 小瘋三。
一箍忨忨[zit5 ko1 qen4 qen3; tsit4 khoo1 gian2 gian3] 傻小子, 小瘋三。

臉 **[qen4; gian2]** Unicode: 81C9, 台語字: qeny
　　[len4, qen4; lian2, gian2] 貪小便宜
鄙臉[pi1 qen4/len4; phi1 gian2/lian2] 厚臉皮, 貪小便宜。
小鄙臉[siau1 pi1 qen4/len4; siau1 phi1 gian2/lian2] 吝嗇又貪小便宜的人, 貪婪的。

qeng

迎 **[qeng2; ging5]** Unicode: 8FCE, 台語字: qengw
　　[qeng2; ging5] 前往接,迎接,相關字迓 qiann2 接回
歡迎[huan6 qeng2; huan7 ging5] 迎接。
迎接[qeng6/qeng3 ziap5; ging7/ging3 tsiap4] 歡迎而接回, 相關詞迓摯 qiann6/3 zih5 相迎擁戴。

眼 **[qeng4; ging2]** Unicode: 773C, 台語字: qengy
　　[qan4, qeng4; gan2, ging2] 龍眼樹
龍眼[qeng6 qeng4/leng3 geng4; ging7 ging2/ling3 king2] 龍眼樹及其果實。
龍眼核仔[qeng6 qeng1 hut5 a4/leng3 geng1 hut5 a4; ging7 ging1 hut4 a2/ling3 king1 hut4 a2] 龍眼的果實, 喻視而不見。

qennh

拑 **[qennh1; ngeh8]** Unicode: 6288, 台語字: qennhf
　　[qeh1, qennh1; geh8, ngeh8] 夾住,夾著,相關字挾 qiap5 捏住

莢 **[qennh5; ngeh4]** Unicode: 83A2, 台語字: qennh
　　[qeh5, qennh5; geh4, ngeh4] 豆角,豆莢
焙土豆莢[bue3 to6/to3 dau3 qennh5; pue3 thoo7/thoo3 tau3 ngeh4] 烘焙花生果。
一莢土豆[zit5 qennh1 to6/to3 dau6; tsit4 ngeh8 thoo7/thoo3 tau7] 一顆含殼的花生果。

鋏 **[qennh5; ngeh4]** Unicode: 92CF, 台語字: qennh
　　[qennh5; ngeh4] 鉗子,有作筴 qennh5
鋏仔[qennh1 a4; ngeh8 a2] 鉗子, 夾子, 例詞虎頭鋏仔 ho1 tau6/3 qennh1 a4 虎頭鉗。
互鋏仔鋏著[ho3 qennh1 a4 qennh1 diorh5; hoo3 ngeh8 a2 ngeh8 tioh4] 被鉗子夾到了。

台語字:	獅 saif	牛 quw	豹 bax	虎 hoy	鴨 ah	象 ciunn	鹿 lokf
通用拼音:	獅 sai1	牛 qu2	豹 ba3	虎 ho4	鴨 ah5	象 ciunn6	鹿 lok1
北京語:	山 san1	明 meng2	水 sue3	秀 sior4	的 dorh5	中 diong6	壢 lek1
普通話:	山 san1	明 meng2	水 sue3	秀 sior4	的 dorh0	中 diong6	壢 lek1

qet

謔 [qet1; giat8] Unicode: 8B14, 台語字: qetf
　　[qet1; giat8] 戲言,笑料,頑皮
真謔[zin6 qet1; tsin7 giat8] 很頑皮。
謔點[qet5 ket5; giat4 khiat4] 詼諧又多智的。
謔潲[qet5 siau2; giat4 siau5] 詼諧百出, 頑皮, 作怪。
謔仔話[qet5 a1 ue6; giat4 a1 ue7] 戲言, 笑料, 笑話。
謔死人[qet5 si1 lang2; giat4 si1 lang5] 很頑皮, 好作怪。
謔點仔話[qet5 ket1 a1 ue6; giat4 khiat8 a1 ue7] 俏皮話,
　　雙關語。
謔點仔俗語[qet5 ket1 a1 siok5 qi4; giat4 khiat8 a1 siok4
　　gi2] 俏皮話, 雙關語。

孽 [qet1; giat8] Unicode: 5B7D, 台語字: qetf
　　[qet1; giat8] 怪異
妖孽[iau6 qet1; iau7 giat8] 妖魔鬼怪。
作孽[zok1 qet1; tsok8 giat8] 作了罪惡的事情。
孽畜[qet6 tiok5; - thiok4] 罵人畜生。
孽種[qet5 zeng4; giat4 tsing2] 不肖子, 不長進的後代。

qi

宜 [qi2; gi5] Unicode: 5B9C, 台語字: qiw
　　[qi2; gi5] 合適,不貴
便宜[ban6/ban3 qi2; pan7/pan3 gi5] 價格不貴。
宜蘭市[qi6 lan6 ci6; gi7 lan7 tshi7] 在宜蘭縣。
宜蘭縣[qi6 lan6 guan6; gi7 lan7 kuan7] 在台灣東北部。
宜室宜家[qi6 sek5 qi6 ga1/qi3 sek5 qi3 ga1; gi7 sik4 gi7
　　ka1/gi3 sik4 gi3 ka1] 。

枇 [qi2; gi5] Unicode: 6787, 台語字: qiw
　　[qi2; gi5] 水果名,枇杷
枇杷[qi6 be2; gi7 pe5] 水果名。

琵 [qi2; gi5] Unicode: 7435, 台語字: qiw
　　[bi2, qi2, pi5, gi5] 樂器名
琵琶[qi6/qi3 be2; gi7/gi3 pe5] 樂器名。
心內彈琵琶[sim6 lai6 duann6 qi6 be2/sim6 lai6 duann3 qi3
　　be2; sim7 lai7 tuann7 gi7 pe5/sim7 lai7 tuann3 gi3
　　pe5] 心有感感焉, 心中苦楚無處可申訴或宣洩。

漁 [qi2; gi5] Unicode: 6F01, 台語字: qiw
　　[hi2, hu2, qi2, qu2; hi5, hu5, gi5, gu5] 漁人,漁撈業
漁人得利[qi6 jin2 dit1 li6; gi7 jin5 tit8 li7] 魚蚌相爭, 漁
　　人得利。

誼 [qi2; gi5] Unicode: 8ABC, 台語字: qiw
　　[qi2; gi5] 情分
友誼[iu1 qi2; iu1 gi5] 。
連誼[len6/len3 qi2; lian7/lian3 gi5] 增進友誼, 例詞連誼
　　會 len6/3 qi6/3 hue6。
情誼[zeng6/zeng3 qi2; tsing7/tsing3 gi5] 。

語 [qi4; gi2] Unicode: 8A9E, 台語字: qiy
　　[qi4, qu4; gi2, gu2] 語言
台語[dai6 qi4/dai3 qu4; tai7 gi2/tai3 gu2] 台灣話, 在台灣
　　地區通行的語言, 向來被外省人壓抑為閩南語。
言語[qen6/qen3 qi4; gian7/gian3 gi2] 講話。

伎 [qi6; gi7] Unicode: 4F0E, 台語字: qi
　　[qi6; gi7] 消遣, 做做事以打發時間
伎倆[qi3 niunn6; gi3 niunn7] 消遣, 做做事以打發時間,
　　相關詞技倆 gi6 liong4 方法, 手段, 技巧, 勾當, 騙
　　局。
做伎倆[zor4 qi3 niunn6; tso2 gi3 niunn7] 消遣, 做做事以
　　打發時間。

qia

夯 [qia2; gia5] Unicode: 592F, 台語字: qiaw
　　[qia2; gia5] 以人力抬高,扛起,隆起,冒起來,頂撞,對
　　立.發作,相關字攑 qiah1 以人力拿起,舉起,字彙:人
　　用力,以堅舉物
差夯[ce6 qia2; tshe7 gia5] 齟齬, 頂撞, 有作揰夯 cia6
　　qia2 齟齬, 言詞辯論, 例詞忤差忤夯 qo3 ce6 qo3
　　qia2 執意頂撞;俙使佮頂司差夯 ve3 sai1 gah1 deng1
　　si1 cia6 qia2 不可與上司頂撞。
夯枷[qia6/qia3 ge2; gia7/gia3 ke5] 舉個枷鎖, 活受罪, 例
　　詞夯一面枷 qia6/3 zit5 vin6/3 ge2 舉一個枷鎖, 喻
　　自找苦頭吃。
佮他夯[gah1 in6 qia2; kah8 in7 gia5] 要跟他們計較, 杯
　　葛。
夯龜卦[qia6/qia3 gu6 gua3; gia7/gia3 ku7 kua3] 雜質從泥
　　土中冒凸出來, 引申事情正在惡化中。
忤差忤夯[qo3 ce6 qo3 qia2; goo3 tshe7 goo3 gia5] 執意頂
　　撞。
倖豬夯灶　倖囝不孝[seng3 di1 qia6/qia3 zau3 seng3
　　giann4 but1 hau3; sing3 ti1 gia7/gia3 tsau3 sing3
　　kiann2 put8 hau3] 縱容豬隻, 則豬隻會亂翻鍋灶;太
　　過份溺愛子女, 則子女會不孝敬也不奉養父母。

鵝 [qia2; gia5] Unicode: 9D5D, 台語字: qiaw
　　[qia2, qor2; gia5, go5] 一種家禽名

qiah

額 [qiah1; giah8] Unicode: 984D, 台語字: qiahf
　　[gor1, hiah1, qiah1; ko1, hiah8, giah8] 數額
好額[hor1 qiah1; ho1 giah8] 有錢, 富有, 例詞好額人
　　hor1 qiah5 lang2 有錢人, 富翁。。
額度[qiah5 do6; giah4 too7] 數額的大小。
足好額[ziok1 hor1 qiah1; tsiok8 ho1 giah8] 很有錢, 很富
　　有。

台語字:	獅 saif	牛 quw	豹 bax	虎 hoy	鴨 ah	象 ciunn	鹿 lokf
通用拼音:	獅 sai1	牛 qu2	豹 ba3	虎 ho4	鴨 ah5	象 ciunn6	鹿 lok1
北京語:	山 san1	明 meng2	水 sue3	秀 sior4	的 dorh5	中 diong6	壢 lek1
普通話:	山 san1	明 meng2	水 sue3	秀 sior4	的 dorh0	中 diong6	壢 lek1

擡 **[qiah1; giah8]** Unicode: 6511, 台語字: qiahf
[qiah1; giah8] 以人力,用手舉起,拿,相關字夯 qia2
以人力抬高,扛起,隆起,冒起來.字彙:擡,人用力,以堅
舉物

擡車輪[qiah5 cia6 len4; giah4 tshia7 lian2] 舉起車輪而運
動, 被汽車撞死。

擡頭旗[qiah5 tau6/tau3 gi2; giah4 thau7/thau3 ki5] 領導,
帶路, 做前鋒。

擡旗軍仔[qiah5 gi6 gun6 a4/qiah5 gi3 gun6 a4; giah4 ki7
kun7 a2/giah4 ki3 kun7 a2] 古時皇帝或將軍出巡時,
前導的掌旗兵。

擡香遁拜[qiah5 hiunn1 due4 bai3; giah4 hiunn1 tue2 pai3]
拿著香, 跟隨別人拜神, 有作擡香逮拜 qiah5 hiunn1
due4 bai3。

擡棰仔 突目睭[qiah5 cue6 a4 duh5 vak5 ziu1/qia3 ce3 a4
duh5 vak5 ziu1; giah4 tshue7 a2 tuh4 bak4 tsiu1/gia3
tshe3 a2 tuh4 bak4 tsiu1] 拿木棍, 挖自己的眼睛, 喻
自作孽, 不可活。

到彼的時 擡彼的旗[gau4 hit1 e6 si2 giah5 hit1 e6
gi2/gau4 hit1 e3 si2 giah5 hit1 e3 gi2; kau2 hit8 e7 si5
kiah4 hit8 e7 ki5/kau2 hit8 e3 si5 kiah4 hit8 e3 ki5] 看
事情的演變而做出應變的對策, 有作時到時擔當
si6 gau3 si6 dam6 dng1/si3 gau3 si3 dam6 dng1 船到
橋頭自然直。

qiam

嚴 **[qiam2; giam5]** Unicode: 56B4, 台語字: qiamw
[qiam2; giam5] 姓,重大,深嚴

莊嚴[zong6 qiam2; tsong7 giam5] 莊重, 例詞阿純的面相
足莊嚴 a6 sun2 e vin3 siong3 ziok4 zong6 qiam2 阿
純這位女施主的面相很莊嚴。

嚴官府出厚賊[qiam6/qiam3 guann6 hu4 cut1 gau6 cat1;
giam7/giam3 kuann7 hu2 tshut8 kau7 tshat8] 防不勝
防。

巖 **[qiam2; giam5]** Unicode: 5DD6, 台語字: qiamw
[qam2, qiam2; gam5, giam5] 岩石,佛寺,簡寫為岩
qiam2

巖仔[qiam6/qiam3 a4; giam7/giam3 a2] 佛寺或尼姑庵,
常依山而建。

半天巖[buann4 tinn6 qiam2; puann2 thinn7 giam5] 地名,
有紫雲寺 zi1 hun6 si6, 在嘉義縣番路鄉。

火山巖[hue1 suann6 qiam2; hue1 suann7 giam5] 地名, 在
台南縣白河鎮關子嶺。

湖山巖[oo6 suann6 qiam2; oo7 suann7 giam5] 地名, 有湖
山巖寺, 在雲林縣斗六市湖山里。

儼 **[qiam4; giam2]** Unicode: 513C, 台語字: qiamy
[qiam4; giam2] 嚴格又堅強,能吃苦耐勞

儼硬[qiam1 qenn6/qinn6; giam1 nge7/ginn7] 意志堅強,
做事能力高強, 能吃苦耐勞地工作, 有作摔打 siak1
pah5。

qiang

妍 **[qiang1; giang1]** Unicode: 598D, 台語字: qiangf
[qiang1; giang1] 美好

真妍[zin6 qiang1; tsin7 giang1] 真好, 心情舒暢。

忮瘼摺 會妍[ki1 mo1 zih5 e3 qiang1; khi1 moo1 tsih4 e3
giang1] 情緒很好, 感覺舒服, 係日語詞氣持
kimochi 心思。

攘 **[qiang6; giang7]** Unicode: 6518, 台語字: qiang
[jiang6, qiang6; jiang7, giang7] 二人相互猜拳,代用
字,係日語詞兩拳 janken 猜拳

攘輸贏[qiang3/ziang3 su6 iann2; giang3/tsiang3 su7 iann5]
猜拳定輸贏吧!。

攘一徧[qiang3/ziang3 zit5 ben3; giang3/tsiang3 tsit4 pian3]
猜猜拳吧!。

qiann

迓 **[qiann2; ngia5]** Unicode: 8FD3, 台語字: qiannw
[qiann2; ngia5] 接回,請神,拜祭神明,相關字迎
qeng2 前往接,迎接

迓神明[qiann6 sin6 veng2/qiann3 sin3 veng2; ngia7 sin7
bing5/ngia3 sin3 bing5] 祭神賽會, 接回神像。

qiap

業 **[qiap1; giap8]** Unicode: 696D, 台語字: qiapf
[qiap1; giap8] 工作,事業,勞碌命,生前善惡行為的
記錄

出業[cut1 qiap1; tshut8 giap8] 畢業, 從學校畢業。

造業[zor3 qiap1; tso3 giap8] 人在生前, 做壞事或說惡言,
都會留下業障, 來生要受報應。

業障[qiap5 ziong3; giap4 tsiong3] 佛家認為人生生前所做
的每一件事, 都會留下記錄與記憶, 這就是業障, 死
後仍然跟隨不離, 會帶業往生, 善業或惡業都會影
響下一輩子。

業到死[qiap5 gau4 si4; giap4 kau2 si2] 勞碌命的人, 要到
死時才會不再勞碌。

挾 **[qiap5; giap4]** Unicode: 633E, 台語字: qiap
[qiap5, qiap5; kiap4, giap4] 夾住

挾佇[qiap5 di6; giap4 ti7] 夾在..., 例詞挾佇字典內底
qiap5 di3 ji3 den4 lai3 de4 夾在字典裡面。

挾咧[qiap1 le3; giap8 le3] 夾住。

挾予絚[qiap5 ho6 an2; giap4 hoo7 an5] 夾緊。

台語字:	獅 saif	牛 quw	豹 bax	虎 hoy	鴨 ah	象 ciunn	鹿 lokf
通用拼音	獅 sai1	牛 qu2	豹 ba3	虎 ho4	鴨 ah5	象 ciunn6	鹿 lok1
北京語:	山 san1	明 meng2	水 sue3	秀 sior4	的 dorh5	中 diong6	壢 lek1
普通話:	山 san1	明 meng2	水 sue3	秀 sior4	的 dorh0	中 diong6	壢 lek1

qiaunn

攘　**[qiaunn1; ngiau1]** Unicode: 6501，台語字: qiaunnf
　[qiaunn1; ngiau1] 慫恿,挑撥是非,搔癢,相關字癢
　ziunn6 癢癢的
惊攘[giann6 qiaunn1; kiann7 ngiau1] 怕癢。
畏攘[ui4 qiaunn1; ui2 ngiau1] 怕癢。
手底攘癢[ciu1 de4 qiaunn6 qiaunn1; tshiu1 te2 ngiau7
　ngiau1] 手癢，技癢，想作案犯案。
心內攘攘[sim6 lai6 qiaunn6 qiaunn1; sim7 lai7 ngiau7
　ngiau1] 內心癢癢。

摳　**[qiauu4; ngiau2]** Unicode: 64A0，台語字: qiauuy
　[qiah5, qiauu4; giah4, ngiau2] 挑取小物,挖,挖空,挑
　出,示意
摳刺[qiaunn1 ci3; ngiau1 tshi3] 把刺挑出，挑出刺。
耳孔摳利利[hinn3 kang1 qiaunn1 lai3 lai6; hinn3 khang1
　ngiau1 lai3 lai7] 耳朵挖得空空，一點聲音，閒言耳
　語都聽得到。

qim

岑　**[qim2; gim5]** Unicode: 5C91，台語字: qimw
　[qim2; gim5] 姓

吟　**[qim2; gim5]** Unicode: 541F，台語字: qimw
　[qim2; gim5] 唱歌,謳詩,哀號聲,女人名。
吟詩[qim6/qim3 si1; gim7/gim3 si1] 唱歌吟詩。
吟一首歌詩[qim6/qim3 zit5 ciu1 gua6 si1; gim7/gim3 tsit4
　tshiu1 kua7 si1] 吟唱一首歌，一首詩。

錦　**[qim4; gim2]** Unicode: 9326，台語字: qimy
　[gim4, qim4; kim2, gim2] 花名,水錦花
水錦[zui1 qim4; tsui1 gim2] 花名，水錦花。
水錦花開[zui1 qim4 hua1 kai1; tsui1 gim2 hua1 khai1] 水
　錦花已開花了。

qin

睍　**[qin2; gin5]** Unicode: 7768，台語字: qinw
　[qin2; gin5] 睥睍,瞪視
睍人[qin2 lang6; gin5 lang7] 張大眼睛瞪視他人。
睍惡惡[qin6/qin3 onn4 onn3; gin7/gin3 onn2 onn3] 眼色
　凶惡難看，例詞目瞷睍惡惡 vak5 ziu1 qin6/3 onn4
　onn3 怒目相視。

囡　**[qin4; gin2]** Unicode: 56E1，台語字: qiny
　[qin4; gin2] 孩子,相關字囝 giann4 子女,兒子
囡仔[qin1 a4; gin1 a2] 小孩子，統稱子女，不分男兒及女
　兒。

囡仔囝[qin1 a1 giann4; gin1 a1 kiann2] 兒子，小孩子，相
　關詞囡仔 qin1 a4 幼兒，小孩子。
囡仔兄[qin1 a1 hiann1; gin1 a1 hiann1] 對年輕人或小朋
　友的暱稱，問候語。
學生囡仔[hak5 seng6 qin1 a4; hak4 sing7 gin1 a2] 小學
　生。
外省囡仔[qua3 seng1 qin1 a4; gua3 sing1 gin1 a2] 外省籍
　的小孩。
查某囡仔[za6 vo1 qin1 a4; tsa7 boo1 gin1 a2] 女孩子。
庄腳囡仔[zng6 ka6 qin1 a4; tsng7 kha7 gin1 a2] 鄉村的小
　孩子。

qior

偶　**[qior2; gio5]** Unicode: 5076，台語字: qiorw
　[qior2, qonn4; gio5, ngoo2] 同名者的互稱
偶的[qior2 e3; gio5 e3] 同名者互稱，相關詞堂的 dong2
　e3 同堂號或同姓者互稱，同宗的人。

蟯　**[qior2; gio5]** Unicode: 87EF，台語字: qiorw
　[qiau2, qior2; giau5, gio5] 文蛤,蛤蜊,女性生殖器
粉蟯[hun1 qior2; hun1 gio5] 文蛤，女性生殖器。

蕘　**[qior6; gio7]** Unicode: 854E，台語字: qior
　[giau2, qior2, qior6; kiau5, kio5, gio7] 百合科植物
蕗蕘[lo3 qior6; loo3 gio7] 百合科植物，浸漬的蕗蕘的
　莖。
蕗蕘假大扮[lo3 qior6 ge1 dua3 ban6; loo3 gio7 ke1 tua3
　pan7] 蕗蕘要假裝為有料，喻狐假虎威。
蕗蕘假蒜頭[lo3 qior6 ge1 suan4 tau2; loo3 gio7 ke1 suan2
　thau5] 蕗蕘的莖很像蒜頭，喻以假亂真，魚目混
　珠。

qo

吳　**[qo2; goo5]** Unicode: 5433，台語字: qow
　[qo2, qonn2; goo5, ngoo5] 姓
吳家[qo6/qo3 ga3; goo7/goo3 ka3] 吳姓家族。
吳郭魚[qo6 gueh1 hi2/qo3 geh1 hi2; goo7 kueh8 hi5/goo3
　keh8 hi5] 一種淡水鯽魚，由吳振輝及郭啟彰二人由
　南洋引進台灣，有作南洋鯽仔 lam6 iunn6 zit1
　a4/lam3 iunn3 zit1 a4，今已經改良品種而稱台灣紅
　鯛魚。

梧　**[qo2; goo5]** Unicode: 68A7，台語字: qow
　[qo2, qonn2; goo5, ngoo5] 地名,樹名
松梧[siong6/siong3 qo2; siong7/siong3 goo5] 檜木。
梧桐[qo6 dong2; goo7 tong5] 樹名。
梧棲鎮[qo3 ce6 din3; goo3 tshe7 tin3] 在台中縣。
梧棲港[qo3 ce6 gang4; goo3 tshe7 kang2] 台中縣梧棲鎮
　的港口，今稱為台中港 dai3 diong6 gang4。

台語字：	獅 saif	牛 quw	豹 bax	虎 hoy	鴨 ah	象 ciunn	鹿 lokf
通用拼音：	獅 sai1	牛 qu2	豹 ba3	虎 ho4	鴨 ah5	象 ciunn6	鹿 lok1
北京語：	山 san1	明 meng2	水 sue3	秀 sior4	的 dorh5	中 diong6	壢 lek1
普通話：	山 san1	明 meng2	水 sue3	秀 sior4	的 dorh0	中 diong6	壢 lek1

qong

昂 **[qong2; gong5]** Unicode: 6602, 台語字: qongw
　[qong2; gong5] 頭暈,代用字
起昂[ki1 qong2; khi1 gong5] 開始頭暈。
昂去[qong2 ki3; gong5 khi3] 頭暈了, 昏倒了, 例詞搥一
　下, 著昂去 gong4 zit5 e6, diorh5 qong2 ki3 打一下,
　就昏倒了。
昂昂[qong6/qong3 qong2; gong7/gong3 gong5] 暈暈的,
　例詞頭殼昂昂 tau6 kak5 qong6 qong2/tau3 kak5
　qong3 qong2 頭暈了, 昏倒了。

憨 **[qong6; gong7]** Unicode: 6129, 台語字: qong
　[qong6; gong7] 笨的,傻瓜,愚昧,說文:愚也.繁體字
　作戇 qong6 qong6.相關字呆 dai1 癡呆,愚昧,笨愚,
　笨;憨 kam4 不知死活,傻勁;悾 kong1 狂,傻,瘋;侐
　qam6 愚昧無知,笨蛋
侗憨[dong4 qong6; tong2 gong7] 痴呆的人, 例詞隑痀的,
　交侗憨 un1 gu1 e1 gau6 dong4 qong6 駝背的人只能
　找痴呆的人做朋友, 喻物以類聚。
憨憨[kam1 qong6; kham1 gong7] 呆呆楞楞, 呆頭呆腦。
憨呆[qong3 dai1; gong3 tai1] 笨人。
憨膽[qong3 dann4; gong3 tann2] 不知死活的膽量, 蠻
　勁。
憨直[qong3 dit1; gong3 tit8] 憨厚, 直性子。
憨团[qong3 giann4; gong3 kiann2] 罵自己的笨兒子。
憨人[qong3 lang2; gong3 lang5] 傻瓜, 笨人, 老實人, 有
　作戇人 qong3 lang2, 例詞天公痛憨人 tinn6 gong1
　tiann4 qong3 lang2 上蒼總是會照顧老實人;憨人有
　憨福 qong3 lang2 u3 qong3 hok5 老實人總是最有福
　分的。
做戲悾　看戲憨[zor4 hi4 kong1 kuann4 hi4 qong6; tso2
　hi2 khong1 khuann2 hi2 gong7] 演員是瘋子, 觀眾是
　傻瓜, 戲看人生百態。
憨佮侎曉食飯[qong3 gah1 ve3 hiau1 ziah5 bng6; gong3
　kah8 be3 hiau1 tsiah4 png7] 笨得不會吃飯。

戇 **[qong6; gong7]** Unicode: 6207, 台語字: qong
　[qong6; gong7] 笨的,傻瓜,愚昧,說文:愚也.有作戇
　qong6,簡體字作憨 qong6.相關字呆 dai1 癡呆,愚昧,
　笨愚,笨;憨 kam4 不知死活,傻勁;悾 kong1 狂,傻,
　瘋;侐 qam6 愚昧無知,笨蛋

qonn

午 **[qonn4; ngoo2]** Unicode: 5348, 台語字: qonny
　[qo6, qonn4; goo7, ngoo2] 時辰名,上午 11 點到下
　午 1 點之間的時辰
中午[diong6 qonn4; tiong7 ngoo2] 中午的時間, 有作中晝
　diong6 dau3。
端午節[duan6 qonn1 zet5/zueh5; tuan7 ngoo1 tsiat4/-] 農
　曆五月五日為端午節。

五 **[qonn4; ngoo2]** Unicode: 4E94, 台語字: qonny
　[qo6, qonn4; goo7, ngoo2] 數字第五位
五彩[qonn1 cai4; ngoo1 tshai2] 五彩繽紛。
五加[qonn1 ga1; ngoo1 ka1] 喬木之樹名, 其皮可入藥,
　稱為五加皮 qonn1 ga6 bi2。
五穀[qonn1 gok5; ngoo1 kok4] 稻, 麥, 粟, 梁, 稷, 合稱
　五穀, 今泛稱各種穀類為五穀。
五金[qonn1 gim1; ngoo1 kim1] 手工具, 金屬產品等, 例
　詞五金行 qonn1 gim6 hang2 銷售手工具, 金屬產品
　等公司店商。
五香[qonn1 hiang1; ngoo1 hiang1] 由五種香料如茴香,
　花椒等調合而成的綜合香料。
五仁[qonn1 jin2/lin2; ngoo1 jin5/lin5] 用五種果仁為餡的
　中秋月餅, 為人詼對, 滑稽, 例詞五仁月餅 qonn1
　jin2 gueh5 biann4/qonn1 lin2 qeh5 biann4;激五仁
　gek1 qonn1 jin2/lin2 說詼諧話。
五路[qonn1 lo6; ngoo1 loo7] 各地, 各處, 舊有中, 東,
　西, 南及北等五路軍隊分駐各地, 例詞五路講
　qonn1 lo3 gang4 到處講解或宣揚;五路行 qonn1 lo3
　giann2 到各地走動;五路去 qonn1 lo3 ki3 到各地
　去。
五小[qonn1 sior4; ngoo1 sio2] 命相中, 身材及五官均為
　小號, 但配合適宜, 仍為上上之選, 例詞阿松是五小
　好命 a6 siong2 si3 qonn1 sior4 hor1 miann6 瘦小的
　五官及身材, 使得阿松能好命以終。
五色鳥[qonn1 sek1 niau4; ngoo1 sik8 niau2] 在雲林縣山
　區的稀有的鳥類, 以羽毛多色而得名, 學名為
　Muller's barbet。

忤 **[qonn4; ngoo2]** Unicode: 5FE4, 台語字: qonny
　[qo6, qonn4; goo7, ngoo2] 下屬忤逆上屬
忤逆[qonn1 qek1; ngoo1 gik8] 違逆, 例詞忤逆序大人
　qonn1 qek5 si3 dua3 lang2 對父母長輩不敬。
對忤沖[dui4 qonn1 ciong1; tui2 ngoo1 tshiong1] 犯沖, 忤
　逆。

qu

牛 **[qu2; gu5]** Unicode: 725B, 台語字: quw
　[qu2; gu5] 姓.動物名
赤牛[cia4 qu2; tshia2 gu5] 黃牛, 台灣黃牛, 有作赤牛仔
　cia4 qu6/3 a4 台灣黃牛。
水牛[zui1 qu2; tsui1 gu5] 。
憨牛[qong3 qu2; gong3 gu5] 笨牛, 笨蛋, 指長年被外來
　政權統治的台灣人。
無牛使馬[vor6/vor3 qu2 sai1 ve4; bo7/bo3 gu5 sai1 be2]
　將就將就, 姑且用之, 有作無牛駛馬 vor6/3 qu2 sai1
　ve4。
牛稠內　牴牛母[qu6 diau6 lai6 dak1 qu6 vor4/qu3 diau3
　lai6 dak1 qu3 vu4; gu7 tiau7 lai7 tak8 gu7 bo2/gu3
　tiau3 lai7 tak8 gu3 bu2] 只會內鬥, 因公牛只會在牛
　舍內, 找母牛出氣, 欺負牠, 不敢到外面惹是生非。
做牛著拖　做人著磨[zor4 qu2 diorh5 tua1 zor4 lang2
　diorh5 vua2; tso2 gu5 tioh4 thua1 tso2 lang5 tioh4

台語字:	獅 saif	牛 quw	豹 bax	虎 hoy	鴨 ah	象 ciunn	鹿 lokf
通用拼音:	獅 sai1	牛 qu2	豹 ba3	虎 ho4	鴨 ah5	象 ciunn6	鹿 lok1
北京語:	山 san1	明 meng2	水 sue3	秀 sior4	的 dorh5	中 diong6	壢 lek1
普通話:	山 san1	明 meng2	水 sue3	秀 sior4	的 dorh0	中 diong6	壢 lek1

bua5] 牛要耕田, 人要努力工作, 接受折磨的挑戰。

細漢偷挽匏　大漢偷牽牛[se4 han3 tau6 van1 bu2 dua3 han3 tau6 kan3 qu2; se2 han3 thau7 ban1 pu5 tua3 han3 thau7 khan3 gu5] 小孩子若偷摘採別人家的葫蘆瓜, 父母不加以教訓阻止, 長大了, 就會變成偷牛大盜了。

qua

我　**[qua4; gua2]** Unicode: 6211, 台語字: quay
　　[qonn4, qua4, ngoo2, gua2] 自己,本人

我愛台灣[qua1 ai4 dai6/dai3 uan2; gua1 ai2 tai7/tai3 uan5] 。

我是台灣人[qua1 si3 dai6 uan6 lang2/qua1 si3 dai3 uan3 lang2; gua1 si3 tai7 uan7 lang5/gua1 si3 tai3 uan3 lang5] 。

我有話欲講[qua1 u3 ue6 veh1 gong4; gua1 u3 ue7 beh8 kong2] 我有話要說。

外　**[qua6; gua7]** Unicode: 5916, 台語字: qua
　　[qua6, que6; gua7, gue7] 其他的,外面的,姻親的

外口　[qua3 kao4; gua3 khao2] 門戶之外, 外部，門口外。

外家厝[qua3 ge6 cu3; gua3 ke7 tshu3] 娘家。

外國人[qua3 gok1 lang2; gua3 kok8 lang5] 。

外路仔[qua3 lo6 a4; gua3 loo3 a2] 外快, 例詞外路仔錢 qua3 lo3 a1 zinn2 肥水。

外埔鄉[qua3 bo6 hiong1; gua3 poo7 hiong1] 在台中縣。

外省仔[qua3 seng4 a4; gua3 sing2 a2] 中國外省人。

外省的[qua3 seng4 e3; gua3 sing2 e3] 第二次世界大戰終戰之後, 由中國其他省份搬遷來台灣的人, 不認同台灣是自己的祖國的人。

外省人[qua3 seng4 lang2; gua3 sing2 lang5] 第二次世界大戰終戰之後, 由其中國他省份搬遷來台灣的人, 不認同台灣是自己的祖國的人。

內攻外應[lai3 gong6 qua3 eng3; lai3 kong7 gua3 ing3] 裡外相呼應, 同內神通外鬼 lai3 sin2 tong6 qua3 gui4 。

外來政權[qua3 lai2 zeng4 kuan2/guan2; gua3 lai5 tsing2 khuan5/kuan5] 由外國人或中國外地人士執政的政府, 台灣就是一個例子, 相對於本土政權 bun1 to1 zeng4 kuan2/guan2 由本地的人士執政的政府。

外省囡仔[qua3 seng1 qin1 a4; gua3 sing1 gin1 a2] 中國外省籍的小孩。

外頭家神仔[qua3 tau2 ge6 sin6/sin3 a4; gua3 thau5 ke7 sin7/sin3 a2] 外頭的人, 已經嫁出的女兒, 卻要回娘家分祖產。

que

外　**[que6; gue7]** Unicode: 5916, 台語字: que
　　[qua6, que6; gua7, gue7]

員外[quan6/quan3 que6; guan7/guan3 gue7] 古官名, 富貴者被封為員外郎, 故稱富貴人家為外 quan6/3 que6 。

外甥[que3 seng1; gue3 sing1] 外甥。

外甥女仔[que3 seng6 li1 a4; gue3 sing7 li1 a2] 外甥女。

queh

月　**[queh1; gueh8]** Unicode: 6708, 台語字: quehf
　　[qeh1, quat1, queh1; geh8, guat8, gueh8] 姓,一個月, 月球

暴月[bak5 queh1/qeh1; pak4 gueh8/geh8] 按月承租。

月給[queh5 gip5; gueh4 kip4] 月薪, 係日語詞月給 getsukifu 月薪。

月俸[queh5 hong6; gueh4 hong7] 月薪。

月日[queh5 jit1/lit1; gueh4 jit8/lit8] 一個月, 有作一月日 zit5 queh5 jit1/lit1;一個月 zit5 gor4 queh1 。

月內[queh5 lai6; gueh4 lai7] 孕婦生產的一個月, 例詞做月內 zor4 queh5 lai6 坐月子。

月娘[queh5 niunn2; gueh4 niunn5] 月亮, 月球。

月尾[queh5 vue4/ve4; gueh4 bue2/be2] 月底。

度小月[do3 sior1 queh1/qeh1; too3 sio1 gueh8/geh8] 支撐度過不景氣時期, 台南擔仔麵小吃。

做月內[zor4 queh5 lai6; tso2 gueh4 lai7] 孕婦生產後, 坐月子。

月外日[queh5 qua3 jit1/lit1; gueh4 gua3 jit8/lit8] 一個多月。

西牛望月[sai6 qu2 vang3 queh1; sai7 gu5 bang3 gueh8] 沒指望。

qui

危　**[qui2; gui5]** Unicode: 5371, 台語字: quiw
　　[hui2, qui2, ui2; hui5, gui5, ui5] 危險,不安

安危[an6 qui2; an7 gui5] 。

危險[hui6/qui3 hiam4; hui7/gui3 hiam2] 危急, 危險。

危機意識[ui6/qui3 gi1 i4 sek5; ui7/gui3 ki1 i2 sik4] 。

偽　**[qui6; gui7]** Unicode: 507D, 台語字: qui
　　[qui6, ui6; gui7, ui7] 假的,贗品

虛偽[hi6 qui6/qui2; hi7 gui7/gui5] 。

偽裝[qui3 zong1; gui3 tsong1] 。

偽造[qui3 zor6; gui3 tso7] 假造的。

偽君子[qui3 gun6 zu4; gui3 kun7 tsu2] 。

偽造文書[qui3 zor3 bun6/bun3 su1; gui3 tso3 pun7/pun3 su1] 假造或冒仿他人的文件。

台語字:	獅 saif	牛 quw	豹 bax	虎 hoy	鴨 ah	象 ciunn	鹿 lokf
通用拼音:	獅 sai1	牛 qu2	豹 ba3	虎 ho4	鴨 ah5	象 ciunn6	鹿 lok1
北京語:	山 san1	明 meng2	水 sue3	秀 sior4	的 dorh5	中 diong6	壢 lek1
普通話:	山 san1	明 meng2	水 sue3	秀 sior4	的 dorh0	中 diong6	壢 lek1

台灣精神詞典
iJiden, the Formosan Dictionary
of the Taiwan Spirit
台語 KK 音標、台羅拼音對照版

部首 S；s

sa

抄 [sa1; sa1] Unicode: 6331，台語字: saf
[sa1; sa1] 尋找,伸手抓,代用字

清采抄[cin4 cai1 sa1; tshin2 tshai1 sa1] 隨便拿, 例詞清采抄一本冊 cin4 cai1 sa6 zit5 bun1 ceh5 隨便拿一本書。

烏白抄[o6 beh5 sa1; oo7 peh4 sa1] 亂摸, 亂抓, 亂找人來做事, 有作四界抄 si4 gue4/ge4 sa1。

抄無貓仔毛[sa6 vor6/vor3 niau6 a1 vng2; sa7 bo7/bo3 niau7 a1 bng5] 尋找不出頭緒, 不知如何著手, 有作抄無寮仔門 sa6 vor6 liau6 a1 mng2/sa6 vor3 liau3 a1 mng2。

sah

� [sah1; sah8] Unicode: 7160，台語字: sahf
[sah1, zann3; sah8, tsann3] 以白水煮

燖麵[sah5 mi6; sah4 mi7] 以白水煮麵條。

白燖肉[beh5 sah5 vah5; peh4 sah4 bah4] 以白水煮熟豬肉, 同白切肉 beh5 cet1 vah5。

sai

司 [sai1; sai1] Unicode: 53F8，台語字: saif
[sai1, si1, sih5, su1; sai1, si1, sih4, su1] 道士

司公[sai6 gong1; sai7 kong1] 道士, 作法事的人。

司公仔聖杯[sai6 gong6 a1 sionn3/siunn3 bue1; sai7 kong7 a1 sionn3/siunn3 pue1] 道士及他在拜神明時所用的杯笠, 二者永遠相隨, 喻形影不離。

司公　較敖過和尚[sai6 gong1 kah1 qau6 gue4 hue6 siunn6/sai6 gong1 kah1 qau3 ge4 he3 siunn6; sai7 kong1 khah8 gau7 kue2 hue7 siunn7/sai7 kong1 khah8 gau3 ke2 he3 siunn7] 道士比和尚更會唸經及驅鬼, 引申你不會比我强多少, 大家相伯仲之間。

私 [sai1; sai1] Unicode: 79C1，台語字: saif
[sai1, si1, su1; sai1, si1, su1] 私房錢

私奇[sai6 kia1; sai7 khia1] 私房錢。

勾私奇[giuh1 sai6 kia1; - sai7 khia1] 慢慢地存積私房錢, 暗中存積私房錢。

儉私奇[kiam3 sai6 kia1; khiam3 sai7 khia1] 慢慢地存積私房錢, 暗中存積私房錢。

偷掖私奇[tau6 iap1 sai6 kia1; thau7 iap8 sai7 khia1] 偷藏私房錢。

摋 [sai1; sai1] Unicode: 63CC，台語字: saif
[sai1; sai1] 打過去

摋嘴枇[sai6 cui4 pue4/pe4; sai7 tshui2 phue2/phe2] 摑打臉頰, 打嘴巴, 有作抉嘴枇 guat1 cui4 pue4/pe4;搑嘴枇 hong6 cui4 pue4/pe4;拍嘴枇 pah1 cui4 pue4/pe4;搌嘴枇 sen4 cui4 pue4/pe4。

欲拿拍　不拿摋[veh1 hong2 pah5 m3 hong2 sai1; beh8 hong5 phah4 m3 hong5 sai1] 寧可挨揍, 也不肯被羞辱地打耳光, 喻士可殺, 不可辱。

師 [sai1; sai1] Unicode: 5E2B，台語字: saif
[sai1, su1; sai1, su1] 師父,工匠,技藝

出師[cut1 sai1; tshut8 sai1] 學徒學得一門技藝, 可以自立門戶, 自己工作。

憖師[lo1 sai1; loo1 sai1] 能力差勁的人。

木師[vak5 sai1; bak4 sai1] 木工工匠, 有作木匠 vak5 cionn6/ciunn6。

師仔[sai6 a4; sai7 a2] 徒弟, 小學徒, 相關詞師父 sai6 hu6 工匠師父。

半桶師[buann4 tang1 sai1; puann2 thang1 sai1] 技藝只學會一半的人, 尚不能成為師父。

拳頭師[gun6 tau6 sai1/gun3 tau3 sai1; kun7 thau7 sai1/kun3 thau3 sai1] 教導他人打拳, 練習武術的師父, 跌打傷科的民俗治療師。

好鼻師[hor1 pinn3 sai1; ho1 phinn3 sai1] 嗅覺靈敏的人, 同好鼻獅 hor1 pinn3 sai1。

瓷仔師[hui6/hui3 a1 sai1; hui7/hui3 a1 sai1] 燒製陶瓷器的師父。

抾師仔[kiorh1 sai6 a4; khioh8 sai7 a2] 召收徒弟加以訓練, 使其成為大師父。

倆光師[liong1/liang1 gong6 sai1; liong1/liang1 kong7 sai1] 想法不十分靈光的, 呆呆的。

收師仔[siu6 sai6 a4; siu7 sai7 a2] 收徒弟, 收小學徒。

忕師仔[tua3 sai6 a4; thua3 sai7 a2] 傳教一個徒弟。

總庖師傅[zong1 po4 sai6 hu6; tsong1 phoo2 sai7 hu7] 大主廚師傅。

饞 [sai2; sai5] Unicode: 995E，台語字: saiw
[sai2; sai5] 嘴饞,貪吃

嘴饞[cui4 sai2; tshui2 sai5] 饞嘴, 想貪吃。

枵饞[iau6 sai2; iau7 sai5] 嘴饞, 貪吃。

婿 [sai3; sai3] Unicode: 5A7F，台語字: saix
[sai3; sai3] 女婿,妹婿

翁婿[ang6 sai3; ang7 sai3] 丈夫, 夫婿, 女人稱自己的丈夫。

囝婿才[giann1 sai3 zai2; kiann1 sai3 tsai5] 選做女婿的好料子。

台語字:	獅 saif	牛 quw	豹 bax	虎 hoy	鴨 ah	象 ciunn	鹿 lokf
通用拼音:	獅 sai1	牛 qu2	豹 ba3	虎 ho4	鴨 ah5	象 ciunn6	鹿 lok1
北京語:	山 san1	明 meng2	水 sue3	秀 sior4	的 dorh5	中 diong6	壢 lek1
普通話:	山 san1	明 meng2	水 sue3	秀 sior4	的 dorh0	中 diong6	壢 lek1

使 **[sai4; sai2]** Unicode: 4F7F, 台語字: saiy
　　[sai3, sai4, si4, su4; sai3, sai2, si2, su2] 驅使, 可以
會使[e3 sai4; e3 sai2] 可以, 有作會使得 e3 sai4 dit5。
袂使[ve3/vue3 sai4; be3/bue3 sai2] 不可以, 使不得, 有作
　　袂使得 ve3/vue3 sai4 dit5。
使暗步[sai1 am4 bo6; sai1 am2 poo7] 使用不光明的方法,
　　要計謀, 施陰謀。
使性地[sai1 seng4 de6; sai1 sing2 te7] 使性子, 發脾氣。

屎 **[sai4; sai2]** Unicode: 5C4E, 台語字: saiy
　　[sai4; sai2] 糞便,相關字屑 sai4 渣.淚水,廢棄物
放屎[bang4 sai4; pang2 sai2] 解大便。
脞屎[cuah1 sai4; tshuah8 sai2] 在無法控制的情況下而大
　　便失禁, 相關詞脞尿 cuah1 zior6 小便失禁;滲屎
　　siam4 sai4 大便失禁而慢慢地滲流出來。
激屎[gek1 sai4; kik8 sai2] 自認自己高貴有錢, 擺出是有
　　錢人的高傲架子。
漏屎[lau4 sai4; lau2 sai2] 拉肚子, 腹瀉, 例詞漏屎馬
　　lau4 sai1 ve4 作不了事的人;漏屎蟮仔 lau4 sai1 ci3
　　a4 花蟹, 喻沒出息的人;漏屎龜力 lau4 sai1 gu6 li4
　　作不了事的工人。
滲屎[siam4 sai4; siam2 sai2] 大便慢慢地滲流出來, 相關
　　詞脞屎 cuah1 sai4 在無法控制的情況下而大便失
　　禁。
屎礐[sai1 hak1; sai1 hak8] 糞坑, 土坑式廁所, 有作屎礐
　　仔 sai1 hak5 a4。
屎色[sai1 sek5; sai1 sik4] 技巧, 絕招, 例詞拸無屎色
　　binn4 vor6/3 sai1 sek5 搞不出花樣, 事情辦不來。
屎尿[sai1 zior6; sai1 tsio7] 大便及小便, 引申為出了狀
　　況, 麻煩, 例詞慢牛厚屎尿 van3 gu2 gau3 sai1 zior6
　　懶散的牛, 總是托托拉拉, 引申工作沒有效率。
偷脞屎[tau6 cuah1 sai4; thau7 tshuah8 sai2] 在無法控制
　　的情況下而大便失禁, 有作脞屎 cuah1 sai4。
拖屎遴[tua6 sai1 len3; thua7 sai1 lian3] 詛咒別人下場狼
　　狽悲慘, 不得好死, 還要拖拉着一身的屎尿在地上
　　翻滾, 流連不回。
屎尾仔[sai1 vue1/ve1 a4; sai1 bue1/be1 a2] 留下的一堆難
　　題或爛攤子。
祖公仔屎[zo1 gong6 a1 sai4; tsoo1 kong7 a1 sai2] 祖產。
放屎　也著看風勢[bang4 sai4 iah5 diorh5 kuan4 hong6
　　si3/se3; pang2 sai2 iah4 tioh4 khuan2 hong7 si3/se3]
　　做任何事情要有分寸, 並洞察週遭情況而定。
疕尿的　換著脞屎的[cua3 zior6 e6 uann3 diorh5 cuah1
　　sai4 e3; tshua3 tsio7 e7 uann3 tioh4 tshuah8 sai2 e3]
　　把尿床的人換成了大便失禁的人, 一個比一個差,
　　喻越換越差。

屑 **[sai4; sai2]** Unicode: 5C51, 台語字: saiy
　　[sai4, sap5, sut5; sai2, sap4, sut4] 垢渣,淚水,廢棄物,
　　相關字屎 sai4 糞便
耳屑[hinn3 sai4; hinn3 sai2] 耳垢。
煙屑[hun6 sai4; hun7 sai2] 菸屁股。
鼻屑[pinn3 sai4; phinn3 sai2] 鼻屎。
鐵屑[tih1 sai4; thih8 sai2] 鐵渣。
話屑[ue3 sai4; ue3 sai2] 廢話, 沒用的話題。
目屑[vak5 sai4; bak4 sai2] 眼淚, 例詞拭目屑 cit1 vak5
　　sai4 擦拭眼淚;目屑膏 vak5 sai1 gor1 眼脂, 眼屎。
無事屑[vor6/vor3 su3 sai4; bo7/bo3 su3 sai2] 沒事沒事。

替人哭　無目屑[te4 lang6 kau3 vor6 vak5 sai4/te4 lang3
　　kau3 vor3 vak5 sai4; the2 lang7 khau3 bo7 bak4
　　sai2/the2 lang3 khau3 bo3 bak4 sai2] 替別人去傷心
　　流淚, 只是假裝的罷了, 引申假哭無淚。

駛 **[sai4; sai2]** Unicode: 99DB, 台語字: saiy
　　[sai4, su4; sai2, su2]
駛車[sai1 cia1; sai1 tshia1] 開車。
駛船[sai1 zun2; sai1 tsun5] 行船。
駛您娘[sai1 lin1 niann2; sai1 lin1 -] 罵人的粗話。
無牛駛馬[vor6/vor3 qu2 sai1 ve4; bo7/bo3 gu5 sai1 be2]
　　將就將就, 姑且用之, 有作無牛使馬 vor6/3 qu2 sai1
　　ve4。
袂曉駛船　嫌溪阨[vue3 hiau1 sai1 zun2 hiam6 ke1
　　eh1/ve3 hiau1 sai1 zun2 hiam3 kue1 ueh1; bue3 hiau1
　　sai1 tsun5 hiam7 khe1 eh8/be3 hiau1 sai1 tsun5 hiam3
　　khue1 ueh8] 不會駕駛船隻, 卻嫌溪流太小, 喻嫌東
　　嫌西, 不檢討自己。
一時風　駛一時船[zit5 si6 hong1 sai1 zit5 si6 zun2/zit5
　　si3 hong1 sai1 zit5 si3 zun2; tsit4 si7 hong1 sai1 tsit4
　　si7 tsun5/tsit4 si3 hong1 sai1 tsit4 si3 tsun5] 因時制
　　宜, 做事情的立場或態度, 要能因時因地而改變, 正
　　如航海出帆, 都要依照天候氣象而定。

似 **[sai6; sai7]** Unicode: 4F3C, 台語字: sai
　　[sai6, su6; sai7, su7] 熟知
熟似[sek5 sai6; sik4 sai7] 熟知的人, 稔知.相關詞華語熟
　　悉 so2 si4 熟人。

祀 **[sai6; sai7]** Unicode: 7940, 台語字: sai
　　[cai6, sai6, su6; tshai7, sai7, su7] 照料,供奉,祭拜
服祀[hok5 sai6; hok4 sai7] 祀奉, 祭拜, 相關詞奉待
　　hok5 dai6/tai6 照料, 侍奉, 款待。
服祀神明[hok5 sai3 sin6/sin3 veng2; hok4 sai3 sin7/sin3
　　bing5] 拜祭神明。
服祀序大人[hok5 sai3 si3 dua3 lang2; hok4 sai3 si3 tua3
　　lang5] 照料長輩, 侍奉双親。

姒 **[sai6; sai7]** Unicode: 59D2, 台語字: sai
　　[sai6, su6; sai7, su7] 姒娌,兄弟的妻子之間的相稱
同姒[dang6 sai6; tang7 sai7] 姒娌, 兄弟的妻子之間的相
　　稱, 相關詞詞大細僯 dua3 se4 sen6 連襟, 娶姐妹為
　　妻的男性間的稱呼。
老同姒[lau3 dang6 sai6; lau3 tang7 sai7] 同輩, 同伴, 同
　　好, 同儕友人。

sam

三 **[sam1; sam1]** Unicode: 4E09, 台語字: samf
　　[sam1, sann1; sam1, sann1] 數字三,三個,三人
三八[sam6 bat5; sam7 pat4] 女人不正經。
三多[sam6 dor1; sam7 to1] 多財, 多子及多壽的合稱, 福
　　祿壽, 有作三福 sam6 hok5。
三軍[sam6 gun1; sam7 kun1] 陸軍, 海軍及空軍。
三福[sam6 hok5; sam7 hok4] 多財富, 多子孫, 多年壽,

台語字:	獅 saif	牛 quw	豹 bax	虎 hoy	鴨 ah	象 ciunn	鹿 lokf
通用拼音:	獅 sai1	牛 qu2	豹 ba3	虎 ho4	鴨 ah5	象 ciunn6	鹿 lok1
北京語:	山 san1	明 meng2	水 sue3	秀 sior4	的 dorh5	中 diong6	壢 lek1
普通話:	山 san1	明 meng2	水 sue3	秀 sior4	的 dorh0	中 diong6	壢 lek1

合稱為三多 sam6 dor1。

三牲[sam6 seng1; sam7 sing1] 豬肉, 雞及魚等三種牲禮祭品。

三層[sam6 zan2; sam7 tsan5] 五花肉, 有作三層仔肉 sam6 zan6/3 a1 vah5, 例詞肉食三層, 戲看亂彈 vah5 ziah5 sam6 zan2, hi3 kuann4 lan3 dan2 吃肉, 就要吃五花肉;看戲, 要看亂彈戲。

三不等[sam6 but1 deng4; sam7 put8 ting2] 參雜的, 分不清楚, 例詞好孬三不等 hor1 vai4 sam6 but1 deng4 好的壞的都有, 分別不清楚;三不等腳數 sam6 but1 deng1 ha6 siau3 不入流的角色。

三寶殿[sam6 bor1 den6; sam7 po1 tian7] 皇帝召見朝臣的地方, 例詞無事, 不登三寶殿 vor6/3 su6 but1 deng6 sam6 bor1 den6 沒事不來, 但一有事情, 馬上就找上門來。

三七仔[sam6 cit1 a4; sam7 tshit8 a2] 皮條客介紹色情行業的業者, 因雙方以三成及七成分帳而得名, 引申為三七分贓。

三貂角[sam6 diau6 gak5; sam7 tiau7 kak4] 地名, 在台灣的東北角, 台北縣貢寮鄉, 西班牙人命名 San Diego。

三重市[sam6 diong3 ci6; sam7 tiong3 tshi7] 在台北縣。

三國誌[sam6 gok1 zi3; sam7 kok8 tsi3] 漢末的魏, 蜀及吳三國的歷史。

三界公[sam6 gai4 gong1; sam7 kai2 kong1] 神明的名, 掌管天, 地及水三界, 又稱三官大帝 sam6 guan6 dai3 de3。

三峽鎮[sam6 giap1 din3; sam7 kiap8 tin3] 在台北縣。

三義鄉[sam6 qi3 hiang1; sam7 gi3 hiang1] 在苗栗縣。

三元魚[sam6 quan6/quan3 hi2; sam7 guan7/guan3 hi5] 蕃茄醬沙丁魚罐頭, 係英語詞 sardine, 相關詞三文魚 sam6 vun6/3 hi2 鮭魚, 係英語詞 salmon。

三星鄉[sam6 seng6 hiang1; sam7 sing7 hiang1] 在宜蘭縣。

三神山[sam6 sin6/sin3 suann1; sam7 sin7/sin3 suann1] 史記始室本記:海中有三神山, 名曰蓬萊, 方丈, 瀛洲. 可能指日本, 琉球及台灣。

三灣鄉[sam6 uan6 hiang1; sam7 uan7 hiang1] 在苗栗縣。

三民鄉[sam6 vin6 hiang1; sam7 bin7 hiang1] 在高雄縣。

三民區[sam6 vin6 ku1; sam7 bin7 khu1] 在高雄市。

三文魚[sam6 vun6/vun3 hi2; sam7 bun7/bun3 hi5] 鮭魚, 係英語詞 salmon, 相關詞三元魚 sam6 quan6/3 hi2 沙丁魚罐頭, 係英語詞 sardine。

三芝鄉[sam6 zi6 hiang1; sam7 tsi7 hiang1] 在台北縣。

退避三舍[te4 bi6 sam6 sia3; the2 pi7 sam7 sia3] 退兵九十里遠, 古時退讓迴避, 一舍為三十里。

三不五時[sam6 but1 qo3 si2; sam7 put8 goo3 si5] 偶而。

三地門鄉[sam6 de3 vng6 hiang1; sam7 te3 bng7 hiang1] 在屏東縣。

三叮四唱[sam6 deng1 su4 ciang3; sam7 ting1 su2 tshiang3] 再三吩咐。

三綱五常[sam6 gong1 qonn1 siong2; sam7 kong1 ngoo1 siong5] 三綱為君臣, 父子及夫婦;五常為父義, 母慈, 兄友, 弟恭, 子孝。

三番二次[sam6 huan1 liong1 cu3; sam7 huan1 liong1 tshu3] 一再...。

三伯英台[sam6 pek1 eng6 dai2; sam7 phik8 ing7 tai5] 梁三伯與祝英台的愛情專一的故事。

三生有幸[sam6 seng1 iu1 heng6; sam7 sing1 iu1 hing7] 非常幸運。

三心二意[sam6 sim1 liang1 i3; sam7 sim1 liang1 i3] 心思游私不定。

三從四德[sam6 ziong2 su4 dek5; sam7 tsiong5 su2 tik4] 。

無三不成禮[vu6 sam1 but1 seng6 le4/vu3 sam1 but1 seng3 le4; bu7 sam1 put8 sing7 le2/bu3 sam1 put8 sing3 le2] 接二連三地。

三仔三十一[sam6 a1 sam6 sip5 it5; sam7 a1 sam7 sip4 it4] 三份平分, 各取三分之一, 大家平分。

三七五減租[sam6 cit1 qonn1 giam1 zo1; sam7 tshit8 ngoo1 kiam1 tsoo1] 佃農的租金不得超過 37.5%。

三七講 四六聽[sam6 cit1 gong4 su4 liok5 tiann1; sam7 tshit8 kong2 su2 liok4 thiann1] 說的人是隨便講講, 聽的人也是姑且聽之。

參 [sam1; sam1] Unicode: 53C3, 台語字: samf [cam1, sam1, sann1, som1; tsham1, sam1, sann1, som1] 數目字三的大寫,海參,相關字蔘 sam1 人蔘

刺參[ci4 sam1/som1; tshi2 sam1/som1] 一種海參。

海參[hai1 sam1/som1; hai1 sam1/som1] 烏參, 刺參等棘皮動物。

烏參[o6 sam1; oo7 sam1] 一種海參。

參拾參[sam6 sip5 sam1; sam7 sip4 sam1] 數目字三十三。

蔘 [sam1; sam1] Unicode: 8518, 台語字: samf [sam1, sim1, som1; sam1, sim1, som1] 人蔘,高價的, 相關字參 sam1/som1 海參

巴蔘[ba6 sam1/som1; pa7 sam1/som1] 美國人蔘。

高麗蔘[gor6 le6/le3 sam1; ko7 le7/le3 sam1] 人蔘。

貴蔘蔘[gui4 sam6 sam1; kui2 sam7 sam1] 高價的, 很貴, 貴重的, 貴得像人蔘那麼貴。

sat

虱 [sat5; sat4] Unicode: 8671, 台語字: sat [sat5; sat4] 魚名

麻虱目[mua6/mua3 sat1 vak1; mua7/mua3 sat8 bak8] 虱目魚, 同虱目魚 sat1 vak5 hi2, 係平埔族語。

虱目魚[sat1 vak5 hi2; sat8 bak4 hi5] 台灣本土的魚種, 係平埔族語, 有作麻虱目 mua6/3 sat1 vak1。

se

西 [se1; se1] Unicode: 897F, 台語字: sef [sai1, se1, si1; sai1, se1, si1] 姓,西方,西天,西邊

西窗[se6 tang1; se7 thang1] 女人的房間, 閨房。

西裝[se6 zong1; se7 tsong1] 西洋的正式的男士服裝, 同西美樂 se6 vi1 lorh5, 係日語詞 sebiro 西裝。

台語字:	獅 saif	牛 quw	豹 bax	虎 hoy	鴨 ah	象 ciunn	鹿 lokf
通用拼音:	獅 sai1	牛 qu2	豹 ba3	虎 ho4	鴨 ah5	象 ciunn6	鹿 lok1
北京語:	山 san1	明 meng2	水 sue3	秀 sior4	的 dorh5	中 diong6	壢 lek1
普通話:	山 san1	明 meng2	水 sue3	秀 sior4	的 dorh0	中 diong6	壢 lek1

西子灣[se6 a1 uan2; se7 a1 uan5] 地名, 在高雄市鼓山區, 為著名旅遊景點, 海水浴場, 有作西仔灣 se6 a1 uan2。

西美樂[se6 vi1 lorh5; se7 bi1 loh4] 西洋的正式的男士服裝, 有作西裝 se6 zong1, 係日語詞 sebiro 西裝, 例詞一袾西美樂 zit5 su6 se6 vi1 lorh5 一套西裝。

西門町[se6 vng6/vng3 deng1; se7 bng7/bng3 ting1] 台北市之商業區之名, 係沿用日治時期之原名。

紗 [se1; se1] Unicode: 7D17, 台語字: sef
　　[se1, sua1; se1, sua1]

棉紗[mi6/mi3 se1; mi7/mi3 se1] 從棉花紡成的紗線, 用來織布。

烏紗[o6 se1; oo7 se1] 行賄, 在日治時代, 每到年底歲末, 本地人要送禮品給日本人的地方官, 係日語語奧歲末 Oseibo 歲末禮物之意, 簡稱烏紗 o6 se1, 但與烏紗帽 o6 se6 vor6 無關。

膨紗[pong4 se1; phong2 se1] 毛線。

網紗[vang3 se1; bang3 se1] 豬腹部的腸繫膜, 例詞網紗三絲卷 vang3 se1 sam6 si6 gng4 以豬肉絲, 香菇絲及魚漿用豬的腸繫膜卷包, 再油炸的一種食品。

紗仔[se6 a4; se7 a2] 紗線。

撚紗仔[len1 se6 a4; lian1 se7 a2] 撚紗, 同抽紗仔 tiu6 se6 a4。

烏紗帽[o6 se6 vor6; oo7 se7 bo7] 官冕, 官帽, 引申高官達人。

抽紗仔[tiu6 se6 a4; thiu7 se7 a2] 撚紗, 同撚紗仔 len1 se6 a4。

紗帽山[se6 vor3 suann1; se7 bo3 suann1] 在台北市陽明山。

世 [se3; se3] Unicode: 4E16, 台語字: sex
　　[se3, si3; se3, si3] 人生,世間,大約三十年為一世

世俗人[se4 siok5 lang2; se2 siok4 lang5] 世界上的眾人, 有作世間人 se4 gan6 lang2。

世俗事[se4 siok5 su6; se2 siok4 su7] 世俗的事, 塵事。

人情世事[jin6/lin3 zeng2 se4 su6; jin7/lin3 tsing5 se2 su7] 待人處世所必須做的關懷, 禮尚往來, 應酬等事情。

seh

蹤 [seh1; seh8] Unicode: 8E05, 台語字: sehf
　　[seh1, teh1; seh8, theh8] 繞圈圈,遛轉,繞路.集韻:似絕切,旋倒也.相關字幹 uat5 轉彎,迴轉

轉蹤[dng1 seh1; tng1 seh8] 迴轉, 轉身, 周轉, 例詞借錢來轉蹤 ziorh1 zinn2 lai6/3 dng1 seh1 舉債來週轉資金;路觸窄 夗轉蹤 lo6 siunn6 eh1, painn1 dng1 seh1 路太狹窄, 難迴旋。

蹤街[seh5 ge1/gue1; seh4 ke1/kue1] 逛街。

蹤頭[seh5 tau2; seh4 thau5] 掉頭, 轉回頭。

玲瓏蹤[lin6 long6 seh1; lin7 long7 seh8] 沒有目的地而四處遛轉。

蹤夜市仔[seh5 ia3 ci3 a4; seh4 ia3 tshi3 a2] 逛逛夜市。

蹤來蹤去[seh5 lai6/lai3 seh5 ki3; seh4 lai7/lai3 seh4 khi3]

團團轉, 轉過來又轉過去。

sek

適 [sek5; sik4] Unicode: 9069, 台語字: sek
　　[sek5; sik4] 趣味,合適

心適[sim6 sek5; sim7 sik4] 趣味的, 逗趣的, 可愛的。

舒適[su6 sek5; su7 sik4] 適舒服服。

適當[sek1 dong1/dong3; sik8 tong1/tong3] 。

適合[sek1 hap1; sik8 hap8] 合適。

無心適[vor6/vor3 sim6 sek5; bo7/bo3 sim7 sik4] 沒興趣的, 沒趣味的, 不逗趣的, 不可愛的。

真心適[zin6 sim6 sek5; tsin7 sim7 sik4] 很有趣味的, 很逗趣的, 很可愛的。

心適興[sim6 sek1 heng3; sim7 sik8 hing3] 只在有興趣時, 才會參與工作。

飾 [sek5; sik4] Unicode: 98FE, 台語字: sek
　　[sek5; sik4] 裝飾

修飾[siu6 sek5; siu7 sik4] 。

文飾[vun6/vun3 sek5; bun7/bun3 sik4] 隱匿過失。

裝飾[zong6 sek5; tsong7 sik4] 。

裝飾品[zong6 sek1 pin4; tsong7 sik8 phin2] 。

碩 [sek5; sik4] Unicode: 78A9, 台語字: sek
　　[sek5; sik4] 成熟,聰明

碩大[sek1 dai6; sik8 tai7] 壯大的。

碩士[sek1 su6; sik8 su7] 學位名。

碩頭[sek1 tau2; sik8 thau5] 成熟, 老成, 例詞此个嬰仔真碩頭 zit1 e3 enn6 a4 zin6 sek1 tau2 這個嬰兒長得成熟又老成。

荔枝碩矣[nai3 zi1 sek5 a3; nai3 tsi1 sik4 a3] 荔枝熟透了。

此粒西瓜較碩[zit1 liap5 si6 gue1 kah1 sek5; tsit8 liap4 si7 kue1 khah8 sik4] 這顆西瓜比較成熟。

sen

仙 [sen1; sian1] Unicode: 4ED9, 台語字: senf
　　[cen1, sen1, tshian1, sian1] 人,仙人,尊稱有學問的人,老師或醫生,相關字泚 sen4 錢財,分文

諞仙[ben1 sen1; pian1 sian1] 騙子, 老千, 以詐騙別人為職業的人, 有作騙鼠 pen4 ci4;諞仙仔 ben1 sen6 a4。

話仙[ue3 sen1; ue3 sian1] 漫談, 聊天。

阿松仙[a6 siong6/siong3 sen1; a7 siong7/siong3 sian1] 阿松老師, 名叫阿松的學者。

閒仙仙[eng6/eng3 sen6 sen1; ing7/ing3 sian7 sian1] 沒事來煩心, 所以很消遙, 例詞閒仙仙, 掠蝨母相咬 eng6 sen6 sen1, liah5 sat1 vor4 sior6 ga6/eng3 sen6 sen1 liah5 sat1 vu4 sann6 ga6 閒得沒事做, 只好找別

台語字:	獅 saif	牛 quw	豹 bax	虎 hoy	鴨 ah	象 ciunn	鹿 lokf
通用拼音:	獅 sai1	牛 qu2	豹 ba3	虎 ho4	鴨 ah5	象 ciunn6	鹿 lok1
北京語:	山 san1	明 meng2	水 sue3	秀 sior4	的 dorh5	中 diong6	壢 lek1
普通話:	山 san1	明 meng2	水 sue3	秀 sior4	的 dorh0	中 diong6	壢 lek1

的樂子, 諸如鬪蟋子。

嗎啡仙[mo6/mo3 hui6 sen1; moo7/moo3 hui7 sian1] 吸食
毒品或嗎啡的人。

一仙佛仔[zit5 sen6 but5 a4; tsit4 sian7 put4 a2] 一尊佛像
或神像。

佄 [sen1; sian1] Unicode: 4F81, 台語字: senf
[san1, sen1; san1, sian1] 人身上的體垢,代用字,原
義眾多.相關字鈓 sen1 鐵銹,物品表面上的積垢;銈/
銑 senn1 銈鐵,鑄鐵

刮佄[gueh1/guih1 sen1; kueh8/kuih8 sian1] 刮除身上的污
垢或體垢。

生佄[senn6 sen1; senn7 sian1] 長了體垢。

油垢佄[iu6/iu3 gau1 sen1; iu7/iu3 kau1 sian1] 身上的油
垢。

生佄面[senn6 sen6 vin6/sinn6 san6 vin; senn7 sian7
bin7/sinn7 san7 -] 凶神惡煞之流, 凶惡的面相。

身軀無洗　峜峜佄[seng6 ku1 vor6/vor3 se4 zuan6 zuan6
sen1; sing7 khu1 bo7/bo3 se2 tsuan7 tsuan7 sian1] 很
久沒洗澡, 身上都是污垢。

勑 [sen6; sian7] Unicode: 52AE, 台語字: sen
[sen6; sian7] 疲勞,疲乏,代用字,原作放蕩,同勸
sen6;忝 tiam4

足勑[ziok sen6; - sian7] 很累, 非常疲倦, 例詞足勑的
ziok sen6 e6 很疲倦, 沒有意願去做。

勑勑[sen3 sen6; sian3 sian7] 疲倦

勑雨[sen3 ho6; sian3 hoo7] 下了很久的細雨, 霆雨 4。

食休勑[ziah5 ve3/vue3 sen3; tsiah4 be3/bue3 sian3] 吃不
厭, 不會厭食。

羨 [sen6; sian7] Unicode: 7FA8, 台語字: sen
[sen6; sian7] 貪婪,慾望

欣羨[him6 sen6; him7 sian7] 羨慕。

僆 [sen6; sian7] Unicode: 50D0, 台語字: sen
[sen6; sian7] 連襟,代用字

大細僆[dua3 se4 sen6; tua3 se2 sian7] 連襟, 姐妹的丈夫
之互相稱呼。 娶姐妹為妻的男性間的稱呼, 有作同
門的 dang6/3 vng2 e6。 相關詞同姒仔 dang6/3 sai6
a4 妯娌, 兄弟的妻子之間的相稱。

seng

先 [seng1; sing1] Unicode: 5148, 台語字: sengf
[sen1, seng1, sin1; sian1, sing1, sin1] 以前,早於

頭起先[tau6/tau3 ki1 seng1; thau7/thau3 khi1 sing1] 一開
始, 起初。

走第先[zau1 dai3 seng1; tsau1 tai3 sing1] 先走出, 走在最
前面, 第一個先跑走, 例詞撫台走第先 vu1 dai2
zau1 dai3 seng1 1895 年, 台灣割予日本, 台灣人宣
告獨立建國, 推原任撫台唐景崧為台灣民主國總統,
但在日本人在澳底登陸後, 唐景崧卻首先逃亡到中
國。

身 [seng1; sing1] Unicode: 8EAB, 台語字: sengf
[seng1, sin1; sing1, sin1] 身體

身軀[seng6 ku1; sing7 khu1] 身體。

搜身軀[ciau6 seng6 ku1; tshiau7 sing7 khu1] 搜身。

洗身軀[se1 seng6 ku1; se1 sing7 khu1] 洗澡。

淙身軀[zang6/zang3 seng6 ku1; tsang7/tsang3 sing7 khu1]
洗冲水浴。

一身軀[zit5 seng6 ku1; tsit4 sing7 khu1] 滿身, 例詞一身
軀重汗 zit5 seng6 ku6 dang3 guan6 滿身大汗。

身軀邊[seng6 ku6 binn1; sing7 khu7 pinn1] 身邊, 例詞年
老人的身軀邊, 著嘜有錢 lau3 lang2 e6/3 si3 seng6
ku6 binn1 diorh5 ai4 u3 zinn2 年老時, 身邊一定要留
一些現金, 以供花用。

身軀無洗　峜峜佄[seng6 ku1 vor6/vor3 se4 zuan6 zuan6
sen1; sing7 khu1 bo7/bo3 se2 tsuan7 tsuan7 sian1] 沒
洗澡, 身上都是污垢。

星 [seng1; sing1] Unicode: 661F, 台語字: sengf
[cenn1, cinn1, san1, seng1; tshenn1, tshinn1, san1,
sing1] 星期,禮拜,小的

星期[seng6 gi2; sing7 ki5] 一週, 一禮拜, 七天。

哈瑪星[ha1 ma1 seng1; ha1 ma1 sing1] 地名, 為現在高雄
市鼓山及鹽埕區靠近港口一帶, 係日語詞濱線
hamasen 原為日本治台時期, 台灣鐵路支線濱海線
名稱。

甥 [seng1; sing1] Unicode: 7525, 台語字: sengf
[seng1; sing1] 姐妹的子女,相關字侄 dit1 或姪
dit1 兄弟的子女,有偏叫而作孫 sun1

外甥[que3 seng1; gue3 sing1] 姐妹的兒子, 有作外甥仔
que3 seng6 a4 姐妹的兒子。

外甥女仔[que3 seng6 li1 a4; gue3 sing7 li1 a2] 姐妹的女
兒。

乘 [seng2; sing5] Unicode: 4E58, 台語字: sengw
[seng2; sing5] 乘法,坐,騎

乘合仔[seng3 hap5 a4; sing3 hap4 a2] 出租計程汽車, 係
日語詞乘合 norihai 出租汽車。 相關日語詞: 貸
切 kashikiri 預訂。貸切仔 dai3 cet1 a4 預訂、包
車。

senn

生 [senn1; senn1] Unicode: 751F, 台語字: sennf
[cenn1, cinn1, seng1, senn1, sinn1; tshenn1, tshinn1,
sing1, senn1, sinn1] 生育,生產,生長,生肖,陌生,生日,
有作茈 senn1

後生[hau3 senn1; hau3 senn1] 後代, 兒子。

猙生[zeng6 senn1/sinn1; tsing7 senn1/sinn1] 豬犬, 禽獸。

生張[senn6 dionn1/diunn1; senn7 tionn1/tiunn1] 身材, 打
扮, 例詞好生張 hor1 senn6 dionn1 好身材, 好長
相。

生囝[senn6 giann4; senn7 kiann2] 生育小孩, 生孩子, 有
作抾囡仔 kiorh1 qin1 a4 接生嬰兒, 孕婦生下嬰
兒。

台語字:	獅 saif	牛 quw	豹 bax	虎 hoy	鴨 ah	象 ciunn	鹿 lokf
通用拼音:	獅 sai1	牛 qu2	豹 ba3	虎 ho4	鴨 ah5	象 ciunn6	鹿 lok1
北京語:	山 san1	明 meng2	水 sue3	秀 sior4	的 dorh5	中 diong6	壢 lek1
普通話:	山 san1	明 meng2	水 sue3	秀 sior4	的 dorh0	中 diong6	壢 lek1

生菇[senn6 go1; senn7 koo1] 發霉, 例詞生菇臭埗 senn6 go1 cau4 pu4 發霉而有臭味。

生肖[senn6/sinn6 siunn3; senn7/sinn7 siunn3] 星肖, 生肖, 鼠 ci4, 牛 qu2, 虎 ho4, 兔 to3, 龍 liong2/leng2, 蛇 zua2, 馬 ve4, 羊 iunn2, 猴 gau2, 雞 ge1/gue1, 狗 gau4, 豬 di1, 稱為十二生肖 zap5 ji3 senn6 siunn3/zap5 li3 sinn6 siunn3。

生湠[senn6 tuann3; senn7 thuann3] 生育繁殖, 例詞番薯, 代代會生湠 han6 zi2/zu2 dai3 dai6 e3 senn6 tuann3 地瓜會一代一代地繁延下去, 引申台灣人能一代一代地生存繁殖下去。

按呢生[an1 ne1 senn1/an1 ni1 sinn1; an1 ne1 senn1/an1 ni1 sinn1] 這樣子, 有作按呢 an1 ne1。

生侂面[senn6 sen6 vin6; senn7 sian7 bin7] 面相凶惡, 凶神惡煞, 係代用詞。

生時日月[senn6 si6 jit5 queh1/senn6 si3 lit3 qeh1; senn7 si7 jit4 gueh8/senn7 si3 - geh8] 出生的八字, 有作生辰日月 seng6 sin2 jit5/lit5 qat1。

生話生蟲[senn6 ue3 senn6 tang2; senn7 ue3 senn7 thang5] 無中生有, 造謠。

生雞卵的無 放雞屎的有[senn6 ge6 nng6 e6 vor6 bang4 ge6 sai4 e3 u6; senn7 ke7 nng7 e7 bo7 pang2 ke7 sai2 e3 u7] 一個人不會從事生產, 但只留下一堆難題或爛攤子。

性 [senn3; senn3] Unicode: 6027, 台語字: sennx

[seng3, senn3, sinn3; sing3, senn3, sinn3] 生命,性命

性命[senn4 miann6; senn2 -] 生命。

下性命[he3 senn4/sinn4 miann6; he3 senn2/sinn2 -] 拚命, 全力以赴, 例詞拚性命做 biann4 senn4/sinn4 mia3 zor3 拚老命地工作;下性命編字典 he3 sinn4 miann6, ben6 ji3 den4/he3 senn4 miann6, ben6 li3 den4 拚命地編寫字典。

姓 [senn3; senn3] Unicode: 59D3, 台語字: sennx

[seng3, senn3, sinn3; sing3, senn3, sinn3] 姓氏

百姓[beh1 senn3/sinn3; peh8 senn3/sinn3] 人民。

十大姓[zap5 dua3 senn3/sinn3; tsap4 tua3 senn3/sinn3] 台灣的十大姓氏, 依序為陳 dan2, 林 lim2, 黃 ng2, 張 diunn1, 李 li4, 王 ong2, 吳 qo2, 劉 lau2, 蔡 cua3, 及楊 iunn2。

si

西 [si1; si1] Unicode: 897F, 台語字: sif

[sai1, se1, si1; sai1, se1, si1] 西瓜,生魚片

西瓜[si6 gue1; si7 kue1] 。

沙西米[sa6 si1 mih5; sa7 si1 mih4] 生魚片, 係日語詞刺身 sashimi 生魚片。

西瓜籽[si6 gue6 zi4; si7 kue7 tsi2] 西瓜子。

西瓜倚大爿[si6 gue1 ua1 dua3 beng2; si7 kue1 ua1 tua3 ping5] 西瓜效應, 引申靠向勢力大的那邊站。

私 [si1; si1] Unicode: 79C1, 台語字: sif

[sai1, si1, su1; sai1, si1, su1] 工具,同俬 si1

家私[ge6 si1; ke7 si1] 傢俱, 工具, 有作傢俬 ge6 si1。

家私頭[ge6 si6 tau2; ke7 si7 thau5] 武器, 有作傢俬頭 ge6 si6 tau2。

屍 [si1; si1] Unicode: 5C4D, 台語字: sif

[si1; si1] 屍體

身屍[sin6 si1; sin7 si1] 屍體。

屍體[si6 te4; si7 the2] 屍體。

路旁屍[lo3 bong6/bong3 si1; loo3 pong7/pong3 si1] 曝露在路旁的屍體, 女人罵男人不得好死的話。

思 [si1; si1] Unicode: 601D, 台語字: sif

[si1, su1, su3; si1, su1, su3] 思慕

相思[siunn6 si1; siunn7 si1] 思慕, 戀情, 相愛。

病相思[benn3/binn3 siunn6 si1; piann2/pinn3 siunn7 si1] 失戀, 單戀, 得了相思病。

相思仔[siunn6 si6 a4; siunn7 si7 a2] 相思樹。

相思病[siunn6 si6 benn6/binn6; siunn7 si7 piann7/pinn7] 因失戀而引起的心病, 如失戀, 單戀。

相思仔栽[siunn6 si6 a1 zai1; siunn7 si7 a1 tsai1] 相思樹苗。

俬 [si1; si1] Unicode: 4FEC, 台語字: sif

[si1; si1] 工具,同私 si1

傢俬[ge6 si1; ke7 si1] 工具, 家具。

傢俬頭[ge6 si6 tau21; ke7 si7 -] 武器, 有作家私頭 ge6 si6 tau2, 相關詞傢俬頭仔 ge6 si6 tau6/3 a4 工具, 家具。

時 [si2; si5] Unicode: 6642, 台語字: siw

[si2; si5] 姓,時間,時辰

不時[but1 si2; put8 si5] 常常, 時常, 隨時。

著時[diorh5 si2; tioh4 si5] 盛產期, 旺季。

時行[si6/si3 giann2; si7/si3 kiann5] 流行。

時噂[si6/si3 zun; si7/si3 -] 時候, 當時。

不管時[but1 guan1 si2; put8 kuan1 si5] 隨時。

現此時[hen3 cu1 si2; hian3 tshu1 si5] 現在, 如今, 同現主時 hen3 zu1 si2。

無了時[vor6/vor3 liau1 si2; bo7/bo3 liau1 si5] 浪費時間, 永無止境, 沒有希望了。

捘時鐘[zun3 si6/si3 zeng1; tsun3 si7/si3 tsing1] 為鐘錶上發條。

看時看日[kuan4 si6 kuann4 jit1/kuan4 si3 kuann4 lit1; khuan2 si7 khuann2 jit8/khuan2 si3 khuann2 lit8] 挑選日期及時刻。

生時日月[senn6 si6 jit5 queh1/sinn6 si3 lit3 qeh1; senn7 si7 jit4 gueh8/sinn7 si3 lit4 geh8] 出生的年月日及時辰。

有時有噂[u3 si6/si3 zun6; u3 si7/si3 u3 tsun7] 有時間性的, 定時, 偶爾, 很少的時間。

美國時間[vi1 gok1 si6/si3 gan1; bi1 kok8 si7/si3 kan1] 閒暇的時間, 像美國人般能夠有度假之時間。

時到 時擔當[si6 gau3 si6 dam6 dng1/si3 gau3 si3 dam6 dng1; si7 kau3 si7 tam7 tng1/si3 kau3 si3 tam7 tng1] 到了時候, 再承擔吧!, 引申船到橋頭, 自然直。

四 [si3; si3] Unicode: 56DB, 台語字: six

[si3, su3; si3, su3] 數字第四位

台語字:	獅 saif	牛 quw	豹 bax	虎 hoy	鴨 ah	象 ciunn	鹿 lokf
通用拼音:	獅 sai1	牛 qu2	豹 ba3	虎 ho4	鴨 ah5	象 ciunn6	鹿 lok1
北京語:	山 san1	明 mēng2	水 sue3	秀 sior4	的 dorh5	中 diong6	壢 lek1
普通話:	山 san1	明 meng2	水 sue3	秀 sior4	的 dorh0	中 diong6	壢 lek1

核四[hek5/hut5 si3; hik4/hut4 si3] 台灣電力公司的興建
　　第四核子能發電廠。

四邊[si4 binn1; si2 pinn1] 周圍, 例詞四邊無一倚 si4
　　binn1 vor6/3 zit5 ua4 孤立, 沒有依靠。

四秀[si4 siu3; si2 siu3] 四季的佳肴秀菜, 引申美味的零
　　嘴, 有作四秀仔 si4 siu4 a4。

滿四界[muann1 si4 gue3/ge3; - si2 kue3/ke3] 到處。

一四界[zit5 si4 gue3/ge3; tsit4 si2 kue3/ke3] 一大遍, 到
　　處, 四處。

四界去[si4 gue4/ge4 ki3; si2 kue2/ke2 khi3] 到處去, 相關
　　詞五路去 qonn1 lo3 ki3 到各地去。

四界趖[si4 gue4/ge4 sor2; si2 kue2/ke3 so5] 到處遊走流
　　浪。

四湖鄉[si4 o6 hiang1; si2 oo7 hiang1] 在雲林縣。

食四秀仔[si4 siu4 a4; si2 siu2 a2] 吃吃四季的佳肴秀菜,
　　引申美味的零嘴。

四兩笐仔無除[si4 niu1 ng1 a4 vor6/vor3 di2; si2 niu1 ng1
　　a2 bo7/bo3 ti5] 稱物品的重量時, 要先扣除量計的
　　重量, 才能知道物品的淨重, 以免虛脹毛重, 喻不知
　　自我反省, 自不量力, 買賣不誠實。

世 [si3; si3] Unicode: 4E16, 台語字: six
　　[se3, si3; se3, si3] 生生世世, 世代代, 三十年為一
　　世, 世界

殘世[can4 si3; tshan2 si3] 浪費食物或資源錢財, 例詞足
　　散殘世 ziok1 qau6/3 can4 si3 很浪費;殘世了了
　　can4 si4 liau1 liau4 揮霍無度, 敗光祖產。

現世報[hen3 si4 bor3; hian3 si2 po3] 殺人騙錢劫色, 都會
　　在這一輩子得到報應, 屢見不鮮。

卸世卸眾[sia4 si4 sia4 zeng3; sia2 si2 sia2 tsing3] 丟人現
　　眼, 做了丟臉的事。

肆 [si3; si3] Unicode: 8086, 台語字: six
　　[si3, su3; si3, su3] 數字第四位, 趨勢, 出生, 形貌

出肆[cut1 si3; tshut8 si3] 解放, 解脫, 相關詞出世 cut1
　　si3 在人間出生, 例詞做佮侏得出肆 zor4 gah1
　　ve3/vue3 dit1 cut1 si3 工作繁多而做不完, 無法解
　　脫, 解放。

角肆[gak1 si3; kak8 si3] 角落, 地方, 例詞彼角肆 hit1
　　gak1 si3 那個地帶, 那個地方。

慣肆[guan4/guinn4 si3; kuan2/kuinn2 si3] 成了習慣, 有作
　　習慣 sip5 guan3。

現肆[hen4 si3; hian2 si3] 現醜, 原形畢露。

彼肆[hit1 si3; hit8 si3] 那個方向, 那個地方。

風肆[hong6 si3; hong7 si3] 風吹的方向, 相關詞風勢
　　hong6 se3 風力的大小。

起肆[ki1 si3; khi1 si3] 高起的樣子, 興起於, 自...崛起,
　　有作起身 ki1 sin1;起肆 ki1 si3, 例詞吳家透油車起
　　肆 qo2 ga3 ui4 iu6/3 cia1 ki1 si3 吳姓家族從經營製
　　油業崛起。

款肆[kuan1 si3; khuan1 si3] 樣子, 有作款勢 kuan1 si3,
　　例詞好款肆 hor1 kuan1 si3 你真大膽, 太放肆了;歹
　　款肆 painn1 kuan1 si3 壞樣式。

暝肆[minn2 si3; - si3] 夜晚, 相關詞日肆 jit1 si3 白天。

好款肆[hor1 kuan1 si3; ho1 khuan1 si3] 你真大膽, 太放
　　肆了。

好倖肆[hor1 siann1 si3; ho1 siann1 si3] 不成樣子, 不像一
　　個人樣, 同無倖無肆 vor6 siann1 vor6 si3/vor3

---

siann1 vor3 si3。

歹款肆[painn1 kuan1 si3; phainn1 khuan1 si3] 壞樣式。

足現肆[ziok1 hen3 si3; tsiok8 hian3 si2] 丟人現眼, 太可
　　恥了。

無款無肆[vor6/vor3 kuan1 vor6/vor3 si3; bo7/bo3 khuan1
　　bo7/bo3 si3] 太放肆, 無所畏懼的樣子。

無倖無肆[vor6 siann1 vor6 si3/vor3 siann1 vor3 si3; bo7
　　siann1 bo7 si3/bo3 siann1 bo3 si3] 不成樣子, 不像一
　　個人樣, 同好倖肆 hor1 siann1 si3。

放屎　也著看風肆[bang4 sai4 iah5 diorh5 kuan4 hong6
　　si3; pang2 sai2 iah4 tioh4 khuan2 hong7 si3] 做任何
　　事情要有分寸, 並洞察週遭情況而定。

死 [si4; si2] Unicode: 6B7B, 台語字: siy
　　[si3, si4, su4; si3, si2, su2] 死亡,非常,足足

驚死[giann6 si4; kiann7 si2] 害怕死亡, 相關詞驚死
　　giann1 si3 非常驚嚇人, 非常怕, 因驚嚇而死亡驚
　　死。

赴死[hu4 si4; hu2 si2] 自己去找死, 趕上死亡約會, 自投
　　羅網, 到達時正好被殺或猝死。

去死[ki4 si4; khi2 si2] 咒人去死算了。

氣死[ki4 si4; khi2 si2] 因生氣而死亡, 相關詞氣死 ki3
　　si3 氣到了極點, 氣得要死。

衰死[sue6 si4; sue7 si2] 因倒楣而死亡, 相關詞衰死 sue1
　　si3 倒楣極了, 很倒楣。

暢死[tiong4 si4; thiong2 si2] 因過度高興而死亡, 相關詞
　　暢死 tiong3 si3 非常高興。

欲死[veh1 si4; beh8 si2] 非常, 例詞愛佮欲死 ai4 gah1
　　veh1 si4 非常愛...;歹佮欲死 painn1 gah1 veh1 si4
　　非常凶悍;怨佮欲死 uan4 gah1 veh1 si4 非常恨;好禮
　　佮欲死 hor1 le1 gah1 veh1 si4 非常客氣, 很有禮
　　貌。

死訣[si1 guat5; si1 kuat4] 老方法, 固執。

死會[si1 hue6; si1 hue7] 已經標下來的互助會, 引申已經
　　結婚的男女, 不可以另外結交異性的朋友。

洞死死[guann6/guann3 si1 si4; kuann7/kuann3 si1 si2] 非
　　常冷, 冷得要死。

打死結[pah1 si1 gat5; phah8 si1 kat4] 打了死結。

歹死死[painn1 si1 si4; phainn1 si1 si2] 非常壞的個性。

讀死冊[tak5 si1 ceh5; thak4 si1 tsheh4] 讀了書, 但不會活
　　用書中的道理。

死釘釘[si1 deng6 deng1; si1 ting7 ting1] 不知變通的人。

死忠的[si1 diong1 e1; si1 tiong1 e1] 忠心耿耿的, 死黨,
　　例詞死忠的換帖的 si1 diong1 e1 giam6 uann3
　　tiap5 e3 忠心耿耿的朋友, 肝膽相照的死黨。

死對訐[si1 dui4 ket5; si1 tui2 khiat4] 死對頭。

死坐活食[si1 ze6 uah5 ziah1; si1 tse7 uah4 tsiah8] 只有消
　　耗, 沒有收入, 坐吃山空。

死目不願瞌[si1 vak1 m3 guan3 keh5; si1 bak8 m3 kuan3
　　kheh4] 氣憤不平, 至死仍不瞑目。

死查某鬼仔[si1 za6 vo1 gui1 a4; si1 tsa7 boo1 kui1 a2] 罵
　　女孩子。

錢死　不免人死[zinn2 si4 m3 ven1 lang2 si4; tsinn5 si2
　　m3 bian1 lang5 si2] 花錢請別人代替自己來做事, 不
　　必由他自己做得要死, 引申花錢消災。

掟驚死　放驚飛[denn6 giann6 si4 bann3 giann6 bue1/be1;
　　tenn7 kiann7 si2 pann3 kiann7 pue1/pe1] 握住鳥兒在
　　手中不放, 怕把手中的鳥壓死, 但放手, 又怕鳥飛掉

台語字:	獅 saif	牛 quw	豹 bax	虎 hoy	鴨 ah	象 ciunn	鹿 lokf
通用拼音:	獅 sai1	牛 qu2	豹 ba3	虎 ho4	鴨 ah5	象 ciunn6	鹿 lok1
北京語:	山 san1	明 meng2	水 sue3	秀 sior4	的 dorh5	中 diong6	壢 lek1
普通話:	山 san1	明 meng2	水 sue3	秀 sior4	的 dorh0	中 diong6	壢 lek1

了, 喻拿捏失據。

死鴨仔[si1 ah1 a4 qenn3 cui4 bue1/si1 ah1 a4 qinn3 cui4 be1; si1 ah8 a2 nge3 tshui2 pue1/si1 ah8 a2 ginn3 tshui2 pe1] 鴨子死了, 嘴巴還是硬繃繃, 喻死不認錯, 或不肯嘴軟說好話。

序 [si6; si7] Unicode: 5E8F, 台語字: si
　　[si6, su6; si7, su7] 順序, 次第
順序[sun3 si6; sun3 si7] 次第, 進行得順利。
序大[si3 dua6; si3 tua7] 大人, 長輩, 尊長。
序細[si3 se3; si3 se3] 晚輩。
序大人[si3 dua3 lang2; si3 tua3 lang5] 長輩, 父母, 例詞 侍候序大人 su3 hau3 si3 dua3 lang2 伺候長輩或父母。

sia

賒 [sia1; sia1] Unicode: 8CD2, 台語字: siaf
　　[sia1; sia1] 欠賬,掛賬,同欠 kiam3
賒貨[sia6 hue3; sia7 hue3] 賒欠貨款。
賒欠[sia6 kiam3; sia7 khiam3] 欠賬, 掛賬, 有作賒賬 sia6 siau3。
賒賬[sia6 siau3; sia7 siau3] 欠賬, 掛賬, 有作賒欠 sia6 kiam3。
無賒不成店[vot6 sia1 but1 seng6 diam3/vot3 sia1 but1 seng3 diam3; - sia1 put8 sing7 tiam3/- sia1 put8 sing3 tiam3] 沒讓客戶賒欠貨款的話, 那這一家商店就開不成了。

卸 [sia3; sia3] Unicode: 5378, 台語字: siax
　　[sia3; sia3] 放下, 丟人現眼,卸下
仁卸[sann6 sia3; sann7 sia3] 丟面子, 丟人現眼。
卸貨[sia4 hue3; sia2 hue3] 從舟車上, 卸下貨品。
卸任[sia4 jim6/lim6; sia2 jim7/lim7] 任職期滿而退位。
卸祖公[sia4 zo1 gong1; sia2 tsoo1 kong1] 做了壞事, 丟盡了祖先的面子, 丟人現眼。
卸世卸眾[sia4 si4 sia4 zeng3; sia2 si2 sia2 tsing3] 丟人現眼, 做了丟臉的事。
面皮卸了了[vin3 pue2 sia4 liau1 liau4; bin3 phue5 sia2 liau1 liau2] 做了壞事, 丟盡了面子, 丟人現眼。

赦 [sia3; sia3] Unicode: 8D66, 台語字: siax
　　[sia3; sia3] 赦罪,赦免
饒赦[jiau6/liau3 sia3; jiau7/liau3 sia3] 赦免。

啥 [sia4; sia2] Unicode: 5565, 台語字: siay
　　[sann4, sia4, siann4; sann2, sia2, siann2] 什麼?,怎樣?

捨 [sia4; sia2] Unicode: 6368, 台語字: siay
　　[sia4; sia2] 放棄,捨棄
捨施[sia1 si3; sia1 si3] 樂善好施, 捐助金錢, 相關詞華語施捨 su1 sor2 施捨財物助人。
捨身取義[sia1 sin1 cu1 qi6; sia1 sin1 tshu1 gi7] 犧牲生命求義理。

無捨施[vor6/vor3 sia1 si3; bo7/bo3 sia1 si3] 可憐, 不忍心, 不施捨救助, 同無捨無施 vor6 sia1 vor6 si3/vor3 sia1 vor3 si3。
無捨無施[vor6 sia1 vor6 si3/vor3 sia1 vor3 si3; bo7 sia1 bo7 si3/bo3 sia1 bo3 si3] 不施捨救助的話, 則是太可憐了, 引申可憐。

社 [sia6; sia7] Unicode: 793E, 台語字: sia
　　[sia6; sia7] 地名,人群結成的社群,原住民的社區
蕃社[huan6 sia6; huan7 sia7] 原住民的居住地。
會社[hue3 sia6; hue3 sia7] 營利事業, 公司, 社團, 常指台灣糖業公司, 係日語詞會社 kaisha 公司組織。
霧社[vu3 sia6; bu3 sia7] 地名, 南投縣仁愛鄉大同村。
打狗社[dann1 gau1 sia6; tann1 kau1 sia7] 地名, 今高雄市。
社頭鄉[sia3 tau6 hiang1; sia3 thau7 hiang1] 在彰化縣。

siann

聲 [siann1; siann1] Unicode: 8072, 台語字: siannf
　　[seng1, siann1; sing1, siann1] 聲音
聲母[siann6 vor4; siann7 bo2] 聲韻中的母音 vowel, 相關詞韻母 un3 vor4 聲韻中的子音 consonet。
好聲嗽[hor1 siann6 sau3; ho1 siann7 sau3] 好口氣。
輕聲細說[kin6 siann6 se4 seh5/sueh5; khin7 siann7 se2 seh4/sueh4] 小聲又和氣地說。

城 [siann2; siann5] Unicode: 57CE, 台語字: siannw
　　[seng2, siann2; sing5, siann5] 姓,地名,都市
府城[hu1 siann2; hu1 siann5] 一府之首城。
城市[siann6/siann3 ci6; siann7/siann3 tshi7] 都市, 城市, 地名, 如土城市, 大城鄉, 車城鄉, 新城鄉, 頭城鎮及金城鎮。
城門[siann6/siann3 mng2; siann7/siann3 mng5] 城池的出入口。

聖 [siann3; siann3] Unicode: 8056, 台語字: siannx
　　[seng3, siann3, sionn6, siunn6; sing3, siann3, sionn7, siunn7] 神明有靈驗,同神 siann3,代用字
有聖[u3 siann3; u3 siann3] 神明很靈驗, 例詞神明有聖 sin6/3 veng2 u3 siann3 神明很靈驗;有靈有聖 u3 leng2 u3 siann3 神明很靈驗。
聖拄聖[siann3 du1 siann3; siann3 tu1 siann3] 正好, 巧極了。
神明有聖[sin6/sin3 veng2 u3 siann3; sin7/sin3 bing5 u3 siann3] 神明很靈驗。
有靈有聖[u3 leng2 u3 siann3; u3 ling5 u3 siann3] 神明很靈驗。
聖佮會食糕仔[siann4 gah1 e3 ziah5 gor6 a4; siann2 kah8 e3 tsiah4 ko7 a2] 神明很靈驗, 竟然靈得會吃起餅糕類的祭品。

啥 [siann4; siann2] Unicode: 5565, 台語字: sianny
　　[sann4, sia4, siann4; sann2, sia2, siann2] 什麼?,怎樣?

台語字:	獅 saif	牛 quw	豹 bax	虎 hoy	鴨 ah	象 ciunn	鹿 lokf
通用拼音:	獅 sai1	牛 qu2	豹 ba3	虎 ho4	鴨 ah5	象 ciunn6	鹿 lok1
北京語:	山 san1	明 meng2	水 sue3	秀 sior4	的 dorh5	中 diong6	壢 lek1
普通話:	山 san1	明 meng2	水 sue3	秀 sior4	的 dorh0	中 diong6	壢 lek1

無啥[vor6/vor3 siann4; bo7/bo3 siann2] 不大, 沒有什麼事。

啥貨[siann1 hue3/he3; siann1 hue3/he3] 什麼?, 什麼東西?。

啥款[siann1 kuan4; siann1 khuan4] 怎麼樣?。

啥人[siann1 lang2; siann1 lang5] 誰?。

啥物[siann1 mih1; siann1 mih8] 什麼東西?, 什麼?。

啥潲[siann1 siau2; siann1 siau5] 粗話, 什麼事?, 什麼無聊的事?, 幹什麼?。

這是啥[ze1 si3 siann4; tse1 si3 siann2] 這是什麼?。

啥物人[siann1 mih1 lang2; siann1 mih8 lang5] 什麼人, 有作誰 siang2;孰 zia2。

倩 **[siann4; siann2]** Unicode: 503D, 台語字: sianny

[siann4; siann2] 稍微,暫時,代用字,同甚 siann4,相關字且 ciann4 暫且

無倩[vor6/vor3 siann4; bo7/bo3 siann2] 不大會, 例詞冷氣機, 無倩會冷 leng1 ki4 gi1 vor6/3 siann1, e3 leng4 冷氣機的冷度不太冷, 相關詞冷氣機無聲, 會冷 leng1 ki4 gi1 vor6/3 siann1, e3 leng4 冷氣機安靜無聲, 但是冷度卻很冷。

好倩肆[hor1 siann1 si3; ho1 siann1 si3] 像一個人樣。

無倩無肆[vor6 siann1 vor6 si3/vor3 siann1 vor3 si3; bo7 siann1 bo7 si3/bo3 siann1 bo3 si3] 不成樣子, 不像一個人樣。

倩借我蹛一日[siann1 ziorh1 qua1 dua3 zit5 jit5; siann1 tsioh8 gua1 tua3 tsit4 jit4] 暫時讓我借住一天吧!。

盛 **[siann6; siann7]** Unicode: 76DB, 台語字: siann

[seng6, siann6; sing7, siann7] 姓,盛器,禮籃,婚禮或祝壽時用於堆存禮品的籃子,係代用字

扛盛[gng6 siann6; kng7 siann7] 抬抬禮籃。

盛籃[siann3 na2; siann3 na5] 竹編的盛器, 用於堆存禮品。

siap

洩 **[siap1; siap8]** Unicode: 6D29, 台語字: siapf

[siap1; siap8] 水泄出去,洩露

洩水[siap5 zui4; siap4 tsui2] 滲水出來。

洩精[siap5 zeng1; siap4 tsing1] 男人遺精, 夢中遺精, 同夢洩 vong3 set5。

水佇咧洩[zui4 di3 le1 siap1; tsui2 ti3 le1 siap8] 水正在洩流之中。

洩漏消息[siap5 lau3 siau6 sit5; siap4 lau3 siau7 sit4] 洩露消息出去。

洩漏天機[siap5 lau3 ten6 gi1; siap4 lau3 thian7 ki1] 洩露大祕密。

卅 **[siap5; siap4]** Unicode: 534C, 台語字: siap

[siap5; siap4] 四十

卅八歲[siap1 beh1 hue3/he3; siap8 peh8 hue3/he3] 四十八歲。

今年卅八[gin6 ni2 siap1 beh5; kin7 ni5 siap8 peh4] 今年四十八歲。

卅九日烏[siap1 gau1 jit5/lit5 o1; siap8 kau1 jit4/lit4 oo1] 梅雨季節, 一連四十九天都陰雨連綿不斷。

上卅 着侏攝[ziunn3 siap5 diorh5 ve3/vue3 liap5; tsiunn3 siap4 tioh4 be3/bue3 liap4] 過了四十歲, 男人的性能力就變差了。

澀 **[siap5; siap4]** Unicode: 6F80, 台語字: siap

[siap5; siap4] 苦澀,簡潔

苦澀[ko1 siap5; khoo1 siap4] 又苦又澀。

澀傑[siap1 diap1; siap8 tiap8] 整齊, 例詞收收卡澀傑咧 siu6 siu6 kah1 siap1 diap5 le3 要收拾得整齊點吧!;厝內款佮真澀傑 cu4 lai6 kuan1 gah1 zin6 siap1 diap1 屋子內整理得很整齊。

siau

誚 **[siau2; siau5]** Unicode: 8A9A, 台語字: siauw

[siau2; siau5] 廢話,謊話,前漢書黥布傳,註:誚,責也. 相關字潲 siau2 精液

詨誚[hau6 siau2; hau7 siau5] 說謊話騙人, 吹牛, 例詞侏詨誚得 ve3/vue3 hau6 siau2 jit5 不可說謊話騙人, 事實俱在, 騙不了人的。

詨誚話 講規擔[hau6 siau6/siau3 ue6 gong1 gui6 dann3; hau7 siau7/siau3 ue7 kong1 kui7 tann3] 滿嘴都是騙人的謊話。

潲 **[siau2; siau5]** Unicode: 6EEB, 台語字: siauw

[siau2; siau5] 米湯,精液,滑溜,代用字.說文:久泔也,漸米汁.相關字誚 siau2 廢話,謊話

杤潲[iau6 siau2; iau7 siau5] 貪吃, 罵人貪吃, 例詞毋捌生团, 毋知团杤潲 m3 bat1 senn6 giann4 m3 zai6 giann1 iau6 siau2 還不曾生過孩子, 不知道小孩子有多麼貪嘴。

伢潲[qe6/qe3 siau2; ge7/ge3 siau5] 討厭, 鄙夷, 同伢膡 qe6/3 lan6;侏爽 ve3/vue3 song4。

謔潲[qet5 siau2; giat4 siau5] 詼諧百出, 頑皮, 作怪。

啥潲[siann1 siau2; siann1 siau5] 粗話, 什麼事?, 什麼無聊的事?, 幹什麼?。

衰潲[sue6 siau2; sue7 siau5] 倒霉, 霉運。

吵潲吵鼻[ca1 siau2 ca1 pinn6; tsha1 siau5 tsha1 phinn7] 斥罵他人不要來這裡吵鬧, 惹事生非。

羞 **[siau3; siau3]** Unicode: 7F9E, 台語字: siaux

[siau3, siu1; siau3, siu1] 羞恥

見羞[gen4 siau3; kian2 siau3] 羞恥, 害羞, 慚愧, 怕被譏笑。

見羞代[gen4 siau4 dai6; kian2 siau2 tai7] 很沒面子的事情。

見羞錢[gen4 siau4 zinn2; kian2 siau2 tsinn5] 遮羞費。

見羞死[gen4 siau4 si4; kian2 siau2 si2] 沒面子的事情, 羞死了。

侏見侏羞[ve3 gen4 ve3 siau3/vue3 gen4 vue3 siau3; be3 kian2 be3 siau3/bue3 kian2 bue3 siau3] 不要臉, 不慚愧, 不怕被人譏笑。

見羞轉受氣[gen4 siau3 dng1 siu3 ki3; kian2 siau3 tng1

台語字:	獅 saif	牛 quw	豹 bax	虎 hoy	鴨 ah	象 ciunn	鹿 lokf
通用拼音:	獅 sai1	牛 qu2	豹 ba3	虎 ho4	鴨 ah5	象 ciunn6	鹿 lok1
北京語:	山 san1	明 meng2	水 sue3	秀 sior4	的 dorh5	中 diong6	壢 lek1
普通話:	山 san1	明 meng2	水 sue3	秀 sior4	的 dorh0	中 diong6	壢 lek1

siu3 khi3] 惱羞成怒。

賬 [siau3; siau3] Unicode: 8CEC, 台語字: siaux
[dionn3, diunn3, siau3; tionn3, tiunn3, siau3] 錢財的
出入,數目字

坐賬[ce3 siau3; tshe3 siau3] 承擔帳款, 承擔後果, 有作
坐數 ce3 siau3, 例詞講欲予他坐賬 gong1 veh1 ho3
in6 ce3 siau3 卻要叫他們承受全部的責任;烏白食,
才予腳倉坐賬 o6 beh5 ziah1, ziah1 hor3 ka6 cng1
ce3 siau3 亂吃東西, 卻要叫肛門承擔一切後果, 只
好拉了。

會賬[hue3 siau3; hue3 siau3] 核對帳目, 例詞賬來會會咧
siau3 lai6/3 hue3 hue3 le3 來核對帳目吧!。

賒賬[sia6 siau3; sia7 siau3] 欠賬, 掛賬, 有作賒欠 sia6
kiam3;記賬 gi4 siau3。

賬櫃[siau4 gui6; siau2 kui7] 保存帳冊的櫃子, 帳房先生,
例詞賬櫃仙 siau4 gui3 sen1 帳房, 財務人員。

數 [siau3; siau3] Unicode: 6578, 台語字: siaux
[siau3, so3; siau3, soo3] 角色,想念,人物

腳數[ka6 siau3; kha7 siau3] 角色, 人物, 小輩, ...之流。

數念[siau4 liam6; siau2 liam7] 懷念, 回憶起, 想念起。

數想[siau4 siunn6; siau2 siunn7] 貪圖, 夢想, 想像, 例詞
甭數想 vang4 siau4 siunn6 別再貪圖, 別再夢想;數
想著將來 siau4 siunn3 diorh5 ziong6 lai2 想像著前
途。

歹腳數[painn1 ka6 siau3; phainn1 kha7 siau3] 不好的客
戶, 壞傢伙, 壞角色, 壞人物。

三流的腳數[sann6 liu2 e6 ka6 siau3; sann7 liu5 e7 kha7
siau3] 第三流的人物。

無路用腳數[vor6/vor3 lo3 iong6 ka6 siau3; bo7/bo3 loo3
iong7 kha7 siau3] 能力差的人, 軟腳蝦。

痟 [siau4; siau2] Unicode: 75DF, 台語字: siauy
[siau4; siau2] 發狂,發瘋,發情,神經錯亂,沉迷,係借
用字.說文:酸痟,頭痛;玉篇:痟,渴病也,即男人下痟疾
病.正字從犭部

假痟[ge1 siau4; ke1 siau2] 裝瘋。

起痟[ki1 siau4; khi1 siau2] 人類得了神經病, 發狂, 發瘋,
雌性動物發情要交配, 相關詞起悾 ki1 kong1 發瘋;
起狂 ki1 gong2 發狂;發狂 huat1 gong2 神經錯亂,
精神病發作;起俏 ki1 cior1 雄性動物發情, 要交
配。

痟狗[siau1 gau4; siau1 kau2] 亂咬人的瘋狗, 得了狂犬病
的狗, 好色的人。

裝痟的[zng6 siau4 e3; tsng7 siau2 e3] 自己裝瘋作傻。

痟叮噹[siau1 din6 dang1; siau1 tin7 tang1] 神經病發作,
病情嚴重而身體搖擺, 有作痟紾統 siau1 din6
dang1。

痟股票[siau1 go1 pior3; siau1 koo1 phio3] 沈迷於買賣股
票。

痟公子仔[siau1 gong6 zu1 a4; siau1 kong7 tsu1 a2] 花花
公子, 生活不端正的人。

痟鬼仔殼[siau1 gui1 a1 kak5; siau1 kui1 a1 khak5] 假面
具, 鬼面具, 例詞戴痟鬼仔殼 di4 siau1 gui1 a1 kak5
戴上假面具, 羞於見人, 國王愛虛榮心而受騙, 穿上
空無一物的新衣。

痟貪　仝雞�???[siau1 tam1 nng4 ge6 lam1; siau1 tham1

nng2 ke7 lam1] 想貪圖他人財物或女色, 就會東窗
事發, 判刑入獄, 就像雞隻為了食物而被陷阱所
困。

爍 [sih5; sih4] Unicode: 720D, 台語字: sih
[sih5; sih4] 一閃一閃地,閃爍

閃爍[siam1 sih5; siam1 sih4] 一明一暗地閃爍。

爍爁[sih1 na3; sih8 na3] 閃電, 係平埔族語, 例詞雷公,
爍爁 lui6/3 gong6 sih1 na3 雷電交加, 雷聲與閃電
同時發作。

電佮金爍爍[den3 gah1 gim6 sih1 sih5; tian3 kah8 kim7
sih8 sih4] 被修理得很慘, 被打得很慘。

sim

心 [sim1; sim1] Unicode: 5FC3, 台語字: simf
[sim1; sim1] 心臟,思念,心思,想法

感心[gam1 sim1; kam1 sim1] 心中很感動, 感觸良多的。

好心[hor1 sim1; ho1 sim1] 心地善良, 有慈悲心。

心行[sim6 heng6; sim7 hing7] 心地的善惡。

心腹[sim6 hok5/bak5; sim7 hok4/pak4] 心與腹相連, 喻忠
心知己。

心內[sim6 lai6; sim7 lai7] 內心。

心念[sim6 liam6; sim7 liam7] 數念, 掛念。

心願[sim6 quan6; sim7 guan7] 。

心適[sim6 sek5; sim7 sik4] 趣味的, 逗趣的, 可愛的。

心聲[sim6 siann1; sim7 siann1] 心中想要說的話。

有心適[u3 sim6 sek5; u3 sim7 sik4] 有趣味。

無心適[vor6/vor3 sim6 sek5; bo7/bo3 sim7 sik4] 沒興趣
的, 沒趣味的, 不逗趣的, 不可愛的。

真心適[zin6 sim6 sek5; tsin7 sim7 sik4] 很有趣味的, 很
逗趣的, 很可愛的。

足好心[ziok1 hor1 sim1 非常好心; tsiok8 ho1 sim1 -] 。

足心適[ziok1 sim6 sek5; tsiok8 sim7 sik4] 很有興趣。

心肝頭[sim6 guann6 tau2; sim7 kuann7 thau5] 心頭。

心適興[sim6 sek1 heng3; sim7 sik8 hing3] 有趣味的, 有
意願的。

心肝仔囝[sim6 guann6 a1 giann4; sim7 kuann7 a1 kiann2]
心肝寶貝, 兒子。

沁 [sim1; sim1] Unicode: 6C81, 台語字: simf
[sim1, sngh5; sim1, sngh4] 水名,探勘

沁人心脾[sim6 jin2/lin2 sim6 bi2; sim7 jin5/lin5 sim7 pi5]
感同身受。

芯 [sim1; sim1] Unicode: 82AF, 台語字: simf
[sim1; sim1] 花蕊,草木的芽葉

燈芯[deng6 sim1; ting7 sim1] 油燈的油心。

花芯[hue6 sim1; hue7 sim1] 花蕊。

草仔芯[cau1 a1 sim1; tshau1 a1 sim1] 草芽。

竹仔芯[dek1 a1 sim1; tik8 a1 sim1] 竹芽。

姎 [sim1; sim1] Unicode: 59BD, 台語字: simf
[sim1, sin1; sim1, sin1] 媳婦,係代用字

姎婦[sim6/sin6 bu6; sim7/sin7 pu7] 媳婦, 有作新婦 sin6

台語字:	獅 saif	牛 quw	豹 bax	虎 hoy	鴨 ah	象 ciunn	鹿 lokf
通用拼音:	獅 sai1	牛 qu2	豹 ba3	虎 ho4	鴨 ah5	象 ciunn6	鹿 lok1
北京語:	山 san1	明 meng2	水 sue3	秀 sior4	的 dorh5	中 diong6	壢 lek1
普通話:	山 san1	明 meng2	水 sue3	秀 sior4	的 dorh0	中 diong6	壢 lek1

bu6, 係代用詞。

姻婦仔[sim6/sin6 bu3 a4; sim7/sin7 pu3 a2] 童養媳, 例詞育姻婦仔 ior6 sim6/sin6 bu3 a4 抱一個別人生的小女孩來養育, 長大後, 可以與自己的兒子圓房, 結為夫妻。

姻婦仔嘴[sin6 bu6/bu3 a1 cui3; sin7 pu7/pu3 a1 tshui3] 童養媳的嘴巴不怕燙, 可試菜湯的溫度, 喻別人的兒女死不完, 不體恤他人所生的兒女。

姻婦仔命[sim6 bu6/bu3 a1 mia6; sim7 pu7/pu3 a1 mia7] 童養媳的命運多舛。

姻婦仔體[sim6 bu6/bu3 a1 te4; sim7 pu7/pu3 a1 the2] 童養媳的脾氣, 個性孤癖。

做人的姻婦 著愛知道理[zorh1 lang6/lang3 e3 sim6 bu6 diorh5 ai4 zai6 dor3 li4; tsoh8 lang7/lang3 e3 sim7 pu7 tioh4 ai2 tsai7 to3 li2] 當了別人的媳婦, 須知道做媳婦之道理。

sin

娠 **[sin1; sin1]** Unicode: 5A20, 台語字: sinf
[sin1; sin1] 懷孕, 有作身 sin1

有娠[u3 sin1; u3 sin1] 婦女懷有身孕, 有作有身 u3 sin1。

娠命[sin6 miann6; sin7 -] 懷孕, 有作身命 sin6 miann6, 例詞大娠大命 dua3 sin6 dua3 miann6 婦女懷有身孕, 大腹便便。

siong

相 **[siong1; siong1]** Unicode: 76F8, 台語字: siongf
[cionn1, cionn6, ciunn1, ciunn6, siang6, siong1, siong3, siong6, sionn1, sionn3, siunn1, siunn3; tshionn1, tshionn7, tshiunn1, tshiunn7, siang7, siong1, siong3, siong7, sionn1, sionn3, siunn1, siunn3] 互相. 仁 sann1 係北部音,泉州音;佋 sior1 係南部音,漳州音;相 siong1 係文音。

相愛[siong6 ai3; siong7 ai3] 。

相會[siong6 hue6; siong7 hue7] 。

相撲[siong6 pok5; siong7 phok4] 日本式的摔角, 係日語詞相撲 sumo 摔角, 相關詞佋撲 sior6 vok5 比賽打拳, boxing。

相續[siong6 siok5; siong7 siok4] 繼承, 係日語詞相續 sozoku 繼承。

相親相愛[siong6 cin1 siong6 ai3; siong7 tshin1 siong7 ai3] 。

傷 **[siong1; siong1]** Unicode: 50B7, 台語字: siongf
[siong1; siong1] 悲傷,傷害,太過於

悲傷[bi6 siong1; pi7 siong1] 。

傷本[siong6 bun4; siong7 pun2] 開銷及花費太高。

傷嘴[siong6 cui3; siong7 tshui3] 傷口, 傷痕。

傷重[siong6 diong6; siong7 tiong7] 病情很沈重, 開銷太多。

松 **[siong2; siong5]** Unicode: 677E, 台語字: siongw
[ceng2, siong2, zeng2, tshing5, siong5, tsing5] 松科樹名

黑松[o6 siong2; oo7 siong5] 一種松樹, 有作烏松 o6 siong2。

松樹[siong6/siong3 ciu6; siong7/siong3 tshiu7] 松科的樹, 有作松梧 siong6/3 qonn2;松羅仔 siong6/3 lor6/3 a4. 相關詞檜木 gue4 vok1/hi6 no1 kih5 台灣檜木, 係日語詞檜之木 hinoki, 指松羅仔 siong6/3 lor6/3 a4 紅檜。

松茸[siong6/siong3 jiong2; siong7/siong3 jiong5] 洋菇。

松山[siong3 san1; siong3 san1] 地名, 在台北市松山區, 古名錫口 sek1 kau4。

賞 **[siong4; siong2]** Unicode: 8CDE, 台語字: siongy
[siong4, sionn4, siunn4; siong2, sionn2, siunn2] 給獎

欣賞[him6 siong4; him7 siong2] 。

賞罰分明[siong1 huat1 hun6 veng2; siong1 huat8 hun7 bing5] 。

上 **[siong6; siong7]** Unicode: 4E0A, 台語字: siong
[cionn6, ciunn6, jior4, qior4, siang6, siong6, zionn6, ziunn6; tshionn7, tshiunn7, jio2, gio2, siang7, siong7, tsionn7, tsiunn7] 高,大,上任,工作,最上級的.廣韻,集韻,正韻:時亮切,音尚,在上之上.崇也,尊也.

上班[siong3 ban1; siong3 pan1] 正在值班, 上班工作。

上重[siong3 dang6; siong3 tang7] 重量最重。

上短[siong3 de4; siong3 te2] 最短的。

上大[siong3 dua6; siong3 tua7] 最大, 最偉大, 例詞恁父上大 lin1 be6 siong3 dua6 我最偉大, 恁爸 lin1 ba2 是指我本人, 並不是指你的爸爸。

上新[siong3 sin1; siong3 sin1] 最新的。

上媠[siong3 sui4; siong3 sui2] 最美麗。

上第先[siong3 dai3 seng1; siong3 tai3 sing1] 最早的起頭, 事先。

上高尚[siong3 gor6 siong4; siong3 ko7 siong2] 最為高尚。

上輕可[siong3 kin6 kor4; siong3 khin7 kho2] 最輕鬆, 最輕鬆的工作。

上時行[siong3 si6/si3 giann2; siong3 si7/si3 kiann5] 最為流行, 現在正在流行之中。

尚 **[siong6; siong7]** Unicode: 5C1A, 台語字: siong
[siong4, siong6, sionn6, siunn6; siong2, siong7, sionn7, siunn7] 姓,有餘,猶,流行

量尚[liong3 siong6; liong3 siong7] 有餘, 例詞錢水量尚 zinn6/3 zui4 liong3 siong6 錢多多, 錢有餘, 有作隆盛 liong3 siong6。

sior

台語字:	獅 saif	牛 quw	豹 bax	虎 hoy	鴨 ah	象 ciunn	鹿 lokf
通用拼音:	獅 sai1	牛 qu2	豹 ba3	虎 ho4	鴨 ah5	象 ciunn6	鹿 lok1
北京語:	山 san1	明 meng2	水 sue3	秀 sior4	的 dorh5	中 diong6	壢 lek1
普通話:	山 san1	明 meng2	水 sue3	秀 sior4	的 dorh0	中 diong6	壢 lek1

侣 **[sior1; sio1]** Unicode: 4F4B, 台語字: siorf
  [sior1; sio1] 相互,一起.仁 sann1 係北部音,泉州音;侣 sior1 係南部音,漳州音;相 siong1 係文音

侣捌[sior6 bat5; sio7 pat4] 互相早已認識了。

侣襃[sior6 bor1; sio7 po1] 相互恭維, 有作仁襃 sior6 bor1。

侣姦[sior6/sann6 gan3; sio7/sann7 kan3] 男女發生性交。

侣仝[sior6/sann6 gang2; sio7/sann7 kang5] 相同。

侣激[sior6 gek5; sio7 kik4] 互相用話激怒對方。

侣勁[sior6 geng6; sio7 king7] 相互支持幫助, 例詞搬石頭侣勁 buann6 ziorh5 tau2 sior6 geng6 搬石頭相堆集支持;人侣勁力 lang2 sior6 geng3 lat1 大家相互支持及出力。

侣嘆[sior6 jiong4; sio7 jiong2] 大聲吵架, 互相叫罵。

侣攬[sior6 lam4; sio7 lam2] 相互擁抱。

侣罵[sior6 me6/sann6 ma6; sio7 me7/sann7 ma7] 互相叫罵, 有作相罵 sior6 me6/sann6 ma6。

侣拍[sior6 pah5; sio7 phah4] 赤手空拳地打架, 打鬥, 相關詞侣撲 sior6 vok5 比賽打拳;相撲 siong6 pok5 日本式的摔角, 係日語詞相撲 sumo;侣擭 sior6 en4 比賽相推倒的遊戲。

侣送[sior6 sang3; sio7 sang3] 送行, 送別, 贈送的禮品, 免費贈送給別人。

侣捶[sior6 zeng1; sio7 tsing1] 二人打架, 拳足相向, 互毆, 二車互撞。

侣欠債[sior6 kiam4 ze3; sio7 khiam2 tse3] 互相積欠人情債或金錢債, 尚未沒清償, 例詞翁某侣欠債 ang6 vo4 sior6 kiam4 ze3 前世二人積欠的人情債或金錢債沒清償, 難怪今世二人才要結成夫妻, 慢慢地清償或付出。

侣看侣樣[sior6 kuann4 sior6 iunn6; sio7 khuann2 sio7 iunn7] 互相學樣。

侣罵無好嘴[sior6 me6 vor6 hor1 cui3/sior6 ma6 vor3 hor1 cui3; sio7 me7 bo7 ho1 tshui3/sio7 ma7 bo3 ho1 tshui3] 吵架時, 總是口無擇言, 全部的壞話都出籠。

蕭 **[sior1; sio1]** Unicode: 856D, 台語字: siorf
  [siau1, sior1; siau1, sio1] 姓

蕭王爺[sior6/siau6 ong6 ia2; sio7/siau7 ong7 ia5] 蕭府千歲王爺。

sit

食 **[sit1; sit8]** Unicode: 98DF, 台語字: sitf
  [sit1, su6, ziah1; sit8, su7, tsiah8] 吃,食,食物

扁食[ben1 sit1; pian1 sit8] 餛飩。

食食[ziah5 sit1; tsiah4 sit8] 食物, 三餐的伙食。

植 **[sit1; sit8]** Unicode: 690D, 台語字: sitf
  [sit1; sit8] 植物,栽種

植物[sit5 but1; sit4 put8] 。

殖 **[sit1; sit8]** Unicode: 6B96, 台語字: sitf
  [sit1; sit8] 生產,殖民

殖民[sit5 vin2; sit4 bin5] 。

養殖的[iong1 sit5 e3; iong1 sit4 e3] 人工繁殖的魚蝦貝類。

殖民政府[sit5 vin6/vin3 zeng4 hu4; sit4 bin7/bin3 tsing2 hu2] 殖民地的政府。

失 **[sit5; sit4]** Unicode: 5931, 台語字: sit
  [sek5, sit5, sik4, sit4] 失敗,失去

失敗[sit1 bai6; sit8 pai7] 。

失陪[sit1 bue2; sit8 pue5] 對不起, 我先走了。

失德[sit1 dek5; sit8 tik4] 沒有好德性, 可憐的人, 例詞僥倖錢, 失德了 hiau6 heng3 zinn2 sit1 dek1 liau4 非法取得的錢財, 會很快也沒有原因地失去, 勸君莫取不義之財。

失敬[sit1 geng3; sit8 king3] 對不起, 客套

失禮[sit1 le4; sit8 le2] 對不起, 客套話。

失志[sit1 zi3; sit8 tsi3] 灰心, 沮喪。

失栽培[sit1 zai6 bue2; sit8 tsai7 pue5] 孩子天生聰明資優生, 但父母沒有讓他們受教育及栽培, 無法成功, 有作欠栽培 kiam4 zai6 bue2, 例詞阿純失栽培, 無讀大學 a6 sun2 sit1 zai6 bue2, vor6/3 tak5 dai3 hak1 阿純這個女孩天生聰明, 又是資優生, 父親只因為她是女生, 就不栽培她去唸大學, 讓她飲恨終生。

穡 **[sit5; sit4]** Unicode: 7A61, 台語字: sit
  [sit5; sit4] 農耕,工作

穡頭[sit1 tau2; sit8 thau5] 一般的工作, 例詞貿穡頭 vauh5 sit1 tau2 承包全部工作。

作穡[zor4 sit5; tso2 sit4] 作農田的工作, 相關詞作息 zok1 sit5 工作的時間表, 謀生。

貿穡頭[vauh5 sit1 tau2; bauh4 sit8 thau5] 承包全部工作。

作穡人[zor4 sit1 lang2; tso2 sit8 lang5] 農夫。

蝕 **[sit5; sit4]** Unicode: 8755, 台語字: sit
  [sit5; sit4] 失去

虧蝕[kui6 sit5; khui7 sit4] 虧損。

蝕日[sit1 jit1/li1; sit8 jit8/li1] 日蝕。

蝕月[sit1 queh1/qeh1; sit8 gueh8/geh8] 月蝕, eclipse。

蝕落去[sit5/sih5 lorh5 ki3; sit4/sih4 loh4 khi3] 減少了, 縮減了。

斟酌無蝕本[zim6 ziok5 vor6/vor3 sih5 bun4; tsim7 tsiok4 bo7/bo3 sih4 pun2] 小心做事, 是錯不了的。

siu

修 **[siu1; siu1]** Unicode: 4FEE, 台語字: siuf
  [siu1; siu1] 修心養性,修理

整修[zeng1 siu1; tsing1 siu1] 修理。

修改[aiu6 gai4; - kai2] 。

修行[siu6 heng6; siu7 hing7] 修心養性, 修學道法或佛法。

修養[siu6 iong4; siu7 iong2] 涵養。

修理[siu6 li4; siu7 li2] 。

修心[siu6 sim1; siu7 sim1] 修心養性。

台語字:	獅 saif	牛 quw	豹 bax	虎 hoy	鴨 ah	象 ciunn	鹿 lokf
通用拼音:	獅 sai1	牛 qu2	豹 ba3	虎 ho4	鴨 ah5	象 ciunn6	鹿 lok1
北京語:	山 san1	明 meng2	水 sue3	秀 sior4	的 dorh5	中 diong6	壢 lek1
普通話:	山 san1	明 meng2	水 sue3	秀 sior4	的 dorh0	中 diong6	壢 lek1

修正[siu6 zeng3; siu7 tsing3] 。
老不修[lau3 but1 siu1; lau3 put8 siu1] 老人的私生活不檢
　　點或不收歛。
修學分[siu6 hak5 hun1; siu7 hak4 hun1] 在大學修習課
　　程。

囚　[siu2; siu5] Unicode: 56DA, 台語字: siuw
　　[siu2; siu5] 犯人
監囚[gann6 siu2; kann7 siu5] 囚犯, 餓鬼, 貪求無厭的
　　人。
囚犯[siu6/siu3 huan6; siu7/siu3 huan7] 犯人。

秀　[siu3; siu3] Unicode: 79C0, 台語字: siux
　　[sio4, siu3; sior2, siu3] 美好的
幼秀[iu4 siu3; iu2 siu3] 精緻, 高貴, 身材秀麗, 儀容秀
　　氣, 同精緻 zeng6 di3 高貴。
四秀[si4 siu3; si2 siu3] 可以吃的食物, 零嘴, 原義為四
　　月秀蕓。
秀氣[siu4 ki3; siu2 khi3] 精緻, 氣質好。
秀林鄉[siu4 lim6 hiang1; siu2 lim7 hiang1] 在花蓮縣。
秀水鄉[siu4 zui1 hiang1; siu2 tsui1 hiang1] 在彰化縣。
幼秀農業[iu4 siu3 long6/long3 qiap8; iu2 siu3 long7/long3
　　giap8] 高級農業, 高產值的農業, 有作精緻農業
　　zeng6 di4 long6/3 qiap3。

受　[siu6; siu7] Unicode: 53D7, 台語字: siu
　　[siu6; siu7] 接受
後受[au3 siu6; au3 siu7] 續絃, 有作後某 au3 vo4。
享受[hiang1/hiong1 siu6; hiang1/hiong1 siu7] 。
領受[leng1 siu6; ling1 siu7] 心領了, 接受。
受教[siu3 ga3; siu3 ka3] 接受教誨及管教。
受致蔭[siu3 di4 im3; siu3 ti2 im3] 得到庇蔭, 承受到祖先
　　對後代子孫的庇蔭。
歡喜做　甘願受[huann6 hi1 zor3 gam6 guan3 siu6;
　　huann7 hi1 tso3 kam7 kuan3 siu7] 高興地做事, 情願
　　地接受因果的安排。

岫　[siu6; siu7] Unicode: 5CAB, 台語字: siu
　　[siu6; siu7] 獸的洞巢,場,相關字巢 siu6 鳥巢;宿
　　siu6 人的宿宅
狗岫[gau1 siu6; kau1 siu7] 狗窩。
賭岫[giau1 siu6; kiau1 siu7] 賭場。
做岫[zor4 siu6; tso2 siu7] 挖巢穴。
一岫鳥鼠[zit5 siu3 niau1 ci4; tsit4 siu3 niau1 tshi2] 一窩
　　的老鼠。

巢　[siu6; siu7] Unicode: 5DE2, 台語字: siu
　　[siu6, zau3; siu7, tsau5] 鳥巢,代用字,相關字岫
　　siu6 獸的洞巢;宿 siu6 人的宿宅
蜂巢[pang6 siu6; phang7 siu7] 蜂巢。
做巢[zor4 siu6; tso2 siu7] 築巢。
鳥仔巢[ziau1 a1 siu6; tsiau1 a1 siu7] 鳥巢。
搬巢雞母　生無卵[buann6 siu3 ge6 vor4 senn6 vor6
　　nng6/buann6 siu3 gue6 vu4 sinn6 vor3 nng6; puann7
　　siu3 ke7 bo2 senn7 bo7 nng7/puann7 siu3 kue7 bu2
　　sinn7 bo3 nng7] 常常遷移巢穴的母雞, 生不足一窩
　　雞蛋來, 喻見異思遷, 一無所獲。

siunn

觴　[siunn1; siunn1] Unicode: 89F4, 台語字: siunnf
　　[sionn1, siunn1; sionn1, siunn1] 過於,有作甚
　　siunn1,代用字,原義為酒杯
觴綑[siunn6 an2; siunn7 an5] 太過於緊。
觴大[siunn6 dua6; siunn7 tua7] 太大。
觴県[siunn6 guan2; siunn7 kuan5] 太過於高。
觴洞[siunn6 quann2; siunn7 -] 太冷了。
觴譀[siunn6 ham3; siunn7 ham3] 太過於誇張。
觴敖[siunn6 qau2; siunn7 gau5] 太厲害, 做事的能力太好
　　了。
觴利害[siunn6 li3 hai6; siunn7 li3 hai7] 太過於利害了。
觴倖囝[siunn6 seng3 giann4; siunn7 sing3 kiann2] 太寵壞
　　了小孩子。
觴不是款[siunn6 m3 si3 kuan4; siunn7 m3 si3 khuan2] 太
　　不像話, 太不像樣。
食飽觴閒[ziah5 ba4 siunn6 eng2; tsiah4 pa2 siunn7 ing5]
　　吃飽飯, 沒事做, 例詞食飽觴閒, 掠虱母相咬 ziah5
　　ba4 siunn6 eng2, liah5 sat1 vu4 sior6 ga6 吃飽飯, 沒
　　事做, 只好抓虱子相鬥, 打發無聊時間。

聖　[siunn6; siunn7] Unicode: 8056, 台語字: siunn
　　[seng3, siann3, sionn6, siunn6; sing3, siann3, sionn7,
　　siunn7]
聖杯[siunn3/sionn3 bue1; siunn3/sionn3 pue1] 神明的杯
　　笅, 一仰一俯, 表示神明同意。
司公仔聖杯[sai6 gong6 a1 siunn3/sionn3 bue1; sai7 kong7
　　a1 siunn3/sionn3 pue1] 道士及拜神明用的杯笅, 二
　　者永遠相隨, 喻形影不離。

sng

偌　[sng2; sng5] Unicode: 5057, 台語字: sngw
　　[sng2; sng5] 個子,體材,代用字
大偌[dua3 sng2; tua3 sng5] 大個子, 人胖胖圓圓的, 同大
　　傳 dua3 cai6, 例詞一偌赫爾大偌 zit5 sng2 hiah1 ni3
　　dua3 sng2 一個那麼大的塊頭!, 有作一傳赫爾大傳
　　zit5 cai6 hiah1 ni3 dua3 cai6。

箵　[sng2; sng5] Unicode: 7BB5, 台語字: sngw
　　[sng2; sng5] 用竹片編製的蒸籠,廣韻:等箵,簟籠也;
　　說文:篝,可薰衣.
等箵[lang6/lang3 sng2; lang7/lang3 sng5] 蒸籠, 用竹片編
　　製的蒸籠。
有作籠箵[lang6/lang3 sng2); lang7/lang3 -] 。
籠箵[lang6/lang3 sng2; lang7/lang3 sng5] 用竹片編製的
　　蒸籠, 同等箵 lang6/3 sng2。
三箵包仔[sann6 sng6/sng3 bau6 a4; sann7 sng7/sng3 pau7
　　a2] 三籠肉包子。

算　[sng3; sng3] Unicode: 7B97, 台語字: sngx
　　[sng3, suan3; sng3, suan3] 計算

台語字:	獅 saif	牛 quw	豹 bax	虎 hoy	鴨 ah	象 ciunn	鹿 lokf
通用拼音:	獅 sai1	牛 qu2	豹 ba3	虎 ho4	鴨 ah5	象 ciunn6	鹿 lok1
北京語:	山 san1	明 meng2	水 sue3	秀 sior4	的 dorh5	中 diong6	壢 lek1
普通話:	山 san1	明 meng2	水 sue3	秀 sior4	的 dorh0	中 diong6	壢 lek1

推算[cui6 sng3; tshui7 sng3] 神機妙算, 用邪法來預知推測, 相關詞推算 tui6 sng3 用科學方法及理論來預知推測。

推算[tui6 sng3; thui7 sng3] 用科學方法及理論來預知推測, 相關詞推算 cui6 sng3 神機妙算, 用邪法來預知推測。

算賬[sng4 siau3; sng2 siau3] 計算賬目, 清算, 追究責任。

有準算[u3 cun1 sng3; u3 tshun1 sng3] 有算數, 說話算話。

算便便[sng4 ben3 ben6; sng2 pian3 pian7] 領薪水, 領別人算好的薪水。

千算萬算 不值得天一劃[cen6 sng3 van6 sng3 m3 dat5 diorh5 tinn1 zit5 ueh1; tshian7 sng3 ban7 sng3 m3 tat4 tioh4 thinn1 tsit4 ueh8] 人算不如天算。

損 **[sng4; sng2]** Unicode: 640D, 台語字: sngy
[sng4, sun4; sng2, sun2] 損失, 損害

打損[pah1 sng4; phah8 sng2] 小孩折夭, 可惜, 蹧蹋食物或資源, 例詞囡仔打損去 qin1 a4 pah1 sng4 ki3 小孩子夭折了;不捅打損五穀 m3 tang6 pah1 sng1 qonn1 gok5 不可蹧蹋五穀。

損儅[sng1 dng6; sng1 tng7] 為害, 損害, 糟蹋, 浪費, 例詞損儅五穀 sng1 dng6 qonn1 gok5 糟蹋浪費糧食。

著猴損[diorh5 gau6/gau3 sng4; tioh4 kau7/kau3 sng2] 罵人猴急, 嬰兒發高燒, 體弱多病, 胡說八道, 像猴子般的動作, 著猴猻 diorh5 gau6/3 sng4。

損身體[sng1 sin6 te4; sng1 sin7 the2] 耗損體力。

損精神[sng1 zeng6 sin2; sng1 tsing7 sin5] 耗損腦力精神。

耍 **[sng4; sng2]** Unicode: 800D,

sngh

沁 **[sngh5; sngh4]** Unicode: 6C81, 台語字: sngh
[sim1, sngh5; sim1, sngh4] 滲入, 絞入, 用鼻子吸入

沁水[sngh1 zui4; sngh8 tsui2] 用鼻子吸入, 例詞水沁入去鼻腔 zui4 sngh1 jip5/lip5 ki4 pinn3 kang1 水被吸到鼻子內。

沁沁叫[sngh1 sngh1 gior3; sngh8 sngh8 kio3] 呼吸聲音, 例詞鼻腔沁沁叫 pinn3 kang1 sngh1 sngh1 gior3 鼻塞的呼吸聲音;一洚風沁沁叫 zit5 gang1 hong1 sngh1 sngh1 gior3 一陣大風, 吹得很響亮。

寒風沁骨[han6/han3 hong1 sngh1 gut5; han7/han3 hong1 sngh8 kut4] 寒風吹透骨頭。

索仔沁入去肉內底[sorh1 a4 sngh1 jip5/lip5 ki4 vah5 lai3 de4; soh8 a2 sngh8 jip4/lip4 khi2 bah4 lai3 te2] 繩子絞在皮肉中。

魈 **[sngh5; sngh4]** Unicode: 9B48, 台語字: sngh
[siau1, sngh5; siau1, sngh4] 山怪

魅魈[mngh1 sngh5; mngh8 sngh4] 水鬼與山怪, 鬼魅, 遊魂。

魅魈的[mngh1 sngh5 e3; mngh8 sngh4 e3] 鬼魅, 鬼靈精

怪, 例詞足魅魈的 ziok1 mngh1 sngh5 e3 一個很鬼靈精的人。

魅魅魈魈[mngh1 mngh1 sngh1 sngh5; mngh8 mngh8 sngh8 sngh4] 鬼鬼祟祟, 行動曖昧。

so

溲 **[so1; soo1]** Unicode: 6EB2, 台語字: sof
[so1, sor3; soo1, so3] 腐壞的食物

溲物[so6 vut1; soo7 but8] 腐壞的食物。

搜 **[so1; soo1]** Unicode: 641C, 台語字: sof
[ciau1, so1; tshiau1, soo1] 搜尋

搜索[so6 sok5; soo7 sok4] 搜尋, 搜找, 例詞搜索連 so6 sok1 len2 陸軍的連級單位, 為師部的先前搜索部隊。

搜查[so6 za1; soo7 tsa1] 搜尋。

疏 **[so1; soo1]** Unicode: 758F, 台語字: sof
[se1, so1, so3; se1, soo1, soo3] 疏散, 不熟識, 駝背

生疏[cenn6 so1; tshenn7 soo1] 不熟識。

疏腰[so6 ior1; soo7 io1] 身材細長而微駝。

疏開[so6 kai1; soo7 khai1] 疏散到鄉村或野外, 以減少空襲或巷戰的威脅, 係日語詞疏開 sokai 疏散。

蘇 **[so1; soo1]** Unicode: 8607, 台語字: sof
[so1; soo1] 姓,國名,植物名,清醒

紫蘇[zi1 so1; tsi1 soo1] 菜名, 有香味。

蘇俄[so6 qor2/qonn2; soo7 go5/ngoo5] 蘇聯, CCCI。

蘇澳鎮[so6 or4 din3; soo7 o2 tin3] 在宜蘭縣。

去蘇州賣鴨蛋[ki4 so6 ziu1 ve3 ah1 nng6; khi2 soo7 tsiu1 be3 ah8 nng7] 下葬完成後, 要以鴨蛋及紅蝦祭拜, 表示送鴨蛋及紅蝦給往生者, 讓他在地底下也存鴨蛋及紅蝦在陰間販售, 使生活無缺, 喻人死了.但蘇州應係土州 to6/3 ziu1 之音誤, 應作去土州賣鴨蛋 ki4 to6/3 ziu1 ve3 ah1 nng6。

素 **[so3; soo3]** Unicode: 7D20, 台語字: sox
[so3; soo3] 實在

元素[quan6/quan3 so3; guan7/guan3 soo3] 物資的基本單位。

味素[vi3 so3; bi3 soo3] 味精, 係日語詞味之素 azinomono 味精。

素食[so4 sit1; soo2 sit8] 吃素食, 有作食菜 ziah5 cai3。

素素[so4 so3; soo2 soo3] 簡單, 樸實無華。

味素粉[vi3 so4 hun4; bi3 soo2 hun2] 味精, 同味素 vi3 so3。

數 **[so3; soo3]** Unicode: 6578, 台語字: sox
[siau3, so3; siau3, soo3] 數目字

數字[so4 ji6/li6; soo2 ji7/li7] 數目字。

數量[so4 liong6; soo2 liong7] 。

數學[so4 hak1; soo2 hak8] 。

歲數[hue4 so3; hue2 soo3] 壽命。

台語字:	獅 saif	牛 quw	豹 bax	虎 hoy	鴨 ah	象 ciunn	鹿 lokf
通用拼音:	獅 sai1	牛 qu2	豹 ba3	虎 ho4	鴨 ah5	象 ciunn6	鹿 lok1
北京語:	山 san1	明 meng2	水 sue3	秀 sior4	的 dorh5	中 diong6	壢 lek1
普通話:	山 san1	明 meng2	水 sue3	秀 sior4	的 dorh0	中 diong6	壢 lek1

有數[iu1 so3; iu1 soo3] 可以算得出來的數目，例詞趁錢
　　有數，性命噯顧 tan4 zinn2 iu1 so3 senn4/senn4
　　miann6 ai4 go3 賺不了多少錢，不要為錢而去犧牲
　　性命，引申生命無價。
禮數[le1 so3; le1 soo3] 禮節、禮貌、禮金、禮品，例詞厚
　　禮數 gau3 le1 so3 多禮，不必要的禮貌，禮多人要
　　怪。
不計其數[but1 ge4 gi6/gi3 so3; put8 ke2 ki7/ki3 soo3] 許
　　多，很多。

驟 [so3; soo3] Unicode: 9A5F, 台語字: sox
　　[so3, zo6; soo3, tsoo7] 計謀,手段,方法
步驟[bo3 so3; poo3 soo3] 計謀，手段，方法。
柄步驟[binn4 bo3 so3; pinn2 poo3 soo3] 搞出新花樣。
無步驟[vor6/vor3 bo3 so3; bo7/bo3 poo3 soo3] 束手無策，
　　沒有好方法，有作無步 vor6/3 bo6。

所 [so4; soo2] Unicode: 6240, 台語字: soy
　　[so4; soo2] 處,地
便所[ben3 so4; pian3 soo2] 洗手間，有作廁所 cek1 so4,
　　係日語詞便所 benjo 洗手間。。
診所[zin1 so4; tsin1 soo2] 私人醫院，例詞台語診所
　　dai6/3 qi1 zin1 so4 廣播電台的台語節目的名稱，以
　　糾正錯誤的台語為目的;外科診所 qua3 kor1 zin1
　　so4 私人的外科醫院。
所費[so1 hui3; soo1 hui3] 開支，費用，例詞所費惊人
　　so1 hui3 giann6 lang2 開支費用太多;所費拍休直
　　so1 hui3 pah1 ve3/vue3 dit1 經費少支出多，收支擺
　　不平。
所在[so1 zai6; soo1 tsai7] 所在地，地方。
庄腳所在[zng6 ka6 so1 zai6; tsng7 kha7 soo1 tsai7] 農家
　　村莊。
所有權狀[so1 iu1 kuan6/kuan3 zng6; soo1 iu1
　　khuan7/khuan3 tsng7] 。

soh

噌 [soh5; sooh4] Unicode: 564C, 台語字: soh
　　[soh5; sooh4] 豆子醬,係日語字噌 so
味噌[mi1 soh5; mi1 sooh4] 日本口味的豆子醬，係日語詞
　　味噌 miso 豆子醬，例詞味噌湯 mi1 soh1 tng1 豆
　　子醬湯，係日語詞味噌湯 misoshiru 豆子醬濃湯。

sok

束 [sok5; sok4] Unicode: 675F, 台語字: sok
　　[sok5; sok4] 約束,縛住
約束[iok1 sok5; iok8 sok4] 。
樂哥束哥[lok5 gor3 sok5 gor3; lok4 ko3 sok4 ko3] 不三不
　　是的人物。

song

偖 [song2; song5] Unicode: 5096, 台語字: songw
　　[song2; song5] 鄉下人俗氣,趕不上流行,代用字,相
　　關字俖 song3 愚呆的人
笑偖[cior4 song2; tshio2 song5] 取笑粗俗。
偖偖[song6/song3 song2; song7/song3 song5] 粗俗。
土偖[to1 song2; thoo1 song5] 粗俗不知禮。
食偖[ziah5 song2; tsiah4 song5] 欺負鄉下人或俗氣的
　　人。
草地偖[cau1 de3 song2; tshau1 te3 song5] 俗氣的鄉下人，
　　鄉土氣息，趕不上流行。
內山偖[lai3 suann6 song2; lai3 suann7 song5] 俗氣的人，
　　住在深山內的人。
憤俗偖[qong3 gorh1 song2; gong3 koh8 song5] 愚笨又俗
　　氣的人，相關詞憤俖 qong3 song3 呆呆傻傻的人。
偖偪偪[song6/song3 biah1 biah5; song7/song3 piah8 piah4]
　　舉止穿着俗氣，趕不上流行，土裡土氣，同 SPP。

俖 [song3; song3] Unicode: 4FD5, 台語字: songx
　　[song3; song3] 癡呆,取笑愚呆的人,集韻:偖俖,癡
　　貌.相關字偖 song2 俗氣,趕不上流行
憤俖[qong3 song3; gong3 song3] 取笑呆呆傻傻的人。
俖盼[song4 pan3; song2 phan3] 傻傻的呆子，係代用詞，
　　例詞俖盼入港 song4 pan3 jip5/lip5 gang4 笨蛋來
　　了。
憤俖憤俖[qong3 song4 qong3 song3; gong3 song2 gong3
　　song3] 呆呆傻傻的樣子。
俖盼入港(song4[pan3 jip5/lip5 gang4 笨蛋來了]; phan3
　　jip4/lip4 kang2 -]。

sor

搓 [sor1; so1] Unicode: 6413, 台語字: sorf
　　[sor1; so1] 搓揉湯圓
搓草[sor6 cau4; so7 tshau2] 稻田除草。
搓代志[sor6 dai3 zi3; so7 tai3 tsi3] 調節糾紛，處理事
　　情。
搓圓仔[sor6 inn6/inn3 a4; so7 inn7/inn3 a2] 搓揉湯圓。
搓麻油[sor6 mua6/mua3 iu2; so7 mua7/mua3 iu5] 塗了芝
　　麻油，往日的嬰兒在接生之後，產婆會塗上芝麻油，
　　以保護皮膚，引申嬰兒出生了。
搓圓仔湯[sor6 inn6/inn3 a1 tng1; so7 inn7/inn3 a1 thng1]
　　參與圍標及索賄，源於日治時代，在圍標工程時，投
　　標者私下談條件，分得非份之利益，而退出投標，即
　　是日語詞談合 dango 商談，與日語詞團子 dango
　　湯圓同音，引申為圍標的索賄金。
不是冬節 叨欲搓圓[m3 si3 dang6 zeh5 dor6 veh1/veh1
　　sor6 inn2; m3 si3 tang7 tseh4 to7 beh8/beh8 so7 inn5]
　　不是冬至，都要搓產湯圓了，何況冬至已到?

趖 [sor2; so5] Unicode: 8D96, 台語字: sorw
　　[sor2; so5] 爬行,流動,蹉跎

台語字:	獅 saif	牛 quw	豹 bax	虎 hoy	鴨 ah	象 ciunn	鹿 lokf
通用拼音:	獅 sai1	牛 qu2	豹 ba3	虎 ho4	鴨 ah5	象 ciunn6	鹿 lok1
北京語:	山 san1	明 meng2	水 sue3	秀 sior4	的 dorh5	中 diong6	壢 lek1
普通話:	山 san1	明 meng2	水 sue3	秀 sior4	的 dorh0	中 diong6	壢 lek1

敖趖[qau6/qau3 sor2; gau7/gau3 so5] 做事情慢吞吞的。

鼎邊趖[diann1 binn6 sor2; tiann1 pinn7 so5] 一種台南市的小吃。

賴賴趖[lua3 lua3 sor2; lua3 lua3 so5] 閒著沒事做, 到處亂逛, 有作四界趖 si4 ge4 sor2。

五路趖[qo1 lo3 sor2; goo1 loo3 so5] 四處游蕩。

四界趖[si4 ge4 sor2; si2 ke2 so5] 四處游蕩, 有作賴賴趖 lua3 lua3 sor2。

趖一世人[sor6/sor3 zit5 si4 lang2; so7/so3 tsit4 si2 lang5] 蹉跎一生的歲月。

龜腳趖出迷[gu6 ka1 sor6/sor3 cut5 lai35; ku7 kha1 so7/so3 tshut4 -] 龜腳跑出來了, 案情曝光了, 露出馬腳了。

嫂 [sor4; so2] Unicode: 5AC2, 台語字: sory
[sor4; so2] 嫂嫂

阿嫂[a6 sor4; a7 so2] 嫂嫂, 嫂子。

兄嫂[hiann6 sor4; hiann7 so2] 嫂嫂, 嫂子。

酒矸仔嫂[ziu1 gan6 a1 sor4; tsiu1 kan7 a1 so2] 酒家女。

鎖 [sor4; so2] Unicode: 9396, 台語字: sory
[sor4; so2] 鑰鎖,魚名

鎖管[sor1 gng4; so1 kng2] 海產名, 小管, 小卷, 似鰇魚, 有作透抽 tau4 tiu1;小管 sior1 gng4。

鎖門[sor1 mng2; so1 mng5] 鎖了門。

sorh

索 [sorh5; soh4] Unicode: 7D22, 台語字: sorh
[sok5, sorh5; sok4, soh4] 姓,粗繩子

大索[dua3 sorh5; tua3 soh4] 粗繩子。

線索[suann4 sorh5; suann2 soh4] 可追索的資料。

軟索仔 牽豬[nng1 sor1 a4 kan6 di1; nng1 so1 a2 khan7 ti1] 用軟繩子, 來牽著豬走, 使用柔性的訴求, 喻釣凱子。

su

事 [su6; su7] Unicode: 4E8B, 台語字: su
[su6; su7] 事情,意外

無事屑[vor6/vor3 su3 sai4; bo7/bo3 su3 sai2] 沒事沒事, 無濟於事。

二二八事件[ji3 ji3 bat5 su3 giann6/li3 li3 bat1 su3 giann6; ji3 ji3 pat4 su3 kiann7/li3 li3 pat8 su3 kiann7] 1947 年二月二十八日, 台灣人受盡國民黨政權壓迫而反抗, 竟有近二萬人的本土精英及知識分子被殺害, 經過一甲子歲月, 仍然無法敉平民恨。

侍 [su6; su7] Unicode: 4F8D, 台語字: su
[si6, su6; si7, su7]

侍候[su3 hau6; su3 hau7] 伺候, 侍奉。

侍候序大人[su3 hau3 si3 dua3 lang2; su3 hau3 si3 tua3 lang5] 伺候長輩或父母。

嶼 [su6; su7] Unicode: 5DBC, 台語字: su
[su6; su7] 海島

島嶼[do1/dor1 su6; too1/to1 su7] 海島。

山嶼[suann6 su6; suann7 su7] 大海中的島嶼, 例詞忙無山嶼 vong6 vor6/3 suann6 su6 在茫茫大海中, 找不到島嶼在何方, 喻摸不著邊際。

紅頭嶼[ang6 tau6 su6; ang7 thau7 su7] 島嶼之名, 今稱蘭嶼, 在台東縣。

荷包嶼[hah5 bau6 su6; hah4 pau7 su7] 平埔族之社名, 在雲林縣西螺鎮港後村。

蘭嶼鄉[lan6 su3 hiang1; lan7 su3 hiang1] 在台東縣, 舊名紅頭嶼。

烈嶼鄉[let5 su3 hiang1; liat4 su3 hiang1] 在金門縣。

澎佳嶼[penn6 ga6 su6; phenn7 ka7 su7] 基隆市北方的島嶼。

sua

沙 [sua1; sua1] Unicode: 6C99, 台語字: suaf
[sa1, se1, sua1; sa1, se1, sua1] 姓,地名,細粒,砂

飛沙[bue6 sua1; pue7 sua1] 地名, 即雲林縣四湖鄉飛沙村, 以風大飛沙多而得名, 濱臨台灣海峽。

沙屑[sua6 sap5; sua7 sap4] 小毛病, 塵埃, 瑣碎雜務, 例詞厚沙屑 gau3 sua6 sap5 太多的瑣碎雜務, 很多麻煩的雜事, 常常生病。

厚沙屑[gau3 sua6 sap5; kau3 sua7 sap4] 太多的瑣碎雜務, 很多麻煩的雜事, 常常生病。

抽沙根[tiu6 sua6 gin1; thiu7 sua7 kin1] 抽除大蝦背中的腸泥。

沙鹿鎮[sua6 lok5 din3; sua7 lok4 tin3] 在台中縣。

沙悟淨[sua6 qo3/qonn3 zeng6; sua7 goo3/ngoo3 tsing7] 西遊記中的人物。

飛沙走石[hui6/bue6 sua1 zau1 ziorh1; hui7/pue7 sua1 tsau1 tsioh8] 。

土米沙仔[to6/to3 vi1 sua6 a4; thoo7/thoo3 bi1 sua7 a2] 細沙, 細沙粒。

無沙無屑[vor6 sua6 vor6 sap5; bo7 sua7 bo7 sap4] 沒有瑣碎雜務, 沒有麻煩的雜事, 常常生病。

砂 [sua1; sua1] Unicode: 7802, 台語字: suaf
[se1, sua1; se1, sua1] 沙,細石,砂糖

二砂[ji3 sua1; ji3 sua1] 二級白砂糖。

砂仔[sua6 a4; sua7 a2] 細砂。

高砂族[gor6 sua6 zok1; ko7 sua7 tsok8] 台灣的山地原住民的族名, 係日語詞高砂族 takasago 高砂族。

耍 [sua1; sua1] Unicode: 800D, 台語字: suaf
[sng4, sua1; sng2, sua1] 玩弄

耍人[sua1 lang1; sua1 lang1] 玩弄別人的感情, 玩弄異性。

耍查某[sua6 za6 vo4; sua7 tsa7 boo2] 玩弄女人的感情或肉體。

台語字:	獅 saif	牛 quw	豹 bax	虎 hoy	鴨 ah	象 ciunn	鹿 lokf
通用拼音:	獅 sai1	牛 qu2	豹 ba3	虎 ho4	鴨 ah5	象 ciunn6	鹿 lok1
北京語:	山 san1	明 meng2	水 sue3	秀 sior4	的 dorh5	中 diong6	壢 lek1
普通話:	山 san1	明 meng2	水 sue3	秀 sior4	的 dorh0	中 diong6	壢 lek1

迻 **[sua1; sua1]** Unicode: 9024, 台語字: suaf
　　[sua1; sua1] 蹉跎

拖迻[tua6 sua1; thua7 sua1] 蹉跎時間, 拖延, 拖諉, 磨時間。

敖拖迻[qau6/qau3 tua6 sua1; gau7/gau3 thua7 sua1] 善於蹉跎時間, 會拖延, 拖諉得很, 很愛磨時間。

續 **[sua3; sua3]** Unicode: 7E8C, 台語字: suax
　　[siok1, sua3; siok8, sua3] 連續,不斷,說文:連也;爾雅釋詁:繼也

有續[u3 sua3; u3 sua3] 還想繼續再...。

連續[len6/len3 sua3; lian7/lian3 sua3] 繼續, 連接不斷。

順續[sun3 sua3; sun3 sua3] 順手, 接下去, 順道。

續手[sua4 ciu4; sua2 tshiu2] 順手地, 順水推舟。

續嘴[sua4 cui3; sua2 tshui3] 一口接一口地繼續吃下去。

緒續做[si3 sua4 zor3; si3 sua2 tso3] 接著做下去, 趕快做。

續落去[sua3 lorh5 ki3; sua3 loh4 khi3] 接下來, 繼續下去吧!。

食了佫有續[ziah5 liau1 gorh1 u3 sua3; tsiah4 liau1 koh8 u3 sua3] 吃過了, 還想再吃。

徙 **[sua4; sua2]** Unicode: 5F99, 台語字: suay
　　[sua4; sua2] 遷往,遷移

搬徙[buann6 sua4; puann7 sua2] 遷往, 遷移。

撨徙[ciau6/ciau3 sua4; tshiau7/tshiau3 sua2] 遷移。

徙位[sua1 ui6; sua1 ui7] 換位置, 搬家, 遷往他處。

徙栽[sua1 zai1; sua1 tsai1] 移植, 遷到他處種植。

徙走[sua1 zau4; sua1 tsau2] 移開, 遷到他處。

撨徙位[ciau6/cau3 sua1 ui6; tshiau7/tshau3 sua1 ui7] 遷移到他處。

徙抁動[sua1 din1 dang6; sua1 tin1 tang7] 移動, 挪動。

suah

刐 **[suah5; suah4]** Unicode: 520E, 台語字: suah
　　[suah5, vun4; suah4, bun2] 割頸,放血,代用字

刐血[suah1 hueh5/huih5; suah8 hueh4/huih4] 宰殺牛羊豬時, 先割頸放血, 相關詞抺血 ciah1 hueh5 割切豬頸, 讓血流出;鐵血 ciam6/3 hueh5 刺殺以取血。

suai

衰 **[suai1; suai1]** Unicode: 8870, 台語字: suaif
　　[suai1, sue1; suai1, sue1] 衰弱

suainn

樣 **[suainn6; suainn7]** Unicode: 6AA8, 台語字: suainn
　　[suainn6; suainn7] 芒果,有作宗 vong2

樣仔[suainn3 a4; suainn3 a2] 芒果, 性病而引起鼠蹊部腫脹, 似如小芒果狀, 有作宗果 vong6/3 gor4。

生樣仔[senn6/sinn6 suainn3 a4; senn7/sinn7 suainn3 a2] 男人因性病, 引起鼠蹊部腫脹, 而不良於行。

樣仔面[suainn3 a1 vin6; suainn3 a1 bin7] 芒果似的臉, 臉色帶黃。

樣仔籽[suainn3 a1 zi4; suainn3 a1 tsi2] 芒果的種子。

牛臊孢樣[qu6/qu3 lan3 pa6 suainn6; gu7/gu3 lan3 pha7 suainn7] 超巨大的芒果, 以大得像牛睪丸而得名。

suan

迣 **[suan1; suan1]** Unicode: 8FBF, 台語字: suanf
　　[suan1; suan1] 走散,開溜,緩步走

緊迣[gin1 suan1; kin1 suan1] 趕快走吧!, 趕快溜吧!, 趕快跑吧!。

溜迣[liu6 suan1; liu7 suan1] 溜走, 開溜。

迣籐[suan6 din2; suan7 tin5] 植物往上爬籐生長, 同扒籐 pa6 din2, 例詞頭毛岠欲迣籐 tau6 mo1 qiong3 veh1 suan6 din2/tau3 vng2 qiong3 veh1 suan6 din2 頭髮長得很長, 幾乎快要成了爬籐草了。

迣來迣去[suan6 lai6/lai3 suan6 ki3; suan7 lai7/lai3 suan7 khi3] 蜿蜒曲折, 痛得扭轉不停, 例詞痛佮迣來迣去 tiann4 gah1 suan6 lai6/3 suan6 ki3 痛不欲生;山路迣來迣去 suann6 lo6 suan6 lai6/3 suan6 ki3 山路蜿蜒曲折。

蒜 **[suan3; suan3]** Unicode: 849C, 台語字: suanx
　　[suan3; suan3] 大蒜

蒜仔[suan1 a4; suan1 a2] 大蒜。

蒜茸[suan4 jiong2/liong2; suan2 jiong5/liong5] 蒜泥。

蒜頭[suan4 tau2; suan2 thau5] 地名, 嘉義縣六腳鄉蒜頭村, 曬乾的大蒜。

蒜白[suan1 a1 beh1; suan1 a1 peh8] 大蒜的蒜粒。

蒜仔假蕗蕎[suan1 a4 ge1 lo3 qior6; suan1 a2 ke1 loo3 gio7] 乾大蒜與蕗蕎很相似, 常會混淆不清, 喻以假亂真, 魚目混珠。

食蒜仔 吐蕗蕎[ziah5 suan1 a4 to4 lo3 qior6; tsiah4 suan1 a2 thoo2 loo3 gio7] 吃了大蒜, 就可能吐出蕗蕎, 引申拿人一斤, 要還人十六兩。

選 **[suan4; suan2]** Unicode: 9078, 台語字: suany
　　[suan4; suan2] 選擇,選舉

當選[dong4 suan4; tong2 suan2] 。

競選[geng4 suan4; king2 suan2] 。

賄選[hue1 suan4; hue1 suan2] 向選民行賄, 以求當選。

落選[lok5 suan4; lok4 suan2] 。

選票[suan1 pior3; suan1 phio3] 。

捸選票[dng4 suan1 pior3; tng2 suan1 phio3] 把選票投給..., 例詞選票噯捸予台灣人 suan1 pior3 ai4 dng4 ho3 dai6 uan6 lang2/suan1 pior3 ai4 dng4 ho3 dai3 uan3 lang2 選票要投給認同台灣的候選人。

台語字:	獅 saif	牛 quw	豹 bax	虎 hoy	鴨 ah	象 ciunn	鹿 lokf
通用拼音:	獅 sai1	牛 qu2	豹 ba3	虎 ho4	鴨 ah5	象 ciunn6	鹿 lok1
北京語:	山 san1	明 meng2	水 sue3	秀 sior4	的 dorh5	中 diong6	壢 lek1
普通話:	山 san1	明 meng2	水 sue3	秀 sior4	的 dorh0	中 diong6	壢 lek1

選上好的[suan1 siong3 hor4 e3; suan1 siong3 ho2 e3] 選取最高級的。

選輸　起瘠呴[suan1 su1 ki1 he6 gu1; suan1 su1 khi1 he7 ku1] 選舉選敗了, 就翻臉, 輸不起, 瘠呴 he6 gu1 氣喘病, 常誤作瘠龜 he6 gu1;嘎龜 he6 gu1。

珊 **[suan6; suan7]** Unicode: 73CA, 台語字: suan
　　[suan6; suan7] 海中樹

珊瑚[suan3 o2; suan3 oo5] 海樹。
珊瑚石[suan3 o6/o3 ziorh1; suan3 oo7/oo3 tsioh8] 。

訕 **[suan6; suan7]** Unicode: 8A15, 台語字: suan
　　[suan6; suan7] 訕罵,罵人,代用字,相關字誶 corh5 用粗話罵人

夆訕[hong2 suan6; hong5 suan7] 被別人罵。
訕人[suan6 lang6; suan7 lang7] 罵人。
訕佮無力矣[suan3 gah1 vor6/vor3 lat1 i3; suan3 kah8 bo7/bo3 lat8 i3] 臭罵, 罵不絕口。

漩 **[suan6; suan7]** Unicode: 6F29, 台語字: suan
　　[suan6; suan7] 渦轉,澆水,解小便

漩尿[suan3 jior6; suan3 jio7] 向地上或牆壁撒尿, 隨地亂解小便。
漩水[suan3 zui4; suan3 tsui2] 澆水。

璇 **[suan6; suan7]** Unicode: 7487, 台語字: suan
　　[suan2, suan6, suan5, suan7] 鑽石

璇仔[suan3 a4; suan3 a2] 鑽石。
璇石[suan3 ziorh1; suan3 tsioh8] 鑽石。
璇石嘴[suan3 ziorh5 cui3; suan3 tsioh4 tshui3] 三寸不爛之舌, 專門騙人的口才。

suann

山 **[suann1; suann1]** Unicode: 5C71, 台語字: suannf
　　[san1, suann1; san1, suann1] 地高為山,一大堆,墳場
後山[au3 suann1; au3 suann1] 後面的山, 花蓮台東地區, 靠山, 後台。
出山[cut1 suann1; tshut8 suann1] 出殯, 送葬。
唐山[dng6/dng3 suann1; tng7/tng3 suann1] 福建祖居地, 外地, 但不是指中國山東省的唐山。
内山[lai3 suann1; lai3 suann1] 深山。
山壁[suann6 biah5; suann7 piah4] 山崖。
山地[suann6 de6; suann7 te7] 旱地。
山崙[suann6 lun6; suann7 lun7] 小山丘。
阿山仔[a6 suann6 a4; a7 suann7 a2] 由唐山來的中國人, 尤其是指第二次世界大戰後, 由中國逃難來台灣的中國人, 統稱外省人 qua3 seng1 lang2。
送上山[sang4 ziunn3 suann1; sang2 tsiunn3 suann1] 送至墳場, 下葬.有作送上山頭 sang4 ziunn3 suann6 tau2。
汝去買一山麭[li1 ki1 ve1 zit5 suann6 pang4; li1 khi1 be1 tsit4 suann7 phang2] 你去買一節的西式土司麵包。

汕 **[suann3; suann3]** Unicode: 6C55, 台語字: suannx
　　[suann3; suann3] 沙洲,沙島
海汕[hai1 suann3; hai1 suann3] 海邊的沙洲。
汕頂[suann4 deng4; suann2 ting2] 沙洲的上端。
汕頭[suann4 tau2; suann2 thau5] 地名, 在中國福建省, 原義為沙洲的北端。
汕尾[suann4 vue4; suann2 bue2] 地名, 漁港, 在高雄縣林園鄉, 原義為沙洲的南端。

散 **[suann3; suann3]** Unicode: 6563, 台語字: suannx
　　[san3, san4, suann3; san3, san2, suann3] 分開,分散, 零散,零落
四散[si4 suann3; si2 suann3] 支離四散。
失散[sit1 suann3; sit8 suann3] 分散, 分離, 例詞父仔囝失散 be3 a1 giann4 sit1 suann3 分散的父子。
散形[suann4 heng2; suann2 hing5] 交配後沒有受精成功, 胎死腹中, 做人懶散, 不力求上進, 有作無形 vor6/3 heng2, 例詞佢屁仔囝散形散形 in6 van6 a1 giann4 suann4 heng6/3 suann4 heng2 他們的小兒子不長進, 不成器。

傘 **[suann3; suann3]** Unicode: 5098, 台語字: suannx
　　[san3, suann3; san3, suann3] 傘具
雨傘[ho3 suann3; hoo3 suann3] 人使用的雨傘, 洋傘。
油傘[iu6/iu3 suann3; iu7/iu3 suann3] 紙傘, 美濃地區生產的油傘。
外傘頂洲[qua3 suann4 deng1 ziu1; gua3 suann2 ting1 tsiu1] 雲林縣西部外海的小島名。
雨傘生理[ho3 suann4 seng6 li4; hoo3 suann2 sing7 li2] 合夥生意只做一次, 到最後就清算結束, 不計劃永續經營, 像雨傘時開時合地經營機制。

線 **[suann3; suann3]** Unicode: 7DDA, 台語字: suannx
　　[suann3; suann3] 絲線
半線[buann4 suann3; puann2 suann3] 彰化市之古名, 為平埔族語 Poansoa 社, 音 buannsuann。
線西鄉[suann4 sai6 hiong1; suann2 sai7 hiong1] 在彰化縣。

suat

雪 **[suat5; suat4]** Unicode: 96EA, 台語字: suat
　　[sap5, seh5, suat5; sap4, seh4, suat4] 姓,白
大雪[dai3 suat5; tai3 suat4] 節氣名, 在陽曆十二月七日。
雪梅思君[suat1 mue2 su6 gun1; suat8 mue5 su7 kun1] 台語名歌。

說 **[suat5; suat4]** Unicode: 8AAA, 台語字: suat
　　[seh5, suat5, sueh5; seh4, suat4, sueh4] 演說,說明
學說[hak5 suat5; hak4 suat4] 。
說教[suat1 gau3; suat8 kau3] 唸經, 被責罵, 有作誦經 siong3/song3 geng1。
說明[suat1 veng2; suat8 bing5] 。

台語字:	獅 saif	牛 quw	豹 bax	虎 hoy	鴨 ah	象 ciunn	鹿 lokf
通用拼音:	獅 sai1	牛 qu2	豹 ba3	虎 ho4	鴨 ah5	象 ciunn6	鹿 lok1
北京語:	山 san1	明 meng2	水 sue3	秀 sior4	的 dorh5	中 diong6	壢 lek1
普通話:	山 san1	明 meng2	水 sue3	秀 sior4	的 dorh0	中 diong6	壢 lek1

sue

衰 **[sue1; sue1]** Unicode: 8870, 台語字: suef
  [suai1, sue1; suai1, sue1] 倒楣,衰弱
帶衰[dai4/dua4 sue1; tai2/tua2 sue1] 連累別人倒楣。
衰潲[sue6 siau2; sue7 siau5] 倒霉, 霉運, 無妄之災, 有作
  足衰 ziok1 sue1。
衰微[suai6/sue6 vi2; suai7/sue7 bi5] 式微, 衰弱, 例詞家
  運衰微 ga6 un6 suai6/sue6 vi2 家道衰微。
衰尾[sue6 vue4/ve4; sue7 bue2/be2] 運氣不好, 下場不好,
  例詞衰尾道人 sue6 vue1/ve1 dor3 jin2 倒霉鬼。

歲 **[sue3; sue3]** Unicode: 6B72, 台語字: suex
  [he3, hue3, sue3; he3, hue3, sue3] 年齡
太歲[tai4 sue3; thai2 sue3] 掌天兵天將之神明, 百神之統
  帥, 例詞太歲年 tai4 sue4 ninn2 與自己生肖相同的
  年份, 無災恐有禍;安太歲 an6 tai4 sue3 在太歲年,
  安奉太歲星君, 以祈求平安, 避邪去災。
萬歲[van3 sue3; ban3 sue3] 皇帝。
千歲[cen6 sue3; tshian7 sue3] 王爺, 神明。

詵 **[sue4; sue2]** Unicode: 8A75, 台語字: suey
  [se4, sue4; se2, sue2] 嘲諷,影射,代用字,原義詢問
摳詵[kau6 sue4; khau7 sue2] 以言語嘲諷, 影射。

sueh

說 **[sueh5; sueh4]** Unicode: 8AAA, 台語字: sueh
  [seh5, suat5, sueh5; seh4, suat4, sueh4] 遊說,道謝
遊說[iu6/iu3 sueh5; iu7/iu3 sueh4] 遊說, 關說。
說客[sueh1 keh5; sueh8 kheh4] 從事遊說的人, 關說的
  人。
說服[sueh1 hok1; sueh8 hok8] 遊說了, 被說服了。
說謝[sueh1 sia6; sueh8 sia7] 道謝。
說多謝[sueh1 dor6 sia6; sueh8 to7 sia7] 道謝。
夆說去[hong2 sueh5 ki3; hong5 sueh4 khi3] 被說動了, 被
  說服了。
輕聲細說[kin6 siann6 se4 seh5/sueh5; khin7 siann7 se2
  seh4/sueh4] 小聲又和氣地說。
無聲無說[vor6 siann6 vor6 seh5/vor3 siann6 vor3 sueh5;
  bo7 siann7 bo7 seh4/bo3 siann7 bo3 sueh4] 無聲無
  息。

sui

水 **[sui4; sui2]** Unicode: 6C34, 台語字: suiy
  [sui4, zui4; sui2, tsui2] 山水,風水,美麗,才能,有作
  媠 sui4,相關字嫷 tor2 漂亮;嬌 tor2 美麗
嘴水[cui4 sui4; tshui2 sui2] 口才, 辯才。
下水[ha3 sui4; ha3 sui2] 雞鴨內臟, 同腹內仔 bak1 lai3

a4, 例詞下水湯 ha3 sui1 tng1 用雞鴨內臟煮的湯,
  同腹內仔湯 bak1 lai3 a1 tng1。
風水[hong6 sui4; hong7 sui2] 地理, 風水, 堪輿之學術。
水蛙[sui1/zui1 ge1; sui1/tsui1 ke1] 青蛙。
有嘴水[u3 cui4 sui4; u3 tshui2 sui2] 好口才, 有辯才, 會
  說奉承好聽的話。
食嘴水[ziah5 cui4 sui4; tsiah4 tshui2 sui2] 靠口才謀生,
  利用辯才取勝, 例詞花食露水, 人食嘴水 hue1
  ziah5 lo3 zui4, lang2 ziah5 cui4 sui4 花要有充足的水
  分, 才能存活開花, 人要靠口才, 才能在社會上立足
  而成功。
水咚咚[sui1 dang6 dang1; sui1 tang7 tang1] 女人很美麗,
  裝潢得很漂亮, 美麗, 有作媠咚咚 sui1 dang6
  dang1。
台灣食嘴水[dai6/dai3 uan2 ziah5 cui4 sui4; tai7/tai3 uan5
  tsiah4 tshui2 sui2] 在台灣要靠好口才及好辯才, 才
  能取勝在社會上立足而成功。

媠 **[sui4; sui2]** Unicode: 5A84, 台語字: suiy
  [sui4; sui2] 美麗,漂亮,說文:色美也,有作水 sui4,相
  關字嫷 tor2 漂亮,美麗;嬌 tor2 美麗;水 sui4 美麗
愛媠[ai4 sui4; ai2 sui2] 愛漂亮。
上媠[siong3 sui4; siong3 sui2] 最漂亮的, 有作上媠
  siong3 sui4, 例詞有夢上媠 u3 vang6 siong3 sui4 人
  生若有夢想, 則會有實現的一天, 那人生就會變成
  彩色的。
有媠[u3 sui4; u3 sui2] 很漂亮的, 有夠漂亮。
媠氣[sui1 kui3; sui1 khui3] 高超完美, 圓滿漂亮, 例詞做
  了有夠媠氣 zor4 liau1 u3 gau4 sui1 kui3 事情做得
  高超完美, 很圓滿漂亮。
媠人[sui1 lang2; sui1 lang5] 漂亮的女人, 例詞媠人無媠
  命 sui1 lang2 vor6/3 sui1 miann6 紅顏薄命。
媠衫[sui1 sann1; sui1 sann1] 漂亮的衣服。
媠媠[sui1 sui4; sui1 sui2] 漂亮的, 相關詞水水 zui1 zui4
  水份很多的樣子, 女人很美麗。
媠咚咚[sui1 dang6 dang1; sui1 tang7 tang1] 女人很美麗,
  裝潢得很漂亮, 美麗, 有作水咚咚 sui1 dang6
  dang1。
媠查某[sui1 za6 vo4; sui1 tsa7 boo2] 漂亮的女人, 美女。
有夢上媠[u3 vang6 siong3 sui4; u3 bang7 siong3 sui2] 人
  生若有夢想, 就有實現的一天, 那人生就會變成彩
  色的。
媠巧敖乖[sui4 kiau4 qau2 guai6; sui2 khiau2 gau5 kuai7]
  稱讚好媳婦的漂亮, 聰明, 能力好又乖巧。
裝潢了真媠[zong6 honh6/honh3 liau1 zin6 sui3; tsong7 -/-
  liau1 tsin7 sui3] 裝潢得很漂亮。
媠查某囝仔[sui1 za6 vo1 qin1 a4; sui1 tsa7 boo1 gin1 a2]
  漂亮的少女。
媠奅無比止[佮意較慘死 sui1 vai4 vor6/vor3 bi1 zi4 ,
  gah1 i3 kah1 cam1 si4; sui1 bai2 bo7/bo3 pi1 tsi2 kah8
  i3 khah8 tsham1 si2] 美醜比不盡, 一旦兩情相悅,
  至死難分離。

遂 **[sui6; sui7]** Unicode: 9042, 台語字: sui
  [sui6; sui7] 已完成
半遂[buan4/ben4 sui6; puan2/pian2 sui7] 殘廢, 半身不
  遂。
半身不遂[buan4 sin1 but1 sui6; puan2 sin1 put8 sui7] 殘

台語字:	獅 saif	牛 quw	豹 bax	虎 hoy	鴨 ah	象 ciunn	鹿 lokf
通用拼音:	獅 sai1	牛 qu2	豹 ba3	虎 ho4	鴨 ah5	象 ciunn6	鹿 lok1
北京語:	山 san1	明 meng2	水 sue3	秀 sior4	的 dorh5	中 diong6	壢 lek1
普通話:	山 san1	明 meng2	水 sue3	秀 sior4	的 dorh0	中 diong6	壢 lek1

廢。

穗 **[sui6; sui7]** Unicode: 7A57, 台語字: sui
[hui6, sui6; hui7, sui7] 植物的穀穗

結穗[get1 sui6; kiat8 sui7] 米麥成熟, 結成穗粒。

吐穗[to4 sui6; thoo2 sui7] 長出裡穗。

稻仔穗[diu3 a1 sui6; tiu3 a1 sui7] 稻穗。

番麥仔穗[huan6 veh5 a1 sui6; huan7 beh4 a1 sui7] 玉米的穗。

sun

孫 **[sun1; sun1]** Unicode: 5B6B, 台語字: sunf
[sng1, sun1; sng1, sun1] 姓,台灣人姓孫唸 sng1 或 sun1,但中國人姓孫只唸 sun1,子女所生者

仲孫[diong6 sun1; tiong7 sun1] 複姓。

曾孫[zeng6 sun1; tsing7 sun1] 曾孫, 同干仔孫 gan6 a1 sun1。

孫仔[sun6 a4; sun7 a2] 子女所生者.台灣人的文化中, 一般人稱兄弟姐妹所生者, 為姪仔 dit5 a4 或外甥仔 que3 seng6 a4, 但也有稱為孫仔 sun6 a4, 這是偏叫 pen6 gior3。

干仔孫[gan6 a1 sun1; kan7 a1 sun1] 曾孫。

公孫仔[gong6 sun6 a4; kong7 sun7 a2] 祖父與孫子。

叔孫仔[zek1 sun6 a4; tsik8 sun7 a2] 伯叔及侄子的合稱。

干仔干孫[gan6 a1 gan6 sun1; kan7 a1 kan7 sun1] 子子孫孫。

公媽疼大孫[gong6 ma4 tiann4 dua3 sun1; kong7 ma2 thiann2 tua3 sun1] 祖父母都是疼愛大孫子。

巡 **[sun2; sun5]** Unicode: 5DE1, 台語字: sunw
[sun2, un2; sun5, un5] 來來回回,痕跡,察看

畫巡[ue3 sun2; ue3 sun5] 畫線, 例詞畫一巡 ue3 zit5 sun2 畫一條線。

巡視[sun6/sun3 si6; sun7/sun3 si7] 巡邏, 察看, 巡察。

巡查[sun6/sun3 za1; sun7/sun3 tsa1] 警察, 巡邏的人員, 係日語詞巡查 junsa 警察。

四界巡[si4 gue4/ge4 sun2; si2 kue2/ke2 sun5] 到處來回行走, 到處察巡。

巡水路[sun6/sun3 zui1 lo6; sun7/sun3 tsui1 loo7] 巡視檢查灌溉系統。

目睭重巡[vak5 ziu1 deng6/deng3 sun2; bak4 tsiu1 ting7/ting3 sun5] 雙眼皮。

純 **[sun2; sun5]** Unicode: 7D14, 台語字: sunw
[sun2; sun5] 單一,沒摻雜雜質的

單純[dan6 sun2; tan7 sun5] 純樸的。

利純[li3 sun2; li3 sun5] 盈利, 純利, 係日語詞利純 rizyun 純利。

純粹[sun6/sun3 cui3; sun7/sun3 tshui3] 純然, 完全的。

純度[sun6/sun3 do6; sun7/sun3 too7] 純質的高低。

純的[sun2 e6; sun5 e7] 沒摻雜雜質的。

純潔[sun6/sun3 get5; sun7/sun3 kiat4] 。

純美[sun6/sun3 vi4; sun7/sun3 bi2] 純潔又美麗。

純情[sun6/sun3 zeng2; sun7/sun3 tsing5] 純心, 完全的奉獻。

藥性真純[iorh5 seng3 zin6 sun2; ioh4 sing3 tsin7 sun5] 藥物的藥性比較純。

筍 **[sun4; sun2]** Unicode: 7B4D, 台語字: suny
[sun4; sun2] 幼竹,竹芽

冬筍[dang6 sun4; tang7 sun2] 孟宗竹的竹筍, 在冬天長出, 語出二十四孝。

竹筍[dek1 sun4; tik8 sun2] 竹初出芽, 有作竹筍仔 dek4 sun1 a4。

蘆筍[lo6/lo3 sun4; loo7/loo3 sun2] 一種食用竹筍。

筍乾[sun1 guann1; sun1 kuann1] 生的竹筍曬乾而成。

筍荷[sun1 hah1; sun1 hah8] 竹筍的外葉。

筍絲[sun1 si1; sun1 si1] 竹筍撕成細絲者。

茭白筍[ka6 beh5 sun4; kha7 peh4 sun2] 茭白筍。

酸筍仔[sng6 sun1 a4; sng7 sun1 a2] 浸漬過的竹筍, 不經曬乾者, 相關詞酸筍乾 sng6 sun1 guann1。

酸筍乾[sun1 guann1; sun1 kuann1] 浸漬過的竹筍, 再經曬乾者, 相關詞酸筍仔 sng6 sun1 a4 浸漬過的竹筍, 不經曬乾者。

綠竹仔筍[lek5 dek1 a1 sun4; lik4 tik8 a1 sun2] 綠竹子的幼芽莖。

歹竹出好筍[painn1 dek5 cut1 hor1 sun4; phainn1 tik4 tshut8 ho1 sun2] 不出色的竹子, 也會生出好的竹筍, 貧窮的家庭, 也會教育出優秀的後代, 喻寒門出秀才。

榫 **[sun4; sun2]** Unicode: 69AB, 台語字: suny
[sun4; sun2] 木器鑿成凹孔及凸出部, 以便相接合

榫孔[sun1 kang1; sun1 khang1] 榫的孔, 同榫眼 sun1 qan4。

榫眼[sun1 qan4; sun1 gan2] 凹孔, 同榫孔 sun1 kang1。

鑿孔鑿榫[cak5 kang6 cak5 sun4; tshak4 khang7 tshak4 sun2] 搬弄是非。

有孔無榫[u3 kang1 vor6/vor3 sun4; u3 khang1 bo7/bo3 sun2] 不合道理的事情, 拉雜的事物, 沒用的事物, 喻無的放矢。

順 **[sun6; sun7]** Unicode: 9806, 台語字: sun
[sun6; sun7] 順利,沿,依

順月[sun3 queh1/qeh1; sun3 gueh8/geh8] 孕婦的預產期。

順續[sun3 sua3; sun3 sua3] 順手, 接下去, 順道, 例詞順續到彰化 sun3 sua3 gau4 ziong6 hua3 接下來, 到彰化去吧。

sut

詉 **[sut1; sut8]** Unicode: 8A39, 台語字: sutf
[sut1; sut8] 亂騙,代用字,原義引誘

詉仔[sut5 a4; sut4 a2] 江湖術士, 騙子。

詉仔步[sut5 a1 bo6; sut4 a1 poo7] 騙人的方法。

錢夆詉了了[zinn2 hong2 sut5 liau1 liau4; tsinn5 hong5 sut4 liau1 liau2] 金錢被騙光了。

台語字:	獅 saif	牛 quw	豹 bax	虎 hoy	鴨 ah	象 ciunn	鹿 lokf
通用拼音:	獅 sai1	牛 qu2	豹 ba3	虎 ho4	鴨 ah5	象 ciunn6	鹿 lok1
北京語:	山 san1	明 meng2	水 sue3	秀 sior4	的 dorh5	中 diong6	壢 lek1
普通話:	山 san1	明 meng2	水 sue3	秀 sior4	的 dorh0	中 diong6	壢 lek1

台灣精神詞典
iJiden, the Formosan Dictionary
of the Taiwan Spirit
台語 KK 音標、台羅拼音對照版

部首 t；th

ta

榻 **[ta1; tha1]** Unicode: 69BB，台語字: taf
[ta1, tap5; tha1, thap4] 榻榻米,日本式草蓆及床墊,代用字,係日語詞疊 tatami 草蓆床墊

榻榻米[ta6 ta1 mih5; tha7 tha1 mih4] 榻榻米, 日本式草蓆及床墊, 代用字, 係日語詞疊 tatami 草蓆床墊。

六疊榻榻米[lak5 tiap1 ta6 ta1 mih5; lak4 thiap8 tha7 tha1 mih4] 六張榻榻米的面積大小, 為三坪的面積。

tah

習 **[tah1; thah8]** Unicode: 5312，台語字: tahf
[tah1; thah8] 重疊起來,增加,有作疊 tah1

人習人[lang2 tah5 lang2; lang5 thah4 lang5] 人山人海。

重重習習[deng6 deng6 tah5 tah1/deng3 deng3 tah5 tah1; ting7 ting7 thah4 thah8/ting3 ting3 thah4 thah8] 一再, 重重疊疊。

一習銀票[zit6 tah5 qin6/qin3 pior3; - thah4 gin7/gin3 phio3] 一疊鈔票。

疊 **[tah1; thah8]** Unicode: 758A，台語字: tahf
[tah1, tiap5; thah8, thiap4] 重疊起來,有作習 tah1

tai

胎 **[tai1; thai1]** Unicode: 80CE，台語字: taif
[tai1, te1; thai1, the1] 抵押權,子宮中的嬰兒,輪胎

投胎[dau6/dau3 tai1; tau7/tau3 thai1] 轉世。

頭胎[tau6/tau3 tai1; thau7/thau3 thai1] 第一順位的抵押權, 相關詞頭胎 tau6/3 te1 母親生產的第一個兒女。

胎權[tai6 kuan2; thai7 khuan5] 設定抵押權, 質權。

颱 **[tai1; thai1]** Unicode: 98B1，台語字: taif
[tai1; thai1] 颱風

風颱天[hong6 tai6 tinn1; hong7 thai7 thinn1] 颱風侵襲之時。

刣 **[tai2; thai5]** Unicode: 5223，台語字: taiw
[tai2; thai5] 宰殺,割傷,剖切,有作搣 tai2.相關字殺 sat5 殺人

佋刣[sior6 tai2; sio7 thai5] 數人相互以刀相砍殺, 有作相刣 sior6 tai2, 引申打杖, 戰爭。

刣人[tai6/tai3 lang2; thai7/thai3 lang5] 以刀殺人, 東西賣得太貴了。

刣頭[tai6/tai3 tau2; thai7/thai3 thau5] 殺頭, 砍頭, 革職, 淘汰。

刣雞教猴[tai6/tai3 ge1 ga4 gau2; thai7/thai3 ke1 ka2 kau5] 殺雞警猴, 殺一儆百。

刣人免用刀[tai6/tai3 lang2 ven1 iong3 dor1; thai7/thai3 lang5 bian1 iong3 to1] 以陰謀殺人, 殺人不用刀, 刣係代用字。

太 **[tai3; thai3]** Unicode: 592A，台語字: taix
[tai3; thai3] 姓,最大的,超過

太保市[tai4 bor1 ci6; thai2 po1 tshi7] 在嘉義縣。

太平市[tai4 peng6 ci6; thai2 phing7 tshi7] 在台中縣。

太祖牌[tai4 zo1 bai2; thai2 tsoo1 pai5] 最有知名度的, 品質最好的, 第一品牌, 最好的物品。

太子宮[tai4 zu1 geng1; thai2 tsu1 king1] 地名, 在台南縣新營市太子宮里, 以廟名為地名。

太麻里鄉[tai4 muann6 li1 hiang1; thai2 - li1 hiang1] 在台東縣。

待 **[tai6; thai7]** Unicode: 5F85，台語字: tai
[tai6; thai7] 等候,款待,招待

奉待[hong3 tai6; hong3 thai7] 照料, 侍奉, 款待, 例句奉待序大人 hong3 tai3 si3 dua3 lang2 照料父母或長輩, 相關詞服祀 hok5 sai6 祭拜。

款待[kuan1 tai6; khuan1 thai7] 招待, 款待, 對待, 相關詞服祀 hok5 sai6 祭拜。

待機[tai3 gi1; thai3 ki1] 等待良機。

tak

讀 **[tak1; thak8]** Unicode: 8B80，台語字: takf
[dau6, dok1, tak1, tok1; tau7, tok8, thak8, thok8] 讀書,教訓

讀冊[tak5 ceh5; thak4 tsheh4] 讀書, 唸書, 在學中。

讀書[tak5 su1/zu1; thak4 su1/tsu1] 唸書。

讀冊底[tak5 ceh1 de4; thak4 tsheh8 te2] 出身自書香門弟。

讀冊人[tak5 ceh1 lang2; thak4 tsheh8 lang5] 書生, 讀書人。

讀研究所[tak5 qen1 giu4 so4; thak4 gian1 kiu2 soo2] 唸大學研究所的碩士班或博士班。

汝讀叨一間學校[li1 tak5 dor1 zit5 geng6 hak5 hau6; li1 thak4 to1 tsit4 king7 hak4 hau7] 你唸那間學校?。

台語字:	獅 saif	牛 quw	豹 bax	虎 hoy	鴨 ah	象 ciunn	鹿 lokf
通用拼音:	獅 sai1	牛 qu2	豹 ba3	虎 ho4	鴨 ah5	象 ciunn6	鹿 lok1
北京語:	山 san1	明 meng2	水 sue3	秀 sior4	的 dorh5	中 diong6	壢 lek1
普通話:	山 san1	明 meng2	水 sue3	秀 sior4	的 dorh0	中 diong6	壢 lek1

tam

貪　**[tam1; tham1]** Unicode: 8CAA, 台語字: tamf
[tam1; tham1] 貪心,喜愛,侵佔

貪甜[tam6 dinn1; tham7 tinn1] 喜愛甜食。

貪戀[tam6 luan2; tham7 luan5] 貪圖, 覬覦。

貪污[tam6 o1; tham7 oo1] 貪汙, 貪污, 同貪汙 tam6
u4。

痟貪凸雞藍[siau1 tam1 nng4 ge6 lam1; siau1 tham1 nng2
ke7 lam1] 想貪圖他人財物或女色, 就會東窗事發,
判刑入獄, 就像雞隻為了食物而被陷阱所困。

貪吃　閹雞拖木屐[tam6 ziah1 iam6 ge1 tua6 vak5 giah1;
tham7 tsiah8 iam7 ke1 thua7 bak4 kiah8] 為了多吃
幾粒米, 閹雞須拖著大木屐到處討生活, 找食物。

痰　**[tam2; tham5]** Unicode: 75F0, 台語字: tamw
[tam2; tham5] 氣管中的排泄物

痰涎[tam6/tam3 nuann6; tham7/tham3 -] 痰與口水。

呸痰呸涎[pui4 tam6/tam3 pui4 nuann6; phui2
tham7/tham3 phui2 -] 被大家所唾棄, 為興論界所
不齒。

潭　**[tam2; tham5]** Unicode: 6F6D, 台語字: tamw
[tam2; tham5] 大的深水池,相關詞埤 bi1 深水池;
池 di2 淺水池;堀 kut5 小水池;塭 un3 養魚池

日月潭[jit5 quat5 tam2; jit4 guat4 tham5] 在南投縣魚池
鄉。

鯉魚潭[li1 hi6/hi3 tam2; li1 hi7/hi3 tham5] 在花蓮縣壽
豐鄉池南村。

潭子鄉[tam6 zu1 hiang1; tham7 tsu1 hiang1] 在台中縣。

鯉魚潭水庫[li1 hi6/hi3 tam2 zui1 ko3; li1 hi7/hi3 tham5
tsui1 khoo3] 地名, 在苗栗縣三義鄉鯉魚潭村。

探　**[tam3; tham3]** Unicode: 63A2, 台語字: tamx
[tam1, tam3; tham1, tham3] 問候,越出

試探[ci4 tam3; tshi2 tham3] 。

探聽[tam4 tiann1; tham2 thiann1] 打聽底細, 結婚前, 先
去打聽女方詳細, 例詞探聽門風 tam4 tiann6
mng6/3 hong1 打聽他人的底細, 家世;留予人探聽
lau6 ho3 lang6 tam4 tiann1/lau3 ho3 lang3 tam4
tiann1 女方要多留一點餘地, 供男方來打聽詳細。

tan

趁　**[tan3; than3]** Unicode: 8D81, 台語字: tanx
[tan3; than3] 賺,得利,作息,模仿,有作賺　tan3

好趁[hor1 tan3; ho1 than3] 容易謀生, 利潤多。

趁著[tan3 diorh5; than3 tioh4] 賺得到利益, 例詞趁著一
萬　tan4 diorh5 zit5 van6 賺到了一萬元了。

趁樣[tan4 iunn6; than2 iunn7] 模仿, 例詞有樣趁樣　u3
iunn6 tan4 iunn6 有樣學樣。

趁食[tan4 ziah1; than2 tsiah8] 謀生, 工作, 例詞趁無食
tan4 vor6/3 ziah1 沒辦法賺錢養家活口, 賺不到錢;

趁食人　tan4 ziah5 lang2 上班族, 受僱的人, 從事
商業工作的人, 勞動者;趁食查某　tan4 ziah5 za6
vo4 從事色情行業工作的女子;去四界趁食　ki4 si4
ge4 tan4 ziah1 到各地找工作謀生。

趁錢[tan4 zinn2; than2 tsinn5] 賺錢, 例詞趁錢有數, 性
命嘜顧　tan4 zinn2 iu1 so3 senn4/senn4 miann6 ai4
go3 賺不了多少錢, 不要為錢而去犧牲性命;一個
人一生賺多少錢都有定數, 千萬不要為了賺錢而喪
命。

趁私奇[tan4 sai6 kia1; than2 sai7 khia1] 賺存私房錢。

趁無食[tan4 vor6/vor3 ziah1; than2 bo7/bo3 tsiah8] 沒辦
法賺錢養家活口, 賺不到錢。

閹雞趁鳳飛[iam6 ge1 tan4 hong3 bue1/iam6 gue1 tan4
hong3 be1; iam7 ke1 than2 hong3 pue1/iam7 kue1
than2 hong3 pe1] 閹割過的公雞卻想模仿鳳凰般地
飛舞, 喻不自量力。

寫冊趁出名[sia1 ceh5 tan4 cut1 miann2; sia1 tsheh4 than2
tshut8 -] 著作可得到名氣。

坦　**[tan4; than2]** Unicode: 5766, 台語字: tany
[tan4, tann4; than2, thann2] 平坦

坦直[tan1 dit1; than1 tit8] 直的, 放直的, 同坦踦　tan1
kia6。

坦倒[tan1 dor4; than1 to2] 橫的, 放橫的, 同坦橫　tan1
huainn2/huinn2。

坦橫[tan1 huainn2/huinn2; than1 huainn5/huinn5] 橫的,
放橫的, 同坦倒　tan1 dor4。

坦踦[tan1 kia6; than1 khia7] 直的, 放直的, 同坦直　tan1
dit1。

坦仆[tan1 pak5; than1 phak4] 面朝下的。

tang

捅　**[tang1; thang1]** Unicode: 630F, 台語字: tangf
[tang1; thang1] 可以,可得,能夠,肯,為,借用字,相關
字倲　dang3 能夠,可以;當　dong1 正值;通　tong1
交通

咁捅[gam1 tang1; kam1 thang1] 可以嗎?。

不捅[m3 tang1; m3 thang1] 不要, 千萬不可以, 例詞杯
底, 不捅飼金魚　bue6 de4 m3 tang6 ci3 gim6 hi2 要
乾了這一杯, 不可留酒來飼養金魚, 引申不可以養
小白臉或養小老婆。

有厝捅蹛[u3 cu3 tang6 dua3; u3 tshu3 thang7 tua3] 有房
子可得住, 有作有捅蹛　u3 tang6 dua3。

會得捅成功[e3 diy1 tang6 seng6/seng3 gong1; e3 - thang7
sing7/sing3 kong1] 能夠成功。

歹路不捅行[painn1 lo6 m3 tang6 giann2; phainn1 loo7 m3
thang7 kiann5] 不要走上絕路。

不知捅抑不捅[m3 zai6 tang1 ah5 m3 tang1; m3 tsai7
thang1 ah4 m3 thang1] 不知道可以或者是不可以。

通　**[tang1; thang1]** Unicode: 901A, 台語字: tangf
[tang1, tong1; thang1, thong1] 透明,流通

通風[tang6 hong1; thang7 hong1] 空氣流通的。

通湠[tang6 tau4; thang7 thau2] 消洩, 流通, 例詞怨怠無

台語字:	獅 saif	牛 quw	豹 bax	虎 hoy	鴨 ah	象 ciunn	鹿 lokf
通用拼音:	獅 sai1	牛 qu2	豹 ba3	虎 ho4	鴨 ah5	象 ciunn6	鹿 lok1
北京語:	山 san1	明 meng2	水 sue3	秀 sior4	的 dorh5	中 diong6	壢 lek1
普通話:	山 san1	明 meng2	水 sue3	秀 sior4	的 dorh0	中 diong6	壢 lek1

塊通湠 uan4 kui3 vor6/3 de3 tang6 tau4 怨氣無地
方可消湠。

窗 [tang1; thang1] Unicode: 7A97, 台語字: tangf
[cong1, tang1, tshong1, thang1] 窗戶

西窗[se6 tang1; se7 thang1] 女人的房間, 閨房, 例詞月
光照西窗 queh5 gng1 zior4 se6 tang1 月光照在女
人的閨房。

天窗[tinn6 tang1; thinn7 thang1] 在屋頂開洞, 使光線照
進來, 轎車的車頂的窗子, 例詞雨對天窗潑入迷
ho6 dui4 tinn6 tang1 puah1 jip5/lip5 lai3 雨從對天窗
滲到屋內。

三角窗[sann6 gak1 tang1; sann7 kak8 thang1] 轉角的房
子, 交义路口的建築物, 例詞三角窗的厝上好賣
sann6 gak1 tang1 e6/3 cu3 siong3 hor1 ve6 十字路口
的房屋最容易賣出去。

窗仔口[tang6 a1 kau4; thang7 a1 khau2] 窗口。

曈 [tang1; thang1] Unicode: 66C8, 台語字: tangf
[tang1; thang1] 黎明時刻, 透明, 光亮。

曈光[tang6 gng1; thang7 kng1] 透明, 光亮, 例詞曈光曈
光 tang6 gng6 tang6 gng1 透明狀, 光亮狀。

瞳 [tang1; thang1] Unicode: 77B3, 台語字: tangf
[dong2, tang1; tong5, thang1] 瞳孔

挩瞳[tuah1 tang1; thuah8 thang1] 鬥雞眼。

目睭挩瞳[vak5 ziu1 tuah1 tang1; bak4 tsiu1 thuah8
thang1] 鬥雞眼, 看走了眼。

桐 [tang2; thang5] Unicode: 6850, 台語字: tangw
[dang2, dong2, tang2; tang5, tong5, thang5] 樹名

桐油[tang6 iu2; thang7 iu5] 用油桐樹的樹子搾製的油,
為油漆的原料。

蟲 [tang2; thang5] Unicode: 87F2, 台語字: tangw
[tang2, tiong2; thang5, thiong5] 昆蟲類之總稱, 寄
生蟲

蚊蟲[vang1 tang2; bang1 thang5] 蚊子, 蚊呐及昆蟲的總
稱。

米蟲[vi1 tang2; bi1 thang5] 只會坐食山空而不就業的懶
惰蟲, 冗員, 操縱米價的商人。

蚼蟲[gu6 tang2; ku7 thang5] 蚜蟲, 專吃嫩葉的蝝蟲, 有
作蚼仔蟲 gu6 a1 tang2。

蟲多[tang6/tang3 tua6; thang7/thang3 thua7] 昆蟲類之總
稱, 有作蟲仔多仔 tang6/3 a1 tua3 a4。

蚼仔蟲[gu6 a1 tang2; ku7 a1 thang5] 蚜蟲, 蝝蟲, 有作
蚼仔蟲 gu6 a1 tang2。

茶蛔蟲[tau3 vin3 tang2; thau3 bin3 thang5] 驅除蛔蟲。

迵 [tang3; thang3] Unicode: 8FF5, 台語字: tangx
[tang3; thang3] 雙向相通的,達到,穿過,沒有阻撓
的,相關字通 tang1 透明, 流通;通 tong1 到達, 但只
是單向

佋迵[sior6 tang3; sio7 thang3] 相互暢通的, 沒有阻撓的,
直達的, 例詞佋梆迵 sior6 lang4 tang3 可以相互貫
通的;二條路佋迵 nng3 diau6/3 lo6 sior6 tang3 二條
路是相互暢通的。

迵過[tang4 gue3/ge3; thang2 kue3/ke3] 穿過。

迵到[tang4 gau3; thang2 kau3] 達到, 通到..., 同透到
tau4 gau3, 例詞高速公路迵到高雄 gor6 sok1 gong6
lo6 tang4 gau4 gor6 iong2 高速公路可以一直通到
高雄市。

迵海[tang4 hai4; thang2 hai2] 通到海中的, 喻許多許多,
例詞飲迵海 lim6 tang4 hai4 喝酒可以喝不完;食迵
海 ziah5 tang4 hai4 吃東西可以吃不完;迵海的
tang4 hai4 e3 取之不盡, 用之不竭。

規年迵天[gui6 ni6/ni3 tang4 tinn1; kui7 ni7/ni3 thang2
thinn1] 一整年。

痌 [tang3; thang3] Unicode: 75CC, 台語字: tangx
[tang3; thang3] 痛苦,愛情,代用字,相關字疼
tiann3 愛惜,疼惜

疼痌[tiann4 tang3; thiann2 thang3] 愛惜, 疼惜, 不宜作
痛疼 tiann4 tang3, 例詞佋疼痌 sior6 tiann4 tang3
互相疼惜, 互相憐愛。

篅 [tang3; thang3] Unicode: 7C1E, 台語字: tangx
[tang3; thang3] 衣櫥,圓形竹箱

篅笥[tang4 su3; thang2 su3] 衣櫥, 圓形竹箱為篅, 方形
竹箱為笥, 係日語詞篅笥 tansu 衣櫥, 例詞好運的,
著篅笥, 歹運的, 著番仔火 hor1 un6 e6 diorh5
tang4 su3 vai1 un6 e6 diorh5 huan6 a1 hue4 好運氣
的人, 抽中了一座衣櫥, 運氣不佳的人, 只抽到一
小盒火柴, 喻各人運氣不同。

桶 [tang4; thang2] Unicode: 6876, 台語字: tangy
[tang4; thang2] 圓形木桶

飯桶[bng3 tang4; png3 thang2] 裝米飯用的木桶, 可以裝
上許多的米飯, 引申只會吃飯卻不會做事的人。

佝桶[gu6 tang4; ku7 thang2] 沒本事卻又驕傲自大的人,
裝腔作勢, 有作屎桶 sai1 tang4。

桶柑[tang1 gam1; thang1 kam1] 甜桔, 甜柑, 產於台灣
北部, 平埔族叫甜柑為 tan-gor, 漢人改稱為桶柑
tang1 gam1, 與水桶無關, 取其音而已。

半桶師[buann4 tang1 sai1; puann2 thang1 sai1] 技藝只學
會一半的人, 尚不能成為師父。

tann

抣 [tann4; thann2] Unicode: 62D5, 台語字: tanny
[tann4; thann2] 承托,諂媚,代用字,相關詞托 tuh5
用手掌向上承接

抣咧[tann4 le3; thann2 le3] 頂住, 托住, 例詞用手抣咧
iong3 ciu4 tann4 le3 用手頂住。

抣予稠[tann1 ho6 diau2; thann1 hoo7 tiau5] 承接得緊,
承接得牢。

抪抪抣抣[po6 po6 tann1 tann4/po3 po3 tann1 tann4;
phoo7 phoo7 thann1 thann2/phoo3 phoo3 thann1
thann2] 奉承, 諂媚。

扶扶抣抣[hu6 hu6 tann1 tann4; hu7 hu7 thann1 thann2]
擁戴, 拍馬屁。

台語字:	獅 saif	牛 quw	豹 bax	虎 hoy	鴨 ah	象 ciunn	鹿 lokf
通用拼音:	獅 sai1	牛 qu2	豹 ba3	虎 ho4	鴨 ah5	象 ciunn6	鹿 lok1
北京語:	山 san1	明 meng2	水 sue3	秀 sior4	的 dorh5	中 diong6	壢 lek1
普通話:	山 san1	明 meng2	水 sue3	秀 sior4	的 dorh0	中 diong6	壢 lek1

tap

塌　**[tap5; thap4]** Unicode: 584C, 台語字: tap
　　[lap5, tap5; lap4, thap4] 凹下,塌陷,虧損,財貨流失,
　　同凹　lop5
倒塌[dor4 tap5; to2 thap4] 賠錢貨。
塌本[tap1 bun4; thap8 pun2] 賠了本錢。
塌腳[tap1 ka1; thap8 kha1] 補缺, 湊人數, 例詞塌一腳
　　tap1 zit5 ka1 湊一腳。
塌落去[tap5 lorh5 ki3; thap4 loh4 khi3] 塌陷下去, 相關
　　詞躂落去　lap5 lorh5 ki3 腳踩下去。

tat

窒　**[tat5; that4]** Unicode: 7A92, 台語字: tat
　　[tat5, zat1, zit5; that4, tsat8, tsit4] 塞,阻塞,相關字
　　寔　zat1 實心的,密實的;塞　sat5 塞住
窒仔[tat1 a4; that8 a2] 瓶塞子。
窒車[tat1 cia1; that8 tshia1] 塞車。
窒稠咧[tat1 diau2 le3; that8 thiau5 le3] 塞起來。
窒嘴孔[tat1 cui4 kang1; that8 tshui2 khang1] 給食物吃,
　　送入虎口, 行賄, 塞住嘴巴使不說出實話。
窒佮淀滿滿[tat1 gah1 dinn3 van1 van4; that8 kah8 tinn3
　　ban1 ban2] 塞滿了。

踢　**[tat5; that4]** Unicode: 8E22, 台語字: tat
　　[tat5; that4] 以腳重踢,步行,相關字踢　dang4 吃驚
　　受怕,冒失魯莽
起腳踢[ki1 ka6 tat5; khi1 kha7 that4] 用力踢。
踢著鐵枋[tat1 diorh5 tih1 bang1; that8 tioh4 thih8 pang1]
　　踢到鐵板, 碰到強硬的人, 碰到高強的對手。
踦崾高山　看馬相踢[kia3 guan6/guan3 suann1 kuann4
　　ve4 sior6 tat5; khia3 kuan7/kuan3 suann1 khuann2
　　be2 sio7 that4] 站在高地, 俯看二馬相鬥, 喻隔岸
　　觀火, 觀看別人相互慘殺, 以收私利。
孬孬仔馬　嘛有一步踢[vai1 vai1 a1 ve4 ma3 u3 zit5 bo3
　　tat5; bai1 bai1 a1 be2 ma3 u3 tsit4 poo3 that4] 再差
　　勁的馬, 也總有會踢一腳吧!, 再差勁的人, 也有一
　　技之長, 引申百害也有一利。

踶　**[tat5; that4]** Unicode: 8E4B, 台語字: tat
　　[lap5, lop5, tat5; lap4, lop4, that4] 糟踶,侮罵
糟踶[zau6 tat5; tsau7 that4] 浪費物品或資源。
糟踶物件[zau6 tat1 mih5 giann6; tsau7 that8 mih4 kiann7]
　　浪費物品或資源。
不捅糟踶好食物仔[m3 tang6 zau6 tat1 hor1 ziah5 mih5
　　a4; m3 thang7 tsau7 that8 ho1 tsiah4 mih4 a2] 千萬
　　不可以糟踶食物。

tau

偷　**[tau1; thau1]** Unicode: 5077, 台語字: tauf
　　[tau1; thau1] 竊盜,暗中
偷掖[tau6 iap5; thau7 iap4] 窩藏, 例詞偷掖私奇　tau6
　　iap1 sai6 kia1 偷偷地私藏私房錢。
偷囥[tau6 kng3; thau7 khng3] 暗中放置, 隱瞞, 例詞偷
　　囥機關　tau6 kng4 gi6 guan1 暗藏陷阱或利器。
偷掠[tau6 liah1; thau7 liah8] 偷抓。
偷食[tau6 ziah1; thau7 tsiah8] 偷吃, 男女私通款曲, 例
　　詞會曉偷食, 袂曉拭嘴　e3 hiau1 tau6 ziah1
　　vue3/ve3 hiau1 cit1 cui3 只知道偷吃, 卻不會把嘴
　　巴擦乾淨, 喻不知道要煙滅証据。
著賊偷[diorh5 cat5 tau1; tioh4 tshat4 thau1] 遭小偷光顧,
　　遭竊。
偷疶尿[tau6 cua3 zior6; thau7 tshua3 tsio7] 睡覺時, 尿
　　失禁, 尿床。
偷疶屎[tau6 cuah1 sai4; thau7 tshuah8 sai2] 在無法控制
　　的情況下而大便失禁, 有作疶屎　cuah1 sai4。
偷挈錢[tau6 keh5 zinn2; thau7 kheh4 tsinn5] 偷拿別人的
　　錢。
偷生囝[tau6 senn6/sinn6 giann4; thau7 senn7/sinn7
　　kiann2] 非婚生子。
偷食步[tau6 ziah5 bo6; thau7 tsiah4 poo7] 作弊, 旁門邪
　　道。
偷咬雞仔[tau6 ga3 ge6 a4; thau7 ka3 ke7 a2] 女人有婚外
　　情, 養小白臉, 偷男人。
偷來暗去[tau6 lai2 am4 ki3; thau7 lai5 am2 khi3] 男女私
　　通款曲, 陳倉暗渡。
細漢偷挽匏　漢偷牽牛[se4 han3 tau6 van1 bu2 dua3
　　han3 tau6 kan3 qu2; se2 han3 thau7 ban1 pu5 tua3
　　han3 thau7 khan3 gu5] 小孩子若偷摘採別人家的葫
　　蘆瓜, 父母不加以教訓阻止, 長大了, 就會變成偷
　　牛大盜了。

頭　**[tau2; thau5]** Unicode: 982D, 台語字: tauw
　　[tau2, tior2; thau5, thio5] 頭部,首領,起點,殘渣,上
　　下
車頭[cia6 tau2; tshia7 thau5] 車站。
樹頭[ciu3 tau2; tshiu3 thau5] 樹根, 例詞死貓吊樹頭　si1
　　niau1 diau4 ciu3 tau2 往日的習俗, 貓死了要吊在樹
　　上, 任其腐爛;吃水果, 拜樹頭　ziah5 zui1 gor4 bai4
　　ciu3 tau2 吃了水果, 就要感謝樹根, 供應水果, 喻
　　要感恩, 飲水思源。
齣頭[cut1 tau2; tshut8 thau5] 節目, 花樣, 花招, 例詞抔
　　齣頭　binn4 cut1 tau2 變把戲, 耍花樣, 搞名堂, 不
　　宜作變齣頭　binn4 cut1 tau2。
店頭[diam4 tau2; tiam2 thau5] 店面, 商店, 有作店鋪
　　diam4 po6。
扰頭[dim4/dom4 tau2; tim2/tom2 thau5] 點頭同意, 打招
　　呼, 相關詞頕頭　dam4 tau2 點頭, 認錯, 臣服。
角頭[gak1 tau2; kak8 thau5] 地方的各個角落, 各個地
　　方, 有作地頭　de3 tau2。
日頭[jit5/lit5 tau2; jit4/lit4 thau5] 太陽。
踦頭[kia3 tau2; khia3 thau5] 帶領眾人, 位居首領的位
　　置, 例詞踦頭前　kia3 tau6/3 zeng2 站在隊伍的前

頭, 帶領隊伍, 要當首領。

標頭[piau6 tau2; phiau7 thau5] 商標, 標記, brand, 相關詞號頭 hor3 tau2 號碼, 序號, 箱號, numbering;嘜頭 vak5 tau2 標記, 係英語詞 mark。

踅頭[seh5 tau2; seh4 thau5] 掉頭, 轉回頭。

越頭[uat5 tau2; uat4 thau5] 頭轉回來, 相關詞幹倒轉 uat1 dor4 dng4 調頭, 回轉。

嘜頭[vak5 tau2; bak4 thau5] 商標, 標記, 有作作墨頭 vak5 tau2, 係英語詞 mark, 相關詞號頭 hor3 tau2 號碼, 序號, 箱號;標頭 piau6 tau2 商標, 標記。

症頭[zeng4 tau2; tsing2 thau5] 症狀, 壞習慣。

頭家[tau6/tau3 ge1; thau7/thau3 ke1] 主人, 雇主。

頭香[tau6/tau3 hiunn1; thau7/thau3 hiunn1] 早香, 例詞進頭香 zin4 tau6/3 hiunn1 進早香。

頭人[tau6/tau3 lang2; thau7/thau3 lang5] 酋長, 原住民部落社會的領袖, 地方的領袖。

房頭仔[bang6 tau6 a4/bang3 tau3 a4; pang7 thau7 a2/pang3 thau3 a2] 各房的宗親, 同一房系的, 有作親堂 cin6 dong2, 例詞房頭仔內 bang6/3 tau6 a1 lai6 同一房系的親戚。

出頭天[cut1 tau6 tinn1; tshut8 thau7 thinn1] 入獄服刑, 期滿而釋放出獄, 重見天日, 即出頭見天, 現在引申為脫離苦難, 成功, 走出困境, 出人頭地, 例詞台灣人出頭天 dai6 uan6 lang2 cut1 tau6 tinn1/dai3 uan3 lang2 cut1 tau3 tinn1 政權輪替, 台灣人終於出頭天。

踏話頭[dah5 ue3 tau2; tah4 ue3 thau5] 開始說話時, 先講明白, 書的序文。

頭拄仔[tau6/tau3 du1 a4; thau7/thau3 tu1 a2] 剛剛。

頭份鎮[tau6 hun3 din3; thau7 hun3 tin3] 在苗栗縣。

頭屋鄉[tau6 ok1 hiang1; thau7 ok8 hiang1] 在苗栗縣。

頭城鎮[tau6 siann6 din3; thau7 siann7 tin3] 在宜蘭縣。

頭前溪[tau6 zeng6 ke1; thau7 tsing7 khe1] 溪名, 流經新竹縣市, 在南寮出海。

頭上仔[tau6 zionn3 a4/tau3 ziunn3 a4; thau7 tsionn3 a2/thau3 tsiunn3 a2] 頭胎的孩子, 例詞育頭上仔 ior6 tau6 zionn3 a4/ior6 tau3 ziunn3 a4 生育及養育頭胎的孩子。

頭水的[tau6/tau3 zui4 e3; thau7/thau3 tsui2 e3] 第一期的, 第一回的。

頭仔尾仔[tau6 a1 vue4 a4/tau3 a1 ve4 a4; thau7 a1 bue1 a2/thau3 a1 be1 a2] 頭尾, 最前頭的與最後的。

頭殼歹去[tau6/tau3 kak5 painn4 ki3; thau7/thau3 khak4 phainn2 khi3] 腦筋變壞了, 想不開了, 頭腦不清楚了。

頭目知動[tau6/tau3 vak5 zai6 dang6; thau7/thau3 bak4 tsai7 tang7] 善解人意, 會盡本分。

雙頭無一耦[siang6 tau2 vor6/vor3 zit5 qaunnh5; siang7 thau5 bo7/bo3 tsit4 ngauh4] 兩頭都落空。

透 [tau3; thau3] Unicode: 900F, 台語字: taux
　　[tau3; thau3] 露出,明,刮起風,通達,澈底,摻雜

透風[tau4 hong1; thau2 hong1] 刮起風來, 吹大風, 相關詞湧風 tau1 hong1 在室外, 因空氣流通而乾燥。

透濫[tau4 lam6; thau2 lam7] 摻雜, 例詞透濫著外國語 tau4 lam3 diorh5 qua6 gok1 qi4 與外國語摻雜著使用。

透尾[tau4 vue4/ve4; thau2 bue2/be2] 從頭到尾, 婚姻白

頭偕老。

透早[tau4 za4; thau2 tsa2] 凌晨, 盡早, 一大早。

透種[tau4 zeng4; thau2 tsing2] 混過血, 有外國血統。

行透透[giann6/giann3 tau4 tau3; kiann7/kiann3 thau2 thau3] 都走遍了。

透天厝[tau4 tinn6 cu3; thau2 thinn7 tshu3] 整棟的房屋, 連棟式的房子, 不是公寓建物。

透風落雨[tau4 hong6 lorh5 ho6; thau2 hong7 loh4 hoo7] 刮風下雨, 引申為全天候。

湊 [tau4; thau2] Unicode: E8ED, 台語字: tauy
　　[tau4; thau2] 透氣,流通,代用字.相關字透 tau3 露出,透明

通湊[tang6 tau4; thang7 thau2] 消洩, 流通, 例詞怨氣無塊通湊 uan4 kui3 vor6/3 de3 tang6 tau4 怨氣無地方可消洩。

湊氣[tau1 kui3; thau1 khui3] 通風, 透氣, 透一口氣, 解悶氣, 訴苦解悶。

無路捅湊氣[vor6/vor3 lo6 tang6 tau1 kui3; bo7/bo3 loo7 thang7 thau1 khui3] 沒有管道可疏通悶氣。

怨氣　無塊捅湊[uan4 kui3 vor6/vor3 de3 tang6 tau4; uan2 khui3 bo7/bo3 te3 thang7 thau2] 怨氣無地方可消洩, 代用詞。

捅 [tau4; thau2] Unicode: 636F, 台語字: tauy
　　[tau4; thau2] 鬆綁,釋放,代用字,原作擣 tau4,原義搗之,解之.有作解 tau4

捅放[tau1 bang3; thau1 pang3] 鬆綁, 解開死結, 釋放。

捅結[tau1 gat5; thau1 kat4] 解開繩結。

捅開[tau1 kui1; thau1 khui1] 解開, 例詞捅開索結 tau1 kui6 sor4 gat5 解開繩結。

茶 [tau6; thau7] Unicode: 837C, 台語字: tau
　　[tau6; thau7] 毒殺,同毒 tau6

茶蛔蟲[tau3 vin3 tang2; thau3 bin3 thang5] 驅除蛔蟲, 有作毒蛔蟲 tau3 vin3 tang2。

毒 [tau6; thau7] Unicode: 6BD2, 台語字: tau
　　[dok1, tau6; tok8, thau7] 下毒,毒殺,爾雅釋草註:又置毒於物曰毒.代用字,有作茶 tau6

毒蟲[tau3 tang2; thau3 thang5] 驅蟲, 殺蟲。

毒魚仔[tau3 hi6/hi3 a4; thau3 hi7/hi3 a2] 毒殺水中的活魚。

毒鳥鼠[tau3 niau1 ci4; thau3 niau1 tshi2] 以毒餌毒殺老鼠。

毒神經[tau3 sin6/sin3 geng1; thau3 sin7/sin3 king1] 牙科醫師對蛀牙, 施以根管治療, 有作茶神經 tau3 sin6/3 geng1。

毒蛔蟲[tau3 vin3 tang2; thau3 bin3 thang5] 以驅蟲劑驅殺寄生蟲, 例詞毒蛔蟲藥仔 tau3 vin3 tang6/3 iorh5 a4 驅蛔蟲的藥劑。

te

台語字:	獅 saif	牛 quw	豹 bax	虎 hoy	鴨 ah	象 ciunn	鹿 lokf
通用拼音:	獅 sai1	牛 qu2	豹 ba3	虎 ho4	鴨 ah5	象 ciunn6	鹿 lok1
北京語:	山 san1	明 meng2	水 sue3	秀 sior4	的 dorh5	中 diong6	壢 lek1
普通話:	山 san1	明 meng2	水 sue3	秀 sior4	的 dorh0	中 diong6	壢 lek1

推 **[te1; the1]** Unicode: 63A8, 台語字: tef
[cui1, te1, tui1; tshui1, the1, thui1] 推諉

諉推[e6/ue6 te1; e7/ue7 the1] 推諉, 推過。

推辭[te6 si2; the7 si5] 辭卻, 不接受。

相諉推[sior6 e6 te1; sio7 e7 the1] 相互推卸責任, 推過, 相諉。

推推予汝一人[te6 te6 ho3 li1 zit5 lang2; the7 the7 hoo3 li1 tsit4 lang5] 完全把責任或過錯都推給你一個人。

促 **[te1; the1]** Unicode: 504D, 台語字: tef
[te1; the1] 倚靠在, 緩緩的, 後斜的, 癱瘓了

促椅[te6 i4; the7 i2] 有椅背的斜背椅, 例詞促佇促椅 te6 di3 te6 i4 斜靠在斜背椅上。

促咧[te6 le1; the7 le1] 斜靠著。

促落去[te1 lorh5 ki3; the1 loh4 khi3] 倒下去了, 癱瘓了。

退 **[te3; the3]** Unicode: 9000, 台語字: tex
[te3, tue3; the3, thue3] 退出

退僮[te4 dang2; the2 tang5] 神靈離開乩童, 乩童停止作法。

退定[te4 diann6; the2 tiann7] 解除訂婚的約定, 有作退婚 te4 hun1。

退婚[te4 hun1; the2 hun1] 解除訂婚的約定, 有作退定 te4 diann6, 例詞阿西參阿新退婚 a6 se1 cam3 a6 sin1 te4 hun1 阿西與阿新退了婚約。

退時行[te4 si6/si3 giann2; the2 si7/si3 kiann5] 不再流行。

替 **[te3; the3]** Unicode: 66FF, 台語字: tex
[te3, tui3; the3, thui3] 代替,更換,幫忙

代替[dai3 te3; tai3 the3] 更換。

交替[gau6 te3; kau7 the3] 世代交替, 枉死鬼找替死鬼來更替, 以便轉世。

替人拍腳倉[te4 lang6/lang3 pah1 ka6 cng1; the2 lang7/lang3 phah8 kha7 tshng1] 只替別人去做事, 沒有任何結果, 引申徒勞無功。

替人哭　無目屎[te4 lang6 kau3 vor6 vak5 sai4/te4 lang3 kau3 vor3 vak5 sai4; the2 lang7 khau3 bo7 bak4 sai2/the2 lang3 khau3 bo3 bak4 sai2] 替別人去傷心流淚, 只是假裝的罷了, 引申假哭無淚。

teh

宅 **[teh1; theh8]** Unicode: 5B85, 台語字: tehf
[teh1; theh8] 宅院,住宅

千金買厝宅　萬金買厝邊[cen6 gim1 ve1 cu4 teh1 van3 gim1 vue1 cu4 binn1; tshian7 kim1 be1 tshu2 theh8 ban3 kim1 bue1 tshu2 pinn1] 選擇好鄰居比選擇好房子重要。

挈 **[teh1; theh8]** Unicode: 6308, 台語字: tehf
[keh1, teh1; kheh8, theh8] 拿,取,同提 teh1

挈著[teh5 diorh5; theh4 tioh4] 拿到了, 例詞挈著博士

teh5/keh5 diorh5 pok1 su6 拿到了博士學位。

挈因仔[teh5 qin1 a4; theh4 gin1 a2] 墮胎。

裼 **[teh5; theh4]** Unicode: 88FC, 台語字: teh
[teh5; theh4] 裸露

裎裼[tng4 teh5; thng2 theh4] 裸露身體, 打赤膊, 裸露上半身, 有作裎剝裼 tng4 bak1 teh5;裎白白 tng4 beh5 beh1;裎光光 tng4 gng6 gng1;裎裼裼 tng4 teh1 teh5;。

裼裼[teh1 teh5; theh8 theh4] 一絲不掛, 已經完全沒有了, 例詞裎裼裼 tng4 teh1 teh5 脫得精光, 一絲不掛;輸佮裼裼 su6 gah1 teh1 teh5 輸得分文不留, 輸得精光。

裎腹裼[tng4 bak1 teh5; thng2 pak8 theh4] 裸露身體, 尤指裸露上半身, 有作裎剝裼 tng4 bak1 teh5。

tek

畜 **[tek5; thik4]** Unicode: 755C, 台語字: tek
[tek5, tiok5; thik4, thiok4] 牲畜,在山野為獸,在家叫做畜

畜生[tek1 sinn1; thik8 sinn1] 牲畜, 罵人牲畜不如的話。

ten

天 **[ten1; thian1]** Unicode: 5929, 台語字: tenf
[ten1, tinn1; thian1, thinn1] 上天,天空

天旁[ten6 beng2; thian7 ping5] 人的額頭或天庭, 例詞男天旁, 女下顎 lam2 ten6 beng2 li4 e3 kok5 看相時, 男女分別著重在天庭及下巴的相好不好。

天干[ten6 gan1; thian7 kan1] 古時之計時單位, 即甲 gah5, 乙 it5, 丙 biann4, 丁 deng1, 戊 vo6, 己 gi4, 庚 genn1, 辛 sin1, 壬 zim6, 癸 gui3, 相關詞地支 de3 zi1 古時之計時單位, 有作十二支 sip5 ji3/li3 zi1, 即子 zu4, 丑 tiu4, 寅 in2, 卯 vau4, 辰 sin2, 巳 zi6, 午 qonn4, 未 vi6, 申 sin1, 酉 iu4, 戌 sut5, 亥 hai6。

天良[ten6 liong6; thian7 liong7] 天理及良心, 例詞無天良 vor6/3 ten6 liong2 沒有良心。

天天[ten6 ten1; thian7 thian1] 每天, 相關詞殄殄 ten6 ten1 悠哉悠哉的樣子, 例詞天天醉 ten6 ten6 zui3 每天都喝酒, 每天都醉醺醺的;天天如八仙 ten6 ten1 ji6/3 bat1 sen1 天天過著像相傳中的八仙般的悠哉悠哉又盡情歡樂的生活。

忐 **[ten1; thian1]** Unicode: 5FD0, 台語字: tenf
[ten1; thian1] 意志動搖不定

忐忑[ten6 torh1; thian7 thoh8] 意志不堅定, 糊塗。

老忐忑[lau3 ten6 torh1; lau3 thian7 thoh8] 意志不堅定的人, 糊塗蟲。

台語字:	獅 saif	牛 quw	豹 bax	虎 hoy	鴨 ah	象 ciunn	鹿 lokf
通用拼音:	獅 sai1	牛 qu2	豹 ba3	虎 ho4	鴨 ah5	象 ciunn6	鹿 lok1
北京語:	山 san1	明 meng2	水 sue3	秀 sior4	的 dorh5	中 diong6	壢 lek1
普通話:	山 san1	明 meng2	水 sue3	秀 sior4	的 dorh0	中 diong6	壢 lek1

忐忑不安[ten6 torh5 but1 an1; thian7 thoh4 put8 an1] 內心不安。

展 **[ten4; thian2]** Unicode: 5C55, 台語字: teny
[den4, ten4; tian2, thian2] 姓,打開,相關字搝 ti4 攤開
展開[ten1 kui1/ten4 kui3; thian1 khui1/thian2 khui3] 展開來, 打開。

teng

程 **[teng2; thing5]** Unicode: 7A0B, 台語字: tengw
[deng2, teng2, tiann2; ting5, thing5, thiann5] 進行的步驟
一程[zit5 teng2; tsit4 thing5] 九十里路程為一程, 例詞雨落一程 ho6 lorh5 zit5 teng2 雨下過九十里路, 約需一個時辰, 引申雨下了約二小時;送汝一程過一程 sang4 li1 zit5 teng2 gue4/ge4 zit5 teng2 送你走了很長的路程了。

寵 **[teng4; thing2]** Unicode: 5BF5, 台語字: tengy
[teng4, tiong4; thing2, thiong2]
寵承[teng1 seng6; thing1 sing7] 寵愛, 溺愛, 例詞不捅寵承囝 m3 tang6 teng1 seng6 giann4 不可溺愛孩子而寵壞了他。

tiann

疼 **[tiann3; thiann3]** Unicode: 75BC, 台語字: tiannx
[tiann3; thiann3] 愛惜,疼惜,相關字痛 tiann3,tong3 肉體上的苦痛;痟 tang3 痛苦,愛情
疼囝[tiann4 giann4; thiann2 kiann2] 疼愛孩子。
疼痟[tiann4 tang3; thiann2 thang3] 愛惜, 疼惜, 不宜作痛疼 tiann4 tang3, 例詞佋疼痟 sior6 tiann4 tang3 互相疼惜, 互相憐愛;疼痟咱台灣 tiann4 tang4 lan1 dai6/3 uan2 愛惜我們的台灣, 疼惜我們的台灣。
得人疼[dit1 lang6/lang3 tiann3; tit8 lang7/lang3 thiann3] 得人的疼愛, 喜愛, 惹人憐愛。
疼命命[tiann4 miann3 miann6; thiann2 - -] 惜之如命。
疼囝連孫[tiann4 giann4 len6/len3 sun1; thiann2 kiann2 lian7/lian3 sun1] 父母疼愛子女, 也會及於孫子。
公媽疼大孫[gong6 ma4 tiann4 dua3 sun1; kong7 ma2 thiann2 tua3 sun1] 祖父母都是疼愛大孫子。

痛 **[tiann3; thiann3]** Unicode: 75DB, 台語字: tiannx
[tiann3, tong3; thiann3, thong3] 肉體上的苦痛,相關字痛 tong3 精神上的苦楚;疼 tiann3 愛惜,疼惜
病痛[benn3/binn3 tiann3; piann3/pinn3 thiann3] 。
癢的不扒　痛的硞硞抓[ziunn6 e6 m3 be2 tiann3 e3 kok1 kok1 jiau3/liau3; tsiunn7 e7 m3 pe5 thiann3 e3 khok8 khok8 jiau3/liau3] 值得去照顧的, 你不去照顧;不必去照顧的, 你卻要去照顧, 喻顛倒是非。

tiau

刁 **[tiau1; thiau1]** Unicode: 5201, 台語字: tiauf
[diau1, tiau1; tiau1, thiau1] 為難,故意,相關字叼 diau1 咬
刁致故[tiau6 di4 go6; thiau7 ti2 koo7] 故意, 明知故犯, 有作刁意故 tiau6 i4 go3;刁故意 tiau6 go4 i3 。
刁故意[tiau6 go4 i3; thiau7 koo2 i3] 故意, 明知故犯, 有作刁意故 tiau6 i4 go3;刁致故 tiau6 di4 go6 。
老猴刁致激[lau3 gau2 tiau6 di4 gek5; lau3 kau5 thiau7 ti2 kik4] 故意, 明知故犯。

柱 **[tiau6; thiau7]** Unicode: 67F1, 台語字: tiau
[tiau6; thiau7] 柱子
棟柱[dong4 tiau6; tong2 thiau7] 屋頂的大中柱。
柱仔腳[tiau3 a1 ka1; thiau3 a1 kha1] 柱子的底端, 組織的單位, 選舉的樁腳, 買票及賄選的里長或鄰長。
做楹仔　做柱仔[zor4 inn6/inn3 a4 zor4 tiau3 a4; tso2 inn7/inn3 a2 tso2 thiau3 a2] 做為家庭中的支柱, 當做傳家寶, 如選媳婦要取勤勞又會察言觀色者為上選。

祧 **[tiau6; thiau7]** Unicode: 7967, 台語字: tiau
[tiau6; thiau7] 子孫的房系,房祧
房祧[bang6/bang3 tiau6; pang7/pang3 thiau7] 子孫的房系。
大祧[dua3 tiau6; tua3 thiau7] 大房的房系, 大兒子的後代, 有作大房 dua3 bang2;正祧 ziann4 tiau6 。

tih

鐵 **[tih5; thih4]** Unicode: 9435, 台語字: tih
[tih5; thih4] 姓,鋼鐵,健康,強硬
鐵齒[tih1 ki4; thih8 khi2] 不相信別人所說的事情, 倔強嘴硬, 不信邪, 有作鐵齒銅牙槽 tih1 ki4 dang6/3 qe6/3 zor2 。
鐵國山[tih1 gok1 san1; thih8 kok8 san1] 日本領台初期, 最強烈及最長期的抗日運動, 有稱作天運抗日。

tim

鴆 **[tim1; thim1]** Unicode: 9D06, 台語字: timf
[tim1; thim1] 陰險,不老實,同魃 tim1
陰鴆[im6 tim1; im7 thim1] 陰險, 同陰魃 im6 tim1 。
陰鴆狗[im6 tim6 gau4; im7 thim7 kau2] 陰險的人, 例詞陰鴆狗, 咬人侏哮 im6 tim6 gau4 ga3 lang2 ve3/vue3 hau4 會咬人的惡犬, 通常是不會亂吠叫的, 引申陰險的人, 都不會露臉的。
陰鴆惡毒[im6 tim1 ok1 dok1; im7 thim1 ok8 tok8] 陰險極惡。

台語字:	獅 saif	牛 quw	豹 bax	虎 hoy	鴨 ah	象 ciunn	鹿 lokf
通用拼音:	獅 sai1	牛 qu2	豹 ba3	虎 ho4	鴨 ah5	象 ciunn6	鹿 lok1
北京語:	山 san1	明 meng2	水 sue3	秀 sior4	的 dorh5	中 diong6	壢 lek1
普通話:	山 san1	明 meng2	水 sue3	秀 sior4	的 dorh0	中 diong6	壢 lek1

tinn

天　**[tinn1; thinn1]** Unicode: 5929, 台語字: tinnf
　　[ten1, tinn1; thian1, thinn1] 皇天,天下
變天[ben4 ten1; pian2 thian1] 換了朝代, 執政黨下台,
　　由別的政黨執政, 台灣在 2000 年終於變天了。
天光[tinn6 gng1; thinn7 kng1] 天亮了。
天公[tinn6 gong1; thinn7 kong1] 天神, 蒼天, 老天爺,
　　皇天, 老天, 有作天公伯阿　tinn6 gong6 beh5 a3。
天註定[tinn1 zu4 diann6; thinn1 tsu2 tiann7] 天命已定,
　　人無法勝天, 只能順天而為。
天公仔囝[tinn6 gong6 a1 giann4; thinn7 kong7 a1 kiann2]
　　幸運兒, 得天獨厚的人, 大難不死的人。
加天公借膽[ga3 tinn6 gong1 zior4 dann4; ka3 thinn7
　　kong1 tsio2 tann2] 向天借膽, 膽大包天。
人咧做　天咧看[lang2 le1 zor3 tinn1 le1 kuann3; lang5
　　le1 tso3 thinn1 le1 khuann3] 人行善與惡, 上天皆
　　知, 因果鐵律自有報, 引申勸人行善去惡。
當天有咒詛　摃破堝仔卦[dng6 tinn1 u3 ziu4 zua6 gong4
　　pua4 ue6 a1 gua3; tng7 thinn1 u3 tsiu2 tsua7 kong2
　　phua2 ue7 a1 kua3] 在蒼天的底下, 發重誓, 決不反
　　悔。

tiong

塚　**[tiong4; thiong2]** Unicode: 585A, 台語字: tiongy
　　[tiong4; thiong2] 墳場,墓地,草埔
塚仔[tiong1 a4; thiong1 a2] 墳墓。
草仔塚[cau1 a1 tiong4; tshau1 a1 thiong2] 雜草叢生的地
　　方, 有作草仔埔　cau1 a1 bo1。
塚仔埔[tiong1 a1 bo1; thiong1 a1 poo1] 墳場, 同塚仔
　　tiong1 a4;墓仔埔　vong3 a1 bo1。

tior

粜　**[tior3; thio3]** Unicode: 7C9C, 台語字: tiorx
　　[tior3; thio3] 賣出米糧,係糶 tior3 的簡寫,相關字
　　籴　diah1 購入米糧

糶　**[tior3; thio3]** Unicode: 7CF6, 台語字: tiorx
　　[tior3; thio3] 賣出米糧,簡寫為粜 tior3,相關字糴
　　diah1 購入米糧
糶粟[tior4 cek5; thio2 tshik4] 賣出稻穀。
糶出[tior4 cut5; thio2 tshut4] 賣出米糧。
糶米[tior4 vi4; thio2 bi2] 賣出白米。
糶人了矣[tior4 lang6/lang3 liau4 a3; thio2 lang7/lang3
　　liau2 a3] 已經把米糧賣出給別人了。

tit

迌　**[tit5; thit4]** Unicode: EC4B, 台語字: tit
　　[cit5, tit5; tshit4, thit4] 遊玩,停留,隨便
　　的,耍玩女人
迌迌[cit1/tit1 tor2; tshit8/thit8 tho5] 漫步,
　　遊玩, 不務正業, 涉足黑道。
迌迌人[cit1 tor6 lang2/tit1 tor3 lang2; tshit8
　　tho7 lang5/thit8 tho3 lang5] 四處遊玩的人,
　　不務正業的人。
迌迌物仔[cit1 tor6 mih5 a4/tit1 tor3 mih5 a4;
　　tshit8 tho7 mih4 a2/thit8 tho3 mih4 a2] 玩
　　物。
迌迌囝仔[cit1 tor6 qin1 a4/tit1 tor3 qin1 a4;
　　tshit8 tho7 gin1 a2/thit8 tho3 gin1 a2] 四
　　處遊玩的人, 不務正業的人。
迌迌查某[cit1 tor6 za6 vo4/tit1 tor3 za6 vo4;
　　tshit8 tho7 tsa7 boo2/thit8 tho3 tsa7 boo2]
　　耍女人, 玩女人。
迷花蓮迌迌[lai1 hua6 len2 cit1/tit1 tor2; lai1
　　hua7 lian5 tshit8/thit8 tho5] 我們到花蓮去
　　遊玩。

tiu

抽　**[tiu1; thiu1]** Unicode: 62BD, 台語字: tiuf
　　[liu1, tiu1; liu1, thiu1] 抽取
抽籤[liu6/tiu6 ciam1; liu7/thiu7 tshiam1] 抽竹籤, 以求神
　　問卜, 相關詞抽鬮 liu6/tiu6 kau1 抽簽以決定名次
　　或順序, 例詞抽籤詩 liu6/tiu6 ciam6 si 在寺廟中,
　　抽出詩籤, 其籤文以詩句寫成。
抽鬮[liu6/tiu6 kau1; liu7/thiu7 khau1] 抽簽以決定名次或
　　順序, 抽出有選項的紙條, 有作抽拷 tiu6 kau1;抽
　　鬮仔 liu6/tiu6 kau6 a4。
抽壽[tiu6 siu6; thiu7 siu7] 晚輩向長輩送麵線, 以為祝
　　壽或添福壽。
抽籤卜卦[tiu6/liu6 ciam1 bok1 gua3; thiu7/liu7 tshiam1
　　pok8 kua3] 抽竹籤, 以求神問卜。
抽豬母租[tiu6 di6 vu1/vor1 zo1; thiu7 ti7 bu1/bo1 tsoo1]
　　娘家如無男兒傳承宗嗣, 則出嫁的女兒生第二胎的
　　男兒時, 則從娘家姓氏, 以傳延娘家宗嗣。

tng

唐　**[tng2; thng5]** Unicode: 5510, 台語字: tngw
　　[da1, dng2, dong2, tng2; ta1, tng5, tong5, thng5] 姓,
　　台灣人姓唐唸 tng2 或 dong2;但中國人姓唐只唸
　　dong2
唐榮[tng6 eng2; thng7 ing5] 人名, 係台灣人。

台語字:	獅 saif	牛 quw	豹 bax	虎 hoy	鴨 ah	象 ciunn	鹿 lokf
通用拼音:	獅 sai1	牛 qu2	豹 ba3	虎 ho4	鴨 ah5	象 ciunn6	鹿 lok1
北京語:	山 san1	明 meng2	水 sue3	秀 sior4	的 dorh5	中 diong6	壢 lek1
普通話:	山 san1	明 meng2	水 sue3	秀 sior4	的 dorh0	中 diong6	壢 lek1

糖 **[tng2; thng5]** Unicode: 7CD6, 台語字: tngw
　　[tng2; thng5] 食糖,甜的食品
糖膽[tng6/tng3 dann4; thng7/thng3 tann2] 糖精, 人工糖。
糖廍[tng6/tng3 po6; thng7/thng3 phoo7] 舊式的製糖工場。
糖霜[tng6/tng3 sng1; thng7/thng3 sng1] 冰糖。
糖甘蜜甜[tng6/tng3 gam6 vit5 dinn1; thng7/thng3 kam7 bit4 tinn1] 親親密密, 善於用美言取悅他人。

裎 **[tng3; thng3]** Unicode: 88CE, 台語字: tngx
　　[tng3; thng3] 脫去衣服,同裼 tng3
裎褲[tng4 ko3; thng2 khoo3] 脫去褲子。
裎衫[tng4 sann1; thng2 sann1] 脫去衣服。
裎裼[tng4 teh5; thng2 theh4] 裸露身體, 打赤膊, 裸露上半身, 有作裎剝裼 tng4 bak1 teh5;裎白白 tng4 beh5 beh1;裎光光 tng4 gng6 gng1;裎裼裼 tng4 teh1 teh5;
裎褲朥[tng4 ko4 lan6; thng2 khoo2 lan7] 男人光著下半身, 小男孩沒穿褲子, 引申孩提時代。
裎剝裼[tng4 bak1 teh5; thng2 pak8 theh4] 裸露身體, 裸露上半身, 打赤膊, 有作裎裼 tng4 teh5。
裎光光[tng4 gng6 gng1; thng2 kng7 kng1] 脫光衣服, 一絲不掛。

褪 **[tng3; thng3]** Unicode: 892A, 台語字: tngx
　　[tng3; thng3] 退換羽毛,脫掉,同替 tui3 更換,相關字裎 tng3 脫去衣服
褪孝[tng4 ha3; thng2 ha3] 辦過了告別式, 即可脫下孝服。
金蟬褪殼[gim6 sen2 tng4 kak5; kim7 sian5 thng2 khak4] 金蟬脫殼而脫身。

燙 **[tng3; thng3]** Unicode: 71D9, 台語字: tngx
　　[tng3; thng3] 川燙青菜魚肉,燒,熱度
燒燙燙[sior6 tng4 tng3; sio7 thng2 thng3] 熱騰騰的, 很燙手的。
燙佮膨皰[tng4 gah1 pong4 pa6; thng2 kah8 phong2 pha7] 燙傷而長了水泡。

祝 **[tng6; thng7]** Unicode: 7971, 台語字: tng
　　[tng6; thng7] 流傳下去,過繼,遺傳,代用字,原意拜祭
祝公媽[tng3 gong6 ma4; thng3 kong7 ma2] 承祭祖先, 拜祭祖先。
祝人的姓[tng3 lang6 e6 senn3/tng3 lang3 e3 sinn3; thng3 lang7 e7 senn3/thng3 lang3 e3 sinn3] 過繼給別人, 而姓他們的姓。
祝人的家伙[tng3 lang6 e6 ge6 hue4/tng3 lang3 e3 ge6 he4; thng3 lang7 e7 ke7 hue2/thng3 lang3 e3 ke7 he2] 因過繼給別人, 而繼承祖產。
祝一個後生[tng3 zit5 e6/e3 hau3 senn1; thng3 tsit4 e7/e3 hau3 senn1] 收養一個兒子, 以繼承香火。
好種不祝　歹種不斷[hor1 zeng4 m3 tng6 painn1/pai1 zeng4 m3 dng6; ho1 tsing2 m3 thng7 phainn1/phai1 tsing2 m3 tng7] 好的習性或基因不流傳下去, 不良的習性或基因卻無法根除改正而流傳下去了, 喻只遺傳到劣等的習性或基因。

磄 **[tng6; thng7]** Unicode: 78C4, 台語字: tng
　　[dong2, tng6; tong5, thng7] 上陶瓷器的釉藥,代用字,原義奇石
淋磄[lam6/lam3 tng6; lam7/lam3 thng7] 上釉, 燒釉, 搪瓷。
淋磄瓷[lam6/lam3 tng3 hui2; lam7/lam3 thng3 hui5] 磄瓷。

to

土 **[to2; thoo5]** Unicode: 571F, 台語字: tow
　　[to2, to4; thoo5, thoo2] 地,粗魯,有作塗 to2
土豆[to6/to3 dau6; thoo7/thoo3 tau7] 花生仁, 有作土豆仁 to6 dau3 jin2/to3 dau3 lin2, 例詞攕土豆油 zinn6 to6/3 dau3 iu2 搾花生油。
土埆[to6/to3 gat5; thoo7/thoo3 kat4] 還沒入窯煅燒的黏土土塊。
土腳[to6/to3 ka1; thoo7/thoo3 kha1] 地面上。
土礱[tor6/tor3 lang2; tho7/tho3 lang5] 花生及稻米脫殼的研磨機器。
土州[to6/to3 ziu1; thoo7/thoo3 tsiu1] 地底下, 例詞去土州賣鴨蛋 ki4 to6/3 ziu1 ve3 ah1 nng6 下葬完成後, 要以鴨蛋及紅蝦祭拜, 表示送鴨蛋及紅蝦給在地底下的往生者, 讓他有鴨蛋及紅蝦, 能在陰間販售, 使生活無缺, 喻人亡故了.土州 to6/3 ziu1 常被誤作蘇州 so6 ziu1。
土埆厝[to6/to3 gat1 cu3; thoo7/thoo3 kat8 tshu3] 用黏土土塊砌建的房屋。
土庫鎮[to6 ko4 din3; thoo7 khoo2 tin3] 在雲林縣。

土 **[to4; thoo2]** Unicode: 571F, 台語字: toy
　　[to2, to4; thoo5, thoo2] 本土的,領土,不斯文,土木工程,暴燥的樣子
本土[bun1 to4; pun1 thoo2] 台灣本土的, 本地的, 本國的, 原有的。
破土[pua4 to4; phua2 thoo2] 土木工程開工。
謝土[sia3 to4; sia3 thoo2] 在土葬完成或新屋建好之後, 拜祭及答謝土地公之幫助及保祐。
土地公[to1 di3 gong1; thoo1 ti3 kong1] 福德正神, 土地公, 同土地 to1 di6, 相關詞土地 to1 de6 地, 領土。
本土政權[bun1 to1 zeng4 kuan2/guan2; pun1 thoo1 tsing2 khuan5/kuan5] 由本地人士執政的政府, 相關詞外來政權 qua3 lai2 zeng4 kuan2/guan2 由外省人執政的政府。
金木水火土[gim6 vok1 zui1 hue1 to4; kim7 bok8 tsui1 hue1 thoo2] 五行。

吐 **[to4; thoo2]** Unicode: 5410, 台語字: toy
　　[to3, to4; thoo3, thoo2] 吐出,突出
吐大氣[to1 dua3 kui3; thoo1 tua3 khui3] 深深地哀聲嘆氣, 長聲地怨聲載道, 例詞大氣吐休離 dua3 kui3 to1 ve3/vue3 li6 數不完的哀聲嘆氣。

台語字:	獅 saif	牛 quw	豹 bax	虎 hoy	鴨 ah	象 ciunn	鹿 lokf
通用拼音:	獅 sai1	牛 qu2	豹 ba3	虎 ho4	鴨 ah5	象 ciunn6	鹿 lok1
北京語:	山 san1	明 meng2	水 sue3	秀 sior4	的 dorh5	中 diong6	壢 lek1
普通話:	山 san1	明 meng2	水 sue3	秀 sior4	的 dorh0	中 diong6	壢 lek1

tok

讀 **[tok1; thok8]** Unicode: 8B80, 台語字: tokf
[dau6, dok1, tak1, tok1; tau7, tok8, thak8, thok8]
句讀[gu4 dok1/tok1; ku2 tok8/thok8] 文句讀音停頓方法。
讀賣[tok5 mai6; thok4 mai7] 叫賣, 係日語詞讀賣 yomiuri 叫賣, 例詞讀賣新聞 tok5 mai6 sin6 vun2/Yomiuri Shinbun 日本大報紙名。
讀者[tok5/dok5 zia4; thok4/tok4 tsia2] 讀書的人。
文讀音[vun6/vun3 tok5 im1; bun7/bun3 thok4 im1] 台語漢字的文音。

tong

通 **[tong1; thong1]** Unicode: 901A, 台語字: tongf
[tang1, tong1; thang1, thong1] 交通,溝通,通過,來來往往,全部,最上等級的,相關字佣 tang1 可以;迵 tang3 達到,穿過;啽 tong6 最…的
交通[gau6 tong1; kau7 thong1] 。
三通[sam6 tong1; sam7 thong1] 中國要台灣通商, 通航, 通郵。
通風[tong6 hong1; thong7 hong1] 空氣流通的, 相關詞通風報信 tong6 hong6 bor4 sin3 告知。
通用[tong6 iong6; thong7 iong7] 適合一般社會大眾的, 通俗的, 可行的。
通人[tong6 lang2; thong7 lang5] 大家, 例詞通人知 tong6 lang6/3 zai1 大家通通都知道;通人的要求 tong6 lang2 e6 iau6 giu2 大家的要求。
通用語[tong6 iong3 qi4/gu4; thong7 iong3 gi2/gu2] 台灣的各種國家語言, 包括台語, 華語, 客語及原住民語, 經法律程序所訂定, 成為官方語言, 通用語應與各種國家語言並存並行。
通霄鎮[tong6 siau6 din3; thong7 siau7 tin3] 在苗栗縣。
會通客話[e3 tong6 keh5 ue6; e3 thong7 kheh4 ue7] 會講客家話。
通用音標[tong6 iong6 im6 biau1; thong7 iong7 im7 piau1] 與英語 K.K.音標及漢語拼音相容的拼音柔系統, 可標注台語, 華語及客語。
英語 我嘛會通[eng6 qi4 qua1 ma3 e3 tong1; ing7 gi2 gua1 ma3 e3 thong1] 我也會講英語。

喙 **[tong4; thong2]** Unicode: 5599, 台語字: tongy
[tong4; thong2] 啄食,突出,鳥類的尖嘴,相關字嘴 cui3 人或獸的口;啄 dok5 鳥以嘴尖啄食
喙米[tong1 vi4; thong1 bi2] 雞鳥喙食米粒。
嘴喙喙[cui3 tong1 tong4; tshui3 thong1 thong2] 嘴巴尖尖的, 嘴巴突出, 例詞鳥仔嘴喙喙 ziau1 a1 cui3 tong1 tong4 鳥的嘴是尖尖突出的。
喙着蟲[tong1 diorh5 tang2; thong1 tioh4 thang5] 鳥或雞以尖嘴啄到昆蟲吃, 例詞雞仔喙着一尾蟲 ge6/gue6 a4 tong1 diorh5 zit5 vue1 tang2 雞用尖嘴啄到一條蟲吃。

啽 **[tong6; thong7]** Unicode: 55F5, 台語字: tong
[tong6; thong7] 最...,代用字.相關字佣 tang1 可以;迵 tang3 達到,穿過;通 tong1 交通
啽大的[tong3 dua6 e6; thong3 tua7 e7] 最大的。
啽敖的[tong3 qau2 e6; thong3 gau5 e7] 最漂亮的。
啽媠的[tong3 sui4 e3; thong3 sui2 e3] 最漂亮的。

tua

拖 **[tua1; thua1]** Unicode: 62D6, 台語字: tuaf
[tua1; thua1] 拖,牽拉,連累,操勞
牽拖[kan6 tua1; khan7 thua1] 連累, 怪罪。
拖延[tua6 en2; thua7 ian5] 延長。
敖拖迌[qau6/qau3 tua6 sua1; gau7/gau3 thua7 sua1] 善於蹉跎時間, 會拖延, 拖諉得很, 很愛磨時間。
膇戲拖棚[au4 hi3 tua6 benn2/binn2; au2 hi3 thua7 piann5/pinn5] 不叫座的戲碼, 常拖拖拉拉, 不肯提早下戲, 喻收拾不了, 有作歹戲拖棚 pai1 hi3 tua6 benn2/binn2。

tuah

挩 **[tuah5; thuah4]** Unicode: 6329, 台語字: tuah
[tuah5; thuah4] 推開門,拉上窗,左右拖動,拖過時間,代用字,相關詞脫 tuat5 脫離
挩過[tuah5 gue3/ge3; thuah4 kue3/ke3] 推過去, 拉過去, 相關詞脫過 tuat5 gue3/ge3 逃過, 度過, 挨過, 例詞加屜仔挩過去 ga3 tuah1 a4 tuah5 gue3/ge3 ki3 把抽屜推過去那一邊。
挩開[tuah5 kui1; thuah4 khui1] 推開, 拉開, 例詞加門挩開 ga3 vng2 tuah5 kui3/ga3 vng2 tuah1 kui1 推開門, 拉開門;挩開窗仔 tuah5 kui6 tang6 a4 推開窗戶。
挩袂過[tuah1 ve3 gue3; thuah8 be3 kue3] 逃不過, 挨不過, 有作脫袂過 tuat1 ve3 gue3/ge3, 例詞挩袂過七月 tuah1 ve3 gue4/ge4 cit1 queh1 逃不過七月給鬼節就死了, 挨不過鬼節。
目睭挩瞳[vak5 ziu1 tuah1 tang1; bak4 tsiu1 thuah8 thang1] 鬥雞眼, 看走了眼。

tuann

淡 **[tuann3; thuann3]** Unicode: 6E60, 台語字: tuannx
[tuann3; thuann3] 繁殖,漫延,傳染,代用字
生淡[senn6/sinn6 tuann3; senn7/sinn7 thuann3] 繁殖, 漫延, 例詞蕃薯敖生淡 han6 zi2 qau6/3 senn6 tuann3 地瓜易於繁殖, 引申台灣人不會被打倒或消滅。
淡種[tuann4 zeng4; thuann2 tsing2] 繁殖, 漫延。

台語字:	獅 saif	牛 quw	豹 bax	虎 hoy	鴨 ah	象 ciunn	鹿 lokf
通用拼音:	獅 sai1	牛 qu2	豹 ba3	虎 ho4	鴨 ah5	象 ciunn6	鹿 lok1
北京語:	山 san1	明 meng2	水 sue3	秀 sior4	的 dorh5	中 diong6	壢 lek1
普通話:	山 san1	明 meng2	水 sue3	秀 sior4	的 dorh0	中 diong6	壢 lek1

tuat

脱 **[tuat5; thuat4]** Unicode: 812B, 台語字: tuat
[lut5, tuat5; lut4, thuat4] 脱離,相關詞挩 tuah5 推
過去,拉過去

出脱[cut1 tuat5; tshut8 thuat4] 出人頭地, 相關詞華出脱
cu1 tuo1 賣出。

脱過咱人七月[tuat1 gue4 lan1 lang2 cit5 queh5/qeh5;
thuat8 kue2 lan1 lang5 tshit4 gueh4/geh4] 病人拖得
過鬼月而存活下來。

tue

頹 **[tue6; thue7]** Unicode: 9839, 台語字: tue
[tue6; thue7] 衰弱,墜落,同俀 te6

老倒頹[lau3 dor4 tue6; lau3 to2 thue7] 衰老, 體能及智
力均日漸衰退, 例詞食老, 老倒頹 ziah5 lau6 lau3
dor4 tue6 年老身體衰老, 體能及智力日漸衰退。

tuh

禿 **[tuh5; thuh4]** Unicode: 79BF, 台語字: tuh
[tuh5; thuh4] 無毛,笨拙

禿額[tuh1 hiah1; thuh8 hiah8] 禿頂, 天門蓋沒有長頭髮,
有作溜額 liu4 hiah1。

禿旗[tuh1 ziunn4; thuh8 tsiunn2] 禿額角, 二邊額角没長
頭髮, 相關詞禿額 tuh1 hiah1 禿頂, 天門蓋沒有長
頭髮。

拓 **[tuh5; thuh4]** Unicode: 62D3, 台語字: tuh
[tok5, tuh5; thok4, thuh4] 拓荒,開拓

四界拓[si4 ge4 tuh5; si2 ke2 thuh4] 走遍各地。

一台鐵馬拓規台灣[zit5 dai6 tih1 ve4 tuh1 gui6 dai6
uan2/zit5 dai3 tih1 ve4 tuh1 gui6 dai3 uan2; tsit4 tai7
thih8 be2 thuh8 kui7 tai7 uan5/tsit4 tai3 thih8 be2
thuh8 kui7 tai3 uan5] 以一部腳踏車跑遍各地。

挨 **[tuh5; thuh4]** Unicode: 63EC, 台語字: tuh
[duh1, tuh5; tuh8, thuh4] 用鍋鏟鏟出,用力推銼,揭
發,突破

挨臭[tuh1 cau3; thuh8 tshau3] 挖人瘡疤, 揭發真相, 相
關詞趙桯 tut5 cue2 出差錯, 現醜, 出洋相;詆臭
duh5 cau3 反駁, 掀底牌, 洩露機密。

挨破[tuh1 pua3; thuh8 phua3] 用鍋鏟鏟破, 相關詞突破
dut5 pua3/por3 戳穿, 拆穿真相。

tui

倕 **[tui2; thui5]** Unicode: 5015, 台語字: tuiw
[tui2; thui5] 笨頭笨腦的,笨的,代用字,原義為重

倕哥[tui2 gor3; thui5 ko3] 笨蛋。

倕倕[tui6/tui3 tui2; thui7/thui3 thui5] 笨頭笨腦的, 例詞
人倕倕 lang2 tui6/3 tui2 人生得笨頭笨腦的;勿倕倕
mai4 tui6/3 tui2 別傻呼呼的;激佮倕倕 gek1 gah1
tui6/3 tui2 裝笨, 裝傻;一箍倕倕 zit5 ko1 tui6/3 tui2
笨頭笨腦的人。

倕面的[tui6/tui3 vin6 e5; thui7/thui3 bin7 -] 一個人傻傻
的。

汝那赫倕[li1 na1 hia1 tui2; li1 na1 hia1 thui5] 難道你不
會聰明一點嗎?, 你為什麼不會聰明一點呢!。

食佮肥肥 激佮倕倕 ziah5 gah1 bui6 bui2 gek1 gah1 tui6
tui2/ziah5 gah1 bui3 bui2 gek1 gah1 tui3 tui2 ; tsiah4
kah8 pui7 pui5 kik8 kah8 thui7 thui5/tsiah4 kah8 pui3
pui5 kik8 kah8 thui3 thui5 吃得肥頭肥腦, 又裝傻。

tun

鶉 **[tun1; thun1]** Unicode: 9D89, 台語字: tunf
[tun1; thun1] 鵪鶉,斑鳩

鵪鶉[en6 tun1; ian7 thun1] 鵪鶉, 斑鳩。

戀雞母孵鵪鶉 戀外媽痛外孫[qong3 ge6 vu4 bu3 en6
cun1/tun1 qong3 qua3 ma4 tiann4 qua3 sun1; gong3
ke7 bu2 pu3 ian7 tshun1/thun1 gong3 gua3 ma2
thiann2 gua3 sun1] 傻母雞代孵鵪鶉蛋, 但小鵪鶉
長大, 就飛走;笨外婆帶養外孫, 等外孫長大了, 誰
也不會回來孝敬外婆。

豚 **[tun2; thun5]** Unicode: 8C5A, 台語字: tunw
[dun2, tun2; tun5, thun5] 青少年,人工飼養的豬隻,
剛剛長大的動物

囝仔豚[qin1 a1 tun2; gin1 a1 thun5] 十四歲到十八歲之
間的男女青少年, 有作少年家 siau4 len6/3 ge1。

豬豚仔[di6 tun6/tun3 a4; ti7 thun7/thun3 a2] 成長中的小
豬, 同豬胚仔 di6 pue6 a4/du6 pe6 a4。

踐 **[tun4; thun2]** Unicode: 8E10, 台語字: tuny
[tun4, zen3; thun2, tsian3] 踐踏,代用字,有作踏
tun4

踐踏咱台灣的文化[tun1 dah5 lan1 dai6 uan2 e6 vun6
hua3/tun1 dah5 lan1 dai3 uan2 e3 vun3 hua3; thun1
tah4 lan1 tai7 uan5 e7 bun7 hua3/thun1 tah4 lan1 tai3
uan5 e3 bun3 hua3] 中國人踐踏我們台灣的文化。

坉 **[tun6; thun7]** Unicode: 5749, 台語字: tun
[tun6; thun7] 填滿,吃,代用字,有作填 tun6

擔山坉海[dann6 suann1 tun3 hai4; tann7 suann1 thun3
hai2] 移山填海。

佇溪口坉一塊地[di3 ke6 kau4 tun3 zit5 de4 de6; ti3 khe7
khau2 thun3 tsit4 te2 te7] 在溪口堆沙成新生地。

台灣精神詞典

iJiden, the Formosan Dictionary
of the Taiwan Spirit

台語 KK 音標、台羅拼音對照版

部首 u；u

u

烏 **[u1; u1]** Unicode: 70CF, 台語字: uf
[o1, u1; oo1, u1] 地名
烏來鄉[u6 lai3 hiong1; u7 lai3 hiong1] 在台北縣, 原住民話, Ulay 烏來社, 原義溫泉區。

肟 **[u1; u1]** Unicode: 809F, 台語字: uf
[u1; u1] 膝蓋,代用字
腳頭肟[ka6 tau6/tau3 u1; kha7 thau7/thau3 u1] 膝蓋。

焐 **[u3; u3]** Unicode: 70E0, 台語字: ux
[u3; u3] 貼在,接觸,代用字
焐人的腳倉[u4 lang6 e6 ka6 cng1/u4 lang3 e3 ka6 cng1; u2 lang7 e7 kha7 tshng1/u2 lang3 e3 kha7 tshng1] 熱臉孔貼人的冷屁股,喻自討沒趣。

雨 **[u4; u2]** Unicode: 96E8, 台語字: uy
[ho6, u4; hoo7, u2] 雨水
雨水[u1 sui4; u1 sui2] 節令名, 在陽曆二月十九日, 相關詞雨水 ho3 zui4 下雨的雨水。
雨夜花[u1 ia3 huel1; u1 ia3 huel1] 台語名歌, 周添旺作詞, 鄧雨賢作曲, 於 1933 年發表。

有 **[u6; u7]** Unicode: 6709, 台語字: u
[iu4, u6; iu2, u7] 有,很,有過,將有,有錢,相關字有 deng6 硬的;硬 deng6 硬的;冇 vor2 沒有
有範[u3 ban6; u3 pan7] 有架勢, 有模有樣。
有步[u3 bo6; u3 poo7] 有辦法, 者計謀。
有瘥[u3 ca1; u3 tsha1] 病情好轉, 病痊癒了,例詞有較瘥 u3 kah1 ca1 病情好轉, 病痊癒了, 此為醫生問病人的病情時, 病人的回答病情好轉。
有偆[u3 cun1; u3 tshun1] 還有剩餘。
有膽[u3 dann4; u3 tann2] 有膽量, 大膽。
有底[u3 de4; u3 te2] 有根基, 有錢人家。
有影[u3 iann4; u3 iann2] 真的, 有這麼一回事。
有量[u3 liong6; u3 liong7] 有度量, 能容忍他人, 寬宏大量。
有娠[u3 sin1; u3 sin1] 婦女懷有身孕, 有作有身 u3 sin1。
有聖[u3 siann3; u3 siann3] 神明很靈驗。
有媠[u3 sui4; u3 sui2] 很漂亮的, 有夠漂亮。
有肉[u3 vah5; u3 bah4] 人長得胖胖的, 厨房中有魚肉可吃, 有錢, 有餘地。
有冇[u6 vor2; u7 bo5] 有沒有?, 有作有無 u6 vor2, 相關詞有否 u6 vor3 有嗎?。
有否[u6 vor3; u7 bo5] 有嗎?, 相關詞有冇 u6 vor2 有沒有? ;有無 u6 vor2 有沒有?。

有底蒂[u3 de1 di3; u3 te1 ti3] 者根基, 基礎好。
有歲矣[u3 hue3 a3; u3 hue3 a3] 自嘆年紀大了, 老了。
有臕孢[u3 lan3 pa1; u3 lan3 pha1] 有男人氣概, 有魄力, 有種, 有膽量, 有膽識。
有路用[u3 lo3 iong6; u3 loo3 iong7] 有用途。
有時噂[u3 si6/si3 zun6; u3 si7/si3 tsun7] 有時候, 有時。
有一工[u3 zit5 gang1; u3 tsit4 kang1] 有一天。
有準算[u3 cun1 sng3; u3 tshun1 sng3] 有算數, 說話算話。
捌佮有偆[bat1/vat1 gah1 u3 cun1; pat8/bat8 kah8 u3 tshun1] 認識得很。
神明有聖[sin6/sin3 veng2 u3 siann3; sin7/sin3 bing5 u3 siann3] 神明很靈驗。
有嘴無涾[u3 cui3 vor6/vor3 nuann6; u3 tshui3 bo7/bo3 -] 話全都講出來了, 講乾了口舌。
有的無的[u6e6 vor2 e6; - bo5 e7] 沒有意義的事情。
有好　無孬[u3 hor4 vor6/vor3 vai4; u3 ho2 bo7/bo3 bai2] 只有好處, 沒有壞處。
有孔無榫[u3 kang1 vor6/vor3 sun4; u3 khang1 bo7/bo3 sun2] 不合道理的事情, 拉拉雜雜的事物, 沒用的事物, 喻無的放矢。
有靈有聖[u3 leng2 u3 siann3; u3 ling5 u3 siann3] 神明很靈驗。
有唸有瘥[u3 liam6 u3 ca1; u3 liam7 u3 tsha1] 多責備幾次, 就會有進步。
有時有噂[u3 si6/si3 u3 zun6; u3 si7/si3 u3 tsun7] 有時間性的, 定時, 偶爾, 很少的時間。
有頭有尾[u3 tau2 u3 vue4/ve4; u3 thau5 u3 bue2/be2] 做起事來, 有始有終。
有夢上媠[u3 vang6 siong3 sui4; u3 bang7 siong3 sui2] 人生若有夢想, 則會有實現的一天, 那人生就會變成彩色的。
有一步取[u3 zit5 bo3 cu4; u3 tsit4 poo3 tshu2] 有可取之處, 有作有一路取　u3 zit5 lo3 cu4。
三八佮有偆[sam6 bat1 gah1 u3 cun1; sam7 pat8 kah8 u3 tshun1] 女人很不正經。
熟似佮有偆[sek5 sai3 gah1 u3 cun1; sik4 sai3 kah8 u3 tshun1] 相識得很深入。
有二步七阿[u3 nng3 bo3 cit5 a3; u3 nng3 poo3 tshit4 a3] 真有二手的技藝。
有是憹　無是苦[u6 si3 lo4 vor2 si3 ko4; u7 si3 loo2 bo5 si3 khoo2] 有了兒女或財產, 接著會有一大堆的麻煩叫人操勞;如果什麼都沒有, 也會一生都痛苦而終。
有一好　無二好[u3 zit5 hor4 vor6/vor3 nng3 hor4; u3 tsit4 ho2 bo7/bo3 nng3 ho2] 每件事不可能十全十美, 有好處也有害處。

ua

倚 **[ua4; ua2]** Unicode: 501A, 台語字: uay
[i4, ua4; i2, ua2] 依靠,依偎,大約,同偎 ua4,相關字踦 kia6 站立;逶 ui3 從這裡
偗倚[sior6 ua4; sio7 ua2] 互相依靠, 互相依偎, 靠近來。
倚年[ua1 ni2; ua1 ni5] 靠近年底了。

台語字:	獅 saif	牛 quw	豹 bax	虎 hoy	鴨 ah	象 ciunn	鹿 lokf
通用拼音:	獅 sai1	牛 qu2	豹 ba3	虎 ho4	鴨 ah5	象 ciunn6	鹿 lok1
北京語:	山 san1	明 meng2	水 sue3	秀 sior4	的 dorh5	中 diong6	壢 lek1
普通話:	山 san1	明 meng2	水 sue3	秀 sior4	的 dorh0	中 diong6	壢 lek1

倚靠人[ua1 kor3 lang3; ua1 kho3 lang3] 依靠別人。

無依無倚[vor6 i6 vor6 ua4/vor3 i6 vor3 ua4; bo7 i7 bo7 ua2/bo3 i7 bo3 ua2] 無依無靠。

西瓜倚大爿[si6 gue1 ua1 dua3 beng2; si7 kue1 ua1 tua3 ping5] 西瓜效應, 勢利眼, 喻中間勢力靠向勢力最大的那邊。

偎 [ua4; ua2] Unicode: 504E, 台語字: uay
[ua4; ua2] 依靠,依偎,同倚 ua4,相關字跨 kia6 站立;透 ui3 從這裡

腳倉拵佋偎[ka6 cng1 kiorh1 sior6 ua4; kha7 tshng1 khioh8 sio7 ua2] 把每個人的屁股推向同一個方, 喻志同道合。

uah

活 [uahl; -] Unicode: 6D3B, 台語字: uahl
[huat1, uahl, uat1; huat8, -, uat8] 活耀,有活力,活生生的,活動,鉛字

活動[uah5 dang6; uah4 tang7] 活潑好動的, 相關詞活動 uah5 dong6 行動, 例詞活動囡仔 uah5 dang3 qin1 a4 活蹦亂跳的小孩子。

活路[uah5 lo6; uah4 loo7] 生路。

活欲[uah5 veh5/vueh5; uah4 beh4/bueh4] 差點就要..., 非常, 例詞活欲吵死 uah5 veh1 ca4 si3 差點就要吵死人了;活欲笑死 uah5 veh1 cior3 si3 差點就要笑死人了;活欲氣死 uah5 veh1 ki3 si3 差點就要氣死人了;活欲嘈死 uah5 veh1/vueh1 zor2 si3 吵死了, 太吵了。

uai

歪 [uai1; uai1] Unicode: 6B6A, 台語字: uaif
[uai1; uai1] 不正當的,不正

歪哥挶舛[uai6 gor6 cih5 cuah1; uai7 ko7 tshih4 tshuah8] 亂七八糟, 錯誤離譜, 東倒西歪, 有作歪喝挶舛 uai6 gor6 cih5 cuah1;歪哥挶六舛 uai6 gor6 cih5 lak5 cuah1。

uan

挄 [uan1; uan1] Unicode: 6356, 台語字: uanf
[uan1; uan1] 打架,吵架,代用字,原義為擊

挄抲[uan6 ge1; uan7 ke1] 打架, 吵架, 相關詞冤家 uan6 ge1 仇家, 死對頭。

挄抲量債[uan6 ge6 niunn6/niunn3 ze3; uan7 ke7 niunn7/niunn3 tse3] 打架, 吵架, 吵不休。

挄來挄去[uan6 lai6/lai3 uan6 ki3; uan7 lai7/lai3 uan7 khi3] 吵吵嚷嚷吵不停。

冤 [uan1; uan1] Unicode: 51A4, 台語字: uanf
[uan1; uan1] 冤屈

冤家[uan6 ge1; uan7 ke1] 仇家, 死對頭, 相關詞挄抲 uan6 ge1 打架, 吵架, 例詞冤家變親家 uan6 ge1 ben4/binn4 cin6 ge1 仇家和解後, 反而變成了親家。

冤仇[uan6 siu2; uan7 siu5] 仇恨, 例詞結冤仇 get1 uan6 siu2 相互有仇恨;冤仇結規球 uan6 siu2 get1 gui6 giu2 結下許多仇恨。

冤冤相報[uan6 uan1 siong6 bor3; uan7 uan1 siong7 po3] 仇恨相報不息。

彎 [uan1; uan1] Unicode: 5F4E, 台語字: uanf
[uan1; uan1] 曲折的

彎彎曲曲[uan6 uan6 kiau6 kiau1; uan7 uan7 khiau7 khiau1] 彎彎不正, 坎坷, 例詞人生的路途, 彎彎曲曲 jin6/lin3 seng1 e6 lo3 do2, uan6 uan6 kiau6 kiau1 每個人成長及奮鬥的過程, 都是坎坎坷坷, 彎彎曲曲的。

彎彎幹幹[uan6 uan6 uat1 uat5; uan7 uan7 uat8 uat4] 彎曲的, 例詞講話彎彎幹幹 gong1 ue6 uan6 uan6 uat1 uat5 講話拐彎抹角地;想法彎彎幹幹 siung3 huat5 uan6 uan6 uat1 uat5 想法高潮迭起, 起伏彎轉的;此條路彎彎幹幹 zit1 diau6/3 lo6uan6 uan6 uat1 uat5 這條路是彎曲的。

灣 [uan2; uan5] Unicode: 7063, 台語字: uanw
[uan1, uan2; uan1, uan5] 地名

西子灣[se6 a1 uan2; se7 a1 uan5] 地名, 在高雄市鼓山區, 為著名旅遊景點。

援 [uan6; uan7] Unicode: 63F4, 台語字: uan
[uan6; uan7] 救助

美援[vi1 uan6; bi1 uan7] 第二次世界大戰後, 美國援助台灣發展農業, 工業及軍事甚多, 引申外來的援助。

碗 [uann4; uann2] Unicode: 7897, 台語字: uanny
[uann4; uann2] 盛飯之食器

啥物碗糕[sia1 mih1 uann1 gor1; sia1 mih8 uann1 ko1] 什麼事?, 代用詞。

食緊摃破碗[ziah5 gin4 gong4 pua4 uann4; tsiah4 kin2 kong2 phua2 uann2] 飯吃得過快, 會把碗也打破, 喻欲速則不達。

食碗內 說碗外[ziah5 uann1 lai6 se1 uann1 qua6; tsiah4 uann1 lai7 se1 uann1 gua7] 許多在台灣謀生的外省人, 領台灣的薪水, 卻替中國人打壓台灣, 喻吃裡扒外, 有作食碗內, 洗碗外 ziah5 uann1 lai6 se1 uann1 qua6。

uat

幹 [uat5; uat4] Unicode: 65A1, 台語字: uat
[at5, uat5; at4, uat4] 轉彎,迴轉,相關字 旋 seh1 遛轉,繞圈圈

倒幹[dor4 uat5; to2 uat4] 左轉。

正幹[ziann4 uat5; tsiann2 uat4] 右轉。

台語字:	獅 saif	牛 quw	豹 bax	虎 hoy		鴨 ah	象 ciunn	鹿 lokf
通用拼音:	獅 sai1	牛 qu2	豹 ba3	虎 ho4		鴨 ah5	象 ciunn6	鹿 lok1
北京語:	山 san1	明 meng2	水 sue3	秀 sior4		的 dorh5	中 diong6	壢 lek1
普通話:	山 san1	明 meng2	水 sue3	秀 sior4		的 dorh0	中 diong6	壢 lek1

九彎十八幹[gau1 uan1 zap5 beh1 uat5; kau1 uan1 tsap4 peh8 uat4] 太彎曲的道路，九彎十八拐，常指台北到宜蘭的環山公路。

ue

話 [ue6; ue7] Unicode: 8A71, 台語字: ue
[hua6, ue6, hua7, ue7] 話語,言語

厚話[gau3 ue6; kau3 ue7] 愛說話, 多閒言閒語, 話多, 有作多話 ze3 ue6。

激話[gek1 ue6; kik8 ue7] 用言語刺激對方, 令他生氣。

講話[gong1 ue6; kong1 ue7] 。

応話[in4 ue6; in2 ue7] 答話, 頂嘴。

痟話[siau1 ue6; siau1 ue7] 沒有必要的話, 亂講, 有作悾話 kong6 ue6。

話屑[ue3 sai4; ue3 sai2] 廢話, 沒用的話題。

話仙[ue3 sen1; ue3 sian1] 漫談, 聊天。

踏話頭[dah5 ue3 tau2; tah4 ue3 thau5] 開始說話時, 先講明白, 書的序文。

台灣話[dai6 uan6 ue6/dai3 uan3 ue6; tai7 uan7 ue7/tai3 uan3 ue7] 在台灣通行的語言, 有華語, 台灣話, 客家話及原住民話, 但實際上, 只指賀佬話 hor3 lor1 ue6;福佬話 hok1 lor1 ue6;河洛話 hor6/3 lok5 ue6;鶴佬話 horh5 lor1 ue6。

閒仔話[eng6/eng3 a1 ue6; ing7/ing3 a1 ue7] 閒言閒語。

激骨話[gek1 gut1 ue6; kik8 kut8 ue7] 俏皮話。

詨誚話[hau6 siau6/siau3 ue6; hau7 siau7/siau3 ue7] 騙人的謊話。

烏白話[o6 beh5 ue6; oo7 peh4 ue7] 亂蓋, 吹牛皮。

謔仔話[qet5 a1 ue6; giat4 a1 ue7] 戲言, 笑料, 笑話。

順話尾[sun3 ue3 vue4; sun3 ue3 bue2] 借著或順著別人的話意。

話虎膦[ue3 ho1 lan6; ue3 hoo1 lan7] 閒聊, 杜撰, 雄虎之生殖器, 係日本統治台灣時期, 台灣人引用日語詞法螺 hora 大海貝殼, 誤讀為 holan, 而引申為吹牛皮, 閒聊, 杜撰, 有作畫虎膦 ue3 ho1 lan6。

話山話水[ue3 san6 ue3 sui4; ue3 san7 ue3 sui2] 亂蓋, 吹牛皮, 有作畫山畫水 ue3 san6 ue3 sui4。

畫 [ue6; ue7] Unicode: 756B, 台語字: ue
[hua6, ue6, ui6; hua7, ue7, ui7] 作畫,畫圖

畫尪仔[ue3 ang6 a4; ue3 ang7 a2] 畫漫畫書。

畫烏漆白[ue3 o6 cat1 beh1; ue3 oo7 tshat8 peh8] 塗鴉亂畫, 白色黑色亂畫, 髒兮兮的臉。

畫土符仔[ue3 to1 hu6/hu3 a4; ue3 thoo1 hu7/hu3 a2] 亂畫符咒, 寫字太潦草。

畫一支虎膦　予汝攫[ue3 zit5 gi6 ho1 lan6 ho3 li1 qiah1; ue3 tsit4 ki7 hoo1 lan7 hoo3 li1 giah8] 說謊話騙你, 向你杜撰一件事。

ueh

劃 [ueh1; ueh8] Unicode: 5283, 台語字: uehf
[ek1, hek1, ue6, ueh1; ik8, hik8, ue7, ueh8] 筆劃,畫

千算萬算　不值天一劃[cen6 sng3 van3 sng3 m3 dat5 tinn1 zit5 ueh1; tshian7 sng3 ban3 sng3 m3 tat4 thinn1 tsit4 ueh8] 千萬的算計或謀略, 都不如上天的安排, 喻人算不如天算。

uh

噎 [uh5; uh4] Unicode: 564E, 台語字: uh
[uh5; uh4] 打嗝,相關字嗝 geh5 笑聲;呃 eh1 由食道排出的胃氣

呼噎仔[ko6 uh1 a4; khoo7 uh8 a2] 打嗝, 相關詞打呃 pah1 eh1 胃氣由食道排出。

un

勻 [un2; un5] Unicode: 5300, 台語字: unw
[un2; un5] 輩份,層,重

頂勻[deng1 un2; ting1 un5] 前輩, 尊輩份。

大勻[dua3 un2; tua3 un5] 比較上輩份的。

下勻[e3 un2; e3 un5] 後輩, 卑輩份。

細勻[se4 un2; se2 un5] 比較小輩份的。

字勻[ji3/li3 un2; ji3/li3 un5] 家族新生兒取名字的輩份字序。

一勻[zit5 un2; tsit4 un5] 一層, 一重。

仝字勻[gang3 ji3/li3 un2; kang3 ji3/li3 un5] 家族中的同一輩份。

緩 [un2; un5] Unicode: 7DE9, 台語字: unw
[huan2, uan6, un2; huan5, uan7, un5] 慢慢地

緩緩仔[un6 un6 a4/un3 un3 a4; un7 un7 a2/un3 un3 a2] 慢慢地, 例詞緩緩仔行 un6 un6 a1 giann2/un3 un3 a1 giann2 慢慢地走;緩緩仔講 un6 un6 a1 gong4/un3 un3 a1 gong4 慢慢地講。

緩緩仔行[un6 un6 a1 giann2/un3 un3 a1 giann2; un7 un7 a1 kiann5/un3 un3 a1 kiann5] 慢慢地走。

ut

屈 [ut5; ut4] Unicode: 5C48, 台語字: ut
[kut5, ut5; khut4, ut4] 壓抑

屈歲[ut1 hue3/he3; ut8 hue3/he3] 年底出生的嬰兒就貨一歲, 過了幾天就過年, 變成虛歲二歲, 有作扷歲 kam4 hue3, 例詞屈一歲 ut1 zit5 hue3/he3 多算了一歲。

台語字:	獅 saif	牛 quw	豹 bax	虎 hoy	鴨 ah	象 ciunn	鹿 lokf
通用拼音:	獅 sai1	牛 qu2	豹 ba3	虎 ho4	鴨 ah5	象 ciunn6	鹿 lok1
北京語:	山 san1	明 meng2	水 sue3	秀 sior4	的 dorh5	中 diong6	壢 lek1
普通話:	山 san1	明 meng2	水 sue3	秀 sior4	的 dorh0	中 diong6	壢 lek1

台灣精神詞典

iJiden, the Formosan Dictionary

of the Taiwan Spirit

台語 KK 音標、台羅拼音對照版

部首 v；b

v

麻 [va2; ba5] Unicode: 9EBB, 台語字: vaw
[ma2, mo2, mua2, va2; ma5, moo5, mua5, ba5] 賭博,沒有感覺,麻將,麻雀,有作痳 va

麻雀[va6/va3 ciok5; ba7/ba3 tshiok4] 賭博, 麻將, 相關詞華語麻雀 ma2 ce4 麻雀, 鳥名。

麻里[va6 li4; ba7 li2] 地名, 苗栗市。原為平埔族社名麻里 va6 li4, 客家人於 1748 年開墾之, 稱為貓里 va6 li4, 意為石虎之鄉, 在 1886 年改名苗栗 miau6/miau3 lek1。

媌 [va2; ba5] Unicode: 5A8C, 台語字: vaw
[va2; ba5] 妓女,追求女人,輕佻的

膇媌[au4 va2; au2 ba5] 罵壞女人。

破媌[pua4 va2; phua2 ba5] 罵壞女人的話。

媌仔[va6/va3 a4; ba7/ba3 a2] 吧女, 妓女, 酒家女。

貓 [va2; ba5] Unicode: 8C93, 台語字: vaw
[va2; ba5] 野貓,貓狸,相關字貓 niau1 家貓

打貓[dann1 va2; tann1 ba5] 嘉義縣民雄鄉之舊地名, 平埔族 Davaha 社之社名。

狸貓[li6/li3 va2; li7/li3 ba5] 貓狸, 石虎, 狸的一種, 外形似貓。

貓仔[va6/va3 a4; ba7/ba3 a2] 山貓, 野貓。

果子貓[ge1/gue1 zi1 va2; ke1/kue1 tsi1 ba5] 果子狸, 白鼻心。

vah

肉 [vah5; bah4] Unicode: 8089, 台語字: vah
[jiok1, liok1, vah5; jiok8, liok8, bah4] 肌肉,肉類, 有錢,胖胖的

潰肉[huai4 vah5; huai2 bah4] 不耐用之物品, 係英語詞 fiber 人造纖維。

有肉[u3 vah5; u3 bah4] 人長得胖胖的, 厨房中有魚肉可吃, 有錢, 有餘地, 例詞福眼真有肉 hok1 qeng4 zin6 u3 vah5 龍眼有很多的的龍眼肉;阿西曆迌真有肉 a6 se1 cu3 ni3 zin6 u3 vah5 阿西的父母很有錢。

肉砧[vah1 diam1; bah8 tiam1] 切肉的砧板, 被欺負的對象, 例詞夆做肉砧 hong2 zor4 vah1 diam1 被欺負的對象, 喻人為刀俎, 我為魚肉。

肉脚[vah1 ka1; bah8 kha1] 軟弱者, 肥羊, 脚 ka1 是人, 角色的意思, 例詞滷肉脚 lo1 vah1 ka1 軟弱者。

龜脚 龜內肉[gu6 ka1 gu6 lai3 vah5; ku7 kha1 ku7 lai3 bah4] 龜脚肉也是龜肉, 喻羊毛, 出在羊身上。

vai

嫑 [vai4; bai2] Unicode: 5B6C, 台語字: vaiy
[vai4; bai2] 不好,形態難看,代用字

好嫑[hor1 vai4; ho1 bai2] 好的與壞的, 例詞好嫑真歹講, 佮意著好 hor1 vai4 zin6 painn1 gong4, gah1 i3 diorh5 ho4 好的與壞的是很難做比較的, 只要中意就好。

媄嫑[sui1 vai4; sui1 bai2] 美醜, 漂亮不漂亮, 例詞媄嫑無比止, 佮意較慘死 sui1 vai4 vor6/3 bi1 zi4 gah1 i3 kah1 cam1 si4 美醜比不盡, 一旦兩情相悅, 至死難分離。

侎嫑[ve3 vai4; be3 bai2] 不差, 很不錯, 很好。

真嫑[zin6 vai4; tsin7 bai2] 很不好的, 例詞成績考佮真嫑 seng6/3 zek5 kor1 gah1 zin6 vai4 成績考得真不好。

嫑嫑仔馬 嘛有一步踢[vai1 vai1 a1 ve4 ma3 u3 zit5 bo3 tat5; bai1 bai1 a1 be2 ma3 u3 tsit4 poo3 that4] 再差勁的馬, 也總有會踢一脚吧!, 再差勁的人, 也有一技之長, 引申百害也有一利。

vak

木 [vak1; bak8] Unicode: 6728, 台語字: vakf
[vak1, vok1; bak8, bok8] 姓,樹木,木工工匠

木匠[vak5 cionn6/ciunn6; bak4 tshionn7/tshiunn7] 木工工匠, 有作木師 vak5 sai1。

木屐[vak5 giah1; bak4 kiah8] 日本式的木製拖鞋, 有作柴屐 ca6/3 giah1, 係日語詞木屐 bokuri, 例詞閹雞拖木屐, 罔拖罔食 iam6 ge1 tua6 vak5 giah1 vong1 tua1 vong1 ziah1 閹雞拖著大木屐般的負擔, 勉勉強強過日子, 為了多啄幾粒米或食物, 須到處找食物, 喻貧窮的人, 須多加倍勞動, 否則不能成功。

木蝨[vak5 sat5; bak4 sat4] 生長在床舖或草蓆的蝨子, 臭蟲, 寄生蟲名, 例詞木蝨食客 vak5 sat5 ziah5 keh5 蝨子總是喜愛咬客人, 喻主人佔盡了客人的便宜;木蝨趒去溪埔 vak5 sat5 sor6/3 ki4 ke6 bo1 蝨子爬向溪邊的沙洲, 喻死路一條。

目 [vak1; bak8] Unicode: 76EE, 台語字: vakf
[vak1, vok1; bak8, bok8] 眼睛,關節

白目[beh5 vak1; peh4 bak8] 調皮的, 不識相, 分不清事情的輕重緩急, 不知道自己的立場, 相關詞白墨 beh5 vak1 白色的粉筆。

目屑[vak5 sai4; bak4 sai2] 眼淚, 有作目屎 vak5 sai4, 例詞拭目屑 cit1 vak5 sai4 擦拭眼淚;目屑膏 vak5 sai1 gor1 眼脂。

目睭[vak5 ziu1; bak4 tsiu1] 眼睛。

台語字:	獅 saif	牛 quw	豹 bax	虎 hoy	鴨 ah	象 ciunn	鹿 lokf
通用拼音:	獅 sai1	牛 qu2	豹 ba3	虎 ho4	鴨 ah5	象 ciunn6	鹿 lok1
北京語:	山 san1	明 meng2	水 sue3	秀 sior4	的 dorh5	中 diong6	壢 lek1
普通話:	山 san1	明 meng2	水 sue3	秀 sior4	的 dorh0	中 diong6	壢 lek1

目識巧[vak5 sek1 ka4; bak4 sik8 kha2] 眼力好, 眼光好, 觀察力很強。

頭目知動[tau6/tau3 vak5 zai6 dang6; thau7/thau3 bak4 tsai7 tang7] 善解人意, 會盡本分。

替人哭　無目屑[te4 lang6 kau3 vor6 vak5 sai4/te4 lang3 kau3 vor3 vak5 sai4; the2 lang7 khau3 bo7 bak4 sai2/the2 lang3 khau3 bo3 bak4 sai2] 替別人去傷心流淚, 只是假裝的罷了, 引申假哭無淚。

目睭毛　無漿泔[vak5 ziu6 mo2 vor6/vor3 ziunn6 am4; bak4 tsiu7 moo5 bo7/bo3 tsiunn7 am2] 沒張開眼睛看清楚, 喻自不量力。

目睭　予蜊仔肉糊咧[vak5 ziu1 ho3 lah5 a1 vah5 go2 le6; bak4 tsiu1 hoo3 lah4 a1 bah4 koo5 le7] 眼睛被蛤蜊肉黏住, 看不見了, 喻不知真相, 蒙在鼓裡。

墨賊仔　無血無目屑[vak5 zat5 a4 vor6/vor3 hueh5 vor6/vor3 vak5 sai4; bak4 tsat4 a2 bo7/bo3 hueh4 bo7/bo3 bak4 sai2] 烏賊墨魚, 只會噴墨汁, 並沒有血及淚, 喻絕情絕義的人。

苜　[vak1; bak8] Unicode: 82DC, 台語字: vakf
[vak1; bak8] 首芽,茉莉,植物的首芽,植物生長的次序為初長的首芽為苜 vak1,接著長出為芽 qe2,芽出葉為萌 inn4,萌骨變硬為枝 gi1,枝開又者為椏 a1/ue1,椏成長為棵 ko1,最後成長成為欉 zang2.

竹仔苜[dek1 a1 vak1; tik8 a1 bak8] 竹子的節。

甘蔗苜[gam6 ziah1 vak1; kam7 tsiah8 bak8] 甘蔗的節。

苜茌花[vak5 nih1 hue1; bak4 nih8 hue1] 茉莉, 花名, 茉莉花.唐韻:苜, 莫六切, 音目;博雅:茌茌, 茂盛也。

van

屘　[van1; ban1] Unicode: 5C58, 台語字: vanf
[van1; ban1] 排行最小的孩子

屘囝[van6 giann4; ban7 kiann2] 么兒。

屘姑[van6 go1; ban7 koo1] 最小的姑媽。

屘舅[van6 gu6; ban7 ku7] 最小舅舅。

蠻　[van2; ban5] Unicode: 883B, 台語字: vanw
[van2; ban5] 未開化的民族,野蠻人

拗蠻[au1 van2; au1 ban5] 固執, 蠻橫。

蠻皮[van6/van3 pue2; ban7/ban3 phue5] 不在乎, 不在意, 不積極, 有作頑皮 van6 pue2/van3 pe2。

顢　[van6; ban7] Unicode: 9862, 台語字: van
[van6; ban7] 頭大面大,胡塗,能力差

頇顢[han6/han3 van6; han7/han3 ban7] 沒有才能, 能力差。

頇顢人[han6/han3 van3 lang2; han7/han3 ban3 lang5] 沒有才能或能力差的人, 一般人, 有作頇顢仙 han6/3 van6 sen1。

vang

艋　[vang4; bang2] Unicode: 824B, 台語字: vangy
[vang4; bang2] 獨木舟

艋舺[vang1 gah5; bang1 kah4] 地名, 今台北市萬華區之舊名, 意為獨木舟, 係平埔族語。

魍　[vang4; bang2] Unicode: 9B4D, 台語字: vangy
[vang4; bang2] 地名,花樣,詐術

魍港[vang1 gang4; bang1 kang2] 地名, 今嘉義縣布袋鎮好美里虎尾寮。

抦無魍[binn4 vor6/vor3 vang4; pinn2 bo7/bo3 bang2] 變不出花樣, 例詞十二月車蛆, 抦無魍 zap5 ji3 queh5 cia6 ci1 binn4 vor6 vang4/zap5 li3 qeh5 cia6 ci1 binn4 vor3 vang4 十二月的子子, 變不成了蚊子, 喻變不出花樣。

望　[vang6; bang7] Unicode: 671B, 台語字: vang
[vang6, vong6; bang7, bong7] 志願,希望

快望[ng4 vang6; ng2 bang7] 盼望, 例詞快望後冬 ng4 vang3 au3 dang1 盼望明年的收穫。

望春風[vang3 cun6 hong1; bang3 tshun7 hong1] 台灣名歌, 鄧雨賢作曲, 李臨秋填詞, 在淡水河邊睹物思情, 於 1933 年發表。

望你早歸[vang3 li1 za1 gui1; bang3 li1 tsa1 kui1] 台語名歌, 那卡諾作詞, 楊三郎譜曲, 希望你能早日回來, 1946 年發表。

夢　[vang6; bang7] Unicode: 5922, 台語字: vang
[vang6, vong6; bang7, bong7] 夢,夢想

勿眠夢[mai4 vin6/vin3 vang6; mai2 bin7/bin3 bang7] 不要再空思妄想, 例詞睏罔睏, 勿眠夢 kun3 vong1 kun3, mai4 vin6/3 vang6 睡覺時, 就睡覺, 不要再空思妄想;勿眠夢, 中國會放咱獨立 mai4 vin6/3 vang6 diong6 gok5 e3 bang4 lan1 dok5 lip1 不要妄想中國會讓台灣獨立。

河邊春夢[hor6/hor3 binn1 cun6 vang6; ho7/ho3 pinn1 tshun7 bang7] 台灣名歌, 周添旺作詞, 黎明作曲, 在 1935 年發表。

有夢　上媠[u3 vang6 siong3 sui4; u3 bang7 siong3 sui2] 人生若有夢想, 則會有實現的一天, 那人生就會變成彩色的。

網　[vang6; bang7] Unicode: 7DB2, 台語字: vang
[vang6, vong4; bang7, bong2] 魚網,相關字网 vang1 捕捉,逮到了

弶網[geng6 vang6; king7 bang7] 張網。

補破網[bo1 pua4 vang6; poo1 phua2 bang7] 台灣名歌, 描述失戀心情, 修補破損的魚網。

火燒罟寮　全無網[hue1 sior1 go6 liau2 zuan6 vor6 vang6/he1 sior1 go6 liau2 zuan6 vor3 vang6; hue1 sio1 koo7 liau5 tsuan7 bo7 bang7/he1 sio1 koo7 liau5 tsuan7 bo3 bang7] 存放魚網的倉庫被大火燒光, 就沒有魚網了, 引申為無望 vor6/3 vang6。

vat

捌　[vat5; bat4] Unicode: 634C, 台語字: vat
[bat5, beh5, bueh5, vat5; pat4, peh4, pueh4, bat4]

台語字:	獅 saif	牛 quw	豹 bax	虎 hoy
	鴨 ah	象 ciunn	鹿 lokf	
通用拼音:	獅 sai1	牛 qu2	豹 ba3	虎 ho4
	鴨 ah5	象 ciunn6	鹿 lok1	
北京語:	山 san1	明 meng2	水 sue3	秀 sior4
	的 dorh5	中 diong6	壢 lek1	
普通話:	山 san1	明 meng2	水 sue3	秀 sior4
	的 dorh0	中 diong6	壢 lek1	

認識,知悉,會,代用字

捌路[vat1 lo6; bat8 loo7] 認識路途。

不捌字[m3 vat1 ji6/m3 bat1 li6; m3 bat8 ji7/m3 pat8 li7] 不識字, 文盲。

捌代志[vat1 dai3 zi3; bat8 tai3 tsi3] 懂事。

捌電腦[vat1/bat1 den3 nau4/no4; bat8/pat8 tian3 nau2/noo2] 會寫電腦軟體, 會操作電腦。

不捌好歹[m3 vat1/bat1 hor1 painn4; m3 bat8/pat8 ho1 phainn2] 不知好歹。

捌佮有倍[bat1/vat1 gah1 u3 cun1; pat8/bat8 kah8 u3 tshun1] 認識得很清楚, 很瞭解。

汝咁捌台語[li1 gam1 vat1 dai6/dai3 qi4; li1 kam1 bat8 tai7/tai3 gi2] 你會講台灣話嗎?。

捌人情世事[vat1 jin6/lin3 zeng6/zeng3 se4 su6; bat8 jin7/lin3 tsing7/tsing3 se2 su7] 知道人情世故的道理。

捌食秫米糜[vat1 ziah5 zut5 vi1 muai2; bat8 tsiah4 tsut4 bi1 muai5] 曾經吃過糯米粥。

汝捌去阿里山否[li1 vat1/bat1 ki4 a6 li1 san1 vor3; li1 bat8/pat8 khi2 a7 li1 san1 bo3] 你曾去過阿里山玩嗎?。

捌人 卡好捌拳頭[vat1 lang2 kah1 hor1 vat1 gun6 tau2/bat1 lang2 kah1 hor1 bat1 gun3 tau2; bat8 lang5 khah8 ho1 bat8 kun7 thau5/pat8 lang5 khah8 ho1 pat8 kun3 thau5] 要解決一件事, 找對了人, 比使用武力更快更有用。

vauh

貿 **[vauh1; bauh8]** Unicode: 8CBF, 台語字: vauhf
[vauh1, vo6; bauh8, boo7] 承包,估價,概括承買,相關字卯 vau4 賺大錢

總貿[zong1 vauh1; tsong1 bauh8] 工作全部承包下來。

貿頭[vauh5 tau2; bauh4 thau5] 建設工程的承包商。

貿工程[vauh5 gang6 teng2; bauh4 kang7 thing5] 承包建設工程, 同請負 ceng1 hu3, 係日語詞請負 ukeoi 承包。

貿貨底[vauh5 hue4 de4; bauh4 hue2 te2] 概括承買庫存貨品。

貿穑頭[vauh5 sit1 tau2; bauh4 sit8 thau5] 承包全部工作。

貿一山的王梨[vauh5 zit5 suann6 e6 ong6 lai2/vauh5 zit5 suann6 e3 ong3 lai2; bauh4 tsit4 suann7 e7 ong7 lai5/bauh4 tsit4 suann7 e3 ong3 lai5] 承買一個山頭所種植的鳳梨。

ve

謎 **[ve2; be5]** Unicode: 8B0E, 台語字: vew
[ve2, vi6; be5, bi7] 猜答謎題, 猜燈謎

猜謎[cai6 ve2; tshai7 be5] 猜答謎題, 猜燈謎, 相關詞謎猜 vi3 cai1 謎語。

糜 **[ve2; be5]** Unicode: 7CDC, 台語字: vew
[muai2, ve2, vi2, vue2; muai5, be5, bi5, bue5] 粥, 有作糜 muai2;粥 mue2

糜飯[ve3 bng6; be3 png7] 稀飯與乾飯。

泔糜仔[am1 ve6/ve3 a4; am1 be7/be3 a2] 稀飯。

馬 **[ve4; be2]** Unicode: 99AC, 台語字: vey
[ma4, ve4; ma2, be2] 動物名,台架,台灣人之姓

狸馬[li6/li3 ve4; li7/li3 be2] 女孩子好動, 如狸似馬一般的粗放行為, 相關詞嗆馬 qiang4 ve4 女人粗野不馴, 愛展現鋒芒。

馬椅[ve1 i4; be1 i2] 台架。

無牛使馬[vor6/vor3 qu2 sai1 ve4; bo7/bo3 gu5 sai1 be2] 將就將就, 姑且用之。

惡馬惡人騎[ok1 ve4 ok1 lang6/lang3 kia2; ok8 be2 ok8 lang7/lang3 khia5] 一物剋一物。

一馬掛兩鞍[zit5 ve4 gua4 liong1 uann1; tsit4 be2 kua2 liong1 uann1] 一心二意。

孬孬仔馬 嘛有一步踢[vai1 vai1 a1 ve4 ma3 u3 zit5 bo3 tat5; bai1 bai1 a1 be2 ma3 u3 tsit4 poo3 that4] 再差勁的馬, 也總有會踢一腳吧!, 再差勁的人, 也有一技之長, 引申百害也有一利。

買 **[ve4; be2]** Unicode: 8CB7, 台語字: vey
[mai4, ve4, vue4; mai2, be2, bue2] 買入,賄賂

買收[ve1 siu1; be1 siu1] 收買, 賄賂, 係日語詞買收 baishu 收買。

賣囝買老父[ve3 giann4 ve1 lau3 be6; be3 kiann2 be1 lau3 pe7] 賣了寶貝兒子, 換回年老的人, 喻花不來, 得不償失。

侏 **[ve6; be7]** Unicode: 4F45, 台語字: ve
[ve6, vue6; be7, bue7] 不可以,不會,不能夠,代用字.集韻:音賣,藥名,取原音 ve6/vue6,相關字不 m6 不可;勿 mai3 不要.今有作袜 vue6/ve6,取其音代侏 vue6/ve6, 義作不能夠,似不宜.蓋因袜 ng4 衣袖,袖口,集韻:彌蔽切,音襪;玉篇:袖也.

侏平[ve3 benn2; be3 piann5] 不公平, 不公道。

侏倲[ve3/vue3 dang3; be3/bue3 tang3] 不可以, 不能夠, 拒絕, 相關詞侏使 ve3 sai4 不可以;侏得 ve3 dit1 不能夠;侏曉 ve3/vue3 hiau4 不知道, 例詞侏倲予汝 ve3/vue3 dang3 ho6 li6 不可以給你, 不能夠給你;會倲 e3 dang3 肯, 一定可以。

侏著[ve3 diorh1; be3 tioh8] 不到, 無法。

侏直[ve3/vue3 dit1; be3/bue3 tit8] 還不清, 擺不平, 例詞所費拍侏直 so1 hui3 pah1 ve3/vue3 dit1 經費少支出多, 收支擺不平。

侏得[ve3 dit5; be3 tit4] 不能夠, 例詞侏得死 ve3 dit1 si4 何苦?, 何必?, 莫可奈何。

侏价[ve3/vue3 gainn2; be3/bue3 kainn5] 能力不足, 不行。

侏合[ve3/vue3 hah1; be3/bue3 hah8] 合不來, 無法合作, 不一致, 例詞翁某侏合 ang6 vo4 ve3/vue3 hah1 夫妻合不來。

侏曉[ve3/vue3 hiau4; be3/bue3 hiau2] 不知道, 不懂得, 不會, 例詞我侏曉法文 qua1 ve3/vue3 hiau1 huat1 vun2 我不懂得法文;尹侏曉講客話 in6 ve3/vue3 hiau1 gong1 keh1 ue6 他們不會講客家話。

侏和[ve3/vue3 hor2; be3/bue3 ho5] 不和睦, 不划算。

侏赴[ve3/vue3 hu3; be3/bue3 hu3] 趕不上, 趕不及。

台語字:	獅 saif	牛 quw	豹 bax	虎 hoy	鴨 ah	象 ciunn	鹿 lokf
通用拼音:	獅 sai1	牛 qu2	豹 ba3	虎 ho4	鴨 ah5	象 ciunn6	鹿 lok1
北京語:	山 san1	明 meng2	水 sue3	秀 sior4	的 dorh5	中 diong6	壢 lek1
普通話:	山 san1	明 meng2	水 sue3	秀 sior4	的 dorh0	中 diong6	壢 lek1

伓了[ve3/vue3 liau4; be3/bue3 liau2] 還沒完, 尚不盡, 例詞苦伓了 ko1 ve3/vue3 liau4 太多的痛苦辛酸; 債, 還伓了 ze3 heng6/3 ve3 liau4。

伓歹[ve3 painn4; be3 phainn2] 為人不會很凶惡。

伓使[ve3 sai4; be3 sai2] 不可以, 例詞伓使得 ve3 sai4 dit5 不可以;伓使抁動 ve3/vue3 sai1 din1 dang6 不可以移動;伓使講話 ve3 sai1 gong1 ue6 不可以講話;伓使喰菸 ve3 sai1 ziah5 hun1 不可以抽菸。

伓捅[ve3 tang1; be3 thang1] 不肯, 不能, 有作無捅 vor6/3 tang1, 例詞兄弟伓捅佋照顧 hiann6 di6 ve3 tang6 sior6 ziau4 go3 親兄弟不肯相互關照。

伓通[ve3 tong1; be3 thong1] 不通, 不行, 行不通。

伓孬[ve3 vai4; be3 bai2] 不差, 很不錯, 很好。

伓曾[ve3 zeng1; be3 tsing1] 不曾經有過, 尚未, 例詞伓曾有錢, 先簽信用卡 ve3 zeng6 u3 zinn2 seng6 ciam6 sin4 ion3 kah5 尚未有錢在手上, 就先刷信用卡消費。

搤伓著[kap5 ve3/vue3 diorh1; khap4 be3/bue3 tioh8] 動不動, 就要..., 有作搤一著 kap5 zit5 diorh1, 例詞搤伓著, 著欲相拍 kap5 ve3 diorh1, dorh5 veh1 sior6 pah5/kap5 vue3 diorh1, dorh5 vueh1 sior6 pah5 動不動, 就要打架。

食伓乾[ziah5 ve3/vue3 da1; tsiah4 be3/bue3 ta1] 吃不完, 兜著走。

伓得直[ve3 dit1 dit1; be3 tit8 tit8] 問題無法解決。

伓得哩[ve3 dit1 li4; be3 tit8 li2] 敵不過, 例詞猛虎伓得哩猴群 veng1 ho4 ve3 dit1 li1 gau6/3 gun2 再凶猛的一隻老虎也敵不過一大群猴子的攻擊, 喻寡不敵眾。

伓得死[ve3 dit1 si4; be3 tit8 si2] 何苦?, 何必?, 莫可奈何, 例詞用行的?, 伓得死 iong3 giann2 e6, ve3 dit1 si4 何苦要用走的呢?。

伓見羞[ve3/vue3 gen4 siau3; be3/bue3 kian2 siau3] 不自覺慚愧, 不怕被人譏笑。

伓好勢[vue3/ve3 hor1 se3; bue3/be3 ho1 se3] 不能夠完善。

伓完全[ve3 uan6/uan3 zuan2; be3 uan7/uan3 tsuan5] 無法完全康復, 例詞會好, 嚶伓完全 e3 hor4 ma3 ve3 uan6/3 zuan2 病被治好, 但是無法完全康復。

伓摸得[ve3/vue3 vong1 dit5; be3/bue3 bong1 tit4] 價格太貴而買不起。

伓食得[ve3 ziah1 jit5/lit5; be3 tsiah8 jit4/lit4] 不可以吃的。

伓曾伓[ve3 zeng6 vue6/vue3 zeng3 ve6; be3 tsing7 bue7/bue3 tsing3 be7] 尚未, , , , 就要..., 還早呢;太早..., 還不能..., 相關詞伓未曾 ve3/vue3 zeng2 不曾經有過, 例詞伓曾伓, 汝著受氣 vue3 zeng6/3 vue6 li4 diorh5 siu3 ki3 一開始, 你就生氣。

伓做得[ve3/vue3 zor3 dit5; be3/bue3 tso3 tit4] 心中不平, 看不過去了。

叫伓抁動[gior4 ve3/vue3 din1 dang6; kio2 be3/bue3 tin1 tang7] 不聽從使喚。

嘩伓抁動[huah1 ve3/vue3 din1 dang6; huah8 be3/bue3 tin1 tang7] 差使不動, 不聽使喚。

猶伓完成[ia1 ve3 uan6/uan3 seng2; ia1 be3 uan7/uan3 sing5] 還沒完成, 同猶未完成 ia1 ve3 uan6/3 seng2。

伓抁伓動[ve3 din1 ve3 dang6/vue3 din1 vue3 dang6; be3 tin1 be3 tang7/bue3 tin1 bue3 tang7] 一動也不動, 沒辦法移動。

伓見伓羞[ve3 gen4 ve3 siau3; be3 kian2 be3 siau3] 不要臉, 不慚愧, 不怕被人譏笑。

伓孝孤得[ve3/vue3 hau4 go1 dit5; be3/bue3 hau2 koo1 tit4] 難看的, 抬不上台面的, 不夠格的。

伓詨誚得[ve3/vue3 hau6 siau2 jit5; be3/bue3 hau7 siau5 jit4] 不可說謊話騙人, 事實俱在, 騙不了人的。

伓博假博[ve3 pok5 ge1 pok5; be3 phok4 ke1 phok4] 不懂的, 卻假裝為萬事皆懂的人, 引申笨蛋一個。

伓收山得[ve3 siu6 suann1 dit5; be3 siu7 suann1 tit4] 無法收拾殘局。

伓吞忍得[ve3 tun6 lun4 jit5/lit5; be3 thun7 lun2 jit4/lit4] 嚥不下這口氣。

伓食伓睏[ve3 ziah5 ve3 kun3; be3 tsiah4 be3 khun3] 吃不下, 睡不著, 引申心中壓力太大。

予汝伓仜得[ho3 li1 ve3 gang6 jit5/ho3 li1 vue3 gang6 lit5; hoo3 li1 be3 kang7 jit4/hoo3 li1 bue3 kang7 lit4] 這是不能讓你打罵的, 惹不得。

會呼雞 伓歕火[e3 ko6 ge1 ve3 bun6 hue4/e3 ko6 gue1 vue3 bun3 he4; e3 khoo7 ke1 be3 pun7 hue2/e3 khoo7 kue1 bue3 pun3 he2] 累得只有力氣能呼叫雞隻, 卻沒力氣去吹柴升火煮飯, 喻累得有氣無力。

賣 [ve6; be7] Unicode: 8CE3, 台語字: ve
[mai6, ve6, vue6; mai7, be7, bue7] 賣出,犧牲

拍賣[pah1 ve6/vue6; phah8 be7/bue7] 經過法院拍賣。

買賣[ve1 ve6/vue1 vue6; be1 be7/bue1 be7] 買入及賣出, 做生意。

賣命[ve3/vue3 mia6; be3/bue3 mia7] 為工作而死, 犧牲, 賭命。

賣肉[ve3 vah5; be3 bah4] 女人賣淫, 被毆打。

賣嘴水[ve3/vue3 cui4 sui4; be3/bue3 tshui2 sui2] 耍口才。

賣雜細[ve3 zap5 se3; be3 tsap4 se3] 叫賣雜貨的小鋪或小擔。

賣台求榮[ve3 dai2 giu6/giu3 eng2; be3 tai5 kiu7/kiu3 ing5] 古今有許多人出賣台灣給中國, 以求個人的榮華富貴, 引申台奸。

賣囝[買老父 ve3 giann4 ve1 lau3 be6; - be3 kiann2 be1 lau3 pe7] 賣了寶貝兒子, 去換回年老的人, 喻得不償失。

賣瓷的 食缺[ve3/vue3 hui2 e6 ziah5 kih5; be3/bue3 hui5 e7 tsiah4 khih4] 賣陶瓷器的人, 總是使用有瑕疵的碗盤, 喻節省, 將就將就。

veh

欲 [veh5; beh4] Unicode: 6B32, 台語字: veh
[veh5, vueh5; beh4, bueh4] 要, 希望要, 還要, 如果是,代用字,同恇 dinnh1.相關字慾 iok1 慾望, 貪慾

活欲[uah5 veh5/vueh5; uah4 beh4/bueh4] 差點就要..., 非常, 例詞活欲吵死 uah5 veh1 ca4 si3 差點就要吵死人了;活欲笑死 uah5 veh1 cior3 si3 差點就要笑死人了;活欲氣死 uah5 veh1 ki3 si3 差點就要氣死人了;活欲嘈死 uah5 veh1/vueh1 zor2 si3 吵死了, 太吵了。

欲死[veh1 si4; beh8 si2] 想要去死, 非常非常, 例詞惊

台語字:	獅 saif	牛 quw	豹 bax	虎 hoy	鴨 ah	象 ciunn	鹿 lokf
通用拼音:	獅 sai1	牛 qu2	豹 ba3	虎 ho4	鴨 ah5	象 ciunn6	鹿 lok1
北京語:	山 san1	明 meng2	水 sue3	秀 sior4	的 dorh5	中 diong6	壢 lek1
普通話:	山 san1	明 meng2	水 sue3	秀 sior4	的 dorh0	中 diong6	壢 lek1

佮欲死　giann6 gah1 veh1 si4　怕得很，怕得要死，非常非常怕。

欲讀冊[veh1 tak5 ceh5; beh8 thak4 tsheh4]　要去唸書，要求能升學唸書，例詞阿純欲讀冊　a6 sun2 veh1 tak5 ceh5　阿純要求能升學唸書，但無法如願。

欲死腳倉[veh1 si1 ka6 cng1; beh8 si1 kha7 tshng1]　很不幸地。

欲死欲活[veh1 si1 veh1 uah1; beh8 si1 beh8 uah8]　要死不活的樣子。

欲哭無目屎[veh1 kau3 vor6/vor3 vak5 sai4; beh8 khau3 bo7/bo3 bak4 sai2]　欲哭無淚。

欲食不討趁[veh1 ziah1 m3 tor1 tan3; beh8 tsiah8 m3 tho1 than3]　好吃懶做，遊手好閒。

veng

名　**[veng2; bing5]** Unicode: 540D, 台語字: vengw
[mia2, veng2; mia5, bing5]　名稱,名譽

功名[gong6 veng2; kong7 bing5]　名利。

名分[veng6/veng3 hun6; bing7/bing3 hun7]　資格，婚姻的名次。

名利[veng6 li6; bing7 li7]　名與利。

名譽[veng6/veng3 qu6; bing7/bing3 gu7]　。

名產[veng6/veng3 san4; bing7/bing3 san2]　特產。

名間鄉[veng6 gan6 hiang1; bing7 kan7 hiang1]　在南投縣，原名湳仔　lam1 a4，日本人依相似發音的日文名間　namai 而改名。

名利枷[mia6/meng3 li3 ge2; mia7/- li3 ke5]　求名又求利，是一種沈重的負擔。

明　**[veng2; bing5]** Unicode: 660E, 台語字: vengw
[me2, mia2, min2, mua2, veng2, vin2; me5, mia5, min5, mua5, bing5, bin5]　光明,清楚,了解

清明[ceng6 veng6; tshing7 bing7]　節令名，陽曆四月五日。

神明[sin6/sin3 veng2; sin7/sin3 bing5]　神與聖的總稱，神靈。

vi

米　**[vi4; bi2]** Unicode: 7C73, 台語字: viy
[mih5, vi4; mih4, bi2]　稻穀脫穀後的白色稻米粒,公尺

飽米[ba1 vi4; pa1 bi2]　顆粒飽滿，同飽水　ba1 zui4;飽茫 ba1 jin2/lin2。

白米[beh5 vi4; peh4 bi2]　稻穀脫穀後的白色稻米粒，例詞白米飯　beh5 vi1 bng6　用白米煮的飯。

茶米[de6/de3 vi4; te7/te3 bi2]　茶葉，例詞茶米茶　de6/3 vi1 de2　以茶葉泡的茶。

秫米[zut5 vi4; tsut4 bi2]　糯米，例詞秫米飯　zut5 vi1 bng6　糯米飯。

米絞[vi1 ga4; bi1 ka2]　碾米工廠。

米芳[vi1 pang1; bi1 phang1]　爆米花，例詞磅米芳　bong3 vi1 pang1　爆米花。

米燔[vi1 pun1; bi1 phun1]　洗米的水，代用詞。

米篩[vi1 tai1; bi1 thai1]　篩選米粒的竹篩子，迎娶新娘子用的竹篩子，例詞米篩目　vi1 tai6 vak1　清涼消暑的米製食品。

納貢米[lap5 gong4 vi4; lap4 kong2 bi2]　日治時期內，台灣總督府會將濁水溪的良質米，呈送給日本皇室食用，稱為納貢米。

一百米[zit5 bah1 vi4; tsit4 pah8 bi2]　一百公尺，百米賽跑。

米糕糜[vi1 gor6 muai2; bi1 ko7 muai5]　台灣式的甜粥。

食米　不知影米價[ziah5 vi4 m3 zai6 iann1 vi1 ge3; tsiah4 bi2 m3 tsai7 iann1 bi1 ke3]　只知吃飯，卻不知米的價錢，引申為不知民生疾苦的高官貴人。

仝樣米　飼各樣人[gang3 ionn3 vi4 ci3 gok1 ionn3 lang2/gang3 iunn3 vi4 ci3 gok1 iunn3 lang2; kang3 ionn3 bi2 tshi3 kok8 ionn3 lang5/kang3 iunn3 bi2 tshi3 kok8 iunn3 lang5]　同樣的稻米，卻養育著不同的人，喻人心難測。

美　**[vi4; bi2]** Unicode: 7F8E, 台語字: viy
[vi4; bi2]　美麗,USA

美麗島[vi1 le3 dor4/do4; bi1 le3 to2/too2]　荷蘭治台時，稱台灣為　Formosa，意為美麗之島，沿用至今。

美濃鎮[vi1 long6 din3; bi1 long7 tin3]　在高雄縣。

美國仙丹[vi1 gok1 sen6 dan1; bi1 kok8 sian7 tan1]　特效藥，類固醇的特效藥。

美國時間[vi1 gok1 si6/si3 gan1; bi1 kok8 si7/si3 kan1]　閒暇的時間，像美國人般能夠有度假之時間。

美麗島站[vi1 le3 dor1/do1 zam6; bi1 le3 to1/too1 tsam7]　高雄捷運橘線與紅線的交會站，位於中正三路及中山一路口。

味　**[vi6; bi7]** Unicode: 5473, 台語字: vi
[mi4, vi6; mi2, bi7]　氣味,味道,中藥材

膃味[au4 vi6; au2 bi7]　腐爛發臭。

出味[cut1 vi6; tshut8 bi7]　菜肴的味道已燒出來了，聞到了美味。

味是[vi3 si6; bi3 si7]　只管，偏偏，相差大，例詞好味是　hor1 vi3 si6　一味地，執著地做某件事;笑味是　cior4 vi3 si6　笑咪咪。

味素[vi3 so3; bi3 soo3]　味精，一種調味料，係日語詞味之素　azinomono 味精.同味素粉　vi3 so4 hun4。

vih

宓　**[vih5; bih4]** Unicode: 5B93, 台語字: vih
[vih5; bih4]　隱藏,隱密,躲避,有作匿　vih5

宓垂[vih1 cih5; bih8 tshih4]　低矮的樣子，例詞宓垂的老人　vih1 cih5 e6 lau3 lang2　一個矮小的老人。

宓雨[vih1 ho6; bih8 hoo7]　躲雨。

宓起來[vih5 ki3 lai3; bih4 khi3 lai3]　躲起來。

宓相尋[vih1 sior6 cue6/ce6; bih8 sio7 tshue7/tshe7]　捉迷藏。

日頭宓山後[jit5/lit5 tau2 vih1 suann6 au6; jit4/lit4 thau5 bih8 suann7 au7]　太陽下沈而躲在山的後面，夕陽西下。

台語字:	獅 saif	牛 quw	豹 bax	虎 hoy	鴨 ah	象 ciunn	鹿 lokf
通用拼音:	獅 sai1	牛 qu2	豹 ba3	虎 ho4	鴨 ah5	象 ciunn6	鹿 lok1
北京語:	山 san1	明 meng2	水 sue3	秀 sior4	的 dorh5	中 diong6	壢 lek1
普通話:	山 san1	明 meng2	水 sue3	秀 sior4	的 dorh0	中 diong6	壢 lek1

vin

民 **[vin2; bin5]** Unicode: 6C11, 台語字: vinw
[vin2; bin5] 人民

人民[jin6/lin3 vin2; jin7/lin3 bin5] 國民。

庶民[su4 vin2; su2 bin5] 平民, 民眾。

民風[vin6/vin3 hong1; bin7/bin3 hong1] 民間的風尚習俗。

民雄鄉[vin6 hiong6 hiang1; bin7 hiong7 hiang1] 在嘉義縣。

明 **[vin2; bin5]** Unicode: 660E, 台語字: vinw
[me2, mia2, min2, mua2, veng2, vin2; me5, mia5, min5, mua5, bing5, bin5] 明天

明仔日[vin6/vin3 a1 jit1/lit1; bin7/bin3 a1 jit8/lit8] 明天。

明仔載[vin6/vin3 a1 zai3; bin7/bin3 a1 tsai3] 明天。

明仔後日[vin6 a1 au3 jit1/vin3 a1 au3 lit1; bin7 a1 au3 jit8/bin3 a1 au3 lit8] 明天, 後天, 明天或後天。

眠 **[vin2; bin5]** Unicode: 7720, 台語字: vinw
[mng2, ven2, vin2; mng5, bian5, bin5] 睡覺

重眠[dang3 vin2; tang3 bin5] 睡得很熟, 很深沈, 相關詞重眠 diong3 vin2 愛睡覺, 須要有充足的睡眠時間。

重眠[diong3 vin2; tiong3 bin5] 愛睡覺, 貪睡, 須要有充足的睡眠時間, 相關詞重眠 dang3 vin2 睡得很熟, 很深沈。

陷眠[ham3 vin2; ham3 bin5] 囈語, 夢話。

較早睏咧 較有眠[kah1 za1 kun3 le3 kah1 u3 vin2; khah8 tsa1 khun3 le3 khah8 u3 bin5] 早一點睡覺, 才會睡得好又夠睡眠, 譏笑別人不要做白日夢, 喻別說夢話。

面 **[vin6; bin7]** Unicode: 9762, 台語字: vin
[ven6, vin6; bian7, bin7] 顏臉,表層,樣子

贏面[iann6/iann3 vin6; iann7/iann3 bin7] 勝算, 相關詞輸面 su6 vin6 較為不利, 傾向失敗, 沒有勝算, 劣勢。

孝男面[hau4 lam6/lam3 vin6; hau2 lam7/lam3 bin7] 哭喪著臉, 像居喪的孝男的臉。

起屁面[ki1 pui4 vin6; khi1 phui2 bin7] 翻臉, 反覆。

生侁面[senn6 sen6 vin6/sinn6 san6 vin; senn7 sian7 bin7/sinn7 san7 -] 凶神惡煞之流, 凶惡的面相。

vior

囮 **[vue2; bue5]** Unicode: 56EE, 台語字: vuew
[vior2, vue2; bio5, bue5] 誘餌,原意為引誘野鳥入籠的家鳥

做囮[zor4 vior2; tso2 bio5] 引誘, 誘餌, 做噱頭, 做幌子。

廟 [vior6; bio7] Unicode: 5EDF, 台語字: vior

[vior6; bio7] 寺廟

廟仔[vior3 a4; bio3 a2] 小寺廟。

廟公[vior3 gong1; bio3 kong1] 廟祝, 寺廟的管理員。

廟寺[vior3 si6; bio3 si7] 寺廟, 道教稱廟, 佛教稱寺。

媽祖廟[ma1 zor1 vior6; ma1 tso1 bio7] 奉祠媽祖的廟宇。

仙公廟[sen6 gong6 vior6; sian7 kong7 bio7] 奉祠李鐵枴的廟, 以台北市木柵的指南宮仙公廟最有名。

土地公廟[to1 di3 gong6 vior6; thoo1 ti3 kong7 bio7] 奉祠土地公的廟, 全台各地皆有。

乞食趕廟公[kit1 ziah1 guann1 vior3 gong1; khit1 tsiah8 kuann1 bio3 kong1] 乞丐被廟公同情無家可歸而收留暫住, 但乞丐卻反而將廟公趕走, 喻反客為主, 中國外來政權統治台灣。

vo

否 **[vo3; boo3]** Unicode: 5426, 台語字: vox
[ho4, honn6, pi4, vo3, vor3; hoo2, honn7, phi2, boo3, bo3] 嗎?,疑問詞

著否[diorh1 vo3; tioh8 boo3] 對嗎?。

好否[hor4 vo3; ho2 boo3] 好嗎?。

台灣有獨立否[dai6/dai3 uan2 u3 dok5 lip5 vo3; tai7/tai3 uan5 u3 tok4 lip4 boo3] 台灣已經獨立了嗎?。

某 **[vo4; boo2]** Unicode: 67D0, 台語字: voy
[vo4, vonn4; boo2, bonn2] 妻子,某一不知名的人或事

翁某[ang6 vo4; ang7 boo2] 夫妻, 夫婦。

娶某[cua3 vo4; tshua3 boo2] 娶妻, 例詞娶著歹某, 一世人 cua3 diorh5 painn1 vo4 zit5 si4 lang2 娶了惡妻, 先生就要忍受一輩子的痛苦。

查某[za6 vo4; tsa7 boo2] 女人。

某本[vo1 bun4; boo1 pun2] 結婚娶妻的準備金。

某囝[vo1 giann4; boo1 kiann2] 妻子, 妻與子女, 有作某仔囝 vo1 a1 giann4。

某人[vo1 lang2; boo1 lang5] 某某人, 太太稱自已的丈夫。

某仔囝[vo1 a1 giann4; boo1 a1 kiann2] 妻子, 妻與子女, 有作某囝 vo1 giann4。

某大姊[vo1 dua3 zi4; boo1 tua3 tsi2] 太太的年紀比先生紀大。

某物人[vo1/vonn1 mih1 lang2; boo1/bonn1 mih8 lang5] 某一人, 什麼人, 太太自稱丈夫。

翁行某遒[ang1 giann2 vo4 due3; ang1 kiann5 boo2 tue3] 夫唱婦隨。

無某無猴[vor6 vo1 vor6 gau2/vor3 vo1 vor3 gau2; bo7 boo1 bo7 kau5/bo3 boo1 bo3 kau5] 無妻無子的單身漢,謙稱自己的兒子為猴囝仔 gau6/3 qin1 a4。

查某囝仔[za6 vo1 qin1 a4; tsa7 boo1 - a2] 女孩子, 少女。

vok

台語字:	獅 saif	牛 quw	豹 bax	虎 hoy	鴨 ah	象 ciunn	鹿 lokf
通用拼音:	獅 sai1	牛 qu2	豹 ba3	虎 ho4	鴨 ah5	象 ciunn6	鹿 lok1
北京語:	山 san1	明 meng2	水 sue3	秀 sior4	的 dorh5	中 diong6	壢 lek1
普通話:	山 san1	明 meng2	水 sue3	秀 sior4	的 dorh0	中 diong6	壢 lek1

木 **[vok1; bok8]** Unicode: 6728, 台語字: vokf
　　[vak1, vok1; bak8, bok8] 樹木,棺材

樹木[ciu3 vok1; tshiu3 bok8] 。

棺木[guan6 vok1; kuan7 bok8] 棺材。

入木[jip5/lip5 vok1; jip4/lip4 bok8] 入殮。

烏漉木製[o6 lok1 vok5 ze3; oo7 lok8 bok4 tse3] 用烏漉
　　木木材製造的劣質品,比論為粗製濫造, 亂七八糟,
　　有作污漉木製 o6 lok1 vok5 ze3, 常誤作烏魯木齊
　　o6 lo2 vok5 ze2 地名, 在中國, 即新疆省迪化市.台
　　灣與新疆陸海隔絕萬里, 數百年來, 不曾交通, 何
　　來烏魯木齊?諒必是音誤.烏漉木 o6 lok1 vok1 學
　　名黃連木, 落葉喬木, 漆樹科, 木材的中心部份幾
　　乎是爛木質, 稱為漉髓仔柴 lok1 cue1 a1 ca2。

目 **[vok1; bok8]** Unicode: 76EE, 台語字: vokf
　　[vak1, vok1; bak8, bok8] 眼睛,注視

耳目[ni1 vok1; ni1 bok8] 聽聞, 視聽, 線民, 例詞騙人
　　耳目 pen4 lang6 ni1 vok1 騙人視聽。

面目[vin3 vok1; bin3 bok8] 顏面, 例詞面目全非 vin3
　　vok1 zuan6/3 hui1。

目中無人[vok5 diong1 vu6 jin2/vok5 diong1 vu3 lin2;
　　bok4 tiong1 bu7 jin5/bok4 tiong1 bu3 lin5] 目空一
　　切。

vong

墓 **[vong6; bong7]** Unicode: 5893, 台語字: vong
　　[vo6, vong6; boo7, bong7] 墳場

培墓[bue3 vong6; pue3 bong7] 掃墓, 包含清理, 整修,
　　祭墳, 有作掃墓 sau4 vong6。

墓仔[vong3 a4; bong3 a2] 墳墓, 同塚仔 tiong1 a4 墓。

墓牌[vong3 bai2; bong3 pai5] 墓碑。

墓仔埔[vong3 a1 bo1; bong3 a1 poo1] 墳場, 同塚仔埔
　　tiong1 a1 bo1 墳場。

一年培墓　一年少人[zit5 ni6 bue3 vong6 zit5 ni6 zior1
　　lang2/zit5 ni3 be3 vong6 zit5 ni3 zior1 lang2; tsit4 ni7
　　pue3 bong7 tsit4 ni7 tsio1 lang5/tsit4 ni3 pe3 bong7
　　tsit4 ni3 tsio1 lang5] 每到清明節掃墓, 則長輩一年
　　比一年地凋萎減少, 引申老成凋謝。

vor

冇 **[vor2; bo5]** Unicode: 5187, 台語字: vorw
　　[vor2; bo5] 沒有,無,同無 vor2,相關字有 u6 有;
　　冇 deng6 硬的;廣東字冇 monn2 沒有;客語冇
　　pang1 沒有;北京話冇 mo2 沒有

有冇[u6 vor2; u7 bo5] 有沒有?, 同有無 u6 vor2 有沒
　　有?, 相關詞有否 u6 vor3 有嗎?。

無 **[vor2; bo5]** Unicode: 7121, 台語字: vorw
　　[mo2, vor2, vu2; moo5, bo5, bu5] 姓,沒有,同冇
　　vor2 沒有

有無[u6 vor2; u7 bo5] 有沒有? 同有冇 u6 vor2, 相關詞

有否 u6 vor3 有嗎?。

無範[vor6/vor3 ban6; bo7/bo3 pan7] 沒有架勢, 有作冇
　　範 vor6/3 ban6。

無差[vor6/vor3 ca1; bo7/bo3 tsha1] 沒有差別, 相同, 沒
　　有異樣, 無所謂。

無膏[vor6/vor3 gor1; bo7/bo3 ko1] 沒有才能, 沒錢, 沒
　　有學問, 例詞台灣蟳, 無膏 dai6 uan6 zim2 vor6
　　gor1/dai3 uan3 zim2 vor3 gor1 台灣螃蟹, 大多沒有
　　蟹黃膏, 取笑台灣人都沒有學問或魄力, 無膏是沒
　　有才能, 沒錢, 沒有學問的意思。

無嗣[vor6/vor3 su2; bo7/bo3 su5] 無後代。

無捅[vor6/vor3 tang1; bo7/bo3 thang1] 不可以, 一點兒
　　也不肯, 有作侏捅 ve3 tang1, 例詞無捅援助散赤
　　人 vor6/3 tang6 uan3 zor3 san4 cia4 lang2 一點兒也
　　不肯救助窮人;老母無捅為大囝講公道話 lau3 vu4
　　vor6/3 tang6 ui3 dua3 giann4 gong1 gong6 dor3 ue6
　　母親在兄弟姊妹爭執時, 不肯為大兒子說句公道
　　話;玆个人, 是無捅予汝會倰聳鬚得 zia1 e6 lang2
　　si3 vor6/3 tang6 ho3 li1 cang4 ciu1 vdit5 本大爺是
　　不能讓你在這裡囂張的, 我是這裡的老大。

拎無韗[binn4 vor6/vor3 len4; pinn2 bo7/bo3 lian2] 變不
　　出新戲法, 搞不出新點子。

看無日[kuann4 vor6/vor3 jit1; khuann2 bo7/bo3 jit8] 擇
　　不出一個良辰吉日, 以便辦喜事。

趁無食[tan4 vor6/vor3 ziah1; than2 bo7/bo3 tsiah8] 沒辦
　　法賺錢養家活口, 賺不到錢。

無半步[vor6/vor3 buann4 bo6; bo7/bo3 puann2 poo7] 沒
　　有任何方法。

無彩錢[vor6/vor3 cai1 zinn2; bo7/bo3 tshai1 tsinn5] 可惜,
　　白費金錢, 省金錢吧。

無清氣[vor6/vor3 ceng6 ki3; bo7/bo3 tshing7 khi3] 不清
　　潔, 不乾淨。

無嘴水[vor6/vor3 cui4 sui4; bo7/bo3 tshui2 sui2] 沒有口
　　才, 不會稱讚長輩。

無定性[vor6 deng3 seng3/vor3 diann3 seng3; bo7 ting3
　　sing3/bo3 tiann3 sing3] 性格或個性不隱定, 男朋友
　　交過一個又一個。

無張持[vor6/vor3 dionn6 di2; bo7/bo3 tionn7 ti5] 一不小
　　心, 沒注意看。

無度量[vor6/vor3 do3 liong6; bo7/bo3 too3 liong7] 沒有
　　度量, 沒有肚量, 有作無量 vor6/3 liong6。

無擋頭[vor6/vor3 dong4 tau2; bo7/bo3 tong2 thau5] 沒有
　　耐力, 力道不足, 耐力不足, 同無擋 vor6/3
　　dong3。

無欺唬[vor6/vor3 ki1 ho4; bo7/bo3 khi1 hoo2] 不貪取,
　　不騙取斤兩, 童叟無欺, 有作無欺無唬 vor6 ki1
　　vor6 ho4/vor3 ki1 vor3 ho4。

無膦脬[vor6/vor3 lan3 pa1; bo7/bo3 lan3 pha1] 沒有男人
　　氣概, 沒有魄力, 沒種, 沒有膽量, 沒有膽識。

無捨施[vor6/vor3 sia1 si3; bo7/bo3 sia1 si3] 可憐, 不忍
　　心, 不施捨救助, 同無捨無施 vor6 sia1 vor6
　　si3/vor3 sia1 vor3 si3。

無天良[vor6/vor3 ten6 liong2; bo7/bo3 thian7 liong5] 違
　　背做人的天理良心, 例詞姓連的, 無天良 senn4
　　len2 e6, vor6/3 ten6 liong2 那個姓連的人, 違背做
　　人的天理良心。

無禁無忌[vor6 gim4 vor6 ki6/vor3 gim4 vor3 ki6; bo7
　　kim2 bo7 khi7/bo3 kim2 bo3 khi7] 沒有忌諱, 例詞
　　無禁無忌, 食百二 vor6 gim4 vor6 ki6, ziah5 bah1
　　ji6/vor3 gim4 vor3 ki6, ziah5 bah1 li6 一個人在食物

台語字:	獅 saif	牛 quw	豹 bax	虎 hoy	鴨 ah	象 ciunn	鹿 lokf
通用拼音:	獅 sai1	牛 qu2	豹 ba3	虎 ho4	鴨 ah5	象 ciunn6	鹿 lok1
北京語:	山 san1	明 meng2	水 sue3	秀 sior4	的 dorh5	中 diong6	壢 lek1
普通話:	山 san1	明 meng2	水 sue3	秀 sior4	的 dorh0	中 diong6	壢 lek1

上及心理上不要有太多的禁忌，則可能活到一百二十歲的高壽。

無暝無日[vor6 me6 vor6 jit1/vor3 me3 vor3 lit1; bo7 me7 bo7 jit8/bo3 me3 bo3 lit8] 不分日夜，很認真工作。

無牛使馬[vor6/vor3 qu2 sai1 ve4; bo7/bo3 gu5 sai1 be2] 將就將就，姑且用之，有作無牛駛馬 vor6/3 qu2 sai1 ve4。

無捨無施[vor6 sia1 vor6 si3/vor3 sia1 vor3 si3; bo7 sia1 bo7 si3/bo3 sia1 bo3 si3] 可憐，不忍心，不施捨救助，同無捨施 vor6/3 sia1 si3。

無三日　好光景[vor6 sann6 jit1 hor1 gong6 geng4/vor3 sann6 lit1 hor1 gong6 geng4; bo7 sann7 jit8 ho1 kong7 king2/bo3 sann7 lit8 ho1 kong7 king2] 好景不常。

無禁無忌[食百二　vor6 gim4 vor6 ki6 ziah5 bah1 ji6/vor3 gim4 vor3 li6 ziah5 bah1 li6; - bo7 kim2 bo7 khi7 tsiah4 pah8 ji7/bo3 kim2 bo3 li7 tsiah4 pah8 li7] 養生不要有太多的禁忌，大概就可以長命百歲。

嬤 [vor4; bo2] Unicode: 5B24, 台語字: vory
[vor4, vu4; bo2, bu2] 媽媽, 稱呼母親,相關字媽 ma4 祖母;相關字華語嬤 ma1 媽媽

阿嬤[a6 vor4/vu4; a7 bo2/bu2] 母親, 媽媽, 相關詞阿媽 a6 ma4 祖母。

母 [vu4; bu2] Unicode: 6BCD, 台語字: vuy
[vior4, vor4, vu4; bio2, bo2, bu2] 母親,根源

阿母[a6 vu4; a7 bu2] 母親, 媽媽。
後母[au3 vu4; au3 bu2] 繼母。
病母[benn3/binn3 vu4; piann3/pinn3 bu2] 疾病的根源。
酵母[gann4 vu4; kann2 bu2] 發酵的菌母。
血母[hui4 vu4; hui2 bu2] 女性的子宮, 例詞血母痛 hui4 vu4 tiann3 女性生產之後, 子宮的疼痛。
養母[iunn1 vu4; iunn1 bu2] 。
契母[ke4 vu4; khe2 bu2] 乾媽。
母舅[vu1 gu6; bu1 ku7] 舅舅, 稱呼媽媽的兄弟。
母仔团[vu1 a1 giann4; bu1 a1 kiann2] 母親與子女。
母舅公[vu1 gu3 gong1; bu1 ku3 kong1] 舅公, 祖母的兄弟。

武 [vu4; bu2] Unicode: 6B66, 台語字: vuy
[vu4; bu2] 姓,壯壯的,武術,軍事的

大武[dua3 vu4; tua3 bu2] 很多。
武市[vu1 ci6; bu1 tshi7] 批發, 批發市場, 相關詞門市 vun6/3 ci6 店頭市場, 零售。
武膪[vu1 dun4; bu1 tun2] 矮矮胖胖的, 同矮膪 e1/uu1 dun4, 例詞武膪武膪 vu1 dun1 vu1 dun4 生得矮矮胖胖的。
武的[vu4 e1; bu2 e1] 粗野的, 相關詞文的 vun2 e6 智力的, 文雅的。
武功[vu1 gong1; bu1 kong1] 武術。
大武陣[dua3 vu1 din6; tua3 bu1 tin7] 很多的人, 集結一群人。
武身的[vu1 sin1 e1; bu1 sin1 e1] 身體粗壯的人, 適合做粗重工作的人。
大武四界[dua3 vu1 si4 gue3; tua3 bu1 si2 kue3] 到處。

拇 [vu4; bu2] Unicode: 62C7, 台語字: vuy
[vor4, vu4; bo2, bu2] 作為,擺佈

亂拇[luan3 vu4; luan3 bu2] 亂來, 胡作非為。

烏白拇[o6 beh5 vu4; oo7 peh4 bu2] 胡作非為, 亂來。
拇齣頭[vu1 cut1 tau2; bu1 tshut8 thau5] 招惹出來的麻煩, 鬧事件, 例詞悾団, 拇一齣大麻煩 kong6 giann4 vu1 zit5 cut1 dua3 ma6/3 huan2 傻小子招惹出一件大麻煩的事件。
拇侎贏[vu1 ve3/vue3 iann2; bu1 be3/bue3 iann5] 擺平不了他人, 贏不了他人。
拇豬拇狗[vu1 di6 vu1 gau4; bu1 ti7 bu1 kau2] 擺佈, 任人擺佈, 打混仗, 搞不出名堂。
拇無路來[vu1 vor6/vor3 lo3 lai2; bu1 bo7/bo3 loo3 lai5] 無法做成一件事, 做不來。
拇大枝關刀[vu1 dua3 gi6 guan6 dor1; bu1 tua3 ki7 kuan7 to1] 揮弄大刀, 作秀。

嬤 [vu4; bu2] Unicode: 5B24, 台語字: vuy
[vor4, vu4; bo2, bu2] 母親, 媽媽

阿嬤[a6 vor4/vu4; a7 bo2/bu2] 母親, 媽媽, 相關詞阿媽 a6 ma4 祖母。

撫 [vu4; bu2] Unicode: 64AB, 台語字: vuy
[hu1, vu4; hu1, bu2] 安慰,撫養

巡撫[sun6/sun3 vu4; sun7/sun3 bu2] 清朝治台時之台灣省巡撫, 等同台灣省長。
撫養[vu1 iong4; bu1 iong2] 撫養長大。

務 [vu6; bu7] Unicode: 52D9, 台語字: vu
[vu6; bu7] 工作,事務

工務[gang6 vu6; kang7 bu7] 工程的事務。
公務[gong6 vu6; kong7 bu7] 政府的事務。
業務[qiap5 vu6; giap4 bu7] 事業的事務, 事業的推銷工作, 業務人員。
事務[su3 vu6; su3 bu7] 事情, 事務。
稅務[sue4 vu6; sue2 bu7] 查稅人員。
事務所[su3 vu3 so4; su3 bu3 soo2] 辦公處所。

誣 [vu6; bu7] Unicode: 8AA3, 台語字: vu
[vu6; bu7] 枉,冤枉

誣賴[vu3 lua6; bu3 lua7] 以不實的事實來陷害他人, 以言詞嫁禍於他人。
誣告[vu3 gor3; bu3 ko3] 捏造不實的事實或罪嫌, 以控告他人。
哈血誣天[gam6 hueh5 vu3 tinn1/gam3 het5 vu3 tinn1; kam7 hueh4 bu3 thinn1/kam3 hiat4 bu3 thinn1] 含血噴天, 亂講話。

嘸 [vu6; bu7] Unicode: 5638, 台語字: vu
[vu6; bu7] 噴出,吹出,冒出, 代用字,相關字呼 pu6 吹,噴灑

嘸風[vu3 hong1; bu3 hong1] 以口慢慢吹出風, 係代用詞。
嘸血[vu3 hueh5/het5; bu3 hueh4/hiat4] 血從口中噴出。
嘸泡[vu3 por1; bu3 pho1] 冒泡泡。
嘸水[vu3 zui4; bu3 tsui2] 用力氣噴出口中的水。

遇 [vu6; bu7] Unicode: 9047, 台語字: vu
[qu6, vu6; gu7, bu7] 遇到

遭遇[zor6 qu6/zor3 vu6; tso7 gu7/tso3 bu7] 境遇, 遇到。
遇著[vu6 diorh1; bu7 tioh8] 遇到, 例詞佇路迒　遇著朋友 di3 lo6 ni6 vu3 diorh5 beng6/3 iu4 在路上遇到了朋友。

台語字:	獅 saif	牛 quw	豹 bax	虎 hoy	鴨 ah	象 ciunn	鹿 lokf
通用拼音:	獅 sai1	牛 qu2	豹 ba3	虎 ho4	鴨 ah5	象 ciunn6	鹿 lok1
北京語:	山 san1	明 meng2	水 sue3	秀 sior4	的 dorh5	中 diong6	壢 lek1
普通話:	山 san1	明 meng2	水 sue3	秀 sior4	的 dorh0	中 diong6	壢 lek1

霧 **[vu6; bu7]** Unicode: 9727, 台語字: vu
　　[vu6; bu7] 霧氣,不清楚,同瞀 vu6
起霧[ki1 vu6; khi1 bu7] 霧氣升起。
濛霧[vong6/vong3 vu6; bong7/bong3 bu7] 大霧, 相關詞
　　朦霧 vong6/3 vu6 看不清楚。
朦霧[vong6/vong3 vu6; bong7/bong3 bu7] 看不清楚, 有
　　作朦瞀 vong6/3 vu6, 相關詞濛霧 vong6/3 vu6 大
　　霧, 例詞目睭朦霧 vak5 ziu1 vong6/3 vu6 眼睛看
　　不清楚, 有作目睭朦瞀 vak5 ziu1 vong6/3 vu6。
霧吵吵[vu3 sa4 sa3; bu3 sa2 sa3] 茫茫然, 糊裡糊塗而弄
　　不清楚, 事情弄得亂七八糟。

vua

磨 **[vua2; bua5]** Unicode: 78E8, 台語字: vuaw
　　[mo2, vor6, vua2; moo5, bo7, bua5] 磨,折磨,磨鍊,
　　操勞
拖磨[tua6 vua2; thua7 bua5] 受苦, 受折磨, 例詞拖磨一
　　世人 tua6 vua2 zit5 si4 lang2 受苦一輩子, 操勞一
　　輩子。
磨規日[vua6/vua3 gui6 zit1; bua7/bua3 kui7 tsit8] 折磨了
　　一整天。
磨予金[vua6/vua3 ho6 gim1; bua7/bua3 hoo7 kim1] 要把
　　它磨得亮晶晶的。
磨牙槽[vua6 qe6 zor2/vua3 qe3 zor2; bua7 ge7 tso5/bua3
　　ge3 tso5] 費力氣, 費脣舌。
磨俅出脫[vua6 ve3 cut1 tuat5/vua3 ve3 cut1 tuat5; bua7
　　be3 tshut8 thuat4/bua3 bue3 tshut8 thuat4] 勞碌過日
　　子, 卻不得成功。
欲磨予伊死[veh1 vua6/vor3 ho3 i6 si4; beh8 bua7/bo3
　　hoo3 i7 si2] 要把他折磨死, 才肯擺休。
做牛著拖　做人著磨[zor4 qu2 diorh5 tua1 zor4 lang2
　　diorh5 vua2; tso2 gu5 tioh4 thua1 tso2 lang5 tioh4
　　bua5] 作牛要拉車, 作人也就要操勞受苦, 一輩子
　　受折磨。

vuah

末 **[vuah1; buah8]** Unicode: 672B, 台語字: vuahf
　　[vuah1, vuat1; buah8, buat8] 粉末,粉粉的感覺,長
　　白鬍鬚的男主角,相關字生 seng1 男主角,不長鬍鬚
　　的小生;淨 ziann1 大花臉男主角;旦 duann3 小旦,
　　女主角,青衣苦旦;丑 tiu4 丑角,老婆子,老家婆
芥末[gai4 vuah1; kai2 buah8] 辛辣調味料, mustard。
茄末仔菜[ga6 vuah5 a1 cai3; ka7 buah4 a1 tshai3] 一種
　　大葉菜, 有作茄茇仔菜 ga6 vuah5 a1 cai3。

抹 **[vuah5; buah4]** Unicode: 62B9, 台語字: vuah
　　[vuah5, vuat5; buah4, buat4] 塗抹,相關字抹 mai1
　　用手打
抹壁[vuah1 biah5; buah8 piah4] 在牆上塗抹水泥或灰
　　土。
抹粉[vuah1 hun4; buah8 hun2] 化妝, 在臉上塗抹化妝

品。
抹藥仔[vuah1 iorh5 a4; buah8 ioh4 a2] 塗抹藥品, 引申
　　男女行房。
抹壁雙面光[vuah1 biah5 siang6 vin3 gng1; buah8 piah4
　　siang7 bin3 kng1] 在牆上塗抹了水泥或灰土, 意外
　　地變成了雙面光亮的牆壁, 喻皆大歡喜。

vuat

末 **[vuat1; buat8]** Unicode: 672B, 台語字: vuatf
　　[vuah1, vuat1; buah8, buat8] 最後
末路[vuat5 lo6; buat4 loo7] 終點, 絕路, 例詞窮途末路
　　giong6/3 dor2 vuat5 lo6 在極端困難的情境中。
末日[vuat5 zit1; buat4 tsit8] 滅亡之日, 同朝代尾 diau6
　　dai3 vue4/diau3 dai3 ve4 社會亂象大作或國家混亂,
　　而到要交替變天之時, 例詞世界末日 se4 gai3
　　vuat5 zit1 世界滅亡之日。

vue

尾 **[vue4; bue2]** Unicode: 5C3E, 台語字: vuey
　　[ve4, vue4; be2, bue2] 尾巴,最後的
溜尾[liu6 vue4/ve4; liu7 bue2/be2] 無以為繼, 虎頭蛇尾,
　　家道中落, 相關詞尾溜 vue1/ve1 liu1 尾巴。
路尾[lo3 vue4/ve4; loo3 bue2/be2] 道路的末端, 後來,
　　到了最後, 有作路尾手 lo3 vue1/ve1 ciu4。
年尾[ni6 vue4/ni3 ve4; ni7 bue2/ni3 be2] 年底, 歲末。
透尾[tau4 vue4/ve4; thau2 bue2/be2] 自始至終, 從頭到
　　尾, 婚姻美滿, 白頭偕老。
尾擺[vue1/ve1 bai4; bue1/be1 pai2] 最後一次。
尾手[vue1 ciu4; bue1 tshiu2] 後來, 最後。
尾溜[vue1/ve1 liu1; bue1/be1 liu1] 尾巴, 尾端, 頂點, 相
　　關詞溜尾 liu6 vue4/ve4 無以為繼, 虎頭蛇尾, 例
　　詞佇山尾溜 di3 suann6 vue1/ve1 liu1 在山頂上。
尾牙[vue1/ve1 qe2; bue1/be1 ge5] 民俗在農曆十二月十
　　六日於門前犒祭五路神明, 相關詞頭牙 tau6/3 qe2;
　　做牙 zor4 qe2。
尾指[vue1/ve1 zainn4; bue1/be1 tsainn2] 小拇指。
尾站[vue1/ve1 zam6; bue1/be1 tsam7] 終點, 終點站。
尾脽[vue1/ve1 zui1; bue1/be1 tsui1] 脊椎骨的末端, 例
　　詞雞尾脽 ge6 vue1 zui1/gue6 ve1 zui1 雞屁股。
尾水[vue1 zui4; bue1 tsui2] 最後一批生產的或上市的,
　　例詞尾水紅柿 vue1 zui1 ang6/3 ki6 最後一批生產
　　的柿子。
手尾錢[ciu1 vue1/ve1 zinn2; tshiu1 bue1/be1 tsinn5] 死人
　　手中的錢, 引申作遺產。
手尾力[ciu1 vue1/ve1 lat1; tshiu1 bue1/be1 lat8] 掌力。
大葩尾[dua3 pa6 vue4/ve4; tua3 pha7 bue2/be2] 行善積
　　德人家之子孫及家境都會興旺。
使目尾[sai1 vak5 vue4/ve4; sai1 bak4 bue2/be2] 用目光
　　使意, 用眼角傳情, 例詞勾目睭, 使目尾 gau6 vak5
　　ziu1 sai1 vak5 vue4 勾眼睛, 用眼角傳情。
尾蝶仔[vue1/ve1 iah5 a4; bue1/be1 iah4 a2] 蝴蝶。

台語字:	獅 saif	牛 quw	豹 bax	虎 hoy	鴨 ah	象 ciunn	鹿 lokf
通用拼音:	獅 sai1	牛 qu2	豹 ba3	虎 ho4	鴨 ah5	象 ciunn6	鹿 lok1
北京語:	山 san1	明 meng2	水 sue3	秀 sior4	的 dorh5	中 diong6	壢 lek1
普通話:	山 san1	明 meng2	水 sue3	秀 sior4	的 dorh0	中 diong6	壢 lek1

尾帖藥[vue1/ve1 tiap1 iorh1; bue1/be1 thiap8 ioh8] 特效藥, 如果服了這一種藥仍然治不了病, 只好等死了。

足多尾蛇[ziok1 ze3 vue1/ve1 zua2; tsiok8 tse3 bue1/be1 tsua5] 許多條蛇。

一尾魚仔[zit5 vue1 hi6 a4/zit5 ve1 hi3 a4; tsit4 bue1 hi7 a2/tsit4 be1 hi3 a2] 一條魚。

王梨頭　西瓜尾[ong6 lai6 tau2 si6 gue6 vue4/ong3 lai3 tau2 si6 gue6 ve4; ong7 lai7 thau5 si7 kue7 bue2/ong3 lai3 thau5 si7 kue7 be2] 鳳梨靠近蒂頭的部份, 以及西瓜靠近尾端的部份, 都是較為好吃的, 引申高級貨物。

未　**[vue6; bue7]** Unicode: 672A, 台語字: vue
　　[ve3, vi6, vue3, vue6; be3, bi7, bue3, bue7] 尚未

猶未[ia1 vue6; ia1 bue7] 還沒, 同猶怺 ia1 vue6, 例詞猶未完成 ia1 vue3 uan6/3 seng2 還沒完成, 同猶怺完成 ia1 ve3 uan6/3 seng2。

vui

眯　**[vui1; bui1]** Unicode: 772F, 台語字: vuif
　　[vui1; bui1] 睜不開眼睛, 眼睛要閉合的樣子, 相關字咪 vi1 呼叫聲;瞇 vi2 偷看

沙眯[sa6 vui1; sa7 bui1] 眯眯眼, 睡眼惺忪。

目瞤眯眯[vak5 ziu1 vui6 vui1; bak4 tsiu1 bui7 bui1] 眼睛微微閉合。

目瞤沙眯沙眯[vak5 ziu1 sa6 vui6 sa6 vui1; bak4 tsiu1 sa7 bui7 sa7 bui1] 眯眯眼, 睡眼矇矓。

vun

文　**[vun2; bun5]** Unicode: 6587, 台語字: vunw
　　[vun2; bun5] 姓, 文學, 有教養的, 零售, 相關字‹ sen4 錢財,cent;圓 inn2 圓的,錢幣

雪文[sap1 vun2; sap8 bun5] 肥皂, 原為荷蘭文 Sapbun, 是肥皂的商標名, 發音為 sap-vun。

注文[zu4 vun2; tsu2 bun5] 訂購物品, 定做, 係日語詞注文 chumon 訂購。

文旦[vun6/vun3 dan3; bun7/bun3 tan3] 文旦柚子, 有作文旦柚 vun6/3 dan4 iu6。

文的[vun2 e6; bun5 e7] 智力的, 文雅的, 相關詞武的 vu4 e1 粗野的。

文昌帝君[vun6 ciong1 de4 gun1; bun7 tshiong1 te2 kun1] 神明名。

門　**[vun2; bun5]** Unicode: 9580, 台語字: vunw
　　[mng2, vng2, vun2; mng5, bng5, bun5] 門前,店鋪, 零售,家風

專門[zuan6 vun2; tsuan7 bun5] 專業的技術。

門市[vun6/vun3 ci6; bun7/bun3 tshi7] 店頭市場, 零售, 相關詞武市 vu1 ci6 批發市場。

門徒[vun6/vun3 do2; bun7/bun3 too5] 徒弟, 信徒, 徒子徒孫。

門生[vun6/vun3 seng1; bun7/bun3 sing1] 學生, 弟子。

門診[vun6/vun3 zin4; bun7/bun3 tsin2] 到醫院或診所診治疾病。

紋　**[vun2; bun5]** Unicode: 7D0B, 台語字: vunw
　　[vun2; bun5] 花文

花紋[hue6 vun2; hue7 bun5] 圖案。

紋路[vun6/vun3 lo6; bun7/bun3 loo7] 紋理圖案。

聞　**[vun2; bun5]** Unicode: 805E, 台語字: vunw
　　[pinn6, vun2; phinn7, bun5] 姓,出名的人物,聽到的消息

新聞[sin6 vun2; sin7 bun5] 新消息, 例詞新聞紙 sin6 vun6/3 zua4 報紙;電視新聞 den3 si3 sin6 vun2 電視新聞報導。

聞人[vun6 jin2/vun3 lin2; bun7 jin5/bun3 lin5] 出名的人物, 聞名的人物。

坋　**[vun3; bun3]** Unicode: 574B, 台語字: vunx
　　[vun3; bun3] 鑽入,潛入

坋鼠[vun4 ci4; bun2 tshi2] 地鼠, 土撥鼠, 地下工作人員, 有作齁鼠 vun4 ci4。

坋岫孔[vun4 bong3 kang1; bun2 pong3 khang1] 穿過山洞, 穿過燧道, 相關詞仝岫孔 nng4 bong3 kang1 過山洞, 通過燧道。

坋入去[vun4 jip5/lip5 ki3; bun2 jip4/lip4 khi3] 潛到...中, 例詞坋入去土腳 vun4 jip5/lip5 ki4 to6/3 ka1 鑽進去地下;坋入去孔內 vun4 jip5/lip5 ki4 kang6 lai6 潛入洞中。

坋出來[vun3 cut5 lai3; bun3 tshut4 lai3] 鑽出來, 例詞水坋出來 zui4 vun3 cut5 lai3 水從地下冒上來;透土腳坋出來 ui4 to6/3 ka1 vun3 cut5 lai3 從地下鑽出來。

吻　**[vun4; bun2]** Unicode: 543B, 台語字: vuny
　　[vun4, vut5; bun2, but4] 微笑, 相關字喫 zim1 接吻

笑吻吻[cior4 vun1 vun4; tshio2 bun1 bun2] 笑咪咪, 笑嘻嘻。

肉吻笑[vah1 vun1 cior3; bah8 bun1 tshio3] 笑得很含蓄。

嘴吻一下[cui3 vun4 zit5 e3; tshui3 bun2 tsit4 e3] 動一動嘴角, 笑一笑, 相關詞嘴喫一下 cui3 zim1 zit5 e3 二人擁吻。

悶　**[vun6; bun7]** Unicode: 60B6, 台語字: vun
　　[vun6; bun7] 憂悶

心悶[sim6 vun6; sim7 bun7] 懷念, 想念, 思念, 相關詞心悶悶 sim1 vun3 vun6 心中煩悶。

悶悶[vun3 vun6; bun3 bun7] 心中煩悶, 胃痛的症狀, 例詞悶悶不樂 vun3 vun6 but1 lok1 心中煩悶;心肝頭悶悶 sim1 guann6 tau2 vun3 vun6 胸口憂悶。

台語字:	獅 saif	牛 quw	豹 bax	虎 hoy	鴨 ah	象 ciunn	鹿 lokf
通用拼音:	獅 sai1	牛 qu2	豹 ba3	虎 ho4	鴨 ah5	象 ciunn6	鹿 lok1
北京語:	山 san1	明 meng2	水 sue3	秀 sior4	的 dorh5	中 diong6	壢 lek1
普通話:	山 san1	明 meng2	水 sue3	秀 sior4	的 dorh0	中 diong6	壢 lek1

台灣精神詞典

iJiden, the Formosan Dictionary

of the Taiwan Spirit

台語 KK 音標、台羅拼音對照版

部首　z；ts

za

查 **[za1; tsa1]** Unicode: 67E5, 台語字: zaf
[ca2, za1; tsha5, tsa1] 姓,調查,考察,男女
巡查[sun6/sun3 za1; sun7/sun3 tsa1] 日據時期的警察。
查甫[za6 bo1; tsa7 poo1] 男人。
查某[za6 vo4; tsa7 boo2] 女人。
悍查某[ciah1 za6 vo4; tshiah8 tsa7 boo2] 凶女人, 例詞
惹熊惹虎, 不捅惹著悍查某 jia1 him2 jia1 ho4 m3
tang6 jia1 diorh5 ciah1 za6 vo4/lia1 him2 lia1 ho4 m3
tang6 lia1 diorh5 ciah1 za6 vo4 你寧可去惹了熊或
老虎, 但千萬別去惹上凶女人。
焙查某[pann3 za6 vo4; phann3 tsa7 boo2] 追求女人, 泡
妞。
耍查某[sng1 za6 vo4; sng1 tsa7 boo2] 玩女人, 騙女人上
當。
查某嫻[za6 vo1 gan4; tsa7 boo1 kan2] 女婢, 分成粗嫻
co6 gan4 及幼嫻 iu4 gan4, 分別做粗重家務, 與育
子及做女紅。
查某間[za6 vo1 geng1; tsa7 boo1 king1] 妓女戶。
查某人[za6 vo1 lang2; tsa7 boo1 lang5] 女人, 男人自稱
自己的太太, 有作查姆人 za6 o1 lang2;詔奷人
zau6 u1 lang2。
查甫生[za6 bo6 senn1; tsa7 poo7 senn1] 長得像男人, 長
得有男人的氣概。
查某體[za6 vo1 te4; tsa7 boo1 the2] 男人有娘娘腔。
查甫囡仔[za6 bo6 qin1 a4; tsa7 poo7 gin1 a2] 男孩子。
查某嫻仔[za6 vo1 gan1 a4; tsa7 boo1 kan1 a2] 小女孩
子。
查某囝賊[za6 vo1 giann1 cat1; tsa7 boo1 kiann1 tshat8]
女兒嫁出之後, 仍然回娘家拿東西到夫家, 像小偷
似的。
查某囡仔[za6 vo1 qin1 a4; tsa7 boo1 gin1 a2] 女孩子。
死查某鬼仔[si1 za6 vo1 gui1 a4; si1 tsa7 boo1 kui1 a2]
罵女孩子。

早 **[za4; tsa2]** Unicode: 65E9, 台語字: zay
[za4, zai4; tsa2, tsai2] 早晨,先於
古早[go1 za4; koo1 tsa2] 很久以前。
敖早[qau6/qau3 za4; gau7/gau3 tsa2] 早安, 很早。
透早[tau4 za4; thau2 tsa2] 凌晨, 盡早, 一大早。
從早[zeng3 za4; tsing3 tsa2] 從來, 一向。

zai

知 **[zai1; tsai1]** Unicode: 77E5, 台語字: zaif
[di1, di3, zai1; ti1, ti3, tsai1] 知道,知覺
知影[zai6 iann4; tsai7 iann2] 懂得, 知道了。
知位[zai6 ui6; tsai7 ui7] 知道地點。
通人知[tong6 lang6/lang3 zai1; thong7 lang7/lang3 tsai1]
大家通通都知道。
知輕重[zai6 kin6 dang6; tsai7 khin7 tang7] 知道事情的
嚴重性, 做事情有分寸。
頭目知動[tau6/tau3 vak5 zai6 dang6; thau7/thau3 bak4
tsai7 tang7] 善解人意, 會盡本分。
知頭知尾[zai6 tau6 zai6 vue4/zai6 tau3 zai6 ve4; tsai7
thau7 tsai7 bue2/tsai7 thau3 tsai7 be2] 一五一十都知
道得很清楚, 例詞不知頭, 不知尾 m3 zai6 tau6 m3
zai6 vue4/m3 zai6 tau3 m3 zai6 ve4 一點都不知
道。
不知天地　幾斤重[m3 zai6 tinn6 de6 gui1 gin6 dang6;
m3 tsai7 thinn7 te7 kui1 kin7 tang7] 不知天高地
厚。

栽 **[zai1; tsai1]** Unicode: 683D, 台語字: zaif
[zai1; tsai1] 幼苗,種植
栽培[zai6 bue2/be2; tsai7 pue5/pe5] 培養人才, 培育花
木, 例詞栽培後進 zai6 bue6/be3 hior3 zin3 培養下
一代, 培育年輕人。
魚仔栽[hi6/hi3 a1 zai1; hi7/hi3 a1 tsai1] 魚苗。
欠栽培[kiam4 zai6 bue2; khiam2 tsai7 pue5] 孩子天生聰
明資優生, 但父母沒有讓他們受教育及栽培, 無法
成功, 有作欠栽培 kiam4 zai6 bue2, 例詞阿純欠栽
培, 無讀大學 a6 sun2 kiam4 zai6 bue2, vor6/3 tak5
dai3 hak1 阿純這個女孩天生聰明, 又是資優生,
父親只因為她是女生, 就不栽培她去唸大學, 讓她
飲恨終生。
囡仔栽[qin1 a1 zai1; gin1 a1 tsai1] 少年, 青少年。
虱目魚栽[sat1 vak5 hi6/hi3 zai1; sat8 bak4 hi7/hi3 tsai1]
虱目魚魚苗。

哉 **[zai3; tsai3]** Unicode: 54C9, 台語字: zaix
[zai3; tsai3]
佳哉[ga6 zai3; ka7 tsai3] 幸好, 幸虧, 同好佳哉 hor1
ga6 zai3;好里佳哉 hor1 li1 ga6 zai3。
好佳哉[hor1 ga6 zai3; ho1 ka7 tsai3] 幸好, 幸虧, 同佳
哉 ga6 zai3。
好里佳哉[hor1 li1 ga6 zai3; ho1 li1 ka7 tsai3] 幸好, 幸
虧, 同佳哉 ga6 zai3;好佳哉 hor1 ga6 zai3。
烏呼哀哉[o6 ho1 ai6 zai3; oo7 hoo1 ai7 tsai3] 天啊, 死
亡了。

在 **[zai6; tsai7]** Unicode: 5728, 台語字: zai
[cai6, de1, di6, zai6; tshai7, te1, ti7, tsai7] 在,穩定
的,處處,同佇 di6
蹲在[kia3 zai6; khia3 tsai7] 站在...地方, 有作蹲佇 kia3
di6 站在...地方, 相關詞蹲在在 kia3 zai3 zai6 站得
隱隱的。
在膽[zai3 dann4; tsai3 tann2] 態度沈著, 有膽量。

台語字:	獅 saif	牛 quw	豹 bax	虎 hoy	鴨 ah	象 ciunn	鹿 lokf
通用拼音:	獅 sai1	牛 qu2	豹 ba3	虎 ho4	鴨 ah5	象 ciunn6	鹿 lok1
北京語:	山 san1	明 meng2	水 sue3	秀 sior4	的 dorh5	中 diong6	壢 lek1
普通話:	山 san1	明 meng2	水 sue3	秀 sior4	的 dorh0	中 diong6	壢 lek1

在欉[zai3 zang2; tsai3 tsang5] 在果樹上的, 例詞在欉黃
　　zai3 zang6/3 ng2 在樹上已成熟的果子, 熟透的。
跨在在[kia3 zai3 zai6; khia3 tsai3 tsai7] 站得隱隱的。
在壁壁[zai3 biah1 biah5; tsai3 piah8 piah4] 像石頭牆一
　　樣的穩固。
在來米[zai3 lai6/lai7 vi4; tsai3 lai7/lai3 bi2] 本地的原生
　　的米種。
在室男[zai3 sek1 lam2; tsai3 sik8 lam5] 童男。
在室女[zai3 sek1 li4; tsai3 sik8 li2] 處女, 未曾有過性行
　　為的女人, 引申為初次的, 有作處女 cu4 li4/lu4。
老神在在[lau3 sin2 zai3 zai6; lau3 sin5 tsai3 tsai7] 穩重
　　如泰山, 不為所動。
在職怨職[zai3 zit5 uan4 zit5; tsai3 tsit4 uan2 tsit4] 做一
　　行怨一行, 不滿足於現狀。

zainn

指　[zainn4; tsainn2] Unicode: 6307, 台語字: zainny
　　[gi4, zainn4, zeng4, zi4; ki2, tsainn2, tsing2, tsi2]
　　手指頭,相關字趾 zng4 腳趾頭
中指[diong6 zainn4; tiong7 tsainn2] 中指。
尾指[vue1/ve1 zainn4; bue1/be1 tsainn2] 小拇指, 有作尾
　　指指 vue1/ve1 zeng1 zainn4。
三指長[sann6 zainn1 dng2; sann7 tsainn1 tng5] 三根手指
　　的長度。

zak

齪　[zak5; tsak4] Unicode: 9F6A, 台語字: zak
　　[zak5; tsak4] 空間狹小,擾人
齷齪[ak1 zak5; ak8 tsak4] 煩躁, 空間狹小髒亂, 有壓迫
　　感, 相關語華語齷齪 uo4 cuo4 侷促, 污穢。
齪人[zak1 lang2/zak5 lang3; tsak8 lang5/tsak4 lang3] 煩
　　人, 擾人。
齪造[zak1 zor6; tsak8 tso7] 麻煩人, 打擾了, 拜訪人, 對
　　不起。
齪死人[zak1 si1 lang2; tsak8 si1 lang5] 煩人太甚而不離
　　去。

zam

嘈　[zam1; tsam1] Unicode: 5646, 台語字: zamf
　　[zam1; tsam1] 蚊蟲蒼蠅沾吸,吸食
嘈嗎啡[zam6 mo6/mo3 hui1; tsam7 moo7/moo3 hui1] 吸
　　食毒品嗎啡。
胡蠅咧嘈[ho6/ho3 sin2 le1 zam1; hoo7/hoo3 sin5 le1
　　tsam1] 蒼蠅在沾食飯菜或食物, 引申為客人來光
　　顧。

簪　[zam1; tsam1] Unicode: 7C2A, 台語字: zamf
　　[zam1, ziam1; tsam1, tsiam1] 頭插,髮針,相關字釵
　　te1 髮針
頭簪[tau6/tau3 zam1; thau7/thau3 tsam1] 古時婦女的髮
　　針。
珠仔簪[zu6 a1 zam1; tsu7 a1 tsam1] 鑲珠玉的髮針。

踹　[zam3; tsam3] Unicode: 8E39, 台語字: zamx
　　[zam3; tsam3] 踩腳,相關字　lam3 踩,用腳大力
　　往下踢;蹬 dng3 踩腳;躋 zinn1 踢,用腳大力往前
　　踢
踹一下[zam4 zit5 e6; tsam2 tsit4 e7] 用力向他人踩一
　　腳。
踹腳趒蹄[zam4 ka6 diorh5 de2; tsam2 kha7 tioh4 te5] 氣
　　得跳腳頓足。

斬　[zam4; tsam2] Unicode: 65AC, 台語字: zamy
　　[zam4; tsam2] 砍斷,截切
處斬[cu4 zam4; tshu2 tsam2] 斬首。
斬雞頭[zam1 ge6 tau2; tsam1 ke7 thau5] 雙方有爭論或
　　糾紛, 則共同到神明之前, 捉一隻雞來砍頭, 引申
　　發誓, 以生命生死保證。
斬做三橛[zam1 zor4 sann6 zam4; tsam1 tso2 sann7
　　tsam2] 斬成三段。

站　[zam6; tsam7] Unicode: 7AD9, 台語字: zam
　　[zam6; tsam7] 車站
車站[cia6 zam6; tshia7 tsam7] 乘車的車站。
坎站[kam1 zam6; kham1 tsam7] 節制, 階段, 程度, 例
　　詞無坎無站 vor6/3 kam1 vor6/3 zam6 沒有節制,
　　無法無天。
站節[zam3 zat5; tsam3 tsat4] 節約, 量力而為, 相關詞撙
　　節 vor6/3 zun1 zat5 節約, 量力而為。
美麗島站[vi1 le3 dor1/do1 zam6; bi1 le3 to1/too1 tsam7]
　　高雄捷運橘線與紅線的交會站, 位於中正三路及中
　　山一路口。
無坎無站[vor6/vor3 kam1 vor6/vor3 zam6; bo7/bo3
　　kham1 bo7/bo3 tsam7] 沒有節制, 無法無天。
無站無節[vor6 zam3 vor6 zat5/vor3 zam3 vor3 zat5; bo7
　　tsam3 bo7 tsat4/bo3 tsam3 bo3 tsat4] 沒有節制。

zan

曾　[zan1; tsan1] Unicode: 66FE, 台語字: zanf
　　[gan1, zan1, zeng1; kan1, tsan1, tsing1] 姓,牙齒
後曾[au3 zan1; au3 tsan1] 臼齒, 有作後層齒 au3 zan6
　　ki4。

層　[zan2; tsan5] Unicode: 5C64, 台語字: zanw
　　[zan2, zan3; tsan5, tsan3] 次數,件
三層[sann6 zan2; sann7 tsan5] 三件事情, 相關詞三層
　　sann6 zan3 三層的樓房, 三層的, 例詞三層代志
　　sann6 zan6/3 dai3 zi3 三件事情。
三層[sam6 zan2; sam7 tsan5] 五花肉, 同三層仔肉 sam6
　　zan6/3 a1 vah5, 相關詞三層 sann6 zan3 三層的樓

台語字:	獅 saif	牛 quw	豹 bax	虎 hoy	鴨 ah	象 ciunn	鹿 lokf
通用拼音:	獅 sai1	牛 qu2	豹 ba3	虎 ho4	鴨 ah5	象 ciunn6	鹿 lok1
北京語:	山 san1	明 meng2	水 sue3	秀 sior4	的 dorh5	中 diong6	壢 lek1
普通話:	山 san1	明 meng2	水 sue3	秀 sior4	的 dorh0	中 diong6	壢 lek1

房。

這層[zit1 zan2; tsit8 tsan5] 這件, 例詞這層代志 zit1 zan6/3 dai3 zi3 這件事情。

層 **[zan3; tsan3]** Unicode: 5C64, 台語字: zanx
[zan2, zan3; tsan5, tsan3] 層,重

三層[sann6 zan3; sann7 tsan3] 三層的樓房, 三層的, 相關詞三層 sann6 zan2 三件事情。

三層[sann6 zan3; sann7 tsan3] 三層的樓房, 相關詞三層 sam6 zan2 五花肉。

九層塔[gau1 zan4 tah5; kau1 tsan2 thah4] 植物名, 葉有香味。

二層行[nng3 zan4 hang2; nng3 tsan2 hang5] 地名, 今台南縣仁德鄉二行村, 舊名二層營。

二層行溪[nng3 zan4 hang6 ke1; nng3 tsan2 hang7 khe1] 今稱二仁溪。

zang

淙 **[zang2; tsang5]** Unicode: 6DD9, 台語字: zangw
[zang2; tsang5] 冲洗,冲水,代用字

淙水[zang6/zang3 zui4; tsang7/tsang3 tsui2] 冲水。

欉 **[zang2; tsang5]** Unicode: 6B09, 台語字: zangw
[zang2; tsang5] 成樹,樹木,有作叢 zang2,植物生長的次序為初長的首芽為苜 vak1,接著長出為芽 qe2,芽出葉為萌 inn4,萌骨變硬為枝 gi1,枝開又者為椏 a1/ue1,椏成長為棵 ko1,最後成長成為欉 zang2

大欉[dua3 zang2; tua3 tsang5] 大棵的樹, 大型的花, 體格粗大的人。

老欉[lau3 zang2; lau3 tsang5] 樹齡很老的樹木或植物, 老樹, 老果樹。

在欉[zai3 zang2; tsai3 tsang5] 在果樹上的, 例詞在欉黃 zai3 zang6/3 ng2 在樹上已成熟的果子, 熟透的。

菁仔欉[cinn6 a1 zang2; tshinn7 a1 tsang5] 原義為檳榔樹, 日本治領台灣之時, 面額最大的鈔票是一百圓, 市面流通很少, 看過百圓大鈔的人更少, 比諭沒見識的人, 冒失鬼或是不解風情的男人。

十欉樹仔[zap5 zang6/zang3 ciu3 a4; tsap4 tsang7/tsang3 tshiu3 a2] 十棵樹。

粽 **[zang3; tsang3]** Unicode: 7CBD, 台語字: zangx
[zang3; tsang3] 粽子

鹹粽[ginn6 zang3; kinn7 tsang3] 加摻鹼粉的粽子。

肉粽[vah1 zang3; bah8 tsang3] 粽子。

粽捾[zang4 guann6; tsang2 kuann7] 綁成一大串的粽子。

粽荷[zang4 hah1; tsang2 hah8] 包粽子的竹葉片。

五月粽[qo3 gueh5/qeh5 zang3; goo3 kueh4/geh4 tsang3] 端午節吃的粽子, 有作五日節粽 qo3 jit5/lit5 ze4 zang3。

一貫若肉粽[zit5 guann6 na1 vah1 zang3; tsit4 kuann7 na1 bah8 tsang3] 許多肉粽縛成一串, 引申子女眾多, 生計困頓。

zann

煠 **[zann3; tsann3]** Unicode: 7160, 台語字: zannx
[sah1, zann3; sah8, tsann3] 炸油,殺青,川燙

煠油[zann4 iu2; tsann2 iu5] 短暫地炸過熱油。

煠滾水[zann4 gun1 zui4; tsann2 kun1 tsui2] 川燙, 用先沸水快煮。

zap

十 **[zap1; tsap8]** Unicode: 5341, 台語字: zapf
[sip1, zap1; sip8, tsap8] 數字的第十位,數目十

十分[zap5 hun1; tsap4 hun1] 很多。

十外[zap5 qua6; tsap4 gua7] 十多, 十來..., 例詞十外萬 zap5 qua3 van6 十多萬, 十來萬。

十八變[zap5 beh1 ben3; tsap4 peh8 pian3] 小女孩到十八歲長大成人, 變得更漂亮。

十大姓[zap5 dua3 senn3/sinn3; tsap4 tua3 senn3/sinn3] 台灣的十大姓氏, 依序為陳 dan2, 林 lim2, 黃 ng2, 張 diunn1/dionn1, 李 li4, 王 ong2, 吳 qo2/qonn2, 劉 lau2, 蔡 cua3, 楊 iunn2/ionn2。

十一哥[zap5 it1 gor1; tsap4 it8 ko1] 單身漢。

十月冬[zap5 queh5/qeh5 dang1; tsap4 gueh4/geh4 tang1] 十月收成季節。

十三行[zap5 sann6 hang2; tsap4 sann7 hang5] 在台北縣八里鄉淡水河海口交界處的南岸, 史前的煉鐵遺址。

十二生肖[zap5 ji3 senn6 sionn3/zap5 li3 sinn6 siunn3; tsap4 ji3 senn7 sionn3/tsap4 li3 sinn7 siunn3] 十二種生肖。

五花十色[qo3 hue6 zap5 sek5; goo3 hue7 tsap4 sik4] 很多。

十嘴 九腳倉[zap5 cui3 gau1 ka6 cng1; tsap4 tshui3 kau1 kha7 tshng1] 人多嘴雜, 有作十嘴, 九尻川 zap5 cui4 gau1 ka6 cng1。

zat

窒 **[zat1; tsat8]** Unicode: 7A92, 台語字: zatf
[tat5, zat1, zit5; that4, tsat8, tsit4] 實心的,短窄,密實的,有作寋 zat1

密窒[vat5 zat1; bat4 tsat8] 很周密又紮實。

窒腹[zat5 bak5; tsat4 pak4] 實心的。

窒鼻[zat5 pinn6; tsat4 phinn7] 鼻塞不通。

窒頭[zat5 tau2; tsat4 thau5] 笨頭笨腦的人。

窒窒[zat5 zat1; tsat4 tsat8] 悶悶, 壓力, 密實的。

窒朏[zat5 zinn1; tsat4 tsinn1] 實實密密的, 內部堅實的。

窒統統[zat5 tong1 tong4; tsat4 thong1 thong2] 擁塞, 很

台語字:	獅 saif	牛 quw	豹 bax	虎 hoy	鴨 ah	象 ciunn	鹿 lokf
通用拼音:	獅 sai1	牛 qu2	豹 ba3	虎 ho4	鴨 ah5	象 ciunn6	鹿 lok1
北京語:	山 san1	明 meng2	水 sue3	秀 sior4	的 dorh5	中 diong6	壢 lek1
普通話:	山 san1	明 meng2	水 sue3	秀 sior4	的 dorh0	中 diong6	壢 lek1

紮實。

窒托托[zat5 tok1 tok5; tsat4 thok8 thok4] 擁塞, 很紮實,
　　同窒統統 zat5 tong1 tong4。

窒胝胝[zat5 zinn6 zinn1; tsat4 tsinn7 tsinn1] 實實密密的,
　　內部堅實的, 質地密實。

賊 [zat1; tsat8] Unicode: 8CCA, 台語字: zatf
　　　[cat1, zat1, zek1; tshat8, tsat8, tsik8] 烏賊,墨魚

墨賊仔[vak5 zat5 a4; bak4 tsat4 a2] 烏賊, 墨魚, 相關詞
　　密窒仔 vat5 zat5 a4 一種賭具名, 例詞墨賊仔, 無
　　血無目屎 vak5 zat5 a4 vor6 hueh5 vor6 vak5
　　sai4/vak5 zat5 a4 vor3 huih5 vor3 vak5 sai4 烏賊墨
　　魚, 只會噴墨汁, 並沒有血及淚, 喻絕情絕義的
　　人。

札 [zat5; tsat4] Unicode: 672D, 台語字: zat
　　　[zat5; tsat4] 書信,車票

改札[gai1 zat5; kai1 tsat4] 驗票, 剪票, 進入車站或碼
　　頭, 係日語詞改札 kaisatsu 剪票。

節 [zat5; tsat4] Unicode: 7BC0, 台語字: zat
　　　[zat5, zeh5, zet5; tsat4, tseh4, tsiat4] 段落,節制

站節[zam3 zat5; tsam3 tsat4] 節制, 小心行事。

撙節[zun1 zat5; tsun1 tsat4] 抑制, 節約, 量力而為。

節勢[zat1 se3; tsat8 se3] 抑制, 借力道的方向而使力。

節力[zat1 lat1; tsat8 lat8] 控制力氣, 不要太用力, 例詞
　　稍節力咧 sior1 zat1 lat1 le3 省力, 收歛一點。

無撙無節[vor6/vor3 zun1 vor6/vor3 zat5; bo7/bo3 tsun1
　　bo7/bo3 tsat4] 不加節抑制, 揮霍無度, 不遵守法
　　律。

zau

灶 [zau3; tsau3] Unicode: 7076, 台語字: zaux
　　　[zau3; tsau3] 爐子,爐灶,竈 zau3 的簡寫

豬灶[di6 zau3; ti7 tsau3] 牢豬場, 屠宰場。

口灶[kau1 zau3; khau1 tsau3] 一個家庭。

灶腳[zau4 ka1; tsau2 kha1] 廚房。

行灶腳[giann6/giann3 zau4 ka1; kiann7/kiann3 tsau2
　　kha1] 前往廚房, 引申為常常造訪, 家常便飯, 例
　　詞去美國, 若咧行灶腳 ki4 vi1 gok5 na1 le1
　　giann6/3 zau4 ka1 常常去美國走走, 簡直像似家常
　　便飯。

規口灶[gui6 kau1 zau3; kui7 khau1 tsau3] 整户的人家。

一口灶[zit5 kau1 zau3; tsit4 khau1 tsau3] 一個爐灶, 一
　　户人家。

倖豬攑灶　倖囝不孝[seng3 di1 qia6/qia3 zau3 seng3
　　giann4 but1 hau3; sing3 ti1 gia7/gia3 tsau3 sing3
　　kiann2 put8 hau3] 縱容豬隻, 則豬隻會亂翻鍋灶;太
　　過份溺愛子女, 則子女會不孝敬也不奉養父母。

竈 [zau3; tsau3] Unicode: 7AC8, 台語字: zaux
　　　[zau3; tsau3] 爐灶,同灶　zau3

竈君公[zau4 gun6 gong1; tsau2 kun7 kong1] 爐神, 灶
　　神。

四書五經讀透透　不捌黿鼉龜鱉竈[su4 su1 qonn1 geng1
　　tak5 tau4 tau3 m3 bat1 quan6 gonn2 gu6 bih1 zau3;
　　su2 su1 ngoo1 king1 thak4 thau2 thau3 m3 pat8
　　guan7 konn5 ku7 pih8 tsau3] 會唸四書五經的課文,
　　却不認得黿鼉龜鱉竈這五個字, 黿為鱷魚名, 鼉為
　　鱷魚名, 龜為烏龜, 鱉乃甲魚, 竈係爐灶, 都是難
　　讀又難寫的漢字, 喻老學究, 只會讀書, 但泥古不
　　化, 不食人間煙火, 無法學以致用。

走 [zau4; tsau2] Unicode: 8D70, 台語字: zauy
　　　[zau4; tsau2] 跑,逃亡

搬走[buann6 zau4; puann7 tsau2] 舉家遷移至他方, 相關
　　詞搬走　buann3 zau4 揮手趕走昆蟲或動物。

走桌[zau1 dorh5; tsau1 toh4] 跑堂, 餐廳的服務人員。

走路[zau1 lo6; tsau1 loo7] 逃亡, 躲債。

走精[zau1 zeng1; tsau1 tsing1] 走了樣。

走蹤[zau1 zong2; tsau1 tsong5] 逃竄, 四處跑, 四處掙
　　扎。

用走的[iong3 zau4 e3; iong3 tsau2 e3] 用跑的。

拋拋走[pa6 pa6 zau4; pha7 pha7 tsau2] 四處亂跑, 同舥
　　舥走　pa6 pa6 zau4。

四界走[si4 ge4 zau4; si2 ke2 tsau2] 到處跑。

走第先[zau1 dai3 seng1; tsau1 tai3 sing1] 先走出, 走在
　　最前面, 第一個先跑走, 例詞撫台走第先 vu1 dai2
　　zau1 dai3 seng1 1895 年, 台灣割予日本, 台灣人宣
　　告獨立建國, 推原任撫台唐景崧為台灣民主國總
　　統, 但在日本人在澳底登陸後, 唐景崧卻首先逃亡
　　到中國。

走江湖[zau1 gang6 o2; tsau1 kang7 oo5] 流浪四方。

走去宓[zau1 ki4 vih5; tsau1 khi2 bih4] 逃走又躲藏起
　　來。

走三關[zau1 sam6 guan1; tsau1 sam7 kuan1] 逃亡。

走相跐[zau1 sior6 liok5/jiok5; tsau1 sio7 liok4/jiok4] 賽
　　跑, 競走。

走稅金[zau1 sue4 gim1; tsau1 sue2 kim1] 逃漏稅, 逃
　　稅。

走透透[zau1 tau4 tau3; tsau1 thau2 thau3] 跑遍, 相關詞
　　行透透　giann2 tau4 tau3　走過, 走遍。

走馬燈[zau1 ve1 deng1; tsau1 be1 ting1] 旋轉的燈飾, 一
　　轉眼就飛逝, 引申短暫的人生。

好膽勿走[hor1 dann4 mai4 zau4; ho1 tann2 mai2 tsau2]
　　如果你有膽量與我作對的話, 就不要走避。

走休開腳[zau1 ve3 kui6 ka1; tsau1 be3 khui7 kha1] 難以
　　分身, 無法離開。

蚤 [zau4; tsau2] Unicode: 86A4, 台語字: zauy
　　　[zau4; tsau2] 跳蚤

蟓蚤[ga6 zau4; ka7 tsau2] 跳蚤, 相關詞蟓蟎 ga6 zuah1
　　蟑螂。

找 [zau6; tsau7] Unicode: 627E, 台語字: zau
　　　[zau6; tsau7] 找錢,理論

找錢[zau3 zinn2; tsau3 tsinn5] 找回零錢給他人, 例詞找
　　我三籠六 zau3 qua1 sann6 ko6 lak1 找給我三元六
　　角。

予汝找[ho3 li1 zau6; hoo3 li1 tsau7] 讓你處理吧!, 你敢
　　怎麼樣?, 跟你拼了, 損上你了。

台語字:	獅 saif	牛 quw	豹 bax	虎 hoy	鴨 ah	象 ciunn	鹿 lokf
通用拼音:	獅 sai1	牛 qu2	豹 ba3	虎 ho4	鴨 ah5	象 ciunn6	鹿 lok1
北京語:	山 san1	明 meng2	水 sue3	秀 sior4	的 dorh5	中 diong6	壢 lek1
普通話:	山 san1	明 meng2	水 sue3	秀 sior4	的 dorh0	中 diong6	壢 lek1

ze

災 **[ze1; tse1]** Unicode: 707D, 台語字: zef
　　[zai1, ze1; tsai1, tse1] 災疫,瘟疫著災[diorh5 ze1;
　　tioh4 tse1] 生畜患了瘟疫, 瘟疫流行。
著雞災[diorh5 ge6/gue6 ze1; tioh4 ke7/kue7 tse1] 雞隻患
　　了瘟疫, 雞瘟在流行中。
著死囡仔災[diorh5 si1 gin1 a1 ze1; tioh4 si1 gin1 a1 tse1]
　　罵小孩子的話, 咒小孩子患了瘟疫, 快要死了。

這 **[ze1; tse1]** Unicode: 9019, 台語字: zef
　　[ze1, zit5; tse1, tsit4] 這個,係這 zit5 與个 e1 的
　　合音,相關字這 zit5 這一個;即 ziah5 這裡
這是[ze1 si6; tse1 si7] 這個是。
這不是[ze1 m3 si6; tse1 m3 si7] 這不是...。
這紅色　奚白色[ze1 ang6/ang3 sek5 he1 beh5 sek5; tse1
　　ang7/ang3 sik4 he1 peh4 sik4] 此紅彼白。

劑 **[ze1; tse1]** Unicode: 5291, 台語字: zef
　　[ze1, ze3; tse1, tse3] 藥量,藥劑
調劑[diau6/diau3 ze1; tiau7/tiau3 tse1] 調製藥劑。
藥劑[iorh5 ze1; ioh4 tse1] 藥劑, 藥品, 相關詞藥渣
　　iorh5 ze1 中藥煎過的渣。

齊 **[ze2; tse5]** Unicode: 9F4A, 台語字: zew
　　[ze2; tse5] 劃一
和齊[hor6/hor3 ze2; ho7/ho3 tse5] 一起, 同心協力, 整
　　齊劃一, 腳步整齊, 例詞腳步和齊 ka6 bo6 hor6/3
　　ze2 走路時腳步整齊一致;咱和齊, 來疼惜台灣
　　lan4 hor3 ze2 lai6/3 tiann4 siorh1 dai6 uan2 讓我們
　　一起來愛台灣。
齊頭[ze6/ze3 tau2; tse7/tse3 thau5] 整數的, 切得整整齊
　　齊的, 例詞拄好齊頭 du1 hor1 ze6/3 tau2 剛剛是整
　　數;三篏銀齊頭 sann6 ko6 qin2 ze6 tau2/sann6 ko6
　　qun2 ze3 tau2 就只算三元, 沒有零頭。
齊全[ze6/ze3 zuan2; tse7/tse3 tsuan5] 樣樣都齊備。

祭 **[ze3; tse3]** Unicode: 796D, 台語字: zex
　　[ze3; tse3] 拜祭祖先或鬼神
祭神[ze4 sin2; tse2 sin5] 祭拜神明。
祭祀公業[ze4 su3 gong6 qiap1; tse2 su3 kong7 giap8] 以
　　祖先遺留的產業而籌組的社團, 以祭祀祖先為活動
　　目的。

晬 **[ze3; tse3]** Unicode: 666C, 台語字: zex
　　[ze3; tse3] 周歲
度晬[do3 ze3; too3 tse3] 嬰兒滿周歲的生日。
晬外[ze4 qua6; tse2 gua7] 嬰兒已經一歲又幾個月了。
做度晬[do3 ze3; too3 tse3] 為嬰兒滿周歲的生日而慶生
　　的民間禮俗。

債 **[ze3; tse3]** Unicode: 50B5, 台語字: zex
　　[ze3; tse3] 浪費,欠他人的金錢或人情
討債[tor1 ze3; tho1 tse3] 浪費資源, 揮霍金錢, 相關詞
　　華語討債 tau3 zai4 債權人向債務人追討債務;討
　　賬 tor1 siau3 債權人向債務人追討債務。

死人債[si1 lang6/lang3 ze3; si1 lang7/lang3 tse3] 前世積
　　欠沒償還的債務, 例詞欠汝的死人債 kiam4 li1 e6
　　si1 lang6 ze3/kiam4 li1 e3 si1 lang3 tse3 夫妻間吵架
　　時的相罵話。
討債囝[tor1 ze4 giann4; tho1 tse2 kiann2] 揮霍祖產及金
　　錢的不肖子, 敗家子, 引申罵一個人浪費。
翁某佋欠債[ang6 vo4 sior6 kiam4 ze3; ang7 boo2 sio7
　　khiam2 tse3] 夫妻本在前一輩子相互欠債沒償還,
　　所以這輩子才結成夫妻而償還。

製 **[ze3; tse3]** Unicode: 88FD, 台語字: zex
　　[ze3; tse3] 製造
製作[ze4 zok5; tse2 tsok4] 製作節目或影片。
製造[ze4 zor6; tse2 tso7] 生產製造。
製品[ze4 pin4; tse2 phin2] 製品, 商品。
台灣製[dai6 uan6 ze3/dai3 uan3 ze3; tai7 uan7 tse3/tai3
　　uan3 tse3] 台灣製造的商品, 以高品質著稱。
污漉木製[o6 lok1 vok5 ze3; oo7 lok8 bok4 tse3] 用污漉
　　木 o6 lok1 vok1 木材製造的劣質品, 比諭為粗製
　　濫造, 亂七八糟, 常誤作烏魯木齊 o6 lo2 vok5 ze2
　　地名, 在中國, 即新疆省迪化市。台灣與新疆陸海
　　隔絕萬里, 數百年來, 不曾交通, 何來烏魯木齊?諒
　　必是音誤。

劑 **[ze3; tse3]** Unicode: 5291, 台語字: zex
　　[ze1, ze3; tse1, tse3] 藥學的,藥師的
藥劑系[iorh5 ze4 he6; ioh4 tse2 he7] 藥學系。
藥劑師[iorh5 ze4 su1; ioh4 tse2 su1] 調藥師, 藥師, 係日
　　語詞藥劑師 yakuzaishi 調藥師。

濟 **[ze3; tse3]** Unicode: 6FDF, 台語字: zex
　　[ze3; tse3] 救助
經濟[geng6 ze3; king7 tse3] 商業的活動, 節省的方法。
救濟[giu4 ze3; kiu2 tse3] 救助, 援助。
賑濟[zin1 ze3; tsin1 tse3] 救濟, 例詞賑濟災民 zin1 ze4
　　zai6 vin2 救濟災民。

多 **[ze6; tse7]** Unicode: 591A, 台語字: ze
　　[dor1, ze6, zue6; to1, tse7, tsue7] 很多
上多[siong3 ze6; siong3 tse7] 最多。
真多[zin6 ze6; tsin7 tse7] 很多, 例詞伊有真多閒厝, 佇
　　美國 i6 u3 zin6 ze3 geng6 cu3 di3 vi1 gok5 在美國,
　　他有很多棟房子。
足多[ziok1 ze6; tsiok8 tse7] 很多。
多多[ze3 ze6; tse3 tse7] 很多。

坐 **[ze6; tse7]** Unicode: 5750, 台語字: ze
　　[ce6, ze6, zor6; tshe7, tse7, tso7] 坐下去,水澄清,承
　　受,相關字挫 ceh1 下跌
坐大位[ze3 dua3 ui6; tse3 tua3 ui7] 坐上了上席, 例詞母
　　舅坐大位 vu1 gu6 ze3 dua3 ui6 舅舅坐上上席。
坐予正　得人疼[ze3 ho6 ziann3 dit1 lang6 tiann3; tse3
　　hoo7 tsiann3 tit8 lang7 thiann3] 娶媳婦的吉祥話,
　　坐得端端正正, 新娘子就會被婆婆疼愛。
坐咧食　倒咧放[ze3 le1 ziah1 dor1 le1 bang3; tse3 le1
　　tsiah8 to1 le1 pang3] 坐著吃, 躺著拉大便, 喻坐吃
　　山空。

台語字:	獅 saif	牛 quw	豹 bax	虎 hoy	鴨 ah	象 ciunn	鹿 lokf
通用拼音:	獅 sai1	牛 qu2	豹 ba3	虎 ho4	鴨 ah5	象 ciunn6	鹿 lok1
北京語:	山 san1	明 meng2	水 sue3	秀 sior4	的 dorh5	中 diong6	壢 lek1
普通話:	山 san1	明 meng2	水 sue3	秀 sior4	的 dorh0	中 diong6	壢 lek1

罪 **[ze6; tse7]** Unicode: 7F6A, 台語字: ze
[ze6, zue6; tse7, tsue7] 罪過
艱苦罪過[gan6 ko1 ze3/zue3 gua3; kan7 khoo1 tse3/tsue3 kua3] 艱難痛苦, 例詞做佮艱苦罪過, 応性勿做 zor4 gah1 gan6 ko1 ze3 gua3, in4 sin4 mai4 zor3 做 得這麼辛苦, 乾脆不要做算了。

zeh

絕 **[zeh1; tseh8]** Unicode: 7D55, 台語字: zehf
[zeh1, zuat1; tseh8, tsuat8] 絕種,斷絕,截斷
絕種[zeh5/zuat5 zeng4; tseh4/tsuat4 tsing2] 滅種, 無後, 有作斷種 dng3 zeng4。
咒死絕詛[ziu4 si1 zeh5 zua6; tsiu2 si1 tseh4 tsua7] 發重 誓, 發重誓否認, 以死亡或絕子絕孫為誓言。

仄 **[zeh5; tseh4]** Unicode: 4EC4, 台語字: zeh

節 **[zeh5; tseh4]** Unicode: 7BC0, 台語字: zeh
[zat5, zeh5, zet5; tsat4, tseh4, tsiat4] 時令
冬節[dang6 zeh5; tang7 tseh4] 節令名, 冬至, 例詞不是 冬節, 叫欲搓圓 m3 si3 dang6 zeh5 dor3 veh1/veh1 sor6 inn2 非冬至, 都要搓湯圓, 何況冬至已到?。
夏節[ha3 zeh5; ha3 tseh4] 節令名, 夏至。
節忌[zeh1 kui3; tseh8 khui3] 農曆以二十四節令, 代表 一年十二個月, 時節及氣。

zek

蹟 **[zek1; tsik8]** Unicode: 8E5F, 台語字: zekf
[zek1; tsik8] 古蹟,相關字跡 zek5 痕跡;迹 ziah5 痕跡
古蹟[go1 zek1; koo1 tsik8] 名勝古蹟。

籍 **[zek1; tsik8]** Unicode: 7C4D, 台語字: zekf
[zek1; tsik8] 書,記錄資料 ·
古籍[go1 zek1; koo1 tsik8] 古書, 古時的記錄資料。
户籍[ho3 zek1; hoo3 tsik8] 户口記錄資料, 例詞户籍資 料 ho3 zek5 zu6 liau6 户口資料。

叔 **[zek5; tsik4]** Unicode: 53D4, 台語字: zek
[siok5, zek5; siok4, tsik4] 父親的弟弟,繼父
阿叔[a6 zek5; a7 tsik4] 叔叔。
後叔[au3 zek5; au3 tsik4] 繼父。
屘叔[van6 zek5; ban7 tsik4] 最小的叔叔。
叔公[zek1 gong1; tsik8 kong1] 祖父的弟弟。
阿叔仔[a6 zek1 a4; a7 tsik8 a2] 妻稱呼夫之弟弟。
叔伯的[zek1 beh5 e3; tsik8 peh4 e3] 稱堂親, 即堂兄弟 姊妹。
叔公祖[zek1 gong6 zo4; tsik8 kong7 tsoo2] 曾祖父的弟 弟。

叔孫仔[zek1 sun6 a4; tsik8 sun7 a2] 伯叔及侄子的合 稱。
叔伯兄弟[zek1 beh1 hiann6 di6; tsik8 peh8 hiann7 ti7] 堂 親, 堂兄弟。
叔公太祖[zek1 gong6 tai4 zo4; tsik8 kong7 thai2 tsoo2] 高曾祖父的弟弟。
叔伯姊妹仔[zek1 beh1 ze1 muai3 a4/zek1 beh1 zi1 me3 a4; tsik8 peh8 tse1 muai3 a2/tsik8 peh8 tsi1 me3 a2] 稱堂姊妹。

嫉 **[zek5; tsik4]** Unicode: 5AC9, 台語字: zek
[zek5, zit5; tsik4, tsit4] 忌妒
嫉妒[zek1/zit1 do3; tsik8/tsit8 too3] 眼紅, 忌妒, 有作目 孔赤 vak5 kang1 ciah5;妒忌 do4 ki6;目孔熾 vak5 kang1 ciah5, 相關詞華語忌妒 zi4 du4。

積 **[zek5; tsik4]** Unicode: 7A4D, 台語字: zek
[zek5; tsik4] 聚積,塞住
粒積[liap5 zek5; liap4 tsik4] 積蓄, 經營事業, 例詞三代 粒積, 一代開空 sann6 dai3 liap5 zek5 zit5 dai3 kai6 kang1 三代辛苦經營, 留傳的事業及積蓄, 却在不 肖的一代的手中, 揮霍無度, 而毀於一旦。
好積德[hor1 zek1 dek5; ho1 tsik8 tik4] 做善事, 積善德, 有作好澤德 hor1 zek1 dek5。
歹積德[painn1 zek1 dek5; phainn1 tsik8 tik4] 做惡事, 積 惡德。
積善餘慶[zek1 sen6 i6/i3 keng3; tsik8 sian7 i7/i3 khing3] 積善之家, 必有餘慶, 行善必有善報。

zen

煎 **[zen1; tsian1]** Unicode: 714E, 台語字: zenf
[zen1, zuann1; tsian1, tsuann1] 煎,烹調法之一種
蚵仔煎[or6/or3 a1 zen1; o7/o3 a1 tsian1] 本土的小吃, 牡 蠣與地瓜粉的漿一起煎的炸餅。

剪 **[zen4; tsian2]** Unicode: 526A, 台語字: zeny
[zen4; tsian2] 截斷,切斷的刀具,扒手扒竊,同鉸 ga1
剪紐仔[zen1 liu1 a4; tsian1 liu1 a2] 扒手扒竊。
剪頭鬃[zen1 tau6/tau3 zang1; tsian1 thau7/thau3 tsang1] 剪頭髮。
錢夆剪去[zinn2 hong2 zen4 ki3; tsinn5 hong5 tsian2 khi3] 錢被扒竊了。

zeng

怔 **[zeng1; tsing1]** Unicode: 6014, 台語字: zengf
[zeng1; tsing1] 掙扎,恐惶,相關字征 ziann6 挺直, 有勁;征 zeng1 戰征;汫 ziann4 淡的,淡口味
怔忪[zeng6 zong2; tsing7 tsong5] 掙扎, 奮發圖強, 相關 詞精光 zeng6 gong1 聰明靈巧, 思路靈活, 眼光銳

台語字:	獅 saif	牛 quw	豹 bax	虎 hoy	鴨 ah	象 ciunn	鹿 lokf
通用拼音:	獅 sai1	牛 qu2	豹 ba3	虎 ho4	鴨 ah5	象 ciunn6	鹿 lok1
北京語:	山 san1	明 meng2	水 sue3	秀 sior4	的 dorh5	中 diong6	壢 lek1
普通話:	山 san1	明 meng2	水 sue3	秀 sior4	的 dorh0	中 diong6	壢 lek1

利, 頭腦精明, 例詞四界去怔忪 si4 ge3/gue3 ki4 zeng6 zong2 四處去闖蕩奮鬥。

眐 **[zeng1; tsing1]** Unicode: 7710, 台語字: zengf
[zeng1; tsing1] 眼明,正視

看予眐[kuan4 ho6 zeng1; khuan2 hoo7 tsing1] 要看得清
楚。

相眐眐[siong4 zeng6 zeng1; siong2 tsing7 tsing1] 看得清
楚, 瞄得準。

舂 **[zeng1; tsing1]** Unicode: 8202, 台語字: zengf
[zeng1; tsing1] 搗米,相關字捶 zeng1 搥打,毆打
舂碓[zeng6 dui3; tsing7 tui3] 舂打穀物的石臼。
舂臼[zeng6 ku6; tsing7 khu7] 石臼。
舂米[zeng6 vi4; tsing7 bi2] 搗米, 引申打瞌睡。
石舂臼[ziorh5 zeng6 ku6; tsioh4 tsing7 khu7] 舂打穀物
的石臼。

猙 **[zeng1; tsing1]** Unicode: 7319, 台語字: zengf
[zeng1; tsing1] 畜生

猙生[zeng6 sen1; tsing7 sian1] 畜生, 牛羊馬豬, 犬雞鴨
鵝。

猙生面[zeng6 sen6 vin6; tsing7 sian7 bin7] 畜生相, 罵人
無恥。

豬狗猙生[di6 gau1 zeng6 senn1/sinn1; ti7 kau1 tsing7
senn1/sinn1] 罵人不如豬犬, 簡直是衣冠禽獸。

曾 **[zeng1; tsing1]** Unicode: 66FE, 台語字: zengf
[gan1, zan1, zeng1; kan1, tsan1, tsing1] 曾經

未曾[ve3/vue3 zeng1; be3/bue3 tsing1] 不曾經有過, 有
作未曾有 vi3 zeng6 iu4。

曾經[zeng6/zeng3 geng1; tsing7/tsing3 king1] 有過, 曾
經。

未曾有[vi3 zeng6/zeng3 iu4; bi3 tsing7/tsing3 iu2] 不曾
經有過, 尚未, 有作未曾 vi3 zeng2。

睜 **[zeng1; tsing1]** Unicode: 775C, 台語字: zengf
[zeng1; tsing1] 張目,睡醒

睜神[zeng6 sin2; tsing7 sin5] 醒著, 睡醒了, 醒後而恢復
精神, 相關詞精神 zeng6 sin2 元氣, 意識;睏醒
kun4 cinn4/cenn4 睡醒了。

侎睜神[ve3 zeng6 sin2; be3 tsing7 sin5] 還沒睜開眼睛,
還沒醒過來, 引申不清楚, 沒知覺。

睏侎睜神[kun4 ve3 zeng6 sin2; khun2 be3 tsing7 sin5] 還
沒醒過來。

捵 **[zeng1; tsing1]** Unicode: 63F0, 台語字: zengf
[zeng1; tsing1] 搥打,碰撞,毆打,相關字舂 zeng1
搗米

佋捵[sior6 zeng1; sio7 tsing1] 二人打架, 拳足相向, 互
毆, 二車互撞。

痟狗捵墓壙[siau6 gau4 zeng6 vong3 kong3; siau1 kau2
tsing7 bong3 khong3] 亂咬人的瘋狗, 撞進了墓穴
中, 引申一個人因心情壞, 就像會咬人的瘋狗而四
處亂撞。

支那兵　會食侎佋捵[zi6 na1 beng1 e3 ziah1 ve3 sior6
zeng1; tsi7 na1 ping1 e3 tsiah8 be3 sio7 tsing1] 中國
軍人只會吃飯, 不會作戰。

精 **[zeng1; tsing1]** Unicode: 7CBE, 台語字: zengf
[zeng1, ziann1, zinn1; tsing1, tsiann1, tsinn1] 真氣,
元氣,細密,純質,準確

走精[zau1 zeng1; tsau1 tsing1] 走了樣。

精差[zeng6 ca1; tsing7 tsha1] 差別, 誤差, 例詞無啥精
差 vor6/3 siann1 zeng6 ca1 沒有多大的誤差。

精光[zeng6 gong1; tsing7 kong1] 聰明靈巧, 思路靈活,
眼光銳利, 頭腦精明, 相關詞怔忪 zeng6 zong2 掙
扎, 奮發圖強, 例詞老阿伯, 足精光 lau3 a6 beh5
ziok1 zeng6 gong1 老伯的頭腦, 還很精明靈巧。

男精女血[lam6/lam3 zeng1 lu1 het5; lam7/lam3 tsing1 lu1
hiat4] 男人的精子與女人的卵子結合, 人才能生
成。

鍾 **[zeng1; tsing1]** Unicode: 937E, 台語字: zengf
[zeng1, ziong1; tsing1, tsiong1] 客家人的姓,相關
字鐘 zeng1 台灣人的姓

松 **[zeng2; tsing5]** Unicode: 677E, 台語字: zengw
[ceng2, siong2, zeng2; tshing5, siong5, tsing5] 松
樹,相關字榕 zeng2 榕樹

松柏仔[zeng6 beh1 a4; tsing7 peh8 a2] 台灣黑松, 松
樹。

榳 **[zeng2; tsing5]** Unicode: 68C8, 台語字: zengw
[ceng2, zeng2; tshing5, tsing5] 台灣本土榕樹,有作
榕 zeng2,相關字松 zeng2 台灣黑松,松樹

榳仔[ceng6/zeng3 a4; tshing7/tsing3 a2] 榕樹。

前 **[zeng2; tsing5]** Unicode: 524D, 台語字: zengw
[zen2, zeng2; tsian5, tsing5] 先前的,前面的

進前[zin4 zeng2; tsin2 tsing5] 以前, 從前的時候, 前一
次。

目前[vok5 zeng2; bok4 tsing5] 。

早前[za1 zeng2; tsa1 tsing5] 之前, 以前。

前暗[zeng6/zeng3 am3; tsing7/tsing3 am3] 前晚, 前天晚
上。

前過[zeng6/zeng3 gue3; tsing7/tsing3 kue3] 上一次。

前山[zeng6/zeng3 suann1; tsing7/tsing3 suann1] 台灣的
西部地區, 相關詞後山 au3 suann1 台灣的東部,
即花蓮縣及台東縣地區。

爭進前[zenn6 zin4 zeng2; tsenn7 tsin2 tsing5] 爭先。

前人囝[zeng6 lang6 giann4/zeng3 lang3 giann4; tsing7
lang7 kiann2/tsing3 lang3 kiann2] 前夫或前妻所遺
留下來的小孩子, 例詞後母苦毒前人囝 au3 vu4
ko1 dok5 zeng6 lang6 giann4/au3 vu4 ko1 dok5
zeng3 lang3 gann4 後母虐待前妻所遺留下來的小
孩子。

觀前顧後[guan6 zen2/zeng2 go4 au6; kuan7 tsian5/tsing5
koo2 au7] 看前看後。

十日前　八日後[zap5 jit5 zeng2 beh1 jit5 au6/zap5 lit5
zeng2 beh1 lit5 au6; tsap4 jit4 tsing5 peh8 jit4
au7/tsap4 lit4 tsing5 peh8 lit4 au7] 前前後後, 漁民
所期待冬至的前十天到後八天的這段時間, 是捕烏
魚的最佳季節, 引申期待, 旺季, 前後。

情 **[zeng2; tsing5]** Unicode: 60C5, 台語字: zengw
[zeng2, ziann2; tsing5, tsiann5] 內心的感受

台語字:	獅 saif	牛 quw	豹 bax	虎 hoy	鴨 ah	象 ciunn	鹿 lokf
通用拼音:	獅 sai1	牛 qu2	豹 ba3	虎 ho4	鴨 ah5	象 ciunn6	鹿 lok1
北京語:	山 san1	明 meng2	水 sue3	秀 sior4	的 dorh5	中 diong6	壢 lek1
普通話:	山 san1	明 meng2	水 sue3	秀 sior4	的 dorh0	中 diong6	壢 lek1

人情債[jin6 zeng6 ze3/lin3 zeng3 ze3; jin7 tsing7 tse3/lin3 tsing3 tse3] 欠他人的思情無法回報。

人情世事[jin6/lin3 zeng2 se4 su6; jin7/lin3 tsing5 se2 su7] 待人處世所必須做的關懷, 禮尚往來, 應酬等事情。

症 **[zeng3; tsing3]** Unicode: 75C7, 台語字: zengx
　　[zeng3; tsing3] 病徵

症頭[zeng4 tau2; tsing2 thau5] 症狀, 壞習慣, 相關詞政頭　zeng4 tau2 正經事, 一件事, 例詞舊症頭 gu3 zeng4 tau2 舊症狀, 老毛病, 宿疾;症頭 zeng4 tau2 症狀, 壞習慣;舊症頭 gu3 zeng4 tau2 舊症狀, 老毛病, 疾;無政頭 vor6/3 zeng4 tau2 無所事事, 傻事一件, 得去做;無政頭, 才會嫁予伊 vor6/3 zeng4 tau2 zia1 e3 ge4 ho3 i3 真倒霉, 才嫁給他。

眾 **[zeng3; tsing3]** Unicode: 773E, 台語字: zengx
　　[zeng3, ziong3; tsing3, tsiong3] 大眾,庶民,有作衆 zeng3

眾人[zeng4 lang2; tsing2 lang5] 大眾。

眾人代[zeng4 lang6/lang3 dai6; tsing2 lang7/lang3 tai7] 眾人的事。

眾人嘔[zeng4 lang6/lang3 kut1; tsing2 lang7/lang3 khut8] 眾人辱罵, 例詞千人罟, 眾人嘔 ceng6 lang6 le4 zeng4 lang6 kut1/ceng6 lang3 le4 zeng4 lang3 kut1 被千萬人所詛咒, 為眾人所辱罵不齒。

眾人知[zeng4 lang6/lang3 zai1; tsing2 lang7/lang3 tsai1] 大家都知道。

卸世卸眾[sia4 si4 sia4 zeng3; sia2 si2 sia2 tsing3] 丟人現眼, 做了丟臉的事。

俙見眾得[ve3 ginn4 zeng3 dit5; be3 kinn2 tsing3 tit4] 見不得人的。

眾人嘴上毒[zeng4 lang6/lang3 cui3 siong3 dok1; tsing2 lang7/lang3 tshui3 siong3 tok8] 眾人的意見最有効力, 眾人的民意最有力量。

揑 **[zeng4; tsing2]** Unicode: 63C3, 台語字: zengy
　　[zeng4; tsing2] 籌湊資金,墊付款項,代用字,原義為斷

揑本[zeng1 bun4; tsing1 pun2] 籌措資本, 例詞揑本錢 zeng1 bun1 zinn2 籌措資本。

揑錢[zeng1 zinn2; tsing1 tsinn5] 籌措資本。

揑錢做生理[zeng1 zinn2 zor4 seng6 li4; tsing1 tsinn5 tso2 sing7 li2] 籌措資本, 來經營事業。

種 **[zeng4; tsing2]** Unicode: 7A2E, 台語字: zengy
　　[zeng3, zeng4, ziong4; tsing3, tsing2, tsiong2] 種子,物種,類,遺傳到...的特性

斷種[dng3 zeng4; tng3 tsing2] 斷滅亡種, 絕種。

抛種[ia3 zeng4; ia3 tsing2] 播種, 例詞抛種子佇園迌 ia3 zeng1 zi4 di3 hng2 ni3 在田園裡播種。

透種[tau4 zeng4; thau2 tsing2] 混過血, 有外國血統。

雜種[zap5 zeng4; tsap4 tsing2] 雜種, 雜交種。

絕種[zuat5/zeh5 zeng4; tsuat4/tseh4 tsing2] 滅種, 無後。

雜種仔[zap5 zeng1 a4; tsap4 tsing1 a2] 私生子, 雜種, 雜交種。

尹種得老父的個性[in6 zeng1 diorh5 lau3 be6 e6/e3 gor4 seng3; in7 tsing1 tioh4 lau3 pe7 e7/e3 ko2 sing3] 他

們遺傳到父親的個性。

好種不祝　歹種不斷[hor1 zeng4 m3 tng6 pai1 zeng4 m3 dng6; ho1 tsing2 m3 thng7 phai1 tsing2 m3 tng7] 好的習性或基因不流傳下去, 不良的習性或基因卻無法根除改正而流傳下去了, 喻只遺傳到劣等的習性或基因。

從 **[zeng6; tsing7]** Unicode: 5F9E, 台語字: zeng
　　[ciong1, zeng6, ziong2; tshiong1, tsing7, tsiong5] 自從

從早[zeng3 za4; tsing3 tsa2] 從來, 一向。

從到咱[zeng3 gau4 dann1; tsing3 kau2 tann1] 從來, 到現在。

從古早[zeng3 go1 za4; tsing3 koo1 tsa2] 從古至今, 從古以來。

從彼噂[zen3 hit1 zun6; tsian3 hit8 tsun7] 從那時候起。

從細漢[zeng3 se4 han3; tsing3 se2 han3] 從小。

從頭仔[zeng3 tau6/tau3 a4; tsing3 thau7/thau3 a2] 從頭, 從來。

zenn

井 **[zenn4; tsenn2]** Unicode: 4E95, 台語字: zenny
　　[zenn4, zinn4; tsenn2, tsinn2] 水井

水井[zui1 zenn4/zinn4; tsui1 tsenn2/tsinn2] 井。

古井[go1 zenn4/zinn4; koo1 tsenn2/tsinn2] 大又深的水井, 汲水或舀水的井, 有作汢井 go1 zenn4/zinn4。

井水[zenn1 zui4; tsenn1 tsui2] 井中之水。

玉井鄉[qiok5 zenn1 hiang1; giok4 tsenn1 hiang1] 在台南縣。

井底水蛙[zenn1/zinn1 de1 zui1 ge1; tsenn1/tsinn1 te1 tsui1 ke1] 井底青蛙, 井底蛙, 喻沒有世界觀, 見聞不廣博。

zet

折 **[zet5; tsiat4]** Unicode: 6298, 台語字: zet
　　[zek5, zet5, zih1; tsik4, tsiat4, tsih8] 折扣,折舊,相關字折 zek5 折磨,換算,分析;折 tiah5 折開;析 sek5 分析;柝 kok1 更鼓,木魚

折歲壽[zet1 hue4 siu6; tsiat8 hue2 siu7] 因作惡而被削減年壽。

捷 **[zet5; tsiat4]** Unicode: 6377, 台語字: zet
　　[zet5, ziap1; tsiat4, tsiap8] 快速,戰爭勝利

快捷[kuai4 zet5; khuai2 tsiat4] 快速, 快遞送貨。

敏捷[vin1 zet5; bin1 tsiat4] 快捷。

捷運[zet1 un6; tsiat8 un7] 快捷運輸系統。

捷報[zet5 bor3; tsiat4 po3] 戰爭勝利的消息。

捷足先登[zet1 ziok5 sen6 deng1; tsiat8 tsiok4 sian7 ting1] 先一步得到。

台語字:	獅 saif	牛 quw	豹 bax	虎 hoy	鴨 ah	象 ciunn	鹿 lokf
通用拼音:	獅 sai1	牛 qu2	豹 ba3	虎 ho4	鴨 ah5	象 ciunn6	鹿 lok1
北京語:	山 san1	明 meng2	水 sue3	秀 sior4	的 dorh5	中 diong6	塿 lek1
普通話:	山 san1	明 meng2	水 sue3	秀 sior4	的 dorh0	中 diong6	塿 lek1

節 **[zet5; tsiat4]** Unicode: 7BC0, 台語字: zet
　　[zat5, zeh5, zet5; tsat4, tseh4, tsiat4] 節制,節日
季節[gui4 zet5; kui2 tsiat4] 四季節令。
節日[zet1 jit1/lit1; tsiat8 jit8/lit8] 喜慶節日。
清明節[ceng6 veng6/veng3 zet5; tshing7 bing7/bing3
　　tsiat4] 陽曆四月五日。
中秋節[diong6 ciu6 zet5; tiong7 tshiu7 tsiat4] 農曆八月
　　十五日。
中元節[diong6 quan6/quan3 zet5; tiong7 guan7/guan3
　　tsiat4] 農曆七月十五日。

zi

支 **[zi1; tsi1]** Unicode: 652F, 台語字: zif
　　[gi1, zi1; ki1, tsi1] 支持,支出
地支[de3 zi1; te3 tsi1] 古時之計時單位, 有作十二支
　　sip5 ji3/li3 zi1, 即子 zu4, 丑 tiu4, 寅 in2, 卯
　　vau4, 辰 sin2, 巳 zi6, 午 qonn4, 未 vi6, 申 sin1,
　　酉 iu4, 戌 sut5, 亥 hai6, 相關詞天干 ten6 gan1
　　古時之計時單位, 有作十干 sip5 gan1, 即甲 gah5,
　　乙 it5, 丙 biann4, 丁 deng1, 戊 vo6, 己 gi4, 庚
　　genn1, 辛 sin1, 壬 zim6, 癸 kui2。
支那[zi6 na4; tsi7 na2] 中國, China.支那 zi6 na4 的語源,
　　乃由唐僧音譯佛典而來, 歐美國家用 China 發音為
　　zi-na, 台語沿用日語詞支那 shi-na 意思是中國。
支那兵[zi6 na1 beng1; tsi7 na1 ping1] 中國軍人, 中國軍
　　伕, 例詞支那兵, 會食侎佋揰 zi6 na1 beng1 e3
　　ziah1 ve3 sior6 zeng1 恥笑中國軍人只會吃飯, 不
　　會打戰。

枝 **[zi1; tsi1]** Unicode: 679D, 台語字: zif
　　[gi1, zi1; ki1, tsi1] 水果名
荔枝[nai3 zi1; nai3 tsi1] 水果名, 原名荔芝 nai3 zi1。

芝 **[zi1; tsi1]** Unicode: 829D, 台語字: zif
　　[zi1; tsi1]
靈芝[leng6/leng3 zi1; ling7/ling3 tsi1] 靈芝菌種。
荔芝[nai3 zi1; nai3 tsi1] 水果名, 同荔枝 nai3 zi1。
芝蘭[zi6 lan2; tsi7 lan5] 教養良好的子弟。
三芝鄉[sam6 zi6 hiang1; sam7 tsi7 hiang1] 在台北縣。

脤 **[zi1; tsi1]** Unicode: 80D1, 台語字: zif
　　[zi1; tsi1] 手腳,肉體,代用字,有作脂 zi1
脤屄[zi6 vai1; tsi7 bai1] 女性的陰部。

脂 **[zi1; tsi1]** Unicode: 8102, 台語字: zif
　　[zi1, zi4; tsi1, tsi2] 化妝品
胭脂[en6 zi1; ian7 tsi1] 口紅, 紅色的化妝品, 例詞抹胭
　　脂 vuah1 en3 zi1 塗抹口紅;點胭脂 diam1 en3 zi1
　　塗抹口紅。
胭脂樹[en6 zi6 ciu6; ian7 tsi7 tshiu7] 台灣柚木。
胭脂水粉[en6 zi1 zui1 hun4; ian7 tsi1 tsui1 hun2] 口紅及
　　粉餅, 化粧時塗抹口紅, 用粉撲沾粉餅, 而擦在臉
　　上, 引申為風月場所的女子, 喻花柳韻事, 粉味風
　　情。

薯 **[zi2; tsi5]** Unicode: 85AF, 台語字: ziw
　　[zi2, zu2; tsi5, tsu5] 植物名
蕃薯[huan6 zi2; huan7 tsi5] 地瓜, sweet potato, 常影射
　　台灣, 同旱薯 han6 zi2;甘藷 han6 zi2。
扴番薯[biann4 han6 zi2; piann2 han7 tsi5] 採收地瓜。
不捌芋仔番薯[m3 bat1 o6 a1 han3 zi2; m3 pat8 oo7 a1
　　han3 tsi5] 譏笑某人分不出番薯與芋頭。

糍 **[zi2; tsi5]** Unicode: 7CEC, 台語字: ziw
　　[zi2; tsi5] 搗爛的糯米飯團,同糍 zi2
麻糍[mua6/mua3 zi2; mua7/mua3 tsi5] 搗爛的糯米飯團,
　　例詞捻麻糍 liam4 mua6/3 zi2 用手捏斷及製造麻
　　糍;麻糍呿呿 mua6/3 zi2 kiu3 kiu3 麻糍糕做得很軟
　　很有彈性, 有作麻糍 QQ mua6/3 zi2 kiu3 kiu6
麻糍呿呿[mua6/mua3 zi2 kiu3 kiu6; mua7/mua3 tsi5
　　khiu3 khiu7] 麻糍糕, 做得很軟很有彈性, 有作麻
　　糍 QQ mua6/3 zi2 kiu3 kiu6。

至 **[zi3; tsi3]** Unicode: 81F3, 台語字: zix
　　[zi3; tsi3] 到達,最,極
周至[ziu6 zi3; tsiu7 tsi3] 周全, 周密, 例詞代志做佮侎
　　周至 dai3 zi3 zor4 gah1 ve3/vue3 ziu6 zi3 事情做得
　　不很周全。
至親[zi4 cin1; tsi2 tshin1] 最親近的親人, 有作至親骨肉
　　zi4 cin1 gut1 jiok1/liok1, 例詞至親好友 zi4 cin1
　　hor1 iu4 最親近的親人及朋友。
至友[zi4 iu4; tsi2 iu2] 最好的朋友, 例詞至親好友 zi4
　　cin1 hor1 iu4 最親近的親人及朋友。
無所不至[vu6/vu3 so1 but1 zi3; bu7/bu3 soo1 put8 tsi3]
　　惡事做盡, 好事壞事無所不做。

志 **[zi3; tsi3]** Unicode: 5FD7, 台語字: zix
　　[zi3; tsi3] 心之所向,事情
代志[dai3 zi3; tai3 tsi3] 事情, 事務, 例詞代志做佮侎周
　　至 dai3 zi3 zor4 gah1 ve3/vue3 ziu6 zi3 事情做得不
　　很周全。
頇志[dam4 zi3; tam2 tsi3] 垂頭喪氣。
同志[dong6/dong3 zi3; tong7/tong3 tsi3] 志同道合者, 義
　　工, 同情者, 同黨。
有志[iu1 zi3; iu1 tsi3] 志同道合者, 支持同一理念的人,
　　係日語詞有志 yushi 同志, 例詞有志一同 iu1 zi3
　　it1 dong2 同志。
立志[lip5 zi3; lip4 tsi3] 訂定立志的方向。
餒志[lui1 zi3; lui1 tsi3] 氣餒, 喪志, 例詞人, 不捅餒志
　　lang2 m3 tang6 lui1 zi3 人不可以氣餒。
長志[ziang1 zi3; tsiang1 tsi3] 立志向上。
志向[zi4 hiong3; tsi2 hiong3] 想有所作為的意志。
志氣[zi4 ki3; tsi2 khi3] 立志的方向, 骨氣, 例詞無志無
　　氣 vor6 zi4 vor6 ki3/vor3 zi4 vor3 ki3 罵人沒有骨
　　氣。
志願[zi4 quan6; tsi2 guan7] 立志的方向。
有志一同[iu1 zi3 it1 dong2; iu1 tsi3 it8 tong5] 同志。

荸 **[zi3; tsi3]** Unicode: 834E, 台語字: zix
　　[zi3; tsi3] 用藺草編織的大袋子,古時乞丐用來裝
　　下家當
茄荸[ga6 zi3; ka7 tsi3] 以藺草編織的大袋子。
慘佮揹茄荸[cam1 gah1 painn3 ga6 zi3; tsham1 kah8

台語字:	獅 saif	牛 quw	豹 bax	虎 hoy	鴨 ah	象 ciunn	鹿 lokf
通用拼音:	獅 sai1	牛 qu2	豹 ba3	虎 ho4	鴨 ah5	象 ciunn6	鹿 lok1
北京語:	山 san1	明 meng2	水 sue3	秀 sior4	的 dorh5	中 diong6	壓 lek1
普通話:	山 san1	明 meng2	水 sue3	秀 sior4	的 dorh0	中 diong6	壓 lek1

phainn3 ka7 tsi3] 下場悲慘, 像乞丐般, 背起大袋
子而靠行乞過日子。

誌 [zi3; tsi3] Unicode: 8A8C, 台語字: zix
[zi3; tsi3] 記事,表示
日誌[jit5/lit5 zi4; jit4/lit4 tsi2] 日記本, 日記。
落成誌慶[lok5 seng2 zi4 keng3; lok4 sing5 tsi2 khing3]
祝賀新居落成。
新婚誌喜[sin6 hun1 zi4 hi4; sin7 hun1 tsi2 hi2] 表示恭賀
結婚。

子 [zi4; tsi2] Unicode: 5B50, 台語字: ziy
[giann4, ji4, li4, zi4, zu4; kiann2, ji2, li2, tsi2, tsu2]
種子,果子,魚卵,有作籽 zi4
銃子[ceng4 zi4; tshing2 tsi2] 子彈。
廚子[do6/do3 zi4; too7/too3 tsi2] 廚師, 同總庖師 zong1
po4 sai1。
甲子[gah1 zi4; kah8 tsi2] 六十年, 引申為自然天成的法
則, 例詞天照甲子, 人照情理 tinn1 ziau4 gah1 zi4
lang2 ziau4 zeng6/3 li4 天依照自然法則而運行, 人
要遵守情理法而行事。
果子[gue1/ge1 zi4; kue1/ke1 tsi2] 水果的統稱, 有作果
籽 gue1/ge1 zi4。
瓜子[gue6 zi4; kue7 tsi2] 瓜類的種子, 經加工的瓜類種
子, 供啃食, 例詞咬瓜子 ga3 gue6 zi4 啃瓜子。
腰子[ior6 zi4; io7 tsi2] 腎臟, 同腎 sin6;腎臟 sin3
zong6, 例詞腰子病 ior6 zi1 benn6/binn6 腎臟病。
日子[jit5 zi4; jit4 tsi2] 過日子。
蓮子[len6/len3 zi4; lian7/lian3 tsi2] 蓮花的種子。
瓜子面[gue6 zi1 vin6; kue7 tsi1 bin7] 瓜子型的臉蛋, 有
作雞卵面 ge6 nng3 vin6。
烏魚子[o6 hi6/hi3 zi4; oo7 hi7/hi3 tsi2] 母烏魚的卵囊,
高價的美食佳肴。
歹瓜厚子[painn1 gue1 gau3 zi4; phainn1 kue1 kau3 tsi2]
品質不良的瓜果常有太多的種子。
食果子仔[ziah5 gue1/ge1 zi1 a4; tsiah4 kue1/ke1 tsi1 a2]
吃水果。

止 [zi4; tsi2] Unicode: 6B62, 台語字: ziy
[zi4; tsi2] 界限,不動
不止[but1 zi4; put8 tsi2] 相當, 有作不只 but1 zi4;不貲
but1 zi4。
停止[teng6/teng3 zi4; thing7/thing3 tsi2] 。
為止[ui3 zi4; ui3 tsi2] 界限, 停止的時, 地, 例詞初十為
止 ce6 zap1 ui3 zi4 到十日為界限, 到十日為止。
截止[zah5 zi4; tsah4 tsi2] 停止。

址 [zi4; tsi2] Unicode: 5740, 台語字: ziy
[zi4; tsi2] 所在,地址
地址[de3 zi4; te3 tsi2] 地點。
界址[gai4 zi4; kai2 tsi2] 土地地界的指示點。
住址[zu3 zi4; tsu3 tsi2] 居住的地址。

籽 [zi4; tsi2] Unicode: 7C7D, 台語字: ziy
[zi4; tsi2] 植物的種子,果仁,有作子 zi4;芒 jin2;仁
jin2/lin2
果籽[gue1/ge1 zi4; kue1/ke1 tsi2] 水果的統稱, 有作果
子 gue1/ge1 zi4。

種籽[zeng1 zi4; tsing1 tsi2] 種子。
草仔籽[cau1 a1 zi4; tshau1 a1 tsi2] 花草的種子。
草籽仔[cau1 zi1 a4; tshau1 tsi1 a2] 愛玉子, 清涼消暑冰
品, 有作愛玉仔 ai4 qiok5 a4;薁蕘 or4 qior2, 例詞
草籽仔冰 cau1 zi1 a1 beng1 愛玉子 , 清涼消暑
的冰品。
樹仔籽[ciu3 a1 zi4; tshiu3 a1 tsi2] 樹木結的種子。
龍眼籽[leng6/leng3 qeng1 zi4; ling7/ling3 ging1 tsi2] 龍
眼的核仁果, 有作龍眼核 leng6 qeng1 hut1/leng3
geng1 hut1。
西瓜籽[si6 gue6 zi4; si7 kue7 tsi2] 西瓜子。
檨仔籽[suainn3 a1 zi4; suainn3 a1 tsi2] 芒果的種子。

姊 [zi4; tsi2] Unicode: 59CA, 台語字: ziy
[ze4, zi4; tse2, tsi2] 姐姐,女兄
阿姊[a6 zi4; a7 tsi2] 姊姊。
大姊[dua3 ze4; tua3 tse2] 姊姊。
姊阿[zi4 a3; tsi2 a3] 妹妹稱呼姊姊。
姊妹仔[zi1 ve3 a4; tsi1 be3 a2] 姊妹們。
大姊頭仔[dua3 zi1 tau6/tau3 a4; tua3 tsi1 thau7/thau3 a2]
女強人, 女領袖。

祇 [zi4; tsi2] Unicode: 7957, 台語字: ziy
[zi4; tsi2] 諸神之名
神祇[sin6/sin3 zi4; sin7/sin3 tsi2] 諸神, 神主。
神祇牌仔[sin6 zi1 bai6 a4/sin3 zi1 bai3 a4; sin7 tsi1 pai7
a2/sin3 tsi1 pai3 a2] 祖先的牌位, 崇拜的偶像, 各
種信仰或意識的象徵物, 有作神主牌 sin6/3 zu1
bai2。

指 [zi4; tsi2] Unicode: 6307, 台語字: ziy
[gi4, zainn4, zeng4, zi4; ki2, tsainn2, tsing2, tsi2]
點示,指示,手指
手指[ciu1 zi4; tshiu1 tsi2] 戒子。
指點[zi1 diam4; tsi1 tiam2] 指示, 開示, 開悟。
指揮[zi1 hui1; tsi1 hui1] 。
指示[zi1 si6; tsi1 si7] 告知, 開示。
指模[zi1 vo2; tsi1 boo5] 指紋。
指腹為婚[zi1 bak5 ui3 hun1; tsi1 pak4 ui3 hun1] 。

摺 [zi4; tsi2] Unicode: 647A, 台語字: ziy
[zi4, zih5; tsi2, tsih4] 疊
一摺[zit5 zi4; tsit4 tsi2] 一疊紙, 例詞一摺銀票 zit5 zi1
qin6/qun3 pior3 一疊鈔票;一摺銀紙 zit5 zi1
qin6/qun3 zua4 一疊冥紙, 一疊紙錢;一摺衛生紙
zit5 zi1 ue3 seng6 zua4 一疊衛生紙。
手摺簿仔[ciu1 zi1 po3 a4; tshiu1 tsi1 phoo3 a2] 攜帶用
的記事本, 備忘錄。

zia

兹 [zia1; tsia1] Unicode: 7386, 台語字: ziaf
[zia1, ziai1, zu1, zuai1; tsia1, tsiai1, tsu1, tsuai1] 這
裡,這些,相關字即 ziah5 這裡;這 ze1 這個;這 zit5
這一;遐 hia1 那裡

台語字:	獅 saif	牛 quw	豹 bax	虎 hoy	鴨 ah	象 ciunn	鹿 lokf
通用拼音:	獅 sai1	牛 qu2	豹 ba3	虎 ho4	鴨 ah5	象 ciunn6	鹿 lok1
北京語:	山 san1	明 meng2	水 sue3	秀 sior4	的 dorh5	中 diong6	壢 lek1
普通話:	山 san1	明 meng2	水 sue3	秀 sior4	的 dorh0	中 diong6	壢 lek1

佇兹[di3 zia1; ti3 tsia1] 在這裡。

遐兹[hia1 zia1; hia1 tsia1] 那裡及這裡;到處。

兹的[zia1 e2; tsia1 e5] 這些, 例詞兹的代志 zia1 e6/3 dai3 zi3 這些事情。

對兹來[dui4 zia1 lai2; tui2 tsia1 lai5] 到這裡來。

到兹扯[gau4 zia1 ce4; kau2 tsia1 tshe2] 到這裡為止, 從此分手。

透兹起[ui4 zia1 ki4; ui2 tsia1 khi1] 從這裡開始。

透兹去[對遐來 ui4 zia1 ki3 dui4 hia1 lai2; - ui2 tsia1 khi3 tui2 hia1 lai5] 從這裡去, 由那邊來。

兹是台灣的領土[zia1 si3 dai6 uan2 e6/e3 leng1 to4; tsia1 si3 tai7 uan5 e7/e3 ling1 thoo2] 這裡是台灣的國土。

誰 [zia2; tsia5] Unicode: 8AB0, 台語字: ziaw
[siang2, sui2, zia2; siang5, sui5, tsia5] 誰,什麼人?

汝是誰[li1 si3 zia2; li1 si3 tsia5] 你是誰?, 你是什麼人?, 有作你是啥物人 li1 si3 sia1 mih1 lang2。

蔗 [zia3; tsia3] Unicode: 8517, 台語字: ziax
[zia3; tsia3] 甘蔗

甘蔗[gam6 zia3; kam7 tsia3] 植物名, 為製糖之原料。

甘蔗好食 雙頭甜[gam6 zia3 hor1 ziah1 siang6 tau6/tau3 dinn1; kam7 tsia3 ho1 tsiah8 siang7 thau7/thau3 tinn1] 每一枝甘蔗都是二端甜的, 引申美好美滿的人事物。

嘛 [zia3; tsia3] Unicode: 55FB, 台語字: ziax
[zia3; tsia3] 口頭禪,哦!,代用字,相關字嗒 no3;嗒 da3

嘛那會按呢[zia3 na1 e3 an1 ne1; tsia3 na1 e3 an1 ne1] 哦, 怎麼會變成這個樣子呢?。

者 [zia4; tsia2] Unicode: 8005, 台語字: ziay
[zia4; tsia2] 人或物的代稱

記者[gi4 zia4; ki2 tsia2] 採訪又報導消息的人, 例詞做記者噯真實報導 zor4 gi4 zia4 ai4 zin6 sit1 bor4 dor6 當了記者要真實地報導事實。

學者[hak5 zia4; hak4 tsia2] 有學問的人。

老者[no1 zia4; noo1 tsia2] 老頭子, 老人。

作者[zok1 zia4; tsok8 tsia2] 。

人格者[jin6/lin3 geh1 zia4; jin7/lin3 keh8 tsia2] 有德行又有學問又受尊敬的人。

仁者樂山 智者樂水[jin2/lin2 zia4 lok5 san1 di4 zia4 lok5 zui4; jin5/lin5 tsia2 lok4 san1 ti2 tsia2 lok4 tsui2] 。

姐 [zia4; tsia2] Unicode: 59D0, 台語字: ziay
[ze4, zia4; tse2, tsia2] 姑娘,妻子,相關字姊 ze4 姐姐

小姐[sior1 zia4; sio1 tsia2] 對未婚女性的通稱。

翁仔姐[ang6 a1 zia4; ang7 a1 tsia2] 丈夫與妻子的合稱稱剔人夫妻倆。

謝 [zia6; tsia7] Unicode: 8B1D, 台語字: zia
[sia6, zia6; sia7, tsia7] 姓

謝家[sia3 ga1/zia6 ga3; sia3 ka1/tsia7 ka3] 謝家自稱, 稱姓謝親家。

ziah

食 [ziah1; tsiah8] Unicode: 98DF, 台語字: ziahf
[sit1, su6, ziah1; sit8, su7, tsiah8] 吃,吞食,買入,依靠,相關字喰 ziah1 抽香煙,貪污;飲 lim1 喝飲;呷 ap5 吸而飲之;吃 kit1 抽煙,喫茶

剝食[cng1 ziah1; tshng1 tsiah8] 剝食, 營鑽求利, 例詞教剝食 gau6/3 cng1 ziah1 善於剝食, 鑽營求利。

大食[dai3 ziah1; tai3 tsiah8] 國名, 今伊朗高原一帶, 包含伊朗, 伊拉克及巴基斯坦等伊斯蘭教國家, 波斯文 Taziah 原義係大客人, 大食客之意。

度食[do3 ziah1; too3 tsiah8] 依靠某種行業過生活, 例詞度一嘴食 do3 zit5 cui4 ziah1 混一口飯吃;度三頓食 do3 sann6 dng4 ziah1 混一口飯吃。

叨食[lor6 ziah1; lo7 tsiah8] 要討食物來吃。

物食[mih5 ziah1; mih4 tsiah8] 食品。

趁食[tan4 ziah1; than2 tsiah8] 謀生, 工作, 例詞趁無食 tan4 vor6/3 ziah1 沒辦法賺錢養家活口, 賺不到錢;趁食人 tan4 ziah5 lang2 上班族, 受僱的人, 從事商業工作的人, 勞動者;趁食查某 tan4 ziah5 za6 vo4 從事色情行業工作的女子;去四界趁食 ki4 si4 ge4 tan4 ziah1 到各地找工作謀生。

貿食[vauh5 ziah1; bauh4 tsiah8] 承包全部工作人員的伙食。

煮食[zu1 ziah1; tsu1 tsiah8] 烹調, 作飯。

食飽[ziah5 ba4; tsiah4 pa2] 吃過了, 例詞食飽未 ziah5 ba4 vue6/ve3 吃過飯了嗎?。

食飯[ziah5 bng6; tsiah4 png7] 吃飯, 例詞食暗飯 ziah5 am4 bng6 吃晚飯。

食褒[ziah5 bor1; tsiah4 po1] 受到別人美言褒賞, 則會拚命地去做, 例詞食褒豬仔 ziah5 bor6 di6 a4 愛受到別人美言褒賞的人;食褒, 做俗死 ziah5 bor1 zorh1 gah1 si4 愛受到別人美言褒賞的人, 會拚命地去做完成受委託的事。

食菜[ziah5 cai3; tsiah4 tshai3] 吃素食, 茹素, 有作素食 so4 sit1, 引申出家當和尚或尼姑。

食穿[ziah5 ceng6; tsiah4 tshing7] 生活的吃飯, 穿衣, 引申為生活費用。

食醋[ziah5 co3; tsiah4 tshoo3] 女人的醋意濃, 生性為醋罈子。

食晝[ziah5 dau3; tsiah4 tau3] 吃中飯。

食茶[ziah5 de2; tsiah4 te5] 喝茶, 飲茶, 新娘子嫁到夫家, 要向親人奉茶的禮俗。

食桌[ziah5 dorh5; tsiah4 toh4] 赴宴席。

食福[ziah5 hok5; tsiah4 hok4] 可以吃油油膩膩的美食, 但不會發胖, 可以大吃特吃。

食風[ziah5 hong1; tsiah4 hong1] 風可以吹得進來。

食菸[ziah5 hun1; tsiah4 hun1] 抽菸, 宜作喰菸 ziah5 hun1。

食日[ziah5 jit1/lit1; tsiah4 jit8/lit8] 陽光照得進來。

食苦[ziah5 ko4; tsiah4 khoo2] 吃苦, 例詞食苦當作食補 ziah5 ko4 dong4 zor4 ziah5 bo5 把吃苦當作人生的磨鍊, 這就是在對身體進補。

食人[ziah5 lang2/ziah1 lang3; tsiah4 lang5/tsiah8 lang3] 吃定別人, 侵害別人, 佔別人便宜, 例詞食人真夠 ziah5 lang6/3 zin6 gau3 吃定別人, 太侵害別人。

台語字:	獅 saif	牛 quw	豹 bax	虎 hoy	鴨 ah	象 ciunn	鹿 lokf
通用拼音:	獅 sai1	牛 qu2	豹 ba3	虎 ho4	鴨 ah5	象 ciunn6	鹿 lok1
北京語:	山 san1	明 meng2	水 sue3	秀 sior4	的 dorh5	中 diong6	壢 lek1
普通話:	山 san1	明 meng2	水 sue3	秀 sior4	的 dorh0	中 diong6	壢 lek1

食老[ziah5 lau6; tsiah4 lau7] 人活得老邁了，年紀大了，年老了，例詞食老，就無路用 ziah5 lau6 dor3 vor6/3 lo3 iong6 人年紀大，就變沒用了。

食奶[ziah5 leng1; tsiah4 ling1] 嬰兒吸食母奶，有作食奶仔 ziah5 leng6 a4。

食名[ziah5 miann2; tsiah4 -] 靠名氣口碑，例詞食名聲 ziah5 miann6/3 siann1 有名氣，有口碑載道。

食命[ziah5 miann6; tsiah4 -] 靠著父母的好環境，兒女一出生，就能享受到榮華富貴的日子。

食色[ziah5 sek5; tsiah4 sik4] 畫上顏色。

食潲[ziah5 siau2; tsiah4 siau5] 取笑別人做的工作是沒用的，是粗話。

食食[ziah5 sit1; tsiah4 sit8] 食物，三餐的伙食。

食傖[ziah5 song2; tsiah4 song5] 欺負鄉下人或俗氣的人。

食錢[ziah5 zinn2; tsiah4 tsinn5] 貪錢，貪污，吞了別人的錢財，宜作喰錢 ziah5 zinn2，例詞食錢官 ziah5 zinn6/3 guann1 貪錢的公務員，貪官污吏。

食妝[ziah5 zng1; tsiah4 tsng1] 靠打扮，引申人要衣裝，佛要金裝。

大食細[dua6 ziah5 se3; tua7 tsiah4 se3] 以大吃小，以大併吞小。

休食得[ve3/vue3 ziah1 dit5; be3/bue3 tsiah8 tit4] 不可以吃的。

油食餜[iu3 ziah5 ge4; iu3 tsiah4 ke2] 油條，有作油炙膾 iu6 ziah5 gue4/iu3 ziah5 ge4。

食飽未[ziah5 ba4 vue6/ve3; tsiah4 pa2 bue7/be3] 吃過飯了嗎?

食百二[ziah5 bah1 ji6/li6; tsiah4 pah8 ji7/li7] 高壽一百二十歲的人瑞，引申長壽，活到一百二十歲，例詞無禁無忌，食百二 vor6 gim4 vor6 ki6, ziah5 bah1 ji6/vor3 gim4 vor3 ki6, ziah5 bah1 li6 不要有禁忌，願你長壽。

食飯廳[ziah5 bng3 tiann1; tsiah4 png3 thiann1] 飯廳，吃飯的飯廳。

食稱頭[ziah5 cin4 tau2; tsiah4 tshin2 thau5] 偷斤騙兩。

食茶店[ziah5 de6/de3 diam3; tsiah4 te7/te3 tiam3] 喝茶，飲茶的餐廳，相關詞吃茶店 kit1 de6/3 diam3 咖啡廳，純喫茶店，係日語詞吃茶 kitsudeden。

食家己[ziah5 gai3 di6/ziah5 ga6 gi6; tsiah4 kai3 ti7/tsiah4 ka7 ki7] 靠自己而過日子，引申失業中。

食果子[ziah5 gue1/ge1 zi4; tsiah4 kue1/ke1 tsi2] 吃水果。

食腳掙[ziah5 ka6 zinn1; tsiah4 kha7 tsinn1] 被別人用腳大力踹，逐客令，例詞汝不走，着食腳掙 li1 m3 zau4 diorh5 ziah5 ka6 zinn1 你再不走，我就要下逐客令了。

食奶仔[ziah5 leng6 a4; tsiah4 ling7 a2] 嬰兒吸食母奶，有作食奶 ziah5 leng1。

食名聲[ziah5 miann6/miann3 siann1; tsiah4 -/- siann1] 有名氣，有口碑載道。

食膨餅[ziah5 pong4 biann4; tsiah4 phong2 piann2] 挨罵，碰釘子。

食三頓[ziah5 sann6 dng3; tsiah4 sann7 tng3] 吃三餐。

食頭路[zia3 tau6/tau3 lo6; tsia3 thau7/thau3 loo7] 謀生之道，謀得一項工作而以為生活。

食休乾[ziah5 ve3/vue3 da1; tsiah4 be3/bue3 ta1] 吃不完，兜著走。

食休劰[ziah5 ve3/vue3 sen3; tsiah4 be3/bue3 sian3] 吃不厭，不會厭食。

食錢官[ziah5 zinn6/zinn3 guann1; tsiah4 tsinn7/tsinn3 kuann1] 貪錢的公務員，貪官污吏。

規檔總食[gui6 dong3 zong1 zia1; kui7 tong3 tsong1 tsia1] 全贏，全檔的賭注全部吃進，整批全部買入。

食飽觸閒[ziah5 ba4 siunn6 eng2; tsiah4 pa2 siunn7 ing5] 吃飽飯沒事做。

食便領現[ziah5 ben6 liann1 hen6; tsiah4 pian7 - hian7] 不用工作，就有薪水可領，還有現成的飯可以吃。

食褒豬仔[ziah5 bor6 di6 a4; tsiah4 po7 ti7 a2] 愛受到別人美言褒賞的人，愛聽到別人美言褒賞的人。

食肥走瘦[ziah5 bui2 zau4 san4; tsiah4 pui5 tsau1 san2] 吃進太多的美食肥肉，卻拉了肚子，喻得不償失。

食人夠夠[ziah5 lang6/lang3 gau4 gau3; tsiah4 lang7/lang3 kau2 kau3] 吃定了別人，欺人太甚了。

食汝的份[ziah5 li1 e6/e3 hun6; tsiah4 li1 e7/e3 hun7] 吃你的那一份食物，併吞你的股份。

食飲開賻[ziah1 lim1 kai1 buah1; tsiah8 lim1 khai1 puah8] 吃喝嫖賭。

食四秀仔[si4 siu4 a4; si2 siu2 a2] 吃吃四季的佳肴秀菜，引申美味的零嘴。

食燒酒醉[ziah5 sior6 ziu1 zui3; tsiah4 sio7 tsiu1 tsui3] 喝醉了酒，有作酒醉 ziu1 zui3。

食一點氣[ziah5 zit5 diam1 ki3; tsiah4 tsit4 tiam1 khi3] 忍住一口怒氣，爭一口氣。

食一檔貨[ziah5 zit5 dong4 hue3; tsiah4 tsit4 tong2 hue3] 買入一批貨。

憨憨拿食去[qong3 qong6 hong2 ziah1 ki3; gong3 gong7 hong5 tsiah8 khi3] 傻傻的人，金錢或財產被別人吃走了。

食佮啐啐叫[ziah5 gah1 sut1 sut1 giorh5; tsiah4 kah8 sut8 sut8 kioh4] 吃得支支叫，很好吃的樣子。

食緊　搰破碗[ziah5 gin4 gong4 pua4 uann4; tsiah4 kin2 kong2 phua2 uann2] 喻欲速則不達，有作食緊，拚破碗 ziah5 gin4 long4 pua4 uann4。

食好　逗相報[ziah5 hor4 dau4 sior6/sann6 bor3; tsiah4 ho2 tau2 sio7/sann7 po3] 品嚐到美食佳肴，應該要互相告知。

食苦　當作食補[ziah5 ko4 dong4 zor4 ziah5 bo5; tsiah4 khoo2 tong2 tso2 tsiah4 -] 把吃苦當作人生的磨鍊，像是在補身體。

食軟無食硬[ziah5 nng4 vor6/vor3 ziah5 qenn6; tsiah4 nng2 bo7/bo3 tsiah4 nge7] 會因對方低調反應，而同意或改變強硬姿態，卻不會屈服於對方的凶悍蠻橫。

食飯坩仔　中央[ziah5 bng3 kann6 a1 diong6 ng1; tsiah4 png3 khann7 a1 tiong7 ng1] 不知天高地厚及養家活口的辛苦。

食著人的嘴渃[ziah5 diorh5 lang6 e6 cui4 nuann6; tsiah4 tioh4 lang7 e7 tshui4 -] 學到別人的論點及看法。

食碗內　說碗外[ziah5 uann1 lai6 se1 uann1 qua6; tsiah4 uann1 lai7 se1 uann1 gua7] 有些統派中國人，在台灣謀生，領薪水，卻替中國人打壓台灣，喻吃裡扒外，有作食碗內，洗碗外 ziah5 uann1 lai6 se1 uann1 qua6。

食米　不知米價[ziah5 vi4 m3 zai6 vi1 ge3; tsiah4 bi2 m3 tsai7 bi1 ke3] 只知吃飯，卻不知米的價錢，引申不

台語字:	獅 saif	牛 quw	豹 bax	虎 hoy	鴨 ah	象 ciunn	鹿 lokf
通用拼音:	獅 sai1	牛 qu2	豹 ba3	虎 ho4	鴨 ah5	象 ciunn6	鹿 lok1
北京語:	山 san1	明 meng2	水 sue3	秀 sior4	的 dorh5	中 diong6	壢 lek1
普通話:	山 san1	明 meng2	水 sue3	秀 sior4	的 dorh0	中 diong6	壢 lek1

知民生疾苦的高官貴人。

無憍無忮 食百二[vor6 kiau1 vor6 ki1 ziah5 bah1 ji6/vor3 kiau1 vor3 ki1 ziah5 bah1 li6; bo7 khiau1 bo7 khi1 tsiah4 pah8 ji7/bo3 khiau1 bo3 khi1 tsiah4 pah8 li7] 不忮不求的人，或是好相處的人，常是可以活到長命百歲的人。

閹雞拖木屐[閹拖閹食[iam6 ge1 tua1 vak5 giah1 vong1 tua1 vong1 ziah1; iam7 ke1 thua7 bak4 kiah8 bong1 thua1 bong1 tsiah8] 閹雞拖著大木屐般的負擔，勉勉強強地過日子，只為了多啄幾粒米或食物，須到處找食物，喻貧窮的人，須多加倍勞動，否則不能成功。

有食藥有走氣　有燒香有保庇[u3 ziah5 iorh1 u3 giann3 ki3 u3 sior6 hiunn1/hionn1 u3 bor1 bi3; u3 tsiah4 ioh8 u3 kiann3 khi3 u3 sio7 hiunn1/hionn1 u3 po1 pi3] 吃了藥，病就會好轉;向神明燒香，就會得到保庇。

喰 [ziah1; tsiah8] Unicode: 55B0, 台語字: ziahf
[ziah1; tsiah8] 吃,抽香煙,貪污,相關字食 ziah1 吞食

喰菸[ziah5 hun1; tsiah4 hun1] 抽菸，相關詞吃烟 kit1/ziah5 hun1 抽香煙，係日語詞吃烟 kitsu-en 抽香煙.例詞休使喰菸 ve3 sai1 ziah5 hun1 不可以抽菸。

喰力[ziah5 lat1; tsiah4 lat8] 費力，大事不妙了，慘了，很嚴重，相關詞吃力 ziah5 lat1 係華語詞。

喰錢[ziah5 zinn2; tsiah4 tsinn5] 貪錢，貪污，吞了別人的金錢財產，有作食錢 ziah5 zinn2。

喰檳榔[ziah5 bin6 nng2; tsiah4 pin7 nng5] 嚼食檳榔。

才 [ziah5; tsiah4] Unicode: 624D, 台語字: ziah
[cai2, zai2, ziah5, tshai5, tsai5, tsiah4] 才能,剛剛

拄才[du1 ziah5; tu1 tsiah4] 剛才，例詞拄才呢歇睏 du1 ziah1 de1 hiorh1 kun3 剛剛才去休息。

不才[m3 ziah5; m3 tsiah4] 才會，例詞愛認真講，不才會了解 ai4 jin3/lin3 zin6 gong4 m3 ziah1 e3 liau1 gai4 要認真地講，才會了解。

才會[ziah1 e6; tsiah8 e7] 才會，才能夠，有作才會倲 ziah1 e3 dang3。

才好[ziah1 hor4; tsiah8 ho2] 才好，才能夠，例詞有錢才好救濟人 u3 zinn2 ziah1 hor1 giu4 ze3 lang3 有錢才能救助別人。

才來[ziah1 lai2; tsiah8 lai5] 才來，剛剛來，例詞才來一日 ziah1 lai2 zit5 jit1/lit1 才剛剛來一天，一天前才未到。

才倲[ziah1 tang1; tsiah8 thang1] 才能夠，才會。

才有[ziah1 u6; tsiah8 u7] 才有，只有，例詞有食，才有力 u3 ziah1 ziah1 u3 lat1 有吃過食物，才有力氣工作。

才會倲[ziah1 e3 dang3; tsiah8 e3 tang3] 才會，才能夠，有作才會 ziah1 e6。

才佫講[ziah1 gorh1 gong4; tsiah8 koh8 kong2] 到時候再說吧。

才不是[ziah1 m3 si6; tsiah8 m3 si7] 不是，才不是呢!。

才有倲[ziah1 u3 tang1; tsiah8 u3 thang1] 才可以，才肯。

才無愛[ziah1 vor6/vor3 ai3; tsiah8 bo7/bo3 ai3] 才不要

呢!。

到咀才知[gau4 dann1 ziah1 zai1; kau2 tann1 tsiah8 tsai1] 到現在，才知道，例詞到咀破病矣，才知影健康的重要 gau4 dann1 puah1 benn6 a6 ziah1 zai6 iann1 ken3 kong1 e6/3 diong3 iau3 到現在生病了，才知道健康的重要。

即 [ziah5; tsiah4] Unicode: 5373, 台語字: ziah
[zek5, ziah5, tsik4, tsiah4] 這裡,就是,這麼,相關詞茲 zia1 這裡,這些;這 ze1 這個;這 zit5 這一個

即久[ziah1 gu4; tsiah8 ku2] 最近，這一陣子。

即好[ziah1 hor4; tsiah8 ho2] 這麼好。

即呢[ziah1 ni6; tsiah8 ni7] 這麼，這樣，有作即爾 ziah1 ni4。

即爾[ziah1 ni4; tsiah8 ni2] 這樣...，這麼...，例詞即爾多 ziah1 ni1 ze6 這樣多;即爾懸 ziah1 ni1 guan2 這樣高;即爾好勢 ziah1 ni1 hor1 se3 這麼好。

即是[ziah1 si6; tsiah8 si7] 就是，這麼。

即拄好[ziah1 du1 hor4; tsiah8 tu1 ho2] 恰巧，湊巧，剛好。

即久仔[ziah1 gu1 a4; tsiah8 ku1 a2] 最近，這一陣子。

即好款[ziah1 hor1 kuan4; tsiah8 ho1 khuan2] 這麼美麗漂亮，相關詞足好款 ziok1 hor1 kuan4 態度太高傲，高姿態。

即呢仔[ziah1 ni3 a4; tsiah8 ni3 a2] 這麼樣，多麼。

即活動[ziah1 uah5 dang6; tsiah8 uah4 tang7] 這麼好動，這麼靈活。

迹 [ziah5; tsiah4] Unicode: 8FF9, 台語字: ziah
[ziah5; tsiah4] 痕迹,相關字跡 jiah5/liah5 痕跡;蹟 zek1 古蹟

無影迹[vor6/vor3 iann1 ziah5; bo7/bo3 iann1 tsiah4] 看不到蹤影。

無影無迹[vor6 iann1 vor6 ziah5/vor3 iann1 vor3 ziah5; bo7 iann1 bo7 tsiah4/bo3 iann1 bo3 tsiah4] 沒有這麼一回事，騙術一樁。

隻 [ziah5; tsiah4] Unicode: 96BB, 台語字: ziah
[ziah5; tsiah4] 數量

鳥隻[ziau1 ziah5; tsiau1 tsiah4] 小鳥，鳥，鳥類。

船隻[zun6/zun3 ziah5; tsun7/tsun3 tsiah4] 船。

一隻船[zit5 ziah1 zun2; tsit4 tsiah8 tsun5] 一艘船。

二隻鳥仔[nng3 ziah1 ziau1 a4; nng3 tsiah8 tsiau1 a2] 二隻小鳥。

一隻桌仔[zit5 ziah1 dorh1 a4; tsit4 tsiah8 toh8 a2] 一張桌子，有作一塊桌子 zit5 de3 dorh1 a4。

這隻雞仔　有成斤重[zit1 ziah1 ge6 a4 u3 ziann6 gin6 dang6/zit1 ziah1 gue6 a4 u3 ziann3 gun6 dang6; tsit8 tsiah8 ke7 a2 u3 tsiann7 kin7 tang7/tsit8 tsiah8 kue7 a2 u3 tsiann3 kun7 tang7] 這隻雞，將近有一斤重。

脊 [ziah5; tsiah4] Unicode: 810A, 台語字: ziah
[ziah5, zit5; tsiah4, tsit4] 背,背脊

巴脊[ba6 ziah5; pa7 tsiah4] 背部，有作胛脊 ga6 ziah5。

胛脊[ga6 ziah5; ka7 tsiah4] 背部，有作巴脊 ba6 ziah5。

巴脊後[ba6 ziah1 au6; pa7 tsiah8 au7] 背後。

胛脊骿[ga6 ziah1 piann1; ka7 tsiah8 phiann1] 背。

腰脊骨[ior6 ziah1 gut5; io7 tsiah8 kut4] 脊椎骨。

台語字:	獅 saif	牛 quw	豹 bax	虎 hoy	鴨 ah	象 ciunn	鹿 lokf
通用拼音:	獅 sai1	牛 qu2	豹 ba3	虎 ho4	鴨 ah5	象 ciunn6	鹿 lok1
北京語:	山 san1	明 meng2	水 sue3	秀 sior4	的 dorh5	中 diong6	壢 lek1
普通話:	山 san1	明 meng2	水 sue3	秀 sior4	的 dorh0	中 diong6	壢 lek1

腳脊底[ka6 ziah1 de4; kha7 tsiah8 te2] 腳底。
捶胛脊胼[zeng6 ga6 ziah1 piann1; tsing7 ka7 tsiah8 phiann1] 用拳打背部。

睫 [ziah5; tsiah4] Unicode: 776B, 台語字: ziah
[ziah5; tsiah4] 睫毛
目睫毛[vak5 ziah1 mo1/mo2; bak4 tsiah8 moo1/moo5] 眼睫毛。

ziam

占 [ziam1; tsiam1] Unicode: 5360, 台語字: ziamf
[ziam1, ziam3; tsiam1, tsiam3] 占卜,相術
占米卦[ziam6 vi1 gua3; tsiam7 bi1 kua3] 用米粒來占卜。

尖 [ziam1; tsiam1] Unicode: 5C16, 台語字: ziamf
[ziam1; tsiam1] 一頭小而銳
尖尖[ziam6 ziam1; tsiam7 tsiam1] 尖尖的, 例詞頭殼仔尖尖 tau6/3 kak1 a4 ziam6 ziam1 頭尖尖的, 往錢堆鑽過去, 引申愛錢貪財。
尖鑽[ziam6 zng3; tsiam7 tsng3] 尖銳的鑽子, 鑽營求進, 例詞尖尖鑽鑽 ziam6 ziam6 zng4 zng3 善於鑽營求進。
尖石鄉[ziam6 ziorh5 hiang1; tsiam7 tsioh4 hiang1] 在新竹縣。

針 [ziam1; tsiam1] Unicode: 91DD, 台語字: ziamf
[zam1, ziam1; tsam1, tsiam1] 縫衣針,針灸,方位
穿針[cng6 ziam1; tshng7 tsiam1] 穿線過針孔, 例詞穿針引線 cng6 ziam1 in1 suann3 牽針引線, 仲介。
度針[do3 ziam1; too3 tsiam1] 度量體温的温度計。
方針[hong6 ziam1; hong7 tsiam1] 方向, 策略, 對策。
芹針[gin6 ziam1; kin7 tsiam1] 金針菜, 例詞芹針木耳 gin6 ziam1 vok5 ni4 金針及木耳蕈類。
針車[ziam6 cia1; tsiam7 tshia1] 縫紉機。
針灸[ziam6 gu3/zam6 giu3; tsiam7 ku3/tsam7 kiu3] 以針及灸艾治療, 有作鍼灸 ziam6 gu3/zam6 giu3。
針鼻[ziam1/zam1 pinn6; tsiam1/tsam1 phinn7] 針孔, 狹窄的地方。
針線[ziam6 suann3; tsiam7 suann3] 針與線, 二者無法分離, 喻夫妻, 例詞針線情 ziam6 suann4 zeng2 夫妻情似針與線無法分離, 喻夫妻情愛。
針蒂[ziam6 zi4; tsiam7 tsi2] 縫份, 一針與一針的距離, 引申為女紅。
紩十針[tinn3 zap5 ziam1; thinn3 tsap4 tsiam1] 縫了十針。
指南針[zi1 lam6/lam3 ziam1; tsi1 lam7/lam3 tsiam1] 羅盤。
針鋒相對[ziam6 hong1 siong6 dui3; tsiam7 hong1 siong7 tui3] 意見分歧。
針腳幼手[ziam6 ka6 iu4 ciu4; tsiam7 kha7 iu2 tshiu2] 手腳細嫩, 不適宜做粗重的工作。

詹 [ziam1; tsiam1] Unicode: 8A79, 台語字: ziamf
[ziam1; tsiam1] 姓

鍼 [ziam1; tsiam1] Unicode: 937C, 台語字: ziamf
[ziam1; tsiam1] 針,有作針 ziam1
鍼灸[ziam6 gu3/giu3; tsiam7 ku3/kiu3] 以針及灸艾治療, 有作針灸 ziam6 gu3/zam6 giu3。

瞻 [ziam1; tsiam1] Unicode: 77BB, 台語字: ziamf
[siam1, ziam1; siam1, tsiam1] 仰慕,瞻仰
瞻仰[ziam6 iong4/qiong4; tsiam7 iong2/giong2] 。
高瞻遠矖[gor6 ziam1 uan1 ziok5; ko7 tsiam1 uan1 tsiok4] 高瞻遠見。

佔 [ziam3; tsiam3] Unicode: 4F54, 台語字: ziamx
[ziam3; tsiam3] 強取,據為己有
霸佔[ba4 ziam3; pa2 tsiam3] 強佔, 侵佔, 例詞霸佔人的家伙 ba4 ziam4 lang6 e6 ge6 hue4/ba4 ziam4 lang3 e3 ge6 he4, 強佔別人的家產。
侵佔[cim6 ziam3; tshim7 tsiam3] 非法佔有他人財物。
強佔[giong6/giong3 ziam3; kiong7/kiong3 tsiam3] 以武力佔有。
佔領[ziam4 leng4/liann4; tsiam2 ling2/-] 佔據, 例詞荷蘭人曾佔領過台灣 hor6 lan6 lang2 vat1 ziam4 leng1 gue4 dai6 uan2/hor3 lan3 lang2 bat1 ziam4 liann1 ge4 dai3 uan2 荷蘭人曾佔據過台灣。
佔位[ziam4 ui6; tsiam2 ui7] 佔了一個地方或座位。
佔第先[ziam4 dai3 seng1; tsiam2 tai3 sing1] 佔在最前面, 爭前頭。
土地夆佔去[to1 de6 hong2 ziam3 ki3; thoo1 te7 hong5 tsiam3 khi3] 土地被他人佔用了。

嶄 [ziam4; tsiam2] Unicode: 5D84, 台語字: ziamy
[zam4, ziam4; tsam2, tsiam2] 非常的,極...的
嶄然[ziam1 jen2/len2; tsiam1 jian5/lian5] 非常, 極...。
嶄然仔[ziam1 zen6/len3 a4; tsiam1 tsian7/lian3 a2] 非常的, 極...的。
嶄然仔新[ziam1 zen6/len3 a sin; tsiam1 tsian7/lian3 - -] 非常新, 極新。
嶄然仔會使得[ziam1 zen6/len3 a1 e3 sai4 dit5; tsiam1 tsian7/lian3 a1 e3 sai2 tit4] 非常好的, 極為可以的。

漸 [ziam6; tsiam7] Unicode: 6F38, 台語字: ziam
[ziam6; tsiam7] 逐漸
漸漸[ziam3 ziam6; tsiam3 tsiam7] 逐漸地, 慢慢地, 例詞天色漸漸光 tinn6 sek5 ziam3 ziam3 gng1 天漸漸亮了起來;政治漸漸好起來 zeng4 di6 ziam3 ziam3 hor4 ki3 lai3 政治逐漸開明及好轉。

ziang

匠 [ziang3; tsiang3] Unicode: 5320, 台語字: ziangx
[cionn6, ciunn6, ziang3; tshionn7, tshiunn7, tsiang3] 工作者

台語字:	獅 saif	牛 quw	豹 bax	虎 hoy	鴨 ah	象 ciunn	鹿 lokf
通用拼音:	獅 sai1	牛 qu2	豹 ba3	虎 ho4	鴨 ah5	象 ciunn6	鹿 lok1
北京語:	山 san1	明 meng2	水 sue3	秀 sior4	的 dorh5	中 diong6	壢 lek1
普通話:	山 san1	明 meng2	水 sue3	秀 sior4	的 dorh0	中 diong6	壢 lek1

運匠[un4 ziang3; un2 tsiang3] 汽車的司機, 代用詞, 有作運將 un4 ziang3, 係日語詞運轉手樣 untenshusan 司機。

妠匠[neh1 ziang3; neh8 tsiang3] 旅社, 餐廳的女服務生, 女中, 代用詞, 係日語詞姊樣 neichan 大姐。

長 [ziang4; tsiang2] Unicode: 9577, 台語字: ziangy [diong2, diong4, dionn4, diunn4, dng2, ziang4, ziong4; tiong5, tiong2, tionn2, tiunn2, tng5, tsiang2, tsiong2] 立志向上

長志[ziang1 zi3; tsiang1 tsi3] 立志向上。

掌 [ziang4; tsiang2] Unicode: 638C, 台語字: ziangy [ziang4, ziong4, ziunn4; tsiang2, tsiong2, tsiunn2] 手掌

車掌[cia6 ziang4; tshia7 tsiang2] 客運班車的女性助理員

掌管[ziang1 guan4; tsiang1 kuan2] 掌控, 例詞總掌管 zong1 ziang1 guan4 最高的掌控者, 最高領導人。

掌權[ziang1 kuan2/guan2; tsiang1 khuan5/kuan5] 握有權力。

總掌管[zong1 ziang1 guan4; tsong1 tsiang1 kuan2] 最高的掌控者, 最高領導人。

掌中戲[ziang1 diong6 hi3; tsiang1 tiong7 hi3] 布袋戲。

掌門人[ziang1 vun6 jin2/ziang1 vun3 lin2; tsiang1 bun7 jin5/tsiang1 bun3 lin5] 掌權者。

易如反掌[ek5 ju2/lu2 huan1 ziang4; ik4 ju5/lu5 huan1 tsiang2] 很簡單的一件事。

掌上明珠[ziang1 siong6 veng6/veng3 zu1; tsiang1 siong7 bing7/bing3 tsu1] 稱對方的女兒。

ziann

正 [ziann1; tsiann1] Unicode: 6B63, 台語字: ziannf [zeng3, ziann1, ziann3; tsing3, tsiann1, tsiann3] 元月

出正[cut1 ziann1; tshut8 tsiann1] 年底時, 稱來年的新年期間。

開正[kui6 ziann1; khui7 tsiann1] 新年新開市, 引申開始。

新正[sin6 ziann1; sin7 tsiann1] 春節。

正月[ziann6 queh1/qeh1; tsiann7 gueh8/geh8] 元月。

新正年頭[sin6 ziann6 ni6/ni3 tau2; sin7 tsiann7 ni7/ni3 thau5] 大年初一。

正月正時[ziann6 gueh5/qeh5 ziann6 si2; tsiann7 kueh4/geh4 tsiann7 si5] 從元月一日到十五日之間, 引申新年期間新氣氛。

精 [ziann1; tsiann1] Unicode: 7CBE, 台語字: ziannf [zeng1, ziann1, zinn1; tsing1, tsiann1, tsinn1] 純粹, 妖精,瘦的,同淨 ziann1

龜精[gu6 ziann1; ku7 tsiann1] 千年龜精。

妖精[iau6 ziann1; iau7 tsiann1] 妖精, 妖魔鬼怪。

成精[seng6/seng3 ziann1; sing7/sing3 tsiann1] 事情辦久了, 就成了專家。

精肉[ziann6 vah5; tsiann7 bah4] 瘦肉, 同淨肉 ziann6 vah5, 有作瘦肉 san1 vah5;赤肉 cia4 vah5。

半精肥[buann4 ziann6 bui2; puann2 tsiann7 pui5] 五花肉, 同半淨肥 buann4 ziann6 bui1。

狐狸精[ho6 li6 ziann1/ho3 li3 ziann1; hoo7 li7 tsiann1/hoo3 li3 tsiann1] 千年狐狸修練成精, 引申發生婚外情的女人。

成 [ziann2; tsiann5] Unicode: 6210, 台語字: ziannw [ciann2, seng2, siann2, ziann2; tshiann5, sing5, siann5, tsiann5] 成為,像,將近

不成[m3 ziann2; m3 tsiann5] 算不得, 算不上, 不成器的, 無法與人相比較, 例詞不成食 m3 ziann6/3 ziah1 吃不好, 吃得不像吃;不成穿 m3 ziann6/3 ceng6 穿不好, 穿不像穿衣服。

成人[ziann6/ziann3 lang2; tsiann7/tsiann3 lang5] 像似一個人, 小孩子已經發育成為成人了, 引申發育良好, 身體碩壯, 相關詞成人 seng6/3 jin2 大人, 成人。

變成做[ben4 ziann6/ziann3 zor3; pian2 tsiann7/tsiann3 tso3] 變成為..., 例詞阿西變成做學者 a6 se1 ben4 ziann6/3 zor4 hak5 zia4 阿西變成為一位學者了。

不成囝[m3 ziann6/ziann3 giann4; m3 tsiann7/tsiann3 kiann2] 罵別人不成器, 罵自己的孩子不成材, 不成器的人。

不成人[m3 ziann6/ziann3 lang2; m3 tsiann7/tsiann3 lang5] 不成器的人, 無法與人相比較, 不肖子, 小孩子發育不良, 變成體弱多病, 一個人的行為不檢點, 一個人沒什麼成就, 引申發育不良, 例詞人不成人, 鬼不成鬼 lang2 m3 ziann6 lang2 gui4 m3 ziann6 gui4/lang2 m3 ziann3 lang2 gui4 m3 ziann3 gui4 人不像人, 鬼不像鬼。

不成物[m3 ziann6/ziann3 mih1; m3 tsiann7/tsiann3 mih8] 無法成長, 不能長大成人, 不能開花結果結實。

成千人[ziann6/ziann3 ceng6 lang2; tsiann7/tsiann3 tshing7 lang5] 上千人, 近千人。

成群人[ziann6 gun6 lang2/ziann3 gun3 lang2; tsiann7 kun7 lang5/tsiann3 kun3 lang5] 成隊的人。

這隻雞仔 有成斤重[zit1 ziah1 ge6 a4 u3 ziann6 gin6 dang6/zit1 ziah1 gue6 a4 u3 ziann3 gun6 dang6; tsit8 tsiah8 ke7 a2 u3 tsiann7 kin7 tang7/tsit8 tsiah8 kue7 a2 u3 tsiann3 kun7 tang7] 這隻雞, 將近有一斤重。

人不成人 鬼不成鬼[lang2 m3 ziann6 lang2 gui4 m3 ziann6 gui4/lang2 m3 ziann3 lang2 gui4 m3 ziann3 gui4; lang5 m3 tsiann7 lang5 kui2 m3 tsiann7 kui2/lang5 m3 tsiann3 lang5 kui2 m3 tsiann3 kui2] 人不像人, 鬼不像鬼。

俴 [ziann2; tsiann5] Unicode: E744, 台語字: ziannw [ziann2; tsiann5] 親戚,代用字,同銭 ziann2

親俴[cin6 ziann2; tshin7 tsiann5] 親戚, 姻親, 同親銭 cin6 ziann2, 例詞親　朋友 cin6 ziann6 beng6 iu4/cin6 ziann3 beng3 iu4 親戚及朋友。

講親俴[gong1 cin6 ziann2; kong1 tshin7 tsiann5] 提親, 說媒。

親俴五十 朋友六十[cin6 ziann2 qo3 zap1 beng6/beng3 iu4 lak5 zap1; tshin7 tsiann5 goo3 tsap8 ping7/ping3 iu2 lak4 tsap8] 親戚朋友的總稱。

台語字:	獅 saif	牛 quw	豹 bax	虎 hoy	鴨 ah	象 ciunn	鹿 lokf
通用拼音:	獅 sai1	牛 qu2	豹 ba3	虎 ho4	鴨 ah5	象 ciunn6	鹿 lok1
北京語:	山 san1	明 meng2	水 sue3	秀 sior4	的 dorh5	中 diong6	壢 lek1
普通話:	山 san1	明 meng2	水 sue3	秀 sior4	的 dorh0	中 diong6	壢 lek1

諴 **[ziann2; tsiann5]** Unicode: 81F9, 台語字: ziannw
[ziann2; tsiann5] 親戚,同儕 ziann2

誠 **[ziann2; tsiann5]** Unicode: 8AA0, 台語字: ziannw
[seng2, ziann2; sing5, tsiann5] 心意,興趣,懇求,真
實,很

姑誠[go6 ziann2; koo7 tsiann5] 好言相勸或懇求, 必使,
例詞姑誠不放屎 go6 ziann6/3 m3 bang3 sai4 請不
動, 又勸不聽時的氣話, 原義是求對方上廁所, 卻
請不動。

誠拚[ziann6/ziann3 biann3; tsiann7/tsiann3 piann3] 難矣,
還有得拚啦, 例詞阿婆生团, 誠拚 a6 bor2 senn6
giann4, ziann6/3 biann3 老婆婆要再生小孩子, 不可
能的, 那是難也。

誠慘[ziann6/ziann3 cam4; tsiann7/tsiann3 tsham2] 很悲
慘。

誠好[ziann6/ziann3 hor4; tsiann7/tsiann3 ho2] 很好, 真
好。

誠成[ziann6/ziann3 seng2; tsiann7/tsiann3 sing5] 很像。

誠孬[ziann6/ziann3 vai4; tsiann7/tsiann3 bai2] 很不好。

誠無[ziann6/ziann3 vor2; tsiann7/tsiann3 bo5] 真不, 非
常沒有, 例詞誠無教示 ziann6 vor6 seng6 i3/ziann3
vor3 seng3 i3 很沒有誠意;誠無細膩 ziann6 vor6
se4 ji6/ziann3 vor3 se4 li6 非常不客氣, 真不小心謹
慎;誠無誠意 ziann6 vor6 ga4 si6/ziann3 vor3 ga4 si6
很沒有。

誠嘆[ziann6/ziann3 zan4; tsiann7/tsiann3 tsan2] 真好!。

誠多[ziann6/ziann3 ze6; tsiann7/tsiann3 tse7] 很多。

誠迭[ziann6/ziann3 ziap1; tsiann7/tsiann3 tsiap8] 次數很
密集, 次數很頻繁。

誠好笑[ziann6/ziann3 hor1 ciorh5; tsiann7/tsiann3 ho1
tshioh4] 很好笑, 真好笑。

無心無誠[vor6/vor3 sim6 vor6/vor3 ziann2; bo7/bo3 sim7
bo7/bo3 tsiann5] 興趣缺缺, 無心於此事, 有作無心
無情 vor6 sim6 vor6 ziann2/vor3 sim6 vor3 ziann2。

誠侎見羞[ziann6 ve3 gen4 siau3/ziann3 vue3 gen4 siau3;
tsiann7 be3 kian2 siau3/tsiann3 bue3 kian2 siau3] 很
不自覺慚愧, 不怕被人譏笑。

正 **[ziann3; tsiann3]** Unicode: 6B63, 台語字: ziannx
[zeng3, ziann1, ziann3; tsing3, tsiann1, tsiann3] 四
四方方的,大樑柱

端正[duan6 ziann3; tuan7 tsiann3] 端端正正的。

四正[si4 ziann3; si2 tsiann3] 方正的。

正旁[ziann4 beng2; tsiann2 ping5] 右邊。

正手[ziann4 ciu4; tsiann2 tshiu2] 右手, 相關詞倒手
dor4 ciu4 左手。

正港[ziann4 gang4; tsiann2 kang2] 合法的, 正統的, 正
式的, 正牌貨品.在清朝治台的期間, 從福建省遷入
之移民, 須先申請渡航許可證, 並由淡水港, 鹿港
及笨港等港口上岸, 才算合法, 而非偷渡.引申凡是
由海關進口的正牌貨品, 以別於走私貨及冒牌貨,
都為貨真價實。

正宸[ziann4 sin1; tsiann2 sin1] 傳統的台灣式建築物的
正堂, 包括正廳, 大房, 二房, 三房及五房, 但不包
括護龍。

正桃[ziann4 tiau6; tsiann2 thiau7] 嫡系, 有作大桃 dua3
tiau6;大房 dua3 bang2。

跨予正[kia3 ho6 ziann3; khia3 hoo7 tsiann3] 站得正, 立
正站好。

端端正正[duan6 duan6 ziann4 ziann3; tuan7 tuan7 tsiann2
tsiann3] 端正的。

男倒女正[lam2 dor3 li4/lu4 ziann3; lam5 to3 li2/lu2
tsiann3] 民俗男在左邊, 女在右。

四四正正[si4 si4 ziann4 ziann3; si2 si2 tsiann2 tsiann3]
方方正正的。

正剾倒削[ziann4 kau1 dor4 siah5; tsiann2 khau1 to2
siah4] 從右方刮, 再從左方削, 喻全方面的嘲諷。

正宸護龍[ziann4 sin1 ho3 leng2; tsiann2 sin1 hoo3 ling5]
傳統的台灣式建築物的式樣, 三合院建物。

泟 **[ziann4; tsiann2]** Unicode: 6CDF, 台語字: zianny
[ziann4; tsiann2] 淡水的,淡口味,稍微有鹹味,代用
字,原義赤色汁,相關字怔 zeng1 掙扎,恐惶;征
ziann6 挺直,有勁;征 zeng1 戰征,戰伐

白泟[beh5 ziann4; peh4 tsiann2] 無味, 平淡, 相關詞鹹
泟 giam6/3 ziann4 鹹淡口味;鹹泹 giam6/3 dann6
稍微帶有鹹味;鹹潟 giam6/3 siam1 稍微帶有鹹味,
例詞白泟無味 beh5 ziann4 vor6/3 vi6 平淡無味,
淡而無味。

薄泟[borh5 ziann4; poh4 tsiann2] 酒薄, 菜又淡。

鹹泟[giam6/giam3 ziann4; kiam7/kiam3 tsiann2] 鹹或淡
的口味, 相關詞華語鹹淡 sen2 dan4 稍微帶有鹹
味, 例詞沾鹹泟 dam6 giam6/3 ziann4 嚐味道鹹
淡。

軟泟[nng1/nng1 ziann4; nng1/nng1 tsiann2] 軟弱的, 沒
有魂力或體力去做一件事。

泟舌[ziann1 zih1; tsiann1 tsih8] 味覺白淡, 想嘔吐。

泟水[ziann1 zui4; tsiann1 tsui2] 淡水, 淡水的, 例詞泟
水魚 ziann1 zui1 hi2 淡水魚。

試鹹泟[ci4 giam6 ziann4; tshi2 kiam7 tsiann2] 品嚐食物
的鹹淡口味, 喻嘗試人生的辛酸苦樂的滋味。

嘴泟泟[cui3 ziann1 ziann4; tshui3 tsiann1 tsiann2] 口舌
有絲絲的嘔吐的感覺。

沾鹹泟[dam6 giam6/giam3 ziann4; tam7 kiam7/kiam3
tsiann2] 嚐味道鹹淡。

味泟泟[vi6 ziann1 ziann4; bi7 tsiann1 tsiann2] 淡淡的,
口味淡淡的。

泟比噗[ziann1 pih5 puh5; tsiann1 phih4 phuh4] 口味很淡
很淡的。

泟水魚[ziann1 zui1 hi2; tsiann1 tsui1 hi5] 淡水魚, 有作
淡水魚 dam3 zui1 hi2。

無鹹無潟[vor6 giam6 vor6 siam1/vor3 giam3 vor3 siam1;
bo7 kiam7 bo7 siam1/bo3 kiam3 bo3 siam1] 不鹹的
食物, 低鹽份的食物。

無鹹無泟[giam6/giam3 ziann4; kiam7/kiam3 tsiann2] 口
味沒有鹹淡, 喻乏味, 相關詞無鹹無泹 vor3
giam6/3 vor3 dann6 不鹹不淡。

ziap

迭 **[ziap1; tsiap8]** Unicode: 8FED, 台語字: ziapf
[det1, ek1, ziap1; tiat8, ik8, tsiap8] 時常,更替,代用

台語字:	獅 saif	牛 quw	豹 bax	虎 hoy	鴨 ah	象 ciunn	鹿 lokf
通用拼音:	獅 sai1	牛 qu2	豹 ba3	虎 ho4	鴨 ah5	象 ciunn6	鹿 lok1
北京語:	山 san1	明 meng2	水 sue3	秀 sior4	的 dorh5	中 diong6	壢 lek1
普通話:	山 san1	明 meng2	水 sue3	秀 sior4	的 dorh0	中 diong6	壢 lek1

字

誠迭[ziann6/ziann3 ziap1; tsiann7/tsiann3 tsiap8] 次數很
密集, 次數很頻繁。

迭迭[ziap5 ziap1; tsiap4 tsiap8] 時常。

雨迭迭落[ho6 ziap5 ziap5 lorh1; hoo7 tsiap4 tsiap4 loh8]
雨下得很頻繁。

汁 [ziap5; tsiap4] Unicode: 6C41, 台語字: ziap
[zap5, ziap5; tsap4, tsiap4] 汁液,很污穢

菜汁[cai4 ziap5/zap5; tshai2 tsiap4/tsap4] 。

出汁[cut1 ziap5; tshut8 tsiap4] 流出水汁, 髒兮兮, 例詞
捉出汁 denn3 cut1 ziak5/zap5 捏在手中而出汁;污
恰出汁 o6 gah1 cut1 ziap5 髒得要流下黑汁了, 髒
兮兮。

果汁[gor1 ziap5/zap5; ko1 tsiap4/tsap4] 水果汁。

奶汁[leng6 ziap5; ling7 tsiap4] 母奶, 乳汁的數量。

墨汁[vak5 ziap5/zap5; bak4 tsiap4/tsap4] 墨水, 黑墨
水。

搾汁[zah1 ziap5/zap5; tsah8 tsiap4/tsap4] 壓搾水果而取
得果汁。

汁滓[ziap1/zap1 dai4; tsiap8/tsap8 tai2] 衣著污穢, 例詞
穢污汁滓 ue4 o1 ziap1/zap1 dai4 衣著污穢。

檸檬汁[le6/le3 vong1 ziap5; le7/le3 bong1 tsiap4] 。

污汁汁[o6 ziap1 ziap5; oo7 tsiap8 tsiap4] 髒兮兮。

流汗汁滴[lau6/lau3 guann3 ziap1/zap1 dih5; lau7/lau3
kuann3 tsiap8/tsap8 tih4] 汗如雨下。

衫仔穿恰會出汁[sann6 a4 ceng3 gah1 e3 cut1 ziap5;
sann7 a2 tshing3 kah8 e3 tshut8 tsiap4] 衣服穿到都
已經髒兮兮了。

ziau

招 [ziau1; tsiau1] Unicode: 62DB, 台語字: ziauf
[ziau1, zior1; tsiau1, tsio1] 招集,供認內情

看招[kuan4 ziau1; khuan2 tsiau1] 看看我的招術。

招牌[ziau6 bai2; tsiau7 pai5] 商業標記, 最好的品牌, 例
詞招牌菜 ziau6 bai6/3 cai3 餐廳的賣點好菜。

照實招來[ziau4 sit1 ziau1 lai3; tsiau2 sit8 tsiau1 lai3] 你
要從實招供。

招認內情[ziau6 jin6/lin6 lue3 zeng2; tsiau7 jin7/lin7 lue3
tsing5] 供招。

招牌菜[ziau6 bai6/bai3 cai3; tsiau7 pai7/pai3 tshai3] 餐廳
的賣點好菜。

招兵買馬[ziau6 beng1 mai1 ma4; tsiau7 ping1 mai1 ma2]
招來同志, 壯大軍力或實力。

釗 [ziau1; tsiau1] Unicode: 91D7, 台語字: ziauf
[ziau1; tsiau1] 勉勵,削去,常用做人名

詔 [ziau1; tsiau1] Unicode: 8A54, 台語字: ziauf
[ziau1, ziau3; tsiau1, tsiau3] 地名

詔安[ziau6 an1; tsiau7 an1] 地名, 客家人居多, 在嘉南
平原很多村里均叫為詔安。

僬 [ziau2; tsiau5] Unicode: 50EC, 台語字: ziauw
[zau2, ziau2; tsau5, tsiau5] 均勻,一齊

有僬[u3 ziau2; u3 tsiau5] 很均勻, 代用詞。

齊僬[ze6/ze3 ziau2; tse7/tse3 tsiau5] 很均勻, 等高, 整
齊, 程度相同, 差不多, 相關詞齊齊 ze6/3 ze2 劃
一, 整齊地, 切口平順。

僬有[ziau6/ziau3 u6; tsiau7/tsiau3 u7] 全部都有, 平均都
有, 代用詞, 相關詞有齊 u3 ze2 很整齊劃一, 均
勻。

僬勻[ziau6/ziau3 un2; tsiau7/tsiau3 un5] 很平均, 很均
勻。

僬僬[ziau6/ziau3 ziau2; tsiau7/tsiau3 tsiau5] 程度相同,
程度, 差不多, 相關詞齊僬 ze6/3 ziau2 很均勻, 整
齊, 程度相同, 差不多;齊齊 ze6/3 ze2 劃一, 整齊
地, 切口平順。

鳥 [ziau4; tsiau2] Unicode: 9CE5, 台語字: ziauy
[niau4, ziau4; niau2, tsiau2] 鳥類的總稱,細小的

粉鳥[hun1 ziau4; hun1 tsiau2] 鴿子, 有作鳰鳥 hun1
ziau4。

喀鳥[keh1 ziau4; kheh8 tsiau2] 鵲鳥, 有作山娘仔
suann6 niunn6 a4, 台灣喜鵲, 在台灣人之心中, 喀
鳥係不祥之鳥, 又稱為破格鳥 pua4 geh1 ziau4, 但
中國人卻稱喀鳥為喜鵲 si3 ce4, 二國之民情, 相差
甚多。

膦鳥[lan3 ziau4; lan3 tsiau2] 男性的生殖器, 語不雅, 例
詞膦鳥頭 lan3 giau1 tau2 男人之龜頭。

鳥松[ziau1 ceng2; tsiau1 tshing5] 本土的榕樹, 原作蔦榕
ziau1 ceng2, 在高雄縣有一大榕樹, 上棲白頭翁鳥,
鄉民稱為蔦榕 ziau1 ceng2, 取同音之鳥松 ziau1
ceng2 為鄉名, 即鳥松鄉 ziau1 ceng6 hiang1。

鳥朘[ziau1 gen6; tsiau1 kian7] 小鳥的胃, 喻很小, 例詞
伊穿的衫若鳥朘咧 i6 ceng6 e6 sann1 na1 ziau1
gen6 le3 他穿 s 的衣服太小, 小得像小鳥的胃那麼
小。

鳥隻[ziau1 ziah5; tsiau1 tsiah4] 鳥, 鳥類。

飯匙鳥[bng3 si6 ziau4; png3 si7 tsiau2] 黑面琵鷺, 一種
候鳥名, 冬季來台南縣海邊過冬, 有作捌飛 la3
bue1 黑面琵鷺。

厝鳥仔[cu4 ziau1 a4; tshu2 tsiau1 a2] 麻雀, 因常停留在
屋頂而得名。

掠鳥仔[ziau1 a4; tsiau1 a2] 捕捉小鳥, 捕捉鳥類, 捕捉
麻雀。

鳥仔朘[ziau1 a1 gen6; tsiau1 a1 kian7] 小鳥的砂胃, 過
小的衣服, 喻小家子氣。

鳥松鄉[ziau1 ceng6 hiang1; tsiau1 tshing7 hiang1] 在高
雄縣。

鳥籠仔[ziau1 long6/long3 a4; tsiau1 long7/long3 a2] 小的
鳥籠, 引申為很小的房舍, 例詞一間若鳥籠仔 zit6
geng1 na1 ziau1 long6/3 a4 很小的房間, 像個鳥籠
似的, 引申為很小的空間。

鳥屎面[ziau1 sai1 vin6; tsiau1 sai1 bin7] 麻臉, 臉上有雀
斑。

卜鳥仔卦[bok1 ziau1 a1 gua3; pok8 tsiau1 a1 kua3] 用小
鳥喙出書籤, 而解卦。

爝鳥仔疤[biak1/piak1 ziau1 a1 ba1; piak8/phiak8 tsiau1
a1 pa1] 用油將鳥爆煎成鳥肉乾。

鳥仔啾啾哮[ziau1 a1 ziuh5 ziuh5 hau4; tsiau1 a1 tsiuh4

台語字:	獅 saif	牛 quw	豹 bax	虎 hoy	鴨 ah	象 ciunn	鹿 lokf
通用拼音:	獅 sai1	牛 qu2	豹 ba3	虎 ho4	鴨 ah5	象 ciunn6	鹿 lok1
北京語:	山 san1	明 meng2	水 sue3	秀 sior4	的 dorh5	中 diong6	壢 lek1
普通話:	山 san1	明 meng2	水 sue3	秀 sior4	的 dorh0	中 diong6	壢 lek1

tsiuh4 hau2] 小鳥在鳴叫, 有作鳥仔啁啁哮 ziau1 a1 ziuh5 ziuh5 hau4。

釣魚掠鳥[家伙了 dior4 hi2 liah5 ziau4 ge6 hue4/he4 liau4; - tio2 hi5 liah4 tsiau2 ke7 hue2/he2 liau2] 一個人若沈迷於釣魚, 打獵, 不務正業, 那麼再龐大的家產, 都會敗光光;玩物喪志。

zih

折 [zih1; tsih8] Unicode: 6298, 台語字: zihf

[zek5, zet5, zih1; tsik4, tsiat4, tsih8] 折斷,塌陷的, 相關字折 zek5 折磨,換算;折 zet5 折扣,折舊;折 tiah5 折開;柝 kok1 更鼓,木魚

抑折[at1 zih1; at8 tsih8] 折斷。

拗折[au1 zih1; au1 tsih8] 折斷。

折斷了。

折做二概[zih5 zor4 nng3 gueh1; tsih4 tso2 nng3 kueh8] 斷成二段。

摺 [zih5; tsih4] Unicode: 647A, 台語字: zih

[zi4, zih5; tsi2, tsih4] 折疊

忮瘼摺[ki6 mo1 zih5; khi7 moo1 tsih4] 情緒, 感覺, 係日語詞氣持 kimochi。

摺紙鶴[zih1 zua1 horh1; tsih8 tsua1 hoh8] 。

手摺簿仔[ciu1 zih1 po3 a4; tshiu1 tsih8 phoo3 a2] 攜帶用的記事本, 備忘錄。

摺衫仔褲[zih1 sann6 a1 ko3; tsih8 sann7 a1 khoo3] 折疊衣服。

摯 [zih5; tsih4] Unicode: 646F, 台語字: zih

[zih5; tsih4] 迎戴,承受,使力

迓摯[qiann6/qiann3 zih5; ngia7/ngia3 tsih4] 迎接, 相關詞擁戴, 相關詞迎接 qeng6/3 ziap5 歡迎而接回, 例詞受人迓摯 siu3 lang2 qiann6/3 zih5 為眾人所擁戴, 眾望所歸。

誠摯[seng6/seng3 zih5; sing7/sing3 tsih4] 誠懇。

真摯[zin6 zih5; tsin7 tsih4] 真誠。

摯友[zih1 iu4; tsih8 iu2] 至好朋友。

摯力[zih1 lat1; tsih8 lat8] 承擔了重量, 後果很嚴重, 例詞手袜摯力 ciu4 ve3/vue3 zih1 lat1 手無法承擔重量, 沒有使力點, 手出不了力。

摯載[zih1 zai3; tsih8 tsai3] 承受, 負荷。

摯接[zih1 ziap5; tsih8 tsiap4] 應酬, 周旋, 應對進退, 款待客人或親友, 有作人來客去 lang6/3 lai2 keh1 ki3, 例詞摯接人客 zih1 ziap1 lang6/3 keh5 應對進退, 款待客人或親友;摯大接細 zih1 dua6 ziap1 seh5 應酬, 應對進退, 迎接上輩及照顧下輩。

摯大接細[zih1 dua6 ziap1 seh5; tsih8 tua7 tsiap8 seh4] 應酬, 應對進退, 迎接上輩及照顧下輩。

摯載袜稠[zih1 zai4 ve3/vue3 diau2; tsih8 tsai2 be3/bue3 tiau5] 承受不了, 例詞心肝摯載袜稠 sim6 guann1 zih1 zai4 ve3/vue3 diau2 心理上, 承受不了。

zim

唼 [zim1; tsim1] Unicode: 551A, 台語字: zimf

[zim1; tsim1] 接吻,撞上,雷電劈擊,相關字吻 vun4 微笑

相唼[sior6 zim1; sio7 tsim1] 接吻, 例詞尹攬咧相唼 in6 lam1 leh1 sior6 zim1 男女二人擁抱相吻。

唼嘴[zim6 cui3; tsim7 tshui3] 男女接吻。

唼嘴唇[zim6 cui4 dun2; tsim7 tshui2 tun5] 男女接吻。

嘴唼一下[cui3 zim1 zit5 e3; tshui3 tsim1 tsit4 e3] 二人擁吻, 相關詞嘴吻一下 cui3 vun4 zit5 e3 動一動嘴角, 笑一笑。

予車唼着[hor3 cia1 zim1 diorh5; ho3 tshia1 tsim1 tioh4] 被車子撞上了。

好心予雷唼[hor1 sim1 hor3 lui2 zim1; ho1 sim1 ho3 lui5 tsim1] 好心的人卻遭到雷電劈擊, 喻好心沒好報。

斟 [zim1; tsim1] Unicode: 659F, 台語字: zimf

[zim1; tsim1] 衡量,檢討,小心

斟酌[zim6 ziok5; tsim7 tsiok4] 衡量, 檢討, 小心, 例詞較斟酌咧 kah1 zim6 ziok5 le3 要小心一點。

斟酌檢點[zim6 ziok5 giam1 diam4; tsim7 tsiok4 kiam1 tiam2] 小心, 檢討重情的輕重緩急。

斟酌無蝕本[zim6 ziok5 vor6/vor3 sih5 bun4; tsim7 tsiok4 bo7/bo3 sih4 pun2] 小心做事, 是錯不了的。

替我斟酌一下[te4 qua1 zim6 ziok5 zit5 e3; the2 gua1 tsim7 tsiok4 tsit4 e3] 幫我看護一下, 幫我注意一下。

蟳 [zim2; tsim5] Unicode: 87F3, 台語字: zimw

[zim2; tsim5] 綠灰色的海水螃蟹,煮熟成紅色者, 相關字蟹 he6 毛蟹

紅蟳[ang6/ang3 zim2; ang7/ang3 tsim5] 海水螃蟹, 煮熟成紅色, 有蟹黃膏者, 有作青蟳 cenn6 zim2, 引申為鑲寶石的金錶。

菜蟳[cai4 zim2; tshai2 tsim5] 螃蟹, 但沒有蟹黃, 只吃其肉, 引申次級品。

台灣蟳 無膏[dai6 uan6 zim2 vor6 gor1/dai3 uan3 zim2 vor3 gor1; tai7 uan7 tsim5 bo7 ko1/tai3 uan3 tsim5 bo3 ko1] 台灣螃蟹, 大多沒有蟹黃膏, 取笑台灣人都沒有學問或魄力, 無膏是沒有才能, 沒錢, 沒學問的意思。

zin

真 [zin1; tsin1] Unicode: 771F, 台語字: zinf

[sin1, zin1; sin1, tsin1] 真實,很...

真勍[zin6 kiang3; tsin7 khiang3] 能力很強, 辦事厲害, 代用詞。

真老[zin6 lau4; tsin7 lau2] 講得刮刮叫, 很好很好, 很棒, 相關詞真老 zin6 lau6 人活到很老, 很長壽, 例詞老師的台語真老 lau3 su1 e6 dai6/3 qi4 zin6 lau4 老師的台語標準, 好聽又文雅。

台語字:	獅 saif	牛 quw	豹 bax	虎 hoy	鴨 ah	象 ciunn	鹿 lokf
通用拼音:	獅 sai1	牛 qu2	豹 ba3	虎 ho4	鴨 ah5	象 ciunn6	鹿 lok1
北京語:	山 san1	明 meng2	水 sue3	秀 sior4	的 dorh5	中 diong6	壢 lek1
普通話:	山 san1	明 meng2	水 sue3	秀 sior4	的 dorh0	中 diong6	壢 lek1

真敖[zin6 qau2; tsin7 gau5] 很會..., 例詞真敖讀冊 zin6 qau6/3 tak5 ce3 很會唸書, 學校成績很好。

真媠[zin6 sui4; tsin7 sui2] 很美麗。

真孬[zin6 vai4; tsin7 bai2] 長得很難看, 情況很不好。

聽予真[tiann6 ho6 zin1; thiann7 hoo7 tsin1] 要聽得清楚。

真拄好[zin6 du1 hor4; tsin7 tu1 ho2] 真恰巧, 湊巧, 真剛好。

真憖氣[zin6 lo1 ki3; tsin7 loo1 khi3] 很氣人。

真時行[zin6 si6/si3 ziann2; tsin7 si7/si3 tsiann5] 很流行, 正在流行中。

真知影[zin6 zai6 iann4; tsin7 tsai7 iann2] 早就知道。

瞋 [zin2; tsin5] Unicode: 778B, 台語字: zinw
[zin2; tsin5] 注目看,張目,有作相 siong3

硬瞋[zenn3 zin2; tsenn3 tsin5] 在陰暗的地方, 吃力地看或閱讀, 有作硬相 qenn3 siong3。

直直瞋[dit5 dit5 zin2; tit4 tit4 tsin5] 一直注視著, 目不轉睛。

繩 [zin2; tsin5] Unicode: 7E69, 台語字: zinw
[seng2, zin2; sing5, tsin5] 準繩,木匠畫直線的工具

牽繩[kan6 zin2; khan7 tsin5] 木匠以墨斗的準繩彈畫直線, 界定範圍, 例詞牽準繩 kan6 zun1 zin2 以墨斗的準繩彈畫直線。

水繩[zui1 zin2; tsui1 tsin5] 準繩。

準繩[zun1 zin2; tsun1 tsin5] 準則, 水準。

進 [zin3; tsin3] Unicode: 9032, 台語字: zinx
[zin3; tsin3] 上進,前進,入,房舍

後進[au3 zin3; au3 tsin3] 後面房舍, 相關詞前進 zeng6/3 zin3 前面的房舍。

寸進[cun4 zin3; tshun2 tsin3] 力求上進, 上進心。

後進[hior3 zin3; hio3 tsin3] 後輩, 後來者, 後生可畏。

前進[zeng6/zeng3 zin3; tsing7/tsing3 tsin3] 前面的房舍, 相關詞後進 au3 zin3 後面房舍;進前 zin4 zeng2 以前;前進 zen6/3 zin3 向前進, 向前走。

進貢[zin4 gong3; tsin2 kong3] 呈上貢品貢物。

進香[zin4 hiunn1; tsin2 hiunn1] 信徒向祖廟朝拜的儀式。

進前[zin4 zeng2; tsin2 tsing5] 以前, 之前, 相關詞前進 zeng6/3 zin3 前面的房舍;前進 zen6/3 zin3 向前進, 向前走。

振 [zin4; tsin2] Unicode: 632F, 台語字: ziny
[zin4; tsin2] 動,奮發圖強

振動[zin4 dong6; tsin2 tong7] 搖動, 擺動, 震動, 有作震動 zin1 dong6, 相關詞抮動 din1 dang6 搖動, 活動, 工作, 聽從使喚而有動作。

診 [zin4; tsin2] Unicode: 8A3A, 台語字: ziny
[zin4; tsin2] 看診,治療

往診[ong1 zin4; ong1 tsin2] 醫生前往病人家中看診治療, 係日語詞往診 oshin 往診。

診察[zin1 cat5; tsin1 tshat4] 看診。

診所[zin1 so4; tsin1 soo2] 小醫院, 例詞台語診所 dai6/3 qi1 zin1 so4 台語文之教學機構或節目。

震 [zin4; tsin2] Unicode: 9707, 台語字: ziny
[zin4; tsin2] 動

地震[de3 zin4; te3 tsin2] 地震, 震動, 有作地動 de6 dang6。

震動[zin1 dong6; tsin1 tong7] 搖動, 震動, 有作振動 zin4 dong6, 相關詞抮動 din1 dang6 搖動, 震動, 活動, 工作, 聽從使喚而有動作。

盡 [zin6; tsin7] Unicode: 76E1, 台語字: zin
[zin6; tsin7] 完,了,終

盡拚[zin3 biann3; tsin3 piann3] 盡全力去拚了, 例詞有力盡拚 u3 lat1 zin3 biann3 盡全力拚了。

盡磅[zin3 bong6; tsin3 pong7] 達到了極限。

盡有盡拚[zin3 u6 zin3 biann3; tsin3 u7 tsin3 piann3] 盡全力拚了。

盡有盡展[zin3 u6 zin3 den4; tsin3 u7 tsin3 tian2] 盡全力展現出來。

zinn

孜 [zinn1; tsinn1] Unicode: 5B5C, 台語字: zinnf
[zinn1; tsinn1] 想要,力求

恓孜[mi6/mi3 zinn1; mi7/mi3 tsinn1] 一味地要做..., 一心一意地, 例詞真恓孜 zin6 mi6/3 zinn1 很努力地工作, 鍥而不捨。

真恓孜[zin6 mi6/mi3 zinn1; tsin7 mi7/mi3 tsinn1] 很努力地工作, 鍥而不捨, 有作真恓愞 zin6 mi6/3 nuann6。

孜孜欲[zinn6 zinn6 veh5; tsinn7 tsinn7 beh4] 想要, 力求。

恓恓孜孜[mi6 mi6 zinn6 zinn1/mi3 mi3 zinn6 zinn1; mi7 mi7 tsinn7 tsinn1/mi3 mi3 tsinn7 tsinn1] 專心致志地做...。

一枝嘴孜孜叫[zit5 gi6 cui3 zinn6 zinn6 gior3; tsit4 ki7 tshui3 tsinn7 tsinn7 kio3] 一張嘴不停地叫。

胝 [zinn1; tsinn1] Unicode: 80DD, 台語字: zinnf
[di4, zinn1; ti2, tsinn1] 厚肉,狹窄

窒胝[zat5 zinn1; tsat4 tsinn1] 實實密密的, 內部堅實的, 質地密實, 有作窒胝窒胝 zat5 zinn6 zat5 zinn1。

阨胝胝[eh5 zinn6 zinn1; eh4 tsinn7 tsinn1] 狹窄的樣子, 地方很狹窄, 例詞所在阨胝胝 so1 zai6 eh5 zinn6 zinn1 這個地方很狹小。

厚胝胝[gau3 zinn6 zinn1; kau3 tsinn7 tsinn1] 厚篤篤的, 例詞厚胝胝的腳盤 gau3 zinn6 zinn1 e6 ka6 buann2 厚篤篤的腳踝。

精 [zinn1; tsinn1] Unicode: 7CBE, 台語字: zinnf
[zeng1, ziann1, zinn1; tsing1, tsiann1, tsinn1] 精靈

古精[gu6 zinn1; ku7 tsinn1] 鬼靈精怪, 聰明, 老謀深算之人, 長壽者, 有作龜精 gu6 zinn1。

真精[zin6 zinn1; tsin7 tsinn1] 精明, 厲害, 相關詞真精 zin6 zeng1 機警過人, 靈巧, 準確, 例詞伊真精 i6 zin6 zinn1 他很精明, 很厲害。

台語字:	獅 saif	牛 quw	豹 bax	虎 hoy	鴨 ah	象 ciunn	鹿 lokf
通用拼音:	獅 sai1	牛 qu2	豹 ba3	虎 ho4	鴨 ah5	象 ciunn6	鹿 lok1
北京語:	山 san1	明 meng2	水 sue3	秀 sior4	的 dorh5	中 diong6	壢 lek1
普通話:	山 san1	明 meng2	水 sue3	秀 sior4	的 dorh0	中 diong6	壢 lek1

櫼 **[zinn1; tsinn1]** Unicode: 6AFC, 台語字: zinnf
　　[zinn1; tsinn1] 搾,壓,木楔,尖形木片,用來塞入狹縫,相關字揃 zeng4 籌湊資金,墊付款項

柴櫼[ca6/ca3 zinn1; tsha7/tsha3 tsinn1] 木楔, 尖形木片, 用來塞入狹縫。

櫼油[zinn6 iu2; tsinn7 iu5] 搾油, 古時之木製搾油機用柴櫼木片塞進而產壓力以製油, 有作硞油 keh1 iu2;搾油 zah1 iu2。

櫼麻油[zinn6 muann6/muann3 iu2; tsinn7 -/- iu5] 搾麻油。

斧頭櫼[bo1 tau6/tau3 zinn1; poo1 thau7/thau3 tsinn1] 斧頭眼與木柄須用另一木片塞入, 以固定斧頭, 此木片形同烏頭道士的船形帽子, 引申為烏頭道士, 相關詞斧頭鋆 bo1 tau6/3 keng1 斧頭的刀背, 斧頭背, 例詞擋無三下　斧頭櫼 dong4 vor6 san6 e6 bo1 tau6 zinn1/dong4 vor3 san6 e3 bo1 tau3 zinn1 抵不住三次的攻擊,喻管看, 不管用。

櫼土豆油[zinn6 to6/to3 dau3 iu2; tsinn7 thoo7/thoo3 tau3 iu5] 用木製搾油機搾花生油, 有作硞土豆油 keh1 to6/3 dau3 iu2。

錢 **[zinn2; tsinn5]** Unicode: 9322, 台語字: zinnw
　　[zinn2; tsinn5] 姓,貨幣,金錢,一兩的十分之一

坐錢[ce3 zinn2; tshe3 tsinn5] 賠錢。

窃錢[cuah1 zinn2; tshuah8 tsinn5] 向他人暫時地借貸金錢。

金錢[gim6 zinn2; kim7 tsinn5] 錢, 通貨。

叨錢[lor6 zinn2; lo7 tsinn5] 要錢, 討錢。

桅錢[ni6/ni3 zinn2; ni7/ni3 tsinn5] 屋簷, 錢是錢口瓦, 瓦片之名。

挖錢[o1 zinn2; oo1 tsinn5] 設法搬空財產或金錢。

多錢[ze3 zinn2; tse3 tsinn5] 很多錢, 相關詞坐錢 ce3 zinn2 賠錢。

食錢[ziah5 zinn2; tsiah4 tsinn5] 貪錢, 貪污, 吞了別人的金錢財產, 有作喰錢 ziah5 zinn2, 例詞食錢官 ziah5 zinn6/3 guann1 貪污的官員。

喰錢[ziah5 zinn2; tsiah4 tsinn5] 貪錢, 貪污, 吞了別人的金錢財產, 有作食錢 ziah5 zinn2。

松錢[zong6/zong3 zinn2; tsong7/tsong3 tsinn5] 工作賺錢, 調頭寸。

錢鼠[zinn6/zinn3 ci4; tsinn7/tsinn3 tshi2] 守財奴, 愛錢如命的人, 相關詞氈鼠 zinn6/3 ci4 長毛老鼠。

錢項[zinn6/zinn3 hang6; tsinn7/tsinn3 hang7] 有關金錢的事。

錢孔[zinn6/zinn3 kang1; tsinn7/tsinn3 khang1] 能賺錢的機會或管道。

錢莊[zinn6/zinn3 zng1; tsinn7/tsinn3 tsng1] 民間的小型放款的金融業者或銀樓, 例詞地下錢莊 de3 ha3 zinn6/3 zng1 非法的小型放款的金融業者。

若多錢[lua3 ze3 zinn2; lua3 tse3 tsinn5] 多少錢?。

桅錢腳[ni6 zinn6 ka1/ni3 zinn3 ka1; ni7 tsinn7 kha1/ni3 tsinn3 kha1] 屋簷下, 錢是錢口瓦, 瓦片之名, 有作簾簷腳 ni6 zinn6 ka1/ni3 zinn3 ka1。

五汕錢[qo3 sen1 zinn2; goo3 sian1 tsinn5] 五分錢, 一點點的錢, 5 cents。

有錢否[u3 zinn2 vor3; u3 tsinn5 bo3] 有錢嗎?。

無彩錢[vor6/vor3 cai1 zinn2; bo7/bo3 tshai1 tsinn5] 可惜, 白費金錢, 省省金錢吧。

錢筒仔[zinn6 dang6 a4/zinn3 dang3 a4; tsinn7 tang7 a2/tsinn3 tang3 a2] 存錢筒。

錢奴才[zinn6/zinn3 lo6/lo3 zai2; tsinn7/tsinn3 loo7/loo3 tsai5] 守財奴, 只想賺錢而不肯用錢的人。

錢錢叫[zin6/zin3 zinn6/zinn3 gior3; tsin7/tsin3 tsinn7/tsinn3 kio3] 一個整天都只會說錢的人。

鈝人的錢[cng1 lang6 e6 cinn2/cng1 lang3 e3 cinn2; tshng1 lang7 e7 tshinn5/tshng1 lang3 e3 tshinn5] 敲別人的竹槓, 賺別人的錢。

三錢金仔[sann6 zinn6/zinn3 gim6 ann4; sann7 tsinn7/tsinn3 kim7 ann2] 三錢重的黃金。

錢拳詃了了[zinn2 hong2 sut5 liau1 liau4; tsinn5 hong5 sut4 liau1 liau2] 錢被騙光了。

錢大把　人落肉[zinn2 dua3 bak5 lang2 lorh5 vah5; tsinn5 tua3 pak4 lang5 loh4 bah4] 賺了許多錢, 人卻落了消瘦。

錢四腳　人二腳[zinn2 si4 ka1; tsinn5 si2 kha1] 錢有四隻腳, 跑得比兩隻腳的人還快, 引申人追錢很難, 一定是要錢追人才行。

錢死　不免人死[zinn2 si4 m3 ven1 lang2 si4; tsinn5 si2 m3 bian1 lang5 si2] 花錢請別人代替自己來做事, 不必由他自己做得要死, 引申花錢消災。

錢無兩圓　休嗶[zinn2 vor3 nng3 inn2 ve3/vue3 dan2; tsinn5 bo3 nng5 inn5 be3/bue3 tan5] 二枚銅板才打得響, 有作錢無兩圓, 打休嗶 zinn2 vor6 nng3 inn2 pah1 ve3 dan2/ zinn2 vor3 nng3 inn2 pah1 vue3 dan2 要有二枚銅板, 才能打得響。

一汕錢　打二四个結[zit5 sen1 zinn2 pah1 ji3/li3 si4 e6 gat5; tsit4 sian1 tsinn5 phah8 ji3/li3 si2 e7 kat4] 要花一分錢, 就先要解開很多很多個的死結, 二十四只表示很多很多, 但不一定是有二十四個死結, 喻不肯多花錢。

炡 **[zinn3; tsinn3]** Unicode: 70A1, 台語字: zinnx
　　[zinn3; tsinn3] 煎炸,油炸

炡餜[zinn4 gue4; tsinn2 kue2] 油炸的蘿蔔糕, 菜餜。

炡油[zinn4 iu2; tsinn2 iu5] 用油炸的。

炡路[zinn4 lo6; tsinn2 loo7] 油炸食物的總稱。

豆干炡[dau3 guann6 zinn3; tau3 kuann7 tsinn3] 油豆腐, 油炸豆腐, 係日語詞油揚 aburage 油炸物。

油炡的[iu2 zinn3 e3; iu5 tsinn3 e3] 油炸的食物。

蚵嗲炡[or6/or3 de6 zinn3; o7/o3 te7 tsinn3] 牡蠣炸餅。

炡雞腿[zinn4 ge6/gue6 tui4; tsinn2 ke7/kue7 thui2] 油炸雞腿。

炡蚵嗲[zinn4 or6/or3 de1; tsinn2 o7/o3 te1] 炸牡蠣炸餅。

蚵嗲炡餜[or6/or3 de1 zinn4 gue4; o7/o3 te1 tsinn2 kue2] 蚵嗲及油炸的餜。

天不拉炡[ten2 buh5 lah1 zinn3; thian5 puh4 lah8 tsinn3] 麵粉炸魚蝦, 係日語詞天麩羅 tenpura 炸魚蝦。

炡魚丸仔[zinn4 hi6 uan6 a4/zinn4 hi3 uan3 a4; tsinn2 hi7 uan7 a2/tsinn2 hi3 uan3 a2] 炸魚丸。

揃 **[zinn3; tsinn3]** Unicode: 6422, 台語字: zinnx
　　[zinn3; tsinn3] 刺入,強塞飼料,趨前

揃飼料[zinn4 ci6 liau6; tsinn2 tshi7 liau7] 對鴨, 豬, 在出賣時, 強塞飼料, 以便增加重量。

揃規嘴[zinn4 gui6 cui3; tsinn2 kui7 tshui3] 嘴裡塞滿了

台語字:	獅 saif	牛 quw	豹 bax	虎 hoy	鴨 ah	象 ciunn	鹿 lokf
通用拼音:	獅 sai1	牛 qu2	豹 ba3	虎 ho4	鴨 ah5	象 ciunn6	鹿 lok1
北京語:	山 san1	明 meng2	水 sue3	秀 sior4	的 dorh5	中 diong6	壢 lek1
普通話:	山 san1	明 meng2	水 sue3	秀 sior4	的 dorh0	中 diong6	壢 lek1

食物。

箭 [zinn3; tsinn3] Unicode: 7BAD, 台語字: zinnx
[zinn3; tsinn3]

火箭[hue1 zinn3; hue1 tsinn3] 武器名, rocket。
令箭[leng3 zinn3; ling3 tsinn3] 軍令狀。
帶箭來出世[dua4 zinn3 lai6 cut1 si3/dai4 zinn3 lai3 cut1 si3; tua2 tsinn3 lai7 tshut8 si3/tai2 tsinn3 lai3 tshut8 si3] 命中帶箭, 會剋親人。

胜 [zinn3; tsinn3] Unicode: 80F5, 台語字: zinnx
[zinn3; tsinn3] 肉芽

吐肉胜[to1 vah1 zinn3; thoo1 bah8 tsinn3] 傷口長了肉芽。

諍 [zinn3; tsinn3] Unicode: 8ACD, 台語字: zinnx
[zeng1, zenn3, zinn3; tsing1, tsenn3, tsinn3] 爭辯

井 [zinn4; tsinn2] Unicode: 4E95, 台語字: zinny
[zenn4, zinn4; tsenn2, tsinn2] 水井

水井[zui1 zenn4/zinn4; tsui1 tsenn2/tsinn2] 井。
古井[go1 zenn4/zinn4; koo1 tsenn2/tsinn2] 大又深的水井, 汲水或舀水的井, 有作沽井 go1 zenn4/zinn4。
井底水蛙[zenn1/zinn1 de1 zui1 ge1; tsenn1/tsinn1 te1 tsui1 ke1] 井底青蛙, 引申不曾見過天下大場面。

苗 [zinn4; tsinn2] Unicode: 8308, 台語字: zinny
[zinn4; tsinn2] 未熟,幼嫩的蔬果,文選司馬相如上林賦,"苗薑蘘荷",注"苗薑,子薑也",本草綱目的菜部生薑下,"初生嫩者,或作子薑",相關字苗 zi4 白苗, 中藥名

幼苗[iu4 zinn4; iu2 tsinn2] 幼嫩的。
苗薑仔[zinn1 gionn6/giunn6 a4; tsinn1 kionn7/kiunn7 a2] 嫩薑。
苗尾仔[zinn1 vue1 a4; tsinn1 bue1 a2] 穀物之晚熟幼小者, 例詞苗尾仔土豆 zinn1 vue1 a1 to6 dau6/zinn1 ve1 a1 to3 dau6 發育不良的花生果。
苗鳥仔[zinn1 ziau1 a4; tsinn1 tsiau1 a2] 生手, 新手。

舐 [zinn6; tsinn7] Unicode: 8210, 台語字: zinn
[zinn6; tsinn7] 舐食

用舌舐[iong3 zih1 zinn6; iong3 tsih8 tsinn7] 用舌頭舐。
狗仔咧舐主人[gau1 a4 de1 zinn3 zu1 lang2; kau1 a2 te1 tsinn3 tsu1 lang5] 狗正在親舐主人家。

ziok

足 [ziok5; tsiok4] Unicode: 8DB3, 台語字: ziok
[ziok5; tsiok4] 姓,滿意,非常好,很會

滿足[vuan1 ziok5; buan1 tsiok4] 滿足, 心滿意足。
足好[ziok1 hor4; tsiok8 ho2] 非常好, 很會做..., 例詞足好耍 ziok1 hor1 sng4 非常好玩;足好看 ziok1 hor1 kuann3 非常好看, 很漂亮;足好食 ziok1 hor1 ziah1 非常好吃;足好心 ziok1 hor1 sim1 非常好心;足心適 ziok1 sim6 sek5 很有興趣。

足敖[ziok1 qau2; tsiok8 gau5] 很能幹, 很會做..., 例詞阿西足敖講台語 a6 se1 ziok1 qau6 gong1 dai6 qi4/a6 se1 ziok1 qau3 gong1 dai3 qi4 阿西會講標準又文雅的台語。
足劭[ziok sen6; - sian7] 很累, 非常疲倦, 例詞足劭的 ziok sen6 e6 很累, 非常疲倦, 沒意願去做。
足成[ziok1 seng2; tsiok8 sing5] 很像。
足損[ziok1 sng4; tsiok8 sng2] 傷害很大。
足爽[ziok1 song4; tsiok8 song2] 很爽快, 很適服。
足衰[ziok1 sue1; tsiok8 sue1] 很倒霉, 霉運, 無妄之災, 有作足衰潲 ziok1 sue6 siau2。
足忝[ziok1 tiam4; tsiok8 thiam2] 身心很疲倦。
足晏[ziok1 uann3; tsiok8 uann3] 很晚了。
足讚[ziok1 zan4; tsiok8 tsan2] 真好!。
足足[ziok1 ziok5; tsiok8 tsiok4] 整整的, 例詞足足等二十冬 ziok1 ziok5 dan1 ji3/li3 zap5 dang1 等待了整整二十年。
足赤金[ziok1 ciah1 gim1; tsiok8 tshiah8 kim1] 純金的。
足好款[ziok1 hor1 kuan4; tsiok8 ho1 khuan2] 態度太高傲, 高姿態。
足好額[ziok1 hor1 qiah1; tsiok8 ho1 giah8] 很有錢, 很富有。
足儉的[ziok1 kiam6 e6; tsiok8 khiam7 e7] 非常節省的。
足劭的[ziok sen6 e6; - sian7 e7] 很累, 非常疲倦, 沒有意願去做。
足討厭[ziok1 tor1 ia3; tsiok8 tho1 ia3] 很討厭。
足惡質的[ziok1 ok1 zit5 e3; tsiok8 ok8 tsit4 e3] 很惡劣的言行。
足不是款的[ziok1 m3 si3 kuan4 e3; tsiok8 m3 si3 khuan2 e3] 很不像話, 很不像樣。

酌 [ziok5; tsiok4] Unicode: 914C, 台語字: ziok
[ziok5; tsiok4] 倒酒,注意,相關字飲 lim1 喝酒;噍 zip5 小飲,小酌

斟酌[zim6 ziok5; tsim7 tsiok4] 衡量, 檢討, 小心, 例詞較斟酌咧 kah1 zim6 ziok5 le3 要小心一點。
斟酌檢點[zim6 ziok5 giam1 diam4; tsim7 tsiok4 kiam1 tiam2] 小心, 檢討重情的輕重緩急。
斟酌無蝕本[zim6 ziok5 vor6/vor3 sih5 bun4; tsim7 tsiok4 bo7/bo3 sih4 pun2] 小心做事, 是錯不了的。

矚 [ziok5; tsiok4] Unicode: 77DA, 台語字: ziok
[ziok5; tsiok4] 看,視

高瞻遠矚[gor6 ziam1 uan1 ziok5; ko7 tsiam1 uan1 tsiok4] 高瞻遠見。

ziong

衷 [ziong1; tsiong1] Unicode: 8877, 台語字: ziongf
[tiong1, ziong1; thiong1, tsiong1] 不得不,內心

衷心[ziong6 sim1; tsiong7 sim1] 內心。
姑不衷[go6 but1 ziong1; koo7 put8 tsiong1] 不得不, 無奈。
姑不而衷[go6 but1 ji3/li3 ziong1; koo7 put8 ji3/li3 tsiong1] 不得不, 無奈地, 不得已, 姑且將就。

台語字:	獅 saif	牛 quw	豹 bax	虎 hoy	鴨 ah	象 ciunn	鹿 lokf
通用拼音:	獅 sai1	牛 qu2	豹 ba3	虎 ho4	鴨 ah5	象 ciunn6	鹿 lok1
北京語:	山 san1	明 meng2	水 sue3	秀 sior4	的 dorh5	中 diong6	壢 lek1
普通話:	山 san1	明 meng2	水 sue3	秀 sior4	的 dorh0	中 diong6	壢 lek1

將 **[ziong1; tsiong1]** Unicode: 5C07, 台語字: ziongf
[ziang3, ziong1, ziong3; tsiang3, tsiong1, tsiong3]
將軍,把,大約

將軍[ziong6 gun1; tsiong7 kun1] 地名, 在台南縣, 將軍
的軍職, 將一次軍, 象棋語言。

將來[ziong6 lai2; tsiong7 lai5] 今後, 以後, 前程, 出
路。

將軍鄉[ziong6 gun6 hiang1; tsiong7 kun7 hiang1] 在台南
縣。

將軍溪[ziong6 gun6 ke1; tsiong7 kun7 khe1] 原稱漚汪
溪, 流經台南縣將軍鄉入海。

將近千人[ziong6 gin3 ceng6 lang2; tsiong7 kin3 tshing7
lang5] 約有近千人。

終 **[ziong1; tsiong1]** Unicode: 7D42, 台語字: ziongf
[ziong1; tsiong1] 完了,完結

終點[ziong6 diam4; tsiong7 tiam2] 終點。

終結[ziong6 get5; tsiong7 kiat4] 終止, 消滅, 例詞終結
統一的夢想 ziong6 get1 tong1 it5 e6/3 vang3 siong4
台灣的民主粉碎了統一中國的夢想。

終戰[ziong6 zen3; tsiong7 tsian3] 戰爭結束了, 指第二次
世界戰結束, 例詞台灣終戰 dai6/3 uan2 ziong6
zen3 第二次世界戰結束, 台灣脫離了日本。

終身大事[ziong6 sin6 dai6 su6; tsiong7 sin7 tai7 su7] 結
婚大事。

長 **[ziong4; tsiong2]** Unicode: 9577, 台語字: ziongy
[diong2, diong4, dionn4, diunn4, dng2, ziang4,
ziong4; tiong5, tiong2, tionn2, tiunn2, tng5, tsiang2,
tsiong2] 地名

元長鄉[quan6 ziong1 hiang1; guan7 tsiong1 hiang1] 在雲
林縣。

zionn

樟 **[zionn1; tsionn1]** Unicode: 6A1F, 台語字: zionnf
[zionn1, ziunn1; tsionn1, tsiunn1] 樟樹

樟仔[zionn6 a4; tsionn7 a2] 樟樹。

樟栳[zionn6 lor4; tsionn7 lo2] 樟腦油, 樟腦丸, 樟樹,
有作樟腦 zionn6 lor4。

焗樟腦油[gek1 zionn6 lor1 iu2; kik8 tsionn7 lo1 iu5] 用
火及水蒸氣, 來蒸餾製造樟腦油。

蟲 **[zionn1; tsionn1]** Unicode: 87BF, 台語字: zionnf
[zionn1, ziunn1; tsionn1, tsiunn1] 蛤蟆,蟾蜍,係代
用字

蟲蜍[zionn6/ziunn6 zi2; tsionn7/tsiunn7 tsi5] 蛤蟆, 蟾蜍,
係代用詞。

旌 **[zionn4; tsionn2]** Unicode: 65DE, 台語字: zionny
[zionn4, ziunn4; tsionn2, tsiunn2] 旗子的羽毛

禿旌[tuh1 zionn4/ziunn4; thuh8 tsionn2/tsiunn2] 禿額角,
二邊額角没長頭髮, 相關詞禿額 tuh1 hiah1 禿頂,
天門蓋沒有長頭髮。

上 **[zionn6; tsionn7]** Unicode: 4E0A, 台語字: zionn
[cionn6, ciunn6, jior4, qior4, siang6, siong6, zionn6,
ziunn6; tshionn7, tshiunn7, jio2, gio2, siang7, siong7,
tsionn7, tsiunn7] 夠,足,上去,胎兒的順序,有作就
ziunn6

上北[zionn3 bak5; tsionn3 pak4] 北上, 往北走, 例詞上
北落南 zionn3 bak5 lorh5 lam2 北上南下。

上市[zionn3 ci6; tsionn3 tshi7] 開始在市場上銷售, 股票
上市。

上桌[ziunn3 dor3; tsiunn3 to3] 菜肴端上餐桌。

上縣[zionn3 guan2; tsionn3 kuan5] 往上去, 往高處去,
例詞昇上縣 seng6 zionn6 guan2 爬升上去。

上陸[zionn3 liok1; tsionn3 liok8] 登陸, 係日語詞上陸
joriku 登陸。

上樑[zionn3 niunn2; tsionn3 niunn5] 安裝大樑, 有作就
樑 ziunn3 niu2。

上冊[zionn3 siap5; tsionn3 siap4] 過了四十歲, 例詞上
冊, 着侏攝 ziunn3 siap5 diorh5 ve3/vue3 liap5 過了
四十歲, 男人的性能力就變差了。

上壽[zionn6 siu6; tsionn7 siu7] 人活到五十歲才去世,
則棺木可以寫上一個壽字, 上壽, 高壽的。

趴上崎[beh1 zionn3 gia6; peh8 tsionn7 kia7] 爬坡。

看上目[zionn3 vak1; tsionn3 bak8] 看上眼, 器重。

頭上仔[tau6 zionn3 a4/tau3 ziunn3 a4; thau7 tsionn3
a2/thau3 tsiunn3 a2] 頭胎的孩子, 例詞育頭上仔
ior6 tau6 zionn3 a4/ior6 tau3 ziunn3 a4 生育及養育
頭胎的孩子。

日頭上山[jit5 tau2 zionn3 suann1; jit4 thau5 tsionn3
suann1] 早上, 太陽昇出山頭。

癢 **[zionn6; tsionn7]** Unicode: 7662, 台語字: zionn
[zionn6, ziunn6; tsionn7, tsiunn7] 皮膚癢,癢癢的,
有作瘴 zionn6,代用字.相關字攃 qiaunn1 慫恿,搔
癢

zior

召 **[zior1; tsio1]** Unicode: 53EC, 台語字: ziorf
[diau3, zior1; tiau3, tsio1] 用口召集,相關字招
zior1 以手來招手

召賭腳[zior6 giau1 ka1; tsio7 kiau1 kha1] 招來賭伴。

召人客[zior6 lang6 keh5; tsio7 lang7 kheh4] 招來客人,
相關詞招呼人客 zior6 ho6 lang6 keh5 關照客人。

蕉 **[zior1; tsio1]** Unicode: 8549, 台語字: ziorf
[ziau1, zior1; tsiau1, tsio1] 香蕉

芹蕉[gin6 zior1; kin7 tsio1] 香蕉。

金蕉[gim6 zior1; kim7 tsio1] 香蕉。

斤蕉欉[gin6 zior6 zann2; kin7 tsio7 tsann5] 香蕉樹。

燻斤蕉[hun6 gin6/geng6 zior1; hun7 kin7/king7 tsio1] 催
熟香蕉。

少 **[zior4; tsio2]** Unicode: 5C11, 台語字: ziory
[siau3, siau4, zior4; siau3, siau2, tsio2] 不多,少

多少[ze3 zior4; tse3 tsio2] 多少。

台語字:	獅 saif	牛 quw	豹 bax	虎 hoy	鴨 ah	象 ciunn	鹿 lokf
通用拼音:	獅 sai1	牛 qu2	豹 ba3	虎 ho4	鴨 ah5	象 ciunn6	鹿 lok1
北京語:	山 san1	明 meng2	水 sue3	秀 sior4	的 dorh5	中 diong6	壢 lek1
普通話:	山 san1	明 meng2	水 sue3	秀 sior4	的 dorh0	中 diong6	壢 lek1

少歲[zior1 hue3; tsio1 hue3] 年輕, 年紀小, 例詞少歲款 zior1 hue4 kuan4 看起來, 年紀輕輕的樣子。

少人[zior1 lang2; tsio1 lang5] 人數不多, 人口死亡了。

真少人　知影[zin6 zior1 lang6/lang3 zai6 iann4; tsin7 tsio1 lang7/lang3 tsai7 iann2] 少有人知。

一年培墓　一年少人[zit5 ni6 bue3 vong6 zit5 ni6 zior1 lang2/zit5 ni3 be3 vong6 zit5 ni3 zior1 lang2; tsit4 ni7 pue3 bong7 tsit4 ni7 tsio1 lang5/tsit4 ni3 pe3 bong7 tsit4 ni3 tsio1 lang5] 每到清明節掃墓, 則長輩一年比一年地凋萎減少, 引申老成凋謝。

ziorh

石　[ziorh1; tsioh8] Unicode: 77F3, 台語字: ziorhf
[sek1, ziorh1; sik8, tsioh8] 姓,地名,石頭,十斗

璇石[suan3 ziorh1; suan3 tsioh8] 鑽石。

一石[zit5 ziorh1; tsit4 tsioh8] 十斗。

石輦[ziorh5 len4; tsioh4 lian2] 用石頭或水泥做成的輪子, 用於健身房或壓重。

璇石嘴[suan3 ziorh5 cui3; suan3 tsioh4 tshui3] 三寸不爛之舌, 專門騙人的口才。

石垣島[ziorh5 huan6 dor4; tsioh4 huan7 to2] 日本硫球群島的一小島島名, 近宜蘭縣。

石榴班[ziorh5 liu6 ban1; tsioh4 liu7 pan1] 地名, 在雲林縣斗六市石榴里, 同柘榴班　sia3 liu6 ban1。

石門鄉[ziorh5 mng3 hiong1; tsioh4 mng3 hiong1] 在台北縣。

石春臼[ziorh5 zeng6 ku6; tsioh4 tsing7 khu7] 春打穀物的石臼, 石杵臼。

石磨仔心[ziorh5 vor3 a1 sim1; tsioh4 bo3 a1 sim1] 石磨的軸心, 上下石磨都夾在石磨的軸心, 喻夾心餅, 操心的焦點, 壓力的中心。

藉　[ziorh5; tsioh4] Unicode: 85C9, 台語字: ziorh
[zek5, ziorh5; tsik4, tsioh4] 草蓆,圍

棉藉[mi6/mi3 ziorh5; mi7/mi3 tsioh4] 棉花充填而成的被胎。

綿藉被[mi6 ziorh1 pue6/mi3 ziorh1 pe6; mi7 tsioh8 phue7/mi3 tsioh8 phe7] 棉被, 被胎套上被單即成棉被, 例詞打棉藉被　pah1 mi6 ziorh1 pue6/pah1 mi3 ziorh1 pe6 製作棉被。

zit

一　[zit1; tsit8] Unicode: 4E00, 台語字: zitf
[it5, zit1; it4, tsit8] 數字的第一位,單一的,全部的

一旁[zit5 beng2; tsit4 ping5] 一邊。

一醒[zit5 cenn4/cinn4; tsit4 tshenn2/tshinn2] 睡醒過來, 睡了一覺, 例詞一醒到天光　zit5 cenn4/cinn4 gau4 tinn6 gng1 一睡到天亮, 睡到自然醒。

一科[zit5 dau4; tsit4 tau2] 一次, 一回, 代用詞, 例詞賭

一科　buah1 zit5 dau3 賭一次吧;賭一科　buah5 zit5 dau4 賭了一次;瞄一科　vi6/3 zit5 dau4 看一次。

一寡[zit5 gua4; tsit4 kua2] 一些, 若干, 一點點, 有作一寡仔　zit5 gua1 a4。

一過[zit5 gue3/ge3; tsit4 kue3/ke3] 一次。

一胿[zit5 gui1; tsit4 kui1] 滿滿一肚子, 例詞一胿淀淀　zit5 gui1 dinn3 dinn6 滿滿的一肚子。

一晃[zit5 huann3; tsit4 huann3] 很短的時間, 例詞一晃過三冬, 三晃一世人　jit5 huann3 gue4/ge4 sann6 dang1 sann6 huann3 zit5 si4 lang2 日子過得很快, 一下子就過了三年, 再過三下子, 就過了一輩子。

一鋪[zit5 ka1; tsit4 kha1] 一隻, 一個, 例詞一鋪手指　zit5 ka6 ciu1 zi4 一枚戒子;一鋪皮箱　zit5 ka6 pue6/pe3 siunn1 一只皮箱。

一坎[zit5 kam4; tsit4 kham4] 一個台階, 一間店舖, 例詞一坎店仔　zit5 kam1 diam1 a4 一間店舖;差一大坎　ca6 zit5 dua3 kam4 二者相差一大段, 落差很大。

一箍[zit5 ko1; tsit4 khoo1] 圈一圈, 一元, 一塊錢, 例詞箍一箍　ko6 zit5 ko1 圈成一圈;一箍銀　zit5 ko6 qin2 一塊錢。

一粒[zit5 liap1; tsit4 liap8] 一個, 一枚, 同一立　zit5 liap1, 例詞一粒仔囝　zit5 liap5 a1 giann4 一小粒的, 小個子;一粒山　zit5 liap5 suann1 一座山;一粒米　zit5 liap5 vi4 一顆米粒;一粒璇石　zit5 liap5 suan3 ziorh1 一顆鑽石。

一時[zit5/it1 si2; tsit4/it8 si5] 一下子, 一時間。

一心[zit5 sim1; tsit4 sim1] 一心一意, 全心力, 例詞一心想欲促成這項婚事　zit5 sim1 sionn3 veh1 ciok1 seng2 zit1 hang3 hun6 su6/zit5 sim1 siunn3 vueh1 ciok1 seng2 zit1 hang3 hun6 su6 全心全意要撮合這門親事。

一摺[zit5 zi4; tsit4 tsi2] 一疊紙, 例詞一摺銀票　zit5 zi1 qin6/qun3 pior3 一疊紙鈔票;一摺銀紙　zit5 zi1 qin6/qun3 zua4 一疊冥紙, 一疊紙錢;一摺衛生紙　zit5 zi1 ue3 seng6 zua4 一疊衛生紙。

一舟[zit5 ziu1; tsit4 tsiu1] 一瓣, 以刀切三次, 八分之一的瓣, 一小片, 相關詞一周　zit5 ziu1 一圈;一週　zit5 ziu1 一星期, 例詞月餅切做八舟　cet1 zor4 beh1 ziu1 月餅切開成八小片。

一周[zit5 ziu1; tsit4 tsiu1] 一圈, 一輪, 相關詞一舟　zit5 ziu1 一瓣, 一片;一週　zit5 ziu1 一星期。

一逝[zit5 zua6; tsit4 tsua7] 一趟, 一條, 一行, 有作一爻　zit5 zua6。

一嘈[zit5 zun6; tsit4 tsun7] 一陣。

一張犁[zit5 dionn6/diunn6 le2; tsit4 tionn7/tiunn7 le5] 荷蘭人治台時, 以一張犁具所能耕作的五甲田地為一張犁, 引申為地名。

一對時[zit5 dui4 si2; tsit4 tui2 si5] 二十四小時。

一个仔[zit5 e6/e3 a4; tsit4 e7/e3 a2] 一陣子而已, 例詞一个仔久　zit5 e6/3 a1 gu4 一陣子。

一枝嘴[zit5 gi6 cui3; tsit4 ki7 tshui3] 一張嘴, 常掛在口中的話, 喻只會說着而已, 有口無心, 例詞一枝嘴孜孜叫　zit5 gi6 cui3 zinn6 zinn6 gior3 一張嘴不停地叫。

一寡仔[zit5 gua1 a4; tsit4 kua1 a2] 一些, 若干, 一點點。

一紀年[zit5 ki1 ni2; tsit4 khi1 ni5] 十二年, 十二生肖流轉一次。

台語字:	獅 saif	牛 quw	豹 bax	虎 hoy	鴨 ah	象 ciunn	鹿 lokf
通用拼音:	獅 sai1	牛 qu2	豹 ba3	虎 ho4	鴨 ah5	象 ciunn6	鹿 lok1
北京語:	山 san1	明 meng2	水 sue3	秀 sior4	的 dorh5	中 diong6	壢 lek1
普通話:	山 san1	明 meng2	水 sue3	秀 sior4	的 dorh0	中 diong6	壢 lek1

一箍人[zit5 ko6 lang2; tsit4 khoo7 lang5] 只有我一個人
　　而已, 沒有任何親人及財產, 例詞一箍人溜溜 zit5
　　ko6 lang2 liu4 liu3 單身漢, 身無分文。
一箍銀[zit5 ko6 qin2; tsit4 khoo7 gin5] 一塊錢, 一元。
一路取[zit5 lo3 cu4; tsit4 loo3 tshu2] 有可取之處。
一鋪路[zit5 po4 lo6; tsit4 phoo2 loo7] 十里的路程, 約為
　　六公里遠。
一月日[zit5 queh5 jit1/zit5 qeh5 lit1; tsit4 gueh4 jit8/tsit4
　　geh4 lit8] 一個月, 例詞一月日若多 zit5 queh5 jit1
　　lua3 ze6/zit5 qeh5 lit1 lua3 zue6 一個月的租金要多
　　少?。
一身軀[zit5 seng6 ku1; tsit4 sing7 khu1] 滿身, 例詞一身
　　軀重汗 zit5 seng6 ku6 dang3 guan6 滿身大汗。
一世人[zit5 si4 lang2; tsit4 si2 lang5] 一輩子, 相關詞這
　　世人 zit1 si4 lang2 這一輩子。
一屑仔[zit5 sut1 a4; tsit4 sut8 a2] 一點點, 有作一屑屑仔
　　zit5 sut1 sut1 a4。
一逝工[zit5 zua3 gang1; tsit4 tsua3 kang1] 專程, 走一趟
　　的工夫, 一趟路程的時間, 例詞撥一逝工 buah1
　　zit5 zua3 gang1 專程走一趟路。
在一怨一[zai3 zit1 uan4 zit1; tsai3 tsit8 uan2 tsit8] 在這
　　裡又抱怨這裡, 相關詞在職怨職 zai3 zit5 uan4 zit5
　　做一行怨一行, 不滿足於現狀。
一奸一誋[zit5 gan1 zit5 gi2; tsit4 kan1 tsit4 ki5] 搭擋, 引
　　申為狼狽為奸之徒, 相關詞僅乩桌頭 dang6/3 gi1
　　dorh1 tau2 乩童與傳話人的合稱, 搭擋。
一家伙仔[zit5 ge6 hue1 a4; tsit4 ke7 hue1 a2] 一個家
　　庭。
一枝草　一點露[zit5 gi6 cau4 zit5 diam1 lo6; tsit4 ki7
　　tshau2 tsit4 tiam1 loo7] 上天施下恩澤於萬物, 連一
　　枝小草, 上天也會給它一滴露水, 養育它, 喻天無
　　絕人之路。
一个嘴　哈一个舌[zit5 e6 cui3 gam6 zit5 e6 zih1/zit5 e3
　　cui3 gam3 zit5 e3 zih1; tsit4 e7 tshui3 kam7 tsit4 e7
　　tsih8/tsit4 e3 tshui3 kam3 tsit4 e3 tsih8] 沒有辦法表
　　達出自已的意思, 拙於言辭。
台灣中國　一邊一國[dai6/dai3 uan2 diong6 gok5 zit5
　　beng2 zit5 gok5; tai7/tai3 uan5 tiong7 kok4 tsit4
　　ping5 tsit4 kok4] 在 2002 年, 陳水扁總統指出, 台
　　灣與中國, 各在海峽的兩岸, 每一邊都是一個國家,
　　互不相干。邊 beng2 有作旁 beng2。
一汕錢　打二四个結[zit5 sen1 zinn2 pah1 ji3/li3 si4 e6
　　gat5; tsit4 sian1 tsinn5 phah8 ji3/li3 si2 e7 kat4] 要花
　　一分錢, 就先要解開很多很多個的死結, 二十四只
　　表示很多很多, 但不一定是有二十四個死結, 喻不
　　肯多花錢。

這　[zit5; tsit4] Unicode: 9019, 台語字: zit
　　[ze1, zit5; tse1, tsit4] 這一,這裡,相關字這 ze1 這
　　個;即 ziah5 這裡
這擺[zit1 bai4; tsit8 pai2] 這一次。
這幫[zit1 bang1; tsit8 pang1] 這一班車。
這旁[zit1 beng2; tsit8 ping5] 這邊。
這搭[zit1 dah5; tsit8 tah4] 這裡。
這科[zit1 dau4; tsit8 tau2] 這一次。
這坻[zit1 de3; tsit8 te3] 這個地方。
這回[zit1 gai4; tsit8 kai2] 這一次, 係日語詞一回 ikkai
　　一次。

這過[zit1 gue3; tsit8 kue3] 這一次。
這馬[zit1 ma4; tsit8 ma2] 這一次, 現在, 剛才, 例詞這
　　馬的時代 zit1 ma4 e6 si6/3 dai6 現在的這個時代。
這噂[zit1 zun6; tsit8 tsun7] 這一陣, 這一陣子。
這範的[zit1 ban6 e6; tsit8 pan7 e7] 這樣子的, 這樣子的
　　人, 這樣子的人品。
這班人[zit1 ban6 lang2; tsit8 pan7 lang5] 這樣子的人,
　　這一類的人。
這久仔[zit1 gu1 a4; tsit8 ku1 a2] 這個時候, 現在。
這世人[zit1 si4 lang2; tsit8 si2 lang5] 這一輩子, 相關詞
　　一世人 zit5 si4 lang2 一輩子。
這條仔[zit1 sut1 a4; tsit8 sut8 a2] 這麼一點點!。
勿來這套[mai4 lai6/lai3 zit1 tor3; mai2 lai7/lai3 tsit8 tho3]
　　不要來這一套的招術。
這項婚事[zit1 hang3 hun6 su6; tsit8 hang3 hun7 su7] 這
　　門親事, 例詞一心想欲促成這項婚事 zit5 sim1
　　sionn3 veh1 ciok4 seng2 zit1 hang3 hun6 su6/zit5
　　sim1 siunn3 vueh1 ciok4 seng2 zit1 hang3 hun6 su6
　　全心全意要撮合這門親事。
這粒西瓜　較碩[zit1 liap5 si6 gue1 kah1 sek5; tsit8 liap4
　　si7 kue1 khah8 sik4] 這顆西瓜比較成熟。

職　[zit5; tsit4] Unicode: 8077, 台語字: zit
　　[zit5; tsit4] 分內之工作
在職怨職[zai3 zit5 uan4 zit5; tsai3 tsit4 uan2 tsit4] 做一
　　行怨一行, 不滿足於現狀, 相關詞在一怨一 zai3
　　zit1 uan4 zit1 在這裡又抱怨這裡。
職責所在[zit1 zek5 so1 zai6; tsit8 tsik4 soo1 tsai7] 。

鯽　[zit5; tsit4] Unicode: 9BFD, 台語字: zit
　　[zit5; tsit4] 鯽魚
南洋鯽仔[lam6 ionn6 zit1 a4/lam3 iunn3 zit1 a4; lam7
　　ionn7 tsit8 a2/lam3 iunn3 tsit8 a2] 吳郭魚, 外來的
　　鯽魚。
鯽仔魚　釣大鮘[zit1 a1 hi2 dior4 dua3 dai6; tsit8 a1 hi5
　　tio2 tua3 tai7] 以小魚釣大魚, 以小博大, 喻吊凱
　　子。

ziu

州　[ziu1; tsiu1] Unicode: 5DDE, 台語字: ziuf
　　[ziu1; tsiu1] 行政區之名,地名
土州[to6/to3 ziu1; thoo7/thoo3 tsiu1] 地底下, 例詞去土
　　州賣鴨蛋 ki4 to6/3 ziu1 ve3 ah1 nng6 下葬完成後,
　　要以鴨蛋及紅蝦祭拜, 表示送鴨蛋及紅蝦給在地底
　　下的往生者, 讓他有鴨蛋及紅蝦, 能在陰間販售,
　　使生活無缺, 喻人亡故了。土州 to6/3 ziu1 已被誤
　　作蘇州 so6 ziu1。
台南州[dai6 lam6 ziu1; tai7 lam7 tsiu1] 日據時代的台灣
　　行政區名, 包括今雲林縣, 嘉義縣及台南縣市。
大意失荊州[dai3 i3 sit1 geng6 ziu1; tai3 i3 sit8 king7
　　tsiu1] 太過自信而失敗, 台灣人 2000 年國民黨失
　　去執政權。

台語字:	獅 saif	牛 quw	豹 bax	虎 hoy	鴨 ah	象 ciunn	鹿 lokf
通用拼音:	獅 sai1	牛 qu2	豹 ba3	虎 ho4	鴨 ah5	象 ciunn6	鹿 lok1
北京語:	山 san1	明 meng2	水 sue3	秀 sior4	的 dorh5	中 diong6	壓 lek1
普通話:	山 san1	明 meng2	水 sue3	秀 sior4	的 dorh0	中 diong6	壓 lek1

洲 **[ziu1; tsiu1]** Unicode: 6D32, 台語字: ziuf
　　[ziu1; tsiu1] 陸地,沙洲
浮洲[pu6/pu3 ziu1; phu7/phu3 tsiu1] 地名, 在台北縣板
　　橋市, 原意是海上或溪河邊的沙洲。
沙洲[sua6 ziu1; sua7 tsiu1] 在水中浮起的陸地。
外傘頂洲[qua3 suann4 deng1 ziu1; gua3 suann2 ting1
　　tsiu1] 在雲林縣嘉義縣外海的浮起的沙洲, 意思是
　　外海的沙地。

瞤 **[ziu1; tsiu1]** Unicode: 776D, 台語字: ziuf
　　[ziu1; tsiu1] 眼球
目瞤[vak5 ziu1; bak4 tsiu1] 眼睛。
目瞤仁[vak5 ziu6 jin2/lin2; bak4 tsiu7 jin5/lin5] 眼球, 眼
　　珠。
目瞤挩瞳[vak5 ziu1 tuah1 tang1; bak4 tsiu1 thuah8
　　thang1] 鬥雞眼, 看走了眼。
汝目瞤咧吐瞇[li1 vak5 ziu1 le1 to1 lui2; li1 bak4 tsiu1 le1
　　thoo1 lui5] 罵人的話, 你的眼睛因白內障, 完全看
　　不見, 喻視而不見, 活該。

咒 **[ziu3; tsiu3]** Unicode: 5492, 台語字: ziux
　　[ziu3; tsiu3] 咒語,咒罵
符咒[hu6/hu3 ziu3; hu7/hu3 tsiu3] 道士作法時, 口中所
　　唸的咒語。
咒讖[ziu4 cam3; tsiu2 tsham3] 女人咒罵別人。
咒詛[ziu4 zua6; tsiu2 tsua7] 發誓。
唸符咒[liam3 hu6/hu3 ziu3; liam3 hu7/hu3 tsiu3] 道士作
　　法唸的咒語。
咒讖罳[ziu4 cam4 le4; tsiu2 tsham2 le2] 女人咒罵別人的
　　三種方式, 咒讖罳是三種不同的罵人的境界。
箴言咒語[zim6 qen2 ziu4 qu4; tsim7 gian5 tsiu2 gu2] 能
　　抗制他人的咒語, 能呼風喚雨的咒語, 有作真言咒
　　語 zin6 qen2 ziu4 qi4。
咒死絕詛[ziu4 si1 zeh5 zua6; tsiu2 si1 tseh4 tsua7] 發重
　　誓, 發重誓否認, 以死亡或絕子絕孫為誓言。

守 **[ziu4; tsiu2]** Unicode: 5B88, 台語字: ziuy
　　[siu4, ziu4; siu2, tsiu2] 戒護,滯留,等候
守更[ziu1 genn1; tsiu1 kenn1] 夜間巡邏。
守寡[ziu1 guann4; tsiu1 kuann2] 喪夫而守寡。
守孝[ziu1 hau3/ha3; tsiu1 hau3/ha3] 父母喪而守孝。
守靈[ziu1 leng2; tsiu1 ling5] 看守在靈堂中。
守年[ziu1 ni2; tsiu1 ni5] 守歲。
守空房[ziu1 kang6 bang2; tsiu1 khang7 pang5] 妻子守著
　　空蕩蕩的房子, 等候丈夫回家, 引申為守寡或丈夫
　　另築香巢。
守一世人[ziu1 zit5 si4 lang2; tsiu1 tsit4 si2 lang5] 等候了
　　一輩子。
規日　守蹛公司[gui6 jit1/lit1 ziu1 dua4 gong6 si1; kui7
　　jit8/lit8 tsiu1 tua2 kong7 si1] 整天都待壓公司中辦
　　公。

酒 **[ziu4; tsiu2]** Unicode: 9152, 台語字: ziuy
　　[ziu4; tsiu2] 酒類的總稱
焗酒[gek1 zui4; kik8 tsui2] 製造酒類, 有作釀酒 liong4
　　ziu4。
呷酒[ha6 ziu4; ha7 tsiu2] 喝酒, 相關詞哈酒 hah1 ziu4
　　染上了酒癮, 酒癮發作, 想喝酒。

哈酒[hah1 ziu4; hah8 tsiu2] 染上了酒癮, 酒癮發作, 想
　　喝酒, 相關詞呷酒 ha6 ziu4 喝酒。
飲酒[lim6 ziu4; lim7 tsiu2] 喝酒。
燒酒[sior6 ziu4; sio7 tsiu2] 酒類的總稱, 例詞飲燒酒
　　lim6 sior6 ziu4 喝酒;燒酒仙 sior6 ziu1 sen1 愛喝酒
　　的人, 常酗酒的人。
米酒[vi1 ziu4; bi1 tsiu2] 以米釀造的米酒, 現用糖蜜釀
　　造, 例詞紅標米酒 ang6/3 piau6 vi1 ziu4 台灣米酒
　　的商標是紅色的, 故有此名;米酒頭仔 vi1 ziu1
　　tau6/3 a4 以米釀造出來的酒, 有濃烈的香米醇
　　味。
酒店[ziu1 diam3; tsiu1 tiam3] 大飯店, hotel, 賣酒及飲酒
　　的地方。
酒胘[ziu1 hen3; tsiu1 hian3] 酒臭味。
酒女[ziu1 li4/lu4; tsiu1 li2/lu2] 陪客飲酒的女性服務人
　　員或公關小姐, 有作酒家女 zi1 ga6 li4/lu4。
酒忱[ziu1 qen3; tsiu1 gian3] 酒癮。
酒瘸[ziu1 siau4; tsiu1 siau2] 起酒瘋。
呷燒酒[ha6 sior6 ziu4; ha7 sio7 tsiu2] 喝酒。
葡萄酒[por6 dor6 ziu4/pu3 dor3 ziu4; pho7 to7 tsiu2/phu3
　　to3 tsiu2] 以葡萄釀造的酒。
燒酒醉[sior6 ziu1 zui3; sio7 tsiu1 tsui3] 酒醉了, 有作酒
　　醉 ziu1 zui3。
酒家女[ziu1 ga6 li4/lu4; tsiu1 ka7 li2/lu2] 陪客飲酒的女
　　性服務人員或公關小姐, 有作酒女 ziu1 li4/lu4。
花天酒地[hua6 ten1 ziu1 de6; hua7 thian1 tsiu1 te7] 沈倫
　　在花拳繡腿之中, 不務正業。
食燒酒醉[ziah5 sior6 ziu1 zui3; tsiah4 sio7 tsiu1 tsui3] 喝
　　醉了酒, 有作酒醉 ziu1 zui3;燒酒醉 sior6 ziu1
　　zui3。
酒矸仔嫂[ziu1 gan6 a1 sor4; tsiu1 kan7 a1 so2] 酒家女。
酒色財氣[ziu1 sek5 zai6/zai3 ki3; tsiu1 sik4 tsai7/tsai3
　　khi3] 每個人對美酒, 女色, 財富及名望氣勢都會
　　追求, 但常沈迷而無法自拔。
呷一杯燒酒[ha6 zit5 bue6 sior6 ziu4; ha7 tsit4 pue7 sio7
　　tsiu2] 喝一杯酒。

zng

庄 **[zng1; tsng1]** Unicode: 5E84, 台語字: zngf
　　[zng1; tsng1] 農家村莊,有作莊 zng1
田庄[can6/can3 zng1; tshan7/tshan3 tsng1] 田園村莊。
庄腳[zng6 ka1; tsng7 kha1] 鄉下, 鄉下地區, 例詞庄腳
　　囝仔 zng6 ka6 qin1 a4 鄉下小孩子。
庄迌[zng1 ni3/ni1; tsng1 ni3/ni1] 村裡。
庄頭[zng6 tau2; tsng7 thau5] 莊社, 村莊。
隔壁庄[geh1 biah1 zng1; keh8 piah8 tsng1] 隣村。
庄仔內[zng6 a1 lai6; tsng7 a1 lai7] 村莊中。
庄腳人[zng6 ka6 lang2; tsng7 kha7 lang5] 鄉下佬, 鄉下
　　人。
田庄兄哥[can6/can3 zng6 hiann6 gor1; tshan7/tshan3
　　tsng7 hiann7 ko1] 鄉下人, 鄉村的年青人。
庄腳囝仔[can6/can3 zng6 qin1 a4; tshan7/tshan3 tsng7
　　gin1 a2] 鄉下小孩子。

台語字:	獅 saif	牛 quw	豹 bax	虎 hoy	鴨 ah	象 ciunn	鹿 lokf
通用拼音:	獅 sai1	牛 qu2	豹 ba3	虎 ho4	鴨 ah5	象 ciunn6	鹿 lok1
北京語:	山 san1	明 meng2	水 sue3	秀 sior4	的 dorh5	中 diong6	壢 lek1
普通話:	山 san1	明 meng2	水 sue3	秀 sior4	的 dorh0	中 diong6	壢 lek1

庄腳所在[zng6 ka6 so1 zai6; tsng7 kha7 soo1 tsai7] 農家
　　村莊。
庄頭庄尾[zng6 tau6 zng6 vue4/zng6 tau3 zng6 ve4; tsng7
　　thau7 tsng7 bue2/tsng7 thau3 tsng7 be2] 整個村子。

倉　[zng1; tsng1] Unicode: 5009, 台語字: zngf
　　[cng1, cong1, zng1; tshng1, tshong1, tsng1] 倉庫
坐倉[ce3 zng1; tshe3 tsng1] 屯積米糧在倉庫中。
囥倉[kng4 zng1; khng2 tsng1] 儲存在倉庫中，庫存貨。

莊　[zng1; tsng1] Unicode: 838A, 台語字: zngf
　　[zng1, zong1; tsng1, tsong1] 姓,村莊,商行,行號,農
　　家村莊,同庄 zng1
布莊[bo4 zng1; poo2 tsng1] 布行, 布店。
錢莊[zinn6/zinn3 zng1; tsinn7/tsinn3 tsng1] 民間的小型
　　放款的金融業者或銀樓，例詞地下錢莊 de3 ha3
　　zinn6/3 zng1 非法的小型放款的金融業者。
莊稼[zng6 ga3; tsng7 ka3] 農田的樣樣作物。
莊腳[zng6 ka1; tsng7 kha1] 鄉下村莊, 有作庄腳 zng6
　　ka1。
莊社[zng6 sia6; tsng7 sia7] 村莊。
莊頭[zng6 tau2; tsng7 thau5] 莊社, 村莊。
新莊市[sin6 zng6 ci6; sin7 tsng7 tshi7] 在台北縣。
莊腳囡仔[zng6 ka6 qin1 a4; tsng7 kha7 gin1 a2] 鄉下的
　　小孩子, 在村莊中長大的小孩子。

臧　[zng2; tsng5] Unicode: 81E7, 台語字: zngw
　　[zng2, zong6; tsng5, tsong7] 俱全,齊全,追求
十臧[zap5 zng2; tsap4 tsng5] 樣樣俱全, 指負面的, 例詞
　　人無十臧 lang2 vor6/3 zap5 zng2 人沒有十全十美
　　的;嫖賭飲煙檳榔什臧 piau4 do4 im4 hun1 bin6
　　nng2 zap5 zng2 嫖妓, 賭博, 酗酒, 抽菸及檳榔, 五
　　害俱全, 相關詞齊臧 ze6/3 zng2 樣樣齊全, 指正面
　　的。
齊臧[ze6/ze3 zng2; tse7/tse3 tsng5] 樣樣齊全, 指正面的,
　　有作焦臧 ziau6/3 zng2, 相關詞十臧 zap5 zng2 樣
　　樣俱全, 指負面的, 例詞福祿壽齊臧 hok1 lok5
　　siu6 ze6/3 zng2 福祿壽齊全。
一直臧[it1 dit5 zng2; it8 tit4 tsng5] 一直在吵著要, 覬覦
　　著。

zo

租　[zo1; tsoo1] Unicode: 79DF, 台語字: zof
　　[zo1; tsoo1] 租賃,同稅 sue3
厝租[cu4 zo1; tshu2 tsoo1] 房租。
租厝[zo6 cu3; tsoo7 tshu3] 向他人承租房屋來居住, 有
　　作稅厝 sue4/se4 cu3;稅厝踦 sue4/se4 cu4 kia6。
租金[zo6 gim1; tsoo7 kim1] 房租。

組　[zo1; tsoo1] Unicode: 7D44, 台語字: zof
　　[zo1; tsoo1] 班,組織起來
組合[zo6 hap1; tsoo7 hap8] 整合起來, 合作社的組織,
　　係日語詞組合 kumiai 合作社。
組頭[zo6 tau2; tsoo7 thau5] 主持大家樂等賭博的莊家。

祖　[zo4; tsoo2] Unicode: 7956, 台語字: zoy
　　[zo4; tsoo2] 姓,始祖,祖先
阿祖[a6 zo4; a7 tsoo2] 曾祖父, 曾祖母。
背祖[bue3 zo4; pue3 tsoo2] 背叛了祖先, 違反了祖先的
　　教訓, 例詞囝孫休使背祖 giann1 sun1 ve3/vue3 sai1
　　bue3 zo4 子孫不可背叛了祖先。
咱祖[lan1 zo4; lan1 tsoo2] 老祖宗, 祖先。
太祖[tai4 zo4; thai2 tsoo2] 遠祖, 始祖先, 曾曾祖父, 曾
　　曾祖母, 同阿太 a6 tai3。
祖厝[zo1 cu3; tsoo1 tshu3] 祖先所留下的房屋。
祖國[zo1 gok5; tsoo1 kok4] 。
祖公[zo1 gong1; tsoo1 kong1] 祖先。
祖墳[zo1 pun2; tsoo1 phun5] 祖先之墓, 相關詞古墓
　　go1 vong6/vo6 祖先之墓。
祖產[zo1 san4; tsoo1 san2] 祖先所留下的產業。
阿公祖[a6 gong6 zo4; a7 kong7 tsoo2] 曾祖父。
阿媽祖[a6 zo1 ma4; a7 tsoo1 ma2] 曾祖母。
恁祖公[zo1 gong1; tsoo1 kong1] 你的曾曾祖父, 自稱自
　　己, 罵人的話。
恁祖媽[zo1 ma4; tsoo1 ma2] 你的曾曾祖母, 女強人的
　　自稱, 罵人的話。
太祖牌[tai4 zo1 bai2; thai2 tsoo1 pai5] 最有知名度的,
　　品質最好的, 第一品牌, 最好的物品。
太祖公[tai4 zo1 gong1; thai2 tsoo1 kong1] 曾曾祖父。
太祖媽[tai4 zo1 ma4; thai2 tsoo1 ma2] 曾曾祖母。
祖師爺[zo1 su6 ia2; tsoo1 su7 ia5] 創作者, 泉州安溪人
　　的守護神, 全台有近百座祖師廟。
恁太祖媽[lin1 tai4 zo1 ma4; lin1 thai2 tsoo1 ma2] 女強人
　　的自稱, 罵人的話。
祖產殘世了了[zo1 san4 can4 si4 liau1 liau4; tsoo1 san2
　　tshan2 si2 liau1 liau2] 子孫揮霍無度, 敗光了祖
　　產。

zok

族　[zok1; tsok8] Unicode: 65CF, 台語字: zokf
　　[zok1; tsok8] 有同血緣關係的人
九族[giu1 zok1; kiu1 tsok8] 台灣原住民號稱有九族, 現
　　已增為十二族。
曹族[zor6/zor3 zok1; tso7/tso3 tsok8] 台灣原住民之一
　　族, 有作鄒族 zor6 zok1。
平埔族[benn6/benn3 bo6 zok1; piann7/piann3 poo7 tsok8]
　　先前居住於平地的台灣原住民族。
高砂族[gor6 sua6 zok1; ko7 sua7 tsok8] 日本原稱台灣為
　　高砂國, 原居住在台灣的原住民族為高砂族。

zong

莊　[zong1; tsong1] Unicode: 838A, 台語字: zongf
　　[zng1, zong1; tsng1, tsong1] 別墅,靜肅
別莊[bet5 zong1; piat4 tsong1] 豪宅, 別墅, 係日語詞別

台語字:	獅 saif	牛 quw	豹 bax	虎 hoy	鴨 ah	象 ciunn	鹿 lokf
通用拼音:	獅 sai1	牛 qu2	豹 ba3	虎 ho4	鴨 ah5	象 ciunn6	鹿 lok1
北京語:	山 san1	明 meng2	水 sue3	秀 sior4	的 dorh5	中 diong6	壢 lek1
普通話:	山 san1	明 meng2	水 sue3	秀 sior4	的 dorh0	中 diong6	壢 lek1

莊 besso 別墅。

山莊[san6 zong1; san7 tsong1] 社區式的別墅。

莊敬[zong6 geng3; tsong7 king3] 。

莊嚴[zong6 qiam2; tsong7 giam5] 莊重, 例詞阿純的面相, 足莊嚴 a6 sun2 e vin3 siong3 ziok4 zong6 qiam2 阿純這位女施主的面相很莊嚴。

蹤 [zong2; tsong5] Unicode: 8E64, 台語字: zongw
[zong2; tsong5] 跑,躍過去,逃竄,相關字遒 due3 跟隨;踪 zong1 行蹤;驫 zok1 闖出

亂蹤[luan3 zong2; luan3 tsong5] 亂跑, 亂竄, 相關詞亂鬆 luan3 zong2 到處找方法。

走蹤[zau1 zong2; tsau1 tsong5] 逃竄, 四處跑, 四處掙扎。

蹤錢[zong6/zong3 zinn2; tsong7/tsong3 tsinn5] 工作賺錢, 調頭寸。

烏白蹤[o6 beh5 zong2; oo7 peh4 tsong5] 亂跑, 亂竄, 同咭咭蹤 kok5 kok5 zong2。

咭咭蹤[kok5 kok5 zong2; khok4 khok4 tsong5] 亂跑, 亂竄, 同烏白蹤 o6 beh5 zong2。

蹤頭路[zong6/zong3 tau6/tau3 lo6; tsong7/tsong3 thau7/thau3 loo7] 應徵工作, 努力找職業。

蹤出蹤入[zong6 cut1 zong6 jip1/zong3 cut1 zong3 lip1; tsong7 tshut8 tsong7 jip8/tsong3 tshut8 tsong3 lip8] 跑進跑出, 為事情而奔走。

蹤生蹤死[zong6 senn1 zong6 si4/zong3 sinn1 zong3 si4; tsong7 senn1 tsong7 si2/tsong3 sinn1 tsong3 si2] 為了生活, 很忙碌地到處亂跑。

zor

做 [zor3; tso3] Unicode: 505A, 台語字: zorx
[ze3, zor3, zue3; tse3, tso3, tsue3] 作為,製造,從事...工作,許配婚事

偓做[orh1 zor3; oh8 tso3] 很難做完成, 偓 orh5 係代用字。

做兵[zor4 beng1; tso2 ping1] 服兵役, 同當兵 dng6 beng1。

做手[zor4 ciu4; tso2 tshiu2] 做手腳, 做假。

做工[zor4/zue4 gang1; tso2/tsue2 kang1] 工作, 做勞力的工作, 同作工 zorh1/zueh1 gang1。

做忌[zor4 gi6; tso2 ki7] 家人在忌日, 以菜飯拜祭亡者。

做鬼[zor4 gui4; tso2 kui2] 人死為鬼。

做戲[zor4 hi3; tso2 hi3] 演戲。

做伙[zor4 hue4; tso2 hue2] 結合在一起。

做客[zor4 keh5; tso2 kheh4] 作客, 寄居他鄉, 女兒回娘家。

做徼[zor4/zue4 kior3; tso2/tsue2 khio3] 施邪術害人, 放蠱毒害人, 有作放蠱 bang4 go1。

做人[zor4 lang2; tso2 lang5] 為人, 生孩子, 相關詞做人 zor3 lang3 已經訂婚了, 已許配他人了。

做人[zor3 lang3; tso3 lang3] 已經訂婚了, 已許配他人了, 相關詞做人 zor4 lang2 為人, 生孩子。

做了[zor4 liau4; tso2 liau2] 工作作完成了, 事情作好了,

例詞做了了 zor4 liau1 liau4 全部的工作都作完成了。

做歹[zor4 painn4; tso2 phainn2] 為非作歹。

做牙[zor4 qe2; tso2 ge5] 每個月農曆初一, 十五, 或初二, 十六, 民間以菜飯魚肉在家門口, 祭拜天兵天神等五路神明, 祈求平安, 同犒兵 kor4 beng1。

做式[zor4 sit5/sek5; tso2 sit4/sik4] 舉辦儀式或典禮。

做面[zor4 vin6; tso2 bin7] 敷臉, 保養臉部。

做呸[zor4 vior7; tso2 bio5] 引誘, 誘餌, 做噱頭, 做幌子。

做暫[zor4 zam6; tso2 tsam7] 一段一段地, 斷斷續續地, 有作做暫做暫 zorh1 zam3 zor4 zam6, 例詞雨水做暫咧落 ho3 zui4 zor4 zam3 le1 lorh1 雨斷斷續續地下著。

做醮[zor4 zior3; tso2 tsio3] 設壇祭神, 以祈福。

按呢做[an1 ne1 zor3/zue3; an1 ne1 tso3/tsue3] 如此做, 這般做。

會做得[e3 zor3 dit5; e3 tso3 tit4] 受得了的, 可接受的。

做親鹹[zor4 cin6 ziann2; tso2 tshin7 tsiann5] 男女方提親。

做嘴齒[zor4 cui4 ki4; tso2 tshui2 khi2] 修補牙齒, 裝假牙。

做代志[zor4 dai3 zi3; tso2 tai3 tsi3] 做工作, 做事。

做得來[zor4 dit1 lai2; tso2 tit8 lai5] 自找苦吃, 自作孽, 自己招惹的是非。

做度晬[zor4 do3 ze3; tso2 too3 tse3] 為嬰兒滿周歲的生日而慶生的民間禮俗。

做大人[zor4 dua3 lang2; tso2 tua3 lang5] 小孩十六歲, 要辦成人禮。

做大水[zor4 dua3 zui4; tso2 tua3 tsui2] 發生了水災。

做戲悾[zor4 hi4 kong1; tso2 hi2 khong1] 觀眾明知劇情都是導編的, 演員也是演假戲, 但也看得十分入戲, 明知被騙也無所謂, 例詞做戲悾, 看戲憤 zor4 hi4 kong1, kuann4 hi4 qong6 演員是瘋子, 觀眾是傻呆, 喻人生如戲, 何必認真。

做風颱[zor4 hong6 tai1; tso2 hong7 thai1] 颱風來襲。

做予好[zor4 ho3 hor4; tso2 hoo3 ho2] 把事情做好。

做人情[zor4 jin6/lin3 zeng2; tso2 jin7/lin3 tsing5] 施惠他人, 送人情。

做伊去[zor4 i6 ki3; tso2 i7 khi3] 他盡管自行前往, 不必去管他了。

做腳手[zor4 ka6 ciu4; tso2 kha7 tshiu2] 做手腳, 耍詐騙人。

做老師[zor4 lau3 su1; tso2 lau3 su1] 當老師。

做媒人[zor4 muai6/hm3 lang2; tso2 muai7/hm3 lang5] 當起介紹婚嫁的媒婆。

做伎倆[zor4 qi3 niunn6; tso2 gi3 niunn7] 消遣, 做做事以打發時間。

做月內[zor4 queh5 lai6; tso2 gueh4 lai7] 孕婦生產後, 坐月子。

做成矣[zor4 seng2 a6; tso2 sing5 a7] 婚事已經談定了。

做生理[zor4 seng6 li4; tso2 sing7 li2] 做生意, 做買賣。

做生日[zor4 senn6 jit1/lit1; tso2 senn7 jit8/lit8] 慶生會, 慶祝生日。

做頭陣[zor4 tau6/tau3 din6; tso2 thau7/thau3 tin7] 打前鋒。

做頭毛[zor4 tau6/tau3 mo2; tso2 thau7/thau3 moo5] 吹洗頭髮, 湯頭髮。

台語字:	獅 saif	牛 quw	豹 bax	虎 hoy	鴨 ah	象 ciunn	鹿 lokf
通用拼音:	獅 sai1	牛 qu2	豹 ba3	虎 ho4	鴨 ah5	象 ciunn6	鹿 lok1
北京語:	山 san1	明 meng2	水 sue3	秀 sior4	的 dorh5	中 diong6	壢 lek1
普通話:	山 san1	明 meng2	水 sue3	秀 sior4	的 dorh0	中 diong6	壢 lek1

做鬼做怪[zor4 gui1 zor4 guai3; tso2 kui1 tso2 kuai3] 故弄鬼怪。

做惡做毒[zor4 ok1 zor4 dok1; tso2 ok8 tso2 tok8] 為非作歹, 狠毒心腸。

做牛做馬[zor4 qu2 zor4 ve4; tso2 gu5 tso2 be2] 如同牛馬一般, 賣命地工作。

做衫仔褲[zor4 sann6 a1 ko3; tso2 sann7 a1 khoo3] 縫製上衣及褲子。

做暫做暫[zorh1 zam3 zor4 zam6; tsoh8 tsam3 tso2 tsam7] 一段一段地, 斷斷續續地, 有作做暫 zor4 zam6。

敢 著緊做媽[gann4 diorh5 gin1 zor4 ma4; kann2 tioh4 kin1 tso2 ma2] 敢與男人同居, 很年青即能當了祖母。

做人的老父[zor4 lang6 e6 lau3 be6/zor4 lang3 e3 lau3 be6; tso2 lang7 e7 lau3 pe7/tso2 lang3 e3 lau3 pe7] 為人父母。

做牛著拖 做人著磨[zor4 qu2 diorh5 tua1 zor4 lang2 diorh5 vua2; tso2 gu5 tioh4 thua1 tso2 lang5 tioh4 bua5] 牛要耕田, 人要努力工作, 接受折磨的挑戰。

zorh

昨 **[zorh1; tsoh8]** Unicode: 6628, 台語字: zorhf
[za6, zorh1; tsa7, tsoh8] 前天

昨日[zorh5 jit1/lit1; tsoh8 jit8/lit8] 前天, 相關詞昨昉 za3 ng1 昨晚, 昨天;昨日 za3 jit1/lit1 昨天;華語昨日 zo2 ju4 昨天。

大昨日[dua3 zorh5 jit1/lit1; tua3 tsoh4 jit8/lit8] 大前天, 三天前。

粮昨日[lor4 zorh5 jit1/lit1; lo2 tsoh4 jit8/lit8] 大前天, 四天前。

作 **[zorh5; tsoh4]** Unicode: 4F5C, 台語字: zorh
[zok5, zorh5; tsok4, tsoh4] 做,耕作,細木工

瞨作[bak5 zorh5; pak4 tsoh4] 向地主承租土地來耕作。

作田[zorh1 can2; tsoh8 tshan5] 耕田, 農耕。

作工[zorh1 gang1; tsoh8 kang1] 作工作, 同做工 zor4 gang1。

作秀[zorh1 sio4; tsoh8 sior2] 愛炫燿, 作秀表現。

敆作[gap1 zorh5; kap8 tsoh4] 木製家具。

敆作店[gap1 zorh1 diam3; kap8 tsoh8 tiam3] 家具行。

作穡[zorh1 sit5; tsoh8 sit4] 作農田的工作, 相關詞作息 zok1 sit5 工作的時間表, 謀生。

作穡人[zor4 sit1 tau2; tso2 sit8 thau5] 農夫。

zu

朱 **[zu1; tsu1]** Unicode: 6731, 台語字: zuf
[zu1; tsu1] 姓,鮮紅色的

朱紅[zu6 ang2; tsu7 ang5] 鮮紅色的。

朱朱紅[zu6 zu6 ang2; tsu7 tsu7 ang5] 鮮紅色的。

近朱者赤 近墨者黑[gin3 zu1 zia4 cek5, gin3 vek1 zia4 hek5; kin3 tsu1 tsia2 tshik4, kin3 bik8 tsia2 hik4] 接近紅的, 就變成朱紅色的, 靠近黑色的, 就變成黑色, 引申人受環境的影響最大。

茲 **[zu1; tsu1]** Unicode: 7386, 台語字: zuf
[zia1, ziai1, zu1, zuai1; tsia1, tsiai1, tsu1, tsuai1] 在這裡

在茲[zai3 zu1; tsai3 tsu1] 在這裡。

珠 **[zu1; tsu1]** Unicode: 73E0, 台語字: zuf
[zu1; tsu1] 珠寶,珍珠,細菜末

寶珠[bor1 zu1; po1 tsu1] 人名。

飼珠[ci3 zu1; tshi3 tsu1] 養珠, 人工飼養的珍珠。

珍珠[zin6 zu1; tsin7 tsu1] 天然的真珠, 珍珠。

真珠[zin6 zu1; tsin7 tsu1] 天然的珍珠, 相關詞飼珠 ci3 zu1 人工飼養的珍珠。

薯 **[zu2; tsu5]** Unicode: 85AF, 台語字: zuw
[zi2, zu2; tsi5, tsu5]

番薯[han6 zi2/zu2; han7 tsi5/tsu5] 地瓜, 常影射台灣, 例詞不捌芋仔番薯 m3 bat1 o6 a1 han3 zi2 譏笑某人分不出番薯與芋頭, 引申分不清台灣人與外省人。

注 **[zu3; tsu3]** Unicode: 6CE8, 台語字: zux
[du3, zu3; tu3, tsu3] 打針,灌

注文[zu4 vun2; tsu2 bun5] 預定, 訂購物品, 定做, 係日語詞注文 chumon 訂購。

註 **[zu3; tsu3]** Unicode: 8A3B, 台語字: zux
[zu3; tsu3] 記述,已決定的

註定[zu4 diann6; tsu2 tiann7] 天生已決定, 例詞天註定 tinn1 zu3 diann6 天生已決定;命運天註定 miann3 un6 tinn1 zu3 diann6 一個人的命運, 在出生時, 早已決定好了。

註死不死[zu4 si1 m3 si4; tsu2 si1 m3 si2] 倒眉地。

主 **[zu4; tsu2]** Unicode: 4E3B, 台語字: zuy
[zu4; tsu2] 主人,主要的

厝主[cu4 zu4; tshu2 tsu2] 房東。

金主[gim6 zu4; kim7 tsu2] 出借金錢的人, 大財主。

現主時[hen3 zu1 si2; hian3 tsu1 si5] 現在, 如今, 同現此時 hen3 cu1 si2。

主家人[zu1 ge6 lang2; tsu1 ke7 lang5] 主人, 在婚喪喜慶的場合, 外人稱主人。

主權在民[zu1 kuan2 zai3 vin2; tsu1 khuan5 tsai3 bin5] 。

梓 **[zu4; tsu2]** Unicode: 6893, 台語字: zuy
[zi4, zu4; tsi2, tsu2] 鄉里,故鄉

梓官鄉[zu1 guan6 hiang1; tsu1 kuan7 hiang1] 在高雄縣。

煮 **[zu4; tsu2]** Unicode: 716E, 台語字: zuy
[zi4, zu4; tsi2, tsu2] 水煮,作膳

煮食[zu1 ziah1; tsu1 tsiah8] 烹調, 作飯, 例詞敖煮食 qau6/3 zu1 ziah1 烹調高手, 很會作飯菜。

台語字:	獅 saif	牛 quw	豹 bax	虎 hoy	鴨 ah	象 ciunn	鹿 lokf
通用拼音:	獅 sai1	牛 qu2	豹 ba3	虎 ho4	鴨 ah5	象 ciunn6	鹿 lok1
北京語:	山 san1	明 meng2	水 sue3	秀 sior4	的 dorh5	中 diong6	壢 lek1
普通話:	山 san1	明 meng2	水 sue3	秀 sior4	的 dorh0	中 diong6	壢 lek1

煮三頓[zu1 sann6 dng3; tsu1 sann7 tng3] 煮三餐飯菜。
煮成飯[zu1 ziann6/ziann3 bng6; tsu1 tsiann7/tsiann3
　　png7] 煮熟了飯, 引申為已成定局, 例詞生米, 已
　　經煮成飯 cenn6 vi4 i1 geng6 zu1 seng6/ziann3 bng6
　　生米已經煮成了飯, 引申為事情已成定局了。

自 **[zu6; tsu7]** Unicode: 81EA, 台語字: zu
　　[zu6; tsu7] 自己,從,由
自底[zu3 de4; tsu3 te2] 從來, 本來, 原來。
自古以來[zu3 go4 i1 lai2; tsu3 koo2 i1 lai5] 從古至今。

住 **[zu6; tsu7]** Unicode: 4F4F, 台語字: zu
　　[dua3, zu6; tua3, tsu7] 居住
居住[gi6 zu6; ki7 tsu7] 　。
原住民[quan6/quan3 zu3 vin2; guan7/guan3 tsu3 bin5] 原
　　先的住民, 台灣之山地人。

紙 **[zua4; tsua2]** Unicode: 7D19, 台語字: zuay
　　[zi4, zua4; tsi2, tsua2] 紙張,合約,紙錢
金紙[gim6 zua4; kim7 tsua2] 燒給神明的紙錢, 冥紙。
銀紙[qin6/qun3 zua4; gin7/gun3 tsua2] 燒給祖先或鬼魂
　　的冥紙。
紙頭紙尾[zua1 tau2 zua1 vue4/ve4; tsua1 thau5 tsua1
　　bue2/be2] 整件事情, 整份的合約, 從合約的第一
　　條到最後一條。

詛 **[zua6; tsua7]** Unicode: 8A5B, 台語字: zua
　　[zua6; tsua7] 發誓,同誓 zua6
咒詛[ziu4 zua6; tsiu2 tsua7] 發誓, 否認, 同咒誓 ziu4
　　zua6。
咒死絕詛[ziu4 si1 zeh5 zua6; tsiu2 si1 tseh4 tsua7] 發重
　　誓否認。
當天咒詛[dng6 tinn1 ziu4 zua6; tng7 thinn1 tsiu2 tsua7]
　　在蒼天的底下, 發重誓否認, 例詞當天有咒詛, 損
　　破塌仔卦 dng6 tinn1 u3 ziu4 zua6, gong4 pua4 ue6
　　a1 gua3 在蒼天的底下, 發重誓, 決不反悔。

zuah

攉 **[zuah1; tsuah8]** Unicode: 64E2, 台語字: zuahf
　　[diorh5, zok5, zuah1; tioh4, tsok4, tsuah8] 差別,用
　　處,走了樣,係代用字
較攉[kah1 zuah1; khah8 tsuah8] 有一點用處。
走攉[zau1 zuah1; tsau1 tsuah8] 走了樣, 差得多。
無較攉[vor6/vor3 kah1 zua1; bo7/bo3 khah8 tsua1] 沒有
　　指望了, 算了。
敢有較攉[gam1 u3 kah1 zuah1; kam1 u3 khah8 tsuah8]
　　難道有用嗎?
緊攉慢[gin1 zuah5 van6; kin1 tsuah4 ban7] 遲早, 例詞緊
　　攉慢, 台灣佮中國會相刣 gin1 zuah5 van6 dai6/3
　　uan2 gah1 diong6 gok5 e3 sior6 tai2 遲早, 台灣與中
　　國會發生戰爭的;緊攉慢, 台灣會俾加入聯合國
　　gin1 zuah5 van6 dai6 uan2 e3 dang4 ga6 jip5 len6
　　hap5 gok5/gin1 zuah5 van6 dai3 uan2 e3 dang4 ga6
　　lip5 len3 hap5 gok5 遲早, 台灣可以加入聯合國。

蠷 **[zuah1; tsuah8]** Unicode: 8817, 台語字: zuahf
　　[zuah1; tsuah8] 蟑螂,係代用字
蟧蠷[ga6 zuah1; ka7 tsuah8] 蟑螂, 相關詞蟧蚤 ga6
　　zau4 跳蚤。
海蟧蠷[hai1 ga6 zuah1; hai1 ka7 tsuah8] 從事走私的船
　　員, 俗稱海蟑螂。
蟧蠷胘[ga6 zuah5 hen3; ka7 tsuah4 hian3] 蟑螂羶臭味。

zuainn

跇 **[zuainn6; tsuainn7]** Unicode: 8DE9, 台語字:
　　zuainn
　　[zuainn6; tsuainn7] 扭傷,扭轉
跇著筋[zuainn3 diorh5 gin1; tsuainn3 tioh4 kin1] 扭傷了
　　腳筋。
跇來跇去[zuainn3 lai2 zuainn3 ki3; tsuainn3 lai5 tsuainn3
　　khi3] 扭來扭去, 故意在人際間, 傳播不實的消
　　息。

zuan

全 **[zuan2; tsuan5]** Unicode: 5168, 台語字: zuanw
　　[zuan2; tsuan5] 全部,完全
十全[sip5 zuan2; sip4 tsuan5] 漢方的十全大補藥, 十分
　　完美, 完美無瑕, 相關詞十臧 zap5 zng2 樣樣俱全,
　　指負面的, 例詞十全大補丸 sip5 zuan2 dai3 bo1
　　uan2 漢方的十全大補藥。
完全[uan6/uan3 zuan2; uan7/uan3 tsuan5] 完備, 完好的,
　　全部, 完全康復, 例詞會好, 嘛袂完全 e3 hor4 ma3
　　ve3 uan6/3 zuan2 就算病能治好, 也無法完全康
　　復。
周全[ziu6 zuan2; tsiu7 tsuan5] 周密, 周到。
十全十美[sip5 zuan2 sip5 vi4; sip4 tsuan5 sip4 bi2] 十分
　　完美, 完美無瑕。

賺 **[zuan4; tsuan2]** Unicode: 8CFA, 台語字: zuany
　　[tan3, zuan4; than3, tsuan2] 賺錢,檢便宜
賺食[zuan1 ziah1; tsuan1 tsiah8] 賺錢謀生, 騙詐他人的
　　錢財。
賺錢[zuan1 zinn2; tsuan1 tsinn5] 賺錢, 同趁錢 tan4
　　zinn2, 相關詞轉錢 dng1 zinn2 轉帳。
加賺來[ga6 zuan4 lai3; ka7 tsuan2 lai3] 檢到了便宜, 得
　　了好處。
夆賺去[hong2 zuan4 ki3; hong5 tsuan2 khi3] 受騙了, 被
　　佔了便宜。
賺食別人的血汗錢[zuan1 ziah5 bat5 lang6/lang3 e6 hui4
　　guann6 zinn2; tsuan1 tsiah4 pat4 lang7/lang3 e7 hui2
　　kuann7 tsinn5] 騙詐別人辛辛苦苦賺來的血汗錢。

栓 **[zuan6; tsuan7]** Unicode: 6813, 台語字: zuan
　　[sng1, zuan6; sng1, tsuan7] 水龍頭

台語字:	獅 saif	牛 quw	豹 bax	虎 hoy	鴨 ah	象 ciunn	鹿 lokf
通用拼音:	獅 sai1	牛 qu2	豹 ba3	虎 ho4	鴨 ah5	象 ciunn6	鹿 lok1
北京語:	山 san1	明 meng2	水 sue3	秀 sior4	的 dorh5	中 diong6	壢 lek1
普通話:	山 san1	明 meng2	水 sue3	秀 sior4	的 dorh0	中 diong6	壢 lek1

水栓仔[zui1 zuan3 a4; tsui1 tsuann3 a2] 自來水的水龍頭,
係日語詞水道栓 suidosen 水龍頭。

zuann

煎 **[zuann1; tsuann1]** Unicode: 714E, 台語字: zuannf
[zen1, zuann1; tsian1, tsuann1] 煮中藥,燒開水
煎茶[zuann6 de2; tsuann7 te5] 燒開水, 以便泡茶, 相關
詞燃茶 hiann6/3 de2 燒開水。
煎滾水[zuann6 gun1 zui4; tsuann7 kun1 tsui2] 燒開水。
煎予滾[zuann6 ho6 gun4; tsuann7 hoo7 kun2] 水要燒
開。
煎藥仔[zuann6 iorh5 a4; tsuann7 ioh4 a2] 煮中藥, 煎
藥。

焌 **[zuann3; tsuann3]** Unicode: 70C7, 台語字:
zuannx
[zuann3; tsuann3] 炸出油來,代用字
焌油[zuann4 iu2; tsuann2 iu5] 以烈火炸出油來。
焌無油[zuann4 vor6/vor3 iu2; tsuann2 bo7/bo3 iu5] 炸不
出油來, 壓搾不出錢來, 相關詞諓無理路來 zuann4
vor6/3 li1 lo3 lai2 蓋不出道理來, 例詞豬頭皮仔,
焌無油 di6 tau6 pue6 a4 zuann4 vor6 iu2/di6 tau3
pe3 a4 zuann4 vor3 iu2 豬頭皮本來就不含太多的油
份, 所以再怎麼炸, 也炸不出油來, 引申不要再吹
牛皮或再講沒意義的話了, 再也壓搾出不了什麼油
水了。

諓 **[zuann3; tsuann3]** Unicode: 8AD3, 台語字:
zuannx [zuann3; tsuann3] 亂蓋,吹牛皮,說大話
亂諓[luan3 zuann3; luan3 tsuann3] 亂蓋, 吹牛皮, 說大
話。
烏白諓[o6 beh5 zuann3; oo7 peh4 tsuann3] 亂蓋, 吹牛
皮, 說大話。

怎 **[zuann4; tsuann2]** Unicode: 600E, 台語字: zuanny
[zuann4; tsuann2] 如何
按怎[an1 zuann4; an1 tsuann2] 怎麼。
怎樣[zuann1 iunn6; tsuann1 iunn7] 如何。

濺 **[zuann6; tsuann7]** Unicode: 6FFA, 台語字: zuann
[zen6, zuann6; tsian7, tsuann7] 水噴出,雨綿綿,相
關字泏 zuat5 水溢出;淬 cu3 噴
濺尿[zuann3 jior6/lior6; tsuann3 jio7/lio7] 男人小便, 向
空中噴尿。
濺水[zuann3 zui4; tsuann3 tsui2] 噴水, 灑水, 例詞濺芳
水 zuann3 pang6 zui4 噴香水, 灑香水;濺蚊仔水
zuann3 vang1 a1 zui4 噴灑蚊子水。
濺出來[zuann6 cut5 lai3; tsuann7 tshut4 lai3] 噴出來, 例
詞血一直濺出來 hueh5/huih5 it1 di3 zuann6 cut5
lai3 血一直冒出來, 血一直噴出來。
春洖 雨那濺[cun6 guann2 ho3 na1 zuann6; tshun7
kuann5 hoo3 na1 tsuann7] 春寒雨綿綿, 氣溫也隨之
下降。

zuat

拙 **[zuat1; tsuat8]** Unicode: 62D9, 台語字: zuatf
[zuat1; tsuat8] 愚劣的,謙稱自己的
笨拙[bun3 zuat1; pun3 tsuat8] 。
拙見[zuat5 gen3; tsuat4 kian3] 我的意見。
拙劣[zuat5 lek1; tsuat4 lik8] 差勁的, 愚劣的。
拙作[zuat5 zok5; tsuat4 tsok4] 我的小著作。
弄巧成拙[long3 ka4 seng6/seng3 zuat1; long3 kha2
sing7/sing3 tsuat8] 。

絕 **[zuat1; tsuat8]** Unicode: 7D55, 台語字: zuatf
[zeh1, zuat1; tseh8, tsuat8] 斷滅,極端
斷絕[duan3/dng3 zuat1; tuan3/tng3 tsuat8] 。
謝絕[sia3 zuat1; sia3 tsuat8] 以禮而拒絕。
真絕[zin6 zuat1; tsin7 tsuat8] 為人很極端, 太絕了。
絕步[zuat5 bo6; tsuat4 poo7] 毒招, 惡毒又絕情的計
謀。
絕路[zuat5 lo6; tsuat4 loo7] 死路。
絕情[zuat5 zeng2; tsuat4 tsing5] 無情, 斷絕情義。
絕種[zuat5/zeh5 zeng4; tsuat4/tseh4 tsing2] 滅種, 無後,
有作斷種 dng3 zeng4。
絕子絕孫[zuat5 zu1 zuat5 sun1; tsuat4 tsu1 tsuat4 sun1]
詛咒壞人會絕子絕孫, 無後代。

zue

最 **[zue3; tsue3]** Unicode: 6700, 台語字: zuex
[zue3; tsue3] 第一,極
最県[zue4 guan2; tsue2 kuan5] 最高的。
最好[zue4 hor4; tsue2 ho2] 。
最多[zue4 ze6; tsue2 tse7] 。

多 **[zue6; tsue7]** Unicode: 591A, 台語字: zue
[dor1, ze6, zue6; to1, tse7, tsue7] 很多
真多[zin6 zue6; tsin7 tsue7] 很多。
真多[zin6 zue6; tsin7 tsue7] 很多, 多餘的。

罪 **[zue6; tsue7]** Unicode: 7F6A, 台語字: zue
[ze6, zue6; tse7, tsue7] 犯罪
犯罪[huan3 zue6; huan3 tsue7] 違反法律的行為。
罪犯[zue3 huan6; tsue3 huan7] 犯罪的人。
罪過[zue3 gor3; tsue3 ko3] 罪惡, 相關詞罪過 ze3/zue3
gua3 痛苦。
罪過[ze3/zue3 gua3; tse3/tsue3 kua3] 痛苦, 相關詞罪過
zue3 gor3 罪惡, 例詞艱苦罪過 gan6 ko1 ze3/zue3
gua3 艱難痛苦。
罪惡重重智智[zue3 ok5 deng6/deng3 deng3 tah5 tah1;
tsue3 ok4 ting7/ting3 ting5 thah4 thah8] 罪惡萬貫。

台語字:	獅 saif	牛 quw	豹 bax	虎 hoy	鴨 ah	象 ciunn	鹿 lokf
通用拼音:	獅 sai1	牛 qu2	豹 ba3	虎 ho4	鴨 ah5	象 ciunn6	鹿 lok1
北京語:	山 san1	明 meng2	水 sue3	秀 sior4	的 dorh5	中 diong6	壢 lek1
普通話:	山 san1	明 meng2	水 sue3	秀 sior4	的 dorh0	中 diong6	壢 lek1

zuh

泄 **[zuh5; tsuh4]** Unicode: 6CDA, 台語字: zuh
　　[zuh5; tsuh4] 冒出汗,小水滴,拉一點屎
泄汗[zuh1 guann6; tsuh8 kuann7] 冒出汗。
泄屎[zuh1 sai4; tsuh8 sai2] 拉屎, 宣傳, 張揚。
一泄仔[zit5 zuh1 a4; tsit4 tsuh8 a2] 一點兒, 有作一泄泄
　　仔 zit5 zuh1 zuh1 a4。
一泄泄仔[zit5 zuh1 zuh1 a4; tsit4 tsuh8 tsuh8 a2] 一點兒,
　　有作一泄仔 zit5 zuh1 a4。
四界泄屎[si4 ge4 zuh1 sai4; si2 ke2 tsuh8 sai2] 隨便大小
　　便, 四處亂報導不實的消息, 有作惡宣傳 ok1
　　suan6 tuan2。

zui

脽 **[zui1; tsui1]** Unicode: 813D, 台語字: zuif
　　[zui1; tsui1] 屁股,臀部
尾脽[vue1/ve1 zui1; bue1/be1 tsui1] 屁股。
雞尾脽[ge6 vue1 zui1/gue6 ve1 zui1; ke7 bue1 tsui1/kue7
　　be1 tsui1] 雞屁股。
雞尾脽朒[ge6 vue1 zui6 hen3; ke7 bue1 tsui7 hian3] 雞尾
　　巴的羶味。

錐 **[zui1; tsui1]** Unicode: 9310, 台語字: zuif
　　[zui1; tsui1] 鐵鑽,媄人,可愛的
古錐[go1 zui1; koo1 tsui1] 尖錐, 玲瓏可愛的。
老古錐[lau3 go1 zui1; lau3 koo1 tsui1] 老人表現得可愛
　　的樣子。

剬 **[zui2; tsui5]** Unicode: 5281, 台語字: zuiw
　　[zui2; tsui5] 依圓周宰割,殺低價格,坑人,代用字
剬斷[zui6/zui3 dng6; tsui7/tsui3 tng7] 割斷, 依圓周而切
　　斷。
夆剬去[hong2 zui2 ki3; hong5 tsui5 khi3] 商場上, 被人
　　坑了價格。
剬價數[zui6/zui3 ge4 siau3; tsui7/tsui3 ke2 siau3] 殺低價
　　格, 殺價。
剬頭殼[zui6/zui3 tau6/tau3 kak5; tsui7/tsui3 thau7/thau3
　　khak4] 割斷腦袋。

醉 **[zui3; tsui3]** Unicode: 9189, 台語字: zuix
　　[zui3; tsui3] 酒醉了,喝酒過量
酒醉[ziu1 zui3; tsiu1 tsui3] 酒醉了, 有作燒酒醉 sior6
　　ziu1 zui3;食酒醉 ziah5 ziu1 zui3。
燒酒仙[sior6 ziu1 sen1; sio7 tsiu1 sian1] 醉漢, 愛喝酒的
　　人。
燒酒醉[sior6 ziu1 zui3; sio7 tsiu1 tsui3] 酒醉了, 有作酒
　　醉 ziu1 zui3。
食酒醉[ziah5 ziu1 zui3; tsiah4 tsiu1 tsui3] 酒醉了, 有作
　　酒醉 ziu1 zui3。

水 **[zui4; tsui2]** Unicode: 6C34, 台語字: zuiy
　　[sui4, zui4; sui2, tsui2] 姓,水,一批的水果
出水[cut1 zui4; tshut8 tsui2] 出氣洩恨, 地下汹出泉水,
　　例詞對某人出水 dui4 vo1 lang2 cut1 zui4 向某人
　　洩恨。
淡水[dam3 zui4/sui4; tam3 tsui2/sui2] 即淡水鎮, 舊名滬
　　尾 ho3 ve4;滬水港 dam3 zui1 gang4。
灑水[hiu4 zui4; hiu2 tsui2] 灑水。
磺水[hong6/hong3 zui4; hong7/hong3 tsui2] 從地下湧出
　　的熱水, 同溫泉 un6 zuann2。
油水[iu6/iu3 zui4; iu7/iu3 tsui2] 外快。
鼻水[pinn3 zui4; phinn3 tsui2] 鼻水, 鼻涕, 有作濞水
　　pinn3 zui4。
色水[sek4 zui4; - tsui2] 色澤, 顏色。
呬水[suh1 zui4; suh8 tsui2] 吸收灌溉的水份。
頭水[tau6/tau3 zui4; thau7/thau3 tsui2] 同一時期孵出來
　　的家禽, 雞鴨等, 同一批收成的水果。
泏水[tua3 zui4; thua3 tsui2] 水洗, 沖水。
活水[uah5 zui4; uah4 tsui2] 源源的水源, 源源的財源。
淙水[zang6/zang3 zui4; tsang7/tsang3 tsui2] 沖水。
積水[zek1 zui4; tsik8 tsui2] 腹水, 充滿了水, 例詞腹肚
　　積水 vat1 do4 zek1 zui4 腹水。
尾水[vue1 zui4; bue1 tsui2] 最後一批生產的或上市的,
　　例詞尾水紅柿 vue1 zui1 ang6/3 ki6 最後一批生產
　　的柿子。
一水[zit5 zui4; tsit4 tsui2] 同一時期孵出來的家禽, 雞鴨
　　等, 同一批收成的水果, 相關詞一槽 zit5 zor2 同
　　一胎的家畜。
水疕[zui1 ci1; tsui1 tshi1] 泡浸水中太久而得之皮膚搔
　　癢症, 相關詞水蛆 zui1 ci1 蚊子幼蟲, 水中子孒。
水蛆[zui1 ci1; tsui1 tshi1] 蚊子幼蟲, 水中子孒, 相關詞
　　水疕 zui1 ci1 泡浸水中太久而得之皮膚搔癢症。
水車[zui1 cia1; tsui1 tshia1] 灌溉的器具。
水沘[zui1 ciang2; tsui1 tshiang5] 小瀑布。
水道[zui1 dor6; tsui1 to7] 自來水的供水系統, 係日語詞
　　水道 suido 自來水的供水系統。
水碓[zui1 dui3; tsui1 tui3] 碓即舂米工具, 早期先民砍
　　取樹木製成杵和臼, 架設於溪邊, 並利用水之衝力
　　舂米蔚為奇觀, 人們乃稱該地為水碓 zui1 dui3。
水涌[zui1 eng3; tsui1 ing3] 湧泉的出水口。
水湧[zui1 eng4; tsui1 ing2] 海浪。
水雞[zui1 ge1/sui1 gue1; tsui1 ke1/sui1 kue1] 青蛙, 有作
　　青蚼 cenn6/cinn6 iorh5;水蛙 zui1 ge1/gue1。
水筧[zui1 geng4; tsui1 king2] 導水的長管子, 水圳, 相
　　關詞抾水 kiorh1 zui4 以竹管導引水流。
水垽[zui1 ginn2; tsui1 kinn5] 水邊沙地。
水管[zui1 gong4; tsui1 kong2] 。
水果[zui1 gor4; tsui1 ko2] 水菓。
水龜[zui1 gu1; tsui1 ku1] 龍虱, 水中的小甲蟲, 冬天的
　　懷中型的溫水袋。
水鬼[zui1 gui4; tsui1 kui2] 溺水死亡或投水自盡者的孤
　　魂, 遊走於水中。
水份[zui1 hun1; tsui1 hun1] 水分。
水螺[zui1 le2; tsui1 le5] 警鈴, 空襲警報, 例詞嗶水螺
　　dan6/3 zui1 le2 警鈴大作, 施放空襲警報;水螺咧颮
　　zui1 le2 le1 honn1 警鈴正在大作, 鳴鈴中。
水龍[zui1 liong2/leng2; tsui1 liong5/ling5] 消防水柱, 自

來水的水流, 例詞水龍車 zui1 liong6/3 cia1 消防
車。

水皰[zui1 pa1; tsui1 pha1] 得麻疹病而長的水痘。

水藻[zui1 pior2; tsui1 phio5] 浮萍, 有作浮萍 pu6/3
peng2。

水銀[zui1 qin2; tsui1 gin5] 礦物名, 水銀, 同汞
hong6。

水屑[zui1 sai4; tsui1 sai2] 水垢, 係

水災[zui1 zai1; tsui1 tsai1] 大水, 洪水。

水蛭[zui1 zit5; tsui1 tsit4] 吸血蟲, 有作蜈蜞 qonn6/3
ki2。

水藻[zui1 zor4; tsui1 tso2] 。

水痘[zui1 zu1; tsui1 tsu1] 病名, 水痘, 例詞出水痘 cut1
zui1 zu1 得了麻疹病, 感染得水痘。

水準[zui1 zun4; tsui1 tsun2] 水準, 水平。

藏水沬[cang4 zui1 vi6; tshang2 tsui1 bi7] 潛水, 同　水
沬 diam4 zui1 vi6 潛水;潛水沬 zng4 zui1 vi6 潛
水。

　水沬[diam4 zui1 vi6; tiam2 tsui1 bi7] 潛水。

出水痘[cut1 zui1 zu1; tshut8 tsui1 tsu1] 病名, 得了麻疹
病, 感染得水痘。

澹水港[dam3 zui1 gang4; tam3 tsui1 kang2] 地名, 今台
北縣淡水鎮, 後改名為滬尾 ho3 ve4;淡水 dam3
zui4。

第三水[de3 sann3 zui4; te3 sann3 tsui2] 第三期的, 第三
回的。

灑芳水[hiu4 pang6 zui4; hiu2 phang7 tsui2] 灑香水。

覆水蛙[hop1 zui1 ge1; hop8 tsui1 ke1] 用竹簍到田間罩
捕青蛙, 同飲水雞 hop1 zui1 ge1/hap1 zui1 gue1。

流鼻水[lau6/lau3 pinn3 zui4; lau7/lau3 phinn3 tsui2] 流鼻
水, 流鼻涕, 同流潾 lau6/3 pinn6。

蚊仔水[vang1 a1 zui4; bang1 a1 tsui2] 驅除蚊子的藥
劑。

早水的[za1 zui4 e3; tsa1 tsui2 e3] 早葫的, 早生出的。

自來水[zu3 lai6/lai3 zui4; tsu3 lai7/lai3 tsui2] 自來水供
水系統。

水汴頭[zui1 ban3 tau2; tsui1 pan3 thau5] 地名, 有水閘
門的地方。

水乾去[zui4 da1 ki3; tsui2 ta1 khi3] 水燒乾了。

水道頭[zui1 dor6; tsui1 to7] 自來水廠, 自來水的水龍
頭。

水道水[zui1 dor3 zui4; tsui1 to3 tsui2] 自來水, 係日語詞
水道水 suidosui。

水碓村[zui1 dui4 cuan1; tsui1 tui2 tshuan1] 地名, 在雲
林縣古坑鄉, 因利用水之衝力舂米, 人們乃稱該地
為水碓 zui1 dui3。

水筧尾[zui1 geng1 ve4; tsui1 king1 be2] 今台北市景美
區在清代之舊名, 意為水圳的末端, 日治時代改稱
景尾 geng1 ve4。

水鬼仔[zui1 gui1 a4; tsui1 kui1 a2] 蛙人, 潛水伕, 溺水
死亡或投水自盡者的孤魂, 遊走於水中。

水燃乾[zui4 hiann6/hiann3 da1; tsui2 hiann7/hiann3 ta1]
燒開水, 但燒乾了。

水窟仔[zui1 kut1 a4; tsui1 khut8 a2] 小水坑。

水流柴[zui1 lau6/lau3 ca2; tsui1 lau7/lau3 tsha5] 漂流
木。

水里鄉[zui1 li1 hiang1; tsui1 li1 hiang1] 在南投縣。

水林鄉[zui1 na6 hiang; tsui1 na7 hiang1] 在雲林縣。

水仙花[zui1 sen6 hue1; tsui1 sian7 hue1] 。

水上鄉[zui1 siong3 hiang; tsui1 siong3 -] 在嘉義縣。

水蒸氣[zui1 zeng6 ki3; tsui1 tsing7 khi3] 水蒸氣。

水族館[zui1 zok5 guan4; tsui1 tsok4 kuan2] 養育及展示
水中生物的處所。

水栓仔[zui1 zuan3 a4; tsui1 tsuan3 a2] 自來水的水龍頭,
係日語詞水道栓 suidosen, 有作水道栓仔 zui1
dor3 zuan3 a4。

水泏出去[zui4 zuat5 cut5 ki3; tsui2 tsuat4 tshut4 khi3] 水
滿滿, 又因震動而溢了出去。

瘦田敖吸水[san1 can2 qau6/qau3 suh1 zui4; san1 tshan5
gau7/gau3 suh8 tsui2] 貧瘠的土地, 很會吸收灌溉
的水份, 引申瘦子要吃更多的飯菜, 否則會更瘦。

zun

尊 **[zun1; tsun1]** Unicode: 5C0A, 台語字: zunf
　　[zun1; tsun1] 敬重,親長

中尊[diong6 zun1; tiong7 tsun1] 寺廟的主神像都供奉在
中間。

天尊[ten6 zun1; thian7 tsun1] 佛, 天神。

尊稱[zun6 ceng1; tsun7 tshing1] 尊敬的稱呼。

尊親[zun6 cin1; tsun7 tshin1] 父母大人。

尊忖[zun6 cun2; tsun7 tshun5] 禮讓, 尊敬。

尊長[zun6 diong4; tsun7 tiong2] 長輩。

尊重[zun6 diong6; tsun7 tiong7] 敬重。

尊敬[zun6 geng3; tsun7 king3] 敬重。

尊者[zun6 zia4; tsun7 tsia2] 尊稱和尚。

一尊佛公[zit5 zun6 but5 gong1; tsit4 tsun7 put4 kong1]
一尊佛像。

尊姓大名[zun6 seng3 dai3 meng2; tsun7 sing3 tai3 -] 你
的姓名是?。

忖 **[zun2; tsun5]** Unicode: 5FD6, 台語字: zunw
　　[cun2, cun6, zun2; tshun5, tshun7, tsun5] 同存
cun2

忖扮[cun6/zun3 ban6; tshun7/tsun3 pan7] 忖度, 準備, 打
算, 下了決心, 存心, 孤注一擲, 有作存範
cun6/zun3 ban3。

忖扮死[cun6/zun3 ban3 si4; tshun7/tsun3 pan3 si2] 準備
死算了, 不惜生死以赴。

忖序大[cun6/zun3 si3 dua6; tshun7/tsun3 si3 tua7] 禮讓
長輩, 尊敬長輩。

晬 **[zun2; tsun5]** Unicode: 664A, 台語字: zunw
　　[zu2, zun2; tsu5, tsun5] 去年,代用字,原義是大,有
作前 zun2 前年

晬年[zun2 ninn3; tsun5 ninn3] 去年, 一年前, 代用詞。

舊晬年[gu3 zun2 ninn3; ku3 tsun5 ninn3] 前年, 二年前,
代用詞。

大舊晬年[dua3 gu3 zun2 ninn3; tua3 ku3 tsun5 ninn3] 大
前年, 三年前, 代用詞。

粿舊晬年[lor4 dua3 gu3 zun2 ninn3; lo2 tua3 ku3 tsun5
ninn3] 大大前年, 四年前, 代用詞。

大粿舊晬年[dua3 lor4 gu3 zun2 ninn3; tua3 lo2 ku3 tsun5

台語字:	獅 saif	牛 quw	豹 bax	虎 hoy	鴨 ah	象 ciunn	鹿 lokf
通用拼音:	獅 sai1	牛 qu2	豹 ba3	虎 ho4	鴨 ah5	象 ciunn6	鹿 lok1
北京語:	山 san1	明 meng2	水 sue3	秀 sior4	的 dorh5	中 diong6	壢 lek1
普通話:	山 san1	明 meng2	水 sue3	秀 sior4	的 dorh0	中 diong6	壢 lek1

ninn3] 五年前, 代用詞。

船 [zun2; tsun5] Unicode: 8239, 台語字: zunw
[zun2; tsun5] 船舶
船桴[zun6 bue1/zun3 be1; tsun7 puel/tsun3 pe1] 划舟的
　划船槳。
船椗[zun6/zun3 diann6; tsun7/tsun3 tiann7] 船錨。
船肚[zun6/zun3 do4; tsun7/tsun3 too2] 船隻的隔艙。
戎克船[jiong6/jiong3 kek1 zun2; jiong7/jiong3 khik8
　tsun5] 西洋稱中國式的木造平底三桅帆船為 junk,
　音似 zun2, 載重量為十二公頓, 長 12 公尺, 寬 4
　公尺, 高 1.5 公尺, 船重十五公頓。
大船入港[dua3 zun2 jip5/lip5 gang4; tua3 tsun5 jip4/lip4
　kang2] 大船航進港口, 引申好運來臨, 財運降臨。

圳 [zun3; tsun3] Unicode: 5733, 台語字: zunx
[zun3; tsun3] 灌溉的水溝網線系統, 田間水溝
水圳[zui1 zun3; tsui1 tsun3] 灌溉的水溝網線系統。
圳溝[zun4 gau1; tsun2 kau1] 水圳系統的末端小溝渠。
嘉南大圳[ga6 lam2 dua3 zun3; ka7 lam5 tua3 tsun3] 在嘉
　南平原的灌溉的水溝網線系統。

準 [zun4; tsun2] Unicode: 6E96, 台語字: zuny
[zun4; tsun2] 水平, 準備, 憑, 準則, 如果, 中了標的
準算[zun1 sng3; tsun1 sng3] 算數, 例詞這擺有準算 zit1
　bai4 u3 zun1 sin3 這次有算數。
準繩[zun1 zin2; tsun1 tsin5] 準則, 水準。
準做[zun1 zor4; tsun1 tso2] 當做。
無準算[vor6/vor3 zun1 sng3; bo7/bo3 tsun1 sng3] 不算
　數, 例詞伊講的, 無準算 i6 gong4 e3, vor6/3 zun1
　sin3 他說的話, 不算數。
準拄好[zun1 du1 hor4; tsun1 tu1 ho2] 扯平了, 算了。
代志臆無準[dai3 zi3 iorh1 vor6/vor3 zun4; tai3 tsi3 ioh8
　bo7/bo3 tsun2] 預測得不準。

捘 [zun6; tsun7] Unicode: 6358, 台語字: zun
[zuan6, zun6; tsuan7, tsun7] 用手指捻轉, 軋轉, 旋
　轉機器的開關, 關, 轉動
捘開[zun3 kui1; tsun3 khui1] 板開, 轉開開關以啟動機
　器。
捘熄[zun6 sit5; tsun7 sit4] 關掉電燈, 關掉引擎, 關掉開
　關以停止機器, 例詞加電火捘熄 ga3 den3 hue4
　zun6 sit5 把電燈關掉。
捘大腿[zun3 dua3 tui4; tsun3 tua3 thui2] 捻大腿肉, 軋大
　腿。
捘桌布[zun3 dorh1 bo3; tsun3 toh8 poo3] 擰乾抹布。
捘骱邊[zun3 gai1 binn1; tsun3 kai1 pinn1] 捻鼠蹊部, 捻
　大腿, 軋大腿。
捘予絚[zun3 ho6 an2; tsun3 hoo7 an5] 關緊。
捘予熄[zun3 ho6 sit5; tsun3 hoo7 sit4] 關掉電燈, 關掉
　引擎, 同捘熄 zun6 sit5;捘予伙 zun3 ho6 hua1。
捘時鐘[zun3 si6/si3 zeng1; tsun3 si7/si3 tsing1] 為鐘錶上
　發條。

噂 [zun6; tsun7] Unicode: 5642, 台語字: zun
[zun6; tsun7] 一陣子, 一段時間, 相關字陣 zun6
　生產;陣 din6 一堆的人事物
彼噂[hit1 zun6; hit8 tsun7] 那時, 那一陣子。

時噂[si6/si3 zun6; si7/si3 tsun7] 時間, 時期, 時刻。
這噂[zit1 zun6; tsit8 tsun7] 這一陣, 這一陣子。
一噂[zit5 zun6; tsit4 tsun7] 一陣。
從彼噂[zeng3 hit1 zun6; tsing3 hit8 tsun7] 從那時候起,
　　從那一陣子起。
一時噂[zit5 si6/si3 zun6; tsit4 si7/si3 tsun7] 一段時間,
　　一段時期。
一噂風[zit5 zun3 hong1; tsit4 tsun3 hong1] 一陣的風。
彼个時噂[hit1 e6 si6 zun6/hit1 e3 si3 zun6; hit8 e7 si7
　　tsun7/hit8 e3 si3 tsun7] 那個時候, 那一陣子。
有時有噂[u3 si6/si3 u3 zun6; u3 si7/si3 u3 tsun7] 有時間
　　性的, 定時, 偶爾, 很少的時間。
一噂風　一噂雨[zit5 zun3 hong1 zit5 zun3 ho6; tsit4
　　tsun3 hong1 tsit4 tsun3 hoo7] 一陣的風, 又一陣雨,
　　風雨交作。

zut

秫 [zut1; tsut8] Unicode: 79EB, 台語字: zutf
[zut1; tsut8] 糯米,黏稠
圓秫[inn6/inn3 zut1; inn7/inn3 tsut8] 改良種的糯米, 有
　作蓬萊秫 hong6 lai6 zut1/hong3 lai3 zut1。
秫米[zut5 vi4; tsut4 bi2] 糯米, 相關詞粳米 deng3 vi4
　在來米之類的硬米;蓬萊米 hong6 lai6 vi4/hong3
　lai3 vi4。
粘仔秫[ziam6 a1 zut1; tsiam7 a1 tsut8] 本島在來種的糯
　米, 有作尖仔秫 ziam6 a1 zut1;本島秫 bun1 dor1
　zut1。
本島秫[bun1 do1 zut1; pun1 too1 tsut8] 本島在來種的糯
　米, 有作粘仔秫 ziam6 a1 zut1。
蓬萊秫[hong6 lai6 zut1/hong3 lai3 zut1; hong7 lai7
　tsut8/hong3 lai3 tsut8] 改良種的糯米, 有作圓秫
　inn6/3 zut1。
洘秫秫[kor1 zut5 zut1; kho1 tsut4 tsut8] 人山人海, 擠得
　水洩不通, 像沙丁魚群似的, 水分少又很濃稠的樣
　子。

卒 [zut5; tsut4] Unicode: 5352, 台語字: zut
[zut5; tsut4] 士兵,完成,鬱悶,肥
鬱卒[ut1 zut5; ut8 tsut4] 鬱悶在内心, 有作凝心 qeng6/3
　sim1。
卒仔[zut1 a4; tsut8 a2] 士兵, 小卒。
肥卒卒[bui6/bui3 zut1 zut5; pui7/pui3 tsut8 tsut4] 胖嘟
　嘟, 肥得像一團肥球, 例詞天飼人, 肥卒卒;人飼人,
　一枝骨 tinn1 ci3 lang2 bui6/3 zut1 zut5 lang2 ci3
　lang2 zit5 gi6 gut5 天養活人, 養得肥肥胖胖的;人
　養人, 養得枯瘦如柴。
烏卒仔[o6 zut1 a4; oo7 tsut8 a2] 小兵, 小卒。

台語字:	獅 saif	牛 quw	豹 bax	虎 hoy	鴨 ah	象 ciunn	鹿 lokf
通用拼音:	獅 sai1	牛 qu2	豹 ba3	虎 ho4	鴨 ah5	象 ciunn6	鹿 lok1
北京語:	山 san1	明 meng2	水 sue3	秀 sior4	的 dorh5	中 diong6	壢 lek1
普通話:	山 san1	明 meng2	水 sue3	秀 sior4	的 dorh0	中 diong6	壢 lek1

國家圖書館出版品預行編目(CIP)資料

台灣精神詞典

台語 KK 音標(通用拼音)、台語六調(注音符號七聲調)、
台語 KK 音標、台語羅馬字拼音對照
吳崑松 編著. -- 初版.
台北市: 台灣語文出版館, 民 108.11.21.
　　　1 冊 ;　21x30 公分.
　　iJiden, the Formosan Dictionary of the Taiwan Spirit

　　ISBN 978-986-91175-4-8　　　　(平裝)

1. 台灣語文研究,
2. 推動台語數位化、電腦化,
3. 台語國際化,
4. 台語詞典。

台灣精神詞典

iJiden, the Formosan Dictionary of the Taiwan Spirit

Taiwanese KK Phonics &

Taiwanese Roma Spelling System

定價：NT$600.00

著作者：吳崑松

Tel：09-55555-600，02-2721-7562

出版者：台灣語文出版館

Taiwan Management Authority Co.

台灣 (11074) 台北市光復南路 503 號

Tel：09-666666-24

E-mail：brianqo@gmail.com

Facebook：https://www.facebook.com/brian.qo.9

郵政劃撥儲金存款帳號：19757891 台灣語文出版館 吳崑松

版次：2020 年 3 月 15 日　一版 3 刷